# *The Complete*
# CONVERSATIONS WITH GOD

# 신과 나눈 이야기

*The Complete*
CONVERSATIONS WITH GOD

## book 1, 2, 3

*Neale Donald Walsch*

아름드리미디어

옮긴이 조경숙

1958년 부산에서 태어나 서울대 역사교육과를 졸업하고 영어와 일어를 우리말로 옮기는 일을 했습니다. 그동안 옮긴 책으로는《소설 사회학을 위하여》,《곰돌이 푸우는 아무도 못말려》, 《내 영혼이 따뜻했던 날들》,《신과 나누는 우정》,《청소년을 위한 신과 나눈 이야기》, 《우리는 신이다》,《사내 대탐험》,《끝없는 사랑》,《사랑의 기적》 등이 있습니다.

신과 나눈 이야기

닐 도날드 월쉬 지음 · 조경숙 옮김

1판 1쇄 펴낸날 2012년 1월 15일 | 1판 12쇄 펴낸날 2024년 4월 25일
펴낸이 이충호 | 펴낸곳 길벗어린이(주) | 등록번호 제10-1227호 | 등록일자 1995년 11월 6일
주소 04000 서울시 마포구 월드컵북로 45 에스디타워바엔씨 2F
대표전화 02-6353-3700 | 팩스 02-6353-3702 | 홈페이지 www.gilbutkid.co.kr
편집 송지현 임하나 황설경 박소현 김지원 | 디자인 김연수 송윤정
마케팅 호종민 신윤아 이가윤 최윤경 김연서 강경선 | 경영지원본부 이현성 김혜윤 전예은
ISBN 978-89-5582-500-8  03840

아름드리미디어는 길벗어린이(주)의 청소년·단행본 브랜드입니다.

# 합본 서문

《신과 나눈 이야기》1권이 처음 서점에 진열된 것은 지금으로부터 10년 전이다. 책은 나온 지 몇 주 만에 수천 권이 팔렸고, 순식간에 출판계에 신드롬을 불러일으키면서 137주 동안 《뉴욕 타임스》 베스트셀러 목록에 올랐다. 137주면 2년 하고도 6개월이다. 《신과 나눈 이야기》 2권과 3권 역시 베스트셀러에 올랐다.

그 후 34개 언어로 번역된 이 책은 이제 세계 거의 모든 나라의 책방에서 찾을 수 있다. 전 세계에 걸쳐 수백만 부가 판매된 이 책은, 오늘날 가장 널리 읽히는 영성 서적 중 하나가 되었고, 덕분에 많은 나라의 수많은 사람들이 이 경이로운 책에 대해 알게 되었다.

어째서 이렇게 되었을까? 왜 이런 일이 벌어졌을까?

내가 뛰어난 작가여서 그렇게 된 건 아니다. 그렇다고 내가 제시한 근거가 의심할 여지 없는 사실이라고 사람들이 생각해서도 아니다. 그렇게 된 건 인류가 더 이상 스스로를 참아내지 못하는 단계에 들어섰기 때문이다. 지구 곳곳에서 사람들은 인간이 더 이상 지금까지 살아오던 방식대로 살아갈 수 없다는 사실을 뚜렷하게 인식하기 시작하고 있다.

우리는 지금껏 지녀온 견해를 더 이상 지닐 수 없고, 지금껏 수용해온 믿음을 더 이상 수용할 수 없으며, 지금껏 말해오던 것을 더 이상 말할 수 없고, 지금껏 해오던 행동 방식을 더 이상 할 수 없다. 뭔가가 바뀌고 있다. 아니, 모든 것이 바뀔 것이다. 돌이킬 수 없이, 그렇다고 더 낫지는 않은 쪽으로. 그러니 모든 게 멈추기 전에 뭔가를 멈추어야 한다.

사람들도 이 사실을 안다. 그래서 사람들은 해답을 찾고 있다. 바로 이런 상황에서 《신과 나눈 이야기》가 나타난 것이다.

이제 《신과 나눈 이야기》 출간 10주년을 맞아 합본이 나오게 되었는데, 이 또한 완벽한 타이밍이라고 해야 할 것이다. 세상은 우리가 마주하고 있는 문제들만이 아니라 그 문제들의 성격에 대해서도 예전 그 어느 때보다 더 잘 알게 되었다.

2004년 6월 23일, 아주 흥미로운 보도자료 하나가 통신사들에 전달되었다. 그 보도자료에는 해리스 인터렉티브 연구소가 전 달에 실시한 설문 조사 결과, 미국인 성인 가운데 69퍼센트가 지구 평화를 이루는 데 가장 큰 장애물로 종교 갈등을 들고 있다는 내용이 실려 있었다.

이보다 진실에 가까운 이야기는 없다. 그리고 대다수 사람들이 이 점을 알고 있다. 그리고 이 점이 바로 《신과 나눈 이야기》 같은 책들이 어째서 출간되는 모든 나라에서 베스트셀러 목록에 오르는지를 말해

6

준다. 사람들은 삶의 가장 큰 문제들에 대한 답을 모를 수도 있다. 하지만 지금까지 우리가 믿어왔던 답들이 더 이상 쓸모가 없다는 사실만은 알고 있다.

그래서 이제 우리는 드디어 무엇이 잘못되고 있는지 이해하기 시작했다(그리고 그것을 인정할 수 있게 되었다). 이제 우리는 신과 삶과 서로(이것들은 첫 번째 신념이 바뀌면 도미노처럼 나머지도 무너진다)에 대한 대안적 사고들을 살펴볼 수 있게 되었으며, 마침내 새로운 세상을 추구할 수 있게 되었다.

이 3부작은 그런 생각들도 가득하다. 전에도 여러 번 말했듯이, 이 책의 가치를 발견하기 위해 내가 실제로 신과 이야기를 나누었다고 믿을 필요는 없다. 나는 사람들에게 내 경험을 믿어달라고 요구한 적이 없다. 그냥 그 내용을 검토하고, 그것이 어디서 기원했는지 개의치 말고 여기서 제시한 발상들을 열린 마음과 열린 가슴으로 탐구하길 부탁했을 뿐이다.

이 시리즈가 출판되고 나서 10만 명이 넘는 사람들이 내게 편지나 쪽지, 이메일을 보내왔는데, 그들은 이 시리즈가 자신들의 삶에 아주 긍정적인 영향을 미쳤다고 전해주었다. 세상을 보는 시각이 명쾌해졌고, 삶을 대하는 자세가 바뀌었으며, 죄의식이 사라졌고, 관계가 놀랍게 확장되었으며, 성(性)을 더 이상 수치스러워하지 않게 되었고, 결혼 관계가 파국에서 벗어났으며, 올바른 생계 수단이 생겼고, 부모 노릇을 더 잘하게 되었으며, 자부심을 되찾았고, 신체와 정신과 영성의 건강이 개선되었고, 신에 대한 믿음을 되찾았다고 말했다.

들었는가? 그들은 신에 대한 믿음을 되찾았다고 했다!

사실 이것이야말로 이 모든 것의 의도와 목적이었다. 종교를 혼란에 빠뜨리고 거부하는 신앙 체계를 만들어내려는 것이 아니다. 종교와 대립하여 그것을 대신할 발상을 내놓으려는 것도 아니다. 신과 우리의 관계를 새롭게 하고 되살리는 방식으로 신에 대한 논의를 재개하고자 할 따름이다.

그 수천 통의 편지들 중에서 "25년 만에 처음으로 내 가슴이 신에게로 다시 열렸습니다"라든지, "우리 남편이 '드디어 만났어! 바로 이게 내가 믿을 수 있는 신이야!'라고 하더군요" 하는 식의 편지들이 얼마나 많은지 이루 말할 수가 없다. 그 가운데 가장 기억에 남는 것은 오리건 주 포틀랜드에 사는 리타 커티스가 10년 전에 내게 보낸 편지다. 거기에는 절대 잊지 못할 한 문장이 이렇게 적혀 있었다.

"사랑에 빠질 수 있는 신을 소개해주셔서 감사해요."

그녀의 이 말은 참으로 많은 것을 함축하고 있다. 오직 "사랑에 빠질 수 있는 신"만이 우리 세상을 구할 수 있다. 바로 이것이 여러분이 여기서 만나게 될 신이다.

만일 여러분이 이 내용의 일부나 전부를 전에 읽은 적이 있다면, 지금 이 자리에서 일어나기로 되어 있는 일은, 여러분의 영혼을 울리던 그 멋진 메시지를 다시 만나는 것이다. 이제 여러분은 그 마법을, 신과 우정을 나누는 경이를 다시 한번 경험할 때가 왔다.

또는 여러분이 이 글과 만난 것이 난생처음이어서 이 만남을 우연이라고 생각한다면, 다시 생각하라. 이 책은 여러분 마음의 갈구와 여러분 가슴의 기도와 여러분 영혼의 초대에 대한 응답으로 딱 맞는 시간에, 딱 맞는 방식으로 여러분에게 왔다.

그렇게 믿어라.

어떤 일도 우연히 일어나지 않는다.

어떤 일도.

닐 도날드 월쉬
2005년 5월, 10주년에 부쳐
오리건 주 애슐랜드

# Conversations with God
## 신과 나눈 이야기

# book 1

**앤 M. 월쉬**에게
이 책을 바친다.

그분은 내게 신이 존재함을
가르쳐주셨을 뿐만 아니라,
신이 내 가장 친한 벗이라는
놀라운 진실에 눈뜨게 해주셨다.
그리고 내게 그냥 어머니 이상이어서
신과 모든 좋은 것에 대한 사랑과 갈망이
내 안에서 태어나게 해주셨다.
어머니는 내가 태어나서
처음으로 만난 천사였다.


**알렉스 M. 월쉬**에게도
이 책을 바친다.

그분은 내가 살아오는 동안 계속해서
"그건 아무것도 아냐",
"'아니'라고 대답하지 마",
"네 운은 네가 만드는 거야",
"앞으로 비슷한 일들을 훨씬 더 많이 겪게 될 거야"
라고 내게 가르쳐주셨다.
아버지는 내가 처음으로 체험한
두려움 없음이었다.

# 감사의 말

나는 무엇보다 먼저, 그리고 마지막으로, 또한 언제나, 이 책에 있는 모든 것과 삶의 모든 것, 아니 삶 자체인 모든 것의 근원에 감사한다.

두 번째로 나는 모든 종교의 성인들과 현인들을 포함해서 내 영적 스승들에게 감사한다.

세 번째로 우리는 누구나 우리 삶에 끼친 영향이 너무나 크고 심오해서 감히 범주화하거나 서술할 수 없는 사람들의 명단을 갖고 있기 마련이다. 말하자면 자신들의 지혜를 우리에게 나눠주고 자신들의 진실을 우리에게 말해주며, 우리의 온갖 결점과 어리석음을 끝없이 인내하고, 이 모든 과정 동안 내내 우리를 지켜보면서 우리에게서 최고 장점들을 찾아냈던 사람들, 우리를 받아들이고 우리의 참된 선택이 아닌 부분을 거부하면서 우리를 자라게 해주고 더 크게 해준 사람들을.

그런 식으로 내 삶에서 도움을 준 사람들 중에는 우리 부모님을 위시하여, 서맨서 고르스키, 타라-제넬 월쉬, 웨인 데이비스, 브라이언 월쉬, 마더 라이트, 고(故) 벤 윌스 주니어, 롤런드 체임버스, 댄 힉스, C. 베리 카터 2세, 엘런 모이어, 앤 블랙웰, 돈 댄싱 프리, 에드 켈러, 라이먼 W. (빌) 그리즈월드, 엘리자베스 퀴블러-로스, 그리고 친애하는 테리 콜-위태커 등이 있다.

그리고 나는 이 사람들 속에 내 예전 단짝들도 포함시키고 싶다. 프라이버시 문제가 있어서 그들의 이름을 여기에 적을 수는 없지만, 그럼에도 나는 그들이 내 삶에 끼친 영향에 깊은 감사와 이해를 보낸다.

이들 모두에게 받았던 선물들이 내 가슴을 뿌듯하게 해주었듯이, 내 조력자이자 배우자이고 파트너인 낸시 플레밍 월쉬는 특히 내 가슴을 따뜻하게 해주었다. 낸시는 놀라운 지혜와 자비와 사랑을 가진 여성이어서, 인간관계에 대한 내 가장 고귀한 생각이 단순히 환상으로 남아 있지 않고 현실 속에서 실현될 수 있음을 보여준 사람이다.

네 번째이자 마지막으로, 나는 지금까지 한번도 만나지 못했지만 그들의 삶과 작품이 내게 너무나도 큰 영향을 주어서 내 존재의 깊은 곳에서부터 감사하지 않고는 도저히 넘어갈 수 없는 몇몇 사람들에게 감사한다. 그들이 나에게 준 그 황홀한 기쁨의 순간들과, 인간 조건에 대한 통찰력, 그리고 순수하고 소박한 생명느낌(내가 만들어낸 용어!)에 대해서.

여러분도 삶의 참된 진실이 주는 달콤하고 충만한 순간을 누군가에게서 느꼈을 것이다. 나에게 이런 것을 선사해준 사람들은 대부분 창조적인 공연 예술가들이었다. 내가 영감을 얻고 명상의 순간들에 잠기고 가장 아름답게 표현된 신을 발견한 것이 이런 예술에서였기 때문이다.

그래서 나는 노래로 내 영혼을 어루만지고 삶에 대한 새로운 희망을 가득 채워준 존 덴버, 내 삶의 체험과 많은 부분이 흡사해서 마치 그 저작들이 내 것인 양 내 삶 속으로 들어왔던 리처드 바크, 사람의 가슴을 몇 번씩 휘어잡는 예술성을 지닌, 삶의 진실을 단순히 아는 것이 아니라 느끼게 해주었던 바브라 스트라이샌드, 그리고 미래(예언) 소설들로 그 누구도 접근조차 못했던 방식으로 질문을 제기하고 대답을 제시했던 고(故) 로버트 하인라인에게 깊이 감사한다.

# 머리말

이제 여러분은 아주 특별한 체험을 하게 될 것이다. 여러분은 신과 이야기를 나누게 될 것이다. 아, 아, 나도 안다, 그런 일은 일어날 수 없다는 걸…… 아마 누구라도 **그런 일은 가능하지 않다**고 생각할(혹은 그렇게 배워왔을) 것이다. 신에게 말할 수는 있되 신과 이야기할 수는 없다고. 요는 신은 **응답해주지 않으리라**는 얘기. 그렇지 않은가? 적어도 통상적인 대화, 일상 대화의 형태로는 불가능하다고!

내 생각 역시 그랬다. 그런데 우연히도 이 책이 내게 나타났다. 상징적인 표현이나 비유가 아니라 문자 그대로 나타났다는 말이다. 이 책은 내가 쓴 게 아니라 내게 나타났다. 그리고 여러분이 이 책을 읽을 때는 여러분에게도 나타나리라. **우리 모두는 우리가 받아들일 채비를 하고 있던 그 진리로 인도될 것이기 때문이다.**

만일 내가 이 모든 내용을 비밀에 부쳤더라면, 내 삶은 훨씬 더 편해졌을 것이다. 그러나 이 책은 그렇게 하라고 내게 나타난 게 아니었다. 이 책이 내게 어떤 불편함을 끼치든 간에(신에 대한 모독이라느니, 사기라느니, 과거에 이런 진실들에 따라 살아오지 않은 주제에 이런 걸 발표하다니 위선자라느니, 좀 더 고약하게는 성자라느니 하는 말들을 듣는 불편함) 내가 이제 와서 공개하는 과정을 멈추는 건 불가능하다. 또 나 자신 그러기를 바라지도 않는다. 내게는 이 모든 것에서 물러날 기회가 여러 번 있었으나 그런 기회를 붙잡지 않았다. 나는 이 책에 대한 세상 사람들의 말이 아니라 내 본능이 말하는 바에 따르기로 결심했다.

내 본능은 이 책이 말도 안 되는 얘기나 좌절감에 사로잡힌 사람의 영적인 상상력이 빚어낸 허무맹랑한 얘기, 혹은 잘못 살아온 생을 변명하려는 사람의 자기 정당화 같은 게 아니라고 말한다. 아, 사실은 나도 혹시 그런 게 아닐까 생각해봤다. 그런 가능성 전부를. 그래서 이 책이 원고 상태로 있는 동안에 몇몇 사람들에게 나눠줘서 읽어보게 했다. 그런데 그들은 감동받았다. 울었다. 그리고 이 책에 담긴 즐거움과 유머에 웃음을 터트렸다. 그들은 자기네 삶이 변했다고 말했다. 그들은 전율했다. 그들은 권능을 부여받았다.

많은 사람들이 자신이 변화되었다고 말했다.

그때 나는 이 책이 모든 사람을 위한 것임을 알았고, 이 책이 출간 **되어야** 한다는 걸 알았다. 이 책은 이 안에 적힌 물음들에 깊은 관심을 갖고, 진정으로 대답을 갈구하는 모든 사람에게 놀라운 선물이 될 것이기에. 진지한 마음, 영혼의 간절함, 열린 가슴으로 진리를 추구해온 모든 사람에게. 그리고 **우리 대다수**가 바로 그런 사람들이다.

이 책은 우리가 품어온 의문들의 전부, 혹은 그 대부분에 대해 언급하고 있다. 삶과 사랑, 목적과 역할, 사람들과 관계, 선과 악, 죄의식과 죄, 용서와 속죄, 신에게 이르는 길과 지옥에 이르는 길 등에 대해, 그리고 섹스, 권력, 돈, 자식, 결혼, 이혼, 필생의 과업, 건강, 미래, 과거까지…… 이 **모든 것**을 정면에서 다루고 있다. 또한 전쟁과 평화, 앎과 무지, 주기와 받기, 기쁨과 슬픔, 구체성과 추상성, 보이는 것과 보이지 않는 것, 진실과 허위에 대해서도 살펴본다.

여러분은 이 책을 "만사에 대한 신의 가장 최근 발언"이라고 말할 수도 있으리라. 하지만 이걸 사실로 받아들이기 어려운 사람도 있을 것이다. 특히 신이 2000년 전에 말하기를 그쳤다고 생각하거나, 신이 성인들이나 무당들, 또는 20~30년 동안 열심히 명상해왔거나 적어도 10년은 수행해온 사람들(나는 이 중 어느 범주에도 들지 못한다)하고만 교류한다고 생각하는 사람들은.

진실은 신은 모든 사람과 말한다는 것이다. 선한 사람과 악한 사람, 성인(聖人)과 악당 모두와. 그 중간에 해당하는 우리 같은 사람들은 더 말할 나위도 없고. 이 책을 읽는 여러분을 예로 들어보자. 신은 여러분이 이제까지 살아오는 동안 수많은 방식으로 여러분에게 다가왔고, 이 책 역시 그런 방식들 중 하나일 뿐이다. 여러분은 제자가 준비를 갖추면 스승은 나타나기 마련이라는 옛 격언을 무수히 들어오지 않았는가? 이 책은 우리의 스승이다.

이 책이 내게 나타나기 시작한 직후, 나는 내가 신과 이야기하고 있다는 걸 알았다. 직접적으로, 개인적으로, 반박의 여지가 없는 방식으로. 신은 내 이해 능력에 적절히 맞추어 내 질문에 답해주고 있었다. 즉 내가 이해할 수 있는 방식과 언어로 말이다. 이 책이 구어체로 서술되어 있고, 신이 가끔 내 과거의 체험들이나 내가 다른 출처들에서 얻은 지식들을 언급하는 것도 다 그 때문일 것이다. 이제 나는 지금까지 살아오면서 내게 일어났던 모든 게 다 **신에게서 온 것**임을 안다. 그리고 그것들이 종합되어 **내가 던진 모든 질문**에 대한 훌륭하고 완벽한 답으로 나타나고 있다는 것도.

그 과정 어딘가에서 나는 하나의 책이, 출간의 의도를 지닌 책이 탄생하고 있다는 걸 깨달았다. 그리고 실제로 이 대화의 후반부를 쓰는 동안(1993년 2월), 연이은 3년간의 첫 부활절과 마지막 부활절 사이에 **세 권의** 책이 차례로 나오게 되리라는 구체적인 얘기를 들었다. 그리고 각 권이 다음과 같은 내용으로 이루어지리라는 얘기도.

- 1권은 주로 각 개인들이 당면한 삶의 과제와 기회를 중심으로 개인적인 주제들을 다루고,
- 2권은 이 행성에서의 지정학적, 형이상학적 삶이라는 범지구적인 주제들과 오늘날 전 세계가 직면한 여러 가지 어려운 과제들을 다루며,
- 3권은 우주 최고 최상의 진실들, 영혼이 안고 있는 과제들과 기회들에 대해 다룰 것이라고.

이 책은 그 3부작의 첫 권으로 1993년 2월에 완성되었다. 독자들의 이해를 돕기 위해 설명하자면, 나는 이 대화를 손으로 적었는데 마치 신이 목청 높여 얘기하기라도 하듯 특별히 강조한다고 여겨지는 문장들에는 밑줄을 긋거나 동그라미를 쳤다. 그 부분들은 나중에 책에서 진한 글씨로 표기되었다.

이제 나는 여기에 수록된 지혜를 되풀이해서 읽는 동안, 나 자신의 삶에 몹시 당황하고 있다는 사실을 고백해야겠다. 이제까지의 내 인생은 계속되는 과오와 실수, 얼마간의 몹시 부끄러운 행동들, 남들에게 상처를 줬거나 남들이 용서할 수 없는 것으로 받아들일 게 분명한 선택이나 결정들로 점철되어왔다. 나는 그런 것들이 남들에게 고통을

안겨줬다는 사실에 대해 깊이 자책하고 있지만, 그분들 덕분에 내가 배운, 그리고 **지금도** 여전히 배우고 있는 모든 것에 대해 더할 나위 없이 고마워하고 있다. 내 배움의 속도가 느린 것을 모든 분께 사과 드린다. 하지만 신은 나로 하여금 내 결함들을 용서하고 두려움과 죄책감 속에서 살지 말라고, 항상 좀 더 원대한 비전에 따라 살려고 애쓰라고 격려해주신다.

나는 신이 우리 모두에게 바라는 것이 바로 이것임을 잘 알고 있다.

닐 도날드 월쉬
1994년 크리스마스
오리건 주 센트럴 포인트

# Conversations with God

## 1

1992년 봄, 내가 기억하기로는 부활절 무렵이었던 것 같다. 내 인생에서 아주 기이한 일이 일어났다. 신이 여러분과 이야기하기 시작한 것이다—나를 통해서!

사연을 설명하자면 이렇다.

그 무렵 나는 가정생활 면에서도 직업상으로도, 그리고 정서 면에서도 몹시 불행했다. 내 인생은 모든 면에서 실패한 것처럼 느껴졌다. 나는 오래전부터 내 생각을 편지 형식으로 적는 습관을 갖고 있었기에(그걸 부친 적은 거의 없지만), 이날도 친숙한 노란색 종이철을 집어 들어 감정들을 쏟아내기 시작했다.

그런데 이번에는 이전과는 달리 나를 괴롭히는 사람에게 편지를 쓸 게 아니라, 내 모든 고통의 원천, 그 최대의 원흉과 직접 맞붙어보기로 했다. 나는 신에게 편지를 쓰기로 마음먹었다.

그건 원망스러운 마음으로 마구 퍼부어댄 편지요, 혼란과 비틀린 심사와 비난으로 가득한 편지였다. 또한 그것은 한 무더기의 분노 어린 질문들이었다.

왜 내 인생은 순탄하게 굴러가지 않는 겁니까? 잘 굴러가게 하려면 대체 뭐가 필요하단 말입니까? 어째서 나는 다른 사람들과 행복하고 즐거운 관계를 가질 수 없는 겁니까? 필요한 만큼의 돈을 만져보는 일 같은 건 내 평생 한번도 없을 거란 말입니까? 그리고 마지막이자 가장 힘주어 한 질문은 **대체 내가 무슨 짓을 했기에 늘 이렇게 고통스러운 삶을 살아야 한단 말입니까?**였다.

그런데 내가 그 누구도 대답해줄 수 없는, 쓰디쓴 이 마지막 질문을 휘갈기고 나서 펜을 내던지려 했을 때, 놀랍게도 보이지 않는 어떤 힘에 단단히 붙잡히기라도 한 것처럼 내 손은 종이 위에 그대로 놓여 있었다. 그러더니 갑자기 펜이 **저절로 움직이기** 시작했다. 뭔가 더 써야겠다는 생각이 전혀 없었는데도, 어떤 생각이 저절로 흘러나오고 있었다. 그래서 나는 그 흐름을 따르기로 했다. 그렇게 흘러나온 것은……

너는 이 모든 질문에 대답받기를 참으로 원하느냐, 아니면 그냥 푸념을 늘어놓고 있는 것이냐?

나는 놀라서 움찔했다…… 잠시 후 내 마음속에 한 가지 대답이 떠올랐다. 나는 그것도 글로 적었다.

양쪽 다입니다. 나는 분명 푸념을 늘어놓고 있습니다. 하지만 이 질문들에 대한 답이 있다면 죽는 한이 있어도 꼭sure as hell 듣고 싶습니다!

너는 온갖 것들에 대해서…… "죽는 한이 있어도"라고 하는 군. 하지만 기왕이면 "살아서 꼭sure as Heaven"이라고 하는 게 더 멋지지 않느냐?

그래서 나는 물었다.

그게 무슨 뜻인가요?라고.

미처 깨닫기도 전에 나는 이야기를 시작하고 있었던 것이다…… 게다가 나는 글을 쓰는 게 아니라 **받아쓰기**를 하고 있었다.

그 받아쓰기는 3년간 계속되었는데, 나는 그것이 어디로 가고 있는 지 그 당시에는 전혀 알지 못했다. 내가 종이에 적고 있던 질문들에 대한 대답들은, 질문을 완전히 다 적고 나서 **나 자신의 생각들을 떨쳐 버리기** 전에는 절대 내 머릿속에 떠오르지 않았다. 내가 받아 적는 속 도보다 훨씬 더 빨리 대답이 나오는 바람에, 그걸 쫓아가려고 마구 휘 갈겨 쓰고 있는 나 자신을 발견하는 일도 자주 있었다. 혼란스러워지 거나, 그 말들이 어딘가 다른 데서 오는 것이라는 느낌을 놓칠 때면, 나는 펜을 놓고 대화에서 벗어났다가 다시 영감—이런 표현을 써서 미안하지만 그 상태에 가장 잘 들어맞는 말은 이것뿐이다—을 느꼈 을 때, 비로소 노란 종이철 앞으로 돌아가 받아쓰기를 다시 시작했다.

지금 이 글을 쓰는 동안에도 이런 대화는 계속되고 있다. 나는 처 음엔 그걸 믿지 않았고, 그 다음엔 나 자신에게 퍽 의미 있는 대화라 생각했다. 하지만 이제 와서는 그것이 나만을 위한 게 아님을 깨닫게 되었다. 그것은 이 책을 만나는 여러분 모두를 위한 메시지다. 내 의문 은 곧 여러분의 의문이기도 하니까.

여기서 참으로 중요한 건 내 이야기가 아니라 **여러분의** 이야기이므로, 나는 가능한 한 빨리 여러분이 이 대화에 뛰어들었으면 한다. 여러분을 여기로 데려온 건 바로 여러분의 인생 체험이다. 이 책에 나오는 모든 내용은 **여러분** 저마다의 체험과 긴밀하게 맞물려 있다. 그렇지 않다면 여러분은 지금 이 대화에 참여하지도 않았으리라.

자, 이제 내가 아주 오랫동안 궁금하게 여겨왔던 한 가지 의문, 즉 신은 누구에게, 어떻게 이야기하는가?라는 의문에서 시작하여 신과의 대화 속으로 들어가보기로 하자. 내가 이 질문을 던졌을 때 받은 대답은 이러했다.

나는 모두에게 말하고 언제나 말한다. 문제는 내가 누구한테 말하는가가 아니라 누가 내 말을 귀담아듣는가다.

의아해진 나는 그 문제를 더 자세히 이야기해달라고 부탁했다. 그러자 신은 이렇게 말했다.

먼저 말한다talk를 **교류한다**communicate로 바꿔보자. 뒤의 것이 훨씬 낫고 훨씬 충실하며 더 정확한 말이다. 우리가 서로에게, 즉 내가 너희에게, 너희가 내게 얘기하려 할 때 우리는 곧바로 말의 한계에 갇히고 만다. 이 때문에 나는 말만으로 교류하지 않는다. 사실 내가 말로 교류하는 일은 거의 없다. 내가 가장 자주 쓰는 교류 형식은 느낌이다.
**느낌은 영혼의 언어다.**
만일 네가 어떤 것을 놓고 무엇이 자신에게 참인지 알고자 한다면, 네가 그것을 어떻게 느끼는지 살펴보라.

느낌이란 건 알아차리기 어려울 때가 많다. 받아들이기가 훨씬 더 어려운 경우도 자주 있고. 그러나 네 가장 내밀한 느낌 속에 감춰진 것이야말로 네 가장 고귀한 진실이다.

비결은 그런 느낌들에 다가가는 것이다. 어떻게 하는지 보여주겠다. 물론 네가 원한다면 말이다.

나는 신에게 원한다고 말했다. 하지만 그 자리에서 당장 원했던 것은 내 첫 번째 질문에 대한 좀 더 완벽하고 충실한 대답이었다. 그러자 신은 이렇게 말했다.

나는 **생각**으로도 교류한다. 생각과 느낌은 동시에 일어날 수도 있지만 같은 것은 아니다. 생각으로 교류할 때 나는 영상을 자주 사용한다. 그 때문에 교류 도구란 면에서 생각은 단순한 말보다 효과가 크다.

느낌과 생각 외에 나는 **체험**이라는 전달 수단을 사용하기도 한다. 체험은 참으로 위대한 전달자다.

그리고 마지막으로 느낌도 생각도 체험도 모조리 실패할 때, 나는 **말**을 쓴다. 사실 말은 가장 비효율적인 전달자다. 말은 너무나 빈번하게 잘못된 해석이나 오해를 낳곤 한다.

왜 그렇다고 생각하는가? 말의 본질이 그렇기 때문이다. 말은 그저 입 밖에 내는 소리에 지나지 않는다. 느낌과 생각과 체험을 **드러내는 소리**. 말은 상징이자 기호고 표지(標識)다. 말은 '진리'가 아니다. 말은 실체가 아니다.

너희가 뭔가를 이해하고자 할 때 말의 도움을 받을 수는 있다. 하지만 너희에게 앎을 주는 것은 체험이다. 물론 너희가 체험할 수 없는 것들도 있다. 그래서 나는 너희에게 앎의 다른 도구들도 주었다. 느낌과 생각이라는 도구들을.

**그런데 여기서 최고의 역설은 너희가 '신의 말'은 그토록 중요하게 여기면서도, 체험은 아주 하찮게 여긴다는 점이다.**

사실 너희는 체험을 너무나 하찮게 여기고 있어서, 체험한 신이 말로 들은 신과 다를 때 아무 생각 없이 체험을 버리고 말을 간직한다. 마땅히 그 반대가 되어야 하는데도 말이다.

너희가 어떤 것을 체험하고 느낀다는 것은, 그것을 사실로 알고 직관으로 안다는 것을 뜻한다. 반면에 말이란 너희가 아는 것을 **상징**으로 나타내고자 할 뿐이어서, 흔히 너희의 앎을 **어지럽힌다.**

자, 이런 것들이 내 교류 도구들이다. 하지만 이것들이 그 자체로 교류 방법은 아니다. 모든 느낌과 모든 생각과 모든 체험과 모든 말이 다 나한테서 나오는 건 아니기에.

이제까지 많은 사람들이 내 이름을 빌려 많은 말을 해왔고, 많은 생각과 많은 느낌이 내가 직접 창조하지 않은 근거들의 뒷받침을 받아왔으며, 많은 체험이 그런 근거들에서 비롯되었다.

이런 도전은 통찰력으로 해결해야 하는 문제다. 신에게서 나온 메시지와 다른 출처에서 나온 자료의 차이를 알기란 쉽지 않다. 그럴 때 다음과 같은 기본 원칙을 적용해보면 문제가 간단히 풀린다.

**너희의 '가장 고귀한 생각', '가장 명확한 말', '가장 강렬한 느낌'은 항상 내 것이다. 그보다 덜한 모든 건 다른 출처에서 온 것**

**이다.**

초심자조차도 가장 고귀하고 가장 명확하고 가장 강렬한 것을 확인하기란 결코 어렵지 않을 것이니, 이제 구별하기는 쉬운 일이 된다.

그러나 나는 너희에게 다음과 같은 지침들도 주려 한다.

'가장 고귀한 생각'이란 예외 없이 기쁨이 담겨 있는 생각이며, '가장 명확한 말'이란 진리를 담고 있는 말이며, '가장 강렬한 느낌'이란 너희가 사랑이라 부르는 바로 그 느낌이다.

기쁨과 진리와 사랑.

이 셋은 서로 뒤바뀔 수 있으며, 하나는 언제나 다른 것들을 가져다준다. 그것들이 어떤 순서로 놓여 있는가는 하등 중요하지 않다.

이 지침들을 가지고 어떤 메시지가 내 것이고 어떤 것이 다른 출처에서 온 것인지 결정하고 나면, 남은 단 하나의 문제는 내 메시지에 주의를 기울이는가 아닌가뿐이다.

너희는 내 메시지를 대부분 그냥 흘려버린다. 어떤 메시지들은 너무 훌륭해서 진짜 같아 보이지 않고, 또 어떤 메시지들은 너무 어려워 따를 수 없을 것 같다는 이유로. 많은 메시지들은 단순히 잘못 이해되기 때문에. 그리고 대다수 메시지는 받아들여지지 않기 때문에.

내 메시지의 가장 강력한 전달자는 체험이다. 하지만 너희는 체험조차 무시한다. 아니, 너희는 **특히** 이것을 무시한다.

만일 너희가 자신들의 체험에만 귀를 기울였더라도 너희 세상이 지금처럼 되지는 않았을 것이다. 너희가 체험을 거듭거듭 되풀이해서 겪게 되는 것은 체험에 귀 기울이지 않았기 때문이다. 하지만 내 목적은 방해받지 않을 것이고 내 의지는 무시당하지 않을 것이기에, 너희는 늦든 빠르든 결국 그 메시지를 **받아들이게 될 것이다.**

그러나 나는 결코 너희에게 강요하지 않을 것이다. 나는 결코 너희를 지배하지 않을 것이다. 내가 너희에게 너희가 선택한 대로 할 수 있는 힘, 자유의지를 주었고, 그것을 너희에게서 도로 빼앗는 일은 결코 없을 것이기에. 앞으로도 영원히 그런 일은 없을 것이기에.

그러므로 너희가 우주의 어느 구석에 있든 나는 몇천 몇만 년을 두고 같은 메시지들을 너희에게 전하고 또 전하고 또 전할 것이다. 너희가 내 메시지들을 받아들일 때까지, 그것들을 가까이 두고 너희 자신의 것이라 말할 때까지, 나는 끝없이 보낼 것이다.

내 메시지들은 몇백만 년에 걸쳐 몇천 번의 순간에 몇백 가지 형태로 올 것이다. 너희가 진실로 귀 기울인다면 그것들을 놓칠 리 없을 것이며, 한번이라도 진실로 듣고 나면 그것들을 무시할 수 없을 것이다. 그러고 나면 우리의 교류는 가장 진지하게 시작될 것이다. 과거에 너희는 그저 나한테 이야기하거나 기도하거나 나를 중재하거나 내게 탄원하기만 했다. 그러나 한번이라도 진실로 듣고 나면 그때부터 나는 너희에게 **답해줄 수** 있다. 또 지금 내가 하고 있는 것처럼 할 수도 있다.

이런 교류가 신에게서 왔다는 걸 제가 어떻게 알 수 있습니까? 이것이 내 멋대로의 상상이 아니라는 걸 어떻게 알 수 있냐구요?

　**그게 어떻게 다르단 말이냐?** 너는 내가 그 어떤 경우에도 그러하듯이, 네 상상을 통해서도 얼마든지 쉽게 일할 수 있다는 걸 모르겠는가? 나는 아무 때든 한 가지 혹은 여러 가지 장치를 써서 그 순간의 목표에 정확히 들어맞는, 그야말로 딱 부러진 생각이나 말, 느낌 따위를 네게 줄 것이다.

　네가 이제까지 자신의 힘만으로 이렇게 명확하게 말한 적이 한번도 없으니, 이 말들이 나한테서 왔음을 알 것이다. 예전에 이미 네가 이 질문들에 이렇게 분명하게 답할 수 있었다면, 아마 너는 이것들을 묻지도 않았으리라.

　신은 누구와 교류합니까? 특별한 사람들이 있습니까? 또 그렇게 하는 특별한 시기가 있는 겁니까?

　모든 사람이 다 특별하고 모든 순간이 다 소중하다. 다른 사람보다 더 특별한 사람, 다른 때보다 더 특별한 때 같은 건 없다. 많은 사람들이, 신은 특별한 방법으로 특별한 사람들과만 교류한다고 믿는 쪽을 선택한다. 이런 선택으로 많은 사람들이 내 메시지를 들어야 하는 책임에서 벗어나고, 내 메시지를 **훨씬 덜 받아들이며**(이건 또 다른 문제이지만), 다른 누군가의 말을 전부라고 여긴다. 너희는 내게 귀 기울일 필요가 없게 된다. 이미 다른 사람들이 나한테서 온갖 주제들에 관해 듣고 있는 걸로 판단했으니 말이다. 그래서 너희는 그들에게 귀 기울여 들어달라고 한다.

다른 사람들이 내 말이라고 전하는 것에만 귀 기울이면 되므로 너희는 **전혀 생각할 필요가 없다.**

많은 사람들이 개인 차원에서 내 메시지를 외면하는 가장 큰 이유가 바로 이것이다. 만일 너희가 **직접** 내 메시지를 받고 있음을 인정한다면, 당연히 그것을 해석할 책임은 너희에게 있다. 지금 이 순간에 너희가 충분히 잘 받아들일 수도 있는 메시지를 해석하려 애쓰기보다, 너희는 타인들(심지어 2000년 전에 살았던 사람들)의 해석을 받아들이는 쪽이 훨씬 더 안전하고 훨씬 더 편하다고 여긴다.

하지만 나는 신과 교류하는 새로운 형식으로 너를 초대한다. 그것은 **양방향**의 교류다. 실제로 나를 초대한 건 너다. 왜냐하면 나는 **네 부름에 답해서** 지금 이 순간 이런 형식으로 네게 왔기에.

어떤 사람들, 예컨대 예수 같은 사람들은 다른 사람들보다 당신의 메시지를 더 잘 듣는 것 같은데, 그건 왜 그런 겁니까?

그 사람들은 진실로 들으려 하기 때문이다. 그들은 기꺼이 듣고자 하며, 두렵거나 미친 짓 같아 보이거나, 완전히 잘못된 것처럼 여겨질 때조차도, 기꺼이 나와의 교류에 문을 열어놓고자 한다.

우리는 자기가 들은 게 틀린 것처럼 여겨질 때도 신에게 귀 기울여야 합니까?

틀린 것처럼 여겨질 때 특히 더 그래야 한다. 만일 너희가 매사에 자신이 옳다고만 여긴다면 신과 대화할 필요가 어디에 있는가?

그냥 앞으로 나아가면서 너희가 아는 바 그대로 행동하면 되지 않겠는가? 하지만 시간이 시작된 이래 너희가 줄창 해온 게 바로 그런 짓임을 잊지 마라. 그리고 이 세상이 어떤 꼴을 하고 있는지 보라. 너희는 분명 뭔가를 놓쳐왔다. 너희가 이해하지 못하는 뭔가가 분명히 존재한다. 너희가 이해하는 것은 너희에게 옳게 여겨질 것이다. "옳다" 자체가 자신이 동의하는 어떤 것을 가리킬 때 너희가 쓰는 용어니까. 그러므로 너희가 놓친 것은 처음에는 "틀린" 것으로 보일 것이다.

여기서 앞으로 나아가는 단 하나의 방법은 자신에게, "내가 '틀렸다'고 생각한 모든 것이 사실은 '옳다'면 어떻게 되는가?"라고 물어보는 것이다. 위대한 과학자들은 누구나 이 방법을 잘 알고 있다. 하는 일이 순조롭지 않을 때 과학자는 기왕의 모든 가설을 제쳐두고 새로 시작한다. 모든 위대한 발견은 틀렸다는 것을 받아들이는 의지와 능력에서 비롯되었다. 여기서 필요한 건 바로 그런 의지와 능력이다.

너희는 자신들이 **이미** 신을 알고 있다고 중얼거리는 짓을 멈출 때까지는 신을 알 수 없다. 너희는 자신들이 이미 신의 이야기를 들었다고 생각하는 짓을 멈출 때까지는 신의 말을 들을 수 없다.

**나는 너희가 나한테 너희의 진리를 말하는 짓을 그만둘 때까지는 내 진리를 말할 수 없다.**

하지만 신에 관한 내 진리는 **당신한테서** 온 것입니다.

**누가 그렇게 말했는가?**

다른 사람들이요.

**어떤 다른 사람들?**

지도자들. 목사들. 랍비들. 사제들. 책들. 거기다 성서도요!

**그런 것들은 믿을 만한 출처가 못 된다.**

그것들이 믿을 만한 출처가 **아니라고요?**

**그렇다.**

그럼 뭐가 믿을 만한 출처인가요?

**네 느낌에 귀를 기울여라. '네 가장 고귀한 생각들'에 귀를 기울여라. 네 체험에 귀를 기울여라. 이 중 어느 하나라도 네 선생들이 말한 바나 네가 책에서 읽은 바와 다르다면, 그 말들을 잊**

**어버려라. 말이란 건 가장 믿음직스럽지 못한 진리 조달업자다.**

당신한테 말하고 싶은 게 너무 많고 물어보고 싶은 게 너무 많아서, 어디서부터 시작해야 좋을지 모르겠습니다.

예컨대, 어째서 당신은 자신을 드러내지 않죠? 진실로 신이 존재하고, 당신이 바로 그라면, 왜 당신은 우리 모두가 이해할 수 있는 방식으로 자신을 드러내지 않는 겁니까?

나는 수도 없이 되풀이해서 그렇게 해왔으며, 지금도 또 한 번 그렇게 하고 있는 중이다.

그게 아니고, 반박할 수도 부정할 수도 없는, 확연한 드러남 말입니다.

예를 들면?

예컨대 바로 지금 제 눈앞에 나타나는 식으로 말입니다.

바로 지금 나는 그렇게 하고 있다.

어디 계시는데요?

네가 바라보는 곳 어디에나.

아니, 나는 반박할 여지가 없는 방식을 말하는 겁니다. 그 누구도 부정할 수 없는 방식 말입니다.

그게 어떤 방식이어야 한다는 거냐? 너는 나를 어떤 형상, 혹은 어떤 모습으로 나타나게 하려는 거냐?

당신이 실제로 지니고 있는 형상이나 모습으로요.

나는 너희가 이해하는 어떤 형상이나 모습도 지니고 있지 않기에 그건 불가능하다. 내가 너희가 **이해할 수 있는** 형상이나 **모습을 취할 수는 있으나**, 그러면 누구나 하나같이 자기네가 본 것이 신의 많은 형상이나 모습들 중 하나가 아니라, 유일한 형상이자 모습이라 여길 것이다.

사람들은 내가, 자기네가 보지 못하는 어떤 존재가 아니라, 자기네가 보는 대로의 존재인 줄 믿는다. 하지만 나는 어느 특정 순간에 화(化)한 무엇이 아니라, '위대한 보이지 않음Great Unseen'이다. 어떤 의미에서는 내가 **아닌 것이** 나다. 나는 **없음** am-notness에서 나오고 항상 그것으로 되돌아간다.

그럼에도 내가 특정 형상, 곧 사람들이 나를 이해할 수 있으리라 여기는 형상으로 나타나면, 사람들은 **나를 영원히 그 형상으로 규정한다.**

그래서 내가 다른 사람들에게 다른 형상으로 나타나야 했다면, 앞서 나를 본 사람들은 그들에게, 그것은 내가 아니라고 말한다. 자기네에게 나타났던 모습과 다른 모습으로 나타났고, 똑같은 것을 말하지도 않았으니, 어찌 그것이 나일 수 있겠냐고 하면서 말이다.

이제 알겠느냐? 나 자신을 어떤 형상, 어떤 방식으로 드러내는가는 전혀 중요하지 않다. 내가 **어떤 방식을 택하고 어떤 형상을 하든** 반박할 수 없는 경우는 **결코 없을 것이다.**

하지만 당신이 자신의 정체를 의심할 여지 없이 명백하게 입증해 줄 행동을 한다면……

……그게 악마의 짓이라거나 그저 누군가의 상상일 뿐이라고 말할 사람들, 혹은 나 아닌 다른 어떤 원인에서 비롯된 것이라고 말할 사람들은 여전히 존재한다.

만일 내가 나 자신을 '전능한 신', '하늘과 땅의 왕'으로서 드러내고, 그것을 입증하려고 산을 옮긴다 해도 "그건 악마가 틀림없어"라고 말할 사람들이 있을 것이다.

또 마땅히 그렇게 해야 한다. 왜냐하면 신은 외부 관찰이 아니라 내면 체험을 통해 신 자신에게 스스로를 드러내는 법이니까. 그리고 일단 내면 체험으로 신 자신이 드러나게 되면 외부 관찰은 필요하지 않다. 또 외부 관찰이 필요하다면 내면 체험은 가능하지 않고.

게다가 신 자신을 드러내라는 요구는 실현될 수 없다. 그런 요청 자체가 곧 신이 그곳에 없다는, 즉 신의 어떤 것도 지금 드러나고 있지 않다는 진술이기에. 그런 진술은 그런 체험을 낳는다. 왜냐하면 어떤 것에 관한 너희의 생각은 **창조력을 갖고**

있고, 너희의 말은 **생산력**을 갖고 있으며, 너희의 생각과 말은 함께 어우러져 너희의 현실을 만들어내는 엄청난 힘을 갖기 때문이다. 그러므로 너희는 **지금 신이 드러나지 않는 현실**을 체험할 것이다. 신이 존재한다면 굳이 신의 존재를 **청하지** 않을 것이기에.

그 말씀은 원하는 어떤 것도 청할 수 없다는 뜻입니까? 우리가 무엇을 달라고 기도하는 것이 실제로는 그것을 **오히려 밀쳐낸다**고 말씀하시는 건가요?

이것은 오랜 세월 되풀이해온 질문으로, 나는 이런 질문이 나올 때마다 항상 답해주었다. 하지만 너희는 내 대답을 듣거나 믿으려 하지 않았다.

지금의 용어와 지금의 언어로 그 질문에 다시 답해주겠노라. 그건 이러하다.

너희는 너희가 청하는 걸 갖지 못할 것이며, 너희가 원하는 어떤 것도 가질 수 없다. 너희의 요구 자체가 결핍에 관한 진술이며, 뭔가를 원한다want는 너희의 진술은 정확히 그런 체험, 곧 모자람wanting을 너희의 현실에 만들어내는 작용을 할 뿐이다.

**그러므로 올바른 기도는 간청의 기도가 아니라 감사의 기도다.**

너희가 현실에서 체험하기로 선택한 것에 대해 미리 신에게 감사할 때, 사실상 너희는 그것이…… **실제로** 있음을 인정하는 셈이다. 따라서 감사는 신에게 보내는 가장 강력한 진술, 너희가 청하기도 전에 내가 먼저 대답해주는, 하나의 확약이다.

그러므로 결코 간청하지 마라. **감사하라.**

하지만 만일 내가 뭔가를 기대하고 신에게 미리 감사했는데, 그게 끝내 나타나지 않는다면요? 그럴 경우 환멸과 쓰라린 심정에 사로잡힐 수도 있을 텐데요.

감사를 신을 **조종하는** 도구, 우주를 기만하는 **방책으로** 써서는 안 된다. 자신에게 거짓말을 할 수는 없는 법이다. 너희의 정신은 너희가 생각하는 것의 진실을 알고 있다. 만일 너희의 지금 현실에서 그것이 존재하지 않음을 너무나 확실히 알면서도, "이렇게 저렇게 해주신 것을 신께 감사합니다"고 말하고 있다면, 너희는 신이 너희보다 **똑똑하지 못해서** 너희에게 그것을 마련해주리라고 기대하는 것이냐?

신은 너희가 아는 것을 안다. 그리고 너희가 아는 것은 너희의 현실로 나타나는 것이다.

하지만 그렇다면 어떤 것이 **존재하지 않음을** 아는데, 어떻게 그것에 진심으로 감사할 수 있습니까?

믿음. 만일 너희가 겨자씨만 한 믿음이라도 갖고 있다면 산도 옮길 것이다. 그것이 있다고 내가 **말했기에**, 너희가 청하기도 전에 대답해주리라고 내가 **말했기에**, 상상할 수 있는 모든 방법을 다 동원하여, 너희가 이름을 댈 수 있는 모든 스승을 통하여, 너희가 어떤 것을 선택하든 '내 이름'으로 선택한다면, 그것이 있게 되리라고 내가 너희에게 **말했고** 또 말해왔기에, 너희는 그것이 있음을 알게 되는 것이다.

그러나 너무나 많은 사람들이 자기네 기도에 아무 응답도 오지 않았다고 말합니다.

기도란 **있는** 그대로에 대한 열렬한 진술이다. 따라서 어떤 기도도 응답 없이 지나가지 않는다. 모든 기도, 모든 생각, 모든 진술, 모든 느낌에는 창조하는 힘이 있다. 그 기도를 얼마나 열렬하게 진실하게 지속하는가에 따라, 바로 그 정도에 따라, 그것은 너희의 체험 속에서 구체화될 것이다.

기도에 응답이 없었다고 할 때도, 실제로는 가장 열렬하게 품고 있는 생각이나 말 혹은 느낌이 **작용한다.** 하지만 너희가 알아두어야 할 건, 생각을 조종하는 것은 언제나 생각 뒤의 생각이란 점이다. 여기에 비밀이 있다. 이것을 '받침 생각Sponsoring Thought'이라 부를 수도 있을 것이다.

그러므로 구걸하거나 간청한다면 너희가 선택하는 것을 체험할 가능성은 훨씬 더 낮아진다. 그 모든 간청의 배후에 있는 '받침 생각'은, 자신은 **지금 원하는 걸 갖고 있지 않다**는 것이기에, 그런 식의 받침 생각이 너희 현실이 되는 것이다.

이런 생각을 뒤덮을 수 있는 단 하나의 받침 생각은 무엇을 요구하더라도 신은 **틀림없이** 들어줄 거라는 믿음을 가진 생각이다. 어떤 사람들은 그런 믿음을 갖고 있다. 하지만 그 수는 아주 적다.

신이 모든 요구를 언제나 들어주리라고 믿어야 하는 게 아니라, **그런 요구 자체가 필요하지 않다는 걸** 직관으로 이해할 때 **기도하기는 훨씬 수월해진다. 그럴 때 그 기도는 감사의 기도가 된다. 그것은 결코 요구가 아니다. 그것은 있는 그대로에 대한 감사의 진술이다.**

기도가 있는 그대로에 대한 진술이라고 하실 때, 신인 당신은 아무것도 하지 않으며, 기도 뒤에 일어나는 모든 일은 그 **기도가 만든** 결과일 뿐이란 말씀입니까?

만일 너희가, 모든 기도를 듣고 어떤 기도들에는 "그래"라고 하고, 다른 기도들에는 "안 돼"라고 하고, 그 나머지 기도들에는 "어쩌면, 하지만 지금은 안 돼"라고 말하는 어떤 전능한 존재를 신이라 믿는다면, 너희는 잘못 생각하고 있다. 도대체 어떻게 신이 그런 주먹구구식 결정을 한단 말인가?

만일 신이 너희 삶의 **모든 것을 창조하고 결정하는 존재**라 믿는다면, 너희는 잘못 생각하고 있다.

신은 창조자가 아니라 관찰자다. 그리고 신은 너희가 삶을 살아갈 때 기꺼이 너희를 거들기 위해 옆에 서 있겠지만, 너희가 기대하는 방식으로는 아니다.

**너희 삶의 환경이나 조건을 만들거나 만들지 않는 건 신의 직분이 아니다.** 신은 자신의 형상대로, 자신의 닮은꼴로 너희를 창조했다. 너희는 신이 너희에게 준 힘을 가지고 그 나머지를 창조했다. 신은 너희가 알다시피 생명의 과정과 생명 자체를 창조했다. 하지만 신은 너희에게 너희가 원하는 대로 삶을 영위할 수 있는 자유선택권을 주었다.

이런 의미에서 **자신에 대한 너희의 의지는 너희에 대한 신의 의지이기도 하다.**

너희는 나름의 방식으로 너희의 삶을 살고 있고, **나는 그것을 좋아하지도 싫어하지도 않는다.**

신이 너희가 하는 일에 여러모로 마음 쓰리라는 생각은 너희가 빠져 있는 크나큰 환상에 지나지 않는다. 이런 말을 들으면 무척 서운하겠지만, 나는 너희가 뭘 하든 **마음 쓰지 않는다.** 하지만 너희라고 아이들을 밖에 나가 놀게 할 때 아이들이 뭘 하는지에 신경을 쓰는가? 그 애들이 술래잡기를 하든 숨바꼭질을 하든 흉내놀이를 하든, 너희에게 그것이 중요한 문제일까? 아니다. 아이들이 완벽하게 안전하다는 걸 너희가 이미 알고 있으니, 그것은 중요한 문제가 아니다. 너희는 아이들을 편안하고 만사가 순조로워 보이는 환경 속에 놓아두었다.

물론 너희는 늘 애들이 **다치지 않기**를 바랄 것이다. 그리고 애들이 다친다면 당장 달려가서 애들을 도와주고 치료해주며, 다시 편안하고 행복하게 해주고, 다음날 다시 나가 놀게 해줄 것이다. 이튿날에도 애들이 숨바꼭질을 택하든 흉내놀이를 택하든 너희는 상관하지 않을 것이다.

물론 너희는 애들한테 어떤 놀이가 위험한지 얘기해줄 것이다. 그러나 너희는 애들이 위험한 짓을 하는 걸 막을 수는 없다. 항상 그렇게 할 수 있는 것도 아니고, 영원히 할 수 있는 것도 아니다. 지금부터 죽음에 이르기까지의 모든 순간마다 그렇게 할 수는 없다. 현명한 부모는 이 점을 알고 있다. 그러나 부모는 그 결과에 마음 쓰는 것을 결코 그만두지 못한다. 과정에는 그다지 마음 쓰지 않지만 결과에는 무척 마음 쓰는 이 같은 양면성이 신의 양면성을 설명할 때 비슷한 예가 된다.

그러나 어떤 의미에서 보면 신은 결과에도 마음 쓰지 않는다. **궁극의 결과**에 대해서는. 궁극의 결과는 보장되어 있기 때문이다.

따라서 삶의 결과가 불확실하다는 생각은 인간들이 품고 있는 두 번째 크나큰 환상일 뿐이다.

너희의 가장 큰 적인 두려움을 낳는 것은 궁극의 결과에 대한 이 같은 의심이다. 너희가 결과를 의심한다면 너희는 창조주, 즉 신을 의심해야 하고, 신을 의심한다면 너희는 평생 동안 두려움과 죄책감 속에서 살아야 하기 때문이다.

너희가 신의 의도와 이 같은 궁극의 결과를 낳을 수 있는 신의 능력을 의심한다면, 어떻게 한시라도 마음 편히 쉴 수 있겠는가? 어떻게 단 한번이라도 진실로 평화를 찾을 수 있겠는가?

그러나 신은 의도대로 결과를 만들어내기에 **충분한 능력**을 갖고 있다. 하지만 너희는 이것을 믿지 못하거나 믿지 않으려 한다(너희가 신의 전능함을 주장한다 하더라도). 그리하여 너희는 **신의 의지를 훼방할** 방법을 찾아내려고, 신과 맞먹는 힘을 너희의 상상 속에서 창조해내야 했다. 이렇게 해서 '악마'라 부르는 존재가 너희의 신화 속에 탄생했다. 너희는 신이 이 존재와

**전쟁을** 치르고 있다는 상상까지 해왔다(신도 너희가 하는 식으로 문제를 풀 거라고 생각하면서). 마지막으로 너희는 신이 이 전쟁에서 실제로 질 수도 있다고 상상해왔다.

**이 모든 것이 사실상 너희가 알고 있다고 여기는 신의 이미지를 훼손하는 것이지만, 여기서 중요한 건 그게 아니다. 문제는 너희가 환상 속에 살고 있으며, 그 때문에 두려움에 시달린다는 것이다. 신을 의심하겠다는 너희의 바로 그 결심 때문에.**

그러나 네가 새로운 결정을 내린다면? 그러면 어떤 결과가 빚어질까?

내가 말해주겠다. 너는 부처처럼, 예수처럼, 그리고 너희가 일찍이 숭배했던 그 모든 성인처럼 살게 될 것이다.

그러나 다수의 성인들에 대해 그러했듯이, 사람들은 너를 이해하려 들지 않을 것이다. 그리고 네가 느끼는 평온함과 삶의 기쁨과 마음속의 법열을 설명하려 들면, 그들은 네 말을 듣긴 하겠지만 받아들이지는 않을 것이다. 그들은 네 말을 따라하겠지만 거기에 덧붙이려 할 것이다.

그들은 자기네가 찾지 못한 걸 네가 어떻게 찾아냈는지 궁금해하다가, 이윽고 질투를 키워갈 것이다. 질투는 얼마 안 가 분노로 바뀌어, 그들은 화를 내면서 신을 이해하지 못하는 쪽은 너라는 걸 네게 납득시키려 애쓸 것이다.

그리고 네가 느끼는 기쁨에서 너를 떼내지 못한다면, 그들은 크나큰 분노에 휩싸인 나머지 너를 해치려 들 것이다. 그리고 네가, 그래봤자 소용없다, 죽음조차도 네 기쁨을 방해할 수 없고 네 진실을 바꿀 수 없다고 하면, 그들은 분명 너를 **죽일 것**

**이다.** 그리고 나서 네가 죽음을 받아들이는 그 평온함을 보게 되면, 그들은 성자라 부르며 다시 너를 사랑할 것이다.

**자기네가 가장 소중히 여기는 것을 사랑하다가 파괴하고 다시 사랑하는 게 사람의 본성이기 때문이다.**

하지만 왜죠? 우리는 왜 그렇게 하는 거죠?

인간의 모든 행동은 그 가장 깊은 단계에서 두 가지 감정 중 어느 하나, 곧 두려움이나 사랑에서 시작된다. 사실 영혼의 언어 속에는 단 두 가지 감정, 단 두 마디 말만이 존재한다. 이 둘은 내가 우주와, 너희가 오늘날 알고 있는 바대로의 세상을 만들었을 때 함께 창조했던 위대한 양극성의 두 극단이다.

이 둘은 너희가 "상대성"이라 부르는 체계가 존재할 수 있게 해주는 두 극점, '알파'와 '오메가'다. 이 두 극점이 없다면, 현상에 관한 이 두 개념이 없다면, 어떤 다른 개념도 존재할 수 없다.

인간의 모든 생각과 행동은 사랑이나 두려움, 어느 한쪽에 뿌리를 두고 있다. 그 밖에는 다른 어떤 행동 동기도 존재하지 **않는다.** 그 밖의 모든 개념은 이 둘의 파생물에 지나지 않는다. 그것들은 그저 같은 주제의 변주들, 다른 꼬임들일 뿐이다.

이것에 대해 깊이 생각해보라. 그러면 너는 그게 사실임을 알 것이다. 이것이 바로 내가 '받침 생각'이라 부른 것이다. 받침 생각은 사랑이나 두려움에서 비롯된 생각이다. 이것은 생각 **뒤의 뒤의** 생각이다. 이것은 최초의 생각이며, 원초의 힘이고, 인간 체험의 엔진을 움직이는 생짜 에너지다.

따라서 사람들의 행동이 거듭 반복 체험을 하게 되는 것이 이런 사정 때문이며, 사람들이 사랑하다가 파괴하고 다시 사랑하는 까닭도 여기에 있다. 사람들은 이 감정에서 저 감정으로 늘 흔들린다. 사랑은 두려움을 낳고 두려움은 사랑을 낳고 사랑은 두려움을 낳고……

……그리고 그 이유는 신이 믿을 수 없는 존재라는 첫 번째 거짓말, 너희가 신에 관한 진실이라 여기는 바로 그 거짓말에서 찾을 수 있다. 신의 사랑에 기댈 수 없으며, 신은 너희를 조건부로 받아들이며, 따라서 궁극의 결과는 불확실하다는 그 첫 번째 거짓말에서. 너희가 항상 거기에 있는 **신의 사랑**에 기댈 수 없다면 대체 누구의 사랑에 기댈 수 있단 말인가? 너희가 제대로 해내지 않는다고 해서 신이 뒤로 물러나 움츠린다면 평범한 인간들이야 더 말할 나위도 없지 않겠느냐?

**……그리하여 너희가 지고한 사랑을 맹세하는 바로 그 순간 너희는 가장 큰 두려움을 맞아들이게 된다.**

왜냐하면 너희는 "사랑한다"고 말하자마자 과연 상대방이 그 말을 되돌려줄 것인지를 걱정하기 때문이다. 그리고 설사 그 말을 되돌려받는다 해도 너희는 그 순간부터 이제 막 찾아낸 사랑을 잃게 될까봐 걱정하기 시작한다. 그리하여 너희의 모든 행동이 상실에 맞선 방어라는 반작용이 된다. **심지어 너희는 신의 상실에 맞서 자신을 지키려 한다.**

그러나 '자신이 누군지Who You Are'(이하 '자신'으로도 번역 - 옮긴이) 안다면, 자신이 신이 창조한 가장 장대하고 가장 비범하고 가장 멋진 존재임을 안다면, 너희는 결코 두려워하지 않으리라. 그토록 경이로운 장대함을 그 누가 거부할 수 있겠는가? 그런 존재에게서는 신조차도 흠을 찾아내지 못할 것이다.

그러나 너희는 자신이 누군지 알지 못하며, 엄청나게 못난 존재라고 생각한다. 그러면 너희는 자신이 그토록 못난 존재라는 생각을 어디에서 얻었을까? **온갖 것들에 대해서** 너희에게 자신들의 의견을 전해준 유일한 사람들, 즉 **너희의 어머니와 아버지에게서다.**

이들은 너희를 가장 사랑하는 사람들이다. 어째서 그들이 거짓말을 한단 말인가? 그러나 그들은 너희에게 이건 지나치고 저건 부족하다는 식으로 말해오지 않았던가? 너희는 그들이 너희를 바라보긴 하지만 받아들여주지는 않는다는 걸 몇 번이나 느끼지 않았던가? 그들은 너희가 가장 충만감을 느끼는 바로 그 순간에 종종 너희를 나무라곤 하지 않았던가? 그리고 그들은 너희의 더없이 분방한 상상 중 얼만가를 무시해버리도록 유도하지 않았던가?

너희가 받아온 메시지들이 바로 이런 것들이다. 이것들은 기준에 맞지도 않고, 따라서 신God에게서 나온 메시지가 아니긴 하지만, 그래도 상관없었다. 왜냐하면 그 메시지들은 너희 세계의 신들gods에게서 나왔음이 너무나 명백하기 때문이다.

너희에게 사랑이 조건부라고 가르친 사람들은 너희 부모들이다. 너희는 그들이 내세우는 조건들을 숱하게 경험했다. 또 너희의 사랑하는 관계에서조차 이런 체험을 고려해야 한다고 가르친 것도 너희 부모들이다.

그것은 또 너희가 내게 적용하는 체험이기도 하다.

이런 체험에서 너희는 나에 관한 결론을 이끌어내며, 이런 틀 속에서 너희는 너희의 진실을 이야기한다. "신은 사랑의 신이지. 하지만 우리가 그분의 계명을 어긴다면 그분은 우리를 영원히 추방하고 영원히 단죄하실 거야."

너희는 너희 부모가 내린 추방을 체험했고, 그들이 내린 단죄의 고통을 알고 있다. 그런데 어떻게 내가 그것과 다르리라고 너희가 상상할 수 있겠는가?

너희는 조건 없이 사랑받는 게 어떤 건지 잊어버렸다. 너희는 신의 사랑을 체험했던 걸 기억하지 못한다. 그리하여 너희는 세상에서 보는 사랑의 모습에 따라 신의 사랑이 어떤 것인지 상상해보려 애쓴다.

너희는 부모의 역할을 신에게 투사(投射)해왔기 때문에, 너희가 한 짓을 어떻게 받아들일지 심판한 다음, 상을 주거나 벌을 주는 신을 만들어냈다. 그러나 이것은 너희의 신화에 근거한, 지나치게 단순화된 신관(神觀)이다. 이것은 내 본질과는 아무 관계도 없다.

너희는 이렇게 영적 진리들이 아니라 인간의 체험에 근거한, 신에 관한 사유 체계 전체를 만들어낸 뒤, 사랑을 둘러싼 실체 전체도 창조해냈다. 그것은 복수심에 불타는 무서운 신이라는 개념에 뿌리를 둔 실체이며, 두려움에 그 근거를 둔 실체다. 그것의 받침 생각은 틀린 것이지만, 그런 생각을 부정한다면 너희의 신학 전체가 무너질 것이다. 그러므로 그런 신학을 대신할 새로운 신학이 참으로 너희를 구원해준다 할지라도, 너희는 그것을 받아들일 수 없다. **왜냐하면 두렵지 않은 신, 심판하지 않는 신, 벌줄 이유가 없는 신이라는 개념은 그냥 너무나 근사해서, 신의 본질에 관한 너희의 어떤 거창한 관념으로도 도저히 받아들일 수 없기 때문이다.**

이 두려움에 근거한 사랑의 실체가 너희의 사랑 체험을 지배하고 있고, 사실 그런 체험을 실제로 창조하고 있다. 왜냐하면 너희는 자신이 **받는 사랑**이 조건부라는 것도 알고 있으며, 나아가 자신이 같은 식으로 **사랑을 주는** 걸 경계하기 때문이다. 그래서 너희가 자신의 조건들을 굳게 지키거나 물리거나 설정하는 동안에도, 너희의 한 부분은 이런 게 진짜 사랑이 아님을 알고 있다. 그럼에도 너희는 사랑을 펼치는 그런 방식을 바꾸기에는 무력하다고 느낀다. 너희는 자신에게 말한다. '이제까지 나는 확고한 사랑법을 배워왔다. 이제 또다시 불안정한 상태로 되돌아간다면 나는 영원히 저주받을 것이다.' 그러나 진실은 정반대다. 불안정한 상태로 되돌아가지 않는다면 너희는 영원히 저주받을 것이다.

(사랑에 관한 너희의 [잘못된] 생각 때문에, 너희는 자신에게 끝내 순수한 사랑을 체험하지 못하리란 저주를 내리고 있으며, 또한 그 때문에 참된 나[神]를 끝내 알지 못하리란 저주를 내리고 있다. 하지만 너희가 나를 영원히 거부할 수는 없을 것이기에, 우리가 화해하는 순간은 반드시 올 것이기에, 너희는 결국 순수한 사랑을 체험하고 내 참모습을 알게 될 것이다.)

단순히 인간관계와 관련된 것들만이 아니라, 인간의 모든 행동은 사랑이나 두려움, 어느 한쪽에 뿌리박고 있다. 상업과 산업, 정치, 종교, 2세 교육, 너희 국가들의 사회 문제, 너희 사회의 경제 목표에 영향을 주는 결정들, 전쟁과 평화와 공격과 방어와 침략과 항복에 관련된 선택들, 즉 탐낼 것인지 양보할 것인지, 쌓아둘 것인지 분배할 것인지, 합칠 것인지 나눌 것인지에 대한 결정들—너희가 지금까지 내린 이 모든 자유로운 선택 중 있을 수 있는 단 두 가지 생각에서 나오지 않은 것은 하나도 없다. 즉 그것은 사랑이라는 생각이나 두려움이라는 생각이다.

두려움은 움츠러들고 닫아걸고 조이고 달아나고 숨고 독점하고 해치는 에너지다.

사랑은 펼치고 활짝 열고 풀어주고 머무르고 드러내고 나누고 치유하는 에너지다.

두려움은 우리 몸을 옷으로 감싸지만, 사랑은 우리가 발가벗고 설 수 있게 해준다. 두려움은 우리가 가진 모든 것을 틀어쥐고 집착하게 하지만, 사랑은 우리가 가진 모든 것을 나눠주게 한다. 두려움은 갑갑함을 지니지만, 사랑은 정을 지닌다. 두려움은 움켜잡지만, 사랑은 보내준다. 두려움은 사무치게 하지만, 사랑은 달래준다. 두려움은 공격하지만, 사랑은 치유한다.

**인간의 모든 생각과 말과 행동은 이 두 가지 감정 중 어느 하나에 근거하고 있다. 그 외에 다른 감정이란 없기에 너희에게 다른 선택의 여지는 없다. 그러나 이 둘 중 어느 쪽을 선택하느냐는 너희의 자유다.**

당신은 아주 쉽게 말씀하시지만, 우리가 결정을 내리는 순간에는 두려움이 이기는 경우가 훨씬 많습니다. 그건 왜입니까?

두려움 속에서 살도록 길들여졌기 때문이다. 너희는 가장 잘 적응하는 자가 살아남고, 가장 강한 자가 승리하며, 가장 영리한 자가 성공한다고 들어왔다. 너희는 지고한 사랑의 영광에 대해서는 거의 들어본 적이 없다. 그리하여 너희는 이런저런 방식으로 가장 잘 적응하고 가장 강하고 가장 영리한 사람이 되려고 발버둥치며, 어떤 상황이든 자신이 이에 못 미치는 것처럼 여겨지면 가진 걸 잃게 될까봐 두려워한다. 못 미치는 건 곧 잃는 것이라고 들어왔기 때문이다.

당연히 너희는 두려움이 뒷받침된 행동을 선택한다. 너희가 이제까지 배워온 게 바로 그런 것이기에. 그러나 내가 너희에게 가르치는 것은 이렇다. 너희가 사랑이 뒷받침된 행동을 선택할 때 너희는 생존 이상을 하게 될 것이고, 이기는 것 이상을 하게 될 것이며, 성공 이상을 하게 될 것이다. 그럴 때 너희는 '자신이 참으로 누구인지Who You Really Are'(이하에서 '참된 자신'으로도 번역─옮긴이), 또 자신이 어떤 존재가 될 수 있는지를 깨닫는 충만한 영광을 체험할 것이다.

이렇게 하려면 너희는 악의는 없으나 잘못 알고 있는 너희 속세 선생들의 가르침에서 벗어나, **다른 원천에서 나온 지혜를 지닌 사람들의 가르침을 들어야 한다.**

항상 그래왔던 것처럼 너희 중에도 그런 스승들은 많다. 너희에게 이런 진리들을 보여주고 가르치고 이끌어주고 깨우쳐주는 사람들 없이, 내가 너희를 그냥 버려두지는 않을 것이기에. 그러나 깨우쳐주는 자들 가운데서 가장 중요한 존재는 너희 외부에 있는 어떤 사람이 아니라 바로 너희 내면의 소리다.

이것은 가장 쉽게 접근할 수 있어 내가 첫 번째로 사용하는 도구다.

내면의 소리는 너희에게 가장 가까우니 내가 말하는 가장 큰 소리다. 그것은 자기 외의 다른 모든 것이 너희가 규정하는 식대로 참인지 거짓인지, 옳은지 그른지, 혹은 좋은지 나쁜지 말해주는 소리다. 그 소리는 너희가 그냥 내버려두기만 하면 스스로 알아서 방향을 정하고, 배의 진로를 잡고, 여정을 이끌어주는 레이더다.

그 소리는 너희가 읽고 있는 바로 그 말들이 사랑의 말인지 두려움의 말인지 당장 그 자리에서 이야기해준다. 너희는 그 이야기에 따라 그 말들을 유의해야 할지 무시해야 할지 결정할 수 있다.


당신은 내가 항상 사랑이 뒷받침된 행동을 선택한다면, 내가 누구고 어떤 존재가 될 수 있는지 깨닫는 충만한 영광을 체험할 거라고 하셨는데 이 점에 대해 좀 더 자세히 말씀해주시겠습니까?


모든 삶에는 단 하나의 목적만이 존재하는데, 그것은 너희와 살아 있는 모든 것이 충만한 영광을 체험하는 것이다.

그 밖에 너희가 말하고 생각하고 행하는 것들은 모두 이 기능의 부속물에 지나지 않는다. 그 외에 너희의 영혼이 해야 하고, 너희 영혼이 하고 싶어하는 것은 존재하지 않는다.

이 목적의 경이로움은 그것이 결코 끝나지 않는다는 데 있다. 끝남은 일종의 한계인데, 신의 목적에는 그런 한계가 없다.

더없이 충만한 영광 속에서 자신을 체험하는 순간, 너희는 바로 그 자리에서 더 큰 영광이 실현되기를 꿈꿀 것이다. 체험이 깊어질수록 너희는 더 깊게 체험할 것이며, 깊게 체험할수록 너희의 체험은 깊어질 것이다.

**거기에 내재된 가장 심원한 비밀은 삶이 발견의 과정이 아니라 창조의 과정이라는 데 있다.**

너희는 자신를 발견하고 있는 게 아니라 자신을 새롭게 창조하고 있는 것이다. 그러므로 '자신이 누구인지Who You Are' 찾아내려 애쓰지 말고 '자신이 어떤 존재가 되고 싶은지Who You Want to Be'(이하에서 '되고자 하는 자신'으로도 번역 – 옮긴이) 판단하라.

삶이란 일종의 학교 같은 것이고, 여기서 우리는 특정한 교훈들을 배우게 되어 있으며, 일단 '졸업'하고 나면 더 이상 육체에 얽매이지 않고 더 큰 것들을 추구해갈 수 있다고 말하는 사람들이 있습니다. 맞는 말인가요?

그것은 인간의 체험에 근거한, 너희 신화의 또 다른 부분이다.

삶은 학교가 아닌가요?

그렇다.

우리는 교훈을 배우기 위해 여기 있는 게 아니고요?

그렇다.

그럼 우리는 왜 여기 있죠?

'자신이 누구인지' 기억해내고 재창조하기 위해서지.
　너희에게 되풀이해서 말해주었는데도, 너희는 내 말을 믿으려 하지 않는다. 하지만 그러는 것도 당연하다. 사실 너희 스스로 '자신'을 창조해보지 않고서는 그 말을 믿을 수도 없으니까.

뭐가 뭔지 잘 모르겠군요. 학교 얘기로 다시 돌아가보죠. 저는 많은 선생들에게서 삶은 일종의 학교라고 들어왔습니다. 그런데 솔직히 말해 당신이 그걸 부정하는 것에 큰 충격을 받았습니다.

　학교는 너희가 알고자 하는 어떤 걸 모를 때 가는 곳이다. 너희가 어떤 걸 이미 알고 있고, 너희가 원하는 것이 그 **앎을 체험하고 싶은 것**뿐이라면, 너희가 가야 할 곳은 학교가 아니다.
　삶(너희의 표현대로)이란 너희가 이미 **개념으로** 알고 있는 것을 **체험으로** 알 수 있게 해주는 기회다. 이걸 하기 위해 뭔가를 배울 필요는 전혀 없다. 너희는 그저 이미 알고 있는 걸 기억해내고 **그에 따라 행동하면** 되는 것이다.

무슨 말씀인지 제대로 이해할 수가 없군요.

　이렇게 시작해보자. 영혼, 너희의 영혼은 언제나 알아야 할 모든 것을 알고 있다. 영혼에게 숨겨진 것, 미지의 것은 하나도 없다. 그러나 앎만으로는 충분하지 않다. 영혼은 체험하고자 한다.

네가 자신의 관대함을 **알 수는** 있다. 하지만 자신의 관대함을 펼치는 뭔가를 하지 않는다면, 너는 오직 개념만을 갖고 있을 뿐이다. 네가 자신의 친절함을 **알 수는** 있다. 하지만 누군가에게 친절을 베풀지 않는다면, 너는 자신에 관한 **개념**만을 갖고 있을 뿐이다.

네 영혼이 지닌 유일한 갈망은 자신에 관한 가장 위대한 **개념을** 가장 위대한 **체험으로** 전환시키는 것이다. 개념이 체험이 되기 전까지는 존재하는 모든 것은 사색에 불과하다. 나는 나 자신에 관해 오랫동안 사색해왔다. 너희와 내가 함께 기억할 수 있는 시간보다 더 오랫동안. 이 세상 나이의 몇 배나 되는 이 우주의 나이보다 더 오랫동안. 그러니 나 자신에 관한 내 체험이 얼마나 짧고 얼마나 새로운지 족히 짐작이 가리라!

또다시 뭐가 뭔지 모르겠군요. 당신 자신에 관한 당신의 체험이라고요?

그렇다, 나 자신에 관한 내 체험 말이다. 이런 식으로 설명해주마.

태초에 '존재Is'는 존재했던 모든 것all there was이었고 그 외의 것은 존재하지 않았다. 그런데 '존재 전체All That Is'는 자신을 알 수가 없었다. 왜냐하면 '존재 전체'가 곧 존재했던 모든 것이었고 그 밖의 것은 존재하지 않았기에. 그리하여 '존재 전체'는…… **존재하지 않았다.** 왜냐하면 자신 외에 다른 것이 전혀 없는 상태에서는 '존재 전체'도 존재하지 않는 것이 되기에.

이것은 신비론자들이 시간이 시작된 이후로 줄곧 다뤄온 저 위대한 '존재/부재Is/Not Is'의 등식이다.

이제 '존재 전체'는 자신이 이미 존재했던 모든 것이라는 걸 **알게 되었다.** 하지만 이것만으로는 충분하지 않았다. 왜냐하면 자신의 더없는 장대함을 **체험이 아닌 개념으로만** 알고 있었기에. 그러나 그것이 갈망한 것은 자신에 대한 체험이었다. 그것은 그토록 장대하다는 게 어떤 느낌인지 알고자 했다. 그러나 "장대하다"는 용어 자체가 상대적인 용어이기에 그런 체험은 불가능했다. '존재 전체'는 비(非)존재가 없이는 장대함이 어떤 **느낌인지 알 수 없었다. 비존재가 없는 상태에서는 존재도 존재하지 않는다.**

이것을 이해하겠는가?

그런 것 같습니다. 말씀 계속하시죠.

좋다.

'존재 전체'가 알았던 단 한 가지는 **자기 말고 다른 것은 존재하지 않는다**는 사실이었다. 그리하여 그것은 자기 외부에 있는 어떤 준거 지점에 비추어 자신을 알 수 없었다. 그런 준거점은 존재하지 않았기에 그것은 절대 불가능했다. 오직 단 하나의 준거점만이 존재했는데, 그것은 자기 내부에 있는 유일한 거점,

즉 "존재-부재", '있음-없음'이었다.

그럼에도 '모든 것인 전체'는 **체험으로** 자신을 아는 쪽을 택했다.

이 **에너지**, 보이지 않고 들리지 않고 관찰되지 않는, 따라서 다른 어떤 에너지도 파악할 수 없는 이 순수 에너지는 더없는 장대함으로 자신을 체험하는 쪽을 택했다. 그것은 이렇게 하려면 **내부의** 준거점을 이용해야 한다는 걸 깨달았다.

그것은 자신의 어떤 **부분도** 필연적으로 **전체보다 못한 게** 될 수밖에 없으며, 따라서 단순히 자신을 여러 부분으로 **나누기만** 해도 전체보다 못한 각 부분은 자신의 나머지를 돌아보고 그것의 장대함을 목도할 수 있으리라는, 아주 정확한 추론을 내렸다.

그리하여 존재 전체는 영광스러운 한순간에 자신을 **이것과 저것**으로 나누었다. 처음에 이것과 저것은 서로 멀리 떨어져 존재했다. 그럼에도 둘은 함께 존재했다. 그 **어느 쪽도 아닌** 전체가 그러했듯이.

그리하여 불현듯 **여기 있는 것**과 **저기 있는 것**, 그리고 **여기도 저기도 있지 않지만 여기와 저기가 존재하려면 반드시 있어야 하는 것**이라는 **세 가지 요소**가 존재하게 된 것이다.

모든 것을 지탱해주는 건 무nothing이고, 공간을 지탱해주는 건 비공간이며, 부분을 지탱해주는 건 전체다.

이걸 이해할 수 있겠느냐?

내 설명을 따라오고 있느냐?

제대로 따라가고 있는 것 같습니다. 그걸 믿고 안 믿고는 차치하고요. 당신은 아주 명쾌한 보기를 들어가면서 설명하셨기에 제대로 이해할 수 있을 것 같습니다.

좀 더 앞으로 나가보기로 하자. 지금 **모든 것**을 지탱해주는 이 **무(無)**를 신이라 부르는 사람들도 있다. 그런데 그것은 신이 **아닌** 어떤 것, 곧 "무"가 아닌 모든 것이 있다는 걸 뜻하므로 정확하지 않다. 나는 보이는 것과 보이지 않는 것을 망라한 '전부'다. 그러므로 나를 이렇게 '위대한 보이지 않음', 즉 '무' 또는 '사이 공간Space Between'으로 설명하는, 동양 특유의 신에 대한 신비주의 정의 역시 신을 보이는 모든 것으로 규정하는, 서양 특유의 실용주의 설명만큼이나 정확하지 않다. 나를 정확히 이해하는 사람들은 **신이 존재하는 모든 것과 존재하지 않는 모든 것**이라 믿는 사람들이다.

이제 신은 "여기" 있는 것과 "저기" 있는 것을 창조하여, 신 스스로 자신을 이해할 수 있게 만들었다. 내부로부터 일어난 이 엄청난 폭발의 순간에 신은 **상대성**relativity을 창조했으며 그것은 일찍이 신이 자신에게 안겨준 가장 큰 선물이었다. 따라서 관계relationship는 신이 일찍이 너희에게 안겨준 가장 큰 선물이라 할 수 있는데, 이 점은 나중에 상세히 논의하기로 하자.

그렇게 해서 '무'로부터 '모든 것'이 솟아났다. 덧붙여 말하면 이것은 너희 과학자들이 빅뱅 이론이라 부르는 것에 딱 들어맞는 영적인 사건이었다.

그 모든 요소가 앞으로 내달릴 때 **시간**이 창조되었다. 왜냐하면 어떤 것이 처음에는 **여기** 있다가 다음에는 **저기** 있으니, 여기에서 저기까지 가는 데 걸리는 기간을 측정할 수 있기 때문이다.

절대 존재의 보이는 부분들이 자신들을 서로 "관련된" 것으로 정의하기 시작한 것과 꼭 마찬가지로, 보이지 않는 부분들 역시 그렇게 했다.

신은 사랑이 존재하려면, 또 자신을 순수한 사랑으로 인식하려면 그것의 대립물도 존재해야 한다는 걸 알았다. 그리하여 신은 자진해서 그 위대한 극단, 사랑의 절대 대립물, 곧 사랑이 아닌 모든 것, 오늘날 두려움이라 부르는 것을 창조했다. 두려움이 존재하는 순간에야 비로소, 사랑은 자신을 **체험할 수 있는 것으로 존재**할 수 있었던 것이다.

사랑과 그 대립물 사이의 **이원성을 창조**한 이 사건이 바로 인간들이 여러 신화들 속에서 **악의 탄생**이니 아담의 타락이니 사탄의 반란 따위로 표현하는 것이다.

너희는 순수한 사랑을 신이라는 배역으로 의인화했던 것처럼, 비천한 두려움을 소위 악마라는 배역으로 의인화했다.

이 지구의 몇몇 사람들은 이 사건을 중심으로 투쟁과 전쟁, 천사의 군대와 악마의 전사들, 선과 악의 힘, 빛과 어둠의 힘들이 등장하는 시나리오를 갖춘, 꽤 정교한 신화들을 만들어냈다.

이 신화들은 인류가 그 **혼**soul**으로는 충분히 알고 있으나**, 그 **정신으로는 좀처럼 인식하기 힘든** 우주적 사건을 이해하고, 다른 사람들이 이해할 수 있는 방식으로 설명해주기 위해서 생겼다.

신은 자신의 **나눠진 변형**으로 우주를 있게 하면서 순수 에너지로부터 현재 존재하는 모든 것, 즉 보이는 것과 보이지 않는 것 모두를 만들어냈다.

달리 말해 그렇게 해서 신은 물질 우주뿐만 아니라 **형이상의 우주까지도** 창조한 것이다. 존재/부재 등식 중에서 부재를 이루는 신의 부분 역시 전체보다 작은, 무한히 많은 수의 단위들로 폭발했다. 이 에너지 단위들을 너희는 영spirit이라 부른다.

너희의 종교 신화들 중 일부는 이 사건을 "아버지 신"이 많은 영적 자식들을 가졌다고 표현한다. 스스로 번식하는 생명체라는, 인간의 체험에 견준 이 같은 비유는 현실에서 일반 대중에게 갑작스러운 출현이라는 개념, 즉 "하늘 왕국"에 무수한 영들이 갑자기 존재하게 되었다는 개념을 받아들일 수 있게 하는 유일한 방법이었던 것으로 보인다.

이 점에서 보면 너희 신화가 말하는 이야기들은 궁극의 진리와 크게 다르지 않다. 내 전체를 이루는 무수한 영들은 우주적인 의미에서 내 자식들이기 때문이다.

내가 나를 나눈 것은 **나 자신을 체험으로 알 수 있게** 해줄 내 부분들을 충분히 창조하기 위해서였다. 창조주가 자신이 창조주임을 체험으로 아는 방법은 딱 한 가지뿐이다. 그것은 창조하는 것이다. 그리하여 나는 내 무수한 부분들 각각에게(내 영적인 자식들 모두에게) 전체인 내가 갖고 있는 창조력과 **똑같은 창조력**을 부여해줬다.

**너희의 여러 종교가 너희는 신의 "형상대로, 신과 닮은꼴로" 창조되었다고 말할 때의 의미가 바로 이것이다. 이 말은 일부 사람들이 주장하듯이 우리의 신체가 서로 닮았다는 뜻이 아니**

다(신은 특정 목적을 위해 택하는 물질 형상이 어떤 것이든 다 받아들일 수 있지만). 그 말은 우리의 본질이 같다는 뜻이다. 우리는 같은 재료로 이루어져 있다. 우리는 "같은 성질"이다! 우리는 똑같은 속성들을 지니고 있으며, 허공에서 물질을 창조할 수 있는 능력을 비롯하여 같은 능력들을 지니고 있다.

내가 영적인 자식인 너희를 창조한 것은 나 자신을 신으로 인식하기 위해서였다. 나로서는 **너희를 통하는 것 말고는** 그럴 수 있는 방법이 없다. 그러므로 너희에 대한 내 목적은 너희가 자신을 나(神)로 인식하는 것이라고 말할 수 있다(그리고 이미 여러 차례 말해왔다).

이것은 굉장히 간단해 보이지만, 더 들어가면 아주 복잡해진다. 왜냐하면 너희가 자신을 나로 인식할 수 있는 딱 하나의 방법은, 우선 너희 자신을 나 아닌 존재로 인식하는 것이기 때문이다.

이제 이야기가 아주 미묘해질 테니 내 얘기를 따라오려면 정신을 바짝 차려야 한다. 준비되었느냐?

그런 것 같습니다.

좋다. 이런 설명을 요구해온 건 너라는 걸 명심하라. 너는 여러 해 동안 이것을 고대해왔다. 너는 신학 교리나 과학 이론이 아니라 속인(俗人)들의 평이한 용어로 이런 설명을 요청해왔다.

그랬죠―전 제가 뭘 요구했는지 알고 있습니다.

네가 청해온 것이니 받아들일 것이다.

자, 이제 문제를 단순화하기 위해, 논의를 위한 토대로 신의 자식이라는 너희의 신화 모델을 이용해보자. 그것이 너희에게 친숙한 모델이기도 하고, 또 여러 가지 면에서 진실과 크게 다르지 않기 때문이다.

이제 자기 인식이라는 이 과정이 어떻게 움직이는지 살펴보자.

내가 내 모든 영적인 자식에게 자신들을 내 부분으로 인식하게 해주는 한 가지 방법은 그것을 그냥 그들에게 얘기해주는 것뿐이다. 나는 그렇게 했다. 그러나 알다시피 영혼이 자신을 그냥 신 또는 신의 일부, 신의 자식, 또는 하늘 왕국의 상속자(또는 너희가 이용하는 신화가 어떤 것이든 간에)로 아는 것만으로는 충분하지 않았다.

내가 이미 설명했듯이, 뭔가를 안다는 것과 그것을 **체험한다는 건** 전혀 다른 문제다. 영혼은 자신을 체험으로 알고자 갈망했다(**내가** 그랬던 꼭 그대로!). 개념으로 안다는 것만으로는 너희에게도 충분하지 않았던 것이다. 그래서 나는 한 가지 계획을 세웠다. 그것은 온 우주에서 가장 비범한 착상이며 가장 빛나는 합작품이다. 내가 여기서 합작품이란 표현을 쓰는 이유는 **너희 모두가 나와 더불어 그 계획에 참여하고 있기** 때문이다.

그 계획하에서, 순수 영혼인 너희는 이제 막 창조된 물질 우주로 들어가게 된다. **물질성**이야말로 너희가 개념으로 아는 것을 체험으로 알게 해주는 유일한 길이기에. 내가 맨 먼저 물질 우주와 우주를 지배하는 상대성 체계와 그 밖의 온갖 피조물들을 창조한 까닭도 사실 거기에 있다.

내 영적 자식들인 너희가 일단 물질 우주로 들어가면, 너희는 자신에 관해 아는 바를 직접 체험할 수 있게 된다. 그러나 그보다 먼저 너희는 그 대립물을 알아야 했다. 이것을 아주 단순하게 설명하면, 너희는 키가 작다는 것을 깨닫지 못하면, 그것을 깨달을 때까지는 자신이 키가 크다는 걸 알 수 없다. 너희는 말랐다는 것을 알지 못하면, 뚱뚱함이라는 자신의 일부를 체험할 수 없다.

궁극의 논리에 따르면, 너희는 너희 아닌 것과 마주치기 전까지는 자신을 자신으로서 체험할 수 없다. 이것이, 즉 너희 아닌 것이 너희 자신을 규정하는 것이 바로 상대성 이론의 목적이자 모든 물질적 삶의 목적이다.

이제 궁극의 앎에서, 곧 너희 자신을 '창조주'로 인식하는 경우에, 너희는 직접 창조해보기 전까지는 자신을 창조주로서 체험할 수 없다. 또 너희가 자신을 창조하지 않을uncreate 때까지는 너희는 자신을 창조할 수 없다. 어떤 의미에서는, 존재하기 위해 너희는 먼저 "존재하지 않아야" 한다. 내 말을 잘 따라오고 있는가?


그런 것 같습니다만……


그 상태에 계속 머무르라.

물론 너희가 너희 아닐 수 있는 방법은 없다. 너희는 언제나 그래왔고 앞으로도 항상 그러할, 바로 그것(순수하고 창조할 수 있는 영혼)일 뿐이다. 그리하여 너희는 그 다음으로 할 수 있는 가장 멋진 일을 벌였다. 즉 '자신이 참으로 누구인지'를 스스로 잊게 만든 것이다.

너희는 물질계로 들어오면서 **자신에 관한 기억을 지웠다.** 덕분에 너희는, 말하자면 성(城) 안에서 그냥 깨어나는 게 아니라 '자신'이 되는 쪽을 선택할 수 있게 한 것이다.

너희가 완전한 선택권을 가진 존재, 즉 규정상 신(神)인 존재로서 자신을 **체험하게** 되는 것은, 단순히 너희가 신의 일부라는 얘기를 듣는 데서가 아니라 신의 일부가 되고자 선택하는 행동 속에서다. 하지만 선택의 여지가 전혀 없는 문제라면 너희가 어떻게 선택할 수 있겠는가? 너희가 아무리 애를 써도 너희가 내 자식이 아닐 수는 없다. 하지만 너희는 **잊을 수는 있다.**

너희는 지금껏 언제나 신성한 전체의 **신성한 일부, 그 몸체의 한 구성 부분**member이었고 앞으로도 언제나 그럴 것이다. 전체와 재결합하는 행동, 신에게로 돌아가는 행동을 **기억**remembrance이라 부르는 건 이 때문이다. 사실상 너희는 '자신이 참으로 누구인지'를 **재구성하는**re-member 쪽을, 너희의 전체인 내(神) 전체를 체험하기 위해 너희의 여러 부분들과 함께 결합하는 쪽을 선택하고 있는 것이다.

그러므로 이 지상에서 너희의 직무는 **배우는 것이 아니라**(너희는 **이미 알고 있으니**) '자신'을 **재구성하는**(기억하는-옮긴이) 것이며, 다른 모든 사람을 재구성하는 것이다. 다른 사람들 역시 자신들을 재구성할 수 있도록 깨우쳐주는remind 것(즉 그 사람들에게 **다시 마음 쓰는**re-mind **것**)이 너희의 직무에서 큰 비중을 차지하는 이유가 바로 여기에 있다.

훌륭한 영혼의 스승들이 하나같이 해온 일이 바로 이것이다. 그것은 **너희의 유일한**sole 목적이다. 다시 말해 **너희 영혼**soul **의 목적**이다.

맙소사, 이건 정말 단순하군요. 또 정말…… **대칭적**이고. 제 말은 모든 게 다 아귀가 딱딱 **들어맞는다**는 겁니다! 갑자기 모든 게 다 그렇게 **맞아들어가다니**! 지금 저는 예전엔 한번도 끼워 맞춰보지 못했던 그림을 보고 있어요.

좋아. 좋아. 이 대화의 목적이 바로 그거니까. 너는 내게 대답을 청해왔고, 나는 네게 대답해주겠노라고 약속했다.
**너는 이 대화를 책으로 만들어 많은 사람들이 내 말을 만날 수 있도록 할 것이다. 이것이 네가 할 일의 일부다.** 자, 너는 인생에 관해 던질 많은 질문과 의문들을 갖고 있다. 우리는 여기서 그 기반을 다져놓았고, 다른 것들을 이해할 수 있는 터전을 깔아놓았다. 이제 다른 질문들로 넘어가보기로 하자. 그리고 걱정하지 마라. 우리가 이제까지 다뤄온 것들을 네가 완전히 이해하지 못한다 하더라도 금방 선명해질 터이니.

묻고 싶은 게 정말 많습니다. 묻고 싶은 것들이 워낙 많아서 우선 그중에서 가장 큰 문제들, 가장 두드러진 것들에서 시작해야 할 듯싶습니다. 예컨대 왜 세상이 지금 같은 모습을 하고 있나 하는 문제 같은 거요.

그것은 인간이 신에게 던진 질문들 가운데서 가장 자주 물어왔던 것이다. 인간은 그 질문을 태초부터 던져왔다. 그때부터 지금까지 줄곧 너희는 **세상이 왜 이 모양인지** 알고 싶어해왔다.

그 의문을 제기하는 방식의 전형은 대체로 이렇다. 만일 신이 더없이 완벽하고 더없이 애정 깊은 존재라면, 왜 전염병과 기근, 전쟁과 질병, 지진과 회오리 바람과 태풍을 비롯한 온갖 자연재해, 개인의 극심한 불행과 전 세계의 재난을 창조했는가?

이 질문에 대한 대답은 우주의 깊은 신비와 인생의 가장 깊은 의미 속에 들어 있다.

**나는 너희 주변에 너희가 완벽함이라 부르는 것만을 창조하여 내 선함을 드러내지는 않는다. 나는 너희에게 자신들의 사랑을 증명할 수 없게 하여 내 사랑을 증명하지는 않는다.**

이미 설명했다시피 너희는 사랑 아님not loving을 증명할 수 있을 때까지는 사랑을 증명할 수 없다. 절대계를 제외하고는 대립물 없이 존재할 수 있는 것은 하나도 없다. 그러나 절대계는 너희에게도 내게도 충분치 못했다. 나는 거기에서 언제나 그대로임 속에 존재했으며, 너희가 나온 곳도 거기다.

절대계 속에는 앎만 있을 뿐 체험은 없다. 앎은 신성한 상태이지만 가장 위대한 기쁨은 존재 속에 있다. 존재는 오로지 체험한 뒤에만 이루어질 수 있다. 그것을 순서대로 펼쳐놓으면 **앎, 체험, 존재**가 된다. 이것이 바로 '성삼위일체', '삼위일체'인 신이다.

성부(聖父)는 모든 이해의 부모요, 모든 체험의 원천인 **앎**이다. 왜냐하면 너희가 알지 못하는 것을 체험할 수는 없기 때문이다.

성자(聖子)는 아버지가 자신에 관해 알고 있는 모든 것의 체현 또는 육화(肉化, embodiment)인 **체험**이다. 왜냐하면 너희는 자신이 체험하지 못한 존재일 수는 없기 때문이다.

성신(聖神)은 아들이 자신에 관해 체험한 모든 것의 탈육화(脫肉化, disembodiment)인 **존재**다. 그것은 오직 알고 체험한 것에 대한 기억을 가질 때만 가능한, 소박하면서도 절묘한 있음 is-ness이다.

이 소박한 있음은 더없는 기쁨이다. 그것은 알고 체험한 뒤에 오는 신의 상태이며, 신이 태초에 갈망했던 상태다.

물론 너는 신을 아버지–아들로서 설명하는 게 성(性)과는 아무 관계도 없다는 걸 설명해야 하는 단계는 이미 지난 사람이다. 나는 여기서 너희의 가장 최근 경전들에 나오는 비유들을 사용하고 있을 뿐이다. 그보다 훨씬 더 앞서 나온 경전들은 이 비유를 어머니–딸의 관계로 표현했다. 하지만 그 어느 쪽도 정확하지 않다. 너희 사고방식에서는 그 관계를 부모–자식 관계로 보는 게 제일 좋을 것이다. 아니면 생기게 하는 것과 생긴 것 간의 관계로 보거나.

삼위일체의 세 번째 부분을 추가하면 다음과 같은 관계가 이루어진다.

생기게 하는 것/생긴 것/존재하는 것.

이 '삼중의 실체'는 신의 표지다. 그것은 신성한 패턴이다. 하나 속의 셋은 숭고한 영역 어디에서나 찾을 수 있다. 시간과 공간이든, 신과 의식이든, 혹은 그 외의 다른 모든 미묘한 관계들을 다루는 문제에서, 너희는 이것을 피할 수 없다. 반면에 너희는 삶의 모든 조악한 관계에서는 이 삼위일체 진리를 찾아내지 **못할 것이다.**

삶의 미묘한 관계들을 다루는 이들은 하나같이 그런 관계들 속에서 이 삼위일체 진리를 인식하고 있다. 너희 종교인들 가운데 일부는 삼위일체 진리를 성부와 성자와 성신으로 표현해왔다. 너희 정신과 의사들 중 일부는 초의식과 의식과 잠재의식이라는 용어들을 쓰고, 너희 심령주의자들 중 일부는 정신과 육체와 영혼을 이야기하며, 너희 과학자들 중 일부는 에너지와 물질과 에테르(氣 또는 精氣를 말함-옮긴이)를 본다. 너희 철학자들 중 일부는 어떤 것이 생각과 말과 행동 속에서 모두 진실일 때만 너희에게 진실한 것이 된다고 말한다. 시간을 말할 때 너희는 오로지 세 가지 시간, 곧 과거, 현재, 미래만을 이야기한다. 마찬가지로 너희의 지각 속에는 전(前)과 지금과 후(後)라는 세 순간이 존재한다. 우주 속의 지점들을 다루든 자기 방 안의 지점들을 다루든 간에, 너희는 공간 관계의 면에서 여기와 저기와 이것들 간의 사이 공간을 인식한다.

조악한 관계들에서는 너희는 어떤 "사이in-between"도 인식하지 못한다. 숭고한 영역의 관계들은 변함없이 3개 조(組)인 반면 조악한 관계들은 언제나 2개 조이기 때문이다. 그런 까닭에 왼쪽-오른쪽과, 위-아래, 크다-작다, 빠르다-느리다, 덥다-춥다, 그리고 일찍이 창조된 것 중에서 최대의 쌍인 남성-여성이 존재하는 것이다. 이 쌍들에는 사이라는 게 전혀 없다. 모든 것은 이것 아니면 저것이거나, 이 양극단 중 어느 하나의,

더하거나 덜한 변형일 뿐이다.

조악한 관계들의 영역에서는, 어떤 개념도 그 **대립물**의 개념화 없이는 존재할 수 없다. 너희의 일상 체험 대부분이 이런 현실에 토대를 두고 있다.

미묘한 관계들의 영역에서는, 존재하는 어떤 것도 대립물을 **갖지 않는다.** 모든 것은 하나이고, 모든 것은 결코 끝나지 않는 원을 그리며 하나에서 다른 하나로 나아간다.

시간이 바로 그런 절묘한 영역이다. 거기에서 소위 과거 현재 미래라는 것들은 이 상호 관계 속에서 존재한다. 즉 그것들은 **대립물이 아니라** 같은 전체의 부분들이요, 같은 개념의 진행들이며, 같은 에너지의 원들이고, 변치 않는 같은 진리의 측면들이다. 만일 여기에서 너희가 과거, 현재, 미래는 "동시에 존재한다는 결론을 내린다면, 너희의 결론이 옳다. (그러나 지금은 이점을 논의할 때가 아니다. 나중에 시간 전체 개념을 탐구할 때 훨씬 더 상세하게 이 문제로 들어갈 수 있을 것이다.)

세상은 눈에 보이는 그대로다. 왜냐하면 세상은 여전히 조악한 물질성의 영역 속에 있기 때문에 이와 달리 존재할 수 없기 때문이다. 지진과 태풍, 홍수와 회오리, 그리고 그 밖의 소위 자연재해라는 것들은 원소element들이 한 극에서 다른 한 극으로 움직이는 것에 불과하다. 탄생–죽음의 전체 순환 역시 이런 움직임의 일부다. 이 움직임은 생명의 리듬이다. 조악한 현실 속에 있는 모든 것이 이 리듬을 따른다. 생명 그 자체가 하나의 리듬이기 때문이다. 생명은 파동이고 진동이며, 존재하는 전체의 심장부에서 울려나오는 고동이다.

병은 건강의 대립물로, 너희의 명령에 따라 너희의 현실에서 드러난다. 어떤 수준에서든 너희가 자신을 아프게 만들지 않았는데 아파질 수는 없으며, 건강해지기로 그저 마음먹는 것만으로도 너희는 한순간에 좋아질 수 있다. 개인의 극심한 불행은 그 개인 스스로 선택한 반응이며, 전 세계의 재난들은 세계의식의 결과다.

너희의 질문에는 이런 사건들을 선택한 게 나(神)이고, 내 의지와 바람 때문에 그런 사건들이 일어났다는 암시가 담겨 있다. **하지만 나는 이런 사건들을 일으킬 생각이 없다. 나는 그저 너희가 그렇게 하는 걸 관조할 뿐이다.** 그리고 나는 그런 사건들을 막을 일도 하지 않는다. 그렇게 하는 것은 **너희 의지를 방해하는 것**이고, 너희의 신 체험, 곧 너희와 내가 함께 선택한 체험을 도로 빼앗는 것이 되기에.

**그러니 너희가 세상에서 나쁘다고 말하는 어떤 것도 비난하지 마라. 그러기보다는 차라리 너희가 그것의 어떤 면을 나쁘다고 판단했는지, 그리고 정녕 나쁘다면 그것을 바꾸기 위해 뭘 하고 싶은지 물어보라.**

외부가 아니라 내면을 향해 이렇게 물으면서 생각해보라. "지금 이런 재난을 당하면서 나는 자신의 어떤 부분을 체험하고자 하는가? 나는 존재의 어떤 측면을 불러내고자 하는가?" 왜냐하면 삶의 모든 것은 너희 자신의 창조 도구일 뿐이며, 삶의 모든 사건은 단지 '자신이 누구인지' 판단하고 '자신'이 될 기회를 제공해주는 것들에 불과하기 때문이다.

이것은 모든 영혼에게 적용되는 진리이므로, 이 우주에는 어떤 희생자도 없으며 오로지 창조자들만이 있음을 너희가 알게 되리라. 이 행성을 걸었던 모든 위대한 선각자Masters는 누구나 이 사실을 알고 있었다. 너희가 그들을 어떤 이름으로 부르든 간에, 그들 중 어느 누구도 자신을 희생자로 여기지 않은 게 바로 이 때문이다. 사실 그들 중 다수가 진실로 박해받았는데도 말이다.

**하나하나**의 영혼은 모두 선각자들이다. 자신의 기원과 자신의 유산을 기억하지 못하는 영혼들도 있긴 하지만, 개개의 영혼은 지금이라는 순간마다 자신의 더없이 고귀한 목적에 맞고, 가장 빨리 자신을 기억해내는 데 적합한 상황과 조건을 창조한다.

그러니 다른 사람들이 걷는 업보의 길을 판단하려 들지 마라. **너희는 영혼의 계산서 속에서 무엇이 성공이고 무엇이 실패인지 알지 못하니, 남들의 성공을 질투하지도 말고, 남들의 실패를 동정하지도 마라.** 어떤 것을 재난이라 부르지도 말며, 기쁜 일이라고 하지도 마라. 그것이 어떻게 쓰이고 있는지 판단하거나 목격할 때까지는. 한 죽음이 수천의 생명을 살릴 때 그 죽음이 과연 재난인가? 한 삶이 비탄만을 만들어낸다면 그것이 과연 기쁜 일인가? 그러나 너희는 이런 판단조차 내리지 말아야 한다. 언제나 남에게 충고하지 말며, 다른 사람들이 스스로 충고하게끔 내버려둬라.

이것은 남들이 도움을 청할 때 무시하라거나, 너희 영혼이 어떤 환경이나 조건을 바꾸려고 노력하는 걸 무시하라는 뜻이 아니다. 이것은 너희가 무슨 일을 하든 그 일을 하는 동안, 꼬리표 붙이기나 판단 내리기를 피하라는 뜻이다. 각각의 상황은 모두 하나의 축복이며, 체험 하나하나마다에는 진짜 진정한 보물이 감춰져 있기 때문이다.

옛날에 자신이 빛인 걸 아는 한 영혼이 있었다. 이것은 새로 생겨난 영혼이어서 체험을 갈망했다. 그것은 "나는 빛이다, 나는 빛이다"고 말했다. 그런데도 그것의 어떤 앎도, 또 그것의 어떤 말도 그것의 체험을 대신할 수는 없었다. 그리고 이 영혼이 생겨난 영역에는 빛 말고는 아무것도 없었다. 모든 영혼이 다 위대했고 모든 영혼이 다 장엄했으며, 내 외경스러운 광채로 빛나고 있었다. 그래서 문제의 그 작은 영혼은 햇빛 속의 촛불 같았다. 작은 영혼 자신이 그 일부인, 그 위대한 빛 속에서 그것은 자신을 볼 수도 없었고, 자신을 '참된 자신'으로 체험할 수도 없었다.

이제 그 영혼은 자신을 알기를 바라고 또 바라면서 지내게 되었다. 그 바람이 너무나 커서 하루는 내가 이렇게 말했다. "작은 영혼이여, 네 그런 바람을 충족시키려면 뭘 해야 하는지 아느냐?"

작은 영혼은 물었다. "오, 신이시여, 뭘 해야 합니까? 뭘요? 저는 뭐든지 다 할 겁니다!"

그래서 내가 "우리에게서 너를 떼내야 한다. 그리고 난 다음 자신을 어둠이라 불러야 한다"고 대답하자,

작은 영혼이 물었다. "오, 거룩한 분이시여, 어둠이 무엇입니까?"

"그것은 네가 아닌 것이다." 내가 이렇게 대답하자 작은 영혼은 그 말뜻을 이해했다.

그리하여 작은 영혼은 전체에서 자신을 떼어냈으며, 거기다 또 다른 영역으로 옮겨가는 일까지 해냈다. 그리고 그 영혼은 이 영역에서 자신의 체험 속으로 온갖 종류의 어둠을 불러들이는 힘을 행사하여 그것들을 체험했다.

그러나 그 영혼은 더없이 깊은 어둠 속에서 소리쳤다. "아버지시여, 아버지시여, 어찌하여 나를 버리셨나이까?" 너희가 가장 암담한 순간에 소리치듯이 그렇게. 그러나 나는 한번도 너희를 버린 적이 없다. 나는 항상 너희 곁에 서 있다. 늘 변함없이 '참된 너희'를 기억시킬 채비를 갖춘 채, 너희를 집으로 불러들일 채비를 갖춘 채.

**그러므로 어둠 속에 존재하는 빛이 되어라. 하지만 어둠을 저주하지 마라.**

그리고 너희가 자기 아닌 것에 둘러싸인 순간에도 '자신이 누구인지' 잊지 말고, 그 같은 창조를 이룬 자신을 칭찬하라. 너희가 그걸 변화시키려고 애쓸 때조차도.

그리고 가장 큰 시련의 순간에 행하는 것이 최대의 성공이 될 수 있음을 깨달아라. 너희가 창조하는 체험은 '자신이 누구인지'와 '자신이 어떤 존재가 되고 싶은지'에 관한 진술이기에.

내가 너희에게 작은 영혼과 태양에 관한 이런 우화를 들려준 건 세상이 왜 이런 식인지 너희가 더 잘 이해하도록 만들기 위해서이며, 모든 이가 자신의 더없이 고귀한 본질에 관한 신성한 진리를 기억하는 그 순간, 세상은 한 찰나에 변화될 수 있다는 걸 너희가 더 잘 이해하도록 만들기 위해서다.

지금, 인생은 학교이며 너희가 인생에서 관찰하고 체험하는 것들이 다 너희의 배움에 도움이 된다고 말하는 사람들이 있다. 전에도 이런 견해에 대해 얘기한 적이 있지만, 여기서 다시 너희에게 말해주겠다.

**너희는 배워야 할 어떤 것도 갖지 않은 채 지금의 삶 속으로 들어왔다. 너희는 이미 알고 있는 걸 밝히기만 하면 된다. 그것을 밝힘으로써 너희는 그것이 제 기능을 다하게 만들고, 자신의 체험을 통해서 자신을 새롭게 창조할 것이다. 그렇게 해서 너희는 삶을 정당한 것으로 만들고 그것에 목적을 부여한다. 그렇게 해서 너희는 삶을 거룩한 것으로 만든다.**

우리에게 일어나는 그 모든 나쁜 일이 우리 자신이 선택한 것이란 말씀인가요? 이 세상의 재앙과 재난들조차 어떤 면에서 보면 '참된 자신'의 대립물을 체험하기 위해서 우리 자신이 창조해낸 것이라고 말씀하시는 건가요? 만일 그렇다면 우리가 자신을 체험할 수 있는 기회를 창조하는, 좀 덜 고통스러운 방식, 우리 자신과 다른 사람들에게 좀 덜 고통스러운 방식은 없나요?

너는 여러 가지 질문을 던졌고 그 하나하나가 다 좋은 질문들이다. 자, 그것들을 한번에 하나씩 다뤄보기로 하자.

아니다. 너희에게 일어나는, 소위 나쁜 일들을 다 너희가 선택하는 것은 아니다. 네가 염두에 두고 있는 것처럼 자각된 감각으로는 아니다. 그것들은 모두가 너희 자신의 창조물들이다.

너희는 **항상 창조하는** 과정 속에 있다. 순간순간마다, 일분일분마다, 그리고 날마다. 너희가 **어떻게** 창조할 수 있는지는 나중에 다루기로 하자. 지금은 그것에 대한 내 이야기를 그저 받아들이기만 하라. 너희는 하나의 커다란 창조기(器)여서 말 그대로 너희가 생각하는 속도만큼이나 재빠르게 새로운 현상들을 보여주고 있다.

일과 사건과 조건과 상황들은 모두 의식에서 창조된다. 한 개인의 의식만으로도 이미 충분히 강력하다. 그렇다면 너희는 둘 이상의 의식이 내 이름으로 모일 때마다 어떤 종류의 창조 에너지가 분출될지 능히 상상할 수 있을 것이다. 나아가 대중 의식이라면? 우와! 그 힘은 너무나 막강하여 세계적인 중요성과 지구적인 결과를 낳는 사건들과 환경들을 창조할 수 있다.

네가 염두에 두고 있는 방식으로, **너희가** 그런 결과들을 **선택한다고** 말한다면 그것은 정확하지 않을 것이다. 내가 그것들을 선택하지 않는 만큼이나 너희도 그것들을 선택하지 않는다. 너희 역시 나처럼 그것들을 관찰하고, **그것들에 비추어** '자신이 누구인지' 판단하고 있을 뿐이다.

하지만 세상에는 어떤 희생자도 없고 어떤 악당도 없다. 그리고 다른 사람들의 선택으로 네가 희생되는 일도 없다.

어떤 면에서 보면 너희가 싫어한다고 말하는 것들 **전부를** 너희 자신이 창조해냈다. 그리고 너희는 그것들을 창조했기 때문에 그것들을 **선택한** 것이다.

이것은 앞선 수준의 사고방식으로, 모든 선각자가 늦든 빠르든 도달하게 되는 지점이다. 왜냐하면 그들이 그 **일부라도** 바꿀 힘을 얻는 것은 그들이 그 **모든 것**에 대한 책임을 받아들일 때라야 비로소 가능하기 때문이다.

너희에게 "그 따위 짓을 하는" 어떤 것이나 어떤 자가 저 밖에 있다는 관념을 즐기고 있는 한, 너희는 그것을 어떻게 해볼 수 있는 자신의 힘을 무력화하고 있다. "내가 이렇게 **했다**"고 말할 때라야 비로소 너희는 그것을 바꿀 힘을 얻을 수 있다.

**네가 하는 걸 바꾸는 게 다른 사람이 하는 걸 바꾸는 것보다 훨씬 더 쉽다.**

**뭔가를** 바꾸는 첫 단계는 네가 그렇게 되도록 선택했다는 사실을 깨닫고 받아들이는 것이다. 설사 너희가 개인 차원에서 이 말을 받아들일 수 없다 하더라도, 우리 모두가 하나라는 너희의 오성으로 이 말을 받아들이도록 하라. 그러고 나서는 어떤 것이 나빠서가 아니라, 그것이 더 이상 '자신'에 대한 정확한 진술을 해내지 못하기 때문에 바꾸고자 노력하라.

**어떤 행동을 하는 데는 딱 한 가지 이유가 있을 뿐이다. 즉 우주에 '자신이 누구인지'를 진술하는 것으로서만.**

삶을 이런 식으로 이용할 때 삶은 '자기' 창조가 된다. 너희는 자신을 '자신'으로, 그리고 '항상 되고자 했던 자신Who You've Always Wanted to Be'으로 창조하기 위해 삶을 이용한다. 어떤 일을 **하지 않는** 이유 역시 딱 한 가지뿐이다. 즉 그것이 **더 이상** '되고자 하는 자신'에 대한 진술이 되지 못한다는 이유. 그것은 더 이상 너희를 반영하지 않고, 더 이상 너희를 대변하지 represent 않는다(즉 그것은 너희를 **재표출해**re-present주지 않는다……).

만일 너희가 정확하게 재표출되기를 원한다면, **너희는 영원 속에 투영하고자 하는 자신의 모습과 맞지 않는, 삶의 모든 것**

**을 변화시키려 노력해야 한다.**

가장 넓은 의미에서 볼 때, 일어나는 모든 "나쁜" 일은 너희가 선택한 것들이다. 잘못은 그것들을 선택하는 데 있는 게 아니라, 그것들을 나쁘다고 규정하는 데 있다. 그것들을 나쁘다고 규정하는 것은 너희 자신을 나쁘다고 규정하는 것이다. 그것들을 창조한 것이 너희 자신이기 때문에.

너희는 이런 꼬리표를 받아들일 수 없다. 그래서 자신이 나쁘다는 꼬리표를 달기보다는 그것들이 **너희의 창조물이 아니라고 부인한다.** 너희가 세상을 지금 있는 그대로의 조건으로 받아들이게 되는 게 바로 이 지적(知的), 영적(靈的) 부정직함 때문이다. 만일 너희가 세상에 대한 **개인의 책임**을 받아들였다면, 혹은 책임감을 깊이 느끼기만이라도 했다면, 세상은 지금과는 전혀 다른 곳이 되었을 것이다. 모두가 다 같이 책임감을 느꼈다면 **틀림없이** 그렇게 되었을 것이다. 이것은 너무나 자명한 사실이라는 바로 그 점이, 그것을 그토록 완벽한 고통으로 만들고, 그토록 신랄한 역설로 만들고 있는 것이다.

세상의 자연재해와 재난들, 즉 회오리와 태풍, 화산 폭발, 홍수 따위의 물질적 소동들을 특별히 네가 창조하는 것은 아니다. 네가 창조하는 것은 이런 사건들이 네 삶에 미치는 강도(强度)다.

우주에서는 그 어떤 분방한 상상력으로도 네가 조장하고 창조했다고 주장할 수 없는 사건들이 일어난다.

이런 사건들을 창조해내는 것은 인류의 결합된 의식이다. 세상 전부의 공동 창조가 이런 체험들을 낳는다. 너희 각자가 하는 일은, 그것들이 뭔가 의미가 있다면 자신에게 뜻하는 바가 무엇이고, 그것들과 관련해서 '자신이 누구이고 무엇인지' 판단하면서 그것들을 경험하며 지나가는 것이다.

**이렇게 해서 너희는 영적 진화라는 목적을 위해 집단으로, 또 개인으로 너희가 체험하는 삶과 시간들을 창조하고 있다.**

너는 이런 과정을 좀 덜 고통스럽게 겪을 수 있는 방법이 있느냐고 물었는데 그 대답은 그렇다이다. 하지만 그렇다고 해도 외부 체험에서 바뀌는 것은 아무것도 없을 것이다. 너 자신과 다른 사람들이 겪는 세상 체험과 세상 사건들에서 연상하는 고통을 줄이려면, 너는 **그것들을 보는 방식을 바꿔야 한다.**

네가 외부 사건을 바꿀 수는 없다. (외부 사건은 너희 다수가 창조해낸 것이다. 집단이 창조한 것을 개인이 바꿀 수 있을 만큼 네 의식이 충분히 성숙하지는 못했기 때문이다.) 그러므로 너는 내면 체험을 바꾸어야 한다. 이것이 바로 삶을 깨닫는mastery 길이다.

저절로, 그리고 그 자체로 고통스러운 건 아무것도 없다. 고통은 잘못된 생각의 결과다. 그것은 생각의 오류다.

선각자들은 가장 쓰라린 고통도 사라지게 할 수 있다. 선각자들은 이런 식으로 치료한다.

고통은 너희가 어떤 것에 관해 내린 판단 때문에 생긴다. 그 판단을 제거해보라. 그러면 고통이 사라진다.

판단은 흔히 과거의 체험에 근거하고 있다. 어떤 것에 대한 너희의 관념은 그것에 관한 이전 관념에서 나온다. 이전 관념은 그보다 더 앞의 관념에서 나온 것이고, 또 그 관념은 다시 그보다 더 앞의 관념에서 나오고…… 마치 벽돌을 쌓듯이 말이다. 이 거울의 방 속에서 내가 '맨 처음 생각first thought'이라고 부르는 것으로 거슬러 올라갈 때까지.

　모든 생각에는 창조하는 힘이 있으나 어떤 생각도 원래 생각 original thought보다 더 강하지는 못하다. 이따금 이 원래 생각을 원죄original sin라 부르는 이유가 바로 여기에 있다.

　원죄는 어떤 것에 관한 너희의 맨 처음 생각이 틀렸을 때를 말한다. 그리고 나서 그 틀림은 너희가 그것을 두 번 세 번 생각함에 따라 몇 번이고 합성된다. 성신이 하는 일은 너희가 자신의 잘못에서 벗어나 새로운 오성에 이를 수 있도록 너희에게 영감을 주는 것이다.


당신은 내가 굶어 죽어가는 아프리카 아이들과, 미국에서 벌어지는 폭력과 불의, 브라질에서 수백 명의 목숨을 빼앗아가는 지진에 대해 유감스럽게 느끼지 말아야 한다고 말씀하시는 겁니까?


　신의 세계에는 "해야 한다"거나 "하지 말아야 한다"는 없다. 네가 원하는 대로 하라. 너를 반영하는 것, 너 자신의 위대한 변형으로서 너를 재표출해주는 일을 하라. 유감스럽게 느끼고 싶으면 그렇게 하라.

　**그러나 심판하지도 비난하지도 마라. 왜냐하면 너희는 그런 일이 왜 일어나는지도, 어떤 식으로 끝날지도 모르기 때문이다.**

　그리고 이 점을 명심하라. 너희가 비난하는 것이 언제고 너희를 비난할 것이며, 너희가 심판하는 것이 언제고 너희를 심판하리란 것을.

차라리 네 가장 고귀한 '자신'을 더 이상 반영하지 않는 것들을 바꾸려 노력하거나, 그런 것들을 바꾸고 있는 사람들을 도와주도록 하라.

그러면서 살아가며 겪는 모든 것을 축복하라. 그 모든 것이 다 신의 창조이고, 그리고 그렇게 하는 것이야말로 최고의 창조이기에.

여기서 잠시 멈추고 제가 좀 따라잡게 해주시겠습니까? 좀 전에 신의 세계에는 "해야 한다"거나 "하지 말아야 한다"는 건 없다고 말씀하신 게 맞나요?

맞다.

어떻게 그럴 수 있나요? **당신의** 세계에 그런 게 존재하지 않는다면 그럼 어디에 존재하는 겁니까?

호오, 어디에……?

다시 물어보겠습니다. "해야 한다"와 "하지 말아야 한다"는 어디에 나타난다는 거죠? 당신 세계에 존재하지 않는다면요.

**너희의 상상 속에.**

하지만 옳다 그르다, 하라 하지 마라, 해야 한다 하지 말아야 한다
는 것들에 대해 제게 가르쳐준 사람들은 그 모든 규칙을 **당신**, 곧 신
이 설정해놓았다고 말했습니다.

그렇다면 너를 가르친 사람들이 틀렸다. 나는 한번도 "옳다"
거나 "그르다"거나, "하라"거나 "하지 마라"는 걸 설정한 적이
없다. 그렇게 한다면 너희가 받은 최고의 선물, 즉 너희가 원하
는 대로 하고 그 결과를 체험해볼 기회와, 너희가 '참된 자신'의
모습과 닮은꼴에 비추어 자신을 새롭게 창조할 기회와, 또 자신
의 가능성에 기반을 두고 더욱 더 고귀한 자신을 만들어줄 공
간이란 선물을 빼앗는 것이 되리라.

어떤 생각이나 말이나 행동이 "그르다"는 것은 너희가 그것
들을 하지 않겠다고 말하는 것과 다를 바 없다. 그것들을 하지
않겠다는 것은 너희 자신을 금(禁)하는 것이다. 너희를 금하는
건 자신을 제한하는 것이며, 자신을 제한하는 건 '참된 자신'이
라는 실체를 부정하는 것일 뿐 아니라, 그 실체를 창조하고 체
험할 기회를 부정하는 것이기도 하다.

세상에는 내가 너희에게 자유의지를 주었노라고 말하는 사
람들이 있다. 그런데 바로 이 사람들이 너희가 내게 복종하지
않는다면, 내가 너희를 지옥으로 보내리라고 주장한다. 무슨
그런 자유의지가 있단 말인가? 이런 주장은 우리 사이의 진짜
관계가 아닐 뿐 아니라, 신을 조롱하는 짓이기도 하다.

자, 이제 우리는 제가 논의하고 싶었던 또 다른 영역으로 들어가고

있군요. 천국과 지옥을 둘러싼 그 모든 논란의 영역으로요. 지금 제가
여기서 주위들은 것들로 보면 지옥 같은 건 없군요.

지옥은 있다. 하지만 너희가 생각하는 그런 것은 아니다. 그
리고 너희는 세상이 너희에게 제공하는 여러 가지 이유들 때문
에 지옥을 체험하는 건 아니다.

지옥이 뭐죠?

지옥은 너희의 선택과 결정과 창조들이 일으킬 수 있는, 최악
의 결과를 체험하는 것이다. 그것은 나(神)를 부정하는 모든 생
각, 즉 '자신'과 나의 관계를 부정하는 모든 생각의 당연한 귀결
이다.
지옥은 "잘못된 사고"로 너희가 겪는 고통이다. 그러나 잘못
된 사고란 용어조차도 틀린 것이다. 잘못된 것 같은 건 존재하
지 않기 때문이지.
지옥은 기쁨과 정반대되는 것이다. 그것은 이루어지지 않음
이다. 그것은 '자신이 누구인지' 알고는 있으되 체험하지 못하
는 것이다. 그것은 못난 존재다. 그것이 바로 지옥이며, 너희 영
혼에게 그보다 더 끔찍한 건 없다.
하지만 너희가 상상하는 **그런 곳**, 불길 속에서 영원히 불타
거나, 고통스러운 상태에 영원히 갇히게 되는 그런 곳으로서의
지옥은 존재하지 않는다. 대체 내가 그런 것에 무슨 의미를 둘
수 있단 말인가?

설사 내가 너희는 천국에 "들어갈 자격이" 없다는, 지극히 신(神)답지 못한 생각을 품고 있다 해도, 무엇 때문에 내가 너희의 실패에 대해 앙갚음하거나 벌하려 들겠는가? 너희를 처치하는 것쯤이야 나로서는 손쉬운 일이 아니겠느냐? 내 어떤 부분이 복수심에 불타서, 굳이 말로 형언할 수 없는 종류와 말로 형언할 수 없는 수준의 고통에 너희가 영원히 처하길 원하겠는가?

만일 너희가 정의의 필요성 때문이라고 답한다면, 천국에서 나와 가까이 지낼 수 없다는 것만으로도 정의라는 목적은 간단하게 달성되지 않겠는가? 끝없는 고통의 형벌도 필요하다고?

너희에게 말하노니, 너희가 두려움에 근거한 신학들 속에서 쌓아올린 식의, 죽음 뒤의 체험 같은 건 결코 존재하지 **않는다.** 그러나 지극히 불행하고 불완전하며, 전체보다 지극히 모자라고 신의 더없이 큰 기쁨과는 한참 거리가 먼 영혼의 체험이란 건 존재하니, 너희 영혼에게는 이것이 바로 지옥일 것이다. 그러나 너희에게 말하노니, **나는** 너희를 그곳으로 **보내지도 않으며,** 이런 체험이 너희를 찾아가게 만들지도 않는다. 그런 체험을 창조하는 것은 바로 너희 자신이다. 너희 자신을 자신에 대한 가장 고귀한 생각에서 떼어낼 때마다, 또 아무리 떼어낸다 해도, 그런 체험을 창조하는 것은 바로 너희 자신이다. 너희가 자신을 부정할 때마다, 너희가 '참된 자신'을 거부할 때마다, 너희는 그런 체험을 창조한다.

그러나 이런 체험조차도 결코 영원하지는 않다. 너희가 영원히 영원히 내게서 떨어져나가는 건 내 의도가 아니기에. 사실 그런 일은 불가능하다. 왜냐하면 그런 일이 일어나려면 너희가

'자신'을 부정해야 할 뿐 아니라 나 역시 그렇게 해야 하기 때문이다. 나는 결코 그렇게 하지 않는다. 그리고 우리 중 어느 한쪽이 너희에 관한 진실을 간직하는 한, 궁극에 가서는 그 진실이 이길 것이다.

그런데 지옥이 없다면, 그건 제가 응보를 두려워하지 않고 원하는 것을 하고, 하고 싶은 대로 하고, 무슨 행동이든 다 할 수 있다는 뜻인가요?

진정으로 옳은 것이 되고 옳은 것을 하고 옳은 것을 가지려할 때, 네게 필요한 것이 **두려움**인가? 너는 "착해"지려면 굳이 **협박을 받아야** 하느냐? 그리고 "착하다는 게" 무엇이냐? 누가 그것에 관해 최종 판결권을 갖는가? 지침들을 정하는 건 누구이며, 규칙들을 만드는 건 누구인가?

내가 말하노니, 바로 네가 너 자신의 규칙을 제정하고, 바로 네가 그 지침들을 설정한다. 그리고 자신이 얼마나 잘해왔고, 지금 얼마나 잘해나가는지 판단하는 사람도 너다. 왜냐하면 너야말로 '자신이 참으로 누구이고 무엇인지'와 '자신이 어떤 존재가 되고자 하는지'를 판단해온 당사자이기 때문이다. 그리고 너야말로 자신이 얼마나 잘해가는지 판단할 수 있는 유일한 사람이다.

너희 외에 어느 누구도 너희를 심판하지 않을 것이다. 신이왜, 어떻게 자신의 창조물을 심판하고 나쁘다고 규정하겠는가? 만일 너희가 완벽하길 바라고 모든 걸 완벽하게 해내길 바랐더라면, 나는 너희를 너희의 고향인 절대 완벽 상태에 그대로 남겨뒀을 것이다. 이 과정의 전체 핵심은 너희가 자신을 발견하는 것이요, 참된 자신으로서, 그리고 너희가 참으로 되고자 하는 바대로 너희 자신을 창조하는 것이었다. 그러나 너희가 **다른 것이** 될 수 있는 선택권까지 갖지 않는다면 너희는 그렇게 될 수 없을 것이다.

따라서 나 스스로 너희 앞에 놓아준 선택권을 행사한다는 이유로 너희를 벌주어야 하는가? 너희가 두 번째 것을 선택하길 원치 않았다면, 왜 나는 첫 번째가 아닌 것을 창조했는가?

이것이 너희가 비난하는 신의 역할을 내게 배당하기에 앞서, 너희 자신에게 물어봐야 할 질문이다.

네 질문에 대한 직접적인 대답은 그렇다이다. 너희는 응보를 두려워하지 않고 원하는 대로 해도 좋다. 그러나 그 귀결을 깨닫는 것이 너희에게 도움이 되리라.

귀결consequence이란 결과result다. 당연한 결말outcome이다. 이것들은 응보나 징벌과는 전혀 다르다. 결말은 그저 단순히 결말일 뿐이다. 결말은 자연법칙의 자연스러운 적용의 결과다. 결말은 이미 **일어난 것**의 귀결로서, 충분히 예측할 수 있는 그런 것이다.

모든 물질적 삶은 자연법칙에 따라 움직인다. 일단 너희가 이 법칙들을 기억해내고 적용하기만 하면, 너희는 물질 수준에서 삶을 지배하게 된다.

너희에게 징벌처럼 비치는 것, 혹은 너희가 악이나 불운이라 부르는 것들은 스스로를 주장하는 자연법칙에 지나지 않는다.

그러면 제가 이 법칙들을 알게 되고 그것들을 따른다면 앞으로 단 한순간도 근심거리를 갖지 않게 되는 겁니까? 당신이 제게 말씀하시는 것이 그런 건가요?

너희는 소위 "근심거리" 속에 놓인 자신을 체험하는 일이 결코 없을 것이다. 너희는 삶의 어떤 상황이 문젯거리가 된다는 걸 이해하지 못할 것이다. 너희는 공포스러운 어떤 상황도 맞닥뜨리지 않을 것이며, 모든 근심과 의심과 두려움에 종지부를 찍을 것이다. 너희는 육체에서 벗어난 절대계의 영혼들로서가 아니라, 육체를 가진 상대계의 영혼들로서, 아담과 이브가 살았다고 너희가 상상하는 식대로 살게 될 것이다. 그럼에도 너희는 온갖 자유와 온갖 기쁨과 온갖 평온과, 너희 영혼의 온갖 지혜와 오성과 권능을 갖게 될 것이다. 너희는 완전히 실현된 존재가 될 것이다.

이것이 너희 영혼의 목표다. 육체 속에 머무는 동안 자신을 완전히 실현하는 것, 참된 모든 것의 화신(化身)이 되는 것, 바로 이것이 너희 영혼의 목적이다.

또한 이것이 너희를 위한 내 계획이다. 내가 너희를 통해 실현해야 하며, 그렇게 해서 개념을 체험으로 바꾸고, 나 자신을 체험으로 알게 되는 것, 이것이 내 이상이다.

우주의 법칙들은 내가 설정한 법칙들이다. 그것들은 물질 세계를 완벽하게 작용하게 하는 완벽한 법칙들이다.

너희는 눈송이보다 더 완벽한 것을 본 적이 있는가? 그 복잡함, 그 문양, 그 대칭성, 그것의 자기 동일성 그리고 다른 모든 눈송이에 대한 독창성—이 모든 게 하나의 신비다. 너희는 자연이 펼치는 이 외경스러운 기적에 감탄한다. 그런데 내가 겨우 눈송이 하나로도 이런 일을 해낼 수 있을 때, 내가 이 우주를 가지고는 무엇을 할 수 있으며, 해왔다고 생각하는가?

너희가 가장 큰 물체에서 가장 작은 입자에 이르기까지 우주의 대칭성, 그 도안의 완벽함을 알게 된다면, 너희의 현실로는 우주의 진리를 감당하지 못할 것이다. 너희가 그 진리에 흘깃 눈길을 주는 지금도, 너희는 아직 그것이 뜻하는 바를 상상하거나 이해할 수 없다. 그러나 뜻하는 바가 있다는 것, 너희의 현재 이해 능력으로 끌어안을 수 있는 것보다 훨씬 더 복잡하고 훨씬 더 놀라운 뜻들이 들어 있다는 건 알 수 있을 것이다. 너희의 셰익스피어는 이것을 멋지게 표현했다. **"호레이쇼, 이 천지간에는 자네의 지혜로 상상할 수 있는 것보다 더 많은 것들이 있다네."**《햄릿》1막 5장 – 옮긴이)

그렇다면 어떻게 해야 제가 이런 법칙들을 알 수 있습니까? 어떻게 해야 그것들을 배울 수 있죠?

그건 배움의 문제가 아니라 기억의 문제다.

어떻게 해야 그것들을 기억할 수 있나요?

고요히 있는 것에서 시작하라. 외부 세계를 가라앉혀라. 그러면 내면 세계가 네게 시야sight를 줄 것이다. 너희가 찾아야 하는 게 이 통찰력in-sight(내면 시야 – 옮긴이)이다. 하지만 너희가 외부 현실에 지나치게 깊숙이 빠져 있는 동안에는 그것을 가질 수 없다. 그러니 가능하면 자주 내면으로 들어가려고 애써라. 그리고 너희가 내면으로 들어가지 않을 때는, 바깥 세계를 다룰 때처럼 내면에서 나오게 된다. 다음 공리를 명심하라.

**너희가 내면으로 가지 않는다면 너희는 바깥으로 가게 되리라.**

이 공리를 외울 때는 좀 더 실감나도록 주어를 일인칭으로 바꾸어라.

> 내가
> 내면으로 가지 않는다면
> 나는
> **바깥으로 가게 되리라**

너희는 평생 동안 바깥으로만 갔다. 하지만 너희는 그럴 필요도 없고, 그래봤자 뭔가 이루지도 못할 것이다.

너희가 될 수 없는 건 아무것도 없다. 너희가 할 수 없는 건 아무것도 없다. 너희가 가질 수 없는 건 아무것도 없다.

그 말씀은 그림의 떡을 약속하는 것처럼 들리는군요.

너는 신이 어떤 다른 약속을 하도록 만들고 싶은가? 이보다 못한 것을 약속한다면 너희는 내 말을 믿을 것인가?

수천 년 동안 사람들은 참으로 괴이한 이유로, 즉 그 약속들이 너무나 근사해서 진짜일 리 없다는 이유로, 신의 약속들을 믿지 않았다. 그리하여 너희는 이보다 못한 약속, 즉 이보다 못한 사랑을 선택해왔다. 신의 가장 고귀한 약속은 가장 고귀한 사랑에서 나오는 법이기에. 그러나 너희는 완벽한 사랑을 상상하지 못하며, 따라서 완벽한 약속 역시 상상하지 못한다. 그리고 완벽한 사람 또한 상상하지 못하기에, 너희는 자신조차 믿지 못한다.

이 모든 수단을 믿지 않는 건 신을 믿지 않는다는 뜻이다. 신을 믿으면 신의 가장 큰 선물인 조건 없는 사랑과, 신의 가장 큰 약속인 무한한 잠재력을 믿게 되기 때문이다.

여기서 잠시 말을 끊어도 될까요? 신이 말씀하시는데 중간에 가로채기는 싫지만…… 하지만 전에도 무한한 잠재력에 관해 이런 얘기를 들었는데, 그건 인간의 체험과는 부합하지 않습니다. 보통 사람이 부딪치는 온갖 어려움들은 둘째 치고라도, 정신이나 육체에 장애를 안고 태어난 사람들이 겪는 고초에 대해서는 어떻게 생각하십니까? **그들의** 잠재 능력도 무한합니까?

너희는 너희 경전에 그렇다고 적어놓았다. 여러 가지 방식으로, 여러 군데서.

한 가지 예를 들어주십시오.

너희의 성서 〈창세기〉 11장 6절에 너희가 써놓은 것을 찾아보라.

이렇게 나와 있군요. "야훼께서 말씀하시길, 사람들이 한 종족이라 말이 같아서 안 되겠구나. 이것은 사람들이 하려는 일의 시작에 지나지 않겠지. 앞으로 하려고만 하면 못할 일이 없겠구나."

그렇다. 이제 너는 그 말을 믿을 수 있겠는가?

이 내용은 정신박약자와 허약자, 신체장애자 같은 장애를 가진 사람들에 관한 제 질문에 대답하는 게 아닌데요.

너는 그 사람들이 네 말처럼 장애를 가졌다고 생각하느냐? 그들 스스로 선택한 것이 아니고? 너는 한 인간의 영혼이, **그게 어떤 것이든 간에, 우연히** 삶의 도전들과 마주친다고 상상하느냐? **이게 네가 상상하는 것이냐?**

그럼, 한 영혼이 자신이 어떤 종류의 삶을 체험할지 미리 선택한다는 말씀인가요?

아니, 그렇게 한다면 마주침의 **목적**이 무산될 것이다. 마주침의 목적은 지금이라는 거룩한 순간에 너희 체험을 **창조하는 것**이고, 따라서 너희 자신을 창조하는 것이다. 그러므로 너희는 자신이 체험할 삶을 미리 선택하지 않는다.
그러나 너희는 자신의 체험을 창조하는 데 함께할 사람과 장소와 사건들, 즉 조건과 상황들과, 도전과 장애들, 그리고 기회와 선택 사항들을 선택할 수는 있다. 너희는 자신의 팔레트에 짜놓을 색깔들, 자신의 궤짝을 짜는 데 필요한 연장들, 자신의 작업장에 필요한 기계들을 선택할 수는 있다. 이런 것들을 써서 뭔가를 창조하는 것이 너희의 일거리다. 그것이 인생의 일거리다.

너희가 하기로 선택한 그 모든 일에서 너희의 잠재력은 **무한하다**. 소위 장애 있는 신체를 지닌 한 영혼은 자신의 잠재력을 완전히 실현한 것이 아니라고 억측하지 마라. 너희는 그 영혼이 **무엇을 하려는지** 모른다. 너희는 그것의 **진행 과정**을 이해하지 못하며, 그것이 **뜻하는 바**가 무엇인지 모른다.

그러므로 **모든** 사람과 **모든** 조건을 **축복하고** 그것들에 감사하라. 신이 창조한 것들의 완벽성을 인정하고 그 창조물들에 믿음을 보여라. 신의 세계에서는 어떤 것도 우연히 일어나지 않으며, 우연의 일치 같은 건 존재하지 않기 때문이다. 또한 마구잡이식 선택이나 너희가 운명이라 부르는 것들 역시 그 세계를 희롱할 수도 없다.

눈 한 송이가 더없이 완벽한 구조를 가졌다면, 너희의 삶만큼 장대한 것에 대해서도 같은 말을 할 수 있다고 생각하지 않느냐?


하지만 예수조차도 병자를 치료했습니다. 만일 그들의 상태가 그토록 "완벽"했다면 예수는 왜 그들을 치료했을까요?

예수는 그들의 상태가 불완전하다고 생각해서 그들을 치료한 게 아니었다. 그는 그 영혼들이 자기 과정의 일부로서 치료를 요청한다고 보았기 때문에 그렇게 한 것이다. 그는 그 과정의 완벽성을 알고 있었다. 그는 그 영혼이 뜻하는 바를 인정하고 이해했다. 만일 예수가 정신의 병이든 육체의 병이든 모든 질병이 불완전을 나타낸다고 느꼈다면, 그는 지구상의 모든 이를 그냥 한꺼번에 치료하지 않았을까? 너는 예수가 이런 일을 할 수 있다는 걸 의심하느냐?

아뇨. 예수는 능히 그럴 수 있었으리라 믿습니다.

좋다. 그런데 네 정신은 여전히, 왜 예수는 그렇게 하지 않았을까, 왜 그는 어떤 사람들은 그대로 고통받게 하고 또 어떤 사람들은 치료해주었을까, 몹시 알고 싶어하는군. 그렇다면 왜 신은 그것이 어떤 고통이든 항상 고통을 묵인하는가? 과거에도 줄곧 제기되어온 이 질문의 대답은 항상 똑같다. 그 과정 속에 완벽함이 존재한다는 것. 게다가 무릇 삶이란 선택에서 비롯된다. 선택에 간섭하거나 선택을 문제 삼는 건 적절하지 않다. 선택을 비난하는 건 특히나 더 적절하지 못하다.

그 선택을 관찰하고, 그런 다음 그 영혼이 좀 더 **고상한 선택**을 추구하고 더 고상한 선택을 내리고자 할 때, 그것을 도와줄 뭔가를 하는 것이 적절하다. 그러므로 남들의 선택을 주의 깊게 지켜보되 판단하지는 마라. 지금 이 순간의 선택이 완벽하다는 걸 그들이 깨닫게 해주라. 그러나 그들이 더 새로운 선택,

또 다른 선택, 즉 더 고상한 선택을 하려는 때가 오면 기꺼이 그들을 도울 수 있게 옆에 서 있어라.

타인들의 영혼과 깊이 교감하라. 그러면 너는 그 영혼들의 목적, 그 의도를 분명히 알 수 있을 것이다. 예수가 자신이 치료해준 사람들과, 자신이 그 삶에 접촉한 모든 이와 함께 한 일이 바로 이것이었다. 예수는 자기에게 온 사람들이나 다른 사람들을 보내 치료해달라고 간청하는 사람들을 모두 치료했다. 그는 닥치는 대로 마구 치료한 게 아니었다. 그렇게 했다면 그건 우주의 성스러운 법칙을 모독하는 일이었을 것이다.

**즉 모든 영혼이 제 갈 길을 가게 하라는 법칙을.**

그렇다면 그건 우리가 도와달라는 요청을 받지 않는다면 그 누구도 돕지 말아야 한다는 말씀인가요? 분명히 그건 아니겠지요. 그렇지 않다면 우리는 결코 인도의 굶주리는 아이들이나 아프리카의 고통당하는 민중들, 혹은 그 외 다른 곳의 가난한 사람들이나 학대받는 사람들을 도울 수 없을 겁니다. 모든 인도적인 노력은 없어질 테고, 모든 자선이 허용되지 않을 겁니다. 우리가 명백히 옳은 일을 할 수 있으려면, 어떤 개인이 절망에 빠져 우리에게 절규하거나 어떤 나라의 국민들이 도움을 간청할 때까지 기다려야 한다는 겁니까?

보다시피 그 질문에는 스스로 답하고 있다. 만일 어떤 일이 명백히 옳다면 그렇게 하라. 그러나 네가 "옳다"와 "그르다"에서 극단적인 판단을 내리고 있음을 기억하라.

**모든 건 오로지 너희가 그렇다고 보기 때문에 옳거나 그를**

**뿐이다. 어떤 것이 그 본질에서부터 옳거나 그른 것은 아니다.**

아니라고요?

　"옳음"이나 "그름"은 본래의 상태가 아니다. 그것은 개인의 가치 체계 속에만 있는 주관적인 판단이다. 너희의 주관적인 판단들로 너희는 자신의 자아를 창조한다. 너희는 너희 개인의 가치들로 '자신이 누구인지' 판단하고 증명한다.

　세계는 너희가 이런 주관적인 판단들을 내릴 수 있도록 하려고 지금 같은 모습으로 존재한다. 만일 세계가 완벽한 상태로 존재한다면 자기 창조라는 너희 삶의 과정은 종막을 고할 것이다. 그것은 끝날 것이다. 더 이상 소송이 없다면 변호사가 할 일은 내일이면 끝날 것이다. 더 이상 병이 없다면 의사가 할 일도 내일이면 끝날 것이다. 더 이상 의문이 없다면 철학자가 할 일도 내일이면 끝날 것이다.

　그리고 더 이상 문젯거리가 없다면 신의 할 일도 내일이면 끝나고요!

　맞다. 네가 아주 완벽하게 표현했다. 더 이상 창조할 게 없다면, 우리, 즉 우리 모두는 창조하기를 끝낼 것이다. 우리, 즉 우리 모두가 그 게임을 지속시키는 것에 기득권을 휘두르고 있는 것이다. 우리 모두가 그 모든 문제를 해결하고 싶다고 얘기하는 만큼이나 우리는 감히 그 문제들을 몽땅 해결하려고 나서지는 않는다. 그렇게 하지 않으면 우리가 할 일이 하나도 남아나지 않을 것이기에.

너희의 군산복합체(軍産複合體)는 이 점을 아주 잘 이해하고 있다. 그것이 세계 도처에서 더 이상 전쟁하지 않는 정부를 세우려는 모든 시도를 강력하게 막는 이유가 바로 여기 있다.

너희의 의료 기관들 역시 이 점을 잘 이해하고 있다. 그런 기관들이 기적의 가능성 자체에 대해서는 말할 것도 없고, 새로운 모든 기적의 약이나 치료법에 완강히 반대하는 이유가 여기 있다. 자신들의 생존을 위해서는 그렇게 **해야 하고** 그렇게 **할 수밖에** 없는 것이다.

너희의 종교 단체들 역시 이 점을 확실히 알고 있다. 그런 단체들이 한결같이 두려움과 심판과 응보가 들어 있지 않은 신에 대한 모든 정의(定義)와, 신에게 이르는 유일한 길과 관련하여 자기네 이념이 들어 있지 않은 모든 자아 규정을 공격하는 이유가 여기에 있다.

만일 내가 너희는 **신이라고** 말한다면 종교가 설 땅이 어디겠는가? 만일 내가 너희의 병이 나으리라고 말한다면 과학과 의학이 설 땅이 어디겠는가? 만일 내가 너희는 평화롭게 살리라고 말한다면 중재인들이 설 땅이 어디겠는가? 만일 내가 세상이 고쳐지리라고 말한다면 세상이 설 곳이 어디겠는가?

그럼 배관공들은 어찌 될까?

본질적으로 두 부류의 사람들이 이 세상을 채우고 있다. 너희가 원하는 것들을 너희에게 주는 사람들과, 사태를 고정시키는fix 사람들. 어떤 의미에서 보면 정육점 주인과 빵집 주인, 촛대 제조공들처럼 단순히 너희가 원하는 것들을 제공해주는 사람들 역시 고정시키는 사람들이다. 어떤 것에 욕구를 갖는다는 건 흔히 그것이 필요하다는 것을 뜻하기 때문이다. 마약 중독자들에게 필요한 마약주사를 fix라고 말하는 건 이 때문이다. 그러므로 욕구가 **중독**이 되지 않도록 조심하라.

세상에는 항상 문젯거리가 존재할 거라고 말씀하시는 건가요? 세상이 **그런 식인 걸** 당신이 참으로 **원한다고** 말씀하시는 거냐구요?

나는 눈송이가 지금 존재하는 방식 꼭 그대로 존재하듯이, 세상도 지금 존재하는 방식대로 존재할 거라고 말하는 중이다. 그런 식으로 세상을 창조한 건 너희다. 너희가 지금 있는 꼭 그대로의 너희 삶을 창조했듯이.

**나는 너희가 원하는 걸** 원한다. 너희가 진실로 굶주림의 종식을 원하는 바로 그날, 더 이상 굶주림은 존재하지 않을 것이다. 나는 너희에게 그렇게 할 수 있는 모든 자원을 주었다. 너희는 그런 선택을 내릴 수 있는 모든 도구를 갖고 있다. 너희는 그것을 선택하지 않았다. 너희가 그것을 선택할 수 **없었기** 때문이 아니다. 인류는 내일이면 이 세상의 굶주림을 끝장낼 수 있다. 그러나 너희는 그렇게 하지 않는 쪽을 **선택하고** 있는 것이다.

너희는 날마다 40,000명이 굶어 죽어야 할 만한 충분한 이유들이 있다고 주장한다. 충분한 이유란 건 없다. 그럼에도 너희가 날마다 40,000명씩이 굶어 죽어가는 걸 막을 아무 방도도 없다고 말하는 그 순간에, 너희는 날마다 50,000명씩을 세상에 데려와 새 삶을 시작하게 한다. 그리고 너희는 이것을 사랑이라 부른다. 너희는 이것을 신의 계획이라 부른다. 따뜻한 연민은 말할 것도 없고, 논리나 이성을 전혀 찾아볼 수 없는 이런 계획을.

나는 **너희가 선택했기 때문에** 세상이 지금 식대로 존재한다는 사실을 적나라한 용어들로 설명하는 중이다. 너희는 너희의 환경을 체계적으로 파괴하면서, 이른바 자연재해들을 신의 잔혹한 장난이나 자연의 냉혹한 법칙을 보여주는 증거로 들이대고 있다. 장난을 쳐온 쪽은 너희이고, 잔혹한 쪽은 바로 너희의 법칙이다.

어떤 것도, **다른 어떤 것도** 자연보다 더 온화하지는 않다. 그리고 어떤 것도, **다른 어떤 것도** 인간보다 더 자연에 잔혹하게 대하지는 않는다. 그런데도 너희는 여기에 절대 말려들지 않으려고 옆으로 비켜선다. 모든 책임을 부정한다. 너희는 그것이 자신의 잘못이 아니라고 말하는데, 이 점에서는 너희가 옳다. 그건 **잘잘못**의 문제가 아니다. 그것은 선택의 문제다.

너희는 내일이라도 열대우림의 파괴를 끝내는 쪽을 선택할수 있다. 너희는 너희 행성 위를 떠도는 오존층의 고갈을 그만두는 쪽을 선택할 수 있다. 너희는 너희 지구의 정교한 생태계에 대한 쉼없는 공격을 멈추는 쪽을 선택할 수 있다. 너희는 눈송이를 다시 엉기게 하거나, 혹은 적어도 그것이 가차없이 녹는 걸 중단시키려고 애쓸 수 있다. 하지만 과연 너희가 그렇게 할까?

마찬가지로 너희는 **내일 당장 모든 전쟁을 끝낼 수 있다**. 쉽고도 간단하게. 필요한 것, 지금까지 항상 필요했던 것은 너희 모두가 동의하는 것뿐이다. 그러나 만일 너희가 서로 죽이는 짓을 끝내는 것처럼 극히 간단한 일에도 함께 합의를 **볼 수 없다면**, 어떻게 하늘에다 대고 종주먹을 치면서 너희의 삶을 질서 잡히게 해달라고 외쳐댈 수 있단 말인가?

너희 스스로 하지 않는 어떤 것도 내가 너희를 위해 하지는 않을 것이다. **이것은** 법칙이고 예언이다.

세상이 지금 상태대로 존재하는 것은 **너희** 때문이고, 너희가 내린 선택들 때문이다. 혹은 너희가 선택하지 않았기 때문이다.

(결정하지 않는 것도 결정하는 것이다.)

지구가 지금 모습대로 존재하는 것도 **너희** 때문이고, 너희가 내린 선택들 때문이다. 혹은 너희가 선택하지 않았기 때문이다.

너희의 삶이 지금 방식대로인 것도 **너희** 때문이고, 너희가 내린 선택들 때문이다. 혹은 너희가 선택하지 않았기 때문이다.

하지만 사람들은 이렇게 말할 겁니다. 저는 그 따위 트럭에 치이길 선택하지 않았습니다! 저는 그 강도에게 습격당하거나, 그런 미치광이에게 강간당하길 선택하지 않았습니다. 세상에는 이렇게 말할 사람들도 있기 마련입니다.

너희 **모두가** 도둑의 마음속에 훔치려는 욕구, 즉 감지된 필요를 만들어낸 상황의 원인 제공자들이다. 너희 모두가 강간을 가능케 하는 의식을 창조했다. 너희가 **자신에게서** 범죄를 일으킨 이런 면을 볼 때에야 비로소 너희는 그런 범죄가 일어나는 상황을 치유할 수 있다.

굶주린 사람들에게 먹을 걸 주고 가난한 사람들에게 존엄성을 부여하라. 운 나쁜 사람들에게 기회를 줘라. 더 나은 내일이라는 사소한 약속으로 대중을 움츠러들게 하고 화나게 만드는 편견을 끝장내라. 성(性) 에너지에 대한 무의미한 금기와 억압들을 치워버려라. 그보다는 성 에너지의 경이를 진실로 이해할 수 있게, 그것이 자연스럽게 흐를 수 있게 사람들을 도와주어라. 그러면 너희는 강도와 강간을 영원히 종식시키는 사회로 나아가는 긴 여정에 들어설 것이다.

모퉁이에서 느닷없이 트럭이 튀어나오고 하늘에서 벽돌이 떨어지는, 이른바 "사고란 것"에 대해서는 그런 개개 사건을 더 큰 모자이크의 작은 일부로 받아들이는 법을 배워라. 너희는 자신을 구원하려는 각자의 계획을 실행하고자 이곳에 왔다. 그러나 구원이란 게 악마의 함정에서 벗어난다는 뜻은 아니다. 악마 같은 건 결코 없으며 지옥은 존재하지 않는다. 너희는 실현되지 않음이라는 망각의 늪에서 자신을 구해내고 있는 것이다.

너희는 이 싸움에서 패배할 수 없다. 너희는 실패할 수 없다. 그러므로 그것은 결코 싸움이 아니다. 그저 하나의 과정일 뿐이다. 그러나 이 점을 알지 못하면 너희는 그것을 끊임없는 투쟁으로 볼 것이다. 너희는 그 투쟁을 둘러싸고 웬만한 종교 하나를 창조해내기에 족할 만큼 **오래도록 그 투쟁을 신봉할 수도 있다. 이런 종교는 투쟁이 모든 것의 핵심**이라 가르칠 것이다. 그 가르침은 틀렸다. 그 과정을 진행시키는 것은 **투쟁이 아니다.** 오히려 승리는 지는 데서 얻어진다.

사고는 그것이 일어나기 때문에 일어난다. 사고란 삶의 특정 요소들이 특정한 방식으로 특정한 시간에 특정한 결과들, 너희가 나름의 이유로 불운이라 부르기로 선택한 결과들을 가지고 함께 모여든 것이다. 그러나 사고는 전혀 불운이 아닐 수도 있다. 너희 영혼이 나아갈 일정이란 면에서 보면.

내가 너희에게 말하노니, 우연의 일치란 **없으며**, 어떤 일도 우연히 일어나지는 **않는다**. 각각의 사건이나 모험은 '참된 자신'을 창조하고 체험하기 위해서 너희 **스스로** 불러들인 것이다. 모든 참된 선각자는 이것을 알고 있다. 신비주의 선각자들이 최악의 체험들(**너희가** 규정하는 식대로 하면)에 직면해서도 흔들리지 않는 게 바로 이 때문이다.

기독교의 위대한 선각자들은 이 점을 이해하고 있다. 그들은 예수가 십자가에 못박히면서도 동요하지 않았고, 오히려 그것을 원했다는 걸 알고 있다. 예수는 달아날 수도 있었지만 그렇게 하지 않았다. 그는 어떤 시점에서 그 과정을 중단시킬 수도 있었다. 그에게는 그럴 수 있는 힘이 있었다. 하지만 그는 그렇게 하지 않았다. 그는 **스스로** 인간의 영원한 구원의 상징이 되기 위해 **십자가에 못박히는 걸 허용했다.** 그는, **내가 어떤 일을 할 수 있는지 보라,** 무엇이 **진실인지** 잘 보라, 그리고 너희 역시 이런 일들, 아니 이보다 더한 일들도 할 수 있다는 걸 깨달아라, 그러기에 내가 너희가 바로 신이라 하지 않았더냐, 그런데도 너희는 믿지 않는다, 너희가 정 **자신을** 믿지 못하겠다면 **나를** 믿으라고 말했다.

예수의 연민은 그토록 커서 모두가 다 하늘나라(자기 실현)

에 이를 수 있게끔 세상에 강력한 충격을 줄 수 있는 방법을 청했고, 다른 방법이 전혀 없다면 **자기**를 써서 그렇게 해달라고 청했다. 그는 불행과 죽음을 굴복시켰기에 드디어 그 방법을 창조할 수 있었다. 그리고 너희 역시 그렇게 할 수 있다.

예수의 가장 큰 가르침은 너희가 앞으로 영원한 삶을 누리리란 것이 아니라, **바로 지금** 누리고 있다는 것이었으며, 너희가 앞으로 신과 형제가 되리란 것이 아니라, **바로 지금** 그렇게 되고 있다는 것이었고, 앞으로 너희가 구하는 건 뭐든지 갖게 되리란 것이 아니라 **바로 지금** 그렇게 하고 있다는 것이었다.

**이것을 아는 게** 너희에게 필요한 전부다. 왜냐하면 너희 현실의 창조자는 너희이며, 삶은 너희가 그렇게 되리라고 **생각하는** 꼭 그대로 실현될 수 있기 때문이다.

너희가 **생각하는 것이** 현실이 된다. 이것이 창조의 첫 단계다. 성부(聖父)는 생각이다. 너희의 생각은 모든 것을 낳아주는 부모다.

그건 우리가 명심해야 할 법칙의 하나군요.

그렇다.

다른 것들도 말씀해주실 수 있습니까?

나는 다른 것들도 말해줬다. 시간이 시작된 이래로 줄곧 그것들 전부를 너희에게 얘기해왔다. 나는 수도 없이 되풀이했으며, 수많은 선각자들을 너희에게 보내주었다. 너희는 내가 보낸 선각자들의 얘기를 귀담아듣지 않는다. 너희는 그들을 죽인다.

하지만 **왜죠?** 왜 우리는 우리 중 가장 거룩한 이들을 죽일까요? 우리는 그들을 죽이거나 욕되게 합니다. 그건 같은 행동이겠죠. 하지만 왜 그렇게 하는 거죠?

나를 부정하고자 하는 너희의 모든 생각에 그들이 맞서기 때문이다. 그리고 너희 자신을 부정하자면 너희는 나를 부정할 수밖에 없다.

어째서 저희는 당신이나 우리 자신을 부정하고 싶어할까요?

두려워하기 때문이다. 그리고 내 약속들이 너무나 훌륭해서 도저히 믿어지지 않기 때문이며, 가장 위대한 진리를 받아들일 수 없기 때문이다. 그리하여 너희는 사랑과 권능과 수용보다는 두려움과 의존과 편협함을 가르치는 영성spirituality으로 자신을 축소해야 한다.

너희는 두려움으로 **가득 차 있다.** 그리고 너희의 가장 큰 두려움은 내 가장 큰 약속이 인생의 가장 큰 거짓말일지도 모른다는 것이다. 그리하여 너희는 자신을 지킬 수 있는 가장 큰 환상을 창조해낸다. 즉 너희는 너희에게 권능을 부여해주고 사랑을 보장해주는 신의 모든 약속은 **악마의 거짓된 약속**임이 틀림없다고 주장한다. 너희는 이렇게 중얼거린다. 신은 결코 그런 약속을 하지 않을 거라고, 두렵고, 심판하고, 질투하고, 복수하고, 벌주는, 실체 중의 실체로서의 신의 참 면모를 부정하게끔 너희를 유혹하려는 건 오직 악마뿐이라고.

이런 식의 묘사가 악마(그런 게 존재한다고 치면)에 대한 규정으로 더 잘 들어맞긴 하지만, 너희는 너희 창조주의 신다운 약속들, 혹은 너희 자신의 신다운 속성들을 받아들이지 않는 까닭을 자신에게 납득시키고자 **악마의 속성들을 신**에게 덮어씌워왔다.

바로 이런 것이 두려움의 힘이다.


저는 두려움을 떨쳐버리려 애쓰고 있습니다. 더 많은 법칙들에 대해 다시 한번 말씀해주시겠습니까?


너희는 자신이 상상하는 건 무엇이든 될 수 있고 무엇이든 가질 수 있다는 게 첫 번째 법칙이다. 두 번째 법칙은, 너희는 두려워하는 걸 끌어당긴다는 것이다.


왜 그런가요?


**감정**은 끌어당기는 힘이다. 너희는 크게 두려워하는 걸 체험할 것이다. 너희가 열등한 생명체로 간주하는 동물들(동물들이 인간보다 더 완벽하고 더 일관성 있게 행동하는데도)도 너희가 자기들을 두려워하면 당장 그것을 안다. 너희가 더 한층 열등한 생명체로 간주하는 식물들도 전혀 관심이 없는 사람들보다 자기네를 아껴주는 사람들에게 훨씬 더 잘 반응한다.

이중 어떤 것도 우연의 일치가 아니다. 우주에는 어떤 우연의 일치도 없다. 단 하나의 위대한 설계, 경이로운 "눈송이"만 존재할 뿐이다.

감정은 움직이는 에너지다. 너희가 에너지를 움직이면 결과가 창조된다. 만일 너희가 그만큼 충분한 에너지를 움직이면 너희는 물질을 창조한다. 물질은 응축된 에너지다. 둥글게 모아졌다가 함께 떠밀린 에너지. 만일 특정한 방식으로 충분히 오랫동안 에너지를 조작한다면, 너희는 물질을 얻을 수 있다. 선각자들은 모두 이 법칙을 이해하고 있다. 그것이 우주의 연금술이다. 그것이 모든 생명의 비밀이다.

생각은 순수 에너지다. 너희가 갖고 있고, 일찍이 가졌으며, 앞으로 가질 모든 생각에는 창조하는 힘이 있다. 너희의 생각 에너지는 영원히 죽지 않는다. 영원히. 그것은 너희라는 존재와 머리를 벗어나 우주 속으로 영원히 퍼져나간다. 생각은 영원하다.

모든 생각은 모여든다. 즉 모든 생각은 엄청나게 복잡한 에너지의 미로 속에서 서로 교차하면서, 형언할 수 없을 만큼 아름답고, 믿을 수 없을 만큼 복잡하면서도, 끊임없이 변화하는 무늬를 이루면서 다른 생각들과 만난다.

비슷한 에너지는 비슷한 에너지를 끌어당긴다. 그렇게 해서 비슷한 종류의 에너지 "덩어리들"을 이룬다(쉬운 말로 하면). 충분히 비슷한 "덩어리들"이 교차하여 서로 부딪칠 때 그들은 서로 "달라붙는다"(이번에도 역시 쉬운 용어를 사용하면). 그러므로 물질을 형성하려면 "서로 달라붙는", 믿기지 않을 만큼 엄청난 양의 비슷한 에너지가 필요하다. 물질은 이런 순수 에너지에서 형성된다. 사실 물질이 형성**될 수 있는** 건 이 길뿐이다. 일단 에너지가 물질이 되면 그것은 아주 오랫동안 물질로 남아 있는다. 대립하는, 즉 닮지 않은 에너지가 형성되어 그 구조가 **무너지지** 않는 동안은. 물질에 작용하는 이 닮지 않은 에너지는 물질을 이루고 있던 원래 에너지를 방출하면서, 사실상 그 물질을 해체한다.

이것이 바로 너희의 원자폭탄 뒤에 있는 기초 이론이다. 아인슈타인은 그 전의, 또 그 후의 어떤 사람보다도 우주의 창조 비밀에 가깝게 접근하여, 그것을 발견하고 설명하고 적용한 사람이다.

이제 **비슷한 마음**을 가진 사람들이 함께 일하면 어떻게 마음에 드는 현실을 창조할 수 있는지 더 잘 이해하게 되었을 것이다. "단 두세 사람이라도 내 이름으로 모이는 곳에는"(《마태복음》 18:20-옮긴이)이란 구절도 훨씬 더 의미심장해졌을 테고.

전체 **사회가** 특정한 방식으로 생각할 때, 놀라운 일들—그 일들이 하나같이 바람직하지는 않겠지만—이 그토록 자주 벌어지는 건 당연한 일이다. 예컨대 두려움 속에서 사는 사회는 실제로, 또 **불가피하게** 그 사회가 가장 두려워하는 형식으로 가장 두려워하는 것을 만들어내는 일이 무척 자주 있다.

비슷하게 대규모 공동체들이나 집단들은 종종 결합된 생각(혹은 일부 사람들이 공동 기도라 부르는 것)으로 기적을 일으키는 힘을 찾아낸다.

그래서 개인의 생각(기도, 소망, 바람, 꿈, 두려움)이 놀랄 만큼 강하다면, 개인들 역시 당연히 그런 결과들을 빚어낼 수 있다. 예수는 일상적으로 이런 일을 했다. 그는 에너지와 물질을 어떻게 다루며, 어떻게 재배열하고, 어떻게 재분배하며, 어떻게 하면 완전히 지배할 수 있는지 이해하고 있었다. 대다수 선각자들 역시 이것을 알고 있었다. 지금은 많은 사람들이 이것을 알고 있다.

너 역시 이것을 알 수 있다. 지금 당장이라도.

이것이 바로 아담과 이브가 함께 나눈 선악에 관한 지식이다. 그들이 이것을 이해하기 전까지는 **너희가 아는** 바대로의 삶은 존재하지 않았다. 너희가 '최초의 남자'와 '최초의 여자'를 나타내기 위해 붙인 가공의 이름들인 아담과 이브는 인간 체험의 아버지 어머니였다.

아담의 타락으로 표현되어온 것은 사실은 아담의 상승이었다. 이것은 인류사에서 가장 위대한 단일 사건이었다. 왜냐하면 그 사건이 없었다면 상대계는 존재하지 않았을 것이기 때문이다. 아담과 이브의 행동은 원죄가 아니라 사실은 최초의 축복이었다. 너희는 아담과 이브가 인류 최초로 "잘못된" 선택을 했기 때문에, **선택 자체를 할 수 있게 해줬다는** 점에서 그들에게 진심으로 감사해야 한다.

너희 **신화**는 여기서 이브를 "나쁜" 사람, 즉 선악의 지식을 아는 열매를 따먹고, 아담을 몰래 꾀어내 함께 그 짓을 하게 만든 요부로 설정했다. 신화의 이런 상황 설정에 힘입어 그때 이후로 계속 너희는 남성이 "타락"한 것이 여성이라는 설정을 해왔다. 그로 인해 성(性)에 대한 왜곡된 관점과 혼란은 말할 것도 없고, 온갖 종류의 비뚤어진 현실이 생겨났다(너희는 어떻게 그렇게 **나쁜** 것에 그렇게 좋은 감정을 품을 수 있는가?).

너희가 가장 두려워하는 것이 너희를 가장 크게 괴롭힐 것이다. 두려움은 자석처럼 그것을 너희에게 끌어다줄 것이다. 너희가 창조해낸 모든 종교 교리와 전통에서 나온 너희의 성스러운 경전들에는 하나같이 두려워하지 말라는, 누구에게나 명백한 충고가 담겨 있다. 너는 이것이 우연이라고 생각하는가?

법칙들은 지극히 간단하다.

1. 생각에는 창조하는 힘이 있다.
2. 두려움은 에너지처럼 끌어당긴다.
3. 존재하는 건 오직 사랑뿐이다.


아니, 그 세 번째 법칙은 좀 이상하군요. 두려움이 에너지처럼 끌어당기는 판에 어떻게 사랑만이 존재할 수 있단 말입니까?


**사랑은 궁극의 실체다. 그것만이 유일하고 그것만이 전부다. 사랑의 감정은 너희가 신을 체험하는 것이다.**

지고한 진리 중에 지금 존재하고, 일찍이 존재했으며, 앞으로도 영원히 존재할 것은 사랑뿐이다. 너희가 절대계로 들어갈 때 너희는 사랑 속으로 들어가는 것이다.

내가 상대계를 창조한 것은 나 자신을 체험하기 위해서였다. 이 점에 대해서는 이미 네게 설명했다. 그렇다고 이것이 상대계를 **진짜로** 만들어주지는 않는다. 상대계는 너희와 내가 우리 자신을 체험으로 알기 위해서 지어냈고 지금도 지어내고 있는,

**창조된 현실**이다.

그럼에도 그 창조물은 흡사 진짜처럼 보인다. 그것을 창조한 목적 자체가 정말 진짜처럼 만들어서, 우리가 그것을 실제 존재하는 것으로 받아들이도록 하는 데 있었기 때문이다. 이런 식으로 신은 자신이 아닌 "다른 어떤 것"을 창조해왔다(엄밀한 의미에서 볼 때 사실 이것은 불가능하다. 왜냐하면 신인 나는 존재하는 전체이기에).

"다른 어떤 것", 즉 상대계를 창조하면서 나는 단순히 너희가 신이라는 얘기를 듣는 게 아니라, 너희 스스로 신이 되는 쪽을 택할 수 있는 환경을 만들어냈다. 이 속에서만 너희는 신성(神性)을 그냥 개념이 아닌 창조 행동으로서 체험할 수 있으며, 이 속에서만 햇빛 속의 작은 촛불, 그 가장 작은 영혼 역시 자신을 빛으로서 인식할 수 있다.

두려움은 **사랑의 다른 한 끝**이다. 그것은 **가장 기본되는 극**이다. 상대계를 창조하면서 나는 가장 먼저 나 자신의 대립물을 창조했다. 지금 너희가 사는 물질 차원의 그 영역에서 존재가 자리 잡을 수 있는 장소는 오직 두 곳뿐이다. 즉 두려움과 사랑. 두려움에 뿌리박은 생각들은 현실에서 한 종류의 드러냄을 만들어내고, 사랑에 뿌리박은 생각들은 또 다른 종류의 드러냄을 만들어낸다.

이 행성 위를 걸었던 선각자들은 상대계의 비밀을 발견한 사람들이어서 그것의 실체성을 인정하지 않았다. 요컨대 **선각자들은 어떤 경우에도, 어떤 순간에도, 어떤 환경에서도, 오직 사랑만을 선택한 사람들이다.** 죽임을 당할 때조차 그들은 그 살인자들을 사랑했다. 박해를 받을 때조차 그들은 그 압제자들을 사랑했다.

너는 이것을 흉내 내는 건 고사하고 이해하기조차 대단히 힘들 것이다. 그럼에도 불구하고 이것이 바로 지금껏 모든 선각자들이 해온 일이다. 그들의 철학이 무엇이며, 그들의 전통이 어떤 것이고, 그들의 종교가 무엇인지는 중요하지 않다. 중요한 것은 모든 **선각자가 지금껏 해온 일**이 이것이라는 데 있다.

나는 이런 예와 교훈들을 너희에게 아주 선명하게 펼쳐 보여주었다. 재삼재사 되풀이해서 보여주었다. 모든 시대에 걸쳐, 모든 곳에서. 너희의 전 생애에 걸쳐, 모든 순간에. 우주는 온갖 장치를 다 써서 너희 앞에 이 진리를 펼쳐놓았다. 노래와 이야기에서, 시와 춤에서, 말과 동작에서, 너희가 활동사진이라 부르는 움직이는 영상에서, 그리고 너희가 책이라 부르는 말의 모음집에서.

그 진리는 가장 높은 산정에서 터져나왔고 가장 낮은 골짜기에서도 그 진리의 속삭임을 들을 수 있었다. 사랑만이 모든 것의 해답이라는 이 진리는 **인간 체험의 모든 회랑(回廊)을 지나 길게 길게 울려퍼졌다. 그러나 너희는 귀담아듣지 않았다.**

이제 너는 이 책으로 다가와, 신이 무수히 많은 방식으로 셀 수 없을 만큼 많이 너희에게 말해준 것을 또다시 묻고 있다. 그래도 나는 여기, 이 책의 문맥 속에서 다시 한번 말해주겠노라. 이제는 귀담아듣겠는가? 진실로 듣겠는가?

너는 무엇이 너를 이 자료로 데려왔다고 생각하는가? 너는 어떻게 해서 이 자료를 지니게 되었는가? 너는 네가 뭘 하고 있는지 내가 모르리라 생각하는가?

**우주에는 어떤 우연의 일치도 존재하지 않는다.**

나는 네 마음이 울부짖는 걸 들어왔다. 나는 네 영혼이 찾아 헤매는 걸 봐왔다. 나는 네가 얼마나 간절히 진리를 바랐는지 안다. 너는 고통 속에서 그것을 달라고 소리쳤으며, 기쁨 중에도 소리쳤다. 너는 끝없이 내게 간청해왔다. 나(神)를 보여주고, 나를 설명해주고, 나를 드러내달라고.

**지금 여기서 나는 그렇게 하고 있다. 네가 결코 오해할 수 없는 지극히 평이한 용어들로, 네가 결코 혼동할 수 없는 지극히 단순한 언어로, 네가 결코 장황함 속에서 헤맬 리 없는 지극히 평범한 어휘들로.**

그러니 이제 앞으로 나아가라. 내게 뭐든지 다 물어보라. 무엇이든 다. 내 힘껏 대답해주리라. 나는 이 일을 위해 온 우주를 동원할 것이다. 그러니 정신을 바짝 차려라. 이 책이 내 유일한 도구는 아니다. 네가 어떤 질문을 던지기만 하고 대답을 듣지 못할 수도 있다. 하지만 눈을 열고 귀를 기울여라. 네가 듣는 노랫말과 네가 읽는 다음번 신문기사와, 네가 보는 다음번 영화의 줄거리와, 네가 만나는 다음번 사람의 우연한 중얼거림에. 혹은 네 귀를 간지럽히는 다음번 강과 바다와 바람의 속삭임에. 이 모든 장치가 다 내 것이다. 이 모든 길이 다 내게로 열려 있다. 네가 귀담아듣는다면 나는 네게 말할 것이며, 네가 나를 초대하면 나는 네게 갈 것이다. 그러면 내가 **언제나**always 그 자리에 있다는 걸 네게 보여주리라. **모든 방법으로**all ways.

# Conversations with God

# 2

삶의 길을 몸소 가리켜주시니

당신 모시고 흡족할 기꺼움이,

당신 오른편에서 누릴 즐거움이 영원합니다.

—〈시편〉 16:11

저는 평생토록 신에게 이르는 길을 찾아 헤맸습니다.

알고 있다, 네가 그랬다는 걸—

—그리고 이제 그 길을 찾았습니다만, 좀처럼 믿어지지가 않습니다. 이건 마치 제가 저 자신에게 이 글을 쓰고 앉아 있는 기분입니다.

너는 그렇게 하고 있다.

신과 대화할 때 느낌직한 그런 기분이 들지 않습니다.

북 치고 장구 치길 원한다고? 내가 어떤 악기들을 마련할 수 있는지 알아봐야겠군.

당신도 이 책 전체를 불경(不敬)스럽다고 할 사람들이 있다는 걸 아시잖습니까? 특히 당신이 이렇게 이 정도의 지혜로만 나타날 때는요.

내가 설명해주지. 너희는 신이 오직 한 가지 방식으로만 삶에 나타난다는 관념을 갖고 있다. 그건 대단히 위험한 관념이다.

그런 관념이 너희가 어디서나 신을 보는 걸 막는다. 만일 신이 오직 한 가지 방식으로만 보거나, 오직 한 가지 방식으로만 소리내거나, 오직 한 가지 방식으로만 존재한다고 생각한다면, 너는 밤낮으로 내 바로 옆을 지나가면서도 나를 보지 못할 것이다. 너희는 신을 찾는 데 평생을 보내겠지만, 그녀를 찾지는 못할 것이다. 너희는 그녀가 아니라 그를 찾고 있으니까. 이것(신을 남자로만 생각하는 것 - 옮긴이)은 한 가지 예에 지나지 않는다.

**너희가 범속함과 심오함 모두에서 신을 보지 못한다면 이야기의 반은 놓치고 있다는 속담이 있다. 이것은 위대한 진리다.**

신은 슬픔과 웃음 둘 다에, 괴로움과 즐거움 둘 다에 존재한다. 모든 것 뒤에는 신성한 목적이 있고, 따라서 신성한 존재는 모든 것 속에 존재한다.

저는 한때 '신은 살라미(이탈리아 소시지—옮긴이) 샌드위치다'라는 책을 쓰려 한 적이 있습니다.

　　그건 아주 좋은 책이 되었을 것이다. 내가 네게 그런 영감을 주었다. 왜 너는 그 책을 쓰지 않았느냐?

신을 모독하는 것 같아서요. 아니면 기껏해야 끔찍할 만큼 불손한 짓이 되거나요.

　　**경탄할 만큼** 불손한 짓이겠지! 신은 "경건"하기만 하다는 관념을 어디서 얻었는가? 신은 높기도 하고 낮기도 하며, 뜨겁기도 하고 차갑기도 하며, 왼쪽이기도 하고 오른쪽이기도 하며, 불손하기도 하고 경건하기도 한 존재다!
　　신은 웃을 줄 모른다고 생각하느냐? 신은 멋진 농담을 즐길 줄 모른다고 생각하느냐? 신은 유머가 없다고 알고 있느냐? 분명히 말하지만 유머를 발명한 것은 신이다.
　　너희가 나한테 말할 때는 꼭 숨죽인 어조로 말해야 하는가? 상스러운 말이나 거친 언어는 내 영역 밖에 있는가? 너희에게 말하노니, 너희는 가장 친한 친구에게 이야기하듯이 내게 말할 수 있다.
　　내가 지금껏 들어보지 못한 말, 내가 지금껏 보지 못한 광경, 내가 알아듣지 못하는 소리가 있을 거라고 생각하느냐?

그중 일부는 내가 경멸하지만 다른 것들은 사랑하리란 게 너희 생각이냐? **분명히 말하노니, 나는 어떤 것도 경멸하지 않는다. 나한테는 그 어떤 것도 불쾌하지 않다.** 그것이 **삶이며,** 삶은 선물이자, 형언할 수 없는 보물이요, 신성한 것들 중의 신성함이다.

나는 삶이다. 왜냐하면 내가 곧 삶을 구성하는 재료이기 때문이다. 삶의 모든 측면은 신성한 목적을 가지고 있다. 신이 이해하지 못하고 인정하지 못할 까닭이 있는 건 **아무것도,** 정말 아무것도 없다.

어떻게 그럴 수 있죠? 인간이 창조해낸 악의 경우에는요?

너희는 신의 계획 밖에 있는 것을 창조할 수 없다. 단 한 가지 생각도, 단 하나의 물체도, 단 한 가지 사건도, 즉 **어떤 종류의 체험도. 너희가 원하는 건 뭐든지 다** 창조하게 해주는 것이 신의 계획이니까. 신이 스스로를 신으로서 체험하는 것은 이런 자유 속에서다. 그리고 내가 **너희와 삶 자체를 창조한 이유가** 이런 체험을 위해서였다.

악은 너희가 악이라 **부르는 것**이다. 그러나 나는 악도 사랑한다. 왜냐하면 너희가 선을 인식하는 것은 너희가 악이라 부르는 것을 통해서만 가능하고, 너희가 신의 일을 인식하고 행하는 것은 너희가 악마의 짓이라 부르는 것을 통해서만 가능하기 때문이다. 나는 추위를 사랑하는 것 이상으로 더위를 사랑하지는 않으며, 낮음보다 높음을, 오른쪽보다 왼쪽을 더 사랑하지는 않는다. 그것들은 모두 상대적이고, 그것들은 모두 존재 전체의 부분들이다.

나는 "악"을 사랑하는 것 이상으로 "선"을 사랑하지는 않는다. **히틀러는 천국으로 갔다.** 이 점을 이해할 때 너희는 신을 이해할 것이다.

하지만 저는 선과 악이 존재하고, 옳은 것과 그른 것은 서로 반대이며, 괜찮지 않고 좋지 않으며 신이 보시기에 받아들일 수 없는 것들이 있다고 믿도록 교육받아왔습니다.

신이 보기에는 **모든 게** 다 "받아들일 만"하다. 어떻게 신이 존재하는 걸 받아들일 수 없겠는가? 어떤 것을 거부하는 건, 그것의 존재를 부정하는 것이다. 어떤 것이 괜찮지 않다고 말하는 건 그것이 내 일부가 아니라고 말하는 것이다. 따라서 그런 일은 불가능하다.

그러나 너희의 믿음을 고수하고, 너희의 가치에 충실하도록 하라. 왜냐하면 이것은 너희 부모의 가치이고, 너희 조부모의 가치이며, 너희 친구들과 너희 사회의 가치이니까. 그것들은 너희 삶의 틀을 형성한다. 그래서 그것들을 잃으면 너희의 체험으로 짠 천은 다 풀리고 말 것이다. 하지만 그것들을 하나하나 검토하고, 그것들을 한 조각 한 조각 조사하도록 하라. 집을 통째로 헐지는 마라. 하지만 벽돌 하나하나를 살펴보고 깨진 것처럼 보이는 것들, 더 이상 구조를 지탱하지 않는 벽돌들을 바꿔 끼워라.

옳고 그름에 관한 너희의 관념들은 그냥 그것, 즉 관념일 뿐이다. 그것들은 '자신'의 모습을 이루고 '자신'의 내용을 창조하는 생각들이다. 이것들 중 어떤 것을 바꿀 까닭, 또는 변경하려는 목적은 딱 한 가지뿐이다. 너희가 자신에게서 행복을 느끼지 않을 때.

자신이 행복한지 아닌지는 오로지 너희만이 알 수 있다. 오직 너희만이 자신의 삶에 대해, "이건 내 창조물, 내 아들이다. 이 상태에서 나는 대단히 즐겁다"고 말할 수 있다.

만일 너희의 가치가 너희에게 도움이 되면 그것을 고수하라. 그것을 옹호하고, 그것을 지키기 위해 싸워라.

그러나 누구에게도 해(害)를 입히지 않는 방식으로 싸우도록 하라. 해침은 치료의 필수 성분이 아니다.


당신은 우리의 가치가 몽땅 잘못되었다고 말씀하시면서, 그와 동시에 "너희의 가치를 고수하라"고 말씀하십니다. 이 점을 어떻게 이해해야 할지 설명해주십시오.


나는 너희 가치들이 그르다고 말한 적이 없다. 그렇다고 옳다고 말한 적도 없다. 가치란 건 단지 견해일 뿐이며, 평가요 판단일 뿐이다. 그것들은 대체로 너희 아닌 다른 사람들이 내린 판단이다. 아마도 너희 부모와 너희 종교와 너희 선생들과 역사가들과 정치가들이 내린 판단들일 것이다.

너희가 자신의 진리로 포함시킨 가치판단들 가운데 너희 자신의 체험에 근거해서 내린 것들은 아주 적다. 너희가 이곳에

온 것은 체험하기 위해서였고, 너희는 체험을 통해서 자신을 창조한다. 그런데도 너희는 다른 사람들의 체험으로 자신을 창조해왔다.

**만일 죄라는 게 있다면, 다른 사람들의 체험을 빌려 자신을 현재의 자신으로 만드는 게 죄일 것이다.** 이것이 너희가, 너희 모두가 저질러온 "죄"다. 너희는 자신의 체험을 기다리지 않고, 다른 사람들의 체험을 복음(福音)으로(말 그대로) 받아들인다. 그리고 나서 너희가 처음으로 실제 체험과 만날 때, 너희는 그 만남을 이미 알고 있다고 생각하는 것으로 덮어버린다.

만일 그러지 않았다면 너희는 전혀 다른 체험, 너희 선생의 원래 가르침이나 원래 근거를 틀렸다고 할 수 있는 체험을 가졌을 것이다. 대체로 너희는 너희 부모와 너희 학교와 너희 종교와 너희 전통과 너희 경전들을 틀린 것으로 만들고 싶어하지 않는다. 그래서 너희는 자신이 들었다고 여기는 것을 편들어 **자신의 체험을 부정한다.**

이것이 너희가 인간의 성(性)을 다룰 때보다 더 잘 드러나는 때는 없다.

사람들은 누구나 성 체험이야말로 사람이 경험할 수 있는, 가장 사랑스럽고 가장 짜릿하며 가장 강렬하고 가장 황홀하며 가장 신선하고 가장 기운차며 가장 확실하고 가장 친밀하며 가장 일체가 되고 가장 기분전환이 되는, 단일의 **신체 체험**일 수 있다는 걸 알고 있다. 너희는 이것을 체험으로 깨닫고 나서도, 오히려 다른 사람들이 퍼뜨린, 성에 관한 기존 판단과 견해와 관념들을 받아들이고 만다. 그런 것들 모두가 너희의 사고방식에 기득권을 휘둘러왔다.

이런 견해와 판단과 생각들은 너희 자신의 체험과는 완전히 다르다. 너희는 너희 선생들을 **틀린 사람들로 만드는 걸 몹시 꺼려하면서**, 잘못된 건 자신의 체험인 게 틀림없다고 확신한다. 그 결과 너희는 성에 관한 자신의 진정한 진실을 배반해왔고, 그것은 파괴적인 결과들을 불러일으켰다.

너희는 돈에 대해서도 같은 짓을 저질러왔다. 너희는 살아오면서 돈을 많이 벌 때마다 매우 흡족해했다. 너희는 돈이 들어올 때도, 그것을 쓸 때도 매우 흡족해했다. 결코 돈 자체가 나쁘거나 악하거나 본래 "잘못된" 것은 아니다. 그런데도 너희는 이 주제에 관한 다른 사람들의 가르침을 너무 깊이 받아들인 나머지, 소위 "진리"를 편들어 자신의 체험을 거부해왔다.

너희는 소위 이 "진리"를 자신의 것으로 받아들이고 난 다음에는, 이것을 중심으로 생각들을, 창조적인 생각들을 쌓아왔다. 그렇게 해서 너희는 돈과 관련한 개인적인 현실, 즉 너희에게서 돈을 밀쳐내는 현실을 창조해왔다. 좋지 않은 것을 굳이 끌어들일 이유는 없지 않겠는가?

놀랍게도 너희는 신에 관해서도 이와 똑같은 모순을 창조해왔다. 신에 관한, 너희 마음의 모든 체험은 신이 좋다고 말한다. 너희 선생들이 가르치는, 신에 관한 모든 것은 신이 나쁘다고 말한다. 너희 마음은 신을 두려움 없이 사랑하라고 말한다. 너희 선생들은 신은 복수심으로 가득 차 있으니 신을 두려워하라고 가르친다. 그들은 말한다. 너희는 신의 분노를 두려워하면서 살아야 한다, 너희는 신의 존재 앞에서 떨어야 한다, 너희는 평생토록 주(主)의 심판을 두려워해야 한다. 왜냐하면 신은 "정의"이기에. 주의 그 무서운 정의에 맞설 때 너희는 고통당할 것이다. 그러므로 너희는 신의 명령에 "순종"해야 한다……

무엇보다 너희는 "만일 신이 자신의 법에 엄격하게 복종하길 원했다면, 왜 신은 그것을 어길 가능성을 창조했는가" 같은 논리적인 질문들을 던져서는 안 된다. 참, 아니지. 너희 선생들은, 신이 너희에게 "자유선택권"을 주고자 했기 때문이라고 설명한다. 하지만 둘 중 어느 하나를 선택했기 때문에 벌을 받아야 한다면 그게 무슨 자유로운 선택인가? 자신의 의지가 아니라 다른 누군가의 의지에 따라 행동해야 한다면 그게 어떻게 "자유의지"인가? 그러니 너희에게 이런 가르침을 주는 사람들은 신을 위선자로 만들고 있다.

너희는, 신은 용서이고 자비이지만, 너희가 "올바른 방식"으로 용서를 구하지 않는다면, 너희가 **합당하게** "신에게 다가가지" 않는다면, 너희의 탄원은 들리지 않을 것이고, 너희의 외침은 무심하게 지나쳐지고 말리라는 말을 듣는다. 그러나 합당한 방법이 딱 한 가지만 있다면 이것도 그리 나쁘진 않을 것이다. 하지만 이 세상에는 그것들을 가르치는 선생들의 수만큼이나 많은 "합당한 방법들"이 존재한다.

그리하여 너희 대다수는 신을 예배하고 복종하고 섬기는 "올바른" 방법을 찾는 일에 어른이 된 이후 삶의 상당 부분을 허비한다. 그러나 **이 모든 것의 역설은 나는 너희의 예배를 원치 않고, 너희의 복종이 필요하지 않으며, 따라서 너희는 나를 섬길 필요가 없다는 데 있다.**

이런 행동들은 너희의 역사에서 군주들, 그것도 대개 독선적이고 불안정하고 전제적인 군주들이 자기네 백성들에게 요구해온 것들이다. 그것들은 결코 신의 요구가 아니다. 세상이 지금까지도 그런 요구가 터무니없고, 신의 요구나 바람과는 전혀 무관하다는 결론을 내리지 않은 건 참으로 놀라운 일이 아닐 수 없다.

**신에게는 그 무엇도 필요하지 않다. 존재 전체**(신 - 옮긴이)**는 말 그대로 존재하는 모든 것이다. 그러므로 규정 자체에서 이미 신은 아무것도 원하지 않거나 아무것도 부족하지 않다.**

만일 너희가 뭔가 어느 정도 필요한 신, 그리고 그것을 얻지 못하면 마음이 몹시 상해 그것을 주기로 했던 사람들을 벌하는 신을 믿는다면, 너희는 나보다 훨씬 더 왜소한 신을 믿는 것이다. 진실로 너희는 훨씬 더 못한 신의 자식들이 되는 것이다.

**내 자식들아, 그렇지 않다. 내 다시 이 글을 통해 너희에게 다짐하노니, 나는 필요한 게 없다, 나는 그 무엇도 요구하지 않는다.**

그렇다고 해서 내가 아무 바람도 없다는 뜻은 아니다. 바람과 요구는 같은 게 아니다(너희 현생에서 너희 중 다수가 그 둘을 같은 것으로 만들긴 했지만).

바람은 모든 창조의 시작이다. 그것은 맨 처음 생각이다. 그것은 영혼의 내면에서 일어나는 숭고한 느낌이다. 그것은 다음 번에 창조할 것을 택하는 신이다.

그러면 신의 바람은 무엇이겠는가?

**우선 나는,** 내 모든 영광 속에서 **나 자신을 알고 체험하기를,**

다시 말해 '내가 누구인지' 알기를 바란다. 내가 너희와 우주의 온갖 세계들을 발명하기 전에는 그렇게 하는 것이 불가능했다.

**두 번째로 나는,** 그것이 어떤 방식이 되든, 너희가 선택하는 방식으로 너희 자신을 창조하고 체험할 수 있도록 내가 너희에게 준 힘을 가지고, **너희가 '자신이 참으로 누구인지' 알고 체험하기를 바란다.**

**세 번째로 나는,** 삶의 전 과정이 지금이라는 순간순간마다 **끊임없는 기쁨과 계속되는 창조와 결코 끝나지 않을 확장과 완전한 성취를 체험하는 것이 되길 바란다.**

나는 이런 바람들이 실현될 수 있는 완벽한 체계를 세워놓았다. 그 바람들은 지금, 바로 이 순간에 실현되고 있는 중이다. 너희와 나의 유일한 차이는 나는 이 사실을 안다는 데 있다.

너희가 완전한 앎에 이르는 순간(이런 순간은 언제라도 올 수 있다)에는 너희 역시 내가 항상 느끼는 대로 느낄 것이다. 즉 너희 역시 오로지 기뻐하고 사랑하고 수용하고 축복하고 감사하게 느낄 것이다.

이것들이 바로 신의 '**다섯 가지 마음 자세**'다. 우리가 이 대화를 다 끝내기 전에 나는 이런 마음 자세들이 네 지금 삶에서 어떻게 적용될 수 있을지 보여주겠노라. 그리하여 네게 신성 Godliness을 느끼게 해주겠노라.

이것들이 짧은 네 질문에 대해 내가 주는 긴 대답이다.

그렇다, 네 가치들을 고수하라. 그것들이 네게 도움이 되는 걸 체험하는 한. 그러나 네가 소중히 여기는 가치들이, 네 생각과 말과 행동과 더불어 네 체험 공간에 지금까지의 너 자신에 대한 관념들 중 가장 고귀하고 가장 좋은 관념을 가져오는지 주의해서 살펴보라.

네 가치들을 하나하나 검토하라. 그것들을 높이 들어 공공의 검증이라는 빛에 비춰보라. 만일 네가 주저하거나 머뭇거리지 않고, 있는 그대로의 자신과 네가 믿는 바를 세상에 말할 수 있다면, 너는 자신에게 만족하고 있는 것이다. 너는 전혀 개선할 필요가 없는 자아와 그 자아를 위한 삶을 창조했기에, 나와 이런 대화를 더 이상 계속할 이유가 없다. 너는 완벽한 상태에 도달했다. 이 책을 내려놓아라.

제 삶은 완벽하지도 않고, 완벽에 가까이 다가가지도 못했습니다. 저는 완전하지 않습니다. 사실 저는 온갖 불완전 덩어리입니다. 저는 이 불완전함들을 바로잡고 싶습니다. 때로는 온 마음으로 간구합니다. 그리고 어떤 것이 제 행동의 원인이 되고, 실패를 불러일으키고, 제 앞길을 가로막는지 알고 싶습니다. 제가 당신께 온 이유도 이 때문일 겁니다. 제 힘으로는 그 해답을 찾을 수가 없었습니다.

네가 와서 기쁘다. 나는 너를 돕기 위해 늘 여기 있었다. 지금도 나는 여기에 있다. 네가 굳이 혼자 힘으로 해답을 찾아야 하는 건 아니다. 예전에도 꼭 그래야 했던 건 아니다.

그러나 책상 앞에 앉아 이런 식으로 당신과 대화한다는 건 너무…… **주제넘은**…… 짓인 것 같습니다. 당신, 곧 신이 응답해준다고 상상하는 건 더 말할 나위도 없고요. 제 말은 이건 **미친 짓**이란 겁니다.

나도 안다. 성서의 저자들은 하나같이 제정신이었는데, **너는 미쳤구나.**

성서 저자들은 예수의 생애를 목격했고, 자기네가 보고 들은 걸 충실히 기록한 사람들이었습니다.

정정할 것. 신약성서의 저자들 대부분은 자기 생애에 예수를 만난 적도 본 적도 없는 사람들이었다. 그들은 예수가 지상을 떠나고 나서 한참 세월이 흐른 뒤에 태어났다. 그들이 길에서 나사렛 예수를 만났더라도 그를 알아보지 못했으리라.

하지만⋯⋯

성서 저자들은 위대한 신자들이고 위대한 역사가들이었다. 그들은 다른 사람들, 즉 나이 든 사람들이 나이 든 사람들에게서 듣고 자기네와 자기네 친구들한테 전해준 이야기들을 모았다. 그렇게 해서 마침내 글로 적힌 기록이 만들어진 것이다.

그렇다고 그 최종 문서(성서 – 옮긴이) 속에 성서 저자들이 적은 모든 기록이 다 들어간 것은 아니었다.

그 당시 이미 예수의 가르침을 중심으로 해서 "교회들"이 생겨났다. 그래서 강력한 이념을 중심으로 사람들이 집단을 이루며 모일 때와 모이는 곳이면 으레 그렇듯이, 이런 교회 혹은 집단 속에도 특정한 몇몇 사람들이 있어 예수의 이야기 중 어떤 부분을 어떻게 들려줄지 결정했다. 고르고 편집하는 이 과정은 복음서들과 성서의 내용을 모으고 기록하고 발간하는 전 시기에 걸쳐 계속되었다. 성경 전체의 경우에도 마찬가지고.

원래의 경전들이 글로 옮겨지고 나서 **몇 세기가** 흐른 뒤에도, '교회 최고회의'는 당시의 공식 성경 속에 어떤 교리와 진리들을 포함시킬지, 그리고 어떤 것들이 대중에게 드러내 보이기에 "건전하지 않거나 설익은" 교리와 진리들인지 다시 한번 판단했다.

그리고 다른 성스러운 경전들 역시 존재해왔다. 그것들 하나하나도, 그렇지 않았더라면 지극히 평범했을 사람들이 영감을 느낀 순간에 문자로 기록해놓은 것들이다. 하지만 그들 중 어느 누구도 너만큼 미치지는 않았다.

이 글이 언젠가는 "성스러운 경전"이 될 수도 있다는 말씀을 하시는 건가요? 설마 그런 말씀은 아니겠지요?

내 아들아, **삶의 모든 것이 다 성스럽다.** 그런 의미에서는 그렇다. 이것도 성스러운 글이다. 하지만 나는 네 말뜻을 잘 알고 있기에 말꼬투리를 잡지는 않겠다.

아니다. 나는 이 글이 언젠가는 성스러운 경전이 될 거라고 얘기하는 게 아니다. 적어도 몇백 년 동안은. 그리고 이 글에 쓰인 언어가 시대에 뒤떨어진 골동품이 될 때까지는.

너도 보다시피 여기서 쓰고 있는 언어는 너무 일상어투이고 너무 대화체이며 또 너무 현대적이다. 그게 문제다. 사람들은 만일 신이 직접 너와 이야기하고자 했다면 이웃집 남자처럼 말하진 않았을 거라고 가정한다. 언어에 뭔가 통일된 구조가 깃들어 있어야 한다, 신성한 구조는 둘째 치고라도 뭔가 권위가 있어야 하고 뭔가 신성한 느낌이 있어야 한다고 생각한다.

내가 전에 말했다시피 이런 사고방식 역시 문제의 일부다. 사람들은 오로지 한 가지 형식으로 "드러나는" 신만을 느낄 수 있다. 그런 형식에 어긋나는 것은 뭐든지 불경으로 비치는 것이다.

제가 전에 말씀드렸다시피요.

그래, 네가 전에 말했다시피.

그건 그렇고 네 질문의 핵심으로 들어가보자. 너는 왜 자신이 신과 대화할 수 있는 게 미친 짓이라고 생각하느냐? 너는 기도를 믿지 않느냐?

믿죠. 하지만 그건 다릅니다. 저한테 기도는 늘 일방통행이었습니다. 저는 묻고 신은 늘 침묵을 지키시죠.

신이 기도에 응답해준 적이 한번도 없다고?

아니, 있습니다. 하지만 아시다시피 **말로** 응답하신 적은 한번도 없습니다. 아, 물론 이제까지 살아오는 동안 기도에 대한 응답, 그것도 아주 직접적인 응답이라는 확신이 드는 **온갖 종류의** 일들이 일어나긴 했죠. 하지만 신이 **말을 건 적은** 한번도 없었지요.

알겠다. 네가 믿는 이 신은, 뭐든지 **다 할 수 있는** 이 신은 단지 말하는 것만 못하는 거로군.

물론 신은 말씀하실 수 있겠죠. 원하시기만 하면요. 다만 신이 제게 말씀하고 싶어하신다는 게 가당치 않은 일인 것 같다는 거죠.

**그것이 바로 네가 살아오면서 체험한 모든 문제의 뿌리다. 왜냐하면 너는 자신을 신이 말을 걸 만큼 가치 있는 존재로 여기지 않으니까.**

그런데 굉장하군! 자신을 신이 말을 걸 만큼 가치 있는 존재로 생각하지도 않으면서, **내 목소리를 듣길 기대하다니!**

**이런 식으로 말해주마. 나는 지금 이 순간 기적을 행하고 있다. 나는 네게만이 아니라 이 책을 집어들고 이 글을 읽는 모든 사람에게 이야기하고 있으니까.**

나는 지금 그들 한 사람 한 사람에게 이야기하는 중이다. 나는 그 사람들 하나하나를 다 알고 있다. 나는 지금 누가 이 말들에서 나름의 길을 찾아낼지도 알고 있다. 그리고 나는(내 다른 모든 교류에서 그러하듯이) 어떤 이들은 마음으로 들을 것이고, 또 어떤 이들은 그저 듣기만 할 뿐 무엇 하나 귀담아듣지 않으리란 것도 알고 있다.

그렇다면 그건 또 다른 문제를 제기하는군요. 저는 이미 이 자료를 책으로 출판할 생각을 품고 있습니다. 이 글을 쓰고 있는 지금 이 순간에도요.

그렇지. 그게 뭐 "잘못"됐는가?

제가 돈을 벌려고 이 모든 걸 지어냈다고 주장할 수도 있지 않겠습니까? 그렇게 하면 이 대화 전체를 의심받게 만들지 않을까요?

뭔가를 써서 돈을 벌겠다는 것이 네 동기인가?

아뇨. 제가 이 일을 시작한 이유는 그게 아닙니다. 제가 이 대화를 종이에 적기 시작한 건 제 마음이 지난 30년간 수많은 의문들에 시달려왔고, 제가 **굶주려왔던** 그 의문들의 해답을 얻으려 몸부림쳐왔기 때문입니다. 이 모든 것을 책으로 만들려는 발상은 나중에 나왔습니다.

나한테서 나왔지.

당신한테서요?

그렇다. 너도 내가 이 경이로운 질문들과 답변들이 몽땅 이 대로 버려지게 놔둘 거라곤 생각하지 않을 것이다. 그렇지 않은가?

그 점에 대해서는 생각해보지 않았습니다. 처음엔 그저 질문에 대한 답변을 얻고 싶었을 뿐이죠. 제 좌절을 끝내고 탐구를 마치고 싶었을 뿐입니다.

좋아. 그럼 네 동기들을 의문스러워하는 짓은 그만두고(너는 계속 그 짓을 하고 있다), 대화를 **계속** 진행해보자.

# Conversations with God
# 3

저는 수백 가지 질문거리들을 갖고 있습니다. 아니, 수천, **수만 가지** 요. 그래서 종종 어디서 시작해야 좋을지 모른다는 게 문제입니다.

그냥 질문들을 나열해보라. **어디에서건** 그냥 시작하라. 지금 당장 시작해보자. 우선 네 마음에 떠오르는 질문 목록을 만들어보라.

좋아요. 그중 몇 가지는 아주 유치하고 아주 진부해 보일 겁니다.

자신에 대해 판단하는 짓은 그만둬라. 그냥 나열하라.

알겠습니다. 지금 제 마음속에서 떠오르는 질문들은 이렇습니다.

1. 제 인생이 마침내 도약하는 건 언제쯤일까요? '훌륭히 해내서' 약간의 성공이나마 거두려면 뭐가 필요합니까? 그 투쟁이 과연 끝날 수 있기는 한 겁니까?

2. 저는 언제쯤에나 남들과 원만하게 지낼 수 있을 만큼 인간관계에 능숙해질까요? 관계 속에서 행복해질 수 있는 무슨 방법이 있나요? 아니면, 그건 늘 힘겨운 과제일 수밖에 없나요?

3. 왜 저는 한번도 생활하기에 충분한 돈을 벌 수 없는 겁니까? 저는 늘 이렇게 쪼들리며 살아야 할 팔자입니까? 돈과 관련된 제 잠재력을 충분히 발휘하는 걸 방해하는 게 뭡니까?

4. 왜 저는 제가 진짜로 하고 싶은 일을 하면서 생활비를 벌 수 없는 겁니까?

5. 제가 직면하고 있는 일부 건강 문제들은 어떻게 해결할 수 있습니까? 저는 평생 고질병들을 충분히 앓아왔습니다. 왜 저는 지금까지도 그 모든 병을 지니고 있는 겁니까?

6. 제가 이 생에서 배우기로 되어 있는 업장(業障)은 무엇인가요? 제가 터득하려고 애써야 할 것은 무엇입니까?

7. 환생이란 게 있습니까? 저는 얼마나 많은 과거생을 거쳤나요? 그 생들에서 저는 무엇이었나요? "업보"라는 게 진짜로 있는 겁니까?

8. 저는 가끔 신들린 것 같은 기분을 강하게 느낍니다. "신들린 것" 같은 현상이 정말로 존재합니까? 제가 그런가요? 자신이 신들렸다고 주장하는 사람들은 "악마와 거래하는" 겁니까?

9. 좋은 일을 하고 돈을 받아도 될까요? 제가 이 세상에서 치유하는 일, 신의 일을 하기로 선택한다면 그 일을 하면서 재정적으로도 부유해질 수 있나요? 아니면 그 두 가지는 서로 배타적인가요?

10. 섹스를 해도 괜찮나요? 이 체험의 배후에 깔린 진정한 의미는 뭔가요? 성행위는 몇몇 종교에서 가르치듯이 순전히 생식을 위한 건가요? 참된 성스러움과 자각은 성 에너지의 부정 혹은 변형으로 얻어지는 건가요? 사랑 없이 성행위를 해도 괜찮나요? 단지 육체적인 쾌감만으로도 성행위를 할 만한 충분한 이유가 될 수 있을까요?

11. 우리 모두가 가급적 섹스를 멀리해야 마땅하다면, 당신은 왜 섹스를 그렇게 근사하고 황홀하고 강렬한 체험이 되게 하셨나요? 무엇을 주시려고요? 그와 관련된 문제로, 온갖 즐거운 일들은 어째서 "부도덕하거나 불법이거나 탐욕스러운" 걸까요?

12. 다른 행성들에도 생명체가 있습니까? 그런 것이 우리를 찾아온 적이 있나요? 우리는 지금 관찰 대상이 되고 있는 중인가요? 우리는 사는 동안 누구도 부정할 수 없는 외계 생명체의 증거를 보게 될까요? 우주의 모든 생명체는 각기 나름의 신을 갖고 있나요? 아니면 당신이 그 모든 것의 신인가요?

13. 이 지구 행성에 언제고 유토피아가 도래하기는 하는 겁니까? 신은 약속한 대로 언젠가 지구 사람들에게 자신을 드러낼 겁니까? 재림(再臨)이란 게 있습니까? 성경에 예언된 대로 세상의 종말, 혹은 계시록의 대재난이란 게 과연 오는 겁니까? 이 세상에는 단 하나의 참된 종교만이 존재합니까? 만일 그렇다면 그건 어떤 종교인가요?

이상은 제가 품고 있는 질문들 가운데 몇 가지에 불과합니다. 이미 말씀드린 대로 저는 몇백 가지의 질문거리들을 갖고 있으니까요. 적고 보니 질문들 가운데 일부는 나를 당황하게 만듭니다. 너무 유치해서요. 하지만 제발 대답해주십시오. 한번에 하나씩, 그것들에 대해서 "얘기"해주십시오.

좋다. 지금 우리는 그곳으로 가고 있는 중이다. 이 질문들에 변명할 필요는 없다. 이것들은 과거 몇백 년 동안 수많은 남녀들이 청해온 바로 그 질문들이었으니까. 만일 그 질문들이 어리석은 것이었다면, 그렇게 대를 이어가면서까지 묻고 또 묻지는 않았을 것이다. 그러니 우선 첫 번째 질문(인생의 도약과 성공에 관한 질문 - 옮긴이)으로 가보자.

**나는 이 우주에 너희가 선택한 꼭 그대로 가질 수 있게 해주는 법칙들, 즉 창조할 수 있게 해주는 법칙들을 설정해놓았다. 너희는 이 법칙들을 위반할 수도 무시할 수도 없다. 이 책을 읽는 지금 이 순간에도 너희는 이 법칙들을 따르고 있다. 이 법칙들은 만물이 작용하는 방식이기에 너희가 이것들을 따르지 않을 도리는 없다. 너희는 이 법칙에서 물러설 수도 없고, 이 법칙 밖에서 움직일 수도 없다.**

너희는 삶의 모든 순간마다 이 법칙 안에서 움직여왔다. 그러므로 너희가 지금껏 체험한 것들은 모두 너희가 창조해온 것이다.

너희는 신과 동업하고 있다. 우리는 영원한 계약을 맺은 사이다. 너희에게 주는 내 약속은 너희가 요구하는 건 언제나 주겠다는 것이다. 너희의 약속은 구하는 것, 구함과 응답의 과정을 이해하는 것이다. 나는 이 과정을 이미 한번 네게 설명한 바 있지만, 여기서 다시 한번 설명하겠다. 네가 그 점을 분명하게 이해할 수 있도록.

너희는 삼중(三重)의 존재다. 너희는 **몸과 마음과 영혼**으로 이루어져 있다. 너희는 이것들을 **육체, 비육체, 초육체**라 부를 수도 있을 것이다. **성삼위일체란 게 바로 이것이며, 너희는 이 것을 온갖 이름으로 불러왔다.**

이것이 바로 너희이고 나다. 나는 삼위일체로서 나타난다. 너 희 신학자들 중 일부는 이것을 성부, 성자, 성신으로 불러왔다.

너희 정신과 의사들 역시 이 3개조를 인정하고 그것을 의식, 잠재의식, 초의식이라 불러왔다.

너희 철학자들은 그것을 '이드'와 '에고'와 '슈퍼에고'로 불러 왔다.

과학자들은 그것을 에너지, 물질, 반(反)물질이라 부른다.

시인들은 생각, 감정, 영혼에 대해 이야기하고, 뉴에이지 (1950년대 미국에서 일어난 운동으로, 지난 400년간 서구를 풍미해온 물질 주의 사고방식의 폐해를 반성하고 동양의 정신, 지혜들을 통해 물질문명의 문 제점들을 극복하려는 운동을 말한다 - 옮긴이) 사상가들은 몸, 마음, 영 혼에 대해 이야기한다.

너희의 시간은 과거, 현재, 미래로 나뉜다. 이것이 잠재의식, 의식, 초의식과 같은 것일 수는 없을까?

공간 역시 비슷하게 '여기'와 '저기'와 '사이 공간', 셋으로 나 누어진다.

어렵고 잘 잡히지 않는 게 이 "사이 공간"을 규정하고 설명하 는 일이다. 너희가 규정하거나 설명하기 시작하는 순간, 너희가 가리키는 공간은 "여기" 아니면 "저기"가 되어버린다. 그럼에도 우리는 이 "사이 공간"이 존재한다는 걸 **안다.** 영원한 지금이 "전"과 "후"를 제대로 받쳐주듯이, 그것은 "여기"와 "저기"를 제 대로 받쳐주는 구실을 한다.

너희의 이 세 측면들은 사실은 세 가지 에너지다. 그것들을 **생각, 말, 행동**이라 부를 수도 있을 것이다. 그 세 가지가 함께 합쳐져서 하나의 결과를 낳는다. 그것을 너희의 언어 혹은 이해 방식으로는 느낌 혹은 체험이라고 한다.

**너희 영혼**(잠재의식, 이드, 혼, 과거 등등)**은 너희가 일찍이 가졌던**(창조했던) **모든 느낌의 총합이다.** 그 느낌들 중 자각하는 일부를 너희는 기억이라 한다. 기억memory할 때 너희는 재구성한다re-member, 즉 함께 다시 놓는다, 다시 모은다reassemble고 말한다.

너희가 자신의 모든 부분을 다시 모을 때, 너희는 '자신'을 재구성하게 될 것이다.

창조 과정은 생각, 즉 발상, 개념, 시각화에서 시작된다. 너희가 지금 보는 모든 것이 한때는 누군가의 발상이었다. 너희 세계에 존재하는 어떤 것도 처음에 순수한 생각으로만 존재하지 않은 것이 없다.

이 점은 우주에도 똑같이 적용된다.

**생각은** 창조의 첫 단계다.

그 다음에 **말**이 온다. 너희의 모든 말은 밖으로 표현된 생각이다. 말에는 창조력이 있고, 말은 창조 에너지를 우주 속으로 내보낸다. 말은 생각보다 더 역동적이다(따라서 좀 더 창조적이라고 말할 수도 있다). 말은 생각과 진동 수준이 다르다. 말은 생각보다 더 강한 충격으로 우주를 뒤흔든다(바꾸고 변화시키고 영향을 미친다).

말은 창조의 두 번째 단계다.

그 다음에 **행동**이 온다.

**행동은 움직이는 말이다. 말은 표현된 생각이다. 생각은 형성된 발상이고, 발상은 한데 모인 에너지들이다. 에너지는 풀려난 힘이고, 힘은 존재하는 요소들이다. 요소들은 신(神)의 조각들이고, 전체의 일부들이며, 모든 것의 재료다.**

그 시작은 신이다. 그 끝은 행동이다. 행동은 창조하는 신, 즉 체험된 신이다.

너희는 자신이 신의 일부가 되고 신과 동업 관계를 맺기에 충분할 만큼 훌륭하지도 않고 경이롭지도 않고 죄 없지도 않다고 생각한다. 너희는 너무 오랫동안 '자신'을 부정해온 탓에 '자신이 누구인지' 잊고 말았다.

이것은 우연의 일치로 일어난 일이 아니며, 어쩌다 그렇게 된 것도 아니다. 그 모두가 신성한 계획의 일환이다. 너희가 이미 너희 자신이라면 너희는 '자신'을 불러낼 수도 창조할 수도 체험할 수도 없기 때문이다. 너희가 '자신'을 충분히 창조함으로써, 즉 불러냄으로써 '자신'을 충분히 체험하자면, 우선 나와의 연결을 끊는(부정하거나 잊는) 게 필요했다. 너희의 가장 원대한 소망이자 내 가장 위대한 바람은, 너희 자신을 너희이기도 한 나Me you are의 일부로 체험하는 것이기 때문이다. 그러므로 너희는 모든 단일한 순간마다 자신을 새롭게 창조하면서 자신을 체험하는 과정 속에 있다. 내가 너희를 통해 그러하듯이.

이 동업 관계를 이해하겠는가? 그 의미를 파악하겠는가? 그것은 신성한 협력, 참으로 성스러운 교섭이다.

네가 인생이 "도약하는" 걸 선택할 때, 네 인생은 너를 위해 그렇게 할 것이다. 너는 지금까지 그렇게 하길 선택하지 않았다. 너는 꾸물거리고 미루고 연기하고 항의해왔다. 이제 내가 네게 약속한 걸 공표하고 만들어낼 때가 왔다. 이렇게 하려면 너는 약속을 믿어야 하고, 또 그것에 따라 살아야 한다. **너는 신의 약속을 실천해야 한다.**

신의 약속은 네가 그의 아들이요, 그녀의 자식이며, 신과 닮은꼴이고, 신과 동등한 존재라는 것이다.

아하…… 네가 걸려 있는 지점이 바로 여기군. 너는 "그의 아들"이니, "자식"이니, "닮은꼴"까지는 받아들이지만, "신과 동등한 존재"에서는 움츠러드는구나. 너무 버거운 얘기라, 너무 엄청나고 너무 놀랍고, 너무 **부담스러운** 얘기라 받아들일 수 없다는 게로군. 왜냐하면 네가 신과 **동등하다면**, 그건 그 무엇도 너를 어쩌지 못한다는 뜻이고, 모든 것이 네 손으로 창조되었다는 뜻이니까. **이 세상에는 희생자도 없고, 악당도 없다.** 오로지 네 생각의 결말들만 있을 뿐이다.

**네게 말해주마. 너희가 세상에서 보는 모든 것은 너희가 그것들에 대해 생각한 것의 결말이다.**

너는 자신의 인생이 정말로 "도약하길" 원하는가? 그렇다면 자신의 인생에 관한, 자신에 관한 생각을 바꾸어라. '너이기도 한 신God you are'으로서 생각하고 말하고 행동하라.

물론 이것은 너를 주위 사람들 다수, 아니 대다수에게서 떼어놓을 것이다. 그들은 너를 미쳤다고 할 것이다. 그들은 네가 신을 모독한다고 말할 것이다. 결국 그들은 네게 질색하면서 너를 십자가에 매달려 할 것이다.

그들이 이렇게 하는 것은 네가 너 자신의 환상세계 속에 살고 있다고 생각해서가 아니라(대다수 사람들은 네가 혼자만의 즐거움에 빠지는 걸 허용해줄 만큼은 관대하다), 조만간 다른 사람들이 네 진리에 끌릴 것이기 때문이다. 왜냐하면 그 약속들은 그들에게도 유효한 것이기에.

네가 주위 사람들을 위협하는 지점이 바로 여기이기에, 그들은 이 지점에서 네게 간섭하려들 것이다. 네 단순한 진리, 단순한 삶은 이 지상의 네 동료들이 만들어낼 수 있는 그 어떤 것보다 더 많은 아름다움과 더 많은 안락과 더 많은 평온과 더 많은 기쁨을 주고, 자신과 타인들에 대한 더 많은 사랑을 주는 것이기에.

그리고 네 진리가 받아들여지는 건 그 사람들 방식의 종말을 뜻할 것이다. 그것은 미움과 두려움과 완고함과 전쟁의 종말을 뜻하고, **내 이름**으로 행해져온 비난과 살인의 종말을 뜻하며, 힘이 정의가 되는 현실의 종말을 뜻할 것이다. 그리고 그것은 힘으로 손에 넣는 행동의 종말을 뜻하고, 두려움에서 비롯된 충성과 경배의 종말을 뜻하며, 너희가 알고 있는 대로의 세상, 한참 멀리까지 창조해낸 대로의 세상의 종말을 뜻할 것이다.

그러니 어진 영혼이여, 마음의 준비를 하라. 네가 자기 실현이라는 성스러운 대의(大義)를 인정하고 받아들이는 그 순간부터, 그들은 너를 비방하고 경멸하고 야유하고 버릴 것이며, 마침내는 자기네가 아는 온갖 방법을 다 동원하여 너를 고발하고 심문하고 재판할 것이다.

그렇다면 왜 그렇게 하겠는가?

네가 이 세상을 받아들이고 인정하는 데 더 이상 관심이 없기 때문이다. 너는 세상이 네게 가져다준 것들에 더 이상 만족하지 않는다. 너는 세상이 다른 사람들에게 제공해준 것들을 놓고 기뻐하지 않는다. 너는 고통과 괴로움을 멎게 하고 환상을 끝장내고자 한다. 너는 지금대로의 세상에 질려 있다. 너는 더 새로운 세상을 추구한다.

하지만 **더 이상** 새로운 세상을 **구하지 마라.** 이제 **그것을 불러내도록 하라.**

그렇게 하려면 어떻게 해야 하는지 좀 더 알기 쉽게 말씀해주시겠습니까?

그러지. 우선 자신에 관한, 네 가장 고귀한 생각(자신이 신과 동등한 존재라는 생각 - 옮긴이)을 갖도록 하라. 네가 날마다 그런 생각을 갖고 산다면 되리라고 생각되는 네 모습을 상상해보라. 네가 무엇을 생각하고 행동하고 말할지, 그리고 다른 사람들이 행동하고 말하는 것에 네가 어떻게 반응할지 상상해보라.

그 모습과 네가 현재 생각하고 행동하고 말하는 것 사이에 차이가 있다는 걸 알겠느냐?

예. 아주 큰 차이가 있다는 걸 알겠습니다.

좋다. 지금 이 순간의 너는 자신에 관한 고귀한 전망으로 살고 있지 않다는 걸 너도 나도 알고 있기에, 당연히 그럴 것이다.

이제 네가 지금 있는 곳과 되고자 하는 곳 사이의 차이를 알았으니, 네 생각과 말과 행동을 네 가장 고귀한 전망에 걸맞게 바꾸기 시작하라. 의식적으로 바꾸기 시작하라.

그렇게 하려면 실로 엄청난 정신과 육체의 노력이 필요하다. 네 모든 생각과 말과 행동을 순간순간 끊임없이 관찰하는 일도 해야 한다. 또 여기에는 계속해서 의식적으로 선택하는 것도 포함된다. 이 모든 과정이 자각으로 가는 위대한 발걸음이다. 만일 네가 이 도전을 받아들인다면, 너는 **평생의 반을 아무 의식 없이 보내왔다는 사실**을 깨닫게 될 것이다. 즉 너는 지금까지의 과정에서 자신의 생각과 말과 행동이 만들어낸 결과들을 체험할 때까지는, 네가 무엇을 선택하는지 의식 차원에서 자각하지 않았다는 사실을 깨달을 것이며, 또 이 결과들을 체험하고 나면, 그 결과들이 자신의 생각과 말과 행동과 관련 있음을 부정했다는 사실을 깨달을 것이다.

**내가 지금 하는 얘기는 그런 의식 없는 삶을 그만두라는 외침이다. 이것은 너희의 영혼이 태초부터 너희에게 일깨우고자 했던 과제다.**

그런 식으로 자신을 계속 관찰해나간다는 건 끔찍할 정도로 피곤한 일이 될 것 같은데……

그럴 수 있다. 그것이 제2의 천성(天性)이 되기 전까지는. 사실 그것은 너희의 두 번째 천성이다. 너희의 첫 번째 천성은 조건 없이 사랑하는 것이다. 너희의 첫 번째 천성, 즉 너희의 참된 천성을 의식적으로 표현하고자 하는 게 두 번째 천성이다.

　죄송합니다만, 제가 생각하고 말하고 행동하는 모든 걸 이런 식으로 끊임없이 의식하는 게 사람을 "멍청하게 만들지" 않을까요?

　절대 그렇지 않다. 전과 달라지기는 할 것이다. 하지만 우둔해지지는 않는다. 예수가 멍청했는가? 나는 그렇게 생각하지 않는다. 부처가 함께 있기에 따분한 존재였는가? 수많은 사람들이 그에게 몰려들었고 함께 있어달라고 간청했다. 깨달음을 얻는 그 누구도 멍청하지 않다. 아마 남다르고 비범하긴 하겠지. 하지만 결코 멍청하지는 않다.
　그래, 네 삶이 "도약하길" 바란다고? **그렇다면 지금 당장 네가 되기 바라는 대로 네 삶을 그려보고 그 속으로 옮겨가라. 그것과 조화를 이루지 않는 모든 생각, 모든 말, 모든 행동을 점검하라. 그런 것들에서 떨어져라.**
　네 고귀한 전망에 걸맞지 않은 생각을 하게 되면, 바로 그 자리에서 새로운 생각으로 바꾸라. 네 가장 위대한 이상에 어울리지 않는 말을 하게 되면 다시는 그런 말을 하지 않게끔 적어두어라. 네 가장 좋은 의도에 어긋나는 행동을 하게 되면, 다시는 그렇게 하지 않겠다고 다짐하라. 그리고 할 수만 있다면 연관된 사람들과 함께 그런 행동을 바로잡아라.

　전에도 이런 얘기를 들은 적이 있는데, 저는 그럴 때마다 너무 솔직하지 않은 것 같아서 싫었습니다. 예컨대 속이 몹시 메스껍더라도 그 사실을 인정하지 마라, 쫄딱 망해서 빈털터리가 되었더라도 그 사실을 입밖에 내지 마라, 기분이 아무리 산란해도 그런 티를 내지 마라는 식의 얘기들 말입니다. 이런 얘기를 들으면 지옥으로 보내진 세 사람에 관한 농담이 생각납니다. 한 사람은 가톨릭교도였고, 한 사람은 유대인, 또 한 사람은 뉴에이지 사상가였지요. 악마가 가톨릭교도에게 조롱하듯 물었습니다. "자, 어떤가? 뜨뜻한 게 즐길 만한가?" 그랬더니 가톨릭교도는 코를 훌쩍거리면서, "온도를 더 높여달라고 신께 부탁하는 중이요"라고 대답했답니다. 그 다음에 악마는 유대인에게 물었지요. "자넨 어떤가? 뜨뜻한 게 즐길 만한가?" 그러자 유대인은, "내가 이보다 더한 지옥만 빼고 달리 뭘 더 바라겠소?"라고 대답했답니다. 마지막으로 악마가 뉴에이지 사상가에게 가서 "뜨겁지?" 하고 물었더니 뉴에이지 사상가는 진땀을 흘리면서 "뜨거워? 뭐가 뜨거워?" 하고 반문했답니다.

재미있는 농담이다. 하지만 나는 문제를 무시하거나 문제가 없는 척하라는 얘기를 하는 게 아니다. 나는 상황을 제대로 알아차리고, 그 상황에 관련된 네 가장 고귀한 진실을 말하라는 얘기를 하고 있다.

만일 네가 망했다면 너는 망한 것이다. 그 사실을 놓고 거짓말을 하는 건 무의미한 짓이다. 사실 그 사실을 받아들이지 않으려고 얘기를 지어낸다는 건 속을 허하게 만드는 짓에 지나지 않는다. 네가 "망했다"는 사실을 체험하는 잣대는 그 사실에 관한 네 생각, 예를 들면, "망한 건 나쁜 일이다", "이건 끔찍한 일이다", "괜찮은 사람들은 열심히 일해서 실제로 망하기까지 하는 일은 절대 없는데, 나는 못난 놈이다" 따위의 생각이다. 네가 얼마나 오랫동안 망한 상태로 있을 것인지 보여주는 건 그 사실에 관한 네 말, 예를 들면, "나는 망했어", "나는 땡전 한 푼 없어", "내 수중에는 돈이 말랐어" 따위의 말이다. 네 현실이 그런 식으로 지속되게 만드는 것은 그 사실을 둘러싼 네 행동들, 예를 들면 자신에게 연민을 느끼고, 잔뜩 기가 죽어 앉아 있고, "그래봤자 소용없다"는 이유로 빠져나갈 길을 찾으려들지 않는 따위의 행동이다.

우주에 관해 이해해야 할 첫 번째 사실은 어떤 상황도 "좋거나 나쁘지" 않다는 것이다. 그건 그냥 있을 뿐이다. 그러니 가치 판단 내리길 그만둬라.

두 번째로 알아둬야 할 사실은 **모든 상황이 다 한순간이라는 것이다. 항상 똑같이 머무는 것도 없고, 정지된 채 남아 있는 것도 하나도 없다. 그러니 뭔가를 어떤 식으로 변화시키느냐는 너희에게 달려 있다.**

죄송합니다만, 여기서 또 말씀을 끊어야겠군요. 병이 들었지만 산도 움직일 만한 믿음을 갖고 있어서 자기 몸이 곧 나을 걸로 생각하고 말하고 **믿고** 있었는데…… 불과 6주 뒤에 죽은 사람의 경우는 어떻습니까? 이건 그 모든 낙관적인 생각이나 긍정적인 행동 양식들하고 어떻게 부합되는 겁니까?

아주 좋다. 너는 계속 까다로운 질문들을 던지고 있다. 이건 좋은 일이다. 그러고 보면 너는 단순히 내 얘기가 네가 든 예들 (가톨릭교도와 유대교도와 뉴에이지 사상가의 사고방식을 꼬집은 앞의 농담-옮긴이) 중 하나에 해당된다고 오해하는 것이 아니다. 선을 따라 내려가다 보면 언제고 너는 내 얘기를 이런 식으로 받아들여야 할 때가 올 것이다. 왜냐하면 너는 결국에 가서는 "내 말을 믿어보거나 부정하는" 것 말고는 할 일이 아무것도 남아 있지 않을 때까지, 우리가, 즉 너와 내가 이 일을 놓고 영원히 논란을 벌일 수 있다는 걸 알게 될 것이기 때문이다. 하지만 우리는 아직 그 지점까지는 이르지 않았다. 그러니 대화를 계속해보자.

"산도 움직일 만한 믿음"을 가졌으나 6주 뒤에 죽은 사람은 6주 동안에 산을 움직였다. 아마 그에게는 그걸로 충분했을 것이다. 아마도 그 사람은 마지막 날 마지막 시간에, "좋아, 이만큼 했으면 충분해. 이제 나는 또 다른 모험을 떠날 준비가 됐어"라고 결정했을 것이다. 그가 너희에게 그런 결심을 말해주지 않았을 테니 너희가 그 결심을 모를 수도 있다. 사실 그 사람은 좀 더 빨리, 죽기 며칠 전이나 몇 주 전에 그런 결정을 내렸으나 너희에게 말하지 않았을 수도 있다. 누구에게도 말하지 않았을 수 있다.

너희는 죽고자 하는 것이 전혀 괜찮지 않은 사회, 죽음에 대해 아무렇지도 않아 하는 것이 전혀 괜찮지 않은 사회를 창조해냈다. 너희가 죽고 싶지 않기 때문에, 너희는 그 환경이나 조건에 상관없이, 누군가가 죽고 싶어한다는 걸 상상할 수 없다.

하지만 죽음이 삶보다 더 나은 상황은 무수히 많다. 나는 너희가 조금이라도 이 문제에 대해 생각해보면 그런 상황을 얼마든지 상상할 수 있다는 걸 안다. 그러나 너희가 죽기를 택하는 다른 누군가를 눈앞에서 보고 있을 때는 이런 진리들이 떠오르지 않는다. 그 진리들이 그렇게 자명한 것들은 아니니까. 죽어가는 사람도 너희가 그렇다는 걸 안다. 그 여자는 그 방 안에서 자신의 결정을 어떤 수준에서 인정받을 수 있을지 눈치챈다.

너는 얼마나 많은 사람들이 죽기 전에 방이 비기를 기다리는지 눈치챈 적이 있는가? 심지어 어떤 이들은 사랑하는 사람들에게 "정말로 괜찮으니 어서 가. 가서 뭐 좀 먹어"라거나 "가서 눈 좀 붙여. 난 괜찮아. 내일 아침에 와"라고 말해야 할 때도 있다. 그리고 나서 그 충성스러운 감시자들이 떠나고 나면 비로소 영혼도 감시당하던 몸을 떠난다.

만일 그들이 방에 모여든 친척들과 친구들에게, "난 이대로 죽고 싶어"라고 말한다면, 거기 모인 사람들은 정말로, "오, 그건 진심이 아닐 거야"라거나 "그런 말 하지 마"라거나 "이대로 있어줘"라거나 "제발 날 두고 가지 마"라고 말할 것이다.

모든 의료인은 환자가 위엄을 잃지 않고 죽을 수 있도록 마음을 편하게 해주는 게 아니라, 무조건 목숨을 부지하게 만들도록 훈련받는다.

너도 알다시피 의사나 간호사에게 죽음은 실패를 뜻한다. 친구나 친척에게 죽음은 재앙이다. 오로지 영혼에게만 죽음은 구원이고 해방이다.

죽어가는 사람들에게 너희가 줄 수 있는 최대 선물은 그들이 평온하게 죽을 수 있게 해주는 것이다. 그들 생의 가장 결정적인 순간에 그들이 "견뎌야 한다"거나, 계속 힘들어해야 한다거나, 자신들을 염려해줘야 한다고 생각하는 게 아니라.

그러므로 자신이 살 거라 말했고, 살 거라 믿었으며, 심지어 살게 해달라고 기도까지 한 그 사람은 아마도 십중팔구 영혼의 차원에서 "마음을 바꾸는" 경험을 했을 것이다. 이제는 다른 목표들을 추구하기 위해 영혼이 몸에서 벗어날 때가 왔다는 결정을 내리는 것 말이다. 영혼이 이런 결정을 내릴 때 몸의 어떤 행동도 그 결정을 바꿀 수 없다. 마음의 어떤 생각도 그것을 변경할 수 없다. 우리는 죽음의 순간에 이르러서야 몸-마음-영혼의 3개조 중에서 어느 것이 만사를 경영하는지 깨닫게 된다.

너희는 평생토록 자기 몸이 자기라 여긴다. 너희는 간혹 자기 마음이 자기라 여기기도 한다. 너희는 죽음의 순간에 이르러서야 비로소 '자신이 참으로 누구인지' 찾아낸다.

그런데 몸과 마음이 영혼에게 고분고분 **귀 기울이지 않는** 경우들도 있다. 이런 상황도 네가 묘사한 시나리오(믿음을 가졌지만 6주 후에 죽은 사람 이야기 - 옮긴이)를 만들어낼 수 있다. 사람들이 가장 하기 어려운 일이 자기 영혼의 말을 듣는 것이다(극소수의 사람들만이 그렇게 한다는 데 유의하라).

이제 영혼이 앞장서서 몸을 떠날 때가 왔다는 결정을 내리는 경우가 자주 일어난다. 영혼의 영원한 하인들인 몸과 마음은 이 말을 듣게 되며, 그와 더불어 유리(遊離) 과정이 시작된다. 그런데 마음(에고)은 그 결정을 받아들이고 싶어하지 않는다. 결국 이것은 마음이라는 존재의 종말을 뜻한다. 그래서 마음은 몸에게 죽음에 저항하라고 지시한다. 몸 역시 죽고 싶지 않기 때문에 이 지시를 기꺼이 이행한다. 몸과 마음(에고)의 창조물인 외부 세계는 몸과 마음의 이런 결정을 크게 격려하고 크게 칭찬한다. 그렇게 해서 그 책략은 확정된다.

이제 이 지점에서는 영혼이 얼마나 간절히 떠나고 싶어하는 지에 모든 것이 달려 있다. 만일 여기서 떠나는 게 그렇게 급하지 않다면 영혼은, "좋다, 너희가 이겼다, 너희와 함께 좀 더 머무르겠다"고 말할 수도 있다. 그러나 그대로 머무는 것이 더 높은 일정에 아무 도움도 되지 않음이 분명할 때면, 즉 자신이 그 몸을 통해서는 더 이상 **진화할** 방법이 없다는 게 분명할 때면, 영혼은 떠날 것이고 그 무엇도 막을 수 없을 것이다. 그렇게 하려 해서도 안 될 것이고.

영혼은 자신의 목표가 진화라는 걸 확실히 알고 있다. 진화야말로 영혼의 **유일한**sole 목표이자 그것의 **영적**soul 목표다. 그것은 몸의 성취나 마음의 성숙에는 관심이 없다. 영혼에게는 이런 것들이 전혀 무의미하다.

또 영혼은 몸을 떠나는 일이 별다른 비극이 아니란 것도 분명하게 알고 있다. 여러 가지 면에서 비극은 몸속에서 일어난다. 그러므로 너희는 영혼이 이 죽음 전체를 다르게 본다는 사실을 이해해야 한다. 물론 영혼은 "삶" 전체도 다르게 본다. 이 때문에 사람들은 살면서 심한 좌절과 불안을 느낀다. 너희의 좌절과 불안은 영혼의 말을 귀담아듣지 않는 데서 비롯된다.

어떻게 해야 제 영혼의 말을 가장 잘 들을 수 있을까요? 설사 정말 영혼이 보스 같은 존재라 해도 제가 수뇌부(영혼을 뜻한다 - 옮긴이)에서 내려온 지시문들을 받고 있음을 어떻게 확신할 수 있습니까?

아마도 너는 영혼이 추구하는 바를 파악하는 일을 가장 먼저 해야 할 것이다. 영혼에 대해 판단하는 짓을 그만두고.

제가 저 자신의 영혼에 대해 판단하고 있다구요?

끊임없이. 나는 방금 전에 죽고 싶어하는 자신에 대해 너희가 어떤 식으로 판단하는지 보여주었다. 너희는 자신이 **살고** 싶어한다고, 참으로 살고 싶어한다고 판단한다. 또 너희는 자신이 웃고 싶어한다고 판단하고, 울고 싶어한다고 판단하며, 이기고 싶어하고 지고 싶어한다고 판단한다. 즉 기쁨과 사랑을 체험하고 싶어한다고 판단한다. **특히** 너는 자신이 지고 싶어한다는 판단을 잘 내린다.

제가요?

너는 어디선가 자신의 기쁨을 **부정하는 게** 신성한 태도요, 삶을 찬양하지 **않는 게** 성스러운 태도라는 사고방식을 만난 적이 있다. 너는 자신에게 말해왔다. 부정하는 건 좋은 일이라고.

부정하는 게 나쁘다고 말씀하시는 건가요?

그건 좋은 것도 아니고 나쁜 것도 아닌, 그냥 부정일 뿐이다. 만일 너 자신을 부정하고 나서 기분 좋게 느낀다면 네 세계에서 그것은 좋은 것이다. 만일 네가 기분 나쁘게 느낀다면 그것은 나쁜 것이다. 대개의 경우엔 너는 판단하지 못한다. 너는 그래야 한다고 자신에게 속삭이면서 자신을 이런저런 식으로 부정한다. 그러고 나서 너는 그렇게 한 건 좋은 일이었다고 말한다. 하지만 왜 자신이 기분 좋게 **느끼지 못하는지** 의아해한다.

그러므로 맨 먼저 할 일은 자신에 대한 이런 판단들을 그만두는 것이다. 영혼이 바라는 것이 무엇인지 깨닫고 그 바람과 함께 가라. 영혼과 더불어 가라.

영혼이 추구하는 것은 네가 상상할 수 있는 것 중에서 가장 고귀한 사랑의 느낌이다. 바로 이것이 영혼의 바람이다. 바로 이것이 영혼의 목표다. 영혼은 그 느낌을 추구한다. 지식이 아니라 느낌을. 지식은 이미 갖고 있지만, 지식은 개념에 불과하다. 느낌은 체험이다. 영혼은 자신을 느끼고자 하며, 직접 체험하여 자신을 알고자 한다.

가장 고귀한 느낌이란 '존재 전체'와 하나가 되는 체험이다. 이러한 체험은 영혼이 갈망하는, 진리로의 위대한 복귀(復歸)다. 이것이 완벽한 사랑의 느낌이다.

완벽한 사랑이란 완벽한 흰빛이 일반 빛깔에 대해 어떤 관계인지 느끼는 것이다. 사람들은 흔히 흰빛을 아무 빛깔도 없는 상태라고 생각한다. 그렇지 않다. 흰빛은 **모든 다른 빛깔을 다 포함한다.** 흰빛은 존재하는 모든 다른 빛깔이 섞인 것이다.

사랑 역시 감정(증오, 분노, 정욕, 질투, 탐욕)이 전혀 없는 상태가 아니라 모든 감정의 합(合)이다. 그것은 그 모든 감정의 총화이며, 모든 것everything이다.

그러므로 영혼이 완벽한 사랑을 체험하려면 **인간의 모든 감**

**정**을 다 맛봐야 한다.

내가 이해하지 못하는 것에 무슨 수로 연민을 느낄 수 있겠는가? 내가 한번도 체험하지 못한 감정을 다른 사람이 품고 있을 때 무슨 수로 그것을 용서할 수 있겠는가? 그러므로 우리는 영혼이 밟아나가는 여행의 단순함과 그 외경스러운 위대함을 함께 보는 것이다. 우리는 마침내 그것이 무엇에 이르고자 하는지 이해한다.

**인간 영혼의 목표는 그 모든 것을 체험하는 것이다. 그 모든 것이 될 수 있도록.**

인간의 영혼이 한번도 아래에 있어보지 않았다면 어떻게 위에 있을 수 있겠는가? 한번도 오른쪽에 있어보지 않았다면 어떻게 왼쪽에 있을 수 있겠는가? 차가움을 알지 못하고 어떻게 따뜻해질 수 있으며, 악을 거부하고서 어떻게 선해질 수 있겠는가? **만일 선택할 것이 아무것도 없다면,** 그 영혼은 뭔가가 될 수도 없다. 영혼이 자신의 숭고함을 체험하려면, **숭고함이 무엇인지 알아야** 한다. 그리고 숭고함 외에 아무것도 존재하지 않는다면, 영혼은 숭고함을 체험할 수 없다. 그러므로 영혼은 숭고하지 않은 공간에서만 숭고함이 존재한다는 걸 깨닫는다. 따라서 영혼은 숭고하지 않음을 절대로 비난하지 않는다. 영혼은 그것을 축복한다. 자신의 다른 부분이 드러나기 위해서는 **반드시 존재해야 하는 자신의 일부를 그 속에서** 보기 때문에.

물론 영혼이 하는 일은 우리가 숭고함을 선택하도록 만드는 것, 최상의 '자신'을 고르도록 만드는 것이다. 너희가 고르지 않는다 해도 비난하는 일 없이.

이것은 많은 생을 들여야 할 만큼 엄청난 과제다. 왜냐하면 너희는 자신이 선택하지 않은 것을 축복하기보다는, 판단 내리기에 급급하고, 뭔가를 "잘못됐다"거나 "나쁘다"거나 "충분치 않다"고 규정하는 데 급급하기 때문이다.

너희는 비난하는 것보다 더 고약한 일을 하고 있다. 사실 너희는 자신이 선택하지 않은 것에 해를 입히려 한다. 너희는 그것을 파괴하려 한다. 너희가 동의하지 않는 사람이나 장소나 사물이 있으면, 너희는 그것을 공격한다. 자신의 종교에 맞서는 종교가 있으면, 너희는 그것을 틀린 것으로 만들어버린다. 자신의 생각과 상반되는 생각이 있으면, 너희는 그것을 비웃는다. 자신의 이념과 다른 이념이 존재하면, 너희는 그것을 배척한다. 너희는 잘못하고 있다. 왜냐하면 이렇게 하는 건 반쪼가리 우주를 창조하는 것이기에. 그래서 다른 반을 거부하며 내칠 때 너희는 자신의 반조차 이해할 수 없게 된다.

이건 정말 하나같이 심오하군요. 감사합니다. 그 누구도 제게 이런 얘기를 해준 일이 없습니다. 적어도 이렇게 간단명료하게는요. 그래서 저는 그 말씀을 이해하려 애쓰고 있습니다. 진심입니다. 하지만 이 중 일부는 이해하기 어렵습니다. 예컨대 당신은 우리가 "옳은 것"을 이해하려면 "그른 것"을 사랑해야 한다고 말씀하시는 듯합니다. 그건 예를 들면 우리가 악마도 끌어안아야 한다는 뜻인가요?

악마를 치유할 또 다른 방법이 있는가? 물론 진짜 악마 같은 건 없지만, 네가 선택한 용어로 대답한다면 말이다.

치유란 모든 걸 받아들이고 나서 그중 가장 좋은 걸 선택하는 과정이다. 이걸 이해하겠느냐? 신 말고는 선택할 것이 전혀 없다면, 너희는 신이 되길 **선택할 수도** 없다.

아니, 잠깐만요! **신이** 되길 선택한다는 얘기를 한 게 전혀 아닌데요.

가장 고귀한 느낌은 완벽한 사랑이다. 그렇지 않은가?

예, 그럴 거라고 생각합니다.

그리고 너는 신에 관한 묘사로 그보다 더 나은 걸 찾을 수 있겠느냐?

아뇨, 없습니다.

자, 네 영혼은 가장 고귀한 느낌을 찾고 있다. 그것은 완벽한 사랑을 체험하고자, 완벽한 사랑이고자 한다.

네 영혼은 이미 완벽한 사랑이다. 네 영혼은 **이 사실을 알고 있다.** 하지만 네 영혼은 그것을 **아는 것 이상을** 하고 싶어한다. 그것은 자신의 **체험 속에서** 완벽한 사랑이 되고자 한다.

**당연히** 너희는 신이 되려 하고 있다! 그것 외에 네가 이르고자 하는 다른 어떤 것이 있었다고 생각하느냐?

전 잘 모르겠습니다. 확신할 수가 없습니다. 그런 식으로는 한번도 생각해본 적이 없는 것 같습니다. 저로서는 그런 식의 생각엔 그냥 뭔가 불경스러운 면이 있는 것 같습니다.

악마처럼 되려는 데서는 불경을 전혀 찾아내지 못하면서 신처럼 되려는 것에는 질겁을 하다니, 그거 재미있군―

잠깐만요! 누가 악마처럼 되려 한다는 말씀입니까?

네가! 너희 **모두가!** 너희는 심지어 자신의 악함을 자신에게 납득시키려고, 너희가 죄 속에서 태어났고, **태어날 때부터 죄인**이라고 이야기하는 종교까지 창조해냈다. 그런데도 내가 너희는 신에게서 태어났다, 태어날 때부터 순수한 신이고 여신이며, **순수한 사랑**이라 말하면, 너희는 내 말을 거부할 것이다.

너희는 자신이 나쁘다는 걸 자신에게 납득시키는 일에 한평생을 허비해왔다. 자신이 나쁠 뿐 아니라, 자신이 원하는 것들도 나쁘다. 성행위도 나쁘고, 돈도 나쁘고, 기쁨도 나쁘고, 권력도 나쁘고, 많이 가지는 것도 나쁘다. **뭐든지 많이 가지는 건 나쁘다.** 너희의 몇몇 종교들은 심지어 너희에게 **춤추는 것도 나쁘고, 음악도** 나쁘며, **삶을** 찬양하는 것도 나쁘다고 믿게 만들었다. 얼마 안 가 너희는 미소 짓는 것도 나쁘고, 큰 소리로 웃는 것도 나쁘며, **사랑하는 것도** 나쁘다는 데 동의할 것이다.

아니, 천만의 말씀, 내 친구여. 네가 다른 것들은 아마 확신하지 못할 수도 있겠지만, 한 가지 점만은 확실하게 알고 있다.

네 자신과 네가 바라는 것 대부분이 **나쁘다는** 것만은. 너는 자신을 이렇게 판단했기 때문에, 앞으로 해야 할 일을 더 착해지는 걸로 결정한 것이다.

뭐, 그래도 상관없다. 어떻게 가든 목적지는 똑같으니까. 더 빠른 길, 더 짧은 길, 더 쉬운 길이 있다는 게 다를 뿐.

어떤 길이 그런 길인가요?

지금 당장 '자신이 누구이고 무엇인지'를 받아들이고, 그것을 증명하는 것.

예수가 한 일이 이것이다. 그것이 바로 부처의 길이고, 크리슈나의 방법이며, 이 행성에 나타난 모든 선각자의 발자취다.

그리고 모든 선각자는 하나같이 이런 가르침을 전했다. 나는 곧 너희다, 내가 할 수 있는 건 너희도 할 수 있다, 또한 너희는 이 이상 가는 것도 하게 되리라.

하지만 너희는 귀담아듣지 않았다. 대신 너희는 훨씬 더 어려운 길, 자신을 악마라 생각하고 **자신을 악하다고 상상하는 길을** 선택해왔다.

너희는 예수의 길을 밟는 것, 부처의 가르침을 따르는 것, 크리슈나의 빛을 간직하는 것, 위대한 선각자가 되는 것은 어렵다고 말한다. 그러나 내가 말하노니, '자신'을 받아들이기보다 부정하기가 훨씬 더 어렵다.

너희는 선이요, 자비요, 연민이요, 이해다. 너희는 평화요, 기쁨이요, 빛이다. 너희는 용서요, 인내요, 강함이요, 용기다.

필요할 때는 도와주는 이요, 슬퍼할 때는 달래주는 이요, 다쳤을 때는 치료해주는 이요, 혼란스러워할 때는 가르쳐주는 이다. 너희는 가장 심오한 지혜이고, 가장 고귀한 진리이며, 가장 위대한 평화이고, 가장 숭고한 사랑이다. 바로 이런 것이 너희다. 그리고 살면서 순간순간 너희는 자신을 이런 것들로 인식하기도 한다.

**이제는 자신을 항상 이런 것들로 인식하도록 하라.**

# Conversations with God
# 4

휴! 당신은 제 기운을 북돋워주시는군요!

신이 기운을 북돋워줄 수 없다면 도대체 누가 그렇게 할 수 있겠느냐?

당신은 늘 이렇게 튀는 편이신가요?

나는 경박하게 말하려던 게 아니었다. 다시 읽어보아라.

예, 그렇군요.

좋다.

그러나 내가 튀었다면 그것도 괜찮지 않은가?

잘 모르겠습니다. 저는 제 신에게 좀 더 진지하게 대했던 편이라서.

부탁하는데, 나를 틀에 가두려 하지 마라. 그리고 너 자신도 좀 봐줘라.

이런 일들이 워낙 자주 일어나니, 덕분에 나도 대단한 유머 감각을 지니게 되었다. 네가 이때껏 해온 일들을 돌아본다면 너 역시 그럴 수밖에 없을 것이다. 내 말인즉슨, 이따금 나는 그런 걸 보고 그저 웃을 수밖에 없다는 뜻이다.

하지만 그래도 괜찮다. 왜냐하면 너도 알다시피, 결국은 모든 게 잘되리라는 걸 알고 있으니까.

그게 무슨 뜻인가요?

너희가 이 게임에서 지는 일은 없다는 뜻이다. 너희는 길을 잘못 들 수 없다. 그런 건 계획의 일환이 아니다. 너희가 가고 있는 곳에 이르지 않을 방도는 없다. 너희의 목적지를 놓칠 방도는 없다. 신이 너희의 표적이라면, 너희는 운이 좋다. 왜냐하면 **신은 너무 커서 절대로 놓칠 리 없을 것이기에.**

사실 그게 큰 걱정거리입니다. 우리가 어쩌다 일을 망쳐 두 번 다시 당신을 보지 못하게 되거나 당신과 함께 있지 못하게 될까봐서요.

"천국에 간다는" 뜻이냐?

예. 우리는 누구나 지옥에 갈까봐 두려워합니다.

그러니까 너희는 지옥에 **가는 걸** 피하려고 애초에 자신들을 지옥에 갖다놓는 거군. 흐으음, 재미있는 전략이야.

당신은 또 튀고 있어요.

나도 어쩔 수 없다. 지옥 얘기만 나왔다 하면 심사가 뒤틀려!

맙소사, 당신은 진짜 **코미디언**이군요.

그걸 이제서야 알았느냐? 너는 요즘 세상을 유심히 살펴보았느냐?

세상 얘기를 하시니 또 다른 의문이 떠오르는군요. 왜 당신은 세상을 **고치지** 않고 지옥으로 빠져들게 내버려두시는 겁니까?

너는 왜 하지 않느냐?

저는 그럴 힘이 없습니다.

말도 안 되는 소리. 너희에게는 지금 당장 온 세상의 굶주림을 끝장내고, 온갖 병들을 고칠 수 있는 힘과 능력이 있다. 너희 의료인들은 **치료를 보류하고 있으며**, 대체의약이나 대체의술(한방이나 침술 등을 말한다 - 옮긴이)이 "치료하는" 직업의 구조 자체를 위협하기 때문에, 그것들을 인정하려 하지 않는다고 내가 말한다면 어떡하겠느냐? 내가 이 세상 정부(政府)들은 세상의 굶주림을 끝장내고 싶어하지 않는다고 말한다면 어떡하겠느냐? 내 말을 믿을 텐가?

저는 그런 문제로 한동안 골머리를 앓았더랬습니다. 저는 그게 인민당(미국의 인민당을 뜻한다 - 옮긴이)의 견해라는 걸 압니다. 하지만 그게 진짜라고 믿을 수 없습니다. 어떤 의사도 환자의 치료를 거부하고 싶어하지 않습니다. 어느 나라의 국민도 자기 동포들이 죽어가는 걸 보고 싶어하지 않습니다.

**의사 개인이라면** 그 말이 맞다. **국민 개개인이라면** 그 말이 옳다. 그러나 의료 행위와 정치 행동은 **제도화되어 있고**, 이런 식으로 싸우는 건 바로 그 제도화된 기관들이다. 때로는 매우 교묘하고 때로는 의식하지 않기도 하지만, 그러나 필연적으로 그렇게 한다…… 왜냐하면 이런 기관들에 그건 생존의 문제이기 때문이다.

그렇다면 네게 아주 단순하고 명백한 예 하나만 들어주겠다. 서양 의사들은 동양 의사들의 치료 효과를 부정한다. 그들을 받아들이고 이 대체의학이 그저 약간의 치료 효과를 보인다는 사실을 인정하는 것만으로도, 이제까지 쌓아올린 자기네 제도의 바탕 자체를 흔들 수 있기 때문이다.

이런 행태는 악의는 아니지만 교활하다. 그들이 그렇게 하는 것은 악해서가 아니라 겁이 나서다.

**모든 공격은 도와달라는 외침이다.**

《기적수업A Course in Miracles》이란 책에서 그 말을 읽은 적이 있습니다.

내가 거기다 그렇게 썼다.

맙소사, 당신은 무슨 일에든 대답을 갖고 계시는군요.

그러고 보니 생각난다. 우리가 네 질문들을 이제 막 다루기 시작하던 참이라는 게. 우리는 어떻게 하면 네 인생을 제 궤도에 올려놓을지 논의하던 중이었지. 어떻게 해야 그게 '도약하도록' 할 수 있을지를. 나는 창조 과정에 대해 얘기하던 중이었다.

그랬습니다. 그런데 제가 자꾸 방해를 했죠.

그건 상관없다. 하지만 너나 나나 그 중요한 문제의 실마리를 잃고 싶지 않을 테니 이제 그만 그리로 돌아가기로 하자.

**삶은 발견이 아니라 창조다.**

너희가 하루하루를 살아가는 건 인생이 너희를 위해 지니고 있는 것을 **발견하기** 위해서가 아니라, 그것을 **창조하기** 위해서

다. 너희는 순간순간 너희 현실을 창조하고 있다. 아마 그것을 의식하진 못하겠지만.

어째서 그런지, 그리고 그 과정이 어떻게 이루어지는지가 여기 있다.

1. 나는 너희를 신의 형상대로, 신과 닮은꼴로 창조했다.

2. 신은 창조자다.

3. 너희는 하나 속에 셋인 존재들이다. 너희는 이 세 측면을 너희가 원하는 대로, 성부, 성자, 성신이라 할 수도 있고, 마음, 몸, 영혼이라 할 수도 있으며, 초의식, 의식, 잠재의식이라 부를 수도 있다.

4. 창조는 너희 몸의 이 세 부분들에서 진행되는 과정이다. 달리 말해 너희는 세 가지 차원에서 창조한다. 생각과 말과 행동은 이 창조의 도구들이다.

5. 모든 창조는 생각에서 시작된다("아버지에게서 시작된다"). 그러고 나면 모든 창조는 말로 옮겨간다("구하라. 그러면 받을 것이요, 말하라. 그러면 이루어질 것이다"[〈마태복음〉 7:7-옮긴이]). 모든 창조는 행동에서 완료된다("말씀은 육신이 되어 우리 가운데 거주했다"[〈요한복음〉 1:14-옮긴이]).

6. 너희가 생각은 하지만 한번도 말하지 않는 것은 한 차원에서만 창조한다. 너희가 생각하고 말하는 것은 또 다른 차원에서 창조한다. 너희가 생각하고 말하고 행동하는 것은 너희 현실에 구현된다.

7. 너희가 진정으로 믿지 않는 어떤 것을 생각하고 말하고 행하기는 불가능하다. 그러므로 창조 과정에는 반드시 믿음, 즉

깨달음이 들어가야 한다. 절대믿음이 바로 그것이다. 이것은 소망 **너머에** 있는 것이다. 이것은 **확실성에 대한 깨달음**이다("네 믿음이 너를 낫게 했다"[〈마태복음〉 9:22 – 옮긴이]). 따라서 창조에는 언제나 깨달음이 수반된다. 깨달음이란 본능적인 명확성, 완벽한 확실성, 어떤 것의 **현실성**에 대한 완벽한 인정이다.

8. 깨달음의 이 자리는 믿을 수 없을 정도로 강력한 감사의 자리다. 그것은 **미리 하는 감사**다. 그리고 아마도 창조하기 전에 창조한 것에 대해 감사하는 이것이야말로 창조의 최대 열쇠일 것이다. 그 같은 당연시는 신이 용서하는 것일 뿐 아니라 격려하는 것이기도 하다. 그것은 **깨달음의 확실한 표지**다. 모든 **선각자는 그 행동이 이미 이루어졌음을 안다.**

9. 너희가 창조하고 또 창조했던 모든 것을 찬양하고 즐겨라. 그것의 일부를 거부하는 건 자신의 일부를 거부하는 것이다. 너희 창조물의 일부로서 지금 모습을 드러내고 있는 것은 그것이 무엇이든 간에, 너희가 그것의 주인임을 인정하고, 그것을 옹호하고, 그것을 축복하고, 그것에 감사하라. 그것을 비난하지("빌어먹을! God damn it!") 마라. 그것을 비난하는 것은 자신을 비난하는 것이니.

10. 설사 창조의 일부 측면이 네 마음에 들지 않는다 해도, 그것을 축복하면서 그냥 다른 것으로 바꾸어라. 다시 선택하라. 새로운 현실을 불러오라. 새로운 생각을 하고, 새로운 말을 하고, 새로운 행동을 하라. 이것을 장대하게 해내라. 그러면 온 세상이 너를 따를 것이다. 너를 따를 것을 온 세상에 요구하고 크게 외쳐라. "나는 길이요 생명이니, 나를 따르라"(〈요한복음〉

14:6 - 옮긴이)고 **말하라.**

**이것이 바로 신의 의지가 "하늘에서 이루어진 것같이 땅에서도" 이루어지게 하는 길이다.**

그게 그처럼 간단한 일이라면, 우리에게 필요한 게 이 10단계의 과정뿐이라면, 어째서 우리 중 더 많은 사람들이 그런 식으로 해내지 못하는 겁니까?

너희 **모두가** 그런 식으로 **해내고 있다.** 너희 중 일부는 의식적으로 확실히 자각하면서 이 "시스템"을 쓰고 있고, 다른 일부는 무의식적으로, 자신이 뭘하는지도 모르면서 이 "시스템"을 쓰고 있다.

너희 중 일부는 맑은 정신으로 걷고 있으나, 다른 일부는 자면서 걷고 있다. 그럼에도 너희 모두는 내가 너희에게 준 힘을 이용해서, 내가 이제 막 설명한 과정을 거쳐 자신의 현실을 창조하고 있다. **발견하는** 게 아니라 **창조하고** 있다.

자, 이렇게 해서 너는 네 인생이 언제 "도약하겠느냐"고 물었고, 나는 그 질문에 답해주었다.

네 인생을 "도약하게" 하려면 먼저 그것에 대한 자신의 생각이 아주 명확해져야 한다. 자신이 되고 싶고 하고 싶고 갖고 싶은 게 무엇인지 생각하라. 이에 대한 네 생각이 아주 명확해질 때까지 자꾸자꾸 생각하라. 그렇게 해서 네 생각이 아주 명확해지면, **다른 것들은 일절 생각하지 마라.** 어떤 다른 가능성도 생각하지 마라.

네 의식구조에서 부정적인 생각들을 모조리 떨쳐버려라. 모든 비관주의를 잊고, 모든 의심을 버리고, 모든 두려움을 거부하라. 애초의 창조적인 생각을 굳게 지킬 수 있도록 네 마음을 훈련시켜라.

네 생각들이 명확하고 확고부동할 때, 그것들을 진리라고 말하기 시작하라. 그것들을 큰 소리로 외쳐라. 창조력을 불러오는 위대한 명령, 곧 '나는I am'을 이용하라. 다른 사람들에게 '나는'을 진술하라. "나는"은 우주에서 가장 강력한 창조력을 지닌 진술이다. "나는"이란 말 다음에 네가 생각하는 것이 무엇이든, 그 말 다음에 네가 말하는 것이 무엇이든, "나는"은 그 체험들에 시동을 걸고, 그 체험들을 불러내며, 그 체험들을 네게 가져다준다.

우주가 아는 작동법으로 이것 외에 다른 방법은 없다. 우주가 아는, 취할 방도로 이것 외에 다른 길은 없다. 우주는 호리병 속에 든 요정(아라비아 동화에 나오는 요정으로 주인이 무슨 명령을 내리든 그대로 실행한다 - 옮긴이)처럼 "나는"에 응답한다.


당신은 마치 저한테 빵 한 덩어리를 집으라고 말씀하시듯, "모든 의심을 버리고, 모든 두려움을 거부하고, 모든 비관주의를 잊어라"고 말씀하십니다. 하지만 이런 일들은 말하기는 쉬워도 행하기는 어렵습니다. "네 의식구조에서 부정적인 생각들은 모조리 떨쳐버려라"는 말씀은 "점심 먹기 전에 에베레스트 산에 오르라"는 얘기나 다를 바 없이 들립니다. 그건 실로 엄청난 주문입니다.

생각을 길들이고 다스리는 건 보기만큼 어렵지 않다. (에베레스트 산을 오르는 문제는 더더욱 아니고.) 그것은 오로지 훈련의 문제이고 열의의 문제다.

그 첫 단계는 네 생각을 점검하는 법을 배우는 것, 자신이 생각하는 것에 **대해 생각하는** 법을 배우는 것이다.

부정적인 생각들, 어떤 것에 대해 네 가장 고귀한 관념을 부정하는 생각들을 하는 자신을 발견하면, 다시 생각하라! 나는 네가 **문자 그대로** 이렇게 하길 바란다. 네가 자신이 우울하고 곤경에 빠져 있으며, 이런 상태에서는 어떤 좋은 일도 생길 리 없다고 생각하고 있으면, **다시 생각하라.** 세상을 좋지 않은 사건들로 가득 찬 몹쓸 곳으로 생각하고 있다면, **다시 생각하라.** 자신의 삶이 조각나고 있어서 두 번 다시 그것을 도로 모을 수 없을 것처럼 생각하고 있다면, **다시 생각하라.**

너는 이렇게 하도록 자신을 훈련시킬 수 있다. (그렇게 하지 **않도록** 네가 자신을 얼마나 잘 훈련시켰는지 보라!)

고맙습니다. 저로서는 그 과정을 그토록 명확하게 시작해본 적이 없습니다. 그 일이 당신이 말씀하신 것처럼 쉽게 이루어졌으면 좋겠습니다. 하지만 이제 적어도 그것을 명확하게 이해할 수는 있습니다. 제 생각엔 말입니다.

좋다, 네가 재음미할 시간이 필요하다 해도 우리에게는 아직도 많은 생이 남아 있다.

신에게 이르는 참된 길은 어떤 것입니까? 일부 요가 수행자들이 믿듯이 극기(克己)로 가능합니까? 그리고 고행이라고 하는 것은요? 많은 금욕주의자들이 말하듯이 고행과 봉사가 신에게로 가는 길인가요? 많은 종교들이 가르치듯이 우리는 "선해져야" 천국에 가게 되나요? 아니면 많은 뉴에이지 주창자들이 말하듯이 우리는 자유롭게 원하는 대로 행동하고, 온갖 규칙을 어기거나 무시하고, 전해오는 모든 가르침을 제쳐두고, 온갖 방종에 빠지는 것으로 해탈에 이르게 되나요? 어느 쪽입니까? 엄격한 도덕 기준들입니까, 아니면 하고 싶은 대로 하라입니까? 전해오는 가치들입니까, 아니면 내키는 대로 만들어내라입니까? '십계명'입니까, 아니면 '깨달음으로 가는 7단계'입니까?

너는 그것이 이 길 아니면 저 길이어야 한다는 강박감에 사로잡혀 있다. 그렇지 않은가?······ 그것이 모든 것일 수는 없는가?

전 모르겠습니다. 그래서 묻고 있고요.

그럼 네가 가장 잘 이해할 수 있게끔 대답해주리라. 너는 이
미 네 답을 지니고 있다는 사실을 지적하지 않을 수 없긴 하지
만······ 나는 내 말을 귀담아듣고 내 진리를 구하는 모든 사람
에게 이 이야기를 하겠다.

신에게로 이르는 길이 무엇이냐고 열렬히 묻는 모든 마음에
게 그 길을 보여주겠다. 그들 한 사람 한 사람에게 가슴 벅찬 진
리를 주리라. 너희 정신의 여정이 아닌 너희 마음의 길을 따라
내게로 오라. 너희 정신으로는 결코 나를 찾지 못하리니.

**너희가 참으로 신을 알고자 한다면 정신에서 벗어나야 한다.**

그럼에도 네 질문이 대답을 간절히 구하고 있으니, 나는 그
질문 공세에서 벗어나지 않겠노라.

우선 나는 너희를 깜짝 놀라게 하고, 아마도 많은 사람들의
민감한 감성을 건드릴 진술에서 시작하겠다. **십계명 따위는
없다.**

오, 맙소사, 없다고요?

그렇다, 없다. 내가 누구에게 명령한단 말인가? 나 자신에
게? 게다가 왜 그런 계명들이 필요하단 말인가? 내가 원하는
건 뭐든지 다 있는데. **그렇지 않은가?** 그러니 누군가에게 명령

하는 것이 왜 필요하겠는가?

그리고 만일 내가 계명들을 선포했다면 그것들은 저절로 지켜지지 않겠는가? 어떻게 내가 어떤 것이 이루어지기를 간절히 원한 나머지 명령까지 내리고, 또 그러고 나서는 지키고 앉아서 그것이 그렇게 되지 않을까봐 조바심을 낼 수 있단 말인가?

도대체 어떤 왕이 그런 짓을 한단 말인가? 어떤 통치자가?

그러나 너희에게 말하노니, 나는 왕도 통치자도 아니다. 나는 단지 창조주일 따름이며, 경외스럽게도 창조주일 따름이다. 하지만 창조주는 지배하지 않는다. 그저 창조하고 또 창조한다. 계속해서 창조하기만 한다.

나는 너희를 내 형상대로, 내 닮은꼴로 창조했고, 축복했다. 그리고 나는 너희에게 몇 가지 약속과 서약을 했다. 나는 너희에게 나와 하나 될 때 너희에게 어떤 일이 일어날지 평이한 언어로 말해준 바 있다.

너는 모세가 그랬던 것처럼 열심히 구하는 자다. 모세 역시 네가 지금 그러하듯이, 내 앞에 서서 대답을 간구했다. 그는 외쳤다. "오, 제 조상들의 신이시여, 제 신 중의 신이시여, 제게 모습을 보여주십시오. 제가 제 백성들에게 말할 만한 증거를 보여주십시오! 우리가 선택받은 백성이라는 걸 어떻게 알 수 있습니까?"

그래서 내가 지금 네게 온 것처럼, 나는 한 가지 성스러운 계약, 영원히 유효한 한 가지 약속, 확실하고 틀림없는 한 가지 서약을 갖고서 모세에게 갔다. "제가 어떻게 믿을 수 있습니까?" 모세는 푸념하듯 물었다. 나는 "내가 네게 그렇게 말했으니.

너는 '신의 말(言約)'을 갖고 있다"고 대답했다.

그리고 신의 말은 명령이 아니라 계약이었다. 그 약속은 이렇다……

## 10가지 계약

너희는 다음과 같은 징후들, 표시들, 너희 자신의 **변화들을** 갖게 될 것이기에, 너희가 신에게 이르는 길로 들어섰다는 걸 **알게** 될 것이며, 신을 찾아냈다는 걸 **알게** 되리라. 왜냐하면,

1. 너희는 너희의 온 마음과 온 정신과 온 영혼을 다해 신을 사랑하게 될 것이기에. 그리하여 내 앞에 다른 신을 세우지 않을 것이기에. 너희는 더 이상 인간의 사랑도 돈도 권력도 숭배하지 않게 될 것이며, 그것들과 관련된 어떤 상징물도 숭배하지 않게 될 것이다. 너희는 아이가 장난감들을 치워버리듯 그것들을 치워버릴 것이다. 그것들이 보잘것없어서가 아니라, 그것들을 갖고 놀 나이가 지났기 때문에.

그리고 너희는 자신이 신에게 이르는 길로 들어섰다는 걸 **알게 되리라.** 왜냐하면,

2. 너희는 신의 이름을 함부로 사용하지 않을 것이기에. 또 하찮은 일들로 내게 호소하지도 않을 것이기에. 너희는 말의 **힘** 과 생각의 **힘**을 이해할 것이며, 속된 방식으로 신의 이름을 **들먹이지 않을 것이다.** 너희는 그렇게 **할 수 없기** 때문에 내 이름을 함부로 쓰지 않으리라. 왜냐하면 내 이름, 그 위대한 "나는" 은 결코 헛되이(즉 아무 성과 없이) 사용되지 **않고 있으며, 앞으로도 영원히 그럴 수 없기 때문이다.** 그리하여 너희가 신을 찾

아냈을 때, 너희는 **그것을 알게** 되리라.

그리고 나는 너희에게 또 다른 징후들도 주겠노라.

3. 너희는 나를 위해 하루를 비워둬야 한다는 것을 기억하게 될 것이며, 그 날을 성스러운 날이라 부르게 되리라. 나를 위해 하루를 지키는 것은 너희가 자신의 환상 속에 오래 머물지 않고 '자신이 누구이고 무엇인지' 자신에게 일깨우기 위해서다. 그러고 나면 너희는 얼마 안 가 모든 날을 안식일이라 부를 것이며, 모든 순간을 성스럽다 할 것이다.

4. 너희는 너희 어머니 아버지를 공경하게 될 것이다. 말하거나 행동하거나 생각하는 모든 것에서 너희가 아버지이자 어머니인 신을 공경할 때, 너희는 자신이 신의 아들임을 **알게** 될 것이다. 그리고 어머니이자 아버지인 신을 공경하고 지상의 네 부모를 공경할(그들은 네게 **생명을** 주었기에) 때에야 비로소 너희는 모든 사람을 공경하게 될 것이다.

5. 너희는 자신이 살인(즉 까닭 없는 고의적인 살인)하지 않을 것임을 자각할 때, 신을 찾았다는 걸 **알리라.** 어떤 식으로도 다른 생명을 **끝장낼 수** 없다(모든 생명은 영원하다)는 걸 이해할 때, 너희는 가장 성스러운 정당화 없이는 어떤 육신도 끝장내지 않을 것이며, 생명 에너지를 한 형태에서 다른 형태로 바꾸지도 않을 것이다. 너희는 생명에 대한 새로운 경외심으로 식물과 나무와 동물을 비롯한 **온갖** 생명체들을 다 존중할 것이며, 최상의 선을 위해서만 그것들을 건드릴 것이다.

그리고 나는 너희에게 다음과 같은, 이것의 다른 징후들도 보내줄 것이다. 너희가 그 길에 들어섰다는 걸 알 수 있도록.

6. 너희는 부정직과 기만으로 사랑의 순수함을 더럽히지 않을 것이다. 왜냐하면 이것은 불손한 짓이기에. 너희에게 약속하노니, 너희가 신을 찾아냈을 때 **너희는 이런 불순한 짓을 저지르지 않을 것이다.**

7. 너희는 자기 것이 아닌 것을 취하지 않을 것이다. 또 남을 속여서 빼앗지도 않을 것이며, 나쁜 짓을 눈감아주지도 않을 것이고, 어떤 것을 얻기 위해 남을 해치지도 않을 것이다. 왜냐하면 그런 짓들은 도둑질이기에. 너희에게 약속하노니, 너희가 신을 찾아냈을 때 **너희는 훔치지 않으리라.**

또 너희는······

8. 진실이 아닌 것을 말하여 거짓으로 증언하지 않을 것이다.

또 너희는······

9. 너희 이웃의 배우자를 탐내지 않을 것이다. 다른 모든 이들이 네 배우자임을 네가 아는데 왜 굳이 **네 이웃**의 배우자를 원하겠는가?

또 너희는······

10. 너희 이웃의 재물을 탐내지 않을 것이다. 모든 재물이 네 것일 수 있고, 네 모든 재물이 세상 것임을 아는데 왜 굳이 **네 이웃**의 재물을 원하겠는가?

이런 징표들을 볼 때 너희는 자신이 신에게 이르는 길을 찾았음을 **알** 것이다. 왜냐하면 진실로 신을 찾는 그 누구도 더 이상 이런 짓들을 하지 않으리라고 내가 약속했기에, 이런 짓들을 계속하는 건 불가능할 것이다.

이 약속들은 너희를 **속박하지** 않고 너희를 **자유롭게** 해주는 것이다. 이것들은 내 **명령**이 아니라 **약속**이다. 신은 신이 창조한 것에 대해 명령하지 않는다. 신은 다만 신의 아이들에게, 이것이 너희가 집으로 오고 있음을 알아내는 방법이라고 말할 뿐이다.

모세는 더없이 진지하게 물었다. "제가 어떻게 알 수 있습니까? 제게 징표를 보여주십시오." 모세는 지금 네가 물은 것과 똑같은 질문을 던졌다. 시간이 시작된 이래, 누구나 어디서나 물었던 바로 그 질문을. 내 대답 역시 영원하다. 하지만 그것은 결코 명령이 아니었으며, 앞으로도 아닐 것이다. 내가 누구에게 명령한단 말인가? 내 명령을 지키지 않았다고 해서 누구를 벌한단 말인가?

오직 나만이 존재하는데.

그렇다면 천국에 가기 위해 십계명을 지켜야 하는 건 아니군요.

"천국에 가는" 일 같은 건 존재하지 않는다. 너희가 이미 그곳에 있음을 아는 것만이 있을 뿐이며, 수고나 애씀이 아니라 받아들임과 이해만이 있을 뿐이다.

자신이 이미 서 있는 곳으로 갈 수는 없는 법이다. 그렇게 하려면 너희가 있는 곳에서 떠나야 하는데 그것은 그 여행 전체의 목적을 좌절시킨다.

대다수 사람들이 자기네가 있고 싶은 곳에 가려면, 자기네가 지금 있는 곳을 떠나야 한다고 생각하는 건 역설이다.

그리하여 그들은 천국에 가려고 천국을 떠난다. 그래서 지옥을 지나가고.

**깨달음이란 어디도 갈 데가 없다는 것과, 아무것도 할 일이 없다는 것, 지금 있는 꼭 그대로의 자신 외에 다른 어떤 존재도 될 필요가 없다는 것을 이해하는 것이다.**

너희는 어디에도 있지 않은 곳으로 가고 있다.

너희가 말하는 식의 천국이란 어디에도nowhere 없다. 이 단어에서 w와 h 사이를 약간 벌려보라. 그러면 너희는 천국이 지금now…… 여기here라는 걸 알 것이다.

누구나 다 그렇게 얘기합니다! 누구나 다요! 그런 얘기가 절 미치게 합니다! "천국이 지금 여기 있다"면 어떻게 제가 그걸 모를 수가 있죠? 어째서 저는 그걸 느끼지 못하죠? 게다가 세상은 왜 이렇게 엉망진창입니까?

네가 김빠져하는 건 이해가 간다. 이 모든 걸 이해하려는 건, 누군가에게 이걸 이해시키려는 일만큼이나 김빠지는 일일 테니까.

우와! 잠깐만요! 신도 김빠져한다고 말씀하시려는 건가요?

김빠져하는 걸 누가 **발명했다고** 생각하느냐? 그리고 너는 내가 할 수 없는 어떤 걸 네가 체험할 수 있다고 상상하느냐?

분명히 얘기하는데, **너희가 겪는** 체험은 모두 내가 겪는 것이다. 너희를 통해 나 자신을 체험하고 있는 걸 모르겠느냐? 그렇지 않다면 이 모든 일이 왜 일어난다고 생각하느냐?

너희가 없으면 나는 나 자신을 알 수 없다. 나는 내가 누구인지 알기 위해서 너희를 창조했다.

그런데 나는 한 장(章) 속에서 나에 대한 네 **모든** 환상을 깨지는 않을 것이다. 따라서 네가 신이라 부르는, 가장 숭고한 형태의 나는 짜증스러움을 체험하지 **않는다**고 말하겠노라.

휴! 그 편이 좀 낫군요. 당신은 잠시 나를 질겁하게 했어요.

하지만 그건 내가 김빠져할 수 없어서가 아니다. 단지 내가 그러기를 선택하지 않기 때문이다. 그리고 너 역시 나와 똑같은 선택을 할 수 있다.

저, 김빠져하든 않든 간에 저는 여전히 천국이 어떻게 지금 여기 있을 수 있는지, 그런데도 제가 왜 그걸 체험하지 못하는지 궁금합니다.

자신이 모르는 걸 체험할 수는 없다. 그리고 너희는 천국을 체험하지 못했기 때문에 자신이 바로 지금 "천국"에 있음을 모른다. 보다시피 너희에게 이것은 악순환이다. 너희는 자신이 모르는 걸 체험할 수 없고, 즉 체험할 방법을 아직 찾아내지 못했고, 너희는 자신이 체험하지 못한 것을 알 수 없다.

**내가 이런 설명을 하는 건 너희가 체험하지 못한 것을 알아내고, 그리하여 그것을 체험해보라는 것이다. 앎은 체험으로 들어가는 문을 열어준다. 그런데 너희는 그 반대라고 상상한다.**

사실 너희는 너희가 체험한 것보다 훨씬 더 많은 것을 알고 있다. 단지 자신이 안다는 걸 모를 뿐이다.

예컨대 너희는 신이 존재함을 안다. 하지만 자신이 그걸 안다는 걸 모를 수도 있다. 그래서 너희는 늘상 서성거리며 신을 체험하길 **기다리고** 있다. 너희가 신을 체험하는 동안에도 줄곧. 결국 너희는 알지 못한 채 체험하고 있는 것이다. 이것은 그 체험을 전혀 하지 못한 것과 같다.

이런, 우리는 여기서 계속 같은 자리를 맴돌고 있어요.

그렇다. 그리고 계속 원 둘레를 도는 대신 아마도 우리는 원 자체가 되어야 할 것이다. 이 원이 꼭 악순환의 원이어야 하는 건 아니다. 숭고한 원이 될 수도 있다.

참된 영적 삶을 살려면 극기가 꼭 필요한가요?

그렇다. 궁극에 가서 모든 영혼은 사실이 아닌 걸 버리며, 너희가 영위하는 삶에서는 너희와 나의 관계를 제외하고는 어떤 것도 사실이 아니기에. 하지만 **자기 부정이라는 고전적인 의미에서의 극기는 불필요하다.**

참된 선각자는 어떤 것도 "버리지" 않는다. 참된 선각자는 그것을 그저 옆으로 제쳐놓을 뿐이다. 더 이상 쓸모없는 것들을 처리할 때처럼.

너희에게 자신의 욕구들을 극복해야 한다고 말하는 사람들이 있다. 나는 그저 그것들을 바꿔야 한다고 말한다. 전자의 실천은 엄격한 훈련처럼 여겨지지만, 후자의 실천은 즐거운 연습처럼 여겨진다.

신을 알려면 세속적인 온갖 열정들을 극복해야 한다고 말하는 사람들이 있다. 하지만 그것들을 이해하고 인정하는 것만으로도 충분하다. **너희가 저항하는 건 지속되고, 살펴보는 건 사라진다.**

세속적인 온갖 열정들을 극복하려고 열심히 애쓰는 사람들은 종종 그 일에 너무 열심히 매달린 나머지, 그것 자체가 그들의 열정이 되고 만다. 그들은 "신을 향한 열정", 신을 알고자 하는 열정을 가지고 있다. 그러나 그 역시 똑같은 열정일 뿐이어서, 어느 한 열정을 다른 열정으로 바꾸는 것이지, 열정을 없애는 것이 아니다.

그러므로 너희가 열정을 느끼는 것에 대해 열정을 느낀다는 판단을 내리지 마라. 그저 그것을 알아채고 난 다음, 되고자 하는 존재라는 관점에서 보았을 때 그것이 너희에게 도움이 되는지만 알아보라.

너희는 끊임없이 자신을 창조하는 행동을 하고 있다. 너희는 순간순간 자신이 누구이고 무엇인지를 결정하고 있다. 너희는 주로 자신이 누구에게, 그리고 무엇에 열정을 느끼는가와 관련된 선택들을 통해 이것을 결정한다.

소위 영적인 길을 걷는 사람은 흔히 모든 세속적인 열정, 모든 인간적인 욕구를 버린 것처럼 보인다. 하지만 그 사람이 해온 건 그런 열정과 욕망을 이해하고, 그것이 환상임을 깨닫고,

자신에게 도움이 되지 않는 열정들에서 비켜서는 것이었다. 그 동안에도 계속해서 열정이 자신에게 안겨준 환상, 곧 완전히 자유로울 수 있다는 환상을 사랑하면서.

열정은 존재가 행동으로 바뀜을 사랑하는 것이다. 열정은 창조의 엔진에 연료를 공급해준다. 그것은 개념을 체험으로 바꾼다. 그러니 결코 열정을 부정하지 마라. 그렇게 하면 '자신', '참으로 되고자 하는 자신'을 부정하게 된다.

극기는 결코 열정을 부정하지 않는다. 극기는 단지 결과에 대한 집착만을 거부한다. 열정은 행동에 대한 사랑이다. 행동은 **체험된** 존재다. 그런데 흔히 행동의 일부로 무엇이 창조되는가? **기대다.**

**기대** 없이, 특정한 결과들을 요구하지 않으면서 삶을 사는 것, 그것이 바로 자유다. 그것이 바로 신성(神性)이다. 그것이 바로 **내가** 사는 방식이다.

당신은 결과에 집착하지 않습니까?

절대로 하지 않는다. 내 기쁨은 창조에 있지 결과에 있지 않다. 극기는 행동하지 않겠다는 결정이 아니다. 극기는 특정 **결과**를 기대하지 않겠다는 결정이다. 여기에는 아주 큰 차이가 있다.

"열정은 존재가 행동으로 바뀜을 사랑하는 것이다"라는 말씀이 무슨 뜻인지 설명해주십시오.

존재함beingness은 존재existence의 최고 상태다. 그것은 가장 순수한 본질이다. 그것은 "지금—지금 아님", "전체—전체 아님", 신의 "항상 그대로임—결코 아님", 둘 다를 아우르는 것이다.

순수 존재는 순수한 신성이다.

그러나 우리는 단순히 존재하는 것만으로는 결코 충분치 않았다. 우리는 늘 '우리가 무엇인지' 체험하길 갈망했다. 그리고 그것을 이루려면 행동이라는, 신성의 전혀 다른 측면이 필요했다.

예컨대 너희 자아의 핵심부가 그 멋진 사랑이라는 신성의 한 측면이라고 해보자(사실 사랑이야말로 너희의 실체다).

그런데 **사랑이라는** 것과 **뭔가를 사랑한다**는 것은 전혀 다른 문제다. **영혼은 자신을 체험 속에서 인식하기 위해, 존재하는 것에 대해 뭔가를 하고자 갈망한다. 그리하여 영혼은 행동으로 자신의 가장 고귀한 관념을 실현하고자 한다.**

이렇게 하려는 충동을 열정이라 한다. 열정을 죽여라. 그러면 너희는 신을 죽이게 된다. 열정이란, "여어, 안녕" 하며 인사하고 싶어하는 신이다.

그러나 알다시피 일단 신(혹은 너희 내면의 신)은 그런 식의 사랑을 하고 나면, 즉 자신을 실현하고 나면, 더 이상 아무것도 필요하지 않다.

반면에 인간은 흔히 투자한 것에 대한 **반대급부가** 필요하다. 만일 우리가 누군가를 사랑한다면 그것도 좋다. 하지만 상대방에게서 그 사랑을 어느 정도 되돌려받는다면, 그건 더 좋은 일이라는 식이다..

이것은 열정이 **아니다.** 이것은 **기대**다.

기대는 인간이 겪는 불행의 가장 큰 원천이며, 인간을 신에 게서 떼내는 것이다.

극기는 동양의 일부 신비주의자들이 **삼매경**이라 불러온 체험, 즉 신과 하나됨과 신과 합일, 혹은 신성과 융합하고 신성으로 녹아듦을 통해 이 분리 상태를 끝내고자 하는 것이다.

그러므로 극기는 **결과는 거부하지만**, 열정은 결코, 결코! 거부하지 않는다. 사실 선각자들은 열정이야말로 신에게 이르는 길, 자기 실현으로 가는 길임을 직관으로 안다.

만일 네가 어떤 것에 대해서도 열정이 없다면 너는 전혀 사는 게 아니라는 세속의 표현조차도 이 점을 잘 드러내준다.

"너희가 저항하는 건 지속되고 너희가 살펴보는 건 사라진다"고 말씀하셨는데 그 뜻을 설명해주시겠습니까?

스스로 어떤 실체성도 부여하지 않은 것에 저항할 수는 없다. 어떤 것에 저항하는 행동은 그것에 생명을 주는 행동이다. 어떤 에너지에 저항할 때, 너희는 그것이 거기에 자리 잡게 한다. 저항하면 할수록 그것은 점점 더 현실이 된다. 너희가 저항하는 것이 **무엇이든 간에.**

너희가 눈을 뜨고 살펴보는 것은 사라진다. 즉 **그것은 그 환상적인 형태를 유지하기를 그친다.**

만일 너희가 어떤 것을 **살펴본다면**, 그것을 진짜로 살펴본다면, 너희는 **그것을 꿰뚫어보게** 될 것이며, 그것이 너희에게 보여주던 모든 환상을 꿰뚫어보게 될 것이다. 그러면 네 시야에

남는 것은 오직 궁극의 실체뿐이다. 궁극의 실체 앞에서 너희의 허약한 환상은 아무 힘도 갖지 못한다. 그것의 아귀 힘은 점점 약해져 너희를 오래 붙들 수 없다. 너희는 그것의 **진실**을 본다. 그리고 진실은 너희를 자유롭게 해준다.

그런데 만일 자신이 살펴보는 것을 사라지게 하고 싶지 **않다면요?**

**언제나** 그것이 사라지길 원해야 한다! 너희의 현실에서 붙들어야 할 건 하나도 없다. 하지만 만일 너희가 굳이 궁극의 실체 대신 삶의 환상 쪽을 택하고 싶다면, 너희는 그냥 **그 환상을 재창조하면** 된다. 애초에 너희가 그것을 창조했던 것처럼. 너희는 이런 식으로 갖고 싶은 것을 가질 수 있고, 더 이상 체험하고 싶지 않은 걸 삶에서 제거할 수도 있다.

그러나 절대 **어떤 것에도** 저항하지 마라. 저항하면 그것이 없어지리라고 여긴다면 **다시 생각해보라.** 오히려 너희는 그것이 더 튼튼하게 뿌리박도록 만들 뿐이다. 내가 **모든** 생각에는 창조력이 있다고 말하지 않았던가?

제가 어떤 걸 원치 않는다는 생각까지도요?

네가 그것을 원치 않는다면 왜 굳이 그것에 대해 생각하는가? 원치 않는 것은 재고하지 마라. 그러나 만일 네가 **굳이** 그것에 대해 생각해야 한다면, 즉 그것에 대해 생각하지 않을 수 없다면, 저항하지 마라. 차라리 그것이 무엇이든 간에 **정면으**

**로** 살펴보고 나서, 즉 그것을 자신의 창조물로 인정하고 나서, 그것을 계속 유지할지 말지 네 마음대로 선택하라.

무엇이 그런 선택을 하도록 명령합니까?

너희가 '자신이라 여기는 존재'가. 그리고 '너희가 되고자 하는 존재'가.

이것이 **모든** 선택을 좌우한다. 너희가 이제까지 살아오는 동안 내린 모든 선택과, **앞으로** 내릴 모든 선택을.

그렇다면 금욕주의자의 삶은 잘못된 길입니까?

그 삶은 진리가 아니다. "금욕하다renunciate"는 말 속에는 아주 잘못된 뜻이 들어 있다. 사실 너희는 **어떤 것도 거부할 수** renounce **없다.** 왜냐하면 너희가 **저항하는 건 끈질기게 지속되니까.** 참된 극기는 거부하지 않는다. 단지 **다르게 선택할** 뿐이다. 다르게 선택한다는 건 어떤 것에서 멀어지는 것이 아니라 그것을 향해 움직여가는 행동이다.

너희는 어떻게 해도 그것에서 달아날 수 없다. 그것은 지옥 끝까지도 너희를 쫓아올 것이다. 그러므로 유혹에 저항하지 말고 그저 그것에서 돌아서기만 하라. 내 쪽으로 돌아서고, 나를 닮지 않은 모든 것을 외면하라.

그러나 이 여행에서 너희가 가는 곳에 "이르지 않을" 수는 없기 때문에 잘못된 길 같은 건 있을 수 없다는 걸 알아둬라.

그건 단지 속도의 문제, 즉 단지 언제 그곳에 닿을지의 문제일 뿐이다. 그러나 그조차 하나의 환상이다. 사실 **"언제"**는 존재하지 않는다. "전"과 "후" 역시 존재하지 않는다. 존재하는 건 오로지 현재뿐이다. 너희가 자신을 체험하는, 항상이라는 영원한 순간.

그렇다면 그 의미는 무엇입니까? 우리가 "그곳에 이르지" 않을 방도가 없다면 삶의 의미는 무엇입니까? 우리는 자신이 하는 일들에 대해 전혀 걱정할 필요가 없는 것 아닙니까?

물론 너희는 걱정할 필요가 없다. 그러나 주의를 기울이는 게 좋을 것이다. 그저 지금 자신이 무엇이 되고 있고, 무엇을 하고 있고, 무엇을 갖고 있는지 깨닫고, 그것이 자신에게 도움이 되는지만 살펴보라.

**삶의 목적은 어딘가에 이르는 것이 아니다. 삶은 의미는 너희가 이미 그곳에 있고, 예전에도 항상 있어왔다는 걸 깨닫는 것이다. 너희는 항상 순수한 창조의 순간 속에 있으며, 영원히 있을 것이다. 그러므로 삶의 의미는 '자신'을 창조하고, 그런 다음 그것을 체험하는 데 있다.**

그렇다면 고통이란 건 뭡니까? 이게 신에게 이르는 길입니까? 어떤 사람들은 그게 유일한 길이라고 하던데요.

나는 고통으로 기뻐하지 않는다. 그리고 나를 고통으로 보는 사람은, 누구든 나를 알지 못하는 사람이다.

고통은 인간 체험 중에서 불필요한 측면이다. 그것은 불필요할 뿐 아니라, 어리석고 불편한 측면이다. 또 그것은 너희 건강에 해롭다.

그렇다면 왜 그토록 많은 고통이 존재하는 겁니까? 왜 당신은, 당신이 신이라면서, 그리고 그것을 그토록 싫어한다면서 그걸 **끝장내지** 않으시는 겁니까?

나는 그것을 끝장냈다. 다만 너희가 내가 준, 고통을 끝장낼 수 있는 도구들을 사용하길 거부할 뿐이다.

이제 너도 알다시피, 고통은 사건과는 아무 관련이 없다. 관련이 있는 것은 사건에 대한 인간의 반응이다.

**일어나는 건 그냥 일어나는 것일 뿐이다. 그것에 대해 너희가 어떻게 느끼느냐는 또 다른 문제다.**

나는 사건에 대응하고 반응할 때, 고통을 줄일 수 있는, 아니 사실은 **없앨 수** 있는 도구들을 너희에게 줬으나, 너희는 그 도구들을 사용하지 않았다.

죄송합니다만, 왜 **사건들을** 없애지는 않으시는 겁니까?

아주 좋은 제안이다. 그런데 불행히도 나는 사건들을 지배할 힘이 전혀 없다.

당신이 사건들을 지배할 힘이 **없다구요?**

물론 아니다. 사건이란 건 너희가 선택해서 만들어낸 시공간 속에서 벌어지는 일들이다. 따라서 나는 그 선택들에 절대 개입하지 않는다. 사건들을 없앤다면, 내가 너희를 창조한 이유 자체를 없애는 것이 되리라. 이런 얘기는 앞에서 이미 다 했다.

너희가 의도를 가지고 만들어낸 사건들도 있고, 별 의식 없이 스스로 불러들인 사건들도 있다. 사람들은 어떤 사건들을 "운명"의 탓으로 돌린다. 너희가 이 범주 속에 던져넣는 것들 중에는 대형 자연재해들도 포함된다.

그러나 "운명fate"조차도 "세상 모든 곳의 모든 생각에서From All Thoughts Everywhere"의 머리글자들로 된 말일 수 있다. 달리 말해 이 행성의 의식일 수 있다는 것이다.

"집단의식"이요.

바로 그거다. 정확히 그 말이다.

이 세상이 시장바구니 속의 지옥이 되어가고 있다고 말하는 사람들이 있습니다. 생태계가 죽어가고, 우리 행성은 지구물리학적인 대형 재난들을 당하고 있다고요. 지진, 화산 폭발, 어쩌면 지구의 축이 옮겨지는 재앙까지 일어날지도 모르지요. 그리고 또 한편에서는 집단의식으로 그 모든 걸 바꿀 수 있다, 우리의 생각으로 지구를 구할 수 있다고 말하는 사람들도 있습니다.

생각은 **행동**으로 옮겨진다. 세계 곳곳에서 충분히 많은 사람들이 환경을 살리기 위해 뭔가를 해야 한다고 믿는다면, 너희는 지구를 **구할 것이다.** 그러나 너희는 신속히 움직여야 한다. 이미 지구는 너무 많은 피해를, 너무 오랫동안 입어왔다. 그러자면 마음가짐의 일대 전환이 이루어져야 한다.

마음가짐을 바꾸지 않는다면, 지구와 지구에 사는 모든 생명체가 멸망하는 걸 보게 될 거란 말씀인가요?

나는 물질 우주의 법칙들을 누구라도 이해할 수 있을 만큼 충분히 명확하게 만들었다. 우주에는, 내가 너희 과학자들, 즉 물리학자들에게 충분히 설명해주었고, 그리고 그들을 통해서 너희 세상의 지도자들에게 설명해주었던 인과법칙들이 존재한다. 여기서 그런 법칙들에 대해 새삼 다시 설명할 필요는 없을 것이다.

고통의 문제로 돌아가기로 하죠. 우리는 고통이 **좋은 것**이라는 관념을 어디서 얻었을까요? 성자(聖者)들은 "말없이 고통을 겪는다"는 생각은요?

성자들은 "말없이 고통을 겪기"는 **하나**, 그렇다고 고통이 좋은 것이란 뜻은 아니다. 깨달은 사람이 되려는 이들은 고통이 신의 길이어서가 아니라, 고통이 신의 길에 관해 **배우고** 기억할 만한 어떤 것이 아직 남아 있다는 확실한 표지임을 알기에 말없이 고통을 겪는다.

**참된** 선각자는 결코 말없이 고통받지 않는다. 그냥 불평 없이 고통받는 것처럼 보일 뿐이다. 참된 선각자가 불평하지 않는 이유는 그가 고통을 **겪는 게 아니라**, 소위 참을 수 없는 상황이란 것도 그냥 체험할 뿐이기 때문이다.

수행하는 선각자들은 고통스럽다고 말하지 않는다. 그 말이 어떤 **힘**을 갖는지 명확히 알기 때문에, 그래서 그것에 관해서는 그저 **한마디도 하지 않기로** 택했기 때문에.

우리가 주의를 기울이는 것은 현실이 된다. 선각자는 이 사실을 알고 있다. 선각자는 어떤 것을 현실로 만들지 스스로 선택한다.

너희들도 이따금 이렇게 해왔다. 너희 중에 두통이 사라지게 해보지 않은 사람이나, 치과 가는 고통을 줄여보지 않은 사람은 한 사람도 없을 것이다. **너희가 그것을 어떻게 받아들이느냐에 따라** 그렇게 이루어졌다.

참된 선각자는 이와 똑같은 결정을 단지 더 큰 일들에 대해서 내릴 뿐이다.

그렇다면 도대체 어째서 고통을 겪는 거죠? 게다가 고통의 가능성까지 존재하는 건 왜입니까?

내가 이미 설명한 것처럼 너희는 자기 아닌 것이 존재하지 않는 상태에서는 자신을 알 수도 없고 자신이 될 수도 없다.

저는 아직도 우리가 고통은 **좋은 것**이란 관념을 왜 갖게 되었는지 이해하지 못하겠습니다.

그 질문을 놓치지 않다니 슬기롭구나. 침묵하는 고통과 관련된 원래 지혜는 너무 심하게 왜곡된 나머지, 이제는 많은 사람들이 **고통은 좋은 것**이고 **기쁨은 나쁜 것**이라고 믿고 있다(몇몇 종교들은 실제로 그렇게 가르치고 있다). 그러므로 너희는 암에 걸린 사람이 그 사실을 남에게 알리지 않으면, 그를 성자라 규정하지만, (충격적인 화제를 택해보자) 화끈한 성행위를 하고

그 사실을 남들에게 공공연하게 자랑하고 다니는 여자는 죄인
이라 규정한다.

맙소사, 정말 충격적인 화제로군요. 게다가 당신은 주격 대명사까
지 슬그머니 남성에서 여성으로 바꿨군요. 그것은 강조하고자 함입
니까?

너희의 편견을 보여주려고. 너희는 여자들이 **화끈한 성관계
를 즐긴다는** 생각 같은 건 하고 싶어하지 않는다. 그 사실을 공
공연하게 자랑하고 다니는 건 말할 것도 없고.
　　**너희는 여자가 거리에서 신음 소리를 내며 사랑을 나누는 걸
보느니, 차라리 남자가 전쟁터에서 신음 소리도 내지 않고 죽
어가는 걸 보고 싶어할 것이다.**

당신은 그렇지 않은가요?

나는 이렇게도 저렇게도 판단하지 않는다. 하지만 너희는 온
갖 판단을 다 내린다. 그래서 나는 바로 너희의 판단이 너희가
기쁨을 느끼지 못하게 막고, 바로 너희의 기대가 너희를 불행하
게 만든다고 말하는 것이다.
　　이 모든 것이 결합하면 너희는 불편해지고dis-ease(즉 병들고-
옮긴이), 거기에서 너희의 고통이 시작된다.

당신이 말하는 게 진실이라는 걸 제가 어떻게 알죠? 이것이 제 지

나친 상상력의 소산이 아니라 신의 말씀이기까지 하다는 걸 어떻게 알죠?

너는 전에도 그렇게 물었다. 내 대답은 그때와 같다. 그것이 어떻게 다른가? 설사 내가 말한 모든 것이 다 "틀렸다" 해도, 너는 이보다 더 나은 삶의 방법을 생각해낼 수 있겠느냐?

아뇨.

그렇다면 "틀린 건" **옳은 것**이고 "옳은 건" 틀린 것이다!

하지만 네 딜레마에서 벗어나게 해주마. 내가 말하는 **어떤 것도** 믿지 마라. 다만 내 말대로 **살아보라.** 내 말을 **체험해보라.** 그러고 나서 네가 짜고 싶은 다른 틀, 어떤 틀이든 좋으니 그 틀에 따라 살아라. 그리고 그 다음엔 네 진리를 찾기 위해 네 **체험을** 면밀히 살펴보라.

만일 네가 정말로 용기를 지녔다면 언젠가는 사랑을 전쟁보다 더 좋게 **여기는** 세상을 체험할 것이다. 그날이 오면 너는 크게 기뻐하리라.

삶이 무척 두렵습니다. 무척 혼란스럽고요. 매사가 좀 더 확실했으면 좋겠습니다.

네가 결과에 집착하지만 않는다면, 삶에서 두려운 것이란 없다.

아무것도 원하지 않으면이란 뜻이로군요.

그렇다. **선택하라.** 하지만 원하지는 마라.

딸린 식구가 없는 사람이라면 쉽게 그러겠지요. 하지만 당신에게 처자식이 딸려 있다면 어떻게 하시겠습니까?

가장(家長)의 길이란 건 예로부터 힘겨운 길이었다. 아마도 **가장** 험난한 길일 것이다. 네가 지적했듯이 제 몸 하나만 추스르면 되는 경우는 "아무것도 원치 않기"가 쉽다. 사랑하는 사람들이 딸려 있을 때 그들에게 최대한 잘해주고 싶은 건 자연스러운 일이다.

그들에게 줬으면 좋겠다고 생각하는 것들을 줄 수 없을 때 마음이 아픕니다. 근사한 집, 그럴듯한 옷, 충분한 음식 같은 것들 말입니다. 적은 수입에 맞춰 근근이 생활하느라 지난 20년 동안 악전고투해온 것 같은 기분인데, 아직도 그런 상황이 개선될 기미는 전혀 보이지 않습니다.

　물질적인 부를 말하는 거냐?

저는 한 사내가 자식들에게 물려주고 싶은 아주 기본적인 것들에 대해 말하는 겁니다. 또 아내를 위해 갖춰주고 싶은 지극히 소박한 것들에 관해 말하는 거구요.

　알겠다. 너는 그런 것들을 대주는 걸 삶에서 네가 할 일이라 여기는구나. 네가 자신의 삶으로 생각하는 게 그런 것이냐?

제가 그런 식으로 얘기했는지는 모르겠군요. 그게 제가 **바라는** 삶은 아닙니다. 하지만 적어도 그게 제 삶의 **부산물**일 수 있다면 멋지리라 생각하는 건 확실합니다.

좋다, 그럼 앞의 얘기로 돌아가보자. 너는 네 삶이 어떻게 되리라고 보느냐?

그거 좋은 질문이군요. 저는 지금까지 살아오면서 그 문제에 대해 시기마다 다른 답을 갖고 있었습니다.

지금의 네 대답은 무엇이냐?

제가 느끼기엔 그 질문에는 두 가지 대답이 있는 것 같습니다. 하나는 제가 앞으로 **보고 싶은** 삶이고, 다른 하나는 지금 제가 보고 있는 삶입니다.

네가 앞으로 **보고 싶은** 삶은 어떤 것이냐?

제 삶이 제 영혼의 진화 과정이 되는 거요. 저는 제 삶이 제가 가장 사랑하는 제 부분을 표현하고 체험하는 과정이 되길 바랍니다. 인정 많고 참을성 있고 남에게 잘 베풀고 남을 잘 도와주는 제 부분, 이해하고 지혜롭고 용서하고, 그리고…… 사랑할 줄 아는 제 부분을 표현하고 체험하는 과정 말입니다.

너는 이 책을 쭉 읽어온 사람처럼 말하는구나!

예, 이건 전해오는 비전(秘典)에 비견될 만큼 멋진 책입니다. 그러나 저는 이것을 어떻게 "실제 생활에 적용할" 수 있을지 고민입니다.

그리고 당신이 제가 실제로 보고 있는 삶은 어떤 것이냐고 묻는다면, 그건 나날의 생존에 관한 것이라고 대답하겠습니다.

　오, 그런가. 그런데 너는 앞의 것이 뒤의 것을 배제한다고 생각하는가?

글쎄요……

　너는 비전(秘典)이 생존을 배제한다고 생각하는가?

사실, 저는 그저 살아남는 것 이상을 해보고 싶습니다. 저는 지금까지 **살아남았고**, 아직도 이렇게 살아 있습니다. 하지만 **생존 투쟁**은 이제 그만 끝내고 싶습니다. 그런데 저한테는 그저 하루하루를 지내는 것만도 여전히 힘겨운 투쟁으로 여겨집니다. 저는 단순히 생존하는 것 이상을 하고 싶습니다. 저는 **잘살고** 싶습니다.

　그러면 네가 잘산다고 하는 건 어떤 것이냐?

다음에는 어디서 돈이 들어올까 염려할 필요가 없을 만큼, 집세나 전화요금 낼 돈을 마련하느라 쩔쩔매고 고심할 필요가 없을 만큼 충분한 돈을 갖는 것이지요. 저는 지나치게 속물이 되는 것도 싫지만, 우리가 여기서 얘기하는 건 **현실**입니다. 당신이 이 책 도처에서 그리고 있는 꿈 같은 삶, 영적인 분위기가 감도는 낭만적인 삶이 아니고요.

좀 화가 난 것처럼 들리는데?

화가 났다기보다는 좌절감이겠죠. 저는 지난 20년 동안 이런 영적 유희를 즐겨왔습니다. 그런데 그게 저를 어디로 몰아넣었는지 보십시오. 생활보호 대상자가 되기 일보 직전인 수준의 급료라구요! 게다가 얼마 전에는 일자리까지 잃는 바람에 다시 수입이 끊길 위기에 처해 있습니다. 그런 투쟁에는 이제 정말 신물이 납니다. 제 나이 이제 마흔 아홉입니다. 이젠 어느 정도 삶이 **안정**되어서 "신성한 일", 혹은 영적인 "진화" 같은 일에 더 많은 시간을 **쏟을 수** 있으면 합니다. 그게 제 마음이 가 있는 곳입니다. 하지만 그건 제 삶이 저더러 가라고 허용해주는 곳은 아니지요……

한입 가득 머금고 있던 속내를 드디어 쏟아냈구나. 그 체험을 남들과 공유했을 때 네게 공감할 그 많은 사람들을 대변하기라도 하듯이.

네 말을 한 문장씩 끊어서 네 진심에 답해주마. 그래야 우리가 그 해답을 쉽게 찾을 수 있고, 또 그것을 하나하나 해부해볼 수 있을 테니.

먼저 너는 20년 동안 이런 식의 "영적 유희"를 즐겨오지 않았다. 너는 그것의 가장자리에도 이르지 못했다. (그런데 이건 "꾸짖음"이 아니다. 단지 사실을 이야기하는 것일 뿐이다.) 네가 20년 동안 그것을 **쳐다보고** 있었다는 것, **집적거려보고** 가끔가다 한번씩 **실험도 해봤다는** 건 인정할 수 있지만…… 그러나 나는 네가 아주 최근까지도 그 유희에 진실로, 정말 진심으로 몰입해왔다고는 생각하지 않는다.

여기서 "영적 유희를 즐긴다"는 건 자신을 신의 형상대로, 신과 닮은꼴로 창조하는 과정에 온 마음과 온몸과 온 영혼을 다 바친다는 뜻이라는 걸 확실히 해두기로 하자.

이것이야말로 동양의 신비주의자들이 말한 자기 실현의 과정이며, 서양의 많은 신학들이 헌신해온 구원의 과정이다.

지고한 의식supreme consciousness이 날마다 시간마다 순간마다 행하는 것이 이것이다. 그것은 모든 순간을 선택하고, 재선택하는 과정이다. 그것은 끊임없는 창조이며, **의식적인** 창조이고, **목적**을 지닌 창조다. 그것은 우리가 앞에서 이야기한 창조 도구들을 이용하는 과정이며, 자각 상태에서 숭고한 의도를 가지고 그 도구들을 이용하는 과정이다.

**이게 바로** "이런 식의 영적 유희를 즐긴다"는 것이다. 자, 그렇다면 너는 얼마나 오랫동안 이렇게 해왔는가?

저는 아직 시작도 하지 못했군요.

한쪽 극단에서 다른 쪽 극단으로 비약하지 마라. 자신에게 너무 가혹하게 굴지도 말고. 너는 이 과정에 헌신해왔다. 사실 네가 인정하는 것 이상으로 거기에 몰두했었다. 그러나 너는 20년 동안 줄곧 그렇게 해오지는 않았다. 그 비슷한 정도에도 이르지 못했고. 하지만 사실 네가 얼마나 오랫동안 그런 삶을 살았느냐는 중요하지 않다. **지금 이 순간** 그것에 몰두하고 있느냐, 중요한 건 이것뿐이다.

네 표현으로 다시 가보자. 너는 우리us에게 그런 노력이 "너를 어디로 몰아넣었는지 보라"고 했고, 자신의 처지를 "생활보호 대상자가 되기 일보 직전"으로 묘사했다. 그런데 내 눈에는 전혀 다른 게 보인다. 나는 부자가 되기 일보 직전에 있는 사람을 본다! 너는 자신을 한 걸음만 더 가면 급료가 끊길oblivion 사람으로 보지만, 나는 너를 한 걸음만 더 가면 열반Nirvana이 주는 급료를 받을 사람으로 본다(oblivion과 Nirvana 둘다 망각, 잊음이라는 뜻이다 - 옮긴이). 물론 여기서 네가 어떤 걸 네 "급료"로 보는가, 그리고 네가 일하는 목적이 무엇이냐에 따라 달라지겠지만.

만일 네 삶의 목적이 소위 안정을 얻는 것이라면, 네가 뭣 때문에 "생활보호 대상자가 되기 일보 직전 수준의 급료"라고 느끼는지 이해할 수 있다. 그러나 이런 식의 평가도 정확한 건 못된다. 왜냐하면 내가 주는 급료를 받는다면, 너는 물질 세상에서 체험하는 안정감을 포함하여 모든 좋은 것을 다 받을 것이기 때문이다.

내가 주는 급료, 너희가 나를 "위해 일할" 때 받게 되는 수당에는 영적 평온보다 훨씬 더 많은 것들이 들어 있다. 물질적 안락 역시 너희 것일 수 있다. 그러나 여기서의 역설은 내 급료가 주는 영적 평온을 일단 한번 누리고 나면, 너희는 더 이상 물질적 안락에 연연하지 않게 된다는 점이다.

심지어 가족의 물질적 안락까지도 더 이상 네 관심을 끌지 않을 것이다. 네가 일단 신의 의식으로까지 올라서게 되면, 너는 네가 책임져야 할 다른 사람의 영혼이란 없다는 것과, 모든 영혼이 평온하게 살길 바라는 건 칭찬받을 일이긴 하나, 각자의 영혼은 순간마다 자기 나름의 운명을 선택해야 하고 또 실제로 **선택하고 있다는 걸** 이해하게 될 것이다.

물론 남을 고의로 학대하거나 파멸시키는 게 그리 고귀한 행동은 아니다. 또 자신에게 의존하는 사람들, 그렇게 하도록 네가 만들어놓은 사람들의 필요를 무시하는 것 역시 똑같이 온당치 못한 짓임도 분명하다.

그러나 네가 할 일은 그들을 **자립하게** 만드는 것이다. 그들에게 **너 없이 살아가는 법을**, 가능한 한 빨리 그리고 완벽하게 가르치는 것이다. 왜냐하면 그들이 살아남기 위해 네가 필요한 한, 너는 결코 그들을 축복하는 것이 아니기에. 네가 그들을 진실로 축복하는 것은 오직 그들이 너를 불필요한 존재로 느낄 때뿐이다.

같은 의미에서 신에게 더없이 기쁜 순간은 너희가 **신이 전혀 필요하지 않다고** 깨닫는 바로 그 순간이다.

나도 안다, 나도 안다…… 내 말이 너희가 배워온 모든 가르침과 정반대라는 걸. 너희 선생들이 가르쳐준 신은 분노하는 신, 질투하는 신, 의존하길 요구하는 신이었다. 하지만 이런 것들은 신성(神性)을 향한 신경증적인 대용품이지, 절대로 신이 아니다.

**참된 선각자는 가장 많은 제자들을 거느린 사람이 아니라, 가장 많은 선각자를 창조하는**create **사람이다.**

**참된 지도자는 가장 많은 추종자를 거느린 사람이 아니라, 가장 많은 지도자를 만들어내는 사람이다.**

**참된 왕은 가장 많은 백성을 거느린 사람이 아니라, 가장 많**

은 백성을 왕위로 끌어올린 사람이다.

참된 선생은 가장 많은 지식을 지닌 사람이 아니라, 가장 많은 사람들이 지식을 갖도록 끌어주는 사람이다.

그리고 참된 신은 가장 많은 머슴을 거느린 존재가 아니라, 가장 많은 이들에게 봉사하는 존재, 그리하여 그들 모두를 신으로 만드는 존재다.

더 이상 자신의 신민(臣民)을 거느리지 않고, 신은 도달할 수 없는 존재가 아니라 피할 수 없는 존재임을 모두가 깨닫게 하는 것, 이것이 바로 신의 목적이요, 영광이기 때문이다.

나는 너희가 행복한 운명을 피할 길은 없다는 점을 이해하기 바란다. 너희가 "구원"받지 않을 길은 없다. 이 사실을 모르는 경우만 빼고는, 어디에도 지옥은 없다.

그러므로 이제 부모로서 배우자로서 연인으로서 너희는 자신의 사랑을 꽉 붙들어매는 아교풀로 만들지 말고, 처음에는 끌어당겼다가 돌아서면 반발하는 자석이 되게 하라. 너희에게 다가온 사람들이, 살아남으려면 너희를 꽉 붙들어야 한다고 믿는 일이 일어나지 않게 하라. 이보다 더 진리에서 먼 일은 없으며, 이보다 더 다른 사람에게 해를 입히는 일은 없을 것이다.

사랑하는 이들을 사랑으로 세상에 내몰아, 그들 자신이 누구인지 확실히 체험하게 하라. 이렇게 할 때야 비로소 너희는 진정한 사랑을 하는 것이다.

이런 가장의 길은 크나큰 도전이다. 그 길에는 허다한 심란함과 세속적 염려들이 버티고 있다. 금욕주의자들은 절대 이런 일들로 괴로워하지 않는다. 그들은 빵과 물만 얻을 수 있다면,

거기다 몸을 누일 간단한 깔개 하나만 있다면 자신의 모든 시간을 기도와 명상과 신에 대한 묵상에 바칠 수 있다. 그런 환경에서라면 신을 보기가 얼마나 쉽겠는가! 식은 죽 먹기가 아닌가! 하지만 그들에게 배우자와 자식들을 딸려줘라. 새벽 3시에 깨어나 기저귀를 갈아달라고 보채는 아기에게서 신을 보게 하고, 월말마다 지불해야 하는 청구서에서 신을 보게 하며, 배우자를 덮친 병과 실직과 아이의 열과 부모의 근심에서 신을 보게 하라. 이것이 바로 성스러운 삶이다.

나는 네 피곤을 이해한다. 나는 네가 그런 투쟁에 신물이 났다는 걸 안다. 하지만 네게 말하노니, 네가 나를 따를 때 그 투쟁은 사라질 것이다. 네 신적 공간에서 살도록 하라. 그러면 모든 사건이 다 축복이 되리니.


일자리는 잃었고, 집세는 밀려 있고, 애들은 치과에 데려가야 하고, 제 고상한 철학 공간에 머무는 게 이런 문제들을 하나도 해결해줄 성싶지 않을 때, 제가 어떻게 제 신적 공간에 이를 수 있겠습니까?


너에게 내가 가장 필요한 순간에 나를 저버리지 마라. 지금은 네 최대의 시련기다. 지금은 네게 더없이 좋은 기회다. 지금이야말로 네가 여기에 적어오던 모든 내용을 증명할 기회다.

"나를 저버리지 마라"고 말하는 내가 앞에서 얘기한, 욕심 많은 신경증적인 신처럼 비칠 수도 있다. 하지만 내 말뜻은 그게 아니다. 네가 원한다면 너는 얼마든지 "나를 저버릴" 수 있다. 나는 개의치 않으며, 네가 그렇게 한다 해도 우리 사이는 전혀 달라지지 않을 것이다. 나는 단지 네 질문에 대한 답으로 그렇게 말했을 뿐이다. 일이 뜻대로 풀리지 않을 때일수록 너는 그만큼 더 '자신'을 자주 잊고, 내가 준 창조 **도구**들을 그만큼 더 자주 잊어먹곤 한다.

하지만 그 어느 때보다도 더 네 신적 공간으로 가야 할 때가 이때다. 우선, 그 공간은 네 마음에 크나큰 평온을 안겨줄 것이다. 위대한 발상들은 고요히 가라앉은 마음에서 흘러나온다. 너 자신이 갖고 있다고 생각하는, 가장 큰 문제들까지 해결할 수 있는 발상들이.

두 번째로, 네가 자아를 실현하는 건 네 신적 공간에서이며, 자기 실현이야말로 네 영혼의 목적, **유일한** 목적이다.

네가 신적 공간에 머무를 때, 너는 자신이 지금 체험하는 모든 것이 일시적임을 알고 이해할 것이다. 내가 네게 말하노니, 천국과 지상은 사라져도 너는 사라지지 않을 것이다. 이 영원이라는 시야를 가지면 너는 사물들을 그 본연의 빛 속에서 보게 되리라.

너는 지금의 조건들과 상황들을 그것들의 참모습 그대로, 즉 일시적이고 찰나적인 것으로 규정할 수 있게 된다. 그러고 나면 너는 그것들을 현재의 체험을 창조하는 도구로 사용할 수 있다. 왜냐하면 일시적이고 찰나적인 도구라는 게 그것들의 속성이니까.

너는 자신이 정확히 누구라고 생각하느냐? 또 소위 실직이라는 체험과 관련하여, 너는 자신을 누구라고 생각하느냐? 그리고 좀 더 핵심에 다가가는 질문으로, 너는 내가 누구라고 생각하느냐? 너는 이 상황이 너무 엄청나서, 내 힘으로도 도저히 해결할 수 없다고 상상하느냐? 이 막다른 골목에서 벗어나는 건 도저히 어찌 해볼 수 없는 기적 같은 일인가? 그 문제를 네가 어찌 해보기엔 너무 엄청나다고 생각하는 건 그나마 이해할 수 있다. 내가 네게 준 온갖 도구들을 다 쓰더라도 말이다. 그런데 너는 진실로 그것이 내게도 엄청난 문제라고 생각하느냐?

신에게는 그 어떤 일도 엄청나지 않다는 걸 머리로는 알고 있지요. 하지만 심정으로는 확신이 서질 않습니다. 당신이 그 문제를 해결할 수 있느냐가 아니라, 당신이 그렇게 할 **것이냐**는 거죠.

무슨 말인지 알겠다. 그러니 그건 믿음의 문제다.

그렇습니다.

너는 내 능력을 의심하는 게 아니라, 단지 내 의향을 의심하는 거로군.

보다시피 저는 아직도, 이 세상 어딘가에 제가 배워야 할 교훈이 있을 것이라고 말하는, 그런 종교 교리에 따라 살고 있습니다. 저는 아직도, 제가 해결해내게 되어 있다는 걸 확신할 수 없습니다. 어쩌면 저는 그런 문젯거리를 가지기로 되어 있는지도 모릅니다. 어쩌면 그것은 제가 믿는 종교가 줄곧 역설해온 '시험들' 중 하나일지도 모릅니다. 그래서 저는 이 문제가 해결되지 않을까봐 걱정입니다. 그것이 바로 당신이 나로 하여금 이 세상을 떠돌게 한 이유들 중의 하나가 아닌가 싶어서……

　이 문제는 너와 내가 어느 정도 교감을 나누고 있는지 다시 한번 검증해볼 좋은 기회인 것 같다. 나는 그것이 **네 의향**에 달린 문제라고 얘기하고 있는데, 너는 그것이 내 의향에 달린 문제라고 생각하고 있으니까 말이다.

　**나는** 네가 원하는 것을 원한다. 그 이상도 그 이하도 아니다. 나는 그냥 여기에 앉아서, 네가 요청하는 것마다 일일이 네게 줄지 말지 심판하고 있는 게 아니다.

　내 법은 '알아보겠다'는 식의 법이 아니라 인과법이다. 네가 선택했을 때, 가질 수 없는 것은 **하나도 없다**. 심지어 네가 청하기도 전에 나는 네게 그것을 줄 것이다. 너는 이 말을 믿는가?

　아뇨. 죄송합니다. 저는 제 기도에 아무 응답도 받지 못한 경험을 너무 많이 겪었거든요.

　미안해할 것 없다. 단지 언제나 그 진실, 네 체험으로 얻은 진실과 함께하라. 나는 그것을 이해하며, 그것을 존중한다. 나는 아무래도 상관없다.

　다행이군요. 왜냐하면 저는 제가 구하는 건 뭐든지 다 얻을 수 있다는 당신의 말씀을 믿지 **않으니까요**. 지금까지의 제 삶은 그것을 증명해주지 않았습니다. 사실 저는 제가 구하는 걸 얻은 적이 **거의 없습**

니다. 어쩌다 한번씩 얻을 때면 저는 더럽게 운이 좋다고 여깁니다.

재미있는 용어 선택이군. 내 보기엔 네가 다른 용어를 선택할 수도 있을 것 같은데…… 너는 살면서 더럽게 운이 좋을 수도 있고 은혜롭게 운이 좋을 수도 있다. 나는 네가 은혜롭게 운이 좋기를 바란다. 그러나 물론 나는 네 판단에 관여하지 않을 것이다.

내가 얘기하려는 것은, 너는 **언제나** 네가 창조하는 걸 얻고, 너는 **항상 창조한다**는 것이다.

나는 네가 요술처럼 출현시키는 창조물들에 대해 어떤 판단도 내리지 않는다. 나는 단지 네게 더 많이, 아니 더 더 더 많이 출현시킬 수 있는 힘을 줄 뿐이다. 만일 네가 이제 막 창조한 것이 마음에 들지 않는다면, **다시 선택하라.** 신으로서 내가 하는 일은 **네게 항상 그럴 기회를 주는 것이다.**

지금 너는 자신이 원한 것을 얻은 적이 없다고 내게 얘기하고 있다. 하지만 여기에서 얘기하노니, 너는 네가 불러낸 걸 항상 가져왔다.

**네 인생은 언제나 네 인생에 대해 네가 어떻게 생각했느냐— 자신이 선택한 걸 얻은 적이 거의 없다는, 확실한 창조력을 지닌 생각까지도 포함해서—의 결과다.**

지금 이 순간 너는 자신을 일자리를 잃은 상황의 희생자로 보고 있다. 그러나 진실은 네가 더 이상 그 일자리를 선택하지 않았다는 것이다. 너는 아침마다 기대를 갖고 일어나기를 그만두고, 불안해하면서 일어나기 시작했다. 너는 자신의 일에서 즐거워하길 그치고, 분노를 느끼기 시작했다. 심지어 너는 다른 일을 하는 모습을 그려보기까지 했다.

너는 이런 일들이 아무것도 아니라고 생각하는가? 너는 자신의 힘을 과소평가하고 있다. 네게 얘기하건대, **네 삶은 네가 삶에 대해 의도하는 바대로 굴러간다.**

자, 지금 네 의도는 무엇이냐? 삶은 네가 선택한 걸 가져다준 적이 거의 없다는 이론을 증명하려는 것이 네 의도인가, 아니면 '자신이 참으로 누구이고', '내(神)가 누구인지' 증명하려는 것이 네 의도인가?

억울한 기분이 듭니다. 혼나는 것 같기도 하고 당황스럽기도 하고요.

그런 기분을 가지는 게 네게 도움이 되는가? 너는 진실을 들으면, 왜 그것을 순순히 인정하고 그쪽으로 나아가지 않는가? 자신을 책망할 필요는 전혀 없다. 그저 자신이 선택해왔던 게 어떤 것인지만 깨닫고 다시 선택하면 된다.

그런데 어째서 저는 늘 부정적인 쪽만 선택하는 걸까요? 그래놓고 나서는 자신을 자학하고?

네가 더 이상 뭘 기대할 수 있겠느냐? 너희는 아주 어렸을 때부터 자신이 "나쁘다"는 말을 들어왔다. 너희는 자신이 "죄" 가운데서 태어났다는 주장을 받아들였다. 죄책감은 일종의 길들여진 반응이다. 너희는 미처 뭔가를 할 수 있는 나이가 되기도 전부터 자신이 한 일에 죄책감을 느끼라는 말을 들어왔다. 너희는 완벽하지 못하게 태어난 것을 부끄러워해야 한다고 교육받아왔다.

너희가 불완전한 상태로 세상에 태어났다고 하는 이런 억지 주장이 너희 종교인들이 뻔뻔스럽게도 원죄original sin라 불러온 바로 그것이다. 사실 그것은 너희의 죄가 아닌 원래의 죄 original sin다. 신에 관해 아무것도 모르는 세상이, 신이 불완전한 어떤 걸 창조하거나 창조할 수 있다고 생각하면서 너희에게 덮어씌운 최초의 죄.

너희의 몇몇 종교들은 이런 식의 오해를 중심으로 신학 체계 전체를 세워왔다. 이건 문자 그대로 오해다. **내가 창안해낸 것들과 내가 생명을 준 것들은 무엇이나 다 완벽하기 때문이다. 그것들은 내 형상대로 내 닮은꼴로 만들어진 완벽함 그 자체의 완벽한 반영이다.**

그럼에도 너희 종교들은 처벌하는 신이라는 관념을 정당화하고자, 신이 화를 낼 만한 뭔가를, 모범적인 삶을 사는 사람들조차 어느 정도는 구원받아야 할 뭔가를 만들어내야 했다. 자신이 저지른 일 때문에 구원받을 필요가 없다면, 자신의 **타고난 불완전함** 때문에라도 구원받아야 하도록. 따라서 (이런 종교들은 말한다) 너희는 이 모든 잘못에 대해서 뭔가를 하는 게, 그것도 서둘러 하는 게 좋을 것이라고. 그렇지 않으면 너희는 지옥으로 직행할 것이라고.

이는 두렵고 복수하고 화내는 신을 달래는 데는 결국 실패하겠지만, 두렵고 복수하고 화내는 **종교들**에는 생명을 불어넣어준다. 그렇게 해서 그 종교들은 오래도록 살아남는다. 따라서 권능은 많은 사람들의 손을 거치면서 체험되지 못하고 소수의 손에 집중되고 만다.

그리하여 너희는 나와 내 힘에 대해서는 말할 것도 없고, 너희 자신과 자신의 권능에 대해서도 끊임없이 못난 생각을 하고, 왜소한 관념을 가지며, 극도로 미천한 개념을 갖는 쪽을 택한다. 너희는 그렇게 하도록 교육받아온 것이다.

맙소사, 어떻게 하면 그런 가르침에서 벗어날 수 있나요?

좋은 질문이다. 아주 딱 맞는 상대에게 물었고!

이 책을 읽고 또 읽으면 그런 가르침에서 벗어날 수 있다. 이 책을 몇 번이고 되풀이해서 읽어라. 모든 구절을 샅샅이 이해할 때까지, 모든 단어에 친숙해질 때까지. 네가 여기 나온 구절들을 남들에게 인용할 수 있을 때, 가장 암울한 시기 가장 암울한 순간에 그 구절들을 마음에 떠올릴 수 있을 때, 비로소 너는 "그런 가르침에서 벗어날" 것이다.

그래도 저는 여전히 묻고 싶은 게 너무나 많습니다. 알고 싶은 것도 무척 많구요.

그렇겠지. 너는 아주 긴 질문 목록을 갖고 시작했으니까. 어디 다시 그 목록으로 돌아가볼까?

# 8

저는 언제쯤이나 남들과 원만하게 지낼 만큼 인간관계에 능숙해질
까요? 사람들과 행복한 관계를 유지할 수 있는 무슨 방법이 있나요?
아니면, 그건 늘 힘겨운 과제일 수밖에 없나요?

너희는 관계에 대해 배울 게 전혀 없다. 단지 너희가 이미 알
고 있는 걸 증명하기만 하면 된다.

행복한 관계를 유지할 수 있는 비결이 있긴 하다. 그것은 관
계를 꾸려나갈 때, 네가 계획한 목적이 아니라 상대방이 의도
하는 목적에 맞추는 것이다.

관계란 항상 힘겨운 과제이기 마련이다. 관계는 늘 너 자신
의 고귀한 측면들과 숭고한 전망들, 그리고 너 자신에 대한 훨
씬 더 장대한 시각들을 창조하고, 표현하고, 체험할 것을 요구

한다. 네가 관계에서보다 더 즉각적이고, 더 강력하고, 더 완벽하게 이 일을 해낼 수 있는 경우는 거의 없다. 사실 관계가 없다면 너는 전혀 그렇게 할 수 없다.

네가 우주에서 존재할 수 있는 것까지도(인식할 수 있는 양[量]으로서, 식별할 수 있는 **어떤 것**으로서), **오직** 다른 사람들과 다른 장소들과 다른 사건들과의 관계를 통해서만 가능하다. 다른 것이 하나도 없다면 너 역시 존재하지 않는다는 걸 명심하라. 결국 너란 존재는 자신이 아닌 다른 것과의 관계에 지나지 않는다. 그것이 내가 거주하는 절대계와 반대되는 상대계에서의 존재 방식이다.

이 점을 확실히 이해하고 깊이 파악할 수 있다면, 너희의 직관은 체험들 하나하나와 인간의 모든 만남, 특히 개별적인 인간관계들을 축복하게 될 것이다. 왜냐하면 너희는 그것들을 가장 고귀한 건설로constructive 보게 될 것이니까. 너희는 그것들을 '참된 자신'을 건설하는 데 활용할 수 있고, 활용해야 하고, 또 활용하고 있다는 걸(너희가 그걸 원하든 원치 않든 상관없이) 알게 될 것이니까.

그 건설은 너희의 의식이 설계한 장대한 창조물일 수도 있고, 또 순전히 우연히 이루어진 구성일 수도 있다. 너희는 그저 우연한 사건들의 결과로 빚어진 사람일 수도 있고, 네가 **되려고 했고 하려고 했던** 사건들의 결과에서 비롯된 사람일 수도 있다. 자기 창조가 의식하면서 이루어지는 건 후자의 경우이고, 자신이 실현되는 것도 두 번째 체험에서다.

그러므로 **모든** 관계를 축복하라. 모든 관계를 특별한 것으로, 자신을 형성해주는 것으로 보라. 그리고 나서 이제 어떤 존재가 될지 선택하라.

그런데 너는 분명 로맨틱한 종류의 인간관계에 대해 묻고 있다. 나는 네가 그런 질문을 하는 까닭을 알고 있다. 그러므로 사랑이라는 인간관계를 특별히 길게 다뤄보기로 하자. 너를 심히 곤란하게 만든 그 문제를!

사랑하는 관계가 실패할 때(사실 실패하는 관계란 존재하지 않는다. 그 관계에서 너희가 원하는 게 이루어지지 않았다는, 지극히 인간적인 의미에서의 실패를 빼고는), 그것이 실패하는 까닭은 두 사람이 잘못된 이유로 맺어진 데 있다.

(물론 "잘못된"이란 용어는 "잘된" 것에 대비되는 상대적인 용어다. "잘된" 게 무엇이든! 너희 어법으로는 "관계가 당사자들의 생존에 완전히 이롭거나 도움이 되지 않는 이유들과 만날 때, 그 관계는 거의 대부분 실패하거나 변질된다"고 말하는 게 좀 더 정확하리라.)

대부분의 사람들은 자신들이 관계에 무엇을 줄 수 있을까보다는, 관계에서 무엇을 얻어낼 수 있을까라는 시각으로 관계를 맺는다.

하지만 **관계를 맺는 목적은 네가 차지하고 소유하려는 것이 상대방의 어떤 부분인지 결정하는 것이 아니라, 네가 "드러내고자" 하는 것이 자신의 어떤 부분인지 결정하는 것이다.**

관계, 즉 삶 전체의 목적은 딱 하나뿐이다. '참된 자신'이 되고, 그것을 결정하는 것.

특별한 누군가가 함께하기 전까지 자신은 "아무것도 아니었다"고 말하면 아주 로맨틱하게 들리긴 하겠지만, 그건 사실이 아니다. 더 나쁜 건 그런 말은 상대방에게 자기 아닌 온갖 종류의 존재가 되라는 극심한 압박이 된다는 점이다.

"너를 실망시키고" 싶지 않은 상대방은 더 이상 어떻게 해볼 수 없을 때까지 그런 존재가 되려 하고 그런 일들을 해낸다. 그러나 결국 상대방은 네가 그리는 자신의 모습을 더 이상 완성할 수 없게 되며, 내가 부여해준 역할들을 더 이상 해낼 수 없게 된다. 원망이 쌓이고 분노가 따른다.

마침내 이 특별한 누군가는 자신(과 관계)을 구하기 위해 자신의 진짜 자아를 내세우기 시작하고, 좀 더 '참된 자신'의 모습에 따라 행동한다. 네가 상대방더러 "진짜 변했다"고 말하는 게 대략 이 시점이다.

특별한 누군가가 이제 자신의 삶에 들어오고 나니, 자신이 완전해진 것 같다는 말은 아주 로맨틱하게 들리긴 한다. 그러나 **관계의 목적은 너를 완전하게 만들어줄 타인을 갖는 데 있는 게 아니라, 네 완전함을 함께 나눌 타인을 갖는 데 있다.**

모든 인간관계의 역설이 여기에 있다. '자신이 누구인지' 충분히 체험하기 위해서 특별한 타인이 있어야 하는 건 아니다. 그런데…… 타인이 없다면 너희는 아무것도 아니다.

이것은 인간 체험의 수수께끼이자 경이이며, 불만이자 기쁨이다. 이 역설 속에서 이 역설을 의미 있는 것으로 만들고자 하는 사람은 깊은 이해와 완벽한 의지를 가져야 한다. 그러나 내가 보기에 그렇게 사는 사람은 아주 드물다.

너희 대부분은 기대와 충만한 성 에너지, 넓게 열린 가슴, 열의와 기쁨으로 가득 찬 영혼을 가지고 관계 형성 연령층으로 들어선다.

그러다 너희는 마흔 살에서 예순 살 사이의 어딘가에서(대개는 후반보다는 전반기에), 자신의 가장 원대한 꿈을 포기하고, 고귀한 소망을 접어두고, 최소한의 기대나 아무런 기대도 갖지 않기로 마음을 정한다.

문제는, 지극히 단순하고 지극히 간단하지만 지극히 비극적인 오해를 하는 데서 생긴다. 즉 너희의 가장 원대한 꿈과 가장 고귀한 이상과 가장 바람직한 소망의 실현 여부가 너희의 소중한 자아가 아니라, 소중한 사람들과 관련이 있다는 오해. 그리고 너희 관계의 지속 여부가 상대방이 **자신의** 관념에 얼마나 잘 맞춰주고, 자신이 **상대방의** 관념에 얼마나 잘 맞춰주는가에 있다는 오해. 그러나 관계를 좌우하는 단 하나의 참된 시금석은 너희가 얼마나 **자신의 관념**에 따라 사느냐는 것이다.

관계는 가장 고귀한 자아 개념을 **체험**할 수 있는, 인생에서 가장 중요한 기회—사실은 유일한 기회—를 제공하기 때문에 성스러운 것이다. 관계를 타인들에 대한, 너희의 가장 고귀한 개념을 체험할 수 있는 가장 중요한 기회로 볼 때, 관계는 실패로 돌아간다.

관계 당사자들이 자신에 대해, 즉 **자신이** 되고 있고 하고 있고 갖고 있는 것에 대해, **자신이** 원하고 구하고 주는 것, **자신이** 추구하고 창조하고 체험하는 것에 대해 마음 쓸 수 있게 하라. 그렇게 할 때만 관계는 관계 자체의 목적**과** 관계 당사자들에게 훌륭하게 봉사할 것이다.

**관계 당사자들은 상대방에 대해 일절 마음 쓰지 마라. 오로지 단 한 가지, 자신에 대해서만 마음 써라.**

너희는 오로지 상대방에 대해서만 마음 쓰는 것이 최상의 관계라고 들어왔을 터이니, 이런 가르침은 이상하게 들릴 것이다. 하지만 너희에게 말하노니, 상대방에게 초점을 맞추는 것, 상대방에게 몰두하는 것이야말로 관계를 실패로 돌아가게 만드는 이유다.

저 사람은 어떤 상태인가? 뭘 하고 있는가? 뭘 갖고 있는가? 무슨 말을 하고 있는가? 원하는 건? 요구하는 건? 무슨 생각을 하고 있는가? 기대하는 건? 계획하는 건?

선각자는 상대방의 상태와 하는 일과 가진 것과 말과 바람과 요구 따위는 **중요하지 않다**는 걸 잘 알고 있다. 상대방이 뭘 생각하고 뭘 기대하고 뭘 계획하는지는 **중요하지 않다**. 중요한 건 그 **관계에서 자신이** 무엇이냐는 것뿐이다.

사랑을 가장 잘하는 사람은 자기 중심적인 사람이다.

아주 과격한 가르침이로군요……

주의 깊게 살펴보면 절대 그렇지 않을 것이다. 자신을 사랑할 수 없는 사람은 남도 사랑할 수 없다. 많은 사람들이 남에 대한 사랑을 **매개로** 자신에 대한 사랑을 추구하는 오류를 범하고 있다. 물론 그들은 자기네가 이렇게 하는 걸 깨닫지 못한다. 그것은 의식하면서 행하는 것이 아니다. 그것은 마음속에서, 마음속 깊은 곳에서, 너희가 잠재의식이라 부르는 것에서 진행되는 흐름이다. 그들은 생각한다. "내가 남들을 사랑할 수만 있다면, 그들도 나를 사랑할 것이다. 그러면 나는 사랑할 수 있게 될 것이고, 따라서 나를 사랑할 수도 있으리라."

이것의 역(逆)으로, 자기를 사랑해주는 사람이 없다고 느끼기 때문에 자신을 싫어하는 대단히 많은 사람들이 있다. 이것은 병이다. 사실은 다른 사람들이 그들을 사랑해주는데도 말이다. 그것으로는 성에 차지 않아 "상사병"에 걸릴 때, 이것은 일종의 병이다. 제아무리 많은 사람들이 사랑한다고 얘기해줘도 그들은 흡족해하지 않는다.

첫째로 그들은 상대방을 믿지 않는다. 그들은 상대방이 자기를 주무르려 한다고 생각한다. 뭔가를 얻어내려고. (어떻게 당신들이 본래 모습 그대로의 나를 사랑할 수 있단 말인가? 아니야, 뭔가 착각을 한 게 틀림없어. 당신들은 분명 내게서 뭔가를 원하는 거야! 자, 당신들이 원하는 게 뭐지?)

그들은 죽치고 앉아 어떻게 자기네를 진짜로 사랑하는 일이 있을 수 있는지 온갖 생각을 다해본다. 상대방을 믿지 못하는 그들은 결국 상대방에게 그 사랑을 증명하도록 만드는 작전을 펼친다. 상대방은 그들을 사랑한다는 사실을 증명해야 한다. 이때 그들은 상대방에게 행동 방식을 바꾸라는 요구를 하기도 한다.

두 번째로, 마침내 상대방이 자기를 사랑한다는 걸 믿는 단계에 이르게 되면, 그들은 이내 그 사랑을 얼마나 오래 **유지할 수** 있을지 걱정하기 시작한다. 그리하여 그들은 상대방의 사랑을 붙들어두기 위해 **자신의** 행동 방식을 바꾸기 시작한다.

이렇게 해서 두 사람은 문자 그대로 관계 속에서 자신을 상실한다. 그들은 자신을 찾고자 관계를 맺었지만, 오히려 자신을 잃고 말았다.

**관계 속에서의 이 같은 자아 상실이야말로 남녀 관계에서 생기는 괴로움의 주요한 원인이다.**

두 사람은 전체가 부분의 합보다 더 크리라는 기대를 품고 함께 짝을 이루지만, 오히려 더 못하다는 사실만 깨닫게 된다. 그들은 독신일 때보다 더 못하다고 느낀다. 더 무력하고, 더 맥빠지고, 더 따분하고, 더 짜증스럽고, 더 불만스럽게 느끼는 것이다.

이것은 그들이 예전보다 못해졌기 때문이다. 그들은 관계 속에 머무르고 관계를 유지하고자 자신의 대부분을 포기했던 것이다.

관계가 본래 뜻한 바는 결코 이런 게 아니었다. 그러나 너희가 알고 있는 것보다 훨씬 더 많은 사람들이 관계를 체험하는 방식이 바로 이런 것이다.

왜요? 어째서요?

사람들이 관계의 목적과 교감하지 않게 되었기 때문이다(그들이 예전에 한번이라도 교감했다고 치면).

**너희가 서로를 성스러운 여행길에서 만난 성스러운 영혼들로 보지 않을 때, 너희는 모든 관계 뒤에 놓인 목적, 즉 의미를 볼 수 없다.**

영혼은 진화라는 목적을 위해 몸에 깃들고 몸에 생명을 불어넣는다. 너희는 **진화하고** 있다. 너희는 **되어가고** 있다. 그리고 너희는 자신이 **어떤 존재가** 될지 결정하기 위해서 **모든** 관계를 활용하고 있다.

이것이 너희가 이 세상에 와서 할 일이다. 이것이야말로 자신을 창조하는 즐거움이고, 자신을 인식하는 즐거움이며, 자신이 되고자 하는 바를 의식하면서 일궈가는 즐거움이다. 이것이 자의식을 갖는다고 할 때의 참뜻이다.

너희는 '자신이 참으로 누구인지' 알고 체험할 수 있는 도구들을 갖고자 자신을 상대계로 끌어들였다. '자신'이란 너희가 자신 외의 모든 것과 관계하기 위해 스스로 창조해낸 존재다.

이 과정에서 가장 중요한 요소는 너희의 개인적 관계들이다. 그러므로 너희의 개인적 관계들은 성스러운 터전이다. 그럼에도 그 관계들은 사실 상대방들, 즉 타인들과는 무관하다. 왜냐하면 관계 자체 속에 이미 타인들이 포함되어 있으며, 타인들과 관련된 **모든 것이** 들어 있기 때문이다.

이것은 신성한 이분법이다. 이것은 닫힌 순환계closed circle다. 그러므로 "자기 중심적인 사람들은 복이 있나니, 그들은 신을 알게 되리라"고 말하더라도 결코 과격한 가르침이 아니다. 너희 자신의 가장 고귀한 부분을 알고, 그 속에 **중심을 잡고 머무는 것이** 아마 그리 나쁜 인생 목표는 아닐 것이다.

그러므로 너희의 첫 번째 관계는 너희 자신과 맺어져야 한다. 너희는 먼저 자신을 존중하고 소중히 여기고 사랑하라. **다른 사람을 가치 있게 여기려면, 먼저 자신을 가치 있게 여**

겨야 한다. 다른 사람을 축복받은 존재로 여기려면, 먼저 자신을 축복받은 존재로 여겨야 한다. 다른 사람의 성스러움을 인정하려면, 먼저 자신이 성스러운 존재임을 알아야 한다.

대부분의 종교들이 요구하듯이 말 앞쪽에다 수레를 매달고, 자신보다 먼저 타인을 인정한다면, 너희는 그렇게 한 것을 분하게 여기게 되리라. 너희 중 그 누구도 참을 수 없는 일이 한 가지 있다면, 그것은 **자신보다 더 성스러운** 어떤 사람이 존재하는 것이다. 그럼에도 너희 종교들은 다른 사람을 너희보다 더 성스러운 존재로 여기라고 강요한다. 그리하여 너희는 그렇게 한다. 잠시 동안은. 그리고 나서 너희는 그 사람을 십자가에 매단다.

너희는 내가 보낸 모든 선각자를 (이런저런 방식으로) 십자가에 매달았다. 단 한 명의 선각자(예수를 뜻한다 - 옮긴이)에게만 그랬던 것이 아니다. 그리고 너희가 그렇게 한 이유는 그들이 너희보다 더 성스러워서가 아니라, 너희가 그들을 더 성스럽게 만들었기 때문이다.

내가 보낸 선생들은 한결같이 같은 메시지를 갖고서 세상에 왔다. "나(神)는 너희보다 더 성스럽다"가 아니라, "너희도 나만큼 성스럽다"는 메시지를 갖고서.

이것이 너희가 듣고 있을 수 없었던 메시지이며, 너희가 받아들일 수 없었던 진실이다. 그리고 이 때문에 너희가 결코 진실로 순수하게 자신을 사랑하지 못하고, 결코 진실로 순수하게 타인들을 사랑하지 못하는 것이다.

그러므로 너희에게 말하노니, 지금 당장, 그리고 앞으로 영원히 너희 자신에게 중심을 두어라. 자신이 남들과 어떻게 지내는가가 아니라, 주어진 시기에 자신이 어떤 상태이고, 뭘 하고 있고, 뭘 갖고 있는지를 주시하라.

**너희가 구원받을 길은 남들의 행동**action**이 아니라, 자신의 반응**re-action **속에 있다.**

이제 훨씬 잘 알아듣겠습니다. 하지만 이런 이야기는 다른 사람들이 관계 속에서 우리에게 무슨 짓을 하든 신경 쓰지 말아야 한다는 뜻으로 들리기도 합니다. 그들은 무슨 짓이든 다 할 수 있지만, 우리가 마음의 평정을 유지한다면, 자신에게 중심을 둔다면, 그리고 그 모든 걸 멋지게 해낸다면, 어떤 것도 우리를 건드리지 못하리라는 거죠. 하지만 남들은 우리를 건드립니다. 그들의 행동은 이따금 우리를 다치게 합니다. 제가 어떻게 해야 좋을지 모르는 것은 관계 속에서 상처 입을 때입니다. 이럴 때 흔히 사람들은 이렇게 말합니다. "거기서 비켜서. 그게 아무것도 아닌 게 되게 하라구." 하지만 이건 말하기는 쉬워도 행하기는 어렵습니다. 저는 관계를 맺는 사람들의 말과 행동에 쉽게 상처받곤 합니다.

그렇게 되지 않을 날이 올 것이다. 네가 관계의 참된 의미, 관계의 참된 이치를 깨닫고, 그것을 실현하는 날이 올 것이다.

네가 이런 식으로 반응하는 건 관계의 의미나 이치를 잊어버렸기 때문이다. 그래도 상관은 없다. 그것이 바로 성장 과정의 일부이고, 진화 과정의 일부이니까. 관계 속에서 성장하느냐 여부는 너희 영혼에게 달린 일이지만, 그것 자체가 위대한 깨달음이요 위대한 기억이다. 이것을 기억해낼 때까지, 나아가 관계를 자기 창조의 도구로 **활용하는** 법을 기억해낼 때까지, 너희는 지금 수준에서 움직일 수밖에 없다. 지금의 이해 수준, 지금의 의지 수준, 지금의 기억 수준에서.

그러므로 남들의 모습이나 말이나 행동에 상처받고 고통받을 때 너희가 할 수 있는 일들이 있다. 첫째, 자신이 정확히 어떻게 느끼고 있는지를 자신과 남들에게 솔직하게 인정하는 것이다. 많은 이들이 이렇게 하기를 두려워한다. 자신이 "좋지 않게 비치리라" 여기기 때문이다. 너희의 내면 깊은 곳 어딘가에서는 "그런 식으로 느끼는 게" 십중팔구 어리석은 짓이란 걸 알고 있다. 그것은 십중팔구 자신의 부끄러운 부분일 뿐이요, 자신은 "그보다는 더 괜찮은" 사람이다. 그런데도 너희는 어쩔 수가 없다. 너희는 여전히 **그런 식으로 느낀다.**

이럴 때 너희가 할 수 있는 일이 딱 하나 있다. 자신의 느낌을 존중하는 것. 자신의 느낌을 존중하는 건 자신을 존중하는 것이기에. 너희는 자신을 사랑하듯이 이웃들을 사랑해야 하지 않는가? 그런데 자신의 내면에서 일어나는 느낌들을 존중할 수 없다면 어떻게 남들의 느낌들을 이해하고 존중할 수 있겠는가?

남들과 상호작용하는 모든 과정에서 제기되어야 할 첫 번째 질문은, "그것과의 관계에서 '나는 지금 어떤 존재이며', 그리고 '어떤 존재가 되기를 원하는가?' "다.

너희는 몇 가지 존재 방식을 충분히 시험해볼 때까지는 대체로 '자신이 누구인지' 기억해내지 못하고, '자신이 어떤 존재가 되려 하는지' 알지 못한다. 너희가 자신의 가장 참된 느낌들을 존중하는 게 그토록 중요한 건 바로 이 때문이다.

설혹 너희가 맨 처음 느끼는 감정이 부정적인 것일지라도, 그 느낌을 그냥 갖고 있는 게 그런 느낌에서 벗어날 수 있는 유일한 방안일 때가 많다. 그 첫 느낌들을 "되고 싶지 않은 것들"로서 벗어던질disown 수 있는 것은, 너희가 화가 **났을 때**와 짜증이 **날 때**, 혐오감이 **일 때**, 극심한 분노에 **사로잡힐 때**, 상대방에게 "감정적으로 복수"하고 싶은 마음 따위를 **갖고 있을** own **때다.**

선각자는 그런 체험들을 충분히 겪었기에 자신의 마지막 선택이 무엇이 될지 이미 알고 있다. 그녀는 무엇인가를 "충분히 시험해"볼 필요가 없다. 그녀는 이전에 그 옷들을 입어봐서 그 옷들이 자기 몸에 맞지 않는다는 걸 알고 있다. 그녀는 그 옷들이 "자기 것"이 아니라는 걸 알고 있다. 그리고 선각자는 **자신이 어떤 존재인지 깨닫는** 자기 실현에 끊임없이 삶을 바쳐왔기에, 자신에게 잘 맞지 않는 그런 느낌들을 절대 즐기지 않는다.

선각자들이 소위 재난이라는 것을 만나도 동요하지 않는 이유가 여기에 있다. 선각자는 재앙의 씨앗들(과 모든 체험)이 자신을 성장시킨다는 걸 알기에 재난을 축복한다. 그리고 선각자가 추구하는 삶의 두 번째 목표는 언제나 **성장**이다. 왜냐하면 충분한 자기 실현을 경험하고 나면 그 **이상이 되는 것 말고는 할 일이 없기** 때문이다.

영혼의 일에서 신의 일로 되는 것이 이 단계다. 내가 이른 단계가 이 단계니까!

여기서는 이 논의의 목적에 맞추어 너희가 아직도 영혼의 일을 지향하고 있다고 가정하자. 너희는 아직도 '참된 자신'을 깨달으려("실현시키려") 애쓰는 중이다. 삶(곧 나)은 너희에게 '참된 자신'을 창조할 수 있는 기회를 넘칠 만큼 제공할 것이다(삶은 발견의 과정이 아니라 창조의 과정임을 명심하라).

너희는 '자신'을 몇 번이고 되풀이해서 창조할 수 있으며, 사실 날마다 그렇게 하고 있다. 그러나 너희는 일이 생길 때마다 항상 같은 대답을 가지고 나서지는 않는다. 똑같은 외부 체험이라 하더라도 하루는 참고 아끼고 친절하게 대하는 쪽을 택하고, 또 어떤 날에는 화내고 짜증내고 슬퍼하면서 대하는 쪽을 택한다.

선각자는 **항상 똑같은 대답으로 대하는** 사람이다. 그리고 그 대답은 언제나 **가장 고귀한 선택**이다.

이 면에서 선각자는 그 자리에서 당장 예측할 수 있는 사람이다. 반면에 그 제자는 도무지 예측할 수 없는 사람이다. 어떤 상황에 대응하거나 반응할 때, 어떤 수준의 선택을 하는지만 보아도 그 사람의 깨달음이 어느 정도인지 알 수 있다.

물론 이런 이야기는 **가장 고귀한 선택이란 게 무엇이냐**는 질문을 낳는다.

이것은 시간이 시작된 이래, 인간의 신학과 철학들이 중심으로 삼아온 질문이다. 진실로 이 질문에 몰두하는 사람이라면, **그는 이미 깨달음의 길로 들어선 사람이다.** 대다수 사람들은 지금도 여전히 다른 질문들에 몰두하고 있는 게 현실이니까 말이다. 어떤 것이 가장 고귀한 선택인가가 아니라, 어떤 것이 가장 이로운 선택인가, 혹은 어떻게 하면 가장 적게 손해를 볼 것인가란 질문에.

손해 안 보기나 최대한의 이익이란 관점에서 삶을 살면, 삶의 **참된** 이익은 놓치고 만다. 그럴 기회를 놓치고 그럴 가능성을 잃는다. 이런 식의 삶은 두려움으로 사는 삶이다. 이런 식의 삶은 자신에 대해 거짓말을 한다.

너희는 두려움이 아니라 사랑이기 때문이다. 사랑은 어떤 보호도 필요하지 않다. 사랑은 잃어버릴 수가 없다. 하지만 너희가 앞의 두 가지 질문 가운데 두 번째 질문(어느 것이 이로운 선택인가라는 질문 - 옮긴이)에만 계속 답한다면, 너희는 결코 **체험으로도** 이 사실을 깨닫지 못할 것이다. **얻거나 잃을** 뭔가가 있다고 생각하는 사람들만이 두 번째 질문을 던지기 때문이다. 그리고 삶을 이와 다른 식으로 보는 사람, 자신을 좀 더 고귀한 존재로 보는 사람, 이기거나 지는 것이 인생의 시험이 **아님**을 이해하는 사람, 시험은 사랑하는가 아닌가밖에 없다는 걸 이해하는 사람, 이런 사람만이 첫 번째 질문을 던진다.

두 번째 질문을 던지는 남자는 "내 몸이 나"라고 말한다. 첫 번째 질문을 던지는 여자는 "내 영혼이 나"라고 말한다.

그러니 들을 귀를 가진 사람들은 모두 들어라. 너희에게 얘기하노니, 모든 인간관계의 결정적인 대목에는 딱 한 가지 질문만이 존재한다.

**지금 사랑은 무엇을 하려 하는가?**

**이 외에 너희 영혼과 관련 있고, 의미 있고, 너희 영혼에게**

**중요한 다른 질문은 없다.**

이제 우리는 해석이라는 아주 미묘한 지점에 이르렀다. 사랑이 뒷받침된 행동이라는 이 원칙은 너무나 많은 오해를 불러일으켰고, 그로 인해 그토록 많은 사람들을 진리의 길에서 벗어나게 했다. 사람들이 삶을 원망하고 삶에 화를 내는 것도 이런 오해 때문이다.

오랜 세월 동안 너희는 그것이 무엇이든 간에, 남들에게 가장 좋은 것을 만들어내는 사람이 되려 하고, 그런 일을 하려 하고, 그런 것을 가지려 하는 데서 사랑이 뒷받침된 행동이 나온다고 배워왔다.

그러나 내가 너희에게 말하노니, 가장 고귀한 선택이란 자신에게 가장 좋은 것, 즉 자신을 위한 최고의 선을 만들어내는 것이다.

심오한 영적 진리가 다 그렇듯이, 이런 주장은 그 자체로 즉석에서 오해를 불러일으킬 수 있다. 하지만 자신을 위한 최고의 "선"이 무엇인지 한번이라도 진지하게 생각해본다면 오해의 소지는 훨씬 줄어든다. 그리고 그 가장 고귀한 최고의 선택이 절대적인 것일 때 수수께끼는 풀리고 순환논법은 완결되며, 너희를 위한 최고의 선이 남들을 위해서도 최고의 선이 된다.

이런 진리를 이해하는 데만도 몇 생애가 걸릴 수 있으며, 그것을 실천하는 데는 훨씬 더 많은 생애가 걸릴 수 있다. 이 진리는 훨씬 더 위대한 진리, 즉 '너 자신을 위해 하는 일이 곧 남들을 위해 하는 것이고, 남들을 위해 하는 일이 너 자신을 위해 하는 것'이라는 진리에서 나온 것이기 때문이다.

이것은 너와 남이 하나이기 때문이다.

그리고 이것은······

**너 말고는 아무도 존재하지 않기 때문이다.**

너희 행성을 걸었던 모든 선각자는 이 진리를 가르쳐왔다 ("진실로 진실로 너희에게 이르노니, 너희가 여기 있는 형제 중에 가장 보잘것 없는 사람 하나에게 해준 것이 바로 내게 해준 것이다"[〈마태복음〉 25:40 − 옮긴이]). 그러나 대다수 사람들에게는 이것이 현실에서는 거의 적용될 수 없는 비전(秘典)상의 위대한 진리로만 남아 있었다. 하지만 이것은 어느 시대에나 적용할 수 있는 가장 실제적인 "비전상의" 진리다.

이 진리가 없다면 관계는 매우 어려운 문제가 된다. 따라서 관계의 문제에서는 이 진리를 기억하는 게 대단히 중요하다.

자, 이제는 이 지혜의 순수하게 영적이고 비전적인 측면에서 물러나 실제 적용의 문제로 돌아가보기로 하자.

좋은 뜻과 좋은 열의를 지닌 사람들, 또 꽤 강한 종교성을 지닌 사람들은 흔히 낡은 지혜의 가르침에 따라, 관계에서 상대방에게 가장 좋은 것이라고 여기는 행동을 하는 경우가 많다. 하지만 애석하게도 많은 경우(**대개의 경우**) 이런 행동은 계속해서 남용과 푸대접을 낳고, 고작해야 관계의 역기능을 가져올 뿐이다.

결국 남들에게 "좋은 일을 하려" 한 그 사람은, 즉 쉽게 용서해주고, 연민을 나타내며, 문제 있는 행동을 계속 눈감아준 그 사람은 심지어 신에 대해서조차 억울해하고 분개하고 불신한다. 설사 사랑이란 이름을 걸었다 하더라도, 어떻게 신이라는 작자가 그처럼 끝없는 고통과 불쾌함과 희생을 요구할 수 있단 말인가?.

이에 대한 대답은, 신은 요구하지 않았다는 것이다. 신은 단지 너희가 사랑하는 사람들 속에 **너희 자신도 포함시키라고** 요구할 뿐이다.

신은 한 걸음 더 나아가, 자신을 우선시하라고 제안하고 **권한다.**

나는 너희 가운데 일부가 이것을 불경이라 말하고, 따라서 이건 '내' 말이 아니라고 주장하리란 걸 잘 알고 있다. 또 다른 일부는 거기서 한술 더 떠, 이것을 내 말로 받아들이되, 신적이지 못한 행동들을 정당화하려는 자기네 목적에 맞게 그것을 멋대로 해석하고 왜곡할 것이다.

너희에게 말하노니, 가장 고귀한 의미에서 자신을 우선시하는 건 결코 신적이지 못한 행동으로 이끌지 않는다.

그러므로 만일 너희가 자신에게 가장 좋은 일을 한 것이, 신적이지 못한 행동을 하는 결과로 드러난다면, 문제는 자신을 우선시한 데 있는 게 아니라, 무엇이 자신에게 가장 좋은지를 잘못 이해한 데 있다.

물론 무엇이 자신에게 최선이냐를 판단하려면 먼저 자신이 하려는 게 무엇인지도 판단해야 한다. 많은 사람들이 이 중요한 단계를 간과하고 넘어가곤 한다. 너희는 무엇에 "이르고자" 하는가? 네 삶의 목표는 무엇인가? 이런 질문들에 대한 대답을 갖고 있지 않다면, 주어진 상황에서 무엇이 "최선"인가는 여전히 수수께끼로 남을 것이다.

여기서 다시 비전적 측면들은 제쳐놓고 현실 문제로 들어가서, 너희가 남용당하는 상황에서도 무엇이 자신에게 최선인지만 알아낸다면, 적어도 너희는 그 남용만은 그만두게 할 수 있을 것이다. 그리고 이것은 너희와 가해자 모두에게 좋은 일이다. **왜냐하면 계속해서 남용해도 좋은 상황에서는 가해자 자신조차도 남용당하고 있기 때문이다.**

이처럼 남용할 수 있는 상황은 가해자를 치유해주는 게 아니라 망치게 만든다. 가해자가 자신의 남용이 받아들여지는 것을 깨달을 때, 그는 거기서 뭘 배우겠는가? 반대로 가해자가 자신의 행동이 더 이상 용납되지 않음을 깨칠 때, 그는 무엇을 깨닫게 되겠는가?

그러므로 남들을 사랑으로 대하는 게 반드시 남들이 제멋대로 하도록 허용해준다는 뜻은 아니다.

부모는 자식들을 다루면서 일찌감치 이런 진리를 터득한다. 어른들이 다른 어른들을 상대할 때는 그렇게 빨리 이 진리를 터득하지는 못한다. 한 국가가 다른 국가들을 상대할 때 역시 그러하고.

그러나 독재자들이 제멋대로 활개치게 내버려둘 수는 없지만, 독재자임을 그만두게 하려면 거꾸로 그들에게 독재를 행사해야 한다. 너희 자신에 대한 사랑과 독재자에 대한 사랑이 그것을 요구한다.

이것이 "존재하는 게 오직 사랑뿐이라면 어떻게 인간들이 전쟁을 정당화할 수 있습니까?"라는 너희 질문에 대한 답이다.

이따금 인간들은 자신의 참모습, 즉 전쟁을 혐오하는 존재라는 가장 위대한 진술을 하기 위해 전쟁에 나서지 않으면 안 될 때가 있다.

이따금 너희는 '자신'이 되기 위해 '자신'을 포기해야 할 때가 있다.

선각자들 가운데는 너희가 그 **모든 걸 기꺼이 버릴 때**까지 아무것도 가질 수 **없다**고 가르친 이들도 있다.

그러므로 평화를 사랑하는 사람이라는 자아를 "갖기" 위해서, 결코 전쟁에 나서지 않는 사람이라는 자아상(像)을 포기해야 할 때도 있다. 역사는 인간들에게 그런 결단을 요구해왔다.

가장 개인적이고 사적인 관계들에서도 똑같은 것이 적용된다. 인생을 살다 보면 '자기임'을 증명하기 위해서 '자기 아님'의 측면을 보여야 하는 경우를 한두 번 이상씩은 겪기 마련이다.

이런 얘기는 이상주의자인 젊은이들에게는 대단히 모순된 얘기처럼 들리겠지만, 어느 정도 세상을 산 사람들이라면 그다지 이해하기 어렵지 않을 것이다. 성숙한 사람들이 회고해보면, 신성한 이분법으로 비칠 것이고.

그렇다고 해서 인간관계에서 상대방에게 상처받았을 때, 상대방에게 "상처를 되돌려"줘야 한다는 건 아니다. (국가간의 관계에서도 마찬가지고.) 이것은 단지 누군가가 계속해서 해를 끼치도록 내버려두는 게 너희 자신을 위해서나 그 사람을 위해서나 가장 사랑에 찬 행동은 아니란 이야기다.

이런 주장은, 지고한 사랑이라면 소위 악이란 것에 대해 어떤 강제도 가할 필요가 없다는 일부 평화주의 이론들을 무색하게 만들 것이다.

여기서 논의는 다시 한번 비전(秘典)으로 돌아간다. 왜냐하면 이런 주장을 진지하게 탐구하자면 "악"이라는 용어와 그에 관련된 가치판단들을 무시할 수 없기 때문이다. 사실 악은 존재하지 않는다. 단지 객관 현상과 체험만이 존재할 뿐이다. 그러나 삶의 목적 자체가 점점 더 커져가는 무수한 현상들의 무더기 속에서, 소위 악이라는 몇 가지 산재된 현상들을 가려내길 너희에게 요구한다. 그렇게 하지 않는다면 너희는 자신도, 또 다른 어떤 것도 선이라 부를 수 없을 것이고, 따라서 자신을 인식하거나 창조할 수도 없을 것이다.

너희는 소위 악이라는 것과 소위 선이라는 것으로 자신을 정의한다.

**그러므로 그 어떤 것도 악이라 규정하려 들지 않는 것이 최대의 악이다.**

너희는 이 삶에서 다른 것과의 관계 속에서만 존재할 수 있는 상대계 속에 살고 있다. 이것, 즉 너희가 자신을 발견하고 자신을 규정하며, 그렇게 하고자 할 때는 끊임없이 '자신'을 재창조하는 체험의 장을 제공해주는 것이, 바로 관계의 기능이자 동시에 목적이다.

**신처럼 되는 것이 순교자가 되는 걸 뜻하지는 않는다. 희생자가 되는 걸 뜻하지 않는 건 더 말할 나위도 없고.**

상처와 위험과 상실의 모든 가능성이 제거된 상태인 깨달음으로 가려면, 상처와 위험과 상실을 너희 체험의 일부로 인정하고, 그런 체험과 관련하여 '자신이 누구인지' 판단하는 게 좋을 것이다.

그렇다, 너희는 더 이상 그런 일이 일어나지 않을 때까지, 때때로 남들의 생각과 말과 행동 때문에 **상처받을 것이다.** 그런데 너희를 이곳에서 그곳으로(상처받는 상황에서 그런 일이 일어나지 않는 상황으로―옮긴이) 가장 빨리 데려다주는 것은 완벽한 정직이다. 즉 어떤 것에 대해 너희가 느끼는 바 그대로를 기꺼이 보여주고 인정하고 밝히고 선언하는 것. 네 진실을 말하라. 부드럽게, 하지만 충분히 완전하게. 네 진실에 따라 살아라. 유연하게, 그러나 완전하고 일관되게. 그리고 체험으로 새로운 깨달음을 얻는다면 쉽고 빠르게 자신의 진실을 바꾸어라.

올바른 정신을 가진 사람이라면, 적어도 신이라면 네가 관계 속에서 상처받을 때 "거기서 비켜 서. 그게 아무것도 아닌 게 되게 하라"고 말하지는 않을 것이다. **지금 네가 상처를 입고 있다면** 그것을 아무것도 아닌 게 되게 하기엔 너무 늦었다. 이제 네가 할 일은 그 관계가 네게 무엇을 뜻하는지 판단하고, 그 의미를 보여주는 것이다. 그렇게 함으로써만 너는 '되고자 하는 자신'을 선택하고, 또 그런 존재가 될 수 있기 때문이다.

그럼 저는 제가 속한 관계들을 신성한 것으로 만들기 위해서나, 저를 신의 눈에 흡족한 인간으로 만들기 위해서, 참을성 많은 아내나 왜소한 남편, 혹은 제가 속한 관계들의 희생자가 될 필요는 **없는 거군요.**

맙소사, 물론 그럴 필요가 없지.

그리고 저는 제가 관계 속에서 "최선을 다했다"고 말하기 위해, 신과 다른 사람들에게 "제 의무를 다했다"는 걸 보이기 위해, 상대가 제 권위나 자존심을 공격하고, 제 마음과 영혼에 상처를 주는 걸 그대로 참고 견딜 필요도 없고요.

한순간도 그럴 필요가 없다.

그렇다면 제발 신이시여, 제가 관계에서 해야 할 약속들은 무엇이고 제가 지켜야 할 규칙들은 무엇입니까? 관계에는 어떤 의무들이 따르나요? 제가 추구해야 하는 지침들은 어떤 것입니까?

너로서는 이 질문에 대한 대답을 받아들이지 못할 것이다. 왜냐하면 그 대답대로 한다면 너는 아무 지침도 가지지 못할 것이고, 네가 하는 모든 약속은 그 즉시 무의미해질 것이기 때문이다. 그 대답은 이렇다. 너는 아무 의무도 **없다.** 관계에서도, 삶 전체에서도.

아무 의무도 없다구요?

**어떤** 의무도, 어떤 제한이나 한계도, 어떤 지침이나 규칙도 없다. 어떤 환경이나 상황도 너희를 구속하지 않고, 어떤 법전이나 법률도 너희를 제한하지 않는다. 너희는 어떤 죄로도 벌받지 않으며, 어느 누구도 너희를 벌줄 **수 없다.** 신의 눈에는 "죄지음" 같은 건 존재하지 않기 때문이다.

예전에 그런 얘기를 들은 적이 있습니다. 이건 "규율 없는" 종교의 일종이군요. 그건 영혼의 무정부 상태입니다. 그렇게 해서 무슨 일이 가능하겠습니까?

가능하지 **않을** 도리가 없다. 너희가 자신을 창조하는 일을 하고 있는 한. 하지만 이와 반대로 너희가 다른 사람이 바라는 존재가 되는 걸 자신의 일로 여긴다면 규칙이나 지침 없이는 만사가 어려워지리라.

그러나 사려 깊은 사람들이라면 이렇게 물을 것이다. 만일 신께서 제가 특정 유형의 사람이 되기를 바라신다면, 어째서 **애초부터 저를 그런 식으로 창조하지 않았습니까?** 신께서 바라는 존재가 되기 위해, 지금의 자신을 "극복"하려고 왜 이토록 고생을 해야 한단 말입니까? 진지하게 탐구하는 사람들이라면 이 점을 알려 할 것이고, 그것은 당연한 일이다. 이것은 당연히 떠오를 의문이기 때문이다.

종교인들은 내가 너희를 나보다 더 열등한 존재로 창조했다고 믿게 만들려 한다. 온갖 부조리에 맞서 싸우면서, 그리고 **내가 너희에게 부여해줬다고 가정하는 온갖 천성들과** 맞서 싸우면서, 나처럼 될 기회를 너희에게 주고자 그렇게 창조했다고.

이른바 이런 천성들 가운데는 죄짓는 성향도 들어 있다. 너희는 죄 속에서 **태어났고**, 죄 속에서 **죽을 것이며**, 죄짓는 것은 너희의 **본성**이라고 배웠다.

너희 종교들 가운데 하나는 심지어 너희가 **이것에 대해 할 수 있는 건 아무것도 없다**고 가르치기까지 한다. 너희의 행동은 다 쓸데없고 무의미하다. **너희의** 어떤 행동이 너희를 "천국에 갈" 수 있게 해주리란 생각은 오만이다. 천국(구원)에 이르는 길은 딱 **하나뿐**이다. 그것은 너희 자신의 노력을 통해서가 아니라, 신의 아들을 너희의 대리인으로 받아들일 때 신이 너희에게 내리는 은총을 통해서다.

일단 은총이 내리면 너희는 "구원받는다". 하지만 은총이 내리기 전까지 너희의 모든 행동은, 삶과 선택과 자신을 향상시키고 가치 있게 만들고자 의지를 가지고 시도하는 모든 일은, 아무 효과도 어떤 영향도 미치지 못한다. 너희는 가치 없는 존재로 태어났기에 자신을 가치 있게 만드는 건 불가능하다. 너희는 그런 식으로 창조되었다.

어째서? 그건 오직 신만이 아신다. 아마도 신이 실수를 했으리라. 아마도 신은 그 실수를 바로잡지 않았으리라. 어쩌면 신은 그 모든 걸 다시 하길 바랄지도 모르지. 하지만 물은 이미 엎질러졌으니, 어떻게 한다지……

저를 놀리시는군요.

아니 너희가 나를 놀리고 있다. 너희는 신인 내가 애초에 불완전한 존재들을 만들어놓고 나서는, 완전한 존재가 되라, 안 그러면 저주를 받을 것이라고 협박한다고 말하고 있다.

그리고 나서 너희는, 세상 체험을 몇천 년간 하고 난 어느 시점에서 내가 마음을 누그러뜨리고는, 이제부터 너희가 꼭 선해져야 하는 건 아니다, 다만 자신이 선하지 않을 때 고통스럽게 느끼는 것으로 족하다. 그리고 항상 완벽한 한 존재를 너희의 구원자로 받아들여 완벽에 대한 내 갈증을 해소해주면 된다고 말한다. 또 너희는 '단 하나의 완벽한 존재'인 '내 아들'이 너희 자신의 불완전함, 즉 **내가 너희에게 부여한** 불완전함에서 너희를 구원해주었노라고 말한다.

달리 말하면 신의 아들은 자기 아버지가 저지른 짓에서 너희를 구원했다는 것이다.

이것이 바로 너희가, 너희들 다수가 내가 이뤄낸 일이라고 말하는 것이다.

**자, 과연 누가 누구를 놀리고 있는가?**

이 책에서 당신이 기독교 근본주의(20세기 초 미국에서 모더니즘에 반발하여 일어난 신교 운동. 진화론을 배척하고 성서의 창조설을 굳게 믿으며, 처녀 잉태와 그리스도의 부활과 그리스도의 희생적인 죽음에 의한 속죄와 그리스도의 재림 등에 대한 믿음을 신앙생활에 꼭 필요한 것으로 본다-옮긴이)를 정면으로 공격한건 이것이 두 번째인 것 같군요. 저로서는 놀랍습니다.

너는 "공격"이라는 용어를 골랐구나. 난 단지 그 주제에 몰두하고 있을 뿐인데. 게다가 주제는 네가 말한 "기독교 근본주의"가 아니다. 주제는 신의 본성 자체, 신이 인간과 맺는 관계의 성격 자체다.

여기서 그 문제가 제기된 것은, 우리가 관계와 삶 그 자체에서 의무의 문제를 논의하고 있었기 때문이다.

너는 '참된 자신'을 받아들일 수 없기 때문에 의무가 따르지 않는 관계란 걸 믿지 못한다. 너는 완전하게 자유로운 삶을 "영혼의 무정부 상태"라 부른다. 그러나 나는 그것을 신의 위대한 약속이라 부르겠다.

오로지 이 약속의 맥락 속에서만 신의 위대한 계획은 완성될 수 있다.

너는 관계에서 어떤 의무도 지지 않는다. 기회만을 가질 뿐.

**종교의 주춧돌이나 모든 영성의 토대가 되는 건 의무가 아니라 기회다. 네가 이와 다르게 생각하는 한 너는 핵심을 놓칠 것이다.**

관계, 너희가 맺는 모든 관계는 너희 영혼이 사용할 완벽한 도구로서 창조되었다. 모든 인간관계가 성스러운 터전인 것은 그 때문이며, 모든 인간관계가 신성한 것도 그 때문이다.

이 점에서 많은 교회들이 결혼을 성스러운 일(聖事)로 여기는 건(혼배성사 ─ 옮긴이) 잘하는 일이다. 결혼에 따른 신성한 의무들 때문이 아니라 결혼이 제공하는 유례 없는 기회 때문에 그것은 성사가 된다.

관계를 맺고 유지할 때 의무감에서 뭔가를 해서는 절대 안된다. 네가 무엇을 하든, 그 관계가 '참된 자신'을 판단하고 '참된 자신'이 되게 해주는 영광스러운 기회라는 점에서 그렇게 하라.

그 말씀은 받아들일 수 있습니다. 그럼에도 저는 상대방과의 관계가 잘 돌아가지 않을 때면 자꾸 그 관계를 포기하곤 합니다. 그로 인해 어린애처럼 딱 하나의 관계만 가졌으면 좋겠다고 생각하는 지점에 있는 관계의 끈들만을 잡아왔습니다. 저는 관계를 지속한다는 것이 어떤 것인지 모르는 것 같습니다. 언젠가는 저도 그것에 대해 알게 될까요? 그렇게 하기 위해서 제가 해야 할 일은 무엇입니까?

너는 마치 관계를 오래 유지하는 것이 성공인 양 말하는구나. 오래 유지하는 것과 일을 잘해내는 걸 혼동하지 마라. 이 행성에서 네 직무는 네가 관계를 얼마나 오래 유지할 수 있을지 알아내는 게 아니라, '자신이 참으로 누구인지' 판단하고 체험하는 것임을 잊지 마라.

이것은 수명 짧은 관계를 옹호하는 얘기가 아니다. 물론 그렇다고 꼭 관계를 오래 유지해야 하는 것도 아니다.

그럴 필요는 없으나, 수명 긴 관계 중 다수는 **상호** 성숙과 **상호** 표현, **상호** 성취를 이룰 좋은 기회가 된다는 점도 언급해야 할 것이다. 그런 관계는 나름의 보상을 갖고 있다.

압니다, 알아요! 저도 늘 그럴 거라고 생각했지요. 그럼 그런 관계를 맺으려면 제가 어떻게 해야 합니까?

첫째, 올바른 이유를 가지고 관계를 맺는지 확인하라. (나는 여기서 상대적인 의미로 "올바른"이란 용어를 사용하고 있다. 내가 "올바르다"고 하는 건 너희 삶의 더 큰 목적과 관련하여 올바르다는 뜻이다.)

전에 내가 지적한 대로 대부분의 사람들은 "잘못된" 이유로 관계를 맺는다. 예를 들면 외로움에서 벗어나고, 공허감을 채우고, 사랑하거나 사랑받기 위해서. 이런 이유들은 그래도 괜찮은 편이다. 또 다른 사람들은 이기심을 충족시키고, 우울증에서 벗어나고, 성생활을 충족시키고, 과거의 관계에서 벗어나고, (혹은 내 말을 믿든 안 믿든) 권태에서 벗어나고자 관계를 맺는다.

이런 이유들 중 그 어떤 것도 바라던 걸 가져다주지 않을 것이다. 그리고 그 과정에서 어떤 극적인 변화가 일어나지 않는 한 관계 자체도 오래 지속되지 못할 것이다.

저는 그런 이유들 때문에 관계를 맺은 적이 없습니다.

그렇지 않다. 내 보기에 너는 무슨 이유로 관계를 맺는지 모르는 것 같다. 내 보기에 너는 관계를 내가 말한 식으로 생각하지 않았고, 목적을 의식하면서 관계를 맺은 게 아니다. 내 보기에 네가 관계를 맺은 건 "사랑에 빠졌기" 때문이다.

바로 맞히셨습니다.

그리고 내 보기에 너는 걸음을 멈추고 자신이 왜 "사랑에 빠졌는지" 돌아보지 않았다. 너는 뭣 때문에 그 관계에 반응을 보였는가? 어떤 욕구, 혹은 욕구들이 충족되기 때문에?

**대다수 사람들에게 사랑이란 욕구 충족에 대한 반응이다.**

사람은 누구나 욕구를 갖고 있다. 너는 이걸 바라고 상대방은 저걸 바란다. 너희 두 사람은 서로에게서 욕구를 충족시킬 기회를 본다. 그리하여 너희는 암암리에 교환 조건에 동의한다. 만일 네가 가진 걸 내게 준다면, 나도 내가 가진 걸 주겠다.

그것은 일종의 거래다. 하지만 너희는 진실을 말하지 않는다. 너희는, "난 너와 아주 많이 거래한다"고 말하지 않고, "난 너를 아주 많이 사랑한다"고 말한다. 그러고 나면 서로에 대한 실망이 시작된다.

전에도 이런 말씀을 하셨는데요.

그랬지. 그리고 너도 **전에** 이런 걸 물었다. 한 번도 아니고 여러 번.

가끔 이 책이 같은 자리를 맴돌면서 같은 문제를 몇 번이고 다루는 것 같은 느낌이 듭니다.

인생살이처럼 말이지.

이크, 당했군요.

너는 묻고, 나는 그저 그 질문에 대답하는 것이 여기서의 과정이다. 네가 같은 질문을 세 번 다른 방식으로 묻더라도 나는 그때마다 그 질문들에 대답할 수밖에 없다.

어쩌면 제가 당신이 다른 대답을 해주리란 기대를 품고 있는지도 모르지요. 제가 관계에 대해 물으면 당신은 거기서 낭만성을 왕창 빼버립니다. 관계에 대해 골치 아프게 **생각**할 것 없이 그냥 사랑에 흠뻑 빠져드는 게 뭐가 **잘못**인가요?

전혀 잘못이 아니다. 네가 좋아하는 모든 사람과 그런 식의 사랑에 빠져라. **그러나 만일 그 사람들과 평생 동안 관계를 가지려 한다면, 너도 아마 좀 생각을 해보고 싶을 것이다.**

좋습니다, 좋아요. 무슨 말씀인지 알겠다구요. 그런데 당신은 참 냉혹한 분이군요. 그렇지 않습니까?

이건 진실과 관련된 문제다. 진실은 냉혹하다. 진실은 너희를 가만 내버려두지 않는다. 그것은 있는 그대로의 현실을 보여주면서 사방에서 너희에게 포복해 들어온다. 진실은 때론 지겨운 것일 수도 있다.

좋습니다. 그래서 저도 관계를 오래 유지해줄 수 있는 방안들을 찾고 싶습니다. 당신은 목적을 가지고 관계를 맺는 것이 그런 방법들 중 하나라고 말씀하셨지요.

그렇다. 너와 네 짝이 목적에 동의하는지 확인하라.
**만일 너희 둘 다가 너희 관계의 목적이 의무가 아니라 기회를 창조하는 것, 즉 성장할 기회, 자기 표현을 충분히 할 기회, 자신의 삶을 최고 잠재력으로까지 끌어올릴 기회, 너희가 자신에 대해 지금껏 가져왔던 모든 잘못된 생각과 열등한 관념을 치**

유할 기회, 너희 두 영혼의 교류를 매개로 신과 궁극적으로 재결합할 기회를 창조하는 것임에 의식적으로 동의한다면, 너희가 이제껏 해왔던 식의 맹세가 아니라 내가 방금 말한 식의 맹세를 한다면, 그 관계는 아주 멋진 음조(音調)로 시작할 것이다. 그것은 박자가 잘 맞는 발걸음을 떼기 시작할 것이며, 대단히 순조로운 출발이 될 것이다.

그래도 성공한다는 보장은 없지요.

만일 너희가 삶에서 보장을 원한다면, 너희는 **삶**을 원하는 게 아니다. 너희는 이미 쓰여진 각본대로 시연(試演)하고 싶을 뿐이다.

삶은 그 본성에서 어떤 보장도 받을 수 **없다**. 그렇지 않다면 삶의 목적 전체가 훼손당할 것이다.

좋습니다. 무슨 말씀이신지 알겠습니다. 그럼 이제 제 관계가 "아주 순조로운 출발"을 보였다 칩시다. 이제 그 상태를 계속 유지해나가려면 어떻게 해야 하나요?

여러 가지 도전과 어려운 순간들이 따를 것임을 알고 이해해야 한다.

그것들을 피하려 들지 마라. 감사하면서 환영하라. 그것들을 신에게서 받는 소중한 선물로 여겨라. 너희가 관계와 **삶** 속으로 들어와서 이루고자 했던 바를 할 수 있는 영광스러운 기회로 여겨라.

이런 어려운 시기 동안에는 네 짝을 적이나 방해물로 보지 않도록 무척 조심해야 한다.

사실 누구도, 그리고 무엇도 적으로 보지 마라. 심지어 문제로도 보지 마라. 모든 문제를 기회로 보는 기술을 기르도록 하라. 자신이……

……압니다, 알아요. "'참된 자신'이 되고, '참된 자신'을 결정할 기회"로 보란 말씀이시죠.

맞았다! 이해해가고 있구나! 이해해가고 있어!

저한테는 아주 따분한 삶으로 보이는데요.

그렇다면 네가 시야를 너무 낮게 잡고 있는 것이다. 네 시계 범위를 넓혀라. 네 전망을 더 깊게 하라. 네게 보인다고 생각하는 것보다 더 많은 것을 자신에게서 보라. 네 짝에게서 더 많은 것을 보라.

상대가 보여주는 것보다 더 많은 것을 상대에게서 본다고 해서, 그 관계에 해가 되는 건 아니다. 누구에게도 해가 되지 않는다. 왜냐하면 겉으로 보이는 것보다 더 많은 것이 실제로 존재하기 때문이다. 훨씬 더 많은 것이. 상대가 네게 자신을 드러내지 못하는 것은 오로지 두려움 때문이다. 만일 네가 상대에게서 더 많은 것을 보고 있음을 상대가 깨닫는다면, 상대는 마음

놓고 네가 이미 명확하게 보고 있는 것을 네게 보여줄 것이다.

사람들은 다른 사람들의 기대에 맞추려는 경향이 있지요.

　그 비슷한 면이 있지. 하지만 나는 여기서 "기대"라는 용어가 마음에 들지 않는다. 기대는 관계를 망치기 마련이다. 그러니 '사람들은 남들이 자기네한테서 보는 걸 자신에게서 보는 경향이 있다'고 표현하자. 우리의 전망이 높아질수록, 상대방은 우리가 보여주는 자신의 일면에 접근하거나, 그 일면을 드러내려는 의지도 강해질 것이다.
　진실로 축복받은 관계들은 다 그렇지 않은가? 그것이 바로 치유 과정, 곧 그들이 자신에 관해 품고 있던 모든 잘못된 생각에서 "벗어나게" 해주는 과정의 일부가 아니겠느냐?
　그것이 바로 내가 **여기** 이 책에서 너를 위해 하고 있는 게 아니겠느냐?

그렇습니다.

　그래서 그것은 신의 일이다. 영혼의 일은 너 자신을 깨어나게 하는 것이다. 신의 일은 그 밖의 모든 사람을 깨어나게 하는 것이다.

우리는 남들을 '그들 자신'으로 보는 것, 그들에게 '그들 자신'을 기억해내게 하는 것으로 이런 일을 하는 거군요.

너희는 두 가지 방식으로 그런 일을 할 수 있다. 그들에게 '자신이 누구인지' 기억해내게 하는 것(그들이 너희를 믿지 않을 것이기에 대단히 어려운 방법이다)과, 너희 자신이 '자신이 누구인지' 기억해내는 것(그들의 믿음이 아니라 자신의 믿음만 있으면 되므로 훨씬 더 쉬운 방법이다)으로. 너희 자신을 끊임없이 증명하다 보면 결국 그들도 '자신이 누구인지' 기억해내게 될 것이다. 그들은 네게서 자신을 보게 될 것이기에.

나는 영원한 진리를 증명하기 위해 이 땅에 많은 선각자들을 보냈다. 그리고 세례 요한 같은 이들을 사자(使者)로 보냈다. 그들은 강렬한 언어로 진리를 전달했고, 생생하게 신에 대해 이야기했다.

이 특별한 사자들은 비범한 통찰력과 영원한 진리를 알아보고 받아들일 수 있는 아주 특별한 권능뿐 아니라, 복잡한 개념들을 일반 대중이 이해하고 이해할 수 있는 방식으로 전달하는 능력도 지니고 있었다.

네가 바로 그런 사자다.

제가요?

그렇다. 너는 이걸 믿느냐?

정말로 받아들이기 어려운데요. 제 말은, 우린 누구나 다 특별한 존재가 되고 싶어……

……너희는 누구나 다 **특별하다**……

……그리고 그런 마음에는 자만이 깃들어 있습니다. 적어도 **제** 경우에는요. 그런 자만 때문에 우리는 자신이 놀라운 임무를 수행하도록 "선택받은" 사람이란 느낌을 어느 정도씩 갖는 거죠. 저는 항상 그런 자만과 싸워야 했습니다. 자만에서 벗어나 자신을 다지려고, 제 모든 생각과 말과 행동을 정화하려고 노력했습니다. 그래서 당신이 말하는 걸 받아들이기가 굉장히 어렵습니다. 왜냐하면 그런 말씀은 제 자만을 부채질하리라는 걸 잘 알고 있고, 또 저는 평생을 제 자만과 싸우는 데 써왔으니까요.

나도 네가 그랬던 걸 알고 있다.
그리고 그다지 신통한 결과를 거두지 못한 것도 알고 있지.

유감스럽게도 그렇습니다.

하지만 신에게로 올 때면 너는 항상 자만을 버렸다. 너는 부자가 되거나 명예를 얻기 위해서가 아니라, 그저 **알고자** 하는 깊고 순수한 갈망에서 명확함을 달라고 간구하고, 통찰력을 달라고 하늘에 간청하면서 많은 밤을 보냈다.

그렇습니다.

그리고 너는 몇 번이나 되풀이해서 내게 약속했다. 진리를 깨우치게 해주면 남은 평생 동안, 깨어 있는 모든 시간 동안, 불변의 진리를 전하는 일을 하겠노라고…… 영광을 얻고자 하기 때문이 아니라, 네 내면 깊고 깊은 곳에서 다른 사람들의 고통과 괴로움을 그치게 하고, 그들에게 기쁨과 환희를 맛보게 해주고, 그들을 돕거나 치유해주고, 네가 항상 체험해온, 신과 동업하고 있다는 느낌을 남들이 다시 지닐 수 있길 바라기 때문에 그렇게 하겠노라고.

맞습니다, 그래요.

그래서 나는 너를 내 사자로 택했다. 너와 다른 많은 사람들을. 이제부터 세상은 드높이 울려퍼질 수많은 트럼펫들이 필요할 것이기에. 이제부터 세상에는 무수히 많은 사람들이 갈망하는 진리와 치유의 말을 전할 수많은 목소리가 필요할 것이다. 세상에는 영혼의 일에 동참하고 신의 일을 할 준비가 되어 있는 수많은 심령들이 필요할 것이다.

솔직하게 말해보라. 정말로 네가 이것을 모른다고 하겠느냐?

아뇨.

솔직하게 말했을 때, 너는 이것이 바로 네가 세상에 온 이유임을 부정할 수 있는가?

아뇨.

그럼 너는 이 책을 가지고 너 자신의 영원한 진리를 판단하고 선언하며, 내 영광을 온 세상에 명확히 밝힐 준비가 되었는가?

제가 당신과 방금 전에 나눈 대화들도 이 책 속에 꼭 포함시켜야 합니까?

네가 꼭 **해야 하는 일**은 없다. 명심하라. **우리** 관계에서 너는 어떤 의무도 지지 않는다. 오직 기회만을 가진다. 이것은 네가 평생 고대해온 기회가 아닌가? 너는 **아주 젊었을 때부터** 이런 소명과 그것을 제대로 수행할 준비에 몸과 마음을 바쳐오지 않았던가?

그랬지요.

그렇다면 네가 해야 할 일을 하지 말고, 할 기회가 주어진 일을 하라.

어째서 너는 우리 책에 이 모든 내용을 빠짐없이 실으려 하지 않는가? 내가 너를 비밀스러운 사자로 삼고 싶어한다고 생각하는가?

아니요, 그렇지는 않습니다.

자신을 신의 사람으로 선언하자면 큰 용기가 필요하다. 너는 세상이 신의 사람이나 신의 참된 **사자**가 아닌, 사실상 다른 어떤 존재로 너를 받아들이기가 훨씬 더 쉽다는 것을 알고 있다. 그렇지 않은가? 내가 보낸 사자들은 하나같이 모욕당해왔다. 영광을 얻기는커녕 그들이 얻은 것은 마음의 고통뿐이다.

너는 그럴 용의가 있는가? 나에 관한 진실을 말하느라 마음의 고통을 당할 용의가? 네 동료인 인간들의 조롱을 감수할 용의가 있는가? 완전히 자각한 영혼이라는 더 위대한 영광을 위해 지상에서의 영광을 **포기할** 준비가 되어 있는가?

신이시여, 당신은 갑자기 이 책을 아주 무겁게 만드는군요.

이런 이야길 농담으로 하길 바라는 거냐?

이쯤에서 좀 가볍게 갈 수도 있을 것 같은데요.

좋다! 나야 **깨우쳐주는 건** 언제나 환영이지. 우리가 이 장(章)을 농담으로 끝내지 못할 이유는 어디에도 없지.

좋은 생각이십니다. 재미있는 이야기가 있으신가요?

아니. 하지만 네게는 있다. 그림 그리는 어린 여자애 얘기를 해봐라.

아, 예, 그거요. 좋습니다. 그러니까, 하루는 엄마가 부엌으로 들어왔다가 어린 딸이 식탁 위에 크레용을 잔뜩 어질러놓은 채 뭔가 열심히 그리는 걸 보고 물었지요. "애야, 뭘 그렇게 열심히 그리고 있니?"
그러자 그 예쁜 딸은 눈을 반짝이며 대답했습니다. "하느님을 그리고
있어요, 엄마." 엄마는 도와줄 생각으로 이렇게 말했습니다. "오, 아주
근사하구나. 그런데 너도 알다시피 하느님이 어떻게 생겼는지 진짜로
아는 사람은 아무도 없단다."

그러자 어린 딸은 이렇게 조잘댔습니다. "내가 **다 그리게** 가만 내버
려두기만 해요."

그건 정말 아름다운 농담이다. 너는 어떤 점이 그렇게 아름
다운지 아느냐? 그 어린 여자애는 추호도 의심하지 않고, 자신
이 나를 어떻게 그려야 하는지 **정확히** 알고 있다고 믿었다!

그렇죠.

이제 나도 네게 이야기 하나를 들려주마. 이걸로 이번 장을
끝내면 될 것이다.

좋습니다.

옛날에 어떤 사람이 갑자기 책 쓰는 일에 매달리게 되었다.
그는 날마다, 때로는 한밤중에도 새로운 영감을 잡아내려고 책
상 앞으로 달려갔다. 그러던 중 누군가가 그에게 무엇을 하느냐
고 묻자, 그는 이렇게 대답했다.

"내가 신과 나누는 아주 긴 대화를 적고 있는 중일세."

친구는 너그럽게 말했지. "그거 아주 근사하군. 그런데 자네도 알다시피, 신이 무슨 말을 하고 싶어하는지 확실히 아는 사람은 아무도 없다네."

그러자 그는 씩 웃으면서 말했다. "내가 **다 적을 때까지 그냥 내버려두기만** 하게."

너희는 이 일, 곧 "참된 자신이 되는" 이 일이 쉽다고 생각할지 모르지만, 이것은 네가 삶에서 해내는 그 어떤 일보다도 어려운 과제다. 사실 너희는 평생 거기에 이르지 못할 수도 있다. 그걸 해내는 사람은 극히 드물다. 한 생애로는 이르기가 쉽지 않다. 아니 많은 생을 거친다 해도 쉽지 않은 일이다.

그렇다면 왜 굳이 해야 합니까? 왜 그런 소란을 피워야 하냐구요? 누가 그러고 싶겠습니까? 어쨌든 눈에 보이는 그대로를 삶인 양 여기고, 삶을 그냥 즐기면 왜 안 되는 거죠? 특별한 무슨 결과를 낳는 게 아닌, 아무 의미 없는 가벼운 연습처럼, 어떤 식으로 하더라도 결코질 수 없는 게임처럼, 결국 모든 사람에게 같은 결과를 안겨주는 과정처럼 여기는 것 말입니다. 당신은 지옥도 징벌도 없고, 우리가 이 싸움에서 질 리도 없다고 말했습니다. 그렇다면 왜 구태여 이기려고 기를 써야 하죠? 당신 말대로 우리가 가려는 곳에 가는 게 그토록 어려운 일이라면, 군이 그곳에 가려고 애써야 할 이유가 뭡니까? 이 모든 신적 자질과 "참된 자신이 되는 일" 같은 건 잊어버리고, 그냥 느긋한 시간을 가져서는 안 되는 이유가 뭐냐구요?

우리는 맥이 빠져 **있다**, 그렇지 않은가……

그래요, 온갖 애를 다 써야 하는 데 지쳤습니다. 그렇게 애를 쓰고 났더니 당신이 나타나서 하시는 말씀이 겨우, 앞으로 나갈 길은 정말 힘들고 100만 명 중에 한 명 정도나 해낼까 말까 하다는 것뿐이니.

그래, 네가 그러는 것도 이해가 간다. 어디, 내가 도와줄 수 있는지 한번 보자. 먼저 나는 네가 이미 그런 일들을 밀쳐두고 '느긋한 시간'을 가졌다는 점을 지적하고 싶다. 너는 이 문제에 달려든 것이 이번 생(生)이 처음이라고 생각하느냐?

전 전혀 모르겠는데요.

예전에도 이 문제에 부딪힌 것 같지 않느냐?

가끔 그런 기분이 들 때가 있죠.

그렇다, 너는 예전에도 이 문제에 부딪혔다. 그것도 여러 차

레나.

몇 번이나요?

**꽤 많이.**

그 사실이 제 기운을 북돋우리라고 보십니까?

그렇다. 그건 네 영감을 일깨워줄 것이다.

어째서 그렇죠?

그 얘기는 우선 근심을 덜어준다. 그건 네가 방금 말한 "실패할 수 없는" 요소를 가져온다. 그것은 너희의 의도가 결국 실현될 것임을 확인해주고, **너희가 원하고 필요한 만큼 많은 기회**를 가질 수 있다는 걸 확인해준다. 너희는 몇 번이고 되돌아올 수 있다. 만일 너희가 다음 단계로 들어서거나 다음 차원으로 진화한다면, 그건 그렇게 해야 했기 때문이 아니라, 너희가 그렇게 되길 **원했기** 때문이다.

너희가 **억지로 해야** 하는 건 아무것도 없다! 만일 너희가 이 차원에서의 삶을 즐긴다면, 이 차원이 너희가 원하는 마지막 차원이라면, 너희는 이런 체험을 몇 번이고 되풀이할 수 있다! 사실 너희는 이런 체험을 몇 번이고 되풀이**해왔다!** 바로 너희가 원하기 때문에! 너희는 이런 드라마를 좋아하고, 이런 고통을 **좋아한다.** 너희는 "알지 못함"을, 그 수수께끼를, 그 스릴을 좋아한다! 너희는 그 모든 걸 좋아한다! 너희가 **이곳에** 있는 건 바로 그 때문이다!

저를 놀리시는 건가요?

　이런 문제를 가지고 내가 너를 놀릴 것 같은가?

전 잘 모르겠습니다. 신이 어떤 걸 놀림감으로 삼는지.

　이런 문제를 갖고는 그러지 않는다. 이건 진리에 너무 가까운 문제이고, 궁극의 앎에 너무 가까운 문제니까. 나는 "이런 것"을 놓고는 절대로 장난하지 않는다. 이미 많은 사람들이 이 문제를 놓고 네 마음을 가지고 놀았다. 나는 너를 더 혼란시키려고 여기 온 게 아니다. 나는 네가 사태를 명확히 하는 걸 돕고자 여기에 왔다.

　그럼 명확히 해주십시오. 당신은 내가 여기 있는 게 내가 원해서라고 말씀하시는 겁니까?

　물론 그렇다.

　제가 **선택했다고요?**

그렇다.

그럼 제가 이런 선택을 한 적이 많았나요?

많았지.

얼마나 많았나요?

우린 또다시 돌아가고 있다. 정확한 숫자를 알고 싶으냐?

그냥 대강만 알려주세요. 몇 번이라든가 몇십 번이라는 식으로요.

몇백 번.

몇백 번요? 그럼 제가 **몇백** 생애를 살았단 말입니까?

그렇다.

그러고 나서 도착한 곳이 겨우 여기라구요?

사실 이 정도면 꽤 많이 온 거지.

오, **정말로요?** 진짜 그런가요?

그렇고 말고. 과거생에서 너는 사람을 죽이기까지 했으니까.

그게 뭐가 잘못입니까? 당신은 악을 근절하자면 때로는 전쟁도 필요하다고 말씀하셨잖아요.

우린 그 점에 대해서 좀 더 분명하게 다듬을 필요가 있을 것 같다. 왜냐하면 나는 그런 식의 표현이 지금 네가 그렇게 하듯이, 이런저런 주장을 밀어붙이거나 이런저런 종류의 광기를 합리화하는 데 이용되고 오용되리란 걸 알기 때문이다.

내가 관찰하기로는 너희 인간들이 고안해낸 최상의 기준을 따를 때, 살인은 결코 분노를 표출하거나, 적개심을 해소하거나, "잘못을 바로잡거나", 범죄자를 벌하는 수단으로 정당화될 수 없다. 악을 근절하자면 때로는 전쟁도 필요하다는 얘기는 진실이다. 왜냐하면 너희가 그렇게 만들었기 때문이다. 너희는 자신을 창조하는 과정에서 인간 생명에 대한 존중이 최고의 가치이며, 최고의 가치가 되어야 한다고 결정했다. 나는 너희가 그런 결정을 내려서 기쁘다. 나는 죽임당할 가능성이 있는 생명을 창조하지는 않았으니까.

**생명**에 대한 존중은 이따금 전쟁을 불가피하게 만든다. 왜냐하면 너희가 전쟁과 관련해서 '자신'을 표현하는 것은 당장 눈앞에 닥친 악과 싸우는 전쟁을 통해서이며, 눈앞에서 위협당하는 **다른 사람의** 생명을 보호하는 행동을 통해서이기 때문이다.

너희는 최고 도덕법에 따라서 남의 생명이나 자신의 생명을 해치지 못하게 할 권리를 갖고 있다. 아니 너희는 그 법에 따라서 그런 행동을 중단시킬 의무를 지고 있다.

그렇다고 해서 사형이 징벌로 적절하다는 뜻은 아니다. 사형은 보복으로도, 사소한 분쟁을 해결하는 수단으로도 적절하지 않다.

이전 삶에서 너는 한 **여자**에 대한 애정 때문에, 그 여자의 애정을 얻으려고 결투를 벌여 다른 사람을 죽인 적이 있다. 너는 그렇게 해야 **자신의 명예를 지킬 수** 있다고 주장했다. 그러나 그 행동은 네가 지녔던 모든 명예를 **빼앗아갔다.** 분쟁을 **해결하는** 방법으로 치명적인 폭력을 사용하는 것은 조리에 맞지 않는 행동이다. 지금까지도 여전히 많은 사람들이 어리석은 다툼을 해결하려고 폭력, 그것도 치명적인 폭력을 사용하고 있다.

심지어 어떤 사람들은 **신의 이름으로** 사람들을 죽인다. 이건 고도의 위선이며, 신에 대한 극도의 불경이다. 그런 행동은 '자신이 누구인지' 말해주는 것이 아니기 때문이다.

그렇다면 살인 자체에 뭔가 잘못된 게 있다는 말씀인가요?

다시 돌아가자. 이 세상에 "잘못된" 건 하나도 없다. "잘못"이란 건 소위 "옳음"의 반대쪽을 가리키는 상대적인 용어다.

그런데 "옳다"는 건 뭐냐? 이 문제에서 너희가 정말로 객관적일 수 있는가? 아니면 "옳다"와 "그르다"는 너희의 판단에 따라 사건과 상황들에 뒤집어씌운 단순한 표현에 지나지 않는가?

그리고 말해보라. 너희의 판단 근거는 무엇이냐? 너희 자신의 **체험?** 천만에. 대개의 경우 너희는 **다른 누군가의** 판단을 받아들여왔다. 너희보다 먼저 세상을 살았던 사람들과, 아마도 너희보다 더 잘 알리라고 여기는 사람들의 판단을. "옳음"과 "그름"에 관한 너희의 일상 판단 중에서 너희 자신의 이해에 따라 판단하는 경우는 극히 드물다.

**이것은 중요한 문제들일수록 특히 그러하다. 사실 문제가 중요할수록 너희는 더 기꺼이 다른 누군가의 관념을 자신의 것으로 받아들인다.**

이것은 왜 너희가 삶의 어떤 영역에 대해, 인간으로서 체험하는 동안에 생기는 어떤 문제들에 대해, 확실한 통제권을 사실상 포기하는지를 설명해준다.

하지만 흔히 이런 영역과 문제들 속에 너희 영혼에게 가장 **핵심되는** 주제들이 들어 있다. 예를 들면 신의 본질이라든가, 참된 도덕성, 궁극의 실체, 전쟁과 의학과 임신중절과 안락사를 둘러싼 생사관, 개인의 가치관과 그것의 구성 및 판단의 성격 같은 것들이. 너희 대부분은 이런 주제들을 벗어던지고는 그것들을 다른 사람들에게 맡겨버렸다. 너희는 그런 주제들에 대해 나름의 판단을 내리고 싶어하지 않는다.

너희는 외친다. "누가 판단해줘! 나는 그 판단에 따를 거야, 따를 거라구! 누가 무엇이 옳고 그른지만 얘기해달라구!"

인간에게 종교가 그토록 인기 있는 건 바로 이 때문이다. 그 종교가 단호하고, 일관성 있고, 추종자들의 기대를 명확히 해주고, 엄숙하다면, 신앙 체계가 무엇인가 따위는 별 문제가 되지 않는다. 이런 특성들을 고루 갖춘 종교가 이야기하는, 거의 모든 걸 무조건 믿는 사람들은 어디서나 찾아낼 수 있다. 아무리 괴상한 행동과 믿음이라도 신의 뜻으로 돌릴 수 있고, 실제로 그렇게 해왔다. 그들은 그게 신의 방법이요, 신의 말이라고 한다.

그리고 이런 걸 **기꺼이 받아들이는** 사람들이 있다. 너도 알다시피, **그것은 생각할 필요를 없애주기 때문이다.**

자, 이제 살인에 대해 생각해보자. 과연 뭔가를 죽여야 할 정당한 근거라는 게 있을 수 있을까? 너 스스로 한번 생각해보라. 그러면 너는 방향을 제시해주는 어떤 외부의 권위도, 자신에게 해답을 제공해주는 어떤 고차원의 근거도 필요없다는 걸 깨달으리라. 너 스스로 살인에 대해 생각해보고, 살인에 대해 자신이 느끼는 바를 깊이 통찰한다면, 너는 명백한 대답을 얻고 그에 따라 행동하게 될 것이다. 이것이 이른바 자신의 권위에 근거한 행동이다.

남들의 권위에 근거해서 행동할 때 너희는 혼란에 빠진다. 자신의 정치 목적을 달성하기 위해서 국가는 꼭 살인이란 방법을 써야 하는가? 자신의 교리를 강요하기 위해서 종교는 꼭 살인이란 방법을 써야 하는가? 행동 규범을 어긴 사람들에 대한 반응으로 사회는 꼭 살인이란 방법을 써야 하는가?

살인이 과연 정치적인 해결책이나 영적 깨침, 사회문제의 치유책으로 적절한 방법인가?

거기다가 누군가가 너를 죽이려 들 때 너는 살인으로 대응해도 좋은가? 사랑하는 사람의 목숨을 지키려 할 때, 너는 살인이라는 치명적인 폭력을 쓰겠는가? 네가 생판 모르는 사람일 때도?

다른 방법으로는 살인하려는 사람을 막을 수 없을 때, 살인은 과연 적절한 방어 형식인가?

살인killing과 살해murder는 서로 다른 것인가?

국가는 순전히 정치적인 목적을 달성하기 위한 살인을, 완전히 정당한 것인 양 믿도록 만들고 싶어한다. 사실 국가가 권력의 실체로서 존재하자면, 너희가 이 말을 믿어주는 것이 **필요하다**.

종교는 자신의 특정 진리에 대한 지식과 믿음을 유지하고 확산시키기 위한 살인을, 완전히 정당한 것인 양 믿도록 만들고 싶어한다. 사실 종교가 권력의 실체로서 존재하자면, 너희가 이 말을 믿어주는 것이 **필요하다**.

사회는 특정 범법 행위들(이에 대한 규정은 시대에 따라 바뀌어왔다)을 저지른 사람들을 벌하기 위한 살인을, 완전히 정당한 것인 양 믿도록 만들고 싶어한다. 사실 사회가 권력의 실체로서 존재하자면 너희가 이 말을 믿어주는 것이 **필요하다**.

너희는 살인에 대한 이런 입장들이 옳다고 믿는가? 너희는 이에 대해 다른 의견을 들은 적이 있는가? 또 너희 자신은 어떤 의견을 가지고 있는가?

이런 문제들에는 "옳음"도 "그름"도 없다.

하지만 너희는 자신의 판단에 따라 '자신'의 초상을 그린다.

사실 너희 국가들은 자신의 판단에 따라 이미 그런 그림들을 그려왔다.

너희 종교들은 자신의 판단에 따라 오랫동안 기억에 남는 인상들을 창조해왔다. 너희 사회들 역시 자신의 판단에 따라 나름의 자화상들을 그려왔다.

너희는 이런 그림들이 마음에 드는가? 너희가 만들고 싶은 인상들이 이런 것들인가? 이런 초상화들이 '자신이 누구인지' 말해주는가?

이런 의문들을 다룰 때는 신중해야 한다. 이런 의문들은 아마 네게 생각을 요구할 것이다.

생각하기는 힘든 일이다. 가치판단 내리기 역시 어려운 일이다. 그것들은 너를 순수한 창조의 자리에 서게 한다. 왜냐하면 너희가 "난 모르겠어. 정말 모르겠다구"라고 말할 수밖에 없을 때가 무수히 많을 터이기에. 그럼에도 너희는 판단해야 하고, 그에 따라 선택해야 할 것이다. 너희의 임의대로 선택해야 할 것이다.

그런 선택, **전혀 자신의 지식에서 비롯되지 않은** 판단을 순수한 창조라고 한다. 그리고 너희는 그런 판단을 내리면서 자신을 창조한다는 사실을 깊이 자각하게 된다.

**너희 대부분은 그처럼 중요한 일에 관심이 없다. 오히려 대부분은 그런 일을 남들에게 맡겨버리고 싶어한다. 그리하여 너희 대부분은 스스로 창조하는 존재가 아니라 습관의 피조물, 다른 사람이 창조한 피조물이 되고 만다.**

그런데 남들이 너희더러 이러저러하게 느껴야 한다고 말했는데, 그것이 너희가 느끼는 것과 정면으로 충돌할 때, 너희는 깊은 갈등을 체험한다. 그럴 때면 너희 내면 깊숙이 자리 잡은 어떤 것이, 남들이 얘기해준 것은 **'자신'이 아니라고** 말한다. 그렇다면 이제 그걸 가지고 어디로 가겠는가? 어떻게 하겠는가?

너희는 맨 먼저 종교인들에게 달려간다. 애초에 너희를 그런 처지에 빠트린 바로 그 사람들에게. 너희는 너희의 사제와 랍비와 목사와 선생들에게로 달려간다. 그러면 그들은 너희 자신에게 **귀 기울이길 그만두라고** 말해준다. 그중 가장 고약한 이들은 너희에게 겁을 줘서 자아에서 멀어지도록 만드는 사람, 겁을 줘서 너희가 직관으로 느끼는 것에서 멀어지게 만드는 사람들이다.

그들은 마귀와 악마와 귀신과 악령과 지옥과 저주를 비롯하여 자기네가 생각해낼 수 있는 온갖 무시무시한 것들을 다 동원할 것이다. 너희가 직관으로 알고 느끼는 것이 얼마나 **잘못된 것인지**, 어째서 너희가 위안을 찾을 수 있는 유일한 곳이 자기네 사상과 관념과 신학과 자기네 선악 규정과 자기네의 '자아' 개념뿐인지 너희에게 납득시키려고.

여기서의 유혹은 너희가 그들의 말에 동의만 하면 즉각 그들의 인정을 받을 수 있다는 점이다. 동의하라. 그러면 너는 당장 인정받으리니. 심지어 노래하고 소리치고 춤추고 팔을 흔들어대면서 할렐루야를 외쳐대는 사람까지 있다!

그런 유혹에, 즉 자신이 빛을 봤고, 자신이 구원받았노라는 그 같은 인정과 그 같은 환희에 저항하기란 쉽지 않다.

내면의 판단에 따라 인정하고 시위하는 경우는 거의 없고, 진실을 따르려는 개인의 선택을 축하하고 포용하는 경우는 거의 없다. 아니, 정반대다. 아마 다른 사람들은 축하하지 못할 뿐 아니라, 사실상 너희를 조롱하기까지 할 것이다. 뭐라고? 너 **혼자 힘으로** 생각한다고? 스스로 판단한다고? 너 나름의 척도, 너 나름의 판단, 너 나름의 가치관을 적용하겠다고? **도대**

체 넌 자신이 누구라고 생각하는 거지?

사실 **너희가 대답하고 있는 것이 바로 이 질문인데도** 말이다.

그러나 그 작업은 철저히 혼자서 해내야 한다. 어떤 보상도, 어떤 인정도, 그리고 아마 어떤 관심도 받지 못하면서.

그래서 너희는 이런 아주 좋은 질문들을 던진다. 왜 그런 일을 계속해야 하지요? 애당초 그런 길로 나서야 하는 이유가 뭡니까? 그런 여행을 해서 뭘 얻을 수 있단 말입니까? 그렇게 해야 할 동기나 이유가 어디 있습니까?

그 이유는 우스울 만큼 간단하다.

**그것 말고는 달리 할 일이 없기 때문에.**

그게 무슨 뜻입니까?

그게 이 마을에서 할 수 있는 유일한 게임이란 뜻이다. 다른 할 일은 없다. 사실 그것 말고 너희가 할 수 있는 건 없다. 너희는 태어난 이래 줄곧 그래왔듯이, 지금 하고 있는 일을 앞으로 남은 여생 동안에도 계속할 것이다. 유일한 문제는 너희가 그 일을 의식하면서 하느냐, 의식하지 않고 하느냐뿐이다.

알다시피 너희는 그 여행을 도로 무를 수 없다. 너희는 이 세상에 태어나기 전에 이미 그 길에 들어섰다. 너희의 탄생은 그 여행이 시작되었다는 신호탄에 불과하다.

그러므로 그런 길로 나서야 하는 이유는 문제가 아니다. 너희는 이미 그 길로 들어섰으니까. 너희는 심장의 첫 박동과 함께 그 여행길에 올랐다. 문제는 "이 길을 의식하면서 걷고 싶어하는가, 의식하지 않고 걷고 싶어하는가? 자각하면서인가, 아니면 자각하지 않고인가? 내 체험의 원인으로서인가, 아니면 그것의 결과로서인가?"이다.

너희는 삶의 대부분을 자신의 체험 결과에 따라 살아왔다. 그러나 이제 너희는 체험의 원인이 되라는 권유를 받고 있는 중이다. 의식하는 삶이란 게 바로 이런 삶이고, **자각하면서 걷는다는 게** 바로 이것이다.

그런데 너희 중 많은 이들은 내가 말했듯이, 꽤 먼 거리를 걸어왔다. 너 역시 적지 않은 진전을 이루었다. 그러니 자신이 그 많은 생을 거친 끝에 '고작' 여기까지밖에 못 왔느냐고 느끼지 마라. 너희 중 일부 사람들은 높은 단계로 진화하여 자신을 확연히 의식하고 있다. 너 역시 '자신이 누구인지', '자신이 어떤 존재가 되고 싶은지' 알고 있다. 게다가 너는 여기서 거기까지 가는 방법도 안다.

그건 굉장한 징조이고 확실한 징후다.

무슨 징후요?

이제 네게는 불과 몇 생애밖에 남지 않았다는 사실을 나타내는.

그게 좋은 일인가요?

지금의 네게는 그렇다. 그리고 네가 좋은 일이라 여기기 때문에 그렇다. 불과 몇 생애 전까지만 해도 이곳에 머무르는 것이 네가 원하는 전부였다. 그런데 이제는 떠나는 것이 네가 하고 싶은 일의 전부가 되었다. 이것은 아주 좋은 징조다.

불과 몇 생애 전까지만 해도 너는 온갖 것들을 죽였다. 곤충, 식물, 나무, 동물, **사람들을**. 그런데 이제는 자신이 무엇을 하고 있는지, 왜 하고 있는지 정확히 알지 않고서는 그 무엇도 죽이지 못한다. 이것은 아주 좋은 징조다.

몇 생애 전까지만 해도 너는 삶에는 어떤 목적도 없다는 듯이 삶을 살았다. 그런데 이제는 **자신이 삶에 부여한** 목적을 빼고는, 삶에는 아무 목적도 없다는 사실을 확실히 알고 있다. **이것은** 아주 좋은 징조다.

몇 생애 전까지만 해도 너는 진리를 보여달라고 우주에 간청했다. 그런데 이제 너는 **자신의** 진리를 우주에 이야기한다. 이건 아주 좋은 징조다.

몇 생애 전까지만 해도 너는 부와 명성을 추구했다. 그런데 이제 너는 놀랍게도 그저 **자신이** 되고자 할 뿐이다.

그리고 불과 얼마 전까지만 해도 너는 나를 **두려워했다.** 그런데 이제는 나를 네 동무라고 부를 정도로 나를 **사랑하고 있다.**

이 모든 게 다 정말 정말 좋은 징조들이다.


후와…… 당신은 저를 기분 좋게 해주시는군요.


**당연히** 좋아야지. 문장 속에 "후와"란 말을 사용하는 사람이라면 기분이 나쁠 리 없지.

당신은 정말 뛰어난 유머 감각을 지닌 분이군요……

**유머를 발명한 게** 바로 나라는데도!

그래요, 전에도 그렇게 말씀하셨댔죠. 아무튼 좋습니다. 요컨대 이 길을 계속 가야 하는 건 달리 할 일이 없기 때문이란 거군요. 바로 이 게 이 세상에서 일어나고 있는 일이고요.

바로 맞혔다.

그렇다면 한 가지 여쭤볼께요, 이 길을 가는 일이 앞으로 좀 더 수 월해지긴 하는 겁니까?

오, 내 친애하는 친구여, **지금의** 너는 삼(3) 생애 전보다 훨 씬 더 수월하게 그 일을 해내고 있다. 내가 말로 표현할 수도 없 을 만큼.

그렇고 말고, 그것은 갈수록 쉬워진다. 말하자면 네가 더 많 이 기억할수록, 너는 더 많이 체험할 것이며, 더 많이 알게 될 것이다. 그리고 네가 더 많이 알수록, 너는 더 많이 기억해낸다. 그것은 일종의 순환이다. 그렇다, 그 일은 갈수록 쉬워지고, 갈 수록 나아질 것이며, 갈수록 즐거워지기까지 할 것이다.

하지만 그 일의 어떤 측면도 진짜로 고된 적은 없었다는 걸 잊지 마라. 요컨대 너는 그 **모든 걸** 사랑했다! 순간순간마다! 아, 인생이란 참으로 달콤한 것이다! 그건 굉장한 체험이다. 그렇지 않은가?

음, 그런 것 같습니다.

그런 것 **같다구?** 내가 인생을 이 이상 얼마나 더 굉장한 것으로 만들 수 있겠느냐? 너는 **모든 걸 다** 체험할 수 있지 않느냐? 눈물, 기쁨, 고통, 즐거움, 환희, 극심한 우울, 승리, 패배, 무승부. 그 이상 또 뭐가 **있지?**

아마 고통이 좀 덜해지는 게 있겠죠.

지혜가 더 높아지지 않으면서 고통만 줄면 너희의 목적을 이룰 수 없다. 그렇게 되면 너희는 무한한 기쁨, 곧 나라는 존재를 체험할 수 없다.

참을성을 가져라. 너는 지혜를 얻고 있다. 그리고 이제 너는 점점 더 **고통 없이도** 즐거움을 누려가고 있다. 이 역시 아주 좋은 징조다.

너는 고통 없이 사랑하고, 고통 없이 떠나 보내고, 고통 없이 창조하고, 고통 없이 우는 법까지 배워가고(기억해가고) 있다. 그렇다, 내 말뜻을 제대로 이해한다면 너는 고통 없이 **고통스러워할** 수도 있다.

무슨 말인지 알 것 같습니다. 저는 저 자신의 인생 드라마까지도 더 즐길 수 있게 되었습니다. 제 삶에서 멀찌감치 물러나 그것을 있는 그대로 볼 수도 있고요. 웃기까지 하죠.

바로 그거다. 그리고 너희는 이런 걸 성장이라고 하지 않느냐?

그런 것 같습니다.

그렇다면 계속 성장하라, 내 아들이여. 계속 되어가라. 그 다음의 네 최고 자아상 속에서 네가 되고자 하는 바를 계속 판단하라. 계속 그것을 향해 작업해가라. 계속하라! 계속하라! 이것이 우리가, 너와 내가 해내고 있는 신의 일이다. 그러니 계속 나아가라!

# Conversations with God
# 10

당신을 사랑합니다. 당신도 아시죠?

알고 있다. 나도 너를 사랑한다.

# Conversations with God

## 11

전번에 열거했던 제 질문 목록으로 되돌아가고 싶습니다. 저로서는 그 질문 하나하나를 좀 더 자세히 파고들고 싶습니다. 그렇게 되면 관계 하나만 갖고도 책 한 권 분량이 되겠지요. 그건 저도 알고 있습니다. 그러나 그런 식으로 했다가는 다른 질문들은 건드려보지도 못하고 끝날 겁니다.

또 다른 시기, 또 다른 기회가 있을 것이다. 다른 책들에서 다룰 수도 있고. 나는 언제나 너와 함께 있다. 그러니 계속 나아가라. 만일 그럴 여유가 있으면 이 책에서도 다시 그 문제로 되돌아갈 것이다.

좋습니다. 그럼 다음 질문을 하죠. 왜 저는 한번도 생활하기에 충분한 돈을 벌 수가 없는 겁니까? 저는 늘 이렇게 쪼들리며 살아야 할 팔자인가요? 돈과 관련된 제 잠재력을 충분히 발휘하는 걸 방해하는 게 뭡니까?

그런 상황은 너 혼자가 아니라 엄청나게 많은 사람들이 빚어 낸 것이다.

모두들 제게 그건 자기 가치와 관련된 문제라고 합니다. 자기 가치를 낮게 보기 때문이라고요. 열 명도 넘는 뉴에이지 운동가들이 제게 말했지요. 뭔가가 부족한 건 항상 따지고 올라가면 자기 가치를 낮게 보기 때문이라고요.

편리한 단순화로군. 이 문제의 경우에는 그 사람들이 틀렸다. 너는 자기 가치를 낮게 보아서 고통당하는 게 아니다. 사실 네 전 생애에서 가장 어려운 문제는 자신의 에고를 통제하는 것이었다. 어떤 이들은 이런 경우를 일러 자기 가치를 **너무 크게** 본다고 하지.

음, 또다시 당황스럽기도 하고 억울하기도 합니다. 하지만 당신의 말씀이 옳습니다.

내가 너에 관해 있는 그대로의 진실을 얘기하기만 하면 너는 늘 당황스럽고 억울하다고 하는군. **당황하는 건 여전히 남들이 자신을 어떻게 보는가에 마음 쓰는 사람이 보이는 반응이다.** 그런 건 그냥 지나치거라. 새롭게 반응해보라. 웃으려고 해보라.

알았습니다.

네 문제는 자기 가치와 관련된 게 아니다. 너는 그건 충분히 가지고 있다. 대부분의 사람들이 다 그렇다. 너희는 하나같이 자신을 아주 높게 평가하고 있다. 당연히 그래야 하고. 그러므로 대다수 사람들에게 문제는 자기 가치가 아니다.

그럼 뭐죠?

문제는 넉넉함에 대한 이해가 없다는 것이다. 이것은 대개 "좋은" 것과 "나쁜" 것에 대해 널리 퍼져 있는 잘못된 판단과 관련 있다.
네게 예를 하나 들어주마.

예, 그래주십시오.

너는 돈이 나쁜 것이란 생각을 갖고 있다. 또 너는 신은 좋은 것이란 생각도 갖고 있다. 네게 축복이 깃들기를! 그러므로 네 사고 체계에서 신과 돈은 어울리지 못한다.

음, 어떻게 보면 그 말씀은 맞는 것 같군요. 제 사고방식이 원래 그렇습니다.

그게 일을 재미있게 만든다. 왜냐하면 그런 사고방식은 네가 어떤 좋은 일을 하더라도 돈을 벌기 어렵게 만들기 때문이다.

내 말은 네가 어떤 것을 아주 "좋다"고 평가하면, 돈이란 면에서는 가치를 평가절하한다는 뜻이다. 따라서 "좋은" 것일수록(즉 가치 있는 것일수록) 그것의 돈 가치는 더 **낮아진다.**

이건 너 혼자만의 사고방식이 아니다. 너희 사회 전체가 이런 믿음을 갖고 있다. 그래서 너희 선생들은 쪼들리고, 스트립쇼의 무희들은 돈을 번다. 너희 지도자들은 스포츠 스타들과는 비교도 안 될 정도의 수입밖에 들어오지 않기 때문에, 그 차이를 메우려면 남의 걸 훔치기라도 해야겠다고 느낀다. 너희가 연예인들에게 동전을 던지는 동안, 너희 사제들과 랍비들은 빵과 물만으로 연명한다.

이 점에 대해 생각해보라. 너희는 본질상 높은 가치가 있다고 평가하는 것들은 무엇이나 싼값에 얻을 수 있어야 한다고 주장한다. 에이즈 치료법을 찾아내려고 외롭게 연구하는 과학자는 남들에게 돈을 구걸해야 하지만, 섹스하는 수백 가지 새로운 방법에 관한 책을 쓰고, 관련 테이프를 만들고, 주말마다 관련 세미나를 여는 여자는…… 떼돈을 번다.

이렇게 모든 걸 거꾸로 만드는 게 너희의 성향이다. 이런 성향은 잘못된 생각에서 나온다.

잘못된 생각이란 건 돈에 대한 너희의 사고방식이다. 너희는 돈을 좋아하면서도 돈이 모든 악의 뿌리라고 말한다. 너희는 돈을 숭배하면서도 그것을 "부당이득"이라 부른다. 너희는 어떤 사람을 "졸부"라고 표현한다. 그리고 어떤 사람이 좋은 일을 해서 부자가 되었다 하더라도, 너희는 당장 그 사람을 의심한다. 너희는 그 일을 "나쁜 것"으로 만든다.

그러니 의사들은 지나치게 많은 돈을 벌지 않거나, 그 문제라면 신중하게 처리하는 게 좋다. 그리고 목사의 경우라면 맙소사!다. 그 여자는 **정말로** 돈을 많이 벌지 않는 게 신상에 이롭다(너희가 여자 목사를 허용한다고 가정하고). 안 그랬다간 틀림없이 말썽이 생길 것이다.

**보다시피 가장 중요한 소명을 선택한 사람이라면 수입도 가장 적어야 한다는 게 너희 생각이다.**

흐으음.

그래, "흐으음"이라고 하는 게 맞다. 너는 이 점에 대해 깊이 **생각해봐야 한다.** 왜냐하면 이건 아주 잘못된 생각이니까.

옳거나 그른 것 같은 건 없다고 생각했는데요.

그렇다, 그런 건 없다. 네게 도움이 되는 것과 그렇지 않은 것만이 있을 뿐이다. "옳음"과 "그름"이란 용어는 상대적인 용어들이다. 나는 이 용어들을 이런 식의 의미로만 사용한다. 다시 말해 네게 도움이 되는가란 면에서, 혹은 **네가 원하는가**라는 면에서, 돈에 대한 네 생각은 틀린 생각이다.

생각에는 창조하는 힘이 있음을 명심하라. 그러므로 만일 네가 돈은 나쁜 것인데 너 자신은 좋은 사람이라 생각한다면

…… 자, 이제 너는 그 갈등을 이해할 수 있을 것이다.

게다가 내 아들아, 너는 특히 이런 집단의식을 신주처럼 떠받들고 있다. 다른 대다수 사람들은 그 갈등 관계가 너만큼 심각하지는 않다. 그 사람들은 생계를 위해 어쩔 수 없이 자신이 싫어하는 일을 한다. 그래서 그런 일로 돈을 버는 데 신경 쓰지 않는다. 말하자면 "나쁜" 걸로 "나쁜" 걸 얻으니까. 하지만 너는 자신이 이날 이때껏 해온 일들을 사랑한다. 너는 그 일들 속에 채워넣은 네 활동들에 대단한 애착을 갖고 있다.

그러므로 자신이 한 일의 대가로 많은 돈을 버는 건, 네 사고방식으로는 "좋은 것"의 대가로 "나쁜 것"을 받는 것이기에, 너로서는 그것을 받아들일 수가 없다. 너는 순수한 노동의 대가로 "부당이득"을 취하느니 차라리 굶어 죽으려 들 것이다…… 마치 그 노동의 대가를 받으면 어떤 식으로든 그것의 순수성이 없어지기라도 하는 것처럼.

**그러므로 여기서 우리는 실제로 돈에 대해 이중 감정을 갖게 된다. 즉, 네 일부는 돈을 거부하고 또 다른 네 일부는 돈을 갖지 못했다고 화를 낸다. 이제 우주는 네게서 두 가지 상반된 생각들을 접수했기 때문에 어떻게 해야 좋을지 모르는 상태에 빠진다. 그러므로 돈과 관련된 네 삶은 들쑥날쑥하게 흘러갈 것이다. 돈에 대한 네 생각이 그렇게 들쑥날쑥 흘러가고 있으니까.**

네게는 분명한 초점이 없다. 너는 사실상 무엇이 자신의 진실인지 알지 못한다. 그리하여 거대한 복사기에 지나지 않는 우주는, 네 생각들을 그저 무수히 복사해내기만 한다.

이제 이 모든 걸 바꿀 수 있는 방법이 딱 한 가지 있다. 돈에 대한 네 **생각을** 바꾸는 것이다.

무슨 수로 제 **사고방식을** 바꿀 수 있다는 거죠? 사고방식이란 건 그야말로 사고방식 아닙니까? 제 생각과 제 마음 자세와 제 발상은 하루아침에 이루어진 게 아닙니다. 그것들은 오랜 세월에 걸친 체험, 평생에 걸친 다양한 경험의 결과겠지요. 돈에 대한 제 사고방식은 당신 말이 맞습니다. 하지만 그렇더라도 그걸 어떻게 바꿉니까?

이 책에서 가장 흥미로운 질문이 아마 그 질문일 것이다. 대다수 사람들이 보통 취하는 창조 방식은 생각과 말과 행위, 혹은 행동을 포함하는 3단계 과정이다.

먼저 생각, 다시 말해 형태를 이룬 발상 혹은 최초의 개념이 떠오른다. 이어 말이 나온다. 대부분의 생각은 결국 말로 되어 나오는 법이다. 흔히 글이나 이야기로. 이것은 생각에 에너지를 보태주어 생각이 세상 속으로 밀고 들어갈 수 있게 해준다. 이 지점에 이르면 이제 생각은 다른 사람의 눈에도 띄게 된다.

마지막으로 말은 때때로 행동으로 옮겨져 소위 결과로, 즉 애초에 생각에서 시작된 것의 물질 표현으로 나타난다.

너희가 지은 세계 속에 있는, 너희를 둘러싼 모든 것이 이런 식으로, 즉 창조의 세 가지 중심들이 모두 사용되는 방식으로 나 이것이 약간 변형된 방식으로 존재하게 되었다.

그런데 이제 받침 생각을 어떻게 바꾸느냐는 문제가 제기되었다.

그래, 이건 아주 좋은 질문이고, 매우 중요한 질문이다. 왜냐하면 사람들이 자신의 받침 생각들 중 일부를 바꾸지 않는다면 인류는 멸망할 수도 있기 때문이다.

뿌리 생각root thought 혹은 받침 생각을 바꾸는 가장 빠른 방법은 **생각-말-행동의 순서를 뒤집는 것이다.**

어떻게요?

뭔가에 관해 새로운 생각을 갖고 싶으면 먼저 행동하라. 뭔가에 대해 새로운 생각을 갖고 싶으면 먼저 말을 하라. 충분할 만큼 자주 이렇게 하라. 그러면 너희는 **새로운 방식으로 생각하게끔** 네 마음을 길들일 수 있을 것이다.

마음을 길들인다구요? 마인드 컨트롤 같은 건가요? 그건 단지 정신 조작일 뿐이잖아요?

네 마음이 어떻게 해서 **지금의** 생각들을 갖게 되었는지 아느냐? 지금처럼 생각하게끔 너희 세상이 네 마음을 조작해왔다는 걸 모르겠느냐? **세상이 네 마음을 조작하는 것보다는 스스로 자신의 마음을 조작하는 게 더 낫지 않겠느냐?**

남들이 바라는 대로 생각하기보다는 네가 원하는 대로 생각하는 게 더 낫지 않느냐? 반응하는 생각보다는 창조하는 생각으로 무장하는 편이 더 낫지 않느냐?

**하지만 너희의 마음은 반응하는 생각, 곧 남들의 체험에서 나온 생각으로 가득 차 있다. 너희 생각들 중에서 자신이 만든**

**자료에서 나온 생각은 극히 적다. 스스로 설정한 우선순위에 따르는 생각은 더더욱 적고.**

돈에 대한 너 자신의 뿌리 생각이 전형적인 예다. 돈에 대한 네 생각(돈은 나쁘다)은 네 체험(돈을 갖는 건 멋진 일이다!)과 정면으로 대립한다. 그리하여 너는 자신의 뿌리 생각을 정당화하기 위해 자신의 체험을 발뺌하고 그것에 대해 거짓말을 해야 한다.

너는 이런 생각에 너무 뿌리박혀 있어서 돈에 관한 자신의 관념이 틀렸을 수도 있다는 생각 같은 건 전혀 하지 않는다.

그러므로 이제 우리가 해야 할 일은 일부 자료나마 스스로 만들어내는 것이다. 그리고 이것이 바로 뿌리 생각을 바꾸는 방법이며, 그것을 남들의 생각이 아닌 너 자신의 뿌리 생각으로 만드는 방법이다.

그런데 네게는 돈과 관련된 뿌리 생각이 또 하나 있다. 내가 이미 언급했던 것이지만.

그게 뭔데요?

충분하지 않다는 생각. 사실 너는 무엇에 대해서건 간에 이런 뿌리 생각을 갖고 있다. 돈이 충분치 않다, 시간이 충분치 않다, 사랑이 충분치 않다, 음식과 물이 충분치 않다, 이 세상에는 자비가 충분치 않다…… 설사 좋은 게 있다 하더라도 그걸로는 **충분치 않다.**

"충분치 않음"의 이 집단의식이 너희가 보는 대로의 세상을 창조하고 재창조하고 있다.

알았습니다. 그렇다면 저는 돈과 관련해서 두 가지 뿌리 생각들, 받침 생각들을 바꿔야겠군요.

아, 최소한 두 가지란 거지. 아마 더 많을걸. 어디 보자…… 돈은 나쁘다…… 돈이 부족하다…… 신의 일(네게는 이게 중요한 일이지)을 한 대가로 돈을 받을 수는 없다…… 돈은 절대 공짜로 얻을 수 없다…… 돈은 나무에서 자라지 않는다(사실은 그럴 때도 있는데)…… 돈은 부패시킨다……

그러고 보니 할 일이 많군요.

그래, 돈과 관련된 현재의 상황이 만족스럽지 못하다면 당연히 그래야겠지. 또 한편에서 돈과 관련된 현재의 상황을 네가 불만스러워하기 **때문에** 돈과 관련된 현재의 상황이 불만스럽다는 걸 깨닫는 게 중요하다.

때때로 당신을 따라가기 어려울 때가 있습니다.

**때때로 너를 인도하기 어려울 때가 있다.**

원 참, 당신은 신이잖아요. 어째서 이해하기 쉽게 만들어주지 않는 거죠?

**나는 그렇게 해왔다.**

그럼 왜 제가 그냥 이해할 수 있게끔 **해주지** 않는 거죠? 당신이 참으로 그걸 원한다면 말입니다.

네가 참으로 원하는 건 나도 참으로 원한다. 그 밖에는, 그 이상으로는, 원하는 게 없다. 너는 이게 바로 내가 주는 가장 큰 선물이라는 걸 모르느냐? 만일 내가 네게서 너 자신이 원하는 것이 아닌 것을 원한다면, 그래서 네가 그것을 갖게끔 해주기까지 한다면, 네 자유선택권은 어떻게 되는가? 만일 네가 어떤 존재가 될지, 어떤 행동을 할지, 뭘 가질지까지 내가 일일이 말해준다면 네가 어떻게 창조력을 가진 존재일 수 있겠는가? **내 기쁨은 네 맹종 속에 있지 않고 네 자유 속에 있다.**

좋습니다. 그러니까 당신이 말씀하신 건, 제가 돈과 관련된 제 상황을 불만스러워하기 때문에 돈과 관련된 제 상황이 불만스럽다는 건가요?

너는 네가 생각하는 그대로의 존재다. 네 생각이 부정적일 때 그건 일종의 악순환이 된다. 너는 그 악순환에서 벗어날 길을 찾아야 한다.

그러므로 네 현재 체험의 상당 부분은 네 이전 생각에서 근거한다. 생각은 체험을 낳고, 체험은 체험을 낳는 생각을 낳는다. 받침 생각이 즐거운 것일 때 이 과정은 계속해서 즐거움을 낳을 수 있다. 받침 생각이 지옥 같으면 그것은 계속해서 지옥을 만들 수 있고, 또 만들어낸다.

비결은 받침 생각을 바꾸는 것이다. 이제 나는 그렇게 하는 방법을 보여주려 한다.

계속하십시오.

계속하라니 고맙구면.

맨 먼저 할 일은 생각-말-행동의 틀을 뒤집는 것이다. "행하기 전에 먼저 생각하라"는 옛 격언을 기억하느냐?

예.

그럼 그건 잊어버려라. 뿌리 생각을 바꾸고 싶다면 너는 **생각하기 전에** 먼저 행동해야 한다.

예를 하나 들어주지. 네가 거리를 걷다가 25센트짜리 은화를 달라고 애걸하는 한 할멈을 만났다고 치자. 너는 그 할멈이 구걸로 하루하루를 연명하고 있다는 걸 안다. 그 순간 너는 가진 게 얼마 안 되긴 하지만 그 할멈에게 줄 정도는 충분히 있다는 걸 깨닫는다. 할멈에게 돈을 좀 주자는 게 네 첫 번째 충동이다. 네 마음 한구석에서 접혀 있는 지폐를 찾아 주머니 속에 손을 집어넣고 싶은 충동이 생긴다. 1달러짜리나 5달러짜리 지폐를. 에라, 저 할멈을 한번 즐겁게 해주자. 기뻐서 펄쩍 뛰게.

그때 다른 생각이 떠오른다. 뭐라고, 미쳤어? 너한테는 7달러밖에 없어! 우리가 하루면 다 쓸 돈이야! 그런데 저 할멈한테 5달러를 주겠다구? 그래서 너는 그 돈을 쥐었다 놨다 하기 시작한다.

다시 생각이 일어난다. 이봐, 이봐, 넌 남한테 **마구** 인심 쓸 만큼 많이 갖고 있지 않아! 저 할멈한테 동전이나 몇 개 던져주고 한시바삐 여기서 빠져나가.

너는 25센트짜리 은화 하나를 꺼내려고 다른 쪽 주머니에 재빨리 손을 집어넣는다. 네 손가락에는 10센트짜리 동전과 5센트짜리 동전들만 만져진다. 너는 당황한다. 보라구, 옷도 제대로 갖춰 입고 먹을 것도 제대로 먹으면서, 아무것도 갖지 못한 불쌍한 할멈한테 고작 5센트, 10센트 동전이나 주려는 네 꼬락서니를.

너는 25센트짜리 은화 한두 개를 찾으려 하지만 좀처럼 잡히지 않는다. 아, 하나 있다. 주머니 맨 구석에. 그러나 이제 너는 어색한 웃음을 머금은 채 그녀를 지나치고 말았다. 되돌아가기엔 너무 늦었다. 할멈은 아무것도 얻지 못했다. 너 역시 아무것도 얻지 못했다. 이제 너는 자신의 넉넉함을 깨닫고 남과 나누는 즐거움을 맛보는 대신에 그 할멈만큼이나 초라한 자신을 느낀다.

어째서 너는 **그냥 할멈에게 지폐를 주지 않았는가?** 네 맨 첫 충동은 그것이었으나 네 생각이 그걸 방해했다.

다음번에는 생각하기 전에 행동하겠다고 결심하라. 그 돈을 주어라. 그냥 밀어붙여라! 너는 돈을 갖고 있고, 그 돈을 주더라도 더 나올 데가 있다. 너와 거지 할멈 간의 차이는 바로 이것이다. 너는 돈이 더 들어올 데가 어딘지 확실히 알지만, 할멈은 그 걸 모른다.

뿌리 생각을 바꾸고 싶다면 네가 가진 새로운 생각에 따라 행동하라. 하지만 재빨리 움직여야 한다. 안 그러면 네가 미처 깨닫기도 전에 네 마음이 그 생각을 죽일 것이다. 그야말로 문자 그대로 죽일 것이다. 그 새로운 생각, 새로운 진실은 **네가 미처 눈치챌 틈도 없이** 네 속에서 죽고 말 것이다.

그러니 기회가 오면 재빨리 행동하라. 그리고 이런 일을 충분히 자주 반복하다 보면, 얼마 안 가 네 마음은 그 생각을 받아들일 것이다. 그리고 그것이 네 새로운 사고가 될 것이다.

오, 이제야 알겠습니다! 그건 바로 신사고(新思考) 운동이 내세우는 거잖아요?

그게 아니더라도 그렇다고 해야겠지. 새로운 생각은 네게 주어진 유일한 기회다. 그것은 네가 진화하고 성장하고 '참된 자신'이 될 수 있는 단 하나의 실제 기회다.

지금 네 정신은 낡은 사고들로 가득 차 있다. 낡은 사고들일 뿐 아니라, 대부분 다른 사람들의 낡은 사고들로. 뭔가에 대한 **네 마음을 바꾸자면** 지금이 중요하다. 지금이 기회다. 이것이 바로 진화라는 것이다.

# Conversations with God
# 12

왜 저는 제가 진짜로 하고 싶은 일을 하면서 생활비를 벌 수 없는 겁니까?

뭐라구? 삶의 **재미**도 누리면서, 거기다 생활비까지 챙기고 싶다는 건가? 형제여, **너는** 꿈꾸고 있다!

뭐라구요……?

아, 농담이다. 네 마음을 살짝 읽었을 뿐이다. 너도 알다시피 그게 바로 그 문제에 관한 지금까지의 **네** 생각이었다.

제 체험이기도 합니다.

그렇지. 자, 이쯤에서 돌아보면 우리는 이 문제를 벌써 여러 차례 다뤄왔지? 자신이 좋아하는 일을 하면서 생계비를 버는 사람들은 그렇게 하기로 고집을 부리는 사람들이다. 그들은 포기하지 않는다. 그들은 절대 굴복하지 않는다. 그들은 감히 삶이 자신들이 좋아하는 걸 못하게 놔두지 않는다.

하지만 여기에는 꼭 제기되어야 할 또 다른 요소가 있다. 대부분의 사람들이 삶의 문제를 다룰 때 흔히 놓치곤 하는 것이 이 요소다.

그게 뭡니까?

존재와 행동 간에는 차이가 있다. 사람들은 대부분 행동 쪽에 역점을 두어왔다.

그렇게 해서는 안 되나요?

"해야 한다"거나 "하지 말아야 한다"는 건 없다. 너희가 무엇을 선택하는가, 그리고 어떤 방법으로 그것을 가질 수 있는가만이 있을 뿐. 너희가 평화와 기쁨과 사랑을 선택한다면, 너희는 행동을 가지고는 그것들을 거의 얻지 못할 것이다. 너희가 행복과 만족을 선택한다면, 행동 과정에서는 그것들을 거의 찾지 못할 것이다. 너희가 신과의 재결합, 최상의 앎, 깊은 이해, 끝없는 자비, 완전한 자각, 절대적인 성취를 선택한다면, 너희는 행동으로는 그것들을 거의 이루지 못할 것이다.

달리 말해 너희가 진화를, 영혼의 진화를 선택한다면, 너희는 자기 몸의 세속적인 활동들을 가지고는 그것을 이루지 못할 것이다.

**행동**은 몸의 기능이다. **존재**는 영혼의 기능이다. 몸은 항상 **뭔가를** 하고 있다. 하루하루 순간순간마다 몸은 **뭔가에** 매달려 있다. 몸은 결코 멈추지 않고, 결코 쉬지 않으며, 끊임없이 뭔가를 **한다.**

그것은 영혼의 지시에 따라 하는 행동이기도 하고, 영혼의 지시를 무시한 행동이기도 하다. 너희의 삶의 질은 그 균형에 달려 있다.

영혼은 영원한 존재다. 영혼은 몸이 하는 일 **때문에** 존재하는 것이 아니라, 몸이 뭘 하든 상관없이 존재한다.

만일 너희가 삶을 행동과 관련 있는 것으로 생각한다면, 너희는 자신이 뭘 하는지 모르고 있다.

너희의 영혼은 너희가 생존을 위해 뭘 하든 개의치 않는다. 그리고 너희의 생이 끝나고 나면 너희 역시 개의치 않을 것이다. 너희의 영혼은 너희가 **뭘 하든**, 그걸 하는 동안 너희가 무엇이 되고 있는가에만 관심을 갖는다.

영혼이 관심을 갖는 건 행동 상태가 아니라 존재 상태다.

영혼은 어떤 존재가 되려고 하는데요?

나.

당신이요?

그렇다. 나. 너희의 영혼은 바로 **나다.** 그리고 영혼은 그걸 알고 있다. 영혼이 하는 일은 그것을 **체험하는 것이다.** 그리고 영혼은, 그런 체험을 얻는 가장 좋은 방법은 **아무것도 하지 않는 것**임을 기억하고 있다. 되는 것 말고는 아무것도 할 일이 없다.

무엇이 된다는 건가요?

네가 되고 싶은 건 무엇이나. 행복, 슬픔, 약함, 강함, 기쁨, 복수심, 통찰력, 몽매함, 좋음, 나쁨, 남성, 여성. 이제 네가 말해보라.

자, 어서 **네가** 되고 싶은 걸 말해보라니까.

대단히 심오한 말씀이군요. 하지만 그게 제 생계 문제와 무슨 관련이 있죠? 저는 제가 하고 싶은 일을 하면서 살아남고, 생존하고, 저 자신과 가족을 부양할 방법을 찾으려는 중인데요.

네가 되고 싶은 존재가 되도록 노력하면 된다.

그게 무슨 뜻인가요?

어떤 사람들은 자기네가 하는 일로 많은 돈을 벌지만, 다른 사람들은 그렇게 못한다. 그런데 그들은 **같은 일을 하고 있다.**

어째서 그런 차이가 생길까?

한쪽 사람들이 다른쪽보다 더 실력이 있겠죠.

실력은 첫 번째 척도다. 하지만 지금 우리가 다루려는 것은 두 번째 척도다. 실력이 똑같은 두 사람이 있다 치자. 둘 다 우수한 성적으로 대학을 졸업했고, 둘 다 자기네가 하는 일의 성격을 제대로 파악하고 있으며, 둘 다 뛰어난 솜씨로 자신들의 도구를 사용할 줄 안다. 그런데도 여전히 한쪽이 다른 쪽보다 더 낫다. 한 사람은 사업이 번창하는데 다른 사람은 허덕인다. 어째서 그럴까?

입지요.

입지?

예전에 누가 저한테 얘기하기를, 새로운 사업을 시작할 때 고려할 게 딱 세 가지가 있다고 했습니다. 첫째도 입지, 둘째도 입지, 셋째도 입지라고요.

달리 말해 "무엇을 할 것인가?"가 아니라, "어디에 자리 잡을 것인가?"란 말이냐?

바로 그겁니다.

그것도 내 질문에 대한 답으로 볼 순 있겠군. 영혼은 너희가 어디에 자리 잡을지에만 관심을 갖는다.

너희는 두려움에 자리 잡으려는가, 아니면 사랑에 자리 잡으려는가? 삶과 맞닥뜨릴 때 너희는 어디에 있으며, 어디에서 오고 있는가? 똑같은 자질을 갖춘 두 사업가의 예에서 보면, 두 사람이 하는 일보다는 어떻게 존재하느냐에 따라, 한 사람은 성공했고 다른 한 사람은 그렇지 못했다.

한 여자는 개방적이고, 우호적이고, 자상하고, 인정 많고, 쾌활하고, 자신감 넘치고, 자기 일을 즐기기까지 하는 반면, 다른 한 여자는 폐쇄적이고, 냉담하고, 무심하고, 퉁명스럽고, 인정 없고, 자기 일이 불만스럽기까지 하다.

그런데 너는 훨씬 더 높은 존재 상태를 선택할 생각이 있는가? 너는 선과 자비, 연민, 이해, 용서, 사랑을 선택할 생각이 있는가? 신성(神性)을 선택하는 문제는 어떤가? 그러면 어떤 체험이 따라올까?

내 너희에게 얘기해주리라.

**존재는** 존재를 부르고, 체험을 낳는다.

너희는 자신의 몸으로 뭔가를 만들어내려고 이 행성에 있는 것이 아니다. 너희는 자신의 영혼으로 뭔가를 만들어내려고 이 행성에 존재한다. 너희 몸은 그저 영혼의 도구일 뿐이고, 너희 마음은 몸을 움직이는 힘에 지나지 않는다. 그러므로 여기서 너희는 일종의 동력 도구(전기나 휘발유 엔진의 힘으로 움직이는 도구 - 옮긴이)를 갖고 있는 셈이다. 영혼이 자신이 바라는 것들을 창조하는 과정에서 사용하는 동력 도구를.

영혼이 바라는 건 뭔가요?

　참, 그게 뭘까?

전 모르죠. 제가 묻고 있잖아요.

　나도 모른다. 나도 네게 묻고 있다.

이러다가는 영원히 서로에게 되묻기만 하겠군요.

　그렇겠군.

잠깐만요! 조금 전에 당신은 영혼이 당신이 되려 한다고 하셨어요.

　그렇다.

그럼 **그것이** 바로 영혼이 바라는 것이겠군요.

　넓은 의미에서는 그렇다. 하지만 영혼이 되고자 바라는 나
는, 수많은 차원과 수많은 감각과 수많은 측면을 지닌 복잡한
존재다. 내게는 몇백만 가지 측면들이 있다. 아니, 몇억, 몇조의
측면들이. 알겠느냐? 경박함과 심오함, 작은 것과 큰 것, 비천
함과 거룩함, 하찮음과 신성이 있다. 알겠느냐?

아, 예, 알겠습니다…… 위와 아래, 왼쪽과 오른쪽, 여기와 저기, 전과 후, 선과 악……

　　바로 그거다. 나는 알파요 오메가다. 이 표현은 그냥 단순히 재치있는 말이나 근사한 개념에 불과했던 게 아니었다. 이것은 그 자체로 진리의 표현이었다.
　　내(神)가 되기로 결정한 영혼은 엄청난 일거리들을 눈앞에 갖게 된다. 선택할 **존재**라는 엄청난 메뉴를. 그리고 이것이 바로 지금 이 순간에도 영혼이 하고 있는 일이다.

존재의 상태들을 선택하는 일 말이죠.

　　그렇다. 그리고 나서 그것을 체험할 수 있는 적절하고 완벽한 **조건**들을 조성하는 일. 그러므로 너희에게는, 그리고 너희를 통해서는 너희 자신의 최고선에 맞지 않는 일은 아무것도 일어나지 않는다는 게 진실이다.

제가 하고 있는 일들뿐만 아니라 제게 일어나고 있는 일들까지 포함하여 제 영혼이 제 모든 체험을 창조하고 있다는 뜻인가요?

　　영혼이 너희가 체험하고자 계획했던 것을 정확하게 체험할 수 있는, 적절하고도 완벽한 **기회**들을 너희에게 가져다주었다고 해보자. 그럴 때 너희가 실제로 무엇을 체험하느냐는 너희 자신에게 달려 있다. 너희의 실제 체험은 너희의 선택에 따라 애초에 체험하려던 게 될 수도 있고, 다른 어떤 게 될 수도 있다.

어째서 체험하고 싶지 않은 것을 선택하곤 합니까?

그건 나도 모른다. 너는 왜 그러느냐?

그러니까, 가끔 영혼이 바라는 바와 몸과 마음이 바라는 바가 다른 경우도 있다는 말씀이신가요?

네 생각은 어떠냐?

하지만 어떻게 몸이나 마음이 영혼을 지배할 수 있습니까? 영혼은 언제나 자신이 원하는 걸 얻지 않을까요?

가장 큰 의미에서 볼 때, 너희의 영혼은 너희가 영혼 자신의 바람을 의식적으로 자각하고, 그 바람과 즐거이 하나가 되는 위대한 순간이 오기를 고대한다. 하지만 영혼은 결코 지금의 의식적이고 물질적인 너희 부분에게 자신의 바람을 강요하지 않으며, 앞으로도 계속 그럴 것이다.

성부(聖父)는 아들에게 자신의 의지를 강요하지 않을 것이다. 그렇게 하는 건 성부의 본성 자체에 대립하는 것이기에, 그것은 문자 그대로 불가능하다.

성자(聖子)는 성신에게 자신의 의지를 강요하지 않을 것이다.

그렇게 하는 건 성자의 본성 자체에 어긋나는 것이기에, 그것은 문자 그대로 불가능하다.

성신은 너희 영혼에게 자신의 의지를 강요하지 않을 것이다. 그렇게 하는 건 성신의 본성이 아니기에, 그것은 문자 그대로 불가능하다.

불가능은 여기에서 끝난다. 마음은 아주 빈번하게 몸에게 자신의 의지를 행사하고자 하며, 실제로 그렇게 한다. 마찬가지로 몸은 종종 마음을 통제하고자 하며, 그것은 자주 성공을 거둔다.

그러나 몸과 마음은 영혼을 통제할 필요가 전혀 없다. 왜냐하면 영혼은 어떤 욕구도 갖지 않기 때문에(몸과 마음이 욕구들에 얽매여 있는 것과 달리), 늘 몸과 마음이 자기네 뜻대로 하게 내버려둔다.

사실 영혼으로서는 그렇게 할 수밖에 없다. 너희 자신인 그 실체가 참된 자신을 창조하는 것으로 참된 자신을 알고자 한다면, 그 과정은 의식하지 못하는 복종 행위를 통해서가 아니라, 의식하는 의지(意志) 행동을 통해서 이루어져야 하기 때문이다.

**복종은 창조가 아니며, 따라서 결코 구원을 가져다주지 않는다.**

복종은 반응인 반면, 창조는 명령받지 않고 요구받지 않은 순수한 선택이다.

순수한 선택은 지금 이 순간에 가장 고귀한 관념이 만들어낸 순수한 창조를 통해 구원을 가져온다.

영혼의 기능은 자신의 바람을 강요하는 것이 아니라 **보여주**

는 **것**이다.

마음의 기능은 여러 가지 대안들 중에서 **선택하는 것**이다.

몸의 기능은 그 선택을 **실천에 옮기는 것**이다.

몸과 마음과 영혼이 조화롭게 하나가 되어 함께 창조할 때, 신은 현실 속에 구현된다.

그럴 때 영혼은 자신의 체험 속에서 스스로를 인식한다.

그럴 때 하늘은 크게 기뻐한다.

바로 지금 이 순간에도 너희 영혼은 너희가 '참된 자신'을 아는 데 필요한 것이 되고, 그것을 하고, 그것을 가질 기회를 창조하고 있다.

너희 영혼은 지금 이 순간에 너희가 읽고 있는 글들로 너희를 **데려왔다.** 예전에도 너희를 지혜와 진리의 글들로 데려갔던 것처럼.

지금 너는 무엇을 하려 하느냐? 어떤 존재가 되길 선택하려는가?

너희 영혼은 과거에도 무수히 그러했던 것처럼 기다리면서 흥미롭게 지켜보고 있다.


그 말씀은 제가 어떤 존재 상태를 선택하느냐에 따라 제 세속적인 성공 여부가 결정되리란(저는 여전히 제 성공 가능성에 대해 얘기하고 싶습니다) 뜻으로 이해해도 됩니까?


나는 네 세속적인 성공에 대해서는 관심이 없다. 너만 거기에 연연할 뿐이지.

너희가 장기간에 걸쳐 특정한 존재 상태를 이뤄낼 때 자신이 하는 세상 일에서 성공하지 않기란 대단히 어렵다. 그러니 "생계를 꾸리는 것"에 대해서는 걱정할 필요가 없다. **참된 스승들은 생계를 꾸리기보다는 삶을 꾸리기로 선택한 사람들이다.**

특정한 존재 상태들에 이르면, 삶은 풍족하고 충만하며 장대하고 보상받을 것이기에, 세속적인 부(富)와 성공은 조금도 너희의 관심을 끌지 않을 것이다.

삶의 역설은 너희가 세속적인 부와 성공에 아무 관심이 없어지는 순간에야 비로소, 그것들이 너희에게 흘러들어올 길이 열린다는 점이다.

기억하라, 너희는 원하는 걸 가질 수는 없지만, 자신이 가진 걸 체험할 수는 있다.

제가 원하는 걸 가질 수 없다구요?

그렇다.

전에도 이런 말씀을 하셨더랬죠. 우리가 대화를 막 시작하던 무렵에요. 그러나 저는 아직도 이해가 안 갑니다. 제가 생각하기로 당신은 제가 원하는 건 뭐든지 다 가질 수 있다고 말씀해오신 것 같은데요. "네가 생각하는 대로, 네가 믿는 대로 다 이루어지리라"는 식으로요.

그 두 가지 진술은 서로 모순되지 않는다.

298

모순되지 않는다구요? 제게는 확실히 모순되게 느껴지는데요.

　네 이해가 모자라기 때문이다.

좋습니다. 그건 저도 인정합니다. 제가 당신과 대화하는 것도 그 때문이니까요.

　그럼 설명해주지. 너희는 자신이 원하는 건 아무것도 가질 수 없다. 내가 전에, 이 책 1장에서 말했다시피, 뭔가를 원한다는 행동 자체가 그것을 네게서 멀어지게 한다.

음, 전에도 그런 말씀을 하셨던 것 같군요. 하지만 당신은 제게서 떠나고 있습니다. 빠른 속도로요.

　붙잡고 있으려면 싸워라. 다시 좀 더 상세히 설명해줄테니 잘 기억해두어라. 네가 이해하고 있는 대목으로 돌아가보자. **생각에는 창조하는 힘이 있다.** 맞는가?

맞습니다.

　말에는 창조하는 힘이 있다. 이것도 이해하는가?

예.

행동에는 창조하는 힘이 있다. 생각, 말, 행동은 창조의 세 가지 차원이다. 아직 나와 함께 있는가?

예, 있습니다.

좋다. 그럼 네가 줄곧 얘기하고 물어왔던 것이니, "세속적인 성공"을 지금의 주제로 삼기로 하자.

좋습니다.

지금 너는 "나는 세속적인 성공을 원한다"는 생각을 하고 있느냐?

가끔 가다요.

그리고 너는 가끔 가다 "나는 더 많은 돈을 원한다"는 생각을 하느냐?

예.

바로 그 때문에 너는 세속적인 성공도 더 많은 돈도 가질 수 없다.

왜죠?

우주로서는 **네가 생각하는 걸 그대로 실현해주는 것** 외에 달리 선택할 여지가 없기 때문이다.

네 생각은 "나는 세속적인 성공을 원한다"이다. 너도 이해하다시피 그런 생각은 호리병 속에 든 요정처럼 창조하는 힘이 있다. 네 말은 요정의 명령이다. 이해하겠느냐?

그런데 왜 제가 성공하지 못한다는 건가요?

이미 말했듯이 네 말은 요정의 명령이다. 그런데 네 말은 "나는 성공을 원한다"였다. 그럴 때 우주는 "알았다, 그렇게 하라"고 말한다.

그래도 무슨 말씀을 하시는 건지 모르겠습니다.

이런 식으로 생각해보라. "나"라는 말은 창조의 엔진에 시동을 걸어주는 열쇠다. "나는"이라는 두 단어는 엄청난 힘을 갖고 있다. 그 말들은 우주에 보내는 진술이며, 명령이다.

이제 "나"라는 말(이 말은 '위대한 나the Great I Am'를 불러들인다) 뒤에 따라오는 건 뭐든지 현실에서 그대로 실현되는 경향이 있다.

그러므로 "나" + "성공을 원한다want"는 성공이 모자라는 wanting 너를 만들어내며, "나" + "돈을 원한다"는 돈이 모자라는 너를 만들어낸다. 생각과 말에는 창조력이 있기에 다른 결과는 나올 수 없다. 행동 역시 마찬가지다. 만일 네가 성공과 돈을 원한다는 식으로 말하고 행동한다면, 네 생각과 말과 행동은 서로 일치되고, 따라서 너는 확실히 이것들이 모자라는 체험을 하게 된다.

알겠느냐?

맙소사! 정말로 그렇게 되나요?

물론이다. 너희는 **강력한 힘을 지닌 창조주**다. 그런데 너희가 예컨대 화가 나거나 짜증이 나서 딱 한 번 한 생각이나 말이라면, 그것들이 그대로 현실이 되는 일은 거의 없다. 그러므로 너희가 가끔 그러하듯이 "뒈져라!"라거나 "지옥에나 가버려!"라거나, 그 밖에 별로 고상하지 못한 말들을 생각하거나 뱉었다고 염려할 필요는 없다.

그거 고맙군요.

천만에. 그러나 너희가 어떤 생각이나 말을 자꾸자꾸 되풀이한다면, 한두 번이 아니라 몇십 번, 몇백 번, 몇천 번 되풀이한다면, 그것들의 창조력이 얼마나 엄청날지 생각해봤는가?

**자꾸자꾸 되풀이된 생각이나 자꾸자꾸 표현된 말은 표현된 꼭 그대로 된다. 즉 생각하거나 말한 그대로 밀려나온다는 말이다. 그것은 외부로 나와 실현된다. 그것은 너희의 현실이 된다.**

비극이군요.

그 말이 흔히 만들어내는 것이 바로 이것, 비극이다. 너희는 비극을 사랑하고 삶의 드라마를 사랑한다. 너희가 더 이상 그렇게 하지 않을 때까지 너희는 그렇게 한다. 그러나 언제고 너희의 진화 과정에서 드라마를 사랑하고, 너희가 살아온 "이야기"를 사랑하는 걸 그만둘 시점이 온다. 그때가 바로 너희가 그것을 바꾸기로 결정하는 때, 꼭 바꾸기로 선택하는 때다. 대다수 사람들이 그 방법을 모를 뿐이다. 하지만 이제 너는 알고 있다. 네 현실을 바꾸려면 **그냥 그런 식으로 생각하길 그만두면 된다.**

네 경우라면 "나는 성공을 원한다"고 생각하지 말고, "나는 성공했다"고 생각하도록 하라.

저한테는 그게 거짓말처럼 여겨집니다. 제가 그렇게 말한다면 그건 저 자신을 놀리는 게 됩니다. 제 마음은 "말도 안 돼!"라고 소리칠 겁니다.

그럼 네가 **받아들일 수 있는** 생각을 하라. "지금 성공이 내게 다가오고 있어"라거나 "모든 게 다 내 성공을 돕고 있어"라는 식으로.

뉴에이지식 긍정 훈련의 배후에 깔린 수법이 바로 그런 건데요.

**긍정이 너희가 이루고자 하는 것에 대한 진술일 뿐이라면, 그것은 아무 효과도 없다. 긍정은 이미 이루어졌음을 너희가**

**아는 것에 대한 진술일 때만 효과가 있다.**

소위 최고의 긍정은 감사와 인정의 진술이다. "신이시여, 제가 성공하게 해주셔서 고맙습니다." 이제 말과 행동으로 옮겨진 그런 관념이나 생각은 그것들이 참된 앎에서 온 것일 때, 어떤 결과를 **만들어내려는** 데서가 아니라, 결과가 **이미** 만들어졌음을 깨닫는 데서 온 것일 때, 놀라운 결과를 낳는다.

예수는 이것을 확실히 알고 있었다. 예수는 기적을 일으킬 때마다 그에 앞서 기적을 가져다 준 것에 대해 내게 미리 감사했다. 그로서는 감사하지 않는다는 건 꿈에도 생각할 수 없는 일이었다. 왜냐하면 자신이 선언한 것이 일어나지 않을 거란 생각을 **한번도 해본 적이 없었기에.**

그는 '자신이 누구인지'와 자신과 나의 관계를 굳게 확신하고 있었기에, 그의 모든 생각과 말과 행동은 그의 앎을 있는 그대로 반영했다. **너희의** 생각과 말과 행동이 너희의 앎을 그대로 반영하는 것과 꼭 마찬가지로……

**그러니 이제 네가 삶에서 체험하고자 하는 뭔가가 있다면, 그것을 "원하지" 말고 선택하라.**

너는 세속적인 의미에서 성공을 선택하려는가? 더 많은 돈을 선택하려는가? 좋다, 그럼 그것들을 선택하라. 어중간하게 선택하지 말고 진심으로, 온 마음으로 선택하라.

그러나 네가 이르게 될 발전 단계에서 "세속적인 성공"이 더 이상 네 관심을 끌지 않는다 해도 그리 놀라지 마라.

그건 무슨 뜻인가요?

모든 영혼의 진화 과정에는 더 이상 몸의 생존이 아닌 영혼의 성장이 주요 관심이 되고, 더 이상 세속적인 성공 달성이 아닌 자기 실현이 주요 관심이 되는 때가 있기 마련이다.

어떤 의미에서 보면, 이때가 아주 위험하다. 특히 처음 시작 단계에서는. 왜냐하면 그것은 자신의 실체가 바로 그거라는 것, 즉 자신이 몸의 존재가 아니라 몸속의 존재임을 알게 되기 때문이다.

성장 중인 그 실체가 이 관점을 충분히 자신의 것으로 소화하기 전인 이 단계에서, 흔히 마음은 몸의 일들에 대해 더 이상 아무 신경도 쓰지 않으려고 한다. 그 영혼은 드디어 자신이 "발견되었다"는 사실에만 너무 흥분해 있다!

그럴 때 마음은 몸과 몸에 관한 모든 문제를 내팽개친다. 모든 게 다 무시된다. 모든 관계가 옆으로 제쳐지고, 가족들도 관심 밖으로 밀려난다. 직업은 부차적인 것이 되고, 청구서들은 그대로 방치된다. 몸은 오랫동안 먹지조차 못한다. 이제 그 실체의 모든 관심과 초점은 영혼과 영혼의 문제들에 집중된다.

이런 사태는 그 존재의 나날의 삶에서 심각한 위기를 가져올 수 있다. 비록 그 마음은 어떤 외상(外傷)도 느끼지 못하겠지만. 마음은 더없는 행복감에 젖어 있다. 이럴 때 다른 사람들은 네가 미쳤다고 말한다. 사실 어떤 의미에서 너는 미쳤을 수도 있다.

삶이 몸과 아무 관련도 없다는 진실을 발견한 것이 역으로 다른 식의 불균형을 만들어내는 것이다. 그 실체는 전에는 몸이 존재하는 모든 것인 듯이 행동했지만, 이제는 몸이 전혀 중요하지 않은 것처럼 행동한다. 얼마 안 가 그 실체가 기억해내게 되듯이(때로는 고통스러운 과정을 거쳐), 물론 이것은 진실이 아니다.

너희는 몸과 마음과 영혼으로 이루어진 3중의 존재다. 너희가 이 지상에 살고 있는 동안만이 아니라, 너희는 **언제나** 3중의 존재로 머물 것이다.

죽음이 닥치면 몸과 마음은 떨어져나간다고 여기는 사람들이 있는데, 그것들은 떨어져나가지 않는다. 몸은 가장 밀도가 높은 부분을 뒤에 남겨둔 채 형태를 바꾸긴 하지만, 그 외피(外皮)는 항상 유지한다. 마음(이것을 뇌와 혼동하지 마라) 역시 세 가지 차원, 혹은 세 가지 측면으로 이루어진 하나의 에너지 덩어리로 영혼 및 몸과 함께 결합하여 너희를 따라간다.

만일 너희가 다시 지상의 삶이라는 이 체험을 선택해야 한다면, 너희의 신성한 자아는 다시 한번 자신의 진짜 차원들을 소위 몸, 마음, 영혼으로 분리시킬 것이다. 사실 너희는 세 가지 다른 특성을 지니긴 하지만, 같은 하나의 에너지다.

너희가 이 지상에서 새로운 신체 속에 존재하기로 마음먹으면, 너희의 에테르성(性) 몸(너희 중 일부는 그것을 이렇게 부른다)은 그 진동수를 낮춘다. 즉, 눈에 보이지 않을 정도로 너무 빠른 진동에서 질량과 물질을 낳는 속도로 늦춘다. 이 실제 물질은 순수한 사고의 창조물이다. 이것은 너희 마음이, 너희의 3중 존재 중에서 고귀한 마음의 측면이 이뤄낸 작품이다.

이러한 물질은 수천조 수천경의 각기 다른 에너지 단위들이 하나의 거대한 덩어리, 마음으로 통제할 수 있는 에너지 덩어리로 응고된 것이다. 너희는 진짜로 주(主)된 마음이고!

이 미세한 에너지 단위들이 자체의 에너지를 다 써버리고 나면 몸은 그것들을 버린다. 그러면 마음은 새로운 에너지들을 창조한다. 마음은 '자신이 누구인지'에 대한 끊임없는 생각 속에서 그것들을 창조한다! 말하자면 에테르성 몸이 그 생각을 "포착해서" 더 많은 에너지 단위들의 진동수를 낮추면(어떤 의미에서는 그 에너지 단위들을 "결정화[結晶化]하면"), 그것들은 다시 물질이 된다. 너희라는 새로운 물질이. 이런 식으로 너희 몸의 모든 세포는 몇 년마다 한 번씩 바뀐다. 너는 문자 그대로 몇 년 전의 너와 **똑같은 사람이 아니다.**

만일 너희가 질병에 대해 생각한다면(혹은 계속 화내고 증오하고 부정적이라면), 너희의 몸은 이런 생각들을 물질 형태로 전환시킬 것이다. 사람들은 이런 부정적이고 병적인 형태를 보고 "무슨 일이야What's the matter?"(이 말을 직역하면, "그 물질은 무엇인가?"가 된다—옮긴이)라고 물을 것이다. 그들은 그렇게 물어놓고도 자기네가 얼마나 정확한 질문을 던졌는지 깨닫지 못한다.

영혼은 너희에 관한 진실을 간직한 채, 이 모든 드라마가 펼쳐지는 걸 해마다, 달마다, 날마다, 순간마다 지켜본다. 영혼은 그 청사진을, 원래 계획을, 맨 처음 생각을, 생각의 창조력을 결코 잊지 않는다. 영혼이 하는 일은 너희에게 상기시키는remember 것, 즉 문자 그대로 다시 **마음을 쓰게**re-mind 만드는 것이다. 너희가 다시 한번 '자신이 누구인지' 기억해내고, 그리하여 '지금 되고자 하는 자신'을 선택할 수 있도록.

이런 식으로 창조와 체험, 영상화와 실현, 앎과 미지로의 성장 순환은 지금도, 그리고 앞으로도 영원히 지속되는 것이다.

휘유!

맞다, 휘유!라고 하는 바로 그 느낌이다. 하지만 설명할 게 훨씬 더 많이 있다. 아주 많이. 한 권의 책으로는, 아니 한평생을 다 써도 모자랄 만큼 많이. 하지만 너는 이제 시작했으니 그걸로 좋다. 단지 이것 하나만 명심하라. 너희의 위대한 교사인 윌리엄 셰익스피어는 이렇게 말했다. "호레이쇼, 이 천지간에는 자네의 지혜로 상상할 수 있는 것보다 더 많은 것들이 있다네."
《햄릿》1막 5장 - 옮긴이)

지금 말씀하신 것에 관해 몇 가지 질문을 해도 될까요? 제가 죽은 뒤에도 마음이 저와 같이 간다고 하셨을 때 그건 제 "개성"이 저와 함께 간다는 뜻인가요? 사후 세계에서도 제가 누구였는지 알게 된다는 말씀인가요?

그렇다…… 네가 지금까지 어떤 존재였는지도. 너는 그 모든 걸 훤히 볼 것이다. 그때는 그게 네 깨달음에 도움이 되니까. 하지만 지금 이 순간에는 그렇지 않을 것이다.

그럼 내세에는 현재의 삶과 관련하여 일종의 "계산서"나 개괄 평가서, 일종의 대차대조표 같은 게 있습니까?

너희가 내세라 부르는 곳에는 어떤 심판도 존재하지 않는다. 심지어 너희 스스로 자신을 심판하는 것도 허용되지 않을 것이다(너희가 현생에서 자신에 대해 얼마나 엄하고 가혹하게 구는가를 생각하면, 거기서도 너희는 자신에게 낮은 점수를 줄 게 분명하니까).

아니다, 거기에는 계산서도 없고, "엄지를 올리거나 내리는" 사람도 없다. **심판하기 좋아하는 것은 인간들뿐이다. 너희가 그러하기 때문에 너희는 나도 그러리라고 가정한다. 그러나 나는 그렇지 않다. 그리고 이것은 너희가 받아들일 수 없는 위대한 진실이다.**

내세에는 어떤 심판도 존재하지 않음에도 불구하고 너희가 이곳에서 생각하고 말하고 행동했던 모든 것을 다시 돌아보고, 너희가 말하는 '자신'과 '되고자 하는 자신'에 근거하여, 다시 선택할—만일 선택할 게 있다면—기회는 있을 것이다.


동양에는 욕계(欲界, Kama Loka)라는 개념을 중심으로 한 신비주의 교리가 있습니다. 이 가르침에 따르면, 죽었을 때 우리는 이 생에서 생각하고 말하고 행동했던 모든 것을 자신의 관점에서가 아니라, 그런 것들에 영향을 받은 다른 모든 사람의 관점에서 다시 재현해볼 기회가 생긴다고 합니다. 달리 말해, 우리는 현생에서 자신이 생각하고 말하고 행했다고 느낀 모든 걸 이미 체험했고, 이번에는 이 각각의 순간에 남들이 느꼈던 것을 느끼는 체험을 하게 된다는 거죠. 그리고 우리는 **그런** 체험을 바탕으로 해서 그런 생각이나 말이나 행동을 다시 반복할 것인지 여부를 결정한다고 합니다. 이런 가르침에 대해서는 어

　현생 이후 너희 삶에서 일어나는 일들은 이 자리에서 너희가 이해할 수 있는 용어로는 도저히 설명할 수 없을 만큼 경이롭다. 그 체험은 다른 차원의 체험이고, 인간의 언어라는 지독히 제약된 도구로는 도저히 설명할 길이 없다. 여기서는 그저 너희가 어떤 고통이나 두려움이나 심판받는 일 없이 자신의 전생을 다시 조망할 기회를 가지며, 너희는 그것을 통해 이곳에서의 체험을 어떻게 느끼고, 그 다음에 어디로 가고 싶은지 판단하게 된다는 얘기만으로 충분할 것이다.

　너희 중 상당수는 다시 이곳으로 돌아오기로, 너희가 현재 수준에서 자신에 관해 내리는 결정과 선택들을 체험할 또 한번의 기회를 갖기 위해 이 고밀도의 상대계로 돌아오기로 결정할 것이다.

　선택받은 소수인 다른 이들도 다른 사명을 갖고 이 세상에 돌아올 것이다. 그들은 밀도와 물질 중에서 남들을 건져내려는 영적인 목적을 갖고 밀도와 물질의 이 세상으로 돌아올 것이다. 이 지상에는, 너희 중 늘 그런 식의 선택을 한 사람들이 존재한다. 너희는 그들을 금방 알아볼 수 있다. 그들의 할 일은 끝났다. 그들은 오로지 남들을 도우려는 목적 하나로 지상으로 돌아온다. 이것이야말로 그들의 기쁨이요, 열광이다. 그들은 봉사하는 것 외에는 어떤 것도 추구하지 않는다.

　너희는 그런 사람들을 놓칠래야 놓칠 수 없다. 그들은 어디에나 있다. 그들의 수는 너희가 생각하는 것보다 훨씬 더 많다.

너희가 그런 사람을 알 기회, 그런 사람에 대한 소문을 들을 기회는 항상 존재한다.

제가 그런 사람인가요?

　아니. 너는 이런 질문을 던진다는 것 자체로 자신이 그런 사람이 아니라는 걸 알 것이다. 그런 사람은 누구에게도 묻지 않는다. 그에게는 물을 게 없다.

　내 아들이여, 이번 생에서 너는 사자(使者)다. 예고하는 사람이고, 소식을 전하는 사람이며, 진리를 추구하고 자주 진리에 대해 이야기하는 사람이다. 한번의 생애가 그 정도면 대단한 것이다. 그러니 기뻐하라.

아, 그럼요. 하지만 누구나 그 이상을 바랄 수도 있는 것 아닙니까?

　그렇지! 그리고 넌 그렇게 된다! 너는 항상 그 이상을 바라게 될 거야. 그게 네 본성이니까. 항상 더 나아지려고 하는 건 신성한 본성이지.

　그러니 추구하라. 그래, 무슨 수를 쓰더라도 추구하라.

　이제 나는 이번 장의 서두에서 네가 던진 질문에 분명히 대답하고자 한다.

　계속 앞으로 나아가면서 네가 진실로 좋아하는 일을 하라! 그 외에 다른 건 일절 하지 마라! 네게는 시간이 거의 없다. 어떻게 생계를 위해 네가 좋아하지 않는 일에 시간을 낭비할 생각을 할 수 있단 말인가? 무슨 그 따위 삶이 있단 말인가? 그건 사는 게 아니라 **죽어가는 것**이다!

만일 네가, "하지만, 하지만…… 제게는 딸린 식구들이 있습니다…… 먹여살려야 할 어린 것들이 있고…… 저만 쳐다보는 아내가 있습니다……"고 말한다면, 나는 이렇게 대답하리라. 만일 네가 몸이 하는 일을 삶이라고 주장한다면, 너는 무엇 때문에 이곳에 왔는지 이해하지 못하고 있다. 적어도 너를 기쁘게 해줄 일, '자신이 누구인지' 말해줄 일을 하라.

그러면 최소한 네 기쁨을 방해한다고 여기는 사람들을 향한 원망과 분노에서는 벗어날 수 있으리라.

네 몸이 하는 일이 하찮다는 건 아니다. 그것은 중요하다. 하지만 네가 생각하는 식으로는 아니다. 몸의 활동은 어떤 존재 상태에 이르고자 시도한다는 의미에서가 아니라, 어떤 존재 상태를 반영한다는 의미에서 중요하다.

만사가 제대로 질서 잡혀 있다면 사람은 행복해**지려고** 뭔가를 **하는 게** 아니다. 누구나 행복하다. 그래서 뭔가를 하는 것이다. 자비로워**지려고** 무슨 일을 **하는 게** 아니라, 자비롭기 때문에 그런 식으로 행동한다. 의식이 깨어 있는 사람에게는 영혼의 결정이 몸의 행동보다 먼저 이루어진다. 의식 없이 행동하는 사람만이 몸이 하는 일을 매개로 영혼의 상태를 만들어내고자 한다.

"네 몸이 하는 일이 삶은 아니다"란 내 진술이 뜻하는 바가 바로 이것이다. 그럼에도 네 몸이 하는 일이 네 삶의 현 상태를 반영해주는 건 사실이다.

이것은 또 다른 신성한 이분법이다.

그러나 다른 건 다 못하더라도 이것만은 알아둬라.

자식이 있건 없건, 배우자가 있건 없건 간에 누구나 기쁨을 누릴 **권리가** 있다. 그것을 추구하고 그것을 찾아내라! 그러면 네 가족들은 네가 돈을 벌고 못 벌고에 상관없이 기쁨에 찬 가족이 될 것이다. 그리고 만일 그들이 기뻐하지 않고 일어나 네 곁을 떠나려 한다면, 그들 나름의 기쁨을 찾을 수 있게 사랑으로 그들을 떠나보내라.

한편, 만일 네가 몸의 일들에 아무 관심도 없는 정도로까지 성숙해지면, 너는 하늘에서 그러한 것처럼 이 지상에서도 훨씬 더 자유롭게 자신의 기쁨을 추구하게 될 것이다. 신은 행복한 건 좋은 일이라고, 자신이 하는 일에서 행복해하는 것까지도 좋은 일이라고 말한다.

네가 이제까지 해온 일은 바로 '자신이 누구인지'에 관한 진술이다. 만일 그렇지 않다면 너는 왜 그런 일을 하는가?

그 일이 하지 않으면 안 되는 일이라 생각하는가?

**네가 꼭 해야 하는 일이란 건 없다.**

어떤 희생도 마다하지 않고, 심지어 자신의 행복까지 희생하면서 가족을 부양하는 사내가 '자신'이라면, 네가 하는 일을 사랑하라. 그렇게 하는 게 네가 창조하는 **너 자신을 생생하게 진술할 수 있게 해주기** 때문이다.

자신에게 책임이 주어졌을 때 그 책임을 다하기 위해 자기가 싫어하는 일이라도 열심히 하는 여자가 '자신'이라면, 네 일을 사랑하고 사랑하고 또 사랑하라. 그렇게 하는 게 네 자아 이미지, 네 자아 개념을 전폭 뒷받침해줄 터이니.

누구든 간에 자기가 무슨 일을, 왜 하고 있는지 깨닫는다면, 모든 것을 사랑할 수 있다.

**스스로 원치 않는 일을 하는 사람은 아무도 없다.**

제가 직면하고 있는 일부 건강 문제들은 어떻게 해결할 수 있습니까? 저는 평생토록 지속되기에 충분할 만큼 심한 고질병들을 앓아왔습니다. 왜 저는 지금까지도 그런 병들을 갖고 있는 걸까요? **이번** 생애에서 말입니다.

우선 한 가지 점을 분명히 해두자. 너는 그 병들을 사랑한다. 아무튼 그 병들 대부분을. 너는 자신에게 연민을 느끼고 남들의 주의를 끌기 위해 그 병들을 놀라울 만치 잘 이용하고 있다.

어쩌다 네가 그 병들을 사랑하지 않는 때라고 해봐야, 그것들이 정도 이상으로 진전되었을 때, 애초에 네가 그 병들을 지어내면서 생각한 정도보다 훨씬 더 심할 때뿐이다.

아마 너도 알고 있을지 모르지만, 모든 병은 스스로 창조한다. 고리타분한 의사들조차 지금은 사람들이 어떤 식으로 자신을 아프게 만드는지 알고 있다.

대다수 사람들은 전혀 의식하지 못한 채 그렇게 한다(그들은 자기네가 뭘 하는지도 모른다). 그리하여 병이 들면 그들은 왜 병이 자신을 **덮쳤는지** 모른다. 마치 자기네 스스로 저지른 짓이 아니라 하늘에서 뭔가가 뚝 떨어지기라도 한 것처럼 느낀다.

대다수 사람들이 의식하지 않고 살기 때문에 이런 일이 일어난다. 비단 건강 문제와 그 결과만 그런 게 아니다.

사람들은 담배를 피우면서도 자신이 왜 암에 걸렸는지 의아해한다.

사람들은 고기와 지방을 먹으면서도 왜 동맥경화가 일어났는지 의아해한다.

사람들은 한평생 계속해서 화를 내면서도 왜 심장마비가 왔는지 의아해한다.

사람들은 엄청난 스트레스를 받아가며 무자비하게 남들과 경쟁하면서도 자신한테 왜 뇌일혈이 일어났는지 의아해한다.

대부분의 사람들이 자신을 **죽음으로 몰아갈 만큼 걱정하며** 살지만, 이것은 그리 뚜렷하게 드러나지 않는다.

걱정은 마음의 활동 중에서 미움 다음가는 나쁜 것으로, 거의 최악이라 해도 좋을 만큼 자신을 심하게 파멸시키는 형태다. 걱정은 일정한 초점 없이 정신 에너지를 쓸데없이 허비하게 만든다. 그것은 또 몸에 해를 주는 생화학 반응들을 창조하여, 소화불량에서 관상동맥 폐색까지 온갖 병들을 일으킨다.

걱정을 그만두면 건강은 이내 좋아질 것이다.

**걱정은 마음이 자신과 나(神)의 연관성을 이해하지 못할 때 보여주는 마음의 행동이다.**

미움은 가장 위험한 정신 상태다. 그것은 몸에 독을 퍼뜨려, 사실상 돌이킬 수 없는 결과를 빚어낸다.

두려움은 '너희'의 모든 것에 맞서는 대립물이다. 따라서 그것은 너희의 정신 건강과 육체 건강에 대립하는 결과를 낳는다. **두려움은 걱정이 증폭된 것이다.**

걱정과 미움과 두려움은, 그 파생물들인 불안, 애달픔, 성마름, 탐욕, 불친절, 심판하기, 비난 따위와 함께 어느 것이나 몸 세포들을 공격한다. 이런 조건에서 건강한 몸을 갖기란 불가능하다.

자만심, 방종, 욕심 같은 것들은 앞의 것들보다 다소 덜하긴 하지만, 그래도 역시 신체의 질병이나 불편을 가져온다.

모든 병은 무엇보다 먼저 정신에서 창조된다.

어떻게 그럴 수 있죠? 남한테서 옮는 것들은요? 예를 들면 감기라든지…… 그리고 에이즈 같은 건요?

너희 삶에서 생각하지도 않았는데, 어떤 일이 일어나는 경우는 절대 없다. 생각은 자석처럼 결과를 너희에게 끌어다준다. 때로는 생각이 명료하지 않아서, "나는 고약한 병에 걸릴 거야"라는 식의 확실한 원인 제공자로 나타나지 않을 수도 있다. 생각은 그보다 훨씬 더 미묘한 형태로 나타날 수 있다(그리고 대체로 그렇다). 예를 들면 ("나는 살 가치가 없는 놈이야"), ("내 인생은 늘 엉망이야"), ("나는 실패한 인간이야"), ("신이 나를 벌하실 거야"), ("사는 것이 지겹고 신물이 나!")……

생각은 대단히 미묘하면서도 엄청나게 강력한 에너지 형태다. 말은 그보다 덜 미묘하지만 더 짙은 에너지 형태이고, 행동은 셋 중에서 가장 짙은 에너지 형태다. 행동은 둔중한 물질 형태와 둔중한 움직임 속의 에너지다. 너희가 "나는 패배자야" 같은 부정적인 개념을 생각하고 말하고 행동할 때, 너희는 엄청나게 강한 창조 에너지를 움직이고 있는 것이다. 이럴 때 너희가 감기에 걸린다 해도 별로 놀랄 일이 아니다. 감기에 걸리는 정도는 아마 가장 약소한 결과일 것이다.

부정적인 생각의 결과들이 일단 물질 형태를 띠고 나면, 그 결과들을 뒤집기는 대단히 어렵다. 불가능하지는 않지만 대단히 어렵다. 그것을 뒤집으려면 최고의 믿음이라는 행동이 필요하다. 우주의 긍정적인 힘에 대한 남다른 믿음이 있어야 한다. 너희가 이 힘을 신이라 부르든, 여신, 혹은 부동(不動)의 동인, 원동력, 최초 원인, 혹은 그 밖의 어떤 딴 이름으로 부르든 상관없이 말이다.

치유자들Healers이 바로 이런 믿음을 지닌 사람들이다. 이것은 '절대 앎'에 전달되는 믿음이다. 치유자들은 너희가 바로 **지금 이 순간** 전체이고 완벽하고 완전한 존재들임을 **알고 있다**. 이 앎도 생각이다. 아주 강력한 힘을 지닌 생각이다. 그런 앎은 산도 옮길 만한 힘을 갖고 있으니 너희 몸의 분자들은 더 말할 나위도 없다. 치유자들이 종종 아주 멀리 떨어진 곳에서도 치료해줄 수 있는 건 이 때문이다.

생각은 거리에 구애받지 않는다. 생각은 세상으로 퍼져가며, 그 말보다도 더 빨리 우주를 가로지른다.

"그저 한 말씀만 하시면 제 하인이 낫겠습니다."(〈마태복음〉 8:5~13 - 옮긴이) 그래서 그 순간 그렇게 되었다. 그의 말이 채 끝나기도 전에. 그 백인대장의 믿음은 그토록 컸다.

그러나 너희의 마음은 모두 문둥병을 앓고 있다. 너희의 마음은 부정적인 생각들에 먹혀버렸다. 그런 생각들 중에는 너희에게 주입된 것들도 일부 있다. 그러나 그중 상당수는 너희 스스로 지어내거나 불러일으켰다. 그러고 나서 너희는 몇 시간이고 며칠이고 몇 주고 몇 달이고, 심지어는 몇 년이고 그런 생각들을 지닌 채 즐긴다.

······그러고는 자신이 왜 병들었는지 의아해한다.

네가 표현했듯이 너는 "일부 건강 문제들을 해결할" 수 있다. 네 사고방식의 문제들을 해결한다면. 그렇다, 너는 새로운 큰 문제들이 발전해가는 걸 막을 뿐 아니라, 네가 이미 취득한 (스스로에게 부과한) 조건들 중 일부를 치료할 수도 있다. 또 새로운 큰 문제들이 일어나는 걸 예방할 수도 있다. 그냥 네 생각을 바꾸기만 하면 된다.

그리고 신에게서 나오는 말 치고는 너무 속되게 들려 이런 말을 하기는 싫지만, 제발 **자신을 잘 보살펴라.**

너는 자신의 몸을 함부로 굴린다. 몸에 뭔가 이상이 있지 않나 하는 의심이 들기 전까지는 전혀 신경을 쓰지 않는다. 너는 예방 차원의 몸관리는 사실상 전혀 하지 않는다. 너는 몸보다는 차에 더 신경을 쓴다. 이 말은 전혀 과장이 아니다.

너는 정기검진이나 연례 종합건강진단, 의사가 처방해준 치료법이나 약들을 사용하여(너는 의사가 제안하는 처방대로 따르지도 않으면서 뭣하러 의사를 찾아가 도움을 청하는가? 이 점에 대해 나를 납득시킬 건덕지가 하나라도 있단 말인가?) 돌발사고를 예방하지도 않고, 그나마 건성으로 들르는 예약 진료일 사이에는 또 얼마나 심하게 몸을 학대하는가!

운동을 하지 않아 네 몸은 자꾸 **늘어지고** 있다. 그보다 더 나쁜 건 몸을 사용하지 않아 자꾸 약해진다는 것이다.

또 너는 몸에 영양분을 제대로 공급해주지 않아 몸을 더 쇠약하게 만들고 있다.

거기다 너는 온갖 독소와 독극물들, 음식으로 가장한 가장 고약한 물질들로 몸을 채운다. 그런데도 몸은, 그 경이로운 엔진은 여전히 너를 위해 달리고 있다. 그런 맹폭격에도 불구하고 그것은 여전히 칙칙폭폭 칙칙폭폭 용감하게 달려가고 있다.

끔찍한 일이다. 네가 자기 몸더러 이런 악조건들 속에서 살아남으라고 요구하는 것도 끔찍한 일이고. 그러나 너는 거의 혹은 전혀 아무 조치도 취하지 않을 것이다. 너는 이 부분을 읽고 후회스럽다는 듯 고개를 끄덕이겠지만, 그래놓고는 곧장 몸을 함부로 굴리는 예전 습관으로 되돌아갈 것이다. 왜 그런지 아는가?


왜 그러냐고 묻기가 겁나는군요.

**네게는 살려는 의지가 없기** 때문이다.

가혹한 기소장(起訴狀)처럼 들리는군요.

난 가혹하게 굴 마음도, 기소할 마음도 없다. "가혹하다"는 말은 상대적인 용어, 즉 네가 그 이야기에 대해 내린 판단이다. 또 "기소"는 죄를 암시하고, "죄"는 나쁜 짓이란 뜻을 담고 있다. 그러나 여기에는 어떤 나쁜 짓도 들어 있지 않다. 따라서 죄도 기소장도 끼어들 여지가 없다.

나는 단지 진실을 말했을 뿐이다. 진실한 말들이 다 그렇듯이, 그 말에는 너를 일깨우는 효과가 있다. 어떤 사람들은 깨어나는 걸 좋아하지 않는다. 대체로 그렇다. 대부분의 사람들은 오히려 잠자고 싶어한다.

이 세상이 이런 상태가 된 건 이 세상이 자면서 걷는 사람들로 가득 차 있기 때문이다.

내가 이야기한 것이 사실이 아닌 것 같은가? 네게는 살려는 의지가 없다. 적어도 지금까지는 그랬다.

물론 네가 "이제 막 마음을 바꿨습니다"라고 말한다면, 네 앞으로의 행동에 대한 내 예언을 재고해볼 여지는 있다. 내 예언이 이전 체험에서 나왔다는 건 나도 알고 있으니까.

……또한 그 말에는 너를 깨우려는 뜻도 들어 있다. 이따금 어떤 사람이 너무 깊이 잠들어 있을 때는 좀 잡아 흔드는 게 필요하니까.

과거에 나는 네가 살려는 의지가 거의 없음을 보았다. 지금 네가 그 사실을 부인할 수도 있다. 그러나 이런 경우에는 말보다는 행동이 더 확실하게 말해주는 법이다.

너처럼 20년 동안 하루에 한 갑씩 피워댄 사람은 말할 것도 없고, 한번이라도 담배를 피운 적이 있는 사람은 살려는 의지가 없는 사람이다. 너는 자신이 몸에게 **무슨 짓을** 하든 전혀 개의치 않는다.

하지만 전 벌써 10년도 더 전에 담배를 **끊었는데요!**

20년 동안 몸을 잔뜩 혹사하고 나서야 끊었지.
그리고 한번이라도 자기 몸속에 술을 들이붓는 사람은 살려는 의지가 거의 없는 사람이다.

저는 아주 적당한 정도만 마십니다.

그 몸은 술을 마시라고 만들어진 게 아니었다. 그리고 술은 정신을 해친다.

하지만 **예수도** 술을 마셨는데요! 그는 결혼식에 가서 물을 포도주로 바꿨다구요!

그래, 누가 예수가 완전하다고 말하던가?

오, 맙소사.

말해봐, 나한테 짜증이 나지?

신에게 짜증을 내다니요? 천만에요, 그렇지 않습니다. 제 말뜻은 요, 그게 어느 정도는 그냥 단순화일 수도 있다는 거죠. 그렇지 않습 니까? 하지만 제 생각엔 우리가 이 문제를 좀 더 멀리까지 가져가볼 수도 있을 것 같습니다. 저희 아버님은 저한테 "뭐든지 적당히 하라" 고 가르치셨죠. 술에 관한 문제에서 저는 이 가르침을 따랐습니다.

적당히만 혹사당한 몸은 좀 더 쉽게 회복될 수 있다. 그러므 로 네 아버지의 가르침은 나름대로 일리가 있다. 그렇지만 나는 애초의 내 주장을 고수할 것이다. 그 몸은 술을 마시라고 만들 어진 게 아니었다.

하지만 알코올 성분이 든 약들도 있는데요!

너희가 약이라 부르는 것에 대해서 내가 어찌할 수는 없다. 그러나 나는 내 주장을 고수할 것이다.

당신은 정말 엄격한 분이로군요. 그렇잖습니까?

보아라, 진실은 진실이다. 누군가가 "약간의 술은 해롭지 않 다"고 말하고, 지금 네가 그러하듯이 너희가 사는 대로의, 삶의 맥락 속에 그 주장을 놓는다면, 나로서는 그런 주장에 동의하 지 않을 수 없다. 그러나 그런다고 해서 내가 말한 진실이 달라 지는 건 아니다. 단지 너희가 그 진실을 무시하는 걸 허용해주 는 것일 뿐.

하지만 이걸 생각해봐라. 사람의 몸은 대체로 적으면 쉰 살, 많으면 여든 살 정도에서 완전히 소모된다. 일부는 그보다 더 오래 버티긴 하지만 그 수는 그리 많지 않다. 또 일부는 그보다 더 빨리 기능을 멈추기도 하지만 그 수는 그리 많지 않다. 여기에 동의하느냐?

예, 물론입니다.

좋다. 이렇게 해서 우리는 논의를 위한 좋은 출발점을 마련한 셈이다. 그런데 좀 전에 내가 "약간의 술은 해롭지 않다"는 주장에 동의한다고 했을 때, 나는 "**지금 너희가 사는 대로의 삶의 맥락 속에 그 주장을 놓는다면**"이란 조건을 덧붙였다. 너도 알다시피 너희 인간들은 지금 사는 식의 삶에 **만족하는** 듯하다. 하지만 네가 이걸 알면 놀라겠지만, 너희의 삶은 완전히 다른 방식으로 살도록 되어 있었다. 그리고 너희의 몸은 지금보다 **훨씬 더 오래** 지탱하게끔 설계되었다.

정말요?

그렇다.

얼마나 더 오래요?

무한히 오래.

그게 무슨 뜻이죠?

내 아들이여, 그건 너희의 몸이 영구히forever 지속되도록 설계되었다는 뜻이다.

영구히라고요?

그렇다. 그 말을 "오래오래도록for ever more"으로 읽어라.

그러니까, 우리가 결코 죽지 않을 존재였고, 존재란 말씀인가요?

너희는 결코 죽지 않는다. 생명은 영원하다. 너희는 불멸의 존재들이다. 너희는 결코 죽지 않는다. 너희는 그저 형태만 바꿀 뿐이다. 애초에 너희는 그것조차도 바꿀 필요가 없었다. 형태를 바꾸기로 결정한 건 너희였지, 내가 한 건 아니다. 나는 너희의 몸을 오래오래 지속되도록 만들었다. 너는 정말로 신이 할 수 있었던 최고의 작품, 내가 지어낼 수 있었던 최고의 작품이 고작 60~70년이나 80년 정도 버티다가 스러질 몸이었다고 생각하느냐? 그 정도가 내 능력의 한계라 생각하느냐?

그 문제를 꼭 그런 식으로 생각한 건 아닙니다만……

나는 너희의 장대한 몸을 **오래오래** 지속되도록 설계했다! 최초의 인간들은 사실상 고통도 없고, 오늘날 너희가 죽음이라 부르는 것에 대한 두려움도 모르는 몸으로 **살았다.**

너희는 종교 신화에서 이런 유형의 최초의 인간들을 아담과 이브라고 불러, 그들에 관한 단편적 기억을 상징화하고 있다. 물론 실제로는 단 두 사람만이 아니라 더 많은 수였지만.

내가 이 책에서 거듭 설명해왔다시피, 애초에 상대계의 물질인 몸의 모습을 하고 얻은 체험을 통해 너희 자신을 '참된 자신'으로 인식할 기회를 갖겠다는 발상은 멋진 너희 영혼들에게서 나왔다.

이 관념은 측정할 수 없을 만큼 빠르게 움직이는 모든 진동(사고 형태)의 속도를 늦추어, 소위 몸이라는 물질까지 포함하여 물질들을 만들어내는 것으로 실현되었다.

생명은 오늘날 너희가 수십억 년이라 부르는, 눈 깜짝할 찰나의 순간에 일련의 단계를 거쳐 진화했다. 그리고 그 성스러운 찰나 동안에 너희는 생명의 물인 바다에서 나와 육지로 들어섰고, 이어 오늘날 너희가 지니고 있는 형상을 갖추었다.

그럼 진화론자들이 **옳군요!**

나는 너희가 모든 걸 꼭 옳고 그른 걸로 구분하려는 걸 볼 때마다 여간 재미있지 않다. 너희의 그 관행은 늘 나를 즐겁게 해준다. 너희는 물질과 너희 자신을 정의하는 데 도움이 되고자 **그런 꼬리표들을 지어낸 것이** 바로 너희 자신임을 전혀 깨닫지 못한다.

너희는(너희 가운데 가장 뛰어난 사람들을 제외하고) 어떤 것이 옳은 것이자 그른 것일 수 있다는 사실을, 오로지 상대계에서만 사물들은 옳은 것 아니면 그른 것이 된다는 사실을 전혀 깨닫지 못한다. 시간이 시간이 아닌 절대계에서는 **모든 사물이 하나같이 모든 것이 된다**all things are everything.

그 세계에는 남성도 여성도, 전도 후도, 빠름도 느림도, 여기도 저기도, 위도 아래도, 왼쪽도 오른쪽도, 옳음도 그름도 없다.

너희의 우주비행사들은 이것을 직접 느꼈다. 애초에 그들은 자기네가 외계로 가기 위해 위로 발사되고 있다고 생각했으나, 막상 외계에 이르고 보니 자신들은 **지구를 올려다보고** 있었다. 아니, 그랬었나? 어쩌면 지구를 **내려다보고** 있었는지도 모른다! 그런데 태양은 어디에 있었지? 위? 아래? 아니! 저기, 왼쪽에. 그리하여 이제 갑자기 모든 것이 위 아래가 아니라 **옆에** 자리 잡고 있었…… 그리하여 모든 개념 규정은 사라져버렸다.

내 세계, 아니 우리 세계, 우리의 참된 영역에서도 사정은 마찬가지다. 모든 개념 규정이 사라져버려 명확한 용어들로 이 영역에 관해 이야기하는 것조차 어려워진다.

**종교는 말로 표현할 수 없는 걸 말하고자 한다. 그래서 종교는 그 일을 그다지 잘해내지 못한다.**

아니 내 아들이여, 진화론자들의 주장은 옳지 않다. 나는 눈 깜짝할 사이에, 창조론자들이 말한 꼭 그대로 성스러운 한순간에 이 모든 걸 창조했다. 그리고…… 그 모든 건 진화론자들이 주장하는 꼭 그대로, 소위 수십억 년이라는 장구한 세월이 걸린 진화의 과정을 통해 나타났다.

그 **양쪽 다** "옳다". 우주비행사들이 발견한 것처럼 그 **모든**

건 너희가 그것들을 어떻게 보느냐에 달려 있다.

그러나 진짜 문제는, 성스러운 한순간과 수십억 년의 차이는 무엇인가다. 너희는 삶의 몇몇 문제들은 엄청나게 신비로워서 너희조차 도저히 풀 수 없다는 사실에 순순히 동의할 수 있는가? 어째서 그 신비들을 신성한 것으로 여기지 않는가? 어째서 신성한 것들을 신성한 것들로 받아들이면서 그냥 가만 내버려두지 않는가?

우리 모두가 좀처럼 만족할 줄 모르는, 앎에 대한 욕구를 갖고 있어서 그런 것 같습니다.

하지만 너희는 **이미** 알고 있다! 내가 이미 얘기해줬다! 그런데 너희는 진리를 알고 싶어하는 게 아니라 **자신이 이해하는 식대로의** 진리를 알고 싶어한다. 이것이 너희의 자각을 가로막는 최대의 장애. 너희는 이미 진리를 알고 있다고 생각한다! 너희는 진리가 어떤 건지 이미 **이해하고** 있다고 생각한다. 그리하여 너희는 보고 듣고 읽은 것들 가운데 자신의 이해틀과 부합되는 것들은 모두 받아들이고, 그렇지 않은 것들은 모두 배척한다. 그리고 나서 너희는 이렇게 하는 걸 배움이라 부른다. 너희는 이걸 가르침에 마음을 연 것이라고 말한다. **아아, 너희가 자기식 진리를 제외한 모든 것에 마음을 닫고 있는 한, 너희는 결코 가르침에 마음을 열 수 없다.**

그러므로 어떤 이들은 바로 이 책을 신에 대한 모독, 악마의 작품이라 부를 것이다.

그러나 들을 귀를 가진 사람들은 귀 기울여 들어라. 내가 너희에게 말하노니, **너희는 죽게 되어 있는 존재들이 아니었다.** 너희의 물질 형상은 너희가 마음으로 창조해낸 현실을 체험하고, 너희가 창조해낸 자아를 영혼으로 인식할 수 있게 해주는 더없이 훌륭한 이기(利器)이자 경이로운 도구이며 영광스러운 매개체로서 창조되었다.

영혼은 고안하고conceive, 마음은 창조하고 몸은 체험한다. 그 순환 구조는 완벽하다. 그리고 나서 영혼은 자신의 체험 속에서 자신을 인식한다. 만일 영혼이 자신이 체험하는(느끼는) 것을 좋아하지 않거나, 무슨 이유에서인가 다른 체험을 바란다면, 영혼은 그저 새로운 자아 체험을 고안해내서, 문자 그대로 **자신의 마음을 바꾼다.**

그러면 몸은 이내 새로운 체험을 하고 있는 자신을 발견한다. ("나는 부활이요 생명이니"[〈요한복음〉11:25 - 옮긴이]는 이것의 가장 훌륭한 예였다. 너희는 예수가 어떤 식으로 부활을 **이루었다고** 생각하는가? 아니면 그런 일이 일어났다는 걸 믿지 않는가? **믿어라.** 그런 일은 일어났다!)

그러나 영혼이 결코 몸이나 마음을 무시하지 않으리란 것도 사실이다. 나는 너희를 삼위일체의 존재로 만들었다. 너희는 내 형상대로, 내 닮은꼴로 만들어진, 삼위일체의 존재다.

자아의 세 측면들은 결코 불평등한 관계가 아니다. 각자 한 가지씩 기능을 갖고 있으며, 어느 한 기능이 다른 기능들보다 더 중요한 것은 아니다. 또 실제로 어느 한 기능이 다른 것들보다 먼저 작용하지도 않는다. 세 가지 기능들은 한치의 차이도 없이 동등한 방식으로 연관되어 있다.

고안-창조-체험. 너희는 고안한 것을 창조하고, 창조한 것을 체험하며, 체험한 것을 생각해낸다.

그러므로 다음과 같은 이야기가 성립할 수 있다. 만일 너희의 몸이 뭔가를(예컨대 넉넉함을) 체험할 수 있다면, 너희는 곧 자신의 영혼 속에서 그것에 대한 느낌을 갖게 될 것이고, 너희의 영혼은 자신을 새로운 방식으로(즉 넉넉하다고) 그려볼 것이며, 그리하여 너희의 마음에 그에 대한 새로운 생각을 제공해준다. 그 새로운 생각은 더 많은 체험을 가져오고, 몸은 새로운 현실을 계속되는 존재 상태로 받아들이고 살기 시작한다.

너희의 몸과 마음과 영혼은 하나다. 이 점에서 너희는 내 소우주, 신성한 전체이고, 성스러운 일체이며, 총체이자 실체다. 이제 너희는 어떻게 해서 내가 모든 것의 시작이자 끝이며, 알파와 오메가인지 알고 있다.

이제 나는 너희에게 궁극의 수수께끼, 즉 너희와 나의 정확하고 참된 관계를 설명해주겠노라.

**너희는 내 몸이다.**

**너희**의 몸이 **너희**의 마음과 영혼에 속해 있듯이, **너희는** 내 마음과 내 영혼에 속해 있다. 그러므로,

**내가 체험하는 모든 건 바로 너희를 통해서 체험하는 것이다.**

너희의 몸과 마음과 영혼이 하나이듯이, 내 몸과 마음과 영혼 역시 하나다.

그러므로 이런 신비를 이해한 많은 사람들 중에 나사렛 예수가 **"아버지와 나는 하나입니다"**(《요한복음》 7:11 - 옮긴이)라고 말했을 때 그는 불변의 진리를 말한 것이다.

이제 나는 너희에게 얘기해줄 것이다. 언제고 너희가 은밀히 알게 될, 이보다 더 엄청난 진실들이 존재한다는 걸. 왜냐하면 너희가 바로 내 몸일 때 나는 또 다른 존재의 몸이기 때문이다.

당신이 신이 아니란 말씀인가요?

아니, 나는 신이다. 나는 지금 너희가 이해하는 식대로의 신이며, 지금 너희가 이해하는 식대로의 여신이다. 나는 지금 너희가 알고 체험하는 모든 것의 고안자요 창조자이며, 너희는 내 자식들이다…… 내가 다른 존재의 자식이듯이.

신에게도 신이 있다는 말씀을 하시려는 건가요?

나는 궁극의 진실에 대한 너희의 이해(理解)가 너희가 생각하는 것보다 훨씬 더 협소하고, '진리'는 너희가 상상할 수 있는 것보다 훨씬 더 협소하지 않다는 걸 말하고 있다.

나는 너희에게 무한과 무한한 사랑을 일별하게, 정말 눈곱만큼 흘끗 볼 수 있게 해주고 있는 것이다. (그 이상의 기회를 줘봤자 너희의 현실에서는 그것을 받아들일 수 없을 것이다. 아니 너희는 이 작은 기회조차 거의 받아들일 수 없을 것이다.)

잠깐만요! 제가 여기서 신과 이야기하고 있는 게 진짜가 **아니란** 뜻인가요?

　　이미 네게 얘기한 대로, 만일 너희 자신이 자기 몸의 창조자이자 주인인데도 불구하고, 신을 자신의 창조주요 주인으로 여긴다면, 나는 너희가 이해하는 의미에서의 신이다. 그래서 네가 나와 이야기하고 있다는 건 맞는 얘기다. 이 대화는 아주 근사했다. 그렇지 않은가?

　근사하든 근사하지 않든 간에 저는 제가 진짜 신, 신 중의 신과 이야기하고 있다고 생각했습니다. 당신도 아시다시피, 가장 높은 존재, 최고 우두머리하고 말입니다.

　　너는 그러고 있다. 내 말을 믿어라. 너는 그러고 있다.

　그런데 당신은 이런 계층 구조 속에서 당신 위에 또 누군가가 있다고 말했잖습니까?

　　우리는 지금 불가능한 일을 하려 한다. 즉 말할 수 없는 걸 말하려는 불가능한 일을. 내가 말했다시피 종교가 하려는 일이 바로 이런 것이다.
　　자, 이 얘기를 요약할 수 있는 무슨 방법이 있나 알아보자.
　　항상forever은 너희가 알고 있는 것보다 훨씬 더 긴 시간이다. 영원eternal은 항상보다 더 긴 시간이다. 신은 너희의 상상을 넘어서는 존재다. 신은 너희가 상상력이라 부르는 에너지다. 신은 창조다. 신은 첫 번째 생각이며, 마지막 체험**이다**. 그리고 신은 사이between에 있는 모든 것이다.

너는 고성능 현미경을 들여다보거나, 분자의 활동에 관한 그림과 영화를 보고서, "맙소사, 저 밑에 **완전한 우주**가 존재하는군. 이 우주에는 지금 이걸 들여다보는 내가 꼭 신처럼 느껴지겠지!"라고 말한 적이 있는가? 너는 과거에 이런 말을 하거나 이런 종류의 체험을 한 적이 있는가?

그럼요. 조금이라도 생각 있는 사람이라면 누구나 다 그런 적이 있을 겁니다.

그렇겠지. 그랬을 때 너는 내가 여기서 네게 보여주는 것을 너 스스로 일별한 셈이다.

그리고 내가 너희 스스로 일별했던 그 진실은 **결코 끝이 없다고** 말한다면 너는 어떻게 하겠는가?

설명해주십시오. 청컨대 제발 설명해주십시오.

네가 상상할 수 있는 우주의 가장 작은 부분을 예로 들어보자. 아주 작고 작은 물질 입자를 상상해보라.

예.

이제 그것을 반으로 갈라라.

예.

그럼 무엇이 남는가?

그보다 더 작은 두 개의 반쪽들요.

맞다. 그럼 그것들을 반으로 갈라라. 이제 무엇이 남는가?

네 개의 더 작은 반쪽들이요.

그래. 그럼 다시 갈라라. 그리고 또다시! 무엇이 남지?

더 더 작은 미립자들이요.

그래. 그 과정은 언제 끝날까? 물질이 더 이상 존재하지 않게 하려면 얼마나 많이 갈라야 할까?

잘 모르겠습니다. 그런 일은 결코 일어나지 않을 것 같은데요.

물질을 **완전히 없앨 수**는 없다는 뜻인가? 네가 할 수 있는 전부는 그것의 형상을 바꾸는 것에 불과한가?

그런 것 같습니다.

　내가 네게 말하노니, 너는 이제 막 삶의 모든 비밀을 배웠으며, 무한을 들여다봤다.
　이제 네게 물어볼 게 있다.

좋습니다……

　너는 어째서 무한이 한쪽 방향으로만 나갈 거라고 생각하는가?

그러니까…… 아래로도 끝이 없듯이 위로도 끝이 없다는 거군요.

　위나 아래라는 건 없다. 하지만 네 말 뜻은 이해한다.

하지만 작은 것에 끝이 없다면 큰 것에도 끝이 없는 거 아니겠습니까.

　그렇다.

큰 것에 끝이 없다면 가장 큰 건 존재하지 않을 거고, 그렇다면 아주 넓은 시각에서 볼 때 신은 존재하지 **않겠군요!**

　혹은 그 모든 게 다 신이고 신 외의 것은 존재하지 않는다는 뜻도 되겠지.

내가 너희에게 말하노니, '나는 **나**다.'

그리고 '너희는 **너**희다.' 너희는 존재하지 않을 수가 없다. 너희는 형상을 원하는 대로 바꿀 수는 있지만, 존재하지 않을 수는 없다. 하지만 '자신이 누구인지' 알지 못할 수는 있다. 그리고 그때는 **자신의 반만을** 체험할 뿐이다.

그게 지옥이겠군요.

그렇지. 그러나 너희가 지옥행을 선고받는 일 같은 건 없다. 영원히 지옥으로 추방되는 일 같은 것도 없고. 너희가 지옥에서 벗어나려면, 즉 알지 못함에서 벗어나려면, 그저 다시 알기만 하면 된다.

너희가 이 일을 할 수 있는 방법이나 공간들(차원들)은 많다.

너희는 지금 그런 차원들dimensions 중 하나 속에 존재한다. 너희의 이해 방식에 따르면 그것은 삼차원이라 한다.

그럼 더 많은 차원들이 있나요?

내 왕국에는 많은 집mansion들이 있다고 하지 않았는가? 사실이 그렇지 않다면 나는 너희에게 그렇게 말하지 않았으리라.

그럼 지옥은 정말 없는 거군요. 실제가 아니군요. 내 말은 우리가 영원히 저주받을 어떤 공간이나 차원 같은 건 없다는 겁니다!

그럴 이유가 어디에 있는가?

그러나 너희는 항상 자신의 앎에 따라 규정되고 한정된다. 너희, 아니 우리는 자신을 창조하는 존재들이기 때문이다.

너희는 자신이 알지 못하는 존재가 될 수는 없다.

너희에게 이런 삶이 주어진 이유가 바로 여기에 있다. 즉 자신의 체험 속에서 자신을 알도록 하기 위해. 그럴 때 너희는 '참된 자신'으로서 자신을 떠올릴 수 있으며, 체험 속에서 그런 자신을 창조할 수 있다. 그렇게 해서 그 원은 다시 완성된다…… 크기만 좀 더 큰 원이.

그렇게 해서 너희는 끊임없는 성장 과정 속에 있다. 혹은 내가 이 책 곳곳에서 표현했듯이 되어가는 과정 속에 있거나.

너희가 될 수 있는 것에는 **아무런 한계도 없다.**

감히 말씀드려도 될지 모르겠는데, 그러니까 제가 신이 될 수도 있다는 말씀인가요?…… 바로 당신처럼?

**너는** 어떻게 생각하느냐?

전 모르겠습니다.

네가 알기 전까지는 알 수가 없다. 그 삼각형, 곧 영혼–마음–몸, 고안–창조–체험의 삼위일체를 기억하라. 너희의 상징화를 이용해서 다음의 사실을 새겨두어라.

**성신 = 영감 = 고안**

**성부 = 부모 = 창조**

**성자 = 자식 = 체험**

성자는 성신이 고안한 아버지의 생각이 창조한 것을 체험한다.

앞으로 언젠가 네가 자신을 신으로 생각할 날이 올 것 같은가?

제 마음에 아무 거칠 것이 없을 때요.

좋다. 나는 네게 너는 **이미** 신이라고 말했으니까. **네가 그저 그것을 알지 못할 뿐이다.**

내가 얘기하지 않았던가? "너희는 신이라"고.

# 14

자, 이것으로 나는 네게 삶과 삶의 운동 방식과 삶의 이유와 목적 자체에 대한 모든 걸 설명해주었다. 그 밖에 또 내가 도울 수 있는 게 있는가?

이 이상 물을 게 없습니다. 제 마음은 이 놀라운 대화에 대한 고마움으로 가득합니다. 정말 광범위하고 정말 포괄적인 대화였습니다. 그런데 애초의 질문 목록을 살펴보니 우리가 지금껏 다뤄온 건 처음의 다섯 가지 질문들이군요. 삶과 인간관계, 돈, 직업, 건강에 관련된 질문들요. 당신도 아시다시피 그 목록에는 그 외에도 더 많은 질문들이 들어 있습니다만, 왠지 그것들은 이 대화의 흐름과 잘 맞지 않는 것 같은 느낌이 드는군요.

그렇다. 하지만 그것들 역시 네가 던진 물음들이니 하나씩 빨리빨리 다뤄보기로 하자. 자, 그럼 그 자료들을 지나 남은 질문들로 신속하게 옮겨가보—

—무슨 자료요?—

내가 너희에게 보여주려고 이 책에서 제시했던 자료 말이다. 자 그럼, 그 자료들을 지나 남은 질문들로 신속하게 옮겨가보자. 그 남은 질문들은 그냥 간략하게 짚어가는 식으로 해보자.

6. 제가 이 생에서 닦아야 할 업장은 무엇인가요? 제가 터득하려고 애써야 할 것은 무엇입니까?

너희는 여기서 아무것도 배우지 않는다. 너희는 배울 게 없다. 너희는 그저 기억해내기remember만 하면 된다. 즉 나를 재구성하기re-member만 하면 되는 것이다.

네가 깨닫고자 하는 게 무엇인가? **너는 깨달음 그 자체를 깨달으려 애쓰고 있다.**

7. 환생이란 게 있습니까? 저는 얼마나 많은 과거생을 거쳤나요? 그 생들에서 저는 무엇이었나요? "업보"라는 게 진짜로 있는 겁니까?

아직도 이런 것을 의문스러워하다니 믿어지지가 않는군. 정말 뜻밖이야. 과거생의 체험에 관해 철저히 신뢰할 만한 출처에서 그토록 많은 보고들이 쏟아져 나왔는데 말이야. 이 사람들 중 일부는 과거생에서 일어난 일들에 대해 놀랄 정도로 상세히 묘사했으며, 연구자들이나 주변 사람들을 속이려고 그런 얘기를 엉터리로 꾸며내거나 지어냈을 가능성은 전혀 없어 보일 만큼 완전히 신뢰할 만한 자료들을 제시했다.

네가 자꾸 정확한 걸 주장하니 그렇게 해주겠다. 너는 647번의 과거생을 살았다. 이번 생은 네 648번째 생이다. 너는 그 과거생들에서 **모든 것**이었다. 왕이자 여왕이었고, 농노였다. 선생이자 학생이었고 스승이었다. 남자이자 여자였으며, 전사이기도 했고 평화주의자이기도 했다. 영웅이자 비겁자였고, 살인자이자 구원자였고, 현자인 동시에 바보였다. 너는 그 모든 것이었다!

업보 같은 건 없다. 이 물음에서 네가 말하는 의미에서의 죄의 빚 같은 건. 빚이란 반드시 갚아야 할 것을 말하는데, **꼭 해야 하는 것이 너희에게는 없다.**

그러나 너희가 **하고자** 하는 것들, 체험하고자 선택하는 것들은 있다. 그리고 이런 선택들 중 일부는 너희가 과거에 체험한 것에 달려 있다. 즉 그런 선택을 하고 싶은 바람은 과거 체험에서 나온다.

이것이 너희가 업이라 부르는 것과 꽤 비슷한 것일 수 있다.

만일 업이 더 나아지고 더 커지려는 내면의 바람이라면, 진화하고 성장하려는 내면의 바람이라면, 그리고 그 방법으로 과거 사건들과 체험들을 돌아보려는 바람이라면, 그렇다, 업은 존재한다.

**그러나 업은 어떤 것도 요구하지 않는다.** 애초에 요구받는 것은 아무것도 없다. 너희는 지금까지 항상 그래왔듯이 자유로이 선택할 수 있는 존재들이다.

8. 저는 가끔 신들린 것 같은 기분을 강하게 느낍니다. "신들린 것" 같은 현상이 정말로 존재합니까? 제가 그런가요? 자신이 신들렸다고 주장하는 사람들은 "악마와 거래하는" 겁니까?

그렇다. 신들린 것 같은 현상은 존재한다. 너도 그렇고 너희 모두가 다 그렇다. 소위 영력(靈力)이란 걸 갖지 않은 사람은 한 사람도 없다. 그런 능력을 사용하지 않는 사람들이 있을 뿐이다.

영적 능력을 사용한다는 건 육감을 사용한다는 뜻과 같다.

이것이 "악마와 거래하는 게" 아닌 건 명백하다. 그렇지 않았다면 나는 너희에게 이 감각을 주지 않았을 것이다. 그리고 물론 너희가 말하는 악마 같은 건 존재하지도 않는다.

언제고—아마도 2권에서—나는 너희에게 영적 에너지와 영적 능력이 정확하게 어떤 식으로 작용하는지 설명해줄 것이다.

앞으로 2권이 나올 거란 말씀인가요?

그렇다. 하지만 우선 이 1권부터 끝내기로 하자.

9. 좋은 일을 하고 돈을 받아도 될까요? 제가 이 세상에서 치유하는 일, 곧 신의 일을 하기를 선택한다면 그 일을 하면서 재정적으로도

부유해질 수 있을까요? 아니면 그 두 가지는 서로 배타적인가요?

이 물음에 대해서는 이미 대답했다.

10. 섹스를 해도 괜찮나요? 이 체험의 배후에 깔린 진정한 의미는 뭔가요? 성행위는 몇몇 종교에서 가르치듯이 순전히 생식을 위한 건가요? 참된 성스러움과 자각은 성 에너지의 부정 혹은 변형으로 얻어지는 건가요? 사랑 없이 성행위를 해도 괜찮나요? 단지 육체적인 쾌감만으로도 성행위를 할 만한 충분한 이유가 될 수 있을까요?

물론 섹스를 해도 "좋다". 다시 얘기하는데 만일 너희가 어떤 놀이들을 하는 걸 내가 원치 않았다면 나는 너희에게 그런 장난감들을 주지도 않았을 것이다. 너희는 너희 자식들이 갖고 놀지 말았으면 하는 걸 자식들에게 주는가?

섹스를 **즐겨라**. 그걸 갖고 놀아라! 그건 **굉장한** 즐거움이다. 왜냐고? 엄밀하게 신체 체험으로만 한정해서 말하면, 섹스는 너희 몸으로 누릴 수 있는 최대의 즐거움과 거의 맞먹기 때문이다. 그러나 제발 섹스를 오용하여 성의 순수성과 즐거움을, 그 기쁨과 즐거움의 청순함을 망치지 마라. 권력 따위의 숨겨진 목적을 얻기 위해, 자기애를 만족시키거나 남을 지배하기 위해, 가장 순수한 기쁨과 더없는 황홀경을 느끼거나 함께 나누는 것 외의 다른 어떤 목적을 위해 섹스를 이용하지 마라. 그런 기쁨과 황홀경을 느끼거나 함께 나누는 것이야말로 사랑, 재창조된 사랑이며, 새로운 삶이다! **너희를 더 나은 존재로 만들기 위한**

방법으로 내가 아주 근사한 방법을 선택하지 않았는가?

성 에너지의 부정에 대해서는 전에 이미 얘기한 바 있다. 성스러운 그 어떤 것도 부정으로 이루어진 적은 없다. 그러나 너희가 더 큰 진실들을 얼핏이나마 보게 될 때, 너희의 바람은 바뀔 것이다. 그러므로 사람들이 성행위나, 그로 인한 몸의 여러 가지 활동들을 전보다 덜 **바라거나** 전혀 바라지 않는 경우도 드물지 않다. 일부 사람들에게는 영혼의 활동이 가장 중요하고, 훨씬 더 즐거움을 가져다주기 때문이다.

어떤 판단도 내리지 말고 각자 내키는 대로 하라. 이것이 섹스의 좌우명이다.

네 물음의 마지막 부분에 대한 답은, 너희는 그 무엇에 대해서도 이유를 끌어댈 필요가 없다. 그냥 원인이 되어라.

**너희 체험의 원인이 되어라.**

체험은 자신에 관한 개념을 낳고, 개념은 창조를 낳으며, 창조는 체험을 낳는다는 걸 명심하라.

너는 자신을 사랑하는 마음 없이 섹스하는 사람으로 체험하고 싶은가? 그럼 그렇게 하라! 너는 더 이상 그렇게 하는 걸 원치 않을 때까지 그렇게 할 것이다. 너희가 이런 행동이나 그 밖의 행동들을 그만두게 되고, 그만둘 수 있게 되는 것은 오직 '자신이 누구인지'에 대해 새로운 생각이 떠오를 때뿐이다.

그건 간단하면서도 복잡한 문제다.


11. 우리 모두가 가급적 섹스를 멀리해야 마땅하다면, 당신은 왜 섹스를 그렇게 근사하고 황홀하고 강렬한 체험이 되게 하셨나요? 무엇

을 주시려고요? 그와 관련된 문제로 온갖 즐거운 일들은 어째서 "부도덕하거나 불법이거나 탐욕스러운" 걸까요?

이 물음의 마지막 부분은 내가 방금 전에 얘기한 것으로 충분한 대답이 되었다. 모든 즐거운 일은 부도덕하지도 않고, 불법도 아니며, 어리석지도 않다. 그러나 너희의 삶은 즐거운 게 뭔지를 규정하는 흥미로운 연습이다.

어떤 이들에게는 "즐거움"이 몸의 느낌이나 감각들을 뜻하고, 또 어떤 이들에게는 전혀 다른 것이 될 수도 있다. 그 모든 건 '너희가 자신을 누구라 생각하는지', 너희가 이 세상에서 무엇을 하고 있는지에 달려 있다.

세상 사람들은 섹스에 대해 여기서 얘기한 것보다 훨씬 더 많은 말들을 늘어놓고 있으나, 그 어떤 말도, 섹스는 즐거움이지만 너희 중의 많은 사람들이 섹스를 즐거움 외의 다른 온갖 것으로 만들어버렸다는 말보다 더 본질적이지는 않다.

섹스는 또 성스러운 것이기도 하다. 즐거움과 성스러움은 서로 잘 조화된다(사실상 그 둘은 같은 것이다). 그러나 너희 중 상당수는 그렇지 않다고 생각한다.

섹스에 대한 너희 태도는 삶에 대한 너희 태도의 축약판이다. 삶은 즐거움이요 축복이어야 하는데도, 너희 삶은 두려움과 근심, "충분치 못함", 질투, 분노, 비극에 대한 체험이 되어왔다. 섹스에 대해서도 같은 말을 할 수 있다.

너희는 섹스를 억눌러왔다. 너희가 자유분방함과 즐거움으로 자신을 충분히 표현하는 대신에 오히려 삶까지도 억눌러왔던 것처럼.

너희는 섹스를 부끄러워했다. 너희가 삶을 최상의 선물이며 최대의 즐거움이 아니라, 사악하고 부정한 것이라 부르며 삶까지도 부끄러워했던 것처럼.

삶을 부끄러워하지 않았다고 항의하기 전에, 삶에 대한 너희 집단의 태도를 돌아보라. 세상 사람들의 5분의 4가량이 삶을 시련과 고난, 시험받는 시간, 갚아야 할 업보, 반드시 익혀야 할 혹독한 교훈들이 있는 학교 정도로 여긴다. 그리고 대개의 경우에는 삶을, 죽음 뒤에 올 참된 즐거움을 고대하면서 참고 견뎌야 하는 혹독한 체험 정도로 여긴다.

너희 가운데 그렇게 많은 사람들이 이런 식으로 생각한다는 건 부끄러운 일이다. 그리고 보면 너희가 삶을 창조하는 행동 자체까지 부끄러워하는 게 놀랄 일은 아니다.

섹스에 밑줄을 긋는 에너지는 삶에 밑줄을 긋는 에너지다. 그게 삶이다! 끌리는 느낌과 **서로에게** 다가가거나 하나가 되고자 하는, 강렬하면서도 종종 절박한 바람은 살아 있는 모든 것의 원동력이다. 나는 모든 존재에게 이것을 심어줬다. 그것은 타고난 것, 내재된 것, '존재 전체' **속에** 있는 것이다.

너희가 섹스에 대해(나아가 사랑과 삶의 모든 것에 대해) 내리는 도덕 규정과 종교상의 제한, 사회적 금기, 관습상의 감정들은 너희가 사실상 자신의 존재를 축복하기 어렵게 만들어버렸다.

태초부터 모든 사람이 항상 원해왔던 것은 사랑하고 사랑받는 것이다. 그런데 태초부터 사람들은 전력을 다해 이것을 불가능하게 만들어왔다. 섹스는 사랑, 타인에 대한 사랑, 자신에 대한 사랑, **삶**에 대한 사랑의 경이로운 표현이다. 그러므로 너희는 섹스를 **좋아해야** 한다. (너희는 그렇게 하고 있다. 단지 남들에게 그렇다는 사실을 **말할 수 없을** 뿐이다. 너희는 자신이 그걸 **얼마나** 좋아하는지 감히 드러내지 못하며, 드러냈다가는 성도착자로 몰리기 십상이다. 그러나 **이런** 사고방식이야말로 **도착된** 관념이다.)

다음 책에서 우리는 섹스에 대해 더 자세히 살펴볼 것이며, 섹스의 역학에 대해 더 상세하게 탐구할 것이다. 섹스는 지구 규모에서 사람들을 뒤흔들 만한 의미를 가진 문제요, 체험이기에.

지금은(그리고 너 개인으로는) 단지 이 점만 알아두어라. **나는 적어도 너희의 몸이나 그 기능들 중에서 너희가 수치스럽게 여길 어떤 것도 제공해주지 않았다. 특히 너희의 몸이나 그 기능들을 감출 필요는 전혀 없다. 그것들에 대한 너희의 사랑이나 너희 서로 간의 사랑 역시 마찬가지고.**

너희의 텔레비전 프로그램들은 적나라한 폭력을 보여주는 것에는 신경 쓰지 않지만, 적나라한 사랑을 보여주는 것에는 움츠러든다. 너희 사회 전체가 이런 식의 우선 순위를 반영하고 있다.


12. 다른 행성들에도 생명체가 있습니까? 그런 것이 우리를 찾아온 적이 있었나요? 우리는 지금 관찰 대상이 되고 있는 중인가요? 우리는 사는 동안 누구도 부정할 수 없는 외계 생명체의 증거를 보게 될

까요? 우주의 모든 생명체는 각기 나름의 신을 갖고 있나요? 아니면 당신이 그 모든 것의 신인가요?

첫 번째 물음에 대한 답은 그렇다이다. 두 번째, 세 번째 물음들에 대한 답 역시 그렇다이다. 네 번째 물음에 대해서는 대답할 수 없다. 왜냐하면 그렇게 하려면 내가 미래를 예견해야 하는데, 그건 내가 할 일이 아니기 때문이다.

하지만 우리는 2권에서 미래라는 것에 대해 좀 더 상세히 다룰 것이다. 그리고 3권에서는 외계 생명체와 신의 본성(들)에 관해 다룰 것이고.

이키, 3권까지도 있나요?

여기서 그 계획을 대충 설명해주마.

1권에서는 궁극의 진리들과 기본 이해 사항들을 다루고 개인 차원에서의 본질적인 문제와 주제들에 대해 언급한다.

2권에서는 그보다 훨씬 더 넓은 범위의 진실들과 더 깊은 이해 사항들을 다루고, 범지구적인 문제와 주제들에 대해 언급한다.

3권에서는 현재 너희가 이해할 수 있는 최대의 진리들을 다룰 것이고, 우주적인 문제와 주제들에 대해 언급할 것이다. 우주의 모든 존재와 관련된 문제들에 대해.

네가 이 책을 끝내는 데 1년이 걸렸으니 다음 두 권을 끝내는 데도 각기 1년씩 해서 2년 정도가 걸릴 것이다. 이 3부작은 1995년 부활절에 완료될 것이다.

알겠습니다. 그런데 이건 명령인가요?

아니. 그런 식으로 묻는다면 너는 이 책의 내용을 전혀 이해하지 못한 것이다.

너는 이 일을 하기로 선택했으며, 이 일을 하게끔 선택되었다. 그 순환은 완료되었다.

이해하겠는가?

예.

13. 이 지구 행성에 언제고 유토피아가 도래하기는 하는 겁니까? 신은 이미 약속한 대로 언제고 지구 사람들에게 자신을 드러낼 겁니까? 재림(再臨)이라는 게 있습니까? 성경에 예언된 대로 세상의 종말, 혹은 계시록의 대재난이란 게 과연 오는 겁니까? 이 세상에는 단 하나의 참된 종교만이 존재합니까? 만일 그렇다면 그건 어떤 종교인가요?

이 문제들만으로도 책 한 권이 족히 되겠지만, 이 문제들의 상당 부분은 3권에서 다루어질 것이다. 나는 3부작의 서론편인 이 책을 개인적인 문제들과 더 실질적인 주제들에 국한시켰다. 앞으로 나올 두 권의 책에서는 더 큰 물음들과 지구적이고 우주적인 문제들로 옮겨갈 것이다.

그렇다고요? 지금은 이것으로 다인가요? 여기서의 대화는 이것으로 끝인가요?

나와 헤어지는 게 벌써부터 아쉬운가?

그렇습니다! 아주 재미있었어요! 이제 우리는 헤어지는 건가요?

너는 좀 쉬어야 한다. 너의 독자들도 좀 쉬어야 하고. 이 책에는 소화해내야 할 게 많다. 붙잡고 씨름하면서 심사숙고해야 할 것들이. 얼마간 시간을 따로 내어 이 책의 내용을 차분히 더듬으면서 깊이 생각해보라.

버림받은 것같이 느끼지 마라. 나는 항상 너와 함께 있다. 너는 지금까지도 그랬고 앞으로도 계속 그렇겠지만, 앞으로 네게 일상적인 의문들이 떠오르면 언제든지 그것들에 답해달라고 나를 부를 수 있음을 알아두어라. 꼭 이런 형식의 책이 필요한 건 아니다.

이것이 내가 너희에게 말하는 유일한 방식은 아니다. 나는 꼭 이런 형식으로만 너희에게 말하지 않는다. 너희 영혼의 진실 속에서 내 말을 들어라. 너희 가슴에서 우러나는 느낌들 속에서 내 말을 들어라. 너희 마음의 고요 속에서 내 말을 들어라.

어디서든지 내 말을 들어라. 너희가 의문에 부딪힐 때마다 내가 **이미** 그것에 답해왔다는 걸 알아둬라. 그러고 나서 눈을 활짝 뜨고 세상을 바라보아라. 내 응답은 이미 발간된 신문기사들 속에 들어 있을 수도 있고, 이미 원고로 써서 곧 할 설교 속에 들어 있을 수도 있으며, 지금 만들어지고 있는 영화와, 어제 작곡된 노래와, 사랑하는 이의 말과, 새로 사귀고 있는 친구의 가슴속에 들어 있을 수도 있다.

바람의 속삭임과 시냇물 흐르는 소리와 천지를 울리는 천둥소리와 나직하게 두드리는 빗발 소리에도 내 진리가 깃들어 있다.

내 진리는 대지의 감촉, 백합의 향기로움, 태양의 따스함, 달의 인력이다.

내 진리와 너희가 도움이 필요할 때마다 항상 도우리라는 진실은 밤하늘만큼이나 외경스럽고, 갓난아기의 옹알이만큼이나 단순하고 자명하다.

내 진리는 쿵쾅거리는 심장의 고동 소리만큼이나 크고, 나와의 합일 속에서 쉬는 숨소리만큼이나 고요하다.

나는 너희를 떠나지 않을 것이고 또 떠날 수도 없다. 너희는 바로 내 소산이요 창조물이고, 내 딸이요 아들이며, 내 목적이자 나……

자신이기에.


그러므로 너희가 언제 어디 있든지 내 본질인 평화로움에서 분리될 때마다 나를 부르도록 하라.


**나는 거기 있으리라.**


**진리와.**


**빛과.**


**사랑과 더불어.**

Conversations with God

신과 나눈 이야기

book 2

**서맨서,**
**타라-제넬,**
**니콜러스,**
**트래비스,**
**캐러스,**
**트리스탄,**
**데번,**
**더스틴,**
**딜런**에게
이 책을 바친다.

너희는 언제나 내가 준 것보다
더 많은 것을 내게 선물해주었다.
나는 아직도
내가 원하던 아버지가 되지 못하고 있다.
하지만 기다려라.
우리는 아직 끝난 게 아니다.
이것은 진행 중인 일이다.

# 감사의 말

나는 언제나처럼 '감사의 말' 가장 앞머리에, 이 책을 포함해서 모든 것의 근원인 존재에게 감사하고 싶다. 나처럼 이 근원을 신이라 부르는 사람들도 있긴 하겠지만, 그것을 어떤 이름으로 부르는가는 중요하지 않다. 그것은 언제나 영원한 근원이었고, 근원이며, 앞으로도 영원히 그럴 것이다.

다음으로 나는 내가 멋진 부모를 가졌다는 사실에 감사한다. 두 분은 신이 준 내 생명과 내 삶의 여러 중요한 추억들의 통로가 되어주었다. 함께 묶어서 보면 우리 아버지와 어머니는 사실 끔찍한 관계였다. 주변에서 그들을 지켜본 모든 사람이 동의하는 건 아니지만, 두 분은 이 점에 대해서 명확히 깨닫고 계셨다. 두 분은 서로를 '기생충', '독소'라 불렀다. 어머니는 아버지더러 '기생충'이라 부르셨고, 아버지는 어머니더러 저항할 수 없는 '독소'라 부르셨다.

우리 어머니는 놀라운 분이셨다. 그녀는 끝없는 자비와 깊은 이해, 차분하면서도 한없는 용서, 온화한 지혜, 놀라운 인내를 가진 여성이었다. 특히 신심이 어찌나 지극했던지, 돌아가시기 직전 가톨릭식 미사를 집전했던 한 젊은 신참 신부는 미사를 마친 후 내게 와서 흥분된 떨리는 목소리로 속삭였다. "맙소사, 그녀가 되레 날 편안하게 해주었어요"라고.

그 말을 듣고도 내가 놀라지 않았다고 말하는 것이 아마 내가 어머니에게 바칠 수 있는 최고의 찬사이리라.

반면에 우리 아버지 알렉스로 말하면 어머니같이 기품 있는 온화함이라곤 거의 없었다. 아버지는 남을 거칠게 몰아세우는 편이셨다. 옆에서 보기에 무안할 만큼 다른 사람과 자주 마찰을 빚었고, 남에게 잔인하게 대하는 것처럼 보이는 경우도 종종 있었다. 특히 우리 어머니에게 그랬다고 말하는 사람들도 있다. 그렇다고 해서 내가 그를 심판하려는 것은 아니다. 아니 다른 어떤 것을 놓고도 나는 그분을 비판할 생각이 없다. 우리 어머니 역시 그를 심판하거나 비난하지 않았다. 오히려 어머니는 유언을 할 때조차 그를 칭찬하셨다. 그런 어머니의 자세가 나에게 얼마나 큰 도움이 되었는지는 상상하기도 힘들 정도다.

게다가 아버지에게는 어머니가 한번도 놓친 적이 없는 엄청나게 많은 장점들이 있었다. 그것은 불굴의 인간 정신에 대한 흔들림 없는 믿음과, 안 좋은 상황에 처해 있다면 그것에 불평하지 않고 스스로 주도할 때만 상황이 바뀔 수 있다는 명확한 신념 등이다. 아버지는 내가 하기로 마음먹은 일이면 무슨 일이든 해낼 수 있다고 내게 가르치셨다. 또 그는 당신 아내와 가족들이 마지막까지 의지할 수 있었고, 의지했던 인물이었다. 그는 성실함의 절대 화신이었고, 한번도 기회주의 입장을 취하지 않았으며, 그토록 많은 사람들을 좌절시킨 세상에게서 '안 돼'라는 대답을 듣기를 거부했던 사람이다. 압도적으로 유리한 기회에 직면해서도 그의 만트라mantra는 "그딴 건 아무것도 아냐"였다. 나는 이 만트라를 내 인생의 힘든 시기마다 사용했는데, 그건 항상 효과가 있었다.

그것을 보고도 내가 전혀 놀라지 않았다고 말하는 것이 아마 아버지에게 내가 바칠 수 있는 최고의 찬사이리라.

그 두 분 사이에서 나는 항상 자신을 믿고 남들을 조건 없이 사랑해보라는 도전과 부름을 받고 있는 걸 느끼곤 했다.

1권에서 나는 내 가족 중 다른 몇 사람들과 내 삶에 큰 영향을 끼친 친구들에게 감사의 말을 전했는데, 그런 마음은 지금도 변함이 없다. 덧붙여 나는 1권을 적고 나서 내게 놀라운 충격을 준 두 사람을 여기다 특별히 포함시키고 싶다.

레오 박사와 레타 부시 여사가 그들이다. 그들은 가족과 사랑하는 이들을 이타적으로 보살피고, 친구들을 배려하고, 도움이 필요한 사람들에게 친절을 베풀고, 모든 사람에게 관대히 대하고, 서로를 믿고 사랑하는 순간들에서 삶의 가장 풍요로운 보상을 찾아낼 수 있음을 내게 보여주었다. 나는 그들에게 깊은 감명과 가르침을 받았다.

또 나는 이 지면을 통해 일생 동안 내가 만났던 여러 스승들, 내가 그것을 듣는 것이 중요했음을 이제 알게 된 특정 메시지들을 내게 전해준 특별한 신의 천사들에게 감사한다. 그중 일부는 나와 직접 만났던 사람들이지만, 다른 일부는 간접으로, 나머지 일부는 워낙 멀어서 사실 그들은 나라는 사람이 있는지조차 모르는 바탕의 한 지점에서 나와 접촉했던 사람들이다. 그럼에도 여기 있는 내 영혼은 그들의 에너지를 받아들였다. 물론 그들 외에도 많은 철학자와 지도자, 여론 형성가, 작가 등등이 '신의 마음'에서 나온 지혜라는 보물을 오랜 세월에 걸쳐 집단의식으로 일궈내는 데 기여했다. 사실 이것이 《신과 나눈 이야기》의 출처다. 나는 이 2권을 적어가면서 이 책이 내가 지금껏 알아왔고, 들어왔고, 부딪혀왔고, 이해해왔던 그 모든 것의 정점이고, 내가 일생 동안 다양한 형태로 가져왔던 신과의 대화를 새로운 차원에서 접근하게 해주는 것임을 다시 한번 확인했다. 사실 영원한 진리를 다시 한번 되풀이하는 것 말고 이 우주에 새로운 사상이란 건 없다.

내 모든 스승에게 보내는 이 일반적인 감사에 덧붙여, 다음 몇몇 사람들에게는 특별히 따로 감사를 표현하고자 한다.

켄 키스 주니어: 뛰어난 통찰력으로 나 자신을 포함해서 수천 명

을 감동시킨 사람. 그는 이제 진정한 사자(使者)가 되어서 집으로 돌아왔다.

로버트 뮐러 박사: 세계 평화에 기여한 뮐러 박사의 업적은 우리 모두에게 축복이 되었고, 반세기 넘게 이 행성이 새로운 희망과 장엄한 전망으로 들떠 있게 해주었다.

돌리 파튼: 자신의 음악과 웃음과 인간성으로 한 나라를 축복했던 사람. 때로는 나 자신의 상처가 너무나 커서 더 이상 기뻐하지 못하리라고 확신할 때조차도 그는 자주 내 가슴에 기쁨을 가져다주곤 했다. 그에게는 그럴 수 있는 특별한 마법이 있었다.

테리 콜-위태커: 재치와 지혜와 통찰력과 삶에 대한 기쁨과 완벽한 솔직성으로 내게 본보기이자 기준자 역할을 했던 사람. 몇천 명의 사람들이 그녀 덕분에 충만해지고 활기를 되찾는 경험을 했다.

닐 다이아몬드: 영혼 깊은 곳에서 우러나는 예술을 했던 사람. 그러기에 그의 음악은 우리 세대의 영혼 깊은 곳을 흔들어주었다. 그의 재능과 그것을 남들과 함께 나눈 그 감정적 관대함은 참으로 놀라운 것이었다.

테아 알렉산더: 한계를 두지 않고, 남에게 상처 주지 않고, 동기를 감추지 않고, 질투나 욕구나 기대도 하지 않고, 감정을 표현할 수 있

다는 걸 책을 통해 보여줌으로써 나를 흔들어 깨어나게 한 사람. 그녀는 한없이 사랑하고 성(性)으로 자축하려는 우리의 가장 자연스러운 바람에 다시 한번 불을 붙여주었고, 그 바람을 다시 한번 경이롭고 아름답고 티없이 순결한 것으로 만들어주었다.

로버트 림머: 테아 알렉산더와 똑같은 일을 했던 사람.

워렌 스판: 삶의 특정 영역에서 탁월해지고 싶다면, 최고 기준을 설정한 다음 거기서 떨어져나오지 않아야 하며, 자신에게 가장 많이 요구해야 함을 나에게 가르쳐준 사람. 일급 스포츠 영웅이자, 전쟁 영웅이고, 아무리 힘들어도 흔들림 없이 자기 발전의 길로 나아갔던 인생 영웅.

지미 카터: 국제정치는 정치 놀음이 아니라며, 그것은 가슴이 옳다고 말하는 것에서 나와야 한다고 용기 있게 주장했던 사람. 하지만 이 부패한 세상은 그가 만들어내는 그 같은 신선한 공기를 어떻게 써야 할지 몰랐다.

셜리 매클레인: 지성과 연예가 서로 배타적이지 않음을 증명했고, 우리가 최소한의 공통분모보다 더 높이 올라갈 수 있음을 증명했던 사람. 그녀는 우리가 사소한 것들만이 아니라 중요한 것들에 대해서도, 가벼운 것들만이 아니라 무거운 것들에 대해서도, 얄팍한 것들만

이 아니라 심오한 것들에 대해서도 이야기를 나눌 수 있어야 한다고 주장한다. 그녀는 지금도 우리의 대화 수준을 끌어올리고, 따라서 우리의 의식을 끌어올리려 애쓰면서, 아이디어 시장에서 자신이 지닌 엄청난 영향력을 건설적으로 사용하고 있다.

오프라 윈프리: 셜리 매클레인과 똑같은 일을 하고 있는 사람.

스티븐 스필버그: 역시 같은 일을 하고 있는 사람.

조지 루커스: 역시 같은 일을 하고 있는 사람.

론 하워드: 역시 같은 일을 하고 있는 사람.

휴 다운스: 역시 같은 일을 하고 있는 사람.

진 로든버리: 아마도 진의 영혼은 지금 이 이야기를 듣고 웃고 있을 것이다…… 왜냐하면 그는 이런 과정의 상당 부분을 앞장서서 이끌었고, 모험을 했으며, 한계선까지 걸어나가 전에 아무도 들어가보지 못한 진리 속으로 들어갔던 사람이기 때문이다.

우리 모두가 그러하지만, 이런 사람들이 바로 보석 같은 사람들이다. 하지만 우리 중 일부와 달리 그들은 자신들의 보물을 널리 나눠주기로 선택했고, 자신들의 프라이버시와 사적인 세계를 잃을지도 모르는 온갖 위험을 무릅쓰면서까지 자신들의 참모습을 우리에게 나눠주기 위해 그것을 굉장한 방식으로 풀어헤쳐 보였다. 그들은 자신들이

준 선물을 다른 사람들이 받아들였는지 아닌지조차 몰랐지만, 그럼에
도 그들은 그것들을 나눠주었다.

이 점에서 나는 그들에게 고맙다는 말을 하고 싶다. 내 삶이 당신
들 덕분에 더 풍부해졌다고.

# 머리말

오늘날 우리는 달라진 세상에 살고 있다. 이제 세상은 이 책이 처음 출판되던 그때의 모습이 아니다. 하지만 이 책 내용 중에 고루해진 것은 단 하나도 없다. 아니, 정반대다. 오히려 이 책은 시대를 앞서갔다. 확실한 것은 이 책에 적혀 있는 이야기들이 갈수록 타당해지고 있다는 것이다.

이미 이 책을 읽고《뉴욕 타임스》베스트셀러에 올려놓은 수십만 독자들은《신과 나눈 이야기》시리즈가 대단히 논쟁적인 책이라는 데 이견이 없을 것이다.《신과 나눈 이야기》1권이 개인의 삶을 살펴보면서 그와 관련된 많은 물음들을 다루었다면, 2권은 전 지구의 문제를 건드리고 더 큰 인류 공동체라는 집단 체험과 관련된 주제들을 파고들면서, 이 행성에서 창조된 집단 현실에 대해 탐구한다. 그리고 이 사안은 절대 너무 이른 게 아니다.

지난 수년간의 사건들(아프가니스탄의 너무나 억압적인 탈레반 정권의 대두와 몰락, 중동에서 영원히 끝나지 않을 것처럼 계속되는 이스라엘과 팔레스타인 간의 갈등, 미국에서 벌어진 9·11 테러와 세계 곳곳에서 자행되는 테러 활동들, 이라크에 대한 군사 개입 등)은 우리 인간종의 지속 가능성이 막바지에 이르렀음을 보여주었다.

우리는 "함께하는 권력"이 아닌 "지배하는 권력"의 패러다임 안에서 우리의 집단 체험을 창조하는 일을 더 이상 지속할 수 없다. 폭력과 살해를 주요 수단으로 사용하는 그런 패러다임이 빚어낼 수밖에 없는 문제나 갈등을 해결하거나 끝내려는 노력을 더 이상 지속할 수도 없다. 이 일을 계속할 수 없는 것은, 우리가 문제나 갈등을 전혀 해결하거나 끝내지 못한 채, 그냥 그것들을 연장하거나 또는 기껏해야 미루고 있기 때문임은 두말할 필요도 없다.

결국 우리는 이런 근본적인 질문을 던져야 한다. 무엇이 우리를 이 지점으로 거듭 되돌아오게 하는가? 그 모든 시간이 지났는데도, 아니 수천 년의 세월이 흘렀는데도 인류가 평화롭고 조화롭게 더불어 살아갈 열쇠를 여전히 발견하지 못하는 이유는 무엇인가?

이 놀라운 책은 실현 가능성이 대단히 높은 몇 가지 해답들을 제시한다. 이 책은 몇 가지 과감한 선택들을 제공한다. 이 책은 인류 전체가 악몽에서 벗어나 마침내 자신의 소망을 실현할 수 있는 전면적이고도 믿기 힘든 선언들을 내놓는다.

여기에서, 그러니까 이 책을 읽는 데 필요한 것은 열린 마음이다. 열린 마음을 갖기가 항상 쉽지 않다는 건 나도 이해한다. 열린 마음을 갖기 위해서는, 설사 그것이 우리가 가지고 있는 기존의 모든 상식에, 참이라고 여겨온 모든 사고에 어긋나는 듯이 보이는 것일지라도 무시하거나 팽개치지 않기로 마음먹어야 한다. 우리는, 우리를 화나게 하거나 당황케 만드는 이 책의 개별 진술들을 넘어서서 전체 주장이 우리의 이전 가정들에 대한 재검토를 정당화할 만큼 충분한 가치가 있는지 기꺼이 살펴보아야만 한다.

여러분에게 말해둘 게 있다. 우리는 이미 우리가 신과 삶에 대해 지녀온 기존의 모든 전제를 재검토하지 않을 수 없는 상황에 처해 있다. 그리고 우리가 그렇게 하지 않을 수 없는 건 이 책의 친절함 때문이 아니라, 그동안 인간이 일으킨 사건들과 그런 사건들을 야기한 인간의 폭력성과 파괴성, 분노에 대한 공포 때문이다.

내가 장담하는데, 인류는 진로를 바꿀 수밖에 없다. 문제는 그런 진로 변경이 강압의 결과로 일어날 것인가, 아니면 열린 마음으로 협력하는 탐구 결과로 이루어질 것인가뿐이다. 우리는 함께 존재하고 함께 살아갈 대안적 방식을 추구할 필요가 있다. 기존 방식이 쓸모가 없다는 건 분명하다. 그건 전혀 효과적이지 않다. 이 책은 그런 논의를 시작할 수 있는 토대를 제공한다. 만일 그 결론들 중 일부가 깜짝 놀랄 만한 것이라면, 그건 우리를 흔들어 오랜 잠에서 깨워줄 수 있을 것이다. 사실 그렇게 하려는 것이 이 대화의 의도다.

그래서 이 책을 읽는 동안 여러분은 전혀 지겹지 않을 것이다. 이 2

권을 읽지 않고서는 《신과 나눈 이야기》가 전하는 메시지에 대한 탐구는 절대 완결될 수 없을 것이다. 여러분은 이 책에 동의하거나 강하게 부정하는, 또는 어떤 지점에서는 강하게 동의하지만 다른 지점에서는 강하게 부정하는 자신을 발견할 것이다. 어느 쪽이든 이렇게 하는 건 좋은 일이다. 이건 '능숙한 읽기'에 이바지한다. 이건 또한 능숙한 대화에도 이바지한다. 내가 여러분이 신과 나누기를 바라는 대화, 그리고 서로 간에 나누기를 바라는 대화가 이것이다.

이 책에 있는 것을 읽고, 그런 다음 여러분이 아는 최상의 방법으로 신을 만나 이 책의 내용을 놓고 이야기를 나눠라. 우리 세상, 이 2권에서 논의되는 세상에 대해서도 이야기를 나눠라. 우리 세상이 바뀌도록, 우리의 일상생활에 만연한 듯이 보이는 편협함과 이기심과 분노와 폭력으로부터 인류가 벗어나도록 돕기 위해 여러분이 무엇을 할 수 있는지 신에게 물어라. 설사 이 2권에서 신과 나눈 내 대화가 단지 여러분 자신과 신의 대화를 자극하는 정도의 결과만 가져올지라도 상관없다. 이 책이 본래 의도했던 바가 그것이기 때문이다.

내가 신과 이야기를 나눈 적이 없고, 내가 정말 그랬다고 주장하는 건 불경스러운 배교 행위라고 말하는 사람들(그중 다수는 화를 내면서)이 있어왔고, 앞으로도 계속 있을 것이다. 이런 이야기를 하는 사람들은 워낙 열렬하게 그렇다고 믿기 때문에, 이 책을 비난한다. 하지만 현재의 지배적 견해에 도전하는 생각이나 사상들에 대한 비난이 우리의 자각을 키우거나 우리의 성장을 가져오지 않는 건 분명하다. 오히려 그런 태도는 우리의 전망을 축소하고 가능성을 감소시킴으로써, 걷잡을 수 없이 증가하는 도전과 문제들에도 불구하고 우리의 선택을 유례없이 좁히는 결과를 가져올 것이다.

어제의 해결책을 사용하는 것이 내일의 도전에 대면하는 가장 좋은 방식이 아닌 건 분명하다. 가장 좋은 방식은 이전에는 생각하지 못했던 것을 생각하고, 이전에는 말하지 않았던 것을 말하고, 이전에는 불가능했던 것을 시도하는 것이다.

이 책은 그 첫 단어에서 마지막 단어까지 그렇게 하도록 우리를 초대한다. 바로 그렇게 하도록! 이 책을 처음 쓰고 나서 10년이 흐른 지금, 과거 어느 때보다 더 많은 것이, 기꺼이 그렇게 용감해지고자 하는 우리의 의지에 달려 있다.

닐 도날드 월쉬
2003년 4월
오리건 주 애슐랜드

# Conversations with God

## 1

와줘서 정말 고맙다. 여기 있어줘서 정말 고맙다.

여러분은 약속한 대로 정말로 이곳에 와줬다. 그렇게 하지 않을 수도 있었을 것이다. 그렇게 하지 않기로 결심할 수도 있었을 텐데, 그 대신 여러분은 정해진 시간, 정해진 장소에 이곳에 있는 쪽을 택했다. 이 책이 지금 여러분 손에 들어가 있는 걸로 봐서 말이다. 그래서 나는 여러분에게 고마워하고 있다.

그런데 여러분이 아무 의식 없이, 자신이 뭘 하고 있으며 왜 하고 있는지도 모르는 채로 이렇게 했다면, 내가 하는 이야기가 이상하게 들릴 터이니 약간 설명을 하는 게 순서일 듯 싶다.

먼저 나는 이 책이 딱 맞는 때에 여러분 인생에 도착했다는 사실을 일깨워주고 싶다. 아마 지금은 이 말이 이해되지 않을 것이다. 하지만 이 책이 여러분을 위해 쌓아놓은 체험들을 끝낼 때쯤이면, 여러분도 틀림없이 이 말을 이해하게 될 것이다. 모든 것은 완벽한 질서 속에서 일어난다. 그리고 여러분 삶에 이 책이 찾아온 것 역시 예외가 아니다.

여러분이 이 책에서 체험하게 되는 것은 아주 오랜 세월 동안 여러분이 찾아오고 갈구해오던 것들이다. 여러분이 이 책에서 체험하게 되는 것은 여러분 인생에서 가장 최근에 이루어질—일부 사람들에게는 생전 처음일 수도 있는—여러분과 신의 실제 만남이다.

이것은 하나의 만남**이다**. 그리고 그것은 진짜 실제 만남이다.

신은 이제부터 나를 통해 실제로 여러분과 이야기를 나눌 것이다. 2, 3년 전이라면 나도 이런 말을 하지 않았으리라. 그런데 내가 지금 이런 이야기를 하는 것은 나 자신이 이미 그런 대화를 나눴으며, 따라서 그런 일이 가능하다는 걸 알기 때문이다. 그것은 가능할 뿐 아니라 항상 일어나는 일이다. 지금 이 자리에서 이런 일이 일어나고 있듯이. 중요한 것은 지금 이 순간 이 책이 여러분 손에 있도록 만든 게 여러분이듯이, 여러분 역시 이런 일을 일어나게 하는 데 일조했다는 사실을 이해하는 것이다. 우리 모두가 우리 삶에서 일어나는 사건들을 창조하는 원인 제공자들이며, 우리 모두가 단 하나뿐인 위대한 창조주(神)와 함께 그런 사건들을 일으키는 개개 환경들을 만들어내는 공동 창조자들이다.

여러분 덕분에 내가 처음으로 신과 이야기를 나눈 건 1992~1993년의 일이다. 나는 화가 나서 왜 내 삶이 가히 투쟁과 실패의 기념비라 일컬을 정도가 되었느냐고 묻는 편지를 신에게 적고 있었다. 모든 것, 남녀 관계에서부터 직업, 자식들과의 관계, 건강에 이르기까지 정말 **모든 것에서** 나는 오로지 투쟁과 실패만을 경험하던 중이었다. 나는 편지에서 신에게 왜 그런지 알려달라고, 또 내 삶이 제대로 굴러가려면 무엇이 필요한지 알려달라고 요구했다.

그런데 놀랍게도 신이 그 편지에 대답을 해준 것이다.

그 대답이 어떤 방식, 어떤 내용으로 이루어졌는가는 1995년 5월에 출간된《신과 나눈 이야기 1》에 나와 있다. 아마 여러분도 그 책에 대한 이야기를 듣거나 혹은 그 책을 읽기까지 했을지도 모른다. 만일 그렇다면 여러분은 더 이상 이 책의 서론격인 이 부분을 읽을 필요가 없다.

하지만 여러분이 첫 번째 책을 잘 모른다면, 나는 여러분에게 빠른 시일 안에 그 책을 만나보라고 권하고 싶다. 왜냐하면 1권은 이 모든 일이 어떻게 시작되었는지 보여줄 뿐 아니라, 이 책에서는 언급하지 않은 우리 개인 삶에 대한 많은 질문들, 즉 돈, 사랑, 성행위, 신(神), 건강, 질병, 음식, 인간관계, '옳은 일' 같은 우리 일상 체험의 여러 측면들에 훨씬 더 자세히 답하고 있기 때문이다.

내가 오늘날 신이 세상에 주길 원하는 한 가지 선물이 있다면, 그건 1권에 있는 내용들일 것이다. 늘상 그러하듯이("네가 청하기도 전에 내가 대답해주리라.") 신은 이미 그렇게 해주셨다.

그래서 나는 여러분이 이 책을 읽고 난 후(혹은 이 책을 다 읽기 전이라도) 1권을 읽는 쪽을 선택하길 바란다. 그것은 완전히 선택의 문제다. 지금 이 순간 여러분을 이 책으로 데려온 것이 '순전한 선택pure choice'인 것과 꼭 마찬가지로(1권에서 설명되는 개념이다).

내가 뒤이은 내용에 대한 짧은 서문격으로 2권의 이 부분을 적은 것은 1996년 3월의 일이다. 1권에서처럼 그 내용이 '도착하는' 과정은 지극히 단순했다. 나는 그냥 빈 종이철에 아무 질문이나…… 대개는 맨 먼저 머리에 떠오르는 질문을 적었다. 그러면 그 질문을 적는 것과

거의 동시에 그에 대한 대답이 내 머릿속에 떠올랐다. 마치 누군가가 내 귀에 속삭이기라도 하듯이.

나는 받아쓰기를 하고 있었다!

안내문격인 이 몇 줄의 글을 제외하면, 이 책에 들어 있는 모든 자료는 1993년 봄부터 1년이 좀 더 되는 기간 동안 종이철에 옮겨진 글들이다. 이제 나는 이 책을 여러분에게 선물하고 싶다. 이 자료가 나에게서 나와서 나에게 주어졌듯이……

* * *

오늘은 1993년 부활절인 일요일이다. 나는 지시받은 대로 이곳에 있다. 연필을 손에 쥐고 종이철을 앞에 놓고 시작할 준비를 갖춘 채, 나는 여기에 있다.

먼저 여러분에게 신이 나더러 이곳에 있으라고 했다는 이야기를 해야 할 것이다. 우리는 만날 약속을 했다. 신과 나와 여러분이 함께 체험하고 있는 3부작의 두 번째 권인 2권을 오늘부터 시작하기 위해서.

그러나 나로서는 이 책이 무슨 이야기를 하게 될지, 아니 우리가 건드릴 주제들이 어떤 것인지조차 모른다. 그건 내 머릿속에 이 책을 어떤 식으로 꾸려갈지 아무런 계획이 없기 때문이다. 그런 게 있을 리 만무한 것이, 이 책이 어떤 식으로 진행될지 결정하는 건 내가 아니라 신이니 말이다.

1년 전 오늘인 1992년 부활절에 신은 나와 대화를 시작했다. 나도 내 말이 황당하게 들리리란 건 알고 있다. 하지만 그 일은 진짜로 일어났다. 그 긴 대화가 끝난 지는 얼마 되지 않았다. 나는 좀 쉬라는 지시를 받았다…… 그리고 오늘 이 대화로 다시 돌아오겠다는 "약속"도 받았다.

여러분 역시 그렇게 하기로 약속했으며, 지금 이 순간 여러분은 그 약속을 지키고 있다. 나는 이 책이 나만이 아니라, 나를 **매개로** 여러분을 향해서도 이야기하고 있음을 확실히 안다. 분명히 여러분은 아주 오랫동안 신과 '**신의 말**'을 찾아 헤맸을 것이다. 내가 그러했듯이.

오늘 우리는 함께 신을 찾아낼 것이다. 함께하는 이것이야말로 언제나 신을 찾아내는 최상의 방법이다. 우리는 따로 떨어져서는 절대신을 찾아내지 못할 것이다. 그건 양방향이란 뜻이다. 내 말은 **우리가** 서로 별개인 한 우리는 결코 신을 찾아내지 못하리란 것이다. 우리가 신에게서 떨어져 있지 않음을 깨닫는 첫 걸음은 우리가 서로 떨어져 있지 않음을 깨닫는 것이고, **우리** 모두가 '하나'임을 알고 깨달을 때까지는 우리와 신이 '하나'임을 알고 깨달을 수 없기 때문이다.

신은 지금까지 한번도 우리와 떨어져 있지 않았다. 우리와 신은 별개의 존재라는 건 단지 우리 **생각**일 뿐이다.

이것은 누구나 흔히 저지르는 실수다. 또 우리는 우리가 서로 별개의 존재라고 생각한다. 그래서 "신을 만나는" 가장 빠른 길은, 내가 발견한 바로는, 우리가 서로를 찾아내는 것, 서로에게서 숨는 짓을 그만두는 것, 그리고 물론 우리 자신에게서 숨는 짓을 그만두는 것이다.

숨는 걸 그만두는 가장 빠른 방법은 진리를 말하는 것이다. 모두에게 항상 말하는 것이다.

이제 진리를 말하기 시작하라. 그리고 결코 멈추지 마라. 먼저 자신에게 자신에 대한 진리를 말하는 것에서 시작하라. 그 다음엔 다른 사람에 대한 진리를 여러분 자신에게 말하고, 그리고 나서는 다른 사람에게 여러분 자신에 대한 진리를 말하라. 또 그 다음엔 다른 사람에게 그 사람 자신에 대한 진리를 말하고, 마지막으로 모든 이에게 모든 것에 대해 진리를 말하라.

이것이 '**진리를 말하는 다섯 단계**'다. 이것이 자유에 이르는 5중의 길이다. 그러면 진리가 여러분을 자유롭게 **할 것이다.**

이 책은 진리에 대해 말하는 책이다. 내 진리가 아니라 신의 진리에 대해.

우리, 즉 신과 나의 첫 대화는 정확히 한달 전에 끝났다. 내 생각엔 이번 책도 첫 번째 책과 똑같은 방식으로 진행될 듯싶다. 즉 나는 묻고 신은 대답하는 식으로. 자, 이제 내 이야길 멈추고 신에게 물어볼 때가 온 것 같다.

신이시여—앞으로 진행될 방식이 이런 식인 게 맞나요?

**그렇다.**

저도 그럴 거라고 생각했습니다.

네가 묻지 않더라도 내가 직접 제시할 몇몇 주제는 빼고. 너도 알다시피 나는 첫 번째 책에서는 거의 그렇게 하지 않았다.

그랬죠. 그런데 여기서는 왜 그런 식으로 바꾸는 겁니까?

이 책을 적는 건 내 요청에 따른 것이기 때문이다. 네가 앞에서 말했다시피, 나는 너더러 이곳에 있어달라고 부탁했다. 반면에 첫 번째 책은 너 스스로 시작한 프로젝트였다.

너는 첫 번째 책에 대해서는 나름의 일정을 가지고 있었다. 하지만 이 책에 대해서는 내 의지를 따르는 것 말고는 너는 아무런 일정도 지니고 있지 않다.

그래요, 맞는 말씀입니다.

닐, 그곳(1권을 말함-옮긴이)은 머물기에 아주 좋은 곳이다. 나는 너와 다른 사람들이 자주 그곳에 가보길 바란다.

하지만 전 당신의 의지가 곧 제 의지라고 생각했는데요. 당신의 의지가 제 의지와 같다면 어떻게 제가 당신의 의지를 따르지 **않는** 일이 있을 수 있습니까?

그건 미묘한 문제인데, 시작하기엔 그리 나쁜 지점이 아니다. 우리가 이 대화를 시작하기엔.
몇 걸음 뒤로 돌아가보자. 나는 한번도 내 의지가 곧 네 의지라고 말한 적이 없다.

아니요! 했습니다. 1권에서요. 당신은 제게 분명히 "네 의지가 곧 내 의지다"라고 말씀하셨습니다.

사실이다―하지만 그건 같은 게 아니다.

아니라고요? 절 놀리시는군요.

내가 "네 의지가 곧 내 의지"라고 할 때, 그건 내 의지가 곧 네 의지라는 것과 같은 뜻이 아니다. 만일 네가 항상 내 의지대로 행동한다면, 네가 깨침을 얻기 위해 할 일은 더 이상 없을 것이다. 그 과정은 끝날 것이며, 너는 이미 그곳에 있을 것이다.
내 의지 외에는 어떤 다른 일도 하지 않는 날이 올 때, 너는 깨달음의 경지에 이를 것이다. 만일 네가 지금까지 살아온 세월 내내 내 의지대로 살아왔다면, 너는 지금 이 순간 이 책에 말려들 필요가 거의 없을 것이다.

그러니 네가 내 의지에 따라 살아오지 않은 건 확실하다. 사실 너는 대개의 경우 내 의지가 무엇인지**조차 모른다.**

제가 모른다고요?

그렇다, 너는 모른다.

그럼 왜 당신은 당신의 의지가 무엇인지 제게 말해주시지 않는 겁니까?

나는 말해준다. 단지 네가 듣지 않을 뿐이다. 설사 네가 듣더라도, 너는 진심으로 귀 기울이지 않는다. 그리고 네가 귀 기울이더라도, 너는 네게 들리는 것을 믿지 않는다. 또 설사 네가 귀 기울여 듣는 것을 믿더라도, 너는 어쨌든 내 지시대로 따르지 않는다.

그러니 내 의지가 곧 네 의지라고 말하는 것은 확실히 정확하지 않다.

반면에 네 의지는 곧 내 의지**이다.** 첫째, 네 의지를 내가 알기 때문이고, 둘째, 네 의지를 내가 받아들이기 때문이며, 셋째, 그것을 내가 칭찬하기 때문이고, 넷째, 그것을 내가 사랑하기 때문이며, 다섯째, 그것을 내 것으로 삼고 **'내 것'이라 부르기** 때문이다.

이것은 네가 원하는 대로 할 수 있는 **자유**의지를 가졌다는 뜻이며, 내가 조건 없는 사랑으로 네 의지를 내 것으로 삼는다는 뜻이다.

이제 내 의지가 네 것이 되도록 하려면 너 역시 나처럼 해야 한다.

첫째, 너는 내 의지를 이해해야 하고, 둘째, 너는 그것을 받아들여야 하며, 셋째, 너는 그것을 찬양해야 하고, 넷째, 너는 그것을 사랑해야 하며, 마지막으로 너는 내 의지를 **너 자신의 것이라 불러야** 한다.

너희 인간 종족의 역사 전체에서 일관되게 이렇게 해온 사람은 정말 극소수에 지나지 않는다. 다른 한줌 정도의 사람들은 거의 항상 이렇게 했고, 그보다 많은 사람들은 자주 이렇게 했다. 그보다 더 많은 사람들은 때때로 이렇게 했으며, 사실상 모두 드물게 이렇게 했다. 비록 그중 일부는 그렇게 한 적이 전혀 없긴 하지만.

저는 어느 범주에 들어가나요?

그게 중요한가? 너는 **이제부터** 어느 범주에 포함되길 원하는가? 그게 더 적절한 질문이 아닐까?

그렇군요.

그렇다면 네 대답은 무엇이냐?

저는 첫 번째 범주에 들길 바랍니다. 항상 당신의 의지를 알고, 항상 그에 따라 행동했으면 하거든요.

그건 기특하고 칭찬받을 만한 일이긴 하나, 아마 불가능할 것이다.

왜요?

네가 자신을 그런 것으로 내세울 수 있으려면 그 전에 엄청 많이 성장해야 하기 때문이다. 하지만 네게 말하노니, 네가 그렇게 하기로 선택한다면, 지금 이 **순간에도** 너는 얼마든지 자신을 그렇게 내세울 **수 있으며**, 신성(神性)으로 옮겨갈 수 있다. 성장하는 데 그렇게 많은 시간이 필요한 건 아니다.

그렇다면 지금까지는 왜 그렇게 많은 시간이 **걸렸습니까?**

그러게. 왜 그랬느냐? 너는 뭘 기다리고 있느냐? 혹시 너를 붙들고 늘어지는 게 나라고 믿는 건 아니냐?

아닙니다. 저 자신을 붙들고 늘어지는 건 바로 저라는 걸 명확히 압니다.

좋다. 명확함이야말로 깨달음으로 가는 첫걸음이다.

저는 깨달음을 얻고 싶습니다. 어떻게 해야 그렇게 될 수 있습니까?

이 책을 계속 읽어라. 이것이 바로 내가 너를 데려가고 있는 지점이다.

# Conversations with God

# 2

전 이 책이 어디로 가고 있는지 모르겠습니다. 어디서 시작해야 할지 모르겠어요.

**시간을 잡도록 하자.**

얼마나 많은 시간이 더 필요합니까? 이 책의 첫 장(章)에서 여기까지 오는 데 이미 **다섯 달이나** 걸렸습니다. 이 책을 읽는 사람들은 이 모든 내용이 중간에 끊기거나 하지 않고 똑같은 흐름으로 적혔을 거라고 생각할 텐데요. 그들은 이 책의 32번째 단락과 33번째 단락 사이에 20주라는 시간이 가로놓여 있다는 걸 깨닫지 못할 겁니다. 그들은 영감을 받는 순간들 사이의 간격이 때로는 **반 년이나** 된다는 걸 이해하지 못할 거라구요. 그런데도 우린 더 많은 시간을 가져야 합니까?

내 말뜻은 그게 아니다. 내 말뜻은 우리의 첫 주제, 시작할 지점으로 "시간"을 잡자는 것이다.

아, 그랬군요. 그런데 그 주제를 다루는 건 좋은데, 간단한 단락 하나를 완성하는 데 종종 몇 개월씩이나 **걸리는** 이유는 뭡니까? 당신은 왜 그렇게 긴 간격을 두고 찾아오십니까?

사랑스럽고 멋진 내 아들아, 나는 긴 간격을 두고 "찾아오지" 않았다. 내가 너와 함께 있지 않은 적은 한번도 없다. 문제는 네가 그것을 항상 알아차리는 건 아니라는 데 있을 뿐이지.

왜요? 당신이 항상 이곳에 있다면, 어째서 제가 알아차리지 못합니까?

네가 삶의 다른 일들에 사로잡혀 있기 때문이다. 자 봐라, 너는 지난 5개월 동안 상당히 바빴다.

그랬지요. 예, 그랬습니다. 많은 일들이 벌어졌지요.

그리고 너는 그 일들을 나보다 더 중요하게 여겼다.

그건 아닌 것 같은데요.

네가 어떻게 행동했는지 보여주마. 너는 자신의 물질 삶에

푹 빠져 있었다. 너는 네 영혼에 거의 주의를 기울이지 않았다.

무척 힘든 시기였어요.

그렇다. 그럴수록 더 그 과정 속에 네 영혼을 포함시켜야 했다. 내 도움을 받았더라면 요 몇 개월 동안이 훨씬 더 순탄하게 굴러갔을 것이다. 그래서 나와의 접촉을 잃지 말라고 내가 충고하지 않았더냐?

당신 곁에 있으려고 노력했지요. 하지만 나 자신의 드라마에 빠져서, 아니 당신 표현대로 사로잡혀서 그만 당신을 놓치고 만 것 같습니다. 어쨌든 그래서 당신을 위해 시간을 내지 못한 건 사실입니다. 명상도 하지 않았고 기도도 하지 않았습니다. 그리고 당연히 쓰지도 않았구요.

알고 있다. 우리 사이의 연결이 가장 필요할 때, 너희가 되레 거기에서 멀어지는 게 삶의 역설이다.

어떻게 하면 그렇게 하는 걸 그만둘 수 있습니까?

그렇게 하는 걸 그만두어라.

그건 제가 방금 했던 말이고요. 그런데 어떻게요?

네가 그렇게 하길 그만두면 그렇게 하는 걸 그만두게 된다.

그게 그렇게 간단치가 않습니다.

그건 간단하다.

저도 그러길 바랍니다만.

그렇다면 **진짜로** 그렇게 될 것이다. 왜냐하면 네 바람은 곧 내 명령이기에. 내 소중한 자여, 기억하라. 네 바람이 곧 내 바람이며, 네 의지가 곧 내 의지라는 걸.

예, 알았습니다. 그런데 저는 이 책이 내년 3월경에는 끝났으면 하는데, 지금이 벌써 10월입니다. 이 자료가 5개월의 공백을 갖는 일은 두 번 다시 없었으면 합니다.

그렇게 될 것이다.

좋습니다.

그렇지 않은 경우만 **빼고.**

맙소사, 우리가 이런 놀이를 꼭 해야 됩니까?

아니. 하지만 그게 바로 네가 삶을 꾸려갈 때 결정하는 방식이니, 난들 어쩔 수 없지 않느냐? 너는 계속해서 마음을 바꾸고 있다. 삶은 계속되는 창조 과정임을 잊지 마라. 너는 시시각각 네 현실을 창조하고 있다. 너는 오늘 내린 결정이 내일 내리는 결정과 다를 때가 자주 있다. 하지만 선각자들은 그렇지 않다. 여기에 모든 선각자들Masters의 비밀이 있다. **그들은 항상 같은 것을 선택한다.**

몇 번이고 되풀이해서요? 한 번으로 충분하지 않나요?

네 의지가 네 현실로 확실하게 드러날 때까지 몇 번이고 되풀이해서 선택하라.

그렇게 되기까지 몇 년씩 걸리는 사람도 있고, 몇 달씩 걸리는 사람들도 있다. 또 몇 주면 되는 사람들도 있다. 깨달음에 근접한 사람이라면 며칠이나 몇 시간, 혹은 몇 분밖에 걸리지 않을 것이다. 그러나 **선각자들에게 창조는 즉석에서** 이루어진다.

의지와 체험 사이의 간격이 줄어가는 것을 볼 때, 너는 자신이 깨달음의 길로 가는 중임을 알 것이다.

"너는 오늘 내린 결정이 내일 내리는 결정과 다를 때가 자주 있다"고 하셨는데, 그게 어떻다는 겁니까? 당신 말씀은 우리가 마음을 바꿔선 안 된다는 뜻입니까?

원한다면 언제든지 마음을 바꿔라. 하지만 마음이 한번 바뀔 때마다 우주 전체의 방향 역시 바뀐다는 사실을 잊지 마라.

네가 어떤 것에 대해 "마음을 정할" 때, 너는 그에 맞추어 우주를 작동시키고 있다. 너희가 이제서야 겨우 이해하기 시작한 복잡한 역학들로 이루어지는 그 과정 속에는, 너희의 이해 능력을 넘어서는 힘들, 너희가 상상할 수 있는 것보다 훨씬 더 미묘하고 복잡한 힘들이 개입된다.

이 힘들과 이 과정 모두가 소위 삶이라는 존재 전체를 구성하는 에너지들이 상호작용하여 짜낸 경이로운 옷감의 일부다.

그것들의 본질은 **나다**.

그렇다면 제가 마음을 바꾸면 그게 당신을 곤란하게 한다는 뜻입니까? 그런 건가요?

나에게는 어떤 것도 곤란하지 않다. 하지만 그렇게 하는 건 너 자신에게 아주 곤란한 상황을 만들 것이다. 그러니 어떤 일을 대할 때 한 가지 마음과 단 하나의 목적만을 가져라. 그리고 네가 그것을 현실로 만들어낼 때까지는 마음이 거기서 떠나지 않도록 하라. 초점을 맞추고, 중심을 잡고, 거기에 머물러라.

이것이 전심(專心)한다고 할 때의 의미다. 뭔가를 택할 때는 네 온힘과 네 온마음을 다해서 그것을 택하라. 겁먹지 마라. 계속 가라! 그것을 향해 계속 가라. 단호하게.

아니No란 말을 하지 마라.

바로 맞혔다.

하지만 **아니다**가 맞는 대답이면요? 우리가 원하는 것이 우리에게 도움이 되지 않으면 어떻게 하죠? 우리 자신의 선(善)을 위한 것이 아니고 우리에게 가장 이로운 게 아니면요? 그러면 당신은 그걸 우리에게 주시지 않을 거죠? 그렇죠?

틀렸다. 나는 너희가 불러내는 것이면 무엇이든 "줄" 것이다. 그것이 너희에게 "좋은" 것이든 "나쁜" 것이든 상관없이. 너는 최근에 네 삶을 살펴본 적이 있느냐?

하지만 저는 바라는 걸 항상 가질 순 없다고 배웠습니다. 그것이 우리의 최고선(善)을 위한 게 아니라면 신은 우리에게 주시지 않을 거라고요.

그건 사람들이 네가 어떤 결과를 놓고 실망하지 않기를 바랄 때 네게 해주는 말이다.

먼저, 우리 관계를 다시 한번 명확히 해보자. 나는 네게 아무것도 "주지" 않는다. 그것을 불러내는 건 너다. 나는 1권에서 네가 어떤 식으로 이렇게 하는지 꽤 자세히 설명했다.

둘째로, 나는 너희가 불러내는 것에 대해 판단하지 않는다. 나는 어떤 것을 "좋다"거나 "나쁘다"고 말하지 않는다. (너희도 그렇게 하지 않는 게 좋을 것이다.)

너희는 신의 형상대로 신과 닮은꼴로 만들어진, 창조하는 존재다. 너희는 선택하는 것 모두를 가질 수도 있지만, 원하는 걸 전혀 갖지 못할 수도 있다. 사실 너희가 충분히 그릇된 방식으로 원한다면 너희는 원하는 **어떤 것도** 갖지 못할 것이다.

저도 압니다. 그 점에 대해서도 1권에서 설명하셨습니다. 어떤 것을 원하는wanting 행동이 오히려 그것을 우리에게서 밀쳐낸다고 하셨지요.

그렇다. 그럼 너는 그 이유도 기억하고 있느냐?

생각에는 창조하는 힘이 있어서, 뭔가가 모자란다는wanting 생각이 우주를 향해 보내는 진술, 즉 진리 선언이 되기 때문이지요. 그러고 나면 우주는 그것을 우리 현실로 만들어내기 때문이고요.

맞다! 정확하다! 너는 배웠구나. 이해했어. 훌륭하다!

그렇다, 그것이 바로 우주가 작동하는 방식이다. 네가 뭔가를 "원한다want"고 말하는 순간, 우주는 "정말 그렇군"이라고 하면서 네게 바로 그 체험, 즉 **그것이 "모자라는wanting" 체험**을 준다!

"나는"이란 말 뒤에 오는 것이 무엇이든, 그것은 곧 네 창조 명령이다. 호리병 속의 요정인 '나는'은 오로지 복종하기 위해서만 존재한다.

**나는 네가 불러내는 것을 만들어낸다! 그리고 네가 불러내는 건 네가 생각하고 느끼고 말하는 바 그대로다. 그것은 이처**

**럼 간단하다.**

　그렇다면 다시 한번 말씀해주십시오. 제가 선택한 현실을 창조하는 데 왜 그렇게 많은 시간이 필요합니까?

　몇 가지 이유가 있다. 너는 네가 선택한 것을 가질 수 있다는 사실을 믿지 못한다. 또 너는 무엇을 선택해야 할지 모른다. 그리고 너는 계속해서 무엇이 네게 "최선"인지 알아내려 한다. 또 너는 네 모든 선택이 "좋은 것"이길 미리 보장받고 싶어한다. 게다가 너는 계속해서 마음을 바꾼다!

　제가 이해할 수 있게 해주십시오. 어떤 게 제게 최선인지 알아내려 하면 안 되나요?

　"최선"이란 건 오만가지 변수에 좌우되는 상대적인 용어다. 이건 선택을 대단히 어렵게 만든다. 어떤 판단을 내릴 때는 오직 한 가지만 고려하면 된다. 이것이 '내가 누구인지Who I Am'를 진술하는지, 이것이 '내가 되고자 선택하는 존재Who I Choose to Be'를 선언하는지만.
　삶 전체가 그런 선언이 되어야 한다. 사실 삶의 모든 것이 그러하다. 너는 그런 선언을 **우연히** 할 수도 있고 네 **선택**으로 할 수도 있다.
　**선택으로 사는 삶은 의식하는 행동으로 사는 삶이다. 우연으로 사는 삶은 의식 없는 반응으로 사는 삶이다.**

반응reaction이란 단어 그대로 너희가 이전에 취했던 행동이다. "다시 행동할re-act" 때(반응할 때-옮긴이), 너희는 들어오는 자료를 평가하고, 같거나 거의 비슷한 체험을 찾기 위해 너희의 기억은행을 뒤지고, 그런 다음 **이전에 했던 식으로 행동한다.** 이 모든 일을 하는 주체는 너희 영혼이 아닌 정신mind(마음으로도 번역-옮긴이)이다.

하지만 너희가 어떻게 해야 '지금 이 순간' 자신을 진실로 **순수하게 체험할 수** 있을지 알아보려 했다면, 너희 영혼은 너희더러 **자신의** "기억"을 찾아보게 시켰으리라. 이것이 너희가 그토록 자주 들어왔던 "자기 찾기soul searching"라는 체험이다. 하지만 이렇게 하려면 너희는 말 그대로 "정신이 나가야out of your mind" 한다.

무엇이 자신에게 "최선"인지 알아내려고 시간을 들이는spend 동안, 너희는 말 그대로 **시간을 소비하는**spend 짓을 하고 있다. 쓸데없이 자신의 시간을 소비하기보다는 절약하는 편이 나을 것이다.

정신이 나가면 엄청나게 시간을 절약할 수 있다. 너희 영혼은 과거의 만남들을 검토하고 분석하고 비판하는 일 없이 현재의 체험으로만 창조하기 때문에, 결정은 쉽게 이루어지고 선택은 빠르게 현실화된다.

**이 점을 기억하라. 영혼은 창조하고 정신은 반응한다.**

영혼은 자신의 지혜로—너희가 그것을 의식적으로 알아차리기도 전에—'지금 순간'에 겪는 체험이 신이 너희에게 보내준 체험임을 알고 있다. "미리 보내진pre-sent"(현재-옮긴이) 체험이라고 할 때의 의미가 바로 이것이다. 너희가 그것을 찾고 있는 동안에도 그것은 벌써 너희에게 가고 있다. 왜냐하면 너희가 청하기도 전에 내가 대답해주리라고 말했기에. 모든 '지금 순간'은 신이 주는 영광스러운 선물이다. 그것을 **선물**present이라 부르는 건 이 때문이다.

**영혼은 '참된 자신**Who You Really Are**'에 대한 잘못된 생각을 치유하고, '참된 자신'에 걸맞은 체험을 너희에게 가져다주기 위해, 지금 필요한 완벽한 상황과 환경을 본능적으로 추구한다.**

영혼의 바람은 너희가 신에게 되돌아가게 하는 것, 너희에게 나(神)를 절실히 느끼게 하는 것이다.

영혼이 의도하는 바는 자신을 체험으로 알고, 따라서 나를 아는 것이다. 영혼은 너희와 내가 '하나'임을 이해하기 때문이다. 정신이 이 진리를 부정하고, 몸이 이 부정을 행동으로 옮긴다 할지라도.

그러므로 위대한 결정을 내려야 할 순간이라면 정신에서 벗어나, 대신 자기 찾기를 하라.

**영혼은 정신이 생각해낼 수 없는 것을 알고 있다.**

너희가 무엇이 자신에게 "최선"인지 알아내려고 애쓰면서 시간을 소비할 때, 그 선택은 조심스러울 것이고, 그 결정에는 영원한 시간이 걸릴 것이며, 그 여행은 기대의 바다 위에서 시작될 것이다.

그러니 조심하지 않으면 너희는 자신의 기대 속에 **빠지고 말** 것이다.

휘유! 굉장한 대답이군요. 그런데 어떻게 해야 제 영혼의 말을 들을 수 있습니까? 어떻게 해야 제가 듣고 있음을 알 수 있을까요?

영혼은 느낌feelings으로 말한다. 네 느낌에 귀를 기울이고, 네 느낌대로 따르며, 네 느낌을 존중하라.

왜 제게는 느낌을 존중하는 게 흡사 애당초 말썽을 일으킬 상황에 자신을 빠뜨리는 것처럼 여겨지는 걸까요?

너희가 성장은 "말썽"이고, 가만히 있는 건 "안정"이라고 이름 붙였기 때문이다.

하지만 너희에게 이르노니, 느낌은 결코 너희를 "말썽"에 빠뜨리지 않을 것이다. 너희의 느낌은 너희의 진실이기에.

만일 네가 절대 느낌을 따르지 않는 삶, 모든 느낌을 정신이라는 여과 장치로 걸러내는 삶을 살고 싶다면, 그렇게 하라. 정신이 하는 상황 분석에 따라 네 판단들을 내려라. 하지만 그런 책략에서는 기쁨도, '참된 자신'에 대한 축하도 구하지 마라.

**잊지 마라, 참된 축하는 정신 나간mindless 짓임을.**

자신의 영혼에 귀 기울일 때, 너희는 무엇이 자신에게 "최선"인지 알 것이다. 자신에게 맞는 진실은 자신에게 가장 좋은 것일 수밖에 없기 때문이다.

자신에게 진실인 것만을 따라 행동할 때, 너희는 너희의 길을 따라 빠른 속도로 달리는 중이고, "과거의 진실"에 근거한 체험에 따라 반응하지 않고 "지금의 진실"에 근거한 체험을 창조할 때, 너희는 "새로운 자신"을 만들어내는 중이다.

네가 선택한 현실을 창조하는 데 왜 그렇게 많은 시간이 걸리느냐고? 그것은 네가 자신의 진실에 따라 살아오지 않았기 때문이다.

진리를 깨달아라, 그러면 진리가 너를 자유롭게 하리니.

그런데 일단 네 진실을 깨닫고 나면, **그걸 두고 마음을 자주 바꾸지** 않도록 하라. 이렇게 되는 건 네 정신이 무엇이 "최선" 인지 알아내려고 애쓰기 때문이다. 그렇게 하는 걸 그만둬라! 정신에서 벗어나라. 네 감각으로 되돌아가라!Get back to your senses!

"분별력을 되찾아라Get back to your senses"고 할 때의 **의미**가 바로 이것이다. 이것은 네가 어떻게 **생각하는가가** 아니라 어떻게 **느끼는가로** 되돌아가는 것이다. 네 생각은 말 그대로 생각일 뿐이고, 정신의 구조물, 네 정신이 "만들어낸" 창조물일 뿐이다. 하지만 네 **감각**이라면—그것은 지금 이 순간 **실재하는** 것이다.

감각은 영혼의 언어이고, 네 영혼은 네 진실이다.

자, 이제 그 모든 게 아귀가 딱딱 들어맞지 않느냐?


당신 말씀은 부정적이고 파괴적인 느낌들까지도 표현해야 한다는 뜻인가요?


느낌은 부정적이지도 파괴적이지도 않다. 그건 그냥 진실일 뿐이다. 중요한 것은 너희가 자신의 진실을 어떻게 표현하는가

이다.

너희가 자신의 진실을 사랑으로 표현할 때, 부정적이고 위험한 결과들은 거의 일어나지 않는다. 행여 그런 결과들이 일어난다면, 그것은 대개 다른 누군가가 부정적이거나 위험한 방식으로 너희의 진실을 체험하려 하기 때문이다. 그런 경우라면 너희로서는 그런 결말을 피할 방도가 별로 없을 것이다.

자신의 진실을 표현하지 **못하는 건** 분명히 그다지 적절한 일이 아니다. 그럼에도 사람들은 항상 이렇게 한다. 그들은 불쾌한 일을 일으키거나 그런 것에 직면할까봐 무척 두려워한다. 그래서 그들은 자신의 진실을 철저히 감춘다.

**잊지 마라, 메시지를 얼마나 잘 받는가는 메시지를 얼마나 잘 보내는가만큼 중요하지 않다.**

다른 사람이 네 진실을 얼마나 잘 받아들이는지는 네 책임이 아니다. 너는 단지 그것이 얼마나 잘 전달되는지만 보장할 수 있다. 여기서 얼마나 잘이라는 게 단지 얼마나 명확하게란 뜻만은 아니다. 거기에는 얼마나 사랑으로, 얼마나 자비롭게, 얼마나 예민하게, 얼마나 용기 있게, 얼마나 완벽하게란 뜻이 들어 있다.

여기에는 반(半)만의 진실이라든가 "잔혹한 진실", 혹은 "평이한 진실"조차 들어설 여지가 없다. 여기에 존재하는 건, 하늘이 너를 굽어살피사 진실과 진실 자체와 오직 진실뿐이다.

사랑과 자비라는 신성(神性)들을 들여오는 게 "하늘이 너를 굽어살피는" 대목이다. 왜냐하면 너희가 청한다면, 나는 언제나 너희가 이런 식으로 교류하게끔 도울 것이기에.

그렇다, 소위 가장 "부정적인" 느낌들까지 표현하라. 하지만 파괴적으로 하지는 마라.

부정적인 느낌들을 표현하지(즉 밀어내지) 않으면, 그것들을 사라지게 만들 수 없다. 그렇게 되면 **그 느낌들을 가두게 된다.** "갇힌" 부정은 몸을 해치고 영혼에 짐을 지운다.

하지만 어떤 사람에 대해 품고 있는 부정적인 생각들을 그 사람이 몽땅 듣는다면, 그런 생각들이 아무리 애정을 가지고 전달되더라도, 그건 그 사람과의 관계에 영향을 미칠 겁니다.

나는 네 부정적인 느낌들을 표현하라(밀어내라, 제거하라)고 했지, 어떻게 혹은 누구에게 하라고 말하지는 않았다.

모든 부정을 그런 느낌을 주는 사람과 함께해야 하는 건 아니다. 이런 느낌들을 그 사람에게 전달할 필요가 있을 때는, 그렇게 하지 않으면 네 순수성이 손상되거나 다른 사람이 거짓을 믿게 되는 경우뿐이다.

부정은, 설사 그 순간에는 그것이 네 진리처럼 보이더라도, 결코 궁극의 진리를 나타내는 표지가 아니다. 그것은 치유되지 않은 네 부분에서 생긴 것일 수 있다. 아니, 사실 **그것은 항상 그렇다.**

이 부정들을 밀어내고 그것들을 풀어놓는 게 그토록 중요한 이유가 여기에 있다. 그것들을 풀어놓을 때, 즉 그것들을 밖으로 밀어내어 네 앞에 놓을 때에야, 비로소 너는 자신이 정말로 그것들을 믿는지 판단할 수 있을 만큼 충분히 명확하게 그것들을 볼 수 있다.

어떤 추한 것이라도 일단 말로 표현되고 나면, 너는 그것이 더 이상 "진실"하게 느껴지지 않는다는 사실만을 발견할 것이다.

두려움에서 분노에 이르기까지 표현된 모든 느낌에서, 너는 그것들이 일단 표현되고 나면, 그것들은 더 이상 네가 **진실로** 어떻게 느끼는지를 드러내지 않는다는 사실만을 발견한다.

이런 식으로 느낌은 농간을 부릴 수 있다. 느낌은 영혼의 언어이긴 하지만, 그것이 네 마음이 만들어낸 어떤 모조품은 아닌지, 네가 과연 자신의 **참된 느낌**에 귀 기울이고 있는지 확인할 필요가 있다.

맙소사! 그래서 이젠 제 **느낌조차** 믿을 수 없게 됐군요. 전 그게 진리에 이르는 길이라고 생각했다구요! 당신이 제게 **가르쳐준** 게 바로 이거라고요.

**사실이다.** 나는 지금도 그렇게 말한다. 하지만 그건 지금 네가 이해하는 것보다 훨씬 더 복잡하니 잘 들어야 한다. 어떤 느낌들은 참된 느낌, 즉 영혼에서 태어난 느낌들이지만, 어떤 느낌들은 모조(模造) 느낌들이다. 이것들은 너희 정신 속에서 만들어진 느낌들이다.

달리 말해 그것들은 전혀 "느낌"이 아니다. 그것들은 생각이다. 느낌으로 **변장한** 생각들.

이런 생각들은 너희의 이전 체험과 너희가 남들을 관찰한 체험에서 나온다. 누가 이빨을 뽑을 때 얼굴을 찡그리는 걸 보고 나면, 너희도 이빨을 뽑을 때 얼굴을 찡그린다. 아직 **건드리지도** 않았는데 어쨌든 얼굴을 찡그린다. 너희의 이런 반응은 현실과는 무관하다. 단지 남들의 체험이나 예전에 너희에게 일어난 일에 근거해서 너희가 현실을 **지각하는** 방식과 관련된 것일 뿐이다.

인간 존재로서 겪는 가장 위대한 도전은 '지금 여기가 되는 것', 상황을 꾸며내길 그만두는 것이다! 지금pre-sent 순간(너희가 그것에 대해 생각하기도 전에 자신에게 "보낸sent" 순간)에 대해 생각하길 그만두어라. **그 순간 속에** 있어라. 기억하라, 너희는 이 순간을, 엄청난 진실의 씨앗을 품고 있는 그 순간을 하나의 선물로 자신에게 **보냈다**는 걸. 너희가 기억해내고 싶어하던 진실이 바로 이것이다. 그런데도 그 순간이 도착하면 너희는 당장 그것에 대해 생각하기 시작한다. 그 순간 **속에** 있는 대신, 너희는 그 순간 **밖에** 서서 그것을 판단하곤 한다. 그러고 나서 너희는 다시 반응한다re-acted. 다시 말해 너희는 **예전에 했던** 식으로 행동한다.

이제 이 두 단어를 잘 살펴보라.

**REACTIVE** (반응하는)

**CREATIVE** (창조하는)

이 둘은 **같은 단어**다. 단지 "C"만 움직였다! 그러니 너희가 매사에 정확하게 "C"를 놓을 때 너희는 '반응하지' 않고 '창조하게' 될 것이다.

정말 현명하시군요.

음, 신이란 게 원래 그런 것이다.

어쨌든, 보다시피 내가 지적하려는 바는, 각각의 순간을 그에 대한 사전 생각 없이 깨끗한 상태로 만날 때, 너희는 **예전의 자신을 재연(再演)하는 대신 지금의 자신을 창조할 수 있다는** 점이다.

**삶은 창조 과정이다. 그런데 너희는 줄곧 그게 마치 재연 과정인 것처럼 살고 있다.**

하지만 이성을 가진 인간이라면 어느 누가 어떤 일이 일어나는 순간에 자신의 이전 체험을 무시할 수 있겠습니까? 그 문제에 관해 자신이 아는 모든 것을 불러내고, 그에 따라 대응하는 게 정상 아닙니까?

정상normal일 수는 있겠지, 하지만 **자연스러운**natural 것은 아니다. "정상"이란 건 일상적인 것을 뜻한다. "자연스러운" 건 애써 "정상"이려고 하지 않을 때의 너희 상태다.

자연스러움과 정상은 같은 게 아니다. 특정 순간에 너희는 정상인 일을 할 수도 있고, 자연스러운 일을 할 수도 있다.

너희에게 이르노니, 어떤 것도 **사랑보다 더 자연스럽지는 않다.**

사랑에 차서 행동한다면 너희는 자연스럽게 행동할 것이다. 하지만 두려워하고 화내고 분개하면서 반응한다면, 너희는 **정상으로 행동할 수는 있지만, 결코 자연스럽게 행동하지는 못할**

것이다.

하지만 저의 이전의 모든 체험이 특정 "순간"이 고통스러울 거라고 비명을 지르는 판에 제가 어떻게 사랑에 차서 행동할 수 있습니까?

네 이전 체험을 무시하고 그 순간 속으로 들어가라. '지금 여기'에 있어라. **자신을 새로이 창조하기 위해 지금 당장** 할 일이 무엇인지 살펴라.

기억하라, **이것이 너희가 이곳에서 하고 있는 일임을.**

너희는 '자신이 누구인지' 알기 위해서, 그리고 '되고자 하는 자신'을 창조하기 위해서 이 세상에 왔다. 이런 식으로, 이 순간, 이곳에.

모든 삶의 목적이 이것이다. 삶이란 끝없이 계속되는 재창조의 과정이다. 너희는 가장 고귀한, 다음 단계의 자신에 대한 관념을 그려보면서 계속해서 자신을 재창조해가고 있다.

하지만 그건 자기가 날 수 있다고 확신하면서 고층 빌딩에서 뛰어내린 사람과 다를 바 없지 않습니까? 그 사람은 자신의 "이전 체험"과 "남들을 관찰한 체험"을 무시하고 빌딩에서 뛰어내렸지요. 떨어지는 동안 계속해서 "나는 신이다!"고 외치면서요. 이건 그다지 멋져 보이지 않는데요.

그렇다면 네게 말해주마. 인간은 나는 것보다 훨씬 더 위대한 결과들을 이루어냈다. 인간은 병을 고쳤고, 죽은 자를 일으켜 세웠다.

한 사람만 그랬죠.

　너는 단지 한 사람에게만 물질 우주를 지배할 그런 권능이 있다고 생각하느냐?

단 한 사람만이 그런 권능을 보여주었습니다.

　그렇지 않다. 홍해를 가른 건 누구였는가?

신이요.

　사실이다. 그런데 신에게 그렇게 해달라고 부탁한 건 누구였느냐?

모세요.

　맞다. 그러면 병자를 치유해주고, 죽은 자를 일으켜달라고 내게 부탁한 사람은 누구냐?

예수요.

　그렇다. 그런데 너는 모세와 예수가 한 일을 너는 할 수 **없다**

**고** 생각하느냐?

하지만 그들이 그런 일을 한 게 아니죠! 그들은 당신에게 **청했어요.** 그건 다른 문제죠.

좋다, 우선은 네가 세운 틀을 따라가보자. 자, 너 자신은 이와 똑같은 기적을 내게 청할 수 없다고 생각하느냐?

저도 할 수 있을 것 같습니다.

그러면 내가 그 요청들을 들어줄 것 같으냐?

그건 모르겠습니다.

그게 바로 너와 모세의 차이다! 그게 바로 너와 예수의 다른 점이다!

예수의 이름으로 청한다면 당신이 자신의 청함을 **들어줄** 거라고 믿는 사람들은 많습니다.

그렇다, 많은 사람들이 그렇게 믿는다. 그들은 자신에게는 아무 권능도 없지만 예수의 권능은 보았다고 믿는다(혹은 그것을 본 다른 사람들을 믿는다). 그래서 그들은 예수의 이름으로 청한다. 예수가 "왜 그렇게 놀라느냐? 너희 역시 이런 일, 아니

이보다 더한 일들도 할 수 있다"고 말했는데도. 그러나 사람들은 그 말을 믿지 못한다. 오늘날까지도 많은 사람들이 그러하다.

너희 모두는 자신이 가치 없는 존재라고 생각한다. 그래서 너희는 예수의 이름으로 청한다. 혹은 성모 마리아나 이런저런 "수호성인"이나 태양신이나 동방 신들의 이름으로. 너희는 항상 누군가의 이름을—그게 **누구의 이름이든**—내걸 것이다. 자신의 이름만 빼고!

하지만 내가 너희에게 말하노니, **구하라 그러면 받을 것이요, 찾아라 그러면 얻을 것이요, 두드려라 그러면 열릴 것이다.**

빌딩에서 뛰어내려라, 그러면 날 것이다.

공중부양을 한 사람들이 있었다. 너는 이것을 믿느냐?

음, 저도 들은 적이 있습니다.

그리고 벽을 걸어서 통과한 사람들도 있고, 자기 몸을 벗어난 사람들까지 있다.

그래요, 그래요. 하지만 저는 벽을 걸어서 통과한 사람을 실제로 **본 적은 없다구요.** 게다가 누구더러 그렇게 해보라고 하지도 않지요. 또 저는 우리가 빌딩에서 뛰어내려야 한다고 생각하지도 않습니다. 그건 아마 당신 건강에도 그리 좋지 않을 겁니다.

그 사람이 떨어져 죽은 건 그가 날 수 없었기 때문이 아니다. 올바른 존재 상태였다면, 그는 날 수 있었다. 하지만 그는 자신을 너희와 다른 존재로 과시하고자 했기에, 결국 신성(神性)을 드러낼 수 없었던 것이다.

더 자세히 설명해주십시오.

빌딩 위의 그 사람은 자신이 **나머지 너희와 다르다고** 상상하는 자기 망상의 세계에 살고 있었다. "나는 신이다"라고 선언함으로써 그는 거짓으로 자기 증명을 시작했다. 그는 자신을 더 크고 더 많은 권능을 지닌 존재로 구별하고 싶어했다.

이것은 자기애ego에서 나오는 행동이다.

각기 분리된 자기애로는 본래 '하나'인 것을 복제하거나 증명할 수 없다.

빌딩 위의 그 남자는 자신이 신임을 증명하려 함으로써 만물과 자신의 통일이 아닌 분리만을 증명했다. 결국 그는 '신성 아님'을 증명함으로써 신성을 증명하려 했으니, 실패할 수밖에 없었던 것이다.

반면에 예수는 통일성을 증명함으로써, 또 그가 바라보는 곳 어디에서나(그리고 바라보는 사람 누구에게나) 통일성과 전체성을 봄으로써 신성을 증명했다. 이 점에서 그의 의식과 내 의식은 하나다. 그런 상태에서 그가 불러내는 건 무엇이나 그 '성스러운 순간'에 그의 '신성한 현실'로서 모습을 드러낸다.

알겠습니다. 그러니까 기적을 이루려면 "그리스도의 의식"만 있으면 된다! 그게 문제를 단순하게 만들고⋯⋯

사실 그렇다. 네가 생각하는 것보다 더 단순하게 만든다. 그리고 많은 사람들이 그런 의식을 이루었다. 나사렛 예수만이 아니라 많은 이들이 그리스도가 되었다.

**너 역시** 그리스도가 될 수 있다.

어떻게—?

그렇게 되고자 하면, 그렇게 되길 선택하면. 하지만 그것은 네가 날마다 순간마다 내려야 하는 선택이다. 그것을 **네 삶의 목적 자체로** 삼아야 하는 선택이다.

사실 그것은 네 삶의 목적이다. 단지 네가 그것을 모를 뿐이다. 하지만 네가 그것을 안다 해도, 네가 자신의 바로 그 절묘한 존재 이유를 기억해낸다 해도, 네가 왔던 그곳에 이를 방법을 알게 될 것 같지는 않구나.

그렇습니다. 바로 그겁니다. 어떻게 해야 지금 있는 곳에서 제가 원하는 곳으로 **갈 수** 있나요?

네게 다시 말해주겠다. **구하라 그러면 받을 것이요, 두드려라 그러면 열릴 것이다.**

저는 35년 동안 "구하고" "두드려"왔습니다. 제가 그런 식의 설교를 지켜위해도 용서해주시겠지요?

환멸을 느낄 만큼은 아니란 말이지? 하지만 사실 네가 애쓴 데 대해서 좋은 점수를 주긴 해야겠지만, 말하자면 '노력 A'라고 해야겠지만, 나는 네가 35년 동안 구하고 두드려왔다고 하지는 못하겠다. 그 말에 동의하진 못하겠다.

네가 구하고 두드리는 걸 35년 동안 **했다 말았다** 했다는 데는—대개는 말았다 쪽이지만—동의해줄 수 있지만.

이전에 네가 아주 어렸을 때는, 너는 문젯거리가 생겼을 때라야, 뭔가가 필요할 때라야 내게 왔다. 나이 들어 성숙해지자 너는 그게 신과 맺는 **올바른 관계가** 아닐 성싶다는 사실을 깨닫고, 좀 더 의미 있는 것을 창조하려 했다. 하지만 그 경우에도 나는 대개 **소일거리**일 뿐이었다.

더 시간이 지나서 신과의 **영적 교류**로만 신과 **결합**할 수 있다는 사실을 이해하게 된 너는 교류를 **도와주는** 것들을 실천하고 행했다. 하지만 너는 이것들조차 산발적이고 일관성 없이 시도하곤 했다.

너는 명상에 잠겼고, 의식을 거행했으며, 기도와 찬송으로 나를 불러냈고, 네 속에 있는 '내 영혼'을 깨웠다. 하지만 네 마음에 들 때만, 네가 영감을 느낄 때만 그렇게 했다.

이런 식이라도 나(神)에 대한 네 체험이 영광스러운 건 사실이지만, 그럼에도 너는 네 삶의 95퍼센트를 분리의 환상에 사로잡혀 보냈다. **궁극의 실체**에 대한 깨달음으로 깜박이는 순간들을 간신히 여기저기에 가지면서.

너는 지금도 여전히 차 수리와 전화요금 청구서와 네가 인간관계들에서 원하는 것들에 헌신하는 걸 삶이라 생각한다. 즉 너는 자신이 창조한 드라마의 **창조자**가 아니라, 그 **드라마**에 헌신하는 것을 삶이라 생각한다.

자신이 계속해서 드라마를 창조해내는 까닭을 깨달아야 하는데도, 너는 그 드라마를 연기해내느라 너무 바쁘다.

너는 삶의 의미를 깨닫고 있다고 말한다. 하지만 너는 네 깨달음대로 살지 않는다. 너는 신과 교류하는 방법을 알고 있다고 말한다. 하지만 너는 그 방법대로 하지 않는다. 너는 자신이 그 길에 서 있다고 주장한다. 하지만 너는 그 길을 따라 걷지 않는다.

그러고 나서는 내게 와 자신이 35년 동안 줄곧 구하고 두드려왔노라고 말한다.

나도 네 환상을 깨뜨리긴 싫지만……

이제 내게 환멸을 느끼는 건 그만두고, 자신을 있는 그대로 보기 시작할 때가 왔다.

자, 내가 말해주마. "그리스도"가 되고 싶은가? **날마다 순간마다** 그리스도처럼 **행동하라.** (너는 방법을 모르는 게 아니다. 그가 네게 그 방법을 보여주었다.) 어떤 상황에서도 그리스도처럼 되라. (너는 할 수 없는 게 아니다. 그가 네게 **가르침들을** 남겼다.)

네가 그것을 구하려고만 하면, 너는 이 점에서 얼마든지 도움을 받을 수 있다. 내가 날마다 순간마다 네게 지침들을 주고 있으니. 나는 네게 어느 쪽으로 돌아야 하는지, 어느 길을 택해야 하는지, 어떤 대답을 해야 하는지, 돌려야 할 방향과 가야 할 길과 해야 할 대답과 해야 할 행동과 해야 할 말들, 즉 네가 진실로 나와 교류하고 결합하려고만 하면, 어떤 현실을 창조해야 할지를 알려주는 작고 조용한 내면의 소리다.

그냥 내게 **귀 기울이기만** 하라.

전 그렇게 하는 방법을 모르는 것 같은데요.

**천만에! 지금 이 순간에도 넌 그렇게 하고 있다!** 다만 이제부터는 **항상** 그렇게 하라.

그렇다고 항상 노란 종이철을 끼고 다닐 수는 없지요. 모든 걸 그만두고 당신에게 편지 쓰는 일만 할 수는 없지 않습니까? 당신이 그 멋진 대답들을 가지고 그 자리에 있길 바라면서요.

고맙다. 그 대답들이 멋지다니! 그런데 여기 또 하나 멋진 대답이 있다. 아니다, **넌 할 수 있다!**

내 말 뜻은, 만일 누군가가 네게 신과 직접 연결될 수 있다고, 즉 직접적인 연결고리와 직접적인 연결선을 가질 수 있다고 하면서, 네가 해야 할 일이라고 해봐야 잊지 말고 종이와 연필을 항상 곁에 두는 것뿐이라고 한다면, 너는 그렇게 하겠느냐?

음, 물론 그렇게 하죠.

그런데 너는 방금 그렇게 **하지 않겠다고** 말했다. 아니 "할 수 없다"고. 그렇다면 어찌 된 일이냐? 너는 뭘 말하고 있는 거냐? 어느 쪽이 네 진실이냐?

그런데 이제 '좋은 소식'은 네게 종이철과 펜조차 필요하지 않다는 것이다. **나는 언제나 함께 있다.** 나는 펜 속에 살지 않는다. **나는 네 속에 산다.**

그게 정말이죠?…… 제 말은 그 말을 진짜로 믿어도 되냐는 겁니다.

물론 너는 믿어도 된다. 그것은 내가 태초부터 너희에게 믿어달라고 부탁해왔던 것이고, 예수를 포함하여 모든 선각자가 너희에게 해왔던 말이다. 그것은 중심되는 가르침이며, 궁극의 진리다.

**나는 언제나 너희와 함께 있다. 시간이 끝나는 순간까지도.**
너는 이것을 믿느냐?

예, 이젠 믿습니다. 예전의 어느 때보다 더 그렇다는 얘깁니다.

좋다. 그렇다면 나를 **써먹어라.** 종이와 펜을 꺼내 드는 게 도움이 되면(그리고 네게는 그게 상당히 잘 맞는 것 같다는 말도 해야 하리라), **종이와 펜을 꺼내 들어라.** 더 **자주,** 날마다, 그래야 한다면 시간마다.

내게 가까이 오라. **내게로 가까이!** 네가 할 수 있는 일을 하고, 네가 해야 할 일을 하고, 그렇게 되기 위해서 필요한 일을 하라.

묵주 기도를 하고, 돌에 입 맞추고, 동쪽을 향해 절하고, 찬송가를 부르고, 추를 흔들고, 근육을 움직여보아라.

아니면 책을 써라.

**그렇게 되기 위해서 필요한 일을 하라.**

너희는 각자 나름의 틀을 지니고 있다. 너희는 각자 나름의 방식으로 나를 이해해왔고 나를 창조해왔다.

어떤 사람들에게는 내가 남자다. 또 어떤 사람들에게는 내가 여자다. 그리고 다른 어떤 사람들에게는 둘 다이고, 또 다른 사람들에게는 어느 쪽도 아니다.

너희 중 일부에게 나는 순수 에너지다. 또 일부에게는 너희가 사랑이라 부르는 궁극의 감정이다. 그리고 또 다른 일부는 내가 누구인지 전혀 모른다. 너희는 그냥 '내가 ~이다 Am'라고 안다.

그리고 그건 사실이다.

'나는 ~이다.'

나는 네 머리카락을 스치는 바람이고, 네 몸을 따뜻하게 해주는 햇살이며, 네 얼굴 위에서 춤추는 비다. 나는 공기 속 꽃향기이고, 향기를 뿜어내는 꽃이며, 향기를 **실어 나르는** 공기다.

나는 네 맨 처음 생각의 시작이고 네 마지막 생각의 끝이다. 나는 네 가장 멋진 순간에 반짝였던 아이디어이며, 그것을 실현하는 영광이다. 나는 지금껏 네 가장 사랑스러운 일을 추진케 한 느낌이며, 그런 느낌을 몇 번이고 다시 갈망하는 네 부분이다.

네게 잘 맞는 일이 어떤 것이든, 그것을 일어나게 하는 것이 어떤 것이든, 예배든 의식(儀式)이든 논증이든 명상이든 생각이든 노래든 말이든 행동이든 **간에**, 네가 "다시 연결되기" 위해서 **필요한 일을 하라.**

**나를 기념하며 그렇게 하라.**

# Conversations with God

# 3

되돌아가 당신이 제게 이야기한 내용을 요약해보면, 제 보기에 중요한 논지는 이런 것들인 것 같습니다.

· 삶은 계속되는 창조 과정이다.

· 선각자라면 누구나 가진 비밀은 마음을 바꾸길 그만두고, 항상 같은 것을 선택하는 것이다.

· **아니**no란 말을 하지 마라.

· 우리는 우리가 생각하고 느끼고 말하는 것을 "불러낸다".

· 삶은 창조 과정일 수도 있고 반응 과정일 수도 있다.

· 영혼은 **창조하고** 정신은 **반응한다**.

· 영혼은 정신으로는 생각해낼 수 없는 것을 알고 있다.

· 무엇이 자신에게 "최선"인지(가장 많이 얻고 가장 적게 잃으며 자신이 원하는 것을 얻는 법) 알아내려 하지 말고, '자신'이 무엇을 느끼

는가에서 시작하라.

·네 느낌은 네 진실이다. 자신에게 진실한 것이 자신에게 최선이다.

·생각은 느낌이 **아니다**. 오히려 그것들은 자신이 어떻게 느껴야 "하는지"에 대한 관념이다. 생각과 느낌을 혼동할 때 진실은 길을 잃고 모호해진다.

·느낌으로 되돌아가려면 정신에서 벗어나 감각으로 돌아가라.

·자신의 진실을 알고 나면 그것에 **따라 살아라**.

·부정적인 느낌은 절대 참된 느낌이 아니다. 오히려 그것은 언제나 자신과 남들의 이전 체험에 근거한, 어떤 것에 대한 자신의 생각이다.

·이전 체험은 절대 진리 지표가 될 수 없다. 왜냐하면 '순수 진리'는 재연되는 것이 아니라 지금 이 자리에서 창조되는 것이기에.

·어떤 것에 대한 자신의 반응을 바꾸려면 지금present 순간(즉 "미리 보내진pre-sent" 순간)에 있어라. 자신에게 보내졌고 그것에 대해 생각하기 전의 상태인 순간에…… 달리 말해 과거나 미래가 아니라 '지금 여기'에 있어라.

·과거나 미래는 단지 생각 속에서만 존재할 수 있다. '단 하나의 현실'은 '미리 보내진' 순간뿐이다. 거기에 **머물러라!**

·구하라, 그러면 받을 것이다.

·신/여신/진리와 연결된 상태로 머물기 위해 필요한 것이면 무엇이든 하라. 예배와 기도와 의식과 명상과 읽기와 쓰기와, 그리고 '존재 전체'와 접촉한 상태로 머물게 해주는 데 **"도움이 되는 것이면 뭐든"** 멈추지 마라.

이 정도면 되겠습니까?

훌륭하다! 충분하다. 아주 좋다. 내 말을 이해했구나. 이제 너는 그것에 따라 살 수 있겠느냐?

이제부터 그러려고 합니다.

좋다.

그렇다면 이제 지난번 진도로 되돌아가서 시간에 대해 말씀해주시겠습니까?

미리 보내진pre-sent 시간 같은 건 **없다!**

내가 단언하지만, 너는 예전에도 이런 말을 들었다. 하지만 너는 그것을 이해하지 못했다. 이제 너는 이해하고 있다.

**이** 시간 말고는 어떤 시간도 존재하지 않으며, 이 순간 말고는 어떤 순간도 존재하지 않는다. 존재하는 것은 "지금"뿐이다.

그럼 "어제"와 "내일"은요?

그것들은 네 상상이 빚어낸 허구이고, 네 정신이 지어낸 구조물이다. '궁극의 현실'에서 그것들은 존재하지 않는다.

지금껏 일어난 모든 일이 지금 일어나고 있고, 앞으로 일어날 모든 일도 바로 **지금** 일어나고 있다.

이해를 못하겠는데요.

너는 이해할 수 없다. 완전하게는 이해할 수 없다. 하지만 이해하기 **시작할 수는** 있다. 그리고 여기서 필요한 것은 시작을 위한 이해뿐이다.

그러니…… 그냥 듣고만 있어라.

"시간"은 연속체가 아니다. 그것은 수평이 아니라 수직으로 존재하는 상대성의 요소다.

시간을 "왼쪽에서 오른쪽으로"인 것으로 생각하지 마라. 개인들에게는 출생에서 죽음으로 달려가고, 우주에는 어떤 유한점(有限点)**에서** 또 다른 어떤 유한점**으로** 달려가는 소위 시간 줄로 시간을 생각하지 마라.

"시간"은 "오르락내리락"하는 것이다. 시간을 '지금이라는 영원한 순간'을 나타내는 탁상용 종이꽂이로 생각하라.

이제 그 **종이꽂이**에 여러 장의 종이가 꽂혀 있다고 상상해보아라. 차곡차곡. 이것들이 시간 요소들이다. 하나하나의 요소는 뚜렷하게 구별되지만, **다른 것들과 동시에** 존재한다. 종이꽂이의 모든 종이는 한꺼번에 존재한다! 앞으로 일어날 일들도— 예전에 일어났던 일들도……

존재하는 것은 오직 '한순간', **이** 순간, 영원한 지금 순간뿐이다.

모든 일이 **바로 지금** 벌어지고 있으며, 그래서 내 영광은 바로 지금 찬미받고 있다. 신의 영광을 기다리는 일 같은 건 없다. 내가 시간을 이런 식으로 만든 건 **그냥 내가 기다릴 수 없었기** 때문이다! 나는 '나인 것'이 너무 **행복해서** 그냥 그것이 내 현실로 드러나길 기다릴 수 없었다. 그래서 '꽝'! 하고는 '그 모두가'

여기에, 바로 지금 바로 여기에 있게 했다.

여기에는 시작도 없고 끝도 없다. 그것은, '모든 것 전부'는 그냥 '존재한다'.

**이 '있음'** 속에 너희 체험과 너희의 가장 위대한 비밀이 있다. 너희는 그 '있음' 안에서 너희가 택하는 어떤 "시간", 어떤 "장소"로도 의식적으로 옮겨갈 수 있다.

우리가 시간여행을 할 수 있다는 뜻입니까?

그렇다. 너희 중 많은 사람들이 그렇게 해왔다. 사실은 너희 **모두가** 그렇게 해왔다. 너희는 주로 꿈을 꾸면서 일상적으로 그렇게 한다. 너희가 그것을 자각하고 있을 순 없기에, 너희 대다수는 그것을 깨닫지 못한다. 하지만 그 에너지는 아교풀처럼 너희에게 달라붙어, 때때로 이 에너지에 민감한 사람들이 너희의 "과거"나 "미래"의 일들을 집어낼 수 있을 만큼 충분한 찌꺼기를 남긴다. 그들은 이 찌꺼기를 느끼거나 "읽는다". 그래서 너희는 그들을 점쟁이와 영매라고 부른다. 때로는 한정된 의식 안에서나마 "전에 이곳에 있었음"을 너 자신도 충분히 깨달을 수 있을 만큼의 찌꺼기가 남는 경우들도 있다. "이 모든 일을 예전에 한 적이 있다"고 깨달을 때 네 존재 전체는 갑자기 덜컹거린다!

기시감(期視感)요!

그렇다. 또는 네가 어떤 사람을 만났을 때, **그 사람을 평생**

**알고 지냈던 것 같은**, 그 사람을 영겁의 시간 동안 알고 지냈던 것 같은 멋진 감정!

그것은 장엄한 느낌이고, 경이로운 느낌이다. 그리고 그것은 **참된** 느낌이다. 너는 그 영혼을 **항상** 알고 **지냈다!**

**항상은 바로 지금의 일이다!**

그렇게 너희는 종이꽃이에 꽂힌 네 "종잇장"에서 자주 올려다보기도 하고 때로는 내려다보기도 한다. 또 다른 종잇장들도 보곤 한다! 너희는 그곳에서 자신을 보곤 한다. **종잇장마다 네 일부가 있기 때문이다!**

어떻게 그게 가능하죠?

너희에게 말하노니, 너희는 항상 존재해왔고 지금도 존재하며 앞으로도 항상 존재할 것이다. 지금껏 너희가 존재하지 않았던 시간은 **없으며**, 앞으로도 영원히 **없을 것이다.**

잠깐만요! **나이 든 영혼들**old souls이란 개념은요? 어떤 영혼들은 다른 영혼들보다 더 "나이 들지" 않았나요?

**다른 것보다** 더 "나이 든" 것은 아무것도 없다. 나는 그것을 '한꺼번'에 창조했으며, '그 모두'는 지금 이 순간 존재하고 있다.

너희가 말하는 "나이 든" 체험과 "젊은" 체험이란 건 특정 영혼의 **자각 수준**, 즉 '존재의 측면Aspect of Being'과 관계가 있다. 너희는 오로지 '존재의 측면들', 단지 존재의 부분들일 뿐이다.

각 부분은 자기 속에 새겨진 '전체'에 대한 의식을 지니고 있다. 모든 요소가 다 이 각인을 지닌다.

"자각awareness"이란 이런 의식이 깨어나는 체험이다. '전체'의 개별 측면이 자신을 자각하는 것이다. 정말 글자 그대로 개별 측면이 **자신을 의식하는** 것이다.

그 다음엔 차츰 남들others 모두를 의식하게 되고, 또 그 다음엔 남이란 없다는 것, '모두가 하나'임을 의식하게 된다.

그런 다음엔 결국 나를 의식하게 된다. '장대한 나'를!

이런! 당신은 정말로 당신을 **좋아하시는군요**. 안 그렇습니까?

너는 안 그런가—?

그래요! 전 당신이 위대하다고 생각해요!

나도 그렇다. 그리고 내 생각엔 **너도** 위대하다! 너와 내가 불일치하는 유일한 지점이 바로 여기다. **너는 자신이 위대하다고 생각하지 않는다!**

제 온갖 결점과 온갖 잘못, 온갖 죄악을 눈앞에서 보는데 어떻게 자신을 위대하다고 여길 수 있겠습니까?

너희에게 말하노니, 어떤 죄악도 **없다!**

그게 사실이었으면 좋겠군요.

너희는 있는 그대로 완벽하다.

그것도 사실이었으면 좋겠습니다.

사실이다! 묘목이라고 해서 그 나무가 덜 완벽한 건 절대 아니다. 조막만 한 아기도 어른과 똑같이 완벽하다. 그것은 **완벽 자체다**. 어떤 일을 할 수 없고, 어떤 것을 **알지** 못한다는 게 그 아기를 좀 덜 완벽한 존재로 만들지는 않는다.

어느 아기나 실수를 저지른다. 일어서서 뒤뚱뒤뚱 걷다가는 넘어진다. 아기는 엄마 다리에 매달려 흔들거리면서 다시 일어선다. 이것이 그 아기를 불완전하게 만드는가?

완전히 그 반대다! 아기의 그런 모습은 완전히 통째로 반하게 하는 **완벽 그 자체다**.

너희 역시 그러하다.

하지만 그 아기는 나쁜 일을 저지르진 않았다구요! 일부러 반항하고, 사람을 해치고, 자신에게 해를 입히지도 않았지요.

그 아기는 옳고 그른 걸 **알지 못한다**.

바로 그겁니다.

너희 역시 그렇다.

하지만 저는 **압니다**. 저는 사람을 죽이는 건 나쁜 짓이고, 다른 사람을 사랑하는 건 옳은 일이며, 해치는 건 나쁜 짓이고, 상황을 더 낫게 만들려고 치유하는 건 옳은 일이란 걸 알고 있습니다. 내 것이 아닌 걸 가지고, 다른 사람을 이용하고, 솔직하지 못한 건 나쁘다는 것도 압니다.

나는 그 "나쁜 짓들"이 옳은 일일 수도 있음을 하나하나 다 예로 들어보일 수 있다.

지금 저를 놀리시는군요.

절대 아니다. 그냥 사실이 그러할 뿐이다.

만일 당신이 모든 규칙에는 예외가 있기 마련이라는 뜻으로 말씀하시는 거라면 저도 동의합니다.

규칙에 **예외**가 있다면, 그것은 **규칙**이 아니다.

다른 사람을 죽이거나, 괴롭히거나, 다른 사람에게서 빼앗는 게 나쁜 일이 **아니란** 말씀입니까?

그것은 너희가 무엇을 **하려는가**에 따라 다르다.

좋습니다, 좋아요. 무슨 말인지 알겠습니다. 하지만 그렇다고 해서 이런 것들이 **착한** 일이 되는 건 아니죠. 누구나 선한 목적을 이루기 위해 나쁜 일을 해야 할 때가 종종 있죠.

그렇다면 그런 것들이 "나쁜 짓"이 되는 것도 아니다. 그렇지 않느냐? 그것들은 그저 목적을 이루기 위한 수단일 뿐이다.

목적이 수단을 정당화한다고 말씀하시는 겁니까?

너는 어떻게 생각하느냐?

아니죠. 절대 그렇지 않죠.

그렇다면 그걸로 좋다.

너는 여기서 네가 무슨 일을 하고 있는지 보이지 않느냐? **너희는 발길 닿는 대로 규칙을 만들고 있다!**

그리고 다른 건 보이지 않는다고? **그거야말로 아주 잘된 일이군.**

그것이 바로 너희가 지금 하기로 **되어 있는** 일이다!

삶의 모든 것은 '자신이 누구인지' 판단하고, 그런 다음 그것을 체험하는 과정이다.

자신의 시야를 넓혀감에 따라, 너희는 시야를 포괄할 규칙들을 새로 만든다! 자신에 대한 관념을 키워감에 따라, 너희는 그 관념을 감싸안을 수 있는 새로운 할 것과 말 것, 돼와 안 돼를 창조한다. 이것들은 붙잡아둘 수 **없는 것**을 "붙잡아두는" 경계들이다.

너희를 "너희" 속에 붙잡아둘 순 없다. 왜냐하면 너희는 '우주'처럼 끝없는 존재이기에. 하지만 너희는 **경계들**을 그려보고, 그 다음엔 그것들을 받아들이는 것으로, 자신의 끝없음에 대한 **개념**을 창조할 수는 있다.

어떤 의미에서 보면 이것이야말로 너희가 특정한 어떤 것으로서 자신을 **알 수 있는** 유일한 방법이다.

끝없는 것은 그냥 끝없는 것이다. 한없는 것은 그냥 한없는 것이다. 그것은 어디에나 있기에 어디에도 존재할 수 없다. 그것은 **어디에나** 있으니, **특별히 어딘가에 있을 수 없다.**

신은 어디에나 있다. 따라서 신은 특별히 어딘가에 있을 수 없다. 왜냐하면 특별히 어딘가에 있으려면, 신은 **다른 어딘가에는 있지 말아야** 하는데, 이것은 **신에게 불가능하다.**

신에게 "불가능한" 일이 딱 하나 있다. 그것은 신이 **신이 아니게** 되는 것이다. 신은 신이 "아닐 수" 없다. 또한 신이 신답지 않을 수는 없다. 신은 자신을 "신이 아니게" 만들 수 없다.

나는 어디에나 있으며, 신에게 존재하는 것은 이것뿐이다. 그리고 나는 어디에나 있기에, 어디에도 없다. 그렇다면 내가 '어디에도 없다면NOWHERE' 나는 어디 있는가?

'지금 여기에NOW HERE.'


전 그 말이 좋아요! 당신은 1권에서도 그런 말씀을 하셨더랬죠. 하지만 전 그 말이 무척 마음에 들어서, 당신이 계속하도록 놔둘 참입니다.

참 친절하구먼. 그렇다면 너는 이제 그 말도 더 잘 이해하느냐? 너희가 "옳음"과 "그름"의 관념을 창조해낸 것은 단지 '자신이 누구인지'를 규정하기 위해서란 걸 알겠느냐?

이런 규정들, 즉 경계들이 없었다면 너희는 아무것도 아니란 사실을 이해하겠느냐?

그리고 "자신이 누구인지"에 대한 너희의 관념을 바꿀 때마다, 너희도 나처럼 계속해서 그 경계들도 바꾼다는 사실을 이해하겠느냐?

음, 당신이 무슨 말씀을 하시는지 알겠습니다. 하지만 제가 그 경계들—저 자신의 개인 경계들 말입니다—을 그렇게 많이 바꾼 것 같지는 않은데요. 죽이는 건 제게 언제나 나쁜 짓이었습니다. 남의 것을 훔치거나 다른 사람을 해치는 것도 언제나 나쁜 짓이었지요. 시간이 시작된 이래로 우리 자신들을 다스리는 주된 개념들은 항상 그대로였습니다. 그리고 대다수 사람들이 그 개념들에 동의했고요.

그렇다면 너희는 왜 전쟁을 하느냐?

언제나 규칙을 어기는 사람들이 있기 마련이니까요. 어떤 상자에도 썩은 사과는 있기 마련이죠.

지금부터 내가 뒤이은 구절들에서 이야기하는 것을 이해하고 받아들이기 힘들어할 사람들도 있을 것이다. 그 이야기들은 지금 너희의 사고 체계에서 진리로 받아들여지는 것들 중 상당수를 깨뜨릴 것이다. 하지만 이 대화가 너희에게 도움이 되려면, 나로서는 너희가 이런 식의 사고 체계를 가지고 살아가도록 내버려둘 수 없다. 그러니 이제 우리는 이 두 번째 책에서 이런 개념들 중 일부를 정면으로 대면해야 한다. 하지만 그리로 가자면 당분간은 꽤 덜컹거릴 것이다. 준비되었느냐?

예, 그런 것 같습니다. 미리 주의를 주셔서 고맙습니다. 그런데 당신이 지금부터 하시는 이야기를 이해하거나 받아들이는 게 그렇게 극적이고 힘듭니까?

나는 이제부터 어디에도 "썩은 사과"는 **없다**고 말하려 한다. **단지 세상사에 대한 너희의 관점과 일치하지 않는** 사람들, 다른 세상형(型)을 만드는 사람들이 있을 뿐이다. 그리고 나는 이제부터 그들의 세상형에서 볼 때, 온당치 않은 일을 하는 사람은 아무도 없다는 사실도 말하려 한다.

그렇다면 그 사람들의 "형"이 뒤죽박죽인 게지요. 저는 무엇이 옳고 무엇이 그른지 압니다. 그리고 몇몇 사람들은 하지 않는데 내가 **한**다고 해서, 그게 **나**를 미친 사람으로 만들진 않습니다. 미친 쪽은 **그** 사람들입니다!

그게 바로 사람들이 전쟁을 시작할 때의 태도라고 이야기해야 하는 게 유감이구나.

아닙니다, 저도 아닙니다. 저는 일부러 이런 이야길 하는 겁니다. 저는 다른 많은 사람들이 이야기했던 것을 여기에 그대로 옮기고 있을 뿐입니다. 하지만 그런 사람들에게 제가 어떤 식으로 **대답할 수** 있습니까? 뭐라고 **말할 수** 있습니까?

　　너는 그 사람들에게 "옳음"과 "그름"에 대한 관념은 문화마다, 시기마다, 종교마다, 지역마다…… 심지어 가족마다, 개인마다 다르고, 달라져왔다고 말할 수 있다. 너는 그 사람들에게 많은 사람들이 한때는 "옳다"고 여기던 일이, 예를 들면 마법처럼 보이는 일을 한다고 해서 사람을 화형에 처하던 일을, 오늘날에는 "잘못된" 일로 여긴다는 사실을 지적하면 된다.

　　너는 그 사람들에게 "옳고" "그름"은 시간상으로만이 아니라 단순한 지리상의 차이로도 달라지는 규정이라는 사실을 지적하면 된다. 너는 그 사람들에게 너희 행성에서 몇몇 행위들은 (예컨대 매춘) 한 곳에서는 불법이지만, 길을 따라 겨우 10리밖에 떨어지지 않은 다른 곳에서는 합법이라는 사실을 깨닫게 해주면 된다. 따라서 어떤 사람이 "잘못"을 저질렀는지 여부는 그 사람이 실제로 **어떤 일을 했는가가** 아니라, **그가 그 일을 저지른 곳이 어디인가**의 문제다.

　　이제 나는 1권에서 했던 말을 다시 되풀이하려 한다. 일부 사람들에게는 그 말이 납득하고 이해하기가 대단히 대단히 힘들었다는 사실도 알고 있다.

　　**히틀러는 천국으로 갔다.**

사람들이 이 말을 받아들일 준비가 되어 있을지 모르겠군요.

이 책과 우리가 만들고 있는 3부작의 나머지 책의 목적은 준비readiness를 갖추게 하는 데 있다. 새로운 틀, 새로운 이해, 더 넓은 시야, 더 위대한 관념을 위한 준비를 갖추게 하는 데.

저, 아마 많은 사람들이 이렇게 묻고 싶어할 겁니다. 히틀러 같은 사람이 어떻게 천국에 갈 수 있냐구요? 세상 모든 종교가…… 제가 보기엔 **모든** 종교가 다 말입니다, 유죄를 선고하고 곧장 지옥으로 보내야 한다고 선언한 인간인데요.

첫째, 지옥은 존재하지 않으니, 당연히 그는 지옥에 갈 수 없었다. 그러니 그가 **갈 수 있는** 곳은 단 한 군데밖에 남아 있지 않다. 하지만 이것은 문제의 논점을 피하는 것이고, 진짜 쟁점은 히틀러의 행위가 "잘못"인가 아닌가에 있다. 그러나 나는 우주에는 어떤 "옳음"도, 어떤 "그름"도 존재하지 않는다고 이미 몇 번이나 말했다. 어떤 것도 그 본질에서 옳거나 그르지는 않다. 어떤 것은 그냥 **어떤 것일** 뿐이다.

그런데 히틀러는 극악무도한 자라는 너희의 생각은 그가 몇백만 명의 사람들을 죽이라고 명령했다는 사실에 근거를 두고 있다. 내 말이 맞는가?

그럼요, 당연하죠.

그렇다면 내가 너희에게 소위 "죽음"이란 건 **누구에게나 일어날 수 있는, 가장 위대한 일**이라고 말하면 어떻게 하겠느냐?

받아들이기 어렵군요.

너희는 지상에서의 삶이 천국에서의 삶보다 낫다고 생각하느냐? 너희에게 말하노니, 죽음의 순간에 너희는 지금까지 맛본 것들 중에서 가장 위대한 자유와 가장 위대한 평화와 가장 위대한 기쁨과 가장 위대한 사랑을 실감할 것이다. 그런데도 우리는 토끼 브레어를 찔레덤불 속으로 집어던졌다고 여우 브레어를 벌해야 할까?(미국 동화작가 린다 헤이워드의 작품 속에 나오는 두 주인공 – 옮긴이)

당신은 죽음 뒤의 삶이 아무리 멋지다 해도, 이곳에서의 우리 삶이 우리 의지를 거스르면서 끝나서는 안 된다는 사실을 간과하고 있습니다. 우리는 뭔가를 이루고, 뭔가를 체험하고, 뭔가를 배우려고 이곳에 왔습니다. 광기 어린 관념에 젖은 몇몇 미친 불량배들 때문에 우리 삶이 잘려나가는 건 옳지 않다구요.

무엇보다 너희는 **뭔가를 배우기 위해** 이곳에 있는 게 아니다(1권을 다시 읽어라!). 삶은 학교가 아니다. 그리고 이곳에서 너희의 목적은 배우는 것이 아니라 다시 구성하는re-member(기억하는 – 옮긴이) 것이다. 그리고 너희가 더 넓은 시야에서 본다면 삶은 종종 여러 가지 것들…… 태풍, 지진…… 따위로도 "잘려나간다".

그건 다른 겁니다. 당신이 지금 이야기하는 건 '신의 행위'입니다.

**모든** 사건이 '신의 행위'다.

너는 내가 일어나길 원치 않는 사건이 일어날 수 있다고 생각하느냐? 만일 내가 너희가 그렇게 하지 않는 쪽을 선택한다면 너희가 손가락 하나라도 까딱할 수 있으리라고 생각하느냐? 너희는 내가 반대하는 **어떤 일도 할 수 없다.**

하지만 우선은 "잘못된" 죽음이라는 이 관념을 함께 더 파들어가보기로 하자. 한 삶이 질병으로 잘려나간다면 그것은 "잘못된" 것이냐?

"잘못된"은 이런 데 적용하는 말이 아닙니다. 이런 것들은 자연스러운 원인들입니다. 이런 건 사람을 죽이는 히틀러 같은 인간과는 다릅니다.

그렇다면 사고라면? 황당한 사고라면—?

마찬가지죠. 그런 사고는 운 나쁜 비극이긴 하지만, 그래도 그건 '신의 의지'입니다. 우리가 신의 마음을 꿰뚫어보고, 왜 이런 일들이 일어나는지 알아낼 수는 없습니다. 우린 그렇게 해서는 안 됩니다. 왜냐하면 신의 의지는 바꿀 수 없고 이해할 수 없는 것이니까요. '신성한 수수께끼'를 풀려는 건 인간종(種) 너머에 있는 지식을 욕심내는 것이지요. 그건 죄입니다.

너는 그걸 어떻게 아느냐?

만일 신이 우리가 이 모든 걸 이해하길 바랐다면, 우린 **이해했을** 거니까요. 우리가 이해하지 못하고 이해할 수 없다는 사실이, 이해하지 말라는 신의 **의지**를 보여주는 증거지요.

알겠다. 너희가 그것을 **이해하지** 못한다는 사실은 신의 의지를 보여주는 증거이고, 그것이 **일어난다는** 사실은 신의 의지를 보여주는 증거가 아니란 말이지. 흐으음······

아무래도 제가 그다지 잘 설명한 것 같지 않군요. 하지만 저는 제가 무엇을 믿는지 알고 있습니다.

너는 신의 의지, 즉 신이 전지전능하다는 사실을 믿느냐?

그렇습니다.

히틀러와 관련된 지점만 빼고 말이지. 거기서 일어난 일은 신의 의지가 **아니란** 거군.

맞습니다.

어떻게 그럴 수가 있느냐?

히틀러는 신의 의지를 거슬렀습니다.

그런데 내 의지가 전지전능하다면, 그가 어떻게 그런 일을 할 수 있었으리라고 생각하느냐?

당신이 그렇게 하도록 허락했기 때문이지요.

내가 그렇게 하도록 **허락했다면**, 그가 그렇게 해야 했던 건 **내 의지**였다.

그렇긴 합니다만…… 하지만 당신이 그렇게 할 **이유**가 어디 있습니까? 아니, 아닙니다. 그에게 '자유선택권'을 준 것은 당신의 의지이지만, 그런 일을 저지른 건 **그의** 의지입니다.

너는 이 문제의 핵심에 아주 가까이 다가섰다. 아주 가까이.
물론 네가 옳다. 히틀러에게, 그리고 너희 **모두에게** 자유선택권을 준 것은 내 의지다. 하지만 내가 원하는 선택을 하지 않았다고 해서 끊임없이 계속해서 너희를 벌받게 하는 건 내 의지가 **아니다**. 만일 그랬다면 **너희의** 선택이 어떻게 "자유로울" 수 있겠느냐? **내가** 원하는 대로 하지 않으면 말로 다할 수 없는 고통을 겪게 되리란 사실을 아는 상태에서, 어찌 너희가 진실로 자유롭게 원하는 대로 할 수 있겠느냐? 그건 대체 무슨 종류의 선택권이냐?

그건 벌받는 문제가 아닙니다. 그건 그냥 '자연법칙'입니다. 그냥 귀결의 문제라고요.

너희가 나를 복수하는 신—나더러 책임을 지게 하지는 않으면서—으로 여기게 만드는 그 모든 신학 체계에 익숙해지도록 교육받아왔다는 건 알고 있다.

하지만 이런 자연법칙들을 **만든 게** 누구인가? 자, 이런 자연법칙들을 세워야 했던 게 **나**라는 사실에 우리가 동의한다고 할 때, 그렇다면 왜 나는 그런 법칙들을 세웠을까? 그러고 나서는 왜 너희에게 그 법칙들을 거스를 수 있는 힘까지 주었을까?

너희가 자연법칙들로부터 영향받길 내가 원하지 않았고, 멋진 내 존재들이 결코 고통받게 하지 않겠다는 게 내 의지였다면, 그렇다면 왜 나는 너희가 그렇게 될 **가능성**을 창조했을까?

그러고 나서는 내가 설정한 이 법칙들을 깨뜨리라고 밤낮으로 쉬지 않고 너희를 유혹하기까지 할까?

당신이 우릴 유혹하는 게 아니죠. 악마가 그러는 거죠.

거기서 너희는 다시 내게 책임을 지우지 않는 쪽으로 가는구나.

너는 너희 신학을 합리화할 수 있는 유일한 방법이 나를 힘없는 존재로 만드는 것임을 모르겠느냐? 너는 내 체계를 **의미**

**없게 만드는 게** 너희 체계를 의미 있게 만드는 유일한 방식임을 이해하겠느냐?

너는 정말로 그 행동을 통제할 수 없는 피조물을 창조하는 신이라는 관념에 만족하느냐?

저는 당신이 악마를 통제할 수 없다고 말하지 않았습니다. 당신은 무엇이든 통제할 수 있죠. 당신은 **신입니다**! 단지 당신은 **그러지 않는 쪽을 선택하는** 거지요. 당신은 악마가 우리를 유혹하고, 우리 영혼을 지배하게끔 **내버려둡니다**.

하지만 왜? 너희가 내게 돌아오지 않는 걸 내가 **바라는 게** 아니라면, 왜 내가 그렇게 하겠느냐?

당신은 우리가 선택을 통해서 당신에게 오길 바라기 때문이지요. 아무런 선택의 여지가 없기 때문에 당신에게 가는 게 아니라요. 당신은 천국과 지옥을 세워 선택할 수 있게 했습니다. 그래서 우리는 선택에 따라 행동할 수 있게 되었습니다. 다른 길이 없기 때문에 그냥 한 길을 따라가는 게 아니라요.

너희가 어떻게 이런 관념에 이르렀는지 알겠다. 이건 바로 내가 너희 세계 속에 설정한 방식이다. 그래서 너희는 **내 세계도** 그러하리라고 생각한다.

너희 현실에서는 '좋은 것'이 '나쁜 것' 없이는 존재할 수 **없다**. 그래서 너희는 내 현실도 똑같을 거라고 믿는다.

하지만 너희에게 말하노니, 내가 있는 곳에는 어떤 "나쁜" 것도, 어떤 '악'도 **없다**. '모든 것인 전체', '하나'가 있을 뿐이고, 이에 대한 '깨달음', '체험'만이 있을 뿐이다.

내 세계는 '절대계'다. 그곳에서는 '하나'가 '다른 하나'와의 관계 속에서 존재하지 않는다. 그것은 다른 어떤 것과도 관계하지 않고 존재한다.

내 세계는 '존재 전체'가 '사랑'인 곳이다.

그렇다면 우리가 지상에서 생각하거나 말하거나 행동한 것에 대한 귀결consequence은 전혀 없는 겁니까?

아하, 그래도 귀결은 **있다**. 네 주위를 둘러봐라.

제 말은, 죽은 다음에요.

"죽음"이란 건 없다. 삶은 영원히 영원히 계속된다. 삶이란 그런 것이다. 너희는 단지 형태를 바꿀 뿐이다.

좋습니다. 당신 표현대로, 우리가 "형태를 바꾼" 다음에요.

너희가 형태를 바꾸고 나면 귀결은 더 이상 존재하지 않는다. 단지 '앎'만이 있을 뿐이다.

귀결이란 상대성의 요소여서, 일직선의 "시간"과 연속되는 사건들에 좌우되기 때문에, '절대성' 속에는 있을 곳이 없다. '절대계'에는 귀결이란 게 존재하지 않는다.

그 영역에는 평온과 기쁨과 사랑을 빼고는 아무것도 없다.

그 영역에서 너희는 마침내 '좋은 소식'을 알게 될 것이다. 너희의 "악마"는 존재하지 않으며, 너희는 언제나 자신이 그럴 거라고 생각해왔던 존재, 선과 사랑임을 알게 될 것이다. 자신이그 외의 다른 어떤 것일지도 모른다는 너희의 관념은 광기(狂氣)의 외부 세계, 심판과 비난의 외부 세계에서 온 것이어서, 너희가 광적으로 행동하게 만든다. 그 세계에서 남들은 너희를 심판했고, 그들의 판단에 따라 너희는 자신을 심판했다.

이제 너희는 신이 너희를 심판하길 원하지만, 나는 그렇게하지 않을 것이다.

그리하여 인간처럼 행동하지 않는 신이란 걸 이해하지 못하는 너희는 길을 잃고 헤맨다.

너희의 신학은 너희 자신을 다시 찾으려는 너희식 시도다.


당신은 우리 신학이 제정신이 아니라고 하시는군요. 하지만 '보상'과 '처벌' 체계 없이 제 기능을 할 수 있는 신학이 과연 있을까요?


그건 오로지 너희가 삶의 목적을, 따라서 신학의 기초를 무엇으로 인식하는가에 달려 있다.

삶이란 걸 하나의 시험, 시련, 너희가 "가치" 있는지 알아보고, 너희 역량을 시험하는 시기로 믿는다면, 그때부터 너희 신학은 의미 있는 것이 되기 시작한다.

하지만 삶이란 걸 하나의 **기회**, 너희가 가치 있음을(그리고

**항상** 그래왔음을) 발견하는, 즉 기억하는 하나의 과정으로 믿는 다면, 그때부터 너희 신학은 제정신이 아닌 것처럼 보일 것이다.

너희가 주목과 숭배와 감사와 애정을 요구하고, 그것을 **얻기 위해 죽이기도 하는**, 자기애로 가득 찬 신을 믿는다면, 그때부터 너희 신학들은 함께 합치기 시작한다.

하지만 너희가 자기애나 욕구가 없는 신, 단지 모든 것의 원천이고 모든 지혜와 사랑의 토대인 신을 믿는다면, 그때부터 너희 신학은 산산이 흩어진다.

너희가 자신의 사랑으로 질투하고, 자신의 분노로 격노하는 복수심 많은 신을 신이라고 믿는다면, 그때부터 너희 신학은 완벽해진다.

하지만 너희가 그녀 자신의 사랑 속에서 기뻐하고, 그녀 자신의 법열(法悅)로 열광하는, 온화한 신을 신이라고 믿는다면, 그때부터 너희 신학은 쓸모없어진다.

너희에게 말하노니, 삶의 목적은 신을 기쁘게 하는 것이 아니다. 삶의 목적은 '자신이 누구인지' 알고, '자신'을 재창조하는 것이다.

그렇게 하는 것으로 너희는 신을 기쁘게 하며, 또한 **그녀를** 영광스럽게 한다.

왜 자꾸 "그녀"라고 말씀하십니까? 당신은 여자입니까?

나는 "그"도 "그녀"도 **아니다**. 내가 종종 여성 대명사를 사용하는 건 편협한 너희 사고방식에서 너희를 뒤흔들어 떼어내고

자 함이다.

신을 한 가지 것으로만 생각한다면, 너희는 다른 건 신이 아니라고 생각할 것이다. 하지만 이렇게 한다면, 그건 크나큰 잘못이 되리니.

히틀러는 다음과 같은 이유들로 천국에 갔다.

지옥은 없다. 따라서 천국 말고 그가 갈 수 있는 다른 곳은 없다.

그의 행동들은 너희가 잘못mistake이라고 할 만한 것들, 즉 진화되지 않은 존재의 행동들이다. 그러나 잘못을 유죄판결로 벌줄 수는 없다. 그것은 교정할 기회, 진화할 기회를 제시하는 것으로 다루어져야 한다.

히틀러로 인해 죽은 사람들에게 히틀러가 저지른 잘못이 어떤 해악이나 손상을 입힌 건 아니다. 그 영혼들은 번데기에서 부화하는 나비처럼 지상의 속박에서 풀려났다.

뒤에 남은 사람들이 그들의 죽음을 슬퍼하는 건 단지 그 영혼들이 들어선 기쁨의 상태를 알지 못하기 때문이니, 죽음을 체험해본 사람이라면 어느 누구도 **더 이상 다른 사람의 죽음을 슬퍼하지 않는다.**

그럼에도 불구하고 그들의 죽음은 시기상조였으며, 따라서 어느 정도 "잘못되었다"는 너희 주장에는, **예정되지 않은 때에** 이 우주에서 어떤 일이 일어날 수도 있다는 의미가 들어 있다. 하지만 '내가 어떤 존재인지' 생각한다면, 이것은 불가능하다.

이 우주에서는 모든 일이 완벽하다. 신은 그 오랜 시간 동안 단 한 번의 실수도 저지르지 않았다.

너희가 모든 것에서, 너희가 동의하는 것들만이 아니라, (아마도 특히나) 너희가 동의하지 않는 것들에서까지 완전한 완벽성을 볼 때, 너희는 깨달음을 이룰 것이다.

물론 저는 이 모든 걸 알고 있습니다. 이것들은 모두 우리가 1권에서 계속 다뤘던 문제들입니다. 하지만 저는 1권을 읽지 않은 사람들을 위해서, 이 책 앞부분에서 미리 이해의 토대를 닦아두는 게 중요하다고 생각했습니다. 제가 앞서의 질의응답들을 끌어들였던 건 그 때문입니다. 그런데 이제 앞으로 나아가기 전에, 우리 인간 존재들이 창조한 그 복잡 미묘한 신학들에 대해 그냥 조금만 더 이야기를 나누고 싶습니다. 예컨대 저는 어렸을 때 제가 죄인이라고 배웠습니다. 모든 사람이 다 죄인이고, 그 사실을 우리가 어떻게 해볼 수는 없으며, 우리는 그런 식으로 태어났다고요. 우리는 죄를 지고 태어났다고 말입니다.

아주 재미있는 개념이구나. 그들은 어떤 방법으로 네게 그 사실을 믿게 했는가?

그 사람들은 아담과 이브 이야기를 했지요. 그들은 4등급, 5등급, 6등급의 교리문답에서, 물론 **우리 자신**은 아무 죄를 짓지 않았을 수도 있다, 사실 **아기들**은 분명히 그렇다, 하지만 아담과 이브가 죄를 **지었**고, 우리는 그들의 후손이기에 그들의 죄 많은 천성만이 아니라 그들의 죄까지 물려받았다고 말했습니다.

당신도 아시다시피, 아담과 이브는 금지된 열매를 먹고 '선과 악의 지식'을 함께했기 때문에, 그들의 모든 자식과 후손은 태어날 때부터 신에게서 떼어질 것이라는 선고를 받았습니다. 그래서 우리는 모두가 영혼에 이 "원죄"를 지닌 채 세상에 태어납니다. 우리 모두가 그 죄를 함께하는 것입니다. 제 추측이지만, 우리에게 '자유선택권'이 주어진 건 그 때문인 것 같습니다. 우리가 아담과 이브와 같은 짓을 저지르고 신의 뜻을 어길 것인지, 아니면 "나쁜 짓을 하려는" 우리의 타고난 천성을 극복하여 세상의 유혹에도 불구하고 옳은 일을 할지를 결정하는 '자유선택권'요.

그래서 너희가 "나쁜" 짓을 하면?

그러면 당신은 우리를 지옥에 보냅니다.

내가 그런다고?

예. 우리가 회개하지 않으면요.

알겠다.

만일 우리가 잘못했다고 하면, '완벽하게 회개하는 행동'을 하면, 당신은 우리를 **모든** 고통까지는 아니라도, 적어도 '지옥'에서는 구해줍니다. 그래도 우리는 얼마 동안은 '연옥'에 가 있어야 합니다. 우리 죄를 말끔히 씻어내기 위해서요.

"연옥"에서는 얼마나 오랫동안 머물러야 하느냐?

경우에 따라 다르죠. 우리는 우리 죄들을 태워 없애야 합니다. 제가 말씀드릴 수 있는 건, 그게 그다지 즐거운 일은 아니란 겁니다. 우리가 짊어진 죄가 많을수록 그것들을 태워 없애는 데 더 긴 시간이 들 테니, 그만큼 우리는 더 오래 거기에 머물겠죠. 이런 게 제가 들은 내용입니다.

이해가 간다.

하지만 우린 적어도 지옥에는 안 갈 겁니다. 지옥에는 한번 가면 영원히 있게 됩니다. 물론 우리가 용서받지 못할 죄를 짓고 죽는다면 곧장 지옥으로 떨어지겠지만요.

용서받지 못할 죄?

용서받을 수 있는 가벼운 죄에 반대되는 거죠. 우리가 우리 영혼에 가벼운 죄들만을 낙인찍고 죽는다면 우리는 '연옥'까지만 가죠. 하지만 무거운 죄를 지으면 곧장 지옥으로 보내지고 맙니다.

내게 지금 이야기한 여러 가지 범주의 죄들을 예로 들어줄 수 있겠느냐?

그럼요. 용서받지 못할 죄는 중대한 죄입니다. '대죄(大罪)들'이지요. '신학상의 중범죄'들 말입니다. 살인, 강간, 강도 같은 것들이지요. 용서받을 수 있는 죄는 다소 가벼운 죄들입니다. '신학상의 경범죄'들

440

인 셈이지요. '일요일'에 교회에 빠진다든지 하는 게 용서받을 수 있는 죄입니다. 또 예전에는 '금요일'에 고기를 먹는 것도 여기에 포함되었습니다.

    잠깐만! 너희의 이 신은 금요일에 고기를 먹으면 너희를 '연옥'으로 보내느냐?

예. 하지만 이제는 아닙니다. 60년대 초 이후로는 아니지요. 하지만 60년대 초 이전의 '금요일'에 고기를 먹은 사람에게는 여전히 화가 미칠 겁니다.

    정말이냐?

틀림없이 그렇습니다.

    그렇다면, 60년대 초에 어떤 일이 일어났기에 이 "죄"가 더 이상 죄가 아니게 되었느냐?

교황이 그건 더 이상 죄가 아니라고 말했습니다.

    알겠다. 그러니까 너희의 이 신은 자신을 숭배하고, '일요일'에는 교회에 가라고 너희에게 강요한단 말이지? 징벌의 고통을 가지고?

예, 미사에 참석하지 않는 것도 죄입니다. 그리고 고해하지 않으면, 자신의 영혼에 그 죄를 그대로 낙인찍은 채 죽으면, 그때도 연옥에 가게 됩니다.

하지만—어린애라면? 신의 사랑이 베풀어지는 이 모든 "규칙들"을 모르는 순진무구한 어린아이라면 어떻게 하느냐?

음, 만일 세례를 받기 전에 죽는다면, 그 아이는 '고성소Limbo'(죽어서 천국이나 지옥 어디에도 못 간 이들이 머무는 곳 - 옮긴이)로 가게 됩니다.

어디로 가게 된다고?

고성소(古聖所)요. 그곳은 벌받는 곳은 아닙니다. 하지만 그렇다고 천국도 아닙니다. 그곳은…… 말하자면…… 그냥 **변방**입니다. 신과 함께 있을 수는 없지만, 그렇더라도 적어도 "악마에게 가야" 하는 건 아니란 뜻입니다.

하지만 왜 그 예쁘고 순진무구한 아이들이 신과 함께 있을 수 없느냐? 아이들은 아무 나쁜 짓도 하지 **않았는데**……

그건 사실입니다. 하지만 그 아이는 세례를 받지 않았습니다. 아무리 잘못이 없고 무구한 아기라 해도, 아니 그 문제에서는 어느 누구라 해도 천국에 가려면 세례를 받아야 합니다. 그렇지 않으면 신은 그들을 받아들일 수 없습니다. 그래서 아이들이 태어나면 곧바로 잽싸게 세례를 받게 하는 게 중요하지요.

누가 네게 이런 이야기들을 해주었느냐?

신이요. 자신의 교회를 통해서요.

어떤 교회?

물론 '신성로마 가톨릭교회'지요. 이것이야말로 신의 교회입니다. 사실 가톨릭 신자인 사람이 어쩔 수 없이 **다른 종교의** 교회에 참석하더라도, 그것은 죄이지요.

교회에 가지 않는 게 죄라더니!

그렇습니다. 하지만 **잘못된** 교회에 가는 것도 죄입니다.

'잘못된' 교회라는 게 뭐냐?

'로마가톨릭'이 아닌 모든 교회요. 잘못된 교회에서는 세례를 받아도 안 되고, 잘못된 교회에서는 결혼식을 올려도 안 됩니다. 그리고 잘못된 교회 행사에 참석해서도 안 됩니다. 제가 이 사실을 안 건, 젊었을 때 부모님과 함께 친구 결혼식에 가려 했을 때입니다. 사실 저는 그 결혼식에서 신랑 들러리를 서달라는 부탁을 받았습니다. 그런데 수녀들이 제게 말하길, 그 결혼식은 **잘못된** 교회에서 치르는 것이니 그 초대를 받아들여선 안 된다고 하더군요.

너는 그들 말대로 따랐느냐?

수녀들요? 아뇨. 저는 하느님 당신이 우리 교회에 나타나시는 것과 똑같이 다른 교회에도 기꺼이 나타나시리라 생각했거든요. 그래서 저는 갔지요. 턱시도를 입고 그 성역에 당당히 서 있었습니다. 아주 기분이 좋았지요.

잘했다. 자, 이제 한번 보자. 우리에게는 천국과 지옥과 연옥과 고성소와 용서받지 못할 죄와 용서받을 수 있는 죄가 있구나. 이것 말고 또 다른 게 있느냐?

그러니까 견진성사가 있고, 성찬식이 있고, 고해가 있습니다. 또 마귀 쫓는 의식인 구마식(驅魔式)이 있고, '병자성사'가 있습니다. 그리고—

계속하라—

—'수호성인(聖人)'과 성스러운 '축일Holy Days of Obligation'(부활절, 성탄절 등-옮긴이)이 있습니다—

모든 날이 다 축복받았고, **시시각각이 다 성스럽다. 지금 이 순간도 '성스러운 순간'이다.**

444

그렇긴 합니다만, '축일' 같은 날들은 **진짜** 성스러운 날들입니다. 그리고 그런 날에도 교회를 가야 합니다.

　여기서 또다시 그 "해야 한다"를 만나는군. 그런데 만일 그렇게 하지 않으면 어떻게 되느냐?

그건 죄죠.

　그래서 너희는 지옥에 가는군.

아니요, 만일 그 죄를 그대로 영혼에 지닌 채 죽게 되면 우리는 '연옥'에 갑니다. '고해'를 하러 가는 게 좋은 이유가 이겁니다. 정말로 가능한 한 자주요. 주일마다 가는 사람들도 있고, **날마다** 가는 사람들도 있지요. 그런 식으로 하면 과거를 청산할 수 있거든요. 어쩌다 갑자기 죽는 일이 있어도 깨끗한 상태를 지닐 수 있게……

　우와—끊임없는 공포 속에서 살아간다는 이야기군.

그렇습니다. 당신도 아시다시피, 신에 대한 두려움을 우리에게 심어주는 것, 그게 종교의 목적입니다. 그러고 나면 우리는 옳은 일을 하고 유혹에 저항할 수 있습니다.

　흠, 그런데 가령 너희가 고해 사이에 "죄"를 지었는데, 사고 같은 걸 당해서 죽게 되면?

그건 괜찮습니다. 전혀 겁날 게 없습니다. 그냥 '완벽한 회개법'을 만드는 겁니다. "천주여, 나는 많은 죄를 지었나이다…… 그 죄를 진심으로 뉘우치고 사하심을 비나이다……"

알았다, 알았다―그만하면 됐다.

그런데 잠깐만요. 이건 그냥 세상 종교들 중 단 하나일 뿐입니다. 당신은 다른 종교들은 살펴보고 싶지 않으십니까?

아니. 나는 감을 잡았다.

사람들이 제가 자기네 신앙을 조롱하기만 한다고 생각하지 않길 바랍니다.

너는 실제로 누구도 조롱하지 않고 있다. 그냥 현실이 그렇다는 이야기를 하고 있을 뿐이지. 너희 미국 대통령 해리 트루먼이 그런 식으로 말했지. 사람들이 "해리! 그들을 지옥에 보내버려!Give them hell"('혼내줘'라는 뜻 - 옮긴이) 하고 외치면, 그는 "나는 그들을 지옥에 보내지 않습니다. 나는 그들을 그냥 있는 그대로 인용할 뿐입니다. 그러면 지옥처럼 **느껴지죠**"라고 말하곤 했지.

이런! 완전히 옆길로 새버렸군요. 시간에서 출발해서 조직된 종교 이야기로 끝을 맺었으니 말입니다.

그렇군. 하지만 신과 이야기를 나눈다는 게 본디 그렇다. 대 화를 한정짓기가 힘들지.

3장에서 당신이 이야기한 논지들을 제가 요약할 수 있을지 한번 보 겠습니다.

· 이 시간 말고는 어떤 시간도 없고, 이 순간 말고는 어떤 순간도 없다.

· 시간은 연속체가 아니다. 그것은 "오르락내리락"하는 틀, 서로 위 아래로 포개진 채 "동시"에 일어나거나 발생하는 "순간들"이나 "사건

들"을 지닌 틀 속에 존재하는 '상대성'의 한 측면이다.

·우리는 주로 잠자면서 시간—무(無)시간—전(全) 시간의 이 영역 속에 있는 현실들 사이를 끊임없이 여행한다. "**기시감**"은 우리가 이걸 알아차리는 한 가지 방식이다.

·지금껏 우리가 존재하지 "않았던" 시간은 없으며, 앞으로도 영원히 없을 것이다.

·영혼의 "나이"라는 개념은, 사실은 "시간" 길이가 아니라 자각 수준과 관계가 있다.

·어떤 죄악도 없다.

·우리는 있는 그대로 완벽하다.

·"틀렸다"는 건 상대 체험에 근거하여 정신이 설정한 개념이다.

·앞으로 나아가면서 우리는 규칙들을 만들어낸다. 그것들을 우리의 '지금 현실'에 맞도록 바꿔가면서. 이것은 지극히 당연한 일이다. 우리가 진화하는 존재가 되려 한다면, 우리는 당연히 그래야 하고, **그럴 수밖에 없다.**

·히틀러는 천국으로 갔다(!)

·일어나는 모든 일, **모든 것**이 신의 의지다. 그 안에는 태풍과 회오리바람과 지진들만이 아니라, 히틀러도 들어간다. 깨달음의 비밀은 모든 사건 뒤에 있는 목적을 아는 것이다.

·죽고 난 후의 "처벌" 같은 건 없다. 귀결이란 건 '절대계'가 아닌 '상대 체험'에서만 존재한다.

·인간의 신학은 존재하지도 않는 광기의 신을 설명하려는 인류의 제정신이 아닌 시도다.

·인간의 신학이 의미 있게 되는 유일한 방법은 우리가 과연 아무

의미도 없는 신을 받아들이는가에 달려 있다.

어떻습니까? 달리 요약하실 게 있으십니까?


아주 훌륭하다.


됐습니다. 제게는 지금 산더미처럼 많은 질문거리들이 있으니까요. 예컨대 열 번째와 열한 번째 진술은 좀 더 확실하게 설명해주셨으면 합니다. 히틀러는 왜 천국에 갔습니까? (당신이 앞에서 이 점을 설명하려 했다는 건 알지만, 그래도 저는 좀 더 많은 설명이 필요합니다.) 그리고 모든 사건 뒤에 있는 목적이란 게 **무엇입니까?** 또 이 '더 위대한 목적'이 히틀러나 다른 독재자들과는 어떤 관계가 있는 겁니까?


먼저 '목적'으로 가보자.

모든 사건, 모든 체험의 목적은 **기회**를 창조하는 데 있다. 사건과 체험들은 '기회'일 뿐, 그 이상도 그 이하도 아니다.

그것들을 "악마의 작품"이니, "신이 내린 벌"이니, "하늘이 주신 상"이니, 혹은 그 중간의 어떤 것으로 판단하는 건 잘못이다. 그것들은 단순히 '사건들'이고 '체험들'이며, 벌어진 일들일 뿐이다.

그것들에 의미를 부여한다는 건 우리가 그것들에 대해 **생각하고, 행동하고, 반응한다**는 뜻이다.

사건과 체험들은 너 개인이나 너희 집단이 의식을 매개로 하여 너희에게로 끌어온 기회들이다. 체험을 창조하는 것이 의식이기 때문이다. '너희'는 너희가 지금 보여주는 것보다 더 높은 의식을 가진 존재이니, 너희는 의식을 끌어올리면서, '자신'을 창조하고 체험하는 도구로 쓰려고 이런 기회들을 자신에게로 끌어온다.

너희 '자신이 누구인지' 알고 체험해야 한다는 것이 내 의지이기에, 나는 너희가 그것을 위해 창조하려는 사건이나 체험이면 무엇이든 너희에게로 끌어가게 해준다.

이 '우주 게임'에는 다른 배우들도 수시로 너희에게 가담한다. 그 배역이 '짧은 만남'이든, '주변 인물'이든, '한때의 팀원'이든, '오랫동안의 상호작용자'든, '친척과 가족'이든, '몹시 사랑하는 사람'이든, '인생길의 동반자'든.

영혼들을 너희에게 끌어오는 건 **너희 자신**이고, 너희를 그들에게 끌어가는 건 그들 **자신**이다. 그것은 양쪽의 선택과 바람들을 함께 표현하면서 공동으로 창조하는 체험이다.

**누군가가 우연히 너희에게 오는 일은 없으며,**

**우연의 일치 따위는 절대 없다.**

**어떤 일도 마구잡이로 일어나지 않으니,**

**삶은 우연의 산물이 아니다.**

너희는 너희의 목적을 위해 사람들을 끌어오듯이, 사건들도 끌어온다. 행성 차원에서의 대규모 체험과 발전들은 집단의식의 결과다. 그것들은 전체로서 집단group이 선택하고 바란 결과가 전체로서 너희 집단에 끌려온 것들이다.


"너희 집단"이란 게 무슨 뜻입니까?

**집단의식**Group consciousness을 이해하는 사람은 그리 많지 않지만, 그럼에도 그것은 엄청나게 강력하여, 자칫하면 자주 개인의식을 압도하고 만다. 따라서 이 행성에서 겪는 너희의 사회적 인생 체험이 조화롭기를 바란다면, 너희는 어디를 가든, 어떤 일을 하든, 언제나 집단의식을 창조하려고 애써야 한다.

만일 네가 그 집단의식으로 너 자신의 의식을 반영하지 못하는 집단에 속해 있는데, 당분간은 그 집단의식을 효과적으로 바꿀 수 없다면, 그때는 그 집단을 떠나는 것이 현명하리라. 그렇지 않으면 그 집단이 너를 이끌어갈 것이다. 그 집단은 네가 원하는 곳은 개의치 않고, 자신이 원하는 곳으로 갈 것이다.

만일 네 의식과 합치하는 의식을 가진 집단을 찾을 수 없다면, 그때는 스스로 한 집단의 **발단**이 되도록 하라. 비슷한 의식을 가진 다른 사람들이 네게로 끌려올 것이니.

너희 행성에 지속적이고 의미 있는 변화들이 일어나게 하려면, 개인과 소집단들이 대집단들에 영향을 미쳐서, 마침내는 가장 큰 집단인 인류 전체에 영향을 미치도록 해야 한다.

너희 세상과 그것이 처한 상황은 거기에 사는 모든 사람의 결합된 전체 의식을 반영한다.

네 주위를 돌아보면 알겠지만 해야 할 일들이 무척 많다. 물론 지금 그대로의 세상에 네가 만족하지 않는다면 말이다.

하지만 놀랍게도 너희 행성의 **대다수 사람들이** 지금 그대로의 세상에 만족하고 있으니, 세상이 바뀌지 않는 건 이 때문이다.

대다수 사람들이 동등함보다는 차별이 대우받는 세상, 불일치가 갈등과 전쟁으로 해결되는 세상에 만족하고,

대다수 사람들이 가장 잘 적응하는 자가 살아남는 세상, "힘이 정의인 세상", 경쟁이 요구되는 세상, 이기는 것을 최고선이라 부르는 세상에 만족하고 **있다.**

그 체제가 "패배자들"까지 함께 양산해낸다 해도 하는 수 없다. 너희 자신이 그 패배자들 속에 끼지 않는 한.

설령 그 모형model이, "나쁘다"는 판결을 받은 탓에 죽임을 당하는 사람들과, "패배자"인 탓에 굶주리고 집 없이 지내야 하는 사람들과, "강하지" 못한 탓에 억압받고 착취당하는 사람들을 양산해낸다 하더라도, 대다수 사람들은 지금대로의 세상에 만족하고 **있다.**

너희 행성의 대다수 사람들이 자신과 다른 건 "나쁘다"고 규정한다. 특히 종교의 차이는 용납되지 않으며, 사회, 경제, 문화의 허다한 차이들 역시 그러하다.

하층계급에 대한 착취는, 이런 착취를 받기 전에 그 희생자들이 처했던 상태에 비하면, 지금 그들이 얼마나 더 잘살게 되었는가라는 상층계급의 자화자찬식 선언으로 정당화된다. 이렇게 해서 상층계급은, 한 사람을 진실로 **공평하게** 만드는 문제는 단순히 끔찍한 상황을 쥐꼬리만큼 더 낫게 만들고, 그 거래에서 추잡한 이윤을 취하는 데 있지 않고, 사람들 전체를 어떻게 대접해야 **하는가**에 있음을 무시할 수 있다.

너희 행성의 대다수 사람들이 누군가가 현재 굴러가는 것과 다른 종류의 체제를 제안하기라도 하면, 그것을 **비웃는다.** 경쟁하고 죽이고 "승리자가 전리품을 갖는" 따위의 행위들이 자신들의 문명을 위대하게 만들어준다고 주장하면서! 그들은 심지어 그 외에 다른 어떤 **자연스러운** 길도 **있을 수 없다**고 여긴다. 즉 이런 식으로 처신하는 건 인간의 천성이니, 다른 식으로 행동한다면 인간을 성공으로 몰아가는 내면의 힘을 죽이리라고 여기는 것이다. ("**무엇에서** 성공하려는지" 묻는 사람은 아무도 없다.)

진실로 계몽된 존재들로서는 이해하기 어려운 일이지만, 너희 행성에 사는 대다수 사람들이 이런 철학을 믿고 있다. 그리고 이 때문에 대다수 사람들이 고통받는 대중과 소수에 대한 억압, 하층계급의 분노, 자신이나 자신의 직계가족이 아닌 다른 사람들의 **생존** 욕구에 무심하다.

대다수 사람들이 오직 자기 삶의 질을 높이는 데만 열중하고 있어서, 자신들이 지구를, 자신들에게 **'생명'**을 준 바로 그 행성을 파괴하고 있음을 알지 못한다. 놀랍게도 그들은 단기간의 이익이 장기간의 손실을 만들어낼 수 있고, 실상 지금 이 순간에도 만들어내고 있으며, 앞으로도 그러하리란 사실을 관찰할 수 있을 만큼 충분히 멀리 보지 못한다.

대다수 사람들이 공동선(共同善)이라든가, 세계 일국주의라든가, 모든 창조물과의 분리가 아니라 그것과의 통일로서 존재하는 신이라든가 하는 개념을 가진 집단의식을 **두려워한다**.

통일로 끌어가는 모든 것에 대한 이 같은 공포와 '분리시키는 모든 것'에 대한 너희 행성의 예찬이 바로 분열과 부조화와 불일치를 만들어내는 원인이다. 그럼에도 너희는 자신의 체험에서 배울 능력조차 없는 듯, 그런 행동들을 계속함으로써 계속 같은 결과들을 빚어낸다.

고통이 계속 용납되는 건 너희가 남들의 고통을 자신의 것으로 체험하지 못하기 때문이다.

분리는 무관심과 그릇된 우월감을 기르지만, 통일은 자비와 참된 평등을 낳기 마련이니.

너희 행성에서 일어나고 있고, 지난 3000년 동안 반복해서 일어났던 사건들은 내가 앞서 말했듯이, "너희 집단", 너희 행성의 전체 집단이 지닌 '집단의식'의 반영이다.

그것의 의식 수준은 미개하다는 표현이 가장 잘 어울릴 것이다.


흐으음. 알겠습니다. 하지만 이런 이야기들은 본래의 질문에서 뒷걸음질한 것 같은데요.


전혀 그렇지 않다. 너는 히틀러에 대해서 물었다. 너희가 '히틀러 체험'을 할 수 있었던 것이 바로 그 집단의식 덕분이기 때문이다. 사람들은 히틀러가 한 집단—이 경우에는 그의 국민들—을 조종했던 건, 그 교활하면서도 능수능란한 수사(修辭) 덕분이었노라고 말하고 싶어하지만, 이것은 편리하게도 그 모든 비난을 히틀러의 발밑에만 던지는 격이다. 대다수 사람들이 원하는 바로 그 위치에.

하지만 몇백만 명의 협력과 지지와 자발적인 복종이 없었더라면, 히틀러는 아무 일도 할 수 없었을 것이다. 그러니 스스로 게르만인이라고 부르는 그 2차 집단은 당연히 유대인 대학살에 대해 엄청난 무게의 책임을 느껴야 한다. 마찬가지로 소위 인류라는 더 큰 집단 역시 어느 정도 그렇게 해야 한다. 설령 그들이 다른 일은 전혀 하지 않았다 쳐도, 그들은 가장 차가운 마음을 가진 고립주의자들조차 더 이상 무시해버릴 수 없을 만큼 독일에서의 고통이 광범하게 확산될 때까지도, 그것을 무심하고 냉담하게 내버려두었기 때문이다.

너희도 알다시피, 나치 운동 성장에 비옥한 토양이 되었던 건 **패거리 의식**collective consciousness이다. 히틀러는 그 순간을 포착한 것이지, 그가 그 순간을 창조한 건 아니다.

이것의 **교훈**을 이해하는 것이 중요하다. 계속해서 분리와 우월성에 대해 떠들어대는 집단의식은 대중이 동정을 잃게 만드니, 동정을 잃게 되면 그 다음엔 당연히 양심을 잃기 마련이다.

완고한 민족주의에 뿌리를 둔 패거리 개념은 남들의 곤경은 무시하면서도, **자기네 곤경**에 대해서는 다른 모든 사람이 책임지게 만든다. 그렇게 해서 복수와 "교정"과 전쟁을 정당화하는 것이다.

아우슈비츠는 "유대인 문제"에 대한 나치식 해결책, 즉 그것을 "교정하려는" 시도였다.

'히틀러 체험'의 끔찍함은 그가 인류에게 그런 짓을 저질렀다는 사실이 아니라, **인류가 그에게 그렇게 하도록 용납했다**는 사실에 있고,

그 체험의 경악스러움은 히틀러가 나섰다는 사실만이 아니라, 그토록 많은 사람들이 **함께 나섰다**는 사실에도 있으며,

그 체험의 부끄러움은 히틀러가 몇백만의 유대인들을 죽였다는 사실만이 아니라, 히틀러가 제지당하기 전에 몇백만의 유

대인들이 죽어야 했다는 사실에도 있다.

그리하여 '히틀러 체험'의 목적은 인류에게 자신의 모습을 보여주는 데 있었다.

역사를 통틀어 너희는 주목할 만한 선생들을 모셔왔으니, 그들 모두는 '참된 자신'을 기억하게 해주는 특별한 기회들을 너희에게 제공했다. 이 선생들은 너희에게 인간 잠재력의 최고치와 최저치를 보여주었다.

그들은 생생하고 숨막히는 예들을 통해, 인간이 된다는 게 어떤 의미일 수 있는지, 그런 체험을 겪으면서 인간이 갈 수 있는 곳이 어디인지, **기존 의식 상태대로라면 너희 중 다수가** 갈 수 있고 **가게 될 곳이** 어디인지 보여주었다.

잊지 마라, 의식만이 전부이고, 너희의 체험을 창조하는 건 의식이다. **집단**의식은 워낙 강력해서 말로 표현할 수 없을 만큼 아름다운 결과를 빚을 수도 있고, 말로 표현할 수 없을 만큼 추한 결과를 빚을 수도 있다. 선택은 언제나 너희 것이다.

만일 네가 너희 집단의 의식에 만족하지 못한다면, 그것을 바꾸려고 노력하라.

남들의 의식을 바꾸는 가장 좋은 방법은 **너 자신**이 본보기가 되는 것이다.

만일 네가 본보기 되는 것으로 충분하지 않다면 너 자신의 집단을 형성하라. 너 자신이 다른 사람들과 함께 체험하기를 원하는 의식의 발단이 되어라. 네가 그렇게 할 때 그들은 그런 의식을 **체험하리니.**

그것은 너와 더불어 시작된다. '모든 것'이, '모든 일'이.

너는 세상을 바꾸길 원하느냐? 그렇다면 먼저 너 자신의 세계 속에 있는 것들을 바꾸어라.

히틀러는 그렇게 할 수 있는 금쪽 같은 기회를 너희에게 주었다. '히틀러 체험'은 '그리스도 체험'처럼, 그것이 너희 자신에 **대해** 어떤 의미와 진리를 너희에게 드러내는가라는 면에서 심오하다. 하지만 히틀러든, 징기스칸이든, 하레 크리슈나든, 아틸라(5세기경 훈족의 왕 - 옮긴이)든, 예수 그리스도의 경우든, 이 같은 사회적 자각은 그들에 대한 너희의 기억이 살아 있을 때만 살아 있을 것이다.

유대인들이 대학살 기념비를 세우고 너희에게 그것을 절대 잊지 말라는 이유가 여기에 있다. 너희 누구에게나 히틀러가 약간씩은 있기 때문이고, 그것은 오직 정도의 문제이기 때문이다. 아우슈비츠에서든 운디드 니(미국 인디언 대학살이 자행된 곳 - 옮긴이)에서든, 한 민족을 지워버리는 것은 한 사람을 지워버리는 것이다Wiping out a people is wiping out a people.

그래서 히틀러를 우리에게 보내신 겁니까? 우리에게 인간이 저지를 수 있는 끔찍함, 인간이 내려갈 수 있는 최저 수준이 어느 정도인지 보여주는 교훈을 주시려고요?

내가 히틀러를 너희에게 보낸 것이 아니다. 히틀러는 너희가 창조했다. 그는 너희의 '패거리 의식' 속에서 나타났고, 그것이 없었다면 그는 존재하지 못했을 것이다. **바로 이것이** 그 체험의 교훈이다.

'히틀러 체험'을 창조한 것은 "우리" 대 "그들", "우리"와 "그들"이라는 분리와 차별과 우월 의식이다.

　'그리스도 체험'을 창조한 것은 "네 것"/"내 것"이 아니라 "우리 것"이라는 '신성한 형제애'와 통일과 '하나됨'의 의식이다.

　고통이 "너희 것"일 뿐 아니라 "우리 것"이기도 할 때, 기쁨이 "내 것"일 뿐만 아니라 "우리 것"이기도 할 때, 그리하여 **삶의 체험 전체가** '우리 것'이 될 때, 그때서야 비로소 삶의 체험 전체the whole는 진실로 말 그대로 **온전한**a whole **'삶의 체험'**이 된다.


히틀러는 왜 천국에 갔습니까?


　히틀러는 아무것도 "잘못하지" 않았기 때문이다. 히틀러는 그냥 그가 했던 일을 했을 뿐이다. 꽤 여러 해 동안 몇백만이나 되는 사람들이 그가 "옳다"고 생각했다는 걸 다시 상기해보라. 그러할 때 어찌 그가 그렇게 생각하지 않을 수 있었겠느냐?

　네가 미친 사상을 퍼뜨렸는데, 천만이나 되는 사람들이 네게 동조했다고 치자. 그러면 너는 자신이 그렇게 미쳤다고 생각하지 않을 것이다.

　세상은 마침내 히틀러가 "잘못했다"고 결정했다. 말하자면 세상 사람들은 '히틀러 체험'과 관련해서 '자신들이 누구이고', '자신들이 어떤 존재가 되려는지'에 대해 새로운 평가를 내린 것이다.

　기준자를 치켜든 건 그였다. 그는 우리가 우리의 자아상을 재고 한정할 수 있도록 매개변수, 경계선을 설정했다. 그리스도 역시 같은 일을 했다. 그 스펙트럼의 다른 쪽 끝에서.

또 다른 그리스도들이 있었고, 또 다른 히틀러들이 있었으며, 앞으로도 또 있을 것이다. 그러니 항상 경계하라. **네가** 사람들 사이를 걸어다닐 때조차도 높은 의식을 가진 사람과 낮은 의식을 가진 사람, 양쪽 다가 너희 사이를 걷고 있으니. 자, 너는 어떤 의식과 사귀려느냐?

저는 아직도 어떻게 히틀러가 천국에 갈 수 있었는지 이해가 가지 않습니다. 그는 어떻게 해서 자신이 한 일로 **상을 받을 수** 있었습니까?

첫째, 죽음은 끝이 아니라 시작임을 이해하고, 공포가 아니라 기쁨임을 이해하라. 그것은 막 내림이 아니라 막 올림이다.

너희 삶에서 가장 행복한 순간은 삶이 끝나는 순간일 것이다.

그것은 삶이 끝나지 **않고**, 계속 진행되기 때문이다. 너무나 장대하고, 평화와 지혜와 기쁨이 너무나 가득하여, 설명하기 어렵고 너희가 이해할 수 없는 그런 방식으로.

그러므로 너희가 이해해야 할 첫 번째 것은, 내가 이미 앞에서 설명했듯이 히틀러는 **누구에게도 해를 입히지 않았다**는 사실이다. 어떤 의미에서 보면 그는 고통을 **입힌 것이** 아니라 고통을 **끝냈다.**

"인생은 고해다"라고 말한 사람은 부처였다. 부처는 옳았다.

하지만 제가 그 사실을 받아들인다 해도, 히틀러는 자신이 실제로 좋은 일을 하고 있다는 걸 **몰랐습니다**. 그는 자신이 **나쁜** 일을 한다고 아니다. 그는 자신이 "나쁜" 일을 한다고 여기지 않았다. 실제로 그는 자기 국민들을 돕고 있다고 생각했다. 너희가 이해하지 못하는 것이 바로 이 점이다.

각자의 세상형에서 보면, "잘못된" 일을 하는 사람은 아무도 **없다.** 만일 네가 히틀러는 미친 행동을 했고, 자신이 미쳤다는 걸 줄곧 **알고 있었던** 걸로 여긴다면, 너는 인간 체험이 얼마나 복잡한지 전혀 이해하지 못하고 있는 셈이다.

히틀러는 자기 국민을 위해 좋은 일을 한다고 생각했다. 그의 국민들도 그렇게 생각했다! 그 사건의 광기는 **바로 여기에 있다!** 그 나라 국민들 대다수가 그에게 동조했다는 데!

너희는 히틀러가 "잘못했다"고 선언했다. 좋다. 이렇게 해서 너희는 자신을 규정하게 되었고, 자신에 대해 더 많이 알게 되었으니, 좋다. 하지만 **너희에게 이런 걸 보여주었다고** 해서 히틀러를 비난하지는 마라.

**누군가는** 해야 했던 일이다.

너희는 뜨거움 없이 차가움을 알 수 없고, 아래 없이 위를 알 수 없으며, 오른쪽 없이 왼쪽을 알 수 없다. 이 사람은 비난하고 저 사람은 축복하지 마라. 그렇게 하는 건 이해하지 못하는 것이다.

수십 세기 동안 사람들은 아담과 이브를 비난해왔다. 그들은 '원죄Original Sin'를 저질렀다는 비난을 들어왔다. 하지만 너희에게 이르노니, 그것은 '원축복Original Blessing'이었다. 선악에 대한 지식을 함께한 이 사건이 없었다면, 너희는 그 두 가지 가능성이 존재한다는 사실조차 모르지 않았겠는가! 실제로 소위 '아담의 타락' 이전에는 이 두 가지 가능성은 **존재하지 않았다.** 어떤 "악"도 없었다. 모든 사람과 모든 것이 영원한 완벽의 상태로 존재했다. 그것은 말 그대로 낙원이었다. 하지만 너희는 그것이 낙원임을 **알지 못했고,** 그것을 완벽으로 **체험할 수 없었다. 그것 말고는 아무것도 알지 못했기 때문에.**

자, 이래도 너희는 아담과 이브를 비난하겠느냐? 아니면 그들에게 감사하겠느냐?

그리고 말해봐라, 히틀러를 내가 어찌 대해야 하겠느냐?

내가 이르노니, 신의 사랑과 신의 자비와 신의 지혜와 신의 용서와 신의 의도와 신의 **목적**은 가장 극악한 범죄와 가장 극악한 범죄자들까지 포용할 수 있을 만큼 충분히 크다.

네가 이것에 동의하지 않을 수도 있지만, 그것은 중요하지 않다. 너는 이제 막 자신이 무엇을 찾으러 이곳에 왔는지 배웠다.

# Conversations with God

# 5

당신은 1권에서, 2권에서는 시간과 공간, 사랑과 전쟁, 선과 악, 가장 뛰어난 세계 정치 질서 같은 넓은 주제들에 대해 설명해주겠노라고 약속하셨지요. 또 인간의 성(性) 체험에 대해서도 좀 더 자세히 설명해주겠노라고 하셨고요.

그렇다, 나는 그 모든 걸 약속했다.

1권에서는 주로 개인적인 관심거리들, 개인의 삶에 대해 다루어야 했다. 그리고 이 2권은 이 행성에서 너희 집단의 삶을 다루고, 3권은 가장 넓은 진리들인 영혼의 우주론, 영혼의 영상 전체, 영혼의 여행을 다룸으로써 이 3부작을 끝맺는다. 이것들을 하나로 합친 것은, 너희 신발을 묶는 것에서 우주에 대한 이해에 이르기까지, 모든 것에 대해 현 시점에서 내가 주는 최상의 충고와 정보들이다.

시간에 대해 말씀하시려던 건 다 하신 겁니까?

　　너희가 알아야 할 필요가 있는 건 모두 말했다.

　　시간은 없다. 모든 것은 동시에 존재하며, 모든 사건은 동시에 일어난다.

　　이 책은 지금 쓰여지고 있다. 그리고 그것이 지금 쓰여지고 있듯이 그것은 **이미** 쓰여졌다. 그것은 이미 존재한다. 사실 너희는 바로 여기에서, 즉 이미 존재하는 책에서 이 모든 정보를 얻고 있다. 너희는 단지 그것에 형태를 주고 있을 뿐이다.

　　이것이 "너희가 청하기도 전에 내가 대답해주리라"의 말뜻이다.

시간에 대한 이런 정보는…… 저, 굉장히 재미있긴 하지만, 다소 비전(秘典)적인 것 같습니다. 그것을 과연 실제 생활에 적용할 수 있을까요?

　　시간을 진실로 이해할 때, 너희는 상대계의 현실 속에서 훨씬 더 마음 편하게 살 수 있을 것이다. 이 현실에서 시간은 불변의 것이 아니라 하나의 운동, 흐름으로 체험된다.

　　움직이는 쪽은 시간이 아니라 **너희**다. 시간은 전혀 움직이지 **않는다.** 오직 '한순간'만이 있을 뿐이다.

　　어떤 면에서는 너희 역시 이 사실을 깊이 이해하고 있다. 이 때문에 진실로 장엄하거나 의미 있는 일이 너희 삶에서 일어날 때, 흔히 너희는 마치 "시간이 정지한 것 같다"고 말하는 것이다.

사실 **그렇다**. 그리고 너희 또한 정지할 때, 너희는 자주 삶의 결정적인 순간들 중 하나를 체험한다.

저로서는 이걸 믿기가 어렵군요. 이런 일이 어떻게 가능합니까?

너희 과학이 이미 이것을 수학으로 **밝혀냈다**. 만일 너희가 우주선을 타고 아주 **빠른** 속도로 충분히 멀리까지 난다면, 너희는 지구를 향해 빙 돌아와 **자신이 이륙하는 모습을 볼 수 있다**는 걸 밝혀주는 공식이 이미 세워진 바 있다.

이것은 시간이 한 점에서 다른 점으로의 이동이 아니라, 너희가 이동해가는 어떤 장(場)—이 경우에는 지구 우주선을 타고—임을 증명한다.

너희는 1년이 되려면 365"일"이 걸린다고 한다. 그렇다면 "하루"란 건 어떤 것이냐? 너희는 너희 우주선이 그 축을 중심으로 완전히 한 바퀴 도는 데 걸리는 "시간"을 "하루"라고 규정했다. 그리고 참으로 제멋대로 그렇게 규정했다는 사실도 덧붙여두자.

그런데 너희는 어떻게 해서 그것이 회전했다는 사실을 아는가? (너희는 그것이 움직이는 걸 느낄 수도 없다!) 너희는 하늘에서 태양이라는 하나의 준거점을 잡았다. 그리고 나서 너희는 그 우주선에서 자신이 있는 쪽이 태양을 마주보다가, 태양에서 벗어나 다시 태양을 마주보기까지 만 "하루"가 걸린다고 말한다.

너희는 이 "하루"를 24"시간"으로 나누었다. 다시 한번 참으로 제멋대로. 그냥 쉽게 "10"이나, 아니면 "73"으로 나눌 수도 있었을 텐데!

그 다음으로 너희는 각각의 "시간"을 "분"으로 나누었다. 너희는, 각 시간 단위들은 소위 "분"이라는 60개의 소 단위들을 지니고 있으며, 각각의 분들 역시 소위 "초"라는 60개의 미세 단위들을 지니고 있다고 말한다.

그런데 어느 날 너희는 지구가 돌 뿐만 아니라 **날기도** 한다는 사실을 눈치챘다! 너희는 지구가 **태양 둘레를 돌면서** 우주를 통과하고 있다는 사실을 알았다.

너희는 지구가 태양 둘레를 한 바퀴 돌려면 365번의 자전이 필요하다는 사실을 조심스럽게 계산해냈다. 너희가 1"년"이라 부르는 건 이 지구의 회전 수다.

그런데 너희가 1"년"을 1"년"보다는 작고 "하루"보다는 큰 단위들로 나누려 하자, 일이 복잡해지기 시작했다.

너희는 "주"와 "월"을 만들어내, 모든 해가 똑같은 수의 달들을 갖도록 했다. 하지만 **모든 달**이 똑같은 수의 날들을 갖게 할 수는 없었다.

짝수인 달수(12)로 홀수인 날수(365)를 나눌 방법을 찾을 수 없었던 것이다. 그래서 너희는 그냥 **몇몇 달들은 다른 달들보다 더 많은 날들을 갖는 걸로 해버렸다!**

너희는 1년을 나누는 분모로 12라는 수를 고수해야 한다고 느꼈다. 그 수는 너희가 관찰한 바로는, 1"년" 동안의 '달의 공전' 수였기 때문이다. 이 세 가지의 공간 사건들, 즉 지구의 공전과 자전, 달의 공전을 조화시키기 위해 너희가 한 일은, 단지 각 "달"에 들어가는 "날"수를 조정한 것뿐이었다.

하지만 이 방안조차도 모든 문제를 해결하지는 못했다. 너희의 이 초기 발명들은 너희가 어떻게 해야 할지 모르는 "시간 쌓기"를 계속 만들어내고 있었기 때문이다. 그래서 너희는 4년마다 한 번씩 **온하루를 더** 가져야 하는 해들을 두기로 했다! 너희는 이것을 '튀는 해Leap Year'(윤년-옮긴이)라고 부르며 그것을 놓고 우스갯소리를 하지만, 실제로는 너희가 **살고 있는** 틀 자체가 그런 식이다. 시간에 대한 **내** 설명을 "믿을 수 없다"고 하면서!

너희는 더 긴 "시간" 경과를 재기 위한 기준으로 "연대"와 "세기"(재미있는 건 이번에는 12단위가 아니라 10단위가 그 기준이라는 점이다)도 창조해냈다. 이번에도 역시 제멋대로. 하지만 이 모든 것과 더불어 너희가 실제로 하는 일은 단지 **공간을 통과하는 운동**을 측정하는 방법을 고안해내고 있음에 지나지 않는다.

보다시피, "**지나가는**" 것은 시간이 아니라, 소위 우주라는 정지된 장(場) 속에서 빙빙 돌면서 장을 통과해가는 물체다. 결국 "시간"이란 건 **운동을 계산하는** 너희 방식일 뿐이다!

과학자들은 이 연관 관계를 깊이 이해하고 있어서, "시공간 연속체Space-Time Continuum"라는 용어를 사용한다.

너희의 아인슈타인 박사를 비롯한 몇몇 사람들은 시간이 머릿속의 구조물, **상관성의 개념**임을 깨달았다. "시간"은 물체들 사이에 존재하는 공간과 **관련된** 것이었다! (우주가 팽창하고 있다면—사실 그렇지만—오늘날에는 지구가 태양 둘레를 한 바퀴 도는 데 10억년 전보다 "더 긴" 시간이 걸린다. 망라해야 할 "우주"가 더 커지는 것이다.)

따라서 최근에 일어난 이 모든 공전 사건은 1492년에 걸린 것보다 더 많은 분과 시와 날과 주와 달과 해와 연대와 세기들이 필요했다! (그렇다면 "하루"가 하루가 아닐 때는 언제이고, "1년"이 1년이 아닐 때는 언제인가?)

이제 고도로 견강부회된 너희의 새 시간 도구가 이 "시간" 괴리를 기록함으로써, 해마다 전 세계 시계들은 가만히 앉아 있지 않으려는 우주에 적응하기 위해 조정된다. 이것이 소위 그리니치 표준시Greenwich Mean Time라고 하는 것이다. 사실 그것은 우주를 가지고 거짓말쟁이로 만들기 때문에 "비열하다mean".

아인슈타인은, 움직이는 것이 시간이 아니라 일정한 가속도로 우주 속을 통과해가는 **자신**이라면, 시간을 "바꾸기" 위해서 그가 해야 할 일이란 오직 물체 사이의 공간량(量)을 바꾸는 것, 즉 자신이 한 물체에서 다른 물체 사이의 우주를 통과하는 속도의 비율만 바꾸면 된다는 사실을 이론화했다.

이것이 오늘날 시간과 공간의 상호 관계에 대한 너희의 이해를 넓혀준, 그의 '일반 상대성 이론'이다.

이제 너는 이해할 수 있을 것이다. 네가 공간 속을 지나는 긴 여행을 하고 돌아왔을 때, 지구 위에 사는 네 친구들은 서른 살을 더 먹겠지만, 왜 너는 겨우 열 살밖에 더 안 먹게 되는지! 네가 멀리 갈수록, 시공간 연속체는 더 많이 휠 것이고, 네가 떠날 때 그곳에 있던 사람들을 네가 돌아왔을 때도 지구에 살고 있는 사람으로 발견할 기회는 줄어든다는 걸!

하지만 "미래"의 어느 땐가 지구에 사는 과학자들이 자신들을 **더 빨리** 추진해갈 방법을 발달시킨다면, 그들은 우주를 "속이고", 지구에서의 "실제 시간"과 동시에 머물 수 있을 것이다. 그리하여 그들이 돌아왔을 때, 지구에서도 우주선에서 지나간 시간과 똑같은 시간만이 지나갔음을 발견할 것이다.

훨씬 더 빨리 추진해갈 수 있다면, 단언컨대 그는 이륙하기 전의 지구로 되돌아올 수도 있다! 말하자면 지구에서의 시간이 우주선에서의 시간보다 **더 느리게** 가는 것이다. 너는 네 시간으로 10년 만에 지구에 돌아왔는데, 지구는 그 동안에 겨우 네 살 밖에 "먹지" 않았다! 그보다 더 속도를 높이면 우주에서의 10년이 지구에서의 10분을 뜻할 수도 있다.

그런데 우주라는 천 속에 있는 "주름"을 만났다고 하자. (아인슈타인을 비롯한 과학자들은 그런 "주름들"이 존재한다고 믿었다—그들이 옳았다!) 너희는 갑자기 무한소(無限小)의 한 "순간"에 "공간"을 가로질러 추진된다. 그 같은 시공간 현상은 글자 그대로 되돌아간 "시간" 속으로 너희를 "내동댕이칠" 수도 있지 않을까?

이제 너희 머릿속에서 지어낸 것만 빼고, "시간"은 존재하지 않는다는 사실을 이해하기가 그다지 어렵지 않을 것이다. 일찍이 일어난 모든 일과 앞으로 일어날 모든 일이 **지금** 일어나고 있다. 그것을 관찰할 수 있는가 아닌가는 단지 너희의 관점, 즉 너희의 "공간 위치"에 달렸을 뿐이다.

만일 네가 **내 위치**에 있다면 너는 그 **모든 것**을 볼 수 있다. **지금 당장!**

이해하겠느냐?

와! 이제야 **알아들을 것 같습니다.** 이론 차원에서는요.

좋다. 나는 여기서 아이들도 알아들을 만큼 지극히 단순하게 설명했다. 내 설명이 훌륭한 과학을 만들진 못하겠지만, 훌륭한 이해를 낳을 순 있을 것이다.

바로 지금도 물질 대상들은 속도면에서 제한되어 있지만, **비(非)물질 대상들**, 내 생각…… 내 영혼……은 이론상으로는 믿을 수 없는 속도로 에테르 속을 지나갈 수 있겠군요.

맞다! **바로 그거다!** 그리고 그것이 바로 종종 꿈이라든가 육체를 떠난 심령 체험들에서 일어나는 일이다.

이제 너는 **기시감**을 이해하고 있다. 전에도 그곳에 있었던 것 같다는 사실을!

하지만…… 모든 것이 이미 **일어난 일**이라면, 제 미래를 바꿀 수 없다는 이야기가 됩니다. 이것은 운명 예정론인가요?

절대 아니다! 그런 회원권은 절대 구입하지 마라! 그건 사실이 아니다. 사실 이 "무대장치"는 너희를 **도와주게** 되어 있다. 너희에게 **해를 입히는** 것이 아니라!

너희는 언제나 자유의지와 완전한 선택의 지점에 있다. "미래"를 들여다볼 수 있는 것(혹은 다른 사람에게 그렇게 해봐달라고 하는 것)은 원하는 삶을 살아가게 해주는 너희의 능력을 제한하기는커녕, 오히려 높여준다.

어떻게요? 설명을 해주십시오.

만일 네 마음에 들지 않는 미래의 사건이나 체험을 "본다면", 그것을 선택하지 마라! 다시 선택하라! 다른 걸 골라라!

**원하지 않는 결말을 피할 수 있도록** 네 행동을 바꾸거나 변경하라.

하지만 이미 일어난 사건을 어떻게 피할 수 있습니까?

그것은 네게 일어나지 않았다. 아직은! 너는 '시공간 연속체' 속에서 그것의 발생을 **의식으로 알아차리지** 못하는 지점에 있다. 너는 그것이 "일어났음"을 "알지" 못한다. 너는 네 미래를 "기억해내지" 않았다!

(이 잊어버림이 **모든 시간**의 비밀이다. 그 덕분에 너희는 삶이라는 위대한 게임을 "즐길 수" 있다! 여기에 대해서는 나중에 설명하도록 하자.)

네가 "알지" 못하는 것은 "그런 식으로" 존재하지 않는다.

"너"는 자신의 미래를 "기억하지" 못하기에, 그것은 "네게" 아직 "일어나지" 않았다! 모든 일은 그것이 "체험될" 때만 "일어나고", 모든 일은 그것을 "알" 때만 "체험된다".

이제 네 "미래"를 흘낏 일별하는, 한 찰나 "알게 되는" 축복을 받았다고 해보자. 그때 일어나는 일은 네 영혼, 즉 너의 비(非)물질 부분이 그냥 '시공간 연속체' 위의 다른 지점으로 급히 달려가서 그 순간이나 그 사건의 일부 잉여 에너지, 일부 이미지나 인상을 가져오는 것이다.

너는 이것들을 "느낄" 수 있다. 아니면 때로는 형이상학적 재능을 발달시킨 다른 사람이 네 주위에서 소용돌이치는 이런 이미지와 에너지들을 "느끼거나" "보기도" 한다.

자신의 "미래"에 대해 "느껴지는" 것이 마음에 들지 않는가? 그렇다면 그것에서 떨어져라! 그냥 그것에서 멀어져라! 그 순간 너는 자신의 체험을 바꾸게 되며, 네가 내쉬는 모든 숨은 구원의 한숨이 된다.

잠깐만요! 잠깐마아ㄴ―

자, 이제 너는 들을 준비가 되었으니, 자신이 '시공간 연속체'의 모든 수준level에서 **동시에** 존재한다는 사실을 알아야 한다.

즉, 너희 영혼은 '항상 존재했고', '항상 존재하며', '앞으로도 항상 존재할지니'. 끝없이 그러할지니, 아멘.

제가 하나 이상의 장소에 "존재"한다구요?

물론이다! 너는 **모든** 곳에, 그리고 항상 존재한다.

미래에도 "제"가 있고, 과거에도 "제"가 있습니까?

자, 우리가 이제 막 힘들여 이해했듯이, "미래"와 "과거"는 존재하지 않는다. 하지만 그 말들을 너희가 지금껏 써왔던 식으로 쓰면, 그렇다.

하나 이상의 제가 있습니까?

너는 **단** 하나밖에 없다. 하지만 너는 네가 생각하는 것보다 **훨씬 더 큰** 존재다.

그래서 "지금" 존재하는 "제"가, 그의his "미래"에서 마음에 들지 않는 어떤 걸 바꾼다면, 미래 속에 존재하는 저는 그걸 더 이상 자기 체험의 일부로 가지지 않는 겁니까?

본질상으로는 그렇다. 모자이크 전체가 변한다. 하지만 그는 he 자신에게 주어진 그 체험을 잃지 않는다. 단지 그는 "네"가 그것을 경험할 필요가 없다는 사실에 구원받고, 행복해할 뿐이다.

하지만 "과거" 속의 "저"는 이것을 여전히 "체험해야" 하니, 그는 여전히 그 속으로 걸어 들어가고 있는 게 아닙니까?

어떤 의미에서는 그렇다. 하지만 물론 "너"는 "그"를 도와줄 수 있다.

도울 수 있다고요?

그렇다. 첫째, 네 **앞**의 "네"가 체험한 것을 바꿈으로써, 네 **뒤의** "너"는 그것을 전혀 체험하지 않을 수도 있다! 너희 영혼은 이런 장치를 써서 진화한다.

같은 방식으로 **미래의 너**는 미래의 그 **자신**에게서 도움을 받아, 그가 하지 않은 것을 네가 피할 수 있게 도와준다.

내 말을 알아들었느냐?

예. 흥미있군요. 하지만 지금 저는 다른 걸 질문하고 싶습니다. 과거 삶이라면요? 만일 제가 "과거"에도 "미래"에도 언제나 "저"였다면, 어떻게 과거 삶에서 제가 다른 누구, 다른 어떤 사람일 수 있습니까?

너희는 같은 "시간"에 하나 이상의 체험을 할 수 있고, 너희 자신을 원하는 만큼 많은 여러 가지 "자신들"로 나눌 수 있는, '신성한 존재'다.

내가 좀 전에 설명했듯이, 너희는 "같은 삶"을 몇 번이고 다른 방식으로 살 수 있다. 또한 너희는 그 '연속체' 위의 다른 "시간들"에서 다른 삶들을 살 수도 있다.

따라서 지금 여기서 네가 너인 동안에도, 너는 또한 다른 "시간들"과 다른 "장소들"에 있는 다른 "자신들"일 수 있고, 또한 다른 "자신들"이었다.

맙소사! 이건 갈수록 "얽히고설키는"군요.

　그렇다. 하지만 우리는 여기서 사실 겨우 표면을 긁어보았을 뿐이다.
　이것만 알아두어라. 너희는 한계를 모르는 '신성한 비율 Divine Proportion'의 존재다. 너희의 일부는 현재 체험되고 있는 너희 자신으로서 자신을 아는 쪽을 택하고 있다. 그러나 이것이 너희 '존재'의 한계는 결코 아니다. 비록 너희는 **그렇다고 생각하지만.**

왜요?

　너희는 그렇게 생각**해야 한다.** 그렇지 않으면 너희는 이 삶에서 자신에게 부여한 일을 할 수 없다.

자신에게 부여한 일이란 게 어떤 거죠? 전에 말씀해주시긴 했지만, 다시 한번 설명해주십시오. "지금", "여기"에서요.

　너희는 '참된 자신'이 되고, '자신이 참으로 누구인지' 판단하기 위해, 즉 '참된 자신'을 선택하고 창조하며, 자신에 대한 지금 관념을 체험하고 실현하기 위해, '삶' 전체, **여러** 삶 전체를 사용하고 있다.

너희는 자기 표현 과정을 매개로 하여, 자신을 창조하고 자신을 실현하는 '영원한 순간' 속에 있다.

너희는 지금껏 자신에 대해 지녔던 '가장 위대한 전망'을 '가장 웅대한 해석'으로 형상화하기 위한 수단으로, 너희 삶의 사람들과 사건들과 환경들을 자신에게로 끌어들였다.

창조하고 재창조하는 이 과정은 결코 끝나지 않고 계속되는 여러 층(層)의 과정이다. 그 모든 것이 여러 수준에서 "바로 지금" 일어나고 있다.

너희의 일직선 현실에서 너희는 체험을 과거나 현재나 미래 중의 하나로 본다. 너희는 자신이 한 번의 삶을 갖는다고 생각하거나, 설령 여러 번의 삶이라 해도 당연히 한 때에 딱 한 가지씩만 갖는 걸로 생각한다.

하지만 "시간"이란 게 없다면 어떻게 하겠느냐? 그러면 너희**는 모든 "삶"을 한꺼번에** 가지지 않겠느냐!

실제로 너희는 **그렇다!**

너희는 **이번** 삶, 현재 실현되고 있는 삶을 너희의 '과거'와 '현재'와 '미래' 속에서 모두 한꺼번에 살고 있다! 미래의 사건에 대해 "기묘한 예감"을 느껴본 적이 있느냐? 너희를 그 사건에서 돌아서게 만들 만큼 강력한 예감을?

너희 언어로는 이것을 전조(前兆)라고 부른다. 내 관점에서 보면, 그것은 너희의 "미래" 속에서 이제 막 체험한 어떤 일에 대해 너희가 갑작스럽게 지니게 된 단순한 자각일 뿐이다.

"미래"의 너희가 "이봐, 이건 조금도 즐겁지 않아. 이건 하지 마!"라고 말하고 있는 것이다.

마찬가지로 지금 이 순간, 너희는 너희가 "과거 삶들"이라고 부르는 다른 삶들도 살고 있다. 설령 너희가 그것들을 너희 "과거" 속에 존재했던 것으로 체험하고(너희가 그것들을 조금이라도 체험한다면), 또 그렇게 해도 전혀 무방하다 할지라도. 만일 너희가 무슨 일이 일어나고 있는지 **완전히 자각한다면**, 너희로서는 삶이라는 이 멋진 게임을 즐기기가 대단히 어려울 것이다. 여기서 제시된 이런 식의 묘사조차도 너희에게 그런 자각을 줄수 없다. 그렇게 되면 그 "게임"은 끝날 것이다! 그 '과정'은, 이 단계에서 너희가 전혀 자각하지 못하는 것까지 포함하여 지금 상태로 그 '과정'이 완결되는가에 달려 있다.

그러니 그 '과정'을 축복하고, 그것을 자비로운 창조주의 가장 큰 선물로 받아들여라. 그 '과정'을 온몸으로 받아들여, 평화와 지혜와 기쁨으로 그것을 겪어가라. 그 '과정'을 이용하여, 그것을 너희가 **견뎌야 하는** 어떤 것에서, **모든 시간** 중에서 가장 장대한 체험인 너희의 '신성한 자기' 실현을 창조하는 도구가 **될** 어떤 것으로 변형시켜라.

어떻게요? 어떻게 해야 가장 잘 그렇게 할 수 있습니까?

삶의 모든 비밀을 벗기려고 이 귀중한 순간들, 너희의 지금 현실을 낭비하지 마라.

그 비밀들은 **까닭 있는** 비밀들이다. 너희 신을 증거 불충분으로 석방해주고, 너희의 '지금 순간'을 가장 고귀한 목적인 '참된 자신'을 창조하고 표현하는 데 사용하라.

'자신이 누구인지', 되고자 **원하는** '자신'이 누구인지 **결정하고**, 그런 다음 그렇게 **되기 위해서** 너희 힘으로 할 수 있는 모든 것을 하라.

내가 시간에 대해 이야기해준 것을 너희의 제한된 이해 속에서 너희의 가장 '장대한 이상'이라는 건축물을 올려놓을 뼈대로 사용하라.

만일 "미래"에 대해 영감이 떠오른다면, 그것을 존중하라. 만일 어떤 "과거 삶"에 대해 생각이 떠오른다면, 그것이 너희에게 어떤 도움이 될지 알아보라. 쉽사리 그것을 무시하지 마라. 무엇보다도, 너희의 신성한 자아를 창조하고 드러내고 표현하고 체험할 수 있는 길을, 바로 지금 바로 여기에서 그리고 어느 때보다 더 큰 영광 속에서 알게 된다면, 그 길을 따라라.

그리고 너희가 이전에 청했기에, 길을 알게 **될 수도 있다.** 이 책을 쓰는 것도 네 청함의 한 표지다. 왜냐하면 열린 마음과 열린 가슴, 기꺼이 알고자 하는 영혼이 없었더라면, 네가 바로 지금 **바로 네 눈앞에서** 그것을 쓸 수는 없을 것이기에.

지금 이 책을 **읽는** 사람들에게도 같은 말을 할 수 있다. 그들 **역시 이 책을 창조했기 때문이니,** 그렇지 **않았더라면** 그들이 지금 어떻게 **이 책을 체험할 수** 있겠느냐?

모든 사람이 지금 체험하고 있는 모든 것을 창조하고 있다. 달리 말하면 **나는** 지금 체험되고 있는 모든 것을 창조하고 있다. **나는 만인이기에.**

너는 여기서 대칭을 찾을 수 있겠느냐? 너는 '완벽'을 보고 있느냐?

다음과 같은 단 하나의 진리 속에 그 모든 것이 포괄된다.

**우리 중에 오직 하나만이 존재한다.**

# Conversations with God

## 6

공간에 대해 말해주십시오.

공간은 드러난…… 시간이다.

사실 공간, 다시 말해 그 속에 아무것도 가지지 않은 순수한 "빈" 공간 같은 것은 없다. 모든 것은 **어떤 것**이다. "가장 빈" 공간조차도 수증기로 가득 차 있다. 너무나 엷고, 저 멀리 무한한 영역 너머로까지 뻗어나가서, 존재하지 않는 것처럼 보이는 수증기로.

그리고 그 수증기가 사라지고 난 다음에 존재하는 건 에너지, 순수 에너지다. 이것은 진동, 즉 떨림으로 드러나며, 특정 진동수로 이루어지는 '전체'의 운동으로 나타난다.

보이지 않는 "에너지"는 "물질을 함께" 묶는 "공간"이다.

너희의 일직선 시간 모델을 써서 설명하면, 한때 우주의 모든 물질은 하나의 미세한 알갱이로 응축되어 있었다. **지금** 존재하는 식의 물질을 밀도 높은 것이라고 생각하는 너희로서는 이 알갱이의 밀도성(密度性)을 도저히 상상하지 못할 것이다.

하지만 너희가 지금 물질이라고 하는 것은 대부분이 공간이다. 모든 "고체"는 2퍼센트의 딱딱한 "물질"과 98퍼센트의 "공기"로 되어 있다! 게다가 물체들 속에 있는 소립자들 사이의 공간은 어마어마하다. 그것은 마치 밤하늘에 보이는 천체들 사이의 거리와 같다. 그럼에도 너희는 이 물체들을 **딱딱하다고** 말한다.

사실 한때 우주 전체는 "딱딱**했다**". 물질 분자들 사이에는 사실상 **어떤 공간도** 존재하지 않았다. 모든 물질이 자신에게서 "공간"을 제거한 것이다. 그리고 그 어마어마한 "공간"이 사라지고 나자, 그 물질은 바늘 끝보다 더 작은 영역만을 차지하게 되었다.

실제로 어떤 물질도 존재하지 않았던 그 "시간" 이전에 하나의 "시간"이 있었다. 너희가 **반(反)물질**이라고 불렀을, 가장 순수한 '최고의 진동 에너지' 형태만이 존재하던 시간이.

이것은 시간 "전의" 시간, 너희가 아는 대로의 물질 우주가 존재하기 전의 시간이었다. 어떤 것도 물질로서 존재하지 **않았다.** 어떤 사람들은 이것을 낙원, 즉 "천국"이라 여긴다. 왜냐하면 "어떤 문제matter(물질 – 옮긴이)도 없었기에".

(지금의 너희 언어에서 뭔가 잘못된 것처럼 생각될 때 "무슨 일인가What's the matter?"라고 하는 건 결코 우연이 아니다.)

태초에 순수 에너지—**나(神)!**—는 아주 빠른 속도로 진동하여 물질을 형성했다. **이 우주의 모든 물질을!**

너희들 역시 같은 업적을 이룰 수 있다. 사실 너희는 날마다 그렇게 하고 있다. 너희 **생각들**은 순수한 진동이다. 그리고 그것들은 물질들을 창조할 수 있으며 창조하고 **있다!** 만일 너희 중 충분히 많은 사람이 같은 생각을 지니면 너희는 물질 우주의 부분들에 영향을 미칠 수 있고, 나아가 그것들을 창조할 수도 있다. 이 점에 대해서는 1권에서 상세하게 설명했다.

지금 우주는 팽창하고 있습니까?

너희가 상상할 수 없는 속도로!

계속 영원히 팽창하는 겁니까?

아니다. 그 팽창을 몰아가는 에너지가 다 없어질 때가 올 것이다. 그러면 그것을 대신하여 사물들을 함께 묶는 에너지들이 모든 것을 다시 "함께 뒤로" 끌어당길 것이다.

우주가 수축할 거란 말씀입니까?

그렇다. 모든 것이 그야말로 글자 그대로 "제자리로 돌아간다"! 그러면 너희는 다시 한번 낙원을 가질 것이다. 아무 물질도 없고 오직 에너지만이 있는 낙원을.

달리 말하면—**나를!**

결국 그 모두가 내게로 돌아올 것이다. 이것이 바로 "그 모두가 이것으로 돌아오리라"는 구절의 기원이다.

우리가 더 이상 존재하지 않는다는 거군요!

물질 형태로는 그렇다. 하지만 너희는 **언제나 존재할 것이다. 너희가 존재하지 않을 수는 없다. 너희는 존재 자체이기에.**

우주가 "무너지고" 나면 그 다음엔 무슨 일이 일어납니까?

그 과정 전체가 또다시 시작된다! 또 다른 소위 '대폭발Big Bang'이 있을 것이며, 또 다른 우주가 태어날 것이다.

그것은 팽창하고 수축할 것이다. 그러고 나면 그것은 다시 한번 똑같은 일을 할 것이다. 그리고 그런 다음 다시, 또다시…… 영원히 오래오래. 끝없이.

이것은 신의 들숨과 날숨이다.

저, 또 한번 말씀드리지만 이 모든 것이 아주 재미있긴 하지만, 제 일상생활과는 별 관련이 없군요.

내가 말했다시피, 우주의 가장 심오한 수수께끼들을 푸는 데 과도하게 많은 시간을 소비하는 건 아마도 너희 삶을 가장 효과적으로 쓰는 방법이 아닐 것이다. 그럼에도 그 '광대한 과정'에 대한, 이런 단순한 평신도식 비유와 묘사들에서 얻을 수 있는 이익도 있다.

그게 어떤 건데요?

삶 자체를 포함하여 모든 것은 순환한다는 이해 같은 것.

우주의 삶을 이해하게 되면, 너희는 너희 내면에 있는 우주의 삶을 이해할 수도 있다.

삶은 주기로 순환한다. 모든 것이 순환한다. 모든 것이. 이점을 이해할 때, 너희는 그 '과정'을 단순히 참고 견디는 것이 아니라, 그것을 더 많이 즐길 수 있게 될 것이다.

모든 것이 주기로 순환한다. 삶에는 타고난 리듬이 있으며, 모든 것이 그 리듬에 따라 움직인다. 모든 것이 그 흐름대로 따라간다. 그래서 "모든 것에는 철이 있으며, 하늘 아래 모든 '목적'에는 때가 있다"는 말이 있는 것이다.

이것을 이해하는 자는 현명하다. 나아가 이것을 이용할 줄 아는 자는 슬기롭다.

여자들만큼 삶의 리듬을 이해하는 사람은 별로 없다. 여자들은 자신들의 삶 전체를 리듬에 따라 산다. 그들은 삶 자체의 **리듬 속에** 서 있다.

여자들은 남자들보다 더 잘 "그 흐름을 따라갈" 수 있다. 남자들은 그 흐름을 밀고 당기고 거부하고 **이끌고** 싶어한다. 여자들은 그 흐름을 **체험한다.** 그러고 나서는 조화로워지고자 그것을 본뜬다.

여자는 바람에 흔들리는 꽃들의 선율을 듣는다. 그녀는 '보이지 않는 것'의 아름다움을 본다. 그녀는 삶이 끌고 당기고 미는 것을 느낀다. 그녀는 달릴 때와 쉴 때, 웃을 때와 울 때, 잡을 때와 보낼 때를 **안다.**

대부분의 여자들은 얌전하게 자신의 육체에서 떠나지만, 대부분의 남자들은 그 떠남에 저항한다. 여자들은 자신의 몸속**에** 있을 때도 그 몸을 좀 더 얌전하게 다룬다. 남자들은 자신의 몸을 함부로 다룬다. 남자들이 삶을 다루는 방식도 이와 같다.

물론 모든 규칙에는 예외가 있기 마련이다. 내가 지금 여기서 이야기하는 것은 일반론이다. 나는 그냥 지금까지는 어떤 식이었는지를 이야기하고 있다. 나는 가장 넓은 의미로 말하고 있다. 하지만 너희가 삶을 살펴본다면, 자신이 보고 있고 보아왔던 것을 스스로 인정한다면, 너희가 있는 그대로를 인정한다면, 너희는 이 일반론 속에서 진리를 발견할 것이다.


하지만 그건 절 우울하게 하는군요. 마치 여자들이 더 우월한 존재인 듯이 느끼게 만들거든요. 그들이 남자들보다 "좋은 자질"을 더 많이 갖고 있는 걸로요.


삶이라는 그 영광스러운 리듬의 일부로 음과 양이 있다. "존재"의 한 측면이 다른 측면보다 "더 완벽하거나 더 낫지는" 않다. 두 측면 모두 단순히 그냥 그것, 측면들일 뿐이며, 멋지게도 그냥 그것일 뿐이다.

남자들이 신성(神性)의 또 다른 반영을 표현한다는 건 분명한 사실이다. 그리고 이것을 여자들도 똑같이 부러움의 눈길로 쳐다본다.

그럼에도 남자가 되는 것은 너희의 바탕을 시험하는 것, 너희의 시련이라는 이야기가 있다. 너희가 충분히 오랫동안 남자로 있었다면, 즉 자신의 어리석음으로 충분히 고통받고, 자신의 창조물이 가져다준 재난으로 충분히 상처 입고, 자신의 행동을 멈출 만큼—공격성을 이성으로, 경멸을 동정으로, 항상 이김을 누구도 지지 않음으로 바꿀 만큼—충분히 남들을 해쳤다면, 너희는 여자가 될 수도 있을 것이다.

너희가 힘은 "정의"가 **아니라는** 것, 강함은 **지배하는** 힘이 **아니라 함께하는** 힘이라는 것, 절대권력은 남들에게 절대로 아무것도 요구하지 않는 것임을 깨달을 때, 또 너희가 이런 것들을 이해한다면, 비로소 너희는 여자의 육신을 입을 자격을 가질 것이다. 왜냐하면 너희는 마침내 그녀의 '본질'을 이해하게 되었기에.

그러면 여자가 남자보다 더 낫군요.

아니다! "나은" 것이 아니다—그것과는 다르다! 그런 식의 판단을 하는 것은 너희다. 객관 현실에서는 더 "낫거나" 더 "못한" 일 같은 건 없다. 오직 존재하는 것과 너희가 되고자 하는 것이 있을 뿐이다.

뜨거움이 차가움보다 더 낫지 않고, 위가 아래보다 더 낫지 않다. 이것은 내가 전에 다른 주제다. 따라서 여자가 남자보다 더 "나은 건" 절대 아니다. 그것은 그냥 존재하는 **그대로**일 뿐이다. 너희가 그냥 너희이듯이.

그럼에도 너희 중의 누구도 제한받거나 더 한정되지 않으니, 너희는 자신이 되고자 원하는 것이 될 수 있고, 자신이 체험하고자 원하는 것을 선택할 수 있다. 그 전생들에서 그랬듯이, 이번 생에서도, 다음 생에서도, 혹은 그 다음 생에서도. 너희 각자는 언제나 선택하고 있다. 너희 각자는 그 모든 것으로 이루어져 있다. 너희 각자 속에 남자와 여자가 있다. 표현하고 체험하는 것이 너희를 기쁘게 해주는, 그런 너희의 측면을 표현하고 체험하라. 그럼에도 그 **모든 것**이 너희 각자에게 열려 있음을 알아두어라.

다른 주제로 넘어가고 싶지가 않군요. 이 남성-여성 패러다임에 좀더 머물렀으면 좋겠습니다. 당신은 지난번 책의 끝부분에서 이 이중성의 성적 측면 전체를 훨씬 더 상세하게 다루겠노라고 약속하셨지요.

그랬지—내 생각에도 지금이 우리가, 즉 너와 내가 '성'에 대해 이야기할 시간인 듯 싶다.

당신은 왜 양(兩) 성을 창조하셨습니까? 이것이 우리를 즐겁게 해주기 위해 생각해낸 유일한 방법인가요? 우리는 성행위라고 하는 이 엄청난 체험을 어떻게 다루어야 합니까?

수치로 다루지 마라—이건 너무나 분명한 사실이다. 또한 죄의식으로도, 두려움으로도 다루지 마라.

수치는 미덕이 아니고, 죄의식은 선(善)이 아니며, 두려움은 존중이 아니기에.

그리고 욕망은 열정이 아니니 욕망으로 다루지 말고, 포기는 자유가 아니니 포기로 다루지 말며, 공격성은 간절함이 아니니 공격성으로 다루지 마라.

그리고 당연히 통제하고 억누르고 지배하려는 생각으로 다루지 마라. 이것들은 '사랑'과 전혀 다르니.

자, 그런데…… 단순히 신체의 만족을 위해 섹스를 사용해도 괜찮을까? 놀랍게도 대답은 그렇다이다. "신체의 만족"이란 그냥 '자기 사랑'의 또 다른 표현에 지나지 않기에.

오랜 세월을 지나면서 신체의 만족에는 나쁜 딱지가 붙어왔다. 섹스에 그토록 많은 죄가 붙어다니는 주요한 이유가 여기에 있다.

너희는 신체를 만족시키기 위해 **신체에 강렬한 만족을 주는 것**을 사용해서는 안 된다는 말을 듣는다! 이것이 명백히 모순임은 너희에게도 분명하지만, 너희는 그 결론을 가지고 어디로 가야 할지를 모른다. 그래서 너희는 섹스를 하는 동안과 한 다음에, 섹스를 기분 좋게 느낀 것에 **죄의식**을 느끼기만 하면, 적어도 그 섹스는 괜찮아지는 걸로 결정했다.

이것은, 내가 여기서 이름을 들지는 않겠지만, 너희 모두가 잘 아는 유명한 가수의 이야기와 비슷하다. 자기 노래들을 부른 대가로 몇백만 달러를 받게 된 그녀는 자신의 믿을 수 없는 성공과 그 성공이 가져다준 부에 대해 소감을 이야기해달라고 하자, 이렇게 말했다. "저는 이 일을 무척 좋아하기 때문에 거의 **죄의식까지** 느낍니다."

여기서 뜻하는 바는 명확하다. 만일 그것이 너희가 좋아하는 일이라면, 그 일을 하는 대가로 돈까지 받는 건 절대 안 된다. 사람들은 무한한 기쁨이 아니라, **싫어하는 일**이나 적어도 **힘든 일을 해서** 돈을 벌기 마련이니!

그래서 세상이 주는 메시지는 이렇다. 그것에 거부감을 느낀다면, 그것을 즐겨도 좋다!

너희가 좋게 느끼는 어떤 것을 나쁘게 느끼려 할 때, 그리고 그렇게 해서 자신을 신…… 무엇이든 너희가 좋게 느끼길 바라지 않는다고 여기는 신과 화해시키려 할 때, 자주 사용하는 것이 죄의식이다.

특히 너희는 육체의 기쁨을 좋게 느끼지 말아야 한다. 그리고 (너희 할머니들이 속삭이면서 이야기했듯이) "섹스……"라면 **절대로** 안 된다.

그런데 좋은 소식이 있다. **섹스를 사랑해도 좋다!**

**또 너 자신을 사랑하는 것도 좋다!**

사실상 이것은 명령이다.

너희에게 도움이 되지 **않는 건** 섹스(나 다른 어떤 것)에 **탐닉하는** 것이다. 하지만 섹스와 사랑에 빠지는 거라면 **"괜찮다"!**

다음 구절을 하루에 열 번씩 외워라.

### 나는 섹스를 사랑한다

다음 구절을 하루에 열 번씩 외워라.

### 나는 돈을 사랑한다

이제 진짜 힘든 걸 원하는가? 그렇다면 다음 구절을 열 번씩 외워라.

### 나는 나를 사랑한다

너희가 사랑한다고 여기지 않는 다른 것들도 여기에 있다. 그것들을 사랑하는 연습을 하라.

**권력**

**영광**

**명성**

**성공**

**승리**

더 원하는가? 다음 일들을 해보라. 이것들을 사랑한다면 너희는 **정말로** 죄의식을 느끼리라.

**남들의 아첨**

**더 나아지기**

**더 많이 갖기**

**방법 알기**

**이유 알기**

이만하면 충분한가? 잠깐만! 여기 최고의 죄가 있다. 너희는 자신이,

**신을 안다**

고 느끼면 틀림없이 **최고의 죄의식**을 느끼리라.

어떤가, 재미있지 않은가? 너희 삶 전체를 통틀어 너희는,

**자신이 가장 많이 원하는 것**

에 죄의식을 느끼도록 길들여져왔다.

그러나 내가 너희에게 이르노니, 너희가 바라는 것들을 사랑하고, 사랑하고, 또 **사랑하라.** 그것들에 대한 너희의 사랑이 **그것들을 너희에게로 끌어오리니.**

**이것들은 모두 삶의 재료들이다.** 그것들을 사랑할 때, 너희는 **삶을 사랑하는 것이다!** 그것들을 바란다고 선언할 때, 너희는 삶이 마땅히 제공해야 할 모든 좋은 것을 택하겠노라고 공표하는 것이다.

그러니 섹스를, 너희가 가질 수 있는 모든 섹스를 선택하라! 그리고 **권력**을, 너희가 모아들일 수 있는 모든 권력을 선택하라! 그리고 **명성**을, 너희가 잡을 수 있는 모든 명성을 선택하라! 또 **성공**을, 너희가 이룰 수 있는 모든 성공을 선택하라! 그리고 **승리**를, 너희가 체험할 수 있는 모든 승리를 선택하라!

하지만 사랑 대신에 섹스를 택하지 말고, **사랑에 대한 축하로** 섹스를 선택하라. 다른 사람을 지배하는 권력을 택하지 말고, 다른 사람과 **함께하는 권력**을 택하라. 그 자체가 목적인 명성을 택하지 말고, **더 큰 목적을 이룰 수단으로** 명성을 택하라. 남들의 희생을 대가로 한 성공을 택하지 말고, **다른 사람들을 돕는 도구로** 성공을 택하라. 그리고 온갖 희생을 다 치른 승리를 택하지 말고, **남들을 전혀 희생시키지 않는 승리**, 나아가 그 **들에게도 이득이 되는** 승리를 택하라.

나아가 남들의 아첨을 선택하라. 하지만 다른 모든 사람을 너희가 아첨으로 흠뻑 적실 수 있고, 실제로 그렇게 하는 존재로 여겨라!

나아가 더 나아지길 선택하라. 하지만 남들보다 더 나아지지 말고, **이전의 자신보다** 더 나아지도록 하라.

나아가 더 많이 갖길 선택하라. 하지만 오직 **더 많이 주기 위해서만** 그렇게 하라.

그 다음엔, 그렇다, "방법을 알고 이유를 알길" 선택하라. 그리하여 모든 지식을 남들과 함께할 수 있도록.

**그리고 온갖 수단을 다해 '신을 알길' 선택하라. 아니, 사실 '이것을 가장 먼저 선택하라'. 그리하여 모든 사람이 그 뒤를 따**

를 수 있도록.

너희는 평생 동안 받는 것보다 주는 것이 더 좋다는 가르침을 받아왔다. **하지만 가진 것이 없으면 줄 수도 없다.**

자기 만족이 그토록 중요한 까닭이 여기 있고, 그리고 그것이 그렇게 추하게 들리게 된 것이 그토록 불행한 일인 까닭이 여기 있다.

우리가 지금 여기서 이야기하는 자기 만족이 남을 희생한 대가로 얻는 것이 아님은 명백하다. 그것은 남들의 욕구를 무시하라는 이야기가 아니다. 그렇다고 삶이란 게 반드시 **자신의 욕구를 무시하는** 것이어야 한다는 이야기도 아니다.

**자신에게 넉넉한 즐거움을 주어라. 그러면 너희는 남들에게 줄 넉넉한 기쁨을 가지리니.**

힌두교의 섹스 선각자들은 이 점을 잘 알고 있다. 너희 중 일부가 사실상 죄라고 하는 자위(自慰)를 그들이 장려하는 건 그 때문이다.


자위요? 오, 맙소사! 드디어 그 마지막 한계에까지 손을 뻗치셨군요. 어떻게 신인 당신이 그런 문제를 집어들 수 있습니까? 아니, 어떻게 당신이 그것을 **입 밖에 낼 수가** 있습니까? 사람들이 신이 보냈을 것이라고 여기는 이 메시지에서 말입니다.


알았다. 너는 자위에 대해 나름의 판단을 내리고 있구나.


아니, **저는** 아닙니다. 하지만 다른 많은 독자들은 그럴 겁니다. 게다가 저는 우리가 이 책을 만드는 건 다른 사람들이 읽게 하기 위해서라고 당신이 말씀하신 것으로 알았는데요.

그렇다.

그런데 왜 당신은 일부러 그 사람들을 기분 나쁘게 만드는 겁니까?

나는 누구도 "일부러 기분 나쁘게" 만들지 않는다. 사람들이 "기분 나빠" 하든 안 하든, 그것은 그들의 자유로운 선택이다. 그런데 너는 누군가를 "기분 나쁘게" 만들지 않고서, 우리가 솔직하고도 공공연하게 인간의 성행위를 이야기하는 게 과연 가능하다고 생각하느냐?

아니요, 하지만 그렇다고 그렇게까지 멀리 갈 건 없습니다. 저는 대부분의 사람들이 신이 자위에 대해 이야기하는 걸 들을 준비가 되어 있다고는 생각하지 않습니다.

이 책이 "대부분의 사람들"이 들을 준비가 된 문제에 대해서만 신이 이야기하는 것으로 한정된다면, 이 책은 아주 얇아질 것이다. 대다수 사람들은 신이 어떤 것에 대해 이야기할 때, 신이 이야기하는 것을 들을 준비가 되어 있지 않다. 그들이 그렇게 되려면 통상 2000년은 걸릴 것이다.

좋습니다. 계속하십시오. 이제야 충격에서 완전히 빠져나온 것 같군요.

좋다. 내가 이 인생 체험(어쨌든 너희 모두가 그렇게 몰두했으면서도, 누구도 말하고 싶어하지 않는 그 체험)을 이용하는 건 단지 더 큰 목표를 일깨우기 위해서다.

더 큰 목표를 다시 한번 적어보자. **자신에게 넉넉한 즐거움을 주어라. 그러면 너희는 남들에게 줄 넉넉한 즐거움을 가지리니.**

소위 탄트라식 섹스—부언하자면 이것은 대단히 고상한 성적(性的) 표현 형식이다—의 스승들은 섹스에 대한 **갈증으로** 섹스를 하게 되면, 네 짝을 즐겁게 해줄 능력과, 기쁨에 찬 상태로 더 오래 영혼과 육체의 결합을 체험할 능력은 오히려 크게 준다는 사실을 알고 있다. 그런데 오히려 후자야말로 인간이 성행위를 체험하는 대단히 고상한 이유다.

그래서 탄트라의 연인들은 흔히 서로를 즐겁게 하기 전에 먼저 자신을 즐겁게 한다. 이것은 빈번히 서로의 눈앞에서, 그리고 대개는 상대방의 고무와 도움과 사랑에 찬 안내를 받으면서 이루어진다. 그렇게 해서 최초의 갈증을 식히고 났을 때에야, 비로소 두 사람은 더 깊은 갈증, 즉 더 오랜 결합으로 희열에 이르고자 하는 갈증을 멋들어지게 충족시킬 수 있다.

그들에게 있어 이 공동의 자기 즐김, 즉 자위는 성행위가 자신을 충분히 표현했을 때 느끼게 되는 기쁨과 쾌활함과 사랑스러움의 당당한 일부다. 그것은 여러 부분들 중 하나다. 너희가 삽입, 혹은 교접이라고 부르는 체험은 그들의 두 시간에 걸친 사랑 행위 끝에 올 수도 있고, 아닐 수도 있다. 하지만 너희들 대다수에게 그것은 20분 동안의 힘든 운동 중에서 거의 **유일한 목표**나 다름없다. 그것도 운이 좋아야 20분이다!

저는 이 책이 섹스 교본으로 바뀌리라곤 생각도 못했습니다.

그렇지 않다. 하지만 그렇게 되더라도 그다지 나쁘지는 않을 것이다. 대다수 사람들이 성행위와 그것의 가장 경이롭고 유익한 표현 방식에 대해 더 많이 배울 필요가 있다.

하지만 그럼에도 내가 설명하려는 것은 더 큰 목표다. 자신이 더 많은 즐거움을 가질수록, 너희는 남들에게 더 많은 즐거움을 줄 수 있다. 마찬가지로 자신이 더 많은 권력의 즐거움을 가질수록, 너는 더 많은 권력을 남들과 함께할 수 있다. 명성과 부와 영광과 성공처럼 너희를 기분 좋게 만드는 다른 것들 역시 마찬가지다.

자, 내가 보기에 이제는 왜 특정의 것이 너희를 "기분 좋게" 만드는지 살펴볼 때가 된 것 같은데……

좋아요. 전 두 손 들었습니다. 왜인가요?

"기분 좋은 것"은 영혼이 "이게 나야!"라고 외치는 방식이다.

너는 선생이 출석부라는 것을 들고 출석을 확인할 때, 네 이름을 부르면 "여기요here" 하고 대답해야 하는 교실에 있어본 적이 있느냐?

그럼요.

그러니까, "기분 좋은 것"은 영혼이 "여기요"라고 말하는 방식이다.

지금은 많은 사람들이 "기분 좋은 일을 한다"는 이런 관념을 통째로 경멸하고 있다. 그들은 이것이 지옥으로 가는 길이라고 말한다. 하지만 **내가** 이르노니, 이것은 **천국으로** 가는 길이다!

물론 네가 어떤 것을 "기분 좋다"고 하는지, 다시 말해 네게는 어떤 종류의 체험이 기분 좋게 느껴지는지에 많은 것이 좌우된다. 그런데 너희에게 이르노니, 부정으로는 어떤 종류의 진화도 이룰 수 없다. 만일 너희가 진화한다면, 그것은 너희가 아는 "기분 좋은" 것을 자신에게서 부정하는 데 성공했기 때문이 아니라, 자신에게 이런 즐거움을 부여하여, 거기서 훨씬 더 뛰어난 뭔가를 찾아냈기 때문일 것이다. 너희가 한번도 "더 못한" 것을 맛본 적이 없다면, 어떻게 "더 뛰어난" 것을 알 수 있겠는가?

종교는 너희더러 자신의 말을 믿으라고 했을 것이다. 바로 이 때문에 모든 종교가 결국 실패할 수밖에 없다.

반대로 **영성(靈性)**은 언제나 성공할 것이다. 종교는 너희에게 남들의 체험에서 배우라고 요구하지만, 영성은 너희에게 자신의 것을 찾으라고 재촉한다.

종교는 영성을 감당할 수 없다. 종교는 영성을 참아내지 못한다. 왜냐하면 영성은 그 결론이 특정한 종교가 **아닌** 것으로 너희를 데려갈 것이고, 이미 알려진 어떤 종교도 이것을 참아내지 못할 것이기에.

종교는 남들의 생각을 탐구하고, 그것을 자신의 것으로 받아들이도록 너희를 부추기지만, 영성은 남들의 생각을 **내던지고** 자신의 생각을 **따라잡도록** 너희를 이끈다.

"기분 좋은 것"은 자신의 방금 생각이 **진리**이고, 방금 말이 **지혜**이며, 방금 행동이 **사랑**임을 자기 스스로 이야기하는 방식이다.

너희가 얼마나 멀리 진보했는지 알려면, 얼마나 높이 진화했는지 재어보려면, 자신을 "기분 좋게" 하는 것이 무엇인지만 살펴보면 된다.

하지만 기분 좋은 것을 **부정하거나**, 그것에서 물러서는 것으로 자신의 진화를 몰아세우지 마라. 더 멀리 더 빨리 진화하려 하지 마라.

**자기 부정은 자기 파멸일 뿐이니.**

그리고 자기 조절은 자기 부정이 아님도 알아두어라. 자신의 행동을 조절하는 것은 자신에 관한 나름의 판단에 근거하여, 어떤 것을 하거나 하지 않겠다는 **능동적인 선택**이다. 자신을 남들의 권리를 존중하는 사람으로 선언할 때, 그들에게서 훔치거나 빼앗지 않겠다는 결정, 강탈하고 약탈하지 않겠다는 결정은 "자기 부정"과는 거리가 멀다. 그것은 자기 **선언**이다. 무엇이 그 사람을 기분 좋게 만드는가가 그 사람의 진화 정도를 재는 척도가 된다고 하는 까닭이 여기 있다.

무책임하게 행동하고, 남들에게 해를 입히거나, 곤경이나 고통을 가져올지도 모르는 방식으로 처신하는 게 너희를 기분 좋게 만든다면, 너희는 그다지 많이 진화하진 못했다.

여기서의 열쇠는 자각이다. 그리고 젊은이들 사이에서 이런 자각을 일궈내고 넓혀가는 것이 너희 가정과 공동체에 속한 어른들의 과제다. 그것은 신의 사자가 해야 할 직무가 **모든** 사람 사이에서 자각을 넓혀, 한 사람에게 한 일이 모두에게 한 일이 되고, 한 사람을 위해 한 일이 모두를 위해 한 일임을 이해하게 하는 것과 비슷하다. 왜냐하면 우리 모두는 하나이기에.

너희가 "우리 모두는 하나"라는 사실에서 출발할 때, 다른 사람에게 해를 입히고 "기분 좋기"란 사실상 불가능하니, 소위 "무책임한 행위"는 사라진다. 진화하는 존재가 삶을 체험하려는 것은 이런 제한 범위 내에서며, 내가 너희더러 삶이 제공해야 할 **모든 것**을 **가지도록 허락하라**고 말하는 것도 이런 제한 범위 내에서다. 그러면 너희는 삶이 **지금껏 너희가 상상해온 것보다 더 많은 것을 제공함**을 볼 것이니.

너희는 자신이 체험하는 존재다. 너희는 자신이 표현하는 것을 체험하고, 자신이 표현해야 하는 것을 표현하며, 자신에게 허용하는 것을 가진다.

정말 마음에 드는군요. 하지만 다시 애초의 질문으로 되돌아가면 안 될까요?

그렇게 하자. 내가 양성(兩性)을 창조한 것은 내가 만물에— 이 우주 전체에!—"음"과 "양"을 둔 이유와 같다. 그들은, 즉 이 남성과 여성이라는 건 음과 양의 일부다. 그것들은 너희 세계

속에서 음과 양의 가장 뛰어나고 생생한 표현이다.

그것들은 **여러 물질 형태들** 중 하나로서…… **형태상으로**, 이미 음과 양이다.

음과 양, 여기와 저기…… 이것과 저것…… 위와 아래, 더위와 추위, 크고 작음, 빠름과 느림—물질과 반물질……

너희가 아는 대로의 삶을 체험하자면 이 **모든 것**이 다 필요하다.

우리가 이 성 에너지라는 걸 가장 잘 표현하려면 어떻게 해야 합니까?

사랑으로 표현하고, 공개적으로 표현하며,
재미있게 표현하고, 즐겁게 표현하라.
멋지게, 열정적으로, 거룩하게, 낭만적으로 표현하라.
또 익살스럽게 표현하고, 자연스럽게 표현하며, 감동적으로 표현하고, 창조적으로 표현하며, 태연하게 표현하고, 관능적으로 표현하라.
그리고 물론 자주 표현하라.

인간의 성행위를 정당하게 해주는 유일한 목적은 오직 생식뿐이라고 말하는 사람들도 있는데요.

쓸데없는 말이다. 생식은 대다수 성 체험의 논리적인 사전 의도가 아니라 행복한 여파에 지나지 않는다. 오로지 아기를 만들기 위해 섹스한다는 발상은 유치하고, 마지막 아기를 배고 나면 당연히 섹스도 그만두어야 한다는 추론은 유치한 정도보다 더 나쁘다. 그것은 인간의 천성, 즉 내가 너희에게 준 천성에 어긋난다.

성 표현은 삶의 모든 것에 기름을 붓는 영원한 끌어당김의 과정과 율동적인 에너지 흐름이 가져오는 불가피한 결과다.

나는 우주 전체에 걸쳐 자신의 신호를 전달하는 에너지를 만물 속에 심어놓았다. 사람, 동물, 식물, 바위, 나무, 즉 모든 물체가 무선 송신기처럼 에너지를 내보낸다.

너 역시 지금 이 순간에도 네 존재의 중심에서부터 사방팔방으로 에너지를 내보내고—발산하고—있다. **너 자신**인 이 에너지는 물결 모양을 이루며 밖으로 퍼져나간다. 그 에너지는 너를 남겨둔 채 벽을 뚫고 산을 넘고 달을 지나 '영원' 속으로 들어간다. 그것은 **어떤 일이 있어도 절대 멈추지 않는다.**

네가 지금껏 가졌던 모든 생각이 이 에너지를 물들인다. (네가 누군가를 생각할 때, 만일 그 사람이 충분히 예민하다면, 그는 그것을 느낄 수 있다.) 네가 지금껏 뱉어낸 모든 말이 그 에너지의 모양을 만들고, 네가 지금껏 행한 모든 행동이 그 에너지에 영향을 미친다.

네가 발산하는 에너지의 진동과 속도와 파장과 진동수는 네 생각과 기분과 감정과 말과 행동에 따라 계속해서 바뀌고 변한다.

"좋은 파장을 내보내라"는 속담을 들은 적이 있을 것이다. 그건 맞는 말이다. 아주 정확하다!

그리고 당연히 다른 사람들도 누구나 같은 일을 하고 있다. 그 때문에 너희들 사이의 "허공"인 에테르는 **에너지로 채워져 있다.** 그것은 너희가 상상할 수 있는 어떤 것보다 더 복잡한 융단 무늬를 그려내는 얽고 얽힌 개개 "진동들"의 '바탕Matrix'이다.

이 직물이 너희가 살아가는 결합된 에너지 영역이다. 그것은 **강력하여 너희**를 비롯하여 **모든 것**에 영향을 미친다.

너희가 속한 영역 속으로 새로이 **들어오는 진동**에 영향을 받을 때, 너희는 새로 창조된 "진동들"을 내보낸다. 그리고 이 진동들은 다시 그 바탕 속에 보태져 바탕의 모습을 바꾼다. 이것은 다시 다른 모든 사람의 에너지 영역에 영향을 미치고, 그들이 내보내는 **진동**에 영향을 주고, 그 바탕에 영향을 주어, 다시 너희에게 영향을 준다……

너희는 이것이 순전히 그냥 환상일 뿐이라고 생각할지도 모른다. 하지만 "그 속의 공기가 너무 두꺼워서 칼로 자를 수도 있는" 방에 걸어 들어가본 적이 있는가?

혹은 같은 시기에 같은 문제를 연구하는 두 과학자 이야기를 들어본 적이 있는가? 지구의 정반대쪽에서 상대방을 전혀 모르는 채로 연구했는데, 갑자기 똑같은 해결책을 동시에—하지만 서로 **무관하게**—만나게 되는 두 과학자 이야기를?

이런 것들은 흔한 일들로, 그 바탕이 좀 더 분명하게 자신을 드러내는 사건들 중 일부에 지나지 않는다.

특정 제한 범위 내에서 움직이는 결합된 현행 에너지 영역인 그 바탕은 하나의 강력한 진동이다. 그것은 물체와 사건에 직접 충격을 주고, 영향을 미치며, 그것들을 창조할 수 있다.

("단 두세 사람이라도 내 이름으로 모이는 곳에는……"[〈마태복음〉 18:20 - 옮긴이])

너희의 대중심리학은 이 에너지 바탕을 "집단의식"이라고 불러왔다. 그것은 **너희 행성 위의 모든 것**, 전쟁의 전망과 평화의 가능성, 지구 차원의 재난이나 행성의 평온, 질병의 확산이나 세계 복지 따위에 영향을 미칠 수 있으며, 또 미치고 있다.

**그 모든 것이 의식의 결과다.**

너희 개인들의 삶에서 일어나는 특정 사건들과 조건들 역시 마찬가지고.


정말 굉장하군요. 그런데 그게 섹스와 어떤 관계가 있습니까?


참아라. 지금 그쪽으로 가는 중이다.

세상 전체가 항상 에너지를 교환하고 있다.

네 에너지는 계속해서 밖으로 밀고 나가면서 다른 모든 것을 건드린다. 그리고 다른 모든 것과 다른 모든 사람은 너를 건드린다. 그런데 이제 재미있는 일이 일어난다. 너와 다른 모든 것 사이의 중간쯤에 있는 어떤 지점에서 그 에너지들이 만나는 것이다.

좀 더 생생하게 묘사하기 위해 한 방에 같이 있는 두 사람을 머릿속에 그려보라. 그들은 그 방의 양쪽 구석에 떨어져 있다. 그들을 톰과 메리라고 부르자.

이제 톰 개인의 에너지는 360도 원을 그리면서 우주 속으로 톰에 대한 신호를 내보낸다. 그 에너지 물결 중의 일부가 메리를 친다.

그 사이 메리 역시 자신의 에너지를 발산한다. 그리고 그중의 일부가 톰을 치고.

그런데 이 에너지들은 너희가 상상도 못할 방식으로 서로 만난다. 그것들은 톰과 메리 **사이의 중간쯤에서** 만난다.

여기서 그 에너지들은 합쳐져(여기서 이 에너지들은 **물질 현상**, 즉 **재고 느낄 수 있는** 것임을 잊지 마라) "토메리"라고 부를 새로운 결합 에너지를 형성한다. 그것은 톰과 메리가 결합된 에너지다.

톰과 메리의 입장이라면 틀림없이 이 에너지를 '우리의 사이 Between 몸체'라고 불렀을 것이다. 사실 그 말이 꼭 맞다. 그것은 두 사람이 연결되고, 두 사람이 계속해서 그것으로 흘러들어가는 에너지를 공급하며, 그 바탕 내에 항상 존재하는 끈, 혹은 줄, 혹은 송유관을 따라 그 두 "후원자"에게 에너지를 돌려보내는 에너지 몸체다. (사실은 이 "송유관"이 바탕이다.)

이 "토메리" 체험은 톰과 메리의 **진실**이다. 두 사람은 이 '성스러운 교섭'에 이끌린다. 왜냐하면 그들은 그 송유관을 따라 그 '사이 몸체', '합쳐진 하나', '축복된 결합'이 주는 감미로운 기쁨을 느끼기 때문이다.

톰과 메리는 서로 거리를 두고 떨어져 있으면서도, 그 바탕 속에서 진행되는 것을 **물질적인 방식으로** 느낄 수 있다. 두 사람은 다급하게 이 체험으로 **끌려간다.** 그들은 서로에게 더 가까이 가길 원한다! 동시에!

그런데 이때 그들의 "훈련"이 밀려들기 시작한다. 세상은 속도를 늦추고, 그 감정을 불신하고, "다침"을 경계하고, 뒤로 물러서게끔 그들을 훈련시켰다.

하지만 영혼은⋯⋯ "**토메리**"를 알고 싶다—**지금 당장!**

다행히 두 사람은 운이 좋아서, 자신들의 두려움을 옆으로 밀쳐내고, 존재하는 건 오직 사랑뿐임을 믿을 만큼 충분히 자유롭다.

이제 그들, 이 두 사람은 돌이킬 수 없게 '사이 몸체'로 끌려간다. '토메리'는 **형이상학적으로는 이미** 체험된 존재이기에, 톰과 메리는 그것을 **물질로서** 체험하길 원한다. 그래서 그들은 더 가까이 다가설 것이다. 하지만 **서로에게** 닿기 위해서가 아니다. 우연히 그 장면을 본 사람에게는 그런 식으로 보일 테지만, 실제로 그 두 사람이 닿고자 하는 것은 '토메리'다. 그들은 그들 사이에 **이미 존재하는** '신성한 결합'의 지점에 이르려는 것이다. 자신들은 하나이고 '하나 됨'이 어떤 것인지 그들이 이미 알고 있는 그 지점에.

그리하여 그들은 자신들이 체험하고 있는 이 "느낌" 쪽으로 다가간다. 그들 사이의 간격이 좁혀지고, 그들이 "그 끈을 줄여" 감에 따라, 그 두 사람이 '토메리'에게 보내는 에너지는 더 짧은 거리만을 움직이게 되고, 따라서 더 강렬해진다.

그들은 계속 더 가까워진다. 거리가 짧아질수록 강도는 더 커진다. 그들은 더 가까워지고, 강도는 다시 한번 높아진다.

이제 그들은 겨우 두세 걸음을 남기고 서 있다. 그들의 '사이 몸체'는 무서운 속도로 진동하면서 뜨겁게 타오른다. '토메리'와의 가고 오는 "연결"은 믿을 수 없을 정도의 에너지 이전(移轉)

으로 더 두터워지고 더 넓어지며 더 밝아진다. 그 두 사람은 소위 "갈망으로 달아오른" 상태가 된다. 사실 **그렇다!**

그들은 다시 더 가까이 다가간다.

이제, 그들은 서로 닿는다.

거의 참을 수 없을 정도의 흥분과 격렬함이 인다. 드디어 접촉하는 순간, 그들은 '토메리'의 에너지 전체, '결합된 존재'의 빽빽하고 진하게 통합된 실체 전체를 느낀다.

자신의 감각을 최대치로 열어놓는다면, 너희는 접촉할 때의 찌릿함으로 이 정교하고 웅장한 에너지를 느낄 수 있다. 그 "찌릿함"은 종종 너희 **몸 전체를** 훑고 지나간다. 혹은 접촉 지점에서의 열기로 느낄 수도 있다. 마찬가지로 갑작스럽게 너희 몸 전체를 훑고 지나갈 수도 있지만, 주로 너희의 에너지 중심인 회음부lower chakra 깊숙이 집중되는 열기로.

그것은 특히 그곳에서 강렬하게 "달아오를" 것이다. 그리하여 이제 톰과 메리는 소위 서로를 향해 "욕정"을 갖는다!

이제 두 사람은 끌어안게 되고, 거리는 한층 좁혀진다. 이제 톰과 메리와 토메리, 셋 다 거의 같은 공간을 차지한다. 톰과 메리는 자신들 사이에 있는 토메리를 **느낄 수** 있고, **더욱 더** 가까워지길 원하기에, 글자 그대로 토메리에게 **녹아들게** 된다. **물질 형태에서** 토메리가 **되는** 것이다.

나는 남자의 몸과 여자의 몸 안에 그렇게 할 수 있는 길을 창조했다. 이 순간에 톰과 메리의 몸은 기꺼이 그렇게 할 준비가 되어 있다. 이제 톰의 몸은 글자 그대로 메리 속으로 **들어갈** 준비가 되어 있고, 메리의 몸은 글자 그대로 톰을 **자신 속에 받아**

들일 준비가 되어 있다.

찌릿함과 달아오름은 이제 격렬함을 **넘어선다**. 그것은…… 도저히 표현할 수 없다. 두 사람의 육체가 결합하고, 톰과 메리와 토메리는 '하나'가 된다. 살 속에서.

에너지는 여전히 그들 사이를 흐른다. 다급하고 격정적으로.

그들은 신음 소리를 뱉고 온몸을 움직인다. 그들은 서로를 충분히 가질 수 없고, 서로를 충분히 합칠 수 없다. 그들은 **더 가까워지려 한다. 가까이. 더 가까이.**

그들은 글자 그대로 폭발하고, 그들의 육체 전체가 경련한다. 그 진동은 그들의 발끝까지 파문을 흘려보낸다. 이 하나됨의 폭발에서 그들은 삶의 '본질'이자 '존재하는 모든 것의 체험'인 신과 여신, 알파와 오메가, 전체와 무를 알게 된다.

물질화학 현상들도 일어난다. 둘은 '하나'가 되었으며, 종종 둘에서 제3의 실체가 **물질 형태를 취하고** 창조된다.

그리하여 그들의 살 중의 살이고, 그들의 피 중의 피인 '토메리'의 **형상화**가 이루어지는 것이다.

그들은 글자 그대로 **생명을 창조했다!**

그러기에 내가 **너희는 신**이라고 말하지 않았던가?


이것은 제가 지금껏 인간의 성행위에 대해 들어본 중에서 가장 아름다운 묘사군요.


너희는 아름다움을 보고자 바라는 곳에서 아름다움을 보고, 아름다움을 보기를 두려워하는 곳에서 추함을 보리라.

얼마나 많은 사람들이 내가 이제 막 이야기한 것을 추함으로 보았는지 안다면 너도 놀랄 것이다.

아니요. 놀라지 않습니다. 저는 세상이 섹스 주위에 얼마나 많은 두려움과 추함을 놓아왔는지 이미 알고 있습니다. 하지만 당신은 많은 질문거리들을 제게 던지시는군요.

내가 여기 있는 건 그것들에 대답하기 위해서다. 하지만 네가 그 질문거리들을 내게 던지기 전에 잠시만 더 내 독백을 계속할 수 있게 해다오.

예, 물론이지요.

내가 방금 묘사한 이…… **춤**, 내가 설명했던 이 에너지 상호작용은 항상 일어나고 있다—**모든 것** 속에서, **모든 것**과 더불어.

'황금빛'처럼 발산되는 너희의 에너지는 끊임없이 다른 모든 것과 다른 모든 사람과 상호작용한다. 그 에너지는 거리가 가까울수록 더 진해지고, 멀어질수록 더 옅어지지만, 그럼에도 너희가 **어떤 것**과 전혀 연결되지 않는 경우는 없다.

너희와 존재하는 다른 모든 사람, 장소, 물체 사이에는 어떤 지점이 있다. 두 에너지가 만나서 훨씬 더 옅지만, 그러나 똑같이 실재하는 제3의 에너지 단위를 형성하는 지점이.

지구 위의, 그리고 우주 속의 모든 **사람과 사물**이 전(全) 방향으로 에너지를 발산하고 있다. 이 에너지는 너희의 가장 강력한 컴퓨터로도 분석할 수 없을 만큼 복잡한 유형으로 교차하면서 다른 모든 에너지와 섞인다.

이 에너지는 소위 물질이라고 할 수 있는 모든 것 사이를 달려가면서 교차하고 섞이고 얽히면서 **물질성을 함께 묶어준다.**

이것이 내가 말했던 바탕이다. 너희가, 때로는 개인들이 창조하기도 하지만 대개는 대중 의식이 만들어낸 신호들, 즉 메시지와 의도와 치유를 비롯한 여러 물질 효과들을 서로에게 보내는 것은 이 바탕을 따라서다.

헤아릴 수 없이 많은 이 에너지들은 내가 설명했듯이 서로에게 이끌린다. 이것을 '끌어당김의 법칙the Law of Attraction'이라고 한다. 이 법칙에서 '비슷한 것끼리는 서로 끌어당긴다.'

'비슷한 생각은 바탕을 따라서 비슷한 생각을 끌어당긴다.' 그리고 이 비슷한 에너지들이 충분히 많이 "떼를 이루면", 말하자면 그들의 진동이 무거워지면, 그것들은 서서히 속도를 늦추고 그중 일부는 '물질'이 된다.

생각은 물질 형태를 **창조해낸다.** 그래서 많은 사람들이 **같은** 것을 생각할 때, 그들의 생각이 '현실'이 될 가능성은 훨씬 더 높아진다.

("우리가 너를 위해 기도하마"가 그토록 강력한 진술이 되는 게 이 때문이다. 통합된 기도의 강력한 효력에 대해서는 책 한 권을 다 채우고도 남을 만큼 많은 증언들이 있다.)

거꾸로 기도답지 않은 생각들도 "결과들"을 창조할 수 있다. 말하자면 세계적인 범위로 존재하는 두려움이나 분노나 결핍이나 부족함 따위의 의식은 그런 체험을 창조할 수 있다. 지구 전체에 걸쳐서든, 그런 집단 관념이 가장 강한 일정 지역 내에서든.

예를 들어 지구에서 미국이라는 나라는 오랫동안 자신을 "신의 이름으로 나눌 수 없는indivisible, 만인의 자유와 정의"를 구현하는 국가로 생각해왔다. 이 나라가 지구상에서 가장 번영한 국가가 된 건 절대 우연이 아니다. 또한 이 나라가 자신이 그토록 힘들여 창조해온 모든 것을 점차 잃어가는 것 역시 놀랄 일이 아니다. 왜냐하면 이 나라는 이제 자신의 비전을 잃은 듯이 보이기 때문이다.

"신의 이름으로 나눌 수 없는"이란 말은, 글자 그대로 '통일성', '하나됨'이라는 '보편 진리'를 표현한다. 그것은 대단히 부수기 어려운 '바탕'이다. 하지만 그 '바탕'은 이미 약해지고 있다. 이 나라에서 종교의 자유는 종교적 편협함과 다를 바 없는 종교적 정당성이 되고 말았고, 개인의 책임이 사라지자 개인의 자유 역시 거의 사라져버렸다.

**개인의 책임**이란 관념은 "누구나 혼자 힘으로"란 뜻으로 왜곡되고 말았으니, 이 새로운 철학은 자신이 소박한 개인주의라는 초기 미국의 옛 전통을 따르고 있다고 여긴다.

하지만 미국의 비전vision과 꿈이 뿌리 내리고 있던 개인 책임의 본래 의미는 자신의 가장 심오한 취지와 가장 고상한 표현을 '**형제애**'라는 개념 속에 두고 있었다.

미국을 위대하게 만든 것은 모두가 **자기** 생존을 위해 투쟁한 데 있지 않고, **만인의** 생존에 대한 개인의 책임을 모두가 받아들인 데 있었다.

미국은 굶주린 자에게 등 돌리지 않고, 곤궁한 자에게 안 된다고 말하지 않으며, 지치고 헐벗은 자에게 팔 벌리고, 자신의 풍요를 전 세계와 함께하던 나라였다.

하지만 미국이 위대해질수록 미국인은 탐욕스러워졌다. 모두는 아니라 해도 다수가 그러했다. 그리고 시간이 지날수록 점점 더 많은 사람들이 그렇게 되었다.

미국인들은 가질 수 있다는 게 얼마나 좋은 것인지 알게 되자, 더욱 더 많이 갖고자 했다. 하지만 **더욱** 더 많이 가지려면 딱 한 가지 방법밖에는 없다. 다른 누군가를 더욱 더 적게 갖도록 하는 것.

미국의 특성이 위대함에서 탐욕으로 바뀌어감에 따라, 가장 못한 사람들에 대한 동정의 여지도 점점 줄어들었다. 운 나쁜 사람들은 더 많이 갖지 못하는 게 그들 "자신의 저주받은 잘못" 때문이라는 말을 들어야 했다. 어쨌든 미국은 '기회의 땅'이었다. 그렇지 않은가? 하지만 운 나쁜 사람들만 빼고는 어느 누구도, 미국의 기회란 건 **제도적으로** 이미 트랙 안쪽에 서 있는 사람들만으로 한정된다는 사실을 알아채지 못했다. 특정 피부색이나 특정 성(性)을 가진 여러 소수 집단들 대부분이 이 트랙 안에 포함되지 못했다.

또한 미국인들은 국제 관계에서도 거만해졌다. 지구 전체에 걸쳐 몇백만 명이 굶주리고 있는 판에, 미국인들은 전 세계 국민들을 먹여 살릴 수도 있을 만큼 많은 식량을 날마다 낭비했다. 미국이 일부 나라들에 관대했던 건 사실이다. 하지만 미국의 대외 정책은 점점 더 자신의 투자 이익을 확대하는 방향으로 나갔다. 미국은 그렇게 하는 것이 미국에 도움이 될 때만 다른 나라들을 도왔다. (즉 그렇게 하는 것이 미국의 권력 구조나, 미국의 최상층 엘리트 집단이나, 그 엘리트들을 보호하고 그들 집단의 재산을 보호하는 군사 기구에 도움이 될 때만.)

미국을 세운 이상인 형제애는 부식당하고 말았다. 이제 "네 형제들의 파수꾼"이 되라는 식의 이야기는 하나같이 미대국(美大國)주의라는 새로운 상표와 부딪히게 되었다. 즉 자기 것을 붙들고 있으려면 무엇이 필요한지 생각할 줄 아는 빈틈없는 정신을 뜻하는 말이자, 운 나쁜 사람들 중 감히 자신들의 공정한 몫을 요구하고 자신들의 불만을 시정해줄 것을 요구하는 사람들에게 던지는 신랄한 말이 되어버린 미대국주의라는 새로운 상표와.

개인은 누구나 자신에 대해서 책임을 져야 **한다.** 이것은 부정할 수 없는 진실이다. 하지만 미국과 너희 세상이 진실로 잘 굴러갈 수 있는 것은 오직 모든 사람이 기꺼이 **전체로서** 너희 모두에 대해 책임을 지고자 할 때뿐이다.

그러니까 집단적인 의식은 집단적인 결과를 만들어낸다는 거군요.

바로 맞혔다. 이것은 너희의 기록된 역사 전체에 걸쳐서 수도 없이 증명되어왔다.

바탕은 자신을 자신 속으로 끌어당긴다. 너희 과학자들이 소위 '블랙홀' 현상으로 설명하는 것과 똑같이. 그것은 비슷한 에너지를 비슷한 에너지 쪽으로 끌고 가며, 나아가 물체들까지도 서로 끌어당기게 한다.

그때 이 물체들은 서로 반발해야, 즉 서로 멀어져야 한다. 그렇지 않으면 그것들은 영원히 서로 합쳐져서, 사실상 자신들의 지금 모습을 잃고 새로운 모습을 갖게 될 것이기에.

의식 있는 모든 존재는 이 사실을 직관으로 알고 있어서, 자신이 다른 모든 존재와 맺는 관계를 유지하기 위해 '영원한 녹아듦'에서 **물러선다**. 그렇게 하지 않으면, 그는 다른 모든 존재 **속으로** 녹아들어가 '영원한 하나됨'을 체험하고 말 것이다.

이것은 우리가 처음 출발했던 상태다.

이 상태에서 떨어져 있으면서도 우리는 계속해서 다시 이 상태를 향해 이끌린다.

이 밀물과 썰물의 "왕복" 운동은 우주와 **우주 속에 있는 만물**의 기본 리듬이다. 이것이 섹스sex, 즉 '에너지의 협동 교환 the Synergistic Energy Exchange'이다.

너희는 어쩔 수 없이 계속해서 서로(그리고 그 바탕 속에 존재하는 모든 것과) 결합하는 쪽으로 이끌려간다. 그러다가 '결합의 순간'이 되면, 그 '결합'에서 떨어지려는 의식적인 선택으로 너희는 서로 반발한다. 그 '결합'을 체험할 수 있도록, 그 '결합'에서 자유롭게 **남는** 쪽을 선택하는 것이다. 너희가 일단 그 '결합'의 일부가 되고 거기에 계속 머무른다면, 너희는 더 이상 '분리'를 **알지** 못할 것이기에 그것을 통일로서 인식할 수도 없다.

다른 식으로 표현하면, 신이 자신을 '그 모든 것'으로 알려면 신은 자신을 '그 모든 것'이 아닌 것으로 알아야 한다.

너희와 우주의 다른 모든 에너지 단위에서 신은 자신을 '**전체의 부분들**'로 인식한다. 그렇게 해서 신은 '자신의 체험'으로 자신을 '**완전한 전체**All in All'로서 인식할 가능성을 스스로에게 주는 것이다.

나는 오로지 나 아님을 체험함으로써만 나임을 체험할 수 있다. 그럼에도 나는 나 아닌 **것이다**. 따라서 너희는 '신성한 이분법'을 보고, 그리하여 '나는 나다'라는 진술을 만난다.

이제 내가 말했듯이 이 자연스러운 밀물과 썰물, 우주의 이 자연스러운 **리듬**은 너희 현실에서 생명을 창조하는 바로 그 운동을 포함하여 삶의 모든 것을 상징한다.

어떤 절박한 힘에 쫓기기라도 하듯 너희는 서로를 **향해** 달려간다. 오로지 결국 서로 떨어져나오기 위해서. 그리고 다시 한번 서로를 향해 절박하게 달려들기 위해서. 그리고 다시 한번 떨어져나오고, 또 다시 한번 굶주린 듯 열정적이고 절박하게 완전한 결합을 추구하기 위해서.

너희 육체는 모이고-헤치고, 모이고-헤치고, 모이고-헤치며 춤춘다. 그 운동은 워낙 기본적이고 워낙 **본능적이어서** 의도적으로 행동하려는 의식적인 자각을 거의 하지 않는다. 어떤 점에서 보면 너희는 자동으로 바뀐다. 누구도 너희 육체가 무엇을 해야 할지 말할 필요가 없다. 그것들은 그냥 그렇게 한다— **삶 전체**를 건 절박성으로.

이것은 삶 자체다, 자신을 생명 자체로 표현하는.

이것은 삶 자체다, 자기 체험이라는 가슴속에 새로운 생명을 만들어내는.

삶 전체가 그런 리듬에 따라 움직인다. 사실 삶 전체가 리듬**이다.**

그리하여 삶 전체가 그 온화한 신의 리듬, 생명 주기라고 부르는 것들로 물든다.

그런 주기에 따라 곡식들이 자라고, 계절들이 왔다 간다. 그 주기에 따라 행성들은 자전하고 공전하며, 태양들은 밖으로 폭발하고 안으로 폭발하며implode 다시 밖으로 폭발한다. 우주들은 숨을 들이쉬고 내쉰다. 그 모든 것이, 그 **전부**가 주기에 따라, 리듬에 맞춰, '전체'인 신/여신의 주파수와 조화하는 진동 속에서 일어난다.

왜냐하면 신은 '전체'**이고** 여신은 **전부**이며, 그 외에 다른 것은 존재하지 않기에. **예전에** 존재했고, **지금** 존재하며, **앞으로도** 영원히 존재할 모든 것이 끝없는 너희 세계이기에.

아멘.

# Conversations with God

# 8

당신과 이야기를 나누다 보면 재미있는 건, 당신은 언제나 대답보다 더 많은 질문거리들을 남겨주신다는 겁니다. 이제 저는 섹스만이 아니라 정치에 대해서도 물을 겁니다!

그건 항상 그 모양이었다고 말하는 사람들도 있지. 너희가 지금껏 정치에서 해온 일은 오로지—

잠깐만요! 당신은 지금 **외설스럽다**란 말을 하려고 하셨죠? 그렇죠?

그래, 그렇다. 나는 너희에게 충격을 좀 줘야겠다고 생각했다.

잠깐, 잠깐요! 그만두세요! 신은 그런 말은 **안 쓰기로** 되어 있다구요!

그럼 너희는 왜 쓰느냐?

우리도 대부분 쓰지 **않습니다**.

그 지옥은 너희도 쓰지 **않는다**는 거지?

신을 **두려워하는** 사람이라면 쓰지 않죠!

아, 참. 너희는 신을 화나게 하지 않으려면 신을 **두려워해야** 하지.

그런데 누가 그렇게 말하더냐? 그래봤자 결국은 간단한 말한 마디에 불과한 것에 내가 **화를 낼 거라고?**

그리고 마지막으로, 너희 중 일부가 격정의 최고조에서 위대한 섹스를 묘사할 때 사용하는 말을 너희가 또한 최고의 모욕으로도 쓴다는 사실이 재미있지 않느냐? 이것이 너희가 성행위를 어떤 식으로 대하는지 말해주는 게 아니겠느냐?

제 생각엔 당신이 혼동하신 것 같습니다. 정말로 낭만적이고 멋진 성적 순간을 표현하려 할 때 사람들이 그런 말을 쓴다고는 생각하지 않는데요.

호오, 정말로? 너는 최근에 다른 사람들의 침실에 들어가본 적이 있느냐?

아니요. 당신은요?

나는 **모든** 침실 속에 들어가 있다. 항상.

그게 우리 모두를 불편하게 만들지 않아야 할 텐데……

뭐라고? 너는 지금 신 앞에서 하고 싶지 않은 일을 너희가 침실에서 벌인다고 말하는 것이냐―?

대부분의 사람들은 **누군가가** 지켜보면 마음이 편안하지 않죠. 하물며 **신이라면** 더 그렇구요.

하지만 어떤 문화들에서는, 예를 들면 폴리네시아의 일부 원주민들은 완전히 드러내놓고 사랑을 나눈다.

그래요. 하지만 대부분의 사람들은 그 정도 수준의 자유를 누릴 만큼 진보하지 않았지요. 사실 대부분은 그런 식의 행동을 퇴보로, 미개하고 이교도적인 상태로 퇴보한 걸로 여깁니다.

너희가 "이교도"라고 부르는 이 사람들이야말로 참으로 삶을 존중하는 사람들이다. 그들은 강간이란 게 뭔지 모른다. 그리고 그들 사회에는 사실상 살인 따위는 없다. 너희 사회는 지극히 자연스럽고 정상적인 인간 기능인 섹스는 덮개 밑에 감춰버리고, 사람을 죽일 때는 돌연 태도를 일변하여 드러내놓고 당당하게 행동한다. 바로 **이런 게** 외설이다!

섹스를 얼마나 더럽고 부끄러운 금기로 만들었는지, 너희는 그것을 하는 것조차 창피해한다!

천만에요. 그 사람들은 섹스에 대해 다른 예의를 갖추는 것뿐입니다. 그들로서는 더 고상하다고까지 할 예의를요. 그들은 그것을 두 사람 사이의 내밀한 부분으로 여깁니다. 그것을 두 사람 관계의 신성한 부분으로 여기니까요.

내밀하지 않다고 해서 신성하지 않은 건 아니니, 인류의 가장 신성한 의식들 대부분이 드러내놓고 치러졌다.

내밀함이 신성함은 아니니, 너희가 저지른 최악의 행동들 대부분이 내밀하게 이루어졌다. 너희가 드러내놓고 과시하고자 남겨두는 것은 최상의 행동들뿐이다.

이것은 섹스를 드러내자는 이야기가 아니다. 이것은 단지 내밀함이 반드시 신성함은 아니며, 공개성이 너희에게서 신성함을 빼앗지도 않으리라는 경고에 지나지 않는다.

예의에 관해서 말하면, 이 한마디 말과 이 말 뒤에 놓인 행동 모형이야말로, 벌 주는 신이라는 발상만 빼면, 남자와 여자의 가장 큰 기쁨을 억누르는 데, 그 직무를 **완수한** 인간의 다른 어떤 구조물보다 더 큰 역할을 **해왔다.**

당신은 예의라는 걸 믿지 않으시는군요.

"예의"에서 문제는 누군가가 기준을 세워야 한다는 데 있다. 따라서 이것은 **다른 누군가가** 너희를 기쁘게 하는 것이라고 **설정한** 기준에 따라, 너희의 행동이 제한받고 지시받고 규정당해야 한다는 뜻이다.

다른 모든 문제에서 그렇듯이, 성행위 문제에서도 그것은 단순한 "한계지음" 이상일 수 있다. 그것은 정신을 황폐하게 만들 수 있다.

나로서는 한 남자나 여자가 어떤 걸 체험하고 **싶어하면서도**, 그들이 꿈꾸고 상상해왔던 것이 "예의 기준"에 어긋날까봐 움츠러드는 경우보다 더 슬픈 일은 생각할 수 없다!

잘 봐라. **그들이** 그 일을 하지 않는 건 하고 싶지 않아서가 아니다. 단지 그 일이 "예의"를 어기기 때문이다.

성행위 문제에서만이 아니라 삶의 모든 것에서, 단지 **다른** 누군가의 예의 기준에 어긋난다는 이유만으로 뭔가를 못하게 되는 일이 결코 없게 하라.

내 차 뒷유리에 스티커를 붙인다면 나는 이렇게 쓸 것이다.

**예의를 어겨라**

나라면 분명히 이런 표어를 침실마다 붙였을 것이다.


하지만 "옳고" "그른 것"에 대한 우리의 감각은 사회 전체가 공유하는 것입니다. 만일 거기에 전혀 동의하지 않는다면 우리가 어떻게 함께 살아갈 수 있겠습니까?


"예의"는 "옳고 그름"이라는 너희의 상대적 가치들과는 아무

관계도 없다. 사람을 죽이는 게 "나쁘다"는 사실에는 너희 모두가 동의하겠지만, 벌거벗고 빗속을 달린다고 해서 그게 "나쁜 일"인가? 이웃의 아내를 취하는 게 "나쁘다"는 사실에는 너희 모두가 동의하겠지만, 특별히 감칠 맛 나게 자기 아내를 "취하거나" 자기 아내더러 자신을 "취하게"한다 해서 그게 "나쁜 일"인가?

"예의"란 건 법률상의 제한과는 별 관계가 없다. 오히려 그것은 무엇을 "적절하다"고 여기는가라는 더 단순한 문제와 관계된 경우가 많다.

**"적절한" 처신이 반드시 너희에게 언제나 "최상의 즐거움"을 주는 행동인 것은 아니다. 오히려 그것은 너희에게 최대의 기쁨을 가져다주지 않는 행동인 경우가 대부분이다.**

성행위로 돌아가서요, 그러면 당신은 당사자들이나 관련인들이 서로 동의하는 한 어떤 행동도 용납될 수 있다고 말씀하시는 겁니까?

그게 삶의 모든 것에 적용되어서는 안 된다는 것이냐?

하지만 우리는 영향받을 관련인들이 누가 될지 모를 때도 있습니다. 어떻게 영향을 받을지도—

너희는 그 문제에 예민해야 한다. 그 문제를 민감하게 자각하고 있어야 한다. 그리고 너희가 정말로 알 수 없고 추측할 수 없는 경우라면, 너희는 '사랑' 쪽으로 치우쳐야 한다.

'모든' 결정을 내릴 때 중심되는 질문은 "사랑은 지금 무엇을 하려 하는가?"이다.

자신을 사랑하고, 영향받거나 관련된 모든 사람을 사랑하라.

만일 누군가를 사랑한다면, 너희는 그 사람을 해칠 수 있거나 해칠 것 같은 어떤 일도 하지 않을 것이다. 만일 조금이라도 궁금증이나 의문이 남는다면, 너희는 그 문제를 명확히 이해할 때까지 기다릴 것이다.

하지만 그건 다른 사람들이 당신을 "볼모"로 붙들 수도 있다는 뜻인데요. 그 사람들이 하는 말이라고 해봐야, 그렇고 그런 일은 자신들을 "해칠" 수 있으니, 당신의 행동은 제한당할 수밖에 없다는 것일 테니까요.

오로지 자신만이 자신의 행동을 제한할 수 있다. 너는 자신의 행동을 네가 사랑하는 사람들에게 손해를 입히지 않을 것들만으로 제한하고 **싶지** 않은가?

하지만 만일 **당신** 자신이 어떤 일을 하지 **않아서** 손해를 본다고 느끼면 어떻게 하실 겁니까?

그러면 너는 사랑하는 사람에게 네 진실을 말해야 한다. 네가 어떤 일을 하지 않아서 상처 입고 실망하고 위축되어 있다는 것과, 너는 그 일을 했으면 좋겠다는 것, 그렇게 해도 좋다는 동의를 네 사랑하는 사람에게서 받았으면 좋겠다는 것을.

　너는 반드시 그런 동의를 얻어내고자 노력해야 한다. 타협을 이루기 위해 애쓰고, 모두가 이길 수 있는 방식으로 일을 풀어 나가도록 하라.

하지만 그런 방식을 찾을 수 없다면요?

　그렇다면 나는 전에 했던 말을 다시 한번 반복할 것이다.
**다른 사람을**
**배신하지 않으려고**
**자신을**
**배신하는 것**
**역시**
**배신이긴**
**마찬가지다**
**그것은**
**'최고의 배신'이다.**
너희의 셰익스피어는 이것을 이런 식으로 표현했다.
**너 자신에게 진실되려면,**
**밤이 낮을 따르듯, 자신을 충실히 따라야 한다.**
**그러면 너는 누구에게도**
**거짓되지 않으리니.**

하지만 언제나 자기가 원하는 "대로 하는" 사람은 대단히 이기적인 인간이 되고 맙니다. 이런 걸 주장하시다니 믿을 수가 없군요.

너는 그 사람이 항상 소위 "이기적인 선택"을 하리라 가정한다. 하지만 너희에게 이르노니, 인간은 **가장 고귀한 선택**을 할 수 있다.

나아가 또 하나 일러두노니,

'가장 고귀한 선택'이 **반드시** 다른 사람을 돕는 선택은 아니라는 점이다.

다른 식으로 표현하면 우리는 때때로 자신을 가장 먼저 내세워야 한다는 거군요.

천만에, 너희는 **항상** 자신을 가장 먼저 내세워야 한다! 그렇게 되면 너희는 자신이 하려는 바나 체험하려는 바에 따라 선택하게 될 것이다.

너희의 목적이, 너희 **삶의** 목적이 대단히 고상하다면, 너희의 선택 역시 그러할 것이다.

자신을 가장 먼저 내세운다는 게, 너희가 말하는 식으로 "이기적"이 된다는 뜻은 아니다. 그것은 자신을 자각하게 된다는 뜻이다.

당신은 꽤 넓은 토대를 인간사의 지침으로 놓으셨군요.

최대의 성장은 최대의 자유를 행사할 때만 이루어진다. 아니, 이루어질 가능성이 있다.

만일 너희 모두가 다른 누군가의 규칙을 따르고 있다면, 너희는 성장하는 것이 아니다. 너희는 복종하고 있을 뿐이다.

너희의 설정과는 반대로 내가 너희에게서 원하는 것은 복종이 아니다. 복종은 성장이 아니니, 내가 바라는 것은 성장이다.

그렇다면 우리가 "성장하지" 않으면, 당신은 우리를 지옥으로 던질 겁니까?

틀렸다. 그 문제에 대해서는 이미 1권에서 이야기했다. 그리고 우리는 3권에서도 꽤 깊이 그 문제를 논의하게 될 것이다.

좋습니다. 그렇다면 당신이 펼쳐놓은 이 넓은 제한 범위들 내에서, 우리가 섹스 문제에서 떠나기 전에 마지막으로 몇 가지 질문을 해도 괜찮겠습니까?

발사!

만일 섹스가 그토록 멋진 인간 체험이라면, 많은 영혼의 스승들이 금욕을 설교한 건 왜입니까? 그리고 많은 선각자들이 명백히 독신이었던 이유는 또 무엇입니까?

그들 중 다수가 단출한 삶을 산 것으로 묘사된 까닭은 하나같이 똑같다. 높은 이해 수준으로 진화한 사람들은 육체의 욕구가 정신과 영혼의 욕구와 균형 잡히게 만든다.

너희는 3중의 존재다. 대다수 사람들은 자신을 육체로서 체험한다. 30세가 넘으면 정신조차도 잊혀진다. 아무도 더 이상 책을 읽지 않으며, 아무도 더 이상 글을 쓰지 않는다. 아무도 가르치지 않고, 아무도 배우지 않는다. 정신은 잊혀지고, 양분은 공급되지 않는다. 그것은 커지지 않는다. 새로운 투입은 없고, 요구되는 산출은 최소한으로 그친다. 양분을 공급받지 못한 정신은 깨어나지 못한다. 그것은 가라앉고 둔해진다. 너희는 정신을 떼내기 위해 할 수 있는 온갖 걸 다 한다. 텔레비전, 영화, 선정적인 싸구려 책자들. 무슨 일을 하든 생각하지 마라! **생각하지는 마라!**

그래서 대다수 사람들은 육체 수준에서 삶을 산다. 몸에 양분을 주고, 몸에 옷을 입히고, 몸에 "물자"를 댄다. 대다수 사람들이 몇 년이 가도 좋은 책—그들이 뭔가 **배울 게** 있는 책이란 뜻이다—한 권을 읽지 않는다. 하지만 그 주의 텔레비전 프로그램이라면 달달 외울 수 있다. 여기에는 뭔가 놀랄 만큼 슬픈 것이 있다.

진실은, 대다수 사람들은 **생각하길** 원치 않는다는 것이다. 그들은 **자신의 힘으로 생각할 필요가 없는** 지도자를 뽑고, 그런 정부를 지지하고, 그런 종교를 받아들인다.

"날 편하게 해줘. 뭘 해야 할지 **말해달라구.**"

이것이 대다수 사람들이 원하는 바다. 나는 어디에 앉아야 하지? 언제 일어서야 하지? 경례는 어떻게 해야 하지? 돈은 언제 내야 하지? 너는 내가 뭘 하길 원하지?

규칙은 뭐지? 내가 지켜야 할 경계선은 어디지? 나에게 말해줘, **말해달라구.** 그렇게 할테니 누가 그냥 **말만 해줘!**

그러고 나면 그들은 넌더리를 내며 환멸을 느낀다. 그들은 모든 규칙을 다 따랐고, 지시받은 대로 행동했다. 그런데 뭐가 잘못되었던 거지? 그게 못쓰게 된 게 언제지? 그게 왜 떨어져 나갔지?

그것은 너희가 지금껏 가진 창조 도구들 중에서 가장 위대한 창조 도구인 정신을 포기했던 순간에 떨어져나갔다.

이제 다시 네 정신과 친해질 때가 왔다. 정신과 벗이 되어라. 정신은 무척 외로워하고 있으니. 정신에 양분을 주어라. 정신은 무척 굶주려 있으니.

너희 중 일부, 소수의 사람들은 자신이 육체**와** 정신을 지닌 존재임을 이해한다. 이들은 자신의 정신을 잘 대우해왔다. 하지만 정신과 정신의 일을 존중하는 사람이라 하더라도, 그 능력의 10분의 1 이상으로 정신을 **쓸 줄** 아는 사람은 거의 없다. 너희의 정신이 무엇을 할 수 있는지 안다면, 너희는 정신의 경이로움과 권능과 함께하길 결코 멈추지 않으리라.

이제 자신의 삶을 육체와 정신 사이에서 균형 잡게 만드는 사람들의 수를 소문자에 비유한다면, 자신을 육체와 정신과 영혼으로 이루어진 3중의 존재로 보는 사람의 수는 그야말로 극소문자다.

그럼에도 너희는 3중의 존재다. 너희는 너희의 육체 이상이고, 정신을 가진 육체 이상이다.

너희는 자신의 영혼에 영양을 주고 있는가? 아니, 영혼이 있음을 눈치라도 채고 있는가? 너희는 그것을 치료하는가, 상처 주는가? 너희는 그것이 자라게 하는가, 시들게 하는가? 그것이 늘어나게 하는가, 줄어들게 하는가?

너희 영혼도 너희 정신만큼이나 외로워하는가? 아니면 훨씬 더 버림받고 있는가? 너희 영혼의 드러남을 마지막으로 느꼈던 때는 언제인가? 네가 마지막으로 기쁨에 넘쳐서 울던 때는? 시를 썼던 건? 음악을 만든 건? 빗속에서 춤춘 건? 파이를 구운 건? 뭐든 그렸던 건? 부서진 걸 고친 건? 아기에게 뽀뽀한 건? 네 뺨에 고양이를 문지른 건? 언덕 위로 소풍 간 건? 홀딱 벗고 헤엄친 건? 동틀 때 걸어본 건? 하모니카를 불어본 건? 새벽까지 이야기를 나눠본 건? 해변에서 숲에서…… 몇 시간 동안 사랑을 나눠본 건? 자연을 벗한 건? 신을 찾아본 건?

홀로 조용히 앉아서 네 존재의 가장 깊은 곳을 마지막으로 걸어본 건 또 언제였는가? 그리고 네가 네 영혼에게 안녕 하고 마지막으로 인사해본 건 언제였는가?

한 면만을 가진 존재로 살 때, 너희는 돈과 섹스와 권력과 재산과 물질 자극과 만족과 안정과 명성과 소득 같은 육체의 문제들에만 깊이 빠질 것이다.

두 면을 가진 존재로 살 때, 너희는 사귐과 창조성, 새로운 생각과 새로운 발상의 자극, 새로운 목표와 새로운 도전의 설정, 개인의 성장 같은 정신의 문제들을 포괄하는 쪽으로 관심 범위를 넓힐 것이다.

3중의 존재로 살 때, 너희는 마침내 자신과 균형을 취할 것이다. 이제 너희의 관심 중에는 영혼의 정체성과 삶의 목적, 신과의 관계, 진화하는 길, 영혼의 성장, 궁극의 운명 같은 영혼의 문제들이 포함될 것이다.

더 높은 의식 상태로 진화할수록, 너희는 자기 존재의 모든 측면을 충분히 실현해가게 된다.

하지만 진화가 자신의 일부 측면들만을 위하고 다른 측면들을 **버린다는** 뜻은 아니다. 그것은 단순히 초점을 넓힌다는 뜻이다. 다시 말해 한 측면에만 거의 전적으로 몰두하는 데서 벗어나 **모든** 측면에 진심에서 우러난 사랑과 이해를 보낸다는 뜻이다.

그렇다면 왜 많은 스승들이 섹스를 완전히 그만두라고 주장한 겁니까?

그들은 사람들이 균형을 취할 수 있다고 믿지 않았기 때문이다. 그들은 쉽게 조절하기에는, 균형을 취하기에는, 성 에너지와 여타 속세 체험들을 둘러싼 에너지들이 너무 강력하다고 믿었다. 그들은 금욕이 영적 진화의 단 한 가지 가능한 **결과가** 아니라, 영적 진화에 이르는 **유일한** 길이라고 믿었다.

하지만 높은 곳까지 진화했던 몇몇 사람들도 "섹스를 **포기한**" 건 사실이지 않습니까?

"포기한다"는 말이 흔히 쓰는 고전적인 의미라면, 그렇지 않다. 그것은 여전히 원하긴 하지만 "가져서 좋을 게 없음"을 아는 어떤 걸 억지로 놓는 게 아니다. 그것은 오히려 단순한 풀어줌, 두 번째 후식거리에서 몸을 돌릴 때처럼 그것에서 벗어나는 동작이다. 두 번째 후식이 나빠서가 아니며, 그것이 네 마음에 들지 않아서는 더더욱 아니다. 그것은 훌륭한 후식이지만, 다만 너는 이미 충분히 먹었기 때문이다.

이런 이유로 섹스에 대한 몰두를 내려놓을 수 있을 때, 너희는 때로는 섹스를 원할 수도 있고, 그러다 다시 원하지 않을 수도 있다. 혹은 자신이 "충분히 먹었는지" 전혀 판단하지 못할지도 모르고, 너희 존재의 다른 체험들과 균형을 취하면서 이것을 항상 체험하길 원할지도 모른다.

그래도 괜찮다. 그래도 전혀 상관없다. 성적인 적극성이 성적인 소극성보다 깨달음이 약하거나 영적(靈的)으로 덜 진화된 것은 아니다.

깨달음과 진화가 너희더러 내려놓게 만드는 것은 섹스에 대한 **집착**과 그것을 체험하려는 뿌리 깊은 욕구와 충동적인 행동들이다.

그렇게 되면 돈과 권력과 안정과 재산 따위의 다른 육체 체험들에 **열중하는** 것 역시 사라질 것이다. 하지만 그것들에 대한 너희의 참된 **이해**는 사라지지 않을 것이며, 사라져서도 **안 된다.** 삶의 **모든 것**을 이해한다는 건 내가 창조한 그 '과정'에 감사하는 것이고, 삶이나 삶이 주는 기쁨 중 어떤 것—설사 가장 기본적이고 물질적인 기쁨이라 해도—을 경멸하는 건 나, 창조주를 경멸하는 것이다.

내 창조물을 불결하다고 부를 때, 너희는 나를 무엇이라 부르겠는가? 하지만 너희가 내 창조물을 신성하다고 할 때, 너희는 그 체험과 더불어 나까지도 신성하게 한다.

너희에게 이르노니, 나는 경멸받을 어떤 것도 창조하지 않았다. 게다가 너희의 셰익스피어가 말했듯이, 생각이 그렇게 만들지 않는 한 어떤 것도 "악"이 **아니다.**

그 말씀을 듣고 보니 섹스에 대한 또 다른 질문들이 떠올랐습니다. 마지막 질문들요. 서로가 동의하는 성인들끼리의 섹스라면 어떤 종류의 섹스라도 괜찮은 겁니까?

그렇다.

제 말은 "변태적인" 섹스라도 괜찮냐는 겁니다. 사랑 없는 섹스라도요? 동성애자들의 섹스라도요?

먼저, 다시 한번 명확히 해둘 것은 신이 인정하지 않는 것은 아무것도 없다는 사실이다.

나는 여기에 앉아서 이 행동은 **선**이라 부르고 저 행동은 **악**이라 부르면서 판단을 내리고 있는 게 아니다.

(너도 알다시피, 이 문제에 대해서는 1권에서 꽤 길게 다루었다.)

그것을 판단할 수 있는 건 **자신**뿐이다─'진화로 가는 길'에서 무엇이 너희에게 도움이 되고 무엇이 해로운가라는 맥락 속에서.

하지만 가장 진화한 영혼들이 동의한, 대강의 기본되는 지침은 있으니,

**남에게 해를 입히는 행동은 절대 급속한 진화로 이끌지 못한다**는 것이 그 첫째가는 지침이다.

그리고 두 번째 지침도 있다.

즉 **상대방의 동의와 허락이 없다면 그 사람과 관련된 어떤 행동도 해서는 안 된다**는 것.

이제 네가 방금 질문했던 것들을 이 지침들의 맥락 속에서 생각해보자.

"변태적인" 섹스? 자, 그것이 아무에게도 해를 입히지 않고, 모든 사람의 동의를 받아서 이루어진다면, 그것을 "잘못되었다"고 할 까닭이 어디에 있겠는가?

사랑 없는 섹스? "섹스 자체"를 위한 섹스는 시간이 시작된 이래로 계속해서 논란거리가 되어왔다. 나는 이런 질문을 들을 때마다, 언젠가는 사람들이 가득 모인 곳으로 들어가, "여기 있는 사람 중에 한번이라도 깊은 사랑, 지속적인 사랑, 전념하는 사랑, 변치 않는 사랑이 아닌 관계에서 섹스해보지 않은 사람이 있으면, 손을 들어보라"고 말해보고 싶은 생각이 든다.

단지 이것만 말해두자. **어떤 것이든** 사랑이 없는 것은 여신에게 이르는 가장 빠른 길이 아니다.

그것이 사랑 없는 섹스든, 사랑 없는 스파게티든, 사랑 없는 고기완자든 간에, 너희가 사랑 없이 그 잔치를 준비하고 그것을 먹었다면, 너희는 그 체험의 가장 경이로운 부분을 놓치고 있는 셈이다.

그것을 놓치는 게 잘못인가? 여기서 다시, "잘못되었다"는 건 그리 적절한 용어가 아닐지 모른다. "불리하다"가 더 가까운 말일 수 있다. 너희가 최대한 빨리 더 높은 영적 존재로 진화하길 바란다고 치면.

동성 간의 섹스? 많은 사람들이 내가 동성 간의 성행위에 반대한다고 말해주거나, 그런 반대를 실행에 옮겨주길 바란다. 하지만 나는 어떤 판단도 내리지 않는다. 이 문제에 대해서도, 그리고 너희가 내리는 어떤 다른 선택에 대해서도.

사람들은 **온갖 것**에 대해 온갖 종류의 가치판단들을 내리고 싶어하지만, 나는 어느 쪽인가 하면 오히려 그 잔치를 망치는 편이다. 나는 그런 판단들에서 그들과 함께하지 않을 것이니, 이것은 특히 **자신들의 판단이 내게서 비롯되었다**고 주장하는 사람들을 당황하게 만들 것이다.

나는 지금 이런 걸 본다. 사람들이 다른 인종 간의 결혼은 권장할 수 없을 뿐 아니라 **신의 법칙에도 어긋난다**고 생각하던 시절이 있었다. (놀랍게도 **지금도** 이렇게 생각하는 사람들이 있다.) 그들은 자신들의 성경을 그 근거로 들이댔다. 그들이 동성애를 둘러싼 문제들에서조차 그 근거로 성경을 내세웠듯이.

다른 인종인 남녀끼리 결혼으로 결합해도 괜찮다는 말씀인가요?

그 질문은 어리석다. 물론 확신을 가지고 "안 된다"가 그 대답이라고 믿는 것만큼은 아니겠지만.

동성애에 대한 질문들도 마찬가지로 어리석은 겁니까?

네가 판단해라. 나는 그 문제에 대해서, 아니 **어떤 것**에 대해서도 판단하지 않는다. 내가 판단해주길 너희가 바란다는 건 안다. 그렇게 되면 너희의 삶이 훨씬 더 편해지겠지. 판단할 일도, 힘겨운 소명도 없을 터이니. 만사가 너희를 위해 결정되어 있을 것이고, 따르는 것 말고는 너희가 할 일이 없을 터이니. 어쨌든 창조성이나 자기 강화란 면에서는 그리 대단한 삶은 아니겠지만, 그렇더라도 무슨 상관인가…… 스트레스도 전혀 없지 않은가?

섹스와 아이들에 대해서 몇 가지 묻고 싶은데요, 아이들에게 인생 체험으로 성행위를 인식하게 해주려면 어느 정도의 나이가 적당합니까?

아이들은 삶을 출발할 때부터 자신들을 성적 존재로서, 말하자면 **인간** 존재로서 인식하고 있다. 하지만 지금 너희 행성의 많은 부모들은 군이 애를 써서 아이들이 그것을 알아채지 못하게 만든다. 아기의 손이 "나쁜 곳"으로 가기라도 할라치면, 너희는 당장 그 손을 치워버린다. 또 어린 아이가 순진무구한 즐거움으로 자신의 몸에서 자기 기쁨의 순간들을 발견하기 시작할 때, 너희는 그것에 공포로 반응한다. 그러고는 그 공포를 너희 아이에게 옮겨준다. 아이는 이상하게 생각한다. 내가 뭘 했길래? 내가 어쨌길래? 엄마가 화났어. 내가 어떻게 했길래?

너희 인간 종족에게 그 문제는 항상 너희 자식들에게 섹스를 언제 소개할까가 아니라, 아이들에게 성적 존재로서 자신의 정체성을 부정하게끔 요구하는 걸 언제 그만둘까의 문제였다. 열두 살에서 열일곱 살 사이의 어딘가에서, 너희는 이제 그 싸움을 포기하고, 기본적으로는 "좋다, 이제 너희는 자신에게 성적인 부분이 있고, 그걸로 할 성적인 일이 있음을 알아채도 좋다"는 취지를 전한다. (당연히 말로 표현하지는 않지만—너희는 이런 일들을 놓고 말하지 않는다.)

하지만 이때쯤이면 그 대가는 이미 치러졌다. 너희 아이들은 무려 10년 넘게 자기 몸의 그 부분을 부끄러워하라는 세례를 받아왔다. 그중 일부는 그 부분들의 적절한 명칭조차 들어보지 못했다. 그들은 "지지"에서 "네 아랫도리"에 이르기까지, 그냥 간단하게 "음경"이나 "질"이라고 말하는 걸 피하기 위해, 너희가 머리를 짜내 발명한 온갖 말들을 들어왔다.

그리하여 몸의 그 부분들과 관계 있는 것들은 무엇이든 숨기고 말하지 말며 부정해야 한다는 사실이 너무나 명백해졌기에, 너희 아이들은 이제 몸의 그 부분에서 진행되는 일들을 어떻게 다루어야 할지 전혀 모르는 상태로 사춘기 속으로 폭발해 들어간다. 그들은 전혀 아무런 준비도 되어 있지 않다. 이 비길 데 없이 새롭고도 절박한 욕구들에 대한 그들의 반응은 당연히 어설프다—그렇다고 적절치 않은 건 아니지만.

이런 과정은 필요한 것도 아니고, 내가 관찰하기로는 너희 자식들에게 도움이 되는 것도 아니다. 오히려 너무 많은 아이들이 단지 성적 금기와 억제와 짐스러운 "저당잡힘"을 풀고자, 일부러 그 굴레를 지고 성인으로서의 삶 속으로 들어가는 꼴에 지나지 않는다.

그러나 계몽된 사회에서는 어린 아이들이 자신들의 본성 자체에서 기쁨을 찾아내기 시작할 때, 절대 기를 죽이거나 꾸짖거나 "바로잡아주지" 않는다. 또한 부모가 자신들의 성행위를, 즉 성적 존재로서 부모의 정체성을 특별히 회피하거나 반드시 감추지도 않는다. 부모의 나체든, 아이의 나체든, 혹은 형제자매의 나체든 간에, 모든 나체는 수치스러운 것이 아니라, 완전히 자연스럽고, 그 자체로 경이로우며, 지극히 당연한 것으로 여기고 또 그렇게 다룬다.

성적 기능들 또한 완전히 자연스럽고, 그 자체로 경이로우며, 지극히 당연한 것으로 여기고, 또 그렇게 다룬다.

몇몇 사회에서는 부모들이 자기 자식들 앞에서 완전히 드러내놓고 짝짓기를 한다. 사실 아이들에게 성적인 사랑 표현의 아름다움과 경이와 순수한 기쁨과 완전한 당연성을 느끼게 하는데, 무엇이 이보다 더 나을 수 있겠느냐? 부모란 건 행동에서 끊임없이 "옳음"과 "그름"의 본보기가 되는 존재여서, 아이들은 자기 부모의 생각과 말과 행동을 보면서, **온갖 것**들에 대해 자기 부모들이 보내는 미묘하거나 분명한 신호들을 잡아내기 마련이다.

앞서 언급했듯이, 너희라면 이런 사회들을 "이교도적"이고 "미개하다"고 할지 모른다. 하지만 이런 사회들에서는 사실 강간처럼 욕정으로 인한 범죄란 게 없고, 매춘은 있을 수 없는 일로 웃음거리가 되며, 성적 제한이나 성기능 장애 같은 건 들어본 적도 없다는 사실에 주목하라.

지금 당장 너희 사회더러 그런 공개성을 받아들이라고 권하지는 않겠다(그건 틀림없이 가장 비정상인 경우를 뺀 모든 상황에서 너무 심한 문화적 모욕을 줄 것이기에). 하지만 이제 너희 행성의 소위 현대 문명들이 너희 사회의 성적 표현과 체험들 전체를 둘러싸고, 번번이 그것들을 규정하고 나서는 억압과 죄의식과 수치심을 끝장내기 위해 뭔가를 해야 할 때가 분명히 왔다.

제안이십니까? 아니면 그럴 계획이십니까?

아이들이 삶을 처음 출발할 때부터, 몸의 지극히 자연스러운 기능과 관계된 것들을 수치스럽고 잘못된 것으로 가르치길 그만두어라. 너희 아이들에게 성적인 것이라면 뭐든지 감춰야 한다고 여기게 하지 마라. 너희 아이들이 너희의 낭만을 보고 관찰할 수 있게 하라. 너희가 껴앉고 만지고 부드럽게 애무하는 걸 그들에게 보여줘라. 즉 자기 부모들이 서로 사랑하고 있으며, **사랑을 몸으로 드러내는 건** 지극히 당연하고 지극히 멋진 일임을 그들이 보게 하라. (그 많은 가정들이 이렇게 간단한 교훈을 전혀 가르치지 않는다는 걸 알면 너희도 놀랄 것이다.)

너희 아이들이 자신들의 성적 느낌과 호기심과 욕구들을 맞아들이기 시작할 때, 자신에 대한 이 새롭고도 확산적인 체험을, 죄와 수치가 아니라 마음에서 우러나는 기쁨과 찬양으로 연결시킬 수 있게 해줘라.

그리고 제발 너희 **몸**을 아이들이 못 보게 감추는 짓을 그만두어라. 뒷마당의 풀장이나 캠핑 간 시골 개울에서 너희가 맨

538

몸으로 헤엄치는 걸 아이들이 보더라도 개의치 마라. 옷을 걸치지 않고 침실에서 욕실까지 걸어가는 너희 모습을 아이들이 곁눈질한다고 해서 놀라 기절할 필요는 없다. 설사 아무 사심이 없다 해도, 나름의 성적 정체성을 가진 존재로서 너희를 소개받을 기회를 아이들에게서 감추고 차단하고 잠가버리려는 그런 광적인 의무감을 버려라. 부모들이 **자신들을 성과 무관한 듯이 그려 보이게 되면**, 아이들은 자기 부모들이 그런 줄 안다. 그래서 그들은 자신들도 이런 식이어야 한다고 생각한다. **아이란 건 누구나 자기 부모를 흉내내기 마련이니.** (언젠가 너희는 임상의에게서, 다 자란 자식이 자기 부모들도 실제로 "그 짓을 한다"고 상상하면서 말할 수 없이 힘든 시간을 보내고 있다는 이야기를 듣게 될 것이다. 이제 그 임상의의 환자가 된 이 어른 아이의 마음은 그런 상상을 하면서 당연히 분노와 죄의식과 수치심으로 가득 찬다. 왜냐하면 그 자신도 당연히 "그 짓을 하길" **바라기에.** 그래서 그는 **자신이 뭐가 잘못되었는지** 집어내지 못한다.)

그러니 너희 아이들과 섹스에 대해 이야기하고, 섹스를 놓고 우스갯소리를 하라. 그들에게 그들의 성욕을 **축하하는 법을** 가르쳐주고, 인정해주며, 일깨워주고, 보여줘라. 바로 **이것이** 너희가 아이들을 위해 할 수 있는 일이다. 사실 너희는 아이들이 태어난 첫날부터 이렇게 하고 있다. 그들이 너희에게서 받는, 맨 처음 키스와 맨 처음 포옹과 맨 처음 접촉을 가지고. 또 너희가 서로 주고받는 키스와 포옹과 접촉을 그들이 맨 처음 보는 것으로.

고맙습니다. **고마워요.** 저는 속으로 당신이 이 주제를 좀 **온건하게** 다뤄줬으면 하고 바랐거든요. 하지만 마지막으로 한 가지가 더 있습니다. 특별히 아이들에게 성행위를 소개하고 설명하거나, 아이들과 논의하려면 언제가 적당합니까?

때가 되면 그 애들이 너희에게 말해줄 것이다. 너희가 진실로 아이들을 지켜보고 아이들 말에 귀 기울인다면, 어느 아이나 실수 없이 그때를 분명하게 보여줄 것이기에. 사실 그것은 찾아올 때마다 더 늘어난다. 그것은 더 커져서 도착할 것이고, 너희는 찾아올 때마다 더 커진 아이들의 성욕을 나이에 맞게 다루는 적절한 방법을 알게 될 것이다. 너희 스스로 아무 흠이 없다면, 너희 자신의 "미완성 사업"(성행위를 말한다 – 옮긴이)을 이 모든 점에서 잘 마무리했다면 말이다.

어떻게 해야 우리가 **그런** 경지에 이를 수 있습니까?

필요한 일을 하라. 세미나에 등록하고, 임상의를 만나보고, 모임에 참여하고, 책을 읽고, 그것에 대해 명상하고, 서로를 발견하라. 무엇보다도 **서로를** 다시 남자와 여자로서 발견하라. 너희 **자신의** 성욕을 찾아내고, 거기에 다시 가보고, 그것을 되찾고, 그것을 개간하라. 그것을 축하하고, 그것을 즐기고, 그것을 받아들여라.

너희 자신의 성욕을 기뻐하며 받아들여라. 그러면 너희는 아이들이 자신들의 성욕을 받아들이도록 허용하고 북돋울 수 있을 것이니.

다시 한번 고맙습니다. 그런데 이제 아이들에 대한 염려는 놔두고, 인간의 성행위라는 큰 주제로 돌아가서, 한 가지만 더 묻고 싶습니다. 주제넘은데다 경박하다고까지 느끼실지 모르겠지만, 저로서는 이걸 묻지 않고는 도저히 이 대화를 끝낼 수 없을 것 같거든요.

그래, 변명은 그만하고 그냥 물어보기나 하라.

좋습니다. "과도한" 섹스라고 할 만한 경우가 있습니까?

없다. 물론 없다. 하지만 섹스에 대한 욕구가 과도한 경우는 있다.
내 제안은 이렇다.
**모든 것을 즐겨라.**
**아무것도 필요하지 않다.**

사람도 포함해서요?

사람도 포함해서. 아니, **특히나** 사람을 포함해서. 누군가 필요하다는 건 관계를 무너뜨리는 가장 빠른 길이다.

하지만 우리는 누구나 필요한 존재가 되고 싶어하는데요.

그렇다면 그걸 그만둬라. 대신 필요하지 않은 존재가 되고 싶어하라—**네가 필요하지 않고**, 네게서 아무것도 요구하지 않는 힘과 능력이야말로 네가 다른 사람에게 줄 수 있는 가장 큰 선물이니.

# Conversations with God

번째습니다. 이제 넘어가도 좋습니다. 당신은 삶의 사회적 측면들에 대해 이야기해주겠노라고 약속하셨지요. 게다가 당신이 미국에 대해 언급하고 난 뒤로는 한시바삐 이런 이야기들을 해보고 싶었거든요.

그래, 그렇게 하자. 나는 이 2권을 너희 행성이 직면한 비개 인적인 주제들에 할애하려 한다. 거기서 너희 자식들의 교육보 다 더 큰 주제는 없다.

우리가 그다지 잘해내지 못하고 있군요, 그렇죠?…… 당신이 그 문 제를 제기하는 방식을 보면 알 수 있어요.

자, 물론 모든 건 상대적이다. 너희가 하려 한다고 말하는 것에 비춰보면, 그렇다. 상대적으로 너희는 그것을 잘해내지 못하고 있다.

내가 여기서 이야기하는 것들, 내가 이 논의에 포함시켰고 이 문서 속에 자리 잡게 했던 것들 모두를 이런 맥락 속에서 해석하도록 하라. 나는 "옳음"이나 "그름", "선"이나 "악"을 심판하고 있는 게 아니다. 나는 단지 **너희가 하려 한다고 말하는 것**에 비추어 그것의 상대적인 **효율성**을 관찰하고 있을 뿐이다.

알고 있습니다.

너는 안다고 말하는구나. 하지만 심판한다는 이유로 네가 나를 비난하는 때가 오리라는 걸 알고 있다. 심지어 이 대화가 끝나기 전에라도.

저는 결코 당신을 그런 식으로 비난하지 않을 겁니다. 제가 더 잘 압니다.

"더 잘 아는" 것이 과거에 인간 종족이 나를 심판하는 신으로 규정하는 걸 막지는 못했다.

하지만, 제 경우는 막아줄 겁니다.

두고 보도록 하자.

당신은 교육에 대해서 이야기하고 싶어하셨습니다.

　　그렇다. 나는 너희 대다수가 교육의 의미와 목적과 기능을 잘못 이해해왔음을 관찰하고 있다. 교육이 밟아나가야 할 가장 좋은 과정이 어떤 것인지에 대해서는 말할 것도 없고.

그건 엄청난 진술이군요. 자세히 설명해주십시오.

　　인간 종족 대부분이 교육의 의미와 목적과 기능은 지식을 전하는 것, 즉 누군가를 교육하는 것이란 그에게 지식을 전하는 것이라고 보았다. 대개는 특정한 가족과 씨족과 부족과 사회와 국가와 세계가 축적한 지식을. 하지만 교육은 지식과 별 관계가 없다.

뭐라고요? 절 놀리시는군요.

　　사실이다.

그럼 뭐가 교육과 관계 있습니까?

　　지혜가.

지혜요?

그렇다.

좋습니다. 제가 졌습니다. 그 차이가 뭐죠?

지혜는 응용된 지식이다.

그렇다면 우리도 아이들에게 지식을 주려고 애쓰는 게 아닙니다. 우리는 아이들에게 지혜를 주려는 겁니다.

무엇보다, 어떤 것을 하려고 "애쓰지" 마라. **그냥 그것을 하라.** 둘째로, 지혜에 치우쳐 지식을 무시하지 마라. 그것은 치명적인 결과를 가져올 것이다. 반대로, 지식에 치우쳐 지혜를 무시하지 마라. 이 역시 치명적인 결과를 가져온다. 그것은 교육을 죽일 것이다. 너희 행성에서는 그것이 교육을 죽이고 **있다.**

우리가 지식에 치우쳐 지혜를 무시한다고요?

대체로 그렇다.

우리가 어떤 식으로 그렇게 하는데요?

너희는 아이들에게 생각하는 법 대신에 생각할 것을 가르치고 있다.

제발 설명해주십시오.

　　당연히 그래야겠지. 너희는 아이들에게 지식을 줄 때, 그들에게 생각할 것을 말해준다. 즉 그들이 알기로 되어 있는 것, 그들이 사실이라고 이해해주기 바라는 것을 그들에게 말해준다.

　　너희 아이들에게 지혜를 줄 때는 무엇을 알아야 하는지, 혹은 무엇이 사실인지가 아니라, **어떻게 해야 그들 나름의 진실에** 이를 수 있는지를 말해야 한다.

하지만 지식이 없다면 지혜도 있을 수 없죠.

　　동의한다. 그래서 내가 지혜에 치우쳐 지식을 무시할 수는 없다고 말했던 것이다. 일정 정도의 지식은 한 세대에서 다음 세대로 전해져야 한다. 이것은 확실하다. 하지만 가능하면 지식을 줄여라. 지식의 양은 적으면 적을수록 좋다.

　　아이 스스로 발견하도록 만들어라. 지식은 잃어버리지만 지혜는 절대 잊지 않는 법이니.

그러면 학교에서는 되도록 적게 가르쳐야 한다는 겁니까?

　　너희 학교들은 강조점을 옮겨야 한다. 지금 이 순간에도 학교들은 지혜에는 이렇다 할 관심을 기울이지 않으면서, 주로 지식에만 초점을 맞추고 있다. 많은 부모들이 비판적 사고와 문제 해결력과 논리 수업을 위험스럽게 여기면서, 그런 과목들을 교과과정에서 빼버리고 싶어한다. 부모들이 자신들의 생활 방식을 지키려면, 당연히 그래야 할 것이다. 자기 나름의 비판적 사고 과정을 발달시키도록 허용받을 때, 아이들은 대체로 자기 부모들의 도덕과 규범과 생활 방식 전체에서 **벗어나기** 마련이기에.

너희는 너희 생활 방식을 지키려고, 아이의 능력이 아니라 기억력 발달에 중심을 두는 교육제도를 수립하여, 아이들에게 그들 나름의 진리를 발견하고 창조할 능력을 주기보다는, 사실과 허구들—각각의 사회가 자신에 대해 설정한 허구들—을 **기억하도록** 가르친다.

아이의 **기억**보다는 **능력과 재능**skills을 발달시키길 요구하는 프로그램 같은 건, 아이가 뭘 배워야 할지는 자신들이 더 잘 안다고 여기는 사람들에게 깨끗하게 경멸당하고 만다. 하지만 너희가 아이들에게 가르쳐온 것은 너희 세상을 무지에서 멀어지게 해주기는커녕, 오히려 세상을 무지 **쪽으로** 끌고 가고 있다.

우리 학교들이 허구를 가르치진 않습니다. 사실을 가르치긴 해도요.

지금 너는 자신에게 거짓말을 하고 있다. 너희가 아이들에게 그러하듯이.

우리가 아이들에게 거짓말을 한다고요?

두말하면 잔소리. 아무 역사책이나 집어 들고 읽어보라. 너희 역사를 적은 사람들은 자기 아이들이 특정한 관점에서 세상을 보길 원했다. 더 넓은 시각으로 역사적 사실들에 대한 해석을 넓히려는 모든 시도는 비웃음을 받았고, "수정주의"라는 이름을 얻었다. 너희의 참모습을 아이들이 보지 못하게 하려면, 너희는 아이들에게 너희의 과거를 사실대로 말할 수 없다.

너희 사회에서 대부분의 역사는 소위 백인 앵글로색슨 프로테스탄트 남성이라는 부류의 관점에서 적혀졌다. 여성이나 흑인 같은 소수 집단들이 "이봐, 잠깐 기다려. 실제로 일어난 일은 이게 아니야. 당신들은 여기에서 굉장히 큰 부분을 빠뜨렸어"라고 말하면, 너희는 굽실거리거나 고함을 지르면서, 그 "수정주의자들"이 너희 교과서를 바꾸지 못하게 막아달라고 요구한다. 너희는 아이들에게 그 일이 실제로 어떻게 벌어졌는지 알리고 싶지 않은 것이다. 너희가 아이들에게 알리고 싶은 것은 너희가 그 일을 어떻게 너희의 관점에서 **정당화했는가**다. 내가 예를 하나 들어줄까?

그래주십시오.

미국에서는 일본의 두 도시에 원자폭탄을 투하하기로 한 너희 나라의 결정, 몇십만 명이 죽거나 부상당한 그 결정과 관련해 알아야 할 모든 사실을 아이들에게 가르치지 않는다. 아니, 너희는 너희가 보는 대로의 사실들과 너희가 보여주고 싶은 사실들만을 아이들에게 준다.

행여 이 관점과 다른 관점―이 경우에는 일본의 관점―사이에서 균형을 잡으려는 시도라도 일어날 양이면, 너희는 비명을 지르고 격분하고 욕설을 퍼붓고 고함 지르고 펄쩍펄쩍 뛰면서, 학교는 이 중대 사건의 역사를 개괄할 때 **감히** 그런 자료를 제시할 **엄두조차** 내지 말라고 요구한다. 그러니 너희가 가르치는 건 전혀 역사가 아니다. 그것은 정치다.

역사란 건 본래 실제 일어난 일에 대한 정확하고 완전한 설명이다. 반면에 정치는 실제 일어난 일에 대한 설명이 아니라, 일어난 일을 바라보는 **누군가의 시각**이기 마련이다.

역사는 밝히지만, 정치는 정당화한다. 역사는 벗기고 모든 것을 말하지만, 정치는 덮고 오직 한 면만을 말한다.

정치가들은 사실대로 쓰여진 역사를 싫어한다. 그리고 사실대로 쓰여진 역사 역시 정치가들을 그다지 좋게 이야기하지 않는다.

하지만 너희가 지금 입고 있는 건 '벌거벗은 임금님의 새 옷'에 지나지 않으니, 결국 너희 아이들은 너희를 샅샅이 보고 말 것이다. 비판적으로 생각하도록 배운 아이들은 너희 역사를 살펴보고는 이렇게 말할 테지. "맙소사, 우리 부모와 어른들은 얼마나 자신들을 속여왔는가!" 너희는 이런 일을 참을 수 없다. 그래서 너희는 그들 사이에서 그런 싹이 트지 못하게 잘라버린다. 너희는 아이들에게 기본의 기본이 되는 사실조차 주고 싶어하지 않는다. 너희는 아이들이 너희가 쥐여주는 사실들만 갖길 원한다.

제 생각엔 당신이 여기서 과장하는 듯싶습니다. 이 논쟁을 좀 너무 멀리까지 가져간 게 아닌가 싶은데요.

정말로 그럴까? 너희 사회의 대다수 사람들은 **삶**의 가장 기본되는 사실조차 아이들에게 알리고 싶어하지 않는다. 학교에서 사람 몸이 어떻게 기능하는지 가르치는 것만으로도, 사람들은 벌써 제정신이 아니다. 지금 너희에게는 에이즈가 어떻게 감염되는지, 혹은 그것에 감염되는 걸 막으려면 어떻게 해야 하는지, 아이들에게 말해줄 계획이 없다. 물론 **특정한 관점**에서 에이즈를 피하는 법을 말해주는 것은 빼고. 그러고 나면, 그걸로 끝이다. 하지만 아이들에게 그냥 사실을 제공하고, 그들 스스로 판단하게 하는 건? 그건 분명히 아니다.

아이들은 이런 일들을 혼자 힘으로 판단할 준비가 되어 있지 않습니다. 그들은 적절한 지도를 받아야 합니다.

너는 최근에 너희 세상을 살펴본 적이 있느냐?

그게 어떻다는 겁니까?

그게 바로 과거에 너희가 너희 아이들을 지도해온 결과다.

아니요, 그건 우리가 그들을 **잘못** 지도해온 결과입니다. 요즘 세상이 썩어빠진 모습을 하고 있다면, 그리고 많은 점에서 그건 사실이지만, 그건 우리가 아이들에게 **옛** 가치들을 가르치려 하지 않고, 아이들이 "새로 유행하는" 그따위 온갖 잡동사니들을 배우도록 내버려뒀기 때문입니다.

너는 정말로 그렇게 믿고 있구나. 그렇지?

당신 말이 맞습니다. 전 진짜로 그렇게 믿습니다! 만일 우리가 그따위 쓰레기 같은 "비판적 사고"를 우리 아이들에게 먹이는 대신에, 그들을 그냥 읽기와 쓰기와 셈에만 머무르게 했다면, 우린 지금 훨씬 더 나았을 겁니다. 만일 우리가 소위 "성교육"이란 걸 학교 수업과 각자의 가정 내로만 국한했다면, 우리는 십대들이 아기를 갖고, 열일곱 살밖에 안 된 미혼모가 사회복지기금을 신청하고, 세상이 미쳐 날뛰는 걸 보게 되지는 않았을 겁니다. 만일 우리가 어린 아이들을 밖으로 내보내서 자기들 나름의 도덕규범들을 창조하게 하지 않고, 그들에게 우리의 도덕규범에 따라 살도록 요구했더라면, 우리는 한때는 강하고 생기 넘치던 이 나라를 예전의 자기 모습이나 흉내 내고 있는 초라한 모조품으로 만들진 않았을 거라구요.

알겠다.

그리고 한 가지만 더요. 거기 서서 제게, 우리가 히로시마와 나가사키에서 했던 일이 어떻게 우리 자신의 "잘못"으로 돌변하게 되는가 하는 식의 이야기는 하지도 마십시오. 우린 **전쟁을 끝냈습니다**. 신의 도움으로요. 우린 수천 명의 생명을 구했습니다. **양쪽** 진영 다에서요. 그건 전쟁이 치러야 했던 대가였습니다. 아무도 그런 결정을 내리고 싶지 않았습니다. 하지만 내릴 수밖에 없었습니다.

**알겠다.**

그래요, 아시겠죠? 당신은 흡사 자유주의자 빨갱이 공산당 잔당들 같군요. 당신은 우리 역사를 고쳐 쓰고 싶어합니다. 좋습니다. 당신은 우리를 아주 존재의 뿌리에서부터 바꾸고 싶어하는군요. 그렇다면 자유주의자인 당신들 마음대로 하십시오. 세상을 뒤집어엎고, 당신들 식의 퇴폐적인 사회를 창조하고, 부를 재분배하십시오. 인민과 그 쓰레기 같은 작자들 모두에게 **권력을 나눠주십시오.** 하지만 그런다고 해서 우리 마음을 흔들진 못할 겁니다. 우리에게 필요한 건 과거로 돌아가는 것입니다. 우리 선조들의 가치로요. 그게 바로 우리에게 필요한 거라구요!

**이제 다 했는가?**

예, 그렇습니다. 제가 한 게 어땠습니까?

**아주 좋았다. 정말 잘했다.**

한 2, 3년 라디오 토크쇼를 진행하다 보니 이런 이야기가 쉽게 나오는군요.

**그게 바로 너희 행성의 사람들이 생각하는 방식이 아니냐?**

확실히 그렇습니다. 그리고 미국만 그런 게 아닙니다. 제 말은 나라 이름과 전쟁 이름만 바꿔 넣으면 된다는 겁니다. 역사상 어떤 시기, 어떤 나라, 어떤 군사 공격이든 집어넣어보십시오. 전혀 상관없습니다. 사람들은 누구나 자신들이 옳다고 생각하거든요. 모두들 틀린 건 **상대방** 쪽이라는 걸 압니다. 히로시마에 대해서는 잊어버리십시오. 대신 베를린을 집어넣으십시오. 아니면 보스니아를 넣든지요.

쓸 만했던 건 옛가치라는 것도 모두들 알죠. 지금 세상은 지옥이 되어가고 있다는 사실도요. 미국에서만이 아니고 세계 전체에서요. 세계 모든 곳에서 옛가치로 돌아가고 민족주의로 돌아가자는 외침과 고함이 일고 있습니다.

나도 그렇다는 걸 안다.

그리고 제가 좀 전에 말했던 것들은 그런 감정과 그런 관심, 그런 분노들을 확실하게 표현해주기 위해서였습니다.

잘했다. 하마터면 나도 설득당할 뻔했다.

그랬나요? 그렇다면 당신은 진짜로 이런 식으로 생각하는 사람들에게 어떻게 이야기하실 작정입니까?

나라면 이렇게 묻겠다. 너희는 정말로 30년 전, 40년 전, 50년 전이 더 좋았다고 생각하느냐고? 나라면 기억이란 건 시력이 별로 좋지 않다고 말하겠다. 너희는 좋았던 일들만을 기억하고, 가장 나빴던 일들은 잊어버린다. 하지만 속지 마라. 좀 **비판적으로 사고하라**. 남들이 너희가 생각해주길 바라는 것들만 **기억하지 말고**.

우리의 예로 돌아가보면, 너희는 정말로 히로시마에 원자폭탄을 떨어뜨리는 게 절대로 필요했다고 생각하느냐? 너희 미국 역사학자들은 실제로 일어난 일들에 대해서 더 많이 알고 있다고 주장하는 사람들이 쓴 여러 보고서들, 일본 천황은 원자폭탄이 투하되기 전에 이미 전쟁을 끝내고 싶다는 자신의 의지를 비밀리에 미국 정부에 전달했다고 말하는 여러 보고서들에 대해서 무엇이라고 말하고 있는가? 원자폭탄 투하를 결정하는 데 진주만 폭격에 대한 복수심이 어느 정도 작용한 건 아닌가? 그리고 너희가 히로시마 원폭 투하를 불가피한 일로 인정한다면, 두 번째 폭탄을 떨어뜨린 것도 불가피한 일이었는가?

물론 이 모든 것에서 너희의 설명이 정확할 수도 있다. 실제로 이 모든 일이 미국의 관점대로 일어났을 수도 있다. 하지만 그것은 지금 우리 논의의 주제가 아니다. 여기서의 주제는 너희 교육제도가 이런 문제를 비롯하여 무수히 많은 문제들에 대해서 비판적 사고를 허용하지 않는다는 점이다.

너는 예컨대 아이오와 주에 있는 한 사회연구소나 역사 선생이 학생들에게 내가 위에서 말한 질문들을 던지고, 그 문제를 깊이 있게 검토하고 탐구한 다음 자기들 나름의 결론을 끌어내도록 학생들을 이끌고 격려했다면, 그 연구소나 선생에게 어떤 일이 일어날지 상상이 가느냐?

바로 **이것이** 문제다! 너희는 아이들이 나름의 결론을 끌어내길 원치 않는다. 너희는 그들도 **너희가 도달한 결론과 똑같은 결론에 이르길** 원한다. 그래서 너희는 그 결론이 **너희에게** 가져다 준 실수를 되풀이하게 만드는 운명을 아이들에게 지우고 있는 것이다.

하지만 그렇다면 옛가치와 오늘날 우리 사회의 해체에 대해 많은 사람들이 했던 주장들은 어떻게 하고요? 십대 출산율과 십대 미혼모의 믿기지 않는 급속한 상승은요? 또 우리 세상이 미쳐 날뛰는 건요?

너희 세상은 미쳐 날뛰어왔다. 나는 그 점에 기꺼이 동의한다. 하지만 너희 세상이 미쳐 날뛰어온 건 너희가 너희 학교들더러 가르치도록 허용했던 것들 때문이 아니다. 세상이 미쳐 날뛰어온 건 너희가 학교들더러 가르치도록 허용하지 않았던 것들 때문이다.

너희는 너희 학교들이 존재하는 것은 오직 사랑뿐임을 가르치도록 허용하지 않았고, 너희 학교들이 조건 없는 사랑을 이야기하도록 허용하지 않았다.

맙소사! 우리는 우리 **종교들**에도 그런 식으로 말하는 걸 허용하지 않을 겁니다.

맞는 말이다. 또 너희는 너희 자식들이 자신과, 자신의 몸과, 인간으로서 자신의 존재와, 경이로운 자신의 성적 자아를 찬양하는 것을 배우도록 허용하지도 않겠지. 또 너희는 너희 아이들이 다른 무엇보다도 육체에 깃든 영적 존재로서 자신을 알도록 허용하지도 않을 테고. 더욱이 너희는 너희 아이들을 육체 속에 들어간 영혼으로 다루지도 않을 것이다.

성(性)을 드러내놓고 이야기하고, 자유롭게 논의하고, 즐겁게 설명하고 체험하는 사회에서는 사실상 성범죄라는 게 없고, 예기치 못한 나이에 출산하는 일도 극소수에 지나지 않는다. 또 "사생아"나 원치 않는 출산 같은 건 존재하지 않는다. 고도로 진화한 사회들에서는 **모든** 출산이 축복이며, 모든 어머니와 모든 아이가 사회의 보살핌을 받는다. 사실 그런 사회라면 그렇지 않을 도리가 없다.

역사가 강자와 권력자들의 시각으로 기울지 않는 사회들에서는 과거의 잘못은 드러내놓고 인정되고, 두 번 다시 되풀이되지 않는다. 그래서 명백히 자기 파괴적인 행위들은 **한번으로 충분하다.**

단순히 기억해야 할 사실들이 아니라 비판적 사고와 문제 해결력과 살아가는 재능을 가르치는 사회들에서는, 과거의 소위 "정당한" 행동들조차 집중적인 점검을 받는다. 어떤 것도 액면 그대로 받아들여지지 않는다.


어떻게 해야 그런 식으로 되죠? 제2차 세계대전에서 예를 들어봅시다. 단순히 사실이 아니라 살아가는 재능을 가르치는 학교 제도라면 히로시마에서 벌어진 역사적 사건에 어떤 식으로 접근한다는 겁니까?

너희 교사들은 거기서 무슨 일이 벌어졌는지 학생들에게 정확하게 설명해주려 할 것이다. 그들은 그 사건을 몰고 온 모든 사실—사실 **전부**—를 포함시키려 할 것이다. 교사들은 그 충돌의 양쪽 당사자들 입장에 선 역사가들의 시각을 검토하면서, **어떤 것에나** 하나 이상의 관점이 있기 마련임을 깨달을 것이고, 그러고 나면 그들은 그 문제와 관련된 사실들을 암기하라고 학생들에게 요구하지 않을 것이다. 대신 그들은 학생들에게 문제를 내놓을 것이다. 그들은 이렇게 말할 것이다. "자, 이제 너희들은 이 사건에 관한 모든 걸 들었다. 너희는 그 사건이 벌어지기 전에, 또 사건이 벌어지고 나서 일어났던 일 전부를 알고 있다. 우리는 너희에게 이 사건에 대해 우리가 수집할 수 있었던 모든 '지식'을 너희에게 주었다. 이제 이 '지식'에서 너희는 어떤 '지혜'를 얻을 수 있는가? 만일 너희가 그 당시에 직면했던 문제들과 그 당시에는 원자폭탄 투하로 해결했던 문제들을 풀어야 할 사람으로 뽑힌다면, 너희는 어떤 식으로 그 문제들을 풀겠는가? 더 좋은 방법을 생각해낼 수 있겠는가?"

아, 그럼요. 그런 건 쉬운 일이죠. **그런 식이라면** 말입니다. 말하자면 **지나고 나서라면**, 누구라도 답안을 낼 수 있기 마련이죠. 누구라도 그 사람들 어깨 너머로 쓱 훑어보고는 "나 같으면 다르게 했을 거야"라고 말할 수 있는 겁니다.

그럼 왜 너희들은 하지 않느냐?

뭐라고요?

왜 너희들은 하지 않느냐고 물었다. 왜 너희들은 어깨 너머로 쓱 훑어보고, 너희 과거에서 **배워** 다르게 행동하지 않았느냐? 내가 그 까닭을 말해주지. 너희 아이들에게 너희 과거를 살펴보고 그것을 비판적으로 분석하도록 허용한다면, 아니 교육의 일부로 그들에게 그렇게 하도록 요구한다면, 그것은 **너희가 일을 처리해온 방식**에 그들이 **다른 의견을** 가질 위험을 감수하는 것이 되기 때문이다.

하지만 그래봤자 결국 아이들은 너희와 의견을 달리할 것이다. 너희는 단지 그런 불일치가 학교에서 너무 많이 허용되지 않게밖에 할 수 없을 것이다. 그래서 그들은 거리로 나서야 한다. 피켓을 흔들고, 소집영장을 찢고, 브래지어와 깃발을 불태운다. 그들은 너희의 주의를 끌 수 있는 것, 너희가 보도록 만들 수 있는 것이면 뭐든지 한다. 젊은이들은 계속해서 너희에게 비명을 질러왔다. "더 나은 방법이 있을 거라구!" 하지만 너희는 듣지 않는다. 너희는 듣고 싶지 않다. 그러니 당연히 너희는 그들이 **수업**에서 얻는 사실들을 비판적으로 생각하도록 북돋우고 싶지도 않다.

너희는 아이들에게 이렇게 말한다. 그냥 그렇게 **받아들여.** 여기에 들어와서 우리가 지금껏 잘못했다고 말하지 마. 그냥 우리가 **옳은 걸로 받아들여.**

이것이 너희가 아이들을 교육하는 방식이다. 이것이 너희가 교육이라고 불러온 것이다.

하지만 이 나라와 이 세상을 이렇게 엉망으로 만든 건 젊은이들과

제정신이 아닌 그들의 얼빠진 자유주의 사상 때문이라고 말하는 사람들도 있습니다. 세상을 지옥으로 만들고, 세상을 멸망의 나락으로 몰아가며, 가치 지향적인 우리 문화를 파괴하고, 너 하고 싶은 대로, "기분 내키는 대로" 하라로 바꿔버린 건 그들이다, 그것은 우리의 생활 방식 자체를 끝장낼 수도 있는 그런 위험한 도덕관이라고 말하는 사람들도요.

사실 젊은이들은 너희의 생활 방식을 파괴하고 있다. 젊은이들은 **항상** 그렇게 해왔다. 너희가 할 일은 그렇게 하지 못하도록 기를 죽이는 게 아니라, 그렇게 하도록 북돋우는 것이다.

열대우림을 파괴하는 쪽은 젊은이들이 아니다. 그들은 너희에게 그렇게 하지 **말라고** 요구하고 있다. 너희의 오존층을 고갈시키는 쪽은 젊은이들이 아니다. 그들은 그렇게 하지 **말라고** 요구하고 있다. 전 세계의 열악한 공장들에서 가난한 사람들을 착취하는 것은 젊은이들이 아니다. 그들은 그렇게 하지 **말라고** 요구한다. 너희를 죽을 지경으로 만드는 세금을 거둬다가 그 돈을 전쟁과 전쟁 도구 비용으로 쓰는 것은 젊은이들이 아니다. 그들은 너희에게 그렇게 하지 **말라고** 요구한다. 약자와 짓밟힌 자들의 문제를 무시하고, 모든 사람이 먹고도 남을 만큼 많이 가진 이 행성에서 날마다 몇백 명씩 굶주림으로 죽어가게 내버려두는 쪽은 젊은이들이 아니다. 그들은 너희에게 그렇게 하지 **말라고** 요구하고 있다.

속임수와 조작의 정치판에 몰두하는 쪽은 젊은이들이 아니다. 그들은 그렇게 하지 **말라고** 요구하고 있다. 성적으로 억압받고, 자신의 몸을 부끄러워하고 당황스러워하면서, 이 수치심과 당혹감을 자기 자식들에게 전해주는 쪽은 젊은이들이 아니다. 그들은 너희에게 그렇게 하지 **말라고** 요구하고 있다. "힘이 정의"라고 말하는 가치 체계와 폭력으로 문제를 해결하는 세상을 세운 쪽은 젊은이들이 아니다. 그들은 너희에게 그렇게 하지 **말라고** 요구하고 있다.

아니, 너희에게 요구하고 있는 게 아니다…… 그들은 **너희에게 간청하고** 있다.

하지만 폭력적인 쪽은 젊은 사람들이라구요! 폭력 조직에 가담해서 서로 죽이는 쪽도요! 법과 질서에다 대고 콧방귀를 뀌는 쪽도 젊은이들이고요. **어떤** 질서든 가리지 않고 말입니다. 그리고 우리를 **미치게** 만드는 것도 젊은이들입니다!

너희가 세상을 바꾸려는 젊은이들의 고함과 탄원을 듣지 않고 눈길조차 주지 않을 때, 그들이 자기네 대의(大義)가 지고 있음을 알 때, 즉 어떻게 하든 너희가 너희 방식이 이기도록 만들 것임을 알 때, 결코 어리석지 않은 젊은이들은 그 다음으로 훌륭한 일을 할 것이다. 그들은 너희를 이길 수 없다면 너희에게 가담할 것이다.

젊은이들은 행동으로 너희에게 가담해왔다. 그들이 폭력적이라면, 그것은 너희가 폭력적이기 때문이다. 그들이 물질적이라면, 그것은 너희가 물질적이기 때문이다. 그들이 미쳐 날뛴다면, 그것은 너희가 미쳐 날뛰기 때문이다. 그들이 섹스를 가지고 농간을 부리고, 무책임하고 수치스럽게 섹스를 이용한다면, 그것은 너희가 똑같은 짓을 하는 걸 그들이 보기 때문이다. 젊은이들과 기성세대 간의 유일한 차이점은 젊은이들은 자신들이 하는 일을 드러내놓고 한다는 것뿐이다.

기성세대는 자신들의 행동을 감춘다. 기성세대는 젊은이들이 못 볼 거라고 생각한다. 하지만 젊은이들은 모든 걸 보고 있다. 어떤 것도 그들의 눈을 피할 수 없다. 그들은 기성세대의 위선을 보고는 필사적으로 그것을 바꾸려고 한다. 하지만 노력해도 실패하고 나면 그들은 그것을 모방하는 것 말고는 다른 선택이 없다는 걸 안다. 물론 이 점에서 그들은 잘못하고 있다. 하지만 그들은 한번도 **다른 식으로 배우지 못했다.** 그들은 기성세대가 해온 일을 비판적으로 분석하도록 허용받은 적이 없다. 그들에게 허용된 것은 오로지 그것을 기억하는 것뿐이었다.

결국 너희는 너희가 기억하는memorize 것을 기념한다memorialize.

그렇다면 우리 아이들을 어떤 식으로 교육해야 합니까?

먼저, 그들을 영혼으로 다루어라. 그들은 육신 속으로 들어가는 영혼이다. 이것은 영혼이 하기에 쉬운 일이 아니고, 영혼이 익숙해지기에 쉬운 일이 아니다. 그것은 대단히 갑갑하고 답답한 일이다. 그래서 갑자기 그토록 제한당하는 것에 아기는 울음으로 항의한다. 이 울음소리에 귀를 기울여라. 그것을 이해하라. 그리고 너희가 할 수 있는 한 최대한 많이 아이들에게

"무제한"의 느낌을 갖게 하라.

그 다음에는, 친절하고 조심스럽게 너희가 창조한 세상을 그들에게 소개하라. 그들의 기억은행 속에 집어넣는 것들에 십분 신경을 써라. 말하자면 조심하라. 아이들은 보고 체험하는 모든 것을 기억한다. 왜 아기들이 자궁을 빠져나온 순간에 너희는 그들을 찰싹 때리는가? 정말로 너희는 이렇게 해야만 그들의 엔진이 굴러간다고 생각하는 건가? 또 왜 너희는 아기들이 자신들의 존재 전체로 느껴온 유일한 생명 형태인 자기 엄마들에게서 떨어져나오고 나면, 금방 그들 사이를 떼어놓는가? 그 갓난아기가 **자신에게 생명을 준** 존재의 편안함과 안정감을 체험하는 그 잠깐 동안만이라도, 아기의 키와 몸무게를 재고 그 몸을 눌러보고 찔러보는 걸 참으면 안 되는가?

왜 너희는 아이가 접하는 초기 이미지들 중에 폭력의 이미지가 들어가도록 내버려두는가? 이렇게 하는 것이 너희 아이들에게 좋다고 누가 말했는가? 그리고 왜 사랑의 이미지는 감추는가?

왜 너희는 너희 몸을 아이들에게서 가리고, 그들에게도 자신을 즐기는 방식으로 몸을 만져서는 절대 안 된다고 이야기하여, 아이들이 자신의 몸과 몸의 기능들을 부끄럽고 당혹스럽게 여기도록 가르치는가? 그렇다면 너희는 그들에게 즐거움에 관해서 어떤 메시지를 보내고 있느냐? 또 몸에 관해서는 어떤 교훈을 주고 있느냐?

왜 너희는 경쟁이 허용되고 조장되며, "최고"가 되고 "최대"로 배우면 상을 받고, "성취"에 등급이 매겨지고, 자기 자리에서 벗어나는 걸 거의 두고 보지 못하는 학교에 아이들을 가게 하는가?

왜 너희는 아이들에게 운동과 음악과 예술의 기쁨과 옛날 이야기의 신비와 삶의 경이에 대해서는 가르치지 않는가? 왜 너희는 아이들에게 부자연스러운 것을 집어넣는 대신에, 그들에게서 발견되는 자연스러운 것을 끄집어내려 하지 않는가?

어째서 너희는 규칙과, 기억된 제도와, 그 방식들로는 전혀 진화할 수 없음이 이미 분명해졌는데도 여전히 사용하고 있는 사회적 결론들 대신에, 아이들이 그들 나름의 직관과 그들 내면 깊은 곳의 앎이라는 도구들을 써서 논리와 비판적 사고와 문제 해결력과 창작을 배우도록 놔두지 않는가?

그리고 마지막으로, **주제**가 아니라 **개념들**을 가르쳐라.

다음 세 가지 '핵심 개념들'을 중심으로 하는 새로운 교육과정을 고안하라.

> **자각**awareness
>
> **정직**honesty
>
> **책임**responsibility

아주 어릴 때부터 너희 아이들에게 이 개념들을 가르쳐 마지막 날까지 이 교육과정 전체를 다 밟게 하고, 너희의 교육 방식 전체를 이 개념들 위에 자리 잡게 하여, 모든 가르침이 그 뿌리에서 나오게 하라.


그렇게 되면 어떻게 된다는 건지 잘 모르겠는데요.

내 말은 너희가 가르치는 모든 것이 이 개념들에서 나오리란 뜻이다.

자세히 설명해주시겠습니까? 읽기, 쓰기, 셈은 어떤 식으로 가르치게 되는 겁니까?

읽기라면 최초의 입문서에서 고급 독본에 이르기까지, 모든 이야기와 줄거리와 주제가 이 핵심 개념들을 중심으로 삼을 것이다. 즉 그것들은 자각의 이야기, 정직에 관한 이야기, 책임에 대한 이야기들이 될 것이다. 이런 읽기 책들을 읽으면서, 너희 아이들은 이 개념들을 소개받고, 이 개념들을 주입받으며, 이 개념들에 젖어들 것이다.

쓰기 과제 역시 마찬가지로 이 핵심 개념들을 중심으로 삼을 것이다. 아이의 자기표현 능력이 자람에 따라, 그 개념들에 따른 다른 부대 개념들도 더불어 포함될 것이고.

셈하는 기술조차도 이 틀 내에서 배우게 될 것이다. 산수와 수학은 추상이 아니라 이 우주에서의 삶을 살기 위한, 가장 기본되는 도구들이다. 셈하는 기술에 대한 모든 가르침은 핵심 개념들과 파생물들로 관심을 끌어가고, 그것들에 초점을 둠으로써, 더 넓은 인생 체험 속에서 자리매김될 것이다.

여기서 "파생물들"이라는 건 뭘 말씀하시는 겁니까?

너희 대중매체들이 유행시킨 표현대로 하면, 속편(續編)이라는 것이다. 본질상 사실을 가르치는 현 교육과정의 주제들을 대신하여, 교육 방식 전체가 이 속편들에 토대를 둘 수 있다.

예를 들면요?

자, 우리 상상을 해보자. 네가 살면서 중요하게 여기는 개념들로 어떤 것들이 있느냐?

음…… 저로서는…… 정직요. 당신이 말했듯이요.

그래, 계속해봐라. 그건 '핵심 개념'의 하나다.

그리고, 음…… 공평함요. 이건 제게 중요한 개념입니다.

좋다. 다른 건?

다른 사람에게 친절하게 대하는 거요. 이것도 제게 중요하긴 한데, 그걸 어떻게 개념으로 표현해야 할지 모르겠군요.

계속하라. 그냥 생각이 흐르는 대로 내버려둬라.

더불어 사는 것. 인내하는 것. 남을 해치지 않는 것. 다른 사람을 동등한 존재로 보는 것. 이것들은 모두 제가 제 아이들에게 가르쳤으면 하는 것들입니다.

좋다. 아주 잘했다! 계속 하라.

또…… 자신을 믿는 것. 이건 훌륭한 가치죠. 그리고 또…… 잠깐, 잠깐만요…… 생각이 나려 해요. 음…… 예, 인간답게 처신하는 거요, 그겁니다. 전 그런 걸 인간답게 처신하는 거라고 말하는데…… 달리 더 좋은 개념으로 어떻게 표현해야 좋을지 모르겠거든요. 어쨌든 그건 사람이 살면서 자신을 끌어가고 남들과 남들이 택하는 행로를 존중하는 태도와 연관된 것입니다.

그건 좋은 소재다. 그 모두가 좋은 소재다. 너는 지금 그것을 향해 내려가고 있다. 그리고 그런 것들 말고도 모든 아이가 깊이 이해해야 하는 여러 다른 개념들이 있다. 그들이 완전한 인간 존재로 진화하고 성장하려 한다면 말이다. 하지만 너희 학교들에서는 이런 것들을 가르치지 않는다. 이것들, 우리가 지금 이야기하는 이런 것들은 삶의 가장 중요한 것들이지만, 너희는 그것들을 학교에서 가르치지 않는다. 너희는 정직하다는 것이 무슨 뜻인지 가르치지 않는다. 너희는 책임감을 갖는다는 게 무슨 뜻인지 가르치지 않으며, 다른 사람들의 감정을 알아채고 그들의 행로를 존중한다는 게 무슨 뜻인지 가르치지 않는다.

너희는 이런 일들을 가르치는 게 부모에게 달렸다고 말한다. 하지만 부모들은 고작해야 자신들이 전달받은 것을 전해줄 수 있을 뿐이다. 아버지의 죄는 아들을 찾아가기 마련이니, 너희는 너희 부모가 너희를 가르치던 것과 똑같은 소재로 너희 아이들을 가르치고 있다.

그래서요? 그게 어떻다는 겁니까?

내가 여기서 이미 여러 번 했던 말이지만 최근에 세상 돌아가는 걸 살펴본 적이 있느냐?

당신은 계속해서 우리를 거기로 데려가고 있군요. 계속해서 우리더러 그것을 살펴보게 만들고 있어요. 하지만 그 모든 게 우리 잘못은 아닙니다. 우리 것이 아닌 세상 부분들 때문에 우리가 비난받을 순 없다구요.

그건 비난의 문제가 아니라, 선택의 문제다. 그리고 인류가 내려왔고, **지금도** 내리고 있는 선택에 대해서 너희가 책임지지 않는다면 도대체 누가 책임을 진다는 거냐?

하지만, 우리가 그 **모두**를 책임질 순 없다구요!

너희에게 이르노니, 너희가 그 모두를 기꺼이 책임지기 전까지는, 너희는 어떤 것도 **바꿀 수 없다.**
너희는, 그렇게 했고 그렇게 하고 있는 건 그들이라는 말만 하고 있을 순 없고, 그들이 그것을 바로잡기만 해도!라는 말만 되뇌고 있을 순 없다. 월트 켈리의 만화 주인공 포고가 했던 멋진 대사를 기억해내고, 절대 그것을 잊지 마라.
**"우리는 적과 마주쳤는데, 그들은 우리였다."**

우리는 몇백 년 동안 같은 실수를 되풀이해왔군요, 그렇지요……

　　내 아들아, 몇천 년 동안이다. 너희는 몇천 년 동안 같은 실수를 되풀이해왔다. 인류는 가장 기본 본능들에서 혈거인(穴居人) 시대보다 별로 진화하지 않았다. 그럼에도 그것을 바꾸려는 모든 시도는 경멸을 받았고, 너희의 가치를 세밀히 살펴보고 때로는 그것들의 구조를 다시 짜려는 모든 도전은 처음에는 두려움과, 그 다음에는 분노와 맞닥뜨려야 했다. 이제 **학교**에서 고상한 개념들을 실제로 가르치자는 발상이 나에게서 나왔으니, 오, 이런, 우리는 지금 살얼음을 밟고 서 있는 셈일세, 그려.
　　하지만 고도로 진화된 사회에서 이루어지고 있는 일이 바로 이런 것이다.

하지만 문제는 이 개념들, 이 개념들이 뜻하는 바에 모두가 동의하지는 않는다는 겁니다. 이 때문에 우리는 그것들을 학교에서 가르칠 수 없는 겁니다. 당신이 이런 것들을 교과과정 속에 넣으려고 한다면 부모들은 들고 일어날 겁니다. 그들은 당신이 "가치들"을 가르치고 있다, 학교가 그런 것들을 가르치는 곳이 될 수는 없다고 말합니다.

　　그들이 틀렸다! 다시 한번 인간 종족으로서 너희가 하려 한다고 말하는 것, 즉 더 나은 세상을 세우는 것에 비춰볼 때 **틀린** 쪽은 그들이다. 학교야말로 그런 것들을 가르치기에 **딱 좋은** 곳이다. 학교는 부모들의 편견에서 벗어나 있고, 부모들의 선입견에서 떨어져 있다는, 정확히 그 **이유 때문에**. 너희는 부모에서 자식으로 가치들을 전해온 결과가 너희 행성을 어떤 꼴로 만들었는지 **보지 못했는가?** 지금 너희 행성은 궁지에 몰려 있다.

너희는 문명화된 사회의 가장 기본되는 개념들조차 분별하지 못하고 있다.

너희는 폭력 없이 갈등을 해결하는 법을 모르고,

너희는 두려움 없이 사는 법을 모르며,

너희는 조건 없이 사랑하는 법을 모른다.

이것들은 기본 중의 **기본**인 사리분별들이다. 그런데도 너희는 이것들을 시행하지 않는 건 물론이고, 그 충분한 이해에 접근조차 못하고 있다. **몇백만 년이 지난** 지금까지도……

이 궁지에서 벗어날 방법이 있습니까?

있다! 너희 학교들에! 너희 아이들의 교육에! 너희의 희망은 다음 세대와 다음번에 있다! 하지만 먼저 너희가 아이들을 예전 방식들에 빠뜨리는 것을 그만두어야 한다. 제 역할을 하지 못했던 그런 방식들에. 그것들은 너희가 가고 싶다고 말하는 곳으로 너희를 데려다주지 않았다. 이런데도 너희가 신경을 쓰지 않는다면, 너희가 가게 될 곳은 지금 향해 가고 있는 바로 그곳이 될 것이다.

그러니 **멈춰라!** 돌아서라! 둘러앉아 생각을 모아라. 너희가 인간으로서 지금껏 자신들에 대해 가졌던 전망 중에서 가장 거창한 전망의 가장 위대한 해석만을 만들어내라. 그런 다음 이런 전망을 단단하게 붙들어줄 가치와 개념들을 잡아서, **그것들을 너희 학교들에서 가르쳐라.**

이런 강좌들이 왜 안 되는가……

· 권력 이해
· 평화로운 갈등 해결론
· 애정 관계의 요소들
· 사람됨과 자기 창조
· 몸, 마음, 영혼의 작동 방식
· 창조하는 법
· 자신을 찬양하고 남들을 존중하는 법
· 즐거운 성 표현
· 공평함
· 관용
· 다양성과 유사성
· 경제 윤리
· 의식과 마음의 창조력
· 자각과 깨어남
· 정직과 책임
· 가시성(可視性)과 투명성
· 과학과 영성(靈性)

이 중 상당수는 우리도 가르치고 **있습니다.** 우리는 그걸 사회과학이라고 하죠.

나는 한 학기짜리 강좌에서 이틀밖에 걸리지 않는 한 단원을 말하는 게 아니다. 내가 말하는 건 이런 것들이 각기 **독립된 강좌**가 되고, 너희 학교의 교육과정을 지금 가르치는 식의, 주로 사실에 토대를 둔 교육과정에서 가치에 토대를 둔 교육과정으로 전면 개편하라는 것이다.

내가 이야기하는 건 지금 너희가 날짜와 사실과 통계들을 놓고 그러는 것과 똑같은 정도로, 너희 아이들의 가치관을 형성할 핵심 개념들과 이론 구조들에 그들의 주의를 집중시키라는 것이다.

너희 은하계와 너희 우주의 고도로 진화된 사회들에서는(이 사회들에 대해서는 3권에서 훨씬 더 자세히 이야기하게 될 것이다), 아이들이 아주 어릴 때부터 삶에 필요한 개념들을 배운다. 그런 사회들에서는 소위 "사실"이란 것들은 훨씬 덜 중요하게 여겨지고, 그것들은 훨씬 더 나이가 들고 나서야 배운다.

너희는 너희 행성에, 유치원을 졸업하기도 전에 읽는 법을 배운 꼬맹이 조니가 자기 형을 무는 걸 그만두는 법은 여전히 익히지 못한 사회를 창조했다. 그리고 수지는 플래시 카드와 기계적 암기로 이전보다 더 낮은 학년에서 구구단은 줄줄 외우게 되었지만, 자기 몸에 대해 부끄럽거나 당황할 것은 아무것도 없다는 사실은 배우지 못했다.

지금의 너희 학교들은 무엇보다 대답을 주기 위해서 존재한다. 학교의 최우선 역할을 질문하는 데 두었더라면 훨씬 더 유익했을 텐데 말이다. 정직하다, 책임진다, 혹은 "공평하다"는 게 무슨 뜻인가, 그것들이 의미하는 바는 무엇인가, 그 점에서 2+

2=4란 무슨 뜻인가, 그것이 의미하는 바는 무엇인가? 고도로 진화된 사회들은 모든 아이가 **자기 스스로 그 대답들을 찾아내고 창조하게끔** 북돋운다.

하지만…… 하지만 그렇게 되면 **혼란**이 온다구요!

너희가 지금 살고 있는 비(非)혼란 상황에 반대되는 것으로 말이지……

좋습니다. 좋아요…… 그렇게 되면 더 큰 혼란을 가져올 거라고 하죠.

나는 지금 너희가 이런 것들에 대해 배우거나 판단했던 것들 일체를 학교가 너희 자식들과 함께해서는 안 된다고 제안하는 게 아니다. 전혀 반대다. 오히려 예전에 어른들이 배우고 발견하고 판단하고 선택했던 것들 전부를 아이들과 함께하는 것이야말로 학교가 그들에게 봉사하는 길이다. 그렇게 되면 학생들은 이 모두가 어떤 식으로 굴러왔는지 관찰할 것이다. 하지만 지금 너희 학교들에서는 이런 자료들을 '옳은 것'으로서 학생들에게 제시한다. 실제로는 자료들은 그냥 그것, 자료로만 제공되어야 하는데도.

'과거 자료'가 '현재 진실'의 근거가 되어서는 안 된다. 이전 시기나 이전 체험에서 나온 자료는 언제나 새로운 질문의 근거로 쓰여야 하고, 오직 새로운 질문의 근거로만 쓰여야 한다. 보물은 언제나 대답이 아니라 질문 속에 있기 마련이니.

그리고 질문들은 항상 같아야 한다. 우리가 너희에게 보여준 이 과거 자료에 관해 너희는 동의하는가, 아니면 의견을 달리하는가? 너희는 어떻게 생각하는가? 언제나 이것이 중심 질문이고, 언제나 이것이 초점이다. 너희는 어떻게 생각하는가? 너희는 어떻게 생각하는가? **너희는 어떻게 생각하는가**……?

이제 아이들이 이 질문에 자기 부모의 가치를 적용하리란 건 명약관화하다. 부모는 아이들의 가치 체계를 창조하는 데 계속해서 강력한 역할, 명백히 최우선 역할을 할 것이다. 학교의 취지와 목적은 가장 어린 나이에서부터 공식 교육이 끝날 때까지 아이들이 그런 가치들을 탐구하고 그것들을 사용하고 적용하고 작동시키게 북돋우는 것, 그렇다, 그것들을 문제 삼도록 북돋우는 것이다. 아이들이 자신의 가치를 문제 삼길 원하지 않는 부모는 자식들을 사랑하는 것이 아니라, 자식들을 **매개로** 자신을 사랑하는 것이기에.

당신이 묘사하는 그런 학교가 있길 바랍니다. 정말로요!

이 모델에 접근하려고 애쓰는 몇몇 학교들이 있다.

있다고요?

그렇다. 루돌프 슈타이너Rudolph Steiner란 사람의 저서들을 읽어봐라. 그가 발전시킨 발도르프 학교Waldorf Schule의 방법들을 연구해봐라.

저, 그 학교들이라면 물론 저도 알고 있습니다. 이건 광고입니까?

이건 관찰이다.

제가 발도르프 학교들을 잘 안다는 걸 당신이 아셨기 때문이군요. 그 사실을 알고 계셨지요?

물론 나는 알고 있었다. 네 삶의 모든 것이 이 순간을 네게 가져오는 데 기여했다. 나는 이 책을 시작할 때 비로소 너와 이야기를 나누기 시작한 것이 아니다. 나는 네 모든 만남과 체험을 매개로 오랫동안 너와 이야기를 나눠왔다.

당신은 발도르프 학교가 최고라고 말씀하시는 겁니까?

아니다. 나는 그것이 쓸 만한 보기라고 말하는 것이다. 너희가 인간으로서 가고 싶다고 말하는 곳, 너희가 하고 싶다고 주장하는 것, 너희가 되고 싶다고 말하는 것에 비추어볼 때. 나는 그것을 교육이 어떻게 단순히 "지식"이 아니라 "지혜"에 초점을 두는 방식으로 시행될 수 있는가를 보여주는 하나의 예로, 비록 너희 행성과 너희 사회에는 그런 예들이 드물긴 하지만, 내가 열거할 수 있는 여러 예들 중 하나로 말하는 것이다.

사실 그건 제가 굉장히 마음에 들어하는 모델입니다. 발도르프 학교와 다른 학교들 간에는 많은 면에서 차이가 있습니다. 제가 예를 하나 들겠습니다. 간단한 예이긴 하지만, 그 차이를 확실하게 보여줄 겁니다.

발도르프 학교에서는 초등학교 학습 체험의 전 과정 동안에 교사와 아이들이 함께 단계를 밟아나갑니다. 왜냐하면 전 학년에 걸쳐 아이들이 같은 교사를 담임으로 갖기 때문이죠. 이 선생에서 저 선생으로 바꾸지 않고요. 당신은 여기서 형성되는 유대를 상상할 수 있겠습니까? 그 가치를 이해할 수 있겠습니까?

교사들은 마치 자기 자식인 양 아이를 잘 알게 됩니다. 아이는 다수의 전통적인 학교들에서는 존재한다고도 생각하지 않던 마음의 문을 연 교사들과 신뢰와 사랑을 나누게 됩니다. 그렇게 해서 전체 학년이 끝나고 나면 교사는 다시 1학년 담임으로 되돌아갑니다. 또 다른 그룹의 아이들과 함께 전 학년 교육과정을 처음부터 다시 한번 밟아나가는 거죠. 그래서 아무리 헌신적인 발도르프 교사라도 재직 중에 함께 과정을 밟아나가는 아이들은 겨우 네다섯 그룹에 불과합니다. 하지만 그 교사는 그 아이들에게 전통적인 학교 환경에서는 불가능한 수준의 존재가 되는 것입니다.

이 교육 모델은 그런 식의 틀 속에서 함께 나누는 **인간관계와 유대감과 사랑**이 교사가 아이들에게 나눠주는 **사실**만큼이나 중요하다는 걸 인정하고 선언하는 것입니다. 이것은 집 밖에 있지만, 홈스쿨(집에서 교과과정을 밟을 수 있게 허용하는 미국의 교육제도―옮긴이)과 비슷합니다.

그렇다, 그건 좋은 모델이다.

576

이것 말고도 다른 좋은 모델들이 있습니까?

그렇다. 너희 행성에서는 교육과 관련하여 약간의 진보가 이루어지고 있다. 하지만 그것은 대단히 느리다. 지향성을 지닌 목표인 재능 키우기에 초점을 두는 교육과정을 공립학교들에서 실시하려는 시도조차도 엄청난 저항에 부딪혀왔다. 사람들은 그것을 위험하거나 효과적이지 않다고 여긴다. 그들은 아이들이 사실들을 배우길 원한다. 그럼에도 약간의 성공 사례들은 있다. 하지만 아직은 해야 할 일이 무척 많다.

교육은 인간 체험 중에서 너희가 인간 존재로서 추구한다고 말하는 것에 비추어 분해수리 방법을 어느 정도 적용할 수 있는 유일한 영역이다.

그런데 저는 정치판도 좀은 바꿀 수 있기를 바랍니다.

아무렴.

# Conversations with God
## 10

이 순간을 기다려왔습니다. 이건 당신이 2권은 지구 범위에서 세계적인 문제들을 다루게 되리라고 제게 말했을 때, 제가 짐작했던 것 이상이군요. 그러니 너무 초보적인 질문 같아 보이긴 하지만, 제가 당신에게 한 가지 질문을 하는 것으로 인간 정치에 대한 우리들의 이야기를 시작해도 되겠습니까?

　　**자격이 없거나 가치가 없는 질문은 없다. 질문도 사람과 비슷하다.**

좋은 말씀이십니다. 그럼 묻겠습니다. 자기 나라의 이해관계에 따라 대외 정책을 실시하는 게 나쁜 겁니까?

아니다. 첫째로, 내 관점에서는 **어떤 것도** "나쁘지" 않기 때문이다. 하지만 나는 너희가 그 용어를 어떤 식으로 쓰는지 이해하니, 그 용어의 너희식 맥락에서 이야기할 것이다. 나는 "나쁘다"는 용어를 "너희가 되려는 존재라는 관점에서 보아 너희에게 도움이 되지 않는다"는 뜻으로 쓰겠다. 이것이 지금껏 내가 너와 이야기할 때 "좋다" "나쁘다"는 용어를 써온 방식이다. 그것은 항상 이런 맥락에서만 사용된다. 사실 '좋거나 나쁜 것'은 존재하지 않기에.

그래서 그런 맥락 관계에서 보면, 아니다, 대외 정책들을 자신의 이해관계에 따라 결정하는 것은 나쁜 일이 아니다. 나쁜 건 그렇게 하지 않는 듯이 가장하는 것이다.

물론 대부분의 나라들이 이렇게 가장한다. 그들은 실제로는 일련의 이유들 때문에 행동을 취하거나 취하지 **않았으면서도**, 그 근거로는 다른 일련의 이유들을 제시한다.

왜죠? 왜 대다수 국가들이 그렇게 하는 겁니까?

대다수 대외 정책들의 진짜 이유를 이해하게 되면, 국민들이 자신을 지지하지 않으리란 걸 정부가 알기 때문이다.

이것은 세계 어느 나라의 정부라도 마찬가지다. 의도적으로 국민을 현혹하지 않는 정부는 거의 없다. 사기는 정부의 일부다. 정부가 자신의 결정은 국민을 위해서라고 그들을 납득시키지 않는다면, 지금 자신들을 다스리는 방식대로 다스려지길 원할 국민은 거의 없을 것이기에. 아니 아예 다스림 자체를 원할 국민도 거의 없을 것이기에.

사실 이런 걸 믿게 하기는 대단히 어렵다. 왜냐하면 정부의 어리석음은 대다수 국민들 눈에 확연히 드러나 보이기 때문이다. 그래서 정부는 국민의 충성을 붙들어두기 위해서라도 거짓말을 해야 한다. 정부란 충분히 배짱 좋게, 그리고 충분히 오랫동안 거짓말을 하면, 그 거짓말은 "진실"이 된다는 공리(公理)의 정확성을 완벽하게 그려내는 초상화다.

권력을 쥔 자들은 자신들이 어떻게 권력을 쥐게 되었는지 절대 국민들이 알게 하지 않는다. 또 자신들이 지금껏 해왔고 앞으로 하려는 일이 그 자리를 지키는 일뿐이란 것도.

진실과 정치는 섞이지 않으며 섞일 수도 **없다**. 정치란 건 바라는 목표를 이루기 위해 말해야 할 필요가 있는 것만을 말하는 **기술**이며, 그것을 오직 옳은 것으로만 말하는 기술이기에.

모든 정치가 나쁜 것은 아니지만, 문제는 정치술이란 **심리술**이라는 데 있다. 정치는 사람들의 심리를 대단히 노골적으로 알아챈다. 그것은 사람들이란 건 자신의 이해관계에 따라 움직이기 마련임을 간단하게 눈치챈다. 그러니 정치란 것은 권력자들이 자신들의 이해가 곧 **너희의 이익**임을 너희에게 믿게 만드는 방식에 지나지 않는다.

정부는 무엇이 자신에게 이익이 되는지 알고 있다. 정부가 국민에게 뭔가를 **주는** 정책을 짜내는 데 그토록 능수능란한 이유가 여기 있다.

본래 정부는 대단히 한정된 역할만을 가졌다. 정부의 목적은 단순히 "유지하고 보호하는" 것뿐이었다. 그러다 누군가가

"제공하는" 일을 더했다. 정부가 국민의 보호자일 뿐 아니라 국민의 **제공자**가 되기 시작했을 때, 정부는 사회를 유지하지 않고 그것을 **창조하기** 시작했다.

하지만 정부란 건 그냥 국민이 원하는 일을 할 뿐이지 않습니까? 정부는 단지 체계를 제공할 뿐이지 않습니까? 사회적 범위에서 사람들이 자활(自活)하게끔 해주는 체계를요. 예를 들면 우리 미국에서는 인간 생명의 존엄성과 개인의 자유, 기회의 중요성, 어린이의 존엄성에 대단히 큰 가치를 부여합니다. 그래서 우리는 노인들에게 연금을 지급하는 법률들을 만들고, 또 그런 정책들을 세우도록 정부에 요구해왔습니다. 그들이 정년이 지나고서도 인간으로서 존엄을 유지할 수 있도록요. 또 우리는 모든 사람에게 동등한 취업 기회와 주택 취득 기회를 보장하는 법들을 만들고, 그런 정책들을 요구하죠. 우리와 다른 사람들, 우리가 동의하지 않는 생활 방식을 가진 사람들까지 포함해서요. 그리고 우리는 아동노동법을 근간으로 하여, 한 주(州)의 어린이들이 그 주의 노예가 되지 않고, 아이가 있는 모든 가정이 존엄을 잃지 않는 기본 의식주 생활을 꾸려갈 수 있게 해주는 정책들도 요구합니다.

그런 법률들은 너희 사회에 좋은 영향을 미쳤다. 그럼에도 사람들을 부양할 때, 너희는 그들의 가장 위대한 존엄을 빼앗지 않도록 주의해야 한다. 즉 그들 스스로 자활할 수 있음을 깨닫게 해주는 그들의 능력과 창조성, 집중력의 발휘라는 존엄을. 이것은 반드시 잡아야 하는 섬세한 균형점이다. 너희 국민은 오로지 한 극단에서 다른 한 극단으로 가는 것만을 아는 듯싶다. 너희는 정부가 국민을 위해 "몽땅 다 해주기"를 바라거나, 내일 당장이라도 정부 정책들을 몽땅 다 폐기하고, 법률들을 몽땅 다 지워버리고 싶어한다.

그렇습니다. 그리고 문제는 "좋은" 신임장을 지닌(혹은 "나쁜" 신임장을 지니지 않은) 사람들에게는 으레 가장 좋은 삶의 기회를 제공하는 사회에서, 스스로 자활할 수 없는 사람들이 너무 많다는 데 있습니다. 지주는 대가족에게 토지를 빌려주지 않고, 회사는 여자를 고용하지 않으며, 정의는 너무 자주 신분의 부산물일 뿐이고, 예방 차원의 의료 혜택은 충분한 수입을 가진 사람들만으로 제한되고, 여타 온갖 불평등과 차별이 광범위하게 존재하는 나라에서는 자신을 부양할 수 없는 사람들이 너무 많기 마련이죠.

그래서 정부가 국민의 양심을 대신해야 한다는 말이냐?

아니요. 정부 자체가 겉으로 드러난 국민의 양심입니다. 사람들이 사회의 질병을 바로잡으려 애쓰고, 그것을 바라고, 그렇게 하기로 결정하는 건 정부를 통해서입니다.

흔히 그렇다고들 하지. 하지만 되풀이해서 말하지만, 너희는 사람들에게 숨쉴 기회를 보장해주려던 법 때문에 너희 스스로가 질식당하는 일이 없도록 주의해야 한다.
도덕을 법률로 정할 수는 없고, 평등을 명령할 수는 없다.

필요한 것은 집단의식의 **강요**가 아니라, 집단의식의 **변화**다.

행위(와 모든 법률과 모든 정부 정책)는 '존재 상태'에서 나와야 하고, '자신이 누구인지'에 대한 참된 반영이어야 한다.


우리 사회의 법률들은 당연히 우리 자신을 반영하죠! 법들은 모두에게 "이것이 현재 미국의 상태라구. 이것이 바로 미국인들이지"라고 말하지요.


아마 최상의 경우라면 그렇겠지. 하지만 너희 법률이란 건 실제로는 그렇지 않으면서도, 권력자들이 **되어야 한다고** 여기는 상태를 선언한 것에 지나지 않는 경우가 거의 대부분이다.


"소수의 엘리트"가 법으로 "무지한 다수"를 가르친다는 거군요.


바로 그거다.


그게 뭐가 잘못된 겁니까? 만일 우리 중에 똑똑하고 잘난 소수의 사람들이 있어서, 그들이 기꺼이 사회와 세상의 문제들을 검토하고 해결책을 제시한다면, 그건 다수를 돕는 것 아닙니까?


그것은 그 소수의 동기에 따라 다르고, 그 동기의 명확성에 따라 다르다. 하지만 일반적으로 다수들 스스로 자신들을 다스리게 놔두는 것보다 더 "다수"에게 봉사하는 건 없다.

무정부주의로군요. 그렇게 해서는 아무 일도 안 됩니다.

무엇을 해야 할지 정부가 끊임없이 너희에게 말해준다면, 너희는 성장하여 위대해질 수 없다.

정부—제가 말하는 정부는 우리 자신을 다스리도록 우리가 선택해온 법이란 뜻입니다—란 건 한 사회의 위대성(혹은 그 위대성의 결여)을 반영하니, 위대한 사회일수록 위대한 법들을 통과시키기 마련이죠.

그리고 아주 소수의 법들만을. 위대한 사회라면 극소수의 법들밖에 **필요하지** 않기 때문이다.

그렇지만 진짜로 아무 법도 없는 사회는 "힘이 정의"인 미개 사회입니다. 법이란 건 놀이터를 평평하게 골라, 그 힘의 강약에 관계없이 진실로 옳은 것이 지배할 수 있게 하려는 인간의 시도입니다. 우리가 서로 동의하는 행동 규약들이 없다면 우리가 어떻게 함께 살 수 있겠습니까?

나는 아무런 행동 규약도, 아무런 동의도 없는 세상을 제안하는 것이 아니다. 나는 너희의 동의와 규약들이 자기 이익self-interest에 대한 더 수준 높은 이해와 더 위대한 규정에 근거하기를 제안하고 있다.

대개의 법률들이 실제로 이야기하는 내용이란 건 너희 중에 가장 권력 있는 자들이 기득권으로 지니고 있는 것에 지나지 않는다.

그냥 흡연 문제 한 가지만 보더라도 알 수 있다.

지금 법률은 특정 종류의 식물인 삼(대마)을 기르거나 쓸 수 없다고 말한다. 정부가 말하는 바로는 그것이 너희에게 나쁘기 때문이다.

하지만 같은 정부가 다른 종류의 식물인 담배를 기르거나 쓰는 건 전혀 괜찮다고 말한다. 그것이 너희에게 좋아서가 아니다(사실 정부 자신도 담배는 나쁘다고 말한다). 추측하건대 너희가 항상 그렇게 해왔기 때문일 것이다.

앞의 식물은 불법인데, 뒤의 식물은 그렇지 않은 진짜 이유는 건강과는 아무 관계도 없다. 그것은 경제와 관련이 있다. 말하자면 권력과.

그러니 너희 법률들은 너희 사회가 생각하는 자신, 되고자 하는 자신의 모습을 반영하는 게 **아니다**. 너희 법률들이 반영하는 건 **권력이 어디에 있는가다**.


공평하지 않습니다. 당신은 모순이 아주 명백한 상황을 예로 들었습니다. 하지만 대개의 상황은 그렇지 않습니다.


그 반대다. **대개가** 그러하다.


그렇다면 해결책은 뭡니까?

그 본성상 제한을 뜻하기 마련인 법률을 최대한 적게 가지는 것.

앞의 식물이 불법화된 이유는 오직 **표면에서만** 건강과 연관되어 있다. **진실**은, 법으로 **보호받는** 담배나 알코올이 중독성이 있거나 건강을 해치지 않는다면, 앞의 식물 역시 똑같이 그러하다는 것이다. 그렇다면 왜 허용되지 않는가? 그 이유는 그 식물을 재배하도록 허용한다면, 세상의 목면 재배업자들과 나일론과 레이온 제조업자들, 그리고 목재 가공업자들 중 절반이 직장을 잃고 말 것이라는 데 있다.

삼은 너희 행성에서 가장 쓸모 많고, 가장 강하고, 가장 질기며, 가장 오래가는 물질 중 하나일 수 있다. 너희는 그보다 더 좋은 섬유를 옷감으로 생산할 수 없으며, 그보다 더 강한 재질을 밧줄로 생산할 수 없고, 그보다 더 쉽게 재배하고 쉽게 수확할 수 있는 원료를 펄프로 생산할 수 없다. 너희는 전 세계 삼림이 점점 줄고 있다는 기사가 실린 신문을 보려고 해마다 수십만 그루의 나무를 자른다. 삼이라면 한 그루의 나무도 자르지 않고, 너희에게 수백만 부의 신문들을 제공할 수 있을 텐데 말이다. 사실 그것은 10분의 1밖에 안 되는 비용으로 그 많은 자원들을 대신할 수 있을 것이다.

그런데 이 기적 같은 식물, 덧붙이면 놀라운 약효까지 지닌 이 기적 같은 식물을 재배하도록 허용한다면 누군가가 손해를 본다. **바로 이것이 족쇄다.** 그리고 바로 이것이 너희 나라에서 대마초가 불법인 이유다.

너희가 전기 자동차를 대량 생산하거나, 비용이 적당하면서도 질 좋은 의료보장 제도를 실시하거나, 모든 가정에서 태양열 난방과 태양열 동력을 사용하는 데 그렇게 오랜 시간이 걸리는 것도 같은 이유에서다.

너희가 이 모두를 만들 수 있는 자금과 기술을 갖춘 건 이미 한참 전의 일이다. 그런데도 왜 너희는 그것들을 가지고 있지 않은가? 자, **그렇게 했을 때 손해 볼 사람이 누군지 알아보라.** 거기에서 답을 찾아낼 것이니.

이것이 너희가 그토록 자랑스러워하는 '위대한 사회'인가? 자칫 공동선(共同善)을 고려하기라도 하는 날엔 발에 차이고 절규하면서 질질 끌려가야 하는 사회가? 자칫 공동선이나 집단의 선을 언급하기라도 하는 날엔, 하나같이 "공산주의!"라고 비명을 지르는 사회가? 너희 사회에서는 다수의 선을 고려하는 것이 누군가에게 엄청난 이윤을 안겨주지 않을 때, **다수의 선은 대체로 무시되고 만다.**

이것은 너희 나라만이 아니라 전 세계에 해당되는 것이니, 결국 인류가 직면한 기본 문제는 과연 인류의 최고 이익, **공동이익이 사리사욕을 대신할 수 있는가다.** 그렇다면 어떻게 해야 하는가?

너희 미국에서는 법을 통해서 공동의 이익, 최상의 이익을 고려하고자 해왔다. 하지만 너희는 비참하게도 실패하고 말았다. 너희 나라는 지구상에서 가장 부유하고 가장 강한데도, 유아 사망률은 세계에서 가장 높은 나라 중 하나다. 왜 그럴까? 가난한 사람들이 질 좋은 산전산후 의료를 받을 여유가 없기 때문이며, 너희 사회가 **이윤을 좇아가기** 때문이다. 나는 이것을 너희의 비참한 실패들 중 그저 한 가지 예로 인용하고 있을 뿐이다. 다른 선진국들보다 너희 나라의 유아들이 더 높은 비율로 죽어간다는 사실이 너희를 심히 괴롭혀야 하는데도, 사실은 그렇지가 않다. 이것 하나만으로도 한 사회로서 너희의 우선순위가 어디에 있는지가 여실히 증명된다. 다른 나라들은 병자와 빈민들, 노인과 허약자들을 부양한다. 하지만 너희는 자산가들과 세력가와 상류층 사람들을 부양한다. 은퇴한 미국인들의 85퍼센트가 **빈곤하게 살고 있다.** 이 노인들 중 상당수와 대부분의 하층민들이 그 지역 병원 응급실을 자신들의 "주치의"로 쓰고 있다. 가장 절박한 상황에서만 진료를 받고, 예방 차원의 건강 유지 의료는 사실상 전혀 받지 못하면서 말이다.

너도 알다시피, 쓸 돈이 없는 사람들한테서는 이윤이 나오지 않는다…… 그들은 이제 자신들의 **쓸모**를 다한 사람들이다
……

이것이 너희의 **위대한 사회다**—

당신은 안 좋은 쪽으로만 보여주시는군요. 그래도 미국은 지구상의 어떤 나라보다 가난하고 힘 없는 사람들을 위해 많은 일을 해왔습니다. 국내만이 아니라 국외에서도요.

미국은 많은 일을 해왔다. 이것은 눈에 띌 만큼 사실이다. 하지만 너는 국민총생산으로 **따지면,** 미국이 내놓는 대외 원조의 비율이 다른 여느 소국들보다 더 적다는 사실을 알고 있느냐? 너무 자화자찬에 빠지기 전에, 너희는 주위 세계를 한번쯤 둘

러봐야 하리라는 게 문제의 초점이다. 왜냐하면 너희 세계가 불운한 사람들을 위해 할 수 있는 최선이 이 정도라면, 너희 모두는 많은 것을 배워야 할 것이기에.

너희는 낭비 심하고 퇴폐적인 사회에 살고 있다. 너희는 사실상 너희가 만드는 모든 것 속에 너희 기술자들이 "계획된 폐품화"라고 부르는 성질을 심어왔다. 차 값은 세 배나 올랐지만 차 수명은 오히려 3분의 1로 줄었다. 옷들은 열 번만 입고 나면 해진다. 너희는 식품들이 선반 위에서 더 오래 머물도록 화학약품들을 식품 속에 넣는다. 실상 그것이 너희가 지구에 머무는 시간을 더 줄이는 것을 뜻할지라도 말이다. 우스꽝스러운 노력의 대가로 스포츠 팀들이 추잡한 봉급을 지불할 수 있게끔 너희가 지원하고 고무하는 동안에도, 너희를 죽이는 질병을 치료할 방법을 찾아내려고 싸우는 교사와 성직자와 연구자들은 돈을 구걸하러 다녀야 한다. 너희 가게와 식당과 가정들은 날마다 전 세계 인구의 절반 이상을 먹여 살릴 수 있는 음식을 버리고 있다.

하지만 이것은 너희에 대한 기소가 아니라, 그냥 관찰일 뿐이다. 그리고 미국에만 해당되는 일도 아니다. 마음을 병들게 하는 이 같은 태도들은 이미 세계 전역으로 퍼져 있다.

힘 없는 사람들은 전 세계 어디서나 그저 살아 있기 위해서 납작 엎드려 허리띠를 졸라매지 않으면 안 되지만, 권력을 쥔 소수는 거대한 돈뭉치를 지키고 늘려가면서, 비단요에서 자고, 아침이면 금으로 만든 욕실 손잡이를 돌린다. 피골이 상접하도록 여윈 아이가 흐느끼는 엄마 품에서 죽어갈 때, 그 나라의

"지도자들"이란 자들은 원조물자가 굶주리는 대중에게 가는 걸 막는 정치 부패에 몰두하고 있다.

이런 상황을 바꿀 힘을 가진 사람은 아무도 없는 듯이 보이지만, 기실 진실은 힘이 문제가 아니라, 누구도 그럴 의지를 갖지 않은 것 같다는 데 있다.

그러니 상황은 항상 이대로일 것이다. 남들의 곤경을 자신의 곤경으로 보는 사람이 아무도 없는 한.

우리는 왜 그렇게 하지 **않는 거죠?** 어째서 우리는 이런 잔혹 행위들을 날마다 보면서 그것들이 계속되도록 놔두는 걸까요?

너희가 마음 쓰지 않기 때문이다. 그것은 **배려하지 않는 것**이다. 지구 행성 전체가 의식의 위기에 직면해 있다. 너희는 **서로를 보살필 것인지**까지도 결정해야 한다.

너무 감상적인 질문 같긴 하지만, 왜 우리는 자기 가족을 사랑하지 않는 걸까요?

너희는 너희 가족을 사랑하고 **있다.** 단지 너희 가족이 누구인지에 대해 대단히 제한된 시야를 지니고 있을 **뿐이다.**

너희는 자신을 인간 가족의 일부로 여기지 않는다. 그래서 인간 가족의 문제는 너희 문제가 아니다.

우리 지구인들의 세계관을 바꾸려면 어떻게 해야 합니까?

그것은 너희가 그 세계관을 어떤 세계관으로 바꾸려고 하는지에 달렸다.

그럼 어떻게 해야 우리가 고통과 괴로움을 대폭 줄일 수 있습니까?

너희 사이의 모든 분리를 없애는 것으로. 새로운 세계상을 건설하는 것으로. 그것을 새로운 사고틀 안에 붙잡아두는 것으로.

어떤 사고틀 말입니까?

지금의 세계관과 완전히 결별하게 될 사고틀.

지금의 너희는 지정학적인 의미에서 세계를 각자 주권을 가진 채 서로 독립된 민족국가들의 집합으로 본다.

이 독립된 민족국가들의 내부 문제는 대체로 전체 집단의 문제로 여겨지지 않는다. 그것들이 전체 집단(혹은 그 집단에서 가장 힘 있는 구성원들)에게 **영향을 미치지** 않거나 미치기 전까지는.

전체 집단은 강대국 집단의 기득권에 따라 개별 국가들의 상황과 조건에 반응한다. 만일 강대국 집단의 구성원 중에서 어느 누구도 **잃을 게** 없다면, 설령 개별 국가에서는 생지옥으로 떨어지는 상황이 벌어진다 해도, 누구 하나 관심을 갖지 않는다.

해마다 몇천 명씩 굶어 죽고, 몇백 명씩 내전으로 죽어가며, 폭군들이 농촌 지역을 약탈하고, 독재자들과 그들의 무장한 하수인들이 약탈하고 노략질하고 살해하며, 체제가 인간의 기본권을 박탈하더라도, 나머지 너희는 아무 일도 하지 않을 것이다. 너희는 그건 "내부 문제"라고 말한다.

하지만 그곳에서 **너희의** 이해관계가 위협받고, **너희의** 투자와 안전과 삶의 질이 위태로워지기라도 하면, 너희는 너희 나라의 힘을 결집시키고, 너희 뒤의 세계를 결집시키려 애쓰면서, 천사들도 밟기를 두려워하는 그곳으로 쳐들어가리라.

그러고 나면 너희는 '배짱 좋은 거짓말'을 한다. 너희가 그렇게 한 것은 세상의 압박받는 사람들을 도우려는 박애주의 정신에서였노라고. 하지만 진실은 너희는 단지 너희 자신의 이익을 지키고 있을 뿐이라는 데 있다.

이해관계가 **없는** 곳에는 너희가 아무 관심도 기울이지 않는다는 것이 그 증거다.


그러니까 세상의 정치기구들은 자기 이해에 따라 움직인다는 거군요. 다른 새로운 것은요?


너희가 세상을 바꾸고자 하면, 뭔가가 새로워지지 않을 수 없을 것이다. 너희는 다른 사람의 이해를 자신의 이해로 여기는 데서 시작해야 한다. 이것은 너희의 세계 현실을 새로 건설하고 그에 따라 너희 자신을 다스릴 때만 가능해질 것이다.


지금 세계정부에 대해서 말씀하시는 겁니까?


그렇다.

# Conversations with God

## 11

당신은 2권에서는 지구가 당면한 지정학적인 문제들(1권에서 다룬, 원래가 개인적인 주제들과 반대되는 것으로)을 다루겠노라고 약속하셨습니다. 하지만 저로서는 당신이 이런 논쟁으로 들어가리라곤 생각하지도 못했다구요!

이제 세상은 자신을 속이길 그만두고 깨어 일어나, **인류의 유일한 문제**는 사랑의 부족에 있음을 깨달을 때가 왔다.

사랑은 참음을 낳고, 참음은 평화를 낳는다. 그러나 참지 못함은 전쟁을 일으키고, 참기 힘든 상황을 무심히 방관한다.

사랑은 무심할 수 없다. 사랑은 무심함이 무엇인지 모른다.

인류 전체에 사랑과 관심을 갖는 가장 빠른 길은 인류 전체를 너희 가족으로 보는 것이다.

그리고 인류 전체를 너희 가족으로 보는 가장 빠른 길은 **너희 자신을 분리시키길 그만두는 것이다.** 지금 너희 세계를 이루고 있는 민족국가들 모두가 하나로 **합쳐져야** 한다.

우리에게는 국제연합이 있습니다.

힘 없고 무기력한 기구였지. 그 기구가 제대로 작동하려면, 완전히 개조되어야 할 것이다. 그건 불가능하지는 않겠지만, 아마 힘들고 귀찮은 일일 것이다.

좋습니다—그럼 당신이 제안하는 건 뭡니까?

나는 "제안"을 갖고 있지 않다. 나는 단지 관찰 결과를 제시할 뿐이다. 이 대화에서는 너희의 새로운 선택이 무엇인지 내게 말해주면, 나는 그것을 구현할 방법을 놓고 관찰한 결과를 제시한다. 현재 너희 행성에서 벌어지는, 국민과 국가 간의 관계와 관련해서 너는 지금 무엇을 선택하려 하느냐?

당신 표현을 빌릴게요. 제 뜻대로 할 수 있다면, 저는 우리가 "인류 전체에 사랑과 관심을 갖는" 쪽을 선택하겠습니다.

그런 선택을 전제로 하여, 나는 개개 민족국가가 세계 문제에서 동등한 발언권을 가지고, 세계 자원을 동일한 비율로 배당받는 새로운 세계 정치 공동체를 이뤄내자면 어떻게 해야 하는지를 관찰한다.

그런 일은 절대 일어나지 않을 겁니다. "가진 나라들"이 자신의 주권과 부와 자원을 "못 가진 나라들"에 주진 않을 테니까요. 게다가 따지고 보면, 그 나라들이 왜 그래야 하죠?

**그렇게 하는 것이 그 나라들에 가장 이롭기 때문에.**

그들은 그렇게 보지 않습니다. 그리고 저로서도 확신할 수 없고요.

너희 국가 경제에 해마다 몇십억 달러를 보탤 수 있다면, 그게 바로 너희 나라를 가장 이롭게 하는 것이 아니겠느냐? 굶주린 사람을 먹이고, 헐벗은 사람을 입히고, 가난한 사람을 재우고, 노인들을 안심시키고, 모두를 위해 더 나은 의료를 제공하고, 인간다운 생활수준을 조성하는 데 쓸 돈을 보탤 수 있다면 말이다.

사실, 미국에도 국가가 부자와 중산층 납세자들을 희생시켜서라도 가난한 사람들을 돕자고 주장하는 사람들이 있긴 하죠. 나라는 계속해서 지옥으로 떨어지고, 범죄는 나라 전역에서 들끓고, 인플레이션은 국민들의 생활비 저축분까지 빼앗아가고, 실업률은 수직으로 상승하고, 정부는 갈수록 더 비대해지고, 아이들은 학교에서 콘돔을 주고받는 판에 말입니다.

너는 라디오 토크쇼에서처럼 말하는구나.

대다수 미국인들의 관심거리는 이런 것들**입니다**.

그렇다면 그들의 시야가 좁은 것이다. 너는 1년이면 몇십억 달러, 한 달이면 몇백만 달러, 한 주면 몇십만 달러, 그리고 **하루**라고 해도 유례가 없을 정도로 많은 액수의 돈을 너희 체제 속으로 도로 부을 수 있다면…… 만일 너희가 이 돈을 배고픈 사람을 먹이고, 헐벗은 사람을 입히고, 가난한 사람을 재우고, 노인들을 안심시키고, 모두에게 의료 복지와 인간다운 생활을 제공하는 데 **쓸 수 있다면**…… 그렇게만 할 수 있다면, **범죄의 원인은** 영원히 사라지리란 걸 모르겠느냐? 너는 그 돈을 너희 경제 속에 도로 쏟아 부을 때, 새로운 직업들이 버섯처럼 번지리란 걸 모르겠느냐? 너희 **정부는 할 일이 줄어서** 되레 축소될 수도 있다는 걸?

그중에 일부는 가능할 수도 있겠군요…… 저는 정부가 **축소되리란 건** 상상도 못하겠거든요…… 그렇다 해도 이 몇백, 몇십억 달러가 어디서 나온다는 말입니까? 당신의 신(新)세계정부가 부과한 세금에서요? "자신의 두 발로 서려"고는 하지 않고 돈만 쫓아다닐 사람들에게 주려고, 열심히 일해서 "번" 사람들에게서 더 많이 거둬서요?

그것이 네가 그 문제의 틀을 짜는 방식이냐?

아니요, 하지만 이건 **대다수** 사람들이 그 문제를 바라보는 방식입니다. 그래서 저는 공평하게 그들의 관점도 표현해주고 싶은 겁니다.

자, 그 문제에 대해서는 나중에 이야기하자꾸나. 지금 당장은 선로에서 벗어나고 싶지 않으니. 하지만 나도 나중에 그 문제로 돌아오길 원한다.

좋습니다.

그런데 너는 이 새로운 돈들이 어디서 나오느냐고 물었다. 자, 그 돈들이 굳이 신(新)세계공동체가 신설한 세금에서 나와야 하는 건 아니다(비록 그 공동체의 구성원들, 즉 시민 개개인들은 계몽된 통치 하에서 사회 전체의 필요를 조달하기 위해 수입의 10퍼센트를 내놓고 싶어할 테지만). 또 그것들은 지역정부(지금의 민족국가 정부를 말한다 - 옮긴이)들이 새로이 부과한 세금들에서 나오지도 않을 것이다. 오히려 단언하건대, 일부 지역정부들은 세금을 줄일 수도 있을 것이다.

너희는 단지 너희 세계관을 개조하는 것으로, 더 단순하게는 너희의 세계 정치 구도를 재정리하는 것으로 이런 횡재를 통째로 얻을 수 있다.

어떻게요?

그 돈을 건물 방호 체계와 공격용 무기들에서 건져내는 것으로.

아, 알았다! 당신은 우리가 **군대를 철폐하**길 원하시는군요.

**너희만이 아니라 세상 모든 사람이 다** 그렇게 하길 원한다.
하지만 군대를 철폐하지는 말고, 그냥 규모만 줄여라—과감
하게. 너희에게 군대가 필요한 유일한 이유는 지역 내 질서 유
지밖에 없을 것이니, 너희는 전쟁과 전쟁 준비를 위한 무기, 즉
대량 살상용 공격 무기와 방어 무기의 구입에 드는 비용을 과
감하게 줄이는 동시에, 지역 경찰력을 강화할 수 있다—너희가
하고 싶다고 말하면서도 해마다 예산 편성 시기가 오면 할 수
없다고 아우성치던 그 일을.

첫째, 제 생각으로는 그렇게 해서 절약할 수 있는 액수가 과장된 것
같고요. 둘째로, 제가 보기에 당신은 자기방어 능력을 포기해야 한다
는 사실을 사람들에게 절대 확신시키지 못할 겁니다.

액수 문제를 살펴보자. 현재(우리가 이 글을 쓰고 있는 1994
년 3월 25일) 세계의 국가들이 군사 목적으로 쓰는 돈은 연간
약 1조 달러에 달한다. 즉 세계 전체로 보면 **1분마다 100만 달
러씩**을 쓰고 있는 셈이다.
현재 군사비를 많이 **쓰는** 나라들일수록 그만큼 많은 돈을
내가 위에서 말한 우선순위들에 **재배정할 수** 있을 것이니, 크
고 부유한 나라들일수록 그렇게 하는 것이 자신들을 가장 이롭

게 한다고 **여길** 것이다—물론 그들이 그렇게 할 수 있다고 여긴다면 말이다. 하지만 크고 부유한 나라들일수록, 그들을 부러워하면서 **그들이 지닌 것을 갖기 원하는** 나라들이 침입해오거나 공격해올까봐 두려워하기 마련이니, 무방비로 지낸다는 건 상상도 하지 못할 것이다.

이런 위협을 없앨 방법은 두 가지가 있다.

1. 누구도 다른 사람이 가진 것을 원하거나 요구하지 않고, 모두가 인간답게 살면서도 두려워하지 않고 살기 위해서, 세계의 부와 자원 모두를 세상 모든 사람과 함께하는 것.

2. 전쟁의 필요성과 나아가 그 가능성까지도 완전히 없애기 위해, 이견을 조정할 체제를 창조하는 것.

아마 어느 나라 국민도 이렇게 하지 않을 겁니다.

사람들은 이미 이렇게 해왔다.

그래왔다고요?

그렇다. 지금 너희 세상에는 정확히 이런 종류의 정치 질서 속에서 진행되는 거대한 실험이 존재한다. 사람들은 이 실험을 미합중국 연방이라고 부르지.

비참하게 실패하는 중이라고 당신이 말했잖습니까?

사실 그렇다. 성공이라고 하기에는 미국이 가야 할 길이 너무 멀다. (앞서 약속했다시피 나는 이 점과 현재 이것을 가로막고 있는 태도들에 대해서는 뒤에서 이야기할 작정이다.) 그럼에도 미국은 진행 중인 최상의 실험이다.

말하자면, 미국은 윈스턴 처칠이 말한 식대로다. 그는 이렇게 선언했다. "민주주의는 최악의 체제다—다른 체제들을 모두 제외하면."

너희 나라는 개별 주(州)들 간에 느슨한 동맹 관계를 취하면서도, 그 주들을 하나의 중앙정부에 복종하는 응집력 있는 집단으로 묶는 데 성공한 첫번째 사례다.

그 당시만 해도 어느 주도 이렇게 하고 싶어하지 않았다. 각 주들은 자신들 각자의 위대성을 잃을까 두려워하면서, 또 그 같은 결합이 자신들을 가장 이롭게 하진 않으리라고 주장하면서, 강력하게 저항했다.

그 당시에 이 개별 주들에서 어떤 일이 벌어졌는지 정확하게 알아두는 게 도움이 될지도 모르겠다.

주들은 이 느슨한 동맹에 함께 가입하긴 했지만, 사실상의 미연방 정부도 존재하지 않았고, 따라서 주들이 동의했던 '연합헌장'(미국독립전쟁을 수행한 13개 주 연합체인 대륙회의가 1777년 제정한 미국 최초의 헌법 - 옮긴이)을 시행할 힘도 없었다.

주들은 각자 나름대로 대외 문제들을 처리했고, 무역 및 여타 문제들을 놓고 프랑스, 스페인, 영국을 비롯한 여러 국가들과 여러 건의 개별 협정들을 체결하기도 했다. 또한 주들 서로 간에도 무역을 했는데, '연합헌장'으로 금지되었음에도 불구하고 다른 주들에서 들어오는 상품들에 관세를 부과하는 주들도 있었다. 마치 그 상품들이 바다 건너에서 오기라도 한 것처럼! 상인들은 자기 상품들을 사거나 팔려면 항구에서 관세를 지불할 수밖에 없었다. 그 같은 세금 징수를 금지하는 명문화된 **협약**에도 불구하고, 실상 중앙**정부**란 게 존재하지 않았기 때문이다.

또한 주들은 다른 주와 전쟁을 벌이기도 했다. 자신들의 의용군을 정규군으로 간주했으며, 9개 주는 해군까지 소유하던 터라, "나를 짓밟지 마시오"가 연방에 속한 모든 주의 공식 표어가 될 판이었다.

심지어 반 이상의 주들이 독자적으로 화폐를 찍어냈다. (역시 불법이라는 사실에 '연합' 전체가 동의했음에도!)

결국 너희의 본래 주들은 '연합헌장' 밑에 함께 결합하긴 했지만, 실제로는 오늘날 **독립국가들이 하는 방식 꼭 그대로** 행동하고 있었던 것이다.

주들도 자기 '연합'의 협약들(화폐를 찍을 권한을 연방의회에만 주는 따위의)이 제대로 시행되지 않는다는 걸 알고 있었지만, 그럼에도 이 협약들을 **강행하고**, 이 협약들에 엄중한 강제 조항들을 달 수 있는 중앙정부를 창설하여, 그 권위에 굴복하는 데는 완강하게 저항했다.

하지만 시간이 갈수록 몇몇 진보적인 지도자들의 영향력이 우세해지기 시작했다. 그들은 사람들에게 그 같은 새로운 연방을 만들게 되면, 잃을 것보다 **얻을 것이** 더 많다는 걸 확신시켰다. 그들은,

더 이상 주마다 다른 주의 상품들에 세금을 매기지 않을 것이니, 상인들은 밑천을 줄이면서도 이윤을 늘릴 수 있고,

또 더 이상 개별 주들이 다른 주들의 공격에서 자신을 방어하려고 자원을 낭비하지 않아도 될 테니, 주정부들은 재정을 줄이면서도 정말로 **국민을** 도울 수 있는 정책과 공공사업들을 더 많이 시행할 수 있으며,

주들끼리 서로 싸우지 않고 협력한다면, 국민들도 더 많은 평온과 안전과 번영을 누릴 수 있으니,

각자의 위대성을 잃기는커녕 각 주들은 훨씬 더 위대해질 수 있다고 주장했다.

실제로 일어난 일이 이런 주장들 그대로였음은 말할 것도 없다.

만일 **전 세계 160개국**이 하나의 '통일연방'으로 결합할 수 있다면, 지금의 160개 민족국가들에서도 이와 똑같은 일이 일어날 수 있다. 이것은 전쟁의 종식을 뜻할 것이다.


어떻게 그럴 수 있죠? 그래도 불화(不和)는 있을 텐데요.


인간들이 외부의 것들에 집착하는 한, 그 말이 맞다. 진실로 전쟁을 없애고, 불안과 동요의 모든 체험을 없앨 방법이 있긴 하지만, 그것은 영적(靈的)인 해결이다. 그러나 우리가 여기서 탐구하는 건 지정학적인 해결책이다.

사실 비결은 **그 두 가지를 함께 겸하는 것이다.** 일상의 체험을 바꾸려면, 실제 생활 속에서 영적 진실을 경험할 수 있어야

한다.

이런 변화가 일어날 때까지는 불화는 여전히 **존재할 것이니**, 네 말이 맞다. 하지만 그렇다고 전쟁이나 살인이 꼭 있어야 하는 건 아니다.

캘리포니아 주와 오리건 주가 수로(水路) 문제를 놓고 전쟁을 벌이는가? 메릴랜드 주와 버지니아 주가 어업권을 놓고 전쟁을 벌이는가? 위스콘신 주와 일리노이 주, 오하이오 주와 매사추세츠 주는?

아니요.

그렇다면 왜 그러지 않는가? 그들 사이에서도 논쟁과 불화는 있어왔지 않느냐?

그렇군요. 계속 있어왔던 것 같군요.

그렇다고 장담해도 좋다. 하지만 이 개별 주들은 주들 공통의 문제에 대해서는 특정한 법률과 특정한 절충안을 지키기로 자발적으로 합의했다―그것은 그냥 **자발적인** 합의였다. 다른 한편 각 주의 독자적인 문제들에 대해서는 별개의 법령들을 제정할 권리를 보유하면서.

그리고 연방법을 서로 다르게 해석하거나, 단순히 어느 한 주가 그 법을 어긴 것 때문에 주들 사이에서 분쟁이 **일어나면**, 그 문제는…… 분쟁을 해결하도록 **권위를 부여받은**(주들이 권위를 부여한) 연방법원의 관할로 넘어갔다.

그래서 만일 기존의 법률로는 재판을 통해 그 문제에 만족할 만한 해결책을 내놓을 선례나 방법을 제공하지 못할 때는, 해당 주들과 그 주민들은 자신들의 대표를 중앙정부에 보내 만족할 만한 환경이나, 적어도 합리적인 절충안을 **만들어낼 수 있는 새로운** 법률에 대한 합의를 얻어내려고 애쓴다.

이것이 너희 연방이 움직이는 방식이다. 법률 체계와 그 법들을 해석하도록 너희가 **권한을 준** 연방법원 제도와, 그리고 필요하다면 무장된 경찰력을 빌려서라도 연방법원의 결정을 강행할 수 있게 하는 사법권 체계가.

비록 더 이상 이 제도들을 개선할 필요가 없다고 주장할 사람은 아무도 없겠지만, 그럼에도 이 정치 조합은 200년 이상 실제로 운용되어왔다!

**이와 똑같은 처방전이 민족국가들 간에도 효과를 보리라는** 걸 의심할 까닭은 어디에도 없다.


그것이 그토록 간단한 일이라면, 왜 여지껏 시도조차 되지 않았겠습니까?


시도되었다. 너희의 국제연맹은 초기 시도였고, 국제연합은 최근 시도다.

하지만 하나는 실패했고, 다른 하나는 오직 최소한으로만 유효하다. 미국의 초기 13개 주 연방처럼, 국제연합의 회원국들(특히 강대국들)도 새로운 틀짜기로 얻는 것보다 잃을 게 더 많을까봐 두려워하고 있기 때문이다.

그 이유는 "권세가들"이 만인을 위해 삶의 질을 높이기보다는, 자신들의 권력을 유지하는 데 더 관심을 갖기 때문이라는 데 있다. "가진 자들"은 그 같은 '세계연방'이 필시 "못 가진 자들"을 위해 더 많은 것을 제시하리란 걸 **안다.** 하지만 "가진 자들"은 이것이 **자신들의 희생으로** 이루어지리라고 믿는다…… 그리고 그들은 무엇 하나 포기할 마음이 없다.

그들이 두려워하는 건 당연하지 않습니까? 그토록 오랫동안 투쟁해서 손에 넣은 걸 지키고 싶어하는 게 불합리한 겁니까?

첫째, 지금 배고프고 목마르고 잠잘 곳 없는 사람들에게 더 많이 준다고 해서, 반드시 다른 사람들이 자신들의 부를 포기해야 하는 건 **아니다.**

내가 지적했다시피, 너희가 해야 할 일은 해마다 전 세계 군사비로 낭비하는 연간 1조 달러의 돈을 박애주의 용도로 돌리는 것, 딱 한 가지뿐이다. 그러면 너희는 따로 1원 한 장 더 쓰는 일 없이, 또 어떤 재산도 소유자를 바꾸는 일 없이 그 문제를 해결할 것이다.

(물론 전쟁과 전쟁 도구들로 이윤을 올리는 다국적 복합기업들은, 그런 기업의 직원들과 세상의 갈등 의식에서 자신들의 부를 끌어내는 모든 사람이 그러하듯이, "손해"를 보게 되리란 주장이 있을 수 있다. 하지만 어쩌면 그것은 너희가 부의 원천을 잘못된 자리에 놓았기misplaced 때문이 아닐까? 생존하기 위해서 분쟁

으로 사는 세상에 의존해야 한다면, 이런 의존이야말로 왜 너희 세계가 지속적인 평화 구조를 창조하려는 모든 시도에 저항하는지를 설명해주는 것이 아닐까?)

네 두 번째 질문에 대한 답은, 개인이든 국가든 너희가 그토록 오랫동안 투쟁해서 손에 넣은 걸 지키고 싶어하는 건 불합리하지 않다는 것이다. 너희가 '외부 세계' 의식 출신이라면.

예, 뭐라고요?

만일 너희가 삶의 가장 큰 행복을 '외부 세계', 즉 너희 바깥에 있는 물질 세계에서 얻는 체험에서만 찾아낸다면, 개인이든 국가든 행복해지자면 너희는 당연히 쌓아둔 것들 중 **단 1온스도 포기할 수 없을 것이다.**

그리고 "못 가진" 사람들이 자신의 **불행**을 물질의 부족에서 찾는 한, 그들 역시 같은 함정 속에 갇힐 것이다. 그들은 계속해서 너희가 가진 것을 원할 것이고, 너희는 계속해서 나누길 거절할 것이다.

내가 앞에서 진실로 전쟁을 없애고, 불안과 동요의 모든 체험을 없앨 방법이 있다고 한 까닭이 여기에 있다. 하지만 이것은 **영적인** 해결이다.

그래서 모든 지정학적인 문제는 모든 개인적 문제가 그러하듯이 결국 영적인 문제로 귀착된다.

삶의 모든 것은 영적이기에, 삶의 문제들 역시 영적 토대에 서 있고, 따라서 영적으로 해결된다.

너희 행성에서 전쟁이 일어나는 건 한쪽이 원하는 것을 다른 쪽이 가지고 있기 때문이고, 이 때문에 한쪽은 다른 한쪽이 원하지 않는 일을 하게 되는 것이다.

**모든 갈등은 잘못 자리 잡은 욕구에서 생긴다.**

세상 전체를 통틀어 유일하게 지속될 수 있는 평화는 내적 평화뿐이다.

각자가 자기 내면에서 평화를 발견하게 하라. 너희가 내면의 평화를 발견할 때, 너희는 없이 지낼 수 있다는 사실도 발견할 것이다.

이것은 그냥 너희가 더 이상 외부 세계의 것들이 필요하지 않게 된다는 뜻이다. "필요하지 않음"은 위대한 자유다. 그것은 우선, 너희를 두려움에서 자유롭게 한다. 너희가 갖지 못할 뭔가가 존재한다는 두려움, 잃게 될 뭔가를 지니고 있다는 두려움, 어떤 것 없이는 행복하지 못하리라는 두려움에서.

둘째로, "필요하지 않음"은 너희를 분노에서 자유롭게 한다. 분노는 선언된 두려움이다. 그러니 두려워할 일이 없다면, 분노할 일도 없다.

원하는 것을 갖지 못해도 너희는 화내지 않을 것이다. 너희의 원함은 필요가 아니라 단순히 선호(選好)에 지나지 않기에. 그러니 너희는 그것을 갖지 못할 가능성 때문에 두려워하는 일이 없고, 따라서 화내는 일도 없을 것이다.

너희가 원하지 않는 일을 남들이 한다 해도 너희는 화내지 않을 것이다. 그들이 **어떤** 특정한 일을 하거나 하지 않는 게 필요하지 않을 것이니, 따라서 화내는 일도 없을 것이다.

너희는 누군가의 친절이 필요하지 않으니, 그가 불친절하다고 해서 화내지 않을 것이다. 너희는 누군가의 사랑이 필요하지 않으니, 그가 너희를 사랑하지 않는다고 해서 화내지 않을 것이다. 너희는 누가 너희에게 잔혹하거나 해를 입히거나 손해를 입히려 해도 화내지 않을 것이다. 왜냐하면 너희는 그들이 다른 방식으로 처신하는 게 **필요**하지 않고, 그들이 너희를 해칠 수 없음을 너희가 확신할 것이기에.

너희는 죽음을 두려워하지 않을 것이니, 누가 너희 생명을 가져가려 해도 화내지 않을 것이다.

너희에게서 두려움이 사라지면, 나머지 것들도 사라질 수 있으니, 너희는 화내지 않을 것이다.

너희는 내면의 직관으로 너희가 창조했던 모든 것을 다시 창조할 수 있음을 알 것이다. 아니 더 중요한 것으로 그것이 중요하지 않다는 걸 알 것이다.

너희가 '내면의 평화'를 발견할 때, 어떤 사람이나 장소나 물건이나, 조건이나 환경이나 상황의 있고 없음은 너희 마음 상태의 창조자일 수 없고, 너희 존재 체험의 원인일 수 없다.

이것이 너희가 몸의 전부를 거부한다는 뜻은 아니다. 천만에, 너희는 지금껏 한번도 느껴보지 못한 방식으로 너희 육신과 육신의 **기쁨** 속에서 완전해짐을 체험할 것이다.

하지만 몸의 일에 대한 너희의 몰두는 강제적이지 않고 자발적일 것이니, 너희는 스스로의 선택으로 몸의 감각을 체험할 것이다. 행복을 느끼거나 슬픔을 해소하기 위해서 그렇게 하도록 강제되는 것이 아니라, 너희의 선택으로 그렇게 할 것이다.

내면의 평화를 추구하고 발견하는 이 간단한 한 가지 변화를 모두가 이뤄낼 때, 전쟁은 완전히 끝나고, 갈등은 사라지며, 부당함은 차단되고, 세상에는 영원한 평화가 찾아올 것이다.

필요하거나 **가능한** 다른 공식은 없다. 세계 평화는 개인의 일이다!

필요한 것은 환경의 변화가 아니라 의식의 변화다.

배고플 때 어떻게 내면의 평화를 발견할 수 있습니까? 목마를 때 어떻게 평정의 자리에 머물 수 있고, 눈비에 젖어 잠잘 곳이 없을 때 어떻게 고요히 있을 수 있습니까? 또 사랑하는 사람들이 까닭 없이 죽어갈 때 어떻게 화내지 않을 수 있습니까?

당신은 그토록 시적으로 말씀하시지만, 시가 현실입니까? 그 시가 빵 한 조각이 없어서 무섭게 여윈 자기 아이가 죽어가는 것을 지켜봐야 하는 에티오피아의 어머니들에게 무슨 의미가 있습니까? 마을을 약탈하는 군대를 막으려다 자기 몸을 뚫고 들어오는 총알을 느껴야 하는 중앙아메리카 남자에게요? 그리고 깡패들에게 여덟 번이나 강간당한 브루클린 여자에게 당신의 시가 무슨 의미가 있습니까? 혹은 일요일 아침, 테러리스트가 교회에 설치한 폭탄으로 온몸이 갈가리 찢겨나간 아일랜드의 여섯 가족에게는요?

수긍하기 힘들겠지만 너희에게 말하노니, 모든 것에 완벽이 있다. 그 완벽을 보고자 노력하라. 이것이 내가 말하는 의식의 변화다.

어떤 것도 필요 없고, 모든 것을 원하며, 드러낼 것을 선택하라.

네 느낌을 느끼고, 네 울음을 울며, 네 웃음을 웃고, 네 진실을 존중하라. 하지만 모든 감정이 다하고 나면, 고요히 있으면서 내가 신임을 깨달아라.

달리 말해, 엄청난 비극의 한가운데서 그 과정의 영광을 보라. 너희가 가슴을 뚫는 총알로 죽어가고, 깡패에게 강간당하는 동안에도.

이것은 도저히 불가능한 일처럼 들릴 것이다. 그러나 너희가 신의 의식으로 옮겨간다면 이렇게 할 수 있다.

물론 너희가 꼭 **그래야 하는 건** 아니다. 그것은 너희가 그 순간을 얼마나 체험하고 싶어하는가에 달려 있다.

엄청난 비극의 순간에 마음을 조용히 가라앉히고, 영혼 깊숙이 내려가기란 항상 힘든 일이다.

**하지만 그 비극을 너희가 전혀 통제하지 못할 때, 너희는 저절로 이렇게 한다.**

너는 차를 타고 달리다가 뜻하지 않게 다리 아래로 떨어졌던 사람과 이야기해본 적이 있느냐? 혹은 자기 코앞에 총이 겨눠졌던 사람이나 물에 빠져 죽을 뻔한 사람과는? 그들 다수가 시간이 멈춘 상태에서, 기묘한 평온에 잠겨, 아무 두려움도 느끼지 않았다는 이야기를 해줄 것이다.

"두려워하지 말라, 내가 너희와 함께하리니." 이것이 비극을 직면한 사람들에게 읊어야 할 시다. 나는 너희의 가장 어두운 시기에 너희의 빛이 되고, 너희의 가장 암울한 시기에 너희의 위안이 되며, 너희의 가장 힘들고 어려운 시기에 너희의 힘이 될 것이다. 그러니 믿음을 가져라! 나는 너희의 목자이니, 너희는 부족하지 않을 것이다. 나는 너희를 풀밭에 누일 것이며, 너희를 조용한 물가로 데려갈 것이다.

나는 너희의 영혼을 되찾아줄 것이며, 내 이름을 걸고 너희를 올바른 길로 이끌 것이다.

그리하여 너희가 '죽음의 음침한 골짜기the Valley of the Shadow of Death'를 지나간다 하더라도, 너희는 **어떤** 악도 두렵지 않을 것이다. 내가 너희와 함께하리니, 내 지팡이와 내 막대기가 너희를 **편안케 할 것이다.**

나는 네 적들의 면전에서 네 앞에 식탁을 차리고 있다. 나는 네 머리에 향유를 발라줄 것이고, 네 잔은 넘쳐 흐를 것이다.

단언하노니, 선과 자비가 평생 너희를 따를 것이고, 너희는 내 집과 내 가슴속에서 영원히 살 것이다.

# 12

굉장하군요. 당신이 말한 건 정말 굉장할 뿐입니다. 저도 세상이 그렇게 되었으면 좋겠습니다. 세상을 믿고 이해할 수 있기를 바라죠.

이 책이 그렇게 되도록 도와줄 것이다. 너도 그렇게 하는 걸 돕고 있다. 따라서 '집단의식'을 일으키는 데 너도 어떤 역할을, 너 나름의 역할을 하고 있는 것이다. 그것은 모두가 해야 하는 일이다.

알겠습니다.

이제 주제를 바꿔도 될까요? 제 생각엔 앞서 당신에게 공평하게 표현해주고 싶다고 말했던 그 견해, 그 같은 자세에 대해 이야기하는 게 중요할 것 같거든요.

제가 지금 언급하는 견해, 많은 사람들이 지닌 견해란, 가난한 사람들은 이미 받을 만큼 받아왔으니, 가난한 사람들을 더 많이 먹여 살리려고 부자들에게 세금을 매기는 짓, 사실 열심히 일해 "해냈다"는 이유로 그들에게 벌 주는 짓은 그만두어야 한다는 견해를 말합니다.

이런 사람들은, 가난한 사람들은 본래 그들이 가난하길 원해서 가난하다고 믿지요. 대부분이 자신을 끌어올리려는 시도조차 하지 않고, 자신을 책임지기보다는 정부의 젖꼭지나 빨려 한다고요.

많은 사람들이 부의 재분배, 공유는 사회주의의 죄악이라고 믿습니다. 그들은 만인의 노력 전체를 담보로 인간의 기본 존엄을 보장하겠다는 발상이 얼마나 악마적 기원을 갖는지 보여주는 증거를 《공산당선언Communist Manifesto》에 나오는 "각자의 능력에 따라 일하고, 각자의 필요에 따라 분배한다"는 구절에서 찾습니다.

이 사람들은 "누구나 자신을" 책임져야 한다고 믿습니다. 이런 관념이 냉정하고 무자비하다는 비판을 받으면, 그들은 기회는 누구에게나 똑같이 찾아온다는 주장에서 도피처를 구하죠. 그들은, 애초부터 불리함을 지니고 태어나는 사람은 아무도 없으며, 자신들이 "해낼 수 있다면" 다른 사람들도 해낼 수 있다, 그러니 누군가가 해내지 못한다면 "그건 전적으로 그 사람 잘못"이라고 주장합니다.

**너는 그게 감사할 줄 모르는 건방진 생각이라고 느끼는구나.**

그렇습니다. 그런데 당신은 어떻게 느끼십니까?

나는 그 문제에 대해 아무 판단도 내리지 않는다. 그것은 그냥 하나의 생각일 뿐이다. 그런 생각이든 다른 어떤 생각이든, 생각과 관련해서 의미 있는 질문은 딱 한 가지뿐이다. 그런 생각을 지니는 게 자신에게 도움이 되는가? '자신이 누구이고' '자신이 추구하는 존재'라는 관점에서 볼 때, 그 생각이 자신에게 도움이 되는가?

바로 이것이 사람들이 세상을 살펴볼 때 물어야 할 질문이다. 이런 생각을 지니는 게 우리에게 도움이 되는가?

내가 관찰하기로는, 소위 불리함을 **안고 태어난** 사람들, 아니 집단들은 존재한다. 이것은 분명한 사실이다.

그러나 아주 높은 형이상학적 차원에서는 누구도 "불리하지 않은" 것 역시 사실이다. 개개 영혼은 자신이 원하는 바를 이루기에 딱 맞는 사람과 사건과 환경을 자기 스스로 창조하기 마련이기에.

너희는 모든 것을 선택한다. 너희 부모와 국적과 재진입을 둘러싼 모든 환경을.

비슷하게, 너희는 살아가는 동안에도 계속해서, 자신을 **참된 자신**으로 깨닫기 위해서 사람과 사건과 환경들을 선택하고 창조한다. 현재 너희가 원하는, 정확하고 올바르고 완벽한 기회들을 끌어오게끔 고안된 사람과 사건과 환경들을.

달리 말하면, 영혼이 이루려는 바의 관점에서 보면, 누구도 "불리하지 않다". 예컨대 영혼은 자신이 이미 시작한 일을 이루는 데 필요한 조건들을 만들어내기 위해서, 장애가 있는 몸으로 일하거나 억압적인 사회나 심한 정치경제적 긴장이 있는 곳에서 일하길 원할 수도 있다.

그러니 너희는 설령 **물질적인** 의미에서는 "불리함"에 직면한 사람이라도, **형이상학적으로는** 그런 것들이 사실상 올바르고 완벽한 조건임을 알 수 있으리라.

그렇다면 그게 현실에서 우리에게 어떤 의미입니까? 우리는 "불리한 사람들"에게 도움을 주어야 합니까? 아니면 참으로 그들이 **원하는** 바로 그곳에 있으니, "자신들의 업보를 해결하도록" 내버려두어야 합니까?

그것은 대단히 좋은 질문이고 대단히 중요한 질문이다.

먼저 너희가 생각하고 말하고 행하는 모든 것이 자신에 대해 판단한 것들의 반영임을 기억하라. '자신이 누구인지'에 대한 진술, 되고자 하는 자신을 결정하는 창조 행위임을. 나는 계속해서 이 측면으로 돌아가리니, 이것이야말로 너희가 이곳에서 하고 있는 유일한 일이며, 너희가 꾀하는 유일한 일이기 때문이다. 그 외에 영혼이 진행시키는 일, 다른 일정은 없다. 너희는 '참된 자신'이 되려 하고, '참된 자신'을 체험하려 하며, 그것을 창조하려 하고 있다. 너희는 '지금'이라는 모든 순간마다 자신을 새롭게 창조하고 있다.

이제 이런 맥락 속에서, 너희 세계에서 관찰되는 식의 상대적인 용어로, 소위 불리해 보이는 사람과 마주쳤을 때, 너희가 물어야 할 첫 번째 질문은 이것이다. 저 상황과 관련해서 나는 누구이며, 나는 어떤 존재가 되려 하는가?

달리 말해 어떤 상황에서든 언제나, 너희가 남과 만났을 때는 나는 여기서 무엇을 바라는가라고 물어야 한다. 내가 여기서 하려는 것은 무엇인가라고.

내 말을 알아듣겠는가? 너희의 첫 번째 질문은 언제나, 나는 여기서 무엇을 바라는가여야 한다. 다른 사람이 여기서 무엇을 바라는가가 아니라.

이건 인간관계를 진행시키는 방식에 관해 제가 지금껏 알고 있는 것 중에서 가장 매력적인 통찰이군요. 제가 지금껏 배워왔던 것들 전부와 충돌하는 것이기도 하구요.

알고 있다. 하지만 너희 인간관계들이 그토록 엉망진창인 건, 너희가 언제나 상대방이 원하고 **남들이** 바라는 것을 알아내려 애쓰기 때문이다. **너희가** 진실로 원하는 것 대신에 말이다. 그러고 나면 너희는 그것을 상대방에게 줄지 말지 결정하게 되는데, 그때는 자신이 상대방에게서 무엇을 바랄 수 있는지 먼저 살펴보고 나서 결정한다. 너희가 보기에 상대방에게서 바랄 것이 전혀 없다면, 상대방이 원하는 것을 주어야 할 으뜸가는 이유는 사라지고 마는 것이니, 너희는 거의 그렇게 하지 않는다. 반면에 너희가 바라거나 바랄지도 모르는 뭔가가 상대방에게 있는 걸 보게 되면, 너희의 자기 생존 양태가 잽싸게 자리를 차고 들어앉아, 너희는 상대방이 바라는 것을 주려고 애쓰게 된다.

그러고 나면 너희는 그렇게 한 것에 화를 낸다. 특히나 상대방이 너희가 바라는 것을 결국 주지 않을 때는.

'**나는 너와 거래하겠다**'는 이 게임에서 너희는 대단히 섬세한 균형을 잡는다. 네가 내 필요를 채워주면 나도 네 필요를 채워주겠다는 식의 균형을.

하지만 개인 관계들만이 아니라 국가 관계들까지 포함하여 모든 인간관계의 목적은 이런 것들과는 전혀 무관하다. 너희가 사람이나 장소나 사물과 '신성한 관계'를 맺는 목적은 그들이 바라거나 그들에게 필요한 것을 알아내는 데 있지 않고, 성장하고 **너희가 바라는** 존재가 되기 위해서, 너희에게 필요하거나 바라는 것을 알아내는 데 있다.

이것이 내가 다른 것들과의 '관계'를 **창조한** 이유다. 그렇지 않았더라면, 너희는 **진공** 속에, 허공 속에, 너희의 고향인 '영원한 전체' 속에 그대로 있었을 것이다.

하지만 '전체' 속에서 **너희 아닌 것은 존재하지 않으니**, 너희는 '전체' 속에서 그냥 존재할 뿐, 자신의 "앎"을 **특정한 어떤 것**으로 체험할 수 없다.

그래서 나는 너희가 '자신'을 새로이 창조하고 **체험 속에서** '**깨닫는**' 방법을 생각해냈다. 다음과 같은 것들을 너희에게 줌으로써.

1. 상대성—너희가 다른 것과의 관계 속에서 특정한 뭔가로 존재할 수 있게 해주는 체계.

2. 망각—상대성이란 건 단순히 속임수일 뿐, 사실은 너희가 '그 모든 것'임을 **모르도록** 자신을 기꺼이 새까만 망각에 맡기는 과정.

3. 의식—완전한 자각에 도달할 때까지 성장해가는 존재 상

태. 그리고 나서 너희가 의식을 새로운 한계로, **무한으로** 펼칠 때, 너희는 '살아 있는 참된' 신이 되고, 너희 현실을 창조하고 체험하며, 말하자면 그 현실을 확장하고 개발하며, 그 현실을 바꾸고 개조하게 될 것이다.

이 패러다임에서는 **의식이 전부다.**

참된 자각을 뜻하는 의식은 모든 진리의 토대이고, 따라서 모든 참된 영성(靈性)의 토대다.

하지만 이런 과정이 뭘 뜻하는 겁니까? 당신은 우리가 '자신이 누구인지' 기억해낼 수 있도록 하려고, 먼저 우리가 '자신이 누군인지' 잊게 만드신 겁니까?

절대 그렇지 않다. 그것은 너희가 '자신'과 **'되고자 하는 자신'** 을 창조할 수 있도록 하기 위해서였다.

이것은 신이 되려는 신의 행위다. 그것은 내가 되려는 나다—너희를 통해서!

**이것이 모든 삶의 목적이다.**

너희를 통해서, 나는 '내가 누구이고 무엇인지' **체험한다.**

너희가 없다면, 나는 그것을 알 수는 있지만 체험할 수는 없다.

앎과 체험은 다른 것이다. 나는 항상 체험하는 쪽을 택할 것이다.

사실 나는 지금도 그렇게 하고 있다. 너희를 통해서.

우리는 여기서 본래의 질문을 놓치고 만 것 같군요.

신을 한 가지 주제에만 묶어두기는 힘들지. 나는 확장하는 편이니.

자 어디, 우리가 다시 돌아갈 수 있을지 보자.

아, 그렇군—불운한 사람들을 어떻게 대해야 하는가였지.

첫째, 그들과의 '관계'에서 '자신이 누구이고 무엇인지' 판단하라.

둘째, 만일 자신을 '원조'와 '도움'과 '사랑'과 '자비'와 '배려'로서 체험하고 싶다면, 어떻게 해야 **그런 것들이 가장 잘 될 수 있을지** 자세히 살펴보라.

그리고 그런 것들이 되는 자신의 능력은 **다른 사람들이 어떤 상태이고 무엇을 하고 있는가와는 아무 관계도 없다**는 걸 깨달아라.

사실 **그들을 혼자 내버려두거나**, 그들에게 자조(自助)할 수 있는 힘을 주는 것이 때때로 누군가를 사랑하는 최상의 방법이자 너희가 줄 수 있는 최고의 도움일 수 있다.

이것은 일종의 잔치다. 인생은 잡다한 뷔페 요리 같은 것이니, 너희는 그들에게 **그들 자신이라는 큰 접시** 하나를 줄 수 있다.

너희가 어떤 사람에게 줄 수 있는 가장 큰 도움은 **그를 깨어나게 만드는 것**, 그에게 '자신이 참으로 누구인지' 기억하게 만드는 것임을 기억하라. 이 일을 할 수 있는 방법은 많다. 때로는 밀거나 당기거나 살짝 찌르는 것 같은 약간의 도움으로…… 그리고 때로는 너희가 개입하거나 간섭하는 일 없이, 그의 진로를 달리게 하고, 그의 길을 따르게 하며, 그의 두 발로 걷도록 만들겠다는 결정만으로. (부모라면 누구나 이런 선택에 대해 알고 있으며, 날마다 그것을 놓고 고민한다.)

너희가 불운한 사람들에게 도움될 기회를 갖는다는 건, 그들을 다시 **마음 쓰게** 하는re-mind 것이다. 다시 말해 그들이 자신에 대해 '새로운 마음'을 갖도록 하는 것이다.

그리고 너희 역시 그들에 대해 '새로운 마음'을 가져야 한다. 너희가 그들을 불운한 사람으로 보는 한, **그들은** 앞으로도 그럴 것이기에.

예수의 위대한 선물은, 그가 모든 사람을 그들의 참모습대로 보았다는 것이다. 그는 겉모습대로 받아들이길 거부했고, 사람들 스스로가 믿는 그들의 모습을 믿지 않았다. 그는 항상 더 고귀하게 생각했으며, 남들도 항상 그렇게 하도록 권했다.

하지만 그는 남들이 선택하려는 지점도 존중했다. 그는 자신의 고귀한 관념을 받아들이라고 그들에게 강요하지 않았다. 다만 그것을 권유로 내놓았을 뿐이다.

또한 그는 자비를 가지고 대했다. 그래서 남들이 자신들을 도움이 필요한 존재로 보는 쪽을 택했을 때, 잘못된 평가를 내렸다고 해서 그들을 거절하지 않았다. 그들이 자신들의 '현실'을 사랑하도록 놔두었으며, 나아가 그들이 자신들의 선택을 연출해내게끔 그들을 사랑으로 거들었다.

일부 사람들에게는 '자신'에게 이르는 가장 빠른 길이 '자신 아님'을 **지나는** 길임을 예수는 알고 있었다.

그는 이것을 불완전한 길이라고 부르지 않았고, 따라서 그것을 비난하지도 않았다. 오히려 그는 이 길 **역시** "완벽하다"고 보았기에, 누구나 그들이 원하는 꼭 그대로의 존재 상태로 있을 수 있게 받쳐주었다.

그래서 예수에게 도움을 청한 사람은 누구나 도움을 받았다.

그는 누구도 거부하지 않았다. 하지만 그는 자신이 준 도움이 그 사람의 충만되고 진실한 바람을 받쳐주는지 언제나 조심스럽게 살폈다.

예수는 순수하게 깨달음을 추구하면서 다음 단계로 올라설 채비를 거짓 없이 보여주는 사람들에게 그렇게 할 수 있는 힘과 용기와 지혜를 주었다. 그는 자신을 하나의 예로서 제시하여—그리고 그것은 옳았다—그들이 다른 걸 할 수 없다면 **자신을** 믿도록 그들의 용기를 북돋웠다. 그는 말했다. 길을 잃게 하지 않겠노라고.

그리하여 많은 사람들이 그를 믿었으니, 오늘날까지도 그는 자신의 이름으로 청하는 사람들을 돕고 있다. 지금도 그의 영혼은 온전히 깨어나려 하고 온전히 내(神) 속에 살아 있으려는 사람들을 깨우는 일을 하고 있기에.

하지만 그리스도는 그렇게 하지 않는 사람들에게도 **자비를** 베풀었다. 그러기에 그는 독선을 거부했으며, 하늘에 있는 그의 아버지가 그런 것처럼 어떤 판단도 내리지 않았다.

'완벽한 사랑'에 대한 예수의 견해는 모든 사람에게 그들이 청하는 꼭 그대로의 도움을 주는 것이었다. 그들이 얻을 수 있는 도움의 종류를 그들에게 이야기해주고 나서.

그는 한번도 남을 돕기를 거부한 적이 없었다. 그리고 무엇보다도 "너희가 뿌린 씨는 너희가 거두라"는 생각으로 그렇게 하지는 않았다.

예수는 단순히 자신이 주고자 하는 도움이 아니라 사람들이 청한 도움을 그들에게 준다면, **그들이 받을 준비가 된 수준에서** 그들에게 권능을 부여하는 것임을 알았다.

이것이 모든 위대한 선각자들, 과거에 너희 행성을 걸었던 이들과 지금 걷고 있는 이들의 방법이다.

저는 지금 몹시 혼란스럽습니다. 그렇다면 도움을 주는 것이 오히려 권능을 **빼앗게** 되는 경우는 언제입니까? 그것이 다른 사람의 성장을 돕지 않고 오히려 방해하게 되는 때는요?

너희의 도움이 신속한 자립이 아니라 계속적인 의존을 가져오는 방식으로 제공될 때.

너희가 자비를 명분으로 하여, 다른 사람이 자신에게 의존하지 않고 너희에게 의존하기 시작하도록 놔둘 때.

이것은 자비가 아니라 강제다. 그런 종류의 도움은 진실로 강제라는 동력 엔진에 시동을 거는 것이기에. 그런데 여기서 이 차이는 대단히 미묘해서, 때때로 너희는 자신이 시동을 걸고 있다는 사실조차 깨닫지 못한다. 너희는 진심으로 최선을 다해 그냥 다른 사람을 도울 뿐이라고 믿는다…… 하지만 그렇게 하는 것이 단지 너희 자신의 자부심만 키우는 것이 되지 않도록 주의하라. 남들이 너희에게 의존하도록 놔두면 놔두는 만큼, 그것은 그들이 너희를 힘 있는 존재를 만들도록 놔두는 것이니, 그렇게 되면 너희는 당연히 자신을 가치 있는 존재로 느낄 것이기 때문이다.

하지만 이런 식의 도움은 **약자(弱者)를 유혹하는 최음제다.**

목표는 약한 사람이 더 약해지게 하는 데 있지 않고, 약한 사람이 강해지도록 돕는 데 있다.

정부가 주도하는 많은 복지 정책들이 지닌 문제가 이것이다. 그 정책들도 주로 뒤의 방식이 아니라 앞의 방식으로 일한다. 정부 정책이란 건 자기 지속성을 갖기 마련이니, 지원하려는 사람들을 돕는 것만큼이나 자신의 존재를 정당화하는 것이 그 정책들의 목적일 수 있다.

모든 정부 지원에 한계가 있다면, 국민들은 정말로 필요할 때 도움을 받더라도, 그 도움에 중독되어 그것을 자신의 자립과 맞바꾸지 않게 될 것이다.

정부는 도움이 힘인 걸 알고 있다. 이것이 바로 정부가 비난받지 않을 만큼 많은 사람들에게 많은 도움을 제공하는 이유다. 정부가 돕는 사람들의 수가 많을수록 정부를 돕는 사람들의 수도 많아지기 때문이다.

**정부가 부양하는 사람들이 정부를 부양한다.**


그렇다면 부의 재분배는 없어야**겠군요.**《공산당선언》은 사탄의 짓이고요.


물론 사탄 같은 건 어디에도 **없다.** 하지만 나는 네 말뜻을 이해한다.

"각자의 능력에 따라 일하고 각자의 필요에 따라 분배한다"는 주장 뒤에 깔린 사상은 사악하지 않다. 그것은 아름답다. 그것은 그냥 너희는 너희 형제의 파수꾼이라는 속담을 달리 표현한 것에 지나지 않는다. 추해질 수 있는 것은 이 아름다운 사상을 실행하는 방식이다.

공유는 정부가 강요하는 칙령이 아니라 생활 방식이어야 한다. 공유는 강제가 아니라 자발성이어야 한다.

하지만—여기서부터 다시 가는 겁니다!—최상의 정부일 때는, 정부 자체가 곧 국민입니다. 그리고 정부 정책 자체가 국민이 "생활 방식"으로서 공유하는 장치에 지나지 않구요. 제가 주장하려는 건 사람들은 정치 체제들을 거치면서 집단적으로 그렇게 하기로 선택했다는 겁니다. 왜냐하면 사람들은 "가진 자들"은 "못 가진 자들"과 나누지 않는다는 걸 지켜보았고, 역사도 그것을 보여주었기 때문입니다.

러시아 농민들은 러시아 귀족들이 부를 공유하기를 지옥이 얼어붙을 때까지 무한정 기다릴 수도 있었겠죠. 주로 농민들의 고된 노동에서 나오고, 거기에서 늘어난 그 부를 공유하기를요. 하지만 농민들에게는 계속해서 토지를 경작하여 토지 귀족들을 더 부유하게 만들 "자극제"로서, 겨우 먹고 살 만큼이 주어졌습니다. **의존관계**란 바로 이런 겁니다! 이것이야말로 정부가 **지금껏** 발명한 어떤 것보다도 더 착취적이고 더 추악한, 네가 날 도울 때만 나도 널 돕겠다는 식의 구도가 아닙니까?

러시아 농민들은 이런 추악함에 대항해 일어섰습니다. 그리하여 "가진 자들"이 **자진해서** "못 가진 자들"에게 주는 일은 없다는 인민의 좌절에서 모든 사람이 동등한 대우를 받도록 보장한 정부가 탄생한 것입니다.

굶주린 군중들이 누더기를 입고 그녀의 창문 밑으로 모여들었을 때, 금무늬가 새겨진 욕조 속에서 보석 박힌 받침 위에 머리를 대고 느긋하게 누워 수입 포도를 먹던 마리 앙투아네트는 이렇게 말했죠. "저 사람들에게 케이크를 먹게 해!"라고요.

짓밟힌 자들이 참을 수 없었던 태도가 바로 **이런 것**입니다. 이것이 바로 혁명을 일으키고 소위 억압적인 정부를 창조해낸 조건입니다.

부자에게서 **빼앗아** 가난한 사람에게 주는 정부는 억압적이라고 하지만, 부자들이 가난한 사람들을 **착취하는** 동안 아무 일도 하지 않는 정부는 자제한다고 하니까요.

요즘도 마찬가지입니다. 멕시코 농민들에게 한번 물어보십시오. 그러면 부유하고 권력 있는 엘리트들인 20~30개 가문들이 글자 그대로 멕시코를 경영하는(그 나라는 거의가 그들 것이니까요!) 동안에, 2, 3천만에 달하는 농민들은 절대 빈곤 속에서 산다는 이야기를 들을 겁니다. 그래서 농민들은 1993~1994년에 봉기했지요. 최소한이나마 인간답게 생활할 수단을 인민들이 마련하게끔 도와줄 정부의 의무를 그 엘리트 정부에 강제로라도 깨우쳐주려고요. 엘리트 정부와 "국민의, 국민에 의한, 국민을 위한" 정부는 다릅니다.

인간의 기본 천성인 이기심에 좌절하고 분노한 사람들이 만들어낸 것이 바로 국민의 정부 아닙니까? 또 정부 정책이란 건 인간이 스스로 교정하길 내키지 않아 하니, 그 교정 방안으로 만들어진 것이잖습니까?

그리고 이것이야말로 바로 공정 주택법fair housing laws과 아동노동에 관한 법률, 부양 자녀가 있는 어머니들을 위한 지원 정책들의 발단이잖습니까?

그 가족들이 노인들에게 제공하려 하지 않거나 할 수 없는 것을 제공하려는 정부의 시도야말로 '사회 안정'이 아닙니까?

정부 통제에 대한 우리의 증오를, 통제받지 않으면 절대 **기꺼이 하는** 법이 없는 우리의 천성과 무슨 수로 조화시킨단 말입니까?

정부가 그 추잡한 부자 탄광주들에게 추잡한 탄광들의 노동환경을 개선하도록 요구하기 전까지 탄광 노동자들이 일한 환경은 끔찍했습니다. 왜 탄광주들이 자진해서 그렇게 하지 않은 줄 아십니까? 그렇게 하면 **이윤**이 줄어드니까요! 그리고 부자들은 이윤을 끌어내고 늘리기 위해서라면 위태로운 광산 안에서 가난한 사람들이 아무리 많이 죽어가도 신경 쓰지 않죠.

정부가 최저임금제를 실시하기 전까지 기업들이 비숙련 노동자들에게 지불한 건 그야말로 **노예** 임금이었습니다. "옛날의 좋았던 시절"로 돌아가고 싶어하는 사람들은 이렇게 말하죠. "그래서 어떻단 말인가? 기업들은 **일자리**를 주지 않았는가? 그리고 어쨌든 위험을 감수하는 쪽은 누구인가? 노동자들? 천만에! **투자자들, 소유주들**이 모든 위험을 감수한다구! 그러니 최대치의 보상을 받아야 하는 건 당연히 그들이라구!"

자본가들이 의존하는 노동의 소유자인 노동자를 인간답게 대우해야 한다고 여기는 사람은 누구나 **공산주의자**로 몰립니다.

피부색 때문에 주택 구입을 제한당해선 안 된다고 여기는 사람은 누구나 **사회주의자**로 몰리고요.

단지 잘못된 성(性)을 가졌다는 이유만으로 여성이 고용 기회나 승진을 거부당해선 안 된다고 여기는 사람은 누구나 **급진적 여권주의자**로 몰리죠.

그리고 사회의 권력자들이 스스로 해결하길 악착같이 거부하는 이런 문제들을 행여 정부가 선출된 대표자들을 통해 해결하려고 움직이기라도 하면, 그런 정부들은 억압적이라고 비난받죠! (부언하면, 정부가 도움을 주는 사람들은 절대 이렇게 비난하지 않습니다. **자진해서 돕기를 거부하는 사람들만이 이렇게 하죠.)**

이것이 의료 복지 문제에서보다 더 분명하게 드러나는 예는 없습니다. 1992년에 미국 대통령과 그의 부인은 몇백만 명의 미국인들이 예방 차원의 진료를 전혀 받지 못하는 건 부당하며 부적절하다고 판단했습니다. 이 때문에 전문 의료 기관과 보험회사들까지 분란 속으로 끌어들인 의료 복지 논쟁이 시작되었지요.

하지만 진짜 문제는 행정부가 제시한 복안과 사기업들이 제기한 복안 중에서 어느 쪽의 해결책이 더 나은가가 아닙니다. 진짜 문제는 **왜 사기업들은 진작에 자신들의 해결책을 제시하지 않았는가입니다.**

제가 그 이유를 말씀드리지요. 사기업들은 그렇게 할 **필요가 없었기** 때문입니다. 아무도 불평하지 않았죠. 기업들은 이윤을 좇아갔고요.

오로지 이윤, 이윤, **이윤**이었죠.

그러니까 제가 말하려 하는 요지는 이렇습니다. 하고 싶다면 얼마든지 비난하고 울부짖고 불평할 수 있겠죠. 하지만 명백한 진실은, 사적 부분이 제시하지 않는 해결책을 제시하는 쪽은 정부란 겁니다.

또한 정부가 국민의 바람에 어긋나는 일을 하고 있다고 주장할 수도 있겠죠. 하지만 국민이 정부를 지배하는 한—미국 국민들이 어느 정도 그렇듯이요—정부는 사회적 질병들에 대해 계속해서 해결책을 만들어내고 그것의 시행을 요구할 것입니다. 왜냐하면 부유하거나 권력을 갖지 못한 쪽이 **국민의 다수**니까요. 그래서 그들은 **사회가 자발**

적으로 주려 하지 않는 것들을 자신들의 힘으로 입법화할 테니까요.

정부가 불평등에 대해 거의 혹은 전혀 아무 일도 하지 않는 건 다수의 국민이 정부를 통제하지 않는 그런 나라들뿐입니다.

그렇다면 문제는, 어느 정도가 너무 과한 정부이고, 어느 정도가 너무 모자라는 정부인가, 우리가 그 균형점을 어디에서 어떻게 잡는가라는 거죠.

호오! 네가 이렇게까지 **멀리** 나가다니! 이 정도면 우리 책 두권 중 어디 하나에 네가 의원석을 지닐 만하군.

저, 당신이 이 책은 인간 가족이 직면한 세계적 문제들에 대해 다루게 될 거라고 말씀하셨잖습니까? 제 보기엔 제가 큰 놈을 때려눕혔다고 생각하는데요.

그렇다, 아주 웅변적이었고. 토인비에서 제퍼슨과 마르크스에 이르기까지 모든 사람이 지난 몇백 년 동안 그 문제를 풀려고 애써왔다.

좋습니다. 그럼 **당신의** 해결책은 무엇입니까?

우리는 여기서 뒤로 돌아가야 할 것이다. 우리는 좀 지난 분야를 복습해봐야 할 것이다.

계속하십시오. 저한테는 그걸 다시 한번 더 듣는 게 필요할지도 모르죠.

그렇다면 내게는 아무 "해결책"도 **없다**는 사실에서 출발하자. 이것은 내가 이 중 어떤 것도 문제 상황으로 보지 않기 때문이다. 그것은 그냥 존재하는 것이고, 나는 그에 관해 아무런 선호(選好)도 없다. 내가 여기에서 표현하는 것은 관찰할 수 있는 것, 누구라도 명백하게 알 수 있는 것에 지나지 않는다.

좋습니다. 당신은 아무런 해결책도 가지지 않았고, 어떤 선호도 없습니다. 그럼 당신이 관찰하는 것을 제게 말해주시겠습니까?

나는 세상이 완전한 해결책을 제공할 정부 체계를 아직은 감당할 수 없음을 보고 있다. 비록 미국 정부가 그중 가깝게 접근하긴 했지만.

선(善)과 공평함은 도덕 문제지, 정치 문제가 아니라는 데 어려움이 있다.

정부란 건 선을 명령하고 공평함을 보장하려는 인간의 시도다. 하지만 선이 탄생하는 곳은 딱 한 곳뿐이니, 인간의 가슴속이 그곳이고, 공평함을 개념화할 수 있는 곳도 딱 한 곳뿐이니, 인간의 정신(마음) 속이 그곳이며, 진실로 사랑을 체험할 수 있는 곳도 딱 한 곳뿐이니, 인간의 영혼 속이 그곳이다. 인간의 영혼은 곧 사랑이기에.

너희가 도덕을 입법할 수는 없고, "서로 사랑하라"고 말하는 법을 통과시킬 수는 없다.

우리는 지금 원을 따라 돌고 있다. 이전에 우리가 이 모든 문제를 다룰 때 그러했듯이. 그럼에도 논의하는 건 좋은 일이다. 그러니 그렇게 하도록 계속 노력하라. 우리가 같은 분야를 두 번 세 번 포괄한다 해도 상관없다. 여기서의 시도는 그것의 밑바닥에 닿기 위한 것이다. 즉 너희가 지금 어느 정도로 그것을 창조하고 싶어하는지 깨닫기 위한 것이다.

그렇다면, 전에 했던 것과 똑같은 질문을 할게요. 법이란 건 단지 도덕 개념을 성문화하려는 인간의 시도에 지나지 않는 겁니까? "입법"이란 건 단지 "옳음"과 "그름"에 관한 우리의 결합된 동의에 지나지 않는 겁니까?

그렇다. 그리고 너희 같은 미개사회에서는 특정의 시민법들, 규칙과 규제들이 필요하다. (미개하지 않은 사회에서는 그런 법률들이 필요하지 않다는 뜻이다. 모두가 스스로 알아서 규제하기 때문에.) 너희 사회는 지금도 여전히 대단히 기본되는 질문들을 너희에게 들이대고 있다. 거리 모퉁이에서 계속 진행하기 전에 일단 멈출 건가? 정해진 값대로 사고 팔 건가? 서로를 대하는 방법에 제한을 둘 건가? 하는 따위의 질문들을.

하지만 실제로는 온 세상 사람들이 **'사랑의 법칙'**을 그냥 따르기만 해도, 살인과 협박과 사기를 금하고, 심지어는 빨간불에서 주행을 금하는 이런 기본적인 법률들조차 필요가 없을 것이고, 너희 역시 필요**하지 않을** 것이다.

'사랑의 법칙'이란 신의 율법이다.

**필요한 것은 의식의 성장이지, 정부의 성장이 아니다.**

당신 말씀은 우리가 그냥 십계명만 따른다면, 다 잘 될 거란 뜻이 군요.

십계명 같은 건 존재하지 않는다. (이에 대한 완벽한 설명을 보려면 1권을 찾아봐라.) 신의 율법은 결코 율법이 아니다. 너희 는 이것을 이해할 수 없다.

**나는 아무것도 요구하지 않는다.**

많은 사람들이 당신의 마지막 진술을 믿지 못할 겁니다.

그 사람들에게 1권을 읽게 하라. 그 책이 완벽하게 설명해줄 것이다.

이게 당신이 이 세상을 위해 제안하는 것입니까? 완전한 무정부 상 태요?

나는 아무것도 제안하지 않는다. 나는 단지 쓸모가 있는지 관찰하고 있을 뿐이고, 관찰할 수 있는 것이 그렇다는 이야기 를 하고 있을 뿐이다. 그리고 아니다, 나는 정부와 규칙과 규제 와 어떤 종류의 한계지음도 없는 그런 무정부 상태를 쓸모 있 는 것으로 관찰하지 않는다. 그런 식의 배열은 오직 앞선 존재 들에게만 현실적이다. 나는 인간 존재가 그렇다고 관찰하지 않는다.

따라서 너희 종족이 **당연히 옳은** 것을 당연히 하게 되는 지점으로 진화할 때까지는, 일정 수준의 통제는 계속 필요할 것이다.

너희는 그 과도기 동안에 스스로를 통제할 수 있을 만큼 충분히 현명하다. 하지만 좀 전에 네가 제기한 문제는 너무 분명해서 논박할 여지가 없다. 사람들은 흔히 자기 재량에 맡겨지면 "옳은" 일을 하지 않는다.

진짜 문제는 왜 정부가 그토록 많은 규칙과 규제들을 사람들에게 지우는가가 아니라, 왜 정부는 그렇게 **해야** 하는가에 있다.

그 대답은 너희의 '분리 의식'과 관계가 있다.

우리 자신들을 서로 분리된 존재로 본다는 사실을 말하는군요?

그렇다.

하지만 우리가 분리되어 있지 않다면, 우리는 '하나'라는 이야기이고, 이건 우리가 서로에게 책임이 **있다는** 의미가 아닙니까?

그렇다.

하지만 그렇게 되면 개인의 위대성을 발휘할 힘을 우리에게서 빼앗는 것 아닙니까? 제가 모두에게 책임이 있다니, 그럼《공산당선언》이 옳았군요! "각자의 능력에 따라 일하고 각자의 필요에 따라 분배한다"

는 것 말입니다.

그것은 내가 이미 얘기했듯이 대단히 고상한 사상이다. 하지만 그것이 무자비하게 강행될 때, 그 고상함은 퇴색되고 만다. 이것이 바로 공산주의가 지닌 어려움이다. 견해가 아니라 그 실행이.

그런 견해는 기본적인 인간성에 대립하기 때문에 강제로 실행되어야 했다고 말하는 사람들도 있지요.

네가 바로 맞혔다. 바뀌어야 하는 것은 인간의 기본 천성이다. 작업이 필요한 지점은 바로 여기다.

당신이 말씀하셨던 의식 변화를 이루기 위해서요?

그렇다.

그런데 우리는 또다시 쳇바퀴를 돌고 있군요. 집단의식은 개인을 무력하게 만들지 않을까요?

자, 자세히 살펴보자. 이 행성에 사는 모든 사람의 기본 욕구가 충족된다면, 인간 집단이 인간답게 살 수 있어 유치한 수준의 생존 투쟁을 피할 수 있다면, 모든 인류가 좀 더 고상한 삶을 추구할 수 있는 길이 열리지 않겠는가?

개인의 생존을 보장하는 것이, 과연 개인의 위대성을 억누르는 것이냐?

게다가 개인의 영광을 위해 과연 우주의 존엄성까지 희생해야 하는가?

그리고 그것이 다른 사람의 희생으로 이루어지는 개인의 영광이라면, 그렇게 해서 얻는 영광은 과연 어떤 종류의 영광인가?

나는 너희 행성에 모두가 먹고도 남을 만큼 많은 자원을 놓아두었다. 그런데 어떻게 해마다 몇천 명씩이 굶어 죽는 일이 일어날 수 있는가? 어떻게 해마다 몇백 명씩이 걸인이 되고, 몇백만 명이 기본 생존권을 달라고 절규하는 일이 있을 수 있는가?

이것을 끝장낼 종류의 도움은 힘을 빼앗는 식의 도움이 아니다.

하지만 너희 부자들이 굶주리고 집 없는 사람들의 힘을 빼앗고 싶지 않으니, 자신들은 그들을 돕고 싶지 않다고 말한다면, 너희 부자들은 위선자들이다. 남들은 죽어가는데 그들만 잘산다면, 누구도 진실로 "잘사는" 것이 아니기에.

한 사회의 진화 정도는 그 사회가 자신의 구성원 중 가장 못한 사람들을 얼마나 잘 대우하는가로 잴 수 있지만, 앞에서 말했듯이 남을 돕는 것과 해치는 것 사이에서 균형점을 찾기란 어렵다.


내놓을 만한 무슨 지침 같은 게 있습니까?

불확실할 때는 틀리는 한이 있어도 언제나 자비 편에 서는 게 대강의 지침일 수 있다.

그리고 너희가 남을 돕고 있는지 해치고 있는지 판단하는 기준은, 그 동료가 네 도움을 받고 나서 더 자랐는가, 아니면 줄었는가? 그들이 더 커졌는가, 아니면 더 작아졌는가? 더 유능해졌는가, 아니면 무능해졌는가?다.

당신이 사람들에게 뭐든지 다 준다면, 그들 스스로의 힘으로 일해서 그것을 얻으려는 경우는 대폭 줄어들 거란 주장도 있습니다.

하지만 왜 굳이 가장 기본적인 생존권을 얻기 위해서 일해야 하는가? 그냥 모든 걸 얻기 위해 일하는 것으로 충분하지 않은가? 왜 꼭 "일해서 얻으려는 그것"이 전부가 아닌 어떤 특정의 것이어야 하는가?

인간의 기본 생존권은 만인의 타고난 권리가 아닌가? 아니 권리**여야 하지** 않는가?

누구든 최저 수준 이상을, 즉 더 많은 음식과 더 큰 집과 더 좋은 의복을 추구하고 싶다면, 그런 목표를 이루기 위해 노력하면 된다. 하지만 과연 기껏 **생존하기** 위해 투쟁해야 할까?— 모두가 먹고도 남을 만큼 충분히 존재하는 행성에서.

이것이 바로 인류가 직면한 중심 화두(話頭)다.

과제는 만인을 평등하게 만드는 데 있지 않고, 모든 사람에게 적어도 인간다운 기본 생존을 보장해주는 데 있다. 그런 다음 각자가 그 지점에서 출발하여 자신들이 더 많이 원하는 것을 선택할 기회를 가질 수 있도록.

그런 기회가 주어져도 그걸 붙잡지 않는 사람들도 있다는 주장도 있죠.

그들이 정확하게 관찰했다. 그래서 이것은 또 다른 문제를 제기한다. 그들에게 제시된 기회를 붙잡지 않는 사람들에게 너희는 또 다른 기회, 또 또 다른 기회를 제공할 의무를 지는가?

아니요.

내가 그런 태도를 취한다면, 아마 너희는 영원히 지옥을 헤매게 되지 않겠느냐?
너희에게 이르노니, 신의 세계에서 자비는 끝이 없고, 사랑은 그침이 없고, 인내는 다함이 없다. 오직 인간 세상에서만 선이 한정된다.
**내 세계에서 선은 무한하다.**

우리가 그것을 받을 자격이 없더라도.

너희는 **언제나** 그것을 받을 자격이 있다!

우리가 당신의 선함을 당신 면전에 도로 집어던진다 해도.

그럴수록 특히 더 그래야 한다. ("누가 오른 뺨을 치거든 네 왼 뺨마저 돌려대고, 누가 억지로 5리를 가자고 하거든 10리를 같이 가주어라."(〈마태복음〉 5:39~41 - 옮긴이)) 너희가 내 선함을 내면전에 도로 던질 때(여담이지만, 인간 종족은 몇천 년 동안 신에게 이렇게 해왔다), 나는 너희가 그냥 **오해하고** 있을 뿐임을 안다. 너희는 자신에게 가장 이로운 것이 무엇인지 모른다. 너희의 실수는 사악함이 아니라 단지 무지에서 비롯되었기에, 나는 그것을 용서한다.

하지만 **본래 사악한** 사람들도 있습니다. 천성 자체가 나쁜 사람들도 있습니다.

누가 네게 그런 이야기를 했느냐?

저 스스로 관찰한 겁니다.

그렇다면 너는 꿰뚫어보지 못한 것이다. 전에 네게 말했던 적이 있다. 그 사람의 세상형에서 볼 때, 나쁜 짓을 하는 사람은 아무도 없다고.

달리 말하면 누구나 주어진 순간마다 자신이 할 수 있는 최상의 일을 하고 있다.

누구든, 그 사람의 행동 전체는 손에 쥔 자료에 달려 있다.

나는 앞에서 의식이 전부라고 말했다. 무엇을 깨닫고 있고, 무엇을 알고 있는지가.

하지만 자신의 목적을 위해 우리를 공격하고, 해치고, 위협하고, 심지어 죽이기까지 하는 사람도 있는데, 그래도 나쁘지 않다고요?

내가 전에 말했다시피, **모든 공격은 도와달라는 외침이다.**

진심으로 다른 사람을 해치고 싶어하는 사람은 아무도 없다. 그렇게 하는 사람은—덧붙이면 너희 정부들까지 포함하여—그것이 자신이 원하는 것을 얻을 수 있는 유일한 방법이라는, 잘못 자리 잡은 생각 때문에 그런 일을 한다.

나는 이미 이 책에서 이 문제에 대한 **수준 높은 해결책**이 어떤 것인지 대강 설명했다. 그냥 **아무것도 원하지 마라.** 선호는 갖되, **욕구는** 절대 갖지 마라.

그러나 이것은 대단히 높은 수준의 존재 상태다. 그것은 선각자들의 자리다.

그러나 지정학적인 차원에서, 왜 너희는 모두의 가장 기본적인 필요를 충족시키기 위해 하나의 세계가 되어 함께 일하지 않는가?

우린 그렇게 하고 있습니다. 아니 그렇게 하려고 합니다.

인간 역사가 몇천 년이나 지난 지금, 너희가 말할 수 있는 것이 고작 이것이냐?

진실은, 너희는 거의 진화하지 않았다는 것이다. 너희는 여전히 "만인이 자신을 위해" 존재하는 미개한 심리 상태에서 움직이고 있다.

너희는 지구를 약탈하고, 지구 자원을 강탈하며, 지구 사람들을 착취한다. 그러고는 이렇게까지 하는 데 대해 너희와 견해를 달리하는 사람들을 "과격파"라 부르면서, 그들의 시민권을 체계적으로 박탈한다.

너희는 자신의 이기적인 목적을 위해서 이렇게까지 한다. 그것은 너희가 **다른 식으로는 유지할 수 없는** 생활 양식을 발달시켜왔기 때문이다.

너희는 해마다 몇백만 에이커의 나무들을 잘**라야** 한다. 그러지 않으면 너희는 신문을 받아볼 수 없다. 너희는 몇 마일의 두께로 너희 행성을 감싸고 있는 오존층을 고갈**시켜야** 한다. 그러지 않으면 너희는 헤어스프레이를 가질 수 없다. 너희는 너희의 강과 개울들을 돌이킬 수 없게 오염**시켜야** 한다. 그러지 않으면 너희는 더 크고 더 좋고 더 많은 것을 제공하는 산업을 지닐 수 없다. 그리고 너희는 너희 중에 가장 못한 사람들, 즉 가장 불리한 사람들과 가장 못 배운 사람들, 가장 덜 깬 사람들을 착취**해야** 한다. 그러지 않으면 너희는 지금껏 한번도 들어보지 못한 (그리고 불필요한) 사치를 누리면서 최상층의 인간 등급으로 살 수 없다. 마지막으로 너희는 **자신이 이렇게 하고 있는 걸 부정해야** 한다. 그러지 않으면 너희는 자신과 더불어 살 수 없다.

너희한테서는 "다른 사람들도 소박하게 살 수 있도록 소박하게 살려는" 심성을 찾을 수 없다. 자동차에 붙이는 지혜의 스티커 따위는 너희한테 너무 소박하다. 그것은 너무 소박해서 청할 필요가 없고, 너무 소박해서 줄 필요가 없다. 어차피 너희가 그토록 **힘들여** 일한 건 지금 지닌 것을 얻기 위해서였다! **너희**

**는 그중 어느 하나도 포기하지 않으리라!** 그리고 설사 나머지 인류가—너희 손주들은 말할 것도 없고—말라 비틀어진 바나나라도 얻으려고 고심하게 되더라도, 그게 무슨 상관인가? 너희는 생존하기 위해서, "성공하기" 위해서, 해야 할 일을 했다—그리고 그들도 똑같이 할 수 있다. 결국 누구나 자신을 위하기 **마련** 아닌가?

이런 진창에서 벗어날 무슨 묘안이 있습니까?

그렇다. 다시 한번 이야기해줄까? **의식을 바꾸어라.**
정부 차원의 행동이나 정치 수단으로는 인류를 역병들게 하는 문제들을 해결할 수 없다. 너희는 몇천 년 동안 그렇게 하려고 애써왔지만 허사였다.
필요한 변화는 오직 인간 심성이 바뀌는 것뿐이다.

필요한 변화라는 걸 한마디로 말해주시겠습니까?

나는 이미 여러 번 말해주었다.
**너희는 신을 너희와 분리된 존재로 보고, 너희 각자를 서로 분리된 존재로 보는 걸 그만두어야 한다.**
이 우주의 어떤 것도 다른 것과 분리되어 존재하지 않는다는 '궁극의 진리'만이 유일한 해결책이다. 만물은 애초에 서로 연결되어 있으니, 돌이킬 수 없게 서로 의존하고 상호작용하면서, 삶 전체라는 직물 속으로 짜넣어진다.

모든 정부, 모든 정치가 이 진리에 토대를 두어야 하고, 모든 법률이 이 진리에 뿌리를 내려야 한다.

이것이 너희 종족이 품을 수 있는 미래의 희망, 너희 행성이 지닐 수 있는 유일한 희망이다.

당신이 1권에서 말한 '사랑의 법칙'은 어떻습니까?

사랑은 모든 걸 주지만 아무것도 요구하지 않는다.

어떻게 해야 우리가 아무것도 요구하지 않을 수 있습니까?

너희 종족의 모든 이가 모든 것을 다 내어놓을 때, 너희가 무엇을 요구하겠는가? 너희가 **뭔가** 요구하는 건 오직 다른 누군가가 움켜쥐고 있기 때문이다. **움켜쥐길 그만둬라!**

우리 모두가 한꺼번에 그렇게 하지 않으면, 그건 아무 쓸모도 없을 텐데요.

사실 필요한 것은 세계 의식global consciousness이다.

그런데 어떻게 해야 그런 의식이 생기겠는가? **누군가가 시작해야 한다.**

여기에 너를 위한 기회가 있다.

네가 이 '새로운 의식'의 발단이 될 수 있다.

네가 영감(靈感)이 될 수 있다.

사실 너는 그렇게 **되어야** 한다.

제가 그래야 한다고요?

여기에 너 말고 누가 있느냐?

제가 어떻게 시작할 수 있습니까?


　세상을 비추는 빛이 되되, 세상을 다치게 하지 말고, 건설하려고 애쓰되, 파괴하지 마라.

　내 백성을 집으로 데려오라.


어떻게요?


　네 예(例)를 밝게 비추는 것으로. 오직 신성(神性)만을 추구하고, 오직 진리만을 말하고, 오직 사랑으로만 행동하라.

　이제부터 영원히 사랑의 법칙에 따라 살도록 하라. 모든 걸 주되, 아무것도 요구하지 마라.

세속성을 피해가라.

인정할 수 없는 것은 받아들이지 마라.

나(神)를 배우고자 하는 모든 사람을 가르쳐라.

네 삶의 모든 순간이 사랑의 분출이 되게 하라.

모든 순간을, 가장 고귀한 생각을 하고, 가장 고귀한 말을 하고, 가장 고귀한 행동을 하는 데 써라. 그 속에서 네 '신성한 자신'을 찬양하고, 그리하여 또한 나를 찬양하라.

네가 만나는 모든 이에게 평화를 주어 이 땅에 평화가 오게 하라.

**평화로워져라.**

모든 순간에 '전체'와 모든 사람과 모든 장소와 모든 사물과 너의 '신성한 연결'을 느끼고 표현하라.

모든 환경을 감싸안고, 모든 잘못을 네 것으로 하며, 모든 기쁨을 함께 나누고, 모든 신비를 응시하며, 모든 이의 입장에 서고, 모든 죄 지음(너 자신의 것까지 포함하여)을 용서하며, 모든 가슴을 치유하고, 모든 이의 진실을 존중하며, 모든 이의 신을 경배하고, 모든 이의 권리를 지키며, 모든 이의 생존권을 보존하고, 모든 이의 이로움을 추구하며, 모든 이의 필요를 제공하고, 모든 이의 가장 큰 재능을 선물하며, 모든 이의 축복을 일으키고, 모든 이의 미래가 확고한 신의 사랑 속에서 안전함을 선언하라.

네 내면에 존재하는 가장 고귀한 진실의 살아 숨쉬는 본보기가 되라.

자신에 대해 겸손하게 말하라. 남들이 네 가장 고귀한 진실을 허풍으로 잘못 받아들이지 않도록.

부드럽게 말하라. 남들이 네가 단지 주의를 기울여주기만 요구한다고 생각하지 않도록.

온화하게 말하라. 모두가 사랑에 대해 알 수 있도록.

터놓고 말하라. 누구도 네가 뭔가 감추고 있다고 생각하지 않도록.

솔직히 말하라. 누구도 너를 오해하지 않도록.

자주 말하라. 네 말이 참으로 실행될 수 있도록.

존중하면서 말하라. 누구도 굴욕감을 느끼지 않도록.

사랑으로 말하라. 모든 음절이 치유하는 힘을 갖도록.

입을 열어 말할 때마다 나에 대해 말하라.

네 삶이 은혜가 되게 하라. 그리고 항상 기억하라, 너희는 은혜임을!

네 삶 안으로 들어오는 모든 사람에게, 그리고 네가 그 삶 속으로 들어가는 모든 사람에게 은혜가 되도록 하라. 네가 은혜가 될 수 없다면 다른 사람의 삶 속으로 들어가지 않도록 주의하라.

(너희는 언제나 은혜일 수 있다. 왜냐하면 너희는 언제나 은혜이기에—하지만 때때로 너희 자신이 모를 수는 있다.)

누군가 예기치 않게 네 삶 속으로 들어올 때, 그 **사람이 네게서 받았던 은혜를 찾아보라.**

참으로 경이롭게 표현하시는군요.

너는 네게 온 사람이 왜 나 아닌 다른 누구라고 생각하느냐?

네게 이르노니, 지금까지 네게 왔던 모든 사람이 네게서 선물을 받았다. 그렇게 하는 것으로 그들은 네게 한 가지 은혜를 주었다. 네가 '자신'을 체험하고 실현해보라는 은혜를.

너희가 이 간단한 진리를 이해할 때, 너희가 이것을 깨달을 때, 너희는 가장 위대한 다음 진리를 이해할 것이다.

**나는 너희에게**

**오직 천사만을 보내주었다.**

헷갈리는군요. 잠시만 다시 뒤로 돌아가도 됩니까? 좀 모순되는 부분이 있는 것 같거든요. 전 당신이, 우리가 남들에게 줄 수 있는 최상의 도움은 종종 그들을 혼자 내버려두는 데 있다고 말씀하시는 걸로 알았습니다. 그런데 당신은 도움이 필요한 사람을 보면 반드시 그 사람을 도와주라는 말씀도 하시는 것 같군요. 이 두 가지 진술은 서로 어긋나는 것 같은데요.

그 문제에 대해 너희가 어떻게 생각해야 할지 명확히 해주마.

다른 사람을 무력하게 만드는 식의 도움은 일절 제공하지 마라. 절대 너희 쪽에서 필요하다고 여기는 도움을 제공하겠다고 나서지 마라. 도움이 필요한 그 사람이나 국민에게 너희가 제공해야 하는 것들 전부를 알려줘라—그런 다음에 그들이 무엇을 원하는지 귀를 기울여라. 즉 그들이 무엇을 받을 준비가 되어 있는지 알아보라.

그들이 원하는 도움을 제공하라. 그 사람이나 그 국민이 그냥 내버려두길 원한다고 말하거나 그것을 행동으로 드러낼 때는, 너희가 주고 싶은 도움이 무엇이든 간에, 그들을 내버려두는 것이 너희가 줄 수 있는 가장 고귀한 은혜일 수 있다.

설사 나중에 가서 그들이 다른 걸 원하거나 바라더라도, 너희는 그것을 주는 게 너희 일인지 아닌지 짐작할 수 있게 될 것이다. 그게 너희 일이라면, 그것을 주어라.

그럼에도 다른 사람을 무력하게 만드는 어떤 것도 주지 않도록 하라. 무력하게 만든다는 건 의존을 조장하거나 의존을 낳는 것을 말한다.

사실 남을 힘 있게 만들면서도 그를 도울 수 있는 방법은 **언제나** 있기 마련이다.

진실로 도움을 구하는 사람들의 곤경을 철저히 무시한다면, 그건 올바른 대답이 아니다. 왜냐하면 너무 적게 하는 것도 너무 많이 하는 것만큼이나 그들을 무력하게 만드는 것이기에. 너희가 더 높은 의식을 갖자면, 형제자매의 극심한 곤경을 고의로 무시하지 않는 게 좋을 것이다. 그들이 "자업자득으로 고생하게" 내버려두는 게 너희가 그들에게 줄 수 있는 가장 고귀한 은혜라고 주장하면서. 이 같은 태도는 최고의 정당화이자 오만이다. 이것은 단지 너희가 팔짱 끼고 있는 것을 정당화해줄 뿐이다.

나는 다시 한번 예수의 생애와 그의 가르침에 대해 언급하겠다.

왜냐하면 다음과 같이 말한 사람은 예수였기에. 내(예수 - 옮긴이) 오른편에 있는 자들에게 말하리니, 내 아버지께 복받을 자들아, 나와서 너희를 위하여 예비된 나라를 상속하라.

너희는 내가 주렸을 때 먹을 것을 주었고, 목말랐을 때 마실 것을 주었으며, 나그네 되었을 때 재워주었기에.

내가 헐벗었을 때 입혀주었고, 병들었을 때 돌보아주었고, 옥에 갇혔을 때 찾아주었느니라.

이에 그들이 내게 물을 것이라. 주여, 저희가 언제 주의 주린 것을 보고 공궤하였으며, 목마르신 것을 보고 마시게 하였나이까? 언제 나그네 되신 것을 보고 재워드렸으며, 헐벗으신 것을 보고 입을 것을 드렸나이까? 어느 때 병드신 것이나 옥에 갇히신 것을 보고 저희가 찾아가 뵈었나이까?

그러면 나는 이렇게 대답하리니,

**내가 진실로 너희에게 이르노니, 너희가 여기 내 형제 중에 지극히 못한 자에게 한 것이 곧 내게 해준 것이라.**(《마태복음》 25: 31~40 - 옮긴이)

이것이 내 진리다. 그리고 이것은 시대를 통틀어 여전히 유효하다.

# Conversations with God

# 15

당신을 사랑합니다. 아시죠?

알고 있다. 나도 너를 사랑한다.

어차피 이 책에서는 1권에서 탐구하기 시작했던 삶의 개인적 요소들을 재음미하면서, 행성 범위에서 더 큰 삶의 측면들을 논의하고 있던 터이니, 환경에 대해서 좀 물어보고 싶습니다.

네가 알고 싶은 게 무엇이냐?

일부 환경주의자들이 주장하듯이, 진짜로 지구가 멸망하는 중입니까? 아니면 이런 사람들은 단순히 삐딱한 시야를 가진 과격파이거나, 자유주의 공산당 빨갱이들이거나, 버클리대를 졸업하고도 마약이나 흡입하는 자들에 지나지 않는 겁니까?

두 질문 다에 그렇다가 내 대답이다.

예—???

　　그냥 장난이었다. 좋다, 첫 번째 질문의 대답은 그렇다이고, 두 번째 질문은 아니다이다.

그럼 오존층이 고갈되고 있는 겁니까? 열대우림은 빠른 속도로 줄어들고요?

　　그렇다. 하지만 그건 그렇게 뚜렷한 사안들하고만 관련된 것이 아니다. 뚜렷하지는 않지만 너희가 관심을 가져야 할 문제들이 있다.

더 자세히 말해주십시오.

　　예를 들면, 너희 행성에서는 빠른 속도로 토양이 줄어들고 있다. 다시 말해 곡물을 재배하기에 적합한 토양이 떨어져가고 있다는 이야기다. 이렇게 된 건, 토양을 복원하자면 시간이 걸리는데, 너희 기업농들에게는 그럴 시간이 **없기** 때문이다. 그들은 쉬지 않고 생산해낼 땅을 원하기에, 계절에 따라 경작지를 번갈아 사용하던 옛 농사법을 포기하거나 축소하고 있다. 그러고는 토양의 복원력을 보상하기 위해 작물이 더 빨리 자라게 하는 화학제품인 농약을 땅에 들이붓는다. 하지만 모든 일에서 그러하듯이 이 경우에도, 너희는 '어머니인 자연'을 대신할 인공제품을 만들어낼 수 없다. 자연이 제공하는 것을 비슷하게나마 대신 제공할 수 있는 인공 제품을.

그 결과 일부 지역에서는 자양분이 담긴 쓸 만한 상층토(上層土)라고는 2~3인치에 불과할 정도로 토양이 부식되고 있다. 달리 말해, 너희는 갈수록 자양분이 더 적은 토양에서 더 많은 곡물을 재배하고 있는 것이다. 철분도 없고 미네랄도 없으며, 통상 흙에서 제공된다고 여기던 어떤 것도 없다. 더 나쁜 것은, 토양을 복원하려는 필사적인 시도로 땅에 들이부었던 화학약품들로 가득 찬 음식물들을 너희가 먹고 있다는 사실이다. 단기간에 몸에 뚜렷한 해를 끼치지는 않더라도, 결국에 가서 너희는 이 잔류 화학약품들이 몸에 백해무익하다는 사실을 깨닫고 슬퍼할 것이다.

빈번한 경작지 갈아엎기로 인한 토양 부식은 널리 알려진 문제는 아니지만, 그렇다고 경작 가능한 토지의 급속한 축소가, 다음번에 유행시킬 대의명분을 찾고 있는 여피yuppie 환경주의자들이 만들어낸 환상은 아니다. 어느 지질학자나 붙잡고 물어보라. 그러면 그에 관해 넘칠 만큼 들을 것이니. 그것은 이미 전 세계적으로 심각한 현상이어서, 재난을 초래할 정도의 문제다.

이것은 너희 어머니이자 모든 생명을 주는 지구를 위태롭게 하고 고갈시키는 허다한 방식들 중 단지 하나의 예에 지나지 않는다. 너희는 지구의 필요와 그것의 자연스러운 과정을 완전히 무시한다.

너희는 너희 욕망을 만족시키고, 당장의(그리고 대체로 부풀려진) 너희 필요들을 충족시키고, 더 크고 더 좋고 더 많은 것을 좇는 인간의 무한한 갈증을 식힐 때 말고는, 너희 행성에 거의 관심을 갖지 않는다. 하지만 너희 역시 한 생물종으로서 충분함이 정녕코 충분해질 때가 언제일지 자문해보는 것이 마땅하지 않을까?

왜 우리는 환경주의자들의 이야기를 듣지 않을까요? 왜 우리는 그들의 경고에 무심할까요?

너희 행성의 생활 양식과 삶의 질에 영향을 주는 진실로 중요한 모든 문제에서처럼, 이 문제에도 쉽게 분간할 수 있는 원형이 있으니, 너희는 이미 그 질문에 완벽하게 대답하는 신조어(新造語)를 주조해낸 바 있다. "돈의 자취를 쫓아라."

그처럼 강력하고 교활한 측면과 싸워야 할 때, 이런 문제들을 해결할 수 있다는 꿈이라도 꾸려면 우리가 어떻게 해야 합니까?

간단하다. 돈을 제거하라.

돈을 제거하라고요?

그렇다. 아니면 하다 못해 그것의 불투명성이라도 제거하라.

이해가 안 되는군요.

사람들은 부끄럽거나 남들에게 알리고 싶지 않은 일들을 숨기기 마련이다. 너희 대다수가 자신의 성행위를 숨기는 이유가 여기에 있고, 너희 대다수가 자신의 돈을 숨기는 이유도 여기에 있다. 말하자면 너희는 그것을 드러내지 않는다. 너희는 재산 문제가 대단히 사적인 문제라고 여긴다. 문제는 거기에 있다.

만일 모두가 모두의 금전 상황에 대해서 모조리 다 알게 되면, 너희 나라와 너희 행성에는 여지껏 한번도 본 적이 없을 정도로 심한 폭동이 일어날 것이다. 인간사의 운영에서 공평함과 평등, 솔직함과 선(善)에 대한 참된 우선시(優先視)는 그러고 나서야 비로소 존재할 수 있을 터이고.

지금의 경제에서 공평함이나 평등, 솔직함이나 공동선을 가져오기란 불가능하다. 돈을 감추는 게 너무 쉽기 때문이다. 너희는 받은 돈을 실제로, 다시 말해 물질적으로 **감출 수** 있다. 또한 창의적인 회계사들이라면 온갖 수단 방법을 동원해서 기업의 돈을 "숨기거나" "사라지게" 할 수 있다.

돈을 숨길 수 있기 때문에, 누구도 남들이 정확히 얼마를 갖고 있는지, 혹은 그들이 그걸 가지고 뭘 하는지 알 방도가 없다. 눈속임은 말할 것도 없고 과다한 불평등이 존재하는 것 역시 이 때문이다. 예를 들면, 기업들은 똑같은 일을 해도 전혀 다른 액수의 임금을 지급할 수 있다. 그래서 한 사람에게는 연봉 57,000달러짜리의 일거리가 다른 사람에게는 연봉 42,000달러짜리 일거리밖에 되지 않는다. 한쪽에 더 많이 주는 것은 앞의 직원이 뒤의 직원에겐 없는 것을 갖고 있기 때문이다.

그게 뭔데요?

자지(男根).

맙소사!

그렇다. 정말 맙소사다.

하지만 그건 당신이 이해를 못하신 겁니다. 페니스를 가졌다는 건 앞의 직원을 뒤의 직원보다 더 가치 있게 만들어주거든요. 더 재치 있고, 더 솜씨 좋고, 그리고 확실히 더 능력 있게요.

흐으음. 그게 너희를 그런 식으로 만든다는 걸 깜빡했구나. 그게 능력에서 그렇게 큰 차이를 만들어낸다는 걸 말이다.

그럼요. 당신이 그걸 모른다는 게 오히려 놀랍군요. 이 행성 사람들은 삼척동자도 다 아는 사실인데요.

이 문제는 여기서 그만두는 게 좋겠다. 안 그랬다가는 사람들이 우리가 진짜로 그런 줄 알 것이다.

당신은 그렇지 않다는 말씀입니까? 아니, **우리는** 그래요! 우리 지구 사람들은요. 이게 바로 여성들이 로마가톨릭교나 모르몬교의 신부가 될 수 없고, 예루살렘 통곡의 벽 앞에 설 수 없으며, 《포춘》지가 선정하는 500대 기업의 최고 책임자나 여객기 기장의 지위에 올라가지 못하는 까닭이죠. 또—

그렇다, 우리는 논점에 이르렀다. 그리고 **내가** 말하고자 하는 바는, 만일 모든 돈거래가 투명해진다면, 어쨌든 임금 차별 같은 건 무사히 넘어가기가 훨씬 더 어려워지리란 점이다. 어떤 기업이나 직원 전체의 봉급 일체를 강제로 발표해야 할 때, 지구상의 모든 일터에서 어떤 일이 벌어질지 상상할 수 있겠느냐? 특정 직급들의 급여 **수준**이 아니라 각 개인에게 **주어지는 실제 보수**를 발표해야 한다면 말이다.

음, 배후에서 "양쪽을 들쑤셔서 어부지리를" 취하는 일은 없어지겠죠.

그렇지.

그리고 "모르는 게 약이다"도 없어질 거구요.

그렇지.

그리고 "이봐, 여자 한 명 쓰는 데 3분의 2 값이면 되는데, 왜 더 많이 줘야 하지?"도 사라지겠지요.

으–흠

그리고 비위 맞추기라든지 상사에게 아부하기, "잘나가는 자리"라든지, 사내(社內) 정치 같은 것들도 없어지겠죠. 그리고—

그러고도 아주 많은 것들이 일터와 세상에서 사라질 것이다. 돈의 자취를 벗기는 간단한 조치 하나로.

생각해봐라. 만일 너희 모두가 각자가 지닌 돈의 액수와, 너희 산업체와 기업과 그 임원들의 실소득액만이 아니라, 각 개인과 기업들이 가진 돈을 어떻게 **쓰는지**까지 정확하게 안다면, 이것만으로도 상황이 바뀌지 않겠는가?

네 생각에는 상황이 어떤 식으로 바뀔 것 같으냐?

확실한 건, 사람들이 이 세상에서 어떤 일들이 진행되는지 **안다면**, 그들은 그중 90퍼센트는 참아내지 못하리란 사실이다. 사회는 엄청난 불균등 상태인 부의 분배는 말할 것도 없고, 그 부를 얻는 방식이나 더 많이 얻기 위해서 그 부를 사용하는 방식에 대해서도 전혀 용납하지 못할 것이다. 이것들이 세상 사람들 모두에게 자세하고 신속하게 알려진다면.

합당한 행동을 양산하는 데 공공의 점검이라는 빛을 쬐는 것보다 더 **빠른** 방법은 없다. 소위 너희의 '양지법Sunshine Laws'이라는 것이 너희 정치 체제와 통치 체제의 가공할 추잡함을 일부나마 청소하는 데 그토록 큰 역할을 해낸 까닭이 바로 여기에 있다. 공청회와 공개 청문회는 20년대와 30년대, 40년대, 50년대에 너희 시의회와 교육위원회와 지역구들만이 아니라 주정부들에서까지 횡행하던 밀실 놀음들을 제거할 만큼 큰 역할을 했다.

이제 너희 행성에서 이루어지는 상품과 서비스의 보수를 다루는 방식에도 약간의 "양지"를 가져올 때가 되었다.

당신이 제안하는 건 어떤 겁니까?

이것은 제안이 아니다. 이것은 도전이다. 나는 너희에게 너희의 모든 돈, 너희의 모든 지폐와 동전과 주(州)의 통화를 내던지고 다시 시작할 테면 해보라고 도전한다. 널리 공개되고 완전히 투명하고 금방 추적되고 완벽하게 책임지는 국제통화제도를 발달시키고, 남들에게 봉사한 서비스와 생산한 생산물에 대해서는 '채권Credits'을, 사용한 서비스와 소비한 생산물에 대해서는 '채무Debits'를 받는 '세계공용보수체계Worldwide Compensation System'를 세울 테면 세워보라고.

그렇게 되면 모든 것이, 투자 수익과 상속재산, 시합 상금, 봉급과 임금, 사례금과 사은금 따위의 모든 것이 이 '채권 채무 방식'에 근거할 것이다. 그래서 이 외에 달리 유통할 수 있는 통화는 존재하지 않을 것이니, '채권' 없이는 아무것도 구입하지 못할 것이고, 모든 사람의 채권 채무 제표는 다른 모든 사람에게 공개될 것이다.

그 사람의 은행 거래 내역을 알려주면, 그 사람이 어떤 사람인지 말해주겠노라는 이야기가 있다. 이 체계는 그런 시나리오에 접근한다. 사람들은 지금 너에 관해서 아는 것보다 훨씬 더 많은 것을 알게 되거나, 적어도 알 수 있게 될 것이다. 하지만 너희가 더 많이 알게 되는 것은 단지 서로에 관해서만이 아니다. 너희는 **매사를** 더 많이 알게 될 것이다. 너희는 기업들이 얼마를 대금으로 지불하고 얼마를 쓰는지도, 각 항목별 가격만이 아니라 각 항목별 비용이 얼마인지도 더 잘 알게 될 것이다. (만일 기업들이 모든 가격표에 가격과 **그것의** 비용이라는 **두 가지** 금액을 기입해야 한다면, 기업들이 어떻게 할지 상상할 수 있겠느냐? 당연히 가격이 내리지 않겠는가? 경쟁이 심해질 테니 공정 거래를 부추기지 않겠는가? 너희는 그것이 어떤 결과를 가져올지 상상조차 할 수 없다.)

이 새로운 '세계공용보수체계' 하에서 채무와 채권의 이동은 즉석에서 이루어질 것이며, 완전히 투명할 것이다. 즉 누구든 관계없이 모든 사람이 언제라도 다른 사람이나 단체의 회계를 감사(監査)할 수 있는 것이다. 어떤 것도 비밀로 남아 있지 않을 것이며, 어떤 것도 "사적"이지 않게 될 것이다.

이 '세계공용보수체계'는 그 같은 공제를 **자발적으로 요구하는** 사람들의 수입에서 매년 전체 소득액의 10퍼센트를 공제할 것이다. 소득세나, 신고 서류나, 공제 계산서나, "도피처" 만들기나, 애매하게 꾸미기 같은 건 일절 없다! 왜냐하면 모든 내역이 공개될 것이고, 사회의 모든 사람이 누가 전체의 공동선을 위해 10퍼센트를 내놓는지, 그리고 누가 내놓지 않는지 확인할 수 있기 때문이다. 이 자발적인 공제금은 국민들이 투표로 결정한 모든 정부 정책과 공공사업을 지원하는 데 사용될 것이다.

그 체계 전체가 지극히 단순하고, 지극히 투명할 것이다.

세상은 절대 그런 일에 동의하지 않을 겁니다.

물론 하지 않겠지. 그렇다면 너는 그 이유도 아느냐? 그 이유는 그런 체계에서는 누구도 **다른 사람에게 알리고 싶지 않은**

**일을 할 수 없다**는 데 있다. 그렇다면 왜 너희는 일을 그런 식으로 하고 싶어할까? 내가 그 까닭을 말해주지. 그것은 너희가 현재 "유리함"과 "우세함"과 "최대한의 이용"과 소위 "적자생존"에 근거하여 상호작용하는 사회제도 안에서 살고 있기 때문이다.

**만인**의 생존과 **만인**의 평등한 이익과 만인을 위한 행복한 삶의 제공이 너희 사회의 주요 목적과 목표가 될 때(진실로 계몽된 모든 사회가 그러하듯이), 보안과 은밀한 거래와 탁자 밑 조작과 감출 수 있는 화폐에 대한 너희의 필요도 사라질 것이다.

너는 그런 제도를 시행하는 것이, 정도가 덜한 불공정과 불평등은 말할 것도 없고, 좋았던 구식 부정부패들을 얼마나 많이 제거할지 실감할 수 있겠느냐?

여기서의 비결, 여기서의 슬로건은 **투명성**visibility이다.

우와. 굉장한 발상이군요. 굉장한 생각입니다. 화폐 운영의 완전무결한 투명성이라. 사실 저는 이야기를 듣는 동안 계속해서 그것이 "틀리는" 이유, 그것이 "괜찮지" 않은 이유를 찾아내려고 애써봤지만, 하나도 찾을 수가 없군요.

물론 너는 찾을 수 없을 것이다. **너는 아무것도 숨길 게 없으니.** 하지만 그냥 끄트머리 줄을 살펴보는 것만으로도 모든 조치와, 모든 구입, 모든 판매, 모든 거래, 모든 기업 행위와 판매가 책정과 임금 협상, 그 밖의 다른 모든 결정을 점검할 수 있다고 생각할 때, 이 세상의 돈 많고 권력 있는 자들이 어떻게 할지, 얼마나 비명을 지를지 상상이 가지 않느냐?

너희에게 이르노니, 공정함을 양산하는 데 **투명성**보다 더 빠른 것은 **없다.**

**투명성**이란 단지 **진리**의 다른 이름에 지나지 않으니,

진리를 알라, 그러면 진리가 너희를 자유케 하리니.

정부와 기업과 권력자들은 이 사실을 알고 있다. 이 때문에 그들은 그 진리가, 그 명백하고도 단순한 진리가, 자신들이 고안해낸 정치, 경제, 사회 제도—그 제도가 어떤 것이든—의 토대가 되는 걸 절대 허용하지 않을 것이다.

계몽된 사회에는 비밀이란 게 없다. 그런 사회에서는 누구나 남들이 얼마나 가지고 있으며, 얼마나 벌고, 임금과 세금과 연금으로 얼마를 지불하는지, 다른 기업들이 어느 만큼 청구하고 사고 파는지, 얼마나 많은 양을 얼마 만큼의 이윤으로 그렇게 하는지 모두 알고 있다. 그야말로 '모든 것'을.

너는 왜 이것이 계몽된 사회에서만 가능한 줄 아느냐? 계몽된 사회들에서는 아무도 **다른 누군가를 희생하여 뭔가를 얻거나 뭔가를 가지려** 하지 않기 때문이다.


그건 대단히 과격한 생활 방식이군요.


그렇다, 미개사회라면 그것이 과격해 보일 것이다. 하지만 계몽된 사회라면 그것은 지극히 타당한 생활 방식으로 보일 것이다.

저는 이 "투명성"이라는 개념에 마음이 끌리는데요. 이 개념을 화폐 영역 너머로까지 확장할 수 있습니까? 이 개념이 우리의 개인 인간 관계들에서도 슬로건이 될 수 있을까요?

　누구나 그렇게 되길 바랄 테지.

하지만 실제로는 그렇지 않지요.

　대개는 그렇지 않다. 너희 행성에서는 아직은 그렇지 않다. 대다수 사람들에게는 아직도 숨겨야 할 것이 너무 많다.

왜죠? 그건 뭘 두고 하시는 이야기인가요?

　개인 관계에서(그리고 사실 다른 모든 관계에서도) 그것은 **상실한다**는 이야기다. 그것은 잃거나 얻지 못할까봐 두려워한다는 이야기다. 하지만 관계 당사자 모두가 모든 걸 다 아는 관계야말로 최상의 인간관계이며, 당연히 최상의 남녀 관계다. 투명성이 슬로건일 뿐 아니라 **유일한 단어**이고, 그냥 어떤 비밀도 없는 이런 관계들에서는, 제지당하거나 가려지거나 채색되거나 숨겨지거나 기만당하는 일이 없다. 빠뜨리거나 말하지 않는 일도 없다. 어림짐작하거나 꾸미는 일도 없으며, 어느 누구도 어지럽게 "춤추거나" 머릿속으로 "계산하거나" 남을 "눈부시게 하지" 않는다.

하지만 자기가 생각하는 것을 모든 사람이 다 안다면—

잠깐만. 이것은 정신적 사생활을 전혀 갖지 못한다는 이야기가 아니다. 이것은 사적인 과정을 밟아갈 안전한 공간을 전혀 갖지 못한다는 이야기가 아니다. 내가 여기서 이야기하는 건 그런 게 아니다.

이것은 단지 너희가 다른 사람과 교제할 때는 마음을 열고 솔직해지고, 말할 때는 진리를 말하며, 사실을 말해야 한다는 걸 알 때는 결코 진실을 유보하지 말라는 이야기에 지나지 않는다. 이것은 두 번 다시 거짓말하거나, 감추거나, 말이나 마음으로 조작하거나, 너희의 진실을 비틀어 대다수 인간 교류의 특징인 또 다른 수많은 뒤틀림으로 만들지 말라는 이야기다.

이것은 실토하고, 있는 그대로 말하며, 그들에게 에누리 없이 주라는 이야기다. 이것은 모든 개인이 모든 자료를 갖도록 보장해주고, 그들이 어떤 주제에 관해서 알아야 할 모든 것을 알도록 보장해주라는 이야기다. 이것은 공평함과 공개성과, 그리고 말하자면…… **투명성**에 대한 이야기다.

하지만 이것이 모든 단편적인 생각과, 모든 사적인 두려움, 모든 어두운 기억, 모든 스쳐가는 판단이나 견해나 반응까지 토론과 검토 대상으로 탁자 위로 올라와야 한다는 뜻은 아니다. 이렇게 하는 건 투명성이 아니다. 이렇게 하는 건 정신이상이다. 이렇게 하는 건 너희를 미치게 만들 것이다.

우리가 여기서 이야기하는 건 단순하고, 직접적이고, 직선적이고, 공개적이고, 솔직하고, 완벽한 교류다. 그럼에도 그런 수준에서조차 이것은 주목할 만한 개념이고 거의 시도된 적이 없는 개념이다.

그 부분을 다시 한번 말씀해주십시오.

　그럼에도 그런 수준에서조차 이것은 주목할 만한 개념이고, 거의 시도된 적이 없는 개념이다.

당신이 버라이어티쇼에 나가셨어야 했는데.

　농담하는 것이냐? 나는 거기에 있다.

　그런데 진지하게 말하면, 이건 굉장한 발상입니다. 생각해보십시오. 사회 전체가 '투명성의 원칙'을 중심으로 세워지는 겁니다. 당신은 그것이 잘 되리라고 확신하십니까?

　내가 말하노니, 세상 질병의 반이 내일이면 사라질 것이다. 세상 근심의 반과 세상 갈등의 반과 세상 분노의 반과, 세상 좌절의 반이……
　아 참, 처음에는 분노와 좌절이 찾아올 것이다. 이건 확실하다. 얼마나 자주 보통 사람들이 깽깽이 바이올린처럼 놀림감이 되고, 처분할 수 있는 상품처럼 이용되고, 조작당하고, 거짓말에 속고, 철저하게 사기당해왔는지 마침내 알게 되는 것만으로도 **극심한** 좌절과 분노가 일어날 것이기에. 하지만 "투명성"은

60일 안에 그 대부분을 청소할 것이다. 깨끗이 없앨 것이다.

다시 한번 너를 초대하노니, 다음 것들을 그냥 한번 생각해보라.

네 생각엔 너희가 이런 식의 삶을 살 수 있을 것 같으냐? 더이상 어떤 비밀도 없고 완전무결한 투명함만이 존재하는 삶을?

그렇게 할 수 없다면, 왜 할 수 없는가?

너희가 남들에게 알리고 싶지 않아서 감추는 것은 대관절 어떤 것이고,

너희가 다른 사람에게 말하는, 사실이 아닌 것은 대관절 어떤 것이며,

너희가 다른 사람에게 말하지 않는 사실은 대관절 어떤 것이냐?

생략으로 혹은 적극적으로 저지른 그런 거짓말들이 너희 세상을 너희가 진실로 원하는 곳으로 만들었느냐? 침묵과 비밀 유지로 이루어지는 조작(시장이나 특정 상황이나 혹은 단순히 어떤 개인에 대한 조작)이 진실로 우리를 이롭게 해주었느냐? "프라이버시"라는 게 과연 우리 정부와 기업과 개인들의 삶이 잘 되도록 해주었느냐?

만일 모두가 뭐든지 다 알 수 있다면 어떤 일이 일어나겠느냐?

이제 여기에 하나의 역설이 있다. 너는 이것이 너희가 신과의 첫 번째 만남을 두려워하는 것과 똑같다는 걸 모르겠느냐? 너는 너희가 재즈 연주가 끝나고, 게임이 끝나고, 탭댄스가 끝나

고, 섀도 복싱이 끝나고, 크고 작은 기만들의 길고 긴 자취가 그야말로 글자 그대로 **막다른 골목**에 이르게 되는 걸 지금껏 두려워해왔다는 걸 정말 모르겠느냐?

하지만 좋은 소식은 두려워할 이유가 전혀 없고, 겁먹을 까닭이 전혀 없다는 것이다. 아무도 너희를 심판하지 않을 것이고, 아무도 너희를 "틀렸다"고 하지 않을 것이며, 아무도 너희를 영원히 타오르는 지옥불 속에 던지지 않을 것이다.

(그리고 너희가 로마가톨릭교도라 해도—아니다, 너희는 연옥에도 가지 않을 것이다.)

(그리고 너희가 모르몬교도라 해도—아니다, 너희는 "가장 높은 하늘"에 닿을 수 없는 "가장 낮은 하늘"에 영원히 갇혀 있지 않을 것이다. 또 '파멸의 자식'으로 낙인찍혀 미지의 계(界)로 영원히 추방당하지도 않을 것이다.)

(그리고 너희가⋯⋯)

자, 그만해도 알아들을 것이다. 너희 각자는 나름의 특정한 신학 틀 내에서 신이 주는 '최악의 벌'이라는 어떤 관념, 개념들을 만들어왔다. 그리고 이런 말을 너희에게 하기는 싫지만—왜냐하면 너희가 그 모든 드라마를 즐긴다는 사실을 알기에—그럼에도 말하노니⋯⋯ **그냥 그런 것들은 존재하지 않는다.**

아마도 너희는 죽는 순간 너희의 삶이 완전히 투명해지는 것을 두려워하지 않게 될 때라야, 비로소 **삶을 사는 동안에도** 그것이 완전히 투명해지는 것에 대한 두려움을 극복할 수 있으리라.

그런 일이 있을 수 있을까요⋯⋯

있지, 그래도 그렇게 하진 않겠지? 그래서 너희가 출발하도록 도와주는 공식이 여기 있다. 이 책의 맨 처음으로 되돌아가서 **'진리를 말하는 다섯 단계'**를 다시 음미해보라. 이 본보기를 마음에 담아두고 그것을 실행하라. 날마다 진리를 추구하고, 진리를 말하며, 진리에 따라 살아라. 너 자신과 네가 그 삶에 접촉하는 모든 사람과 더불어 이렇게 하라.

그런 다음 벗을 준비를 하라. **투명성**을 맞을 준비를 하라.

겁나는군요. 정말 겁납니다.

네가 두려워하는 게 뭔지 살펴보아라.

모두들 방에서 나가버릴까봐 겁납니다. 아무도 더 이상 저를 좋아하지 않을까봐서요.

알겠다. 너는 사람들이 너를 좋아하게 만들려면 거짓말을 해야 한다고 느끼는구나?

정확하게 말하면 거짓말을 하는 게 아니죠. 그냥 그들에게 **몽땅 다** 말하지는 않는 거죠.

내가 전에 말했던 것을 기억하라. 이것은 모든 사소한 감정과 생각과 발상과 두려움과 기억과 고백 따위를 뱉어내라는 이야기가 아니다. 이것은 그냥 언제나 진리를 말하고, 너희 자신을 완벽하게 드러내라는 이야기다. 가장 사랑하는 사람과 있을 때, 너희의 신체는 발가벗을 수 있다. 그렇지 않은가?

그렇습니다.

그렇다면 왜 감정은 발가벗을 수 없는가?

뒤의 것이 앞의 것보다 훨씬 더 어렵습니다.

이해는 한다. 하지만 그렇다고 해서 권하는 걸 그만두지는 않겠다. 그만큼 그 대가가 엄청나기에.

확실히 당신은 재미있는 발상들을 내놓으셨습니다. 숨겨진 과정이 없게 하라, 투명성에 근거한 사회를 세워라, 누구에게나 모든 걸 항상 진실대로 말하라. 후유!

이 몇 안 되는 개념에 사회 전체를 근거하여 세워왔다. 계몽된 사회들은.

저는 그런 사회를 본 적이 없는데요.

나는 너희 행성을 이야기하는 것이 아니다.

아하.

그렇다고 너희 태양계에 대한 이야기도 아니다.

하, 그렇겠지요.

하지만 그 같은 '신사상' 체계가 어떤 건지 체험하려고 너희 행성을 떠날 필요는 없다. 아니 너희는 너희 집조차 떠날 필요가 없다. 자기 가정, 자기 집에서 시작하라. 사업체를 가진 사람이라면, 자신의 회사에서 시작하라. 그 기업의 모든 사람에게 자신이 얼마나 버는지, 자기 기업이 얼마를 벌고 얼마를 쓰고 있는지, 그리고 직원들 개개인과 그들 전체가 얼마나 버는지 정확하게 이야기해줘라. 그들은 충격을 받아 그 지옥에서 벗어날 것이다. 나는 정말 글자 그대로 말하고 있다. 너희는 **당장 그 지옥에서 벗어나게** 만들 충격을 그들에게 줄 것이다. 만일 사업체를 지닌 모든 사람이 이렇게 한다면, 그 많은 사람들이 노동을 살아 있는 지옥으로 느끼는 일은 더 이상 없을 것이다. 공평함과 정당함, 적절한 보수에 대한 더 나은 감각이 자연스럽게 그 일터를 지배할 것이기에.

고객들에게 너희가 제공하는 생산품이나 서비스가 얼마 만큼의 비용이 드는지 정확하게 알려줘라. 생산비와 가격, 두 가지 금액을 가격표에 함께 적어넣어라. 그렇게 해도 너희는 자신이 요구하는 금액을 자랑스러워할 수 있는가? 아니면 고객들이 너희의 생산비 대 가격 비율을 안다면, 너희가 "자기들 것을 훔쳐가고" 있다고 생각할까봐 두려운가? 만일 그렇다면, "챙길 수 있을 때 최대한 챙겨라" 대신에, 정당성의 기초 영역 속에서 가격을 다시 책정하기 위해, 어떤 식의 조정을 하고 싶은지 자세히 검토해보라.

나는 감히 너희더러 이렇게 해볼 테면 해보라고 말한다. 나는 감히 너희에게 도전한다.

그렇게 하자면 너희 사고방식이 완전히 바뀌어야 할 것이다. 너희는 자신을 배려하는 것과 똑같이 너희 고객이나 손님들을 배려해야 할 것이다.

그렇다, 너희는 바로 지금, 바로 이 자리에서, 오늘 당장부터, 이 '새로운 사회' 건설을 시작할 수 있다. 선택은 너희 것이다. 낡은 체제인 지금의 패러다임을 계속 지지할 수도 있고, 표지판을 새로 세워 세상에 새로운 길을 보여줄 수도 있다.

너희 자신이 그런 새로운 길일 수 있다. 모든 것에서, 단지 사업만이 아니고, 단지 너희의 개인 관계들만이 아니고, 단지 정치나 경제나 종교나 전반적인 인생 체험의 이런 저런 측면들만이 아니고, **모든 것**에서.

새로운 길이 되라. 더 고귀한 길이 되라. 가장 위대한 길이 되라. 그러면 너희는 진실로, **나는 길이요 생명이니, 나를 따르라**고 말할 수 있을 것이다.

온 세상이 너희를 따르고서야, 비로소 기뻐하며 그 길을 받아들이려느냐?

이것을 오늘 너희의 물음으로 삼아라.

저는 당신의 도전을 접수하겠습니다. 그것을 접수할 테니, 제게 이 행성에서의 사회적 삶에 대해서 좀 더 이야기해주십시오. 어떻게 해야 국가들이 사이좋게 살게 될지, 그래서 "더 이상의 전쟁"이 일어나지 않을 수 있을지 말해주십시오.

국가들 사이의 불화는 항상 있기 마련이다. 불화란 건 단순히 개성을 드러내는 표지, 바람직한 표지일 뿐이니. 하지만 불화를 **폭력으로 해결하는** 건 엄청난 미숙성을 드러내는 표지에 지나지 않는다.

폭력적인 해결을 피하려는 국가들의 의지만 있다면, 폭력적인 해결을 피하지 못할 이유는 어디에도 없다.

그 엄청난 사망자와 부상자 명단만으로도 충분히 그런 의지가 생기리라고 생각할 테지만, 너희 같은 미개 문화에서는 그렇지가 않다.

자신이 논쟁에서 이길 수 있다고 생각하는 한, 너희는 논쟁을 벌일 것이고, 전쟁에서 이길 수 있다고 생각하는 한, 너희는 전쟁을 벌일 것이다.

이 모든 걸 해결할 방법은 무엇입니까?

나는 해결책을 가지고 있는 게 아니다. 나는 단지—

압니다, 알아요! 관찰하실 뿐이라는 거죠.

그렇다. 나는 전에 관찰했던 것을 지금 관찰하고 있다. 단기간의 해결책은 논쟁을 해결할 국제재판소(지금의 '상설 국제사법재판소World Court'가 이따금 그런 것처럼 그 판결이 무시되지 않는 재판소)와, 아무리 힘세고 영향력 있는 국가라도 다시는 다른 나라를 공격하는 일이 벌어지지 않게 해줄 세계 평화유지군을 보유하는 정부, 몇몇 사람들이 세계 단일 정부라고 불렀던 그런 정부를 수립하는 것일 수 있다.

그렇게 해도 지구에는 여전히 폭력이 존재할 것이니, 누군가가 폭력을 행사하는 걸 중단시키기 위해 평화유지군이 폭력을 사용할 수도 있다. 1권에서 지적했다시피, 독재자임을 그만두게 하지 못하면 독재자에게 권능을 주게 되고, 때로는 **전쟁을 치르는 것이 전쟁을 피하는** 유일한 방법일 수 있는 것이다. 때로는 너희가 **하고 싶지 않은 일을 계속 하지 않기 위해서라도, 원하지 않는** 그 일을 해야 할 경우가 있다. 이 명백한 모순은 '신성한 이분법'의 일부다. '신성한 이분법'은 궁극적으로 어떤 것— 이 경우에는 "평화로워지는 것"—이 되자면 먼저 그렇게 되지 않는 것이 때로는 유일한 방법일 수도 있다고 말한다.

달리 말하면, '자신 아닌 존재'로 자신을 체험하는 것이 종종 자신을 '자신'으로 아는 유일한 방법일 수 있다는 것이다.

너희 세상의 권력이 더 이상 개별 국가들의 재량에 좌우되지 않고, 이 행성에 존재하는 국가 집단 전체의 수중으로 모아져야 한다는 건 누구나 관찰할 수 있는 진실이다. 오직 이런 방식으로만 세상은 마침내 평화로울 수 있고, 어떤 독재자의 개별 국가가 아무리 크고 힘세다 해도, 다시는 다른 나라의 영토를 침범하거나 다른 나라의 자유를 위협하지 못하며, 또 그러지도 않으리라는 확신 속에서 세상은 마침내 편히 쉴 수 있을 것이다.

약소국들도 더 이상 강대국들의 호의에 의존할 필요가 없을 것이니, 자국의 자원을 헐값으로 팔고, 자국의 노른자위 땅을 외국 군대의 기지로 제공해야 하는 일도 더 이상 일어나지 않을 것이다. 이 새로운 체제 하에서 약소국들의 안전은 그들이 등을 긁어주는 강대국들에 의해서가 아니라, 그들의 등을 밀어주는 국가들에 의해서 보장될 것이다.

한 나라가 침략당하면, 160개국 전체가 들고 일어날 것이다. 한 나라가 어떤 식으로든 침해당하거나 위협당하면, 160개국 전체가 안 돼!라고 말할 것이다.

이와 마찬가지로, 국가들은 더 이상 경제적으로 위협당하지 않을 것이고, 자신보다 더 큰 무역 상대국의 공갈에 특정한 조치를 취해야 하는 일도 없을 것이다. 또 특정 "기준"들을 충족시켜야 외국 원조를 받을 수 있는 상황도 더 이상 없을 것이며, 특정한 방식으로 연기해내야 알량한 박애주의 지원이나마 얻을 수 있는 상황도 더 이상 없을 것이다.

너희 중에 그 같은 국제 제도는 개별 국가들의 독립성과 위대성을 좀먹는다고 주장할 사람들이 있을 것이다. 하지만 진실은, 오히려 그것들을 더 **키워주리라**는 것이다. 그리고 법이나 정의가 아니라, 힘으로 자신의 우위를 확보한 강대국들이 두려워하는 것이 바로 이것이다. 그때 가서는 강대국들만이 자동으로 자기들 마음대로 하는 일은 더 이상 없을 것이고, 그때 가서는 모든 국가의 견해가 똑같이 존중될 것이기에. 그리고 강대국들은 더 이상 세계 자원의 대부분을 지배하고 매점매석하지 못할 것이다. 오히려 강대국들은 좀 더 평등하게 자원을 나누고, 좀 더 쉽게 자원에 접근할 수 있게 하며, 전 세계 국민들이 그 혜택을 좀 더 균일하게 누리게 하라는 요구를 받게 될 것이다.

세계정부는 놀이터를 평평히 고르는 일을 할 것이다. 인간의 기본 존엄에 관한 논쟁의 핵심으로 몰아갈 이 발상은 세상의 "가진 자들"에게는 저주일 것이다. 남들이 원하는 모든 것을 자신들이 **지배하고** 있다는 사실은 물론 무시한 채, "없는 사람들"이 나름의 운을 찾아가기를 원하는 "가진 자들"에게는.


그런데 지금 말씀하시는 건 부의 재분배에 관한 것 같은데요. 그렇다면 더 많이 갖길 원하고, 또 그러기 위해 더 열심히 일하려는 사람들의 동기incentive는 어떻게 유지할 수 있습니까? 그들이 그다지 열심히 일하려 하지 않는 사람들과 나눠 가져야 한다는 걸 알 때 말입니다.

첫째로, 그것은 단순히 누구는 "열심히 일하려" 하고, 누구는 그러지 않는가의 문제가 아니다. 이것은 그 논쟁을 제기하는 가장 유치한 방식이다(그 문제를 이런 식으로 짜는 건 주로 "가진 자들"이다). 그것은 의지의 문제라기보다는 대체로 기회의 문제다. 그래서 사회질서를 재건하려면 개개 국민과 개개 국가들에 대한 동등한 **기회** 보장을 진짜 일거리이자 첫 번째 일거리로 삼아야 한다.

이것은 현재 전 세계 부와 자원의 대부분을 소유하고 지배하는 사람들이 그런 식의 지배 방식을 붙잡고 늘어지는 한 결코 이루어지지 않을 것이다.

그래서 제가 멕시코 이야기를 한 겁니다. "국가 깔아뭉개기"에 뛰어들고 싶지는 않지만, 제가 보기엔 이 나라가 그 면에서 훌륭한 보기가 되는 것 같거든요. 한줌밖에 안 되는 부유하고 권력 있는 가문들이 나라 전체의 부와 자원을 지배하고 있죠. 40년 동안이나요. 이 나라에서는 소위 말하는 서구 민주주의 "선거"란 건 어릿광대 놀음에 지나지 않습니다. 왜냐하면 수십 년 동안 예의 그 가문들이 예의 그 정당을 지배하면서, 사실상 어떤 의미 있는 야당도 존립할 수 없게 해왔으니까요. 결과는 어떤 줄 아십니까? "부자는 더 부유해지고 빈자는 더 가난해지는" 겁니다.

행여 시간당 임금을 터무니없이 1.75불에서 3.15불로 올려달라는 요구라도 할라치면, 부자들은 자신들이 가난한 사람들에게 직업과 기회를 제공하여 경제성장에 얼마나 큰 역할을 해왔는지 내세우죠. 하지만 비약적으로 성장하는 건 부자들뿐입니다. 저임금에서 얻는 엄청난 이윤을 남기면서 자기네 상품을 국내와 세계 시장에 파는 산업자본가들과 기업체 소유자들 말입니다.

미국의 부자들도 이 사실을 알고 있죠. 이 때문에 미국의 부유하고 권력 있는 자들 중 다수가 자신들의 공장과 작업장을 멕시코나, 노예임금이 농민에게 무슨 굉장한 기회라도 되는 듯이 여기는 다른 해외 국가들로 옮기는 겁니다. 똑같이 이런 투기사업들로 이윤을 거둬들이는 소수의 부자들이 지배하는 그곳 정부들은 노동자들이 해롭고 안전하지 못한 환경에서 고생스럽게 일해도 규제하는 일이 거의 없습니다. 이런 나라의 공장들에는 유해 기준이나 안전기준, 환경보호 기준 같은 건 사실상 존재하지도 않고요.

보살핌을 받지 못하는 건 사람만이 아닙니다. 땅도 마찬가지입니다. 사람들은 개천 옆 판잣집에서 살면서, 그 개천에서 빨래도 하고 종종 용변까지 함께 해결합니다. 실내 상하수도 시설 역시 아직 그들의 기본권이 되지 못한 경우가 대부분이니까요.

대중에 대한 이런 식의 지독한 무시 때문에 자신들이 생산하는 바로 그 물품을 살 여유가 없는 사람들이 양산되는 겁니다. 하지만 부유한 공장 소유주들은 신경 쓰지 않습니다. 그것들을 살 여유가 있는 다른 나라에 수출하면 그만이니까요.

하지만 저는 이 악순환이 파괴적인 결과를 휘두르며 도로 자신들 머리 위로 떨어질 날이 얼마 남지 않았다고 믿습니다. 멕시코만이 아니라 국민들이 착취당하는 모든 곳에서요.

국가 간의 전쟁이 그러하듯이 혁명과 내전도 불가피하다. "가진 자들"이 **기회**를 제공한다는 구실로 계속해서 "못 가진 자들"을 착취하려고 하는 한.

부와 자원들을 틀어쥐는 게 워낙 **제도화되다** 보니, 어느 정도 공정한 정신의 소유자들조차 이젠 별 무리 없이 그것을 **받아들이는** 듯합니다. 그런 사람들은 그것을 단순히 시장경제의 일환으로 보는 거죠.

그럼에도 세상의 부유한 개인들과 국가들이 장악한 **권력**이 있기에, 그 같은 공평함의 환상이 만들어지는 것이다. 진실은, 세상의 대다수 국민과 국가들에는 그것이 전혀 공평하지 **않다**는 것이다. 강자(強者)들이 이뤄낸 것을 이뤄보려는 시도조차 제지당하는 국민과 국가들에는.

내가 위에서 묘사한 통치 제도는 힘의 균형을 자원 많은 자 resource-rich에게서 자원 없는 자resource-poor에게로 급격히 변화시켜, 자원 자체가 공정하게 분배되게 할 것이다.

그건 정말 끔찍한 공포겠군요.

그렇다. 그러기에 새로운 사회구조, 새로운 세계정부가 세상의 그 같은 불평등 조장에 대한 단기적인 해결책이 될 수 있는 것이다.

그 같은 새로운 세계질서의 시작을 제안할 만큼 충분히 통찰력 있고 충분히 용감한 지도자들이 너희 중에 있어왔다. 너희의 조지 부시가 그런 지도자였다. 앞으로의 역사는 그를 동시대 사회가 인정하려 했거나 인정할 수 있었던 것보다 훨씬 더 큰 지혜와 전망과 동정심과 용기를 가진 인물로 평가하게 될 것이다. 그리고 소련 대통령이었고, 공산주의 국가의 원수로는 처음으로 노벨 평화상을 수상했으며, 엄청난 정치적 변화를 제안하여 소위 '냉전'이란 대립 상태를 사실상 종식시킨 미하일 고르바초프 역시 그런 인물이었다. 또 너희 대통령이었던 카터 역시 그러하다. 그는 그때까지 아무도 꿈도 꾸지 못했던 평화협정을 너희의 베긴 씨(전 이스라엘 수상-옮긴이)와 사다트 씨(전 이집트 대통령-옮긴이)가 맺도록 만들었으며, 자신의 재임 기간이 끝나고 나서도 한참 동안, 누구의 관점이나 다른 사람의 관점과 똑같이 귀담아들을 가치가 있고, 누구나 다른 사람들과 똑같이 존중받아야 한다는 단순한 진리를 단순히 강조하는 방법으로, 세상을 격렬한 대립 상태에서 몇 번이나 떼어낸 바 있다.

나름대로 자신의 시기에 세상을 전쟁의 문턱에서 끌어냈고, 나름대로 당시의 지배적인 정치 구조에서 벗어난 대중운동을 지지하고 제안했던 이같이 용기 있는 지도자들이 하나같이 오직 단임으로만 임기를 마쳤다는 것, 그들을 등용시켰던 바로 그 국민들이 그들을 공직에서 끌어내렸다는 것은 흥미 있는 일이다. 국외에서는 믿을 수 없을 만큼 큰 인기를 모았던 그들이 자신들의 조국에서는 깨끗하게 거부당했던 것이다. 그 이유는, 오직 제한되고 편협한 관심사들만을 보고, 이들의 웅대한 전망에서 단지 손실 결과들밖에 떠올리지 않았던 자국 국민들보다 이런 인물들이 훨씬 앞서 있었다는 데 있다.

감히 걸음을 빨리하여 강자에 의한 억압의 종식을 요구한 다른 모든 지도자가 하나같이 용기를 잃고 모욕당해온 것 역시 같은 이유에서다.

그리하여 **정치적이지 않은 장기적인** 해결책이 자리 잡을 때까지 그런 상황은 계속될 것이다. 장기적인 해결책—유일하게 실제적인 해결책—이란 '새로운 자각', '새로운 의식'을 말한다. '하나'라는 자각과 '사랑'의 의식을.

성공하려는 동기, 삶을 의미 있게 만들려는 동기가 경제적이거나 물질적인 보상이 되어서는 안 된다. 그 점에서 그것의 위치는 잘못 놓여 있다. 이 잘못 놓인 우선순위가 우리가 여기서 논의해온 모든 문제를 만들어낸 원인이다.

위대해지려는 동기가 경제적인 것이 아니라 해도, 다시 말해 경제적 안정과 물질적인 기본 욕구들이 모두에게 보장된다 해도, 그럼에도 동기는 사라지지 않을 것이다. 하지만 그것은 강인함과 결단력을 **키우고**, 참된 위대성을 낳는 다른 종류의 동기일 것이다. 지금의 동기들이 만들어내는 식의, 평범하고 일시적인 "위대성"이 아니라.


하지만 더 나은 삶, 우리 자식들을 위해 더 나은 삶을 창조하는 것도 훌륭한 동기이지 않습니까?


"더 나은 삶"은 **당연한** 동기다. 또 너희 자식들을 위해 "더 나은 삶"을 창조하는 건 훌륭한 동기다. 하지만 문제는, 무엇이 "더 나은 삶"을 만들어주는가다.

너희는 "더 낫다"는 걸 어떤 식으로 정의하는가? 너희는 "삶" 이라는 걸 어떤 식으로 정의하는가?

너희가 **더 크고 더 좋고 더 많은** 돈과 권력과 섹스와 **가재도구**(집, 자동차, 옷, CD 소장품 따위)를 "더 나은" 것으로 정의하는 한······ 너희가 이번의 출생에서 죽음까지의 기간을 "삶"으로 정의하는 한, 너희는 너희 행성의 곤경을 창조해낸 덫에서 벗어날 어떤 일도 할 수 없다.

하지만 너희가 너희의 웅장한 '존재 상태'를 더 넓게 체험하고 더 위대하게 표현하는 것을 "더 나은" 것으로 정의하고, "삶"을 '존재'의 영원히 계속되고 결코 끝나지 않는 과정으로 정의한다면, 너희는 머지않아 너희의 길을 찾아낼지도 모른다.

"더 나은 삶"은 물질이 쌓여서 창조되는 게 아니다. 너희 대다수가 이 사실을 알고 있고, 너희 모두가 그걸 알고 있다고 말한다. 하지만 너희의 삶과 너희가 삶을 끌어가면서 내리는 결정들은 다른 무엇에도 뒤지지 않을 만큼, 아니 대체로 그것들보다 더 많이 "물질"과 관련이 있다.

너희는 물질을 얻으려고 애쓰고, 물질을 얻기 위해 일한다. 그리고 원하는 것을 어느 정도 얻고 나면, 너희는 절대 그것을 손에서 놓으려 하지 않는다.

**물질**을 이뤄내고, 물질을 확보하고, 물질을 획득하는 것이 대다수 인간들의 동기다. 반면에 물질에 신경 쓰지 않는 사람들은 그것들을 쉽게 놓아버린다.

688

세상 전체가 이런저런 투쟁 단계 속에 있는 건 위대해지려는 너희의 현재 동기가 세상이 제공해야 할 모든 것을 쌓아두는 데 있기 때문이다. 인구의 막대한 **부분들**은 지금도 여전히 단순한 물질 생존을 위해 투쟁하고 있다. 그들의 하루하루는 걱정스러운 순간들, 절망적인 조치들로 가득하다. 그들의 마음은 사활과 관련된 기본적인 의문들에 몰두해 있다. 음식은 충분히 먹을 수 있을까? 잠자리는 얻을 수 있을까? 몸을 녹일 수 있을까? 엄청난 수의 사람들이 지금도 여전히 날마다 이런 문제들에 신경을 쓰고 있고, 식량 부족만으로도 매달 몇천 명씩이 죽어간다.

이보다 수는 적지만 자신들의 삶에서 모습을 드러내는 생존 토대들에 조리있게 의지할 수 있는 사람들도 있다. 하지만 이들 역시 투쟁한다. 어느 정도의 안정, 소박하면서도 품위 있는 가정, 더 나은 내일 같은 것들을 더 많이 마련해두기 위해. 이들은 열심히 일하면서도 어떻게 해야 "출세할지", 또 과연 그렇게 될지 초조해한다. 이들의 마음은 다급하고 걱정스러운 의문들에 빠져 있다.

훨씬 더 소수의 사람들만이 그들이 요구할 수 있었던 모든 것을 가지고 있다. 사실 앞의 두 집단이 지금 요구하고 있는 모든 것을. 하지만 흥미 있는 건 이 마지막 집단에 속한 사람들 다수가 여전히 **더 많이 요구하고** 있다는 사실이다.

그들의 마음은 그들이 손에 넣은 모든 것을 **틀어쥐고** 그것을 더 늘리는 데 몰두해 있다.

그런데 이 세 집단에 더해서 네 번째 집단이 있다. 이들은 이 전체 집단들 중에서 그 수가 가장 적다. 사실 그 수는 아주 적다.

이 집단은 물질에 대한 욕구에서 벗어나 있다. 이 집단이 몰두하는 건 영적 진실과 영적 실체, 영적 체험이다.

이 집단의 사람들은 삶을 영적인 만남, 영혼의 여행으로 본다. 그들은 이런 맥락 안에서 모든 인간사에 반응하고, 모든 인간 체험을 이 패러다임 안에서 파악한다. 그들의 투쟁은 신을 찾고, 자아를 실현하며, 진리를 표현하는 것과 관련이 있다.

그들이 진화하면, 이 투쟁은 더 이상 투쟁이 아니라 과정 process이 된다. 그것은 '자기 규정'(자기 발견이 아니라)과 '성장'(배움이 아니라)과 '존재'(행위가 아니라)의 과정이 된다.

구하고, 애쓰고, 찾고, 뻗고, **성공하는 이유**가 완전히 달라지고, **어떤 일**을 하는 까닭이 변하니, 그와 더불어 그 일을 하는 사람 역시 변한다. 과정이 그 이유가 되니, 행위자는 존재자 be-er가 된다.

예전에는 평생 구하고, 애쓰고, 열심히 일하는 이유가 세속의 것을 마련하는 데 있었지만, 이제는 그 이유가 하늘의 것을 체험하는 데 있다.

예전에는 주요한 관심이 몸에 대한 것이었지만, 이제는 주요한 관심이 영혼에 대한 것이다.

모든 것이 움직이고 모든 것이 변한다. 삶의 목적이 바뀌고, 따라서 삶 자체도 바뀐다.

"위대해지려는 동기"도 변하니, 그와 더불어 세속의 부를 탐내고 확보하고 지키고 늘리려던 욕구도 사라진다.

사람들은 더 이상 위대성을 그 사람이 얼마나 많이 쌓아두는가로 평가하지 않을 것이고, 세상 자원들은 세상 모든 사람의 소유임을 당연하게 여길 것이다. 모두의 기본 욕구를 충족하기에 충분할 만큼 풍요로움으로 축복받은 세계이기에, 그 기본 욕구는 당연히 **충족될 것이다.**

　누구나 세상이 그런 식으로 존재하길 **원할** 것이다. 수확이 적은 사람들을 돕는 정책에 쓰도록 너희 모두가 너희 수확과 풍요의 10퍼센트를 **자발적으로** 내놓을 것이니, 더 이상 누구도 내키지 않는 세금을 낼 필요가 없을 것이다. 식량이 부족해서가 아니라, 모두에게 식량이 돌아가게 만들 간단한 정치 체제를 창조하려는 **의지**가 부족해서, 몇천 명의 사람들이 다른 몇천 명의 굶주림을 방관하는 일도 더 이상 가능하지 않을 것이다.

　너희가 위대해지려는 동기와 위대함에 대한 규정을 바꾸는 날, 지금 미개한 너희 사회에서 일상사가 되고 있는 그 같은 도덕적 추잡성은 영원히 사라질 것이다.

　너희의 새로운 동기는 내가 창조했던 대로의 너희가 되는 것, 즉 신성(神性) 자체를 물질적으로 표출하는 것이 될 것이다.

　너희가 '참된 자신', 드러난 신이 되기를 선택할 때, 너희는 두 번 다시 신적이지 않은 방식으로 행동하지 않을 것이고, 너희는 더 이상 다음과 같은 스티커를 차에 붙이지 않게 될 것이다.

**나를 번거롭게**
**하지 마시오**

# Conversations with God
## 18

제가 잘 따라가고 있는지 한번 볼게요. 여기서 부각되는 건 모든 국가가 하나의 세계정부를 따르고, 모든 국민이 세상의 부를 함께 나누는 평등하고 평화로운 세계관인 것 같군요.

우리가 뜻하는 평등은 평등한 **기회**이지, **실제적인** 평등이 아니라는 걸 잊지 마라.
실제적인 "평등"은 결코 이루어지지 않겠지만, 오히려 그 점에 감사해야 한다.

왜요?

평등이란 동일함이기에. 세상에서 가장 필요하지 않은 게 이 동일함이다.

그러니 아니다. 나는 여기서 '맏형 중앙정부'에게서 똑같이 자기 몫을 받는 자동 장치 같은 세상을 주장하는 것이 아니다.

내가 이야기하는 건 다음 두 가지가 보장되는 세상이다.

1. 기본 욕구의 충족

2. 더 높이 나아갈 기회

너희 세상의 그 모든 자원을 가지고도, 너희의 그 모든 풍요를 가지고도, 너희는 아직도 이 간단한 두 가지 사항조차 처리하지 못하고 있다. 그러기는커녕 너희는 몇백만 명의 사람들을 사회경제 등급의 맨 밑바닥에 옭아매고는, 그들을 체계적으로 그곳에 묶어두는 세계관을 고안해냈다. 너희는 해마다 몇천 명씩이 극히 간단한 기본 물자가 부족해서 죽어가는 걸 보고만 있다.

세상의 장대함에도 불구하고, 서로 죽이는 걸 막는 건 물론이고, 사람들이 굶어 죽어가는 걸 막기에 충분할 만큼 장대해질 방안을 너희는 찾아내지 못했다. 실제로 너희는 **아이들이** 눈앞에서 굶어 죽어가도록 내버려두며, 실제로 너희는 너희 견해에 동의하지 않는다는 이유만으로 사람들을 죽인다.

너희는 미개하다.

하지만 우리는 우리가 대단히 진보했다고 생각하는데요.

미개사회의 첫째가는 특징이 스스로 진보했다고 생각하는 것이고, 미개 의식의 첫째가는 특징이 스스로 계몽되었다고 생각하는 것이다.

그럼 요약해보겠습니다. 모든 사람에게 이 두 가지 원칙을 보장하는 사다리의 첫 단에 올라서는 방법은……

두 가지 바뀜, 두 가지 변화를 통해서―하나는 너희의 정치적 패러다임을 바꾸는 것이고, 또 하나는 너희의 영성(靈性)을 바꾸는 것으로.

통일된 세계정부로 나아가는 움직임 중에는 막강한 힘을 가지고 국가 간 분쟁을 해결할 국제재판소와, 너희 자신을 통치하기 위해 선택하는 법률들을 힘있게 해줄 평화유지군이 포함될 것이다.

그리고 세계정부에는 각 국에서 파견된 두 명씩의 대표자들로 구성된 '국가 의회'와, 각국의 인구 비례에 따라 선출된 대표자들로 구성되는 '국민 대표자 회의'도 포함될 것이다.

양원으로 이루어진 미국 정부의 구성 방식과 똑같군요. 비례대표제에 따른 하원과 모든 주(州)에 동등한 표결권을 주는 상원으로 이루어지는 미국 의회 말입니다.

그렇다. 너희 미국 의회는 신의 영감을 받은 것이다.

새로운 세계 의회에도 그와 똑같은 힘의 균형점이 잡혀야 한다.

마찬가지로 행정부와 입법부, 사법부가 존재하게 될 것이다.

각 국은 치안 유지 경찰은 독자적으로 유지하겠지만, 군대는 모두 해체할 것이다. 너희의 개별 주들이 주 집단 전체에 봉사하는 연방 평화유지군을 두는 대신 각자의 군대와 해군들을 해체했듯이.

그리고 너희 주들이 주 의용군을 구성하고 소집할 권리를 보유하고 있듯이, 개별 국가들도 언제라도 자신들의 의용군을 구성하고 소집할 수 있는 권리를 지닐 것이다.

그리고, 너희 주들이 지금 그러하듯이, 국가 연방에 속한 그 160개국들도 자국민의 투표로 언제라도 연방에서 탈퇴할 수 있는 권리를 가질 것이다(과거의 어느 때보다 그 국민들이 더 안전하고 더 풍족해지리라는 걸 생각하면, 나로서는 그들이 그렇게 하고 싶어할 이유를 찾지 못하겠지만).


그리고 이해가 더딘 사람들을 위해 다시 한번 통일된 세계연방이 가져올 결과들을 설명해주시겠습니까?


1. 전쟁과 살상에 의한 국가 간의 전쟁을 끝내고,

2. 참혹한 빈곤과 기아로 인한 죽음, 권력자들에 의한 민중과 자원의 착취를 끝내며,

3. 지구에 대한 체계적인 환경 파괴를 끝내고,

4. 더 크고 더 좋고 더 많은 것을 얻기 위한 끝없는 투쟁에서 벗어나며,

5. **모든** 사람에게 가장 고귀한 자기 표현에 이를 정도로 성장할 기회, **진실로** 동등한 기회를 제공하고,

6. 집이든, 일터든, 정치 체제든, 개인의 성관계든, 어디서나 사람들을 끌어내리는 모든 한계와 차별을 끝내게 될 것이다.

당신의 새로운 세계 질서는 부의 재분배를 요구하지는 않습니까?

그것은 아무것도 요구하지 않을 것이다. 그것은 자발적으로, 또 완전히 저절로 자원의 재분배를 낳을 것이다.

예컨대 **누구에게나** 적절한 교육이 주어질 것이며, **누구에게나** 일터에서 그 교육을 발휘할 공개된 기회, 그들에게 **기쁨을** 주는 직업을 택할 공개된 기회가 주어질 것이다.

**누구든** 필요하면 언제 어떤 방식이든 진료를 받을 수 있게 되고,

**누구든** 굶어 죽거나, 충분한 옷이나 적절한 잠자리 없이 살지 않게 될 것이다.

**누구든** 두 번 다시 **생존**이 문제되지 않도록, **모든** 인간 존재들이 소박한 안락과 기본 인간다움을 제공받도록, 누구에게나 기본 생존권이 보장될 것이다.

사람들이 그것을 벌기 위해 아무 일도 하지 않더라도요?

이런 것들을 굳이 벌어야 한다는 너희 사고방식이 **빚지지 않고 살아야 천국에 갈 수 있다**는 너희 사고방식의 토대다. 하지만 너희가 빚지지 않고 산다고 해서 신의 은총을 입을 수는 없다. 그리고 사실 그럴 필요도 없다. 너희는 이미 그곳에 있기에.

너희는 이것을 받아들일 수 없을 것이니, 그것은 너희가 **줄** 수 없는 것이기 때문이다. 너희가 조건 없이 **주는**(다시 말해 조건 없이 **사랑하는**) 법을 배울 때, 너희는 조건 없이 **받는** 법을 배우리라.

삶이란 것은 너희에게 그런 상태를 체험할 수 있게 해주는 일종의 운송 수단으로 창조되었다.

사람에게는 누구나 기본 생존권이 있고, 설사 그들이 **아무 일도** 하지 않더라도, 설사 그들이 **아무 기여도** 하지 않더라도, 인간다운 생존은 삶의 기본권 중 하나라는 사고방식으로 자신을 감싸도록 해보라. 나는 너희에게 모든 사람이 충분히 이런 생활을 할 수 있는 자원을 주었다. 너희가 해야 할 일은 나누는 것뿐이다.


하지만 그렇다면 사람들이 그냥 자신의 인생을 허비하고, 빈둥거리며, "자선금"이나 모으러 다니는 걸 막을 방도는 뭡니까?


첫째로, 어떤 삶이 허비되는 삶인지 심판하는 건 너희 일이 아니다. 70년 동안 시에 관해서 생각하며 빈둥거리는 것 말고는 아무 일도 하지 않던 사람이, 어느 날 갑자기 몇천 명의 사람들에게 깨달음과 통찰력의 문을 열어주는 단시(短詩) 한 편을 내놓는다면, 그것이 과연 허비되는 삶이냐? 평생 남에게 거짓말하고, 사기 치고, 남을 속이고, 협박하고, 조종하고, 해치기만 하던 사람이, 그래서 그 결과로 자신의 참된 본성 중 뭔가를 기억해낸다면, 아마도 몇 평생을 들여서 기억해내려고 애써왔을 뭔가를 기억해낸다면, 그래서 마침내 '다음 단계'로 진화한다면, 그것이 과연 허비되는 삶이냐? 그 삶이 과연 "쓸모없는" 것이냐?

다른 사람의 영혼이 밟아가는 여정을 심판하는 건 너희가 할 일이 아니다. 너희 일은 다른 사람이 어떤 존재였고 어떤 존재가 되지 못했는가가 아니라, '자신'이 누구인지 판단하는 것이다.

그래서 네가 사람들이 그냥 자신의 인생을 허비하고, 빈둥거리고, "자선금"이나 모으러 다니는 걸 막을 방도가 뭐냐고 묻는다면, 대답은 그럴 방도는 없다는 것이다.

하지만 당신은 진짜로 이것이 들어먹히리라고 생각하십니까? 당신도 기여하는 사람들이 기여하지 않는 사람들을 원망도 하지 않을 거라고는 생각하지 않으시죠?

아니다. 그들은 화낼 것이다. 그들이 계몽되지 않았다면 말이다. 하지만 계몽된 사람이라면 기여하지 않는 사람들을 분노가 아니라 큰 자비로 대할 것이다.

자비요?

그렇다. 기여자들은 비(非)기여자들이 가장 위대한 기회와 가장 장엄한 영광, 즉 창조할 기회와 '참된 자신'에 대한 **가장 고귀한 관념**을 체험하는 영광을 놓치고 있다는 걸 깨달을 터이고, 이것만으로도 그들의 게으름에 대한 벌로 충분하다는 걸 알 터이니. 사실은 그렇지 않지만 굳이 그런 벌이 필요하다면 말이다.

하지만 진실로 기여하는 사람들은 자기 노동의 과실을 가져가서 게으른 사람들에게 주는 것에 분통을 터트리지 않을까요?

너는 내 말을 듣고 있지 않구나. 모든 사람에게 최소한의 생존분이 주어질 것이다. 이것이 가능하기 위해서 더 많이 가진 사람들에게는 소득의 10퍼센트를 기부할 기회가 주어질 것이고.

소득이 정해지는 방식으로 말하면, 공개된 시장 원리에 따라 그 삶의 기여 가치가 평가될 것이다. 지금 너희 나라에서 그렇게 되고 있듯이.

그렇다면 "부자"와 "가난한 사람"은 **여전히** 있겠군요. 지금하고 똑같이! 그건 **평등**이 아닙니다.

하지만 그건 평등한 **기회**다. 모든 사람이 생존을 걱정하지 않고, 기본적인 생활을 할 수 있는 **기회**를 가질 것이기에. 그리고 모든 사람에게 지식을 획득하고 기술을 발달시키며, '즐거운 곳'에서 자신의 타고난 재능을 발휘할 동등한 기회가 주어질 것이기에.

'즐거운 곳'이라니요?

700

그때가 되면 사람들은 "일터"를 그렇게 부를 것이다.

하지만 그래도 여전히 부러움은 남지 않겠습니까?

부러움이라면, 그렇다. 하지만 질투라면, 아니다. 부러움은 더 나아지도록 너희를 몰아가는 자연스러운 감정이다. 두 살짜리 아이도 자기 오빠 손에는 닿는 문손잡이를 자기도 잡고 싶어서 용을 쓰기 마련이다. 여기에는 잘못된 것이 전혀 없다. 부러움은 결코 잘못된 것이 아니다. 부러움은 자극제이며, 순수한 바람이다. 부러움은 위대함을 낳는다.

반면에 질투는 다른 사람을 더 못하게 만들려는, 두려움에 쫓기는 감정이다. 그것은 흔히 원망에서 비롯된 감정이다. 그것은 분노에서 시작해서 분노로 끝난다. 그래서 질투는 사람을 말려 죽인다. 질투는 목숨을 앗아갈 수도 있다. 질투로 뒤엉킨 삼각관계 속에 있어본 사람이라면 누구나 이 사실을 안다.

질투는 죽이지만, 부러움은 태어나게 한다.

부러워하는 사람들에게는 **자기 나름의** 방식으로 성공할 수 있는 온갖 기회가 주어질 것이다. 누구도 정치, 경제, 사회적으로 억눌리지 않을 것이니, 인종이나 성별(性別)이나 성적(性的) 성향 때문에 억눌리지 않을 것이며, 출생이나 계급 신분, 나이 때문에 억눌리지도 않을 것이다. 어떤 이유든 간에 억눌리지 않을 것이다. 그냥 **어떤** 이유의 차별이든 차별 자체가 더 이상 용납되지 않을 것이다.

그리고 그렇다, 그럼에도 여전히 "부유한 자"와 "가난한 자"

는 있을 것이다. 하지만 더 이상 "굶주리는 자"와 "빈곤한 자"는 없을 것이다.

보다시피, 이런 동기가 삶에서…… **단순히 절망만을 걸러내지는 않을 것이다.**

하지만 비(非)기여자들을 "먹여 살리기에" 충분할 만큼의 기여자들이 있을 거란 걸 뭘로 보장합니까?

인간 영혼의 위대함으로.

호오?

명백히 암울한 너희 신념과는 달리, 보통 사람들도 그저 생존하는 수준에서 만족하지 않을 것이다. 덧붙여 두 번째 패러다임이 변하면, 즉 영혼이 바뀌면 위대해지려는 동기 전체가 변할 것이다.

무엇이 그런 변화를 일으킬까요? 지금껏 2000년의 역사를 거치면서도 일어나지 않았는데—

**20억 년**의 역사겠지—

어쨌든 그 역사를 거치면서도 일어나지 않은 일이 왜 지금 일어나야 하죠?

물질 생존에서 벗어나면, 약간의 안정을 얻으려고 악착같이 성공해야 할 필요성이 없어지면, 이루고 견디고 장대해져야 할 다른 어떤 이유도 존재하지 않을 것이다. **장대함 자체를 체험하는 것 말고는!**

그런데 그걸로 충분한 동기가 될까요?

인간의 영혼은 솟아오르기 마련이니, 참된 기회가 눈앞에 있을 때 가라앉지 않는다. 영혼은 더 낮은 자기 체험이 아니라 더 높은 자기 체험을 추구하기 마련이다. 한순간이라도 **참된 장대함**을 체험해본 사람이라면 누구나 이 사실을 안다.

권력은 어떻게 됩니까? 이 특별한 재편성에서도 과도한 부와 권력을 가진 사람들은 여전히 존재하는 겁니까?

금융 소득은 제한될 것이다.

아하—드디어 여기까지 왔군요. 그게 왜 될 수 없는지 제가 설명드리기 전에, 먼저 당신이 그것이 어떤 방식으로 운용될지 설명해주시겠습니까?

그러지. 수입에 최저 한도가 있듯이 최고 한도도 설정될 것이다. 첫째로 거의 모든 사람이 자기 수입의 10퍼센트를 십일조로 세계정부에 바칠 것이다. 이것이 내가 전에 말했던, 자발적인 10퍼센트 공제다.

그렇습니다…… 구식 "균등 과세"안이죠.

지금 너희 사회라면, 지금이라면, 그것이 세금 형태를 취할 테지. 모두의 공동선을 위한 자발적 공제가 너희를 가장 이롭게 한다는 걸 알 만큼 너희가 충분히 계몽되지는 못했으니. 하지만 내가 묘사해온 의식 변화가 일어난다면, 너희는 그처럼 열리고 배려하는 마음으로 자유롭게 내놓는 수확물의 공제를 의문의 여지 없이 타당한 것으로 여길 것이다.

당신에게 말할 게 있습니다. 당신 말을 좀 가로막아도 괜찮겠습니까?

상관없다. 말해봐라.

제게는 이 대화가 아주 어색하게 느껴집니다. 신과 이런 이야기를 나누리라고는 한번도 생각해보지 않았거든요. 신이 정치 과정을 추천하기까지 하다니요. 정말입니다. **신이 균등 과세를 주장한다**는 사실을 제가 사람들에게 어떻게 납득시킬 수 있겠습니까?

자, 나는 네가 그것을 계속 "세금"으로 보는 쪽을 고집한다는 걸 알고 있다. 하지만 이해는 한다. 너희가 가진 것 중 10퍼센트를 나누기 위해 그냥 내놓는다는 개념이 너희에게는 무척 낯선 것 같으니. 그렇지만 내가 이 문제에 대해 어떤 견해를 가진다는 게 왜 믿기 힘들단 말이냐?

저는 신이 그런 일들을 판단하거나, 그런 일들에 의견을 갖거나, 신경 쓰지는 않는다고 생각했거든요.

잠깐만, 내가 이해가 가게 해다오. 네가 **1권**이라고 부르는 지난번 우리 대화에서 나는 온갖 종류의 질문들에 대답했다. 인간관계를 풀어가는 것에서 적절한 생활 방식, 심지어는 다이어트에 대한 질문에 이르기까지. 그런 것들이 이 문제와 어떻게 다르단 말이냐?

저도 모르겠습니다. 그냥 다른 것처럼 **느껴집니다**. 제 말은, 당신이 정말로 정치적 관점을 가지고 계시냐는 겁니다. 당신은 혹시 당증을 가진 정식 공화당원이 아니십니까? 신은 **공화당원**이라는 게 결국 이 책이 내놓는 진실입니까?

너는 내가 민주당원이길 바랐느냐? 이걸 어쩌지?

한방 먹었군요. 아니요, 저는 당신이 **비정치적**이길 바랐습니다.

나는 비정치적이다. 나는 어떤 정치관도 가지고 있지 않다.

빌 클린턴처럼요.

멋지군! 이번엔 **네가** 한방 먹였어! 나는 유머를 좋아하지. 너는 그렇지 않느냐?

저는 신이 우스갯소리를 하거나 정치적이길 기대하지는 않았는데요.

혹은 인간적일 거라고도, 그렇지?

좋다. 그 문제에 관해서라면, 너를 위해 다시 한번 이 책과 1권의 맥락을 짚어보자.

나는 너희가 삶을 꾸려가는 방식에 어떤 선호(選好)도 가지고 있지 않다. 내 유일한 바람은 너희가 자신을 창조하는 존재로서 충분히 체험하는 것이다. 그리하여 '자신이 참으로 누구인지' 알 수 있게끔.

예, 저도 그건 알고 있습니다. 충분하고도 확실하게요.

내가 여기서 대답해왔던 모든 질문과 1권에서 응답했던 모든 의문은 창조하는 존재로서 너희가 되려 하고, 하려 한다고 말하는 것의 맥락 속에서 이야기되고 답해져왔다. 예컨대 1권에서 너는 내게 어떻게 해야 궁극적으로 바람직한 인간관계들을 맺어갈 수 있을지 많은 질문들을 했다. 기억하느냐?

그럼요. 기억하고 말고요.

너는 내 대답들이 심히 의문스럽다는 것을 알아차렸느냐?

너는 내가 그 문제에 대해 어떤 관점을 가졌을 거라고 믿기 힘들다는 걸 알아차렸는가?

전 그런 생각은 한번도 안 해봤는데요. 그 대답들을 그냥 읽었을 뿐인데요.

그럼에도 너도 알다시피, 나는 언제나 내 대답들을 네 질문의 맥락 속에 놓곤 했다. 다시 말해 네가 이러저러하게 되거나 하기를 바란다고 할 때, 그렇게 되려면 어떻게 해야 하는가라는 맥락 속에. 나는 그런 식으로 네게 그 방법을 보여주었다.

그렇습니다. 당신은 그러셨죠.

나는 지금 여기서도 같은 일을 하고 있다.

글쎄요…… 잘은 모르겠지만…… 신이 그런 걸 말하리라고 믿는 것보다는 이런 걸 말하리라고 믿는 게 더 어렵군요.

내가 여기서 이야기한 것들에 **동의하기가** 더 어렵다는 걸 깨달은 건 아니고?

저……

네가 그래서 그런 거라면 그건 아무래도 상관없다.

상관없다고요?

　당연히.

신의 생각에 동의하지 않아도 괜찮다는 겁니까?

　당연히. 그렇지 않으면 내가 너를 벌레처럼 짓뭉개기라도 할 것 같으냐?

사실 전 아직 그 정도로 멀리까지 생각이 미치지는 않았습니다.

　봐라, 이 모든 것이 시작되고 난 이후로 계속해서 세상은 내게 동의하지 않아왔다. 세상이 시작된 이래로 '신의 방식'대로 행동해온 사람은 거의 없었다.

그건 사실일 겁니다.

　너는 그게 사실이라고 장담해도 좋다. 몇천 년에 걸쳐서 몇백 명이나 되는 스승들을 통해 너희에게 남겨준 내 가르침들을 사람들이 따랐다면, 세상은 지금과는 전혀 다른 곳이 되었을 것이다. 그러니 만일 네가 지금 내 의견에 동의하고 싶지 않거든, 계속 그대로 밀고 나가라. 게다가 내가 틀릴 수도 있으니.

뭐라고요?

게다가 내가 틀릴 수도 있다고 했다. 오, 이런…… 어차피 네가 이 모두를 **복음으로** 받아들이는 건 아니지 않느냐?

당신 말씀은 제가 이 대화를 중요하게 여기지 않는다는 뜻입니까?

아, 미안. 잠시 그 자리에 멈춰라. 네가 그중 상당 부분을 놓쳐왔다는 뜻이었다. 다시 한 문단 뒤로 돌아가서 이렇게 바꾸자. 어차피 **너는 이 모두를 너 나름대로 편집하고 있지 않느냐?**

아, 그거 다행이군요. 사실 저는 한동안 거기에서 어느 정도 실제적인 지침들을 얻고 있다고 생각했거든요.

**네 감정을 따르라**는 것이 네가 얻고 있는 지침이다. 네 **영혼**에 귀를 기울이고, 너 **자신의 이야기**를 들어라. 내가 어떤 선택사항이나 견해나 관점을 네게 제시하더라도, 네가 그것을 자신의 것으로 받아들여야 할 의무는 전혀 없다. 만일 동의하지 못하겠으면, **동의하지 마라.** 바로 이것이 **이 훈련의 유일한 목적**이다. 다른 것들과 다른 사람들에 대한 네 의존을 통째로 **이 책에 대한 의존으로** 바꾸는 것이 목표가 아니라, 네가 **생각하도록** 만드는 것, **스스로** 생각하게 만드는 것이 목표다. 그리고 그것이야말로 바로 지금 이 순간의 '나'(神)다. 나는 **생각하는** 너다. 나는 소리 내어 생각하는 너다.

이 자료가 '가장 높은 출처'에서 나온 것이 아니란 말씀인가요?

물론 그것은 '가장 높은 출처'에서 왔다. 하지만 네가 아직도 믿지 못하는 한 가지 사실이 있으니, **'가장 높은 출처'는 바로 너** 라는 점이다. 그리고 네가 아직도 확실하게 이해하지 못하는 한 가지 사실이 있으니, 그 **모든 걸, 네 삶의 모든 것을, 지금 이 자** 리에서 창조하는 것도 너라는 점이다.

네가…… 바로 '네'가…… 그것을 창조하고 있다. '내가 아니라 네가'.

그러니…… 순전히 정치적인 질문에 대한 대답 중에서 네 마음에 들지 않는 게 있는가? **그렇다면 그 대답을 바꿔라.** 지금 당장 그렇게 하라. 네가 그것을 복음으로 받아들이고, 그것을 **현실로** 만들며, 어떤 것에 대한 네 지금 생각을 네 **다음번** 생각보다 더 중요하고 더 타당하고 더 진실되다고 단정하기 전에.

네 현실을 창조하는 것은 언제나 네 **새로운 생각**임을 잊지 마라. 언제나 그러함을.

자, 이제 우리의 이 정치 토론에서 네가 바꾸고 싶은 것이 무엇인지 찾아냈느냐?

저, 아닙니다. 늘상 그랬듯이 전 기본적으로는 당신에게 동의합니다. 다만 이 모든 것을 어떻게 생각해야 할지 몰랐던 겁니다.

네가 원하는 대로 생각하라. 이해가 안 가느냐? **너희가 삶을 꾸려가는 방식이 본디 이렇다!**

좋습니다, 그래요…… 이해가 된 것 같습니다. 저는 이 이야기를 계속했으면 하는데요. 그게 어디까지 갈지 보기 위해서라도요.

좋다, 그렇게 해보자.

당신이 말씀하시려던 건……

내가 말하려던 건 계몽된 사회들에서는 사회 자체의 공동선(善)을 위해 쓰도록 자신이 받는 것(너희가 "수입"이라 부르는 것) 중에서 일정량을 떼놓는 게 꽤 흔한 관습이라는 사실이다. 우리가 너희 사회를 위해 검토해온 그 새로운 체제 하에서도 사람들은 해마다 벌 수 있다면 얼마든지 벌겠지만, 자신들이 번 것을 지니는 건 일정 한도로 제한될 것이다.

어떤 한도요?

모두가 동의한 임의적인 한도.

그렇다면 그 한도를 넘는 건요?

세계 자선 신탁에 **기부자의 이름으로** 기부될 것이다. 기부자가 누구인지 온 세상이 알 수 있도록.
기부자는 자신의 기부금 중 60퍼센트의 사용처에 대해 직접적인 통제권을 가질 것이기에, 그 돈의 상당 부분을 정확히 자신이 원하는 곳에 사용한다는 점에서 만족을 느낄 것이다.

나머지 40퍼센트는 세계연방이 입법화하고, 그것이 관장하는 정책에 배당될 것이다.

사람들이 일정 수입 한도 이상으로 얻는 것은 모두 그들 손을 떠나리라는 걸 알 때, 그 사람들을 계속 일하게 만드는 동기는 어떤 겁니까? 어떻게 해야 그들이 자신의 수입 "한도"에 일단 도달하더라도, 도중에 멈추지 않게 할 수 있습니까?

일부 사람들은 그렇게 할 것이다. 하지만 그런들 어떠냐? 그들이 멈추도록 내버려둬라. 세계 자선 신탁에 기부할, 수입 한도를 넘어서는 강제 노동이 꼭 필요한 건 아니니까. 군수물자의 대량생산을 청산함으로써 절약되는 돈만으로도 모든 사람의 기본 욕구는 충분히 충족될 테니까. 그 같은 절약에다 전 세계 소득의 10퍼센트인 십일조를 더한다면, 선택된 소수만이 아니라 사회 전체를 새로운 존엄과 풍요의 수준으로 끌어올릴 수 있다. 그리고 합의된 한도를 넘어서는 소득분의 기부는 모두에게 광범한 기회와 만족을 가져다줄 것이기에, 질투라든가 사회적 분노 같은 건 사실상 사라질 것이다.

그렇다, 일부 사람들은 일하길 그만둘 **것이다.** 특히 자신의 생명 활동을 **진짜** 노동으로 보는 사람들은. 하지만 자신의 생명 활동을 **순수한 기쁨**으로 보는 사람들은 결코 그만두지 않을 것이다.

모든 사람이 그런 일거리를 가질 순 없죠.

아니다. 모두가 그럴 수 있다.

**일터에서의 기쁨은 직무와 전혀 무관하다. 그것이 관련이 있는 건 오로지 목적뿐이다.**

아이의 기저귀를 갈려고 새벽 4시에 잠이 깨는 어머니들은 이 점을 완벽하게 이해하고 있다. 그녀는 아기에게 콧노래를 불러주고 아기를 어른다. 그래서 세상 사람들이 보기에 그녀는 전혀 일하는 것처럼 보이지 않는다. 하지만 그 일을 진정한 기쁨으로 만드는 것은 하는 일에 대한 그녀의 태도이며, 그 일에 관한 그녀의 의도이며, 그 일을 하는 그녀의 **목적**이다.

나는 모성에 대한 이 같은 예를 예전에도 사용했다. 자식에 대한 어머니의 사랑이야말로 이 책과 이 3부작에서 이야기하는 개념의 일부를 너희에게 이해시켜줄 만큼 그것들과 비슷하기 때문이다.

하지만, "무한한 잠재 소득"을 없애버릴 이유가 어디에 있습니까? 그렇게 되면 인간의 가장 위대한 기회 중 하나, 가장 영광스러운 모험 중 하나를 체험할 기회를 빼앗게 되지 않을까요?

그래도 너희는 여전히 어리석을 정도로 많은 돈을 벌 기회와 그런 모험을 가질 것이다. 개인이 지닐 수 있는 소득의 최고 한도는 아주 높을 것이다. 보통 사람들…… 열 명의 보통 사람들에게…… 필요한 액수보다 더 많을 것이다. 그리고 너희가 **벌**

수 있는 소득액에는 제한이 없을 것이다. 단지 개인 소비를 위해 지니는 액수가 제한될 뿐이다. 그 나머지, 예를 들면 연간 2,500만 달러(이것은 논지를 확실히 하기 위해 사용한 지극히 임의적인 수치다)가 넘는 나머지 모두는 인류 전체를 이롭게 할 정책과 사회보장에 쓰일 것이다.

그 이유? **왜** 그래야 하느냐고……?

지닐 수 있는 소득의 최고 한도는 이 행성의 의식이 바뀌었음을 말해주리니, 즉 그것은 삶의 가장 고귀한 목적이 가장 많은 부를 축적하는 데 있지 않고, 가장 많은 선을 행하는 데 있다는 깨달음을 반영할 것이며, 사실 부를 나누지 않고 **집중하는** 것이야말로 가장 끈질기고 노골적인 사회 정치적 딜레마들을 이 세상에 만들어낸 가장 큰 단일 요소였다는, 그에 연이은 깨달음을 반영할 것이다.


부, 다시 말해 무제한의 부를 축적할 기회야말로 자본주의 체제의 초석인데요. 지금껏 세상이 알아왔던 것 중에서 가장 위대한 사회를 만들어낸 자유기업과 자유경쟁 체제 말입니다.


문제는 너희가 진짜로 그렇다고 믿는다는 데 있다.


아니요, 전 믿지 않습니다. 하지만 그렇게 믿는 사람들을 대신해서 말한 겁니다.


그렇게 믿는 사람들은 끔찍한 망상에 사로잡혀서 너희 행성의 지금 현실이 어떤지 전혀 보지 못하고 있다.

　미국만 해도 상위 1.5퍼센트가 하위 90퍼센트의 사람들보다 더 많은 부를 지니고 있다. 또 가장 잘사는 83만 4,000명의 순소득이 가장 못사는 8,400만 명의 순소득을 합친 것보다 더 많은 1조 달러에 육박한다.

그래서요? 그 사람들은 그만큼 열심히 일한 것 아닙니까?

　너희 미국인들은 계급 지위를 개인이 노력한 결과로 보는 경향이 있다. "출세하는" 사람들도 있긴 하다. 그걸 보고 너희는 누구나 그렇게 될 수 있다고 가정하지만 그런 식의 관점은 너무 단순하고 유치하다. 그런 관점은 누구나 동등한 기회를 갖는다는 걸 전제로 하지만, 사실은 멕시코에서와 마찬가지로 미국에서도, 부유하고 권력 있는 자들이 자신들의 돈과 권력을 움켜쥐고 어떡하든 그것을 더 늘리려고 애쓰고 궁리하는 판이다.

그래서요? 그게 뭐 잘못된 겁니까?

　그들은 경쟁을 체계적으로 **배제하고**, 진정한 기회를 **제도적으로 최소화하며**, 부의 흐름과 성장을 집단적으로 **통제하는** 것으로 그렇게 한다.

　그들은 온갖 방안을 짜내 이 일을 해낸다. 전 세계의 가난한 대중을 착취하는 불공정 노동 행위에서부터, 신참자가 성공 '대열'에 끼어들 기회를 최소화하는(그리고 거의 없애는) 상류층

인맥이라는 경쟁 관습에 이르기까지. 온갖 방안을 다 짜내서.

그러고 나면 그들은 대중을 규제받고 통제되고 복종하는 상태로 **더** 확실히 놓아두기 위해 전 세계의 공공 정책과 정부 정책들을 통제하려고 애쓴다.

전 부자들이 이렇게 한다고 믿을 수 없습니다. 그들 대부분은요. 아마 이런 음모를 꾸미는 사람들은 소수일 겁니다. 제 생각에는요……

대개의 경우에 그렇게 하는 것은 부자들 **개개인**이 아니다. 그런 일을 하는 주체는 그들이 그 대표로 있는 사회 체제와 제도들이다. 그런 체제와 제도들을 만든 사람들이 부유하고 권력 있는 자들이고, 그것들을 계속해서 지탱하는 사람들 또한 그들이다.

부자들 개개인은 그런 체제와 제도들 배후에 서 있기에, 부유하고 권력 있는 자들 편에 서서 대중을 억압하는 상황에 대한 모든 개인적 책임에서 벗어날 수 있는 것이다.

예컨대 미국의 의료보장 문제로 다시 돌아가보자. 몇백만에 달하는 가난한 미국인들이 예방 차원의 건강 진료에는 접근조차 못하고 있다. 그들은 어떤 **개인 의사**를 가리키면서, "이건 당신이 할 일이다, 이건 당신 잘못이다"고 말할 수 없다. 지구상의 가장 부자 나라에 사는 몇백만 명의 사람들이 응급실의 음산한 계단을 통하지 않고는 의사를 만나러 들어갈 수조차 없는 것이다.

어떤 **개인** 의사도 이 때문에 비난받을 필요는 없지만, 그럼에도 **모든 의사가 이득을 보는 것이 사실이다.** 의료직 전체와 관련 산업 전체가 가난한 노동자층과 실업자들에 대한 차별 대우를 **제도화한** 의료보험 제도로 유례가 없는 이윤을 누리고 있다.

그리고 이것은 "체제"가 부자를 더 부자로 만들고 가난한 사람을 더 가난하게 만들어내는 방식을 보여주는 단 한 가지 예에 지나지 않는다.

문제의 핵심은 그런 사회구조들을 지탱하고, **그것을 바꾸려는 모든 실제적 노력에 완강하게 저항하는** 사람들이 바로 그 부유하고 권력 있는 자들이라는 데 있다. 그들은 모든 사람에게 참된 기회와 진정한 존엄을 제공하려는 모든 정치 사회적인 접근을 가로막는다.

부유하고 권력 있는 자들 상당수가 개인으로 놓고 보면, 남들 못지않은 자비와 동정심을 가진, 확실히 꽤 괜찮은 사람들이다. 하지만 연간 소득 한도처럼 그들을 위협하는 견해를 제시해보라(설령 연간 2,500만 달러처럼 황당하게 고액의 한도라 해도). 그러면 그들은 개인 권리의 박탈과 "미국 방식"의 손상과 "동기의 상실"에 대해 떠들어댈 것이다.

하지만 굶주리지 않을 만큼의 음식과 추위에 떨지 않을 만큼의 의복을 지니고, 최소한이나마 그럴듯한 환경에서 살 **모든** 사람의 권리는 어떻게 되는가? 사람들이 **어디서나** 적절한 진료를 받을 권리, 돈 있는 사람이라면 손가락 하나 까딱하는 걸로 쉽게 넘어갈 사소한 합병증으로 **고통받거나 죽지** 않을 권리는 어떻게 되는가?

말로 다 못할 만큼 가난한 대중들이 계속해서 체계적으로 착취당하면서 만들어내는 **노동의 과실을 포함하여,** 너희 행성의 자원들은 이 세상 모든 사람의 소유이지, 그 같은 착취를 해낼 만큼 부유하고 권력 있는 사람들만의 소유가 아니다.

자, 그런 착취가 어떤 방식으로 이루어지는지 보라. 먼저 너희 부유한 산업 자본가들은 아무 일거리도 없고, 사람들은 궁핍하고, 존재하는 건 적나라한 가난뿐인 국가나 지역으로 들어간다. 그들은 그곳에 공장을 세워 가난한 사람들에게 일거리를 제공한다. 대개 하루 열 시간, 열두 시간, 심지어 열네 시간짜리 일거리를, **인간 이하**는 아니라도 기준 이하의 임금으로. 자, 잘 들어라. 이 임금은 그 노동자들을 쥐새끼가 우글대는 자기 마을에서 벗어나게 해줄 만큼 충분하지는 않지만, 그들이 **먹을 것도 잠자리도 전혀 갖지 못하는** 것과는 대조되는 그런 식으로 살기에는 충분하다.

이런 점을 지적받으면 이 자본가들은 이렇게 말한다. "**이봐,** 그들은 **이전보다** 더 잘살게 되었다구, 안 그래? 우리가 그 **사람들 팔자를 바꿔준 거야!** 이제 그 사람들에게는 일거리가 있어. 보라구, 우리가 그들에게 **기회**를 준 거야! 그리고 우리는 모든 **위험**을 무릅쓰고 있어!"

하지만 한 켤레에 125달러씩 받고 팔 운동화를 만들어내는 사람들에게 시간당 75센트를 지불하는 데, 도대체 얼마나 큰 위험이 있는가?

이런 게 과연 순수한 의미에서 위험 감수이고 개발인가?

이 정도로 추잡한 체제는 **오직 탐욕으로 굴러가는 세상, 인**

간 존엄이 아니라 이윤 폭이 가장 중요한 고려 대상인 세상에서만 존재할 수 있다.

"그 사회의 기준에서 보면, 그 농민들은 **멋지게 살지!**"라고 말하는 사람들은 일급 위선자들이다. 그들은 물에 빠진 사람에게 밧줄을 던지긴 하지만, 그 사람을 **뭍으로 끌어올리려 하진 않는다.** 그러고 나서는 **돌덩이보다야 밧줄이 나은 거 아니냐**고 너스레를 떤다.

이 "가진 자들"은 사람들을 참된 존엄으로 끌어올리지 않는다. 그들은 세상의 "갖지 못한 자들"을 의존 상태로 만들기에 딱 좋을 만큼만 준다. 평생 그들을 진실로 힘 있게 만들기에는 충분치 않을 만큼만. 누구나 참된 경제력을 가졌을 때는 그냥 "체제"에 종속되는 것이 아니라, 그것에 **영향을 미칠 수 있기** 마련이지만, 그 체제를 만들어낸 사람들이 절대 원하지 않는 게 바로 이것이다!

그래서 음모는 계속된다. 대다수의 돈 많고 힘 있는 사람들에게 그것은 행동하는 음모가 아니라 **침묵하는 음모**다.

그러니 이제 가라, 너희 길을 가라. 가서 기업 책임자에게 음료수의 판매 증대에 대한 보너스로 7,000만 달러를 지급하더라도, 7,000만에 달하는 사람에게는 건강을 유지할 만큼의 음식은 물론이고, 그 음료수를 마셔보는 사치 따위는 허용치 않는 사회경제 체제의 추잡성에 대해서는 입을 굳게 **다물어라.**

그것의 추잡성을 보지 **마라.** 세상의 '자유시장 경제'란 건 이런 거라고 하면서, 너희가 그것을 얼마나 자랑스러워하는지 모두에게 말해줘라.

하지만 이런 말이 있다.

네가 완전한 사람이 되려거든

가서 네 재산을 다 팔아 가난한 사람들에게 나누어주어라.

그러면 너는 하늘에서 보화를 얻게 될 것이다.

하지만 그 젊은이는 이 말씀을 듣고 풀이 죽어 떠나갔다.

그는 많은 재산을 가졌기에.(《마태복음》 19 : 21~22 - 옮긴이)

지금껏 당신이 이렇게 화내시는 건 한번도 못 봤습니다. 신은 화내지 않죠. 이건 당신이 신이 아니라는 걸 말해줍니다.

신은 **모든 것**이고, 무엇이든 **된다**. 신이 아닌 것은 아무것도 없다. 그리고 신은 자신에 관해 체험하는 모든 것을, 너희에게서, 너희로서, 너희로 **하여** 체험한다. 네가 지금 느끼는 건 **너 자신**의 분노다.

당신 말이 맞습니다. 왜냐하면 전 당신이 말한 것에 전부 동의하니까요.

너는 내가 보내는 모든 생각을 너 자신의 체험과, 너 자신의 진실과, 너 자신의 이해와, '자신이 누구이고 무엇이 되고자 하는지'에 대한 너 자신의 판단과 선택과 선언이라는 여과 장치를 통해서 받아들인다는 사실을 알아두어라. 이 외에 네가 그것을 받을 수 있는 다른 방식, 네가 받게 되어 있는 다른 방식은 없다.

또 이 자리로 돌아왔군요. 당신 말씀은 이 모든 발상과 느낌들이 **당신 것**이 아니란 뜻인가요? 이 **책 전체**가 틀릴 수도 있다는 뜻입니까? 당신과 내가 이야기를 나누는 이 체험 전체가 단지 어떤 것에 대해 **내** 생각과 감정을 편집하는 것에 지나지 않는다는 말씀입니까?

어떤 것에 대한 네 생각과 느낌들을 **내가 네게 주고 있을** 가능성에 대해 생각해봐라. (너는 이런 것들이 어디에서 온다고 생각하느냐?) 내가 너와 함께 네 체험을 공동으로 창조할 가능성, 내가 네 판단과 선택과 선언의 일부일 가능성에 대해. 이 책이 만들어지기 이미 오래전에 내가 너를 다른 많은 사람들과 함께 내 사자(使者)로 삼기로 마음먹었을 가능성에 대해 생각해봐라.

그건 저로서는 믿기 힘들군요.

자, 그 문제라면 1권에서 모두 훑어보았다. 하지만 네가 그렇다 해도 나는 세상에 대고 말할 것이다. 그리고 그중에서도 특히 내가 보낸 스승들과 사자들을 통해 그렇게 할 것이다. 그리고 나는 이 책을 통해 너희 세상의 경제, 정치, 사회, 종교 체제가 미개하다는 걸 너희 세상에 이야기할 것이다. 나는 너희가 그것들을 최고로 여기는 집단 오만에 빠져 있음을 관찰한다. 나는 너희 중 상당수가 자신에게서 뭔가를 빼앗아갈 모든 변화, 모든 개선에 저항하는 걸 보고 있다. 그게 누구에게 도움이 될지 전혀 깨닫지 못하고.

다시 한번 말하노니, 너희 행성에서 필요한 것은 광범한 의식 변화, 너희의 인식 변화다. 삶의 모든 것을 다시 새롭게 존중하고, 만물의 상호 연관성을 깊이 이해하는 것이다.

좋습니다. 당신은 신이십니다. 세상이 그런 식이길 원하지 않는다면, 왜 당신은 그걸 바꾸지 않는 겁니까?

내가 전에 설명했듯이 애초부터 내 결정은 너희에게 너희가 원하는 대로 너희의 삶과, 따라서 너희 자신을 창조할 자유를 주는 것이었다. 만일 내가 너희에게 무엇을 창조하고, 어떻게 창조할지 말해주고, 그런 다음 그렇게 하도록 너희에게 강요하거나 요구하거나 시킨다면, 너희는 자신이 창조자임을 알 도리가 없다. 내가 그렇게 한다면, 내 목적은 이루어지지 않는다.

하지만 이제, 너희 행성에 무엇이 창조되었는지 잠시만 주목해보자. 그리고 그것이 너희를 좀은 화나게 만들지 않는지 살펴보자.

너희의 주요 일간지 중 하나를 골라 보통 날짜에서 안쪽 네 면만 훑어보자.

오늘 신문을 가져와봐라.

여기 있습니다. 1994년 4월 9일 토요일자 신문이군요. 신문 이름은 《샌프란시스코 크로니클San Francisco Chronicle》이구요.

잘했다. 아무 면이나 펼쳐봐라.

예. 여기 A-7면이 있군요.

좋다. 거기에 뭐라고 적혀 있는가?

제목은 '개발도상국들, 노동권 문제 논의'이군요.

아주 잘했다. 계속해라.

기사 내용은 선진국과 개발도상국 간에 노동권을 둘러싸고 벌어지는 소위 "해묵은 대립"에 대한 거구요. 몇몇 개발도상국 지도자들은 "노동권을 확대하려는 움직임이 그들의 저임금 상품들이 선진국 시장에 들어가는 걸 막는 비장의 무기가 될 수도 있다는 사실을 겁낸다"고 적혀 있군요.

이어서 이 기사는 브라질과 말레이지아, 인도, 싱가포르를 비롯한 여타 개발도상국들의 협상 대표들은 노동권에 관한 협약안을 기초할 권한을 지닌 세계무역기구WTO 설치를 반대했다고 하는군요.

그 기사에서 말하는 노동권이란 어떤 것이냐?

724

"노동자 기본권"입니다. 강제 노동 금지와 노동 현장의 안전기준 설정, 단체협상권 보장 같은 것들요.

그렇다면 그런 권리들이 국제 협약의 일부가 되는 걸 왜 개발도상국들이 원하지 않는 줄 아느냐? 내가 그 이유를 **말해주지.** 하지만 그 전에 그런 권리들에 반대하는 건 그 나라의 **노동자**들이 아니라는 사실을 분명히 해두자. 개발도상국의 "협상 대표"들은 **공장을 소유하고 경영하는** 바로 그 사람들이거나, 그 사람들과 긴밀한 동맹을 맺고 있다. 다른 말로 하면 그들은 부유하고 권력 있는 사람들이다.

미국에서 노동운동이 일어나기 전 시대에 그랬듯이, 그들 역시 지금 이 순간 노동자들에 대한 대대적인 착취로 이득을 보고 있다.

너는 그들이 미국을 비롯한 부자 나라들에서 엄청난 돈을 은밀히 지원받고 있다고 확신해도 좋다. 더 이상 자기 나라들에서는 부당하게 노동자들을 착취할 수 없는 이 부자 나라의 산업자본가들은 개발도상국들의 공장 소유주들에게 하청을 주고 있다(혹은 자기 공장을 직접 그 나라에 세워두고 있다). 이미 그 자체로도 추잡한 자신들의 이윤을 더 늘릴 요량으로, 아직도 무방비 상태에서 다른 사람들에게 악용당하고 있는 외국 노동자들을 착취하기 위해서.

하지만 그 기사는 노동자들의 권리를 세계 무역 협약의 일부로 삼도록 밀어붙이는 쪽이 우리 정부, 지금 행정부라고 말하는데요.

너희의 힘 있는 산업자본가들은 그렇지 않지만, 지금 너희 대통령인 빌 클린턴은 노동자의 기본권이 보장되어야 한다고 믿는 사람이다. 그는 대자본의 기득권에 맞서 용감하게 싸우고 있다. 못 가진 사람들 편에 섰던 다른 미국 대통령들과 전 세계 지도자들은 살해당했다.

클린턴 대통령이 살해될 거란 말씀입니까?

그를 공직에서 **몰아내려는** 엄청난 힘이 존재할 거란 이야기만 해두자. 그들은 그를 제거하는 일에 이미 착수했다. 그들이 30년 전에 존 케네디를 제거했듯이.

앞서 케네디가 그랬던 것처럼 빌 클린턴도 대자본이 싫어하는 온갖 일을 하고 있다. 세계적인 범위에서 노동자의 기본권을 요구할 뿐 아니라, 사실상 모든 사회문제를 놓고 참호로 에워싸인 기성 사회 바깥의 "못한 사람들" 편을 들고 있다.

예컨대 그는 미국 의료기관들이 누리게 된 과도한 진료비와 수수료를 지불할 여유가 있는 사람인가 아닌가에 관계없이, 사람은 누구나 적절한 예방 진료에 접근할 권리가 있다고 믿는다. 그는 또 이 요금들이 낮아져야 한다고 주장한다. 이 때문에 그는 미국의 돈 많고 힘 있는 사람들 중에서 또 다른 큰 집단—제약업자에서부터 보험업자들, 그리고 의료 관련 기업들에서 자기 직원들에게 상당한 보험 분담금을 제공해야 하는 기업 소유자들에 이르기까지—에게 그다지 인기를 얻지 못했다. 가난한 사람들에게 포괄적인 의료보장이 제공된다면 지금 많은 돈을 벌고 있는 상당수 사람들의 이득은 약간씩 줄 수밖에 없기 때문이다.

이것이 클린턴 씨를 도시에서 가장 인기 있는 인물이 되지 못하게 만드는 요인이다. 적어도 금세기에 이미 대통령을 제거할 능력을 가졌음이 판명된 그런 성분의 사람들 사이에서는.

당신 말씀은—?

내가 말하려는 건 "가진 자"와 "못 가진 자"의 투쟁은 지금껏 쉬지 않고 계속되어왔고, 너희 행성에 전염병처럼 번지고 있다는 사실이다. 그리고 박애주의적 이해가 아니라 경제적 이해가 세상을 움직여가는 한, 인간의 영혼이 아니라 몸이 인간의 가장 큰 관심사가 되고 있는 한, 그것은 앞으로도 계속 그럴 것이다.

당신 말이 옳은 것 같군요. 같은 신문 A-14면에 이런 제목이 있습니다. '독일, 경기 후퇴로 대중의 분노 확산.' 부제는 "전후 실업률의 높은 증가로 더 벌어져가는 빈부 격차"입니다.

그래, 그렇다면 그 기사 내용은 어떤 것이냐?

해고당한 기술자와 교수, 과학자, 공장 노동자, 목수, 요리사 들 사이에서 불만이 높아지고 있다는군요. 독일은 경기 후퇴에 직면해 있는데 "이 고난이 모든 사람에게 공평하게 나눠지는 건 아니라는 불만이 팽배"해 있다고 합니다.

맞는 말이다. 공평하게 나눠지지 않았다. 그 기사는 그 같은 대량 해고가 일어난 원인이 어디에 있다고 말하느냐?

여기서 말하는 분노하는 노동자들이란 "임금이 더 싼 나라로 고용주가 공장을 옮긴" 경우들이랍니다.

아하. 오늘자 너희 《샌프란시스코 크로니클》을 읽은 독자들이 A–7면과 A–14면 기사의 연관성을 파악해냈는지 궁금하군.

그리고 기사에 따르면 1차 해고 대상자는 여성이랍니다. 이렇게 적혀 있습니다. "독일 전체로는 실직자의 반 이상이 여성이고, 구동독 지역에서는 그 수가 3분의 2에 육박한다."

물론 그렇겠지. 너희 대다수가 보거나 인정하고 싶어하지 않지만, 내가 몇 번이나 지적했듯이 너희 사회경제 체제는 사람들을 범주에 따라 **체계적으로** 차별 대우한다. 너희가 그렇지 않다고 목소리를 높이는 그 순간에도, 실제로는 동등한 기회가 보장되지 않고 있는 것이다. 하지만 너희는 자신에 대해 좋게 느끼자면, 이런 환상을 믿어야 한다. 이 때문에 행여 누군가가 너희에게 진실을 보여주기라도 하면, 너희는 화를 낸다. 설사 그렇다는 증거를 너희 눈앞에 들이밀어도, 너희는 그 증거조차 완전히 부정할 것이다.

너희 사회는 눈 가리고 아웅 하는 자기기만의 사회다.

그만하고─오늘 신문에 **다른** 기사로 또 어떤 게 있느냐?

A-4면에 '주택 구입과 임대의 편중을 막으려는 연방의 압력, 다시 시작되다'란 기사가 있군요. "연방 주택과에서는 주택 구입과 임대에서의 인종차별을 없애기 위해 그 어느 때보다 진지한 노력을…… 강제할 계획을 세워두고 있다."

너희가 스스로 물어봐야 할 것은, 왜 그 같은 노력이 강제되어야 하는가다.

우리는 인종이나 피부색, 종교, 성(性), 출신 주(州), 신체장애, 가족 구성 따위를 이유로 주택 구입과 임대를 거부하는 일이 없도록 '공정주택법'이란 걸 마련해두고 있습니다. 하지만 상당수의 지방정부들이 그런 편견을 없애기 위한 노력을 거의 하지 않고 있지요. 이 나라에는 지금도 여전히 제 재산 가지고 제 마음대로 못할 게 뭐냐는 식으로 생각하는 사람들이 많습니다. 집을 누구에게 임대할 것인가라는 문제까지 포함해서요.

하지만 임대 재산을 지닌 사람 모두가 그런 선택을 내릴 수 있다면, 그리고 그런 선택들이 특정 부류와 특정 범주의 사람들을 대하는 집단의식과 일상 태도를 반영하는 경향이 있다면, 그 결과 그 부류의 사람들 전체가 살 만한 집을 찾아낼 모든 기회를 체계적으로 박탈당할 수 있다. 게다가 **쓸 만한 주택**을 빌릴 수 없는 상황이기에, 부동산 귀족들과 빈민가 아파트 주인들은 수리 보수비 따위를 거의 주지 않거나, 일절 주지 않고서도, 그 끔찍한 주거 환경을 빌려주는 대가로 엄청난 임대료를 챙길 수 있는 것이다. 이렇게 해서 부자와 권력자들은 다시 한번 대중을 착취한다. 이번에는 "사유재산권"이라는 가면을 쓰고.

하지만 사유재산 소유자들도 어느 정도의 권리는 가져야 하지 않습니까?

하지만 그 소수의 권리가 다수의 권리를 침해할 때는?

이것이 바로 문명화된 모든 사회가 직면하고 있고, 지금까지 직면해왔던 문제다.

전체라는 더 높은 선(善)이 개인의 권리를 대신할 때가 왔는가? 사회가 자신에게 책임을 질 때가?

공정주택법은 이 물음에 대해 너희가 그렇다고 말하는 방식이고,

반대로 그런 법들을 따르고 실행하지 못하는 것은, 부자와 권력자들이 "아니다—중요한 것은 우리 권리뿐이다"고 말하는 방식이다.

너희의 지금 대통령과 그의 행정부는 다시 한번 그 문제를 강행하고 있다. 또 다른 전선에서라고 하더라도, 미국 대통령들이라고 해서 모두가 그렇게 기꺼이 부자와 권력자들에 맞섰던 건 아니다.

무슨 말인지 이해가 됩니다. 이 기사에 따르면 클린턴 행정부의 주택과 관리들이 그들의 짧은 재임 기간 동안에 행한 주택 구입과 임대 차별에 관한 조사가 **그 앞의 10년 동안에 이루어진 것보다** 더 많다고

하는군요. 워싱턴에 있는 국가 자문 기구인 '공정주택연맹'의 대변인은 공정주택법이 꼭 지켜지도록 하겠다는 클린턴 행정부의 다짐을 그들이 오랫동안 다른 행정부들에서 받아내려 애써왔던 약속이라고 평가했습니다.

그리고 그 때문에 너희 대통령은 부유하고 권력 있는 사람들 사이에서 훨씬 더 많은 적을 만들어내고 있는 것이다. 제조업자들과 산업자본가들, 제약 회사들과 보험회사들, 의사와 의료 관계자들, 그리고 투자 재산 소유자들 사이에서. 돈과 영향력을 가진 모든 사람 사이에서.

앞서 관찰했듯이 그가 공직에 머물러 있기 곤란한 시기가 올 것이다.

이 글을 적고 있는 1994년 4월에도 이미 그를 물러나게 하려는 압력이 커지고 있습니다.

1994년 4월 9일자 신문에서 네게 인간 종족에 대해 뭔가를 말해주는 또 다른 기사들이 있느냐?

잠시만요, 앞서 말한 A-14면에 주먹을 휘두르는 러시아 정치 지도자의 사진이 실려 있습니다. 그 사진 밑에 '지리노브스키, 의회에서 동료 의원을 폭행'이라는 제목이 있군요. 기사 내용은 블라디미르 지리노브스키가 "어제 또다시 주먹다짐을 일으켜 반대파 정치인을 때려눕히고", 그의 면전에다 대고 "난 네 놈이 감옥에서 썩도록 만들겠어! 네 놈 수염을 몽땅 뽑고 말겠어!"라고 퍼부었다는군요.

그런데도 너희는 **국가들이** 왜 전쟁을 일으키는지 궁금한가? 여기 대중 정치 운동의 주요 지도자 한 사람이 있다. 의사당 안에서 **자기 반대파를 때려눕히는** 것으로 자신의 됨됨이를 과시해야 했던 사람이.

너희는 이해하는 것이라곤 힘뿐인, 대단히 미개한 종족이다. 너희 행성에는 어떤 참된 법도 존재하지 않는다. '참된 법'이란 '자연법'이다. 설명할 수도 없지만, 또 설명하거나 가르칠 필요도 없는 법. 관찰하는 것만이 가능한 법.

참된 법이란 누구나 당연히 그 법의 지배를 받게끔 되어 있기에, 모두가 자유롭게 그 법의 지배를 받는 데 서로 동의하는 그런 법이다. 따라서 그들의 동의는 동의라기보다는 현실이 그렇다는 것을 서로 인정하는 것이다.

그런 법들은 강요될 필요가 없다. 부정할 수 없는 결과라는 단순한 방책이 그것들을 이미 강요하고 있기에.

네게 예를 하나 들어주마. 고도로 진화한 존재들은 망치로 자기 머리를 내리치는 짓을 하지 않는다. 다치기 때문이다. 또 그들은 같은 이유로 다른 사람의 머리도 망치로 내리치지 않는다.

진화된 존재들은 네가 어떤 사람의 머리를 망치로 친다면, 그 사람이 다친다는 사실을 알고 있다. 네가 계속해서 그렇게 하면 그 사람도 화가 날 것이고, 그런데도 네가 그 사람이 화낼 짓을 계속하면, 그는 결국 자기 망치를 찾아내서 네 등을 내리칠 것이다. 따라서 진화된 존재들은 다른 사람을 망치로 치는 건 자신을 망치로 치는 것과 같다는 사실을 깨닫고 있다. 네가 가진 망치가 더 크고 그 수가 더 많다 해도 결과는 마찬가지다. 얼마 안 가 너도 다치게 될 것이다.

**이것은 누구라도 관찰할 수 있는 결과다.**

진화되지 못한 존재들, **미개한** 존재들도 같은 것을 관찰한다. 하지만 그들은 그냥 신경 쓰지 않고 넘어간다.

진화된 존재들은 절대 "가장 큰 망치를 가진 사람이 이기는" 놀이를 하고 싶어하지 않는다. 미개한 존재들은 그 놀이밖에 하지 않는다.

덧붙여둘 것은 이것은 주로 남자들이 하는 놀이라는 점이다. 너희 종족 중에서 '망치로 다치게 하기' 놀이를 하고 싶어하는 여자들은 극히 드물다. 그들은 새로운 놀이를 즐긴다. 그들은 이렇게 말한다. "내가 망치를 가졌다면, 나는 그걸 두드려서 정의를 만들어내고 자유를 만들어내겠네. 나는 그걸 두드려서 이 세상 전체에 내 형제자매의 사랑을 만들어내겠네."

여자가 남자보다 더 진화했다는 말씀입니까?

나는 거기에 대해서 이런저런 판단을 내리고 있는 게 아니다. 단지 관찰하고 있을 뿐이다.

너도 알다시피, 진실이란 자연법처럼 관찰할 수 있는 것이다.

그렇지만 자연법이 아닌 모든 법은 관찰할 수 없다. 그래서 너희에게 설명해줘야 한다. 너희는 그것이 왜 너희 자신을 위해서 좋은지 설명을 들어야 한다. 그것은 너희에게 보여져야 한다. 이건 쉬운 일이 아니다. 왜냐하면 어떤 것이 너희 자신을 위해 좋은 것이라면, **그것은 당연히 스스로 명백하기** 때문이다.

**스스로 명백하지 않은 것, 즉 자명하지 않은 것만이 설명이 필요하다.**

자명하지 않은 것을 사람들이 믿게 만들려면 대단히 유별나면서도 단호한 사람이 필요하다.

이를 위해 너희가 발명해낸 것이 정치가들이다.

또 성직자들 역시 그렇게 해서 생겨났다.

과학자들은 그다지 말을 많이 하지 않는다. 그들은 대체로 그다지 수다스럽지 않다. 그들은 그럴 필요가 없다. 실험을 해서 성공하면, 그들은 그냥 자신이 한 것을 보여주기만 하면 된다. 결과가 스스로 말해준다. 그래서 과학자들은 대개가 조용한 편이며, 장황함에 빠지지 않는다. 그럴 필요가 없다. 자신들이 하는 일의 이유가 자명하기 때문이다. 게다가 뭔가 시도했다가 실패한다면, 그들은 아무것도 할 말이 없다.

정치가들은 그렇지 않다. 그들은 실패했더라도 말한다. 사실 그들은 더 많이 실패할수록 흔히 더 많이 말한다.

종교의 경우에도 같은 말을 할 수 있다. 그들도 더 많이 실패할수록 더 많이 말한다.

하지만 내가 너희에게 이르노니,

진실과 신은 같은 곳에 있다. 침묵 속에.

너희가 신을 찾아냈을 때, 너희가 진리를 발견했을 때, 너희는 그것에 대해 이야기할 필요가 없다. 그것은 자명하기에.

너희가 지금 신에 대해 많은 **이야기를 하는** 것은, 아마도 너희가 여전히 신을 찾고 있기 때문이리라. 그래도 괜찮다. 그래도 상관없다. 다만 너희가 어디에 있는지만 깨달아라.

하지만 스승들은 항상 신에 대해 말하죠. 사실 우리가 이 **책에서** 이야기하는 것도 전부 그런 거구요.

너희가 가르치는 것은 너희가 배우고자 선택하기 때문이다. 그리고 그렇다, 이 책은 삶에 대해서만이 아니라 나에 대해서도 이야기하고 있다. 그 점이 이 책을 그 문제에서 아주 좋은 예로 만들어준다. 네가 이 책을 쓰는 데 빠져 있는 건 **네가 아직도 신을 찾고 있기 때문이다.**

그렇습니다.

당연히 그렇다. 그리고 이 책을 읽는 사람들에게도 같은 말을 할 수 있다.

그런데 우리의 주제는 창조였다. 너는 이 장의 서두에서 지구에서 보는 것이 마음에 들지 않는다면, 왜 내가 그것을 바꾸지 않는지 물었다.

나는 너희가 하는 일에 어떤 판단도 내리지 않는다. 나는 단지 그것을 관찰할 뿐이며, 때때로 이 책에서 해왔던 것처럼 그것을 묘사할 뿐이다.

그런데 이번에는 내가 물어보자. 내 관찰과 내 묘사는 잊어버리고, 너는 네가 관찰한 너희 행성의 창조물들에 대해 어떻게 느끼느냐? 너는 단 하루치 신문기사들만으로도 다음과 같은 사실들을 드러낼 수 있었다.

- 노동자들에게 기본권을 주지 않으려는 국가들이 있으며,
- 불황에 직면한 독일에서는 부자는 더 부자가 되고, 가난한 자는 더 가난해지고 있고,
- 미국 정부는 부동산 소유자들에게 공정주택법을 따르도록 강요해야 하며,
- 러시아에는 국회의사당 안에서 반대파 정치인의 얼굴을 주먹으로 갈기면서, "난 네 놈이 감옥에서 썩도록 해주겠어! 네 놈 수염을 몽땅 다 뽑고 말겠어!"라고 퍼붓는 영향력 있는 정치지도자가 있다.

그 외에 이 신문에서 너희 "문명화된" 사회에 대해 내게 보여줄 것이 더 있느냐?

저, 여기 A-13면에 '앙골라 내전으로 고통받는 민간인들'이란 제목이 있군요. 부제는 "반란군 점령지에서는 몇천 명의 민간인들이 굶주려도, 반란군 지도자들은 사치스러운 생활"이라고 되어 있군요.

그걸로 됐다. 이해가 간다. 그런데 이게 단 하루치 신문의 기사들이냐?

하루치 신문의 **한 섹션**입니다. 전 아직 A섹션에서 벗어나지 않았습니다.

그래서 내가 다시 한번 너희 세계의 경제, 정치, 사회, 종교 제도들이 **미개하다**고 말하는 것이다. 나는 이것을 바꿀 어떤 일도 하지 않을 것이다. 내가 설정한 이유들 때문에. 내가 너희를 위해 설정한 가장 고귀한 목적, 즉 너희 자신이 창조자임을 깨닫는 체험을 하려면, 너희는 반드시 이런 문제들에서 **자유선택권**과 **자유의지**를 가져야 한다.

그런데 몇천 년의 세월이 지났는데도 너희는 기껏 이 정도밖에 진화하지 못했고, 기껏 이런 것들밖에 창조하지 못했다.

그것이 너희를 화나게 만들지 않는가?

하지만 너희도 한 가지만은 좋은 일을 했다. 너희는 내게 와서 조언을 구했다.

너희 "문명"은 몇 번이나 되풀이해서 신에게 물었다. "우리가 어디서 길을 잘못 들었습니까?" "어떻게 해야 저희가 더 잘할 수 있습니까?" 다른 모든 경우에 너희가 내 조언을 체계적으로 무시해왔다는 사실이 내가 그것을 다시 한번 제안하는 것을 막지는 않는다. 나는 자상한 부모가 그러하듯이, 질문을 받을 때마다 언제나 도움이 될 관찰을 내놓을 것이고, 또한 설령 너희가 나를 무시하더라도 나는 계속해서 너희를 사랑할 것이다.

그래서 나는 이 자리에서 있는 그대로의 현실을 묘사하고 있으며, 너희가 어떻게 해야 더 잘할 수 있는지를 말해주고 있다. 나는 너희가 주의를 기울이길 원하기에, 너희가 어느 정도 분노를 느끼도록 만드는 방식으로 그렇게 하고 있다. 나는 그렇게 해왔다고 생각한다.

당신이 지금 이 책에서 되풀이해서 말했던 종류의 대중적인 의식 변화가 **일어나려면** 어떻게 해야 합니까?

서서히 깎여나가는 일이 벌어지고 있다. 조각가가 최종 조각품의 진정한 아름다움을 창조하고 밝히기 위해 깎아내듯이, 우리는 원치 않는 여분의 인간 체험인 화강암 덩어리를 조금씩 벗겨가고 있다.

"우리라고요?"

너와 내가. 이 책을 적는 우리 작업을 통해서. 그리고 다른 아주 많은 사람들, 모든 사자(使者)가. 작가, 예술가, 텔레비전과 영화 제작자, 음악가, 가수, 배우, 무용수와 선생, 주술사, 정신적 지도자들이. 또 정치가들과 지도자들(그렇다, 이들 중에도 아주 좋은 사람들이 있다, 대단히 진실한 사람들이 있다!), 미국 전역과 전 세계의 거실과 부엌과 뒤뜰의 어머니와 아버지와 할머니와 할아버지가.
너희는 선조들이요, 선발자들이다.
그리고 많은 사람들의 의식이 바뀌고 있다.
네 덕분에.

몇몇 사람들이 예견했듯이 전 세계적인 재난, 엄청난 재앙이 일어납니까? 사람들이 채 귀 기울여 듣기 전에, 지구에 떨어진 거대한 운석 때문에 지구의 지축이 바뀌고 대륙들 전체가 바닷속에 잠기는 일은요? 아니면 우리 모두가 하나임을 깨닫기에 충분한 시야를 갖기 전에, 외계 존재가 찾아와 두려움에 떨게 되는 일은요? 혹은 우리가 한순간의 깨달음으로 새로운 삶의 방식을 찾아내기 전에, 우리 모두가 죽음의 공포에 직면해야 되는 건 아닙니까?

그런 무자비한 사건들은 필요하지 않다. 하지만 일어날 수도 있다.

그런 사건들이 **일어난다는** 겁니까?

너는 제 아무리 신이라도 미래를 예견할 수 있다고 생각하느냐? 내가 너희에게 이르노니, 미래는 창조할 수 있다. 너희가 바라는 대로 미래를 창조하라.

하지만 예전에 당신은 시간의 본질상 "미래"란 건 없다고 하셨습니다. 모든 것은 '찰나의 순간', '지금이라는 영원한 순간'에 일어나는 것이라구요.

그건 사실이다.

그렇다면, 지진과 홍수와 지구를 덮치는 운석들은 "지금 이 순간" 존재하는 겁니까, 아닙니까? 당신은 신이니 **모른다고** 하진 마십시오.

너는 이런 일들이 벌어지길 바라느냐?

물론 아니죠. 하지만 앞으로 일어날 일들 모두가 이미 **일어난** 일이고, 또한 **지금 일어나고** 있는 일이라고 하셨잖습니까?

그건 사실이다. 하지만 '지금이라는 영원한 순간'은 또한 **끝없이 변하는** 것이다. 그것은 모자이크와 같은 것이다. 언제나 존재하지만 끊임없이 변하는 모자이크. 너는 눈을 깜박일 수 없다. 네가 눈을 다시 떴을 때 그것은 달라져 있을 것이기에. 보라! 잘 보라! 알겠느냐? 그것은 거기서 다시 진행된다!

**나는 끊임없이 변한다.**

무엇이 당신을 변하게 만듭니까?

나에 대한 네 견해가! 그 모든 것에 대한 네 생각이 나를 변하게 만든다—**즉석에서.**

**생각**의 힘이 어느 정도인가에 따라 다르지만, 때로는 '전체 All'(신을 말한다 - 옮긴이) 속에서 일어나는 변화가 무척 미세하여 사실상 구별할 수 없는 경우도 있다. 하지만 집중된 생각이나 **집단적 생각**이 있다면, 그때는 **거대한** 충격, 믿을 수 없을 만큼 큰 영향을 미칠 수 있다.

**모든 것은 변한다.**

그렇다면—당신이 말하는 종류의 전 지구적인 대재난은요? 그런 게 일어날 겁니까?

나는 모른다. 일어날 거냐고?

**네가** 결정하라. 잊지 마라, 너희는 **지금** 이 순간 자신의 현실을 선택하고 있다.

전 그런 일이 일어나지 않는 쪽을 선택하렵니다.

그렇다면 일어나지 않을 것이다. 그렇지 않은 경우만 빼고.

우린 다시 이곳으로 되돌아왔군요.

그렇다. 너희는 모순 속에서 사는 법을 배워야 한다. 그리고 너희는 '중요한 것은 아무것도 없다'는 최고의 진리를 이해해야 한다.

**중요한 것은 아무것도 없다고요?**

그것에 대해서는 3권에서 설명할 것이다.

음…… 좋습니다. 하지만 전 이런 문제들을 두고 기다리고 싶지 않은데요.

이미 여기에도 네가 흡수해야 할 것들이 많이 있다. 혼자만의 시간을 좀 가져라. 혼자만의 공간도 좀 가지고.

아직 떠나실 때가 아니지 않습니까? 당신이 제 곁을 떠나는 게 느껴집니다. 당신은 떠날 준비를 하실 때면 언제나 그런 식으로 말씀하셨죠. 몇 가지 다른 문제들에 대해서도 이야기하고 싶은데…… 예를 들면 말이죠, 외계 존재 같은 거요. 그런 게 정말 있나요?

그 문제 역시 사실상 3권에서 다루게 될 것이다.

제발 제게 힌트라도 주십시오. 약간이라도요.

우주의 다른 곳에 지적 생물체가 있는지 알고 싶다고?
물론 있다.

그들도 우리처럼 미개합니까?

일부 생명체들은 더 미개하지. 일부는 덜한 편이고. 그리고 또 다른 일부는 훨씬 더 진보했다.

그런 외계 생명체가 우리를 찾아온 적이 있습니까?

그렇다. 여러 번.

무슨 목적으로요?

조사하러. 때로는 가만히 도와주러.

그들이 어떻게 돕는다는 겁니까?

아, 그들은 이따금 후원해주지. 예를 들면 너희가 지난 75년 동안에 이룬 기술의 진보가 그 이전의 전체 역사 동안에 이룬 것보다 더 크다는 건 너희도 깨닫고 있겠지.

예, 그런 것 같습니다.

너는 CT 촬영에서부터 초음속 비행기, 심장 조절을 위해 너희 몸속에 심는 컴퓨터 칩에 이르기까지 그 모든 것이 전부 인간의 머리에서 나왔다고 생각하느냐?

음…… 당연히 그렇죠!

그렇다면 왜 인간들은 몇천 년 전에는 그런 것들을 생각해내지 못했느냐?

모르겠습니다. 기술이 쓸 만하지 않았겠지요. 제 말은 하나는 다른 하나를 가져온다는 겁니다. 하지만 맨 처음 기술이 없었던 거지요. 그것이 생기기 전에는요. 진화 과정이란 게 본디 그런 것 아닙니까?

너는 이 10억 년 동안의 진화 과정 중에서 지금부터 75년 전과 100년 전 어딘가에서 엄청난 "이해의 폭발"이 일어났다는 게 이상하지 않느냐?

너는 지금 지구에 살고 있는 많은 사람들이 라디오에서 레이더와 전자공학에 이르는 발달을 자신들이 살아 있는 동안에 보았다는 사실이 이상하다고 여겨지지 않느냐?

이런 일들이 갑작스러운 비약을 표현하고 있다는 생각이 들지 않느냐? 어떤 논리적인 경과로도 문제 삼을 수 없을 만큼 거대하고 불균등한 진전을?

지금 무슨 말씀을 하시는 겁니까?

내 말은 너희가 도움을 받았을 가능성에 대해 생각해보라는 것이다.

우리가 기술에서 "도움을 받고" 있다면, 왜 영적으로는 도움을 받지 못하고 있습니까? 왜 이 "의식 변화"와 관련한 지원은 받지 못하는 겁니까?

너는 받고 있다.

제가요?

너는 이 책이 무엇이라고 생각하느냐?

흐음.

게다가 새로운 발상과 새로운 생각과 새로운 개념들이 날마다 너희 앞에 놓이고 있다.

지구 전체의 의식을 바꾸고 영적 자각을 키우는 과정은 느린 과정이다. 시간이 걸리고 엄청난 인내가 필요하다. 몇 생애, 몇 세대에 걸칠 정도로.

그럼에도 너희는 서서히 돌아오고 있으며 천천히 변하고 있다. 변화는 조용히 이루어지고 있다.

그렇다면 당신 말씀은 외계 존재들이 그 면에서도 우리를 돕고 있다는 겁니까?

그렇다. 그들은 지금 너희들 중에 있다. 그들 중의 다수가. 그들은 오랫동안 너희를 도와왔다.

그럼 왜 그들은 자신들을 드러내지 않는 겁니까? 자신들을 밝히는 거요. 그렇게 되면 자신들의 영향력을 두 배는 더 크게 만들 텐데요.

그들의 목적은 그들이 보기에 너희들 대다수가 원한다고 여기는 변화를 창조하는 것이 아니라 그것을 돕는 데 있다. 강요하는 것이 아니라 촉진하는 데 있다.

그들이 자신들의 존재를 드러냈다면, 오로지 그들이 실재한다는 사실이 가진 힘만으로도 너희는 그들에게 크나큰 존경을 부여하고, 그들의 말에 크나큰 무게를 실어주기를 강요받게 되었을 것이다. 하지만 인간 대중 스스로가 자기 나름의 지혜에 이르는 쪽이 더 낫기 마련이다. 내면에서 오는 지혜는 다른 사람에게서 얻는 지혜처럼 쉽사리 버려지지 않는다. 사람은 누구나 자신이 들은 것보다는 자신이 창조한 것에 훨씬 더 오래 매달리기 마련이다.

우리가 그들을 보게 될까요? 이 외계의 방문자들이 진짜 외계인이라는 걸 알 날이 있을까요?

아, 물론이지. 너희 의식이 성장하고 너희의 두려움이 진정되는 날이 올 것이다. 그때가 되면 그들은 너희에게 자신들을 밝힐 것이다.
그들 중의 일부는 이미 그렇게 했다―극소수의 사람들에게만.

요새 와서 점점 더 지지를 받고 있는 견해, 사실 이들은 사악한 존재라는 견해는 어떻습니까? 우리에게 해를 끼치려는 존재들도 있나요?

사람들 중에 너희를 해치려는 사람들도 있느냐?

그럼요, 물론이죠.

이런 존재들 중에서 덜 진화된 일부를 놓고 너희는 그런 식으로 판단할지도 모른다. 그럼에도 내 충고를 잊지 마라. 판단하지 마라. 그 존재의 우주형(型)에서 보면 누구도 적절하지 않은 일을 하는 경우는 없다.

기술에서는 진보했지만 사고방식에서는 그렇지 않은 존재들도 있다. 너희 종족도 다소 그와 비슷하다.

　하지만 이 악한 존재들의 기술이 그렇게 진보했다면, 우리를 파멸시킬 수도 있겠군요. 어떻게 해야 그들을 막을 수 있나요?

　너희는 지금도 보호받고 있다.

우리가요?

　그렇다. 너희에게는 너희 나름의 운명을 살 기회가 주어져 있다. 그 결과를 창조하는 건 너희 자신의 의식이다.

그게 무슨 뜻이죠?

　그건 다른 모든 것에서처럼 여기서도 너희는 너희가 생각하는 것을 얻으리란 뜻이다.
　너희는 너희가 두려워하는 것을 너희에게 끌어당기리라.
　너희가 저항하는 건 지속되고,
　너희가 살펴보는 건 사라진다―원한다면 그것을 다시 한번 재창조할 기회를 너희에게 주기도 하고, 아니면 그것을 너희 체험에서 영원히 제거하기도 하면서.
　너희는 너희가 선택하는 것을 체험한다.

흐음. 제가 살아 있는 동안에는 그런 식으로 될 것 같지 않군요.

너희가 그럴 수 있는 힘을 믿지 못하기 때문이다. 너희는 나를 믿지 못한다.

그다지 쓸모 있는 생각은 아니지요.

확실히 아니지.

# Conversations with God

## 20

왜 사람들은 당신을 믿지 못할까요?

　자신을 믿지 못하기 때문이지.

왜 자신을 믿지 못하는 거죠?

　그렇게 들었고, 그렇게 배웠기 때문이다.

누구한테서요.

　나를 대변한다고 주장하는 사람들에게서.

이해가 안 갑니다. 왜 그렇게 하는 거죠?

왜냐하면 그것이 사람들을 통제하는 한 가지 방식이자 유일한 방식이기에. 너도 알다시피, 너희는 자신을 믿지 말아야 한다. 그렇지 않으면 너희는 너희의 모든 힘을 되찾을 것이다. 그건 도움이 되지 않는다. 지금 권력을 쥐고 있는 사람들에게 그건 전혀 도움이 되지 않는다. 그들은 너희 것인 권력을 쥐고 있다. 그리고 그들도 그 사실을 알고 있다. 그래서 인간 체험에서 가장 큰 두 가지 문제를 이해하고, 그런 다음 해결하려는 세상의 움직임을 막는 게 그들이 계속해서 권력을 쥘 수 있는 유일한 방법이 되는 것이다.

두 가지 문제의 해결이라뇨?

자, 나는 이 책에서 그 문제들에 대해 몇 번이나 되풀이해서 이야기했다. 요약해보면……

세상 문제들과 갈등들, 개인으로서 너희 각자의 문제와 갈등들의 전부는 아니라 해도, 그 대부분은 하나의 사회로서 너희가 다음과 같이 했을 때 풀리고 해결될 것이다.

1. '분리'의 개념을 포기한다.
2. '투명성'의 개념을 받아들인다.

두 번 다시 너희 자신을 서로 분리된 존재로 보지 말며, 내게서 분리된 존재로 보지 마라. 두 번 다시 누구에게든 완전한 진실이 아닌 것을 말하지 말며, 두 번 다시 나에 대한 **너희의** 가장 위대한 진리보다 못한 것을 받아들이지 마라.

첫 번째 것을 선택하면 두 번째 것은 따라 나올 것이다. 너희가 모두와 '하나'라는 사실을 느끼고 이해할 때, 너희는 진실 아닌 것을 말하거나, 중요한 자료를 알리지 않거나, 남들에게 완전히 투명하지 않은 어떤 것일 수 **없다**. 왜냐하면 **그렇게 하는 것이 너희를 가장 이롭게 하는 것임을 너희가 확신할 것이기에.**

하지만 패러다임을 이렇게 바꾸려면, 위대한 지혜와 위대한 용기, 대중의 결단이 필요하다. 두려움이 이 개념들의 심장부를 때릴 것이며, 그 개념들을 틀렸다고 주장할 것이기에. 두려움은 이 장대한 진실들의 핵심을 파먹어들어가, 그것들이 텅 빈 것처럼 보이게 만들 것이다. 두려움은 왜곡하고 멸시하고 파괴할 것이다. 그리하여 두려움이야말로 너희의 가장 큰 적이 될 것이다.

그럼에도 너희는 궁극의 진리, 즉 너희가 남들에게 한 짓이 자신에게 한 짓이며, 너희가 남들을 위해 하지 못한 것이 자신을 위해 하지 못한 것이고, 남들의 고통이 너희의 고통이고, 남들의 기쁨이 자신의 기쁨이어서, 너희가 그중 일부를 부인한다면 너희는 자신을 부인하는 것이라는 궁극의 진리를 지혜로 깨닫고 명백히 하지 않는다면, 또 그렇게 할 때까지는, 여지껏 갈망해왔고 언제나 꿈꿔왔던 사회를 갖지 못할 것이며, 만들어낼 수 없을 것이다. 이제 자신을 되찾을 때가 왔다. 이제 자신을 다시 한번 '참된 자신'으로 **고쳐보고**, 그리하여 다시 한번 자신을 투명하게 만들 때가 왔다. 너희가 투명해질visible 때, 너희와 신의 참된 관계가 투명해질 때, 우리는 나눌 수 없게indivisible 되리

라. 다시는 어떤 것도 우리를 나눌 수 없으리라.

그리하여 설사 앞으로 너희가 다시 분리의 환상 속에서 살면서 그것을 너희 자신을 새롭게 창조하는 도구로 사용하게 되더라도, 너희는 그 환상을 있는 그대로 보면서, 계몽된 육화(肉化)를 경험해갈 것이다. 다시 말해 너희를 기쁘게 해줄 '우리 자신'의 어떤 측면을 체험하기 위해 그것을 즐겁고 기쁘게 사용하겠지만, 그럼에도 더 이상 그것을 실체로 받아들이지 않는 상태에서 계몽된 육화(肉化)를 경험해갈 것이다. 이제는 너희 자신을 새롭게 재창조하기 위해서 망각이라는 방책을 사용할 필요가 없고, 분리를 **의식적으로** 사용하여, 단지 특정 목적과 특정 이유를 위해서만 '분리됨'을 명백히 하는 쪽을 **선택하게** 될 것이다.

그리고 그렇게 해서 너희가 완전히 계몽되면, 즉 다시 한번 빛으로 채워지면, 심지어 너희는 다른 사람들을 일깨우기 위해 물질계로 되돌아가기를 선택할 수도 있다. 너희는 너희 자신의 어떤 새로운 측면을 창조하고 체험하기 위해서가 아니라, 다른 사람들이 볼 수 있는 진리의 빛을 이 환상의 땅에 가져오기 위해서, 이 물질계로 되돌아올 수도 있다. 그렇게 되면 너희는 "빛을 가져오는 자"가 될 것이다. 그렇게 되면 너희는 '깨달음'의 일부가 될 것이다. 이미 이렇게 해온 사람들도 있다.

그들은 '우리가 누구인지' 알도록 도와주기 위해서 이곳에 왔나요?

그렇다. 그들은 계몽된 영혼, 진화된 영혼들이다. 그들은 더 이상 다음 단계의 더 높은 자기 체험을 추구하지 않는다. 그들은 이미 가장 높은 체험을 가졌다. 그들은 이제 오로지 그 체험 소식을 너희에게 가져다주기만을 바란다. 그들은 너희에게 "좋은 소식들"을 가져다준다. 그들은 너희에게 신의 길과 신의 삶을 보여줄 것이다. 그들은 "나는 길이요, 생명이니, 나를 따르라"고 말할 것이다. 그러고 나면 그들은 너희를 위해 신과의 의식적인 합일(合一), 즉 신적 의식이라는 영원히 계속될 영광 속에 사는 것이 어떤 것인지 보여주는 본보기가 될 것이다.

우리는 항상 결합되어 있다. 너희와 나는. **그렇지 않을** 도리가 없다. 그것은 그냥 불가능하다. 너희는 지금도 의식하지 못한 채 그 같은 결합을 체험하면서 살고 있다. 하지만 육체를 지니고 살면서도 '존재 전체'와 의식적으로 결합하고, **궁극의 진리**를 의식적으로 깨달으며, '참된 자신'을 의식적으로 표현할 수 있다. 너희가 이렇게 할 때, 너희는 다른 모든 사람들, 여전히 망각 속에서 사는 다른 사람들을 위한 본보기가 될 것이다. 너희는 살아 있는 깨우치는 자가 된다. 그리고 이렇게 함으로써 너희는 다른 사람들이 망각 속에서 영원히 길을 잃지 않도록 구해준다.

망각 속에서 영원히 길을 잃는 것, 이것이 바로 지옥이다. 하지만 나는 그렇게 되도록 내버려두지 않을 것이다. 나는 단 한 마리 양도 길을 잃게 내버려두지 않을 것이니, 목자를 보내리라……

나는 많은 목자들을 보내리라. 그리고 너 자신도 그들 중 한 명이 되길 선택할 수 있다. 그리고 네가 그들의 선잠에서 영혼들을 깨어나게 할 때, 다시 한번 '자신들이 누구인지' 일깨울 때, 하늘의 모든 천사가 이 영혼들을 위해 기뻐하리라. 한때 잃어버렸던 그들을 이제 다시 찾았기에.

지금 이 순간 우리 지구에도 이 같은 사람들, 신성한 존재들이 있다는 거군요. 제 말이 맞지요? 과거에만이 아니라 지금 이 순간에도요?

그렇다. 그런 사람들은 언제나 있어왔고, 앞으로도 항상 있을 것이다. 나는 너희를 스승도 없이 내버려두지 않을 것이다. 나는 양떼들을 버리지 않을 것이니, 언제나 그 뒤를 이어 내 목자들을 보낼 것이다. 그래서 지금 이 순간에도 너희 행성에는 많은 목자들이 있다. 그리고 우주의 다른 부분들에서도 마찬가지고. 이 존재들은 우주의 어떤 부분들에서 끊임없이 최고의 진리와 교류하고, 최고의 진리를 표현하면서 함께 살고 있다. 이것들이 내가 말한 계몽된 사회들이다. 그것들은 존재하며 그것들은 실재한다. 그리고 그 사회들은 너희에게 그들의 밀사를 보내왔다.

부처와 크리슈나와 예수가 우주인이란 말씀입니까?

그렇게 말한 건 너다. 내가 아니다.

사실입니까?

네가 이런 이야기를 들은 게 이번이 처음이냐?

아니요, 하지만 **진짜로** 그렇습니까?

너는 이 선각자들이 지구로 오기 전에 어딘가에서 존재하다 가 소위 그들의 죽음 이후에 그곳으로 돌아갔다고 믿느냐?

예, 그렇습니다.

그렇다면 너는 그곳이 어디라고 생각하느냐?

저는 지금껏 그곳이 우리가 "천국"으로 부르는 곳이라고 생각해왔 습니다. 저는 그들이 천국에서 왔다고 생각했지요.

그렇다면 너는 이 천국이 어디에 있다고 생각하느냐?

모르겠습니다. 아마도 다른 영역에 있겠죠.

다른 세상?

예…… 아, 알겠습니다. 하지만 저라면 그것을 영적 세계라고 불렀 을 겁니다. 우리가 아는 식의 다른 세상, 다른 행성이 아니라요.

그것은 영적 세계다. 하지만 무엇 때문에 너는 그 영혼들, 그

성령들이 우주의 다른 어딘가에는 살 수 없거나 살려 하지 않으리라고 생각하느냐? 그들이 너희 세상에 왔을 때 그랬듯이 말이다.

저는 그냥 한번도 그런 식으로는 생각하지 않았습니다. 저는 지금까지 이런 문제들을 그런 식으로는 한번도 생각하지 않았습니다.

**"호레이쇼, 이 천지간에는 자네의 지혜로 상상할 수 있는 것보다 더 많은 것들이 있다네."**《햄릿》1막 5장 – 옮긴이)
너희의 멋진 형이상학자, 윌리엄 셰익스피어는 이렇게 썼다.

그렇다면 예수는 우주인이었군요!

나는 그렇게 말하지 않았다.

말해주십시오. 그는 우주인이었습니까? 아닙니까?

내 아들아, 인내를 가져라. 너는 너무 미리 앞서가고 있다. 더 많은 것들이 있다. 훨씬 더 많은 것들이. 우리에게는 적어야 할 또 한 권의 책이 고스란히 남아 있다.

3권을 적을 때까지 기다려야 한다는 말씀입니까?

나는 처음부터 세 권의 책이 있을 거라고 네게 말했고, 네게 약속했다. 1권은 개인 삶의 진실과 도전들을 다루게 될 것이고, 2권은 한 가족으로서 이 행성에서의 삶의 진실들을 논의할 것이며, 그리고 3권에서는 영원한 의문들과 관계된 가장 큰 진실들을 포괄할 것이라고. 이 3권에서 우주의 비밀이 밝혀질 것이다.

그렇지 않은 경우만 빼고.

오, 맙소사, 제가 이보다 훨씬 더한 것들을 받아들일 수 있을지 모르겠습니다. 제 말은 당신이 늘 표현하듯이, "모순 속에서 사는" 데 정말로 지쳤다는 겁니다. 저는 그것이 그냥 그것이길 바랍니다.

**그렇다면 그렇게 될 것이다.**

그렇지 않은 경우만 빼고요.

**바로 그거다! 바로 그거야! 네가 이해했어!** 이제 너는 '신성한 이분법'을 이해하고 있다. 이제 너는 그림 전체를 보고 있다. 이제 너는 그 계획을 이해하고 있다.

**지금까지 존재했고, 지금 존재하며, 앞으로 존재할 모든 것,** 그 모두가 언제나 **바로 지금 존재할 것이다.** 그리하여 존재하는 전체는…… '존재한다'. 하지만 '존재하는' 전체는 계속해서 변화한다. 삶이란 계속되는 창조 과정이기에. 따라서 대단히 현실적인 의미에서 '존재하는' 것은 '존재하지 않는다'.

이 '있음'은 '결코 똑같지 않다'. 다시 말해 '있음'은 '없다'.

찰리 브라운(미국 만화가 찰스 슐츠의 만화 주인공 — 옮긴이)에겐 미안하지만, **맙소사입니다.** 그렇다면 어떻게 어떤 것이 어떤 것을 뜻할 수 있습니까?

**그건 그렇지 않다.** 하지만 너는 이번에도 앞서가고 있다! 때가 올 것이다. 내 아들아, 이 모든 것을 이야기하기에 좋은 때가. 3권을 읽고 나면 이것들 말고 더 큰 신비들도 이해될 것이다. 이제 모두를 다…… 그렇지……

'그렇지 않은 경우만 빼고요.'

맞았다.

좋습니다, 좋아요…… 됐습니다. 하지만 이따금씩, 혹은 이 책들을 읽지 못하는 사람들이 그 문제를 놓고 당장 그 자리에서, 바로 그 순간에 지혜로 돌아가고, 명확성으로 돌아가며, 신에게로 돌아가려 할 때 어떤 길을 택하면 됩니까? 우리는 종교로 되돌아가야 하나요? 그게 빠진 고리입니까?

영성(靈性)으로 돌아가라. 종교에 대해서는 잊어버려라.

그런 주장은 많은 사람들을 화나게 만들 것입니다.

사람들은 이 책 전체를 분노로 대할 것이다…… 그렇지 않은 경우만 빼고.

왜 당신은 종교를 잊으라고 말씀하시는 겁니까?

　그것이 너희에게 좋지 않기 때문이다. 조직된 종교가 성공하려면, 사람들이 그것을 필요하다고 믿게 만들어야 한다. 하지만 사람들이 다른 어떤 것을 믿으려면, 그들은 먼저 자신에 대한 믿음을 잃어야 한다. 그러니 조직된 종교의 첫째 과제가 너희 자신에 대한 믿음을 잃게 만드는 것이다. 두 번째 과제는 너희가 지니지 않은 대답을 **종교가** 지니고 있다고 여기게 만드는 것이고, 세 번째이자 가장 중요한 과제는 너희가 그것의 대답을 아무 의문 없이 받아들이도록 만드는 것이다.

　의문스러워할 때, 너희는 생각하기 시작한다! 생각하기 시작하면 너희는 '내면의 원천'으로 돌아가기 시작한다. 종교는 너희가 그렇게 하도록 내버려둘 수 없다. 자칫하면 종교가 고안해 낸 것과 다른 대답에 너희가 직면할 수 있기 때문이다. 그래서 종교는 너희가 자신을 의심하도록 만들어야 한다. 거침없이 생각할 수 있는 너희 자신의 능력을 의심하도록.

　종교가 부딪치는 문제는 이것이 너무 자주 불리한 결과를 낳는다는 데 있다. 만일 너희가 의심 없이는 자신의 생각을 받아들일 수 없다면, 너희는 종교가 주는, 신에 대한 새로운 발상 역시 의심할 수밖에 없지 않겠느냐?

　그리하여 얼마 안 가 너희는 역설적이게도 이전에는 한번도 의심하지 않았던 내 존재까지도 의심한다. 너희가 **직관의 깨달**

**음**에 따라 살던 시절에는, 나를 전혀 그려내지 못한다 할지라도 내가 존재한다는 것은 명확히 알고 있었거늘!

**불가지론자들을 만들어낸 건 종교다.**

종교가 해온 일을 찬찬히 살펴본 명석한 사상가라면 누구라도 종교에는 신이 없다고 가정해야 하리라. 한때는 인간이 그 가장 눈부신 광채에 휩싸인 '존재'를 사랑하던 그 자리에, 인간의 가슴을 신에 대한 두려움으로 가득 채운 것이 종교이기에.

신 앞에 머리 숙여 절하도록 명령한 것도 종교다. 한때는 인간이 기쁨에 찬 뻗침으로 뛰어오르던 그 자리에.

신이 분노할지 모른다는 걱정을 인간에게 짐지운 것도 종교다. 한때는 인간이 자기 짐을 가볍게 하려고 신을 찾던 그 자리에.

인간에게 자기 몸과 그 몸의 가장 자연스러운 기능들을 부끄러워하라고 말했던 것도 종교다. 한때는 인간이 그런 기능들을 삶의 가장 큰 선물로 찬양하던 그 자리에.

너희가 신에게 이르려면 중개자를 가져야 한다고 가르친 것도 종교다. 한때는 너희가 삶을 선하고 진실되게 살기만 하면 직접 신에게 이를 수 있다고 생각했던 그 자리에.

그리고 인간들에게 신을 받들라고 **명령한** 것도 종교다. 한때는 인간들이 그렇게 하지 **않기란** 불가능하기에 신을 받들었던 그 자리에!

어디에서나 종교는 자신이 신의 **대립물**인 부조화를 만들어내고 있음을 경험했다!

종교는 인간을 신에게서, 인간을 인간에게서, 남자를 여자에게서 분리하여—실제로 몇몇 종교들은 신이 인간보다 뛰어나다고 주장하듯이 남자가 여자보다 **뛰어나다**고 말하고 **있다**—인류의 절반에게 지금껏 떠맡겼던 역할들 중에서 가장 큰 익살극을 위한 무대를 설치해왔다.

내가 너희에게 이르노니, 신은 인간보다 뛰어나지 않고, 남자는 여자보다 뛰어나지 않다. 그것은 "사물의 자연질서"가 아니다. 그것은 권력을 가진 사람들(즉 남자들) 모두가 남성 숭배 종교를 만들어냈을 때 원했던 방식일 뿐이다. 그 "신성한 경전"의 최종판에서 자료의 반을 체계적으로 잘라내고, 그 나머지를 그들의 남성 중심 세계상이라는 주형에 맞게 뒤틀어 남성 숭배 종교를 만들어냈을 때.

**오늘날까지도,** 어쨌든 여자는 더 열등하며, 어쨌든 하위 등급의 영적 시민이고, 어쨌든 신의 말을 가르치고 신의 말을 설교하는 목회자가 되기에는 "적합하지" 않다고 주장하는 것이 종교다.

애들처럼 너희는 아직도 어느 성(性)을 내 사제로 삼을지 정한 것이 나라는 억지를 부리고 있다.

너희에게 이르노니, 너희 모두가 다 사제들이다. 너희 한 사람 한 사람 모두가.

다른 사람보다 내 일을 하기에 더 "적합하지" 못한 사람이나 계급은 없다.

하지만 너희 남자들 중 다수는 너희 국가들과 아주 흡사하다. 권력에 굶주려 있는 그들은 권력을 함께 나누고 싶어하지 않는다. 그냥 행사하기만 바란다. 그래서 그들은 자신들과 똑같은 종류의 신을 고안해냈다. 권력에 굶주린 신. 권력을 함께 나누지는 않고, 그냥 그것을 행사하기만 바라는 신. 그러나 너희에게 이르노니, 신의 가장 큰 선물은 신의 권능을 함께 나누는 것이다.

**나는 너희를 나처럼 만들 것이다.**

하지만 우리가 당신처럼 될 순 없어요! 그건 신에 대한 불경입니다.

불경이란 건 너희가 그렇다고 배워온 것이다. 너희에게 이르**노니, 너희는 신의 형상대로 신과 닮은꼴로 만들어졌다. 너희가 이곳에 온 것은 이 운명을 완수하기 위해서다.**

너희는 애쓰고 투쟁하고 결코 "그곳에 이르지" 못하기 위해서 이곳에 오지 않았다. 더구나 나는 너희가 완수할 수 없는 임무를 너희에게 지우지도 않았다.

신의 선함을 믿고, 신이 만든 창조물인 신성한 너희 자신을 믿어라.

당신은 이 책 앞부분에서 제 관심을 끄는 이야기를 하셨던 적이 있습니다. 이제 책이 다 끝나가는 마당이긴 하지만, 그 대목으로 다시 돌아가고 싶군요. 당신은 "절대권력은 절대로 아무것도 요구하지 않는다"고 하셨지요? 이건 신의 본성을 말하는 겁니까?

이제야 네가 이해했구나.

나는 "신은 모든 것이고, 무엇이든 된다. 신이 아닌 것은 아무것도 없다. 그리고 신은 자신에 대해 체험하는 모든 것을 너희에게서, 너희로서, 너희로 하여 체험한다"고 말했다. 내 가장 순수한 형태에서 나는 '절대자'다. 나는 '절대 전부'이며, 따라서 나는 절대로 아무것도 필요하지 않고 원하지 않으며 요구하지 않는다.

　나는 너희가 이 절대로 순수한 형태를 가지고 만들어내는 대로의 존재다. 그것은 마치 너희가 마침내 신을 보고 "자, 이렇게 하면 어떻습니까?"라고 말하는 것과 같다. 하지만 너희가 나를 어떻게 생각하든지 간에, 나는 '내 가장 순수한 형태'를 잊을 수 없으며, 항상 그것으로 되돌아갈 것이다. 그 나머지 모두는 허구다. 그것은 너희가 **지어내고 있는** 것이다.

　나를 질투하는 신으로 만들려는 사람들이 있다. 하지만 '모든 것'을 갖고 있고 '모든 것'일 때, 도대체 누가 질투하겠는가?

　나를 분노하는 신으로 만들려는 사람들이 있다. 하지만 어떤 것도 나를 다치거나 위태롭게 할 수 없을 때, 도대체 무엇으로 나를 화나게 만들겠는가?

　나를 복수하는 신으로 만들려는 사람들이 있다. 하지만 존재하는 모든 것이 나일 때, 내가 누구에게 복수하겠는가?

　그리고 왜 내가 단지 창조한다는 이유만으로 나 자신을 벌하겠는가? 설혹 너희가 우리를 분리된 존재로 생각한다 하더라도, 왜 나는 너희를 창조하고, 너희에게 창조할 힘을 주고, 너희에게 너희가 체험하고 싶은 것을 창조할 자유선택권을 주고, 그런 다음 "잘못된" 선택을 했다고 해서 너희를 영원히 벌하겠는가?

너희에게 이르노니, 나는 그 같은 일을 하지 않을 것이다. 그리고 바로 이 진실 속에 너희가 신의 압제에서 벗어날 수 있는 자유가 있다.

사실 압제는 없다. 너희의 상상을 빼고는.

너희가 원하면 언제라도 너희는 집으로 돌아올 수 있다. 너희가 원하면 언제라도 우리는 다시 함께 있을 수 있다. 너희와 나의 합일(合一)이 가져다주는 황홀경을 다시 식별하는 일은 너희 몫이다. 떨어지는 모자에서, 네 얼굴을 스치는 바람에서, 여름밤 반짝이는 밤하늘 밑에서 우는 귀뚜라미 소리에서.

맨 처음 본 무지개와 갓 태어난 아기의 맨 처음 울음소리에서. 장엄한 일몰의 마지막 빛과 장엄한 삶의 마지막 숨결에서.

나는 시간이 끝나는 마지막 순간까지, 언제나 너희와 함께 있을 것이다. 너희와 나의 합일은 완벽하다. 그것은 언제나 그러했고, 언제나 그러하며, 언제나 그러할 것이다.

너희와 나는 하나다. 지금도, 그리고 앞으로도 영원히.

이제 가라, 가서 너희의 삶이 이 진실을 진술하는 것이 되게 하라.

너희의 낮과 밤들이 너희 내면에 있는 가장 고귀한 관념의 반영이 되게 하라. 너희의 '지금' 순간들이 신이 너희를 통해 명백하게 드러낸 장엄한 황홀경으로 가득 차게 하라. 너희가 만나는 모든 사람에게 영원하고 조건 없는 사랑을 표현하는 것으로 그렇게 하라. 어둠 속의 빛이 되라. 그러나 어둠을 저주하지는 마라.

빛을 가져오는 자가 되라.

네가 바로 그런 사람이다.

그러니 그렇게 되라.

Conversations with God

신과 나눈 이야기

book 3

지구상의 다른 어떤 사람보다
내게 더 많은 것을 주고
나를 더 많이 가르쳐준
내 가장 친한 친구이자, 친애하는 동료이고,
정열적인 연인이자, 멋진 아내인

**낸시 플레밍-월쉬**에게
이 책을 바친다.

당신으로 하여 나는
내 최고의 꿈이 실현되는 축복을 받았고,
내 영혼은 다시 노래 부르게 되었소.
당신은 내게 기적처럼 사랑을 펼쳐 보여주었고,
나를 나 자신으로 되돌려주었소.

나는 내 가장 큰 스승인 당신에게 약소하나마
이 책을 바치오.

# 감사의 말

언제나처럼 나는 가장 먼저 내 가장 좋은 친구, 신에게 감사한다. 그리고 언젠가는 모든 사람이 신과 친구가 되기를 바란다.

다음으로 나는 내 인생의 멋진 동반자인 낸시에게 감사와 헌사를 올린다. 낸시가 내게 해준 그 모든 일을 생각하면 내 감사의 인사말은 정말 약소하기 그지없다. 사실 나로서는 그녀가 얼마나 내게 놀라운 존재인지 표현할 방도가 없다. 그냥 그녀가 없었다면 내 작업은 불가능했으리란 말밖에는.

다음으로 나는 햄튼로드 출판사의 발행인 로버트 S. 프리드먼에게 감사한다. 그는 1995년 대중에게 이 자료를 처음으로 공개하면서 《신과 나눈 이야기》 3부작을 출판하는 용기를 보여주었다. 다른 네 개 출판사에서 거절당했던 이 원고를 받아들이겠다는 그의 결정이 몇백만 명의 삶을 바꾼 것이다.

그리고 나는 이 마지막 헌사에서 조너선 프리드먼이 이 책의 출판 과정에서 보여준 크나큰 도움에 대해 감사하지 않을 수 없다. 그의 명확한 비전과 강렬한 목적의식, 깊이 있는 영적 이해, 끝없이 샘솟는 열정, 그리고 그 대단한 창의력이야말로 이 3부작이 만들어지고 서점의 책장에 꽂히는 과정을 현실화해준 힘이었다. 그는 또한 《신과 나눈 이야기》의 발간 시기와 디자인을 결정해주었다. 그의 헌신 덕에 책이 아무 문제 없이 첫선을 보이게 되었다. 아마 《신과 나눈 이야기》를 사랑하는 독자라면 그 누구나 나처럼 조녀선에게 빚을 지고 있다고 해도 과언이 아닐 것이다.

나는 또 처음부터 이 프로젝트를 추진해가는 데 지치지 않는 열정을 보여준 매튜 프리드먼에게도 감사를 전하고 싶다. 디자인과 제작에서 그의 공동 창조 노력의 가치는 말로 다 할 수 없을 정도다.

마지막으로 나는 자신의 저작들로 미국과 세계의 철학적 영적 지도를 크게 바꾸면서, 그런 결단이 불러온 압력과 사적인 의미에 굴복하지 않고 더 큰 진리를 말하는 데 헌신해온 몇몇 저자와 교사들에게 감사한다.

조앤 보리센코, 디팩 초프라, 래리 도시 박사, 웨인 다이어 박사, 엘리자베스 퀴블러-로스 박사, 바버라 막스 허버드, 스티븐 레빈, 레이먼드 무디 박사, 제임스 레드필드, 버니 시겔 박사, 브라이언 와이스 박사, 매리앤 윌리엄슨, 게리 주커브 등 이제 나 개인적으로 직접 알게 되고 깊이 존경하게 된 이들 모두에게 감사와 찬사의 말을 전한다.

이들은 우리 시대에 길을 보여주는 이들이고, 길을 찾아낸 이들이다. 내가 조금이라도 영원한 진리의 공공연한 선언자로서의 여행을 시작할 수 있었던 것은 이들이 그것을 가능하게 해놓았기 때문이다. 그

들의 삶은 우리 모두의 영혼이 빛으로 충만함을 증거해주었다. 그들
은 내가 이야기로만 했던 것을 몸으로 증명했다.

# 머리말

인류의 문명사에서 삶의 가장 큰 문제들에 대한 해답을 지금보다 더 간절히 바랐던 시기는 일찍이 없었다.

지금은 삶의 모든 것이 뒤죽박죽인 것 같고, 모든 것이 엉망진창인 것 같다. 재미있는 사실은 세상이 "마땅히 되어야 하는" 식으로 되어 있지 않고, 우리가 그렇게 하기로 되어 있는 방식으로 삶을 살고 있지 않다는 걸 우리가 잘 알고 있다는 점이다. 하지만 우리는 어떻게 해야 세상이 "제자리를 찾을 수 있는지" 모른다. 그래서 우리는 답을 탐구하고 해결책을 탐구한다. 우리는 서로를 탐구하고 자신을 탐구하며 신을 탐구한다.

《신과 나눈 이야기》 시리즈가 가져다주는 선물을 그토록 심오한 것으로 만드는 이유가 바로 이것이다. 왜냐하면 경이로운 세 권의 책으로 이루어진 이 시리즈는 우리의 질문들에 대해 답을 주고 있기 때문이다. 물론 이 답들이 유일한 답은 아니다. 그렇다고 가장 훌륭한 답이라고 주장하는 것도 아니다. 그럼에도 이 답들은 새로운 영성에 관해 숨 막힐 만큼 경이로운 윤곽을 제시할 뿐 아니라, 인생의 가장 큰 질문들을 더 깊이 탐구해볼 수 있는 경이로운 시작점을 제공한다. 게다가 그 대화 자체가 가지는 본질 덕분에, 이 책들은 영성이 해야 마땅한, 하지만 대다수 종교들이 하지 않았던 더 진전된 탐구를 하도록 북돋운다.

본래 《신과 나눈 이야기》 3부작 중 마지막 권인 이 책은, 삶의 모든 측면에 대한 놀라운 설명으로 이 탐구 과정에 강력한 자극제를 제공한다. 이 책을 놓고 아무런 이의도 제기하지 않는 사람은 아마 거의 없을 것이다. 그건 좋은 일이다. 왜냐하면 세상이 지금 당장 사용할 수 있는 것은, 현재 세상을 지배하고 있는 믿음에 대한 직접적인 도전이기 때문이다.

나는 확신한다. 만일 인류 대다수가 신과 삶에 대해 지금 믿고 있는 대로 계속해서 믿는다면 인류는 악몽 같은 방식으로, 십중팔구 결국에는 자멸을 불러오는 방식으로 자신의 역사를 바꾸고 말리라고. 그것은 바로 신과 삶에 대한 우리의 기존 믿음이 생명을 지속시키는 것이 아니기 때문이다.

생명을 지속시키는 것은 저절로 평화와 기쁨과 조화를 낳는다. 하지만 인류의 기존 믿음은 전혀 그렇지 않다. 여기서 주목할 것은, 우리 모두가 이 점을 알고 있지만, 이와 관련해 기꺼이 뭔가를 하고자 하는 사람은 소수에 불과하다는 사실이다. 나는 여러분이 그 소수 중 한 사람이라고 여긴다. 그렇지 않다면 여러분은 지금 이 책을 보고 있지 않을 테니 말이다. 설사 여러분이 이 책을 그냥 흘낏 보기만 했더라도, 그건 여러분의 마음이 대다수 사람들은 아직 고려하지 못하는 가능성을 향해 열려 있음을 의미한다.

이 책은 용감한 사람을 위한 것이지, 소심한 사람을 위한 것이 아니다. 이 책은 조심성 많은 사람을 위한 것이 아니라 용기 있는 사람을 위한 책이다. 이 책은 근시안인 사람이 아니라 원시안인 사람을 위한 것이다. 왜냐하면 이 책은 사랑이 모든 물음에 대한 답인 세상, 신학이 신에 대한 두려움을 자신의 토대로 삼기를 완전히 포기하는 세상, 서로에 대한 두려움을 절대로 경제, 정치, 사회 계약의 근거로 삼지 않는 세상을 그리고 있기 때문이다.

이 책에는 고도로 진화한 존재들과 고도로 진화한 사회들에 대한 묘사가 담겨 있다. 이것은 우리 인류 문명이 스스로를 재조직하여, 인류의 가장 고귀한 목표들을 이루고 인류의 가장 원대한 꿈을 마침내 이룰 수 있도록 해주는 멋진 시작 제안들이다.

그러니 이 책을 잡고 꼼꼼하게 읽어라. 그런 다음 한번 더 읽어라. 그리고 다시 한번 더. 그 내용을 흡수하고, 그 지혜를 숙고하라. 진리는 자신 안에 있다는 그 신성한 비밀과 여러분 삶의 방향과 인간 역사의 방향을 바꾸기 위해 여러분에게 필요한 그 모든 권능을 단단히 움켜잡아라.

만일 인간의 역사가 방향 수정을 할 수 있다면, 지금이 바로 그때다. 우리는 어디로 향하고 있는가? 이제 막 헤쳐나온 것들을 더 많이 불러오는 쪽으로 가고 있는 건 아닌가? 더 많은 분쟁과 더 많은 분노와 더 많은 폭력과 더 많은 살해 쪽으로 가고 있는 건 아닌가? 소수의 사람들은 흥청망청 방탕하게 사는 반면 대다수 사람들은 더 큰 고통과 더 심한 가난에 쪼들리는 쪽으로 가고 있는 건 아닌가? 우리가 만들어낸 체계들이 하나씩 하나씩 계속해서 망가지면서 더 심각한 기능 장애와 혼란 쪽으로 가고 있는 건 아닌가?

이런 질문들이 현 시기에 대한 우리의 물음이 되게 하자. 그런 다음 답이 여러분을 통해, 여러분 자신의 답변으로 나오게 하자. 그런 다음 지금껏 여러분이 '자신'에 대해 지녔던 가장 위대한 전망의 가장 웅대한 다음 버전으로 여러분 자신과 여러분의 세계를 새롭게 재창조하는 일에, (여러분이 이 책을 가지고 해왔던 것처럼) 여러분이 사용할 수 있는 모든 자원과 소유한 모든 도구, 발휘할 수 있는 모든 통찰력, 여러분이 끌어낼 수 있는 모든 지혜를 사용하라.

여러분이 기도하는 기적이 되라. 여러분이 구하는 능력이 되라. 여러분이 갈망하는 사랑이 되라. 그리고 여러분이 보고자 하는 변화가 되라.

그렇게 되라.

여러분이 이 세상에서 구하고자 하는 모든 것이 되라. 그리고 여러분이 바라는 모든 것을 여러분은 항상 갖고 있었지만, 단지 여러분이 그것을 포기하기 전까지는 체험할 수 없었다는 사실을 깨닫고, 마침내 여러분의 구함을 끝내라.

이제 이 모든 것, 아니 그 이상을 기억하는 수단으로서《신과 나눈 이야기》3권(딱 알맞은 이 순간에 여러분이 여러분에게 불러온 책)의 여행을 시작해보자. 이제 나와 함께 이 책이 처음으로 인류에게 주어졌던 순간으로 되돌아가보자. 과거 어느 때보다 더 쓸모가 많은 그 지혜를 이 순간 여러분에게 선물한 건 바로 여러분 자신이라는 사실을 음미하면서.

닐 도날드 월쉬

2003년 7월

오리건 주 애슐랜드

# Conversations with God

# 1

오늘은 1994년 부활절이다. 나는 지시받은 대로 지금 손에 펜을 들고 신을 기다리고 있다. 신은 지난 두 번의 부활절에 그랬듯이, 1년여에 걸쳐 이루어질 또 한번의 대화를 시작하기 위해 이 자리에 나타나겠노라고 약속했다. 세 번째이자 마지막인 이번의 대화를 위해.

1992년부터 시작된 이 과정, 이 놀라운 교류는 1995년 부활절 무렵이면 끝나기로 예정되어 있다. 그렇게 되면 3년간에 걸쳐 세 권의 책이 완결되는 것이다. 그중 첫 번째 책에서는 주로 개인적인 문제들, 연인 관계, 자신에게 맞는 일 찾아내기, 돈과 사랑과 섹스와 신이라는 강력한 에너지들과, 이 에너지들을 우리의 일상 삶 속에서 어떻게 소화시킬지를 다룬 반면, 둘째 권에서는 이런 주제들을 더 넓혀서 주요한 지정학적 고찰들, 즉 정부의 성격과 전쟁 없는 세상 만들기, 국제사회의 통일을 위한 토대 놓기 따위로 뻗어갔다. 그리고 나는 3부작의 마지막 부분인 이 세 번째 책은 인간이 마주한 가장 큰 문제들에 초점을 맞추게 될 것이라고 들었다. 다른 영역들, 다른 차원들을 다루는 개념들과 그 복잡한 전체 짜임이 어떻게 서로 얽혀 있는가에.

따라서 이 책들은 다음 세 단계를 밟고 있다.

개인 차원의 진리

지구 차원의 진리

우주 차원의 진리

처음 두 원고의 경우, 나는 그것들이 어떻게 진행될지 아무 생각이 없었다. 원고를 쓰는 절차는 간단하다. 먼저 펜을 들고 종이에 질문을 적은 다음, 마음에 무슨 생각이 떠오르는지 살핀다. 아무 생각도 떠오르지 않으면, 다시 말해 내게 아무런 말도 제시되지 않으면, 다음 기회가 올 때까지 모든 걸 치워버린다. 1권의 원고를 완성하는 데는 대략 1년 정도가 걸렸고, 2권은 1년 이상이 걸리고 있다(2권 원고는 이 3권을 시작하는 지금까지도 끝나지 않고 있다).

나는 그중에서도 이 세 번째 원고가 가장 중요한 것이 되길 기대하고 있다.

이 일이 시작된 이후 처음으로, 나는 이런 식의 절차에 강한 자의식을 느끼고 있다. 위의 첫 네다섯 단락을 쓴 지가 벌써 두 달 전이다. 부활절 이후로 두 달이 지났지만 내게는 아무것도 떠오르지 않는다. 자의식을 빼고는 아무것도.

나는 지난 몇 주일을 이 3부작 중 식자화된 1권 원고를 다시 살펴보고 잘못된 부분을 고치는 데 보냈다. 그리고 이번 주에 와서야 비로소 1권의 마지막 교정본을 받았지만, 고쳐야 할 곳이 43군데나 있어 다시 수정하도록 출판사로 돌려보내야 했다. 그러는 사이 지난주에야 드디어 두 번째 책이 끝났다. 본래 "예정 시간"보다 두 달 늦게(이것은 1994년 부활절에 끝맺기로 되어 있었다). 이 2권은 아직 식자화되지 않은 수기 상태의 원고로 있다.

2권이 채 끝나지 않은 상태에서 금년 부활절에 시작된 이 3권은 그때 이후 계속해서, 자신에게 신경을 좀 써달라는 비명을 지르면서 방치되어왔다.

그런데 이 모든 일이 시작된 1992년 이후 처음으로, 나는 이 과정에 화를 낸다고까지는 못해도 어쨌든 거부감을 느끼고 있다. 숙제에 얽매인 것처럼 느끼는 것이다. 사실 나란 인간은 지금까지 **해야** 한다고 주어진 일 치고 좋아하면서 해본 적이 한번도 없다. 게다가 1권의 미수정 원고를 몇몇 사람에게 돌려 읽게 하여 그들의 반응을 듣고 난 지금, 나는 이 세 권 모두가 앞으로 몇십 년 동안 많은 사람들에게 읽혀져 세세히 검토되고, 신학과의 상관성이 분석되고, 격렬한 토론 대상이 되리란 걸 확인할 수 있었다.

이런 이유들 때문에 나는 그동안 이 펜을 친구로 여기면서 3권 원고에 접근하기가 무척 힘들었다. 이 원고가 완결되어야 한다는 건 알지만, 감히 이런 정보를 세상에 내민 데 대해―이것을 감히 신이 내게 직접 보내준 것이라고 선언한 데 대해서는 말할 것도 없고―사람들이 퍼부을 무자비한 공격과 경멸, 나아가 증오에 나 자신을 노출시키고 있음도 알기 때문이다.

그중에서도 내가 느끼는 가장 큰 두려움은, 지금까지의 내 삶과 내 행동을 특징지어온 그 끊임없는 실수와 비행(非行)들을 놓고 볼 때,

신의 "대변자"가 되기에는 아무래도 부적절하고 부적합한 인물이 나란 사람임이 드러나는 데 있다 할 것이다.

전처(前妻)들과 내 자식들을 포함하여 예전에 나를 알았던 사람들은 누구라도 앞장서서 이 글들을 부정할 충분한 권리가 있다. 남편과 아버지라는 그 간단한 기본 역할들에서조차 내가 얼마나 미숙하고 불성실한 인간이었는지를 생각한다면 말이다. 나는 이 측면에서는 말할 것도 없고, 자상함과 진솔함, 근면, 책임감 따위와 관련된 삶의 다른 측면들에서도 비참할 정도로 실패했다.

간단히 말해 나는 자신을 신의 사람, 혹은 진리의 전달자로 내세울 수 없다는 것, 내게는 그런 자격이 없다는 것을 너무나 잘 알고 있다. 사실 나는 절대 그런 역할을 맡을 수 있는 사람이 아니다. 아니, 그런 역할을 맡는다고 가정할 수조차 없는 사람이다. 내 삶 전체가 내 나약함을 증거하는 마당에, 감히 진리를 말한다고 가정함으로써 나는 진리를 손상시키고 있다.

그러니 제발, 신이시여, 청컨대 당신 필경사로서의 의무에서 절 벗어나게 해주십시오. 그리고 제발 그런 영예를 받을 만한 방식으로 살아가는 다른 사람을 찾아내십시오.


나는 우리가 여기서 시작한 일을 마쳤으면 싶다. 물론 네가 꼭 그래야 한다고 강제하지는 않겠지만. 네가 나한테나 다른 사람한테 져야 하는 "의무" 따위는 없다. 그런 네 사고방식이 네게 많은 죄의식을 불러왔다는 건 이해가 가지만 말이다.

저는 제 자식들까지 포함해서 사람들을 저버렸습니다.

네 삶에서 일어난 일 모두가, 너나 너와 관련된 영혼들이 성장하기 위해서 필요했고 원했던 바로 그 방식으로, 너희가 성장할 수 있도록 하기 위해 일어났던 완벽한 사건들이다.

뉴에이지 사람들이 자기 행동에 대한 책임을 면하고, 불쾌한 결과들을 회피하려 할 때, 완벽한 "출현"이라고 내세우는 게 그런 거죠.

전 거의 항상 이기적으로 살았던 것 같습니다. 믿기 힘들 정도로 이기적이었죠. 다른 사람들에게 미칠 영향 같은 건 생각하지도 않고 나를 기쁘게 하는 일들만 하면서요.

자신을 기쁘게 하는 일을 하는 데 잘못된 건 없다……

하지만 무척 많은 사람들이 상처 입고 버림받았습니다.

무엇이 너를 가장 기쁘게 하는가라는 물음만 있을 뿐이다. 내 보기에 너는, 지금 너를 가장 기쁘게 하는 건 남에게 거의 혹은 전혀 상처 입히지 않는 처신이라고 말하는 것 같은데.

그건 부드럽게 표현한 거구요.

부드럽게가 아니라 일부러 그렇게 표현했다. 너는 자신에게 관대해지는 법을 배워야 한다. 자신을 심판하는 짓도 그만두고.

그게 힘듭니다. 특히나 다른 사람들이 나를 심판할 만반의 준비를 다 갖춘 상황에서는요. 저는 진리인 당신에게 무척 곤혹스러운 요소가 되리라는 예감이 듭니다. 이 3부작을 완결하고 출판하는 일을 제가 계속하다가는 당신의 메시지와 전혀 어울리지 않는 대리인인 나 때문에 메시지 자체를 불신하게 만들고 말리라는 예감 말입니다.

네가 진리를 불신하게 만들 순 없다. 진리는 그냥 진리일 뿐이니, 그것은 증명될 수도 논박될 수도 없다. 그것은 그냥 있는 것이다.

내 메시지의 경이로움과 아름다움은 사람들이 너를 어떻게 생각하는가에 영향받지 않을 것이고, 영향받을 수도 없다.

사실 너는 가장 좋은 대리인 중 한 사람이다. 네가 이른바 불완전한 방식으로 삶을 살아왔다는 점에서.

사람들은 네게 자신을 빗대볼 수 있다. 그들이 너를 심판할 때조차도. 그리고 그런 사람들일수록 네가 참으로 진지하다는 걸 알고 나면, 네 "지저분한 과거"까지도 용서해줄 수 있다.

하지만 네게 말하노니, 여전히 남이 자신을 어떻게 생각할지 염려하는 한, 너는 그 사람들의 것이다.

자기 외부에서 어떤 인정(認定)도 구하지 않을 때, 그때서야 비로소 너는 너 자신의 주인일 수 있다.

제가 염려하는 건 나 자신이 아니라 메시지입니다. 당신의 메시지가 손상될까봐 염려스러운 거죠.

만일 메시지가 걱정된다면, 그것을 밖으로 몰아내라. 그것이 손상될까봐 걱정하지 마라. 메시지 스스로가 이야기할 테니.

내가 가르쳐준 것을 기억하라, 메시지를 얼마나 잘 받아들이는가는 그것을 얼마나 잘 보내는가 만큼 중요하지 않다.

그리고 잊지 마라, 너희는 자신이 배워야 할 것을 남에게 가르치는 법이다.

완벽을 이야기하자고 굳이 완벽해져야 하는 건 아니고,

깨달음을 이야기하자고 굳이 깨달아야 하는 건 아니며,

가장 높은 진화를 이야기하자고 굳이 가장 높이 진화해야 하는 건 아니다.

다만 진심이길 구하고, 진지하길 힘써라. 자신에게서 비롯되었다고 여기는 모든 "상처"를 되물리고 싶다면, 그렇다는 걸 네 행동으로 보여줘라. 네가 할 수 있는 일을 하고, 그런 다음 그것이 알아서 하도록 놔둬라.

말하긴 쉬워도 행하기는 어려운 게 그런 겁니다. 이따금 전 심한 죄의식을 느낍니다.

죄의식과 두려움이야말로 인간의 유일한 적이다.

죄의식은 중요합니다. 우리가 잘못했던 때가 언젠지 말해주니까요.

네게 도움되지 않는 것, '자신이 누구고 누가 되고자 선택하는지Who You Are and Who You Choose to Be'에 관해 진실을 말하지 않는 게 있을 뿐이지, "잘못했던" 것 같은 건 없다.

죄의식은 너희를 자기 아닌 것에 묶어두는 느낌이다.

하지만 죄의식은 적어도 우리가 길을 잃었다는 걸 알아채게 해주는 느낌이잖습니까?

네가 이야기하는 건 죄의식이 아니라 자각awareness이다.

너희에게 말하노니, 죄의식은 땅을 자욱하게 뒤덮은 안개이고, 식물을 죽이는 독극물이다.

너희는, 죄의식으로는 시들고 죽어갈 뿐 자랄 수 없다.

너희가 구하는 것은 자각이다. 그러나 죄의식은 자각이 아니고, 두려움은 사랑이 아니다.

다시 한번 말하지만, 두려움과 죄의식이야말로 너희의 유일한 적이다. 너희의 참된 친구는 사랑과 자각이다. 전자를 후자와 혼동하지 않도록 하라. 전자는 너희를 죽이고 말겠지만, 후자는 너희에게 생명을 준다.

그렇다면 제가 무엇에도 "죄의식"을 느껴선 안 된다는 겁니까?

절대로, 어떤 경우에도. 그렇게 해서 뭐 좋은 게 있는가? 죄의식은 너희가 자신을 사랑할 수 없게 만들고, 다른 사람을 사랑할 기회를 빼앗을 뿐이다.

그리고 아무것도 두려워하지 말아야 하고요?

두려움과 조심은 다르다. 조심하라, 다시 말해 의식하라, 하지만 두려워하지는 마라. 의식은 움직이게 하지만, 두려움은 마비시킬 뿐이니.

마비되지 말고 움직여라.

저는 항상 신을 두려워하라고 배웠는데요.

알고 있다. 그리고 그때 이후로 너는 나와의 관계에서 줄곧 마비되어왔다.

네가 나를 두려워하길 그만뒀을 때, 그때서야 비로소 너는 나와 뭔가 의미 있는 관계를 창조할 수 있었다.

나를 찾아내게 해주는 어떤 선물, 어떤 특별한 은총을 내가 너희에게 줄 수 있다면, 겁 없음이 그것이었을 것이다.

겁 없는 자들에게 축복 있기를, 그들은 신을 알게 되니리.

이것은 자신이 신에 관해 알고 있다고 여기는 것을 내려놓을 만큼 충분히 겁이 없어야 한다는 뜻이다.

너희는 남들이 신에 관해 너희에게 말해준 것에서 비켜설 만큼 충분히 겁이 없어야 한다.

충분히 겁이 없을 때, 그때서야 비로소 너희는 감히 자기 나름의 신 체험 속으로 들어갈 수 있다.

그리고 그때 너희는 그걸 놓고 죄의식을 느끼지 말아야 한다. 자기 나름의 체험이 자신이 알고 있다고 여긴 신이나 다른 모든 사람이 자신에게 말해준 신과 어긋나더라도, 너희는 죄의식을 느끼지 말아야 한다.

**두려움과 죄의식이야말로 인간의 유일한 적이다.**

하지만 당신의 제안대로 하는 걸 악마와 거래하는 거라고 말하는 사람들도 있습니다. 오직 악마만이 그런 걸 제안할 거란 거죠.

악마는 없다.

그 또한 악마나 함직한 주장이고요.

악마라면 신이 말하는 건 뭐든지 말할 것이다, 이런 이야긴가?

단지 좀 더 영리하게요.

악마가 신보다 영리하다고?

아니, 좀 더 교활하죠.

그래서 악마는 신이 함직한 말을 해 악마가 "아닌 체"하고?

단지 약간만 "비틀어서"요. 그 사람을 길에서 벗어나 헤매게 하기에 충분할, 딱 고만큼만요.

내 생각엔 우리가 "악마"에 대해 이야기를 좀 나눠볼 필요가 있을 것 같다.

글쎄요, 그 문제라면 1권에서 많이 다루었는데요.

그걸로 충분치 않았던 게 확실하다. 게다가 1권을 읽지 않은 사람들도 있을 것이다. 그런 차원이라면 2권도 마찬가지고. 따라서 여기서는 1, 2권에서 찾아낸 몇 가지 진리들을 요약하는 것으로 시작하는 게 좋을 성싶다. 그것들은 이 세 번째 책에서 다룰 더 큰 보편 진리들을 위한 무대가 되어줄 것이다. 그리고 우리는 어차피 조만간에 악마 문제에 다시 부딪히게 될 것이기에, 나는 너희에게 왜, 어떻게 해서 그런 실체가 "날조되었는지" 알려주고 싶다.

그래요, 좋습니다. 당신이 이겼어요. 전 이미 대화 속에 빠져들고 말았습니다. 이 대화는 분명히 계속 진행되겠군요. 하지만 제가 이 세 번째 대화로 들어서는 지금, 사람들이 알아둬야 할 게 한 가지 있습니다. 제가 이 문단의 첫번째 문장을 쓰고 나서 **반 년**이 지났다는 거요. 오늘은 1994년 11월 25일, 추수감사절 다음날입니다. 여기까지 오는 데, 위에 받아 적은 당신의 마지막 문장에서 이 문단의 내 글까지 오는 데 25주가 걸렸다는 이야기입니다. 이 25주 동안에 많은 일이 일어났죠. 하지만 일어나지 않은 한 가지는 이 책이 단 한 줄도 앞으로 나아가지 않았다는 겁니다. **이 책은 왜 이렇게 오래 걸리는 겁니까?**

네가 어떻게 자신을 가로막을 수 있는지 알겠느냐? 네가 어떻게 자신을 사보타주할 수 있는지 알겠느냐? 자신의 인생행로에서 뭔가 좋은 것에 닿으려는 바로 그 순간, 네가 어떻게 자신을 멈출 수 있는지 알겠느냐? 너는 평생 이런 식으로 해왔다.

아니, 잠깐만요! 이 프로젝트를 오도가도 못하게 붙잡은 쪽은 제가 아닌데요. 전 **아무것도** 할 수 없습니다. 단 한마디도 쓸 수 없어요. 마음이 통한다는 느낌을 받지 않으면, 이 노란 종이철로 와서 계속해야겠다는…… 이런 말을 쓰기는 싫지만 어쩔 수 없군요…… **영감을 받지** 않으면요. 그리고 영감은 **당신** 분야지, 내 분야가 아니라고요!

알겠다. 그러니까 너는, 오도가도 못하게 붙잡은 쪽이 네가 아니라 나라고 생각하는구나.

그 비슷한 거죠, 그래요.

내 멋진 친구여, 정말 너─그리고 다른 인간들─다운 생각이다. 너는 지난 반 년 동안 네 최고선(善)에 대해 아무것도 하지 않으면서 수수방관하고 있었다. 아니 사실상 그걸 네게서 밀어내고 나서는, 자신이 아무 데도 이르지 못한 걸 놓고 네 외부의 누군가나 뭔가를 비난해왔다. 너는 여기서 어떤 유형을 보지 못하겠느냐?

글쎄요……

네게 말하건대, 내가 너와 함께 있지 않는 때는 없고, 내가 "준비되지" 않은 순간은 없다.

예전에도 이런 이야기를 한 적이 있지 않느냐?

글쎄요. 그래요, 하지만……

나는 언제나 너와 함께 있다. 시간의 마지막 순간까지도.

하지만 나는 결코 내 의지를 네게 강요하지 않을 것이다.

나는 너를 위해 네 최고선을 택하지만, 그에 앞서 나는 너를 위해 네 의지를 택한다. 이것이야말로 가장 확실한 사랑 방식이다.

너희가 자신을 위해 원하는 것을 내가 너희를 위해 원할 때, 그때 내가 진실로 사랑하는 것은 너희지만, 내가 너희를 위해 원하는 것을 **내가** 너희를 위해 원할 때, 그때 내가 사랑하는 것이 나다. 너희를 **통해서**.

그러니 너희 역시 같은 방식으로 남들이 자신을 사랑하는지와 자신이 진실로 남들을 사랑하는지 판별할 수 있다. 자신을 위해서는 아무것도 택하지 않고, 다만 사랑하는 사람이 선택한 것을 가능하게 해주는 것이 사랑이기에.

이건 당신이 1권에서 말한 내용과 정면으로 충돌하는 것 같은데요. 거기서 당신은, 사랑이란 남이 어떤 상태이고 무엇을 하고 무엇을 갖고 있는가가 아니라, **자신**이 어떤 상태이고 무엇을 하고 무엇을 갖고 있는가와만 관계가 있다고 하셨어요.

게다가 이건 다른 문제들도 제기합니다. 예를 들면…… 애한테 "차도에서 나와!"라고 고함 지르는 부모의 경우요. 아니, 자기 목숨까지 무릅쓰고 복잡한 차도로 뛰어들어가 애를 잡아채오는 경우라고 하는 게 더 낫겠군요. 이런 부모라면 어느 쪽입니까? 이 엄마는 자기 애를 사랑하지 않는 겁니까? 어쨌든 그녀는 자기 의지를 애한테 강요했으니까요. 아이가 차도에 있었던 건 아이 자신이 **그걸 원했기** 때문임을 잊지 마십시오.

이런 모순들을 어떻게 설명하시겠습니까?


아무 모순도 없다. 그런데도 너는 그 조화로움을 보지 못한다. 이 신성한 사랑의 교리를 이해하려면, 먼저 너는 나를 위한 내 최고 선택과 너희를 위한 너희의 최고 선택이 같다는 걸 이해해야 한다. 그것은 너희와 내가 하나이기 때문이다.

보다시피 그 '신성한 교리'는 동시에 '신성한 이분법'이기도 하다. 그것은 삶 자체가 이분법, 즉 확연히 모순되는 두 진리가 같은 공간에 동시에 존재할 수 있는 체험이기 때문이다.

이 경우에 확연히 모순되는 진리들이란 너희와 내가 나눠져 있으면서 또한 하나라는 것이다. 이 확연한 모순은 너와 다른 모든 사람의 관계에서도 똑같이 나타난다.

나는 1권에서 말했던 것을 고수할 것이다. 사람들이 인간관계에서 저지르는 가장 큰 실수는 다른 사람이 원하고 있고, 되고 있고, 하고 있고, 가지고 있는 것에 마음 쓴다는 데 있다. 오직 자신에게만 마음 써라. 자신이 되거나 하거나 가지고 있는 것이 무엇이고, 자신이 원하고 필요하고 선택하는 것이 무엇이며, 자신을 위한 최고의 선택이 무엇인가에.

나는 또한 내가 그 책에서 말했던 다음 진술도 고수할 것이다. 남이란 존재하지 않는다는 걸 깨달을 때, 자신을 위한 최고의 선택은 남을 위한 최고의 선택이 된다.

따라서 잘못은 자신에게 가장 좋은 것을 **선택하는 데** 있지 않고, 무엇이 가장 좋은지 **모른다는 데** 있다. 그리고 이것은 자신이 누가 되려고 하는지는 물론이고, '자신이 참으로 누군지' 모르기 때문이다.

이해를 못하겠는데요.

자, 예를 하나 들어주마. 만일 인디애나폴리스 500(미국의 유명한 자동차 경주─옮긴이)에서 이기려고 한다면 시속 240킬로미터의 속도로 차를 모는 것이 네게 가장 좋겠지만, 야채가게까지 안전하게 가려고 한다면, 그렇지 않을 것이다.

당신은 그게 완전히 맥락 관계라고 말씀하시는군요.

그렇다. **삶** 전체가 그러하다. 무엇이 "가장 좋은가"는 네가 누구고 누가 되려고 하는지에 달렸다. 너희는 자신이 누구고 어떤 존재인지 지혜롭게 판단하고 나서야 비로소, 자신에게 가장 좋은 것을 지혜롭게 선택할 수 있다.

그런데 신인 나는 내가 무엇이 되려고 하는지 **안다.** 따라서 나는 내게 "가장 좋은" 게 뭔지 **안다.**

그렇다면 그게 뭡니까? 말해주십시오. 신에게 "가장 좋은" 게 뭔지.

무척 흥미롭군요……

내게 가장 좋은 것은 **너희가 자신에게 가장 좋겠다고 결정하는 것을 너희에게 주는 것이다.** 왜냐하면 나는 표현된 나 자신이 되고자 하기 때문이다. 그리고 나는 너희를 **통해서** 이렇게 되고 있다.

내 이야기를 따라오고 있는가?

그럼요. 그 이야기를 믿고 안 믿고를 제쳐둔다면요.

좋다. 이제부터 나는 너희에게 믿기 힘든 사실을 말하려 한다.

나는 너희에게 언제나 가장 좋은 것을 주고 있다…… 물론 너희가 그걸 언제나 아는 건 아니란 사실은 나도 인정하지만.

이 수수께끼는 이제 조금은 명료해져서, 너희는 내가 무엇에 맞먹는 존재인지 이해하기 시작했다.

나는 신이자,

여신이다.

나는 '지고의 존재'고, 나는 '전부의 전부'다. 나는 시작이면서 끝이고, 알파이면서 오메가다.

나는 총합이면서 본질이고, 질문이면서 대답이다. 나는 위이면서 그것의 아래이고, 왼쪽이면서 오른쪽이며, 여기면서 지금이고, 전이면서 후이다.

나는 빛이면서, 빛을 창조하고 그것이 빛이게 만드는 어둠이다. 나는 끝없는 "좋음"이면서, "좋음"을 좋게 만드는 "나쁨"이다. 나는 이 모든 것, 전부의 전부이니, 내 전부를 체험하지 않고서는 나 자신의 어떤 부분도 체험할 수 없다.

너희가 나에 대해 이해하지 못하는 게 이것이다. 너희는 나를 저것이 아니라 이것으로, 낮음이 아니라 높음으로, 악이 아니라 선으로 만들고 싶어한다. 하지만 내 반(半)을 부정하는 건 너희 자신의 반을 부정하는 것이니, 그렇게 해서는 너희가 절대 '참된 자신'이 될 수 없다.

나는 '장대한 전부'이고, 내가 추구하는 것은 나 자신을 체험으로 아는 것이다. 나는 너희와 존재하는 다른 모든 것을 통해 이렇게 하고 있다. 그리고 나는 내가 내리는 **선택을 통해** 장대함으로 나 자신을 체험하고 있다. 선택들 하나하나가 다 자기 창조고, 선택들 하나하나가 다 자기 규정이기 때문이다. 각각의 선택이 다 '지금 이 순간 **되고자** 선택하는 나 자신'으로서 나를 표현한다represent, 즉 다시 나타낸다re-present.

**하지만 선택할 뭔가가 존재하지 않는다면**, 나는 장대함이기를 선택할 수 없다. 내가 장대한 내 일부를 선택하기 위해서는, 나의 어떤 일부는 반드시 장대함보다 못한 것이어야 한다.

이건 너희 역시 그러하다.

나는 나 자신을 창조하고 있는 신이다.

그리고 너희 역시 그러하다.

너희 영혼soul이 하고자 갈구하는 것, 너희 영spirit이 목말라 하는 것이 이것이다.

너희가 선택하는 것을 내가 갖지 못하게 막는다면, 그건 내가 선택하는 것을 내가 갖지 못하도록 막는 게 될 것이다. 내 가장 큰 바람은 나 자신을 '나'로 체험하는 것이다. 그리고 1권에서 공들여 자세히 설명했듯이, 나는 '내가 아닌 것'의 공간 속에서만 이렇게 할 수 있다.

따라서 나는 '나'인 것을 체험하기 위해, '나 아닌 것'을 정성들여 창조했다.

그럼에도 내가 창조하는 **모든 것**이 나다. 따라서 어떤 의미에서는 나 **아닌** 것이 나다.

어떻게 자기 아닌 것이 그 사람일 수 있습니까?

쉬운 일이다. 너희는 항상 그렇게 하고 있다. 그냥 너희가 어떤 식으로 행동하는지만 살펴봐라.

나 아닌 것은 **아무것도** 없다. 그러니 나인 것도 나고, 나 아닌 것도 나다. 이것을 이해하고자 하라.

**이것이 바로 신성한 이분법이다.**

이것은, 지금까지는 가장 탁월한 정신들만이 이해할 수 있었던 '신성한 수수께끼'다. 나는 여기서 더 많은 사람들이 이해할 수 있는 방식으로 너희에게 그것을 밝혀주었다.

1권에서 전달하려 했던 메시지가 이것이었다. 그리고 여기 이 3권에 나올 훨씬 더 장엄한 진리들을 이해하고 깨달으려 한다면, 너희가 반드시 이해하고 깊이 깨달아야 할 기본 진리가 이것이다.

하지만 우선은 그런 장엄한 진리들 중 하나로 가보자. 네 질문의 두 번째 부분에 대한 답변 안에 그것이 담겨 있으니.

안 그래도 우리 이야기가 제가 한 그 질문 부분으로 돌아가길 바라던 터였습니다. 그렇게 하려는 **아이 자신의 의지를 가로막아서까지** 아이에게 가장 좋은 걸 말하거나 행하는 부모는 과연 아이를 사랑하는 겁니까? 아니면 아이가 차도에서 놀게 내버려두는 것으로 부모의 참된 사랑을 과시해야 하는 겁니까?

멋진 질문이다. 육아란 게 시작된 이후로, 부모라면 누구나 이런저런 형태로 제기해온 질문이 그것이다. 그리고 그 대답은 부모인 너희에게나 신인 나에게나 같다.

그렇다면 그 대답은 어떤 겁니까?

참아라, 내 아들아, 참아라. "참는 자에게 복이 있다." 이런 말, 들어본 적 있느냐?

예, 우리 아버지가 그런 이야기를 하시곤 하셨죠. 전 그 말을 싫어했습니다.

이해가 간다. 하지만 너 자신에게 참을성을 갖도록 해라. 특히나 네 선택이 네가 원한다고 여기는 걸 가져다주지 않을 때는. 예컨대 네 질문의 뒷부분에 대한 대답처럼 말이다.

너는 대답을 원한다고 하면서, 그것을 선택하지는 않는다. 너는 대답을 갖는 체험을 하지 않으니, 자신이 대답을 선택하고 있지 않다는 걸 안다. 사실 너는 대답을 가지고 있다. 지금까지 줄곧 가지고 있었다. 단지 네가 대답을 선택하지 않을 뿐이다. 너는 자신이 그 대답을 모른다고 믿는 쪽을 선택하고 있다. 그래서 너는 그것을 모르는 것이다.

그래요, 당신은 1권에서도 이런 이야기를 자주 하셨죠. 신에 대한 완벽한 이해를 포함해서 지금 이 순간 내가 갖고자 하는 모든 것이 내게 있지만, 그것을 갖고 있음을 내가 **알** 때까지는 그것을 갖는 **체험을 하지** 않을 거라고요.

정확하다! 너는 그것을 완벽하게 표현했다.

하지만 내가 체험하고 있음을 체험하지 않고서 어떻게 내가 알고 있음을 알 수 있습니까? 체험하지 않은 걸 무슨 수로 알 수 있단 말입니까? "모든 앎은 체험"이라고 말했던 유명한 사람도 있지 않습니까?

그가 틀렸다.
앎은 체험을 뒤따르지 않는다. 앎이 체험을 앞선다.
세상의 반이 그것을 거꾸로 알고 있다.

그러니까 당신 말씀은 제 질문의 뒷부분에 대한 답을 제가 갖고 있으면서도 안다는 사실을 **모를** 뿐이란 건가요?

맞았다.

하지만 내가 안다는 걸 **모른다면**, 그건 어쨌든 모르는 거죠.

그렇다, 그게 바로 역설이다.

나는 이해할 수 없다…… 내가 이해하는 경우를 빼고는.

사실이다.

그럼 "자기가 안다는 걸 모르는데", "자기가 안다는 걸 아는" 이 자리에 이르려면 어떻게 해야 합니까?

"자기가 안다는 걸 알려면, 자기가 아는 듯이 행동해라."

당신은 1권에서도 이런 이야기를 하셨더랬죠.

그렇다. 이 책에서는 이전 가르침에서 진행된 것을 요약하는 것으로 시작하는 게 좋을 성싶다. 게다가 너는 "어쩌다 보니" 마침맞은 질문들을 하여, 우리가 이전 책들에서 어느 정도 자세하게 논의했던 정보를 이 앞 부분에서 짤막하게 요약할 수 있는 기회를 내게 주고 있다.

1권에서 우리는 '존재-행위-소유Be-Do-Have'의 패러다임과 사람들이 이걸 어떤 식으로 뒤집었는지 이야기했다.

대부분의 사람들은 자신들이 뭔가(더 많은 시간, 돈, 사랑 혹은 다른 뭔가)를 "가진다면", 비로소 자신들이 뭔가(책을 쓰고, 취미를 키우고, 휴가를 가고, 집을 사고, 관계를 감당하는 따위의)를 "할" 수 있고, 그것은 자신을 뭔가가 "되게"(행복하게, 평온하게, 만족스럽게, 애정 깊게) 해줄 거라고 믿는다.

그들은 사실상 '존재-행위-소유'의 패러다임을 뒤집고 있다. 본 모습대로의 우주에서는 (너희 생각과는 반대로) "가짐"은 "됨"을 낳지 않는다. 오히려 반대다.

먼저 소위 "행복한"(혹은 "알"거나 "현명하"거나 "자비로운" 따위의) 상태가 "되고" 나서, 이 되어 있음의 자리에서 뭔가를 "하기" 시작하라. 그러면 얼마 안 가 너희는 자신이 하고 있는 일이, 너희가 항상 "갖고" 싶어하던 그것을 가져다주면서 끝맺는다는 걸 발견할 것이다.

이 창조하는 과정(바로 이런 게…… 창조 과정이란 것이다)을 작동시키는 방식은, 먼저 너희가 "갖고" 싶은 게 뭔지 살펴보고, 그것을 "가진다면" 자신이 어떻게 "될" 것 같은지 자문해본 다음, 곧 바로 그런 **되어 있음**으로 들어가는 것이다.

이런 식으로 하면 너희는 지금껏 써오던 '존재-행위-소유'의 패러다임을 뒤집어—실제로는 그것을 바로 세워—우주의 창조력에 맞서지 않고 오히려 그것과 더불어 움직일 수 있다.

이 원리를 진술하는 지름길은 이렇다.

너희가 삶에서 **해야 할 일**은 **아무것도 없다**.

자신이 무엇이 **되고 있는지**가 문제의 전부다.

우리 대화가 끝날 즈음에 가서 내가 다시 언급하려는 세 가지 메시지 중 하나가 이것이다. 나는 그 메시지들을 가지고 이 책을 끝맺을 작정이다.

여기서는 이해를 돕기 위해, 그냥 어떤 사람이 있는데, 그는 자기가 시간이나 돈이나 사랑을 조금만 더 가질 수 있다면, 자신이 진짜로 행복해질 걸로 생각한다고 해보자.

그 사람은, 지금 이 순간 "별로 행복하지 않은" 것과 그가 원하는 돈이나 시간이나 사랑을 갖지 않았다는 것 사이의 연관 관계를 이해하지 못하는군요.

맞는 말이다. 반면에 행복해하고 "있는" 사람은 진짜로 중요한 온갖 일을 할 수 있는 시간과, 필요한 모든 돈과, 평생 지속되기에 충분할 만큼의 사랑을 가진 것처럼 보인다.

그는 "행복해지기" 위해 필요한 모든 것을 가졌다는 걸 발견하겠죠 ······ "행복해져 있는" 것에서 시작하는 걸로요!

맞았다. 너희가 **미리** 무엇이 되기로 정하는가가 **그것을 너희의 체험으로 만들어낸다.**

"될 것이냐to be, 안 될 것이냐not to be, 그것이 문제로다."

**바로 그거다.** 행복은 마음의 상태니, 모든 마음 상태가 으레 그러하듯, 그것은 자신을 물질 형상으로 재생산한다.

여기 냉장고 자석용으로 붙여둘 문구가 있다.

"모든 마음 상태는 자신을 재생산한다."

하지만 행복해"지기" 위해서나 다른 어떤 되려는 것들, 예를 들면 더 풍족해지거나 더 사랑'받기' 위해서 필요하다고 여기는 것을 갖고 있지 않은데, 어떻게 **그렇게** "되어 있는" 것에서 시작할 수 있습니까?

그런 듯이 행동하라, 그러면 너는 그것을 자신에게 끌어올 것이다.

너는 네가 그런 체하는 것이 된다.

다른 말로 하면, "성공할 때까지 성공한 척하라"는 거군요.

그래, 그 비슷한 것. 다만 너희가 진짜로 "척하고"만 있어서 는 안 된다. 너희는 진지하게 행동해야 한다.

**너희가 하는 모든 일을 진지하게 하라. 그러지 않고서는 그 행위가 가져다줄 이로움을 잃고 말리니.**

이것은 내가 "너희에게 상 주려" 하지 않아서가 아니다. 너도 알다시피, 신은 "상도 벌도 주지" 않지만, 자연법칙이 창조 과정 을 작동시키기 위해서는, 몸과 마음과 영spirit이 생각과 말과 행 동 속에서 통일되는 것이 필요하다.

자기 마음을 속일 순 없는 법이니, 너희가 진지하지 않다면, 너희 마음은 그걸 알 것이고, 그러면 그걸로 끝이다. 너희는 창 조 과정에서 마음이 너희를 도울 모든 기회를 그냥 잃고 만다.

물론 훨씬 더 힘들긴 하지만, 마음 없이도 창조할 수는 있다. 너희는 마음이 믿지 않는 일을 몸더러 하라고 시킬 수 있다. 그리고 너희 몸이 충분히 오랫동안 그렇게 한다면, 너희 마음은 그것에 관한 이전 생각을 놓아버리고 '새로운 생각'을 창조하기 시작할 것이다. 일단 뭔가에 대해 새로운 생각을 가지고 나면, 너희는 그냥 한번 해본 것으로가 아니라 그것을 너희 존재의 지속되는 측면으로 창조하는 데 성공한 셈이다.

　이것은 힘들게 일하는 방식이다. 그리고 이런 경우에도 행동은 진지해야 한다. 너희가 사람을 가지고 그럴 수 있는 것과 달리, 우주를 조종할 수는 없기 때문이다.

　따라서 여기에는 대단히 미묘한 균형이 존재한다. 마음이 믿지 않는 일을 몸이 하더라도, 몸의 행동이 효과를 발휘하기 위해서는 반드시 마음이 거기에 진지함이라는 요소를 보태야 한다는.

몸이 하는 것을 "믿지" 않는데, 어떻게 마음이 진지함을 보탤 수 있습니까?

　사리사욕이라는 이기적 요소를 빼버리는 것으로.

예?

　몸의 행동만으로도 자신이 원하는 걸 가질 수 있다는 데 마음이 진지하게 수긍하지 않을 수도 있다. 하지만 마음은, 신이 너를 통해 남들에게 좋은 것을 가져다주리란 것을 아주 당연하게 받아들인다.

그러니 자신을 위해 원하는 것이 무엇이든, 그것을 남에게 주어라.

방금 한 말을 다시 한번 말씀해주시겠습니까?

물론.

**자신을 위해 원하는 것이 무엇이든, 그것을 남에게 주어라.**

네가 행복해지기를 원하면, 남을 행복하게 만들고,

네가 풍족해지기를 원하면, 남을 풍족하게 만들어라.

또 네가 삶에서 더 많은 사랑을 원한다면, 남들이 그들의 삶에서 더 많은 사랑을 갖게 만들어라.

진지하게 이렇게 하라. 사리사욕을 구해서가 아니라, 남들이 그렇게 되기를 네가 진심으로 원해서. 그러면 네가 내주는 모든 것이 네게 되돌아오리니.

왜 그렇게 되죠? 어떻게 해서 그런 식으로 되는 겁니까?

어떤 것을 내주는 행동 자체가, 내주기 위해 그것을 **갖는** 체험을 너더러 하게 만든다. 네가 지금 갖지 않은 것을 남들에게 줄 수는 없는 법이니, 네 마음은 자신에 대한 새로운 결론, 새로운 생각에 도달한다. 즉 너는 이걸 가진 게 틀림없다, **그렇지 않고서야 그걸 내줄 리 없다고.**

그러고 나면 이제 이 새로운 생각이 네 체험이 되어, 너는 그렇게 "되어 있는" 데서 출발한다. 그리고 일단 네가 뭔가가 "되어 있는" 데서 출발할 때, 너는 이미 신성한 너 자신이라는 우주에서 가장 강력한 창조기의 기어를 넣은 것이다.

너희가 어떤 것으로 되어 있든, 너희는 그것을 창조하고 있다.

순환은 완결되어, 너희는 삶에서 그것을 점점 더 많이 창조할 것이고, 그것은 너희의 물질 체험으로 드러날 것이다.

이것은 삶의 가장 큰 비밀이다. 1권과 2권에서 너희에게 말해주려던 것이 이것이다. 이 모두가 1, 2권에 훨씬 더 자세하게 들어 있다.

부디 제게 설명해주십시오. 왜 자기가 자기를 위해 원하는 것을 남에게 줄 때 진지함이 그렇게 중요한지.

만일 너희가 뭔가를 자신에게 돌아오게 하려는 일종의 술책, 일종의 조작으로 남에게 준다면, 너희 마음은 이것을 안다. 너희는 **자신이 지금 이것을 갖고 있지 않다**는 신호를 마음에게 주었을 뿐이다. 그리고 우주란 너희 생각을 물질 형상으로 재생산하는 거대한 복사기에 불과하니, **바로 이것이 너희의 체험이 될 것이다.** 즉 너희는 계속해서 "그것을 갖지 않는" 체험을 할 것이다. 너희가 무슨 짓을 하든!

게다가 너희가 그것을 주려는 그 사람들도 이것을 체험할 것이다. 그들은 너희가 그냥 뭔가를 얻으려 할 뿐이라는 것, 그런 마음에서 나온, 제 잇속만 차리는 천박함을 놓고 볼 때, 너희에게는 사실 내놓을 게 아무것도 없으니, 너희의 춤은 공허한 몸짓에 불과하리란 걸 알 것이다.

**그리하여 너희는 끌어오려던 바로 그것을 밀쳐낼 것이다.**

하지만 너희가 순수한 마음으로, 다시 말해 그들이 그것을 원하고, 필요하고, 가져야 한다는 걸 알기 때문에 남에게 뭔가를 준다면, 그때 너희는 주기 위해 그것을 갖고 있는 자신을 발견할 것이다. 그리고 이건 굉장한 발견이다.


진짜로 그래요! 정말 그렇게 **돼요!** 저도 예전에 그런 경험을 한 적이 있어요. 그 당시에는 워낙 상황이 안 좋아서, 저는 머리를 싸매고, 이제 더 이상 돈도 없고 양식도 거의 바닥났으니, 언제쯤 가야 제대로 된 식사를 하게 될지, 또 집세나 낼 수 있을지 모르겠다고 걱정하던 참이었습니다. 그런데 그날 저녁, 버스터미널에서 웬 어린 남매를 만난 겁니다. 부친 화물을 찾으러 갔는데 거기에 그 애들이 있더군요. 외투를 담요 삼아서 벤치에서 서로 부둥켜안고서요.

개들을 보자 제 마음은 온통 개들한테로 쏠렸습니다. 제가 어렸을 때가 떠오르더군요. 우리가 애들이었을 때 그런 식으로 떠돌아다니던 모습이요. 그래서 개들한테 다가가서는, 우리 집에 같이 가서 따뜻한 난롯가에 앉아 뜨거운 초콜릿을 좀 먹지 않겠느냐, 어쩌면 소파 겸용 침대를 펼쳐서 하룻밤 편히 잘 수 있을지도 모른다고 했더니, 개들은 눈이 휘둥그레져서 절 쳐다보더군요. 마치 크리스마스날 아침의 아이들처럼요.

어쨌든 전 애들을 데리고 집으로 갔습니다. 제가 저녁을 해줬지요. 우리 셋은 그날 밤 꽤 오래간만에 아주 잘 먹었습니다. 먹을 건 항상 거기에 있었더라구요. 냉장고 안 가득히요. 저는 그냥 몸을 젖혀서 거기에 처박아두었던 재료들을 끄집어내기만 하면 됐습니다. 나는 냉장고 안의 걸 "싹쓸이"해서 부침개를 만들었는데, **그건 정말 황홀했어요!** 이 재료들이 다 어디서 왔지?라고 생각하던 게 기억이 나요.

다음날 아침, 저는 아침까지 먹이고 나서 애들을 데리고 나섰습니다. 버스터미널에 개들을 다시 내려놓을 때는, 주머니를 뒤져서 "아마 이게 도움이 될 거야"라면서 20달러짜리 지폐도 주었고요. 그러고는 개들을 껴안아주고 자기들 가던 길을 가게 했지요. 그날은 온종일 제 상황이 훨씬 더 속 편하게 느껴지더군요. 아니 일주일 내내요. 게다가 저로서는 절대 잊지 못할 그 경험 덕분에 삶을 보는 제 시각과 분별력이 크게 바뀌었습니다.

그때부터 상황이 풀려갔지요. 그리고 오늘 아침 거울 속의 내 모습을 들여다보면서 전 대단히 중요한 사실을 알아챘습니다. 나는 아직도 여기에 있다는 것 말입니다.


그건 아름다운 이야기다. 그리고 네가 옳다. **그것은 바로 그런 방식으로 작용한다.** 그러니 너희가 뭔가를 원한다면 그걸 줘버려라. 그러면 너희는 더 이상 그것을 "원하지" 않을 것이다. 너희는 순식간에 그것을 "갖는" 체험을 하게 될 것이다. 그때부터는 오직 정도의 문제만 남는다. 심리적으로 보더라도 너희는 옅은 공기에서 창조해내기보다는 "덧붙이는" 게 훨씬 쉽다는 걸 발견할 것이다.


방금 여기서 제가 대단히 심오한 이야기를 들은 것 같은데요. 이제 이것을 제 질문의 두 번째 부분과 연결해주시겠습니까? 어떤 연관 관계가 있는 건가요?

보다시피 내가 여기서 말하려는 건, 그 질문에 대한 대답을 네가 이미 안다는 점이다. 지금 이 순간 너는 자신이 그 대답을 모르지만, 대답을 안다면 자신이 지혜로워지리라고 생각하면서 살고 있다. 그래서 너는 지혜를 구해서 내게 온다. 하지만 네게 이르노니, 지혜로워라, 그러면 너는 지혜로워질 것이다.

그렇다면 지혜로워"지는" 가장 빠른 길은 무엇일까? 남을 지혜롭게 만드는 것.

이 질문에 대한 대답을 갖길 원한다고? 그렇다면 **남에게 그 대답을 주어라.**

그러니 이제 내가 네게 그 질문을 하겠다. 나는 "모르는" 체할 테니, 네가 내게 대답해다오.

**남이 자신을 위해 원하는 것을 네가 그 사람을 위해 원하는 것이 사랑이라면, 아이를 차도 밖으로 끌어내는 부모가 어떻게 아이를 진실로 사랑하는 부모일 수 있는가?**

전 모르겠는데요.

네가 모른다는 건 나도 안다. **하지만 네가 안다고 치면, 뭐라고 대답하겠느냐?**

글쎄요, 저라면 그 부모는 아이가 원했던 것, 다시 말해 살아남는 걸 아이를 위해 원했다고 했겠죠. 저라면 아이는 죽고 싶어하지 않았지만, 차도에서 돌아다니는 게 그런 결과를 가져올 수 있다는 걸 몰랐을 뿐이라고 말했겠죠. 그러니까 아이를 거기서 끌어내리려고 뛰어드는 부모는 아이가 자신의 의지를 행사할 기회를 뺏은 게 아니라, 다만 아이의 진짜 선택, 아이의 가장 깊은 바람에 닿았을 뿐이라고요.

그건 아주 멋진 대답이 되었을 게다.

그게 사실이라면, 그렇다면 신인 당신은, **우리가 자신을 해치지 못하게 막는** 일만은 하고 있어야 하잖습니까? 자신을 위태롭게 하는 게 우리의 가장 깊은 바람일 수는 없으니까요. 하지만 우리는 항상 자신을 위태롭게 합니다. 그런데도 당신은 우리 곁에 앉아서 지켜보기만 하구요.

나는 언제나 너희의 가장 깊은 바람에 닿아 있고, 나는 언제나 그것을 너희에게 준다.
설사 너희가 자신을 죽게 할 일을 하더라도 그게 너희의 가장 깊은 바람이라면, 너희는 바로 그 "죽어가는" 체험을 할 것이다.
나는 무슨 일이 있어도 절대 너희의 가장 깊은 바람에 간섭하지 않는다.

우리가 자신을 위태롭게 하는데, 그게 우리가 하려던 거란 말씀입니까? 그게 우리의 **가장 깊은 바람**이라고요?

너희는 자신을 "위태롭게 할" 수 없다. 너희는 위태로워질 수 없다. "위험"이란 객관 현상이 아니라 주체의 반응이다. 너희가 어떤 만남이나 어떤 상황에 직면해서 자신에게 "위험한" 체험을 택할 순 있지만, 그건 어디까지나 너희의 결정이다.

이런 진리를 전제로 했을 때, 네 질문에 대한 대답은 그렇다이다. 너희가 자신을 "위태롭게" 한 건 너희가 그렇게 하길 원했기 때문이다. 하지만 지금 내가 말한 건 아주 높은 비전(秘傳)의 차원에서지, 사실 네 질문이 "나오는" 차원에서는 아니다.

네가 뜻하는 의미에서는, 말하자면 의식적인 선택의 차원에서라면, 나는 그렇지 않다고 말할 것이다. 너희가 자신을 위태롭게 할 때마다, 항상 너희가 "그러길 원해서" 그렇게 하는 건 아니다.

차도에서 돌아다니다 차에 치이는 아이가, 차에 치이길 "원해서"(바라서, 구해서, 의식하면서 선택해서) 그랬던 건 아니다.

포장은 달라도 계속해서 같은 유형—전혀 그에게 맞지 않는 유형—의 여자들과 결혼하는 남자가, 안 좋은 결혼 관계를 되풀이하길 "원해서"(바라서, 구해서, 의식하면서 선택해서) 그랬던 건 아니다.

망치로 자기 엄지를 때린 사람이 그런 체험을 "원해서" 했다고 할 수는 없을 것이다. 그는 그것을 바라지 않았고, 구하지 않았으며, 의식하면서 선택하지도 않았다.

그럼에도 너희는 잠재의식과 무의식의 차원에서 온갖 객관 현상들을 끌어오고, 온갖 사건들을 창조한다. 너희는 진화 업무를 추진해가면서 다음번에 체험하고 싶은 것을 체험할 수 있는 완벽하게 정확한 조건, 완벽한 기회를 자신에게 제공하기 위해, 삶의 온갖 사건과 장소와 물건들을 자신에게 끌어온다―원한다면 그것들을 너희 스스로가 창조한다고 말할 수도 있다.

'참된 자신'이기 위해서 너희가 치유하거나 창조하거나 체험하고 싶어하는 뭔가를, 치유하거나 창조하거나 체험할 완벽하게 정확한 기회가 아닌 어떤 일도 너희 삶에서 우연히 일어날 수 없다. 너희에게 말하노니, 그런 일은 생길 수 없다.

그렇다면 진짜 나는 누구입니까?

네가 되고자 선택하는 모든 존재가 다 '너'고, 네가 되고 싶어하는 신성의 모든 측면이 다 '너'다. 그게 바로 너희다. 그것은 어느 때라도 바뀔 수 있다. 사실 그것은 시시때때로 자주 바뀐다. 하지만 너희 삶이 자리 잡길 원한다면, 그런 광범한 변수의 체험을 그만두고 싶다면, 그렇게 할 수 있는 방도가 있다. 그냥 '자신'과 '되고자 원하는 자신'을 놓고 그렇게 자주 마음을 바꾸는 걸 그만두면 된다.

그것도 말하기는 쉬워도 행하기는 어려운 일이죠.

나는 너희가 여러 다양한 차원에서 이런 결정들을 내리고 있음을 본다. 차도에 나가 놀겠다고 작정하는 아이는 죽겠다고 선택하는 게 아니다. 그 애가 다른 여러 가지 선택을 하고 있을 순 있지만, 죽는 건 그중 하나가 아니다. 어머니는 이 사실을 안다.

여기서 문제는 아이가 죽기로 선택한 데 있지 않고, 죽는 걸 포함해서 하나 이상의 결과를 가져올 수 있는 선택들을 내렸다는 데 있다. 아이에게는 이 점이 명확하지 않다. 그 애는 이 사실을 모른다. 그것은 빠뜨린 자료다. 그리고 그 때문에 아이는 명확한 선택, 더 나은 선택을 못하는 것이다.

그러니 보다시피 너는 그것을 완벽하게 분석했다.

그리고 신인 나는 너희의 선택에 절대 개입하지 않겠지만, 그 선택들이 어떤 것일지는 항상 알 것이다.

따라서 네게 어떤 일이 일어난다면, 너는 그 일이 그런 식으로 일어난 건 완벽하다고 보아도 좋다. 신의 세계에서는 어떤 것도 완벽을 피할 수 없기 때문이다.

너희 삶의 설계—그 속의 사람과 장소와 사건들—모두가 완벽 자체의 완벽한 창조자인 너희에 의해서 완벽하게 창조되었다. 너희에 의해서, 그리고 나에 의해서……너희에게서, 너희로서, 너희를 통해.

그런데 우리는 이 공동 창조 과정을 의식하면서 함께할 수도 있고, 의식하지 못한 채 함께할 수도 있다. 너희는 자각하면서 삶을 거쳐갈 수도 있고, 자각하지 못한 채 거쳐갈 수도 있다. 너희는 너희 길을 자면서 걸어갈 수도 있고, 깨어서 걸어갈 수도 있다.

너희가 선택하라.


잠깐만요, 여러 다양한 차원들에서 결정을 내린다고 하셨던 부분으로 돌아가서요, 당신은 제가 삶을 자리 잡게 하고 싶다면, '자신'과

'되고자 원하는 자신'을 놓고 마음을 바꾸길 그만둬야 한다고 하셨습니다. 그리고 제가 쉽지 않은 일이라고 하자, 당신은 우리 모두가 여러 다양한 차원에서 선택하고 있음을 본다고 하셨고요. 여기에 대해 더 자세히 말해주시겠습니까? 그게 무슨 뜻입니까? 그 의미가 뭐죠?

너희가 오로지 너희 영혼soul이 바라는 것만을 바랐다면, 만사는 아주 간단했을 것이다. 너희가 오로지 자신의 순수 영spirit 부분에만 귀를 기울였다면, 너희의 모든 결정은 손쉬웠을 테고 모든 결과는 즐거웠을 것이다. 그건…… 영은 언제나 가장 고귀한 것만을 선택하기 때문이다.

그 선택들은 재고될 필요도 없고, 분석되거나 평가될 필요도 없다. 너희는 그냥 그 선택들을 따라가면 된다.

하지만 너희는 영만이 아닌, 몸과 마음과 영으로 이루어진 '3중의 존재'다. 너희의 영광과 경이가 여기에 있다. 너희는 대개 세 차원 모두에서 동시에 결정과 선택들을 내리지만, 그렇다고 **그것들이 서로 항상 일치하는 건 아니기** 때문이다.

너희 몸은 이것을 원하는데, 마음은 저것을 구하고, 영은 또 영대로 다른 것을 바라는 게 드문 일은 아니다. 이것은 특히나 아이들의 경우에 그러해서, 그들 대부분은 영혼에 공명하는 건 말할 것도 없고, 몸에 "재미있을" 것 같은 것과 마음에 의미 있는 것을 구별할 만큼도 아직 충분히 성숙하지 못했다. 따라서 아이는 얼결에 찻길로 들어서는 것이다.

그런데 신인 나는 너희가 잠재의식으로 내리는 선택까지 포함해서 너희의 모든 선택을 알고 있지만, 나는 그것들에 절대

개입하지 않을 것이다. 아니, 정반대로 너희가 선택한 것을 갖게끔 보장해주는 것이 내 일이다. (사실 그것들을 너희에게 주는 것은 너희다. 내가 해온 일은 너희가 그렇게 할 수 있게 해주는 체계를 작동시키는 것이다. 창조 과정이라 부르는 이 체계에 관해서는 1권에 자세히 설명되어 있다.)

너희의 선택들이 충돌할 때, 몸과 마음과 영이 하나로 움직이지 않을 때, 창조 과정은 모든 차원에서 작동하여 잡다한 결과들을 만들어낸다. 반면에 너희 존재가 조화롭고, 너희 선택이 통일되어 있을 때는 놀라운 일이 벌어질 수 있다.

너희 젊은이들에게는 이런 통일된 존재 상태를 묘사할 수 있는, "합쳐서 하면 되지"라는 말이 있다.

그런데 너희가 결정을 내리는 차원들 속에는 또 하위 차원들이 있다. 이것은 특히 마음의 차원에서 그러하다.

너희 마음은 내면의 갈등을 한층 심화시킬 가능성을 낮으면서, 하위의 세 차원, 즉 논리와 직관과 감정 차원 중 적어도 한 차원에서, 때로는 세 차원 모두에서 결정과 선택을 내릴 수 있고, 실제로 내리고 있다.

그리고 이런 차원들 중 하나인 감정 차원 속에는 다시 다섯 가지 차원들이 있다. 이것들이 서러움과 노여움, 부러움, 두려움, 사랑이라는 **다섯 가지 자연스러운 감정**이다.

그리고 다시 이것들 속에는 사랑과 두려움이라는 마지막 두 차원이 있다.

사랑과 두려움은 다섯 가지 자연스러운 감정 안에 포함되는 동시에, 모든 감정의 토대가 된다. 다섯 가지 자연스러운 감정

중 나머지 셋은 모두 이 두 감정의 부산물들이다.

　모든 생각이 결국에는 사랑 아니면 두려움에 뒷받침된다. 이것은 위대한 양극성이자, 으뜸가는 이원성이다. 궁극에 가서는 모든 것이 이 두 가지 중 하나로 귀결된다. 모든 생각과 관념, 개념, 이해, 결정, 선택, 행동들이 이 두 가지 중 하나를 근거로 한다.

　하지만 맨 마지막에 진실로 존재하는 것은 오직 하나뿐이니, 사랑이 그것이다.

　사실 존재하는 건 사랑뿐이다. 두려움조차 사랑의 부산물이어서, 효과적으로 쓰여지면 사랑을 표현한다.

두려움이 **사랑**을 표현한다고요?

　그것의 가장 고귀한 형태에서는, 그렇다. 모든 게 사랑을 표현한다. 그 가장 고귀한 표현 형태에서는.

　아이가 차에 치여 죽지 않도록 구해내는 부모는 두려움을 표현하는가? 아니면 사랑을 표현하는가?

글쎄요, 제 생각엔 둘 다 같은데요. 아이의 생명에 대한 두려움과 아이를 구하려고 자기 생명까지 무릅쓰는 사랑요.

　맞았다. 따라서 우리는 여기서 가장 고귀한 형태의 두려움은 사랑이 됨을……, 두려움으로 표현된…… **사랑임**을 본다.

　마찬가지로 자연스러운 감정들인 서러움과 노여움과 부러움도 눈금을 따라 올라가다 보면, 모두가 이런저런 형태의 두려움이면서, 또한 이런저런 형태의 사랑이다.

하나가 다른 하나를 가져온다. 이해하겠느냐?

문제는 다섯 가지 자연스러운 감정이 왜곡되기 시작할 때 생겨난다. 그렇게 되면 그것들은 아주 이상야릇해져서 전혀 사랑의 부산물로 인식할 수 없다. 사랑의 존재인 신으로 인식할 수 없는 건 물론이고.

예전에 이 다섯 가지 자연스러운 감정에 대해 들은 적이 있습니다. 엘리자베스 퀴블러-로스 박사와 멋진 협력 관계를 맺고 있을 때요. 그녀가 그것들에 대해 가르쳐줬습니다.

그렇다. 그리고 그녀에게 이걸 가르치라고 부추긴 건 나였다.

그래서 제가 선택할 때, "내가 어디서 나오는지"에 따라 많은 것이 좌우된다는 것과, 제가 "나오는" 곳이 깊이가 다른 여러 층일 수 있다는 건 저도 압니다.

그렇다, 그건 실제로 그러하다.

이 다섯 가지 자연스러운 감정에 대해 한번 쭉 말씀해주시겠습니까? 엘리자베스에게 배운 것을 많이 잊어버려서 다시 한번 듣고 싶거든요.

서러움grief은 자연스러운 감정이다. 그것은 잘 가라고 말하고 싶지 않을 때, 너희더러 잘 가라고 말할 수 있게 해주는 너희 부분, 어떤 종류의 상실이든 상실을 체험할 때 내면의 슬픔 sadness을 표현할 수 있게─밀어내고 몰아낼 수 있게─ 해주는 너희 부분이다. 그 상실이 사랑하는 사람을 잃는 것이든, 아니면 콘택트렌즈를 잃어버리는 것이든.

자신의 서러움을 마음껏 표현할 수 있을 때, 너희는 서러움에서 벗어난다. 슬플 때 마음껏 슬퍼할 수 있는 아이들은 어른이 되었을 때, 슬픔에 대해 아주 건강한 태도를 갖게 되고, 그만큼 자신의 슬픔을 쉽사리 극복한다.

반면에 "자, 자, 울지 마"라는 말을 들으며 자란 아이들은 어른이 되었을 때, 울음을 삼키는 힘든 시간을 갖는다. 어쨌든 살아오는 동안 줄곧 그렇게 하지 말라고 들어온 그들로서는 자신의 설움을 억누르기 마련이다.

계속해서 억눌린 서러움은 대단히 부자연스러운 감정인 만성 우울이 된다.

사람들이 살인을 하고, 전쟁이 시작되고, 국가가 무너지는 건 만성 우울 때문이다.

노여움anger은 자연스러운 감정이다. 이것은 너희더러 "아냐, 됐어"라고 말할 수 있게 해주는 도구다. 하지만 노여워한다고 해서, 반드시 남을 남용하게 되는 건 아니고, 반드시 다른 사람에게 해를 입히게 되는 건 아니다.

자신의 노여움을 마음껏 표현할 수 있는 아이들은 어른이 되었을 때, 노여움에 대해 아주 건강한 태도를 갖게 되고, 그만큼 자신의 노여움을 쉽사리 극복한다.

화내는 건 좋지 않다, 그것을 표현하는 건 잘못이다. 아니, 그것을 체험하지도 말아야 한다고 느끼도록 길러진 아이들은 어른이 되었을 때, 자신의 노여움을 적절히 처리하지 못하는 힘든 시간을 갖게 된다.

계속해서 억눌린 노여움은 대단히 부자연스러운 감정인 분노rage가 된다.

사람들을 죽이고, 전쟁이 시작되고, 국가가 무너지는 건 분노 때문이다.

부러움envy은 자연스러운 감정이다. 이것은 다섯 살짜리 꼬마더러 자기도 누나처럼 문고리에 손이 닿거나 자전거를 탈 수 있었으면 하고 바라게 만드는 감정이다. 부러움은 너희더러 그것을 다시 해보고, 더 열심히 해보고, 성공할 때까지 계속 노력해보고 싶어하게 만드는 자연스러운 감정이다. 부러워하는 건 대단히 건강하고 자연스러운 행동이다.

부러움을 마음껏 표현할 수 있는 아이들은 어른이 되었을 때, 부러움에 대해 아주 건강한 태도를 갖게 되고, 그만큼 자신들의 부러움을 쉽사리 극복한다.

부러워하는 건 좋지 않다, 그것을 표현하는 건 나쁘다. 아니, 그것을 체험하지도 말아야 한다고 느끼도록 길러진 아이들은 어른이 되었을 때, 자신의 부러움을 적절하게 처리하지 못하는 힘든 시간을 갖게 된다.

계속해서 억눌린 부러움은 대단히 부자연스러운 감정인 질투jealousy가 된다.

사람들을 죽이고, 전쟁이 시작되고, 국가가 무너지는 건 질투 때문이다.

두려움fear은 자연스러운 감정이다. 모든 아기는 딱 두 가지 두려움만을 가지고 태어난다. 즉 떨어질지 모른다는 두려움과 큰 소리에 대한 두려움. 그 외의 다른 모든 두려움은 환경이 가져다주고, 부모가 가르친 학습된 반응이다. 자연스러운 두려움의 목적은 약간의 주의를 심어주는 데 있다. 주의는 몸이 계속 살아 있게 도와주는 도구다. 그것은 사랑의 부산물, 자신에 대한 사랑이다.

두려워하는 건 좋지 않다, 그것을 표현하는 건 나쁘다. 아니, 그걸 체험하지도 말아야 한다고 느끼도록 길러진 아이들은 어른이 되었을 때, 자신의 두려움을 적절하게 처리하지 못하는 힘든 시간을 갖게 된다.

계속해서 억눌린 두려움은 대단히 부자연스러운 감정인 공포panic가 된다.

사람들을 죽이고, 전쟁이 시작되고, 국가가 무너지는 건 공포 때문이다.

사랑love은 자연스러운 감정이다. 아기가 한계나 조건 없이, 위축되거나 당황하지 않고, 평소에 자연스럽게, 사랑을 마음껏 표현하고 받아들일 수 있을 때, 사랑은 더 이상 아무것도 요구하지 않는다. 이런 식으로 표현되고 받아들여진 사랑의 기쁨은 그 자체만으로 충분하기 때문이다. 하지만 제약당하고, 한정되고, 규칙과 규제와 관습과 제한들로 뒤틀리고, 통제되고, 조작당한 사랑은 부자연스러워진다.

자연스러운 사랑은 좋지 않다, 그것을 표현하는 건 나쁘다.

아니, 그것을 체험하지도 말아야 한다고 느끼도록 길러진 아이들은 어른이 되었을 때, 사랑을 적절하게 처리하지 못하는 힘든 시간을 갖게 된다.

계속해서 억눌린 사랑은 대단히 부자연스러운 감정인 소유욕possessiveness이 된다.

사람들을 죽이고, 전쟁을 시작하고, 국가들이 무너지는 건 소유욕 때문이다.

이처럼 억눌린 자연스러운 감정들은 부자연스러운 반응과 대응들을 낳는다. 그리고 대다수 사람들이 자신의 자연스러운 감정들 대부분을 억누르면서 살지만, 사실 이 감정들은 너희 동무이고 너희가 받은 선물이다. 이것들은 너희가 체험을 다듬을 수 있게 해주는 성스러운 도구들이다.

너희는 태어날 때 이 도구들을 받는다. 이것들은 너희가 삶을 뚫고 나갈 수 있게 도와준다.

왜 대부분의 사람들이 이런 감정들을 억누릅니까?

그들은 그것들을 억누르라고 배웠다. 그들은 그렇게 하라고 들어왔다.

누구한테서요?

자신들을 길러준 부모한테서.

**왜요?** 그 사람들은 왜 그렇게 했을까요?

그들 역시 자기 부모한테서 그렇게 배웠기 때문이다. 그 부모들은 또 자기 부모들한테서 그렇게 들었고.

그래요, 그래요. 하지만 **왜요?** 그렇게 **계속되게** 하는 원인이 뭐죠?

계속되게 만드는 원인은, 너희가 부모 노릇 하기에 맞지 않는 사람들을 가졌다는 데 있다.

그게 무슨 말입니까? "맞지 않는 사람들"이라니, 누구 말씀입니까?

너희의 어머니 아버지가.

어머니와 아버지가 자식들을 기르기에 맞지 않는 사람들이라고요?

그 부모들이 젊을 때는 그렇다. 대부분의 경우에 그렇다. 사실 그들 중 많은 수가 지금 하는 만큼이라도 잘하고 있는 것 자체가 기적이다.

젊은 부모보다 아이 기를 채비가 덜 된 사람은 없다. 그리고 어쨌든 젊은 부모들보다 이 사실을 더 잘 아는 사람도 없다.

대부분의 부모들이 쥐꼬리만 한 인생 체험밖에 없는 상태에서 육아 업무를 맡게 된다. 당사자인 자신들조차 아직 다 길러지지 않은 채로 말이다. 그들도 아직 답을 찾는 중이고, 그들도 아직 실마리를 구하는 중이다.

그들은 아직 '자신'조차 발견하지 못했으면서, 자신보다 훨씬 더 취약한 다른 사람들(자식들을 말함-옮긴이)에게서 발견한 것들을 지도하고 키워주려 애쓰고 있다. 그들은 자신조차 규정하지 못했으면서, 남들을 규정하도록 떠밀리고 있다. 그들 자신이, 자기 부모들이 심히 잘못 규정해온 자신의 모습을 극복하려고 아직 애쓰고 있는 상황에서.

그들은 아직 자신이 누군지조차 발견하지 못했으면서, 너희에게 너희가 누구인지 말해주려고 애쓰고 있다. 그들은 너희를 바르게 이해시켜야겠다는 엄청난 압박감을 느끼지만, 사실 그들로서는 자신들의 삶조차 "바르게" 이해할 수 없다. 그래서 그들은 자신의 삶과 아이의 삶 전부를 잘못 이해한다.

그들이 운이 좋다면, 자식들에게 입히는 해악이 그리 크지 않을 수 있고, 자손들은 그걸 극복하게 되겠지만, 그렇다 해도 아마 십중팔구 자기 자손들에게 그 해악의 일부를 물려주기 전에 그렇게 되지는 않을 것이다.

너희 대다수가 멋진 부모가 될 수 있는 지혜와 인내, 이해와 사랑을 갖게 되는 건, **너희의 육아 연배**parenting years**가 끝나고 난 다음**이다.


이건 왜 그런 거죠? 이해가 안 되는군요. 많은 경우에 당신 관찰이 정확하다는 건 알지만, 이건 왜 그렇죠?


본래 젊은 친부모들이 양육자가 되기로 되어 있지 않았기 때문이다. 너희가 아이를 기르는 연배는 사실 지금으로 치면, 그것이 끝나는 시기에 시작되어야 한다.

전 여전히 그 점을 잘 모르겠는데요.

　　인간은 생체상으로 자신도 아직 아이인 동안에 아이를 창조할 수 있다. 그리고 너희가 놀랄 사실은 이 아이인 기간이 무려 40~50년에 달한다는 것이다.

인간이 40~50년 동안 "아이"로 있다고요?

　　어떤 관점에서는 그렇다. 이것이 너희로서는 이해하기 힘든 진리란 건 나도 안다. 하지만 네 주위를 둘러봐라. 아마도 너희 종(種)의 행동 방식이 내 논점을 밝혀줄 테니.
　　너희 사회에서는 스물한 살이 되면 "다 자라서" 세상에 나갈 준비가 되었다고 말한다. 어려움은 여기에 있다. 여기에다 너희를 기르기 시작했을 때, **그들의 나이가 스물한 살보다 그다지 많지 않았던** 어머니 아버지가 너희 대다수를 길렀다는 사실을 보태보라. 그러면 무엇이 문제인지 이해되기 시작할 테니.
　　친부모가 양육자가 되기로 **되어** 있었다면, 적어도 쉰 살이 될 때까지 너희는 아이를 낳을 수 없었다!
　　아이를 **낳는** 건 잘 발달되고 튼튼한 신체를 가진 젊은이가 하기로 되어 있었던 반면, 아이를 **기르는** 건 잘 발달되고 튼튼한 정신을 가진 연장자가 하기로 되어 있었다.

너희 사회는 계속해서 아이 양육에 대한 책임을 친부모에게 지우고자 해왔다. 그 결과 너희는 육아 과정을 대단히 힘겹게 만들었을 뿐 아니라, 성적(性的) 행동을 둘러싼 여러 에너지들까지도 왜곡하고 말았다.

호오…… 더 설명해주시겠습니까?

그러지.

내가 여기서 살펴본 것을 알아차린 사람들은 많다. 즉 그들이 아주 괜찮은 사람들이라 해도, 아이를 가질 수 있는 연배 정도에서는 아이를 키울 수 없는 경우가 많다는 사실을. 아니 대부분이라는 사실을. 하지만 사람들은 이 사실을 발견하고 나서 전혀 잘못된 해결책을 내놓았다.

너희는 젊은이들이 섹스를 즐기게 놔두는 대신에, 섹스 때문에 아이가 생기고 연장자들이 아이를 길러야 한다면, **아이 기르를 책임을 받아들일 준비가 될 때까지** 젊은이들은 섹스를 해서는 안 된다고 말한다. 너희는 그 시기 전에 젊은이들이 성(性)을 체험하는 걸 "나쁜 것"으로 만듦으로써, 삶의 가장 즐거운 축하 의식 중 하나이기로 되어 있던 것을 금기(禁忌)로 온통 도배하고 말았다.

따라서 따르기엔 너무 부자연스럽다는 훌륭한 이유로, 너희 자식들이 이 금기에 별 신경을 안 쓰게 되는 건 지극히 당연한 일이라 할 것이다.

인간 존재는 자신이 준비되었음을 말해주는 내면 신호를 느끼자마자, 짝 짓고 성교하기를 바라게 되어 있다. **이건 인간의 천성이다.**

하지만 자신의 천성에 관한 그들의 생각은, 자기 내면에서 느끼는 것보다 부모로서 너희가 그들에게 말해준 것과 더 깊은 관계가 있기 마련이어서, 너희 아이들은 삶이란 게 도대체 어떤 건지 말해달라고 너희를 쳐다보곤 한다.

그래서 난생 처음으로 서로를 훔쳐보고, 천진하게 서로 놀고, 서로의 "차이"를 탐색해보려는 충동을 느낄 때, 그들은 이에 관한 신호를 찾아 너희를 쳐다보게 된다. 자기 천성의 이 부분은 "좋은 것"인가? "나쁜 것"인가? 허용되는 것인가? 아니면 억누르고 삼가고 단념해야 하는 것인가?

나는, 많은 부모들이 인간 천성의 이 부분에 대해 자기 자식들에게 이야기해준 것이 온갖 종류의 것들, 말하자면 **자신들이** 들은 것, **종교가** 말하는 것, 사회가 생각하는 것 등등, 사물의 자연스러운 질서만 빼고 그야말로 온갖 것들에 그 기원을 두고 있음을 목격한다.

너희 인간종의 자연스러운 질서에서 보면, 성욕은 아홉 살부터 열네 살까지의 어딘가에서 발육하기 시작해서, 열다섯 살이 넘으면 대다수 사람들에게서 분명하게 드러난다. 이렇게 해서 시간에 맞서는 경주가 시작된다. 기쁨에 찬 자신의 성 에너지를 마음껏 쏟아내기 위해 우르르 달아나는 아이들과, 이들을 막기 위해 우르르 쫓아가는 부모들의 경주가.

부모들은 이 투쟁에서 자신들이 찾아낼 수 있는 지원과 동맹이면 뭐든 가리지 않았다. 왜냐하면 앞에서 지적했듯이, 그들은 자기 자식들에게 어느 모로 보나 천성의 일부인 일을 하지 말라고 요구하는 것이기 때문이다.

그리하여 자식들에 대한 부자연스러운 요구들을 정당화하기 위해, 어른들은 온갖 종류의 가족적, 문화적, 종교적, 사회적, 경제적 압력과 제한과 한계들을 발명해냈고, 이렇게 해서 아이들은 자신의 성욕을 부자연스러운 것으로 받아들이도록 길러졌다. 그것이 "자연스러운" 것이라면, 어떻게 그토록 수치스럽고, 그토록 항상 제지당하고, 그토록 통제되고, 궁지에 내몰리고, 억제되고, 구속되고, 부정될 수 있겠는가 말이다.

저, 제 생각엔 여기서 약간 과장하시는 것 같습니다. 당신은 그렇게 생각하지 않으십니까?

정말이냐? 그럼 너는 부모가 자기 몸의 특정 부위에 정확한 이름조차 사용하지 않을 때 네다섯 살짜리 어린애가 받을 충격에 대해서는 어떻게 생각하느냐? 너는 그렇게 하는 데서 위안을 느끼는 너희 수준에 대해 아이에게 뭐라고 말하느냐? 그리고 그들은 어디서 위안을 받아야 한다고 생각하느냐?

음......

그래...... 정말로...... "음"이다.

저, "우린 그런 말들은 그냥 안 씁니다." 우리 할머니가 말씀하셨듯이요. "지지"나 "네 아랫도리"라고 하는 게 왠지 듣기에 더 낫거든요.

그건 오로지, 일상 대화에서 그 말들을 사용하기가 거의 불가능할 정도로, 너희가 이 신체 부위들의 실제 명칭에 너무 많은 "혹"들을 붙여놓았기 때문이다.

물론 아주 어린아이들은 부모들이 왜 이런 식으로 느끼는지 모른다. 다만 그들은, 몸의 어떤 부위들은 "괜찮지 않다", 그 부위들과 관련된 모든 것이 "잘못"까지는 아니더라도 당혹스럽다는 인상, 대개는 **지울 수 없는** 인상을 받게 된다.

아이들이 자라 십대가 되면, 이게 사실이 아니라는 걸 깨달을 수도 있다. 하지만 그때가 되면 그들은, 성욕과 임신의 관계와, 자신들이 낳은 아이는 자신들이 길러야 하는 상황에 대해서 아주 단호한 어투로 말하는 걸 듣게 되고, 따라서 이제 아이들은 성적 표현이 "잘못된 것"이라고 느낄, 또 다른 이유를 갖게 되는 것이다. 이렇게 해서 순환은 완결된다.

이것은 너희 사회에 혼란과 적지 않은 재난을 불러왔다. **천성을 가지고 농락할 때, 으레 나타나는 결과는 재난이다.**

너희는 성적 당혹과 억압과 수치를 만들어냈고, 이것은 성적 위축과 성기능 장애, 그리고 폭력을 불러왔다.

하나의 사회로서 너희는, 당혹스러움을 느끼는 것에 대해서는 위축되기 마련이고, 억누른 행위에 대해서는 기능장애를 겪기 마련이며, **가슴으로는 전혀 수치심을 느낄 필요가 없음을 알면서도** 수치심을 느끼게 되는 것에 대해서는 반발심에서라도 폭력적으로 행동하기 마련이다.

그렇다면 프로이트가, 인간종이 지닌 그 엄청난 양의 분노는 성과 관련이 있을 것이다, 아마도 신체의 자연스럽고 기본적인 본능과 관심과 욕구들을 억눌러야 하는 데서 나온 뿌리 깊은 분노일 거라고 한 건 나름대로 정확했군요.

너희 정신과 의사들 중 단 한 사람만이 그 정도로 과감했던 건 아니다. 그렇게 좋게 느끼는 것에는 전혀 수치심을 느낄 필요가 없다는 걸 아는데도, 실제로는 수치심과 죄의식을 느낄 때, 사람들은 으레 화를 내기 마련이다.

우선 사람들은 그렇게 명백하게 "나쁘기로" 되어 있는 것에 그렇게 좋은 감정을 느끼는 자신에게 화를 낸다.

그리고 나서 자신이 기만당해온 것일 뿐, 성욕은 멋지고 존경스럽고 영광스러운 인간 체험이기로 되어 있었다는 걸 마침내 깨달을 때, 그들은 다른 사람들에게 화를 내게 된다. 성욕을 억누르게 만든 부모와, 그것을 수치스러워하게 만든 종교와, 그런데도 감히 성욕을 느끼게 만든 모든 이성(異性)과, 그것을 통제하는 사회 전체에.

마지막으로 그들은, 이런 것들이 성욕을 금지하도록 내버려둔 자신에게 화를 낸다.

이 억눌린 분노의 상당 부분이 너희가 지금 살고 있는 사회의 왜곡되고 오도된 도덕적 가치관들 속으로 흘러들어왔다. 기념비와 동상, 기념우표, 영화, 사진, 텔레비전 프로그램들을 가지고 세상에서 가장 추악한 일부 폭력 행위들은 찬미하고 칭송하지만, 세상에서 가장 아름다운 일부 사랑 행위들은 감추는,

아니 더 나쁘게는 싸구려로 만드는 사회 속으로.

　이 모든 것, 정말 **이 모든 게** 친부모가 육아까지 다 책임져야 한다는 단 하나의 사고방식에서 비롯된 결과들이다.

하지만 친부모가 육아를 책임지지 않는다면, 누가 책임진다는 겁니까?

　공동체 전체가. 그중에서도 특히 연장자들elders이.

연장자들요?

　대부분의 진보된 종과 사회들에서, 아이들을 키우고 먹이고 훈련시키고, 지혜와 가르침과 그들 나름의 전통을 아이들에게 전수해주는 건 연장자들이다. 이 점에 대해서는 나중에 진보된 문명들에 대해 이야기할 때, 다시 언급하기로 하자.

　부족의 연장자들이 아이를 기르는 덕분에, 짓누르는 책임감이나 부담감 같은 게 전혀 없고, 어린 나이에 자식 낳는 걸 "잘못"이라 여기지 않는 사회는 성적 억압이 뭔지 모른다. 또 그런 사회는 강간과 성도착증, 사회적–성적 기능장애에 대해서도 들어본 적이 없다.

우리 행성에 그런 사회들이 있습니까?

　그렇다. 비록 지금은 사라져가고 있지만, 그런 사회들을 야만이라 여기는 너희들은 그것들을 뿌리째 뽑아내고 동화시키려 해왔다. 하지만 소위 비야만적이라는 너희 사회는 아이들(그리고 같은 차원에서 아내와 남편들)을 재산, 개인 소유물로 여긴다. 따라서 친부모들은 아이 양육자가 될 수밖에 없다. 자신들의 "소유물"이니 만큼, 자신들이 보살필 수밖에 없기 때문이다.

너희 사회가 지닌 문제들 중 다수의 근저에 깔린 뿌리 생각이 배우자와 자식들을 개인 소유물, 말하자면 "내 것"으로 보는 이런 관념이다.

나중에 고도로 진화된 존재들 사이에서의 삶을 탐구하고 논의할 때, "소유권"이라는 이 주제 전반을 다루게 되겠지만, 여기서는 잠시 다음 문제에 대해서만 생각해보자. 신체적으로 아이 가질 준비가 된 연령대에 정말 감정적으로도 아이 기를 준비가 된 사람이 과연 누가 있는지.

진실은, 대다수 인간들이 삼사십대가 되어도 아이 기를 경륜을 갖추지 못한다는 것이다. 그리고 그렇게 되길 기대해서도 안 된다. 사실 그들은 아직 자식들에게 심오한 지혜를 전해줄 만큼 충분히 어른으로 살지 않았다.


전에 그런 종류의 견해를 들은 적이 있습니다. 마크 트웨인도 그중 한 사람이죠. 그는 "내가 열아홉 살이었을 때, 우리 아버지는 아무것도 몰랐다. 하지만 내가 서른다섯 살이 되었을 때, 나는 노인네들이 그토록 많은 걸 깨친 것에 감탄했다"고 했다더군요.


그가 완벽하게 포착했다. 너희의 젊은 시절은 진리를 모아들이기로 되어 있지, 절대 진리를 가르치기로 되어 있지 않다. 그렇다면 **아직 모아들이지도 못한 진리를 무슨 수로 너희 자식들에게 가르칠 수 있단 말인가?**

당연히 너희는 그렇게 할 수 없다. 그러니 너희는 자신이 아는 유일한 진리인 남들의 진리, 즉 너희 아버지 어머니의 진리, 너희 문화의 진리, 너희 종교의 진리들을 그들에게 말해주는 것으로 메우려 할 것이다. 아직 찾고 있는 중인 자신의 진리만 빼고는 뭐든 가리지 않고.

너희가 이 행성에서 반세기가량을 살 때까지도 너희는 여전히 자신의 진리, 자신에 대한 견해를 추구하고 시험하고 찾아내고 실패하고 형성하고 재형성하는 과정에 있을 것이다.

그리고 나면 마침내 너희는 자신의 진리에 자리 잡고 안주하기 시작할 수 있다. 그때 너희가 고개를 끄덕일 가장 큰 진리는, 아마도 불변의 진리 같은 건 어디에도 없다는 것, 삶 자체가 그러하듯 진리도 변하고 자라고 진화한다는 것, 그리고 너희가 진화 과정이 멈췄다고 생각하는 바로 그 순간, 사실 그것은 멈춘 게 아니라 그제서야 참으로 시작된다는 사실일 것이다.

그렇습니다. 전 이미 그 진리에 도달했습니다. 50이 지났거든요. 그러다 보니 그런 생각을 하게 되더라구요.

좋다. 너는 이제 지혜로운 이, 연장자다. 이제 너는 아이들을 길러야 한다. 아니, 지금부터 10년쯤 후가 더 낫겠지. 자손을 길러야 하는 사람은 연장자들이다. 그들은 그렇게 하도록 되어 있다.

연장자들은 진리와 삶을 안다. 그들은 중요한 게 뭐고 중요하지 않은 게 뭔지 안다. 그들은 신실함과 정직함, 충실함, 우정, 사랑 같은 용어들이 뜻하는 바가 참으로 무엇인지 안다.

당신이 여기서 말하려는 핵심을 알겠군요. 그걸 받아들이긴 어렵지만요. 하지만 우리가 자식들을 가졌을 때, 그리고 **그들을** 가르치기 시작해야 한다고 느낄 때, 우리 대부분이 "아이"에서 "학생"으로도 옮겨가지 못했던 건 사실입니다. 그래서 우리는, 우리 부모가 우리에게 가르친 걸 자식들에게 가르치기로 마음먹는 거구요.

그렇게 해서 아버지의 죄는 아들에게 이어진다. 심지어 7대 손까지도.

어떻게 해야 그런 상황을 바꿀 수 있죠? 어떻게 해야 그런 순환을 끝낼 수 있나요?

육아를 존경스러운 너희 노인네들 손에 맡겨라. 부모들에게는 원할 때마다 아이를 보게 하라. 원한다면 아이와 함께 살 수도 있지만, 아이를 보살피고 기르는 일을 부모가 전적으로 책임지지는 않게 하라. 연장자들이 제공하는 교육과 가치관을 가지고, 공동체 전체가 아이들의 신체적, 사회적, 영적 필요들을 채워주게 하라.

나중에 이 대화에서 우주의 다른 문화들에 대해 이야기할 때, 우리는 몇몇 새로운 생활 모델들을 살펴보게 될 것이다. 하지만 그 모델들이 너희가 현재 짜놓은 생활 방식에 도움이 되지는 않을 것이다.

그게 무슨 말입니까?

　내 말은, 단순히 육아만이 아니라 너희의 생활 방식 전체가 비효율적인 모델에 따라 운영되고 있다는 이야기다.

그건 또 무슨 말입니까?

　너희는 서로에게서 멀어져왔다. 너희는 가족을 잘게 쪼갰고, 거대도시를 선호한 나머지, 소규모 공동체들을 해체했다. 이 대도시들에는 사람은 많지만, 자기 책임 속에 전체에 대한 책임도 들어 있다고 보는 "부족"이나 집단, 혹은 씨족의 구성원들은 거의 없다. 이 때문에 사실 너희에게는 연장자가 없다. 어쨌든 손이 미치는 범위에서는 전혀 없다.

　연장자들에게서 멀어진 것보다 더 나쁜 건 그들을 제쳐버렸다는 것이다. 너희는 그들을 구석으로 몰아넣고, 그들의 힘을 빼앗고, 그들에게 화를 내기까지 했다.

　그렇다, 너희 사회의 구성원들 중 일부는 고령자들에게 화까지 내고 있다. 젊은 사람들이 자기 수입에서 점점 더 많은 비율로 지불해야 하는 혜택들을 고령자들이 요구한다고 해서, 그들은 어쨌든 체제에 붙어 피를 빨고 있는 게 아니냐고 주장하면서.

그건 사실입니다. 지금 사회학자들 중에는 기여는 점점 더 적게 하면서 요구는 점점 더 많이 한다고 노인들이 비난받는 걸 가지고 세대 간의 전쟁을 예견하는 사람들도 있습니다. 노인들은 이제 갈수록 많아질 겁니다. "베이비 붐" 세대가 경로 우대층에 들어서고 있는데다가, 사람들의 수명도 더 길어지고 있으니까요.

하지만 너희 연장자들이 기여를 하지 않는 건 너희가 그들더러 기여하지 못하게 했기 때문이다. 너희는 그들이 기업에 진짜로 뭔가 도움될 만한 일을 할 수 있는 바로 그때, 그들더러 직장에서 물러나길 요구했고, 그들의 참여가 삶의 진행에 뭔가 의미를 가져올 수 있었을 바로 그때, 그들더러 가장 능동적이고 의미 있는 삶의 참여에서 물러나길 요구했다.

육아에서만이 아니라, 정치와 경제, 그리고 연장자들이 발판이나마 갖고 있던 종교에서까지, 너희 사회는 젊은이 우선주의와 노인 해고주의를 관철하는 사회가 되어왔다.

또한 너희 사회는 다원 사회라기보다는 단일 사회, 다시 말해 집단이라기보다는 개인으로 이루어진 사회가 되어왔다.

너희는 사회를 원자화하고 젊게 만든 대가로 그것의 풍요와 자원을 왕창 잃고 말았다. 지금 너희는 이 두 가지 없이 살고 있다. 감정적 심리적 빈곤과 박탈감 속에서 살아가는 그 많은 사람들과 더불어.

그렇다면 다시 한번 질문할게요, 우리가 이 순환을 끝낼 무슨 방법이 있습니까?

첫째로, 그것이 사실임을 확인하고 인정하라. 너무 많은 사람들이 그것을 부정하면서 살고 있다. 너무 많은 사람들이 그게 그냥 그렇지 않은 체하고 있다. 너희는 자신에게 거짓말을 하면서, 진리를 말하는 건 물론이고 듣고 싶어하지도 않는다.

있는 그대로를 관찰하고 인정하지 못하는 이런 부정은 절대 사소한 일이 아니니, 우리는 여기에 대해서도 나중에 고도로 진화된 존재들의 문명을 살펴볼 때 다시 이야기하게 될 것이다. 그리고 너희가 참으로 상황을 바꾸고 싶다면, 제발 너희 자신이 내 말을 듣게끔 그냥 내버려두어라. 내가 바라는 건 이것 하나뿐이다.

자, 평이하고 단순한 진리를 말할 시간이 왔다. 준비되었느냐?

예, 전 준비되었습니다. 그게 바로 제가 당신에게 온 이유니까요. 이 모든 대화가 시작된 방식이기도 하구요.

진리란 대체로 편치 않은 것이다. 진리는 그것을 무시하고 싶어하지 않는 사람들에게만 편안한 것일 수 있다. 그럴 때 진리는 편안하게 해줄 뿐 아니라 영감을 준다.

저한테는 이 세 편의 대화 모두가 영감을 주고 있습니다. 부디 계속하십시오.

가슴을 두근거려도 좋을 만한, 낙관적으로 느껴도 좋을 만한 몇 가지 이유가 있다. 나는 상황이 이미 변하기 시작했음을 보고 있다. 최근 들어 그 어느 때보다 인간종들 사이에서 공동체를 만들고 대가족을 세우는 것을 더 강조하고 있다. 너희는 점점 더 연장자들을 존경하면서, 그들의 삶에서, 또 그들의 삶으로부터, 의미와 가치들을 끌어내고 있다. 이것은 무척 쓸모 있는 방향으로 큰걸음을 내디딘 것과 같다.

그리하여 상황이 "바뀌고" 있다. 너희 문화는 이미 그 걸음을 내디뎠다. 이제 그것은 거기서 앞으로 나아가고 있다.

이런 변화들을 하루아침에 만들어낼 수는 없다. 예를 들어 너희는, 지금과 같은 식의 사고 행렬이 시작되는 육아 방식 전체를 일거에 바꿀 순 없다. 그럼에도 한 걸음 한 걸음 미래를 바꿔갈 여지는 충분히 있다.

이 책을 읽는 것도 그런 걸음들 중 하나다. 이 대화가 끝날 때까지 우리는 중요한 여러 지적들로 몇 번이고 되돌아갈 것이다. 이런 반복은 우연이 아닐 것이니, 그것은 강조하기 위해서다.

너는 너희의 내일을 건설할 발상들을 내게 청했다. 이제 너희의 어제를 돌아보는 것으로 그것을 시작해보자.

# Conversations with God

## 2

과거가 미래와 무슨 연관이 있습니까?

과거를 알 때, 너희는 가능한 모든 미래를 더 잘 알 수 있다. 너는 내게 와서 너희 삶을 더 낫게 만들 방법을 물었다. 그렇다면 너희가 어떤 식으로 해서 지금의 위치에 이르렀는지 아는 게 도움이 될 것이다.

나는 너희에게 권력power과 권능strength, 그리고 그 둘 사이의 차이점에 대해 말하고자 한다. 또 나는 너희가 발명한 이 사탄 형상에 대해, 너희가 어떻게, 또 왜 그를 발명했는지, 그리고 어떻게 해서 신을 "그녀"가 아닌 "그"로 결정했는지 이야기하려 한다.

나는 너희 신화들이 나라고 말해온 존재가 아니라, '진실로 내가 누구인지'를, 너희더러 신화 대신 우주철학—삼라만상에 대한 참된 우주철학과 그것과 나의 관계—을 기꺼이 집어들게 만들, 그런 방식으로 '내 존재'를 묘사하려 한다. 나는 너희에게 삶과, 그것의 작동 방식, 그리고 그런 식으로 작동하는 이유를 알려주려 한다. 이 장(章)에서 우리는 이 모두를 다룰 것이다.

이런 것들을 알고 나면, 너희는 너희 종(種)이 창조한 것 중에서 무엇을 버리고 싶은지 결정할 수 있다. 우리 대화의 이 세 번째 부분, 이 세 번째 책은 새로운 세상 건설, 새로운 현실 창조에 관한 것이기 때문이다.

내 자식들아, 너희는 너희 스스로 만들어낸 감옥 안에서 너무 오래 살아왔다. 이제 자신을 풀어줄 때가 왔다.

너희는 다섯 가지 자연스러운 감정들을 가두고, 누르며, 대단히 부자연스러운 감정들로 바꿔왔고, 이런 왜곡된 감정들은 역으로 너희 세상에 불행과 죽음과 파괴를 가져왔다.

이 행성에서 오랜 세월, 너희 행동 방식의 모델이 되어온 건 '자기 감정에 "빠지지" 마라'였다. 너희가 느끼는 게 서러움이라면 극복하고, 노여움이라면 틀어막아라. 너희가 느끼는 게 부러움이라면 부끄러워하고, 두려움이라면 넘어서라. 그리고 너희가 느끼는 게 사랑이라면, 통제하고 한정 짓고 미뤄두고, 거기서 달아나라. 그것을 드러내는 상황을 막기 위해 너희가 해야 할 일이면 뭐든지 하라. 지금 당장 이 자리에서, 무슨 일이든.

이제 너희가 자신을 자유롭게 풀어줄 때가 왔다.

사실 너희가 가둬온 건 성스러운 너희 자신이다. 이제 자신을 자유롭게 풀어줄 때가 왔다.

전 벌써 흥분하기 시작하고 있습니다. 우린 어떤 식으로 출발할 겁니까? 어디서 시작할 건가요?

그 모든 게 어떻게 해서 이런 식으로 되고 말았는지에 관한 짤막한 연구에서. 그러기 위해 너희 사회가 자신을 재조직하던 시기로 돌아가보자. 인간이 지배종이 되어가면서, 감정을 드러내거나 때로는 감정을 지니는 것까지도 부적절하다고 결정했을 때가 이 시기다.

"사회가 자신을 재조직하던 시기"라뇨? 뭘 두고 하시는 말씀입니까?

너희 역사의 전반부에 너희는 이 행성에서 모권제 사회로 살았지만, 그 후 그것이 부권제로 바뀌었다. 그리고 너희는 그런 변화를 만들어내면서 자기 감정을 표현하는 데서도 멀어졌다. 너희는 그런 건 "나약한 짓"이라고 규정했다. 남자들이 악마와 남성 신을 발명한 것 역시 이 시기에 이루어진 일이다.

남자들이 악마를 발명했다고요?

그렇다. 사탄은 불가피하게 남자의 발명품일 수밖에 없었다. 결국에 가서는 사회 전체가 그것을 받아들였지만, 감정 기피와 "악자Evil One"의 발명은 전적으로 모권제에 맞선 남성 반역의 일부였다. 모권제 시기 동안 여자들은 만사를 자신들의 감정에 따라 지배했고, 모든 정부 공직과 모든 종교 요직, 상업과 과학과 학계와 의료계에서 모든 영향력 있는 자리를 차지했다.

남자들은 어떤 권력을 가지고 있었습니까?

아무 권력도 없었다. 남자들은 자기 존재까지 정당화해야 할 판이었다. 왜냐하면 그들은 여성의 난자를 수정시키고, 무거운 물건을 옮기는 능력 말고는 거의 중요성이 없었기 때문이다. 그들은 일개미나 일벌과 흡사하게 힘든 육체노동을 했고, 아이들을 생산하고 보호하는 역할을 맡았다.

남자들이 사회라는 직물 속에서 자신들이 설 더 넓은 자리를 찾아내고 만들어내는 데만도 몇백 년의 시간이 걸렸고, 자기 씨족의 일에 참여하여, 공동체의 결정 사항에 발언권을 갖거나 표결권을 갖는 데만도 몇 세기가 걸렸다. 여자들은 남자들이 그런 문제들을 이해할 수 있을 만큼 지혜롭지 않다고 생각했던 것이다.

맙소사, 단지 어떤 성(性)을 가졌느냐에 따라, 한쪽 성의 구성원 전체에게 심지어 투표권도 행사하지 못하게 한 사회가 실제로 있었다니, 정말 상상하기 힘들군요.

이런 문제에 대한 네 유머 감각이 마음에 든다. 사실 나도 그렇다. 계속해도 되겠느냐?

그럼요.

그리고 그들이 마침내 지도자의 자리를 놓고 투표해서 실제로 그 자리를 차지할 수도 있다는 생각을 하기까지 또 몇 세기가 지나갔다. 그들은 문화면에서도 영향력 있고 유력한 모든 지위에서 배제당해 있었다.

마침내 남자들이 그 사회에서 권위 있는 자리들을 차지했을 때, 그들이 마침내 아이 생산자와 사실상의 육체노예로서의 예전 지위를 넘어섰을 때 말입니다, 그때 그들은 여자들에게 불리하게 형세를 역전시키거나 하지 않고, 성에 관계없이 인간이면 누구나 받아야 할 존경과 힘과 영향력을 여자들에게도 당연히 그대로 인정했겠죠?

또 그런 식의 유머가 나오는구나.

아, 죄송합니다. 제가 잘못 끼어든 건가요?

우리 이야기로 돌아가보자. 그런데 "악마"의 발명에 관한 이야기를 계속하기 전에, 권력power에 대해 몇 마디 얘기하고 넘어가자. 사탄을 발명하게 된 이유가 바로 여기에 있으니까 말이다.

당신이 지금 지적하시려는 게 요즘 사회에서는 모든 힘을 남자들이 다 갖고 있다는 거죠, 그렇죠? 그렇다면 당신 이야기에 앞서 이런 일이 왜 생겼다고 보는지 제 생각을 말씀드릴게요.

　당신은 모권제 시기의 남자들이 여왕벌에게 봉사하는 일벌과 흡사했다고 말씀하셨습니다. 또 남자들은 힘든 육체노동을 하고, 아이들을 생산하고 보호하는 역할을 담당했다고도 하셨고요. 그 순간 저는, "그래서 바뀐 게 뭐지? 남자들은 **지금도** 그렇게 하고 있잖아!"라고 말하고 싶었습니다. 그리고 장담하지만 별로 바뀌지 **않았노라고** 말할 남자들이 아마 많을 겁니다. 남자들이 자신들의 "알아주지 않는 역할"을 계속하는 대가를 건져냈다는 사실만 빼고요. 지금 남자들은 그때보다 더 많은 힘을 갖고 있죠.

　　**사실상 대부분의 힘을 갖고 있다.**

　좋아요, 대부분의 힘이라고 합시다. 하지만 제가 여기서 보는 아이러니는 남자와 여자 양쪽 다가 남이 안 알아주는 일을 하는 쪽은 자신들인데, 온갖 즐거움을 다 누리는 쪽은 상대방이라고 생각한다는 거죠. 남자들은 자신들이 지닌 힘의 일부를 도로 가져가려는 여자들에게 화를 냅니다. 그 문화를 위해서 온갖 일을 다 하는 건 자기들인데, **그런 일들을 하기 위해 필요한** 최소한의 힘까지 갖지 못하다니, 그건 저주받은 거라면서요.

　여자들은 또 여자들대로 남자들에게 화를 냅니다. 자신들은 그 문화를 위해서 자신들이 지금 하는 일을 앞으로도 계속할 텐데, 그런데도 여전히 아무 힘도 못 갖다니, 그건 저주받은 거라면서요.

　　**네가 정확하게 분석했다. 남자와 여자 양쪽 다가 스스로 불**

842

러들인 비참이라는 끝없는 순환 속에서 자신들의 실수를 반복하리라는 저주를 받고 있다. 그 저주는 남자나 여자 어느 한쪽이 삶이란 힘이 아니라 강함과 관련된 것임을 깨달을 때까지, 그리고 그 양쪽 다가 삶이란 분리가 아니라 합일과 관련된 것임을 이해할 때까지 풀리지 않을 것이다. **내적 권능**은 **합일**에 있기 때문이다. 반면에 분리된 내적 권능은 흩어져서 사람들이 자신을 약하고 무력하게 느끼도록 만들고, 따라서 권력을 찾아 투쟁하게 만든다.

너희에게 말하노니, 너희 사이의 골을 메워 분리의 환상을 끝내라, 그러면 너희는 내적 권능이라는 근원으로 되돌아가리니. 너희가 참된 힘, 뭐든 할 수 있고 뭐든 될 수 있으며 뭐든 가질 수 있는 힘을 발견하게 될 곳이 바로 여기다. 창조력은 합일이 만들어내는 내적 권능에서 나오는 것이기에.

이것은 너희와 너희 동료 인간들 간의 관계에서만이 아니라, 너희와 너희 신의 관계에서도 그러하다.

자신을 분리된 존재로 여기길 그만둬라. 내적 합일의 권능에서 나오는 모든 참된 힘이 너희 맘대로 휘두를 수 있는 너희 것—세상 전체로서, 그리고 그런 전체의 개별 부분으로서—이 되리니.

하지만 다음을 잊지 마라.

**권력은 권능에서 나오지만, 권능은 설익은 권력raw power에서 나오지 않는다.** 이 점에서 세상 사람들 대부분이 거꾸로 알고 있다.

권능 없는 권력은 환상이고, 합일 없는 권능은 거짓이다. 인간종에게 도움이 되지 않았으면서도, 너희 종의 의식 깊숙이 새겨진 거짓. 너희는 내적 권능이 **개별성과 분리됨**에서 나온다고 생각하지만, 아니다, 그렇지 않다. 사실 신에게서 분리되고 서로에게서 분리된 것이야말로 너희가 겪는 모든 기능장애와 고난의 원인이다. 그런데도 여전히 분리는 스스로 권능인 체해왔고, 너희 정치와 경제, 나아가 너희 종교까지도 그 거짓을 지속해왔다.

이 거짓이 온갖 전쟁과, 전쟁을 불러오는 온갖 계급투쟁의 발단이고, 인종간 성(性)간의 온갖 증오와, 증오를 불러오는 온갖 권력투쟁의 발단이며, 사사로운 온갖 분쟁과 분란들, 그리고 분란을 불러오는 온갖 내부 투쟁의 발단이다.

그런데도 너희는 그 거짓에 악착같이 매달린다. 그것이 아무리 너희를 익히 보던 곳으로 다시 데려간다 해도, 아니 때로는 그것이 너희를 몰락으로 데려갈 때조차도.

이제 내가 너희에게 말하노니, 진리를 알라, 그러면 진리가 너희를 자유케 하리니.

어떤 분리도 없다. 서로에게서도, 신에게서도, 존재하는 어떤 것에게서도.

나는 이 책에서 이 진리를 몇 번이고 되풀이할 것이다. 이 말을 몇 번이고 거듭할 것이다.

무엇에서도, 누구에게서도 분리되지 않은 것처럼 행동해보라, 내일이면 세상이 치유되리니.

**이것은 동서고금을 통틀어 최대의 비책(秘策)이다.** 인간이 몇천 년 동안 찾아왔던 대답이 이것이고, 인간이 이루려고 애써왔던 해결책이 이것이며, 인간이 갈구해왔던 계시가 이것이다.

어떤 것과도 분리되지 않은 듯이 행동해보라, 그러면 너희는 세상을 치유할 것이다.

그리고 그것은 지배하는 권력이 아니라 함께하는 권력과 관련된 것임을 이해하라.

고맙습니다. 이해가 됩니다. 그럼 되돌아가서, 처음에는 여자가 남자를 지배할 힘을 가졌는데 지금은 그게 뒤바뀌었고, 남자들은 부족이나 씨족의 여성 지도자에게서 이 힘을 빼앗아오기 위해 악마라는 걸 발명했다, 이런 이야긴가요?

그렇다. 그들은 두려움을 이용했다. 그들이 지닌 유일한 도구가 두려움이었기 때문이다.

그 역시 별로 변한 게 없군요. 남자들은 지금도 그렇게 합니다. 때로는 **이성**에 호소해보려고 하지도 않고 아예 처음부터 두려움을 이용하죠. 특히나 덩치 크고 힘센 남자들(혹은 덩치 크고 힘센 국가들)이라면요. 어떤 때는 힘이 정의고, 권능은 권력이라는 게 남자들 몸속에 완전히 배어 있는 것 같아요. **세포화된** 것처럼요.

그렇다. 모권제가 전복되고 나서는 줄곧 그런 식이었다.

어떻게 해서 그런 식으로 되었습니까?

이 짧은 역사가 이야기하려는 게 바로 그거다.

그렇다면 계속하십시오.

모권제 시기 동안 남자들이 지배권을 얻기 위해 해야 했던 일은, 자신들의 삶을 지배할 더 많은 힘이 남자들에게 주어져야 한다는 사실을 여자들에게가 아니라, 다른 남자들에게 납득시키는 것이었다.

어쨌든 삶은 순조롭게 흘러가고 있었고, 남자들이 자신들을 가치 있게 만들어줄 몇 가지 육체노동을 하고 나서 성관계를 갖는 식으로 그럭저럭 그날 하루를 보내는 것보다 더 안 좋은 방식으로 보낼 가능성이 여전히 존재하는 마당에, 무력한 남자들이 다른 무력한 남자들에게 권력을 추구하라고 납득시키기는 쉬운 일이 아니었던 것이다. 그들이 두려움을 찾아낼 때까지는.

두려움은 여자들이 고려하지 못했던 것들 중 한 가지였다.

이 두려움이란 건 가장 불만 많은 남자들이 뿌린 의심의 씨앗에서 시작되었다. 이들은 남자들 중에서 주로 "별 볼일 없는" 사람들이었다. 근력도 없고 별 매력도 없어서 여자들이 거의 관심을 두지 않는 남자들.

그리고 그런 상황이었기 때문에, 여자들이 그들의 불평을 성적 좌절감 때문에 분통을 터뜨리는 것으로 보고 신경 쓰지 않았을 거란 건, 제가 장담하죠.

정확하다. 그럼에도 그 불평분자들은 자신들이 지닌 유일한 도구를 활용할 수밖에 없었다. 그래서 그들은 의심의 씨앗에서 두려움을 키워내고자 했다. 그들은 이렇게 물었다. 만일 여자들이 틀렸다면 어떻게 하지? 여자들의 세상 경영 방식이 최선이 아니라면? 그리고 실제로 그런 방식 때문에 사회 전체, 인간 종 전체가 너무나도 확실하고 분명하게 절멸되고 마는 결과에 이른다면?

이것은 대다수 남자들이 상상도 못했던 의문이었다. 여하튼 여자들은 여신에게 이르는 직통 회선을 갖고 있지 않은가 말이다. 사실 그들은 신체상으로도 여신을 그대로 본받지 않았는가? 게다가 여신은 선하지 않은가?

이 교의는 너무나 강력했고, 너무나도 속속들이 배어 있어서, 남자들은 모권제 사람들이 상상하고 숭배했던 위대한 어머니라는 한없는 선량함에 맞서기 위해, 악마, 즉 사탄을 발명하는 것 말고는 달리 선택의 여지가 없었다.


그들은 "악자" 같은 게 있다는 사실을 사람들에게 어떤 식으로 납득시키려 했습니까?


그들 사회의 구성원들이라면 누구나 이해하고 있던 한 가지가 "썩은 사과" 이론이었다. 여자들조차도 아무리 어떻게 해보려 해도 그냥 "못됐다"고밖에 말할 수 없는 아이들이 있음을 경험으로 알고 있었다. 누구나 다 알듯이 특히 남자아이들 중에는 그런 통제 불능인 경우가 있기 마련이다.

그리하여 다음과 같은 신화가 만들어졌다.

하루는 여신 중의 여신인 위대한 어머니가 **착하지 않다**는 게 드러난 한 아이를 낳았다. 어머니가 아무리 애를 써도 아이는 착해지려 하지 않았다. 결국 그는 왕위를 놓고 자기 어머니에게 대항했다.

아무리 사랑 많고 용서 잘하는 어머니라도 이것만은 감당하기 힘들었기에, 그 아이는 영원히 추방당하고 말았다. 하지만 그는 더 교묘한 변장과 복장을 하고 계속해서 나타났다. 심지어 때로는 자신이 위대한 어머니인 체하면서.

이 신화는 남자들이 "우리가 숭배하는 여신이 진짜 여신인지 어떻게 알아? 그게 이제는 다 자라 우리를 농락하려는 그 나쁜 아이일 수도 있잖아?"라고 물을 근거를 마련했다.

이런 책략으로 남자들은 다른 남자들이 불안해하도록 만들었고, 그런 다음에는 여자들이 자신들의 걱정을 심각하게 받아들이지 않는 것에 화를 내면서 남자들더러 모반을 일으키게 만들었다.

너희가 지금 사탄이라고 부르는 존재는 이렇게 해서 창조되었다. "나쁜 아이"에 관한 신화를 창조하고, 그런 피조물의 존재 가능성을 씨족 여자들에게까지 확신시키는 건 어려운 일이 아니었다. 또 그 나쁜 아이가 남자라는 사실을 사람들에게 받아들이게 만드는 것 역시 어려운 일이 아니었다. 어차피 남자는 열등한 종자가 아닌가 말이다.

이런 책략은 다음과 같은 신화상의 문제를 제기하는 데 이용되었다. 그 "나쁜 아이"가 남자라면, 그 "못된 놈"이 사내라면,

누가 그를 제압할 수 있지? 여자인 여신이 그럴 수 없다는 건 분명하잖아?라는 문제를 제기하는 데. 남자들은 약삭빠르게도, 지혜와 통찰력, 명석함과 자비심, 계획성과 심사숙고라면 여자가 더 뛰어나다는 걸 의심할 사람은 아무도 없지, 하지만 야만스러운 힘이 문제되는 상황이라면 남자가 필요하지 않느냐고 반문했다.

이전의 여신 신화에서 남자들은 그냥 상대역이었다. 노복으로 봉사하면서, 여신의 장대함을 찬양하려는 자신들의 지치지 않는 욕망을 육욕의 차원에서 충족시키곤 했던, 여자의 짝.

하지만 이제는 그 이상을 할 수 있는 남자가 필요했다. 여신을 보호하면서 적을 막아낼 수도 있는 남자가. 이런 식의 변화가 하룻밤 사이에 이루어진 건 아니다. 그것은 오랜 세월에 걸쳐서 일어났다. 서서히, 아주 서서히, 사회들은 영적 신화들 속에서 남자들을 상대역인 동시에 보호자로 보기 시작했다. 이제 누군가에게서 여신을 지켜야 할 필요가 생긴 이상, 사회에 그같은 보호자가 필요한 건 당연한 일이었다.

그에 비한다면 남성이 보호자에서, 이제 여신 옆에 나란히 서는 **동등한 짝**으로 뛰어오른 것은 별반 중요한 사건이 아니었다. **남신**(男神)이 만들어졌고, 한동안은 남신들과 여신들이 함께 신화를 지배했다.

그러다가 다시 서서히 남신들에게 더 큰 역할이 주어졌다. 방어를 위한 필요, 힘을 위한 필요가 지혜와 사랑을 위한 필요를 대신하기 시작한 것이다. 그리하여 신화들 속에 새로운 종류의 사랑, 야만스러운 힘으로 보호하는 사랑이 태어났다. 하지만 그것은 자신이 보호하는 것을 탐내기도 하는 사랑, 자기 여신을 질투하는 사랑, 여자들의 욕정에 그냥 봉사하는 게 아니라 이제는 그것을 얻기 위해 싸우고 죽는 사랑이었다.

신화들은 말할 수 없이 아름다운 여신들을 놓고 다투고 싸우는, 엄청난 힘을 지닌 남신들을 부각시키기 시작했다. **질투하는 신은** 이렇게 해서 탄생했다.

이건 정말 흥미진진하군요.

기다려라. 이제 거의 다 끝나가는 중이니까. 하지만 아직 좀더 남은 이야기가 있다.

오래지 않아 남신들의 질투는 여신들만이 아니라 온갖 영역의 온갖 창조물들로 넓혀져갔다. 이 질투 많은 신들은 요구했다. 다른 어떤 신도 사랑하지 말고 나를 사랑하라, 그러는 편이 **좋다. 만일 그러지 않는다면—!**

남자들은 가장 힘 있는 종자였고, 남신들은 가장 힘센 남자들이었기에, 이 새로운 신화를 놓고 다툴 여지는 거의 없는 듯이 보였다.

다투다가 진 사람들의 이야기가 나타나기 시작했다. **분노하는 신이 탄생한 것이다.**

그리고 뒤이어 신성(神性)의 개념이 완전히 뒤집혔다. 이제 신성은 온갖 사랑의 근원이 아니라 온갖 두려움의 근원이었다.

주로 여자였던 사랑의 모델, 예를 들면 자식에 대한 어머니의 사랑과, 그리고 그렇지, 그리 똑똑하지는 못해도 결국에 가서는 쓸모 있는 사람으로 만드는, 남편에 대한 부인의 사랑처럼 끝없이 인내하는 사랑이라는 모델은, 어떤 간섭도 참지 못하고, 어떤 무관심도 용납하지 못하며, 어떤 불쾌함도 그냥 넘어가지 못하는, 요구 많고 참을성 없는 남신의 질투하는 사랑, 분노하는 사랑으로 바뀌었다.

또한 한없는 사랑을 경험하고 자연법칙에 온순하게 복종하면서 흥겨워하던 여신의 웃음은, 사랑을 영구히 한정 짓고 자연법칙을 정복하겠노라 선언하면서 전혀 흥겨워하지 않는 남신의 근엄한 표정으로 바뀌었다.

이것이 너희가 지금까지 숭배하는 신이고, 바로 이것이 너희가 지금 그 자리로 오게 된 과정이다.

굉장하군요. 흥미진진하면서도 굉장해요. 그런데 뭘 지적하시려고 제게 이런 이야기들을 해주시는 겁니까?

너희 자신이 그 모든 걸 만들어냈음을 아는 게 중요하다. "힘이 정의"라거나 "권력이 곧 권능"이라는 발상이 생겨난 건 너희 남자들이 창조해낸 신학상의 신화들 속에서다.

분노하고 질투하고 화내는 신은 상상의 산물에 불과하다. 하지만 너희가 뭔가를 충분히 오랫동안 상상하면 **그것은 실재가 된다.** 너희 중에는 지금도 여전히 그것을 실재라고 여기는 사람들이 있다. 하지만 그것은 궁극의 실체, 혹은 실제로 이곳에서 벌어지는 상황과는 아무 관계도 없다.

그렇다면 실제로 벌어지는 건 뭔가요?

실제로 벌어지는 건, 너희 영혼은 자신이 상상할 수 있는, **가장 고귀한 자기 체험**을 갈망한다는 것이다. 영혼은 이 목적을 위해, 즉 체험으로 자신을 실현시키기 위해(즉 자신을 현실로 만들기 위해) 이곳에 왔다.

그러다가 영혼은 육신의 즐거움들—섹스만이 아니라 온갖 종류의 즐거움들—을 찾아냈고, 이런 즐거움들에 빠진 나머지, 점차 영적 즐거움을 잊고 말았다.

하지만 영적 즐거움 역시 즐거움이다. 그것은 몸이 너희에게 줄 수 있는 것보다 더 큰 즐거움인데도, 영혼은 이것을 잊고 말았다.

좋습니다. 그런데 우리는 지금 역사에서 완전히 벗어나서 당신이 이 대화에서 전에 언급했던 것으로 되돌아가고 있어요. 다시 역사로 되돌아가시면 안 될까요?

사실 우리는 역사에서 벗어나고 있는 게 아니다. 우리는 모든 걸 함께 묶으려 하고 있다. 보다시피, 그건 정말 아주 단순하다. 너희 영혼의 목적, 그것이 몸으로 오는 까닭은 '참된 자신'이 되고 '참된 자신'을 표현하는 것이다. 영혼은 이렇게 하기를, 자신과 자신의 체험을 알기를 갈구한다.

알고자 하는 이런 갈구가 바로, 되기를 추구하는 삶이다This yearning to know is life seeking to be. 이것은 표현하고 싶어하는 신이다. 너희 역사 속의 신은 실제로 존재하는 신이 아니다. 내가 지적하려는 게 이것이다. 내가 나 자신을 표현하고 체험하는 도구로 삼는 것은 너희 영혼이다.

그렇게 되면 당신 체험이 너무 많이 **제한되지** 않을까요?

그것이 그렇지 않을 때를 빼고는 그렇겠지. 그건 너희에게 달렸다. 너희가 택하는 수준이 어떤 것이든, 그 모든 수준에서 너희는 내 표현이고 내 체험이 된다. 대단히 장대한 표현을 택했던 사람들도 있었지만, 예수 그리스도보다 더 고귀한 표현을 택했던 사람은 없었다. 물론 똑같이 고귀한 표현을 택했던 사람들은 더 있지만.

그리스도가 가장 고귀한 예가 아니라고요? 그는 육화된 신이잖습니까?

그리스도는 가장 고귀한 예다. 그렇다고 그가 가장 고귀한 상태에 도달한 유일한 예는 아니다. 그리스도는 육화된 신이지만, 그렇다고 그가 신이 된 유일한 인간은 아니다.

모든 사람이 다 "육화된 신"이다. 너희는 자신의 지금 형상으로 나를 표현하고 있다. 하지만 나를 제한할까봐 염려하지 마라. 그것이 나를 얼마나 제한할지 염려하지 마라. 나는 제한되지 않고 있고, 지금까지도 제한되지 않았다. 너는 내가 택한 형상이 오직 너희뿐이라 생각하느냐? 너는 내가 내 본질로 물들인 생물이 오직 너희만이라 생각하느냐?

너희에게 말하노니, 모든 꽃과 모든 무지개, 하늘의 모든 별 속에 내가 있고, 그 별들 둘레를 도는 모든 행성, 그 안과 바깥에 존재하는 모든 것 속에 내가 있다.

나는 바람의 속삭임이고, 너희 햇볕의 따스함이며, 눈송이 들마다의 믿기 힘든 독창성이자 놀라운 완벽이다.

나는 솟구쳐 날아오르는 독수리의 당당함이고, 들녘 암사슴의 지순함이며, 사자의 용기고, 고대인들의 지혜다.

그리고 나는 너희 행성에서 볼 수 있는 표현 양태들만으로 한정되지 않는다. 너희는 '내'가 누군지 모른다. 그냥 알고 있다고 여길 뿐이다. 하지만 나란 존재가 너희만으로 한정되거나, 내 '신성한 본질', 이 가장 '성스러운 영성'이 너희에게만 주어졌다고 생각하지 마라. 그건 건방진 생각, 오해에서 나온 생각이리니.

나는 모든 것 속에 존재한다. 모든 것 속에. 전부임은 내 표현이고 온전함은 내 본성이니, 나 아닌 것이 없고, 나 아닌 뭔가는 존재할 수 없다.

내 축복받은 창조물인 너희를 창조한 목적은 자기 체험을 창조하는 자로서 나 자신을 체험하기 위해서였다.


이해를 못하는 사람들도 있습니다. 우리 모두가 이해할 수 있도록 해주십시오.


오직 아주 특별한 생물만이 창조할 수 있는 신의 한 측면이 창조자로서의 내 측면이다.

나는 너희 신화 속의 신도 아니고 여신도 아니다. 나는 창조주다. 창조하는 자. 그럼에도 나는 '나 자신을 자신의 체험으로 알고자' 한다.

내가 눈송이를 통해 내 디자인의 완벽함을 알고, 한 송이 장미를 통해 내 경이로운 아름다움을 알듯이, 나는 너희를 통해 내 창조력을 안다.

나는 너희에게 네 체험을 의식하면서 창조할 수 있는, 내가 지닌 능력을 주었다.

너희를 통해 나는 내 모든 측면을 알 수 있다. 눈송이의 완벽함과, 장미의 경이로운 아름다움, 사자의 용기, 독수리의 당당함, 이 모든 것이 너희에게 거하고 있다. 나는 너희에게 이 모든 것에 보태 한 가지—그것을 자각할 수 있는 의식—를 더 심었다.

그러기에 너희는 자의식을 갖게 되는, 최고의 선물을 받았다. 너희는 자신이 자신임을 자각할 수 있게 되었다. 내가 바로 그런 존재다.

나는 자신이 자신**임을** 자각하는 나 자신이다.

이것이 '나는 나다I Am That I Am'라고 할 때의 의미다.

너희는 자각이라는 내 부분이 표현된 것이다.

그리고 너희가 체험하는 것(과 내가 너희를 통해 체험하는 것)은 나 자신을 창조하는 나다.

나는 쉬지 않고 나 자신을 창조하고 있다.


그 이야기는 신이 불변이 아니란 뜻입니까? 다음 순간에 당신이 무엇이 **될지**는 당신도 모른다는 뜻인가요?

내가 어떻게 알 수 있겠느냐? 너희가 아직 정하지도 않았는데!

터놓고 말할게요. 이 모든 걸 제가 정하고 있는 겁니까?

그렇다. 너희는 '내'가 되기를 선택하는 나다.

너희는 나다. 나인 것이 되기를 택하고, 내가 되려는 것을 택하는.

너희 모두는 이것을 집단으로 창조하고 있다. 너희 각자가 '자신이 누구인지' 결정하고 그것을 체험할 때, 너희는 개인 차원에서 이렇게 하고 있고, 너희가 공동으로 창조하는 집단 존재일 때, 너희는 집단으로 이렇게 하고 있다.

나는 너희 다수의 집단 체험이다.

그러면 당신은 다음 순간에 당신이 뭐가 될지 정말 모른단 말씀입니까?

잠시 전의 나는 유쾌해하고 있는 존재였다. 물론 나는 안다. 나는 너희의 모든 결정을 이미 알고 있기에, 내가 누군지, 내가 항상 누구였는지, 내가 언제나 누구일지 알고 있다.

내가 다음 순간에 무엇이 되고, 무엇을 하고, 무엇을 가지려는지, 당신이 어떻게 알 수 있습니까? 인류 전체가 뭘 선택할지는 말할 것도 없고요.

간단하다. 너희는 이미 그것들을 선택했다. 너희가 되려 하거나 하려 하거나 가지려 하는 것들, 그 모두를 너희는 이미 했다. 너희는 지금 이 순간 그것들을 하고 있다!

이해하겠느냐? 시간 같은 건 없다.

이것도 전에 이야기하셨는데요.

여기서 다시 살펴보는 것이 좋겠다.

좋습니다. 이것이 어떤 식으로 작동하는지 다시 한번 말씀해주십시오.

과거 현재 미래란 너희의 현재 체험을 짜 넣을 맥락을 만들어내기 위해 너희가 지어낸 개념들이고, 너희가 발명한 현실들이다. 그렇게 하지 않았더라면 너희의(우리의) 모든 체험이 중첩되고 말았을 것이다.

사실 그것들은 중첩되고 있다. 다시 말해 같은 "시간"에 일어나고 있다. 단지 너희가 이 사실을 모를 뿐이다. 너희가 '전체 실체Total Reality'의 윤곽을 그려줄 인식 껍질 속에 자신을 놓았기 때문이다.

나는 2권에서 여기에 대해 자세히 설명했다. 여기서 이야기되고 있는 것을 맥락 속에 제대로 놓으려면 그 책을 다시 읽어보는 게 좋을 것이다.

내가 여기서 말하려는 핵심은 그 모든 것이 한꺼번에 일어나고 있다는 것이다. 그야말로 모든 것이. 그렇다, 그래서 나는 내가 무엇"일지" 무엇"인지" 무엇"이었는지" 아는 것이다. 나는 이것을 항상always 알고 있다. 다시 말해 모든 면에서all ways.

그러니 보다시피, 너희는 어떤 식으로도 나를 놀라게 할 수 없다.

너희 이야기, 세상의 모든 드라마는 너희가 자신의 체험으로 자신이 누군지 알 수 있게 하기 위해서 창조되었다. 또한 그것은 너희가 '자신이 누군지' 잊을 수 있도록 설계되었다. 그래서 너희가 다시 한번 '자신이 누군지' 기억해내고, 그런 자신을 창조할 수 있도록.


내가 누구인지 이미 체험하고 있다면, 나 자신을 **창조**할 수 없기 때문이겠죠. 만일 내 키가 **이미** 180센티미터라면, 나는 180센티미터인 나를 창조할 수 없습니다. 따라서 나는 키가 180센티미터가 되지 **않거나** 적어도 **생각에서라도** 180센티미터가 되지 않아야 하는 거죠.


정확하다. 너는 그것을 완벽하게 이해했다. 창조자로서 자신을 표현하는 것이 영혼(신)의 가장 큰 바람이지만, 삼라만상이 이미 창조되어 있는 상황이니, 우리는 우리가 창조한 사실 자체를 까맣게 잊는 것 말고는 다른 선택의 여지가 없었다.


그렇다면 우리가 방법을 찾아냈다는 게 놀랍군요. 우리 모두가 '하나One'이고, '하나'인 우리는 신이라는 사실을 "잊으려는" 건, 흡사 방안에 분홍 코끼리가 있는 걸 잊으려는 것과 같을 테니 말입니다. 어떻게 우리가 그 정도로 최면 상태에 빠질 수 있었을까요?

자, 너는 이제 막 모든 물질 삶의 비밀스러운 이치를 건드렸다. 너희를 그토록 심한 최면에 걸리게 한 게 바로 물질계에서의 삶이다. 그리고 그만큼 그건 어쨌든 놀라운 모험이기 때문이다!

우리가 여기서 잊기 위해 사용했던 것이 너희 중 일부가 '쾌감 원칙Pleasure Principle'이라 부르는 것이다.

가장 고귀한 성질의 즐거움은 너희더러 '자신이 참으로 누구인지'를 바로 지금 여기서 체험으로 창조하게끔 만들고, 다음번의 가장 높은 장대함의 수준에서 '자신이 누구인지'를 재창조하고, 재창조하고, 다시 또 창조하게끔 만드는, 바로 그런 측면의 즐거움이다. 신의 가장 큰 즐거움이 바로 이것이다.

그리고 가장 저급한 성질의 즐거움은 너희더러 '자신이 참으로 누구인지'를 잊게끔 만드는, 바로 그런 측면의 즐거움이다. 그러니 그 저급함을 비난하지 마라. 그것이 없었다면 고귀함도 체험할 수 없었을 테니.

그 말씀은, 처음에는 우리더러 '자신이 누구인지' 잊게 만드는 육신의 즐거움이, 나중에 가서는 우리가 기억에 이를 수 있게 해주는 통로가 되리라고 하시는 것 같은데요.

드디어 이해했구나. 네가 말한 그대로다. '자신이 누군지' 기억해내는 통로로서 물질의 즐거움을 이용하는 것은 모든 생명의 기본 에너지를 몸을 통해 끌어올림으로써 이루어진다.

이것이 너희가 이따금 "성 에너지"라 부르는 에너지다. 그 에너지는 소위 '제3의 눈'이라는 지점에 도달할 때까지 너희 존재의 내부 경혈을 따라 끌어올려진다. 제3의 눈은 이마 바로 아래, 눈과 눈 사이에서 약간 위쪽에 있는 지점이다. 에너지를 끌어올릴 때, 너희는 그것이 너희 몸 전체를 훑으면서 지나게 한다. 그것은 내면 오르가슴과 비슷하다.

어떤 식으로 해서 이렇게 됩니까? 어떻게 하는 겁니까?

너희는 "그걸 고안해낸다". 내 말은 말 그대로 그렇다는 것이다. 너희는 말 그대로 소위 "차크라"의 내면 통로를 "고안해낸다." 누구나 섹스에 대한 갈증을 갖게 되듯이, 생명 에너지가 일단 되풀이해서 끌어올려지고 나면, 누구나 이 체험을 구하는 취향을 갖게 된다.

에너지가 끌어올려지는 체험은 굉장한 것이어서, 그것은 재빨리 너희가 가장 바라는 체험이 된다. 그렇더라도 너희는 에너지를 낮추려는—기본 욕구를 충족하기 위해—갈망을 완전히 잃지는 않을 것이고, 내가 여러 번 지적했듯이, 낮은 체험 없이는 높은 체험도 존재할 수 없으니, 그러려고 애쓸 필요도 없다. 일단 높은 체험에 이르고 나면, 너희는 높은 것으로 옮겨가는 즐거움을 다시 한번 체험하기 위해 낮은 체험으로 되돌아가지 않을 수 없다.

이것은 모든 생명의 성스러운 리듬이다. 너희는 너희 몸 안에서 에너지를 돌리는 것으로 이렇게 할 뿐 아니라, '신의 몸' 안에서 더 큰 에너지를 돌리는 것으로도 이렇게 한다.

너희는 저급한 형상으로 육화하여 높은 의식 상태로 진화한다. 말하자면 너희는 그냥 신의 몸 안에서 에너지를 끌어올리고 있을 뿐이다. 너희 자신이 **바로** 그 에너지다. 그리고 가장 높은 상태에 이르러 그것을 충분히 체험하고 나면, 너희는 다음번에 무엇을 체험하고 싶은지와, 그것을 체험하기 위해 상대성영역에서 어디로 가고 싶은지를 정한다.

너희는 자신으로 되어가는 자신을 다시 체험하고 싶어서─사실 이건 굉장한 체험이다─'우주 수레바퀴Cosmic Wheel' 위에서 처음부터 완전히 다시 시작할 수도 있다.

그게 "업보의 수레바퀴karmic wheel"와 같은 겁니까?

아니다. "업보의 수레바퀴" 같은 건 없다. 너희가 상상해온 그런 방식으로는. 너희 중 다수는 자신이 수레바퀴가 아니라 **발로 밟아 돌리는 바퀴**treadmill 위에 있다고 상상해왔다. 그러기에 너희는 그 속에서 과거 행위들이 빚어낸 업을 갚고, 어떤 새로운 업도 빚어내지 않으려고 영웅적인 노력을 기울인다. 이것이 너희 중 일부가 "업보의 수레바퀴"라 불러온 것이다. 이것은 너희의 몇몇 서양 신학들과도 크게 다르지 않다. 어느 쪽 패러다임이나 너희를, 다음번 영적 수준으로 옮겨가기 위해 정화되고자 애쓰는 무가치한 죄인으로 여긴다는 점에서.

반면에 나는, 내가 여기서 묘사해온 체험을 우주 수레바퀴라 부른다. 무가치함이나 업보, 처벌이나 "정화" 따위는 존재하지 않기 때문이다. 우주 수레바퀴란 너희라면 그냥 궁극의 실체, 혹은 삼라만상의 우주철학이라 불렀을 것에 지나지 않는다.

그것은 생명의 순환, 혹은 내가 이따금 '과정Process'이라 이름 붙였던 것이다. 그것은 시작도 끝도 없는 상태, 삼라만상 모든 것이 서로 한없이 연결되는 길, 그것을 따라 영혼이 영원토록 즐겁게 여행하는 길을 묘사한 의태어다.

그것은 모든 생명의 성스러운 리듬이다. 이 리듬에 따라 너희는 신의 에너지를 움직인다.

와! 이런 이야기를 이처럼 쉽게 설명해주시다니! 이런 걸 이렇게 명확하게 이해해본 적이 없는 것 같습니다.

음, 여기서 너희가 자신더러 체험시키려고 가져오는 것이 명확성이다. 이 대화의 목적 또한 여기에 있다. 그래서 네가 그것을 얻었다고 하니 기쁘구나.

사실 우주 수레바퀴에는 "높고 낮은" 곳이 있을 수가 없죠. 어떻게 있을 수 있겠습니까? 그건 **바퀴**지, **사다리**가 아닌데요.

아주 훌륭하다. 뛰어난 심상imagery이자 뛰어난 이해라는 게 그런 것이다. 그러니 소위 인간의 저급한 동물적 기본 본능들을 비난하지 마라. 오히려 그것들을 축복하고, 그것들을 너희가 집으로 돌아올 길을 찾아내기 위해 거쳐야 하고 써먹어야 할 길로서 존중하라.

이런 이야기는 많은 사람들을 섹스와 관련된, 허다한 죄의식들에서 벗어나게 해줄 겁니다.

내가 섹스와, 나아가 삶의 모든 것을 즐기고, 즐기고, 또 **즐기라**고 말한 이유가 그것이다.

너희가 성스럽다고 칭하는 것들을 신성모독과 뒤섞어라. 너희가 자신의 제단을 사랑을 위한 최고의 장소로 보고, 자신의 침실을 예배를 위한 최고의 자리로 볼 때까지, 너희는 전혀 아무것도 보지 못하리니.

너는 "섹스"가 신과 별개라고 생각하느냐? 너희에게 이르노니, **나는 밤마다 너희 침실에 있다!**

그러니 그대로 계속하라! 소위 불경스러움을 이른바 심오함과 뒤섞어라. 아무런 차이도 없음을 보고, 그 모든 걸 너희가 하나로 체험할 수 있도록. 그런 식으로 진화해갈 때, 너희는 섹스를 놓아버리는 자신이 아니라, 그냥 그것을 더 높은 수준에서 즐기는 자신을 보게 될 것이다. 삶의 모든 것이 S.E.X, 다시 말해 에너지의 종합 교환Synergistic Energy eXchange이기에.

섹스를 놓고 이 점을 이해할 때, 너희는 삶의 모든 것을 놓고, 심지어 너희가 "죽음"이라 부르는 삶의 종말을 놓고도, 이 점을 이해하게 될 것이다. 너희는 죽음의 순간에도 삶을 놓아버리는 자신을 보지 않고, 그것을 그냥 더 높은 차원에서 즐기는 자신을 보게 될 것이다.

그리고 마침내 너희가 신의 세계에는 어떤 분리도 없음을 이해할 때, 즉 신이 아닌 건 아무것도 없음을 이해할 때, 그때서야 비로소 너희는 소위 사탄이라는 이 인간의 발명품을 내려놓게 될 것이다.

만일 사탄이 존재한다면, 그건 나와의 분리에 대해 지금껏 너희가 지녔던 온갖 생각들로 존재하는 것이다. '나는 존재하는 전부'니, 너희는 내게서 떨어질 수 없다.

남자들이 악마를 발견했던 건 자신들이 원하는 것을 사람들이 하도록 을러대기 위해서였다. 그렇게 하지 않는다면 신에게서 분리되리라는 위협을 휘두르면서. 그중에서도 영원히 꺼지지 않는 지옥 불길 속으로 던져지리라는 선고는 **최고의 협박전술**이었다. 하지만 이제 너희는 더 이상 겁낼 필요가 없다. 그 무엇도 너희를 내게서 떼놓을 수 없으며, 앞으로도 영원히 그러할 것이기에.

너희와 나는 '하나'다. 내가 나라면, 내가 존재하는 전부라면, 우리는 그렇지 않을 도리가 없다.

그렇거늘 왜 내가 나 자신을 심판하겠는가? 그리고 내가 무슨 수로 그렇게 하겠는가? 나 자신이 '존재 전체'고 그 밖에 다른 건 존재하지 않거늘, 어떻게 내가 나 자신을 내게서 분리할 수 있겠는가?

내 목적은 진화에 있지 심판에 있지 않고, 성장에 있지 죽음에 있지 않으며, 체험에 있지 체험하지 못함에 있지 않다. 내 목적은 존재함에 있지, 존재하기를 그침에 있지 않다.

나로서는 나 자신을 너희에게서, 아니 다른 어떤 것에서도 분리시킬 방도가 없다. 그냥 이것을 모르는 것, 그것이 "지옥"이고, 이것을 완벽하게 알고 이해하는 것, 그것이 "구원"이다. 이제 너희는 구원받았다. 너희는 더 이상 "죽은 다음에" 자신에게 무슨 일이 벌어질지를 놓고 염려할 필요가 없다.

잠시 이 죽음이란 걸 놓고 이야기할 수 있을까요? 당신은 이 3권이 더 높은 진리들, 보편 진리들을 다루게 될 거라고 하셨습니다. 그런데 지금까지 우리가 나눈 이야기를 다 훑어봐도 죽음과 죽고 난 후에 무슨 일이 벌어지는지에 대해서는 그다지 다룬 것 같지 않습니다. 지금 그 이야기를 해보면 어떨까요? 그 문제로 한번 가보면요.

좋다. 네가 알고 싶은 게 무엇이냐?

죽으면 무슨 일이 벌어지나요?

너는 무슨 일이 벌어지길 택하겠느냐?

당신 이야기는, 무슨 일이 벌어지는가는 우리 선택에 달렸다는 건가요?

너는 단지 죽었다는 이유만으로 너희가 창조를 멈춘다고 생각하느냐?

모르겠습니다. 그래서 당신께 묻는 거구요.

그렇다면 됐다 (덧붙이자면 너는 알고 있다. 하지만 나는 네가 잊었음—이건 굉장한 일이다—도 이해한다. 그 모든 것이 계획에 따른 것이다).

죽더라도 너희는 창조를 멈추지 않는다. 이건 확실하게 이해가 되느냐?

예.

좋다.

그런데 너희가 죽어서도 창조를 멈추지 않는 건, 너희는 결코 죽지 않기 때문이다. 너희는 생명 자체이니 죽을 수가 없다. 생명이 생명이 **아닐** 순 없기에, 너희는 죽을 수 없다.

따라서 너희가 죽는 순간에 벌어지는 일은······ 너희가 계속해서 살고 있는 것이다.

"죽었던" 그 많은 사람들이 죽었다는 사실을 믿지 않는 까닭이 이것이다. 그들은 죽는 체험을 하지 않았다. 오히려 그들은 훨씬 생생하게 살아 있는 듯이 느낀다(실제로 그렇기 때문에). 그래서 혼란이 일어나는 것이다.

그는 아마도 뻣뻣하게 굳어서 움직이지 않고 누워 있는 자기 육신을 볼 것이다. 그런데도 자신은 순식간에 방 안 곳곳을 돌아다니고 있지 않은가! 그것은 흔히 온 방 안을 말 그대로 날아다니는 체험을 한다. 그런 다음에는 공간 속 어떤 곳이든, 그야말로 순식간에. 그것이 특정한 조망 지점을 바라기라도 할라치면, 그것은 순식간에 그런 체험을 하는 자신을 발견한다.

만일 그 영혼soul(앞으로 우리가 그것에 붙이려는 이름인)이 "아니, 내 몸이 왜 움직이지 않지?"라고 궁금해하면, 영혼은 바로 그곳에 가 있는 자신을 발견할 것이다. 몸 바로 위에 둥둥 떠서 그 부동의 상태를 신기한 듯이 지켜보는 자신을.

만일 누군가가 방으로 들어왔는데, 그 영혼이 "저게 누구지?"라고 생각하면, 영혼은 당장에 그 사람의 바로 코앞이나 바로 옆에 있게 된다.

그리하여 영혼은 자신이 생각의 속도로 어디로든 갈 수 있다는 걸 금세 깨닫는다.

믿을 수 없는 자유로움과 경쾌함이 그 영혼을 휘어잡는다. 그 실체가 온갖 생각을 하면서 이런 식으로 여기저기 튀어다니는 데 "익숙해지기"까지 걸리는 시간은 대개 잠깐만으로 충분하다.

만일 그 사람에게 자식이 있다면, 그는 당연히 자기 아이들을 생각할 것이고, 그러면 그 애들이 어디에 있든 영혼은 순식간에 아이들 앞에 가 있게 된다. 따라서 영혼은 자기가 원하는 곳이면 어디든 생각의 속도로 있을 수 있다는 사실만이 아니라, 두 곳이나 세 곳, 혹은 다섯 곳이라도 동시에 있을 수 있다는 걸 깨닫는다.

영혼은 곤란이나 혼란을 겪는 일 없이, 이런 여러 장소들에서 동시에 존재하고 관찰하며 행동할 수 있다. 그런 다음 그것은 그냥 다시 초점을 맞추는 것만으로 한 곳으로 되돌아와 자신을 "재결합할" 수 있다.

그 영혼은 이승에서 기억해냈더라면 좋았을 사실, 즉 온갖 결과를 창조하는 건 결국 자신의 생각이고, 드러남을 가져오는 건 자신의 의지intent라는 사실을 저승에서 기억하는 것이다.

내가 의지를 가지고 초점을 맞추면, 그게 내 현실이 된다는 거군요.

맞았다. 유일한 차이는 너희가 그 결과를 체험하는 속도다. 물질 삶에서는 생각과 체험 간에 시간 간격이 있을 수 있지만, 영계에서는 어떤 지연(遲延)도 없다. 결과는 즉시 이루어진다.

따라서 새롭게 몸에서 벗어난 영혼은 자신의 생각을 아주 조심스럽게 조절하는 법을 배운다. 자신이 무엇을 생각하든, 그것을 그대로 체험해버리게 되기 때문이다.

나는 여기서 "배운다"는 말을 아주 느슨하게, 사실 묘사라기보다는 구어(口語)투로 쓰고 있다. 그보다는 차라리 "기억해낸다"는 용어가 좀 더 정확할 것이다.

만일 물질화된 영혼이 영성화된 영혼만큼 빠르고 효율적으로 자기 생각을 조절하는 법을 배운다면, 그의 삶 전체가 바뀔 것이다.

개인 현실의 창조는 생각의 조절, 혹은 기도라고 부를 수 있는 것에 전적으로 좌우된다.

기도요?

기도의 최고 형태가 생각의 조절이다. 그러니 오직 좋은 것, 바른 것만을 생각하라. 부정과 어둠 속에 머물지 마라. 그리고 상황이 암울해 보이는 순간들이라도, 아니 특히 그런 순간들일수록, 오직 완벽만을 보고 오직 감사만을 표현하라. 그런 다음에는 너희가 다음번에 드러내고 싶은 완벽이 무엇일지만을 상상하라.

이 공식 속에 차분함이 있고, 이 과정 속에 평온함이 있으며, 이 깨달음 속에 기쁨이 있다.

이건 정말 굉장하군요. 정말 굉장한 정보입니다. 이걸 절 통해 보내주셔서 고맙습니다.

그걸 보내줄 수 있게 해줘서 고맙다. 네가 다른 때보다 더 "깨끗한" 때가 있고, 다른 순간보다 더 많이 열린 순간이 있다. 이제 막 헹궈낸 체처럼 그것은 더 넓게 "뚫려 있다". 더 많은 그물눈들이 열려 있는 것이다.

아주 멋지게 표현하십니다.

나도 최선을 다하고 있다.

그럼 다시 재생시켜보자. 몸에서 벗어난 영혼은 자신의 생각을 아주 조심스럽게 제어하고 조절하는 법을 재빨리 기억해낸다. 그가 뭘 생각하든, 바로 그것을 창조하고 체험하게 되기 때문이다.

다시 말하지만, 이것은 여전히 몸을 가지고 살아가는 영혼들의 경우에도 동일하다. 다만 대체로 그 결과가 즉각적이 아니란 사실만 빼고. 자기가 상황을 벌어지게 하는 게 아니라 자기에게 상황이 벌어진다는 환상, 그 문제에서 **자신이 원인임을 잊게 만드는 환상을** 만들어내는 것이, 생각과 창조 간의 이 "시간" 간격—며칠이나 몇 주, 몇 달, 심지어 몇 년이 될 수도 있는—이다.

내가 이미 여러 번 서술했듯이, 이 잊어버림은 "그 체계 속에 심어져" 있다. 그것은 과정의 일부다. '자신이 누군지' 잊지 않고서는, 너희는 '자신'을 창조할 수 없으니, 잊음을 불러오는 그 환상은 일부러 만들어낸 결과다.

그러니 몸을 떠났을 때, 생각과 창조 사이의 공공연하고도 즉각적인 연결 관계를 보는 건 너희로서는 참으로 놀라운 일일 것이다. 하지만 처음에는 그것이 충격적인 놀라움이겠지만, 그러고 나서 자기 체험의 창조에서 자신이 그 결과가 아니라 원인임을 기억해내기 시작했을 때, 그것은 대단히 즐거운 놀라움으로 바뀔 것이다.


우리가 죽기 전에는 생각과 창조 사이에 그런 지연이 있는데, 왜 죽고 나면 아무런 지연도 없는 겁니까?

너희가 시간이라는 환상 속에서 움직이고 있기 때문이다. 너희가 몸을 떠나면 시간이라는 매개변수에서도 떠나게 되니, 생각과 창조 사이에 어떤 지연도 있을 수 없다.

다른 말로 하면, 당신이 그토록 자주 말씀하셨듯이 시간은 존재하지 않는다는 거군요.

너희가 이해하는 식으로는 아니다. "시간"이라는 현상은 실제로는 관점perspective의 작용이다.

우리가 몸으로 있는 동안에는 왜 시간이 존재하는 겁니까?

그것을 있게 한 것은 너희가 지금 관점 속으로 들어오고, 지금 관점을 가정했기 때문이다. 너희는 이 관점을 도구로 사용하여 자신의 체험들을 단일 사건이 아니라 개별 조각들로 나눔으로써, 그것들을 훨씬 더 충분히 탐구하고 검토할 수 있게 만든다.

삶은 단일 사건, **지금 이 순간** 우주에서 벌어지는 일이다. 그 모두가 지금 일어나고 있다. 모든 곳에서.

**지금** 말고는 어떤 "시간"도 없고, **여기** 말고는 어떤 "공간"도 없다.

여기와 지금이 존재하는 전부다.

그럼에도 너희는 여기와 지금의 장대함을 낱낱이 체험하고, 성스러운 자신을 바로 지금 여기서 그 현실을 창조하는 자로서 체험하기를 원했다. 너희가 그렇게 할 수 있는 단 두 가지 방식,

단 두 가지 체험 영역이 존재했으니, 시간과 공간이 그것이었다.

이것은 너무나도 멋진 생각이어서 너희는 말 그대로 기뻐서 폭발했다!

그 기쁨의 폭발로 너희 부분들 사이에 공간이 창조되었고, 너희의 한 부분에서 다른 부분으로 옮겨가는 데 시간이 걸렸다.

이런 식으로 너희는 자신의 조각들을 바라보기 위해 그야말로 **너희 자신을 찢었다**. 너희라면 아마 너무나 행복해서 "펑 터져버렸다"고 말하겠지만.

그때 이후로 계속해서 너희는 그 조각들을 주워들고 있다.

제 삶이 완전히 그래요! 전 그냥 그 조각들을 함께 모으고 있는 겁니다. 그것들이 어떤 의미를 지니는지 알아보려고 애쓰면서요.

그리고 너희는 소위 시간이란 장치를 써서, 조각들을 떼어내고 나눌 수 없는 것을 나누어, 자신이 뭔가를 창조하는 동안, 그것을 좀 더 충분히 이해하고 체험하려고 애써왔다.

너희는 단단한 물체란 게 기실 전혀 단단하지 않고, 사실 100만 가지 다양한 결과들—모두가 한꺼번에 벌어지기에 더 큰 결과를 빚어내는 다양한 상황들—의 덩어리임을 알면서도 현미경을 통해 그것을 살펴보는 것과 꼭 마찬가지로, 시간을 너희 영혼의 현미경으로 사용한다.

바위의 우화를 생각해보라.

옛날에 바위 하나가 있었다. 그 바위는 무수한 원자와 양자와 중성자와 아(亞)분자 물질 미립자들로 가득 차 있었다. 이

미립자들은 어떤 패턴을 이루면서 쉬지 않고 빙빙 돌고 있었다. 각각의 미립자들은 "여기"서 "저기"까지 가고 있었고, 그렇게 하기 위해서는 "시간"이 걸리지만, 그럼에도 너무나 빨리 움직여서 바위 자체는 전혀 움직이지 않는 듯이 보였다. 그것은 그냥 있었다. 그 자리에 드러누운 채 햇빛에 취하고 비에 젖으면서 꿈쩍도 하지 않고.

"이게 뭐지? 내 안에서 움직이는 게?"

바위가 묻자 아득히 멀리서 '한 목소리'가 대답했다.

"그건 너다."

"나라고? 맙소사, 이건 있을 수 없는 일이야. 난 전혀 움직이지 않고 있어. 누가 봐도 알 수 있는 거잖아."

바위의 대구에 목소리는 동의했다.

"그래, **떨어져서 보면**. 이 위에서 보면 너는 단단하고, 움직이지 않고, 가만히 있는 듯이 보이지. 하지만 가까이 다가가면, 실제로 벌어지는 상황을 아주 자세히 들여다보면 말이야, 내 눈에는 너란 존재를 구성하는 모든 것이 **움직이는** 게 보여. 그것들은 너를 '바위'라는 물체로 만들어주는 특정한 패턴에 따라 시간과 공간 속을 믿을 수 없을 만큼 빠른 속도로 움직이고 있어. 그러니 너는 마치 요술 같아! 너는 움직이면서 또한 **움직이지 않아**."

"그렇다면 환상은 어느 쪽이지? 바위의 일체성, 부동성인가? 아니면 부분들의 분리와 운동인가?"

바위의 물음에 목소리는 이렇게 대답했다.

"그렇다면 환상은 어느 쪽이지? 신의 일체성, 부동성인가?

아니면 부분들의 분리와 운동인가?"

내가 너희에게 말하건대, 이것은 만세반석Rock of Ages이니, 나는 이 반석 위에 내 사원을 짓겠노라. 이것은 백방으로 구해야 간신히 찾을 수 있는 영원한 진리다. 나는 너희를 위해 여기 이 짧은 이야기에서 그 모든 걸 설명했다. 이런 게 우주철학이다.

삶이란 믿을 수 없을 만큼 빠르고 미세한 일련의 운동이다. 이 운동들은 존재 전체의 부동성과 존재성에 아무런 영향도 미치지 않는다. 그럼에도 바위의 원자들이 그랬듯이, 그것은 바로 너희 눈앞에서 부동성을 창조하는 운동이다.

이만큼 떨어져서 보면 분리 따위는 없다. 존재 전체는 존재하는 모든 것이고, **그 외의 것은 존재하지 않으니**, 그런 건 있을 수 없다. 나는 '부동의 동인Unmoved Mover'이다.

하지만 너희가 존재 전체를 바라보는 한정된 관점에서 보면, 너희는 나뉘고 분리된 존재들이다. 부동의 한 존재가 아니라, 쉼없이 움직이는 무수히 많은 존재들.

둘 다 정확한 관찰이다. 두 현실 다 "진짜"다.


그러니까 내가 "죽더라도", 나는 전혀 죽는 게 아니군요. 단지 "시간"이나 공간, 지금과 그때, 전과 후가 전혀 없는, 거시우주에 대한 인식으로 바뀌는 것뿐이군요.


맞다. 이해했구나.


제가 그 점을 당신에게 도로 설명해드릴 수 있을지 한번 해볼게요.

제가 그걸 묘사할 수 있을지 말입니다.

그렇게 해라.

거시 관점에서 보면 어떤 분리도 없습니다. "저 멀리서 보면" 만물의 모든 미립자가 그냥 하나인 듯이 보이는 거죠.

발치에 놓인 바위를 쳐다볼 때, 당신은 바로 그 순간 그 자리에서 그 바위를 온전하고 완전하고 완벽한 것으로 보지만, 당신이 바위를 의식하는 그 찰나에도 바위 속에서는 많은 일이 진행되고 있습니다. 놀라운 속도로 움직이는 바위 미립자들의 엄청난 운동이 있는 거죠. 그리고 그때 그 미립자들이 하는 일은, 존재하는 그대로의 바위를 만들어내는 겁니다.

아무리 당신이 그 바위를 자세히 들여다봐도, 당신에게는 이 과정이 보이지 않습니다. 설사 개념으로는 그것을 알고 있다 해도, 당신에게는 그 모든 게 "지금" 벌어지고 있는 거죠. 바위는 바위가 **되어가는** 게 아니라, 바로 지금 여기서 바위입니다.

하지만 당신이 바위 속 한 아분자 미립자의 의식이라면, 당신은 처음에는 "여기" 있다가 다음에는 "저기" 있으면서, 광란의 속도로 움직이는 자신을 체험할 것입니다. 그래서 바위 바깥의 어떤 목소리가 당신에게 "그 모든 것이 한꺼번에 일어나고 있다"고 말한다면, 당신은 그를 거짓말쟁이나 협잡꾼이라 부르겠죠.

하지만 바위에서 떨어져서 보면, 바위의 일부가 다른 부분과 분리되어 있고, 게다가 그것이 광란의 속도로 돌고 있다는 발상 쪽이 되레 거짓으로 보입니다. 그 거리에서는, 그 안에서는 보이지 않던 것, 즉 모두가 '하나'이며, 그 모든 운동을 가지고도 무엇 하나 움직일 수 없다는 사실을 볼 수 있는 거죠.

네가 해냈구나. 너는 그것을 이해했다. 네가 말하는 건—그것은 정확하다—삶이란 결국 관점의 문제란 것이다. 만일 네가 계속해서 이 진리를 이해한다면, 너는 신의 거시 현실을 이해하기 시작할 것이고, **그 모두가 같은 것**이라는 우주 전체의 비밀을 풀게 될 것이다.

우주는 신의 몸속에 든 분자다!

사실 크게 다르지 않다.

그리고 소위 "죽을" 때, 우리가 돌아가는 의식이 이 거시 현실이고요?

그렇다. 하지만 너희가 돌아가는 거시 현실조차도 **훨씬 더 큰 거시 현실의 미시 현실**일 뿐이다. 그리고 그 거시 현실은 다시 더 큰 현실의 소부분이고…… 또 그것은 다시…… 말하자면 끝없이 계속되는 영원한 세계다.

우리가 더 이상 그것이 아닌 다른 뭔가가 될 때까지…… 우리는 끊임없이 자신을 창조하면서, 끊임없이 지금의 우리가 되고 있는 신, "존재" 자체다.

심지어 바위조차도 영원히 바위이지는 않으리니, 다만 "영원할 것처럼" 보일 뿐이다. 사실 바위이기 전에 그것은 다른 뭔가여서, 몇십만 년이 걸리는 과정을 거치고서야 비로소 바위로 굳어졌다. 그것은 한때 다른 뭔가였고, 앞으로 다시 다른 뭔가일 것이다.

너희 역시 마찬가지다. 너희가 언제나 지금의 "너희"였던 건 아니다. 너희는 다른 뭔가였다. 그리고 너희가 완벽한 장대함으로 그곳에 서 있는 지금, 너희는 진실로…… "다시 다른 뭔가"다.

우와, 정말 놀랍군요. 뭐라 말할 수 없이 굉장해요! 이런 건 한번도 들어본 적이 없습니다. 당신은 삶의 우주철학을 통째로 집어들어서는 그걸 내 머리에 쏙쏙 박히는 용어들로 표현해주셨습니다. 정말 굉장해요.

오, 고맙다. 그렇게 말해줘서. 나는 최선을 다하고 있다.

당신은 끔찍할 정도로 잘하고 계십니다.

네가 거기서 택했어야 할 용어가 그건 아닌 것 같은데.

아차.

그냥 장난이다. 이쯤에서 분위기를 누그러뜨리고 좀 웃자고 한 소리다. 사실 나를 "화나게" 만들 순 없다. 그런데도 네 동료 인간들은 자주 나를 대신해서 자신들을 화나게 만들곤 한다.

저도 눈치채고 있었습니다. 그런데 되돌아가서요, 이제 막 제가 뭔가 붙든 것 같습니다.

그게 뭐냐?

이 모든 설명은, 제가 "혼이 몸에서 벗어났을 때는 '시간'이란 게 존재하지 않는데 우리가 몸으로 있는 동안에는 왜 시간이 존재합니까?"라는 단 한 가지 물음에서 나왔습니다. 그리고 당신이 말씀하시는 건, 사실 "시간"이란 **관점**이다, 그것은 "존재하지도" "존재하기를 그치지도" 않는다, 하지만 영혼이 자신의 관점을 바꾸면, 우리는 다양한 방식으로 궁극의 실체를 체험한다는 것인 듯합니다.

바로 그것이 내가 말하는 것이다! 너는 이해했다!

그리고 당신은, **거시우주**에서는 영혼이 생각과 창조, 다시 말해 **발상과 체험 간의 직접적인 연결 관계를 깨닫는다는** 더 큰 측면을 지적하셨구요.

그렇다—거시 차원에서 그것은 바위를 보고 바위 내부의 운동을 보는 것과 같다. 분자 운동과 그것이 창조해내는 바위라는 외관 사이에는 어떤 "시간"도 존재하지 않는다. 운동이 일어나고 있을 때도, 바위는 그냥 "있다". 아니 사실 운동이 일어나기 **때문에** 바위는 있는 것이다. 이 원인과 결과는 즉각적이다. 운동은 일어나고 있고, 바위는 "존재하고" 있다, 완전히 "동시"에.

소위 "죽음"의 순간에 영혼이 깨닫는 것이 이것이다. 그것은 그냥 관점의 변화다. 너희는 더 많이 보기에 더 많이 이해한다.

죽고 나면 너희는 더 이상 자신의 이해로 한정되지 않는다. 너희는 바위도 보고 바위 안도 본다. 그때 너희는 지금이라면 삶의 가장 복잡한 측면처럼 보였을 것을 보고도 "당연하지"라고 말할 만큼, 그 모든 것이 너희에게 너무나 명확할 것이다.

그리고 나면 너희가 깊이 생각해봐야 할 새로운 수수께끼들이 나타나리니, 우주 수레바퀴를 따라 돌면서 너희는 훨씬 더 큰 현실들, 훨씬 더 큰 진리들을 만날 것이다.

하지만 너희가 자신의 관점이 생각을 창조하고 생각이 만사를 창조한다는 이 진리를 기억해낼 수 있다면, 몸을 떠난 다음이 아니라 **떠나기 전에 이것을 기억해낼 수 있다면, 너희의 삶전체가 바뀔 것이다.**

그러니까 생각의 조절 방식이 관점을 바꾸는 거군요.

맞다. 다른 관점을 가졌다고 해봐라, 그러면 모든 걸 다르게 생각할 것이다. 이런 식으로 해서 너희는 자기 생각을 조절하는 법을 배우리니, 체험을 창조하는 데는 조절된 생각이 전부다.

어떤 사람들은 이것을 상시 기도constant prayer라 부른다.

전에도 이런 이야기를 하셨지요. 하지만 저는 한번도 기도를 이런 식으로 생각해보지 않았습니다.

너희가 그렇게 할 때 무슨 일이 벌어질지 왜 보지 못하느냐? 생각을 조절하고 이끄는 걸 최고의 기도 형태로 여길 때, 너희는 오로지 좋은 것, 바른 것만을 생각하리니, 부정과 어둠 속에 머물지 않을 것이다—물론 너희가 거기에 잠시 빠져들 수는 있지만. 그리고 상황이 암담해 보이는 순간이라도, 아니 특히 그런 순간들일수록 너희는 오직 완벽만을 보게 되리니.

당신은 계속해서 그리로 돌아가시는군요.

나는 너희에게 도구들을 주고 있다. 너희가 너희 삶을 바꾸는 데 사용할 도구들을. 나는 그중 가장 중요한 것을 몇 번이고 다시 되풀이하고 있다. 되풀이는 너희가 그것이 가장 필요할 때 재인식하게, "다시 깨닫게" 해주기 때문이다.

벌어지는 모든 일, 일어났고 일어나고 있으며 앞으로 일어날 모든 일이, '자신이 누구고 누가 되기를 택하는가'와 관련된, 너희 내면 깊은 곳의 생각과 선택과 발상과 결단들이 외부로 드러난 물질 표현이다. 그러니 너희 마음에 들지 않는 삶의 측면들을 비난하지 마라. 대신 그것들과 그것들을 가능하게 만든 조건들을 바꾸고자 하라.

어둠을 보라. 하지만 어둠을 저주하지는 마라. 그보다는 어둠을 비추는 빛이 되어 그것을 바꿔라. 눈부신 네 빛의 광휘를 사람들 앞에 던져, 어둠 속에 서 있던 사람들이 네 존재의 빛으로 밝아지게 하라. 그러면 마침내 너희 모두가 자신이 참으로 누군지 보게 되리니.

네 빛은 네 길을 밝히는 것 이상을 할 수 있으니, 빛을 가져오는 자가 되라. 네 빛으로 온 세상이 밝아질 수도 있다.

그러니 비추어 밝게 하라! 비춰라! 칠흑 같은 어둠의 순간이 오히려 네가 받는 가장 큰 선물이 될 수 있도록. 그러면 너희는 선물을 받을 때조차, '자신'이라는 이루 말로 다할 수 없는 보물을 남들에게 주는 것으로, 그들에게 선물을 주는 것이 되니리.

사람들을 그들 자신으로 되돌려주는 것, 이것을 너희의 과제로 삼고, 이것을 너희의 가장 큰 기쁨으로 삼아라. 그들이 가장 암울해하는 시간들에도, 아니 특히나 그런 시간들에.

세상이 너희를 기다리고 있으니 세상을 치유하라. 바로 지금 너희가 있는 그 자리에서. 너희가 할 수 있는 많은 일들이 있다.

내 양이 길을 잃었으니, 이제 그들을 찾아내야 한다. 그러니 너희는 뛰어난 목자가 되어 그들을 다시 내게로 데려와라.

고맙습니다. 그런 부름과 그런 과제를 내주셔서 고맙습니다. 제 앞에 그런 목표를 설정해주시다니, 고맙습니다. 당신도 아시다시피 제가 진짜로 원했던 길이 자신을 항상 그 방향으로 나가도록 만드는 것이었거든요. 그게 바로 제가 당신에게 온 이유고, 제가 이 대화를 사랑하고 찬미해온 이유입니다. 내가 내 안의 신성(神性)을 발견하고 다른 모든 사람들에게서 그것을 보기 시작한 게 당신과의 대화를 통해서니까요.

내 지극히 사랑하는 자여, 네가 그렇게 말하니 하늘이 기뻐하는구나. 바로 이것이 내가 네게로 오고, 나를 부를 모든 사람에게로 오게 되는 이유다. 지금 이 순간에도 나는 이 글을 읽고 있는 사람들에게 가 있다. 이 대화는 결코 너 혼자하고만 나누려던 게 아니었다. 그것은 이 세상 몇백만 명의 사람들을 위해 계획된 것이었다. 그리하여 각자에게 필요한 바로 그 순간에, 때로는 그럴 수 없이 기적적인 방식으로 이 책을 손에 넣은 그들은, 자기 삶의 그 순간에 딱 들어맞는 방식으로, 스스로가 불러들인 그 지혜를 받고 있다.

너희 각자가 혼자 힘으로 이런 결과를 만들어내고 있다는 이 사실이야말로 여기서 벌어지는 일의 경이로움이다. 너희에게는 그것이 마치 다른 누군가가 자신에게 이 책을 주고, 자신을 이 대화로 데려오고, 자신더러 이 대화집을 펼치게 한 "것처럼 보이겠지만", **실상 너희를 여기로 데려온 건 너희 자신이다.**

그러니 이제 너희 마음에 지녀온, 남은 문제들을 함께 탐구해보자.


죽은 후의 삶에 대해 좀 더 이야기해주실 수 있겠습니까? 당신은 죽은 후 영혼에게 어떤 일이 벌어지는지 설명하고 계셨습니다. 그리고 저는 가능하면 최대한 그 점에 대해 많이 알고 싶고요.


그렇다면 네 갈증이 채워질 때까지 그것에 대해 이야기해보기로 하자.

앞에서 나는, 벌어지는 일 모두가 너희가 원해서 벌어지는 것이라고 말했다. 말 그대로다. 너희는 몸을 지니고 있을 때만이 아니라 몸에서 벗어나 있을 때도 자신의 현실을 창조한다.

처음에는 너희가 이것을 알아차리지 못해 자신의 현실을 의식하면서 창조하지 못할 수도 있다. 그렇게 되면 서로 다른 두 에너지인 조절되지 않은 자기 생각이나 집단의식 중 하나가 너희 체험을 창조할 것이다.

조절되지 않은 자기 생각이 집단의식보다 강한 정도에 따라, 바로 그 정도만큼, 너희는 그것을 자신의 현실로 체험할 것이다. 반면에 너희가 집단의식을 받아들이고 흡수하고 내면화하는 정도에 따라, 바로 그 정도만큼, 너희는 그것을 자신의 현실로 체험할 것이다.

이것은 너희의 지금 삶에서 소위 현실이란 걸 창조하는 방법과 조금도 다르지 않다.

너희는 삶에서 언제나 자기 앞에 다음 세 가지 선택을 마주한다.

1. 너희는 조절되지 않은 자기 생각들이 그 순간을 창조하게 할 수도 있고,

2. 창조력을 지닌 자기 의식이 그 순간을 창조하게 할 수도 있으며,

3. 집단의식이 그 순간을 창조하게 할 수도 있다.

여기에 아이러니가 있다.

지금 삶에서 너희는 개인의 자각을 의식하면서 창조하는 쪽이 힘들다는 걸 깨닫는다. 사실 너희가 주변에서 보는 그 모든 걸 전제로 하면, 너희는 자주 자신의 이해(理解)를 틀린 걸로 치곤 한다. 이 때문에 집단의식에 내맡기는 것이 자신에게 도움이 되든 안 되든, 너희는 그렇게 한다.

반면에 처음으로 소위 사후(死後)라는 순간으로 들어갔을 때, 너희가 주변에서 보는 모든 걸(아마 너희로서는 믿지 못할)

전제로 한다면, 너희는 아마도 집단의식에 굴복하기가 **힘들다**는 걸 깨달을 것이다. 이 때문에 자기 개인의 이해들이 자신에게 도움이 되든 안 되든, 너희는 그것들에 매달리는 쪽으로 기울 것이다.

하지만 너희에게 말하노니, 낮은 의식에 둘러싸여 있을 때는 자기 개인의 이해에 머무는 편이 너희에게 이롭고, 높은 의식에 휩싸여 있을 때는 집단의식에 내맡기는 편이 너희에게 더 이롭다.

그러니 높은 의식을 가진 존재들을 찾는 게 현명하리니, 너희가 교제하는 동아리의 중요성은 아무리 강조해도 지나치지 않다.

반면에 소위 사후에는 너희가 이런 등급표를 놓고 염려할 필요가 전혀 없다. 왜냐하면 너희는 순식간에, 그야말로 자동으로, 높은 의식을 가진 존재들과 높은 의식 자체에 둘러싸일 것이기에.

그럼에도 자신이 그토록 크나큰 사랑에 둘러싸인 걸 너희가 모를 수는 있다. 당장에는 모를 수도 있다. 따라서 너희에게는 그런 상황을 자신이 "벌어지게" 하는 것처럼 보일 수 있다. 자신이 그 순간에 아무 운이나 작용하게 하는 변덕을 부리는 것처럼 보일 수 있다. 하지만 실제로 너희가 체험하는 건 죽는 상태에서 너희가 지녔던 의식이다.

너희 중 일부는 죽는 게 어떤 건지 알지 못하면서도 기대를 갖는다. 너희는 평생 동안 죽은 다음에 벌어질 일을 놓고 이런저런 생각들을 해왔다. 너희가 "죽으면" 그런 생각들이 뚜렷이 드러나리니, 너희는 자신이 어떻게 생각해왔는지 갑자기 깨닫는다realize(현실로 만든다make real). 그것은 너희의 가장 강력한 생각들, 너희가 가장 열렬하게 지녀왔던 생각들, 즉 삶에서 항상 그러했듯이 우세해질 생각들이다.

그렇다면 어떤 사람이 지옥에 **갈 수도** 있겠군요. 그 사람이 평생 동안 지옥을 가장 확실하게 존재하는 장소로 여겼고, 신은 "산 자와 죽은 자"를 심판할 것이며, "겨에서 밀을", "양에서 염소를" 가려낼 것이고, 자신이 저지른 온갖 일들이 다 신을 화나게 했으니, 자신은 당연히 "지옥으로 가리라" 믿었다면, 그는 지옥으로 **가겠군요!** 영원히 꺼지지 않는 천벌의 불길 속에 던져질 테고요. 무슨 수로 피할 수 있겠습니까? 당신은 이 대화를 진행하면서 몇 번이나 지옥은 존재하지 않는다고 말씀하셨습니다. 하지만 당신은 우리 자신의 현실을 창조하는 건 우리고, 우리가 그렇게 생각한다면 어떤 현실이라도 창조할 힘을 갖고 있다고도 하십니다. 그러니 지옥불과 천벌을 믿는 사람에게는 그런 것들이 존재할 수 있고, 존재하게 되는 거죠.

'궁극의 현실'에서는 '존재' 자체를 빼고는 아무것도 존재하지 않는다. 네가 묘사하는 식의 지옥 체험을 포함해서, 너희가 원하는 모든 하위 현실을 창조할 수 있으리라는 네 지적은 정확하다. 나는 이 대화를 통틀어 어디에서도 너희가 지옥을 체험할 수 없다고는 하지 않았다. 나는 다만 지옥은 존재하지 않는다고 말했다. **너희가 체험하는 대부분이 존재하지 않지만, 그럼에도 너희는 그것들을 체험한다.**

이건 정말 믿기 힘들군요. 바넷 베인이라는 제 친구가 얼마 전에 이 문제를 다룬 영화를 제작했습니다. 정말 딱 이 문젭니다. 제가 이 문단을 쓰는 지금은 1998년 7월입니다. 저는 지금 이 문단을 2년 전에 적은 문단들 사이에 끼워 넣고 있습니다. 전에는 한번도 이런 적이 없지만, 원고를 출판사에 보내려고 마지막으로 또 한번 읽고 있자니 생각이 나더군요. '가만 있어봐! 얼마 전에 로빈 윌리엄스가 **우리가 여기서 이야기하는 바로 이 문제**를 영화에서 다루었잖아.' 그 영화 제목은 〈천국보다 아름다운What Dreams May Come〉인데, 놀랍게도 방금 당신이 말씀하신 걸 영상으로 그려내고 있습니다.

나도 그 영화를 알고 있다.

**당신이 아신다고요? 신이 영화관에도 갑니까?**

신은 영화도 만든다.

와!

그렇다. 너는 〈오, 신이시여Oh, God〉(조지 번스 주연의 영화 – 옮긴이)를 못 보았느냐?

글쎄요, 아 물론, 하지만……

어째서 너는 신이 오직 책만 쓴다고 생각하느냐?

그럼, 로빈 윌리엄스 영화는 말 그대로 사실입니까? 제 말은, 그게 진짜냐는 겁니다.

아니다. 신성을 다룬 어떤 영화도, 어떤 책도, 혹은 인간의 다른 어떤 설명도, 말 그대로 사실인 건 없다.

성경도요? 성경도 글자 그대로 사실이 아닙니까?

아니다. 나는 네가 그걸 안다고 생각하는데.

저, 이 책은요? 이 책은 당연히 글자 그대로 사실이겠죠!

아니다. 네게 이런 이야기를 하기는 싫지만, 너는 이 책을 너 개인이라는 체filter로 걸러서 가져오고 있다. 네 체의 그물눈이 이제 갈수록 더 엷어지고 더 가늘어진다는 건 인정하마. 너는 아주 좋은 체가 되어가고 있다. 그럼에도 불구하고 너는 여전히 체다.

저도 압니다. 다만 그걸 이 자리에서 다시 한번 확실히 하고 싶었던 겁니다. 이런 책과 〈천국보다 아름다운〉 같은 영화를 말 그대로 사실로 받아들이는 사람들도 있거든요. 저는 그 사람들이 그러지 못하게 말리고 싶고요.

그 영화의 작가와 제작자들은 불완전한 체로 거르긴 했지만,

그래도 몇 가지 굉장한 진리들을 제시했다. 그들이 그려내려던 핵심은, 너희는 체험하고 싶어하는 꼭 그대로를 죽고 나서 체험하게 된다는 점이다. 그들은 이 점을 아주 효과적으로 그려냈다. 자, 이제 본래 우리가 있던 곳으로 되돌아가지 않겠느냐?

그렇게 하십시오. 저는 다만 그 영화를 보면서 궁금했던 걸 알고 싶었을 뿐이니까요. 지옥 같은 건 없다, 그런데도 지옥을 체험한다면, 이 지옥은 뭐가 다른 겁니까?

너희 스스로 창조한 현실에 남아 있는 한, 아무 차이도 없을 것이다. 하지만 너희가 그런 현실을 영원히 창조하는 일도 없을 것이다. 너희 중 일부는 소위 "나노세컨드"(10억분의 1초 - 옮긴이)라 부르는 극히 짧은 순간밖에는 그것을 체험하지 않을 것이다. 따라서 너희는 자신의 상상이라는 은밀한 영역에서조차 슬픔이나 고통의 자리를 체험하지 않을 것이다.

제가 평생 동안 그런 자리가 있고, 제가 저지른 어떤 짓 때문에 그런 자리에 던져져도 마땅하다고 믿어왔다면 무엇이 영원히 그런 곳을 창조하는 저 자신을 막아줄 수 있습니까?

네 앎과 이해가.
이승에서 너희의 다음번 순간이 너희가 지난번 순간에 얻은 새로운 이해들에서 창조되듯이, 소위 저승에서도 너희는 앞서 알고 이해한 것으로부터 새로운 순간을 창조할 것이다.

그리고 너희가 거기서 금방 알고 이해하게 될 한 가지는, 너희는 언제나 자신이 체험하고 싶은 것을 선택하고 있다는 사실이다. 이것은 사후에는 결과들이 즉각 나타나기 때문이니, 너희라도 뭔가에 대한 자신의 생각과 그런 생각이 창조해내는 체험 사이의 연결 관계를 놓칠 리 없을 것이다.

너희는, 자신의 현실을 창조하는 건 자신임을 이해하게 될 것이다.

그 이야기를 듣고 보니, 왜 어떤 사람들의 체험은 행복한데, 어떤 사람들의 체험은 무서운지, 또 왜 어떤 사람들의 체험은 의미심장한데, 다른 사람들의 체험은 실상 무의미한지, 이해가 될 것 같습니다. 그리고 죽고 난 직후의 순간들에 벌어지는 상황을 놓고 왜 그토록 서로 다른 이야기들이 존재하는지도요.

평화와 사랑으로 가득한 임사(臨死) 체험을 하고 돌아와 두 번 다시 죽음을 두려워하지 않게 되는 사람들이 있는가 하면, 아주 겁에 질려 돌아오는 사람들도 있습니다. 자신들이 사악한 어둠의 세력들을 만난 게 틀림없다고 확신하면서요.

영혼은 마음의 가장 강력한 제안에 반응하고 그것을 재창조하면서, 그것을 자신의 체험으로 빚어낸다.

어떤 영혼들은 그런 체험 속에 한동안 머무르면서 그것을 아주 현실처럼 만든다. 심지어 몸을 가진 동안의 체험들—똑같이 비현실적이고 일시적이지만—에 머무를 때조차도, 그들은 그렇게 한다. 반면에 재빨리 자신을 적응시켜 그 체험을 있는 그대로 보고, 새로운 생각들을 생각하기 시작하며, 당장에 새로운 체험들로 옮겨가는 영혼들도 있다.

당신 말씀은 사후라고 해서 상황이 존재하는 무슨 특별한 방식 같은 건 없다는 건가요? 우리 마음과 상관없이 존재하는 영원한 진리 같은 건 없다는 겁니까? 죽음을 거쳐 다음 현실 속으로 들어갈 때까지, 우리는 계속해서 신화와 전설과 가상 체험들을 만들어간다는 겁니까? 그렇다면 우리가 그런 구속에서 풀려나는 건 언제입니까? 언제쯤에야 우리는 진리를 알게 되는 겁니까?

너희가 그렇게 하기를 선택할 때. 이것이 바로 로빈 윌리엄스 영화의 핵심이고, 여기서 하는 이야기의 핵심이다. 존재 전체의 영원한 진리를 알고, 그 위대한 수수께끼를 이해하며, 그 웅장한 현실을 체험하는 것이 자신의 유일한 바람인 사람들은 그렇게 한다.

아니다, '위대한 유일 진리'는 있고, '종국의 실체Final Reality'는 존재한다. 하지만 너희는 그런 현실에 관계없이 언제나 너희가 택하는 바를 가질 것이다. 신성한 피조물인 너희는 너희의 현실을 성스럽게 창조하고 있다는 것─때로는 그것을 체험하는 동안에도─바로 이것이 그 실체이기에.

하지만 너희가 개별 현실을 창조하길 그만두고 더 큰 현실, 통일된 현실을 이해하고 체험하고 싶어한다면, 너희는 당장에 그렇게 할 기회를 가질 것이다.

그런 선택과 그런 바람과 그런 의지와 그런 앎의 상태로 "죽는" 사람들은 당장에 '하나됨Oneness'('하나임'으로도 번역 – 옮긴이)의 체험 속으로 옮겨간다. 나머지 사람들은 그렇게 하기를 바랄 경우에만, 바라는 만큼만, 또 바랄 때만, 비로소 그런 체험 속으로 옮겨갈 것이다.

이것은 영혼이 몸을 지니고 있을 때도 마찬가지다.

그것은 전적으로 바람의 문제, 선택하고 창조하는 문제, 궁극에 가서는 창조할 수 없는 것을 창조하는 문제, 다시 말해 이미 창조된 것을 체험하는 문제다.

이것은 '창조된 창조자The Created Creator'요, '부동의 동인'이다. 그것은 알파요 오메가며, 전이자 후이고, 너희가 신이라 부르는 삼라만상의 지금–그때–항상의 측면이다.

나는 너희를 저버리지 않겠지만, 그렇다고 너희에게 나 자신을 강요하지도 않을 것이다. 지금까지 한번도 그렇게 한 적이 없고, 앞으로도 없을 것이다. 너희는 원할 때마다 내게로 돌아올 수 있다. 너희가 몸을 지니고 있든, 아니면 몸에서 벗어난 다음이든, 당장 그 자리에서. 너희는 개별 자아의 상실이 너희를 기쁘게 할 때마다 '하나One'로 되돌아가 그것을 체험할 수 있다. 또 너희는 원할 때마다 개별 자아의 체험을 다시 창조할 수도 있다.

그것이 존재 전체의 가장 미세한 부분이든 아니면 가장 큰 부분이든, 너희는 원하는 모든 측면을 체험할 수 있다. 너희는 미시우주를 체험할 수도 있고, 거시우주를 체험할 수도 있다.

나는 미립자를 체험할 수도 있고, 바위를 체험할 수도 있다.

그렇다. 잘했다. 너는 이것을 이해해가고 있다.

너희가 인간의 몸을 가지고 머물 때, 너희는 전체보다 작은 부분, 즉 미시우주의 부분을 체험한다. (물론 그렇다고 가장 작은 부분이란 의미는 아니다.) 반면에 너희가 몸에서 벗어나 있을 때(일부에서 "영계"라 부르는 상태에 있을 때), 너희의 시야는 기하급수로 확대된다. 갑자기 뭐든 알고 뭐든 할 수 있을 것 같아진다. 그때 너희는 거시우주 관점을 가질 것이고, 지금은 이해하지 못하는 것을 이해하게 될 것이다.

그때 가서 너희가 이해하게 될 한 가지는 다시 또 더 큰 거시우주가 존재한다는 사실이다. 즉 존재 전체는 너희가 그 시점에서 체험하는 현실보다 훨씬 더 크다는 게 갑작스레 분명해지리니, 이것은 당장에 너희를 경외심과 기대감, 경탄과 흥분, 기쁨과 들뜸으로 가득 채울 것이다. 그때가 되면 내가 알고 이해하는 것, 즉 게임은 결코 끝나지 않는다는 사실을 너희도 알고 이해할 것이기에.

제가 과연 참된 지혜의 자리에 이를 수 있을까요?

너희가 "죽고" 나면, 너희는 지금껏 자신이 답했던 온갖 물음들을 다시 제기하는 쪽을 선택할 수도 있고, 존재하리라 꿈도 꾸지 못했던 새로운 질문들에 자신을 여는 쪽을 선택할 수도 있다. 혹은 존재 전체와 하나되는 체험을 선택할 수도 있다. 또 너희는 자신이 다음번에 되고 싶고, 하고 싶고, 갖고 싶은 게 뭔지 정할 기회를 가질 것이다.

너는 가장 최근의 육신으로 돌아가길 원하느냐? 아니면 다른 종류의 인간 형상으로 삶을 다시 체험하길 원하느냐?

혹은 그 당시 체험 수준에서 네가 있는 "영계"의 그 위치에 그대로 머물길 원하느냐? 너는 자신의 앎과 체험이 계속해서 더 나아가길 원하느냐? 아니면 "자신의 정체성을 완전히 잃고", 이제 '하나임'의 일부가 되기를 원하느냐?

너는 무엇을 원하느냐? 무엇을 원하느냐? 무엇을?

나는 언제나 너희에게 이것을 물을 것이다. 너희가 가장 아끼는 소망, 너희의 가장 큰 바람을 주는 법 말고는 아무것도 모르는 우주가 알고자 하는 것 역시 언제나 이것이다. 사실 우주는 날마다, 순간마다 이렇게 하고 있다. 너희와 나의 차이는, 너희는 이것을 의식으로 자각하지 못하지만, 나는 자각한다는 것이다.


말해주십시오, 제가 죽고 나면 몇몇 사람들이 그럴 거라고 하듯이 제 친척들, 제 가족들이 절 만나러 와서 무슨 일이 벌어지고 있는지 제게 이해시켜주는지요. 우리는 "먼저 간 사람들"과 다시 만나게 되나요? 우리는 영원히 함께 있을 수 있나요?


너는 무엇을 원하느냐? 너는 이런 일들이 벌어지길 원하느냐? 그러면 그렇게 될 것이다.


아, 제가 혼동했군요. 그러니까 당신 말씀은 우리는 누구나 자유의지를 갖고 있고, 이 자유의지는 우리가 죽고 나서까지 이어질 거란 거죠?

그렇다, 그게 바로 내가 말하고 있는 것이다.

그게 사실이라면, 제 가족들의 자유의지가 내 것과 일치해야겠군요. 내가 그런 생각과 바람을 가지고 있을 때, 그들도 나와 같은 생각과 바람을 가져야겠군요. 그렇지 않다면 내가 죽더라도 그들은 날 위해 거기 있지 않겠군요. 더구나 저는 앞으로 영원히 그들과 함께 있고 싶은데, 그중 한두 사람은 계속 나아가기를 바란다면 어떻게 되는 겁니까? 또 개중에는 점점 더 높은 체험, 당신 표현대로 '하나임'과 다시 합쳐지는 체험 속으로 옮겨가고 싶어할 사람도 있을 테고요. 그러면 어떻게 되죠?

우주에는 어떤 모순도 없다. 모순 같아 보이는 상황들은 있지만, 실제로는 어떤 모순도 존재하지 않는다. 네가 묘사한 식의 상황이 일어난다 해도(그런데 이건 아주 좋은 질문이다), 너희 양쪽 다 자신들이 택하는 것을 가질 수 있게 될 것이다.

양쪽 다요?

양쪽 다.

어째서 그런지 여쭤봐도 됩니까?

된다.

그럼, 어째서……

　너는 신을 뭐라고 생각하느냐? 너는 내가 한 곳, 오직 한 곳에만 존재한다고 생각하느냐?

아뇨. 전 당신이 모든 곳에 동시에 존재한다고 생각합니다. 저는 신이 전지전능하다는 걸 믿습니다.

　음, 네 말이 맞다. 내가 없는 곳은 없다. 이건 이해하겠느냐?

그렇다고 생각합니다.

　좋다. 그렇다면 너는 뭣 때문에 그게 너와는 다르다고 생각하느냐?

당신은 신이니까요. 전 다만 인간일 뿐이지만요.

　알겠다. 우리는 아직도 이런 식의 "다만 인간일 뿐인" 것에 붙들려 있구나……

좋습니다, 좋아요…… 논의의 편의를 위해서 저도 신이라고, 혹은 적어도 신과 같은 재질로 이루어졌다고 해두죠. 그렇다면 당신 말씀은 저도 어디나 항상 있을 수 있다는 겁니까?

그것은 그냥 의식이 자신의 현실 속에 무엇을 붙잡는가의 문제일 뿐이다. 소위 "영계"에서 너희는 상상할 수 있는 모든 걸 체험할 수 있다. 따라서 네가 한 "때"에 한 곳에서 한 영혼soul으로 존재하는 자신을 체험하고 싶다면, 너는 그렇게 할 수 있다. 하지만 네가 그보다 더 큰, 한 "때"에 두 곳 이상에서 존재하는 네 영spirit을 체험하고 싶다면, **너는 그렇게도 할 수 있다.** 사실 너희는 어느 "때"든 자신이 **원하는 곳 어디에나** 존재하는 것으로서 너희 영을 체험하리니, 이것은 실제로는 오직 한 "때"와 한 "곳"만이 존재하며, 너희는 언제나 그 모두에 있기 때문이다. 따라서 너희는 그렇게 하기를 선택할 때마다, 자신이 원하는 그것의 어떤 부분, 혹은 어떤 **부분들**도 체험할 수 있다.

**저**는 제 가족과 함께 있기를 원하지만, 그중 **한 사람**은 다른 어딘가에 있는 "전체의 일부"가 되기를 원한다면요? 그럴 때는 어떻게 되죠?

너와 네 가족이 같은 것을 원하지 않기란 불가능하다. 너와 나, 그리고 네 가족과 나, 말하자면 우리 모두가 같은 존재다.

뭔가를 바라는 네 행동 자체가 뭔가를 바라는 내 행동이다. 너희는 **바람**이라는 체험을 행동으로 드러내는 나 자신에 지나지 않기 때문이다. 따라서 나는 너희가 바라는 것을 바란다.

네 가족들과 나 역시 같은 존재다. 따라서 그들은 내가 바라는 것을 바라고 있다. 그렇다면 네가 바라는 것이라면 네 가족들 또한 바라고 있다는 결론이 나오게 된다.

마찬가지로 지상에서도 너희 모두는 같은 것을 바란다. 너희는 평화를 바라고, 풍요를 바란다. 너희는 기쁨을 바라고, 성취를 바란다. 너희는 만족을 바라고, 일을 통한 자기 표현과, 삶에서의 사랑과, 몸의 건강을 바란다. 너희 모두가 같은 것을 바란다.

너는 이것이 우연의 일치라고 생각하느냐? 아니다, 그렇지 않다. **그것은 삶이 작동하는 방식이다.** 지금 이 순간 나는 네게 이 점을 설명하고 있다.

그런데 지상의 방식과 소위 영계의 방식에서 유일하게 다른 한 가지는, 지상에서는 너희 모두가 같은 것을 바라면서도, 어떻게 해야 그것을 갖게 될지를 놓고는 모두가 서로 다르게 생각한다는 것이다. 따라서 같은 것을 추구하는데도 너희는 서로 전혀 다른 방향으로 가고 있다!

너희가 지닌 이런 다른 견해들은 너희에게 서로 다른 결과들을 가져다준다. 이런 견해들을 '받침 생각Sponsoring Thoughts'이라 부를 수도 있을 것이다. 여기에 대해서는 앞서 이미 이야기했다.

그렇습니다. 1권에서요.

너희들 다수가 공유하는 그런 생각들 중 하나가 충분치 못하다는 관념이다. 너희들 다수가 존재의 가장 깊은 곳에서 그냥 **충분치 못한 게 있다, 뭐든 충분치 않다**고 믿는다.

사랑이 충분치 않고, 돈이 충분치 않으며, 먹을거리가 충분치 않고, 옷이 충분치 않으며, 잠 잘 곳이 충분치 않고, 시간이 충분치 않으며, 모든 사람에게 골고루 돌아갈 만큼 좋은 아이디어가 충분치 않고, 그리고 당연히 모두에게 골고루 돌아가기에는 **너희** 자신이 충분치 않다고.

이런 받침 생각 때문에 너희는 "충분치 않다"고 여기는 걸 손에 넣으려 할 때, 온갖 종류의 전략과 전술들을 채택한다. 하지만 이것들은, 너희가 바라는 게 무엇이든 간에…… 그것이 모두에게 돌아갈 만큼 충분히 존재한다는 걸 확신하고 나면, 당장 그 자리에서 내던지고 말 접근 방식들에 불과하다.

너희가 "천국"이라 부르는 곳에서는 자신과 자신이 바라는 것 사이에 어떤 분리도 존재하지 않음을 자각하게 되니, 너희가 지닌 "충분치 않음"의 관념은 사라진다.

너희는 충분한 것보다 훨씬 더 많은 너희가 있음을 자각한다. 너희는 자신이 어떤 특정 "시간"에 둘 이상의 장소에 있을 수 있음을 자각하게 된다. 따라서 네 형제가 원하는 것을 네가 원하지 않을 이유가 없고, 네 자매가 택하는 것을 네가 택하지 않을 까닭이 없다. 만일 그들이 숨는 순간에 자신들의 공간 속에 네가 있기를 원한다면, 너에 대한 그런 생각 자체가 너를 그들에게로 불러들일 것이다. 그리고 네가 거기로 가는 것이 네가 하고 있을 다른 일에서 너를 벗어나게 하는 게 아니니, 너로서도 그들에게 달려가지 않을 이유가 전혀 없다.

'안 돼No'라고 말할 아무런 이유도 없는 이런 상태가 내가 항상 머무는 상태다.

너는 예전에 신은 절대 '아니No'란 말을 하지 않는다고 들었다. 그리고 그건 사실이다.

나는 너희가 바라는 꼭 그대로를 항상 너희에게 줄 것이다. 시간이 시작된 이후로 내가 항상 그래왔듯이.

당신이 정말로 어떤 순간에 각자가 바라는 꼭 그대로를 모두에게 **항상 주고 있단** 말입니까?

그렇다, 내 사랑하는 자여, 그렇다.

네 삶은 네가 바라는 바와, 자신이 바라는 걸 가질 수 있으리란 네 믿음의 반영물이다. 네가 아무리 간절히 바라더라도 가질 수 있다고 믿지 않는다면, 나로서도 그걸 줄 수가 없다. 나는 그것에 관한 네 생각을 침해하지 않을 것이기에. 내가 그것을 침해할 수 없는 것, 이것은 법칙이다.

자신이 뭔가를 가질 수 없다고 믿는 건 그걸 갖기를 바라지 않는 것과 같다. 그것은 같은 결과를 낳는다.

하지만 지상에서는 바란다고 해서 뭐든 다 가질 순 없습니다. 예를 들어 우리는 한꺼번에 두 곳에 있을 수 없습니다. 우리가 바랄 수는 있지만 가질 수 없는 건 이것 말고도 많습니다. 지상에서의 우리는 하나같이 대단히 제한된 존재들이니까요.

나는 네가 그걸 그런 식으로 본다는 걸 안다. 그래서 네게는 그것이 그런 식인 것이다. 영원히 진리로 남을 한 가지 사실은, 너희는 언제나 자신에게 주어지리라고 믿는 체험을 받으리란 것이다.

따라서 네가 자신은 한꺼번에 두 곳에 있을 수 없다고 말한다면, 그렇다면 너는 있을 수 없다. 하지만 네가 생각의 속도로 네가 원하는 어디든 있을 수 있다고 말한다면, 나아가 주어진 순간에 둘 이상의 장소에서 물질 형상으로 자신을 드러낼 수도 있다고 말한다면, 그렇다면 너는 그렇게 할 수 있을 것이다.

자, 당신도 보시다시피 제가 이 대화를 따라가지 못하게 만드는 경우가 이런 겁니다. 저도 이 정보가 신에게서 직접 오고 있다는 사실을 믿고 싶습니다. 하지만 당신이 이런 식의 이야기를 할 때면 저는 속으로 거의 미칠 지경이 됩니다. 도무지 믿을 수가 없거든요. 제 말은 당신이 앞에서 말한 걸 도무지 사실로 받아들일 수 없다는 겁니다. 어떤 인간 체험도 이런 걸 증명하지는 못했습니다.

천만에. 모든 종교의 성자와 현인들이 이 두 가지 다를 해냈다고 일컬어져왔지 않느냐? 그렇다면 그렇게 하기 위해서는 아주 높은 수준의 믿음이 있어야 할까? **놀라운** 수준의 믿음이? 한 존재가 1000년은 걸려야 도달할 그런 수준의 믿음이? 그렇다. 그럼 그건 불가능하다는 뜻일까? 아니다.

어떻게 해야 그런 믿음을 지닐 수 있습니까? 어떻게 해야 제가 그런 수준의 믿음에 이를 수 있습니까?

너는 거기에 이를 수get there 없다. 단지 거기에 있을 수be there만 있다. 나는 지금 말장난을 하는 게 아니다. 말 그대로 그렇다는 뜻이다. 나라면 '완전한 앎Complete Knowing'이라고 불렀을 이런 종류의 믿음은 너희가 **손에 넣으려고** 애쓸 수 있는 뭔가가 아니다. 사실 손에 넣으려고 애쓴다면 너희는 그것을 가질 수 없다. 그것은 그냥 너희 **자신인** 뭔가다. 너희 **자신이** 그냥 이 앎이다. 너희가 이런 **존재**being**다.**

그런 있음beingness은 **전면 자각**total awareness의 상태에서 나온다. 그것은 오직 그런 상태에서만 나올 수 있다. 만일 너희가 자각하게 되기를 구한다면, 그렇다면 너희는 그렇게 될 수 없다.

그것은 너희 키가 150센티미터일 때 180센티미터"이려고" 애쓰는 것과 같다. 너희는 180센티미터일 수 없다. 너희는 오직 있는 그대로, 150센티미터"일" 수만 있다. **180센티미터로 자랐을 때,** 그때서야 비로소 너희는 180센티미터"일" 것이다. 너희가 180센티미터일 때, 그러면 너희는 180센티미터인 사람들이 할 수 있는 온갖 일을 다 할 수 있을 것이다. 그리고 너희가 전면 자각의 상태에 **있을** 때, 그때서야 비로소 너희는 전면 자각 상태에 있는 존재들이 할 수 있는 온갖 일을 다 할 수 있을 것이다.

그러니 너희가 이런 일들을 할 수 있다고 "믿으려 애쓰지" 마라. 대신 전면 자각의 상태로 옮겨가고자 하라. 그러면 믿음은 더 이상 필요하지 않을 것이고, '완전한 앎'이 자신의 경이로움을 펼치리니.

예전에 명상을 하다가 완전한 '하나됨', 전면 자각을 경험했더랬습니다. 정말 멋졌어요. 황홀경이었지요. 저는 그때 이후로 계속해서 그 체험을 다시 가져보려고 애써왔습니다. 앉아서 명상하면서 그 전면 자각을 다시 가져보려고요. 그런데 안 되더군요. 그러니까 그 이유가 이거란 거죠. 그렇죠? 당신 이야기는 뭔가를 가지려고 애쓰는 한, 나는 그것을 가질 수 없다, 그 애씀 자체가 내가 지금 그것을 갖고 있지 않다는 진술이기 때문이란 거죠. 당신은 이 대화 전체에 걸쳐서 제게 계속 같은 지혜를 주고 계시는군요.

그래, 그렇다. 이제 너는 그것을 이해하는구나. 이제 네게는 그것이 좀 더 분명해지고 있다. 우리가 여기서 계속 원을 따라 도는 이유가 여기에 있다. 바로 이것이 우리가 계속해서 같은 말을 반복하고, 같은 상황을 다시 찾는 이유다. 너는 세 번, 네 번, 때로는 다섯 번을 돌고서야 이해한다.

그러고 보니 제가 그런 질문을 한 게 잘됐군요. "너는 동시에 두 곳에 있을 수 있다"거나 "너는 네가 원하는 무슨 일이든 할 수 있다"는 식의 이야기는 위험한 소재일 수 있거든요. 이건 사람들을, "나는 신이다! 나를 봐! 난 날 수 있어!"라고 외치면서 엠파이어 스테이트 빌딩에서 뛰어내리게 만들 그런 소재입니다.

그렇게 하기 전에 먼저 전면 자각 상태에 있는 편이 나을 것이다. 너희가 다른 사람들에게 자신이 신임을 과시함으로써 그것을 증명해야 하는 경우라면, 너희는 자신이 신임을 모른다는 것이기에, 너희 현실 속에서는 이 "알지 못함"이 자신을 과시할 것이다. 결국 너희는 체면을 완전히 구기고 말 것이다.

신은 누구에게도 자신을 증명하려 하지 않는다. 그럴 필요가 없기 때문이다. 신은 그냥 있다, 그리고 신이란 게 그런 것이다. 자신이 신과 '하나'임을 아는 사람들이나 내면의 신을 체험한 사람들은 그들 자신한테는 말할 것도 없고, 누구한테도 그것을 증명할 필요가 없고, 증명하려 하지도 않는다.

그러했기에 그들이 "네가 정말 하느님의 아들이거든 어서 십자가에서 내려와봐라!"라며 그를 조롱했을 때, 예수라 불린 그 사람은 아무것도 하지 않았다.

하지만 3일 후, 어떤 목격자도, 어떤 관중도, 뭔가를 증명해줘야 할 어떤 사람도 없을 때, 그는 놀랍다고 말하는 것으로도 부족한 엄청난 일을 가만히 소리 없이 해냈다. 그때 이후로 세상은 두고두고 그 일을 이야기하고 있다.

너희가 구원을 찾을 곳이 이런 기적에서다. 예수만이 아니라 '너희 자신'에 관한 진리를 너희에게 보여주는 이런 기적은, 너희가 지금껏 들어왔고 진리로 받아들였던 너희 자신에 관한 거짓말에서 너희를 구원해줄 수 있기 때문이다.

신은 언제나 너희를 '자신'에 관한 가장 고귀한 생각으로 초대한다.

너희 행성에도 지금 이 순간, 이런 여러 고귀한 생각들을 드러내온 사람들이 있다. 물체가 나타났다가 사라지게 하고, 그들 자신들이 나타났다가 사라지게 하며, 나아가 몸을 하고 "영원히 살거나", 몸으로 돌아와 다시 사는 것을 포함해서. 이 모든 것, 이 모두가 그들의 믿음, 그들의 앎, 세상과 세상 이치에 대한 그들의 변치 않는 명료함 덕분에 가능했던 것이다.

그런데 예전에는 육신 형상을 한 사람들이 이런 일들을 해낼 때마다, 너희는 그 사건들을 기적이라 부르고 그 사람들을 성자와 현인으로 삼았지만, 그렇다고 그들이 너희보다 더 성자와 현인인 건 아니다. 너희 모두가 성자이고 현인이기 때문이니, 그들이 **너희에게 전해주려는 메시지가 바로 이것이다.**

제가 어떻게 그런 걸 믿을 수 있습니까? 저도 진심으로 그걸 믿고 싶지만, 그럴 수가 없습니다. 그냥 그럴 수가 없어요.

그렇다, 너는 그것을 믿을 수 없다. 너는 다만 그것을 알 수 있을 뿐이다.

어떻게 해야 알 수 있습니까? 어떻게 해야 제가 그렇게 될 수 있습니까?

네가 자신을 위해 원하는 것이 무엇이든, 그것을 남에게 주어라. 그러나 네가 그렇게 될 수 없다면 다른 누군가가 그렇게 되도록 도와줘라. 다른 누군가에게 그가 이미 갖고 있음을 **말해주고**, 그가 그것을 지녔음을 **칭찬하고**, 그가 그것을 지녔음을 **존경하라.**

구루guru(영적인 면에서의 지도자―옮긴이)를 갖는 진가가 여기에 있다. 바로 이것이 핵심이다. 서구에서는 "구루"라는 용어에 대단히 부정적인 에너지를 실어왔기에, 이제 그 말은 거의 비아냥거림이 되고 말았다. "구루"가 된다는 건 어쨌든 협잡꾼이 되는 것이고, 구루에게 네 정성을 바치는 건 어쨌든 네 힘을 내주는 것이라는 식으로.

하지만 너희 구루를 존경하는 건 힘을 내주는 것이 아니라, 힘을 **얻는** 것이다. 너희가 구루를 존경할 때, 너희가 자신의 선각자 스승을 찬미할 때, 너희는 "나는 당신을 본다"고 말하는 셈이다. 그리고 너희가 남에게서 보는 것이라면, 너희는 자신에게서도 보기 시작할 수 있다. 그것은 너희 내면 실체가 외화된 증거물이다. 너희가 구루에게서 보는 것은 너희 내면의 진실, 너희 존재의 진실에 대한 외화된 증명이다.

네가 쓰는 이 책들에서 너를 통해 주는 진리가 이것이다.

저는 이 책들을 제가 쓰는 걸로 보지 않는데요. 신인 당신이 저자이고, 저는 단지 필경사라고 보는데요.

저자는 신이다…… 그리고 **너 역시 저자다.** 내가 쓰든 아니면 네가 쓰든 아무 차이도 없다. 차이가 있다고 여기는 한, 너는 네가 쓰는 내용의 핵심을 놓칠 것이다. 그럼에도 지금까지 대다수 인류가 이 가르침을 놓쳐왔다. 그래서 나는 옛 스승들과 똑같은 메시지를 가진 새로운 스승들, 더 많은 스승들을 너희에게 보내고 있는 것이다.

나는 그 가르침을 너 자신의 사사로운 진리로 받아들이기 꺼려하는 너를 이해한다. 만일 네가 이 글들을 말하거나 쓰면서, 신과 '하나'라거나 심지어 신의 일부라고 주장하면서 돌아다녔다면, 세상은 너를 어떻게 생각해야 할지 몰랐을 것이다.

사람들이야 자기들 멋대로 생각할 수 있겠죠. 제가 아는 건, 나는 여기 이 책들에서 제시되는 정보의 수령자가 될 자격이 없고, 자신이 이 진리의 전달자가 될 만큼 가치 있다고 느끼지 않는다는 겁니다. 지금 제가 이 세 번째 책을 적고 있지만, 이것을 세상에 내놓기 전에도 내가 저지른 온갖 실수와 온갖 이기적인 행동들을 생각하면, 이 멋진 진리의 전달자가 되기에 가장 **부적합한** 인물이 나라는 사실을요.

하지만 바로 이 점이 이 3부작의 가장 위대한 메시지겠죠. 신은 누구한테서도 숨지 않고 모두에게 말한다는 거요. 심지어 우리 중에 가장 무가치한 사람에게까지요. 신이 저 같은 사람한테도 말씀하신다면, 신은 진리를 추구하는 남녀노소 모두의 가슴에 대고 직접 말씀하실 테니 말입니다.

그러니 우리 모두에게 희망이 있는 거죠. 우리 중 누구도 신이 저버릴 만큼 끔찍하지 않고, 신이 외면할 만큼 용서할 수 없지는 않은 셈이니까요.


너는 이걸 믿고 있느냐? 네가 방금 적은 것들 전부를?


그렇습니다.


그렇다면 그럴지어다, 그것이 너와 함께하리니.

하지만 나는 네게 이렇게 말하겠다. 다른 모든 사람처럼 너도 가치 있다. 무가치함은 지금까지 인간 종족을 찾아온 것 중에서 최악의 고발장이다. 너는 과거에 근거해서 네 가치를 평가하지만, 나는 미래에 근거해서 네 가치를 평가한다.

미래, 미래, 언제나 미래다! 너희 삶은 미래에 있지, 과거에 있지 않고, 너희 진리 역시 미래에 있지, 과거에 있지 않다.

너희가 한 일은 너희가 하려는 일에 비하면 중요하지 않고, 너희가 얼마나 잘못했는가는 너희가 얼마나 창조할지에 비하면 무의미하다.

나는 네 잘못을 용서한다, 그 전부를. 나는 네 잘못된 열정을 용서한다, 그 전부를. 나는 네 그릇된 관념과 오도된 이해와 상처 주는 행동과 이기적인 결정을 용서한다, 그 전부를.

남들은 너를 용서하지 않을지 모르지만, 나는 용서한다. 남들은 너를 죄의식에서 풀어주지 않을지 모르지만, 나는 풀어준다. 남들은 네가 잊고 앞으로 나아가 새로운 뭔가가 되게 놔두지 않을지 모르지만, 나는 그렇게 한다. 왜냐하면 나는 네가 예전의 네가 아니라 지금의 너고 앞으로도 항상 그럴 것임을 알기 때문이다.

어떤 죄인이라도 한순간에 성인이 될 수 있다. 단 1초만에, 단숨에.

사실 "죄인" 같은 건 없다. 적어도 내게는 아무도 죄지을 수 없기 때문이니, 내가 너를 "용서한다"고 말하는 이유가 여기에 있다. 내가 이 용어를 쓰는 건 그것이 너희가 이해할 것 같은 용어이기 때문이다.

그러나 사실 나는 **어떤 것에 대해서도** 너희를 용서하지 **않는다.** 그리고 앞으로도 **영원히** 용서하지 않을 것이다. 내게는 용서할 게 없으니, 그럴 필요가 없다. 하지만 내가 너희를 방면시켜줄 수는 있다. 그러기에 나는 그렇게 한다. 내가 그 많은 스승들의 가르침을 통해 예전에 그토록 자주 그래왔던 것처럼, 지금 여기서 다시 한번.

왜 우리는 그런 가르침들을 따르지 않았을까요? 왜 우리는 그걸 믿지 않았을까요? 당신의 가장 위대한 약속을.

너희가 신의 선함을 믿지 못하기 때문이다. 그렇다면 내 선함을 믿는 건 놔두고, 대신 단순 논리를 믿어라.

내가 너희를 용서할 필요가 없는 이유는, 너희는 나를 화나게 할 수도, 위태롭게 하거나 해칠 수도 없다는 데 있다. 그런데도 너희는 자신들이 나를 화나게 할 수 있고, 심지어 나를 위태롭게 할 수도 있다고 상상한다. 이 무슨 망상인가! 이 무슨 과대망상이란 말인가!

나는 해 입지 않는 자니, 너희는 어떤 식으로도 나를 해치거나 위태롭게 할 수 없다. 그리고 해 입지 않는 자는 다른 사람에게 해를 입힐 수도 없고, 입히지도 않을 것이다.

너는 이제, 내가 비난하지 않고, 벌주지 않을 것이며, 나로서는 보복할 필요도 없다는 진리 뒤에 있는 논리를 이해한다. 어떤 방식도 나를 화나게 하거나, 위태롭게 하거나, 다치게 하지 않았고, 또 그렇게 할 수도 없으니, 나로서는 그럴 필요가 없다.

너와 다른 모든 사람 역시 마찬가지다. 비록 누군가가 너희를 다치게 하고, 위태롭게 하며, 해칠 수 있고, 또 그래왔다고 너희 모두가 상상하더라도.

너희는 피해를 봤다고 상상하기에 복수가 필요하고, 고통을 체험하기에 그 보복으로 다른 사람의 고통을 요구한다. 하지만 남에게 고통을 가하는 것에 도대체 어떤 정당화가 가능하단 말인가? 너희는 누군가가 너희에게 상처를 입혔으니(라고 너희는 생각한다) 거꾸로 그를 상처 입히는 게 옳고 정당하다고 느끼는가? 너희가 입으로는 사람으로 해서는 안 되는 일이라고 말하는 그런 짓이라도 정당화만 할 수 있다면, 자기가 하는 건 괜찮다는 이야기냐?

이런 게 광기다. 그리고 이 광기에서 너희가 보지 못하는 건, 남에게 고통을 가하는 사람들 **모두가** 자기 쪽이 옳다고 여긴다는 점이다. 그 사람 자신은, 그가 추구하고 바라는 것을 전제로 할 때, **자신이 취하는 모든 행동을 올바른 행동으로 이해한다.**

너희 규정에 따르면 그들이 추구하고 바라는 것이 글렀겠지만, 그들의 규정에 따르면 그르지 않았다. 그들의 세상형(型)과 도덕적 윤리적 해석과 신학적 이해는 물론이고, 그들의 결정과 선택과 행동들에 너희는 동의하지 않을지 모르지만…… 그들은 자신들의 가치관에 근거해서 그것들에 동의한다.

너희는 그들의 가치관이 "글렀다"고 단정한다. 하지만 너희 가치를 "옳다"고 말하는 건 누군가? 오직 너희뿐이다. 너희 가치관은 너희가 그것을 "옳다"고 말하기 때문에 옳은 것이다. 그렇다 해도 너희가 그 평가를 계속 유지한다면 이것도 어느 정도는 의미가 있을지 모른다. 하지만 무엇을 "옳고" "그르다"고 여기는지를 놓고 너희 스스로도 계속해서 마음을 바꾸고 있지 않은가? 너희는 개인으로서도 이렇게 하고 사회로서도 이렇게 한다.

20~30년 전만 해도 너희 사회가 "옳다"고 여기던 것을, 너희

는 지금 "틀렸다"고 여긴다. 그리 머지않은 과거에 너희가 "틀렸다"고 여기던 것을, 너희는 이제 "옳다"고 단정한다. 도대체 어느 쪽이 진짜인지 누가 알 수 있단 말인가? 너희는 무슨 수로 선수 일람표도 없이 선수들을 알 수 있는가?

그런데도 우리는 감히 서로를 심판하면서 앉아 있군요. 우리는 감히 비난하죠. 용납되는 것과 용납되지 않는 것에 대한, 우리의 변화하는 관념들을 몇몇 사람들이 따라잡지 못했다고 해서요. 휘유~ 우린 진짜 대단합니다. 심지어 "괜찮은" 것과 괜찮지 않은 것에 대해서조차 우리 마음을 계속 유지하지도 못하면서요.

그건 문제가 아니다. 너희가 "옳고 그른" 것에 대해 견해를 바꾸는 것 자체는 문제가 아니다. 너희는 견해를 바꿔야 한다. 그러지 않는다면 너희는 절대 성장하지 못할 것이다. 변화는 진화의 산물이다.

아니다, 문제는 너희가 변했거나, 너희 가치가 변한다는 데 있지 않다. 문제는 자신이 지금 지닌 가치관이 옳고 완벽한 것이니, 나머지 다른 사람들도 그것을 신봉해야 한다는 생각을 많은 사람들이 고집한다는 데 있다. 너희 중에는 지극히 독선적으로 자신을 정당화하는 사람들도 있다.

그런 믿음이 너희에게 도움이 된다면 그것을 고수하라. 붙들고 포기하지 마라. "옳고 그름"에 대한 너희의 견해는 '자신이 누군가'에 대한 규정이다. 하지만 남들에게 너희식으로 규정하라고 요구하지는 마라. 그리고 너희의 지금 믿음과 관행들에 너무 "얽매인" 나머지, 진화 과정 자체를 멈추게 하지는 마라.

사실 삶이란 너희가 있든 없든 계속되기 마련이니, 그렇게 하기를 원하더라도 너희는 그렇게 할 수 없다. 어떤 것도 똑같이 남아 있지 않으며, 어떤 것도 변하지 않고 그대로일 수 없다. 변하지 않는다는 건 움직이지 않는 것이고, 움직이지 않는 건 죽은 것이다.

삶의 모든 것이 운동이다. 바위조차 운동으로 가득하다. 모든 것이 움직인다. 그야말로 **모든 것이**. 움직이지 않는 건 아무것도 없다. 따라서 운동한다는 바로 그 사실 때문에, 한순간에서 그 다음 순간까지 똑같은 건 아무것도 없다, 아무것도.

똑같이 남는 것, 혹은 똑같이 남으려 하는 것은 삶의 법칙에 맞서는 것이니, 이건 어리석은 짓이다. 이 투쟁에서는 언제나 삶이 이길 것이다.

그러니 변하라! 그렇다, 바꾸어라! "옳고" "그름"에 대한 너희의 견해를 바꾸고, 이것과 저것에 대한 너희의 관념을 바꿔라. 너희 뼈대를 바꾸고, 너희 체계를 바꾸고, 너희 모델을 바꾸고, 너희 이론을 바꿔라.

가장 심오한 너희 진실들도 바뀌게 놔둬라. 부디 그것들을 너희가 손수 바꿔라. 나는 완전히 말 그대로의 뜻으로 말하고 있다. **부디** 그것들을 너희가 손수 바꿔라. 자신에 대한 새로운 발상 속에 성장이 있고, '있는 그대로'에 대한 새로운 발상 속에서 진화가 촉진된다. 그것이 누구고, 무엇이고, 어디고, 언제고, 어떻고, 왜 그런가에 대한 너희의 새로운 발상 속에서 수수께끼가 풀리고, 음모가 드러나며, 이야기가 끝난다. 그러면 너희는 새로운 이야기, 더 멋진 이야기를 시작할 수 있다.

어떤 것에 대한 새로운 발상 속에는 흥분이 있고 창조가 있다. '너희 안의 신'이 뚜렷이 드러나 충분히 실현되는 지점 또한 여기다.

너희 생각에 아무리 "좋았다"고 보이는 상황이라도 더 좋아질 수 있고, 너희 생각에 아무리 근사해 보이는 신학과 이데올로기와 우주철학이라도 훨씬 더 큰 경이로 충만할 수 있다. "천지간에는 너희의 지혜로 상상할 수 있는 것보다 더 많은 것들"이 있기 때문이다.

그러니 열려 있으라, **열려 있으라.** 너희가 옛 진리로 편안했다 해서, 새로운 진리의 가능성까지 닫아버리지는 마라. 삶은 너희의 안전지대가 끝나는 곳에서 시작된다.

하지만 성급하게 다른 사람을 판단하지 마라. 차라리 판단을 피하고자 하라. 다른 사람의 "그름"은 어제 아침 너희의 "옳음"이었고, 다른 사람의 잘못은 지금은 바로잡은 과거의 너희 행동이며, 다른 사람의 선택과 결정들이 "상처 주고" "해롭고" "이기적이고" "용서할 수 없"듯이 너희 자신의 허다한 선택과 결정들도 그러했으니.

다른 사람이 어떻게 "그럴" 수 있는지 "도무지 상상할 수 없을" 때, 너희는 자신이 어디서 왔고, 자신과 그 사람 둘 다 어디로 가고 있는지 잊고 있다.

그리고 너희 중에 자신을 나쁜 놈이라고 생각하는 사람들, 자신이 하잘것없고 구제불능이라고 생각하는 사람들에게 말하노니, 너희 중 영원히 길을 잃는 사람은 아무도 없고, 앞으로도 영원히 없을 것이다. 너희 모두, **모두가** 되어가는 과정 속에 있고, 너희 모두, **모두가** 진화를 체험해가는 중이기에.

이것이 내가 꾀하는 일이다.

너희를 통해.

어렸을 때 배웠던 기도가 생각나는군요. "주여, 저는 당신을 제 집 안으로 들일 만큼 훌륭하지 않지만, 그냥 그렇다고 말씀해주시면 제 영혼이 치유되겠습니다." 이제 당신은 그렇게 말해주셨고, 저는 치유된 걸 느낍니다. 저는 더 이상 자신이 무가치하다고 느끼지 않습니다. 당신은 어떻게 하면 제가 가치 있다고 느끼는지 아시는군요. 제가 세상 사람들에게 한 가지 선물을 줄 수 있다면 이것일 겝니다.

너는 이 대화로 그들에게 그런 선물을 주었다.

이 대화가 끝나더라도 계속 그런 선물을 줄 수 있다면 좋겠습니다.

이 대화는 결코 끝나지 않을 것이다.

저, 그러니까 이 3부작이 완결되더라도 말입니다.

그렇게 할 수 있는 길이 있을 것이다.

그러고 보면 전 무척 행복한 놈입니다. 내 영혼이 주고 싶어하는 선물이 이것이니까요. 우리는 누구나 남에게 줄 선물을 가지고 있지요. 제 선물은 이것이었으면 좋겠습니다.

그렇다면 가서 그것을 주어라. 네가 삶에서 만나는 모든 사람에게 자신의 가치를 느끼게 하라. 그 모두가 인간으로서 자신의 가치와 자신의 참된 경이를 느끼게 하라. 이 선물을 주어라, 그러면 너는 세상을 치유하리니.

부디 당신이 도와주십시오.

너는 언제나 내 도움을 받을 것이다. 우리는 친구다.

어쨌든 전 이 대화를 사랑합니다. 그래서 당신이 전에 말했던 것에 대해 한 가지 물어보고 싶은데요.

나는 여기 있다.

"생애들 사이의" 삶에 대해서 말씀하실 때, 말하자면 당신은, "너희는 원할 때마다 개별 자아의 체험을 다시 창조할 수도 있다"고 하셨습니다. 그게 무슨 뜻입니까?

그건 너희가 원할 때마다 언제든 새로운 "자신"이나 예전의 너희와 같은 자신으로 전체에서 떠오르리란 뜻이다.

그럼 제 개별 의식, "나"에 대한 자각을 제가 지닐 수 있고, 그것으로 돌아갈 수도 있다는 뜻입니까?

그렇다, 너희는 언제든지 원하는 모든 걸 체험할 것이다.

그래서 제가 "죽기" 전과 똑같은 사람으로 이승으로, 땅으로 되돌아올 수도 있다고요?

그렇다.

육신을 가지고요?

너는 예수 이야기를 듣지 못했느냐?

들었죠. 하지만 전 예수가 아닙니다. 예수처럼 되겠다고 나서지도 않을 거구요.

그가 "너희 역시 이런 일들, 아니 이보다 더한 일들도 할 수 있다"고 하지 않았느냐?

그랬죠. 하지만 예수는 그런 기적들을 말한 게 아닙니다. 전 그렇게 생각하지 않습니다.

네가 그렇게 생각하지 않는다니 유감이구나. 예수가 죽은 자 가운데서 일어난 유일한 사람은 아니니까 말이다.

아니라고요? 죽은 자 가운데서 일어난 사람들이 또 있습니까?

그렇다.

맙소사, 그건 신성모독입니다.

그리스도가 아닌 사람이 죽은 자 가운데서 일어난 게 신성 모독이라고?

저, 그렇게 말할 사람들도 있을 거란 얘깁니다.

그렇다면 그 사람들은 성경을 한번도 읽어보지 않았다.

성경요? **성경**에서 예수 아닌 다른 사람이 죽고 나서 다시 몸으로 되돌아왔다고 말한다고요?

라자로라고 못 들어봤느냐?

아이고, 그건 억지예요. 그가 죽은 자 가운데서 일으켜진 건 그리스도의 권능 덕분이었습니다.

맞다. 그런데 너는 네 표현대로 "그리스도의 권능"이 단지 라자로만을 위해 예비되어 있었다고 생각하느냐? 세상의 역사에서 단 한 사람만을 위해?

그 문제를 그런 식으로 생각해보지는 않았습니다.

네게 말하노니, "죽은 자" 가운데서 일으켜진 사람들은 많다. "삶으로 되돌아온" 사람들은 많이 있다. 그것은 너희 병원들에서 날마다, 그리고 바로 지금도 일어나는 일이다.

잠깐만요, 그것도 억지입니다. 그건 의학이지 신학이 아닙니다.

호, 그러니까 신은 어제의 기적에만 관계하지, 오늘의 기적과는 관계가 없다는 거구나.

흐음…… 좋습니다. 당신에게도 기술 면에서 자격을 드리죠. 하지만 죽은 자 가운데서 자기 힘으로 일어난 사람은 아무도 없습니다. 예수가 했듯이요! 아무도 **그런 식으로** "죽은 자" 가운데서 돌아오지 않았다구요.

자신할 수 있느냐?

음…… 꽤 자신할 수 있죠……

마하바타 바바지Mahavatar Babaji라고 들어본 적이 있느냐?

이 이야기 속에 동양의 신비주의자까지 끌어들일 필요는 없을 것 같은데요. 그런 걸 구입할 사람은 많지 않습니다.

알겠다. 음, 물론 그들이 옳겠지.

다시 바로잡을게요. 그러니까 당신 말씀은 영혼들이 영적 형상이나 물질 형상으로 소위 "죽은 자"들 가운데서 돌아올 수 있다는 겁니까? 그들이 원하는 게 그것이라면요?

이제 너는 이해하기 시작하고 있다.

좋습니다. 그렇다면 왜 더 많은 사람들이 그렇게 하지 않았습니까? 왜 이런 이야기를 날마다 못 듣는 거죠? 이 정도 일이라면 세계 토픽감일 텐데요.

사실 영적 형상으로는 많은 사람들이 그렇게 하고 있다. 하지만 육신으로 돌아오길 선택하는 사람들이 많지 않다는 건 나도 인정한다.

하, 그것 봐요! 제 말이 맞았군요! **왜 안 그렇죠?** 그게 그렇게 쉬운 일이라면 왜 더 많은 영혼들이 그렇게 하지 않습니까?

그건 쉽고 어렵고의 문제가 아니라, 바람직한가 아닌가의 문제다.

무슨 말씀인지요?

예전 형상의 육신으로 돌아가기를 바라는 혼이 매우 드물다는 말이다.

영혼이 몸으로 돌아가길 택할 때는 거의 언제나 다른 몸으로 그렇게 한다. 이런 식으로 해서 그것은 새로운 일정을 시작하고, 새로운 기억해냄을 체험하며, 새로운 모험들에 부딪힌다.

영혼이 몸에서 떠나는 것은 대개 그 몸과의 관계가 끝났기 때문이다. 그는 그 몸을 가지고 할 수 있는 일을 다 했다. 그는 자신이 추구하던 체험을 체험했다.

사고로 죽은 사람이라면요? 그 사람도 자신의 체험으로 죽은 겁니까? 아니면 체험이 "잘린" 겁니까?

너는 아직도 사람들이 우연히 죽는다고 생각하느냐?

당신은 그렇게 생각하지 않는다는 말씀입니까?

**이 우주에서는 어떤 일도 우연히 일어나지 않는다.** "우연" 같은 건 없다. "우연의 일치" 같은 것도 없고.

　만약 그게 사실이라고 저 자신을 납득시킬 수 있다면, 죽은 사람들을 위해 애도하는 일은 두 번 다시 없겠군요.

　　그들은 네가 자신들을 위해 애도해주길 조금도 원하지 않는다.

　　그들이 어디에 있는지 네가 안다면, 그들이 자기 나름의 고귀한 선택으로 거기에 있다는 걸 네가 안다면, 너는 그들의 출발을 축하했을 것이다. 네가 한순간이라도 소위 사후세계란 걸 체험했다면, 너 자신과 신에 관한 가장 근사한 생각을 가지고 거기에 와봤더라면, 너는 그들의 장례식에서 가장 유쾌한 웃음을 웃었을 것이고 네 가슴은 기쁨으로 가득 찼을 것이다.

　우리가 장례식에서 우는 건 우리의 상실감 때문입니다. 그들을 두 번 다시 보지 못하리란 걸 알기에, 사랑하던 이를 두 번 다시 붙들거나 껴안거나 만질 수 없고, 그와 함께 있을 수 없으리란 걸 알기에, 우리는 슬퍼하는 겁니다.

　　실컷 운다는 게 그런 것이다. 그런 울음은 너희의 사랑과 너희가 사랑하는 사람을 영광스럽게 한다. 하지만 기쁨에 차서 몸을 떠나는 영혼을 기다리고 있는 현실과 체험이 얼마나 근사하고 경이로운지 안다면 이런 애도조차 그리 길지 않을 것이다.

사후세계의 모습은 어떤 겁니까? 실제로요. 제발 저한테 몽땅 다 이야기해주십시오.

내가 밝히지 않으려 해서가 아니라, 말해준다 해도 너희의 지금 조건, 지금 이해 수준으로는 너희가 그것을 도저히 상상하지 못하는 탓에 일부 밝혀질 수 없는 것들도 있긴 하다. 하지만 그렇다 해도 이야기될 수 있는 더 많은 것들이 있다.

앞에서 이야기했듯이, 소위 사후세계에서 너희는 지금 체험하는 삶에서와 마찬가지로 세 가지 중 하나를 하게 될 것이다. 너희는 조절되지 않은 생각들을 창조하는 데 굴복할 수도 있고, 자신의 체험을 선택에 따라 의식하면서 창조할 수도 있으며, 존재 전체의 집단의식을 체험할 수도 있다. 이 마지막 체험을 재합일, 혹은 '하나'와의 재결합이라 부른다.

하지만 너희가 첫 번째 길을 택한다 해도, 너희 대다수는 그다지 오래 그렇게 하지는 않을 것이다(지상에서 너희가 처신하는 방식과 달리). 이것은, 자신이 체험하는 것을 싫어하자마자, 너희는 새롭고 좀 더 즐거운 현실을 창조하고 싶어할 것이기 때문이다. 너희는 부정적인 생각들을 그냥 멈추는 것으로 이렇게 할 것이다.

이 때문에 너희는 그렇게 하고 싶어하지 않는 한, 그토록 겁내는 "지옥"을 체험하는 일이 없을 것이다. 설사 그런 경우라도, 자신이 원하는 것을 얻는다는 점에서 너희는 "행복할" 것이다. (네가 아는 것보다 더 많은 사람들이 "비참한" 것에 "행복해한다.") 그러니 너희는 더 이상 그렇게 하고 싶지 않을 때까지 계속 그것을 체험할 것이다.

하지만 너희들 대다수는 그 체험을 이제 막 시작하려는 그 순간에 이미 거기서 벗어나서 새로운 것을 창조하게 될 것이다. **이와 똑같은 방식으로 너희는 지상에서의 삶에서도 지옥을 없앨 수 있다.**

너희가 두 번째 길을 택해 자신의 체험을 의식하면서 창조한다면, 너희는 의심할 여지 없이 "곧장 천국에" 이르는 체험을 할 것이다. 자유롭게 선택하는 사람이면 누구라도, 그리고 천국을 믿는 사람이면 누구라도 이것을 창조하려 할 테니 말이다. 설령 천국을 믿지 않는다 해도, 너희는 체험하고 싶은 건 뭐든 체험하게 될 테고, 이것을 이해하는 순간, 너희의 소망은 점점 더 나아질 것이며, 그렇게 되면 결국 너희는 천국을 믿게 **될 것이다!**

너희가 세 번째 길을 택해 집단의식의 창조에 자신을 맡긴다면, 너희는 순식간에 완전한 포용과 완전한 평온, 완전한 기쁨, 완전한 자각, 그리고 완전한 사랑 속으로 옮겨갈 것이다. 이런 게 집단의식이기 때문이다. 그렇게 되면 너희는 '하나임'과 하나 될 것이고, '너희인 것'을 빼고는, '지금까지 존재했던 전부'를 빼고는, 다른 어떤 것도 존재하지 않게 될 것이다―다른 뭔가가 있어야 한다고 너희가 결정하기 전까지는. 이것이 너희 다수가 명상 상태에서 아주 잠깐씩 경험하곤 했던 "하나임과 하나되는" 체험인 열반nirvana이다. 이것은 말로 표현할 수 없는 황홀경이다.

이렇게 해서 너희가 무한 시간―무(無)시간 동안 하나임을 체험하고 나면, 너희는 마침내 그 체험을 그만둘 것이다. '하나 아닌 것'도 함께 존재하지 않고서는, 또 그것이 존재할 때까지는, '하나임'을 '하나임'으로 체험할 수 없기에, 너희는 이것을 이해하면서 다시 한번 분리, 즉 분열이라는 발상과 생각을 창조할 것이다.

그리하여 너희는 영원히 영원히, 끝없이 영원히, 우주 수레바퀴를 따라 여행하고, 가고, 돌고, 존재하게 될 것이다.

너희는 몇 번이고—무수히 여러 번, 그때마다 무한한 기간 동안—다시 '하나됨'으로 돌아갈 것이고, 우주 수레바퀴의 어떤 지점에 있든 '하나됨'으로 돌아갈 도구가 자신에게 있음을 알게 되리라.

너희는 이 책을 읽고 있는 지금 이 순간에도 그렇게 할 수 있고,

내일이라도 명상 속에서 그렇게 할 수 있다.

언제라도 그렇게 할 수 있다.


그리고 당신은 우리가 죽을 때 지니고 있던 의식 수준에 반드시 머물러야 하는 건 아니라고 말씀하셨지요?


그렇다. 너희는 원하는 만큼 재빨리 다른 수준으로 옮겨갈 수도 있고, 너희가 하고 싶은 만큼 많은 "시간"을 들일 수도 있다. 만일 너희가 한정된 관점과 조절되지 않은 생각의 상태로 "죽는다면", 너희는 더 이상 원하지 않을 때까지 그 상태가 너희에게 가져다주는 모든 걸 체험할 것이다. 그러고 나면 너희는 "깨어나"—의식하면서—자신의 현실을 손수 창조하는 체험을 시작할 것이다.

너희는 첫 단계를 돌아보면서 그것을 정화(淨化)라 부를 것이고, 너희 생각의 속도로 원하는 모든 걸 가질 수 있는 두 번째 단계를 천국이라 부를 것이며, '하나됨'의 희열을 체험하는 세 번째 단계를 열반이라 부를 것이다.

이와 관련해서 알고 싶은 게 한 가지 더 있습니다. "죽고 나서"가 아니라 몸 밖에서의 체험에 대해서 말입니다. 제게 그걸 설명해주시겠습니까? 그럴 경우에 무슨 일이 벌어지는지.

그냥 '자신'의 본체essence가 신체를 떠난 것이다. 이것은 꿈꾸는 동안에는 흔한 일이고, 명상 동안에는 자주 있는 일이며, 몸이 깊은 잠에 빠진 동안에는 숭고한 형태로 빈번히 벌어지는 일이다.

그런 "이탈" 동안 너희 영혼은 원하는 곳 어디든 갈 수 있다. 그런데 그런 체험을 보고하는 사람들이 자기 의지로 이런 결정을 내렸다는 사실을 나중에 기억하지 못하는 경우가 흔히 있다. 그들로서는 그것을 "그냥 내게 일어난 일"로서 체험할 수도 있지만, 무릇 영혼의 행동과 관련된 어떤 일도 저절로 일어나는 법은 없다.

우리가 하는 일이 오직 발 가는 대로 창조하는 것뿐이라면, 만사가 어떻게 해서 우리에게 "드러날" 수 있습니까? 어떻게 해서 그것이 우리에게 "밝혀질" 수 있습니까? 제가 보기에는 만사가 우리에게 밝혀질 수 있는 경우는 그것이 우리와 떨어져서, 우리 창조물의 일부가 아닌 것으로 존재할 때뿐인 것 같은데요. 이 문제를 좀 이해할 수 있게 해주십시오.

어떤 것도 너희와 떨어져서 존재하지 않는다. 모든 것이 너희의 창조물이다. 확연한 네 이해 부족까지도 너 자신의 창조물이다. 그것은 말 그대로 네가 상상으로 지어낸 것이다. 너는 자신이 이 문제에 대한 답을 모른다고 상상한다. 그래서 너는 모르는 것이다. 하지만 네가 안다고 상상하는 순간, 너는 곧바로 알게 된다.

너는 자신이 이런 식의 상상을 하게끔 놔두는 것으로 그 '과정Process'이 계속될 수 있게 한다.

과정이라고요?

삶, 그 영원한 과정 말이다.

그것이 소위 유체이탈 체험이든, 꿈이든, 아니면 수정 같은 명료함이 너희를 찾아오는 신비스러운 각성의 순간이든 간에, 너희가 자신에게 "밝혀지는" 체험을 하는 그 순간에 벌어지는 일은, 너희 자신이 그냥 "기억해냄" 속으로 빠져든다는 것뿐이다. 너희는 자신이 이미 창조한 것을 기억해내고 있다. 그리고 이런 기억해냄은 대단히 강력할 수 있어서, 개인 차원에서의 현현(顯現)을 만들어낼 수도 있다.

그런 장대한 체험을 한번 하고 나면, 다른 사람들이 "현실"이라 부르는 것과 잘 융화하는 방식으로 "현실 생활"로 되돌아가기가 대단히 힘들어질 수 있다. 그것은 **너희** 현실이 바뀌었기 때문이다. 그것은 다른 뭔가가 되어버렸다. 그것은 늘어났고 자랐으며, 두 번 다시 오그라들 수 없다. 그것은 요정 지니를 병 속에 도로 집어넣으려고 애쓰는 것과 같다. 그것은 그렇게 되지 않는다.

유체이탈 체험이나 소위 "임사(臨死)" 체험에서 돌아온 많은 사람들이 이따금 완전히 달라진 것처럼 보이는 게 이 때문입니까?

바로 맞혔다. 그리고 그들은 달라졌다. 왜냐하면 이제 그들은 그만큼 훨씬 많이 알기 때문이다. 하지만 그런 체험들에서 멀어질수록, 시간이 더 많이 지날수록, 그들은 자신들의 옛 태도로 더 많이 돌아간다. 자신들이 아는 것을 또다시 잊었기 때문이다.

"기억을 유지할" 무슨 방도가 있습니까?

있다. 순간마다 너희의 앎을 행동으로 표현하라. 환상의 세계가 너희에게 보여주는 것이 아니라, 너희가 아는 것에 따라 행동하라. 겉모습이 아무리 너희를 미혹하더라도 너희가 아는 것에 머물러라.

모든 선각자가 해왔고, 하고 있는 일이 이것이다. 그들은 겉모습으로 판단하지 않고, 자신들이 아는 것에 따라 행동한다.

그리고 기억해내는 또 다른 방법도 있다.

예?

　　남이 기억하게 만들어라. 너희가 자신을 위해 원하는 것을
남에게 주어라.

그건 제가 이 책들을 가지고 하고 있다고 여기는 거군요.

　　바로 그것이 네가 하고 있는 일이다. 그리고 더 오래 그렇게
할수록, 네가 그렇게 할 필요는 더 줄어들 것이다. 이 메시지를
남에게 더 많이 보낼수록, 네가 그것을 너 자신에게 보낼 필요
는 더 줄어들 것이다.

나 자신과 남이 '하나'니, 내가 남에게 주는 것이 곧 나 자신에게 주
는 게 된다.

　　봐라, 지금 너는 내게 답을 주고 있다. 그리고 물론, 그것은
이런 방식으로 작동한다.

　　우와, 정말 제가 신에게 답을 주었군요. 근사해요, 이건 진짜 근사
하군요.

　　너는 내게 말하고 있다.

그래서 근사하다는 겁니다. 제가 당신에게 말해주고 있다는 그 사

실이 말입니다.

내가 너희에게 말하노니, 우리가 '하나'로 말하게 될 날이 오리라. 모든 사람에게 그런 날이 오리라.

저, 그런 날이 제게 오고 있는 거라면, 당신이 말씀하시는 걸 제가 정확히 이해하는지 확실히 해두고 싶습니다. 그래서 말인데요, 딱 한 번만 더 다른 문제로 되돌아갔으면 합니다. 이 점에 대해 당신이 여러 번 얘기했다는 건 알지만, 제가 정말로 그걸 이해하는지 진짜로 확실히 해두고 싶거든요.

많은 사람들이 열반이라 부르는 이 '하나 상태'에 도달하고 나면, 근원으로 돌아가고 나면요, 우리가 거기에 계속 머물지 않으리라는 게 정말입니까? 제가 이걸 다시 묻는 이유는, 이것이 제가 이해하는 동양의 여러 비전(秘傳)들이나 신비주의 가르침들과는 정반대되는 것처럼 보여서 말입니다.

그 웅장한 무no-thing의 상태, 즉 '전체와 하나됨'으로 남아 있는 상태 자체가 거기에 있는 걸 불가능하게 만들 것이다. 내가 방금 설명했듯이, 존재는 비존재의 공간에서를 빼고는 존재할 수 없다. '하나됨'의 완전한 희열조차 완전한 희열보다 못한 뭔가 존재하지 않는다면, "완전한 희열"로 체험될 수 없다. 이 때문에 완전한 '하나됨'의 완전한 희열보다 못한 뭔가가 창조되어야 했던 것이고, 계속해서 창조되어야 하는 것이다.

하지만 우리가 완전한 희열 속에 있을 때, 우리가 다시 한번 '하나됨'에 녹아들어, 우리가 전부/무가 되었을 때 말입니다. 우리는 존재한다는 사실조차 **모르는** 것 아닙니까? 우리가 체험하고 있는 어떤 것도 없으니까요…… 모르겠어요. 전 이게 잘 이해가 안 됩니다. 이건 제가 다룰 수 없는 문제인 것 같군요.

너는 내가 '신성한 딜레마'라 부르는 것을 묘사하고 있다. 이것은 신이 항상 가졌고, 신이 신이 아닌 것(혹은 신이 아니라고 생각한 것)의 창조로 해결했던 바로 그 딜레마다.

신은 자신의 일부를 '자신을 알지 못하는 더 못한 체험'에 내주어—그리고 순간마다 다시 내주어—자신의 나머지가 자신을 '참된 자신'으로 알 수 있게 했다.

그리하여 "하느님은 자신의 독생자를 보내시어 너희를 구원받게 했다." 이제 너희는 이 신화가 어디서 나왔는지 알 것이다.

저는 우리 모두가 신이고, 우리 모두가 결코 끝나지 않는 원을 따라 계속해서 앎에서 모름으로 갔다가 다시 앎으로, 그리고 있음에서 없음으로 갔다가 다시 있음으로, 또 '하나됨'에서 분리로 갔다가 다시 '하나됨'으로 이어지는 여행을 하고 있다고 생각하는데요. 이런 게 삶의 순환, 당신이 말하는 우주 수레바퀴라고요.

정확하다. 바로 그거다. 아주 잘 표현했다.

하지만 우리 모두가 기준 O으로 다시 돌아가야 합니까? 언제나 완전히 다시 시작해야 하는 겁니까? 시작점, 출발점으로 다시 돌아가서요? "계속"으로 건너뛸 수는 없나요? 200달러를 모을 순 없는 겁니까?

이번 생애만이 아니라 다른 모든 생애에서도, 너희가 어떤 일을 해야 할 필요는 없다. 너희는 신 체험을 재창조함에서, 가고 싶은 곳은 어디든 갈 수 있고, 하고 싶은 일은 무엇이라도 할 수 있는 선택권을 가질 것이다. **너희는 언제나 자유선택권을 가질 것이다.** 너희는 우주 수레바퀴의 모든 지점으로 옮겨갈 수 있다. 너희가 원하는 어떤 것으로도 "되돌아올" 수 있고, 선택하는 다른 어떤 차원이나 현실, 태양계, 어떤 다른 문명으로도 "되돌아올" 수 있다. 신성(神性)과의 완전한 합일 지점에 이르렀던 사람들 중 일부는 깨달은 선각자로 "되돌아가기"를 선택했다. 그리고, 그렇다. 떠날 때 깨달은 선각자였다가 다시 그 모습의 자신으로 "되돌아가길" 선택한 사람들도 있다.

틀림없이 너도 몇십 몇백 년에 걸쳐 되풀이되는 생김새를 하고서 너희 세상으로 몇 번이고 되돌아온 구루와 선각자들에 관한 이야기를 알고 있을 것이다.

너희에게는 오로지 이런 식의 보고에만 근거한 종교 하나가 있다. '말일 성도 예수 그리스도 교회'라는 그 종교는, 자신을 예수라고 부르는 존재가, 그가 "마지막으로" 확실히 떠나고도 여러 세기가 지난 다음 다시 지상으로 되돌아왔고, 이번에는 미국에 나타났다는 조지프 스미스의 보고에 근거하고 있다.

그러니 너희는 자신이 기뻐하며 되돌아갈 수 있는 곳이라면, 우주 수레바퀴 위의 어떤 지점으로도 되돌아갈 수 있다.

하지만 그런 이야기까지도 절 맥 빠지게 합니다. 우리는 전혀 휴식을 갖지 않는 겁니까? 우리가 열반에 **머물면서** 그곳에 남아 있는 경우는 절대 없는 겁니까? 우리는 이런 식으로 영원히 "왔다 갔다" 해야 할 운명입니까? "보였다 안 보였다" 하는 이 쳇바퀴를 돌리면서요. 우리는 어디에도 이르지 않는 끝없는 여행을 하는 겁니까?

그렇다. 바로 그것이 최대의 진리다. 가야 할 곳도 없고, 해야 할 일도 없으며, 지금 이 순간 너희가 되고 있는 바로 그 자신을 빼고는 누구도 "될" 필요가 없다.

진실은, 여행 따위는 없다는 것이다. 너희는 지금 이 순간 자신이 되고자 하는 그것이고, 지금 이 순간 자신이 가고자 하는 그곳에 있다.

이것을 아는 사람이 선각자다. 그래서 그는 그 투쟁을 끝낸다. 그러고 나면 선각자는 너희가 투쟁을 끝내도록 도와주려 한다. 너희가 깨달음에 이르렀을 때, 남들의 투쟁을 끝내길 추구하게 되듯이.

하지만 이 과정, 이 우주 수레바퀴는 맥 빠지는 쳇바퀴가 아니다. 그것은 신과 삶 전체의 완벽한 장대함에 대한 영광스러운 재확인이고 끊임없는 재확인이다. 거기에 맥 빠짐 따위는 없다.

그래도 제게는 맥 빠지게 느껴지는데요.

네 마음을 바꿀 수 있을지 어디 보자. 너는 섹스를 좋아하느냐?

좋아하죠.

섹스에 대해 정말 괴팍한 견해를 가진 사람들을 빼면, 누구나 그렇지. 그렇다면 내가, 너는 내일부터 시작해서 매력과 사랑을 느끼는 모든 사람과 섹스할 수 있다고 말하면 어떻겠느냐? 그것이 너를 행복하게 해줄 것 같으냐?

이것이 그 사람들의 의지를 거스르면서 되는 겁니까?

아니다. 네가 이런 식으로 사랑이라는 인간 체험을 더불어 축하하고 싶은 사람이면 그 사람도 너와 더불어 그렇게 하고 싶도록 내가 조정해주마. 그들은 네게 크나큰 매력과 사랑을 느낄 것이다.

와! 그렇다면―좋고 말고요!

그런데 조건이 딱 하나 있다. 너는 한 사람에서 다른 사람으로 넘어갈 때 멈춰야 한다. 중단 없이 이 사람에서 저 사람으로 곧바로 넘어갈 수는 없다.

그쯤은 저도 알고 있습니다.

자, 보다시피 이런 식의 신체 결합이 가져다주는 황홀경을 체험하려면, 너는 누군가와 성적으로 결합하지 않는 체험도 가져야 한다. 설사 아주 잠깐이라 해도.

당신이 어디로 가고 있는지 알 것 같군요.

그렇다. 아무 황홀경도 없는 때가 없다면, 황홀경조차 황홀경이 아닐 것이다. 이것은 신체의 황홀경에서 그러하듯, 영적 황홀경에서도 마찬가지다.

삶의 순환과 관련해서 맥 빠짐 따위는 없다. 오직 기쁨만이, 그냥 기쁨만이, 그리고 더 많은 기쁨만이 있을 뿐이다.

참된 선각자들은 오로지 기뻐한다. 지금은 너희가 이런 깨달음의 차원에 머무는 걸 바람직하게 여길 수도 있다. 그러고 나면 너희는 황홀경 속으로 들어왔다 나갔다 할 수 있으며, 그래도 여전히 항상 기쁠 수 있다. 너희는 기뻐하기 위해서, 황홀경이 필요한 것이 아니다. 너희는 그냥 그런 황홀경이 있음을 알기에 기쁜 것이다.

# 6

가능하다면 이제 주제를 바꿔서 지구 재난에 대해 얘기해보고 싶은데요. 그런데 그러기 전에 잠시 살펴보고 싶은 게 있습니다. 여기서 한번 이상 듣는 이야기들이 많은 것 같아서요. 때로는 제가 같은 걸 몇 번이고 다시 듣고 있는 것처럼 느껴지기도 합니다.

아주 좋다! 너는 그러고 있으니까! 내가 앞에서 말했듯이 이건 설계에 따른 것이다.

이 메시지는 용수철과 같다. 용수철은 감겨 있을 때 자신에게 되돌아온다. 한 원이 다른 원 위에 포개져서, 그것은 말 그대로 "원을 그리며 빙빙 도는" 듯이 보인다. 용수철이 풀렸을 때, 그때서야 비로소 너희는 그것이 생각했던 것보다 훨씬 더 멀리까지 나선을 그리며 뻗어나간다는 걸 알 것이다.

그렇다, 네가 옳다. 나는 여기서 이야기되는 것 중 상당수를 여러 번 다른 방식으로 이야기했다. 아니 때로는 **같은 방식으로도**. 네가 본 게 정확하다.

네가 이 메시지를 끝낼 때가 되면 너는 그것의 핵심 사항들을 아마도 글자 그대로 암송할 수 있게 될 것이다. 네가 그러길 원한다면 그런 날이 올 것이다.

좋습니다, 됐습니다. 이제 앞으로 나가서요, 제가 "신과 직통 회선"을 갖고 있다고 여기는 듯한 사람들이 꽤 있습니다. 그리고 그 사람들은 우리 지구의 운명을 알고 싶어하고요. 제가 전에도 이런 질문을 했다는 건 알지만, 이번에는 진짜로 솔직한 답변을 듣고 싶습니다. 많은 사람들이 예견하듯이 지구는 대격변을 겪게 됩니까? 그게 아니라면 그 많은 심령술사들이 보는 건 뭡니까? 만들어낸 환영인가요? 우리는 기도해야 합니까? 아니면 우리가 변해야 합니까? 뭔가 우리가 할 수 있는 일이 있습니까? 아니면 안됐지만 그래봤자 아무짝에도 쓸모없는 겁니까?

나로서는 그런 물음들을 다루게 돼 기쁘지만, 그렇다고 우리가 "앞으로 나아가지는" 않을 것이다.

앞으로 나아가는 게 아니라고요?

그렇다. 나는 전에 시간에 대해 몇 번 설명하면서 이미 그 답들을 네게 주었다.

"앞으로 일어날 모든 일이 이미 일어났다"고 하셨던 부분 말입니까?

　그렇다.

하지만 "이미 일어난 모든 일"이란 게 뭡니까? 그것들은 어떤 식으로 일어났습니까? 그리고 **뭐가** 일어난 겁니까?

　그 모든 일이 일어났다. 그 모든 것이 이미 일어났다. 모든 가능성이 사실로 존재한다. 완료된 사건들로.

어떻게 그럴 수 있죠? 저는 아직도 어떻게 그럴 수 있는지 이해가 안 됩니다.

　이것을 너희가 더 잘 연상할 수 있는 상황으로 표현해주마. 이렇게 하는 게 도움이 되는지 보자. 너는 컴퓨터 비디오게임을 하기 위해 CD-ROM을 쓰는 아이들을 본 적이 있느냐?

예.

　그렇다면 너는 그 아이가 조이스틱으로 만들어내는 온갖 동작들에 어떤 식으로 반응할지를 컴퓨터가 어떻게 아는지 자문해본 적이 있느냐?

그럼요, 사실 전 그게 궁금했습니다.

**그 모든 것이 디스크에 있다.** 컴퓨터가 아이가 만들어내는 온갖 동작들에 어떻게 반응할지 아는 건 모든 가능한 동작이 **그에 따른 적합한 반응과 더불어** 디스크에 이미 들어 있기 때문이다.

무시무시하군요. 거의 초현실적인데요.

뭐가? 모든 끝남과 그 끝남을 불러오는 모든 전환과 변형이 디스크에 이미 프로그램되어 있다는 게? 거기에 "무시무시한" 건 전혀 없다. 그건 그냥 기술이다. 그리고 비디오 게임의 기술을 대단하다고 여기는 건 우주의 기술을 볼 때까지 미뤄라!

우주 수레바퀴를 그런 CD-ROM으로 생각하라. 모든 끝남이 이미 존재한다. 우주는 그냥 **이번에는** 너희가 어느 쪽을 택할지만 보려고 기다리고 있다. 그리고 너희가 이기든 지든, 아니면 비기든 간에 게임이 끝나고 나면, 우주는 이렇게 말할 것이다. "계속할까요?"

네 컴퓨터는 네가 이기든 지든 신경 쓰지 않기에, 네가 "그것의 감정을 다치게 할" 수는 없다. 그것은 그냥 네게 다시 게임할 기회를 제공할 뿐이다. 모든 끝남이 이미 존재하니, 네가 어떤 끝남을 체험하는가는 네 선택에 달렸다.

그렇다면 신은 CD-ROM일 뿐이란 겁니까?

꼭 그런 식이라고 말하지는 않겠다. 하지만 이 대화 전체를 통해서 나는 누구라도 나름으로 이해할 수 있는 예들을 써서 개념들을 구체화하려고 해왔다. 그런 점에서 나는 CD-ROM 이 좋은 예라고 생각한다.

많은 점에서 삶은 CD-ROM과 비슷하다. 모든 가능성이 존재하고, 모든 가능성이 이미 일어났다. 이제 너희는 어느 것을 체험할지 고를 시점에 이르렀다.

이것은 지구 격변에 대한 네 질문과 곧바로 연결된다.

많은 심령술사들이 지구 변화에 대해 말하는 건 사실이다. 그들은 "미래" 쪽의 창문을 열어 그것을 보았다. 문제는 그들이 본 것이 어느 "미래"인가다. CD-ROM에서 게임의 끝남이 그러하듯, **하나 이상의 버전**version이 있다.

한 버전에서는 지구가 대격변에 처하겠지만, 다른 버전에서는 그렇지 않을 것이다.

사실 그 **모든** 버전이 **이미 일어났다.** 잊지 마라, 시간은—

—압니다, 알아요. "시간은 존재하지 않는다"—

—맞았다. 그리고?

따라서 모든 것이 동시에 일어나고 있다.

또 맞았다. 지금껏 일어났고, 지금 일어나고, 앞으로 일어날 모든 일이 바로 지금 존재하고 있다. 컴퓨터 게임에서 그 모든 동작이 지금 이 순간 디스크에 존재하는 것과 마찬가지로. 그러니 심령술사들의 지구 종말 예언이 실현되면 재미있겠다고 여긴다면, 너희의 모든 주의를 그것에 맞춰라. 그러면 그것을 너희에게 끌어올 수 있을 테니. 하지만 너희가 다른 현실을 체험하는 게 좋겠다고 생각하면, 그것에 초점을 맞춰라. 너희가 자신에게 끌어올 결과가 그것이 될 수 있도록.

그러니까 당신은 지구 변동이 일어날지 아닐지 말씀해주시지 않을 작정이군요, 그렇죠?

나는 너희가 내게 말해주길 기다리고 있다. 그것은 너희의 생각과 말과 행동들로 너희가 결정할 일이다.

2000년 컴퓨터 문제는 어떻습니까? 요즘 와서 소위 "Y2K"고장이 우리 사회경제 체제에 엄청난 재난을 불러오리라고 말하는 사람들이 있습니다. 정말 그럴까요?

너는 무엇을 말하느냐? 너는 무엇을 선택하느냐? 너는 자신이 이런 것들과는 아무 관계도 없다고 생각하느냐? 네게 말하건대, 그렇게 생각한다면 정확하지 않을 것이다.

이 모든 게 어떤 식으로 드러날지 당신이 말씀해주지 않으시렵니까?

나는 너희 미래를 예언하려고 여기 있는 게 아니니, 그렇게 하지 않을 것이다. 이것이 내가 너희에게 말할 수 있는 최대치다. 이것은 누구라도 너희에게 말할 수 있는 최대다. 조심하지 않는다면 너희는 지금 가는 바로 그곳에 이를 것이다. 그러니 너희가 가고 있는 그 길을 좋아하지 않는다면, **방향을 바꿔라.**

제가 어떻게 그렇게 합니까? 무슨 수로 제가 그런 엄청난 결과에 영향을 미칠 수 있습니까? 심령사들이나 영적 "권위자"들이 예언하는 이 모든 재난을 마주해서 우리가 **해야 할** 일은 뭡니까?

내면으로 가라. 너희 내면에 있는 지혜의 자리를 찾아라. 이것이 너희에게 뭘 해달라고 부탁하는지 알아보고, 그런 다음 그것을 하라.

만일 그것이 지구 격변을 불러올 수 있는 환경 남용에 대해 뭔가 조치를 취하라고 너희 정치가와 산업가들에게 요구하는 걸 뜻한다면, 그렇게 하라. 만일 그것이 Y2K 문제를 함께 해결하도록 너희 공동체 지도자들을 불러모으는 걸 뜻한다면, 그렇게 하라. 그리고 만일 그것이 그냥 네 길을 걸으면서, 날마다 긍정적인 에너지를 내보내 문제를 **일으킬** 돌연한 공포 속에 네 주위 사람들이 빠지지 않도록 해주는 걸 뜻한다면, 그렇게 하라.

무엇보다 중요한 건 두려워하지 않는 것이다. 너희는 어떤 사건으로도 "죽을" 수 없으니, 아무것도 겁낼 필요가 없다. 펼쳐져가는 '과정'을 자각하면서 만사가 너희를 위해 괜찮아지리란 걸 차분히 알라.

모든 것의 완벽과 접하길 구하라. 너희가 '참된 자신'을 창조하기 시작할 때, 너희는 자신이 선택하는 바를 정확히 체험할 수 있는 바로 그곳에 정확히 있게 될 것임을 알라.

모든 것에서 완벽을 보는 것, 이것이 평화로 가는 길이다.

마지막으로 어떤 것에서 "벗어나려" 애쓰지 마라. 너희가 저항하는 건 지속된다. 나는 1권에서 여기에 대해 이미 말했고, 그건 사실이다.

미래에서 "보는" 것이나 미래에 대해 "들은" 것을 놓고 슬퍼하는 건 "완벽 속에 머물지" 못해서다.

또 다른 충고는요?

찬양하라! 삶을 찬양하고, 자신을 찬양하라! 예언들을 찬양하고, 신을 찬양하라!

찬양하라! 게임을 즐겨라.

그 순간이 무엇을 가져올 것처럼 보이든, 그 순간에 기쁨을 가져와라. '너희 자신'이 기쁨이고, 너희는 언제나 기쁨일 것이기에.

신은 불완전한 어떤 것도 창조할 수 없다. 만일 신이 불완전한 뭔가를 창조할 수 있다고 여긴다면, 너희는 신을 전혀 모르고 있다.

그러니 찬양하라. 완벽을 찬양하라! 웃고 찬양하고, 오직 완벽만을 보라. 그러면 남들이 불완전이라 부르는 것이 너희에게 불완전한 어떤 방식으로도 너희를 건드리지 않으리니.

제가 지구 자전축이 바뀌거나, 운석에 짓뭉개지거나, 지진으로 짜부라지거나, 혹은 Y2K의 히스테리컬한 혼란에 휘말리는 걸 피할 수 있다는 말씀인가요?

너는 그중 어떤 것이든 그것이 주는 모든 부정적인 영향에서 확실히 벗어날 수 있다.

그건 제가 당신에게 물었던 게 아닌데요.

하지만 내가 대답했던 건 그것이다. '과정'을 이해하고, 그 모든 것의 완벽을 보면서, 미래를 두려움 없이 마주하라.
그 평온함, 그 태연함, 그 고요함이, 다른 사람들이라면 "부정적"이라고 불렀을, 대부분의 체험과 결과들에서 너를 벗어나게 해주리니.

이 모든 것에서 당신이 틀렸다면 어떻게 하죠? 당신이 전혀 "신"이 아니라면요? 단지 내 상상력이 너무 풍부한 데서 나온 과잉 작품에 불과하다면요?

아, 다시 또 그 문제냐?
글쎄, 그렇다면 어떻게 하냐고? 하지만 그래서 어떻다는 거냐? 너는 이보다 더 낫게 사는 법을 생각할 수 있느냐?
내가 여기서 말하는 건, 행성 범위의 재난을 말하는 이들 긴박한 예언들을 마주해서 고요히 머물고, 평온하게 머물고, 태연하게 머문다면, 너희는 가능한 한 최상의 결과를 얻으리라는 게 전부다.

설사 내가 신이 아니라 해도, 내가 그 모든 걸 꾸며내는 그냥 "너"라 해도, 네가 이보다 더 나은 충고를 얻을 수 있겠느냐?

아뇨, 그럴 것 같진 않군요.

그러니 여느 때처럼 내가 "신"이든 아니든 아무 차이도 없다.

그냥 이것을 가지고, 이 세 권 모두에 실린 정보들을 가지고, 지혜롭게 살아라. 아니면 네가 나아갈 더 나은 길을 생각할 수 있다면, **그렇게 해라.**

설사 이 책들에서 이야기하는 사람이 진짜로 그냥 닐 도날드 월쉬일 뿐이라 해도, 너는 여기서 다루는 그 모든 주제에서 이보다 더 나은 충고를 찾기 힘들 것이다. 그러니 그것을 이런 식으로 봐라, 내가 말하는 신이거나, 이 닐이라는 친구가 아주 영리한 녀석이라고 말이다.

무슨 차이가 있는가?

차이는요, 이런 이야기를 하는 이가 진짜 신이라고 확신했더라면, 제가 좀 더 새겨들었을 거란 거죠.

오, 정말 우스운 이야기군. 나는 100가지 다른 형태로 1,000번에 걸쳐 메시지를 보냈건만, 너는 그 대부분을 무시했다.

예, 아마 그랬을 겁니다.

그랬을 거라고?

좋습니다, 그랬습니다.

그렇다면 이번에는 무시하지 마라. 너는 자신을 이 책으로 데려온 게 누구라고 생각하느냐? 바로 너다. 그러니 네가 신에게 귀 기울일 수 없다면, 자신에게 귀 기울여라.

아니면 내 친애하는 심령술사에게나.

아니면 네 친애하는 심령술사에게나.

이젠 절 놀리고 계시는군요. 하지만 덕분에 제가 논의하고 싶었던 또 다른 주제가 떠올랐습니다.

알고 있다.

아신다고요?

물론이다. 너는 심령술을 논의하고 싶어한다.

당신이 어떻게 아시죠?

내가 심령술사다.

맞아요, 전 당신이 그렇다는 쪽에 걸겠습니다. 당신은 모든 심령술사들의 어머니입니다. 당신이라면 그 분야 최고수고, 왕초고, 일인자고, 위원회 의장감이죠.

내 아들아, 너는…… 잘…… 이해하고 있다.

이제 5달러 주십시오.

멋지군, 형제. 계속해보게.

그러니까 제가 알고 싶은 건 "심령력(心靈力)"이 뭔가라는 겁니다.

너희 모두가 소위 "심령력"이란 걸 갖고 있다. 사실 그것은 육감이다. 그리고 너희 모두가 "온갖 것에 대해 육감"을 갖고 있다.

심령력이란 너희의 한정된 체험에서 빠져나와 더 넓은 시야 속으로 들어가는 능력에 불과하다. 물러서는 능력, 너희가 자신이라 여기는 한정된 개인으로서 느꼈을 것보다 더 많이 느끼는 능력, 그 혹은 그녀가 알았을 것보다 더 많이 아는 능력. 그것은 너희 주위 어디에나 널려 있는 **더 큰 진리** 속으로 물길을 뚫는 능력, 다른 에너지를 느끼는 능력이다.

이 능력을 발달시키려면 어떻게 해야 합니까?

"발달"이 맞는 말이다. 그것은 일종의 근육과 같은 것이어서, 너희 모두가 가지고 있지만, 너희 중 일부만이 그것을 발달시키는 쪽을 선택한다. 반면에 나머지 사람들에게서 그것은 발달되지 않은 채, 훨씬 쓸모없이 방치된다.

심령 "근육"을 발달시키려면, 그것을 단련시켜야 한다. 그것을 써라. 날마다, 끊임없이.

그 근육은 지금 거기에 있지만, 작고 약하다. 그것은 거의 쓰이지 않고 있다. 그래서 이따금 직관이 너희를 "때려도" 너희는 그에 따라 행동하지 않고, 뭔가에 대한 "예감이 들어도" 너희는 그것을 무시한다. 꿈을 꾸거나 "영감"을 느껴도, 빈약한 주의만을 기울이면서 너희는 그것을 그냥 흘려보낸다.

고맙게도 너는 이 책에 대해 가졌던 그 직관의 "때림"에는 주의를 기울였다. 그렇지 않았다면 너는 지금 이 문장들을 읽고 있지 않을 것이다.

너는 자신이 우연히 이 글들로 오게 되었다고 생각하느냐? 어쩌다가?

그러니 심령"력"을 발달시키는 첫 번째 조치는, 네가 그것을 갖고 있음을 알고, 그것을 쓰는 것이다. 네가 가진 모든 예감, 네가 느끼는 모든 느낌, 네가 경험하는 모든 직관의 "때림"에 주의를 기울여라. 주의를!

그런 다음에는 네가 "아는" 것에 따라 행동하라. 네 마음이 거기서 벗어나라고 속삭이지 못하게 하고, 네 두려움이 너를 거기서 끌어당기지 못하게 하라.

네가 두려워하지 않고 직관에 따라 더 많이 행동할수록, 네 직관은 너를 더 많이 도와주리니. 그것은 언제나 거기에 있었거늘, 너는 이제서야 그것에 주의를 기울이는구나.

하지만 저는 언제라도 찾을 수 있는 주차 공간 식의 심령 능력을 말하는 게 아닙니다. 저는 진짜 심령력을 말하는 겁니다. 미래를 내다보거나, 생판 알지도 못하는 사람에 관해서 알려주는 그런 능력 말입니다.

내가 이야기했던 것도 바로 그거였다.

이 심령력은 어떤 식으로 작용합니까? 그걸 가진 사람들이 말하는 대로 따라야 합니까? 어떤 심령술사가 예언을 했을 때, 제가 그 예언을 바꿀 수 있는 겁니까, 아니면 내 미래는 바위처럼 고정되어 있습니까? 생판 낯선 사람의 얼굴을 보자마자 그 사람에 대해 아는 심령술사들은 어떻게 해서 그런 겁니까? 만일—

잠깐만. 거기에는 서로 다른 네 가지 질문이 있다. 좀 속도를 늦추어서 한번에 하나씩 다루도록 하자.

좋습니다. 심령력은 어떤 식으로 작용합니까?

심령력이 작용하는 방식을 네게 이해시켜줄, 심령 현상의 법칙 세 가지가 있다. 그것들을 복습해보자.

1. 모든 생각이 에너지다.
2. 모든 것이 움직이고 있다.
3. 모든 시간이 지금이다.

심령술사는 이런 현상들이 만들어내는 체험—진동—에 자신을 연 사람이다. 그것은 마음속에 영상으로 그려질 때도 있고, 말의 형태로 생각을 이룰 때도 있다.

심령술사는 이런 에너지들을 느끼는 데 숙달되어간다. 이 에너지들은 워낙 가볍고, 워낙 순식간에 스쳐가고, 워낙 엷어서, 처음에는 이렇게 하기가 쉽지 않을 수도 있다. 여름밤의 부는 듯 마는 듯한 산들바람이 네 머리카락을 건드렸는가 싶기도 하지만 아닐 수도 있듯이, 아득히 멀리에서 뭔가 희미한 소리가 들렸는가 싶기도 하지만 아닐 수도 있듯이, 눈가를 휙 하고 스쳐가는 흐릿한 영상이 거기 있었노라고 맹세라도 하고 싶지만 머리 들어 쳐다보면 이미 없어졌듯이, 사라졌다! 그게 과연 거기에 있기나 했던가?

초보 심령술사들이 항상 하는 질문이 이것이다. 하지만 숙달된 심령술사는 절대 묻지 않는다. 그런 질문을 하는 건 대답을 내쫓는 것이고 정신mind을 끌어들이는 것이기 때문이다. 심령술사들이 절대 하고 싶지 않은 일이 이것이다. 직관은 정신 속에 살지 않는다. 심령술사가 되려면 너희 정신에서 벗어나야 한다. 직관은 심령psyche 속에, 영혼 속에 살기 때문이다.

**직관은 영혼의 귀다.**

영혼이야말로 유일하게 생명의 가장 희미한 진동들까지 "잡아내고", 이 에너지들을 "느끼며", 즉석에서 이 파장들을 감지하고, 그것들을 해석하기에 충분할 만큼 예민한 도구다.

너희는 오감이 아니라 육감을 가지고 있다. 육감이란 후각과 미각, 촉각, 시각, 청각, 그리고…… **지각**sense of knowing이다.

"심령력"이 작동하는 방식은 이렇다.

네가 생각을 할 때마다, 생각은 에너지를 내보낸다. 생각은 에너지다. 심령의 영혼이 잡아내는 것이 이 에너지다. 하지만 진짜 심령술사는 그 에너지를 해석하려고 멈춰 서지 않는다. 아마도 그는 그 에너지가 뭣처럼 느껴지는지 그냥 불쑥불쑥 뱉어내기만 할 것이다. 이런 방법으로 심령술사는 너희가 지금 뭘 생각하는지 너희에게 말해줄 수 있다.

너희가 지금껏 가졌던 모든 느낌이 너희 영혼 속에 들어 있다. 너희 영혼은 너희가 느낀 모든 느낌의 총합이다. 그것은 저장소다. 너희가 그 느낌들을 그곳에 저장하고 나서 몇 년의 세월이 지났더라도, 진짜로 열린 심령술사라면 이 "느낌들"을 지금 이 자리에서 "느낄" 수 있다. 그건 모두가 지금이기 때문이고—

시간 같은 건 없기 때문이다—

이런 식으로 해서 심령술사는 너희 "과거"를 너희에게 말해줄 수 있다.

"내일" 역시 존재하지 않는다. 모든 것이 지금 이 순간 일어나고 있다. 일어난 모든 일이 에너지 파장을 내보내, 우주 감광판 위에 지워지지 않는 영상을 남긴다. 심령술사는, 그것이 지금 이 순간 일어나는 일인 것처럼—이건 사실이다—"내일"의 영상을 보거나 느낀다. 이것이 일부 심령술사가 "미래"를 말하는 방식이다.

생리학상으로 어떻게 이렇게 되느냐고? 아마도 자신이 하고 있는 일을 스스로는 의식하지 못하겠지만, 심령술사는 강렬한 집중을 통해 사실상 자신의 아(亞)분자 성분을 파견하고 있다. 그의 "생각"—네가 이 표현을 원한다면—은 몸을 떠나 공간 속으로 쌩~ 하고 날아간다. 그것은 빙 돌아서, 네가 아직 체험하지 않은 그 "지금"을 멀리서 "볼" 수 있을 만큼 충분히 멀리 충분히 빨리 날아간다.

아분자의 시간여행이군요!

너라면 그렇게 말할 수 있겠지.

아분자의 시간여행이라구요!

좋~았어. 우린 이걸 버라이어티 쇼로 바꾸기로 결정한 거다.

아뇨, 아뇨. 얌전히 있을게요. 약속합니다…… 진짜로요. 계속하시죠. 전 정말로 이런 이야기가 듣고 싶었거든요.

좋다. 심령술사의 그 아분자 부분이 집중으로 얻은 상(像)의 에너지를 흡수한 다음, 그 에너지를 가지고 다시 심령술사의 몸으로 쌩~ 하고 돌아오면, 심령술사는 이따금 전율하면서 "영상을 얻거나" "느낌을 느낀다". 그는 아무런 자료 "처리"도 하지 않고, 단지—그리고 즉석에서—그것을 묘사하는 데만 온힘을 기울인다. 그 심령술사는 자신이 "생각하거나" 갑자기 "보거나" "느끼는" 것이 뭔지 묻지 않으면서, 그것이 가능한 한 건드려지지 않고 그냥 "빠져나가게" 놔두는 법을 배운 것이다.

몇 주가 지나 영상으로 보였거나 "느껴진" 그 사건이 실제로 일어날 경우, 사람들은 그 심령술사를 족집게라 부른다. 그리고 물론 그건 사실이다!

만일 그런 식이라면, 어째서 "틀린 예언들"이 나올 수 있는 겁니까? 다시 말해 그런 일이 "일어나지" 않는 일이 있을 수 있습니까?

심령술사는 "미래를 예언한" 것이 아니라, 단지 지금이라는 영원한 순간에 관찰된, "있을 수 있는 가능성들" 중 하나를 흘끗 보고 내놓은 것뿐이기 때문이다. 그러기에 누가 그런 선택을 했는지 읽는 것이야말로 심령술의 영원한 화두다. 그는 얼마든지 쉽사리 또 다른 선택, 예언과 일치하지 않는 선택을 내릴 수 있기 때문이다.

영원한 순간은 모든 "있을 수 있는 가능성들"을 포함한다. 지금 와서는 이미 여러 번 설명한 셈이지만, 모든 것이 이미 일어났다, 백만 가지 다른 방식으로. 남은 건 오직 너희가 어떤 인식perception을 선택하는가뿐이다.

그것은 전적으로 인식의 문제다. 인식을 바꿀 때, 너희는 생

958

각을 바꾸고, 생각은 너희 현실을 창조한다. 어떤 상황에서든 너희가 기대할 수 있는 모든 결과가 이미 너희를 위해 거기에 있다. 너희가 해야 할 일은 그것을 인식하는 것, 아는 것뿐이다.

"너희가 청하기도 전에 내가 대답해주리라"고 했을 때의 의미가 이것이다. 사실 너희의 기도는 기도를 내놓기도 전에 "응답받는다".

그렇다면 어째서 기도한 것을 전혀 얻지 못하는 일이 생깁니까?

이 문제는 1권에서 다루었다. 너희가 얻는 건 너희가 청한 것이 아니라, 언제나 너희가 창조한 것이다. 창조는 생각을 뒤따르고, 생각은 인식을 뒤따른다.

마음을 뜨끔하게 하는 이야기군요. 이 문제는 전에도 다뤘는데 그래도 여전히 뜨끔해지는군요.

그래도 그렇지? 계속해서 그 문제로 가는 게 좋은 이유가 여기에 있다. 여러 번 듣다보면 너는 그것을 마음으로 감쌀 기회를 갖게 되고, 그러고 나면 네 마음이 "뜨끔거리지 않게" 된다.

만사가 지금 한꺼번에 벌어지고 있다면, 그 모든 것 중에서 내 "지금" 순간에 내가 체험하는 부분을 정해주는 건 뭡니까?

네 선택들, 그리고 네 선택들에 대한 네 믿음이. 그런 믿음을 만들어내는 건 특정 주제에 대한 네 생각이고, 그런 생각들은 네 인식에서, 다시 말해 "네가 그것을 바라보는 방식"에서 나온 다.

그러기에 심령술사들은 네가 "내일"을 놓고 지금 어떤 선택을 내리고 있는지를 보고, 그 선택이 마지막까지 펼쳐졌는지를 본다. 하지만 참된 심령술사라면 그게 꼭 그런 식으로 되어야 하는 건 아니라고 말할 것이다. 너는 "다시 선택할" 수 있다. 결 말을 바꿀 수 있다.

사실 전 이미 가졌던 체험을 바꿀 작정입니다.

정확하다! 이제 너는 그것을 이해해가고 있다. 이제 너는 역 설 속에 사는 법을 이해해가고 있다.

하지만 그게 "이미 일어났다면" 그건 누구에게 "일어난" 겁니까? 그 리고 제가 그걸 바꾼다면, 그 바뀜을 체험하는 "나"는 누구입니까?

시간선을 따라 움직이는 하나 이상의 "너"가 있으니, 이 모든 게 2권에 자세히 설명되어 있다. 너더러 그것을 다시 읽어보라 고 권하고 싶구나. 그러고 나서 거기에 있는 것을 여기에 있는 것과 결합시켜라. 더 나은 이해를 위해서.

좋습니다. 당연히 그래야겠죠. 하지만 저는 이 심령술을 소재로 해 서 좀 더 이야기하고 싶은데요. 많은 사람들이 심령술사라고 자처합니다. 어떻게 해야 사이비와 진짜를 구별할 수 있습니까?

누구나 **"심령술사"**다. 그러니 그들 **모두가 "진짜"**다. 네가 살펴보고 싶어하는 건 그들의 목적이다. 그들이 너를 돕고자 하는지, 아니면 자기 이익을 챙기려는지.

자기 이익을 챙기려는 심령술사들, 소위 "직업적 심령술사들"은 흔히 자신들의 심령력으로 어떤 일들을 해주겠노라고 약속한다. 그들은 "잃은 애인을 돌아오게 하고", "부와 명예를 안겨주고", 심지어는 살을 빼도록 도와주겠노라고 약속한다.

그들은 자신들이 이 모든 걸 다 할 수 있다고 약속한다. 하지만 복채를 낼 때만. 그들은 네 상사든 네 애인이든 네 친구든 가릴 것 없이 다른 사람의 마음까지 "읽어서", 그들에 관한 온갖 이야길 다 해주기도 한다. 그들은 이렇게 말할 것이다. "아무거나 가져오시오. 목도리든 사진이든 필체 견본이든 말이오."

누구나 흔적, "심령 지문", 에너지 자국을 남기기 마련이고, 진짜 민감한 사람이라면 이것을 느낄 수 있기 마련이니, 사실 그들은 그 사람들에 관해 네게 말해줄 **수 있다**. 종종 꽤 많은 것을.

하지만 믿을 만한 직관자라면 절대 다른 사람을 네게 돌아오게 해주거나, 어떤 사람의 마음을 바꿔주거나, **자신의 심령"력"을 가지고 어떤 결과를 만들어내겠노라고** 제안하지 않을 것이다. 이 재능을 발달시키고 사용하는 데 자기 인생을 바친 참된 심령술사라면, 다른 사람의 자유의지는 절대 간섭받게 되어 있지 않고, 다른 사람의 생각은 절대 침해받게 되어 있지 않으며,

다른 사람의 심령 공간은 절대 훼손되게 되어 있지 않다는 걸 안다.

전 당신이 "옳고 그른" 건 없다고 말씀하신 걸로 생각했는데요. 갑자기 이 "절대"들은 다 뭡니까?

내가 "언제나"나 "절대"란 표현을 쓸 때는 언제나 내가 아는 바, 너희가 이루고자 하는 것, 너희가 하려고 애쓰는 것이란 문맥 안에서다.

나는 너희 모두가 진화하려 하고, 영적으로 성장하려 하며, '하나됨'으로 돌아가려 한다는 걸 안다. 너희는 지금껏 자신이 자신에 관해 가졌던 가장 위대한 전망의 가장 숭고한 해석으로 자신을 체험하고자 한다. 너희는 개개인으로서도, 한 종(種)으로서도, 이것을 추구한다.

그런데 내가 몇 번이나 말했듯이, 내 세계에는 "옳고 그른" 것, "해야 하고 하지 말아야 하는" 게 없다. 그리고 "나쁜" 것도 "지옥"도 존재하지 않으니, 너희가 "나쁜" 걸 선택하더라도 영원히 꺼지지 않는 지옥불 속에서 불타는 일도 없다. 물론 너희가 그런 것들이 있다고 생각하지 않는다면 말이다.

그럼에도 물질계 속에 설정된 자연법칙들은 있으니, 그중 하나가 인과법칙이다.

인과법칙에서 가장 중요한 것 중 하나가,

**야기된**caused **모든 결과는 결국에 가서 자신이 체험한다는 것이다.**

그게 무슨 뜻이죠?

너희가 남더러 체험하게 한 것이 무엇이건 간에, 언젠가는 너희가 그것을 체험하리란 뜻이다.

너희 뉴에이지 구성원들은 그것을 더 감칠맛 나게 표현해 왔다.

"돌아가는 건 돌아오기 마련이다."

맞다. 다른 사람들은 **"너희는 남들에게 대접받기 바라는 대로 남들을 대접하라"**는 예수의 훈계로 이 점을 알고 있다.

예수는 인과법칙을 가르친 것이다. 그것은 '일급 법칙Prime Law'이라 불릴 만한 것이다. 커크와 피카르, 제인웨이가 받은 일급 지령과 비슷한.

이런! 신이 〈스타트렉〉 팬이라니!

놀리는 거냐? 그 에피소드의 반을 내가 썼다.

진이 당신의 그 말을 듣지 말았어야 할 텐데.

무슨 말을…… 진이 나더러 그렇게 말하라고 **했는데.**

당신이 진 로든버리와 만나고 있다고요?

그리고 칼 세이건과 봅 하인라인도. 그 패거리들 모두가 여기 있다.

아시겠지만, 이런 장난을 쳐서는 안 됩니다. 이러다간 이 대화 전체의 신뢰성을 무너뜨리고 말 겁니다.

참, 그렇지, 신과 이야기를 나누려면 진지해야지.

뭐랄까, 적어도 믿음이 가도록은 해야죠.

내가 진과 칼과 봅을 바로 여기서 만났다는 걸 못 믿겠다고? 걔들한테 일러줘야겠군. 자, 어쨌든 진짜 심령술사를 "사이비"와 어떻게 구별할 수 있을지로 돌아가보자. 진짜 심령술사는 일급 지령이 뭔지 알고 그것에 따라 산다. 이 때문에 네가 그녀더러 "오래전에 잃은 사랑"을 되돌아오게 해달라거나, 네가 지닌 다른 사람의 손수건이나 편지로 그의 오라aura를 읽어달라고 부탁했을 때, 진짜 심령술사는 이렇게 말할 것이다.

"미안하지만, 그렇게는 못하겠습니다. 전 절대로 다른 사람이 걷는 길에 간섭하거나, 끼어들거나, 가로막거나 하지 않습니다."

"전 어떤 식으로든 그들의 선택에 영향을 끼치거나, 그것을 끌어오거나, 그것과 충돌하지 않을 겁니다."

"그리고 전 누구에 대해서든지 사사롭거나 은밀한 정보를 누설하지 않습니다."

누군가가 네게 이런 "서비스들"을 해주겠노라고 제안하는 사람이 있다면, 그 사람은 악덕업자라 불릴 만한 사람이다. 너한테서 돈을 짜내기 위해 너 자신의 인간적 약점과 유약함을 이용한다는 점에서.

하지만 유괴당한 아이라든지, 가출했다가 집에 연락하고 싶어도 자존심이 너무 세서 못하는 십대 아이들처럼, 잃어버린 가족이 있는 곳을 찾도록 도와주는 심령술사라면요? 아니면 죽었든 살았든, 어떤 사람이 있는 곳을 경찰에 알려주는 고전적인 경우라면요?

당연히 이 질문들 모두가 스스로 답하고 있다. 진짜 심령술사라면 절대 자신의 의지를 남에게 강요하지 않을 것이다. 그녀는 오로지 봉사하기 위해 거기에 있다.

심령술사더러 죽은 사람을 만나게 해달라는 건 괜찮습니까? 우리는 "앞서 가버린" 사람들과 접촉하려고 해야 합니까?

어째서 그렇게 하고 싶은 거냐?

그 사람들이 우리에게 말하고 싶은 게 있는지 알아보고, 있으면 이야기하게 하려고요.

"저승"에서 온 누군가가 너희에게 알려주고 싶은 게 있다면, 그쪽에서 먼저 너희가 그것을 알도록 만들 방법을 찾아낼 테니 염려하지 마라.

"앞서 가버린" 너희 숙모와 삼촌, 형제, 자매, 아버지, 어머니, 배우자, 연인은 다들 자기 나름의 여행을 계속하면서, 완벽한 기쁨을 맛보고 완전한 이해로 나아가고 있다.

너희가 잘 있는지 보기 위해서든, 너희에게 자신들이 무사하다는 걸 알려주기 위해서든, 너희에게 되돌아오는 것이 그들이 하고 싶은 일 중 일부라면, 그들은 그렇게 하리란 걸 믿어라.

그런 다음엔 신경 써서 "표지sign"를 찾아보고 그것을 붙들어라. 그걸 그냥 네 상상이나 "희망 사항", 혹은 우연의 일치로 넘겨버리지 마라. 신경 써서 메시지를 찾아내 그것을 받아들여라.

죽어가는 남편을 간호하던 한 부인을 아는데요, 그 부인은 남편에게, 정말로 먼저 가야 한다면 제발 자기한테 다시 돌아와서 그가 무사하다는 걸 알려달라고 간청했습니다. 남편은 그러겠노라고 약속하고 이틀 뒤에 죽었습니다. 그로부터 일주일도 지나지 않은 날 밤에, 그 부인은 꼭 누가 자기 옆 침대 위에 앉아 있는 것 같은 느낌에 잠에서 깼다고 합니다. 눈을 뜨자, 정말 맹세컨대 침대 발치에 앉아서 자기를 보면서 웃는 남편이 보이더래요. 하지만 그녀가 눈을 깜박이고 다시 바라보자 남편은 사라지고 말았답니다. 그녀가 나중에 그 얘기를 저한테 하더군요. 그때는 자기가 홀린 게 틀림없다면서요.

그렇다, 그건 대단히 공통된 현상이다. 너희는 부정할 수 없는 명확한 표지를 받고도 그것들을 무시해버린다. 아니면 너희 마음이 장난친 걸로 여기고 그냥 넘겨버리거나.

너희는 지금도 같은 선택을 하고 있다. 이 책을 가지고.

왜 우리는 그렇게 할까요? 왜 우리는 이 세 권의 책에 실린 지혜처럼 뭔가를 청했다가, 막상 그걸 받으면 믿지 않으려 할까요?

너희가 신의 위대한 영광을 의심하기 때문이다. 도마(예수의 부활을 의심하여 직접 만져보고서야 믿었던 제자 - 옮긴이)처럼 너희도 보고 느끼고 만져야 믿을 것이다. 하지만 너희가 알고 싶어하는 건 보거나 느끼거나 만질 수 있는 게 아니다. 그것은 다른 영역이다. 그리고 너희는 그것에 열려 있지 않다. 너희는 준비되지 않았다. 그렇다고 초조해하지는 마라. 학생이 준비되면 선생은 나타나기 마련이니.

애초 질문의 출발선으로 돌아가서요, 그러니까 당신 말씀은 저승에 있는 사람들과 접촉하려고 심령술사나 무당을 찾아가선 **안 된다**는 건가요?

나는 너희가 어떤 일을 해야 된다거나 해선 안 된다고 말하는 게 아니다. 단지 나로서는 네가 뭘 알고 싶어하는지 잘 알 수가 없구나.

음, 그럼 **그** 사람에게서 듣고 싶은 뭔가가 아니라 그에게 말하고 싶은 뭔가를 **자기가** 갖고 있다고 치면요?

너는 그것을 말할 수 있는데, 그는 그것을 들을 수 없다고 생각하느냐? 그것이 아무리 사소한 것이라도 너희가 이른바 "저승"에 있는 존재와 관련된 어떤 생각을 하는 순간, 그 존재의 의식은 네게로 날아온다.

너희가 그 사람에 관한 어떤 생각이나 관념을 품었는데, 소위 "고인(故人)"의 본체가 그것을 완전히 자각하지 못하는 경우는 결코 없다. 따라서 그런 교류를 하려고 영매를 이용할 필요는 없다. **교류의 가장 좋은 "영매"는 사랑이다.**

아 예, 하지만 **쌍방** 교류라면요? 그럴 때는 영매가 도움이 되지 않을까요? 그런 교류가 가능하기는 한 겁니까? 아니면 그건 완전히 엉터리입니까? 그건 위험합니까?

너는 지금 영과의 교류를 말하고 있다. 그렇다, 그런 교류는 가능하다. 위험하냐고? 사실 너희가 겁낸다면 모든 게 "위험하다". 너희는 자신이 두려워하는 것을 창조한다. 하지만 두려워할 것은 사실 아무것도 없다.

사랑하는 사람은 절대 너희와 멀리 떨어져 있지 않다. 생각보다 더 멀리 떨어져 있지는 않다. 너희에게 그들이 필요할 때, 그들은 언제라도 권유하고 위로하고 충고할 수 있는 상태로, 항상 그곳에 있을 것이다. 만일 너희 쪽에서 사랑하던 사람이 "괜찮은지" 심히 불안해하면, 그들은 만사가 잘 되고 있다는 걸 알려줄 표지나 신호, 가벼운 "메시지"를 너희에게 보낼 것이다.

너희는 그들에게 부탁할 필요조차 없을 것이다. 왜냐하면 이번 생에서 너희를 사랑했던 영혼들은 아무리 미세한 것이라도 너희의 오라 영역에서 곤란이나 동요를 느끼는 순간, 너희에게 끌려오고, 너희에게 당겨오고, 너희에게 날아오기 때문이다.

그들이 자신들의 새로운 존재 가능성에 대해 배울 수 있는 으뜸가는 기회들 중 하나가, 자신들이 사랑하던 사람들에게 도움과 위로를 제공하는 것이다. 그러니 너희가 진실로 그들에게 열려 있다면, 너희는 위안 주는 그들의 존재를 느낄 것이다.

그러니까 "맹세컨대" 죽은 사람이 방 안에 있었노라던 사람들에게서 우리가 듣는 이야기들이 사실일 수 있겠군요.

가장 확실하게 사실이다. 너희는 사랑하던 사람의 체취나 향수 냄새를 맡을 수도 있고, 그들이 피우던 담배 연기 한 모금을 마실 수도 있으며, 그들이 즐겨 흥얼거리던 노래를 어렴풋이 들을 수도 있다. 아니면 그들의 이런저런 소지품들이 전혀 엉뚱한 곳에서 불현듯 나타날 수도 있다. 손수건이나 지갑, 커프스 단추나 장신구 같은 것이 "뜬금없이" 그냥 "불쑥 나오는" 것이다. 너희는 갑자기 그걸 의자 쿠션 안이나 오래된 잡지 꾸러미 밑에서 "찾아낸다". 특별한 순간을 찍은 영상이나 사진이 거기 있다! 너희가 그 사람을 그리워하고, 그를 생각하고, 그의 죽음을 슬퍼하는 바로 그 순간에. 이런 일들은 "그냥 일어나지" 않는다. 이런 종류의 일들은 우연히 "마침 그때", 어쩌다 "마침맞게 나타나는" 게 아니다. 너희에게 말하노니, **우주에는 어떤 우연의 일치도 없다.**

이런 일은 아주 흔하다, 정말 아주 흔하다.

이제 네 질문으로 돌아가서, 몸에서 벗어난 존재와 교류하기 위해 소위 "영매"나 "통로"가 필요하냐고? 아니다. 그것이 이따금 도움이 되냐고? 이따금은. 거꾸로 그것은 그만큼 많이 심령술사나 영매, 그리고 그들의 동기에 좌우된다.

누군가가 대가 없이는 이런 식으로 너희와 일하길 거부한다면, 혹은 어떤 식의 "채널링"이나 "중개" 작업도 거부한다면, 한시바삐 뛰어서 다른 길로 가라. 그런 사람은 아마 돈을 위해서만 그 자리에 설 것이다. 그들이 "영계"와의 접촉에 대한 너희 필요나 바람을 이용할 때, 몇 주 몇 달 혹은 심지어 몇 년 동안 몇 번이고 다시 되돌아가는 "올가미에 걸리더라도" 놀라지 마라.

영이 그러하듯, 오직 남을 돕기 위해서만 그 자리에 있는 사람은 자신이 하려는 일을 계속 하기에 필요한 것을 빼고는 자신을 위해 아무것도 요구하지 않는다.

어떤 심령술사나 영매가 너희를 돕는다는 데 동의했을 때, 그녀가 참으로 이런 입장에 서 있다면, 그 보답으로 너희가 할 수 있는 모든 도움을 확실히 제공하라. 자신이 더 많이 할 수 있다는 걸 알면서 조금만 주거나 전혀 주지 않음으로써, 그토록 놀라운 영의 관대함을 이용하지 않도록 하라.

그가 진실로 세상에 봉사하고자 하는 사람, 지혜와 지식, 통찰력과 이해, 보살핌과 자비를 진실로 함께 나누고자 하는 사람인지 살펴라. 그런 사람들을 부양하라. 그들에게 넉넉하게 제공하라. 그들에게 최고의 영예를 지불하고, 그들에게 너희가 줄 수 있는 최대치를 주어라. 빛을 가져오는 자들이 이들이니.

# Conversations with God
# 7

우린 많은 걸 다뤘군요. 야, 정말 많은 걸 다뤘습니다. 이제 방향을 바꾸고 싶은데 괜찮으시겠습니까?

**괜찮겠냐고?**

예, 전 지금 굴러가고 있어요. 전 마침내 굴렁쇠 위에 올라탔습니다. 게다가 전 지난 3년 동안 별러왔던 질문들을 몽땅 다 쏟아내고 싶거든요.

**그건 나로서는 전혀 상관없다. 계속하라.**

시원시원하시군요. 그렇다면 전 지금 또 다른 비전(秘傳)상의 수수께끼에 대해 이야기해보고 싶은데요, 제게 환생에 대해 말씀해주시렵니까?

그러지.

많은 종교들이 환생을 잘못된 교리라고 말합니다. 우리는 여기서 딱 한 번의 생애, 한 번의 기회만 갖는다는 거죠.

알고 있다. 그건 정확하지 않다.

어떻게 그토록 중요한 일을 놓고 그 많은 종교들이 생판 틀릴 수 있습니까? 어떻게 그들이 그토록 기본되는 진실을 모를 수 있는 겁니까?

너는, 사람들이 지닌 많은 종교들이 두려움에 근거하고 있음을 이해해야 한다. 그 종교들의 가르침에서는 숭배하고 두려워해야 할 신에 대한 교리가 중심이다.

너희 지구 사회 전체가 모권제에서 부권제로 개조된 것이 두려움을 통해서였고, 초기 성직자들이 사람들더러 "악한 행실을 회개하고 주의 말을 명심하게" 만든 것이 두려움을 통해서였으며, 교회가 교인들을 획득하고 통제한 방식 역시 두려움을 통해서였다.

일요일마다 교회에 가지 않으면 하느님이 너희를 벌하시리라고 주장한 종파까지 있다. 그 종파는 교회에 가지 않는 게 죄라고 선포했다.

그렇다고 아무 교회나 가서는 안 되고, 특정 종파의 교회에만 다녀야 했다. 다른 종파의 교회에 가는 것, 그것도 죄였다. 이것은 순전히 두려움을 이용해서 통제하려는 시도였다. 놀라운 건 그것이 들어먹혔다는 사실이다. 젠장hell, 그건 **지금도** 들어먹히고 있다.

저, 당신은 신이십니다. 욕하지 마십시오.

누가 욕한다는 거냐? 나는 사실을 말하고 있었다. 나는 "젠장, 그건 아직도 들어먹히고 있다"고 말했다.

신이 몰인정하고, 제 잇속만 챙기고, 용서하지 않고, 복수심에 불타는 인간과 닮았다고 믿는 한, 사람들은 언제까지라도 지옥을 믿을 것이고, 신이 자신들을 그곳으로 보내리라 믿을 것이다.

옛날에는 대다수 사람들이 이 모든 걸 넘어설 수 있는 신이란 걸 상상할 수 없었다. 그래서 그들은 "주의 무시무시한 복수를 두려워하기" 위해 여러 종파들의 가르침을 받아들였다.

자신들이 선하고, 자기 나름대로 설정한 근거에 따라 혼자 힘으로도 적절하게 행동할 수 있다는 걸 마치 사람들 스스로가 믿지 못하는 듯이. 그래서 그들은 자신들을 제대로 단속하기 위해, 분노하고 심판하는 신이라는 교리를 가르치는 종교를 만들어내야 했다.

그런데 환생이라는 개념은 이 모든 걸 방해하는 장애물이었다.

어째서 그랬죠? 어떤 점이 그런 교리들을 그렇게 위태롭게 만들었습니까?

교회가 '너희는 착해지는 편이 나을 것이다. 그렇지 **않았다가는—**'을 선언하고 있는 판에, 윤회론자들이 나와서는, "너희는 이 다음에 다른 기회를 가질 것이고, 그 다음엔 또 다른 기회를 가질 것이다. 그러고도 기회는 얼마든지 있다. 그러니 염려하지 말고 너희가 할 수 있는 최선을 다하라. 얼어붙는 두려움에 그렇게 마비되지 마라. 더 잘하겠노라고 자신에게 약속하고 그 약속대로 해나가라"고 했다고 해봐라.

초기 교회가 이런 이야기를 듣고 있을 수 없었던 건 당연했다. 그래서 교회는 두 가지 일을 했다. 우선 교회는 환생의 교리를 이단으로 내몬 다음, 고해성사를 만들어냈다. 고해는 교인들에게 윤회가 약속했던 것, 다시 말해 또 다른 기회를 줄 수 있었다.

그러니까 그러고 나서부터 우리는, 너희가 지은 **죄를 고하지 않는다면**, 그 죄로 하여 신은 너희를 벌하시겠지만, 죄를 고한다면, 신이 너희의 고해를 듣고 너희를 용서하셨음을 알리니, 너희는 편안하리란 설정을 갖게 된 거군요.

그렇다. 하지만 함정이 있었다. 이 면죄부는 **신에게서 직접 나올 수 없었다.** 그것은 교회를 거쳐서 흘러나와야 했다. 교회 성직자들은 고백해야 할 "참회들"을 선포했고, 이것들은 죄인들에게 일상 기도의 형태로 요구되었다. 그리하여 이제 사람들은 교인 자격을 유지해야 할 두 가지 이유를 갖게 되었다.

고해가 아주 괜찮은 인기 프로란 걸 발견한 교회는 얼마 안 가 **고해하러 오지 않는 건** 죄가 된다고 선언했다. 누구든 적어도 1년에 한 번은 그렇게 해야 했다. 그렇게 하지 않는다면 신이 화내실 또 다른 이유가 생기는 것이기에.

교회는 점점 더 많은 종규(宗規)들—그중 다수가 제멋대로였고 변덕스러웠다—을 양산해내기 시작했는데, 이 각각의 종규들이 정해진 대로 따르지 못했음을 고백하지 않을 경우, 신의 끝없는 심판을 자신의 배후 권능으로 하고 있었음은 두말할 여지도 없다. 하지만 어쨌든 고백하고 나면 그 사람은 신에게서 용서받아 심판을 피할 수 있었다.

그런데 이제 또 다른 문제가 생겼다. 사람들은 이것을 고백만 하면 무슨 짓을 해도 좋다는 뜻으로 해석했던 것이다. 교회는 진퇴양난에 빠졌다. 사람들의 가슴에서 두려움이 빠져나가고, 교회 출석률과 교인수가 떨어졌다. 사람들은 1년에 한 번씩 "고해하러" 와서 참회로 죄를 사면받고 나면, 다시 여전히 자기들 식대로 삶을 살아갔다.

이제 이건 의문의 여지가 없었다. 가슴속에 두려움을 박아 넣을 방안을 찾아야 했다.

그렇게 해서 발명된 것이 연옥이다.


연옥요?

그래, 연옥. 이것은 지옥과 뭔가 비슷하면서도, 영원하지는 않은 곳으로 묘사되었다. 이 새로운 교리는, **너희가 너희 죄를 고백하더라도** 신은 그 죄로 하여 너희를 벌주시리라고 선언했다.

이 교리하에서 신은 불완전한 개개 영혼들에게, 그들이 저지른 죄의 수와 종류에 따라 특정 양의 고통을 판결했다. "대"죄와 "소"죄가 있었다. 대죄는 죽기 전에 고해하지 않으면 곧장 지옥으로 보내질 그런 죄들이었다.

교회 출석률은 다시 한번 치솟았다. 모금액 역시 올라갔는데, 특히 기부금이 그러했다. 연옥의 교리에는 **고통에서 벗어날 길을 돈으로 살 수 있는** 방안도 들어 있었기 때문이다.

죄송하지만—?

교회의 가르침에 따르면, 사람들은 특별 면죄를 받을 수 있었다. 하지만 이번에도 직접 신에게서가 아니라 교회 성직자들에게서만. 이 특별 면죄를 받으면 그 사람은 자신의 죄가 "벌어들인" 연옥의 고통에서—혹은 적어도 그 일부에서는—벗어날 수 있었다.

"선도(先導)를 위한 집행유예" 같은 건가요?

그렇다. 하지만 물론 이 집행유예는 극소수의 사람들에게만, 대체로 교회에 두드러지게 많은 기부를 한 사람들에게만 주었다.

그중에서도 완전 사면이라면 진짜 어마어마한 액수를 내고서야 받을 수 있는 것이었다. 완전 사면은 **연옥에 전혀 들를 필요가 없다**는 뜻이었다. 그것은 천국행 직행표였다.

신이 내리는 이 특별한 은혜를 입을 수 있는 사람들의 수는 당연히 훨씬 더 적어서, 기껏해야 왕족과 최상층의 부자들 정도였다. 완전 사면을 얻는 대가로 교회에 바친 돈과 보석과 토지의 양은 그야말로 엄청났다. 하지만 이 모든 배타성은 대중들에게 심한 좌절과 분노를 불러왔고, 교회의 입장에서 보면 이건 전혀 의도하지 않았던 익살극이었다.

빈농들은 주교의 사면을 얻을 수 있으리라는 희망조차 품을 수 없었고, 대중은 체제에 대한 믿음을 잃었다. 다시 한번 출석률은 추락일로를 밟았다.

이번에는 그들이 어떻게 했나요?

그들은 9일기도 양초를 들여왔다.

사람들은 교회에 와서 "연옥에 있는 불쌍한 영혼들"을 위해 9일기도 양초를 켤 수 있었다. 그리고 9일기도문(특별한 순서로 된 일련의 기도문이어서 다 끝내기까지 시간이 걸린다)을 암송하여 사랑하는 고인(故人)이 받은 "선고" 연한을 줄임으로써, 그렇지 않았더라면 신이 허락하지 않았을 더 짧은 기간 안에 그들을 연옥에서 빼낼 수 있었다.

그들은 자신을 위해서는 아무것도 할 수 없었지만, 적어도 고인을 위해서는 자비를 빌 수 있었던 것이다. 초 한 자루를 켤 때마다 갸름한 구멍 속으로 동전 한두 닢을 떨어뜨리는 게 이로 우리란 건 두말할 것도 없었다.

무수히 많은 작은 초들이 무수히 많은 빨간 유리 뒤에서 깜박거렸고, 무수히 많은 페소와 페니(화폐 단위 - 옮긴이)들이 무수히 많은 함석 상자들 속으로 들어갔다. 연옥에 있는 영혼들에게 고통을 가하는 나를 "누그러뜨리려는" 시도로.

휘유! 이건 믿을 수가 **없군요**. 그러니까 당신 말씀은 사람들이 이걸 꿰뚫어보지 못했다는 건가요? 사람들이 그걸, 자신들이 신이라 부른 이 **무법자**desperado로부터 자신들을 지키기 위해 무슨 짓이라도 할 만큼 필사적인desperate 교인들을 유지하는 데 필사적이었던 교회가 벌이는 필사적인 시도로 보지 못했다는 겁니까? 말하자면 사람들이 실제로 이런 뇌물들을 가져왔다는 겁니까?

**틀림없는 사실이다.**

교회가 환생을 진실이 아니라고 선언한 게 놀랄 일이 아니군요.

그렇다. 하지만 나는, 너희가 사실 우주의 나이에 비교하면 한 찰나에 불과한 한 평생만을 살면서, 불가피하게 저지르기로 되어 있는 온갖 실수들을 저지르고 난 후에, 마지막에 가서야 희망을 가질 수 있도록 너희를 창조하지는 않았다. 나로서는 그걸 그런 식으로 짜 맞추는 상황을 떠올려보려 했지만, 그렇게 되면 내 목적이 뭐가 될지 도무지 어림할 수가 없었다.

너희 또한 그것을 어림하지 못했을 것이다. 이 때문에 너희는 계속해서 "주(主)는 불가사의한 방식으로 일하시니, 신이 이뤄내는 경이로움이여"라는 식의 말들을 해야 했다. 하지만 나는 불가사의한 방식으로 일하지 않는다. 내가 하는 모든 일에는 까닭이 있고, 그것은 그럴 수 없이 명확하다. 이 3부작을 진행하는 동안 나는 벌써 여러 번 너희를 창조한 까닭과 너희 삶의 목적을 설명했다.

환생은, 내가 이 우주에 놓아둔 의식 있는 다른 몇백만의 창조물들과 너희를 통해, 수많은 생애에 걸쳐 '나 자신'을 창조하고 체험한다는 그 목적에 딱 들어맞는다.

그렇다면 다른 행성에도 생명이 있—

물론 있다. 너는 정말로 이 거대한 우주에 너희만 있다고 믿느냐? 하지만 이것은 우리가 나중에 다룰 또 다른 주제다……

약속하시는……?

약속한다.

그리하여 한 영혼으로서 너희의 목적은 자신을 그 모든 것으로 체험하는 것이다. 우리는 진화하고 있다. 우리는…… 되어가고 있다.

무엇이 되어가냐고? 우리는 모른다! 그곳에 닿을 때까지는 알 수 없다! 하지만 우리에게 그 여행은 기쁨이다. 그리고 우리가 "그곳에 닿자"마자, 우리가 '자신'에 관한 가장 고귀한 다음 번 관념을 창조하자마자, 우리는 더 웅장한 생각, 더 고귀한 관념을 창조할 것이고, 그리하여 **그 기쁨을 영원히 이어갈 것이다.**

너는 지금 나와 함께 있느냐?

예, 이젠 이 표현을 그대로 따라 윌 **수도** 있을 것 같은데요.

좋다.

그래서…… 너희 삶의 본질과 목적은 '자신이 참으로 누군지' 결정하고, 그것이 되는 것이다. 너희는 날마다 이렇게 하고 있다. 온갖 행동과 온갖 생각과 온갖 말을 가지고. 바로 이것이 너희가 하는 일이다.

그런데 너희가 이것에 기뻐하는 정도에 따라, 자신의 체험으로 '자신'에게 기뻐하는 정도에 따라, 바로 그 정도만큼 너희는 다소간 그 창조물에 집착하게 될 것이다—그것을 점점 더 완벽으로 이끌기 위해 여기저기에 오직 사소한 수정만을 가하면서.

파라마한사 요가난다는 자신에 관해 생각했던 것을 "완벽"에 가깝게 그려낸 사람의 본보기다. 그는 자신에 관해, 그리고 나와 자신의 관계에 대해 아주 명확한 관념을 갖고 있었으며, 그것을 "그려내는 데" 자기 인생을 바쳤다. 그는 자신에 관한 관념을 자기 현실 속에서 체험하고 싶어했다. 체험을 통해 자신을 바로 그것으로 알고 싶어했던 것이다.

베이브 루스(미국의 유명한 야구선수-옮긴이) 역시 같은 일을 했다. 그는 자신에 관해, 그리고 나와 자신의 관계에 대해 아주 명확한 관념을 갖고 있었으며, 그것을 그려내는 데, 자신을 체험으로 아는 데 자기 인생을 바쳤다.

이 정도 수준으로 사는 사람은 그다지 많지 않다. 그 선각자와 베이브는 자신에 대해 서로 전적으로 다른 관념을 가졌지만, 그럼에도 두 사람 다 똑같이 그 관념들을 장대하게 표현해냈다.

또한 그들 두 사람은 당연히 나에 대해서도 다른 관념을 갖고 있었다. 그것은 '내가 누구인지'와, 자신과 나의 참된 관계를 보는 의식 수준이 다른 데서 연유한다. 그리고 그런 의식 수준들은 그들의 생각과 말과 행동 속에 반영되었다.

한 사람은 자기 삶의 대부분을 평화와 고요의 자리에 머물면서, 남들에게도 깊은 평화와 고요를 가져다준 반면, 다른 한 사람은 초조와 소란과 간헐적인 분노(특히 자기 마음대로 할 수 없을 때)의 자리에 있으면서, 자기 주변 사람들의 삶에도 소란을 가져다주었다.

하지만 둘 다 똑같이 착했다. 사실 베이브보다 더 마음이 여린 사람은 없었다. 그 두 사람 간의 차이라고 하면, 한 사람은 물질 소유의 측면에서 실상 아무것도 갖지 못했지만 한번도 자신이 가진 것 이상을 원한 적이 없었던 반면, 다른 한 사람은 "모든 걸 가졌는데" 자신이 진짜로 원하는 건 전혀 갖지 못했다는 것이다.

조지 허먼(베이브 루스의 본명 – 옮긴이)에게 이야기의 결말이 이런 것이었다면, 우리 모두가 거기에 대해 약간의 슬픔을 느낄 수도 있었겠지만, 베이브 루스로 자신을 육화한 그 영혼은 소위 진화라는 이 과정을 아직 끝낸 게 아니다. 그 영혼은 자신이 자신을 위해 일으킨 체험만이 아니라 남들을 위해 일으킨 체험까지도 재검토할 기회를 가졌고, 이제 그 영혼은 더욱 더 웅장한 해석으로 자신을 창조하고 재창조하고자 하면서, 다음번에 자신이 체험하고 싶은 것이 무엇인지 결정하기에 이르렀다.

이 두 영혼에 관한 이야기는 이것으로 그만두자. 두 영혼 모두 자신들이 지금 체험하고 싶은 것과 관련해서 다음 번 선택을 이미 내린데다가, 사실 둘 다 지금 그것을 체험하고 있는 중이니 말이다.

당신 말씀은 두 사람 다 이미 다른 육신으로 환생했다는 겁니까?

다른 신체로 되돌아가는 환생만이 그들에게 열린 유일한 선택이었다고 가정한다면, 그건 오해일 것이다.

다른 선택이 뭐가 있습니까?

그들이 되고 싶다면 실제로 무엇이라도.

나는 이미 여기서, 소위 죽고 나서 무슨 일이 벌어지는지 설명했다.

어떤 영혼들은 자신들이 알고 싶은 게 더 많이 있다고 느낀다. 그래서 그들은 "학교"로 가는 반면, 너희가 "나이 든 영혼"이라 부르는 다른 영혼들은 그들을 가르친다. 그렇다면 그 영혼들은 그들에게 무엇을 가르치는가? **그들이 배워야 하고 배워야**

**했던 건 아무것도 없다는 것**, 그들이 지금껏 해야 했던 건 오직 기억해내는 것뿐이라는 것, '자신들이 참으로 누구고 무엇인지' 기억해내는 것뿐이라는 것을.

그들은 자신이 누구인지에 대한 체험을, '자신'을 충분히 표현하고, **그것이 되는** 데서 얻는다는 걸 "배운다". 그들은 그것이 자신들에게 차분히 드러나게 함으로써 이것을 기억해낸다.

"저승"(나는 여기서 너희에게 익숙한 용어, 그러면서도 되도록 이면 논지에서 벗어나지 않게 해줄 일상어를 써서 말하고 있다)에 이를 즈음이나 그곳에 이르고 얼마 안 돼 벌써 이것을 기억해내는 영혼들도 있다. 그러고 나면 이런 영혼들은 자신이 "되고" 싶은 모든 것으로 자신을 즉석에서 체험하는 기쁨을 추구할 것이다. 그들은 아마도 무한수의 내 측면들 중에서 고른 그것을 당장 그 자리에서 체험하고자 할 것이다. 개중에는 그렇게 하기 위해 물질 형상으로 되돌아가길 선택하는 영혼들도 있을 수 있다.

어떤 물질 형상이든요?

**어떤 형상이든.**

그렇다면 영혼이 짐승으로 돌아올 수도 있다는 게 **사실**인가요? 신이 암소일 수 있다는 게? 그래서 암소들은 사실 신령스럽다는 게? 거룩한 암소여!

(으흠!)

죄송합니다.

너는 평생을 1인 코미디를 하는 데 보냈다. 그리고 말이 난 김에 하는 말이지만, 네 삶을 살펴보면 너는 그 역할을 꽤 잘해낸 편이다.

차앙! 이건 효과음입니다. 심벌즈가 여기 있었더라면 당신에게 차앙— 하고 부딪쳐드렸을 텐데.

고맙네, 고맙구먼.
하지만 여보게, 좀 진지해지세나……
네가 기본 원리 면에서 묻고 있는 질문—영혼이 동물로 되돌아올 수 있는가—에 대한 답은 당연히 가능하다는 것이다. 하지만 현실적 질문은 영혼이 그렇게 하겠는가이고, 그 대답은 아마 그러지 않으리란 것이다.

동물들도 영혼을 갖고 있습니까?

동물의 눈 속을 한번이라도 들여다본 사람이라면, 누구나 이 질문에 대한 답을 알고 있다.

그렇다면 그 동물이 우리 할머니, 우리집 고양이로 돌아온 할머니가 아니란 걸 제가 어떻게 알 수 있습니까?

우리가 여기서 이야기하는 '과정'은 진화, 자기 창조와 진화다. 그리고 진화는 한쪽 방향으로만 진행된다. 위로, 계속해서 위로만.

영혼의 가장 큰 바람은 자신의 더 고귀한 측면들을 체험하는 것이다. 그러기에 영혼은 진화 눈금을 따라 위로 올라가려 하지, 아래로 내려가려 하지 않는다. 영혼이 소위 열반이라 부르는 것—'전체'인 나와의 완전한 '하나됨'—을 체험할 때까지는.

하지만 영혼이 자신을 더 고귀하게 체험하길 바란다면, 왜 굳이 성가시게 인간 존재로 되돌아가려 하죠? 그건 분명히 "위로 가는" 걸음은 아닐 텐데요.

그 영혼이 인간 형상으로 되돌아가는 건, 언제나 더 많이 체험하고, 따라서 더 많이 진화하려는 노력에서다. 인간 중에도 구별 가능하고 증명 가능한 여러 진화 수준들이 있다. 누구라도 많은 생애—몇백 번의 생애—에 걸쳐 인간으로 되돌아가 위로 계속 진화해갈 수 있다. 하지만 영혼의 가장 웅장한 바람인 상향 운동은 저급한 생명 형상으로 되돌아가는 것으로는 이룰 수 없다. 따라서 그런 식의 돌아감은 일어나지 않는다. 그 영혼이 존재 전체와 궁극의 재합일에 도달할 때까지는.

그렇다면 저급한 생명 형상을 하고서 그 체계 속으로 들어오는 "새 영혼들"이 날마다 새로 생긴다는 이야기군요.

그렇지 않다. 지금껏 창조된 모든 영혼은 한꺼번에 창조되었다. 우리 모두는 지금 여기 있다. 하지만 내가 전에 설명했듯이 한 영혼(내 일부)이 궁극의 실현에 이르렀을 때, 그는 모든 것을 다시 한번 기억해내고 다시 한번 자신을 새로이 재창조할 수 있도록, "다시 출발하는", 말 그대로 "모든 걸 잊는" 쪽을 선택할 수 있다. 이런 식으로 해서 신은 자신을 계속 다시 체험한다.

영혼은 또한 원한다면 몇 번이고, 특정 수준에서 특정 생명 형상을 "재활용하는" 쪽을 선택할 수도 있다.

환생이 없다면, 물질 형상으로 되돌아갈 능력이 없다면, 우주 시계가 눈 한번 깜박이는 것보다 몇십억 배 더 짧은 시간인 한 생애 안에, 영혼은 자신이 이루려는 모든 것을 이뤄야 할 것이다.

그러니 그렇다, 환생은 당연히 사실이다. 그것은 진짜고, 그것은 유의미하며, 그것은 완벽하다.

알겠습니다. 그런데 제가 헷갈리는 게 한 가지 있습니다. 당신은 시간 같은 건 없다고 하셨습니다. 모든 것이 바로 지금 벌어지고 있다고요. 맞습니까?

그렇다.

거기다가 우리가 시공간 연속체 속에서 다양한 차원들, 혹은 다양한 지점들에 "항상" 존재한다고 암시하셨고요. 당신은 2권에서 이 문제를 깊이 다뤘습니다.

그건 사실이다.

좋습니다. 그런데 그게 뒤죽박죽이 되고 마는 경우가 이런 때입니다. 만일 시공간 연속체 위에 있는 "나들" 중 하나가 "죽었다가" 다른 사람으로 이곳에 돌아온다면…… 그렇다면…… 그때의 나는 누굽니까? 나는 동시에 두 사람으로 존재해야 하는 겁니까? 그리고 당신이 그럴 거라고 말했듯이 제가 한없이 계속 이런 식으로 해나간다면, 저는 동시에 100사람으로 있게 됩니다. 아니, 1,000사람, 100만 사람으로요! 시공간 연속체의 100만 곳에서 100만 가지 버전의 100만 명으로요.

그렇다.

전 그게 이해가 안 됩니다. 제 머리로는 이해할 수가 없습니다.

사실 너는 지금까지 잘해왔다. 그건 대단히 앞선 개념이었는데도, 너는 그걸 꽤 잘 다뤄왔다.

하지만…… 하지만요…… 그게 사실이라면, 불멸인 "나"의 일부인 "나"는 지금이라는 영원한 순간에, 우주 수레바퀴 위 몇십억 군데의 다른 지점들에서, 몇십억 가지 다른 형상들을 하고, 몇십억 가지 다른 방식으로 진화하고 있겠군요.

또 맞았다. 그게 바로 내가 하고 있는 일이다.

아니, 그게 아니고요, 전 그게 제가 하는 거라고 말씀드린 건데요.

그것도 맞다. 그게 바로 내가 말한 것이다.

아니, 그게 아니고요, 제가 말한 건—

네가 뭐라 했는지는 나도 안다. 너는 내가 네게 말했다고 했던 바로 그것을 말했다. 여기서 혼란은 네가 아직도 여기에 우리 중 하나 이상이 있다고 생각한다는 데 있다.

그럼 아닌가요?

우리 중 하나 이상이 여기에 있는 게 아니다, 절대로. 이제 너도 눈치챘느냐?

제가 여기서 **저 자신에게** 말해왔다는 뜻입니까?

그 비슷한 것이다.

당신이 신이 **아니란** 뜻입니까?

그건 내가 말한 게 아니다.

그럼 당신이 신이란 말씀입니까?

그게 내가 말한 것이다.

하지만 당신이 신이라면, 그리고 당신이 나고 내가 당신이라면, 그럼…… 그럼…… 내가 신이군요!

그렇다, 너희가 부처다. 너는 그것을 완전히 이해했다.

하지만 저는 신이기만 한 게 아닙니다. 저는 **다른** 모든 사람이기도 합니다.

그렇다.

하지만—그건 나를 빼고는 다른 누구도, 다른 무엇도 존재하지 않는다는 뜻입니까?

내가 말하지 않았느냐? 나와 아버지는 '하나'라고?

그랬죠, 하지만……

그리고 내가 말하지 않았느냐? 우리 모두는 '하나'라고?

그랬죠. 하지만 저는 당신이 그걸 글자 그대로의 의미로 말했다는 건 몰랐습니다. 당신이 비유로 그렇게 말한 걸로 생각했거든요. 말하자면 사실을 진술한 게 아니라 철학적인 표현이라고요.

그것은 사실을 진술한 것이다. 우리 모두는 '하나'다. "너희가 여기 있는 형제 중에 가장 보잘것 없는 사람 하나에게 해준 것이…… 내게 해준 것이라"고 할 때의 의미가 이것이다.
이제 이해하겠느냐?

예.

오, 마침내. 드디어 마침내 이해했구나—

하지만—제가 좀 따져도 용서해주시겠지요—하지만 말입니다…… 다른 사람과 있을 때, 예를 들면 제 아내나 우리 애들과 있을 때, 전 제가 그들과 **별개**인 듯이 느낍니다. 그들은 "내"가 **아니라고** 느끼는 거죠.

의식이란 불가사의한 것이어서, 그것은 자신을 천 조각, 만 조각, 억의 제곱 조각으로도 나눌 수 있다.
나는 나 자신을 무수한 "조각들"로 나누어, 내 "조각"들 하나하나가 자신을 돌아보고, 나란 존재의 경이를 바라볼 수 있게 했다.

하지만 제가 왜 이런 망각과 의심의 시기를 거쳐야 하는 겁니까? 전 **지금도** 완전히는 못 믿겠어요. 전 **지금도** 망각 속에 살고 있다구요!

자신에게 너무 가혹하게 대하지 마라. 그건 과정의 일부다. 그것이 그런 식으로 진행되더라도 상관없다.

그렇다면 왜 지금 제게 이 모든 걸 말씀해주십니까?

네가 재미없어하기 시작했기 때문이다. 삶이 더 이상 기쁨이 아니기 시작했던 것이다. 너는 과정에 너무 사로잡히기 시작한 나머지, 그것이 그냥 과정이란 걸 잊고 말았다.

그래서 너는 나를 불렀고 내게 와달라고 청했다. 너를 이해시켜 주고, 네게 신성한 진리를 보여주며, 최대의 비밀, 네 스스로 가로막아온 비밀, 자신이 누군가라는 비밀을 보여달라고.

이제 나는 그렇게 해왔다. 이제 나는 다시 한번 네가 기억해 내게 만들었다. 자, 그렇다면 그게 의미가 있겠느냐? 그게 내일 네 행동 방식을 바꿔주고, 그게 오늘 밤 네가 상황을 다르게 보도록 만들어주겠느냐?

이제 너는 다친 이들의 상처를 치유해주고, 두려워하는 이들의 불안을 잠재워주며, 헐벗은 이들의 필요를 채워주고, 이뤄낸 이들의 장대함을 축하해주면서, 어디서나 나를 그려보겠느냐?

진리에 대한 이번의 기억이 네 삶을 바꾸고, 너더러 남들의 삶을 바꾸게 해주겠느냐?

아니면 망각으로 되돌아가, 다시 이기심에 빠지고, 이 깨어
남 전에 너 자신이라 여겼던 그 왜소함으로 다시 찾아가 그곳에
머물겠느냐?

자, 너는 어느 쪽을 택하려느냐?

삶은 정말 한없이 영원히 진행되는 거군요.

그것은 가장 확실하게 그렇다.

거기에 끝 같은 건 없군요.

끝은 없다.

환생은 사실이고요.

그렇다. 너희는 필멸(必滅)의 형상으로, 다시 말해 "죽을" 수 있는 물질 형상으로 되돌아갈 수 있다. 너희가 원할 때마다, 너희가 원하는 방식으로.

돌아가고 싶은 때를 우리가 정합니까?

너희가 돌아가고 "싶다면", 그리고 너희가 돌아가고 싶을 "때"라면, 그렇다.

그럼 떠나고 싶은 때도 우리가 정하는 겁니까? 언제 죽고 싶은지를 우리가 선택하는 겁니까?

영혼의 의지를 거스르는 어떤 체험도 영혼을 찾아오지 않는다. 체험을 창조하는 주체가 영혼이니, 그렇게 하는 건 규정상 불가능하다.

영혼은 아무것도 원하지 않는다. 영혼은 모든 걸 다 갖고 있다. 모든 지혜와 모든 앎과 모든 힘과 모든 영광을. 영혼은 결코 잠들지 않고 결코 잊지 않는 네 부분이다.

몸이 죽기를 영혼이 바라느냐고? 아니다. 너희가 절대 죽지 않는 것이 영혼의 바람이다. 그럼에도 영혼이 그 형상으로 남아 있는 데서 아무 의미도 찾지 못하는 순간, 영혼은 곧바로 몸을 떠날 것이다. 말하자면 육신의 대부분을 뒤로하고, 자신의 몸 형상을 바꿀 것이다.

우리가 절대 죽지 **않는** 게 영혼의 바람이라면서, 왜 우리가 죽습니까?

994

너희는 죽지 않는다. 그냥 형상을 바꿀 뿐이다.

우리가 절대 그렇게 하지 않는 것이 영혼의 바람이라면서, 왜 우리는 그렇게 합니까?

형상을 바꾸지 않는 건 영혼의 바람이 아니다!
너희는 "변신자"다!
특정 형상으로 머물러봤자 더 이상 아무 소용도 없을 때, 영혼은―기꺼이, 자발적으로, 즐겁게―형상을 바꾸어 우주 수레바퀴 위를 계속 옮겨간다.

즐겁게라고요?

크나큰 기쁨으로.

애석해하면서 죽는 영혼은 없단 말씀입니까?

영혼은 죽지 않는다, 결코.

제 말은 현재의 신체 형상이 바뀌는 걸 어떤 영혼도 애석해하지 않느냐는 거죠. "죽으려는" 것을요.

몸은 결코 "죽지" 않는다. 다만 영혼과 함께 형상을 바꿀 뿐이다. 하지만 나는 네 말의 의미를 이해하니, 당분간은 네가 설정한 어휘를 쓰도록 하겠다.

소위 사후라는 것과 관련해서 창조하고 싶은 게 뭔지 너희가 확실하게 이해하고 있다면, 혹은 신과 재결합하는 사후 체험을 뒷받침할, 일련의 명확한 믿음을 너희가 갖고 있다면, 아니다, 영혼이 소위 죽음을 애석해하는 일은 결코 없다. 절대로 그런 일은 없다.

그런 경우의 죽음은 영광스러운 순간이고 멋진 체험이다. 이제 영혼은 자신의 자연스러운 형상, 자신의 정상 상태로 되돌아갈 수 있다. 믿기 힘든 경쾌함, 절대 자유의 느낌, 무한함이 있고, 더없이 황홀하고 웅장한, '하나됨'의 자각이 있다.

그런 변화를 영혼이 애석해할 수는 없는 일이다.

그럼 당신은 죽음이 **행복한** 체험이라는 겁니까?

죽음이 그렇기를 원하는 영혼에게는, 그렇다, 언제나.

글쎄요, 만일 영혼이 그토록 탐탁잖게 여기는 몸에서 벗어나길 원한다면, 영혼은 왜 그냥 가버리지 않습니까? 왜 영혼은 몸 주위를 떠도는 겁니까?

나는 영혼이 몸에서 벗어날 때 기뻐한다고 했지, 영혼이 "몸에서 벗어나길 원한다"고는 하지 않았다. 그 둘은 다른 것이다.

너희는 이 일을 하면서도 행복하고, 저 일을 하면서도 행복할 수 있다. 너희가 두 번째 일을 하면서 기뻐한다고 해서, 첫 번째 일을 하면서 불행했던 건 아니다.

영혼은 몸으로 있는 것이 불행하지 않다. 천만에, 영혼은 너희가 지금 형상인 것을 기뻐한다. 하지만 그렇다고 영혼이 그 형상에서 벗어남 또한 똑같이 기뻐할 수 없는 건 아니다.

죽음에 관해서 제가 이해하지 못하는 게 많군요.

그렇다. 그것은 너희가 죽음에 대해 생각하고 싶어하지 않기 때문이다. 하지만 어떤 순간이든 너희가 그 순간의 삶을 알아차리는 그 찰나, 너희는 곧바로 죽음과 상실을 응시해야 한다. 그러지 않는다면 너희는 삶을 전혀 알아차리지 못한 채, 그 반쪽만을 알 것이다.

각각의 순간은 그것이 시작되는 그 찰나에 끝난다. 이것을 보지 못하는 한, 너희는 그 속에 든 절묘함을 보지 못할 것이니, 그 순간을 평범하다 일컬을 것이다.

각각의 상호작용은 그것이 "시작하기 시작하자"마자 "끝나기 시작한다". 이것을 진실로 응시하고 깊이 이해했을 때, 그때서야 비로소 모든 순간과 삶 자체에 가득한 보물이 너희에게 열릴 것이다.

너희가 죽음을 이해하지 못할 때, 삶은 너희에게 자신을 줄 수 없다. 아니, 너희는 죽음을 이해하는 것 이상을 해야 한다. **너희는 죽음을 사랑해야 한다. 너희가 삶을 사랑하는 그 순간에도.**

너희가 개개인과 갖는 시간을 그 사람과의 마지막 시간이라 생각할 때, 그 시간은 찬미받을 것이고, 너희가 개개 순간에 갖는 체험을 **마지막** 그런 순간이라 생각할 때, 그 체험은 무한히 확장될 것이다. 자신의 죽음을 응시하지 않으려는 너희의 거부가 자신의 삶을 응시하지 않으려는 너희의 거부를 불러온다.

너희는 삶을 있는 그대로 보지 않는다. 너희는 **그 순간**과, 순간이 너희를 위해 붙잡고 있는 모든 걸 놓치고 있다. 너희는 그것을 곧장 꿰뚫어보지 않고, 곧장 지나쳐본다.

뭔가를 깊이 살펴볼 때, 너희는 그 순간을 곧장 꿰뚫어본다. 뭔가를 깊이 응시한다는 건 그것을 곧장 꿰뚫어본다는 것이다. 그럴 때 환상은 존재하기를 그치고, 그럴 때 너희는 어떤 것이든 그 참모습대로 본다. 오직 그럴 때만 너희는 그것을 진실로 즐길 수 있다, 다시 말해 **그 속에 기쁨을 집어넣을** 수 있다. ("즐긴다en-joy"는 건 뭔가를 기쁘게 만든다는 뜻이다.)

그럴 때 너희는 환상까지도 즐길 수 있다. 너희는 그것이 환상임을 알 것이고, 이 앎 자체가 그 기쁨의 반을 차지하리니! 너희를 그토록 고통스럽게 만드는 건 너희가 그것을 진짜라고 여기기 때문이다.

진짜가 아님을 아는 어떤 것도 너희에게 고통스럽지 않다. 이 문장을 한번 더 말하자꾸나.

**진짜가 아님을 아는 어떤 것도 너희에게 고통스럽지 않다.**

그것은 너희 마음의 무대에서 상연되는 영화나 드라마 같은 것이다. 너희가 상황과 배우들을 만들어내고, 너희가 대사를 쓴다.

그 모든 것이 진짜가 아님을 이해하는 순간, 어떤 것도 고통스럽지 않다.

이것은 삶의 경우에 그러하듯, 죽음의 경우에도 사실이다.

죽음 역시 환상임을 이해할 때, 너희는 "오, 죽음이여, 네 가시는 어디에 있는가?"라고 말할 수 있다.

너희는 죽음을 **즐길 수도** 있다! 너희는 **다른** 누군가의 죽음까지도 즐길 수 있다.

이런 이야기가 이상하게 들리는가? 이런 이야기를 말하는 게 이상한가?

오직 너희가 죽음—과 삶—을 이해하지 못할 때, 오직 그럴 때만 그럴 것이다.

죽음은 절대 끝이 아니다. 그것은 언제나 시작이다. 죽음은 문 열림이지, 문 닫힘이 아니다.

삶이 영원하다는 걸 이해할 때, 너희는 죽음이 환상, 계속해서 너희가 몸을 무척 염려하도록 만듦으로써 너희 몸을 너희라고 믿게 만드는 환상임을 이해한다. 하지만 너희는 몸이 아니니, 몸의 파멸은 너희의 관심거리가 아니다.

죽음은, 너희에게 진짜인 건 삶임을 가르칠 테고, 삶은 피할 수 없는 건 죽음이 아니라 무상성(無常性, impermanence)임을 가르친다.

**무상성만이 유일한 진리다.**

항상 그대로인 건 없다. 천지만물이 시시각각 변하고 있다.

어떤 것이 항상 그대로라면, 그것은 존재하지 못할 것이다. 왜냐하면 항상성permanence이라는 개념 자체도 뭔가 의미를 가지려면 무상성에 좌우되기 때문이다. 따라서 **항상성조차 무상**

**하다.** 이것을 깊이 살펴보고, 이 진리를 응시하라. 그것을 이해하라, 그러면 신을 이해하리니.

이것이 법(法)이요, 이것이 부처다. 이것은 부처 법이다. 이것은 가르침이자 스승이요, 교훈이자 선각자다. 이것은 둥글게 말려서 하나가 된 대상이자 관찰자다.

그것들이 하나 아닌 다른 것이었던 적은 없다. 삶이 눈앞에서 펼쳐질 수 있도록 그것들을 펼친 건 너희였다.

그러나 너희 앞에 펼쳐진 자신의 삶을 볼 때, 너희 자신이 끌려가게 하지는 마라. 자신을 묶어둬라! 환상을 보고 그것을 즐겨라! 하지만 환상이 되지는 마라!

너희는 환상이 **아니라 그것의 창조자다.**

너희는 이 세상에 있는 것이지, 이 세상 출신이 아니다.

그러니 죽음에 대한 너희의 환상을 **이용하라.** 그것을 이용하라! 그것이 너희에게 삶의 더 많은 것을 열어주는 열쇠가 되게 하라.

꽃을 죽어가는 것으로 보면 그 꽃이 슬퍼 보이겠지만, 그 꽃을, 바뀌고 있고 얼마 안 가 열매 맺을 나무 전체의 일부로 본다면, 그때 너희는 그 꽃의 참된 아름다움을 볼 것이다. 꽃의 피고 짐을 나무가 열매 맺을 준비를 갖추는 표지로 이해할 때, 그때 너희는 삶을 이해하리니.

이것을 주의 깊게 살펴봐라, 그러면 너희는 삶이 그 자체로 비유임을 이해할 것이다.

언제나 잊지 마라, 너희는 꽃이 아니며, 그렇다고 열매도 아니다. 너희는 나무다. 너희의 뿌리는 내 속에 깊이 박혀 있다.

나는 너희가 싹을 틔운 흙이니, 너희의 꽃과 열매는 내게로 돌아와 더 비옥한 흙을 낳을 것이다. 그리하여 생명이 생명을 낳으니, 그것은 영원히 죽음을 알지 못한다.

이건 정말 아름답군요. 진짜 아름답군요. 고맙습니다. 그럼 이젠 저를 괴롭히고 있는 것에 대해 말해주시겠습니까? 전 자살에 대해 이야기할 필요가 있거든요. 왜 자기 삶을 자기가 끝내지 못하게 하는 그런 금기들이 있는 걸까요?

그러게, 왜 그런 게 있지?

자살하는 게 잘못이 아니란 말씀입니까?

그 질문 자체에 두 가지 잘못된 개념이 들어 있으니, 나는 네가 만족할 만큼 그 질문에 답할 수 없다. 그 질문은 두 가지 잘못된 가정을 근거로 하고, 두 가지 오류를 지니고 있다.

첫 번째 잘못된 가정은 "옳고" "그름" 따위가 있다는 가정이고, 두 번째 잘못된 가정은 죽임이 가능하다는 가정이다. 따라서 네 질문을 분석하는 순간, 질문 자체가 무너지고 만다.

이 대화 곳곳에서 몇 번이나 되풀이해서 지적했듯이 "옳고" "그름"은 궁극의 현실과 전혀 관계없이, 인간의 가치관으로만 존재하는 철학상의 양극이다. 게다가 그것들은 너희의 체계에서조차 불변의 구조물이라기보다는, 오히려 시시각각 변해가는 가치들이다.

너희는 그런 변화가 너희를 만족시킬 때 이 가치들을 놓고 너희 마음을 바꾸면서도(진화하는 존재로서 너희는 당연히 그래야 한다), 그 길을 따라 이어진 단계마다에서 너희는 그렇게 하지 않았노라고, 너희 사회의 핵심 통합력을 이루는 것은 **불변의** 가치들이라고 주장하면서 이렇게 하고 있다. 이렇게 해서 너희는 자가당착 위에 너희 사회를 세웠다. 너희 사회의…… 어쩌구저쩌구는 불변의 가치들이라고 선포하는 그 사이에도, 너희는 쉬지 않고 가치들을 바꾼다. 오호 통재라, **가치여!**

이 자가당착이 제시하는 문제들의 답은, 모래를 콘크리트로 만들려고 모래에 찬물을 끼얹는 데 있지 않고, 모래의 변화를 축하하는 데 있다. 모래가 너희가 만든 성 모양으로 자신을 붙들고 있는 동안, 그것의 아름다움을 찬미하라. 하지만 그러고 나서 밀물이 밀려들어왔을 때 그것이 취하게 되는 새 형상과 새 모습 또한 찬미하라.

바뀌는 모래들이 너희가 오를 새 산을 쌓을 때 그것들을 찬미하라. 그러면 너희는 그 꼭대기에—그리고 그것을 가지고—너희의 새 성을 세우리니. 하지만 이 산과 이 성들은 변화의 기념비들이지, 항상성의 기념비들이 아님을 이해하라.

**오늘의 너희를 찬미하되, 어제의 너희를 비난하지 말고, 내일 될 수 있는 너희를 배제하지도 마라.**

"옳고" "그름"이 너희 상상이 지어낸 허구고, "괜찮고" "괜찮지 않음"이 너희의 최근 선호와 짐작에서 나온 선언에 불과함을 이해하라.

예컨대 사람의 생명을 끝내는 문제에서는, 그렇게 하는 건

"괜찮지 않으리란" 게 현재 너희 행성에 사는 대다수 사람들의 짐작이다.

마찬가지로 지금도 너희 중 다수는 자기 삶을 끝내고 싶어하는 사람을 도와주는 게 괜찮지 않다고 주장한다.

두 경우 모두에서, 너희는 이것이 "계율에 어긋남"에 틀림없다고 말한다. 너희가 이런 결론에 이른 것은 십중팔구, 상대적으로 빨리 삶을 끝내는 상황이 벌어진다는 데 그 원인이 있을 것이다. 하지만 어느 정도 긴 시간에 걸쳐서 삶을 끝내는 행동들은 똑같은 결과를 이뤄내더라도 계율에 어긋나지 않는다.

따라서 너희 사회에서는 권총으로 자살한 사람의 가족들은 보험 혜택을 상실하지만, 담배로 그렇게 한 사람의 가족들은 보험 혜택을 상실하지 않는다.

너희의 자살을 도와주는 의사는 인간백정이라 불리지만, 담배 회사가 그렇게 하는 건 상업이라 불린다.

이처럼 너희에게는 그것이 그냥 시간의 문제여서, 자기 파괴의 합법성, 그것의 "올바름"이나 "그릇됨"은 그런 행위를 누가 하는가뿐 아니라 그것이 얼마나 빨리 이뤄지는가와도 깊은 관계가 있는 듯이 보인다. 죽음이 빠를수록 그것은 더 "잘못된" 것처럼 보이고, 죽음이 느릴수록 그것은 좀 더 "괜찮은" 쪽으로 기운다.

재미있는 건, 이것이 진짜 인도적인humane 사회라면 내렸을 결론과는 정반대라는 사실이다. 어떤 것을 "인도적"이라고 일컬을지에 대한, 모든 근거 있는 규정들에 따르면, 죽음은 짧을수록 좋다. 그럼에도 너희 사회는 자비로운 일을 하려는 사람들은 벌하고, 미친 짓을 하려는 사람들에게는 상을 준다.

신이 요구하는 게 끝없는 고통이고, 그 고통을 인도적으로 빨리 끝내는 걸 "잘못"이라고 생각하는 건 미친 짓이다.

"인도적인 자를 벌하고, 미친 자에게 상 줘라."

오직 한정된 이해를 가진 존재들로 구성된 사회만이 받아들일 수 있는 좌우명이 이것이다.

그러기에 너희는 발암물질들을 들이켜서 너희 체제를 독살하고, 너희를 서서히 죽게 만들 화학약품들로 처리된 음식물을 먹어서 너희 체제를 독살하며, 너희가 쉬지 않고 오염시킨 공기를 마셔서 너희 체제를 독살한다. 너희는 천 번이 넘는 순간들에 백 가지 다른 방식으로 너희 체제를 독살하는데, **이런 물질들이 너희에게 전혀 좋지 않다는 걸 알면서도** 이렇게 한다. 하지만 그것들이 너희를 죽이는 데는 더 긴 시간이 필요하니, **덕분에 너희는 벌받지 않고 자살할 수 있다.**

반면에 너희가 더 빨리 듣는 뭔가로 자신을 독살한다면, 너희는 도덕률에 어긋나는 짓을 저질렀다고 비난받으리라.

그러나 내가 너희에게 말하노니, **자신을 서서히 죽이는 게 부도덕하지 않듯이, 자신을 빨리 죽이는 것도 부도덕하지 않다.**

그럼 자살하는 사람도 신한테서 벌받지 않겠군요.

나는 벌하지 않는다. 나는 사랑한다.

사람들이 흔히 말하듯이, 자살로 곤경에서 "벗어나거나", 자신의 상황을 끝내려고 생각하는 사람들은 죽고 나서도 똑같은 곤경이나 상황에 직면하게 될 뿐, 어디서도 벗어날 수 없고, 무엇도 끝낼 수 없다고 하는 게 사실입니까?

소위 사후세계에서 겪는 너희 체험은, 거기로 들어가는 시점에 너희가 지녔던 의식의 반영이다. 그럼에도 너희는 언제나 자유의지의 존재니, 원할 때마다 자신의 체험을 바꿀 수 있다.

그러니까 가족 가운데서 자살로 속세 삶을 끝낸 사람도 괜찮다는 거죠?

그렇다. 그들은 아주 잘 있다.

이 주제를 다룬 책으로 앤 퍼이어가 쓴 《스티븐은 살아 있다Stephen Lives》라는 멋진 책이 있습니다. 십대의 나이에 자살한 자기 아들에 대한 이야기죠. 무척 많은 사람들이 이 책에서 도움을 받았습니다.

앤 퍼이어는 멋진 사자(使者)다. 그녀의 아들 역시 그러하고.

그렇다면 당신이 그 책을 좀 추천해주시겠습니까?

그것은 중요한 책이다. 그 책은 이 주제에 대해 우리가 지금 여기서 이야기하는 것보다 더 많은 것을 말하고 있어서, 사랑하는 사람이 자살로 생을 마감했던 경험을 둘러싼 논란들에서 떠나지 못하거나, 그런 경험으로 깊은 상처를 입은 사람들에게는 이 책이 치유의 문을 열어줄 것이다.

그런 식으로 깊은 상처를 입거나 논란을 벌인다는 게 슬픈 일이죠. 하지만 제 생각엔, 그중 상당 부분이 우리 사회가 자살을 둘러싸고 "우리에게 지운 짐"이 빚어낸 결과인 것 같습니다.

너희가 너희 사회의 도덕 체계가 지닌 모순을 보지 못하는 경우는 허다하다. 그중에서도 특히 두드러지는 인간 체험의 하나가, 너희 생명을 단축시키겠지만 서서히 그렇게 하리란 걸 아주 잘 아는 일들을 하는 것과, 너희 생명을 빨리 단축시킬 일들을 하는 것 사이의 모순이다.

하지만 이런 식으로 당신이 곱씹어주고 나니까 아주 명백해 보이는군요. 왜 우리는 그토록 명백한 진리들을 혼자 힘으로는 보지 못할까요?

너희가 이 진리들을 본다면, **그와 관련해 뭔가를 해야 할 것이기** 때문이다. 너희는 그렇게 하고 싶지 않다. 그래서 너희에게는 뭔가를 쳐다보긴 하면서도 그것을 보지 않는 것 말고는 달리 선택의 여지가 없다.

하지만 우리가 그 진리들을 본다면, 왜 그와 관련해 뭔가를 하고 싶어하지 않습니까?

그것들과 관련해 뭔가를 하려면, 너희 자신의 즐거움을 끝내야 하리라고 믿기 때문이다. 그리고 너희가 전혀 바라지 않는 일이 즐거움을 끝내는 것이다.

너희를 서서히 죽게 만드는 것들 대다수가 너희를 즐겁게 해주거나, 거기서 비롯되는 것들이다. 그리고 너희를 즐겁게 해주는 것들 대부분이 몸을 만족시키는 것들이다. 사실 너희 사회를 원시사회로 특징짓는 것이 이것이다. **너희 삶은 주로 몸의 즐거움을 구하고 체험하는 것을 중심으로 짜여 있다.**

물론 만방의 모든 존재가 즐거움을 추구한다. 즐거움을 추구하는 데 원시적인 건 없다. 사실 그것은 사물의 자연 질서다. 다만 각각의 사회와 그 사회들 속에 사는 존재들을 차이나게 만드는 것은, 그들이 **어떤 걸 즐겁다고 규정하는가다.** 주로 **몸**의 즐거움을 중심으로 짜인 사회는 영혼의 즐거움을 중심으로 짜인 사회와는 다른 차원에서 작동한다.

그렇다고 이것이 너희 청교도들이 옳았고, 몸의 모든 즐거움을 부정해야 한다는 의미도 아님을 이해하라. 그것은 승격한 사회들에서는 육신의 즐거움이 누리는 즐거움들 중 가장 다수를 차지하지는 않는다는 뜻이다. 거기서는 육신의 즐거움이 1순위가 아니다.

사회나 존재가 더 많이 승격할수록elevated 그 즐거움도 더 고상해진다elevated.

잠깐만요! 그 말씀은 확실한 가치판단처럼 들리는데요. 전 신인 당신은 가치판단을 하지 않는다고 생각했는데요.

에베레스트 산이 매킨리 산보다 더 높다고 말하는 것이 가치
판단이냐?

사라 숙모가 조카 토미보다 더 늙었다고 말하는 게 가치판
단이냐?

이런 것들은 가치판단이냐, 아니면 관찰이냐?

나는 그 사람의 의식이 더 승격한 것이 "더 낫다"고 말하지
는 않았다. 사실 그렇지 않다. 그것은 1학년보다 4학년이 "더 낫
지" 않은 것과 마찬가지다.

나는 그냥 4학년이란 게 어떤 건지 관찰하고 있을 뿐이다.


그리고 이 행성의 우리는 4학년이 아니고 1학년에 속하겠죠. 그렇죠?


얘야, 너희는 아직 유치원에도 들어가지 않았다. 너희는 영
아원에 있다.


제가 어떻게 그런 말을 모욕으로 듣지 않을 수 있겠습니까? 왜 그
말이 제게는 당신이 인류를 얕잡아보는 것처럼 들릴까요?


너희가 너희 아닌 것이 되는 데, 그리고 너희인 것이 되지 않
는 데 너무 깊이 몰두하고 있기 때문이다.

대부분의 사람들은 관찰되는 것을 자기 것으로 삼고 싶지 않
을 때, 그냥 관찰만 하는데도 모욕으로 듣는다.

하지만 뭔가를 붙잡지 않고서는 그것을 놓아줄 수도 없는 법
이고, 한번도 소유해보지 않고서는 제것이 아니라고 팽개칠 수

도 없는 법이다.

인정하지 않고서는 바꿀 수도 없는 법이다.

맞았다.

깨달음은 "있는 것"을 판단 없이 인정하는 데서 시작된다.

있음Isness 속으로 옮겨간다고 하는 것이 이것이다. 자유를 찾게 될 곳이 바로 이 있음에서다.

저항하는 건 지속되고, 살펴보는 건 사라진다. 다시 말해 그것은 환상적 형태를 갖기를 그만두니, 너희는 그것을 있는 그대로 본다. 그리고 있는 건 언제나 바뀔 수 있다. 바뀔 수 없는 건 있지 않은 것뿐이다. 그러니 있음을 바꾸려면 그 속으로 옮겨가라. 그것에 저항하지 말고, 그것을 부정하지 마라.

너희는 자신이 부정하는 것을 선언하고, 자신이 선언하는 것을 창조한다.

뭔가를 부정하는 행동 자체가 그것을 거기에 자리 잡게 하니, 어떤 것을 부정하는 건 그것을 재창조하는 것이다.

어떤 것을 인정할 때는 그것을 통제할 수 있지만, 부정하는 건 그것이 거기 있지 않다고 보는 것이니, 너희는 그것을 통제할 수 없다. 따라서 너희가 부정하는 것이 되레 너희를 통제하게 된다.

너희 종race 대다수는 자신들이 아직 유치원으로도 진화하지 않았다는 사실을 인정하고 싶어하지 않는다. 인류가 아직도 영아원에 있다는 사실을 인정하고 싶지 않은 것이다. 하지만 이 인정하지 못함 자체가 그들을 그곳에 붙잡아두고 있다.

　너희는 너희 아닌 것(고도로 진화된 존재)이 되는 데 너무 깊이 몰두한 나머지, 너희인 것(진화하는 존재)이 되지 못하고 있다. 따라서 너희는 자신에 맞서 움직이고, 자신과 싸우고 있는 셈이니, 그 때문에 무척 느리게밖에 진화하지 못하고 있다.

　진화로 가는 지름길은 없는 것이 아니라 있는 것을 받아들이고 인정하는 데서 시작된다.

그리고 "있는 것"이 묘사되는 걸 듣더라도 더 이상 모욕당한다고 느끼지 않을 때, 자신이 인정했음을 알 것이다.

　정확하다. 내가 너더러 푸른 눈을 가졌다고 말하는 것이 어찌 너를 모욕하는 것이겠느냐?

　그러니 이제 내가 너희에게 말하노니, 사회나 존재가 더 많이 승격할수록 그 즐거움도 더 고상해진다.

　너희가 무엇을 '즐거움'이라 부르는지가 너희의 진화 수준을 선언한다.

"승격한"이란 이 용어를 좀 설명해주십시오. 당신은 이 용어를 무슨 뜻으로 사용하십니까?

　너희 존재는 미시우주 안의 우주다. 너희와 너희의 육신 전체는 일곱 중심, 즉 일곱 차크라(요가에서 말하는 에너지 중심으로 각 차크라마다 명칭이 있지만, 여기서는 대략적인 신체 부위만을 말하면, 아래

쪽부터 회음부의 선골 신경총, 하단전의 전립선 신경총, 위 뒤쪽의 태양 신경총, 심장 주변의 심장 신경총, 인후 부위의 후두 신경총, 양미간 사이의 동굴 신경총, 정수리 부분의 송과선을 가리킨다 - 옮긴이)를 중심으로 하여 뭉쳐진 생짜raw 에너지로 이루어져 있다. 차크라 중심들과 그것들이 의미하는 바를 공부하라. 이것들을 다룬 몇백 권의 책들이 있다. 이것은 내가 예전에 인류에게 전해준 지혜다.

너희의 아래쪽 차크라들을 즐겁게 하는 것, 혹은 자극하는 것이 위쪽 차크라들에도 똑같이 즐거운 건 아니다.

너희가 신체를 거쳐 생명 에너지를 더 높이 끌어올릴수록 너희 의식은 더 많이 승격된다.


예, 다시 이리로 왔군요. 그 말씀은 독신을 옹호하는 듯이 들리는데요. 성욕을 표현하는 것에 전적으로 반대하는 주장처럼요. 모름지기 의식이 "승격한" 사람들이라면 그들의 뿌리 차크라―그들의 첫 번째 혹은 최하위 차크라―"에서 비롯되어" 남과 교류하는 일은 없으리라는 식으로요.


그건 사실이다.


하지만 당신은 이 대화에서 줄곧 인간의 성욕을 **축하해야지**, 억눌러선 안 된다고 말씀하신 걸로 아는데요.


그것도 맞다.

음, 여기서 절 좀 도와주십시오. 우린 모순에 부딪힌 것 같거든요.

내 아들아, 세상은 모순으로 가득 차 있다. 모순 없음이 진리의 필수 요소는 아니다. 때때로 위대한 진리는 모순 **속**에 있다. 우리가 여기서 부딪히고 있는 것은 '신성한 이분법'이다.

그렇다면 제가 그 이분법을 이해할 수 있게 해주십시오. 저는 평생 동안 뿌리 차크라에서 "쿤달리니 에너지(뿌리 차크라에서 잠자는 우주 에너지로 이것이 명상이나 수련을 통해 깨어나 정수리 차크라에 이르면 삼매에 들 수 있다고 한다ー옮긴이)를 끌어올리는" 것이 얼마나 바람직하고, 얼마나 "많이 승격하는" 건지 들어왔거든요. 섹스 없이도 무아경 속에서 사는 신비론자들에게는 이것이 주요한 정당화가 되어왔고요.

그리고 보니 우린 죽음이라는 주제에서 벗어나고 말았군요. 이야기를 이렇게 옆길로 새게 해서 죄송하지만ー

뭐가 죄송하다는 거냐? 이야기는 이야기가 가는 곳으로 가기 마련이다. 우리가 이 대화 전체에서 다루는 "화제"는 온전히 인간이 된다는 게 무슨 뜻인지와 이 우주에서의 삶이란 게 어떤 것인가다. 화제는 오직 이것뿐이고, 이 주제 역시 그 범위 안에 들어간다.

내가 앞에서 지적했듯이, 죽음을 알고 싶어하는 건 삶을 알고 싶어하는 것이다. 그리고 우리의 주제 교체가 생명을 창조하고 그것을 장엄하게 찬양하는 행위 자체를 포함할 정도로 우리의 탐구 범위를 확대해준다면, 그렇게 되도록 놔둬라.

이제 한 가지 사실을 다시 한번 확실히 해두자. 모든 성적 표현을 닫아버리고 모든 성적 에너지를 끌어올리는 것이 "고도로 진화된" 존재가 되기 위한 필요조건은 아니다. 만일 그게 사실이라면 "고도로 진화된" 존재는 어디에도 존재할 수 없을 것이다. 왜냐하면 모든 진화가 멈출 것이기에.

지극히 당연한 지적이시군요.

그렇다. 그러니 진짜 거룩한 이들은 섹스를 하지 않으며 그것이 그들의 거룩함을 나타내는 표지라고 말하는 사람들은, 삶이란 게 어떤 식으로 작동하기로 되어 있는지 이해하지 못하는 사람들이다.

이것을 선명한 조건 속에 담아보자. 만일 너희가 그렇게 하는 것이 인간 종족에게 좋은지 아닌지 판단할 잣대를 원한다면, 아래의 간단한 물음을 자신에게 던져봐라.

**모든 사람이 그렇게 하면 어떻게 되지?**

이것은 대단히 손쉬우면서 대단히 정확한 기준이다. 모든 사람이 똑같이 그렇게 했는데, 인간종에게 궁극적으로 이로운 결과가 나왔다면, 그 일은 "진화된" 것이다. 만일 모두가 그렇게 했는데, 그것이 인간종에게 재앙을 가져온다면, 그것은 추천하기에 그리 "승격된" 일이 아니다. 동의하느냐?

물론입니다.

그렇다면 너는 방금, 진짜 선각자라면 성적 독신을 깨달음으로 가는 길이라고 말하지 않으리란 사실에 동의한 것이다. 그럼에도 성적 표현을 부끄럽게 만들고, 그것을 둘러싸고 온갖 종류의 죄의식과 기능장애를 발달시킨 것이, 어쨌든 성적 절제가 "더 고상한 길"이고, 성적 표현은 "더 저급한 욕구"라는 이런 관념이다.

하지만 종족 번식을 막으리란 게 성적 금욕에 반대하는 근거라면, 섹스가 일단 이 역할을 끝내고 나면 더 이상 섹스할 필요가 없지 않느냐고 주장할 수도 있잖습니까?

사람들이 섹스를 하는 건 인간종을 번식시켜야 한다는 책임감을 깨달아서가 아니다. 사람들이 섹스를 하는 건 그것이 **하기에 자연스러운 일**이기 때문이다. 그것은 유전자 속에 심어져 있다. 너희는 생물학적인 명령에 복종하는 것이다.

맞아요! 그것은 종의 생존 문제로 몰고 가는 **유전 신호**입니다. 하지만 종의 생존이 보장되고 나면, "그 신호를 무시하는" 게 "승격된" 행동 아닐까요?

네가 신호를 잘못 해석했다. 그것은 종의 생존을 보장하라는 생물학적 명령이 아니라, 너희 존재의 본성인 **'하나됨'을 체험하라는** 생물학적 명령이다. 새 생명의 창조는 '하나됨'이 이뤄졌을 때 우연히 일어나는 일이지, 그것이 '하나됨'을 추구하는 이유는 아니다.

만일 성적 표현의 유일한 이유가 번식이라면, 그것이 단지 "전달 체계"일 뿐이라면, 너희는 더 이상 상대방과 섹스할 필요가 없을 것이다. 생명의 화학 요소들을 배양접시 속에서 결합시키면 될 테니 말이다.

하지만 이것으로는 영혼의 가장 기본되는 욕구를 만족시키지 못할 것이다. 단순한 번식보다 훨씬 더 큰 욕구이면서도, 참된 자신의 재창조와 관련이 있음이 드러난 영혼의 기본 욕구를.

생물학적 명령은 더 많은 생명life을 **창조하라는** 것이 아니라, 더 많은 삶life을 **체험하라는** 것, 다시 말해 **'하나됨'의 발현**이라는 그 본모습대로 삶을 체험하라는 것이다.


사람들이 섹스하는 걸 당신이 막지 않겠노라는 이유가 이거군요. 그들이 아이 갖는 걸 오래전에 중단했다 해도 말입니다.


물론이다.


하지만 아이 갖는 걸 중단하면 섹스도 **그만둬야** 하고, 그런데도 이런 행위를 계속하는 그런 쌍들은 저속한 육신의 충동에 빠진 것뿐이라고 말하는 사람들도 있습니다.


그렇다.


그리고 이건 "승격된" 것이 아니라 인간의 고귀한 천성보다 못한, 그냥 동물적인 행위에 지나지 않는다고요.

이것은 우리의 주제를 다시 차크라, 즉 에너지 중심으로 되돌린다.

나는 앞에서 "너희가 신체를 거쳐 생명 에너지를 끌어올릴수록, 너희 의식은 더 많이 승격된다"고 말했다.

예! 그리고 그래서 "섹스 불가"를 말씀하시는 듯이 보였고요.

아니다, 그렇지 않다. 네가 이해하는 식으로는 아니다.

앞서 네가 언급했던 것으로 다시 돌아가서 다음 사실을 명확히 해보자. 섹스하는 것에서 천하거나 추잡한 건 아무것도 없다. 너희는 너희 마음과 너희 문화로부터 그런 관념을 얻었을 뿐이다.

열정적이고 욕망에 찬 성적 표현의 어떤 것도 비천하거나 저속하거나 "품위 없지" 않다(**성스럽지** 않은 건 물론이고). 육신의 충동은 "동물적 행위"의 발현이 아니다. 그 충동들을 **체계 속에 심은 건 나다.**

너희는 그것을 그런 식으로 창조한 이가 나 아닌 다른 누구일 거라고 생각하느냐?

하지만 육신의 충동은 너희 모두가 서로에 대해 갖기 마련인, 복잡하고 혼잡한 반응 중 단 한 가지 요소에 불과하다. 잊지 마라, 너희는 일곱 차크라를 가진 3중의 존재다. 너희가 세 측면 모두와 일곱 중심 모두로부터 동시에 서로에게 반응할 때, 그때 너희는 마침내 갈구하던 그 절정의 체험을 가질 것이다. 너희가 창조된 목적인 바로 그 체험을!

이런 에너지들 중 어떤 것도 저속하지unholy 않지만, 너희가 그중 딱 하나만 선택한다면, 그것은 "완전하지 않다un-whole-y". **그것은 온전치**whole **못하다!**

온전치 못한 너희는 본래의 자신보다 못한 존재다. 바로 **이것이** "저속하다"고 할 때의 의미다.

우와! 이해했어요, 이해가 돼요!

"승격하기로" 작정한 사람들에게 주는 섹스 금지의 훈계는 절대 나한테서 나온 훈계가 아니다. 그건 권유였다. 권유는 훈계가 아니다. 그런데도 너희는 그것을 훈계로 만들었다.

그리고 그 권유는 섹스를 그만두라는 것이 아니라, **온전치 못함**을 그만두라는 것이었다.

너희가 하는 것이 **무엇이든**, 섹스를 하든, 아침을 먹든, 일하러 가든, 해변을 걷든, 줄넘기를 하든, 좋은 책을 읽든, 그야말로 뭘 하든, 온전한 존재로서, 너희인 온전한 존재로서 그 일을 하라.

너희가 아래쪽 차크라 중심에서만 섹스를 한다면, 너희는 뿌리 차크라에서만 움직이면서 훨씬 더 영광스러운 체험 부분을 놓치는 것이다. 하지만 너희가 다른 사람을 사랑하는 존재이고, 그리고 너희가 그렇게 되고 있는 동안, 일곱 에너지 중심 모두로부터 오고 있다면, 그때 너희는 절정을 체험할 것이다. 이것을 어찌 성스럽다 하지 않을 수 있겠는가?

당연히 그렇겠죠. 그런 체험이 성스럽지 않다는 건 상상할 수도 없
는 일이죠.


그러니 생명 에너지를 네 몸을 거쳐 정수리 차크라로 끌어올
리라는 권유는 너희더러 **회음부에서 떨어지라는** 제안이나 요
구가 되고자 했던 게 아니다.

너희가 가슴 차크라, 나아가 정수리 차크라로까지 에너지를
끌어올렸더라도, 이것이 너희 회음부 차크라에는 에너지가 있
을 수 없다는 의미는 아니다.

만일 그렇지 않다면, 너희는 사실상 끊어지고 만다disconnec-
ted.

생명 에너지를 너희의 위쪽 중심들로 끌어올렸을 때, 너희는
다른 사람과 소위 성적 체험이라 부를 만한 것을 가질 수도 있
고 아닐 수도 있다. 하지만 설령 너희가 그런 체험을 갖지 않는
다 해도, 성스러움에 대한 어떤 우주법칙을 어기기 때문에 그
런 것은 아닐 것이다. 또 그런 체험을 갖지 않는다고 해서 그것
이 너희를 더 "승격시켜"주지도 않을 것이다. 마찬가지로 너희
가 다른 사람과 섹스하기를 택한다 해도, 그것이 너희를 뿌리
차크라 수준만으로 "낮추지도" 않을 것이다. 너희가 회음부에
서 끊어지는 것과 반대로 정수리에서 끊어지지 않는 한.

그래서 나는 다음과 같은 권유, 훈계가 아닌 권유를 너희에
게 하고자 한다.

너희의 생명력인 에너지를 매순간마다 가능한 한 최고 수준으로 끌어올려라, 그러면 너희는 승격될 것이니. 이것은 섹스를 하거나 하지 않는 것과는 관계가 없다. 그것은 너희가 뭘 하든 의식을 끌어올리는 것과 관계가 있다.

아하! 이해가 갑니다. 의식을 어떻게 끌어올리는지는 모르지만요. 사실 저로서는 **어떻게 해야** 차크라 중심들을 거치면서 생명 에너지를 끌어올리게 되는지 잘 모르겠거든요. 그리고 이 중심이 뭔지 잘 모르는 사람들도 아마 태반일 겁니다.

"영성의 생리학"에 대해 진심으로 더 많이 알고 싶어하는 사람이라면 얼마든지 쉽게 찾아낼 수 있다. 나는 예전에 아주 명확한 용어들로 이 정보를 제공해주었다.

다른 저자들을 통해 다른 책들에서 그렇게 하셨다는 말씀이시죠?

그렇다. 디팩 초프라의 저서들을 읽어봐라. 그는 지금 이 순간 너희 행성에서 가장 명석한 해설가 중 한 사람이다. 그는 영성의 신비와 그것의 과학을 이해한다.

그리고 그 외에도 다른 멋진 전달자들이 있다. 그들의 책은 몸을 거쳐 생명력을 끌어올리는 법만이 아니라, 육신을 떠나는 법까지도 설명해준다.

이런 책들을 추가로 읽고 나면 너희는 몸을 놓아버리는 게 얼마나 기쁜 일인지 기억해낼 수 있고, 그러고 나면 어째서 두 번 다시 죽음을 두려워하지 않을 수 있는지 이해할 것이다. 너희는 어째서 몸과 함께 있는 것도 기쁨이고, 거기서 벗어나는 것도 기쁨인가라는 이분법을 이해할 것이다.

그러고 보면 삶은 일종의 학교 같은 건가 봅니다. 해마다 개학 첫날 이 되면 무척 들뜨곤 하던 게 기억납니다. 그리고 학년이 끝날 때는 끝 난다는 사실에 흥분했고요.

맞다! 정확하다! 네가 핵심을 찔렀다. 그게 바로 그런 것이 다. 다만 삶은 학교가 아니다.

예, 기억합니다. 1권에서 당신이 자세히 설명하셨죠. 그때까지만 해 도 전 삶이 "학교"고, 우리는 "교훈을 배우기 위해" 여기에 와 있는 거 라고 생각했습니다. 1권에서 당신은, 제가 이것이 그릇된 교리란 걸 이 해하는 데 크나큰 도움을 주셨습니다.

기쁘구나. 너희를 명료함으로 데려가는 그것이 이 3부작을 가지고 우리가 여기서 하려는 일이다. 그리고 너는 이제 어째서 "죽고" 나면 영혼이 굳이 "삶"을 애석해하는 일 없이 기쁨에 겨워할 수 있는지도 확실하게 이해한다.

하지만 네가 앞에서 더 큰 질문을 했으니, 우리는 그 질문으로 다시 돌아가야 한다.

죄송하지만 제가 무슨 질문을 했나요?

너는 "영혼이 몸 안에서 그토록 불행하다면, 왜 그냥 떠나버리지 않느냐?"고 물었다.

아, 예.

음, 영혼은 그렇게 한다. 하지만 내가 앞에서 설명했듯이, "죽을" 때만 그렇게 한다는 뜻은 아니다. 그러나 영혼이 불행해서 몸을 떠나는 건 아니다. 오히려 영혼은 다시 태어나고 싶어서, 기운을 되찾고 싶어서 몸을 떠난다.

영혼은 자주 이렇게 합니까?

날마다.

날마다 영혼이 몸을 떠난다고요? 언제요?

영혼이 더 큰 체험을 갈망할 때마다. 영혼은 이런 체험이 기운을 회복해준다는 걸 안다.

그냥 **떠나는** 겁니까?

그렇다. 영혼은 항상 너희 몸을 떠난다. 너희 생애 내내 줄곧. 이것이 우리가 잠을 발명한 이유다.

잠을 자면 영혼이 몸을 떠납니까?

물론이다. 그게 **잠**이란 거다.

너희가 그렇게 하려고만 하면, 영혼은 너희 생애 내내 주기적인 재충전으로 기운을 되찾으려 한다. 몸이라 부르는 이 탈 것을 자신이 계속해서 끌고 다닐 수 있도록.

너는 영혼이 몸에 깃드는 것이 쉬운 일이라고 생각하느냐? 그렇지 않다. 그건 **간단할지는** 모르지만, **쉽지는** 않다! 그건 기쁨일지는 모르지만, 쉽지는 않다. 그것은 너희 영혼이 지금껏 해온 일들 중에서 가장 힘든 일이다.

너희로서는 상상하기 힘든 가벼움과 자유를 아는 영혼은, 다시 한번 그런 존재 상태가 되기를 갈망한다. 학교를 좋아하는 아이라도 여름방학을 애타게 기다릴 수 있고, 남들과 어울리기를 원하던 사람이라도 어울리는 동안 혼자이기를 갈망할 수 있듯이. 영혼은 가벼움이자 자유고, 평화이자 기쁨이며, 무한함이자 고통 없음이고, 완벽한 지혜이자 완벽한 사랑이라는 자신의 참된 존재 상태를 추구한다.

영혼은 이 모든 것인 동시에 그 이상이다. 그럼에도 영혼은 몸을 갖고 있는 동안 이 소중한 것들을 거의 체험하지 못한다. 그래서 영혼은 자기하고 의논했다. 영혼은 지금 선택하는 대로의 자신을 창조하고 체험하기 위해서, 필요한 만큼 얼마든지 오래 몸을 가진 채 머물겠노라고 자신에게 통고했다. 다만 원할 때마다 몸을 **떠날 수** 있다는 조건에서만!

영혼은 소위 잠이라는 체험을 통해서 날마다 이렇게 하고 있다.

"잠"이, 영혼이 몸을 떠나는 체험이라고요?

그렇다.

전 우리가 잠을 자는 건 몸에 휴식이 필요해서라고 생각했는데요.

네가 잘못 알았다. 그 반대다. 영혼이 휴식을 원하기에, 몸더러 "잠에 빠지게" 만드는 것이다.

영혼이 몸을 가진 데서 오는 그 한계들에 지치고, 그 힘겨움과 자유 없음에 지쳤을 때, 영혼은 말 그대로 몸을 쓰러뜨린다 (때로는 서 있는 바로 그 자리에서).

영혼이 "재충전하려" 할 때, 영혼이 그 모든 비진리와 거짓 현실과 상상으로 그려낸 위험들에 지쳐 기진맥진해졌을 때, 영혼이 다시 한번 연결되고, 확인받고, 휴식하고, 마음을 위해 다시 깨어나고자 할 때, 영혼은 그냥 몸에서 떠나버린다.

몸을 처음 받아들이는 영혼은 그것이 극히 힘든 체험이란 걸 알게 된다. 그것은 특히나 새로 도착한 영혼에게는 대단히 피곤한 체험이다. 아기들이 잠을 많이 자는 이유가 여기에 있다.

다시 한번 몸에 소속되는 최초의 충격을 극복하고 나면, 영혼은 그 면에서 참을성을 키워가기 시작한다. 이제 영혼은 좀더 오래 몸에 머문다.

이와 동시에 마음이라 불리는 너희 부분은, 애초부터 예정되어 있던 대로 망각 속으로 옮겨간다. 이제는 덜 빈번하긴 하지만 그래도 여전히 대체로 하루를 주기로 해서 이루어지는, 몸을 벗어나는 영혼의 비행조차 마음을 항상 기억으로 데려가주지는 못한다.

사실 이 시기 동안 영혼은 자유로울지 모르지만, 마음은 혼란스러울 수 있고, 이 때문에 너희는 존재 전체로서 "나는 지금 어디에 있는 거지? 나는 여기서 뭘 창조하고 있지?"라고 묻게 된다. 이런 탐색은 변덕스러운 여행, 때로는 무섭기까지 한 여행, 너희가 "악몽"이라 부르는 여행을 불러올 수 있다.

때로는 정반대의 일이 일어나, 영혼이 위대한 회상remembering의 자리에 도달할 수도 있다. 이제 마음은 각성을 얻게 되니, 덕분에 영혼은 평화와 기쁨으로 충만하다. 그렇게 되면 너희는 몸으로 돌아오고 나서도 몸 안에서 이것들을 체험할 수 있다.

너희의 전 존재가 이 같은 원기회복을 더 많이 자신할수록, 그리고 그것이 몸을 가지고 하는 것과 하려는 것이 뭔지 더 많이 기억해낼수록, 이제 **자신이 이유가 있어서, 목적을 갖고 몸**

**으로 왔음을** 아는 너희 영혼은 몸에서 벗어나기를 덜 원하게 된다. 이제 영혼의 바람은 그 목적에 자신을 일치시키는 것, 자신이 지닌 몸을 가지고 그 모든 시간을 가장 잘 이용하는 것이다.

위대한 지혜를 가진 사람은 잠을 잘 필요가 거의 없다.

그 사람에게 얼마나 많은 잠이 필요한가로 그 사람이 얼마나 진화되었는지 알 수 있다는 말씀입니까?

거의 그렇다. 거의 그렇다고 말해도 좋다. 하지만 영혼은 이따금 순전히 몸에서 벗어나는 기쁨만을 위해 몸을 떠나기도 한다. 마음을 위해 다시 깨어나고, 몸을 위해 기운을 되찾는 것이 아니라, 순전히 '하나임'을 아는 황홀경을 다시 창조하고 싶어서일 수도 있는 것이다. 따라서 잠을 많이 자는 사람일수록 덜 진화되었다고 말하는 게 항상 타당하지는 않다.

그럼에도 자신이 몸을 가지고 뭘 하는지와 자신은 몸이 **아니라** 몸을 **가진** 존재임을 더 많이 자각하게 될 때, 그들은 몸과 더불어 더 많은 시간을 보내려 하고 보낼 수 있다. 따라서 그들이 그만큼 **"잠이 덜 필요한"** 것처럼 **보이는** 건 우연의 일치가 아니다.

나아가 몸을 가진 존재로서의 망각과 영혼의 '하나됨' 둘 다를 한꺼번에 체험하려는 존재들도 있다. 이런 존재들은 여전히 몸을 갖고 있으면서도, 자신의 일부를 몸과 동일시하지 않도록 훈련시킴으로써, '참된 자신'을 아는 황홀경을 체험할 수 있다. 그렇게 하기 위해 굳이 인간으로서의 자각을 잃거나 하는 일 없이.

그 사람들은 어떻게 이렇게 하죠? 어떻게 해야 이렇게 할do 수 있나요?

그것은 내가 앞에서 말했듯이, 자각의 문제, 전면 자각 상태에 도달하는 문제다. 너희가 전면 자각을 할do 수는 없다. 너희는 오직 전면 자각일be 수만 있다.

어떻게요? **어떻게** 말입니까? 당신이 제게 줄 수 있는 **도구들**이 있을 텐데요.

이런 체험을 창조할 수 있는 최상의 도구들 중 하나가 날마다의 명상이다. 이 도구를 써서 너희는 생명 에너지를 정수리 차크라로까지 끌어올릴 수도 있고…… 심지어는 **"깨어 있는"** 동안에 몸에서 떠날 수도 있다.

명상을 하면, 몸이 깨어 있는 동안에 자신을 전면 자각을 체험하기 위한 준비 상태로 만들 수 있다. 이런 준비된 상태를 **참된 각성**true wakefulness이라 부른다. 이것을 체험하자고 굳이 명상하면서 앉아 있어야 하는 건 아니다. 명상은 그냥 장치, 네가 말했듯이 "도구"일 뿐이다. 하지만 이것을 체험하자고 반드시 앉아서 하는 명상을 해야 하는 건 아니다.

너희는 앉아서 하는 명상만이 유일한 명상이 아니란 사실도 알아둬야 한다. 멈춰서 하는 명상도 있고, 걸으면서 하는 명상도 있으며, 일하면서 하는 명상, 섹스하면서 하는 명상도 있다.

참된 각성 상태에서 멈출 때, 그냥 너희가 가던 길에서 멈출 때, 가던 곳으로 가길 **멈추고**, 하던 일을 하길 멈출 때, 잠깐만 멈출 때, 그냥 너희가 있는 바로right 그 자리에 그냥 "있을" 때, 너희는 있는 바로 그 자리에서 **제대로**right 된다. 아주 잠깐만 멈추는 걸로도 축복받을 수 있다. 천천히 주위를 둘러봐라, 못 보고 지나치던 것들을 알아차릴 것이니. 비 내린 직후의 짙은 흙 냄새와, 사랑하는 사람의 왼쪽 귀를 덮은 곱슬머리를. 뛰노는 아이들을 보는 건 또 얼마나 기분 좋은 일인가. 이런 게 **참된 각성** 상태다.

이것을 체험하려고 굳이 너희 몸을 떠날 필요는 없다.

이런 상태에서 걸을 때, 너희는 온갖 꽃들 속에서 숨쉬고, 온갖 새들과 함께 날며, 발 밑의 온갖 버석거림을 느낀다. 너희는 아름다움과 지혜를 찾아낸다. 아름다움을 이룬 곳 어디서나 지혜를 찾을 수 있고, 아름다움은 어디서나 이뤄지기 때문이다. 삶의 온갖 것들이 다 아름다움의 소재다. 그것이 너희를 찾아오리니, 너희는 그것을 찾아 헤맬 필요가 없다. 이런 게 참된 각성 상태다.

그리고 이것을 체험하려고 굳이 너희 몸을 떠날 필요는 없다.

이런 상태에서 뭔가를 "할" 때, 너희는 자신이 하는 모든 일을 명상으로, 따라서 그것을 너희가 자기 영혼에게 주고, 너희 영혼이 전부에게 주는 선물, 즉 공물(供物)로 바꾼다. 설거지를 하는 너희는 손을 타고 흐르는 물의 온기를 즐기면서, 물과 온기, 양쪽의 경이로움에 감탄한다. 컴퓨터 앞에서 일하는 너희는 손가락의 명령에 따라 눈앞의 화면에 나타나는 글자들을 보면서, 너희 분부를 따르는 심신의 작용에 흐뭇해한다. 저녁을 준비하는 너희는 이 양식을 너희에게 가져다준 우주의 사랑을 느끼면서, 너희 존재의 사랑 전부를 이 요리 속에 집어넣는 것으로 그 선물에 보답한다. 사랑은 수프까지도 진수성찬으로 바꿀 수 있으니, 그 요리가 호사스럽든 소박하든, 그것은 중요하지 않다. 이런 게 참된 각성 상태다.

이것을 체험하려고 굳이 너희 몸을 떠날 필요는 없다.

이런 상태에서 성적 에너지를 교환할 때, 너희는 '자신'에 대한 가장 고귀한 진실을 알게 되니, 연인의 가슴은 너희의 집이 되고, 연인의 몸은 너희의 몸이 된다. 너희 영혼은 자신이 더 이상 무엇과도 분리되었다고 상상하지 않는다. 이런 게 참된 각성 상태다.

이것을 체험하려고 굳이 너희 몸을 떠날 필요는 없다.

준비되어 있을 때 너희는 깨어 있다. 한번의 웃음, 가벼운 웃음만으로도 너희를 거기로 데려갈 수 있다. 그냥 한순간 모든 것을 멈추고 웃어봐라. 아무것도 아닌 일에, 그냥 기분이 좋아서. 그냥 너희 가슴이 신비를 알아서, 너희 영혼이 그 신비가 뭔지 알아서. 그 사실에 웃어라. 많이 웃어라. 그 웃음이 너희를 괴롭히는 모든 것을 치유해주리. 이런 게 참된 각성 상태다.

네가 나더러 도구를 달라고 하니, 내가 그것들을 주겠노라.

숨쉬기, 이건 또 다른 도구다. 길고 깊게 숨쉬고, 느리고 부드럽게 숨쉬어라. 에너지가 가득하고 사랑이 가득한 삶, 그 삶의 부드럽고 달콤한 무(無)를 숨쉬어라. 너희가 쉬는 숨은 신의 사랑이니, 깊이 숨쉬어라. 그것을 느낄 수 있도록 아주 아주 깊이 숨쉬어라. 그 사랑이 너희를 울게 하리니.

기쁨에 겨워 울게 하리니.

이제 너희는 너희 신을 만났고, 너희 신이 너희를 너희 영혼에게 소개했으니.

일단 이런 상태를 체험하고 나면, 삶은 절대 예전 같지 않다. 사람들이 "산꼭대기에 올랐거나" 장엄한 황홀경에 빠졌던 경험을 말하는 것은, 그들의 존재 상태가 영원히 변했기 때문이다.

감사합니다. 이해합니다. 그건 간단한 행위군요. 간단하면서도 지극히 순수한 행위요.

그렇다. 하지만 알아둬라. 몇 년을 명상해도 이걸 체험하지 못하는 사람들도 있다. 그것은 그가 얼마나 열려 있고, 얼마나 기꺼이 하는가에 달렸다. 그리고 어떤 기대든 기대에서 얼마나 떨어질 수 있는가에도.

날마다 명상해야 합니까?

만사가 그렇듯이 여기에도 "해야" 하거나 "하지 말아야" 하는 건 없다. 그것은 너희가 무엇을 해야 하는가의 문제가 아니라 무엇을 하고자 하는가의 문제다.

어떤 영혼들은 자각하면서 걷고자 한다. 그들은 지금 살아가는 사람들 대다수가 잠자면서 걷고 있음을, 의식 없이 걷고 있음을 인정한다. 이런 사람들은 의식 없이 삶을 지나가고 있다. 하지만 자각하면서 걷는 영혼들은 다른 길을 택한다. 그들은 다른 방식을 택한다.

그들은 '하나됨'이 가져다주는 온갖 평화와 기쁨을, 온갖 무한함과 자유를, 온갖 지혜와 사랑을 체험하고자 한다. 몸을 떨어뜨려 "넘어졌을"(잠잘) 때만이 아니라, 몸을 일으켜 세웠을 때도.

그런 체험을 창조하는 영혼을 두고 흔히들 "그의 혼이 깨어났다His is risen"고 말한다.

다른 사람들, 소위 "뉴에이지"에 속하는 사람들은 이것을 "의식 상승" 과정이라고 부른다.

어떤 용어를 사용하는가는 중요하지 않다(말은 가장 신뢰할 수 없는 교류 형태다). 그 모두가 자각 속에서 사는 것으로 귀착되니, 그렇게 해서 그것은 전면 자각이 된다.

그러면 너희가 마침내 전면 자각하게 되는 것은 무엇인가? 너희는 마침내 자신이 누구인지 전면 자각하게 된다.

매일의 명상은 너희가 이것을 이룰 수 있는 한 가지 방법이다. 하지만 그것은 실행과 헌신을 요구하고, 외부 보상이 아니라 내면 체험을 추구하겠노라는 결단을 요구한다.

그리고 비밀을 쥐고 있는 건 침묵임을 잊지 마라. 그러기에 침묵의 소리는 가장 달콤한 소리고 영혼의 노래다.

자기 영혼의 침묵보다 세상의 소리를 믿을 때, 너희는 길을 잃을 것이다.


그러니까 날마다의 명상은 좋은 아이디어군요.

좋은 아이디어? 그렇다. 하지만 내가 방금 여기서 말한 것을 이해하라. 영혼의 노래를 부를 수 있는 방법은 많다. 달콤한 침묵의 소리를 들을 수 있는 경우는 많다.

기도 속에서 침묵을 듣는 사람이 있는가 하면, 일하면서 그 노래를 부르는 사람도 있다. 고요한 명상에서 비밀을 찾는 사람이 있는가 하면, 번잡한 환경 속에서 그렇게 하는 사람도 있다.

깨달음에 이르거나 이따금이나마 그것을 체험할 때, 세상의 소음은 입을 다물고, 산란함은 가라앉는다, 설사 소음과 산란함의 한가운데에 있을 때라도. 삶의 모든 것이 명상이 되기 때문이다.

삶의 모든 것이 명상**이다**. 그 속에서 너희는 신성을 명상하고 있다. 참된 각성, 혹은 알아차림mindfulness이란 게 이런 것이다.

이런 식으로 체험될 때, 삶의 모든 것이 축복받는다. 더 이상의 투쟁이나 고통이나 염려는 없다. 오직 체험만이 있다. 너희가 원하는 그 어떤 방식으로도 분류할 수 있는 체험만이. 너희는 그 모두를 완벽으로 분류할 수도 있다.

그러니 너희 **삶**과 그 속의 모든 사건을 명상으로 이용하라. 잠자면서 걷지 말고, 깨어서 걷고, 무심하게 움직이지 말고, 정신차려 움직이며, 의심과 두려움에 묵지 말고, 죄의식과 자기비난에도 묵지 마라. 그보다는 차라리 자신이 무척 사랑받고 있음을 확신하면서 영원의 광휘 속에 거하라. 너희는 언제나 나와 '하나'이니, 나는 너희를 영원히 환영할 것이다. 나는 너희의 귀가(歸家)를 환영할 것이다.

너희 집은 내 가슴속에 있고, 내 집은 너희 가슴속에 있으니. 나는 너희가 죽음에서 확실히 보게 될 이것을 삶에서도 보도록 너희를 초대한다. 그러고 나면 너희는 죽음 따위는 없다는 것, 그리고 소위 삶과 죽음은 결코 끝나지 않는, 같은 체험의 양면임을 알게 되리라.

우리는 존재하는 전부고, 지금껏 존재했던 전부며, 앞으로 존재할 전부, 끝없는 세상이다.

아멘.

# Conversations with God

# 10

당신을 사랑합니다. 당신도 아시죠?

그렇다. 그리고 나도 너를 사랑한다. 너는 그걸 아느냐?

이제 알기 시작하고 있습니다. 정말로 알기 시작하고 있습니다.

좋다.

# Conversations with God
## 11

제게 영혼에 대해 말씀해주시겠습니까?

　그러지. 너희의 한정된 이해 영역 안에서 설명하려고 애써보마. 하지만 어떤 것들이 "의미가 통하지" 않는다고 해서 좌절하지는 마라. 너는 이 정보를 특별한 체로 걸러서 가져오고 있음을 잊지 마라. 네가 너무 많은 것을 기억해내지 못하도록 너 자신이 직접 설계했던 바로 그 체로 걸러서.

제가 그렇게 한 이유를 다시 일깨워주십시오.

　너희가 모든 걸 기억해낸다면 게임은 끝날 것이다. 너희는 특별한 이유가 있어서 여기에 온 것이니, 전부가 어떤 식으로 맞취지는지 이해하는 건 너희의 '신성한 목적' 자체를 훼손할 것이다. 지금의 의식 수준에서 일부는 언제까지나 수수께끼로 남을 것이고, 그건 그렇게 되는 게 옳다.

그러니 모든 수수께끼를 어쨌든 한꺼번에 풀려고 하지 마라. 우주에 기회를 줘라. 우주가 적절한 진행 과정 속에서 자신을 펼쳐가도록.

되어가는 체험을 즐겨라.

느긋하게 서둘러라.

맞는 말이다.

저희 아버지가 그런 말씀을 자주 하셨습니다.

너희 아버지는 현명하고 멋진 남자였다.

저희 아버지를 그런 식으로 말할 사람은 많지 않을걸요.

그를 정말로 아는 사람은 많지 않다.

저희 어머니는 아버지를 잘 아셨습니다.

그래, 그녀는 그랬다.

그래서 어머니는 아버지를 사랑하셨고요.

그래, 그녀는 그랬다.

그래서 아버지를 용서하셨던 거구요.

그래, 그녀는 그랬다.

어머니를 상처 입힌 아버지의 행동 전부를요.

그렇다. 그녀는 이해했고 사랑했고 용서했다. 그리고 이 점에서 그녀는 멋진 본보기, 축복받은 스승이었고, 지금도 그러하다.

그렇습니다. 그건 그렇고…… 영혼에 대해서는 말씀해주실 겁니까?

그래야지. 너는 뭘 알고 싶으냐?

첫 번째 질문은 빤한 거에서 시작할게요. 전 이미 답을 알지만, 우리 이야기의 출발점으로 삼기에 적당할 것 같아서요. 인간의 영혼soul 같은 게 있습니까?

그렇다. 그것은 너희 존재의 세 번째 측면이다. 너희는 몸과 마음과 영spirit으로 이루어진 3중의 존재다.

제 몸이 어디 있는지는 저도 압니다. 그건 보이니까요. 그리고 제 마음(정신-옮긴이)이 어디 있는지도 알 것 같습니다. 그건 머리라는 제 몸 부분 속에 있습니다. 하지만 영혼이 어디 있는지는 도무지—

잠깐 거기서 멈춰라. 너는 뭔가 잘못 알고 있다. 너희 마음은 머릿속에 있지 않다.

아니라고요?

그렇다. 너희 두개골 속에 있는 건 **뇌**지, 마음이 아니다.

그럼 그건 어디에 있습니까?

너희 몸의 세포들 하나하나마다에.

우와……

너희가 마음이라 부르는 건 사실은 에너지다. 그것은…… 생각이다. 그리고 생각은 물체가 아니라 에너지다.

너희 뇌는 물체다. 그것은 물질 메커니즘, 생화학 메커니즘이다. 인간 몸속에서 가장 크고 가장 정교하지만, 그렇다고 유일하지는 않은 메커니즘. 몸은 이 메커니즘을 가지고 생각 에너지를 물질 자극으로 변형시킨다, 즉 바꾼다. 너희 뇌는 변형자 transformer다. 너희 몸 전체가 그러하다. 너희는 세포 하나하나마다에 작은 변형자를 가지고 있다. 생화학자들은 개별 세포들, 이를테면 혈액세포들이 나름의 지성을 지닌 듯이 보인다는 사실을 자주 언급해왔다. 사실 세포들은 그렇다.

그건 세포들만이 아니라 몸의 더 큰 부위들에도 해당됩니다. 지구에 사는 사람이라면 누구나, 이따금 자기 나름의 마음을 가진 듯이 보이는 몸의 특정 부위를 알고 있죠⋯⋯

그렇다, 그리고 여자라면 누구나 남자들의 선택과 결정들이 몸의 그 부위에서 영향받을 때, 남자들이 얼마나 불합리해지는지 안다.

어떤 여자들은 남자들을 통제하는 데 이 지식을 써먹기도 하죠.

부정할 수 없다. 그리고 어떤 남자들은 거기서 내린 선택과 결정들로 여자들을 통제한다.

부정할 수 없죠.

그 곡예를 멈추게 할 방법을 알고 싶으냐?

꼭요!

앞에서 일곱 차크라 중심 모두를 포함시킬 수 있게 생명 에너지를 끌어올리는 것에 대해 했던 그 모든 이야기가 의미하는 바가 이것이다.

너희의 선택과 결정들이 네가 묘사한 그 한정된 지점보다 더 넓은 곳에서 나올 때, 여자들이 너희를 통제하기는 불가능하다. 그리고 너희 또한 그들을 통제하려 하지 않을 것이다.

지금껏 여자들이 그런 식의 조작과 통제수단에 의지하려 했던 이유는 오직 하나, 다른 통제수단, 적어도 그만큼 효과적인 통제수단은 없는 듯이 보였고, 그런 통제수단 없이는 남자들이 자주 심한 통제 불능 상태가 된다는 데 있었다.

하지만 남자들이 자신들의 고귀한 천성을 더 많이 보여줬더라면, 그리고 여자들이 남자들의 그런 측면에 더 많이 호소했더라면, 소위 "성(性) 간의 전쟁"은 끝났을 것이다. 너희 행성의 다른 전쟁들이 대부분 그렇듯이.

내가 전에 말했듯이, 이것은 남자와 여자가 섹스를 포기해야 한다거나, 섹스는 인간 존재의 저급한 천성이라는 의미가 아니다. 그것은, 상위 차크라들로 끌어올려지지 않고 그 사람을 온전하게 만들 다른 에너지들과 결합되지 않은 성 에너지만으로는 온전한 인간을 반영하는 선택과 결과들을 낳을 수 없다는 의미다. 이런 선택과 결과들은 대체로 장대하지 못하다.

'온전한 너희'는 장대함 그 자체지만, '온전한 너희'보다 못한 것은 모두가 장대하지 못하다. 그러니 너희가 장대하지 못한 선택이나 결과를 만들겠다고 장담하고 싶다면, 오직 너희 뿌리 차크라 중심에서만 결정을 내리고, 그런 다음 그 결과를 살펴봐라.

그 결과는 예언이라도 할 수 있을 만큼 예측 가능하다.

흐음, 저도 그 사실을 알고 있었던 것 같군요.

물론 너는 알고 있었다. 인류가 직면한 가장 큰 문제는 언제 배우는가가 아니라, 이미 **배운 것을 언제 실행하는가**다.

그러니까 마음은 세포마다에 있군요……

그렇다. 그리고 너희 뇌에는 다른 어느 부위보다 더 많은 세포가 있다. 그래서 너희 마음이 거기 있는 것처럼 보이는 것이다. 하지만 그것은 그냥 주요한 처리 중심이지, 유일한 중심은 아니다.

됐습니다. 확실히 알겠습니다. 그럼 영혼은 어디에 있죠?

너는 어디에 있다고 생각하느냐?

제3의 눈 뒤에?

아니.

가슴 가운데? 심장 오른쪽, 갈비뼈 바로 밑에요.

아니다.

좋습니다. 전 손 들었습니다.

그것은 어디나 있다.

어디나요?

어디나.

마음처럼 말이군요.

아차, 잠깐만. 마음은 어디나 있지 않다.

마음이 어디나 있지 않다고요? 전 당신이 방금 마음은 몸의 모든 세포에 있다고 말씀하신 줄 알았는데요.

그것이 "어디나"는 아니다. 세포들 사이에는 빈 공간들이 있다. 사실 너희 몸은 99퍼센트가 공간이다.

**이 공간이 영혼이 있는 곳입니까?**

영혼은 너희 안in you **어디에나** 있고, 너희를 거치며through you 어디에나 있으며, 너희 둘레around you 어디에나 있다. 그것은 너희를 **담고** 있다.

잠깐만요! 이번엔 **당신이** 잠시 멈춰주세요. 전 지금까지 몸이 내 영혼을 담는 그릇이라고 배웠습니다. 그런데 "네 몸은 네 존재의 사원이다"에 무슨 일이 일어난 겁니까?

　　그건 비유다.
　　그 말은 사람들에게, 자신이 자기 몸 이상이고, 자신보다 더 큰 뭔가가 있다는 걸 이해시키는 데 도움이 된다. 말 그대로 더 큰 뭔가가 있다. 영혼은 몸보다 크다. 그것은 몸 안에서 옮겨지지 않고, 몸을 자기 안에서 옮긴다.

당신 말씀을 들어봐도, 전 여전히 그림이 그려지지 않는데요.

　　너는 "오라aura"라고 들어본 적이 있느냐?

그럼요, 그럼요. **그게 영혼입니까?**

　　그것은 거대하고 복잡한 실체에 대한 상(像)을 너희에게 주면서, 너희 언어로, 너희 이해로 다가갈 수 있는, 가장 가까운 말이다. 영혼은 너희를 붙들어주는 것이다. **우주를 담고 있는 신의 영혼이 우주를 붙들어주는** 것과 마찬가지로.

우와. 이건 제가 지금까지 생각해오던 것들을 완전히 뒤집는군요.

기다려라, 내 아들아. 뒤집는 건 이제 시작이다.

하지만 영혼이 어떤 의미에서는 "우리 안에 있고 우리 둘레에 있는 공기"라면, 그리고 다른 모든 사람의 영혼도 그러하다면, 한 영혼이 **끝나고** 다른 영혼이 시작되는 지점은 어딥니까?

오, 맙소사, 아니, 말하지 마십시오.

**알겠느냐? 너는 답을 이미 안다!**

다른 영혼이 "끝나고" 우리 영혼이 "시작하는" 지점 따위는 **없는** 거군요! 거실의 공기가 "멈추고" 부엌의 공기가 "시작하는" 지점 같은 건 없듯이요. 그 모두가 **똑같은** 공기입니다. 그 모두가 **똑같은** 영혼이고 요!

**너는 방금 우주의 비밀을 풀었다.**

그리고 우리 몸을 담고 있는 것이 우리이듯이, 우주를 담고 있는 게 당신이라면, **당신이** "끝나고" **우리가** "시작되는" 지점도 없군요!

(으흠)

헛기침하고 싶으시면 하십시오. 이건 저한테는 기적 같은 계시예요! 제 말은 제가 이걸 항상 이해하고 있었다는 사실을 알았다는 겁니다. 하지만 이제서야 그게 **이해가 되다니!**

그건 굉장하다. 그렇지 않느냐?

당신도 보다시피, 예전의 제 이해에서 문제는, 몸을 "이" 몸과 "저" 몸을 구별해주는 분리된 용기로 보았던 데 있습니다. 게다가 저는 지금까지 영혼이 몸 안에 산다고 생각했기 때문에, "이" 영혼과 "저" 영혼도 구별했던 거죠.

당연히 그렇게 되지.

하지만 영혼이 몸 안과 바깥 어디에나 있다면—당신 표현대로 자신의 "오라"로—그렇다면 어떻게 한 오라가 "끝나고" 다른 오라가 "시작되는" 때가 있을 수 있겠습니까? 그리고 이제 저는 난생 처음으로, 한 영혼이 "끝나지" 않았는데 다른 영혼이 "시작된다"는 게 어떻게 가능한지 진짜로—물질적인 의미에서요— 알겠습니다. 또 '우리 모두가 하나'라는 게 물질 차원에서 사실이란 것도요.

만세! 지금 나는 이 말밖에 할 수 없다. 만세!

전 항상 이게 형이상학적인 진리라고 생각했는데, 이제야 그게 **형이하학적** 진리란 걸 알겠습니다. 성스러운 안개(영혼의 오라를 말함-옮긴이)여, 이제 막 종교가 과학이 되었도다!

내가 너희에게 그렇게 말하지 않았다고 말하지는 마라.

그런데 여기서 잠깐만요. 한 영혼이 끝나고 다른 영혼이 시작되는 지점이 없다면, 그건 개별 영혼 같은 건 전혀 없다는 뜻입니까?

글쎄, 그렇기도 하고 아니기도 하지.

정말 신다운 대답이군요.

고맙다.

하지만 솔직히 말해 전 좀 더 명확한 답변을 바라고 있습니다.

여기서 내게 잠깐 여유를 다오. 우리는 너무 빨리 움직이고 있다. 너는 지금 손을 상해가면서 쓰고 있다.

미친 듯이 갈겨쓴다는 말씀이군요.

그렇다. 그러니 여기서 잠시 숨을 고르도록 하자. 모두들 긴 장을 풀어라. 그 모든 걸 너희에게 설명할 테니.

좋습니다. 계속하십시오. 전 준비됐습니다.

내가 '신성한 이분법'이라 이름 붙인 것에 대해서 내가 지금 껏 얼마나 많이 이야기했는지는 기억하느냐?

예.

자, 이것도 그중 하나다. 사실 그중에서 가장 큰 것이다.

알겠습니다.

너희가 우리 우주에서 은혜롭게 살아가려면, 신성한 이분법을 배우고 철저히 이해하는 게 중요하다.

신성한 이분법은 명백하게 모순되는 두 진리가 같은 공간에서 동시에 존재할 수 있다고 주장한다.

그런데 너희 행성 사람들은 이것을 받아들이기 힘들어한다. 그들은 질서 잡기를 좋아해서, 자신들의 그림에 들어맞지 않는 것이면 무엇이든 자동으로 거부한다. 이런 까닭에, 자신들을 주장하기 시작하는 두 현실이 서로 모순되는 것처럼 보일 때, 그들은 당장 그 자리에서 그중 하나는 틀린 것, 잘못된 것, 사실 아닌 것이라고 가정한다. 사실 그 둘 다가 참일 수 있음을 이해하고 받아들이려면, 크나큰 성숙이 필요하다.

하지만 너희가 사는 상대계와 대립하는 절대계에서는, 존재 전체인 하나의 진리가, 상대적인 의미로 보면 이따금 모순처럼 보이는 결과를 낳으리란 건 지극히 당연해 보인다.

이것이 신성한 이분법이다. 이것은 인간 체험 중에서 대단히 참된 부분이다. 앞에서 말했듯이, 이것을 받아들이지 않고서 은혜롭게 살기란 사실 불가능하다. 사람들은 늘상 헛되이 "정의"를 구하거나, 절대 화해하기로 되어 있지 않고, 오히려 **그것**

**들 사이의 긴장이라는 성질 자체로 인해** 바라던 바로 그 결과를 낳는, 대립하는 힘들을 화해시키려고 열심히 애쓰면서, 툴툴거리고 화내고 엎치락뒤치락한다.

하지만 사실은 바로 그런 긴장들이 상대계를 붙들고 있다. 그런 긴장의 하나로 선과 악의 긴장이 있지만, 궁극의 현실에서는 선과 악 같은 건 없다. 절대계에서는 존재하는 모든 것이 사랑이다. 하지만 상대계에서 너희는, 너희가 악이라 "부르는" 체험을 창조했다. 너희가 그렇게 한 건 매우 건전한 이유에서다. 너희는 사랑이 존재 전체임을 그냥 "아는" 것이 아니라 사랑을 몸소 체험하길 원했다. 하지만 뭔가를 체험하려면 그것 말고 다른 것들도 있어야 하기에, 너희는 너희 현실 속에 선과 악의 양극성을 창조했다. (그리고 날마다 계속 그렇게 한다.) 한쪽을 이용하여 다른 쪽을 체험할 수 있도록.

따라서 우리는 다음과 같은 신성한 이분법, 즉 같은 장소에 동시에 존재하는 외관상 모순된 두 가지 진리를 갖는다.

선과 악은 있다.

존재하는 모든 것이 사랑이다.


이것을 제게 설명해주셔서 감사합니다. 전에도 신성한 이분법에 대해 언급하셨지만, 이번에는 훨씬 더 잘 이해할 수 있게 해주셨습니다. 고맙습니다.


천만에.

그런데 내가 말했듯이, 그중에서도 가장 큰 신성한 이분법은 우리가 이제부터 살펴보려는 것이다.

오직 '한 존재', 따라서 오직 '한 영혼'만이 있다. 그리고 그 '한 존재' 속에 많은 영혼들이 있다.

이분법이 작용하는 방식은 이렇다: 너는 방금 이분법이 영혼들 사이에 분리가 없다는 사실을 네게 설명하도록 만들었다. 영혼이란 모든 물체(의 **오라**로서) 안과 둘레에 존재하는 생명 에너지다. 어떤 의미에서 그것은 모든 물체를 제자리에 "잡아두는" 것이다. "신의 영혼"은 우주를 잡아두고, "사람의 영혼"은 사람의 몸을 잡아둔다.

영혼은 몸을 담는 용기지, 몸이 영혼을 담는 용기나 "주택"은 아니니까요.

맞다.

하지만 영혼들을 "나누는 선" 같은 건 없는 거죠. "한 영혼"이 끝나고 "다른 영혼"이 시작되는 지점 따위는 없으니, 실제로는 한 영혼이 모든 몸을 다 잡아두는 거군요.

정확하다.

그럼에도 그 한 영혼은 개별 영혼들의 다발"처럼 느껴집니다."

사실 그것은 —실제로는 내가—설계에 따라 그렇게 한다.

그것이 어떤 식으로 작동하는지 설명해주시겠습니까?

　　그러지.

　　영혼들 사이에 사실상의 분리는 없지만, '한 영혼'을 이루는 소재는 물질 현실 속에서 다양한 밀도를 낳으면서 다양한 속도로 자신을 드러낸다.

다양한 속도요? 언제 속도가 들어왔습니까?

　　삶의 모든 것이 진동이다. 너희가 삶이라 부르는 것(너희는 그것을 그냥 손쉽게 신이라 부를 수도 있다)은 순수 에너지다. 이 에너지는 쉼없이 항상 진동한다. 그것은 파동으로 움직이고 있다. 그 파동은 다양한 속도로 진동하여 다양한 밀도, 즉 다양한 빛을 낳고, 이것은 다시 너희라면 물질계의 다양한 "결과들"이라고 불렀을, 다양한 물체들을 낳는다. 그 물체들은 서로 다르고 구별된다. 하지만 그것들을 낳는 에너지는 어느 것이나 똑같다.

　　네가 사용한 거실과 부엌 사이의 공기 예로 돌아가보자. 너는 불현듯 떠오른 그 심상(心象), 영감을 멋지게 사용했다.

그게 어디서 왔는지 맞혀보십시오.

　　그렇다, 그걸 네게 준 건 나다. 그런데 너는 "거실의 공기"가 끝나고 "부엌의 공기"가 시작되는 특정한 지점 같은 건 그들 두

물리적 위치 사이에 없다고 말했다. 그건 사실이다. 하지만 "거실의 공기" 밀도가 낮아지는 지점, 즉 그것이 흩어지고 "엷어지는" 지점은 있다. "부엌의 공기" 역시 마찬가지여서, 네가 부엌에서 멀어질수록 저녁 냄새는 약해진다!

하지만 집안의 공기는 다 같은 공기일 뿐. 부엌 속에만 있는 "별개의 공기" 같은 건 없다. 그런데도 부엌의 공기는 확실히 "다른 공기" 같아 보인다. 그 하나로 냄새가 다르다!

이처럼 그 공기들은 다른 **특징들**을 지니니, 그것은 마치 **다른 공기**인 듯이 보인다. 하지만 그렇지 않다. 달라 **보여도** 그 모두가 **같은** 공기다. 다만 거실에서는 난로 냄새가 나고, 부엌에서는 음식 냄새가 난다. 심지어 너희는 어떤 방에 들어가서 공기가 전혀 없기라도 한 듯이, "으휴, 숨 막혀. **여긴 공기를 좀 넣어야겠군**"이라고 말할 수도 있다. 하지만 물론 공기는 많다. 너희가 하고 싶어하는 건 공기의 성격을 바꾸는 것이다.

그래서 너희는 약간의 공기를 밖에서 안으로 들인다. 하지만 그 **또한 같은 공기니**, 모든 것 속에서, 모든 것 둘레에, 모든 것을 거쳐서, 움직이는 오직 하나의 공기만이 있다.


이건 정말 끝내주는군요. 전 완전히 "접수했습니다". 전 당신이 우주를 설명해주시는 방식이 마음에 듭니다. 제가 완전히 "접수할" 수 있게 해주시니까요.


음, 고맙다. 나는 노력하고 있다. 그러니 계속할 수 있게 해다오.

그러십시오.

너희 집안의 공기가 그러하듯, 생명 에너지—너희가 "신의 영혼"이라 부르게 될 것—도 자신이 둘러싸고 있는 물체에 따라 다른 성질을 지닌다. 사실 이 에너지는 그런 물체들을 이루기 위해 특별한 방식으로 결합한다.

물질을 이루기 위해 에너지 미립자들이 함께 결합할 때, 그것들은 대단히 응축되고 짓이겨지고 함께 밀쳐진다. 이제 그것들은 별개의 단위들인 "것처럼 보이고" 심지어 그런 "것처럼 느껴지기" 시작한다. 다시 말해 그것들은 그 밖의 모든 에너지와 "다른 별개"의 에너지처럼 보이기 시작한다. 그럼에도 이 모두가 같은 에너지, **다르게 처신하지만** 같은 에너지다.

'전부인 것'이 '다수인 것'으로 드러나도록 해주는 것이 다르게 처신하는 바로 이 행동이다.

내가 1권에서 설명했듯이, 자신을 **분화하는 이 능력**을 발달시킬 때까지, '존재하는 것'은 자신을 존재하는 것으로서 체험할 수 없었다. 그리하여 '전부인 것'은 '이것인 것'과 '저것인 것'으로 나누어졌다. (나는 지금 이것을 극히 단순하게 만들려 애쓰고 있다.)

너희가 "영혼"이라 부르기로 한 것이 바로 구별되는 단위로 합쳐져서 물체를 붙들고 있는 이 "에너지 덩어리"다. 우리가 여기서 이야기하는 것은 많은 수의 너희가 된 내 부분들이다. 따라서,

우리 중에 오직 '하나'만이 있으면서,

'많은' 우리가 있다는, 신성한 이분법이 존재하게 되는 것이다.

우와— 이건 굉장해요.

나도 알고 있다.
계속해도 되겠느냐?

아뇨, 여기서 멈추세요. 좀 지쳤어요.
됐어요, 계속하세요!

좋다.
그런데 내가 말했듯이, 에너지가 합쳐질 때 그것은 대단히 응축되지만, 이 응축점에서 멀어질수록 에너지는 더 많이 흩어진다. "공기는 더 엷어지고" 오라는 흐려진다. 에너지가 완전히 사라지는 일은 절대 없다. 에너지는 그렇게 할 수 없다. 에너지는 만물을 이루는 재질이고, 존재하는 전부다. 그럼에도 그것이 아주 아주 옅어지고 대단히 엷어져서 거의 "있지 않게" 될 수는 있다.
그러다가 에너지는 다시 다른 곳에서(이것을 그것의 다른 부분이라고 읽어라), 너희가 물질이라 부르는 것, 별개의 단위"처럼 보이는" 것을 다시 한번 이루기 위해 "함께 뭉쳐서" 합칠 수 있다. 이렇게 해서 이제 서로 별개인 두 개의 단위가 나타나지만, 사실 분리 따위는 전혀 존재하지 않는다.
이상이 아주 단순하고 기본적인 차원에서 물질 우주 전체의 근저를 설명한 것이다.

우와, 하지만 이게 진짜일까요? 이 모든 걸 제가 꾸며낸 게 아니란 걸 어떻게 알죠?

너희 과학자들은 이미 모든 생명의 건축용 벽돌들이 동일하다는 걸 발견해가고 있다.

그들은 달에서 가져온 돌에서 나무에서 발견한 것과 똑같은 재질을 찾아냈고, 나무를 분석하여 너희에게서 발견한 것과 똑같은 재질을 찾아냈다.

내가 너희에게 말하노니, 우리는 모두 **같은 재질**이다.

우리 모두는 다양한 형상과 다양한 물질들을 창조하기 위해 다양한 방식으로 합쳐지고 압축된, 같은 에너지다.

그 자체로 저절로 "중요한matters" 것은 없다. 다시 말해 완전히 혼자 힘으로 **물질matter이 될 수** 있는 건 없다. 예수는 "아버지 없이는 나는 아무것도 아니다"고 말했다. 만물의 아버지는 순수 사고다. 이것이 생명 에너지다. 너희가 절대 사랑이라 부르기로 했던 것이 이것이고, 신이고 여신이며, 알파이고 오메가며, 시작이자 끝인 것이 이것이다. 그것은 전부의 전부All-in-All고, 부동의 동인이며, 제1근원이다. 태초 이래로 너희가 이해하고자 해왔던 위대한 신비, 끝없는 수수께끼, 영원한 진리가 이것이다.

우리 중에 오직 '하나'만이 있으니, **그것이 바로 너희다.**

# Conversations with God

## 12

이 글을 읽는 제 마음은 지금 경외심과 감사함으로 가득합니다. 이런 식으로 저와 함께 여기에 있어주셔서 고맙습니다. 우리 모두와 함께 있어주셔서 고맙습니다. 벌써 몇백만 명이 이 책을 읽었고, 또 앞으로도 몇백만 명이 더 그렇게 할 테니까요. 사실 당신이 우리 가슴에 와주신 것만으로도 우리는 숨이 막힐 만큼 크나큰 선물을 받은 것입니다.

내 사랑하는 이여, 나는 언제나 네 가슴속에 있었다. 다만 이제 네가 거기서 나를 실제로 느낄 수 있다니 기쁘구나.

나는 항상 너희와 함께 있었다. 나는 한번도 너희를 떠나지 않았다. 내가 너희고, 너희가 나다. 앞으로도 우리는 영원히 떨어지지 않을 것이다. 그렇게 하는 건 가능하지 않기에.

하지만 정말 몹시 외롭다고 느끼는 날들도 있습니다. 그런 때는 저 혼자서 이 전쟁을 치르는 것처럼 느끼곤 하죠.

　내 아이야, 그것은 네가 나를 떠났기 때문이다. 네가 나를 자각하기를 포기했기 때문이다. 내 존재를 자각한다면, 너는 결코 외로울 수 없다.

어떻게 해야 제가 자각 속에 머물 수 있습니까?

　네 자각을 남들에게 주어라. 개종시켜서가 아니라 본보기가 되는 것으로. 다른 모든 사람의 삶 속에서, 사랑의 발단—바로 나—이 되어라. 너는 남들에게 주는 것을 너 자신에게 주고 있다. 우리 중에 오직 '하나'만이 존재하기에.

고맙습니다. 그래요, 당신은 전에도 이런 실마리를 주셨더랬죠. 발단이 되어라, 네가 자신에게서 체험하고 싶은 것이 무엇이든, 남들의 삶에서 그것의 발단이 되라고요.

　**그렇다. 네가 너 자신에게 되게 하려는 그것을 남들에게 하라.** 이것은 위대한 비책이고, 성스러운 지혜다.
　너희 행성에 평화와 기쁨의 삶을 창조하는 데, 너희가 겪는 모든 문제, 너희가 겪는 모든 갈등, 너희가 겪는 모든 곤란이 이 간단한 지침을 이해하고 따르지 못하는 데서 비롯된다.

알겠습니다. 당신이 다시 한번 그렇게 평이하면서도 명확하게 말씀해주시니 이해가 됩니다. 이제 다시는 "그것을 잃지" 않도록 하겠습니다.

자신이 내주는 것을 "잃는" 법은 없다. 이것을 항상 기억해라.

고맙습니다. 이제 영혼에 관해서 두세 가지 더 질문해도 괜찮겠습니까?

네가 살아가는 방식과 관련해서 좀 더 일반적인 차원에서 언급할 것이 한 가지 더 있다.

그러십시오.

너는 방금 너 혼자서 이 전쟁을 치르는 것처럼 느낄 때가 있다고 말했다.

예.

무슨 전쟁?

그건 비유였습니다.

나는 그렇게 생각하지 않는다. 나는 그게, 네가(그리고 많은 사람들이) 실제로 삶을 어떤 식으로 생각하는지를 잘 보여주고 있다고 생각한다.

네 머릿속에서 그것은 "전쟁"으로 표현된다. 여기서 일종의 투쟁이 벌어지고 있다고.

음, 저한테는 삶이 이따금 그런 식으로 여겨집니다.

삶이 본래부터 그런 식인 건 아니다. 그리고 삶을 그런 식으로 여길 필요도 없다. 어떤 경우에도.

죄송하지만, 그건 저로서는 믿기 힘들군요.

바로 그 때문에 네 현실이 그렇지 않았던 것이다. 너희는 현실이라고 믿는 바로 그것을 현실로 만들어낸다. 하지만 너희에게 말하노니, 너희 삶은 절대 투쟁이 되기로 되어 있지 않았다. 그리고 지금도, 앞으로도 그래야 할 필요가 없다.

나는 너희에게 장대한 현실을 창조할 수 있는 도구들을 주었다. 너희는 그냥 그것들을 쓰지 않아왔다. 아니 좀 더 정확하게 말하면, 너희는 그것들을 잘못 사용해왔다.

내가 여기서 말하는 도구란 세 가지 창조 도구들이다. 우리는 지금까지 이야기를 해오면서 그것들에 대해 여러 번 말했다. 너는 그것들이 무엇무엇인지 아느냐?

생각과 말과 행동요.

잘했다. 기억하고 있구나. 나는 예전에 내가 보낸 영적 스승 중 한 사람인 밀드레드 힌클리에게 영감을 주어, "너희는 혀끝에 우주의 창조력을 가지고 태어났다"고 말하게 했다.

이것은 놀라운 의미를 함축한 진술이다. 내가 보낸 스승들 중 또 한 사람에게서 나온 다음과 같은 진리가 그러하듯이.

"너희가 믿는 대로 그렇게 너희에게 될지니."

이 두 진술은 생각과 말에 관한 것이다. 행동과 관련해서는 내가 보낸 또 한 사람의 스승이 한 말이 있다.

"시작은 신이고 끝은 행동이다. 행동은 창조하는 신, 즉 체험된 신이다."

그건 1권에서 당신이 말씀하신 겁니다.

내 아들아, 1권을 가져온 것은 너고, 너를 통해서다. 모든 위대한 가르침에 영감을 준 것이 나라 해도, 인간의 형상을 통해서 그것들을 가져왔듯이, 그런 영감을 행동에 옮긴 사람들과 그것들을 두려움 없이 공개하여 함께한 사람들 누구나가 다 내가 보낸 위대한 스승들이다.

제가 그런 범주에 들 수 있을지 자신이 없군요.

네가 영감을 받아 다른 사람들과 함께 한 그 말들은 몇백만

명을 감동시켰다.

내 아들아, **몇백만 명**이다.

그것들은 24개 국어로 번역되었고, 세계 곳곳으로 퍼져갔다.

너희는 어떤 잣대로 위대한 스승이라는 자격을 주느냐?

그 사람의 말이 아니라 그 사람의 행동을 잣대로 삼죠.

그건 아주 현명한 대답이다.

그리고 이번 생애에서 제가 한 일들은 절 좋게 말해주지 않죠. 그러니 제가 스승으로서 자격이 없는 건 당연한 거구요.

너는 방금 지금껏 살았던 스승들의 반을 지워버렸다.

무슨 말씀을 하시는 겁니까?

나는 내가 《기적수업》에서 헬렌 슈크먼을 통해 말했던 것, 즉 너희는 너희가 배워야 할 것을 가르치기 마련이란 이야기를 하고 있다.

너는 네가 완벽에 이르는 법을 가르칠 수 있으려면, 완벽을 증명해야 한다고 믿느냐?

그리고 네가 소위 잘못이라 불리는 것들에서 네 몫을 해내기도 했지만—

─제 몫 이상이었죠─

　─너는 또한 나와 나눈 이 대화를 세상에 내놓는 엄청난 용기를 보여주었다.

아니면 엄청난 무모함이거나요.

　왜 너는 자신을 그런 식으로 비하하길 고집하느냐? 아니, 너희 모두가 그렇게 한다! 너희들 한 사람 한 사람이 다! 너희가 자신의 위대성을 부정하는 건, 자신 안의 내 존재를 부정하는 것이다.

전 아닙니다! 전 **한번도** 그걸 부정하지 않았어요!

　정말이냐?

음, 적어도 최근에는요……

　네게 말하노니, 오늘 밤 닭이 울기 전에 네가 세 번 나를 부정하리라.
　너 자신을 자신보다 못하다고 여기는 모든 생각이 사실은 나를 부정하는 것이고,
　너 자신을 비하하는, 너 자신에 관한 모든 말이 나를 부정하는 것이며,

어떤 종류든 "넉넉하지 않음", 즉 부족과 불충분함의 역할을 연출하는, 너 자신을 통해서 나오는 모든 행동이 사실은 나를 부정하는 것이다. 생각에서만이 아니라, 말에서만이 아니라, 행동에서도.

전 사실—

—너희 삶이, 너희가 지금껏 자신에 관해 지녔던 가장 위대한 전망의 가장 숭고한 해석이 아닌 다른 어떤 것도 표현하지 않게 하라.

그렇다면 네가 지금껏 너 자신에 관해 가졌던 가장 위대한 전망은 무엇이냐? 그건 네가 언젠가 위대한 스승이 되겠다는 것 아니냐?

저……

**그게 아니냐?**

아뇨, 맞습니다.

**그렇다면 그렇게 되라. 그렇게 있어라.** 네가 다시 한번 **그것을 부정할** 때까지.

전 다시는 부정하지 않겠습니다.

부정하지 않을 거라고?

예.

그걸 증명해봐라.

증명하라고요?

**증명해라.**

어떻게요?

지금 이 자리에서 "나는 위대한 스승이다"고 말해라.

으……

어서, 그렇게 말해라.

저…… 아시다시피 문제는 이 글들이 출판될 거란 겁니다. 전 제가 종이철에 적고 있는 이 모든 내용이 책으로 출판되어 세상에 나올 거란 사실을 의식하고 있습니다. 피오리아 사람들도 이걸 읽을 겁니다.

피오리아라고! 하! **베이징**이라고 해라!

좋습니다. 중국에서도요. 제가 지적하려는 게 그겁니다. 사람들은 2권이 나오고 한 달도 안 됐을 때부터 3권은 언제 나오냐고 묻고 있습니다. 전 3권이 왜 그렇게 오래 걸리는지 그 사람들에게 설명하려고 애쓰죠. **온 세상이 다 지켜보고 기다리는 걸** 의식하면서 이 대화를 갖는다는 게 어떤 건지 그 사람들에게 이해시키려고요. 1권과 2권 때는 그렇지 않았습니다. 그 두 권은 아무 생각 없이 그냥 따라간 대화였습니다. 전 그것들이 책이 되리라고는 생각도 안 했습니다.

　아니다, 너는 했다. 네 가슴 깊은 곳에서 너는 그렇게 생각했다.

　글쎄요, 아마 그렇게 되길 바라긴 했겠죠. 하지만 이젠 저도 **압니다.** 그리고 그건 이 종이철에 적어나가는 것과는 별개의 문제입니다.

　네가 적은 한마디 한마디가 샅샅이 읽히리란 걸 이제 너도 알기 때문이다.

　그렇습니다. 그런데 지금 당신은 내가 위대한 스승이라고 말하길 원하십니다. 만인이 다 보고 있는 마당에 그렇게 말하긴 힘든 일이죠.

　너는 내가 너한테 은밀하게 자기 선언을 하라고 요구했으면 좋겠느냐? 너는 그게 자신을 권능 있게 만드는 방법이라고 생각하느냐?
　내가 너더러 **공개적으로 자신이 누군지** 선언하라고 한 것은,

여기서의 너는 공개되어 있다는 바로 그 사실 때문이다. 그 발상은 너더러 공개적으로 그것을 말하게 하는 것, 그 이상도 그 이하도 아니다.

공식 선언은 전망을 가진 최고 형태다.

네가 지금껏 자신에 관해 가졌던 가장 위대한 전망의 가장 숭고한 해석에 따라 **살아라**. 그것을 선언함으로써 그렇게 살기 시작하라.

**공개적으로** 선언함으로써.

그것을 그렇게 만드는 첫 단계는 그것이 그렇다고 **말하는 것**이다.


하지만 겸손은 어떡하구요? 또 예의는요? 만나는 모든 사람에게 자신에 대한 가장 숭고한 발상을 선언하는 게 점잖은 일입니까?


모든 위대한 선각자가 그렇게 했다.


그랬죠, 하지만 거만하지는 않았습니다.


"나는 생명이요 길이다"는 얼마나 "거만한가"? 이 정도면 너한테는 충분히 거만하지 않느냐?

자, 너는 두 번 다시 나를 부정하지 않겠노라고 말해놓고도, 나를 부정하는 걸 정당화하는 데 벌써 10분을 낭비했다.


전 **당신**을 부정하고 있는 게 아닙니다. 우리가 여기서 이야기하는 건 나에 관한 가장 위대한 전망에 대해서입니다.

네가 가진 자신에 관한 가장 위대한 전망은 **나다! 그것이 바로 나다!**

네가 네 가장 위대한 부분을 부정할 때, 너는 나를 부정하고 있다. 그리고 네게 말하노니, 오늘 새벽이 오기 전에 너는 세 번 이렇게 할 것이다.

제가 그렇게 하지 않는 경우를 빼면요.

네가 그렇게 하지 않는 경우를 빼면. 맞는 말이다. 오직 자신만이 결정할 수 있고, 오직 자신만이 선택할 수 있다.

그런데 너는 **비공식적으로만** 위대한 스승이었던 위대한 스승을 알고 있느냐? 부처와 예수, 크리슈나 모두가 공개적으로 스승들이었다. 그렇지 않느냐?

그랬죠. 하지만 널리 알려지지 않은 위대한 스승들도 있습니다. 우리 어머니도 그중 한 사람이었고요. 당신 스스로 앞에서 그렇게 말씀하셨잖습니까? 위대한 스승이 되는 게 꼭 널리 알려져야 하는 건 아닙니다.

너희 어머니는 선구자고, 사자(使者)며, 그 길을 예비한 사람이었다. 그녀는 네게 그 길을 **보여주는** 것으로 네가 그 길을 위해 예비하게 했다. 하지만 너 또한 스승이다.

그리고 네가 알듯이 훌륭한 스승이었던 너희 어머니는 분명히 네게 자신을 부정하라고 가르치지 않았다. 그런데도 **너는 남들에게 이것을 가르치려 한다.**

오, 전 정말로 그렇게 하길 원해요! 그게 제가 하고 싶은 거라고요!

　　"하길 원하지" 마라. 네가 "원하는" 것을 갖지 못하리니. 너는 자신에게 그것이 "부족"함을 선언할 뿐이어서, 그곳이 네가 남겨질 곳이 되리니. 너는 **부족한 채로 남으리니.**

그래요! 좋습니다! 전 하길 "원하지" 않고 그렇게 하길 **택합니다!**

　　그게 낫다. 그게 훨씬 낫다. 그런데 너는 무엇을 택하느냐?

　　저는 남들에게 자신을 절대 부정하지 말라고 가르치는 쪽을 택하겠습니다.

　　좋다, 그리고 네가 가르치길 택하는 다른 게 또 있느냐?

　　저는 남들에게 신인 당신을 절대 부정하지 말라고 가르치는 쪽을 택하겠습니다. 당신을 부정하는 건 자신을 부정하는 것이고, 자신을 부정하는 건 당신을 부정하는 것이니까요.

　　좋다. 그렇다면 너는 이것을 되는 대로, "우연이다시피" 가르치는 쪽을 택하겠느냐? 아니면 이것을 당당하게 의도한 것처럼 가르치는 쪽을 택하겠느냐?

저는 그걸 의도하면서 가르치는 쪽을 택하겠습니다. 당당하게요. 저희 어머니가 그랬듯이요. 우리 어머니는 절대 나 자신을 부정하지 말라고 **가르쳤습니다**. 어머니는 그걸 제게 날마다 가르쳤습니다. 그녀는 지금껏 제가 만난 사람들 중에서 가장 많이 절 격려해준 사람이었지요. 어머니는 제게 자신과 당신에 대한 믿음을 가지라고 가르쳤습니다. 제가 그런 스승이 되어야 **할 텐데**…… 전 어머니가 제게 가르쳐주신 그 **모든** 지혜를 가르치는 그런 스승이 되기를 **택하겠습니다**. 어머니는 말로만이 아니라 자신의 **삶 전체**를 가르침으로 만드셨죠. 그런 게 그 사람을 위대한 스승으로 만드는 겁니다.

네가 옳다. 너희 어머니는 위대한 스승이었다. 그리고 더 큰 진리에서도 네가 옳다. 꼭 널리 알려져야 위대한 스승이 되는 건 아니다.

나는 너를 "시험하고" 있었다. 네가 이 문제에서 어디로 가는지 보고 싶었다.

그럼 제가 "가기로 되어 있던" 곳으로 "갔습니까"?

너는 모든 위대한 스승이 가는 곳으로 갔다. 너 자신의 지혜와 진리의 자리로. 네가 가야 할 자리는 언제나 바로 이곳이다. 그곳은 네가 세상을 가르칠 때 돌아가서 다시 나와야 할 자리다.

저도 압니다. 그건 저도 압니다.

그러면 자신에 관한 네 **가장 깊은 진리**는 무엇이냐?

저는……
…… 위대한 스승입니다.
영원한 진리를 가르치는 위대한 스승.

드디어 네가 해냈구나, 조용하고 부드럽게. 드디어 네가 해냈구나. 네 가슴은 그것의 진실됨을 안다. 그리고 너는 단지 네 가슴을 말한 것뿐이다.

너는 뻐기지 않으니, 아무도 그것을 뻐김으로 듣지 않을 것이고, 너는 자랑하지 않으니, 아무도 그것을 자랑으로 듣지 않을 것이다. 너는 네 가슴을 두드리지 않고, 네 가슴을 열고 있다. 여기에는 큰 차이가 있다.

누구나 자기 가슴속에서는 '자신이 누군지' 안다. 그들은 위대한 발레리나고, 위대한 변호사며, 위대한 배우고, 위대한 1루수다. 위대한 탐정이고, 위대한 영업자며, 위대한 부모고, 위대한 설계사다. 위대한 시인이고, 위대한 지도자며, 위대한 건설업자고, 위대한 치유자다. 그리고 그들 한 사람 한 사람이 다 위대한 사람이다.

누구나 자기 가슴속에서는 '자신이 누군지' 안다. 그들이 가슴을 연다면, 그들이 자기 가슴의 바람을 남들과 함께한다면, 그들이 자신의 진심 어린 진실에 따라 산다면, 이 세상은 장대함으로 가득할 것이다.

너는 위대한 스승**이다**. 그런데 너는 그 선물이 어디서 왔다고 생각하느냐?

당신에게서요.

그 때문에 '네가 누군지' 선언하는 건 단지 '내가 누군지'를 선언하는 것이 되는 것이다. 언제나 나를 근원으로 선언하라, 그러면 네가 자신을 위대한 자로 선언해도 아무도 꺼리지 않으리니.

하지만 당신은 항상 **나 자신**을 근원으로 선언하라고 요구하셨는데요.

네가 근원이다, 나인 모든 것의. 네가 가장 잘 아는 위대한 스승은 "나는 생명이요 길이다"라고 말했다.
그는 또 "내게로 오는 이 모든 것이 아버지에게서 나온다. 아버지 없이 나는 아무것도 아니다"라고 말했다.
그리고 그는 "나와 아버지는 하나다"라고도 말했다.
이해하겠느냐?

우리 중에 오직 '하나'만이 존재한다.

맞았다.

그건 우리 이야기를 다시 인간 영혼의 문제로 돌아가게 해주는군요. 이제 제가 영혼에 대해 몇 가지 더 물어봐도 되겠습니까?

시작하라.

좋습니다. 얼마나 많은 영혼들이 있습니까?

하나.

가장 넓은 의미에서는 그렇겠죠. 그런데 전체인 그 '하나' 중에 얼마나 많은 "개체들"이 있습니까?

호, 나는 거기서 그 말이 마음에 든다. 네가 그 말을 쓰는 방식이 마음에 든다. 전체 에너지인 그 한 에너지가 자신을 여러 다양한 부분들로 **개체화했다**는 거지. 나는 그 표현이 마음에 든다.

기쁘군요. 그래서 당신은 얼마나 많은 개체들을 창조했습니까? 얼마나 많은 영혼들이 있는 겁니까?

너희가 이해할 수 있는 용어로는 대답할 수 없다.

어쨌든 해봅시다. 그건 불변수입니까? 변수입니까? 아니면 무한수입니까? 당신은 "본래 가마" 이후로도 "영혼들"을 구워내셨습니까?

그렇다, 그건 상수다. 그렇다, 그건 변수다. 그렇다, 그건 무한수다. 그렇다, 나는 영혼들을 창조했다. 그리고 아니다, 나는 창조하지 않았다.

이해를 못하겠군요.

나도 안다.

그러니 부디 도와주십시오.

네가 진짜로 그렇게 말했느냐?

뭘 말입니까?

"그러니 부디 도와주십시오, 신이여"라고?

하, 똑똑하시군요. 좋습니다, 이것이 제가 할 마지막 일이라면 전 이걸 이해하려 하오니, 부디 도와주십시오, 신이여.

그렇게 하마. 네 결심이 그토록 굳으니, 내가 널 도와주겠노라. 하지만 네게 경고하건대, 유한한 관점으로 무한을 이해하거나 파악하기는 어렵다. 그럼에도 불구하고 한번 시도해보자꾸나.

좋은 생각이십니다.

　그렇다, 좋은 생각이다. 먼저, 네 질문들은 소위 시간이란 실체가 존재함을 전제로 한다는 사실을 지적하는 데서 시작해보자. 사실 그런 실체는 없다. 오직 한순간만이 있으니, '지금'이라는 영원한 순간이 그것이다.

　지금껏 일어난 모든 일이 지금 일어나고 있고, 앞으로 벌어질 모든 일이 이 순간에 벌어지고 있다. 먼저란 건 **없으니**, 어떤 일도 "먼저" 일어나지 않았고, 나중이란 건 **없으니** 어떤 일도 "나중에" 일어나지 않는다. 언제나 '바로 지금'이고, 오직 '바로 지금'이다.

　'바로 지금' 상황에서 나는 끊임없이 변하고 있다. 따라서 내가 자신을 "개체화하는"(나는 네 용어가 마음에 든다!) 방식들의 가짓수는 **언제나 다르면서 언제나 같다.** 오직 '지금'만이 존재한다고 치면, 영혼의 수는 언제나 불변이다. 하지만 너희가 지금을, 지금과 **그때**now and then라는 의미의 지금으로 생각하는 쪽을 좋아한다고 치면, 그것은 언제나 변한다. 앞에서 환생과 저급한 생명 형상들, 그리고 영혼들이 "되돌아오는" 방법에 대해 이야기할 때, 우리는 여기에 대해 언급했다.

　나는 언제나 변하니, 영혼의 수는 무한하다. 그럼에도 어떤 주어진 "시간 지점"에서 그것은 유한한 것처럼 보인다.

　그리고 그렇다, 궁극의 깨달음에 이르러 궁극의 실체와 합치고 나면, 자진해서 모든 것을 "잊고" "처음부터 다시 시작한다는" 의미에서 "새 영혼들"은 있다. 그들은 우주 수레바퀴에서 새로운 자리로 옮겨가기로 작정했으며, 일부는 다시 "젊은 영혼들"이 되는 쪽을 선택했다. 그럼에도 모든 영혼들은 본래 가마의 일부다. 모든 것이 지금이라는 유일한 순간에 창조되고 있기에(창조되었고, 창조될 것이기에).

그러니 너희가 그것을 어떻게 보느냐에 따라 그 수는 유한하기도 하고 무한하기도 하며, 변하기도 하고 변하지 않기도 한다.

궁극의 실체가 가진 이런 성질 때문에 나는 종종 '부동의 동인'이라 불린다. 나는 항상 움직이고 있으면서 절대 움직이지 않았던 것이고, 항상 변하고 있으면서 절대 변하지 않았던 것이다.

좋아요, 이해했습니다. 당신에게 절대적인 건 없군요.

모든 것이 절대적이란 사실만 빼고.

그것이 그렇지 않은 경우만 빼고요.

맞다. 정확하다. 네가 "해냈다!" 아주 잘했다!

저, 사실은요, 제가 이 소재를 항상 이해하고 있었던 것 같습니다.

그렇다.

제가 이해하지 못했을 때만 빼고요.

맞는 말이다.

그것이 그렇지 않은 경우만 빼고요.

정확하다.

첫 번째는 누군가입니다.

아니다, 첫 번째는 무엇인가다. 누군가는 두 번째다.

기대하시라! 그러니까 당신은 애벗이고 저는 코스텔로입니다. 이건 흡사 우주 버라이어티 쇼 같군요.

그렇지 않을 때만 빼고. 네가 몹시 진지하게 받아들이고 싶어할 순간과 사건들도 있다.

제가 그렇게 하지 않는 경우만 빼고요.

네가 그렇게 하지 않는 경우만 빼고.

자, 다시 한번 영혼의 주제로 돌아가서……

야, 그건 굉장한 책 제목이잖느냐…… 영혼의 주제라.

우리가 그런 책을 내게 될지도 모르지요.

농담하는 거냐? 우린 이미 갖고 있다.

우리가 갖고 있지 않은 경우만 빼고요.

그건 사실이다.

그게 사실이 아닌 경우만 빼고요.

너로서는 절대 알 수 없다.

당신이 알 때만 빼고요.

알겠느냐? 너는 이것을 이해해가고 있다. 이제 너는 그것이 실제로 어떤 건지 기억해가고 있다. 게다가 너는 그것을 즐기고 있다! 너는 이제 "가볍게 사는" 것으로 되돌아가고 있다. 너는 **가벼워지고 있다.** 깨달음이 뜻하는 바가 이것이다.

화끈하군요.

아주 근사하지. 그건 네가 달아올랐다는 뜻이다!

예. "모순 속에서 산다는 게" 그런 거죠. 거기에 대해서는 당신이 여러 번 말씀하셨고요. 이제 영혼의 주제로 되돌아가서요, 나이 든 영혼과 젊은 영혼의 차이는 뭡니까?

에너지 몸체(말하자면 내 일부)는 궁극의 자각에 도달한 후에, 무엇을 선택하는가에 따라 자신을 "젊었다고" 여길 수도 있고 "늙었다고" 여길 수도 있다.

우주 수레바퀴로 되돌아갈 때, 어떤 영혼들은 늙은 영혼이 되기를 선택하는 반면, 어떤 영혼들은 "젊은" 영혼이 되기를 선택한다.

사실 "젊었다"고 일컬어지는 체험이 존재하지 않는다면, "늙었다"고 불리는 체험도 존재할 수 없다. 그래서 어떤 영혼들은 "젊었다"고 일컬어지기를 "자원했고", 어떤 영혼들은 "늙었다"고 일컬어지기를 자원했다. 진실로 존재 전체인 '한 영혼'이 자신을 완벽하게 알 수 있도록.

어떤 영혼들은 "착하다"고 일컬어지는 쪽을, 어떤 영혼들은 "나쁘다"고 일컬어지는 쪽을 선택한 것 역시 같은 이유에서다. 어떤 영혼도 절대 벌받지 않는 이유가 이것이다. 어떻게 '한 영혼'이 전체의 일부가 되었다는 이유로 자신의 일부를 벌하고 싶어하겠는가?

어린이 그림책《작은 영혼과 태양The Little Soul and The Sun》에는 이 점이 무척 아름답게 설명되어 있다. 그 책은 아이들이 이해할 수 있도록 이 점을 단순화해 전개한다.

당신한테는 뭐든지 설득력 있게 설명할 수 있는 무슨 기술이 있으신가 봅니다. 끔찍할 정도로 복잡한 개념들을 그토록 명료하게 표현해내시다니 말입니다. 심지어 애들까지도 이해할 수 있게요.

고맙다.

그러고 보니 영혼에 관한 또 다른 문제가 여기 있군요. 소위 "짝영혼soul partners"이란 게 있습니까?

있다. 하지만 너희가 생각하는 방식으로는 아니다.

뭐가 다릅니까?

너희는 "짝영혼"을 "자신의 다른 반쪽"을 뜻하는 것으로 낭만화했다. 하지만 인간 영혼, 다시 말해 "개체화된" 내 부분은 사실 너희가 상상하는 것보다 훨씬 크다.

달리 말하면, 제가 영혼이라 부르는 것이 제 생각보다 크다는 거군요.

훨씬 더 크다. 그것은 방 하나의 공기가 아니라 집 전체의 공기다. 그리고 그 집에는 많은 방들이 있다. "영혼"은 하나의 정체성identity으로 한정되지 않는다. 그것은 거실의 "공기"도 아니고, 짝영혼이라 불리는 두 개인으로 "쪼개지지도" 않으며, 거실 겸 부엌의 공기도 아니다. 그것은 **대저택** 전체의 "공기"다.

내 왕국에는 많은 대저택들이 있다. 그리고 모든 저택 둘레와 저택 안, 저택을 거쳐 떠다니는 다 같은 공기라도 **어떤** 저택의 공기가 "더 가깝게closer" 느껴질 수 있다. 그런 저택의 방들 안으로 걸어 들어갔을 때, 너희는 아마도 "저기서랑 비슷한 close 것 같아"라고 말할지 모른다.

그리하여 그때 너희는 오직 '한' 영혼만이 존재함을 이해한다. 하지만 소위 개별화된 영혼이라고 해도 몇백 가지 물질 형상들의 위와 안, 또 그것들을 거쳐서 떠도는 거대한 존재다.

동시에요?

시간 같은 건 없다. 나는 단지 "그렇기도 하고 아니기도 하다"고 말하는 것으로 그 물음에 대답할 수 있다. 너희가 이해할 수 있도록 설명하면, 너희 영혼이 감싸고 있는 물질 형상 중 일부는 "지금 살고" 있고, 다른 형상들은 지금의 너희가 "고인"이라고 불렀을 형상으로 개별화되어 있으며, 또 다른 일부는 너희가 "미래"라고 부르는 것 속에 사는 형상들을 감싸왔다. 이 모든 것이 지금 이 순간에 일어나고 있지만, 그럼에도 시간이라는 너희의 고안품이, 실현된 체험을 너희가 더 잘 느끼도록 해주는 도구 역할을 하는 건 사실이다.

그러니까 내 영혼이 "감싸온"—당신이 쓴 이 용어는 재미있군요—이 몇백 가지 물체들이 다 내 "짝영혼"입니까?

너희가 그 용어를 사용해온 방식보다는 그게 좀 더 정확한 쪽에 가깝다는 면에서, 그렇다.

그리고 내 짝영혼의 일부는 앞서 살았습니까?

그렇다. 너희의 표현 방식대로라면, 그렇다.

우와, 잠시만요! 방금 여기서 뭔가 접수된 것 같아요! "앞서" 살았던 이 내 일부들이, 지금 시점에서는 내 "전생들"이라고 표현했을 그런 건가요?

좋은 생각이다! 너는 이해해가고 있다! 이것들 중 일부는 너희가 "앞서" 살았던 "다른 삶들"이고, 일부는 아니다. 너희 영혼의 다른 일부들은 너희가 자신의 미래라고 부르는 것 속에서 살아갈 몸체들을 감싸고 있다. 그리고 나머지 다른 것들은 지금 이 순간에 너희 행성에서 살고 있는 또 다른 형상들로 구체화되고 있다.

너희가 이런 것들 중 하나와 마주칠 때, 너희는 즉석에서 친근감을 느낄지 모른다. 심지어 때로는 "우린 '전생'을 함께 보낸 게 틀림없어"라고 말할지도 모른다. 너희 말이 맞을 것이다. 너희는 "전생"을 **함께 보냈다. 같은 물질 형상**으로든, 아니면 같은 시공간 연속체 속의 두 가지 형상으로든.

정말 믿어지지 않는 일이군요. 이걸로 뭐든지 설명할 수 있어요!

그렇다, 그건 그렇게 할 수 있다.

한 경우만 빼고요.

그게 뭐냐?

제 쪽은 누군가와 "전생"을 보냈다는 걸 금방 **알아차렸는데**—전 그 걸 **그냥** 알아차립니다. **뼛속**에서 그게 느껴지는 거죠—그런데 제가 그 사람들에게 이런 이야기를 해도 그들은 전혀 그걸 못 느끼는 경우가 있습니다. 이건 어떻게 된 겁니까?

그건 네가 "과거"와 "미래"를 혼동한 것이다.

예?

너는 그들과 또 다른 생애를 함께 보냈다. 하지만 그게 꼭 전 생인 건 아니다.

그럼 그건 "후생future life"인가요?

맞았다. 그 모두가 지금이라는 영원한 순간에 일어나고 있기 에, 너는 어떤 의미에서는 아직 **일어나지 않은** 것을 자각하는 셈이다.

그렇다면 왜 그 사람들도 같이 미래를 "기억하지" 못합니까?

　이것들은 대단히 미묘한 진동이어서 다른 사람들보다 그것들에 더 민감한 사람들이 있다. 게다가 그건 상대방에 따라 다르다. 너는 어떤 사람과 함께한 네 "과거"나 "미래" 체험을 다른 사람과 함께한 그것보다 더 "민감하게" 느낄 수 있다. 이것은 대개 너희가 같은 몸체를 감싼 아주 거대한 영혼의 일부로서 그때의 시간을 보냈다는 것을 의미하는 반면, "예전에 만났던" 느낌은 똑같지만 앞의 것만큼 그렇게 강하지는 않다면, 그것은 너희가 같은 "시간"을 함께하긴 했지만 같은 몸체는 아니었다는 뜻일 수 있다. 아마도 너희는 남편과 아내, 형제와 자매, 부모와 아이, 그리고 연인이었을(혹은 앞으로 그럴) 것이다.

　이것들은 강한 인연이니, 너희가 그들을 "이" 생에서 "처음"으로 "다시 만날" 때, 그런 인연을 느끼는 건 당연한 일이다.


　당신 말씀이 사실이라면, 제가 예전에는 결코 설명할 수 없었던 현상, 이를테면 잔다르크나 모차르트, 혹은 "과거"의 다른 어떤 유명인사로서의 기억을 가졌다고 주장하는 사람이 이번 "생애"에서 두 사람 이상인 현상이 설명이 되는 것 같군요. 전 지금까지 이런 현상이 환생을 엉터리 교리라고 말하는 사람들의 주장을 뒷받침해주는 증거라고 생각해왔거든요. 어떻게 두 사람 이상이 예전에 같은 사람이었노라고 나설 수 있느냐는 거죠. 하지만 전 이제 이것이 어째서 가능한지 알았어요! 말하자면 그건 지금 한 영혼에 감싸여 있는 여러 지각 존재들 sentient beings이 잔다르크였던(**지금** 잔다르크인) 자신들의 단일 영혼

중 그 부분을 "기억해내고"(다시 한번 그 부분의 구성원이 되고) 있을
뿐이군요.

게다가 보십시오, 이건 모든 한계를 날려버리고 모든 걸 가능하게
해줍니다. 앞으로 저는 "그건 불가능해"라면서 갑자기 멈춰 서는 순
간, 내 그런 행동은 내가 모르는 많은 것이 있음을 증명할 뿐이라는
걸 알 겁니다.

그걸 기억해내는 건 좋은 일이다. 그걸 기억해내는 건 아주
좋은 일이다.

그리고 우리가 둘 이상의 "짝영혼"을 가질 수 있는 거라면, 그건 우
리가 한 생애 동안에 둘 이상의 사람과 그토록 강렬한 "짝영혼 느낌"
을 체험하는 것이 어째서 가능한지도 설명해줍니다. 심지어는 **한번에
두 사람 이상과도요!**

사실이다.

그렇다면 한꺼번에 두 사람 이상을 사랑하는 것도 **가능하겠군요.**

물론이다.

아뇨, 아뇨. 제 말은 우리가 주로 한 사람만을 위해, 혹은 적어도
**한번**에 한 사람만을 위해 예비해둔, 그런 강렬하고 밀착된 사랑 말입
니다.

왜 너희는 사랑을 "예비해두고" 싶어하느냐? 왜 너희는 그것을 "예비로" 잡아두고 싶어하느냐?

"그런 식으로" 두 사람 이상을 사랑하는 건 옳지 않거든요. 그건 배신입니다.

누가 네게 그렇게 말했느냐?

**모두 다요.** 모두가 다 제게 그렇게 말합니다. 우리 부모님도 그렇게 말씀하셨고, 내가 믿는 종교도 그렇게 말했습니다. 우리 사회도 그렇게 말합니다. 모두가 다 그렇게 말해요!

이런 것들이 아들에게 전해지는, "아버지의 죄" 중 일부다.

너희는 모든 이를 최대한으로 사랑하는 것이 자신이 할 수 있는 가장 즐거운 일임을 스스로의 체험으로 배운다. 그럼에도 너희 부모와 선생과 성직자들은 너희에게 다르게 말한다. 그들은 너희에게, "그런 식으로는" 한번에 한 사람만 사랑할 수 있을 거라고 말한다. 우리가 여기서 말하는 건 섹스만이 아니다. **어떤 식으로든** 다른 사람을 한 사람과 똑같이 특별하다고 여길 때, 너희는 대개 자신이 그 한 사람을 배신했다고 느끼도록 배웠다.

맞아요! 그거예요! 그게 바로 우리가 설정한 방식이라고요!

그러기에 너희가 표현하는 건 참된 사랑이 아니라, 어떤 모조변종(模造變種)이다.

인간 체험의 틀 안에서 참된 사랑을 표현하는 건 어느 정도로 허용되는 걸까요? 그런 표현에 어떤 한계를 설정해야 합니까?—사실 설정해야 한다고 할 사람들도 있을 겁니다. 사회적 성적 에너지가 무제한으로 몽땅 풀려난다면, 어떤 결과가 벌어질까요? 완전한 사회적 성적 자유란 모든 책임의 포기입니까? 아니면 모든 책임의 최고치입니까?

사랑의 자연스러운 표현을 제한하려는 모든 시도는 자유 체험을 부정하는 것이고, 따라서 영혼 자체를 부정하는 것이다. 영혼은 의인화된 자유이기 때문이다. 신은 무한하고 어떤 종류의 한계도 없으니, 신은 그 정의에서 이미 자유**다**. 영혼이란 다름 아닌 축소된 신이다. 영혼은 어떤 한계 설정에도 반발한다. 외부에서 부과하는 한계를 받아들일 때마다, 영혼은 새로운 죽음을 겪는다.

이런 의미에서는 탄생 자체가 죽음이고 죽음이 탄생이다. 영혼은 탄생에서 몸이라는 끔찍한 한계 속에 갇힌 자신을 발견하고, 죽음으로 그런 갇힘에서 다시 벗어난다. 영혼은 잠자는 동안에도 같은 일을 한다.

영혼은 다시 자유를 향해 날아가고, 다시 한번 자신의 본성을 표현하고 체험하면서 기뻐한다.

그런데 영혼이 몸을 **갖고 있는** 동안에도 자신의 본성을 표현하고 체험할 수 있을까?

네가 묻는 질문이 이것이다. 그리고 이 질문은 삶 자체의 이유와 목적으로 우리를 데려간다. 만일 몸을 가진 삶이 감옥이나 제한일 뿐이라면, 그것의 정당화는 말할 것도 없고, 거기에서 무슨 좋은 게 나올 수 있으며, 그것이 무슨 역할을 할 수 있겠는가라는 물음으로.

그래요, 그게 바로 제가 물으려던 것일 겁니다. 전 그걸 인간 체험의 그 끔찍한 제한성을 느낀, 세상의 모든 존재를 대신해서 묻고 있습니다. 그리고 전 지금 신체의 제한이 아니라—

—나도 안다—

—감정과 심리 면에서의 제한을 말하는 겁니다.

그렇다, 나도 안다. 이해한다. 그런데 네 관심들은 모두 동일한 대주제와 관련되어 있다.

그래요, 맞아요. 하지만 먼저, 하던 이야기를 끝낼게요. 전 제가 원하는 방식대로 모두를 사랑하게 놔두지 않는 세상의 무능함에 무척 실망하면서 평생을 살았습니다.

어렸을 때는 그게 낯선 사람에게 말 걸지 말고, 함부로 이러쿵저러쿵 수다 떨지 말란 문제였습니다. 지금도 기억나는데, 한번은 아버지와 함께 길을 가던 중이었습니다. 우리는 푼돈을 구걸하는 거지 옆을 지나게 됐고, 저는 안된 생각이 들어 내 호주머니에 있던 잔돈 몇 푼을 그 사람에게 주려 했습니다. 그런데 아버지가 저를 막더니 서둘러 저만치 끌고 가시더군요. "쓰레기야, 저런 인간은 그냥 쓰레기야." 아버지는 이렇게 말씀하셨습니다. 그건 우리 아버지가 나름으로 설정한 사람답다는 규정에 따라 살지 않는 사람들에게 붙이는 딱지였습니다.

그 다음으로 기억나는 건 우리 형하고 있었던 일입니다. 크리스마스 이브에 집 안에 발도 못 들여놓게 하는 바람에 그 후로 우리와 함께 살지 않았던 형이죠. 아버지와 말다툼을 좀 했다는 이유로 말입니다. 제가 좋아하던 형이어서 전 형이 그날 밤 우리와 함께 있기를 원했죠. 하지만 아버지는 현관에서 형을 가로막아 집안에 들어오지 못하게 했습니다. 어머니는 망연자실해하셨고(형은 어머니의 전[前] 결혼에서 얻은 자식이었거든요), 전 그냥 어리둥절했습니다. 말다툼 좀 했다고, 크리스마스 이브인데 형을 사랑하면 안 되고 함께 있으면 안 되다니?

크리스마스에는 전쟁터에서도 24시간 휴전을 하는 판인데, 크리스마스를 망칠 만큼 심한 말다툼이란 게 있을 수 있을까? 이게 일곱 살짜리 어린애의 가슴이 알고 싶어하던 거였습니다.

그러다 나이가 들어가면서 분노만이 아니라 두려움도 사랑이 흐르지 못하게 한다는 걸 알았습니다. 낯선 사람에게 말을 걸어서는 안 되는 이유가 여기 있었던 거죠. 자기 방어를 할 수 없는 아이였을 때만 아니라 어른이 되어서도요. 전 낯선 사람들과 진심으로 마음을 터놓고 만나거나, 그들에게 다가가면 못쓴다는 것과, 방금 소개받은 사람들을 대할 때는 따라야 할 어떤 예의범절이 있다는 걸 배웠습니다. 어느 쪽도 저로서는 이해가 되지 않았지만요. 저는 새로 만난 그 사람의 모든 걸 알고 싶었고, 제 모든 걸 그 사람들에게 알려주고 싶었는데! 하지만 안 되죠. 관례는 우리더러 기다릴 줄 알아야 한다고 말했습니다.

그리고 어른이 되고 난 지금, 성행위가 그 속에 개입될 때는 그 관례가 훨씬 더 엄격하고 훨씬 더 많은 제한을 갖는다는 걸 배웠습니다. 전 아직도 이해를 못하고 있지만요.

전 제가 단지 사랑하고 싶고, 사랑받고 싶어할 뿐이라는 걸 압니다. 그냥 내게 자연스럽게 느껴지는 방식으로, 기분 좋게 느껴지는 방식으로, 모두를 사랑하고 싶어한다는 걸요. 하지만 사회에는 이런 것들에 관한 관례와 규정들이 있기 마련이죠. **관련 당사자들이 체험하는데 동의하더라도, 사회가 동의하지 않으면** 그 두 연인이 "잘못된" 걸로 낙인찍힐 만큼 엄격한 관례와 규정들이요.

왜 이런 겁니까? 이 모든 게 뭣 **때문입니까**?


음, 네 입으로 직접 말했다. 두려움 때문이라고.

그 모든 게 두려움 때문이다.


그래요, 하지만 이런 두려움은 타당하지 않습니까? 우리 인간의 행실을 생각하면, 이런 제한과 강제들이 오히려 적절한 방안이 아닐까요? 예를 들어 젊은 여자와 사랑에 빠져(혹은 "색욕에" 빠져) 자기 아내를 버린 사람이 있다고 합시다. 이건 단지 한 예에 불과합니다. 어쨌든 그래서 그 여자는 서른아홉이나 마흔셋의 나이에 아이들까지 딸린 채 이렇다 할 밥벌이 기술도 없이 남겨집니다. 아니 더 나쁜 경우는 자기 딸보다 더 어린 여자한테 홀딱 빠진 예순여덟의 할아버지한테 버림받은 예순넷의 할머니겠죠.

네가 묘사하는 그 남자는 이제 예순넷인 자기 부인을 사랑하지 않는다는 게 네 가정이냐?

글쎄요, 아마 그는 당연히 그런 식으로 행동하겠죠.

아니다. 그가 사랑하지 않아서 벗어나려는 건 자기 부인이 아니다. 그건 그가 자기한테 자리 잡고 있다고 느끼는 제한이다.

당치도 않습니다. 그건 순전히 색욕입니다. 그는 자기 젊음을 되찾으려는 그냥 괴팍한 노인네일 뿐이라고요. 젊은 여자와 함께 있고 싶은 자신의 유치한 욕망을 조절하지 못해서, 힘들고 어려운 시절을 함께해온 자기 조강지처와 맺었던 약속을 지키지 못하는 노인네요.

물론이다. 너는 그것을 완벽하게 표현했다. 하지만 네가 말한 어떤 것도 내가 말한 것을 바꾸지는 못했다. 사실 어떤 경우든 그 남자는 자기 부인을 여전히 사랑한다. 반란을 일으키게 만든 건 자기 부인이 그에게 설정한 제한이거나, 그가 자기 부인과 계속 살기로 한다면 그와는 아무 관계도 없을 그 젊은 여자가 그에게 설정한 제한이다.

내가 여기서 지적하려는 건, 그것이 **어떤** 종류의 제한이든 영혼은 제한에 반발하기 마련이란 점이다. 바로 이것이 한 남자가 자기 부인을 떠나거나, 한 여자가 갑자기 자기 남편을 떠나는(어쨌든 이런 일도 일어난다) 반란만이 아니라, 인류 역사상 일어난 **모든** 반란을 점화시켜온 요인이다.

설마 행동 면에서 모든 제한을 완전히 철폐하자는 주장은 아니시 겠지요? 그건 행실 면에서 무정부 상태를 불러올 겁니다. 사회 혼란이 죠. 설마 당신이 "스캔들"을 일으키는 사람들, 다시 말해 놀랍게도 **자 유결혼**을 하는 사람들을 옹호하는 건 아니겠죠?

나는 **어떤 것도** 옹호하거나 옹호하지 않지 않는다. 나는 어떤 것도 "지지하거나" "반대하지" 않는다. 인류는 끊임없이 나를 "지지하거나" "반대하는" 신으로 만들려 해왔지만, 나는 그렇 지 않다.

나는 그냥 있는 그대로를 관찰할 뿐이다. 나는 그냥 너희가 **나름의** 옳고 그른 체계, 나름의 찬성과 반대 체계를 창조하는 걸 지켜볼 뿐이다. 그리고 나는 너희가 한 종으로서, 또 개인으 로서 선택하고 바란다고 말하는 것에 비추어볼 때, 그에 관한 너희의 지금 관념들이 너희에게 도움이 되는지 어떤지도 살펴 본다.

"자유결혼"의 문제 역시 마찬가지다.

나는 "자유결혼"에 찬성하지도 반대하지도 않는다. 그리고 너희가 그것에 찬성하는가 반대하는가는 너희가 결혼으로, 그 리고 결혼에서 무엇을 원하기로 결정하는가에 좌우된다. 내가 말했듯이 모든 행동이 자기 규정의 행동이니, **결혼에 대한 그** 런 결정은, 소위 "결혼"이라는 그 체험과 관련하여 '자신이 누군 지'를 창조한다.

어떤 결정을 내릴 때는 질문이 올바르게 제기되었는지 확인 하는 게 중요하다. 예컨대 소위 "자유결혼"과 관련해서 그 질문은, "우리는 쌍방이 결혼관계 외부에 있는 사람들과의 성적 접촉을 허용하는 자유결혼을 해야 할까?"가 아니다. 그 질문은 "결혼이라는 체험과 관련해서 나는 누구이고 우리는 누구인가?"다.

그리고 그 물음에 대한 대답은 삶의 가장 큰 물음에 대한 대답 속에서 찾게 될 것이다. 어떤 것이든 그것과 관련해서, 그것과의 관계에서 '나는 지금 누구인가'—마침표—에 대한 대답 속에서. '나는 누구이고, 나는 누가 되기를 선택하는가'라는 물음에 대한 대답 속에서.

내가 이 대화를 통해서 되풀이해서 이야기했듯이, 이 물음에 대한 대답이 모든 물음에 대한 대답이다.

신이시여, 그건 실망스러운 이야기군요. 왜냐하면 그 물음에 대한 대답은 너무 광범하고 너무 일반적이어서 다른 어떤 물음에도 전혀 대답하지 못하거든요.

호, 그래? 그렇다면 그 물음에 대한 네 대답은 무엇이냐?

이 책들에 따르면요, 당신이 이 대화에서 말씀하시는 듯이 보이는 것에 따르면요, 전 "사랑"입니다. 바로 이것이 진짜 '나'입니다.

훌륭하다! **배웠구나!** 그 말이 맞다. 너는 사랑이다. 사랑은 존재 전체다. 그래서 너희도 사랑이고 나도 사랑이다. 사랑 **아닌** 것은 아무것도 없다.

두려움은요?

　두려움은 너희 아닌 것이다. 두려움Fear은 진짜처럼 보이는 가짜 증거False Evidence Appearing Real다. 두려움은 사랑의 대립물이다. 너희는 체험으로 '자신인 것'을 알기 위해서 너희 현실 속에 두려움을 창조했다.

　너희가 존재하는 상대계에서는 너희 아닌 것이 없다면 너희인 것도…… **없다**는 게 진리다.


그래요, 그래요. 우린 이 대화에서 이런 이야기를 수도 없이 해왔습니다. 하지만 저한테는 그게 당신이 제 불평을 회피하는 걸로 보이는데요. 저는, 우리가 누구인가(사랑)라는 물음에 대한 대답은 너무 광범해서 대다수 다른 물음들에 대한 대답이 되기 힘들다고 말했습니다. 그건 전혀 대답이 아니라고요. 당신은 그게 모든 물음에 대한 답이라고 하시고, 저는 그게 어떤 물음에도 답이 아니라고 말합니다. "우리 결혼이 자유결혼이어야 하는가?"라는 특정한 물음은 말할 것도 없고요.

　그게 너한테 그러하다면, 그건 네가 사랑이 뭔지 모르기 때문이다.


누군들 알겠습니까? 태초 이래로 인류는 그 한 가지를 이해하려고 애써왔죠.

존재하지 않는 것.

존재하지 않는 것, 예, 그렇죠. 저도 압니다. 그건 비유군요.

내가 너희식 "비유"를 써서 사랑을 설명할 수 있는 몇 가지 말과 방법들을 찾아낼 수 있을지 한번 보자.

훌륭한 생각이십니다. 역시 당신이 최고입니다.

마음에 떠오르는 첫 번째 단어는 무한함이다. 사랑인 것은 한계가 없다.

저, 그건 우리가 이 주제를 시작했을 때 있었던 바로 그 자리인데요. 우린 계속 원을 따라 돌고 있습니다.

도는 건 좋은 일이다. 도는 걸 나무라지 마라. 계속 돌아라. 문제를 중심으로 계속 돌아라. 돌고 되풀이해도 상관없다. 다시 찾아가고 고쳐 말해도 상관없다.

전 이따금 초조해집니다.

**이따금?** 그거 아주 재미있군.

좋습니다, 좋아요. 당신이 말씀하시던 거나 계속하시죠.

사랑은 무한함이다. 거기에는 시작도 없고 끝도 없으며, 먼저도 없고 나중도 없다. 사랑은 언제나 그랬고, 언제나 그러하며, 언제나 그럴 것이다.

그러니 사랑은 또한 영원함always이다. 그것은 영원한 실체다.

그리하여 우리는 전에 썼던 또 다른 단어인 자유로 돌아온다. 사랑이 한계 없고 영원하다면, 그렇다면 사랑은…… 자유롭다. 사랑은 완벽하게 자유로운 것이다.

그러니 너희는 인간 현실에서 영원히 사랑하고 사랑받으려는 자신을 발견할 것이고, 그 사랑이 영원히 한계 없기를 갈망하는 자신을 발견할 것이며, 그것을 영원히 자유롭게 표현할 수 있기를 바라는 자신을 발견할 것이다.

너희는 모든 사랑 체험에서 자유와 무한함과 영원함을 추구할 것이다. 너희가 그것을 언제나 얻는 건 아니지만, 그럼에도 너희는 바로 이것을 추구할 것이다. 이런 게 사랑이니, 너희는 이것을 추구할 것이다. 너희도 내면 깊은 곳에서는 이렇다는 걸 안다. 너희 자신이 사랑이고, 너희는 사랑 체험을 통해 '자신이 누구고 무엇인지' 알고 체험하려 하기 때문이다.

너희는 삶을 표현하는 삶이고, 사랑을 표현하는 사랑이며, 신을 표현하는 신이다.

그러니 다음의 모든 말이 다 동의어다. 이것들을 같은 것으로 여겨라.

신

삶

사랑

무한함

영원함

자유

이 중 하나가 아닌 어떤 것도 **이 중에 들지 않는다.**

너희는 이것들 모두이니, 너희는 조만간 **이것들 모두로 자신을 체험하려 할** 것이다.

"조만간"이라니, 무슨 뜻입니까?

그것은 너희가 언제 두려움을 극복하는가에 달렸다. 내가 말했듯이 두려움이란 진짜처럼 보이는 가짜 증거다. 그것은 너희 아닌 것이다.

너희가 '자신 아닌 것'을 체험하길 끝냈을 때, 너희는 자신인 것을 체험하려 할 것이다.

누가 두려움을 체험하고 싶겠습니까?

아무도 체험하고 싶어하지 않지만, 너희는 그렇게 하도록 배운다.

아이는 아무런 두려움도 체험하지 않는다. 아이는 자기가 뭐든지 다 할 수 있다고 생각한다. 아이는 아무런 자유의 부족도 체험하지 않는다. 아이는 자기가 누구나 다 사랑할 수 있다고 생각한다. 또 아이는 삶의 부족 역시 체험하지 않는다. 아이—

와 어린애처럼 행동하는 사람들—는 자신이 영원히 살 거라고 믿고, 어떤 것도 자기를 다치게 할 수 없다고 생각한다. 그리고 아이는 어떤 추잡한 것도 알지 못한다. 그 아이가 어른들에게 추잡한 것을 배울 때까지는.

그래서 아이들은 벌거벗고 뛰어다니고, 아무나 껴안으면서도 전혀 대수롭잖게 여긴다. 너희 어른들이 똑같이 그렇게 할 수 있기만 했더라도……

글쎄요, 아이들은 지순한 아름다움으로 그렇게 하죠. 어른들이 그런 지순함으로 되돌아갈 수는 없죠. 어른들이 "벌거벗을" 때는 언제나 그렇고 그런 성적인 게 있는 거거든요.

그렇겠지. 그리고 물론 신은 "그렇고 그런 성적인 것"이 지순하고 자유롭게 체험되는 걸 금지했을 테고.

실제로 신은 그것을 허락하지 **않았습니다**. 아담과 이브는 에덴동산에서 벌거벗고 뛰어다니면서 더없이 행복했습니다. 그런데 이브가 선악과(善惡果)를 먹고 나자, 당신은 우리를 지금 상태로 있으라고 심판하셨습니다. 우리 모두가 그렇고 그런 원죄를 지었으니까요.

나는 절대 그렇게 하지 않았다.

저도 압니다. 하지만 전 여기서 기성 종교에 충격을 좀 주려 했습니다.

가능하면 그런 건 피하도록 하라.

그래요, 그래야겠죠. 기성 종교인들은 워낙 유머 감각이 없거든요.

또 시작하는구나.

죄송합니다.

내가 **말하던 건**…… 너희는 한 종으로서 무한하고 영원하고 자유로운 사랑을 체험하길 추구하도록 되어 있다는 것이다. 결혼제도는 영원성을 일궈내려는 너희 나름의 시도였다. 결혼제도를 가지고 너희는 평생의 반려자가 되기로 합의한다. 하지만 그것이 "무한하고" "자유로운" 사랑을 낳은 경우는 거의 없었다.

왜 없었죠? 자유롭게 선택한 결혼이라면 그건 자유의 표현이잖습니까? 그리고 자기 배우자 말고는 다른 누구와도 성적으로 자신의 사랑을 증명하지 않겠노라고 말하는 건 한계가 아닙니다. 그건 선택입니다. 선택은 **자유의 행사**지, 한계가 아닙니다.

그것이 계속해서 선택인 한에서는, 그렇다.

음, 그건 그래야죠. 약속이 그랬습니다.

그렇다—그리고 문제가 시작되는 지점도 여기다.

자세히 말씀해주십시오.

봐라, 너희가 관계에서 아주 특별한 걸 체험하고 싶은 때가 올 수 있다. 이 사람이 저 사람보다 네게 더 특별하다는 게 아니라, 만인에 대해, 그리고 삶 자체에 대해 네가 지닌 깊은 사랑을 드러내는 방식이 그 사람에게만 특이하다는 의미에서.

사실 너희가 사랑하는 사람들에게 어떤 식으로 사랑을 드러내는가는 사람에 따라 다르다. 너희는 어떤 두 사람에게도 완전히 똑같은 방식으로 자신의 사랑을 드러내지 않는다. 독창적인 피조물이자 독창적인 창조자인 너희가 창조하는 것은 무엇이든 하나같이 독창적이다. 어떤 생각이나 말이나 행동도 복제할 수 없다. 너희는 어떤 것도 복제할 수 없다. 단지 창작할 수만 있다.

너는 **왜** 어떤 두 눈송이도 똑같지 않은지, 그 까닭을 아느냐? 그것들이 똑같게 되는 건 그냥 **불가능하기** 때문이다. "창조"는 "복제"가 아니고, 창조주는 오직 창조만 할 수 있다.

이것이 어떤 두 눈송이도 같지 않고, 어떤 두 사람도 같지 않고, 어떤 두 생각도 같지 않고, **어떤** 두 관계도 같지 않고, 같은 종류의 어떤 둘도 같지 않은 까닭이다.

우주와 그 속의 모든 것이 유일한 형상으로 존재하니, **그것과 정말로 똑같은 다른 건** 없다.

이건 다시 신성한 이분법이군요. 모든 것이 유일하지만 모든 것이 '하나'다.

맞다. 네 손의 손가락 하나하나는 다 다르지만, 그럼에도 그 모두가 같은 손이다. 네 집안의 공기는 어디나 있는 공기지만, 방방마다의 공기는 뚜렷이 다르게 느껴질 만큼 같지 않다.

사람의 경우도 마찬가지다. 모든 사람이 '하나'지만, 어떤 두 사람도 똑같지 않다. 따라서 설사 너희가 그렇게 하려고 애써도 두 사람을 똑같은 방식으로 사랑할 수는 없다. 그리고 **사랑이란 무릇 특별한 대상에 대한 특별한 반응이니**, 너희로서도 전혀 그렇게 하고 **싶지 않을** 것이다.

그래서 너희가 어떤 사람에게 자신의 사랑을 드러낼 때, 너희는 다른 사람과는 할 수 없는 방식으로 그렇게 한다. 너희의 생각과 말과 행동들—반응들—은 말 그대로 복제할 수 없다 …… 너희가 이런 감정들을 가지는 상대방 또한 그런 것과 마찬가지로.

너희가 한 사람과만 이런 특별한 표현을 바라는 때가 온다면, 네 표현대로 그것을 선택하라. 그것을 알리고 그것을 선언하라. 하지만 네 선언이 계속되는 네 의무가 아니라, 순간순간 네 **자유**의 공표가 되게 하라. 참된 사랑은 언제나 자유롭고, 사랑이라는 공간 속에 **의무**는 존재할 수 없는 법이니.

하지만 너희가 오직 특별한 한 사람과만 특별한 방식으로 사랑을 표현하겠다는 자신의 결정을 결코 어길 수 없는 성스러운 약속으로 여긴다면, 그 약속을 의무로 체험할 날이 올 것이고, 너희는 그 약속에 화를 내게 될 것이다. 그러나 너희가 이 결정을 딱 한 번만에 맺은 약속으로가 아니라 계속해서 내리는 자유로운 선택으로 여긴다면, 분노의 날은 결코 오지 않을 것이다.

다음을 기억하라. 성스러운 약속은 오직 하나뿐이다. **네 진리를 말하고 네 진리에 따라 사는 것**이 그것이다. 모든 다른 약속들은 자유의 몰수이니, 결코 성스러울 수 없다. 자유란 너희 자신이니, 너희가 자유를 몰수한다면 너희는 자신을 몰수하는 것이다. 그것은 성사(聖事)가 아니다. 그것은 불경이다.

# 13

휘유! 아주 강경하게 말씀하시는군요. 그러니까 우리는 절대 약속 따위는 하지 말아야 한다, 누구한테 어떤 것도 약속해서는 안 된다, 이런 이야긴가요?

너희들 대다수가 현재 사는 식대로의 삶이라면, 어떤 약속이든 그 약속 속에는 거짓말이 심어져 있기 마련이다. 어떤 특정한 내일에, 너희가 뭔가를 놓고 어떻게 느끼고, 무엇을 하고 싶어할지를 지금 시점에서 알 수 있다고 하는 거짓말이. 너희가 반응하는 존재로 사는 한—너희 대다수가 그러하다—너희는 이것을 알 수 없다. 오직 창조하는 존재로서 살 때, 그때서야 비로소 너희 약속에는 거짓말이 들어가지 않는다.

창조하는 존재는 뭔가를 놓고 미래의 어떤 순간에 자신이 어떻게 느낄지 알 수 있다. 창조하는 존재는 자신의 느낌을 체험하는 게 아니라, 그것을 창조하기 때문이다.

자신의 미래를 창조할 수 있을 때까지, 너희는 자신의 미래를 예언할 수 없고, 자신의 미래를 **예언할** 수 있을 때까지는 그에 관해 어떤 것도 진실되게 약속할 수 없다.

하지만 자신의 미래를 창조하고 예언하는 사람에게도 그것을 바꿀 수 있는 권한과 권리는 있다. 변화는 모든 피조물의 기본권이다. 사실 그것은 "권리" 이상이다. "권리"는 주어지는 것이지만 "변화"는 이미 존재하는 것이기에.

변화는 그냥 존재한다.

변화인 것, 이것이 너희다.

너희는 이것을 **받을** 수 없다. 너희 자체가 이것이다.

그런데 너희 자체가 "변화"이고, **너희에 관해 변하지 않는 유일한 것이** 변화이니, 너희는 **언제나 똑같으리라고** 진실되게 약속할 수 없다.


우주에서 불변인 건 없다는 뜻인가요? 당신 말씀은, 그 모든 창조 행위 속에서 불변인 채로 남아 있는 건 아무것도 없다는 겁니까?


너희가 삶이라 부르는 과정은 재창조의 과정이다. 삶의 모든 것이 지금이라는 각각의 순간마다 끊임없이 자신을 새롭게 재창조하고 있다. 이 과정에서 어떤 것이 동일하다면 그것은 전혀 변하지 않았다는 뜻이니, 완전히 동일하기는 불가능하다. 하지만 동일함은 불가능해도 유사함은 그렇지 않다. 변화 과정이 너희가 예전에 경험한 것과 두드러지게 비슷한 판형을 만들어낸 결과가 유사함이다.

창조 행위가 높은 수준의 유사함에 이르렀을 때, 너희는 그 것을 동일함이라 부른다. 한정된 관점이라는 너희의 조야한 시야에서 볼 때는, 그게 맞다.

따라서 인간의 차원에서 보면 우주에는 거대한 불변성이 존재하는 듯이 보인다. 다시 말해 상황들이 비슷해 보이고, 비슷하게 행동하고, 비슷하게 반응하는 듯이 보이는 것이다. 너희는 여기서 일관성을 본다.

이것은 물질계 속에서 자기 존재를 고찰하고 체험할 수 있는 틀을 너희에게 제공한다는 점에서 유용하다.

그럼에도 너희에게 말하노니, 물질과 비물질을 합친 삶 전체의 시야에서 본다면, 불변성이라는 겉모습은 사라지고, 만사가 그것들의 **참모습**, 즉 끊임없이 변하는 모습 그대로로 체험될 것이다.


당신이 말씀하시는 건, 그 변화들이 이따금 워낙 정교하고 워낙 미묘해서, 식별력이 떨어지는 우리 시야에서 보면, 사실은 그렇지 않은 데도 그것들이 같아 **보인다는**―때로는 완전히 똑같아 보인다는― 거군요.


그렇다.


"똑같은 쌍둥이 같은 건 없다."

맞다. 너는 그것을 완벽하게 파악했다.

그럼에도 우리는 불변성이라는 **결과**를 만들어낼 **수도** 있을 만큼, 우리 자신을 유사한 형상으로 재창조할 수도 있고요.

그렇다.

그리고 우리는 인간관계에서도 이렇게 할 수 있고요. 자신이 누군가란 차원에서, 또 우리가 어떻게 처신하는가란 차원에서 말입니다.

그렇다―비록 너희 대다수는 이렇게 하기가 대단히 힘들겠지만.

우리가 방금 배웠듯이, 참된 불변성(겉모습의 불변성과 반대되는 것으로서)은 자연법칙에 어긋나는 것이어서, 겉모습만의 동일성을 창조하려 해도 위대한 선각자가 있어야 한다.

선각자가 동일한 모습으로 자신을 보여주려면, 그는 모든 자연스러운 경향을 넘어서야 한다(변화하려는 경향이 자연스러운 쪽임을 잊지 마라). 사실 그라도 모든 순간에 똑같게 보여줄 수는 없다. 하지만 그녀는 똑같은 겉모습을 만들어내기에 충분할 만큼은 비슷하게 보여줄 수 있다.

하지만 "선각자"가 **아니라도** 항상 "똑같이" 자신을 보여주는 사람들도 있습니다. 전 그 사람의 행동과 외양이 워낙 예측 가능해서 목을 걸고 내기라도 할 수 있는 사람들을 압니다.

하지만 **의도적으로** 이렇게 하려면 엄청난 노력을 들여야 한다.

선각자는 높은 수준의 유사성(너희가 "일관성"이라 부르는 것)을 **의도적으로** 창조하는 사람이지만, 그 제자는 굳이 그렇게 의도하지 않고서도 일관성을 창조하는 사람이다.

특정 환경에 언제나 같은 방식으로 반응하는 사람은, 예컨대 "나로서는 어쩔 수가 없었어"라는 말 따위를 자주 하겠지만,

선각자라면 절대 그런 말을 하지 **않을** 것이다.

설사 그 사람의 반응이 탄복할 만한 결과—그들이 칭찬받을 일—를 가져오더라도, 그는 아마 "음, 그건 아무것도 아니었어. 사실 그건 저절로 된 거야. 누구라도 그렇게 할 수 있을 거야" 라고 대꾸하겠지만,

선각자라면 결코 이렇게 말하지 않을 것이다.

따라서 선각자는 **자신이 뭘 하고 있는지 아는**—완전히 말 그대로—사람이다.

그녀는 **왜** 그렇게 하는지도 안다.

반면에 깨달음의 차원에서 움직이지 않는 사람은 흔히 양쪽 다 모른다.


이게 약속을 지키기가 그렇게 힘든 이유입니까?


이건 한 가지 이유다. 내가 말했듯이, 너희가 자신의 미래를 예언할 수 있을 때까지, 너희는 어떤 것도 진실되게 약속할 수 없다.

사람들이 약속을 지키기 힘든 두 번째 이유는, 그들 자신과,

자신들이 행한 공증(公證)이 충돌하게 된다는 데 있다.

그게 무슨 뜻입니까?

그들이 어떤 것을 놓고 발전시켜가는 진리가, 자신의 진리는 항상 그럴 것이라고 그들이 말했던 그것과 다르다는 뜻이다. 따라서 그들은 깊은 갈등을 겪는다. 어디에 따를 것인가? 내 진리에? 아니면 내 약속에?

조언을 해주신다면?

나는 전에 네게 이런 조언을 했다.
**남을 배신하지 않으려고 자신을 배신하는 것 역시 배신이긴 마찬가지다. 그것은 최고의 배신이다.**

하지만 이렇게 되면 도처에서 약속을 어기는 사태가 벌어져요! 무엇에 대한 것이든, 또 누구의 말이든 중요하지 않을 겁니다. 어떤 거든 간에 아무한테도 의지할 수 없을 거라구요!

호, 그래서 너는 지금까지 남들이 약속을 지키는 것에 의지해왔던 거냐? 그러고 보면 네가 그렇게 괴로워한 것도 전혀 놀랄 일이 아니지.

제가 괴로워했다고 누가 그럽디까?

그럼 너는 네가 **행복하던** 때에 세상을 보고 행동하는 방식이 그런 거란 얘기냐?

좋습니다, 좋아요. 그래서 전 괴로워했습니다. 이따금요.

아니, 무척 많은 시간 동안. 너는 행복해야 할 온갖 **이유**를 다 갖고 있을 때도 자신이 괴로워하게 내버려두었다. 자신의 행복을 계속 붙잡고 있을 수 있을지 염려하면서!

그리고 네가 이런 염려까지 **해야** 했던 건, "자신의 행복을 붙잡고 있는 것"을 남들이 약속을 얼마나 잘 지키는가에 주로 의지했기 때문이다.

다른 사람이 약속을 지키길 기대할 권리, 적어도 **희망할** 권리조차 없단 말입니까?

왜 너는 그런 권리를 원하려는 거냐?

남이 네게 한 약속을 지키지 않을 경우는 그가 그렇게 하기를 원하지 않거나, 혹은 같은 거지만, 그가 그렇게 할 수 없다고 느끼는 때밖에 없다.

그리고 그가 네게 한 자신의 약속을 지키지 않거나, 혹은 무슨 이유에선가 그냥 그렇게 할 수 없다고 느낄 때, 왜 너는 굳이 그가 그렇게 하기를 바라느냐?

너는 정말로 그녀가 지키고 싶어하지 않는 합의를 그녀가 지키길 바라느냐? 너는 정말로 그들이 할 수 없다고 느끼는 일들을 하도록 사람들을 강제해야 한다고 느끼느냐?

왜 너는, 그게 무슨 일이든, 또 그게 누구든, 그 사람의 의지에 반해서 그 일을 하도록 강제하길 바라느냐?

글쎄요, 그들이 하겠노라고 말한 것을 하지 **않고** 그냥 넘어가게 놔둔다면, 나나 내 가족이 다치게 되리란 게 그 한 이유겠죠.

그러니까 상처를 피하기 위해서 상처를 입히려고 하는구나.

다른 사람더러 자기가 한 약속을 지키라고 하는 게 어째서 그 사람을 상처 주는 건지 모르겠군요.

하지만 **그 사람으로서는** 그것을 상처받는 것으로 볼 수밖에 없다. 그렇지 않았더라면 그는 자진해서 약속을 지켰을 테니까.

그래서 약속을 한 사람에게 그냥 그것을 지키라고 요구해서 "상처 주지" 말고, 제 쪽에서 상처를 감수해야 한단 말입니까? 아니면 내 아이들이나 가족이 상처 입는 걸 지켜봐야 한단 말입니까?

너는 정말로 다른 사람에게 약속을 지키라고 강요하면, 네가 상처 입지 않으리라고 생각하느냐?

네게 말하노니, 남들에게 더 많은 해를 입힌 쪽은 자기들이 하고 싶은 일을 자유롭게 해왔던 사람들이 아니라, 말없이 집요한 삶을 살았던(즉 그들이 해야 "한다"고 느꼈던 일을 한) 사람들이었다.

누군가에게 자유를 줄 때, 너희는 위험을 제거하지, 그것을 키우지 않는다.

그렇다. 누군가가 너희에게 한 약속이나 서약의 "올가미에서 벗어나게" 놔두는 것이 단기적으로는 너희를 다치게 하는 것처럼 **보일지** 모르지만, 장기적으로는 결코 너희를 해롭게 하지 않을 것이다. 너희가 남들에게 자유를 줄 때, 너희는 **자신에게** 자유를 주고 있기 때문이다. 그렇게 해서 이제 너희는, 지키고 싶어하지 않는 약속을 지키라고 남에게 강요할 때 어쩔 수 없이 따라나오는 번민과 비애, 그리고 자기 위엄과 자기 가치의 손상에서 자유롭다.

그리고 다른 사람을 그가 한 약속에 붙잡아두려 했던 사람이면 거의 누구나 발견하는 사실이지만, 해를 입히는 기간이 길수록 그 해악도 커지기 마련이다.

이런 견해가 사업에도 똑같이 적용되는 겁니까? 그런 식으로 해서야 세상이 어떻게 사업을 할 수 있겠습니까?

사실 사업을 하는, 유일하게 분별 있는 방식이 이것이다.

지금 이 순간 너희 사회 전체에서 사업이 가진 문제는, 그것이 힘에 근거하고 있다는 데 있다. 합법적인 힘(너희가 "법의 폭력"이라고 부르는 것)과 너무나도 빈번하게 사용되는 물리적인 힘(너희가 세상의 "무력"이라 부르는 것)에.

너희는 아직 설득의 기술을 사용하는 법조차 배우지 못했다.

합법적인 힘—법정을 통한 "법의 폭력"—이 아니라면, 우리가 무슨 수로 사업가들에게 자신들의 계약 조건을 이행하고 합의한 걸 지키라고 "설득합니까"?

너희 문화의 지금 윤리로는 아마 달리 방도가 없을 것이다. 하지만 문화 윤리가 **바뀐다면**, 사업체들—같은 차원에서 개인들—이 합의를 깨지 못하게 하려고 너희가 지금 쓰고 있는 그 방식은 대단히 미개한 것으로 비칠 것이다.

설명해주시겠습니까?

지금 너희는 합의들을 확실하게 지키게 하려고 폭력을 쓰고 있다. 하지만 너희의 문화 윤리가, 너희 모두가 '하나'라는 이해를 받아들이는 것으로 바뀔 때, 너희는 더 이상 폭력을 쓰지 않을 것이다. 그렇게 해봤자 자신을 해치는 것에 불과하니, 너희는 자신의 오른손으로 왼손을 때리지 않을 것이다.

왼손이 당신 목을 조르더라도요?

그건 그 시점에서 또 하나의 불가능한 일이다. 그때가 되면 너희는 자신의 목을 조르지 않게 될 것이고, 얼굴에게 분풀이하려고 코를 물어뜯는 일도 없을 것이며, 합의를 깨뜨리는 일도 없을 것이다. 그리고 물론 너희의 합의 자체가 크게 달라질 것이다.

너희는 다른 사람이 가치 있는 뭔가를 너희에게 줘야지만, 비로소 자신이 가진, 가치 있는 뭔가를 그에게 주기로 합의하지 않게 될 것이고, 그냥 소위 답례란 걸 받기 전까지는 너희가 뭔가를 주거나 나누는 걸 망설이는 일도 없을 것이다.

너희는 자동으로 주고 나누게 될 것이니, 따라서 깨뜨릴 계약도 훨씬 줄어들 것이다. 왜냐하면 계약은 상품과 서비스의 교환과 관련된 것인 반면, 너희 삶은 교환이 이루어지는가 아닌가에 **상관없이** 상품과 서비스를 주는 것과 관련될 것이기에.

그럼에도 너희의 구원을 찾을 수 있는 곳이 이런 식의 일방적인 줌에서다. 왜냐하면 너희는 신이 체험했던 것, 즉 남에게 준 것이 자신에게 주는 것이 됨을 발견하게 될 것이기에. 돌아가는 것은 돌아오기 마련이다.

네게서 비롯된 모든 일이 네게로 돌아오리라.

일곱 배로. 그러니 너희는 "되찾으려고" 염려할 필요가 전혀 없다. 너희는 오직 "내주는" 것만 염려하면 된다. 삶은 최상질의 가짐이 아니라 최상질의 줌을 창조하는 것과 관련되어 있다.

너희는 계속해서 잊고 있다forgetting. 하지만 삶은 "갖기 위한 것for getting"이 아니라 "주기 위한 것for giving"이니, 그렇게 하려면 남들을 용서해야forgiving 한다. 특히나 너희가 **가지려 했던 것을 너희에게 주지 않았던** 사람들을!

이런 방향 전환은 너희 문화의 내력을 완전히 뒤바꿀 것이다. 지금 너희 문화에서는 소위 "성공"이란 걸 주로 자신이 얼마나 많이 "가졌는가"로, 얼마나 많은 명예와 돈과 권력과 소유물들을 모았는가로 재지만, 새로운 문화에서는 **남들에게** 얼마나 많이 모으게 했는가로 "성공"이 재어질 것이다.

아이러니는, 남들에게 더 많이 모으게 할수록, 너희는 애쓰지 않고도 더 많이 모으리란 것이다. "약속된" 것을 서로에게 주라고 너희를 강요하는 어떤 "계약"도, 어떤 "합의"도, 또 어떤 "거래"나 "협상"이나 소송이나 재판도 없이.

미래 경제에서 너희는 일신의 이익을 위해서가 아니라 일신의 성장을 위해서 일할 것이고, 그것이 너희의 이득이 될 것이다. 그럼에도 너희가 참된 자신의 더 크고 더 숭고한 해석으로 되어감에 따라 물질적인 의미에서의 "이익"도 너희에게 다가올 것이다.

그런 시절이 되면, 그들이 그렇게 하겠노라고 "말했다"고 해서, 뭔가를 자신에게 주도록 강요하려고 폭력을 쓰는 것이 너희에게는 대단히 미개해 보일 것이다. 다른 사람들이 합의를 지키지 않더라도, 너희는 그들이 그냥 자기 나름의 길을 가고, 나름의 선택을 내리며, 자신에 대한 나름의 체험을 창조하도록 놔둘 것이다. 그리고 그들이 너희에게 주지 않은 것이 무엇이든 너희는 아쉬워하지 않을 것이다. "그것이 나온 곳에 더 많이" 있고, 너희가 그것을 끌어내는 출처source는 그들이 아니라 너희 자신임을 알게 될 것이기에.


우와. **알겠습니다.** 그런데 사실 우리는 목표 지점에서 벗어난 것 같은데요. 이 모든 논의는 제가 사랑에 대해 물었던 것에서 시작되었습니다. 인간들이 그걸 한계 없이 표현해도 좋은지 물었던 것에서요. 그리고 그게 자유결혼의 문제로 이어졌구요. 그런데 갑자기 여기 와서 우리는 목표 지점에서 벗어나고 말았습니다.

사실 그렇지 않다. 우리가 논의 대상으로 삼았던 것들 모두가 관련이 있다. 이것은 소위 계몽된, 혹은 고도로 진화된 사회들에 관한 네 질문으로 가기 위한 완벽한 도입부다. 고도로 진화된 사회들에는 "결혼"도, "사업"도, 또 같은 차원에서 너희가 너희 사회를 붙들어두기 위해 창조했던 어떤 작의적인 사회 구조물도 있지 않기 때문이다.

아, 예, 얼마 안 가면 그 문제에 이르겠군요. 어쨌든 저는 지금 여기서 이 주제를 마무리하고 싶거든요. 당신은 여기서 호기심을 자극하는 이야기들을 하셨습니다. 제가 이해한 바로는 그 이야기들을 종합했을 때 나올 결론이, 사람들 대부분은 약속을 지킬 수 없으니 약속을 하지도 마라인 듯합니다. 이건 결혼제도란 배에 커다란 구멍을 뚫어 가라앉히고 말 이야기군요.

나는 네가 쓴 "제도"라는 말이 마음에 든다. 결혼한 대다수 사람들은 자신이 "제도" 속에 있음을 체험한다.

맞아요, 그건 일종의 정신건강 제도나 형법제도입니다. 아니면 가장 가능성이 적지만, 더 큰 배움을 위한 제도거나요!

맞았다, 그거다. 그것이 바로 대다수 사람들이 결혼을 체험하는 방식이다.

저, 사실 전 당신이 농담을 하시길래 맞장구를 친 것뿐입니다. 사실 저로서는 "대다수 사람들"이라고 단언하지는 못하겠습니다. 결혼제도를 아끼고 그것을 보호하고 싶어하는 사람들은 아직 얼마든지 있습니다.

나는 앞의 진술을 고수할 것이다. 대다수 사람들은 결혼으로 아주 힘든 시기를 보낸다. 그리고 그들은 결혼이 자신들에게 저지르는 짓들을 좋아하지 않는다.
전 세계의 이혼율 통계가 이것을 증명하고 있다.

그러니까 당신은 결혼이 없어져야 한다는 건가요?

나는 그 문제에 아무런 선호도 갖고 있지 않다. 다만—

—압니다, 알아요. 관찰할 뿐이란 거죠.

훌륭하다! 너희는 끊임없이 나를 선호를 가진 신으로 만들고 싶어하지만, 나는 그렇지 않다. 이제 네가 그렇게 하길 그만두려 하니, 고맙구나.

여기서 우리는 결혼제도만 침몰시킨 게 아닙니다. 우린 종교도 침몰시켰다구요!

　인류 전체가 신은 선호를 갖지 않는다는 사실을 이해했다면, 사실 종교는 존재하지 못했을 것이다. 왜냐하면 종교란 건 으레 자기 스스로 신의 선호에 대한 진술이 되고자 하기 때문이다.

당신이 아무런 선호도 갖지 **않는다면**, 그럼 종교는 사기겠군요.

　음, 그건 너무 매몰찬 말이다. 나라면 그걸 허구라고 불렀을 것이다. 그건 그냥 너희가 만들어낸 것이다.

신은 우리가 결혼하는 쪽을 더 좋아하신다는 허구를 우리가 만들어낸 것처럼요?

　그렇다. 나는 그 면에서 어느 쪽도 더 좋아하지 않는다. 하지만 내가 알기론 **너희는** 좋아한다.

왜요? 왜 우리는 결혼이 그렇게 힘들다는 걸 알면서도 결혼을 더 좋아할까요?

　결혼은 너희의 사랑 체험 속에 "변함없음", 즉 영원성을 가져오기 위해, 너희가 생각해낼 수 있었던 유일한 방법이었다.
　그것은 여자가 의지처(依支處)와 생존을 보장받을 수 있는 유일한 방법이었고, 남자가 변함없는 섹스 이용권과 반려자를 보장받을 수 있는 유일한 방법이었다.

그리하여 하나의 사회규약이 만들어졌고, 거래가 이루어졌다. 네가 내게 이것을 주면 나는 네게 저것을 주겠노라는 거래가. 이 점에서 결혼은 사업과 흡사했다. 그래서 계약이 맺어졌고, 쌍방 모두 그 계약을 강제할 필요가 있었기에, 결혼은 신과의 "성스러운 약조"이니, 그 약조를 어기는 사람들은 신에게 벌을 받으리라고 이야기되었다.

나중에 가서 이것이 들어먹히지 않자, 너희는 그것을 강제하기 위해 인간의 법률들을 만들었다.

하지만 그조차도 먹히지 않았다.

소위 신의 법도, 또 인간의 법도, 사람들이 자신들의 결혼서약을 깨뜨리는 걸 막지는 못했다.

어째서요?

통상 너희가 고안한 대로의 결혼서약들은 단 하나뿐인 중요법칙과 정면으로 충돌하는 것이었기 때문이다.

어떤 법칙 말입니까?

**자연법.**

하지만 생명이 통일, '하나됨'을 표현하는 건 자연의 순리입니다. 그게 바로 제가 이 대화들에서 얻고 있는 것 아닙니까? 게다가 결혼은 우리가 그것을 가장 아름답게 표현하는 방법이고요. 당신도 아실 겁니다. "신이 함께 모은 것을 인간이 흐트러뜨리지 않게 하라"고 했습니다.

너희 대다수가 행하는 식의 결혼이 특별히 아름다운 건 아니다. 그것은 개개 인간 존재가 타고나는 세 측면의 진실 중 두 측면을 침해한다.

다시 그 문제로 돌아가실 겁니까? 전 이제서야 제가 이야기를 추스려가기 시작했다고 생각했는데요.

상관없다. 다시 한번 꼭대기부터 시작하자.

'너희'는 사랑이다.

사랑인 것은 무한하고 영원하고 자유롭다.

바로 이것이 너희고, 바로 이것이 너희의 **천성**이다. 너희는 날 때부터 무한하고 영원하고 자유롭다.

따라서 너희의 천성을 침해하거나, 너희의 천성을 경시하는, 인위적인 모든 사회적, 도덕적, 종교적, 철학적, 경제적, 정치적 구조물 자체가 너희 자신을 공격하니, 너희로서는 그것에 저항할 수밖에 없다.

너는 너희 나라를 탄생시킨 것이 무엇이라고 생각하느냐? 그것은 "나에게 자유가 아니면 죽음을 달라"가 아니었느냐?

그런데 너희는 너희 나라에서 그 자유를 포기했고, 너희 삶에서 그것을 포기했다. 모두가 안전을 위해서라는 같은 이유에서.

**살아가는 것, 삶 자체를 너무나 두려워하는** 너희는, 안전을 보장받는 대가로 **너희 존재의 천성 자체를** 포기하고 말았다.

너희가 결혼이라 부르는 그 제도는, 소위 정부라는 제도가 그러하듯, 안전을 확보하려는 너희식 시도다. 사실 서로의 행동 양식을 지배하기 위해 고안된, 인위적인 사회 구조물이라는 점에서 그 둘은 형태만 다른, 같은 것이다.

맙소사, 전 그걸 한번도 그런 식으로 보지 않았습니다. 전 언제나 사랑의 궁극적인 선언이 결혼이라고 생각했는데요.

너희가 상상하는 대로의 결혼이라면, 그렇다. 하지만 너희가 고안한 대로의 결혼이라면, 그렇지 않다. 너희가 고안한 대로의 결혼은 두려움의 궁극적인 선언이다.

결혼이 너희를 사랑 속에서 무한하고 영원하고 자유롭게 해줄 때, **그때서야** 비로소 그것은 사랑의 궁극적인 선언일 수 있다.

지금도 그렇지만, 너희의 결혼은 자신의 사랑을 약속이나 보장의 수준으로 낮추려는 노력에서 나온 것이었다.

결혼은 지금 "그런 것"이 **항상 그렇게 되도록** 보장하려는 노력이다. 이런 보장이 필요하지 않다면, 너희는 굳이 결혼할 필요가 없을 것이다. 그렇다면 너희는 이 보장을 어디에 써먹는가? 첫째, 안전을 확보하는 수단으로(너희 내면의 것에서 안전을 확보하는 대신에). 그리고 둘째로, 안전을 끝내 장담할 수 없을 때, 서로를 벌하기 위한 수단으로. 깨어진 결혼 약속은 거꾸로 이제 막 개시된 소송의 논거가 될 수 있다.

이렇게 해서 너희는 결혼이 아주 쓸모 있다는 걸 알았다. 그것이 하나같이 잘못된 이유들 때문이라 해도.

또한 결혼은 너희가 서로에게 지닌 감정을 다른 사람에게는 결코 갖지 않으리란 보장을 확보하려는 너희식 시도다. 혹은 적어도 그런 감정들을 다른 사람에게 절대 같은 방식으로 표현하지는 않으리란 보장을.

다시 말해 성적으로.

다시 말해 성적으로.

마지막으로 너희가 고안해낸 대로의 결혼은, "이 관계는 특별하다. 나는 이 관계를 다른 모든 관계보다 우선시하겠다"고 선언하는 방식이다.

그게 뭐가 잘못입니까?

아무것도. 그건 "잘잘못"의 문제가 아니다. 잘하고 잘못하고는 존재하지 않는다. 그것은 무엇이 너희에게 도움이 되는가의 문제다. 무엇이 자신을 '참된 자신'의 다음번 숭고한 이미지로 재창조해주는가의 문제.

만일 "이 하나의 관계, 지금 이 자리에서 이 딱 하나의 관계만이 다른 어떤 것보다 더 특별하다"고 말하는 존재가 '참된 자신'이라면, 결혼이라는 너희의 고안물은 완벽하게 그렇게 보장해준다. 하지만 영적 선각자로 인정받고 있거나 인정받았던 사람들 거의 다가 결혼하지 않았다는 건 흥미롭지 않느냐?

맞아요, 선각자들은 독신이기 때문이죠. 그 사람들은 섹스를 하지 않습니다.

아니다. 그것은 선각자들이 결혼이라는 너희의 지금 고안물이 끌어내려는 진술―그 한 사람이 다른 사람들보다 자신에게 더 특별하다는 진술―을 진실되게 할 수 없었기 때문이다.

선각자는 이런 진술을 하지 않는다. 이것은 **신도 하지 않는 진술이다.**

사실 너희가 지금 고안한 대로의 결혼서약은 대단히 신답지 못한 진술을 너희가 하도록 만든다. 신이라면 결코 하지 않을 약속이 그것인데도, 너희는 이것을 가장 성스러운 약속이라 느낀다. 이것이야말로 최고의 역설이다.

그럼에도 인간의 두려움을 정당화하기 위해 너희는 **너희하고 똑같이 행동하는** 신을 상상해냈다. 그리하여 너희는 자신의 "선택받은 민족"에게 한 신의 "약속"이니, 신과 신이 사랑하는 사람들 사이에서 특별한 방식으로 맺어진 계약이니를 운운한다.

너희는 다른 사람보다 더 특별한 방식으로 한 사람을 사랑하지 않는 신이라는 발상을 참아내지 못하기에, 특정한 이유로 특정한 사람들만을 사랑하는 신을 주인공으로 하는 소설을 만들어낸다. 너희는 이 소설들을 종교라 일컫지만, 나는 그것들을 불경스럽다 칭할 것이다. 신이 한 사람을 다른 사람보다 더 사랑한다는 식의 모든 생각이 엉터리고, **너희더러 같은 것을** 진술하라고 요구하는 모든 의식이 성사(聖事)가 아닌 신성모독이다.

아, 신이시여, 그만하십시오. **그만요!** 당신은 제가 지금껏 결혼에 대해 품었던 온갖 아름다운 생각들을 죽이고 있어요! 신이 이런 이야기를 쓸 리가 없습니다. 신이라면 종교와 결혼을 절대 그런 식으로 말하지 않을 거라구요!

우리가 지금 여기서 이야기하는 것은 너희가 **고안해낸 방식의** 종교와 결혼이다. 너는 이런 이야기가 가혹하다고 생각하느냐? 내가 너희에게 말하노니, 너희는 자신들의 두려움을 정당화하고, 서로에 대한 너희의 정신나간 대우를 합리화하려고, 신의 말을 저질로 만들었다.

계속해서 내 이름으로 서로를 제한하고, 서로를 해치고, **서로를 죽이기** 위해 필요한 신의 말이라면, 너희는 그것이 어떤 말이라도 신더러 하게 만들고 말 것이다.

그렇고 말고. 너희는 내 이름을 불러냈고, 내 깃발을 흔들었으며, 몇백 년 동안 십자가를 너희 전쟁터로 끌고 다녔다. 하나같이 내가 다른 사람보다 한 사람을 더 사랑한다는 증거로, 그리고 **그것을 증명하기** 위해 내가 **너희더러 그들을 죽이라고 요구하리란** 증거로.

하지만 너희에게 말하노니, 내 사랑은 무한하고 내 사랑은 조건이 없다.

너희가 듣고 있을 수 없는 한 가지가 바로 이것이고, 너희가 참을 수 없는 한 진리가 바로 이것이며, 너희가 받아들일 수 없는 한 진술이 바로 이것이다. 결혼제도(너희가 고안해낸 대로의)뿐만 아니라, 너희의 종교제도와 정부제도까지 송두리째 무너뜨리고 마는 그 완전한 포용성 때문에.

　너희는 배척에 근거한 문화를 창조했고, 배척하는 신이라는 '문화 신화'로 그것을 지탱해왔다.

　하지만 신의 문화는 포용에 근거하니, 신의 사랑은 모두를 포용하고, 신의 왕국은 모두를 초대한다.

　그리고 이 진리가 너희가 신성모독이라 부르는 것이다.

　이게 사실이라면, 너희가 삶에서 창조한 모든 것이 엉터리가 되는 것이니, 너희는 그럴 수밖에 없다. 인간의 모든 관습과 고안품들은, 그것들이 무한하고 영원하고 자유롭지 않은 그 정도만큼 엉터리다false.

"옳고" "그르고" 따위가 없다면 어떻게 뭔가가 "엉터리"일 수 있습니까?

　뭔가가 자신의 목적에 맞게 기능하지 못한다면, 그것은 그 정도만큼 엉터리다. 문이 열리고 닫히지 않을 때, 너희는 그 문을 "그르다"고 말하지 않는다. 너희는 그냥 그것의 설치나 작동이 엉터리라고 말할 것이다. 그것이 자신의 목적에 이바지하지 않기 때문에.

　너희가 삶에서, 너희 인간 사회에서 고안하는 것이 무엇이든, 인간이 되는 데 너희의 목적에 기여하지 않는 것은 엉터리다. 그것은 엉터리 고안품이다.

그냥 다시 음미해보려고 물어보는 건데요, 인간이 되는 데 우리의 목적이라뇨?

　　'자신이 참으로 누군지' 결정하고 선언하며, 창조하고 표현하며, 체험하고 성취하는 것.
　　너희가 지금껏 '참된 자신'에 대해 가졌던 가장 위대한 전망의 가장 숭고한 해석으로 순간순간마다 자신을 새롭게 재창조하는 것.
　　바로 이것이 인간이 되는 데 너희의 목적이고, 바로 이것이 삶 전체의 목적이다.

　그래서, 그게 우리를 어디에 남겨놓는 겁니까? 우리는 종교를 무너뜨렸고, 결혼을 제거했고, 정부를 고발했습니다. 그러고 나서 우리는 어디에 있는 겁니까?

　　무엇보다 우리는 아무것도 무너뜨리지 않았고, 아무것도 제거하지 않았으며, 아무것도 고발하지 않았다. 너희가 창조해낸 고안품이 제대로 작동하지 않고, 너희가 그것을 가지고 만들어내려 했던 것을 만들어내지 못할 때, 그런 상황을 묘사한다고 해서 그 고안품을 무너뜨리거나 제거하거나 탄핵하는 건 아니다.
　　심판과 관찰의 차이를 잊지 않도록 하라.

　저, 전 여기서 당신과 논쟁하려는 게 아닙니다. 하지만 방금 말씀하신 것 중 많은 부분이 **제게는** 상당 정도 심판으로 들렸거든요.

여기서 우리를 구속하는 건 말이 지닌 끔찍한 한계다. 실제로는 쓸 수 있는 말들이 워낙 적어서, 같은 말을 몇 번이고 다시 쓰지 않을 수가 없다. 그것들이 언제나 같은 의미나 같은 종류의 생각을 전달하지 않을 때조차도.

너희는 바나나 스플리트(요리-옮긴이)를 "좋아한다love"고 말하지만, 그것이 너희가 서로를 좋아한다love고 말할 때와 같은 의미가 아닌 건 분명하다. 그러니 보다시피, 너희가 어떻게 느끼는지 묘사할 수 있는 말들이 너희 언어에는 거의 없다.

이런 식으로, 다시 말해 말의 방식으로, 너와 교류하면서 나는 스스로가 그런 한계들을 체험하게 놔두었다. 따라서 이 용어들 중 일부를, **판단을 내릴 때 사용해왔던 너희로서는, 내가** 그것들을 **사용하면서** 판단을 내리고 있다는 결론을 쉽사리 내릴 수 있으리란 점은 나도 인정한다.

하지만 이 자리에서 네게 장담하지만, 나는 그렇지 않다. 이 대화 전체에 걸쳐, 나는 단지 어떻게 하면 너희가 가고 싶다고 말하는 곳에 이를 수 있는지 말해주려고 해왔고, 또 너희 길을 막고 있는 게 뭔지, 다시 말해 너희가 그곳에 가는 걸 막는 게 뭔지를 가능하다면 강한 충격을 주면서 묘사하려고 해왔다.

**종교와** 관련해서, 너희가 가고 싶다고 말하는 곳은 진실로 신을 알 수 있고 사랑할 수 있는 그런 곳이지만, 나는 너희 종교들이 너희를 그리로 데려가지 못하는 걸 관찰하고 있을 뿐이다.

너희 종교들은 신을 '위대한 수수께끼'로 만들었고, 너희가 신을 사랑하지 못하도록, 두려워하도록 만들었다.

또한 종교들은 너희 행실을 거의 바꾸지 못했다. 너희는 아직도 서로를 죽이고, 서로를 비난하며, 서로를 "잘못된" 걸로 만들고 있다. 사실 너희더러 그렇게 하도록 부추겨온 것이 너희 **종교들**이다.

그러니 종교와 관련해서 나는 단지, 너희는 종교가 너희를 저리로 데려다줬으면 좋겠다고 말하는데, 종교는 너희를 다른 데로 데려가고 있음을 관찰할 뿐이다.

이제 너희는 **결혼이** 너희를 영원한 지복(至福)의 땅, 혹은 적어도 어느 정도 적당한 수준의 평화와 안전과 행복으로 데려가줬으면 좋겠다고 말한다. 종교와 마찬가지로 결혼이라는 너희의 발명품도 처음 출발할 때는, 너희가 처음 그것을 체험할 때는, 그런 대로 이런 소망을 잘 처리하는 편이다. 하지만 결혼 역시 종교와 마찬가지로, 너희가 그 체험 속에 오래 머물면 머물수록, 점점 더 너희를 너희가 가고 싶지 않다고 말하는 바로 그곳으로 데려간다.

결혼한 사람 거의 절반이 이혼으로 자신들의 결혼을 해체했고, 결혼한 채로 남는 사람들 중 많은 수가 절망적일 정도로 불행하다.

"지극히 복된 결합"이 너희를 쓰라림과 분노와 회한으로 데려가는 것이다. 그것이 너희를 처절한 비극의 자리로 데려가는 경우 역시 적지 않다.

너희는 너희 **정부들이** 평화와 자유와 국내 질서를 보장해줬으면 좋겠다고 말하지만, 나는 너희가 고안해낸 대로의 정부들은 전혀 이렇게 하지 못함을 관찰한다. 오히려 너희 정부들은 너희를 전쟁과, 점점 확대되어가는 자유의 부족, 그리고 국내

폭동과 사변으로 데려간다.

너희가 사람들에게 똑같은 기회를 제공하는 과제를 감당하지 못한 건 말할 것도 없고, 사람들을 그냥 건강하게 먹이고 활기차게 유지하는 정도의 기본적인 문제들도 해결하지 못했다.

몇만 명이 몇 개국을 충분히 먹여 살릴 수 있는 음식들을 날마다 버리는 이 행성에서, 날마다 몇백 명이 굶주림으로 죽어가고 있다.

너희는 남은 밥을 "가진 자"에서 "못 가진 자"로 전해주는 가장 간단한 과제조차 처리하지 못한다—너희가 자원을 좀 더 평등하게 나누길 과연 원하기나 하는가라는 논쟁을 해결하지 못한 건 말할 것도 없고.

그런데 **이것들은 판단이 아니다.** 이것들은 너희 사회를 **관찰하면 확인할 수** 있는 것들이다.


**왜죠?** 왜 이 **모양입니까?** 왜 우리는 지난 몇십 년 동안 자신의 문제들을 처리하는 면에서 그다지도 진전을 보지 못했을까요?


몇십 년? **몇 세기**라고 해라.


좋습니다. 몇 세기 동안요.


그것은 인간의 '첫 번째 문화 신화'와, 거기서 따라나올 수밖에 없는 다른 모든 신화와 관련이 있다. 신화는 윤리를 구성하고, 윤리는 태도를 만들어내기 마련이니, 그 신화들이 바뀔 때까지는 다른 어떤 것도 바뀌지 않을 것이다. 그런데 문제는 너희의 문화 신화가 너희의 기본 본능과 일치하지 않는다는 데 있다.

무슨 뜻입니까?

인간 존재는 날 때부터 악하다는 것이 너희의 '첫 번째 문화 신화'다. 원죄의 신화가 이것이다. 이 신화는 너희의 기본 천성이 악할 뿐 아니라, 너희는 그런 식으로 태어났다고 주장한다.

첫 번째 신화에서 따라나올 수밖에 없는 '두 번째 문화 신화'는 "적자"만이 생존한다는 것이다.

이 두 번째 신화는, 너희 중에는 강한 자와 약한 자가 있고, 살아남으려면 강한 쪽에 속해야 한다고 주장한다. 따라서 너희는 동료 인간을 돕기 위해 가능한 한 최선을 다하겠지만, 자신의 생존이 문제가 된다면, 또 그럴 때는, 자신을 먼저 돌볼 것이고, 심지어 남들이 죽게 내버려두기도 하리라면서. 아니, 그 신화는 너희가 그 이상도 할 것이라고 주장한다. 자신과 자기 가족들이 살기 위해서 그래야 한다고 생각하면, 사실 너희는 남들을—십중팔구 "약자"를—죽이고, 그럼으로써 자신을 "적자"로 규정할 것이라고.

너희 중 일부는 이것이 너희의 기본 본능이라고 말한다. "생존본능"이라 불리는 이 문화 신화야말로 너희의 사회윤리 중에서 큰 부분을 차지하면서, 너희의 집단행동 중 많은 부분을 형성해왔다.

하지만 너희의 "기본 본능"은 생존이 아니라, 공정함과 '하나됨', 사랑이다. 이것은 세상의 모든 지각 있는 존재sentient beings 의 기본 본능이다. 그것은 너희의 세포 기억이고, **타고난 천성** 이어서, 너희의 '첫 번째 문화 신화'를 뒤집는다. 너희는 본래 악 하지 **않다.** 너희는 "원죄"를 갖고 태어나지 **않았다.**

너희의 "기본 본능"이 "생존"이었다면, 너희의 기본 천성이 "악했다면", 너희가 떨어지는 아이나 물에 빠진 남자를 구하거 나, 이런저런 사람을 이런저런 것에서 구하려고 본능적으로 움 직이는 일 같은 건 절대 없었을 것이다. 하지만 너희가 기본 본 능에 따라 행동하고 기본 천성을 드러낼 때, 그리고 자신이 뭘 하는지 **생각하지 않을** 때, 너희가 **위험을 무릅쓰면서까지** 취하 는 행동 방식이 실상 이런 것이다.

그러니 너희의 "기본" 본능은 "생존"일 수 없고, 너희의 기본 천성은 당연히 "악하지" 않다. 너희의 본능과 천성은 공정함과 '하나됨', 사랑이라는 너희의 본질을 반영하게 되어 있다. 이것 의 사회적 의미를 살펴볼 때는 "공정함fairness"과 "평등equality" 의 차이를 이해하는 것이 중요하다. **평등해지는 것, 즉 똑같아 지는 것**은 모든 지각 있는 존재의 기본 본능이 아니다. 오히려 정반대가 사실이다.

모든 살아 있는 것들의 기본 본능은 동일함이 아니라 독특함 을 표현하는 것이다. 두 존재가 진짜로 똑같은 사회를 창조하기 란 불가능할 뿐 아니라 바람직하지도 않다. 진짜 평등, 다시 말 해 경제와 정치와 사회 면에서 "동일함"을 만들어내려는 사회 메커니즘은 가장 장대한 발상과 가장 고귀한 목적―각 존재가 자신이 지닌 가장 장대한 바람의 결과물을 만들어낼 기회를 가짐으로써, 자신을 진실로 새롭게 재창조한다는—에 기여하는 것이 아니라, 그것을 방해하는 것이다.

이를 위해 필요한 것은 기회의 **평등**이지, **사실상의** 평등이 아니다. 이 기회의 평등이 **공정함**이다. 반면에 외부의 힘과 법률로 만들어내는 사실상의 평등은 공정함을 **자아내지** 않고 그것을 **배제할** 것이다. 그것은 모든 깨달은 존재의 최고 목표인 참된 자기 재창조를 이룰 기회를 배제할 것이다.

그렇다면 어떤 체제가 기회의 자유를 **창조하는가?** 사회가 모든 개인의 생존 필요를 충족시킬 수 있게 해줌으로써, 어느 존재나 자기 생존보다는 자기 발달과 자기 창조를 자유롭게 추구할 수 있게 해주는 체제, 달리 말하면 삶—**생존은 이 속에서 보장된다**—이라는 참된 체계를 본뜬 체제가.

자기 생존이 문제가 아닌 **계몽된** 사회들이라면 모두에게 돌아갈 만큼 충분히 있는데도, 그 구성원들 중 한 명만이 고통을 겪게 놔두는 일이 없을 것이다. 이런 사회들에서는 자기 이해와 최상의 상호 이해가 동일하다.

하지만 "타고난 사악함"이나 "적자생존"의 신화를 중심으로 삼는 사회로서는 어떻게 해도 이런 이해에 이르지 못할 것이다.


예, 이건 알겠습니다. 이 "문화 신화" 문제는 앞선 문명들의 태도 및 윤리와 더불어 나중에 더 자세히 탐구해보고 싶은 주제이긴 하지만, 지금은 다시 한번 되돌아가서 제가 앞서 했던 질문들을 해결하고 싶습니다.

당신과 이야기를 나눌 때 어려운 점 하나는 답변들이 워낙 흥미 있는 방향으로 나가는 바람에, 종종 시작한 지점이 어디였는지를 잊고 만다는 겁니다. 하지만 이번에는 잊지 않았습니다. 우린 결혼에 대해서 이야기하고 있었습니다. 사랑과 그 필요조건들에 대해서요.

사랑에는 어떤 필요조건도 **없다**. 바로 이 점이 그것을 사랑으로 만드는 것이다.

타인에 대한 너희의 사랑에 필요조건이 달려 있다면, 그것은 모조품이지, 전혀 사랑이 아니다.

내가 여기서 너희에게 말해주려고 해온 게 바로 이것이다. 네가 여기서 했던 모든 질문을 가지고 내가 열두 가지 다른 방식으로 말해온 게 이것이다.

예를 들어 결혼이란 맥락에는, 사랑이 필요하지 않은 서약 교환이란 게 있다. 그런데 **너희**는 사랑이 뭔지 모르기에, 그것이 필요하다. 그래서 너희는 **사랑이라면 결코 요구하지 않았을 것**을 서로에게 약속하게 만든다.

그래서 당신은 결혼에 **반대하시는군요!**

나는 어떤 것에도 "반대하지" 않는다. 나는 그냥 내가 보는 것을 서술하고 있을 뿐이다.

그런데 너희는 내가 보는 것을 **바꿀 수 있다**. 너희는 "결혼"이라는 너희 사회의 구조물을 다시 설계하여, 사랑이라면 결코 요구하지 않았을 것을 결혼 또한 요구하지 않게 하고, **오직 사랑만이 선언할 수 있는 것**을 결혼 또한 선언하게 만들 수 있다.

달리 말하면, 결혼서약을 바꾸라는 거군요.

그 이상이다. 그 서약의 근거가 되는 **기대**를 바꿔라. 하지만 이 기대를 바꾸기는 힘들 것이다. 그것은 너희의 문화유산이고, 그 문화유산은 다시 너희의 문화 신화에서 나오기 때문이다.

여기서 또 우린 예의 그 문화 신화로 돌아갔군요. 당신이 여기에 매달리는 이유가 뭡니까?

나는 여기서 너희에게 바른 방향을 가리켜주고 싶다. 나는 너희가 너희 사회를 데려가고 싶다고 말하는 곳을 보면서, 너희를 그쪽으로 돌아서게 만들 수 있는 인간의 말과 용어들을 찾아내고 싶다.

내가 예를 하나 들어줄까?

그래 주십시오.

사랑에 관한 너희 문화 신화들 중 하나는 받는 것보다 주는 것이 사랑이라고 말한다. 이것은 문화적 명령이 되었다. 하지만 그것은 너희를 화나게 만들고, 너희가 상상했던 것보다 더 큰 해악을 끼치고 있다.

그것은 사람들이 좋지 않은 결혼에 발을 들여놓게 하고, 그런 결혼을 유지하게 하며, 온갖 종류의 관계들을 기능장애로 만들고 있다. 그런데도 이 널리 퍼진 문화 신화에 감히 도전하겠노라 나서는 사람은 아무도 없다. 너희가 지침을 구하는 부모와, 너희가 감화를 구하는 성직자들과, 너희가 명확성을 구하는 심리학자와 정신과 의사들은 물론이고, 너희가 지적 지도력을 구하는 작가와 예술가들까지도.

그 신화를 지속시키는 노래가 작곡되고, 이야기가 만들어지며, 영화가 제작되고, 지침이 주어지며, 기도문이 제공되고, 육아가 이루어진다. 그러고 나면 너희 모두는 **그것에 따라 살도록** 홀로 남겨진다.

그러나 너희는 그렇게 하지 못한다.

그런데 문제가 되는 건 너희가 아니라 그 '신화'다.


사랑이 받는 것보다는 주는 것이 아니라고요?


그렇다.


그게 아니라고요?


그렇다. 사랑은 한번도 그랬던 적이 없다.


하지만 당신 스스로 좀 전에 "사랑에는 어떤 필요조건도 없다"고 하셨잖습니까? 사랑을 사랑으로 만드는 게 바로 이것이라고요.


그것도 맞다.

글쎄요, 제게는 그 말이 꼭 "받는 것보다는 주는 것"이라는 식으로 들리는데요.

그렇다면 너는 1권 8장을 다시 읽어볼 필요가 있다. 내가 여기서 언급하는 모든 것이 거기에 설명되어 있다. 이 대화록은 순서대로 읽어서 한 덩어리로 간주되게끔 되어 있다.

압니다. 하지만 그럼에도 불구하고 1권을 읽지 않고 이런 이야기들과 마주친 사람들을 위해서 설명해주시지 않겠습니까? 당신이 지금 어디로 가고 있는지요. 사실 솔직히 말해서 저 자신도 그 부분을 재음미하고 난 지금에서야 이게 무슨 소린지 **이해할** 것 같거든요.

좋다. 자, 시작한다.
너희가 하는 모든 일이 너희 자신을 위한 것이다.
이것이 참인 건 너희와 다른 모든 사람이 '하나'기 때문이다.
따라서 너희가 남에게 해준 일이 곧 자신에게 해준 일이고, 너희가 남에게 해주지 못한 일이 곧 자신에게 해주지 못한 일이다. 남에게 좋은 것이 너희에게 좋은 것이고, 남에게 나쁜 것이 너희에게 나쁜 것이다.
이것은 가장 기본 되는 진리다. 그런데도 너희가 가장 자주 무시하는 진리 또한 이것이다.
이제 너희가 남과 관계를 맺을 때, 그 관계는 오직 하나의 목적만을 가진다. 그 관계는 너희가 '참된 자신'에 관한 가장 고귀한 관념을 결정하고 선언하는 매개물, 창조하고 표현하는 매개물, 체험하고 성취하는 매개물로만 존재한다.

그런데 '참된 자신'이 친절하면서 사려 깊고, 자상하면서 함께 나누고, 자비로우면서 애정 깊은 사람이어서, 너희가 남들과 더불어 있을 때도 이런 것들로 **있다면,** 너희는 자신이 몸으로 온 바로 그 이유인 가장 장대한 체험을 **자신에게** 주고 있는 셈이다.

**이것이 너희가 몸을 취한 이유다.** 왜냐하면 오직 상대성의 물질계에서만 너희는 자신을 이런 것들로 알 수 있기 때문이다. 너희가 온 절대계에서는 앎을 이런 식으로 체험하는 것이 불가능하다.

나는 이 모든 것을 1권에서 훨씬 더 자세하게 설명했다.

그런데 '참된 자신'이 자신을 사랑하지 않고, 남들이 자신을 남용하고 해치고 파괴하도록 놔두는 존재라면, 그렇다면 너희는 그것을 체험하게 해주는 행동들을 계속해나갈 것이다.

하지만 너희가 진실로 친절하면서 사려 깊고, 자상하면서 함께 나누고, 자비로우면서 애정 깊은 사람이라면, 너희는 자신의 이런 존재 상태를 함께하는 사람들 속에 너희 자신을 포함시킬 것이다.

사실 너희는 자신에서 **출발할** 것이고, 이런 문제들에 **자신을 가장 먼저** 집어넣을 것이다.

삶의 모든 것은 자신이 무엇이 되고자 하는지에 달렸다. 예를 들어 너희가 다른 모든 사람과 '하나'되고자 한다면(즉 너희가 이미 참임을 알고 있는 개념을 체험하고자 한다면), 너희는 대단히 특별한 방식으로, 즉 자신의 '하나됨'을 자신이 체험하고 자신에게 증명할 수 있는 방식으로 행동하게 될 것이다. 그리고 이 때문에 너희가 어떤 일들을 할 때, 너희는 다른 누군가에게 뭔가를 해주지 않고 자신에게 그 일을 해주는 체험을 하게 될 것이다.

이것은 너희가 무엇이 되려 하든 상관없이 똑같이 사실이다. 만일 너희가 사랑이고자 한다면, 너희는 남들과 더불어 모든 걸 사랑할 것이다. 남들을 **위해서**for가 아니라 남들과 **더불어** with.

그 차이를 알아차려라. 그 뉘앙스를 포착하라. 너희는 **자신을 위해서 남들과 더불어** 모든 걸 사랑할 것이다. 자신과 '참된 자신'에 관한 너희의 가장 숭고한 관념을 실현하고 체험하기 위해서.

이런 의미에서 보면, 남을 위해서는 어떤 일도 할 수 없다. 자신의 자유의사로 하는 모든 행동act이 말 그대로 그냥 그것, 즉 "연기act"일 뿐이기에. 너희는 **연기하고** 있다. 다시 말해 역할을 설정하여 행동하고 있다. 단 너희는 **체하고** 있지 않다. 너희는 실제로 그것이 **되고**being 있다.

너희는 인간 **존재**being다. 그리고 너희가 어떤 존재일지 결정하고 선택하는 것은 너희다.

너희의 셰익스피어는 이렇게 말했다. "세상이 온통 무대요, 사람들은 배우라."

그는 또 "되느냐, 되지 않느냐(사느냐, 죽느냐 – 옮긴이), 이것이 문제다"라고 말했다.

그리고 그는 **또** 이렇게도 말했다. "너 자신에게 진실되라, 그러면 밤이 낮을 따르듯, 너는 누구에게도 거짓되지 않으리니."

너희가 자신에게 진실할 때, 너희가 **자신을 배신하지** 않을 때, 그러고 나서 너희가 "주고 있는 것처럼 보일" 때, 너희는 사실 자신이 "받고" 있음을 알게 되리니. 너희는 말 그대로 자신을 자신에게 되돌려주고 있다.

"남"은 **없다는** 바로 그 이유 때문에, 너희가 다른 사람에게 진짜로 "줄" 수는 없다. 우리 모두가 '하나'라면, 존재하는 건 오직 자신뿐이기에.

이건 이따금 어의론적 "속임수"같이 들리는데요. 말의 의미를 바꾸기 위해 단어의 위치를 바꿔치기하는 것 말입니다.

그건 속임수가 아니라 **마법이다!** 그리고 그것은 의미를 바꾸기 위해 단어를 바꿔치기하는 문제가 아니라, 체험을 바꾸기 위해 인식을 바꾸는 문제다.

너희의 모든 체험은 너희의 인식을 근거로 하고, 너희의 인식은 너희의 이해를 근거로 하며, 나아가 너희의 이해는 너희의 신화, 다시 말해 **너희가 지금까지 들어온 것**을 근거로 한다.

이제 내가 너희에게 말하노니, 현재의 너희 문화 신화들은 너희에게 도움이 되지 않았다. 그것들은 너희가 가고 싶다고 말하는 곳으로 너희를 데려가지 않았다.

그렇다면 너희는, 가고 싶다고 말하는 곳을 자신에게 속이고 있거나, 아니면 개인과 국가와 종의 차원 모두에서 자신이 거기에 도달하지 못하고 있음을 보지 못하고 있다.

다른 종들도 있습니까?

아 그럼, 단언하지.

좋습니다. 전 기다릴 만큼 기다려왔습니다. 그것에 관해 말해주십시오.

곧 해주지. 아주 금방. 하지만 나는 그에 앞서 너희가 어떻게 하면 소위 "결혼"이란 이 발명품을 바꿀 수 있을지에 대해 말하고 싶다. 그렇게 해서 너희가 가고 싶다고 말하는 곳으로 더 가까이 갈 수 있도록 말이다.

그것을 없애지는 마라, 그것을 폐지하지는 마라, **그것을 바꿔라.**

그래요, 저도 그걸 알고 싶습니다. 저도 인간 존재가 참된 사랑을 표현할 **무슨** 방도가 있을지 알고 싶습니다. 그래서 전 대화의 이 부분을 제가 시작했던 지점에서 끝냈으면 합니다. 우리는 사랑의 표현에 어떤 한계를 설정해야 합니까?─사실 꼭 그래야 **한다고** 말할 사람도 있겠지만요.

아니다. 어떤 한계도 설정할 필요가 없다. 그리고 **너희의 결혼서약은 바로 이 점을 진술해야 한다.**

이건 정말 놀랍군요. 왜냐하면 제가 낸시와의 결혼서약에서 진술했던 게 바로 그거거든요.

알고 있다.

낸시와 제가 결혼하기로 결정했을 때, 갑자기 결혼서약문을 완전히 새로 써야겠다는 생각이 떠오르더군요.

알고 있다.

그리고 낸시도 찬성했고요. 그녀도 우리가 "으레 해오던 식의" 결혼서약을 교환할 수는 없다는 데 동의했습니다.

알고 있다.

그래서 우리는 머리를 맞대고 앉아 **새로운** 결혼서약을 만들어냈습니다. 당신 표현 방식대로라면, "문화적 명령에 도전하는" 서약을요.

그래, 너는 그랬다. 나도 아주 자랑스러웠다.

그리고 사실 전, 우리가 그걸 적는 동안, 신부님이 읽으시도록 그 서약을 종이에 적어가는 동안요, 우리 두 사람 다 영감을 받고 있었다고 믿습니다.

물론 너희는 그랬다!

당신 말씀은—?

너는 책을 쓸 때만 내가 네게 온다고 생각하느냐?

우와.

그렇다, 우와다.
그렇다면 너는 왜 그 결혼서약을 여기에 옮겨 적지 않느냐?

예?

자, 어서. 너한테는 그것의 복사본이 있다. 그것들을 여기에 옮겨 적어라.

저, 우린 그걸 세상 사람들하고 함께하려고 만든 게 아닌데요.

이 대화가 시작되었을 때만 해도, 너는 그중 **어떤** 것도 세상과 함께하게 되리라고 생각하지 않았다.
자, 어서 그것들을 옮겨 적어라.

전 그냥, "우리가 완벽한 결혼서약문을 써냈다!"고 말하는 걸로 사람들이 생각하게 만들고 싶지 않습니다.

느닷없이 사람들이 어떻게 생각할지가 걱정된다고?

제발, 무슨 뜻인지 아시잖습니까?

봐라, 그것이 "완벽한 결혼서약문"이라고 말하는 사람은 아무도 없다.

음, 그렇담 그렇게 하죠, 뭐.

그건 그냥 너희 행성에 사는 사람이 그렇게 과감하게 제안한 것 치고는 최고다.

하느님—!

그냥 **농담이다.** 자, 여기서 분위기를 부드럽게 해보자.
어서 시작해라. 서약을 옮겨 적어라. 내가 책임을 지마. 그리고 사람들은 그걸 좋아하게 될 것이다. 그건 사람들에게 우리가 여기서 말한 게 뭔지 알게 해줄 것이다. 어쨌든 넌 사람들에게 이런 식으로 서약하도록 권하고 싶다는 생각까지 하지 않았느냐?—사실 그건 전혀 "서약"이 아니라 결혼선서이지만.

음, 좋습니다. 우리가 결혼할 때 낸시와 저는 서로에게 이렇게 말했습니다…… 우리가 받은 "영감" 덕분에요.

신부:

닐과 낸시가 오늘 밤 이 자리에 선 것은, 엄숙한 약속을 하거나 성스러운 서약을 교환하기 위해서가 아닙니다.

낸시와 닐이 이 자리에 선 것은 서로에 대한 자신들의 사랑을 공식화하고, 자신들의 진실을 알리고, 배우자가 되어 함께 살고 함께 성장하겠노라는 자신들의 선택을 여러분이 보는 앞에서 큰 소리로 선언하기 위해서입니다. 그들이 내린 결정에서 우리 모두가 동감할 수 있는 진실을 느끼게 됨으로써, 그 결정을 훨씬 더 힘있게 만들기 바라는 마음에서 말입니다.

두 사람은 또한 자신들의 결합 의식이 우리 모두를 가깝게 묶어주는 계기가 되기를 바라면서 오늘 밤 이 자리에 섰습니다. 오늘 밤 배우자나 연인과 함께 이곳에 오신 분들에게는 이 의식이 여러분 자신의 애정 깊은 결합을 되새기는 계기가 되고, 그 결합에 다시 봉헌하는 시간이 되길 바랍니다.

그럼 왜 결혼하는지 묻는 것에서 시작하겠습니다. 닐과 낸시는 이미 자신들 스스로 이 질문에 대답했고, 그 대답을 제게도 말해주었지만, 이제 저는 여러분 앞에서 다시 한번 묻고자 합니다. 두 사람이 자신들의 그런 대답에 확신을 가지고, 자신들의 이해를 분명히 하며, 자신들이 함께한 진리를 흔들림 없이 실행할 수 있도록 말입니다.

(신부가 탁자에서 장미 두 송이를 집어든다.)

이건 장미 의식입니다. 이 의식을 통해 낸시와 닐은 자신들의 이해를 함께 나누고, 그 나눔을 기념할 것입니다.

자, 낸시, 그리고 닐, 당신들은 내게, 안전을 구해서 이 결혼을 하는 게 아니라고 말했습니다.

두 사람은, 유일한 진짜 안전은 소유하거나 소유당하는 데 있지 않고,

자신이 삶에서 필요하다고 여기는 것을 상대방이 대주길 요구하거나, 기대하거나, 심지어 바라는 데도 있지 않고,

자신이 삶에서 필요한 모든 것, 사랑과 지혜와 통찰력과 힘과 지식과 이해와 보살핌과 자비와 강함, 이 모든 것이 자신의 내면에 있음을 아는 데 있으니,

이런 것들을 받으리라는 희망으로가 아니라 이런 선물들을 주리라는 희망으로, 상대방이 그것들을 훨씬 더 넉넉하게 가질 수 있으리라는 희망으로 결혼한다고 말했습니다.

오늘 밤 두 사람은 이 점을 흔들림 없이 확신합니까?

(두 사람, "예, 그렇습니다"라고 함께 대답한다.)

그리고 닐과 낸시, 당신들은 내게, 당신들 내면의 고귀하고 가장 좋은 것들—신과 삶과 인간과 창조력과 일에 대한 사랑을 비롯하여 자신을 온전히 대변하고 자신에게 기쁨을 가져다주는 모든 측면을 포함해서—을 진실되게 표현하고 솔직하게 축하하는 것에서 상대방을 어떤 식으로도 한정하거나 통제하거나 가로막거나 제한하기 위한 수단으로 이 결혼을 하는 게 아니라고 말했습니다. 오늘 밤 두 사람은 이 점을 흔들림 없이 확신합니까?

(두 사람, "예, 그렇습니다"라고 함께 대답한다.)

마지막으로 낸시와 닐, 당신들은 내게, 의무를 지는 것으로가 아니라 기회를 제공하는 것으로 이 결혼을 본다고 말했습니다.

성장할 기회, 충분한 자기 표현의 기회, 자신의 삶을 최상의 가능성으로 끌어올릴 기회, 자신이 지금껏 자신에 대해 가졌던 모든 잘못된 생각과 유치한 발상들을 치유할 기회, 두 영혼의 영적 교섭을 통해 신과 궁극적으로 재결합할 기회를 제공하는 것으로 본다고 말입니다.

그리고 당신들은 이것이야말로 성스러운 영적 교섭이고, 관계 속에 내재된 모든 권위와 책임을 똑같이 나누고, 있을 수 있는 모든 짐을 똑같이 지고, 그 영광을 똑같이 입는 동등한 배우자로서 사랑하는 사람과 함께하는 여행이라고 말했습니다.

이제부터 두 사람은 이 비전vision에 함께 들어서길 원합니까?

(두 사람, "예, 그렇습니다"라고 함께 대답한다.)

이제 나는 세속적인 차원의 이해를 상징하는 이 빨간 장미를 두 사람에게 드리겠습니다. 두 사람 다 육신의 형상으로, 그리고 결혼이라는 물질 구조 속에서 어떤 삶을 꾸려갈지 알고 동의한다는 것을 상징하는 뜻에서 말입니다. 자, 이제 두 사람이 이 동의와 이해를 사랑으로 함께 나누고자 함을 상징하는 뜻으로 각자의 장미를 상대방에게 주십시오.

그럼 이제 이 하얀 장미를 집으십시오. 그 하얀 장미는 당신들의 더 큰 이해, 당신들의 영적 본성과 영적 진리를 상징하는 것입니다. 그것은 당신들의 실체와 최고 자아가 지닌 순수성, 그리고 당신들 머리 위에서 지금도 비추고 있고, 앞으로도 항상 비출 신의 사랑이 지닌 순수성을 뜻합니다.

(신부가 줄기에 닐의 반지가 걸려 있는 장미를 낸시에게

주고, 낸시의 반지가 걸린 장미를 닐에게 준다.)

오늘 주고받은 약속을 기억하게 해줄 기념물을 가져오셨습니까?

(두 사람, 각자 장미 줄기에서 반지를 빼내 신부에게 건네준다. 신부는 반지를 손에 들고 이야기를 계속한다……)

원은 태양과 지구와 우주의 상징입니다. 원은 거룩함과 완벽과 평화의 상징입니다. 또한 원은 시작도 끝도 없는 영적 진리와, 사랑과 삶의 영원성을 상징하는 것이기도 합니다. 그리고 지금 이 자리에서 닐과 낸시는 이것을 소유가 아닌 결합의 상징, 제한이 아닌 함께함의 상징, 포획이 아닌 포용의 상징으로 삼고자 합니다. 사랑은 소유하거나 제한될 수 없고, 영혼은 결코 사로잡힐 수 없기 때문입니다.

이제 닐과 낸시, 차례로 상대방에게 주고 싶은 반지를 집으십시오.

(두 사람, 상대방의 반지를 집는다.)

닐, 제 말을 따라하십시오.

나, 닐은…… 낸시 당신에게, 내 짝이 되고, 내 연인이 되고, 내 친구가 되고, 내 처가 되어주길 청합니다. 나는 당신이 기쁠 때나 슬플 때나, '당신 자신'이 누군지 명확히 기억할 때나 잊었을 때나, 당신이 사랑으로 행동할 때나 그렇지 못할 때나, 당신에게 내 가장 깊은 우정과 사랑을 줄 것을 선언합니다. 또 나는 신과 이 자리에 참석하신 여러분들 앞에서 어떤 어둠의 순간이 찾아오더라도, 아니 특히나 그런 순간들일수록, 언제나 당신 안에서 신성의 빛을 볼 것이고, 내 안에 있는 신성의 빛을 당신과 함께 나눌 것을 선언합니다.

나는 우리가 만나는 모든 사람과 더불어, 우리 속의 모든 좋은 것을 함께 나누며 신의 일을 함께 할 수 있는 영혼의 성스러운 협력관계 속에서, 당신과 영원히 함께 있을 수 있기를 기원합니다.

(신부가 낸시에게 묻는다.)

낸시, 당신은 자신의 처가 되어달라는 닐의 요청을 받아들이겠습니까?

(낸시, "예, 그러겠습니다"고 대답한다.)

이번에는 낸시, 제 말을 따라하십시오.

나, 낸시는……(낸시도 같은 서약을 한다).

(신부가 닐에게 묻는다.)

닐, 당신은 자신의 남편이 되어달라는 낸시의 요청을 받아들이겠습니까?

(닐, "예, 그러겠습니다"고 대답한다.

그럼 두 사람 다 서로에게 건네줄 반지를 손에 쥐고 제 말을 따라 하십시오.

나는 당신과 결혼합니다…… 이제 나는 당신이 내게 준 반지를 받습니다…… (두 사람, 반지를 교환한다)…… 그리고 그것을 내 손바닥 위에 놓습니다…… (두 사람, 손바닥 위에 반지를 놓는다)…… 당신에 대한 내 사랑을 모두가 보고 알 수 있도록.

(신부, 끝맺는다……)

우리는 오직 혼인 당사자만이 혼배성사를 서로에게 베풀 수 있고, 오직 혼인 당사자만이 그것을 축성할 수 있음을 잘 알고 있습니다. 내 교회도, 국가가 내게 준 어떤 힘도, 오직 두 사람만이 선언할 수 있고, 오직 두 영혼만이 실현할 수 있는 것을 선언할 권위를 내게 부여할 수 없습니다.

그래서 당신 낸시와 당신 닐이 당신들 가슴속에 이미 적혀 있는 진실을 선언했고, 여기 당신 친구들과 살아 있는 '한 영혼'이 보는 앞에서 같은 것을 증명한 지금, 우리는 당신들 스스로 …… 남편과 처가 되었음을 선언하는 것을 기쁘게 지켜봅니다.

자, 이제 기도합시다.

사랑과 생명의 성령이시여, 이 넓고 넓은 세상에서 두 영혼이 서로를 찾아냈습니다. 이제 둘의 운명은 한 무늬로 짜여질 것이고, 두 사람의 어려움과 기쁨 또한 나누어짐을 알지 못할 것입니다. 닐과 낸시, 바라건대 이들의 가정이 그곳에 들어서는 모든 사람을 위한 행복의 자리가 되게 하시고, 남녀노소 모두가 서로의 만남으로 새로워지는 곳, 성장과 나눔이 이루어지는 곳, 음악과 웃음이 있는 곳, 기도와 사랑을 위한 장소가 되게 하소서.

바라건대 이 두 사람과 가까운 사람들이 이들의 아름답고 활기 찬 사랑으로 풍요로워지게 하시고, 이들의 일이 세상에 봉사하는 삶의 기쁨이 되게 하시며, 이들이 지상에서 착하게 오래도록 살 수 있게 하소서.

아멘, 또 아멘.

그 당시 전 정말 뿌듯했습니다. 이런 걸 진심으로 함께 말할 누군가를 내 인생에서 찾아낼 수 있었다니 전 정말 복 받은 놈입니다. 신이시여, 제게 낸시를 보내주셔서 감사합니다.

너도 알다시피, 그녀에게는 너 역시 축복의 선물이다.

그러기를 바라죠.

날 믿어라.

제가 뭘 원하는지 아십니까?

모른다. 뭘 원하느냐?

전 모든 사람이 이런 식의 결혼선서문을 만들 수 있기를 원합니다. 전 사람들이 이것을 잘라내 다듬거나 아니면 이것을 베껴서 **자신들의** 결혼식에서 사용했으면 합니다. 장담하지만, 아마 이혼율이 급락할 겁니다.

이런 것들을 말하기 힘들어할 사람들도 있을 것이다. 그리고 많은 사람들이 그것을 지키기 힘들어할 테고.

**우리가** 그 선서를 지킬 수 있어야 할 텐데. 여기에 그 선서문을 옮겨 적고 난 지금, 우리가 선서한 대로 살아야 하는 문제가 생겼군요.

그럼 너는 그 선서에 따라 살지 않을 작정이었느냐?

물론 그럴 작정이었죠. 하지만 다른 사람들하고 똑같이 우리도 사람입니다. 그런데 이제 우리가 실패하거나 비틀거린다면, 우리 관계에 무슨 일이 터지거나, 애석하게도 지금의 관계를 끝내는 쪽을 선택해야 한다면, 온갖 사람들이 다 환멸을 느끼고 말 겁니다.

터무니없는 생각이다. 그들도 너희가 자신에게 진실됨을 알 것이다. 그들도 너희가 다시 새롭게 선택했음을 알 것이다. 내가 1권에서 말했던 걸 떠올려봐라. 관계의 기간을 그 질과 혼동하지 마라. 너는 동상(銅像)이 아니다. 낸시 역시 마찬가지고. 아무도 너희를 그 자리에 놓지 않았다. 그리고 너희 또한 자신을 그곳에 놓을 필요가 없다. 그냥 사람으로 있어라. 그냥 사람인 그대로 있어라. 앞으로 어떤 시점에서 너와 낸시가 너희 관계를 다른 방식으로 바꾸고 싶다고 느낀다면, 너희에게는 그럴 수 있는 완벽한 권리가 있다. 그리고 **바로 이것이 이 대화 전체의 핵심이다.**

그리고 그게 바로 우리가 만든 선서의 핵심이고요!

맞았다. 네가 그걸 이해하다니 기쁘구나.

그래요, 전 그 결혼선서문이 마음에 듭니다. 그것을 여기에 적게 돼서 기쁘고요. 그건 삶을 함께 시작하는 새롭고 멋진 방법이죠. 더 이상 여자에게 "사랑하고 존경하고 복종할 것"을 약속하게 만들지 않고요. 남자들이 이런 걸 요구한 건 독선적이고 시건방지고 이기적인 짓이었습니다.

　　물론 네 말이 맞다.

　그리고 그보다 더 독선적이고 이기적인 건 남자들이 그런 남성 우위를 **신이** 정하신 바라고 주장했다는 겁니다.

　　이번에도 네 말이 맞다. 나는 그런 걸 정한 적이 없다.

　그런데 마침내 진짜로 신에게서 영감을 받은 결혼서약이 나왔군요. 어느 쪽도 노예나 동산(動産)으로 만들지 않는 서약, 사랑에 대한 진실을 말하는 서약, 어떤 한계도 설정하지 않고 오직 자유만을 약속하는 서약요! 모든 가슴이 **진실되게** 남을 수 있는 서약 말입니다.

　　"자신한테 아무것도 요구하지 않는 서약을 지키는 것쯤이야 식은 죽 먹기잖아!"라고 말할 사람들도 있을 것이다. 너는 여기에 대해 뭐라고 말할 테냐?

　저라면 "누군가를 지배하는 것보다 자유롭게 하기가 훨씬 더 힘들다. 누군가를 지배할 때는 당신이 원하는 것을 얻지만, 누군가를 자유롭게 할 때는 **그들이** 원하는 것을 얻는다"고 말할 겁니다.

너라면 현명하게 대꾸할 수 있을 것이다.

멋진 생각이 떠올랐어요! 우린 결혼선서에 관한 소책자를 만들어야 합니다. 사람들이 결혼식날 사용할 일종의 기도책 말입니다.

작은 소책자 정도면 될 겁니다. 그 안에 결혼선서만이 아니라 결혼식의 전 과정과 이 세 권의 대화록에서 뽑은 사랑과 관계에 대한 주요 구절들도 함께 싣는 겁니다. 또 결혼과 관련된 몇 가지 특별 기도와 명상들도 물론 싣고요. 그 책자는 당신이 결혼에 반대하지 **않는다는** 걸 밝혀줄 겁니다!

전 정말 행복합니다. 왜냐하면 처음 한동안은 당신이 "결혼 반대론자"인 듯이 들렸거든요.

내가 어떻게 결혼에 반대할 수 있겠느냐? 우리 **모두가** 결혼했다. 우리는 지금 이 순간 **서로** 결혼해 있고, 앞으로도 영원히 그러할 것이다. 우리는 결합되어 있다. 우리는 하나다. 우리의 결혼식은 그 어느 결혼식보다 성대하고, 너희에게 주는 내 서약은 그 어느 서약보다 장대하다. 나는 너희를 영원히 사랑하고, 모든 것에서 너희를 자유롭게 하겠노라. 내 사랑은 결코 너희를 구속하지 않으리니, 이 때문에 너희는 결국에는 나를 사랑하게 "될 것이다". '자신'이 되는 자유야말로 너희의 가장 큰 바람이고, 내 가장 큰 선물이기에.

이제 너는 우주의 최고 법칙에 따라 나를 네 합법적인 배우자이자 공동 창조자로 받아들이겠느냐?

예.

그럼 이제 **당신은 저를** 당신의 배우자이자 공동 창조자로 받아들이시겠습니까?


받아들이고 말고. 나는 언제나 그래왔다. 지금 이 순간 우리는 '하나'고 영겁의 세월 내내 '하나'일 것이다. 아멘.

또 아멘.

이 글들을 읽는 제 마음은 경외심과 감사함으로 가득합니다. 이런 식으로 저와 함께 여기에 있어주셔서 고맙습니다. 우리 모두와 함께 여기에 있어주셔서 고맙습니다. 몇백만의 사람들이 이 대화록을 읽었고, 앞으로도 몇백만의 사람들이 읽을 테니까요. 당신이 우리 가슴에 오신 것은 숨이 막힐 만큼 엄청난 축복을 저희에게 주신 것입니다.

내 사랑하는 이들이여, 나는 언제나 너희 가슴속에 있었다. 다만 이제 너희가 거기서 나를 실제로 느낄 수 있다니 기쁘구나.

나는 언제나 너희와 함께 있었다. 나는 너희를 떠난 적이 **없다**. 내가 너희고 너희가 나다. 우리가 서로 떨어지는 일은 결코 없을 것이다. 그건 **불가능한** 일이기에.

잠시만요! 이건 **기시감**(既視感)처럼 느껴지는군요. 이런 이야기들을 우리가 앞에서도 똑같이 하지 않았습니까?

　물론 그랬다. 12장 첫 부분을 읽어봐라. 다만 이번에는 그 말들이 처음보다 더 많은 것을 의미하고 있다.

기시감이 진짜라면, 근사하지 않겠습니까? 그래서 우리가 이따금 어떤 일을 진짜로 "다시 한번" 체험하면서 거기서 더 많은 의미를 얻어낼 수 있다면요.

　너는 어떻게 생각하느냐?

전 그게 **바로** 이따금 일어나는 일이라고 생각해요!

　그렇지 않은 경우를 제외하고.

그렇지 않은 경우를 제외하고요!

　좋았어. 또 한번 잘했다. 너는 새로운 광범한 이해로 워낙 빠르고 민첩하게 옮겨가고 있어서, 이젠 겁이 날 정도다.

정말로―? 그런데, 당신하고 논의해야 할 심각한 문제가 한 가지 있습니다.

알고 있다. 시작해봐라.

영혼은 언제 몸과 결합합니까?

네 생각에는 언제일 것 같으냐?

영혼이 그렇게 하기로 선택할 때요.

좋았어.

하지만 사람들은 좀 더 분명한 대답을 원합니다. 그들은 생명이 언제 시작되는지 알고 싶어합니다. 그들이 아는 대로의 생명 말입니다.

이해한다.

그러니까 그 신호가 뭐냐는 거죠. 그게 자궁에서 몸이 빠져나오는 출산 때입니까? 아니면 생명의 물질 요소들이 결합하는 수정 때입니까?

생명은 끝이 없으니, 시작도 없다. 생명은 그냥 확장하여 새로운 형상을 창조할 뿐이다.

그건 60년대에 유행하던 달궈진 용암 램프 속의 끈적이 같은 것이 틀림없군요. 그 끈적이 구슬들은 크고 둥그렇고 물렁물렁한 공 모양으로 바닥에 누워 있다가, 열을 받으면 솟아오르면서 잘게 나눠져 새로운 구슬 모양을 이룹니다. 솟아오르면서 스스로 모양을 이루는 거죠. 그러다가 꼭대기에 이르면 자기들끼리 이리저리 합쳐지면서 한꺼번에 콰르르 떨어져 내립니다. 그래서 다시 큰 구슬들 모양을 이루었다가 처음부터 또 시작하는 겁니다. 그 공 안에 "새" 구슬은 하나도 없습니다. 그 모두가 **같은** 것이죠. **새로운 다른 것**"처럼 보이는" 것으로 자신의 모습을 바꾸는 거요. 워낙 변화무쌍해서 누구라도 그걸 보고 있노라면 정신이 홀딱 빠지고 말죠.

그건 멋진 비유다. 영혼 또한 그러하다. 사실 '존재 전체'인 한 영혼은 작고 작은 부분들로 자신의 모습을 바꾼다. 모든 "부분들"이 처음부터 존재했기에, 어떤 "새로운" 부분도 없다. 다른 부분들"처럼 보이는" 것으로 자신의 모습을 바꾸지만, 실제로는 항상 존재했던 전체의 부분들이 있을 뿐이다.

조앤 오스본이 작곡하고 직접 불렀던 멋진 팝송 중에 "신이 우리 중 하나라면 어쩌지? 우리처럼 그냥 그렇고 그런 사람이라면?"이라고 묻는 가사가 있습니다. 전 그녀한테 가서 이 부분을 "신이 우리 중 하나라면 어쩌지? 우리처럼 그냥 끈적이 구슬이라면?"으로 바꾸라고 할 참입니다.

하! 그거 아주 괜찮다. 너도 알다시피 그녀가 부른 그 재기 발랄한 노래는 곳곳에서 문제를 일으켰다. 사람들은 내가 자기들 중 하나에 불과하다는 생각을 참을 수 없었던 것이다.

신보다는 인간 종족에 대한 흥미 있는 논평이시군요. 우리가 신을 우리 중 하나로 빗대는 걸 불경스럽다고 여긴다면, 그건 우리에 대해 뭘 말해주는 겁니까?

그러게, 뭘 말해주지?

하지만 당신은 "우리 중 하나"입니다. 그게 바로 당신이 여기서 말씀하시는 거고요. 그러니 조앤이 옳았던 거죠.

당연히 그녀는 옳았다. 참으로 옳았다.

제 질문으로 돌아가고 싶은데요, 우리가 아는 대로의 생명이 언제 시작되는지 말해주시면 안 될까요? 영혼이 어떤 지점에서 몸으로 들어가는지요?

영혼은 몸속으로 들어가지 않는다. 영혼이 몸을 감싼다. 내가 전에 말했던 걸 기억하느냐? 몸은 영혼의 집이 아니다. 그 반대다.

만물이 항상 살아 있다. "죽음" 같은 건 없다. 그런 존재 상태는 없다.

'항상 살아 있는 것'은 자신을 그냥 새로운 형상, 새로운 물질 형상으로 모양 짓고, 그 형상을 살아 있는 에너지, 생명 에너지로 가득 채운다. 끝없이.

너희가 생명이라 일컫는 것이 '나'라는I AM 에너지라면, 생명은 언제나 존재한다. 그것이 존재하지 **않는** 경우는 없다. 생명은 결코 끝나지 않거늘, 어떻게 생명이 **시작되는** 지점이 있을 수 있겠느냐?

제발, 여기서 벗어나게 해주십시오. 제가 어디로 가려는지 아시잖습니까?

그래, 안다. 너는 나를 낙태 논쟁 속에 밀어 넣고 싶어한다.

예, 그래요! 인정해요! 어차피 신을 여기에 모셨으니, 그 기념비적인 질문을 해볼 기회가 아니냐는 게 제 생각이거든요. 제발, 생명은 언제 시작되는 겁니까?

그 답변도 워낙 기념비적이어서 너로서는 듣고 있을 수 없을 것이다.

절 다시 시험해보십시오.

그것은 결코 시작하지 **않는다**. 생명은 **끝나지** 않으니, "시작하지도" **않는다**. 너희가 생물학의 전문 영역으로 들어가고 싶어하는 건, 사람들이 처신해야 할 방식을 말하는, 소위 "신의 법률"이란 것에 따라 "규칙"을 만들어내고, 그런 다음에는 그런 식으로 처신하지 않는 사람들을 벌할 수 있기 위해서다.

그게 뭐가 잘못입니까? 그건 우리가 병원 주차장에서 의사들을 죽여도 벌받지 않게 해줄 겁니다.

그래, 이해한다. 너희는 지금까지 줄곧 나와, 너희가 **내 법률**이라고 선언한 것을 온갖 상황에 대한 정당화로 이용해먹었다.

오, 그러지 마시고요. 임신중절은 살인이라고 왜 그냥 말씀하시지 않는 겁니까?

너희는 누구도, 또 어떤 것도 죽일 수 없다.

그래요. 하지만 당신이라면 그것의 "개체화"를 끝낼 수 있다구요. 우리식 언어로 하면 그건 **살인**이구요.

특정 방식으로 자신을 표현하는 내 일부가 동의하지 않는데, 그것이 그런 식으로 개별 자신을 표현해가는 과정을 너희가 멈출 수는 없는 법이다.

예? 무슨 말씀이십니까?

내 말은, 신의 의지를 거스르는 어떤 일도 일어나지 않는다는 것이다.
삶과 일어나는 모든 일이 신의 의지—이것을 **너희의** 의지라고 읽어라—가 드러나서 표현된 것이다.

나는 이 대화에서 너희의 의지가 내 의지라고 말했다. 그건 우리 중 오직 하나만이 존재하기 때문이다.

**삶**이란 완벽하게 자신을 표현하는 신의 의지다. 만일 어떤 일이 신의 의지를 **거스르면서** 일어나고 있다면, 그것은 일어날 수 없다. 신이라는 존재의 정의 자체에서, 이미 그것은 **일어날 수 없다.** 너는 한 영혼이 다른 영혼을 대신해서 어쨌든 **뭔가를 결정할** 수 있다고 믿느냐? 너는 개개인으로서 너희가 상대방이 원하지 않는 그런 방식으로 서로에게 영향을 미칠 수 있다고 믿느냐? 그런 식의 믿음은 너희가 서로 분리되어 있다는 관념을 근거로 해서만 나올 수 있다.

너는 신이 원하지 않는 그런 방식으로 너희가 삶에 뭔가 영향을 미칠 수 있다고 믿느냐? 그런 식의 믿음은 너희와 내가 분리되어 있다는 관념을 근거로 해서만 나올 수 있다.

두 관념 모두 틀렸다.

우주가 동의하지 않는 방식으로 우주에 영향을 미칠 수 있다는 너희의 믿음은 심히 건방진 것이다.

너희가 여기서 논하는 것은 강대한 권능이거늘, 너희 중 일부는 자신이 가장 강대한 권능보다 더 강대하다고 믿는다. 하지만 너희는 그렇지 않다. 그렇다고 너희가 가장 강대한 권능보다 **덜** 강대한 것도 아니다.

너희는 그 이상도 그 이하도 아닌, 가장 강대한 권능 자체다. 그러니 그 권능이 너희와 함께 있게 하라!


당사자의 허락 없이는 어느 누구도 죽일 수 없다는 말씀입니까? 지금껏 살해당한 사람들 모두가 어느 정도 고차원에서 보면 살해당하는 데 **동의했다고** 말씀하시는 겁니까?

모든 걸 세속적인 의미로 살피고 생각하고 있는 너로서는 이 중 어떤 것도 이치에 닿지 않을 것이다.

전 "세속적인 의미"로 생각하지 않을 수 **없습니다.** 전 **지금 이 순간** 여기에 있습니다. 이 지상에요!

네게 말하노니, 너희는 "이 세상에 있는 것이지, 이 세상 출신이 아니다."

그럼 세속의 내 현실은 전혀 현실이 아니란 겁니까?

너는 진짜로 그것이 현실이라고 생각했느냐?

전 모르겠습니다.

너는 한번도, "여기에는 더 큰 뭔가가 있어"라고 생각해보지 않았느냐?

음, 그래요, 당연히 해봤죠.

**지금 진행되는 게 이런 것이다. 나는 그것을 네게 설명하는**

**중이고.**

좋습니다. 이해했습니다. 그러니까 추측하건대, 저는 지금 밖으로 나가서 아무라도 죽일 수 있는 거군요. 만약 그 사람들이 동의하지 않았더라면, 어쨌든 전 그렇게 하지 못했을 테니까요.

사실 인류는 그런 식으로 행동하고 있다. 재미있는 건, 너희가 이 문제를 가지고 그토록 힘들어하면서도, 돌아서서는 어쨌든 그것이 참인 듯이 행동한다는 점이다.

아니 더 나쁘게 말하면, 너희는 사람들의 의지에 **반(反)해서** 그들을 죽이고 있다. 마치 그런 건 중요하지 않다는 듯이!

당연히 그건 중요하죠! 그건 그냥 우리가 뭘 더 중요시하고 싶은가일 뿐입니다. 이해가 안 되십니까? 우리 인간이 누군가를 죽이는 순간에, 우리는 우리가 그렇게 했다는 사실이 중요하지 않다고 말하는 게 아닙니다. 맙소사, 그렇게 생각하신다면 그건 경솔하신 겁니다. 그건 그냥 우리가 뭘 더 중요시하고 싶은가의 문제일 뿐입니다.

알겠다. 그래서 너희가 다른 사람들의 의지에 **반해** 그들을 죽여도 상관없다는 걸 쉽게 받아들이는 거구나. 너희는 벌받지 않고 이렇게 할 수 있다. 그건 너희가, 잘못된 쪽은 그들의 의지라고 느끼기 때문이다.

전 절대 그렇게 말하지 않았습니다. 사람들도 그런 식으로 생각하지 않습니다.

　　않는다고? 너희 중 일부가 얼마나 위선적인지 보여주마. 너
희는 예컨대 전쟁이나 사형 집행에서처럼 그들의—혹은 낙태
병원 주차장에서처럼 의사의—죽음을 원할 충분하고도 훌륭
한 이유가 있는 한, 그들의 의지에 **반해서** 그들을 죽여도 상관
없다고 말한다. 하지만 누군가가 **자신의** 죽음을 원할 충분하고
도 훌륭한 이유가 있다고 느끼더라도, 너희는 그가 죽도록 도
와주지 않을 것이다. 그것은 "자살 방조"니, 그렇게 하는 건 잘
못이다!

당신은 절 놀리고 계시는군요.

　　아니다. **너희가** 날 놀리고 있다. 너희는 누군가의 의지에 **반
해** 그를 죽여도 내가 **용서하리라** 말하고, 누군가의 의지에 **따
라** 그를 죽이면 내가 **심판하리라** 말한다.
　　**이건 광기다.**
　　그런데도 너희는 그 광기를 보지 못할 뿐 아니라, **그런 광기
를 지적하는** 사람들을 미친 사람들이라 주장하기까지 한다. 너
희는 착실한 사람들이고, 그들은 그냥 문제아들이라는 것이다.
　　너희는 이런 종류의 뒤틀린 논리로 **삶 전체를 구성하고, 신
학들을 완성한다.**

전 그걸 전혀 그런 식으로 보지 않았는데요.

너희에게 말하노니, 모든 것을 새로운 방식으로 살펴볼 때가 왔다. 지금은 너희가 개인으로서도 사회로서도 다시 태어날 때다. 이제 너희는 너희 세상을 다시 창조해야 한다. 너희의 광기로 그것을 무너뜨리기 전에.

이제 **내 말을 귀담아들어라.**

우리는 모두 '하나'다.

우리 중에 오직 '하나'만이 있다.

너희는 나와 떨어져 있지 않고, 너희 서로 간에도 떨어져 있지 않다.

우리가 하는 모든 일을 우리는 서로 협력해서 하고 있다. 우리의 현실은 공동으로 창조된 현실이다. 너희가 임신을 중단하는 건 우리가 임신을 중단하는 것이다. 너희의 의지가 곧 내 의지다.

신성의 어떤 개별 측면도 신성의 다른 측면들을 지배할 수 없다. 한 영혼이 다른 영혼의 의지를 거스르면서 그것에 영향을 미치기란 불가능하다. 어떤 희생자도, 어떤 악인도 없다.

너희의 제한된 시야로는 이것을 이해할 수 없다. 그럼에도 나는 너희에게 그건 그런 거라고 말하고 있다.

뭔가가 되거나, 뭔가를 하거나, 뭔가를 갖는 이유는 딱 하나뿐이다. 즉 '자신이 누구인가'를 직접 진술하는 것으로서만. 만일 개인과 사회 차원에서의 '자신'이 너희가 되고자 선택하고 바라는 자신이라면, 아무것도 바꿀 이유가 없다. 하지만 너희가 가져야 할 더 장대한 체험이 기다리고 있다고 믿는다면, 지금 드러나는 것보다 훨씬 더 위대한 신성의 표현이 기다리고 있다고 믿는다면, 그렇다면 그 진리 속으로 옮겨가라.

　우리 모두는 공동 창조자들이니, 우리 전체 중 일부가 가고 싶어하는 길을 남들에게도 보여주기 위해, 우리가 할 수 있는 일을 하는 것은 우리 전체에 도움이 될 수 있다. 너는, 너희가 창조하고 싶어하는 삶을 논증하고, 네 예를 따르도록 남들을 초대하는 안내자일 수 있다. 나아가 너는 "나는 생명이요 길이니, 나를 따르라"고 말할 수도 있을 것이다. 하지만 조심하라. 그런 진술을 했다고 십자가형을 받은 사람들도 있으니.

감사합니다. 경고하신 것에 유의할게요. 되도록 자세를 낮추겠습니다.

　나는 네가 그렇게 잘 해내고 있다는 걸 안다.

글쎄요, 자신이 신과 대화를 나누고 있다고 말할 때, 자세를 낮추고 있기는 쉬운 일이 아니죠.

　남들이 그걸 알아버렸을 때라면.

그러길래 제가 입을 다물고 있었더라면 더 나았을 겁니다.

　그렇게 하기에는 좀 늦었다.

음, 그게 누구 잘못입니까?

네가 뭘 말하려는지 알겠다.

괜찮습니다. 당신을 용서할게요.

네가 나를 용서한다고?

예.

네가 어떻게 나를 용서할 수 있느냐?

당신이 왜 그랬는지 이해할 수 있으니까요. 전 당신이 왜 제게 와서 이 대화를 시작했는지 이해합니다. 어떤 일이 벌어진 연유를 이해한다면, 그 일이 일으키거나 만들어내는 온갖 번잡함도 용서할 수 있는 거구요.

흠음. 그런데 이건 재미있군. 네가 신도 너만큼 장대한 존재라고 여길 수 있었다면 좋았을 걸.

항복!

너희는 나와 특이한 관계를 맺고 있다. 어떤 면에서 너희는 자신이 결코 나만큼 장대할 수 없으리라고 생각하지만, 다른 면에서는 내가 너희만큼 장대할 수 없다고 생각한다.
재미있지 않느냐?

흥미진진하군요.

　그건 너희가, 우리가 떨어져 있다고 생각하기 때문이다. 만일 우리가 하나라고 생각한다면, 너희는 이런 망상들에서 벗어날 것이다.

　너희 문화―"아기" 문화이고 사실 원시 문화인―와 우주에서 고도로 진화된 문화들 사이의 주요한 차이점이 이것이다. 가장 중요한 차이는, 고도로 진화된 문화들의 모든 지각 있는 존재는 자신들과 너희가 "신"이라 부르는 존재 사이에 어떤 분리도 없다고 확신한다는 데 있다.

　그들은 또한 자신과 남들 사이에 어떤 분리도 없다고 확신한다. 그들은 자신이 전체를 각자 개별적으로 체험하고 있음을 안다.

아, 잘됐군요. 이제 당신은 우주의 고도로 진화된 사회 속으로 들어가고 계십니다. 전 지금까지 이걸 기다려왔습니다.

　그렇다. 나도 우리가 그걸 탐구해볼 시간이 왔다고 생각한다.

하지만 그러기 전에, 잠시만 앞의 낙태 문제로 돌아가야겠습니다. 여기서 당신이 말씀하시는 건, 영혼의 의지를 거스르는 어떤 일도 일어날 수 없으니 사람을 죽여도 괜찮다는 건 아니죠? 그렇죠? 당신은 낙태를 용서하거나, 이 문제에서 우리에게 "탈출구"를 주는 건 아니죠? 안 그렇습니까?

내가 전쟁을 용서하지도 비난하지도 않듯이, 나는 낙태를 용서하지도 비난하지도 않는다.

모든 나라의 사람들이, 내가 자신들이 싸우는 전쟁은 용서하고, 자기 적들이 싸우는 전쟁은 심판할 거라고 생각한다. 모든 민족이 다 "신은 자기편"이라고 믿는다. 모든 주의(主義) 역시 그렇게 가정한다. 사실 모든 사람이 그렇게 느낀다. 아니면 적어도 어떤 선택이나 결정을 내릴 때 그것이 사실이기를 **희망한다.**

그런데 너는 **왜** 모든 창조물이 하나같이 신을 자기편이라고 믿는지 아느냐? 실제로 **내가 그러하기 때문이다.** 그리고 창조물들은 이것을 직관으로 안다.

이것은 그냥 "너희를 위한 너희의 의지는 너희를 위한 내 의지다"를 다른 식으로 말한 것이다. 그렇게 하는 건 그냥 "나는 너희에게 오직 **자유의지**만을 주었다"를 또 다른 식으로 말한 것이다.

자유의지를 특정한 방식으로 행사하는 것이 벌을 불러온다면, 자유의지란 있을 수 없다. 그것은 자유의지를 우롱하고, 자유의지를 모조품으로 만든다.

그러니 낙태를 하든, 전쟁을 하든, 차를 사든, 그따위 사람과 결혼을 하든, 섹스를 하든, 섹스를 하지 않든, "본분을 다하든" "본분을 다하지"않든, 그런 것들에 옳거나 그른 건 없다. 나는 그런 것들을 좋아하지도 싫어하지도 않는다.

너희 모두는 계속해서 자신을 규정해가고 있다. 너희의 모든 행동이 자기 규정의 행동이다.

너희가 자신을 창조한 방식을 기뻐한다면, 그것이 너희에게 이바지한다면, 너희는 계속 그런 식으로 해나갈 것이다. 반면에 그렇지 않다면, 너희는 그렇게 하는 걸 그만둘 것이다. 이런 게 진화다.

이 과정이 느린 것은 너희가 진화하는 동안 무엇이 진짜로 자신에게 이바지하는가에 대한 관념을 계속해서 바꾸고, "기쁨"에 대한 개념을 계속해서 바꾸기 때문이다.

내가 예전에 말했던 것, 한 사람이나 사회가 무엇을 "즐거움"이라 부르는지에 따라 그 존재나 사회가 얼마나 높이 진화했는지 알 수 있다고 했던 걸 떠올려보라. 나는 여기에 덧붙여, 그 존재나 사회가 무엇을 자신에게 이바지한다고 선언하는지에 따라서도 그 진화 정도를 알 수 있다고 말하려 한다.

전쟁에 나서고 다른 존재들을 죽이는 것이 너희에게 이바지한다면, 너희는 그렇게 할 것이다. 임신을 중단하는 것이 너희에게 이바지한다면, 너희는 그렇게 할 것이다. 너희가 진화함에 따라 바뀌는 것은 오직 무엇이 자신에게 이바지하는가에 관한 관념뿐이다. 그리고 그것은 자신이 무엇을 하려고 생각하는지에 달려 있다.

너희가 시애틀로 가려고 한다면, 샌어제이 쪽으로 가는 것은 너희에게 이바지하지 않을 것이다. 샌어제이로 가는 것이 "도덕적으로 잘못"된 게 아니라, 그냥 너희에게 이바지하지 않을 뿐이다.

그렇게 되면 너희가 무엇을 하려는가의 문제는 **가장 중요한** 것이 무엇인가의 문제가 된다. 너희 삶 전체에서만이 아니라,

삶의 특정 **순간들마다**에서. 삶 자체를 창조하는 건 결국 삶의 **순간순간들**이기 때문이다.

이 모든 것이 너희가 1권이라 부르게 된, 성스러운 우리 대화의 초반부에 아주 자세히 다루어져 있다. 내가 여기서 그것을 되풀이하는 건 네게 그것을 상기시켜줘야 할 것 같아서다. 그렇지 않고서야 네가 낙태 문제를 물을 리는 없을 테니 말이다.

따라서 너희가 낙태를 시키려 하든, 담배를 피우려 하든, 고기를 구워 먹으려 하든, 아니면 교통사고로 사람을 치어 죽이려 하든, 말하자면 큰 문제든 작은 문제든, 중요한 선택이든 사소한 선택이든, 너희가 고려해야 할 문제는 딱 하나뿐이다. 즉 이것이 '참된 나'인가? 이것이 내가 지금 되려고 선택하는 존재인가?라는 물음.

그리고 **어떤 것도 앞뒤가 맞지 않는 건 없음**을 이해하라. 모든 것에는 귀결이 있고, 그 귀결은 자신이 누구고 무엇인가다.

너희는 지금 이 순간 자신을 규정하고 있다.

바로 그것이 낙태 문제에 대한 너희의 답변이고, 그것이 전쟁 문제에 대한 너희의 답변이며, 그것이 흡연 문제에 대한 너희의 답변이고, 그리고 그것이 고기 먹는 문제와 **너희가 지금껏 저질렀던 행위들과 관련해서 제기되는 모든 문제**에 대한 너희의 답변이다.

모든 행동이 자기 규정의 행동이다. 너희가 생각하고 말하고 행하는 모든 것이 "이게 나다"를 선언한다.

# 15

내 사랑하는 자녀들이여, 나는 너희에게 '자신이 누구고 누가 되기를 선택하는가'라는 이 문제가 대단히 중요하다는 걸 강조하고 싶다. 그것이 너희 체험의 색조를 정할 뿐 아니라, 내 체험의 성격도 창조한다는 점에서.

너희는 살아오면서 줄곧 신이 너희를 창조했다고 들어왔다. 그러나 이제 내가 너희에게 와서 말하노니, 너희 쪽이 신을 창조하고 있다.

이것이 너희의 이해를 크게 뒤바꾸리란 건 나도 안다. 하지만 너희가 여기에 하러 온 진짜 과제를 시작하고자 한다면, 너희는 그렇게 해야 한다.

이것은 우리가, 너희와 내가, 종사하고 있는 성스러운 과업이고, 우리가 걷는 신성한 지반이다.

이것은 행로다.

순간순간마다 신은 너희에게서, 너희로서, 너희로 하여 자신을 표현한다. 너희는 언제나 신을 이 순간 어떤 모습으로 창조할지 선택하고 있다. 그리고 그녀는 너희에게서 그 선택권을 빼앗지도, "잘못된" 선택을 했다고 너희를 벌하지도 않을 것이다. 그렇다고 너희가 이 문제들에서 아무 지침 없이 있는 건 아니다. 앞으로도 그런 일은 결코 없을 것이다. 너희 안에는 집으로 돌아오는 길을 너희에게 말해주는 내면 안내 체계가 심어져 있다. 이것은 언제나 너희에게 가장 고귀한 선택을 이야기하고, 너희 앞에 가장 장대한 전망을 제시하는 내면의 목소리다. 너희가 해야 할 일은 그 목소리에 유의하고 그 전망을 포기하지 않는 것뿐이다.

또 나는 너희 역사 전체에 걸쳐 너희에게 스승들을 보내주었다. 내 사자들은 날마다 때마다 크나큰 기쁨에 대해 말하는 기쁜 소식을 너희에게 가져다주었다.

성스러운 경전들이 쓰여졌고, 성스러운 삶들이 살아졌다. 너희와 나는 '하나'라는 이 영원한 진리를 너희가 알 수 있도록.

이제 다시 나는 너희에게 경전들을 보내고—그중 하나는 지금 너희 손에 쥐여져 있다—이제 다시 나는 너희에게 신의 말을 전하려는 사자들을 보낸다.

너희는 이 말들에 귀 기울이려느냐? 이 사자들의 말대로 따르려느냐? 그들 중 한 사람이 되려느냐?

이것은 굉장한 물음이고, 엄청난 초대며, 영광스러운 결정이다. 온 세상이 너희의 선언을 기다리고 있다. 그리고 너희는 너희 삶을 사는 것으로 그것을 선언한다.

**너희가 자신의 가장 고귀한 관념들로 올라서지 않고서는, 인류 역시 절대로 자신의 가장 저급한 생각들에서 벗어날 수 없다.**

너희를 통해, 너희로서 표현된 그런 관념들이 인간 체험의 다음 수준을 위한 형판(型版)을 창조하고, 무대를 놓아주며, 모델이 되기 때문이다.

너희는 생명이요 길이니, 세상이 너희를 따를 것이다. 너희는 이 문제에서 선택의 여지가 없다. 너희가 아무런 자유 선택권도 갖지 못하는 유일한 문제가 이것이다. 그것은 그냥 본래 그런 식이다. 세상은 그냥 너희 자신에 관한 너희의 관념을 따를 뿐이다. 세상은 지금껏 그래왔고, 앞으로도 계속 그럴 것이다. 먼저 자신에 관한 자신의 생각이 오고, 그 뒤를 이어 외부 세상의 물질 표현이 따라나온다.

너희는 자신이 생각하는 것을 창조하고, 너희는 자신이 창조하는 것이 되며, 너희는 자신이 되는 것을 표현한다. 그리고 너희는 자신이 표현하는 것을 체험하고, 자신이 체험하는 것이 너희인 것이며, 너희는 자신인 것을 생각한다.

이렇게 해서 그 순환은 완결된다.

사실 너희가 종사하는 성스러운 과업은 이제 막 시작되었다. 이제서야 마침내 너희는 자신이 뭘 하고 있는지 이해하게 되었다.

너희더러 이것을 알게 해준 건 너희 자신이고, 너희더러 이것에 신경 쓰게 해준 것도 너희 자신이다. 너희는 이제 과거 어느 때보다 더 '자신이 참으로 누군지' 신경 쓰고 있다. 이제서야 마침내 너희는 그림 전체를 본다.

보라, 너희는 나다.

**너희는 신을 규정하고 있다.**

내가 내 축복받은 일부인 너희를 물질 형상 속으로 들여보낸 것은, 내가 **개념으로** 나 자신이라고 아는 그 모든 것이 **체험으로도** 나 자신임을 알기 위해서였다. 삶은 신이 개념을 체험으로 바꾸는 도구로 존재한다. 삶은 또한 **너희가 나와 같은 일을 할 수** 있게 하려고 존재한다. 너희가 신, 직접 이렇게 하고 있는 신이기 때문이다.

나는 모든 단일 순간마다 나 자신을 재창조하길 원한다. 나는 내가 지금껏 '나 자신'에 관해 가졌던 가장 위대한 전망의 가장 숭고한 해석을 체험하길 원한다. 그리하여 나는 너희를 창조했다. 너희가 나를 재창조할 수 있도록 하기 위해서. 이것은 우리의 성스러운 과업이고, 우리의 가장 큰 기쁨이며, 우리가 존재하는 바로 그 이유다.

이 글들을 읽는 제 마음은 경외심과 고마움으로 가득합니다. 이런 식으로 저와 함께 여기에 있어주셔서 고맙습니다. 우리 모두와 함께 여기에 있어주셔서 고맙습니다.

천만에. **너희가 날** 위해 여기에 있어줘서 고맙다.

두세 가지 정도만 더 질문했으면 하는데요, 그 "진화된 존재들"과 관련해서요. 저로서는 그래야만 이 대화를 끝낼 수 있을 것 같거든요.

내 사랑하는 이여, 이 대화는 절대 끝나지 **않을** 것이고, 네가 그래야 할 필요도 없을 것이다. 신과 나누는 네 대화는 영원히 계속될 것이다. 게다가 네가 그 일을 적극적으로 하고 있는 걸로 봐서, 그 대화는 얼마 안 가 우정으로 이어질 것이다. 모든 좋은 대화는 결국 우정으로 이어지게 마련이니, 신과 나눈 네 대화도 얼마 안 가 **신과의 우정**을 낳을 것이다.

저도 그렇게 느낍니다. 사실 전 우리가 이미 **친구**가 된 것처럼 느껴집니다.

그리고 모든 관계가 그러하듯이, 우정도 보살피고 부채질하고 자라도록 놔두면, 마침내 영적 교감을 낳기 마련이니, 너는 **신과 영적으로 교감하는** 존재로서 자신을 느끼고 체험하게 될 것이다.

그때 우리는 '하나'로서 말한 것이기에, 이것은 거룩한 교감이 될 것이다.

그렇다면 이 대화는 계속되는 겁니까?

그렇다. 영원히.

그럼 전 이 책의 말미에 가서 당신에게 잘 가시라고 말할 필요가 없겠군요.

너는 절대 잘 가라고 말할 필요가 없다. 너는 그냥 안녕하시냐고 인사하면 된다.

당신은 참으로 경이로우십니다. 당신도 그걸 아십니까? 당신은 그냥 경이로우십니다.

그리고 너도 그렇다. 내 아들아, 너도 그렇다.
온 세상의 내 자식들 모두가 그러하듯이.

당신은 "온 세상에" 자식들을 가지고 계십니까?

물론이다.

아뇨, 말 그대로 **온 세상** 말입니다. 다른 행성에도 생명체가 있습니까? 우주의 다른 곳에도 당신 자식들이 있습니까?

그것도 물론이다.

그 문명들은 우리보다 진보된 문명입니까?

그중 일부는 그렇다.

어떤 점에서요?

모든 점에서. 기술에서, 정치에서, 사회에서, 영성에서, 물질에서, 그리고 심리에서.
예를 들면, 비교하려는 너희의 끈덕진 취향과 뭔가를 "낫고 못하고"나, "높고 낮고"나, "좋고 나쁘고"로 특징지어야 하는 너희의 줄기찬 필요는 너희가 이원론에 얼마나 깊이 빠져 있는지, 분리주의에 얼마나 깊이 잠겨 있는지를 잘 보여준다.

더 진보된 문명들에서는 이런 모습들을 찾을 수 없습니까? 그리고 이원론이란 건 뭘 말씀하시는 겁니까?

한 사회가 얼마나 이원론적으로 사고하는지가 그 사회의 진보 수준을 반영한다. 그 사회의 진화 정도를 증명해주는 것은 분리가 아니라 합일로 나아가는 운동이다.

왜요? 왜 합일이 그런 잣대가 되는 겁니까?

합일이 진리이기 때문이다. 분리는 환상이다. 한 사회가 자신을 분리되었다고 보는 한, 분리된 단위들의 집합이나 계열로 보는 한, 그 사회는 환상 속에서 살고 있다.

너희 행성에서의 모든 삶은 분리주의 위에 세워져 있고, 이원론에 근거하고 있다.

너희는 자신들이 분리된 가족이나 씨족들이고, 그것들이 모여서 분리된 지역이나 주를 이루며, 다시 그것들이 합쳐져 민족이나 국가를 이루고, 또다시 그것들이 합쳐져 분리된 세상, 즉 분리된 행성을 이룬다고 생각한다.

너희는 너희 세상이 우주에서 생명이 사는 유일한 세상이라 여기고, 너희 민족이 지상에서 가장 뛰어난 민족이라 여기며,

너희 지역이 그 나라에서 최고 지역이라 여기고, 너희 가족이 그 지역에서 가장 멋진 가족이라 여긴다.

마지막으로 너희는 **자신이** 가족 중에서 제일 낫다고 생각한다.

아, 물론 너희는 전혀 이런 식으로 생각하지 **않는다고** 주장한다. 그렇지만 **너희는 이런 식으로 생각하는 듯이 행동한다.**

하지만 너희의 진짜 생각은 너희의 사회적 결정과 정치적 결론, 종교적 결의, 경제적 선택, 그리고 친구에서 신념 체계, 나아가 신인 나와의 관계에 이르기까지, 모든 것을 놓고 내리는 너희의 선별selection들에서 드러나기 마련이다.

너희는 나와 너무나 분리된 듯이 느끼고 있어서, 내가 너희에게 말조차 걸지 않으리라 생각한다. 그러기에 너희는 자기 체험의 진실성을 부정하지 않을 수 없다. 너희는 너희와 내가 '하나'임을 **체험하지만,** 그것을 믿기를 **거부한다.** 이렇게 해서 너희는 서로에게서만이 아니라 자신의 진실에서도 분리된다.

어떻게 자신의 진실에서 분리될 수 있습니까?

그것을 무시하는 것으로, 그것을 보고도 부정하는 것으로. 아니면 그래야 하리라는 자신의 선입관에 맞추기 위해 그것을 바꾸고, 뒤틀고, 왜곡하는 것으로.

네가 여기서 출발점으로 삼았던 질문을 한번 봐라. 너는 다른 행성들에도 생명체가 있느냐고 물었고, 나는 "물론"이라고 대답했다. 내가 "물론"이라고 말한 것은 그 증거가 너무나도 명백하기 때문이다. 그것은 너무나 명백해서, 너희가 그런 걸 묻는다는 사실 자체가 나로서는 놀라운 일이다.

자, 이것이 "자신의 진실에서 분리될" 수 있는 방법이다. 도저히 놓칠 수 없을 만큼 그렇게 정면으로, 제 눈으로 진실을 보고 나서도 자신이 보는 것을 부정하는 것으로.

여기서의 메커니즘은 부정이다. 그리고 자기 부정만큼 교활한 부정은 없다.

너희는 평생을 '참된 자신'을 부정하는 데 보냈다.

너희가 설령 덜 개인적인 문제들, 오존층의 고갈이나 원시림의 강탈, 끔찍한 아동 학대 같은 문제들만으로 너희의 부정을 제한했다 해도, 그것만으로도 충분히 슬픈 일이었겠지만, 그러나 너희는 주변에서 보는 모든 것을 부정하는 것으로 만족하지 않는다. 너희는 너희 **내면에서** 보는 것들까지 모조리 부정하기 전에는 결코 편히 쉬지 않을 것이다.

너희는 자신의 내면에서 선과 자비를 보지만, 그것을 부정한다. 너희는 자신의 내면에서 지혜를 보지만, 그것을 부정한다. 너희는 자신의 내면에서 무한한 가능성을 보지만, 그것을 부정한다. 그리고 너희는 자신의 내면에서 신을 보고 체험하지만, 그 또한 부정한다.

너희는 너희 내면에 내가 있음을, 즉 내가 너희**임을** 부정한다. 그리고 이렇게 하면서 너희는 당연하고도 명백한 내 자리를 부정한다.

저는 당신을 부정하지 않았고 부정하지 않습니다.

너는 네가 신임을 인정하느냐?

음, 그런 식으로 말하려던 건 아니었습니다……

그 봐라. 이제 네게 말하노니, "**오늘 밤 닭이 울기 전에 네가 세 번 나를 부정하리라.**"
　너는 바로 그런 네 생각들로 나를 부정할 것이고,
　바로 그런 네 말들로 나를 부정할 것이며,
　바로 그런 네 행동들로 나를 부정할 것이다.
　너희는 내가 너희 속에 너희와 함께 있고, 우리가 하나임을 **가슴으로 안다.** 그런데도 너희는 나를 부정한다.
　아 물론, 내가 틀림없이 존재한다고 말하는 사람들도 있다. 하지만 너희에게서 떨어져서, **저 멀리** 어딘가에. 내가 더 멀리 있다고 여기면 여길수록, 너희는 자신의 진실에서 점점 더 멀어져간다.
　너희 행성의 천연자원의 고갈에서부터 그 많은 수의 가정들에서 자행되는 아동학대에 이르기까지, 삶의 다른 많은 것들에서 그러하듯, 너희는 그것을 보지만 믿지는 않는다.

하지만 왜죠? 왜 그럴까요? 왜 우리는 보면서도 믿지 않는 걸까요?

　환상에 사로잡힌 나머지, 환상에 너무 깊이 빠진 나머지, 그것을 꿰뚫어볼 수가 없기 때문이다. 사실 환상이 계속되려면 너희는 그렇게 하지 **말아야** 한다. 이것은 '신성한 이분법'이다.

내가 **되기를** 너희가 계속 추구하려면, 너희는 나를 부정**해야** 한다. 그리고 바로 이것이 너희가 하고 싶어하는 것이다. 하지만 이미 되어 있는 것이 될 수는 없는 법이니, 이 때문에 부정이 중요한 것이다. 그것은 쓸모 있는 도구다.

그것이 더 이상 그렇지 않을 때까지.

선각자는 부정이, 환상을 계속 유지하려는 사람들을 위한 것임을 안다. 반면에 인정은 이제 환상을 끝내려는 사람들을 위한 것이다.

인정과 선언과 드러냄demonstration, 이것이 신을 향해 가는 **세 단계**다. '자신이 참으로 누구고 무엇인지'를 인정하고, 온 세상이 다 듣도록 그것을 선언하며, 모든 면에서 그것을 드러내는 것이.

자기 선언 뒤에는 **언제나** 드러냄이 뒤따른다. 너희는 자신이 신임을 **드러낼** 것이다. 지금도 너희는 너희 자신이라 여기는 것을 드러내고 있다. 너희 삶 전체가 그것을 드러내고 있다.

그런데 너희가 가장 큰 도전을 만나게 되는 것이 이 드러냄에서다. 너희가 자신을 부정하는 것을 멈추자마자, 남들이 **너희**를 부정할 것이기에.

너희가 신과 '하나됨'을 선언하자마자, 남들은 너희가 사탄과 손잡았다고 선언할 것이고,

너희가 최고의 진리를 설교하자마자, 남들은 너희가 최악의 신성모독을 설교한다고 말할 것이다.

그래서 자신의 깨달음을 차분히 드러낸 모든 선각자가 그러했듯이, 너희 역시 숭배되면서 모욕당하고, 떠받들리면서 짓밟

히고, 추앙되면서 십자가에 못 박힐 것이다. 너희로서야 그 순환이 끝나겠지만, 여전히 환상 속에서 사는 사람들로서는 너희를 어떻게 생각해야 할지 모를 것이기에.

그런데 저한테는 무슨 일이 일어날까요? 전 이해할 수가 없습니다. 혼란스럽고요. 전 당신이 거기에 뭔가 "게임"이란 게 존재하려면, 환상은 계속되어야 한다고 몇 번이나 말씀하신 걸로 생각했는데요. "게임"은 계속되어야 한다고 말씀하신 걸로요.

그렇다, 나는 그렇게 말했다. 그리고 그건 실제로도 그러하다. 게임은 계속된다. 너희 중 한두 사람이 환상의 순환을 끝냈다고 해서, 그것이 게임을 끝내는 것은 아니기 때문이다―너희에게도, 그리고 다른 놀이꾼들에게도.

전부 다가 다시 '하나'가 될 때까지 게임은 끝나지 않는다. 아니, 그때도 게임은 끝나지 않는다. 전부가 전부와 재합일하는 그 성스러운 순간에 '나―우리―너희'는, 그 환희가 너무나도 장대하고 너무나도 강렬해서 말 그대로 기쁨으로 터져버릴 것이고, 희열로 폭발할 것이기에. 그리하여 그 순환은 완전히 처음부터 다시 시작될 것이다.

내 아들아, 그것은 결코 끝나지 **않을** 것이다. 그 게임은 결코 끝나지 **않을** 것이다. 그 게임이 삶 자체이고, 삶이 바로 '우리'이기 때문이다.

하지만 깨달음에 이르러 모든 앎을 이룬 개별 요소, 아니 당신 표현대로 "전체의 부분"에게는 무슨 일이 벌어집니까?

　　그런 선각자는 그 순환의 자기 부분만이 완료되었음을 안다. 그녀는 자신의 환상 체험만이 끝났다는 것을 안다.
　　이제 선각자는 웃음을 터트린다. 그녀는 마스터 플랜을 알기 때문이다. 그녀는 자신의 순환이 완결되어도 그 게임은 계속되리란 걸, 그 체험은 계속되리란 걸 안다. 그러고 나면 선각자는 이제 자신이 그 체험 속에서 할 수 있는 역할까지 안다. 선각자의 역할은 다른 사람들을 깨달음으로 이끄는 것이다. 그리하여 선각자는 계속해서 그 놀이를 한다. 하지만 이번에는 새로운 방식으로, 새로운 도구를 가지고. 그는 환상임을 알기에 환상 밖으로 나갈 수 있다. 선각자는 이렇게 하는 것이 자신의 목적과 즐거움에 들어맞을 때 이따금 이렇게 할 것이다. 그렇게 해서 그녀는 자신의 깨달음을 선언하고 드러내니, 남들은 그를 신/여신이라 부르리라.
　　너희 종 전체가 깨달음으로 인도되어 그것을 이뤄낸다면, 전체로서 너희 종(너희 종은 하나의 통일체이기에)은 시간과 공간 속을 마음대로 옮겨다닐 것이고(너희는 물질 법칙들을 이해했듯이 그것들을 자유자재로 다루게 될 것이다), 너희는 다른 종과 다른 문명들에 속한 이들 또한 깨달음에 이를 수 있게 도와주려 할 것이다.

다른 종과 다른 문명들이 지금 우리에게 하듯이요?

맞았다. 바로 그거다.

그리고 전 우주의 모든 종이 깨달음에 이르렀을 때에야—

—아니면, 내가 표현하듯이 내 모두가 '하나됨'을 알았을 때에야—

—그 순환의 이 부분은 끝날 것이다.

네가 슬기롭게 표현했구나. 순환 자체는 **절대** 끝나지 않기 때문이다.

순환의 이 부분이 끝나는 것이 바로 순환 자체이기에!

야호! 근사하다!
너는 이해했다!
그러니 그렇다, 다른 행성들에도 생명체가 있다. 그리고 그렇다, 그중 다수가 너희보다 더 진보되어 있다.

어떤 점에서요? 당신은 사실 이 문제에는 대답하지 않으셨습니다.

아니다, 나는 했다. 나는 모든 점에서라고 말했다. 기술과 정치와 사회와 영성과 물질과 심리에서.

아, 그랬군요. 하지만 예를 좀 들어주십시오. 그런 진술은 너무 광범위해서 저한테는 의미가 없습니다.

너도 알다시피, 나는 네 진실을 사랑한다. 누구나가 다 신을 똑바로 쳐다보면서 신이 말하는 게 의미 없다고 대놓고 단언하는 건 아니다.

그래서요? 거기에 대해서 어떻게 하시려는 겁니까?

바로 그것, 너는 바로 그런 올바른 태도를 지니고 있다. 그건 물론 네가 옳기 때문이다. 너는 내게 도전할 수 있고, 내게 맞설 수 있고, 네가 원하는 만큼 많이 내게 이의를 제기할 수 있다. 나는 거기에 대해 매도하려는 게 아니다.

오히려 나는 축복을 내릴 수 있다. 내가 여기서 이 대화를 가지고 그러하듯이. 이건 축복받은 사건이 아니냐?

예, 이건 축복받은 사건입니다. 이 책은 많은 사람들에게 도움을 주었습니다. 이 책은 몇백만의 사람들을 감동시켰고, 지금도 감동시키고 있습니다.

나도 그건 안다. 그 모두가 "마스터 플랜"의 일부다. 너희가 선각자가 되게 하려는 계획의 일부.

당신은 이 3부작이 큰 성공을 거두리란 걸 처음부터 알고 계셨죠,

그렇죠?

　　물론 나는 알고 있었다. 너는 그것을 그렇게 성공시킨 사람이 누구라고 생각하느냐? 너는 지금 이 책을 읽고 있는 사람들에게 이것을 손에 넣을 나름의 방법들을 찾아내도록 만든 게 누구라고 생각하느냐?

　　너희에게 말하노니, 나는 이 자료를 찾아올 모든 사람을 알고 있다. 그리고 나는 그 한 사람 한 사람이 어떤 이유로 왔는지도 안다.

　　그리고 그들은 그렇게 하고 있다.

　　이제 문제는 그들이 다시 또 나를 부정하는가뿐이다.

그 문제가 당신에게 중요합니까?

　　조금도 중요하지 않다. 내 자식들 모두가 언젠가는 내게 돌아올 것이다. 그것은 그럴 것인가 아닌가의 문제가 아니라 **언제** 그럴 것인가의 문제다. 따라서 그것은 그들에게 중요한 문제일 수 있다. 그러니 들을 귀를 가진 자들은 모두 듣게 하라.

그러죠. 그런데 우리는 다른 행성에 사는 생명체들 이야기를 하고 있었습니다. 그리고 당신은 그들이 지구의 생명체보다 어떤 점에서 그토록 많이 진보했는지 예를 들어주시려던 참이었고요.

　　기술에서 다른 문명들 대다수가 너희보다 훨씬 앞서 있다.

너희보다 뒤처진 문명들도 있지만, 그렇게 많지는 않다는 이야기다. 대다수가 너희보다 훨씬 앞서 있다.

어떤 점에서요? 예를 하나 들어주십시오.

좋다, 날씨를 예로 들자. 너희는 날씨를 조절하지 못한다. (너희는 그것을 정확히 예견하지도 못한다!) 그래서 너희는 그것의 변덕에 지배된다. 하지만 다른 대다수 세상들은 그렇지 않다. 다른 행성들에 사는 존재들은, 예를 들면 일정 지역의 기온을 조절할 수 있다.

그들이 그럴 수 있다고요? 전 어떤 행성의 기온은 자기 태양과의 거리라든가 기압 따위들이 복합되어 만들어진 결과라고 생각했는데요.

그런 것들이 매개변수를 확정한다. 그러나 그 매개변수들 안에서 많은 것을 해낼 수 있다.

어떻게 그렇게 합니까? 어떤 식으로요?

환경을 조절하는 것으로. 대기 속에 특정 조건들을 만들어내거나 만들어내지 않는 것으로.
너도 알다시피, 그것은 태양과 어떤 위치 관계에 있는가의 문제일 뿐만 아니라, 태양과 자신 사이에 무엇을 두는가의 문제이기도 하다.

너희는 너희 대기 속에 가장 위험한 것들을 집어넣고, 가장 중요한 것 몇 가지를 빼버렸다. 그런데도 너희는 이것을 부정하고 있다. 다시 말해 너희들 대다수가 이것을 인정하려 하지 않는다. 너희 중 가장 섬세한 마음들이 너희가 입고 있는 피해를 의심할 여지 없이 밝혀줄 때조차도 너희는 그것을 인정하려 하지 않는다. 너희는 그 섬세한 마음들을 미쳤다고 일컬으면서 너희가 더 잘 안다고 말한다.

아니면 너희는 이 지혜로운 사람들이 다른 속셈을 가지고 있고, 자기 관점을 공식화하려 하며, 자신들의 이익을 지키고 있을 뿐이라고 말한다. 하지만 다른 속셈을 가진 쪽은 **너희**고, 자기 관점을 공식화하려는 쪽도 **너희**며, 자신의 특별한 이익을 지키고 있는 쪽도 **너희**다.

너희의 주요한 관심은 언제나 너희 자신이다. 아무리 과학적이고, 아무리 증명 가능하고, 아무리 긴박한 증거라 해도, 그것이 너희의 사리사욕을 침해한다면, 너희는 그것을 부정할 것이다.

그건 너무 가혹한 판결이군요. 전 그게 사실이라고 믿을 수가 없습니다.

정말? 이제 너는 신을 거짓말쟁이로 만들 셈이냐?

음, 전 그걸 그런 식으로 말하려던 게 아닙니다. 정확하게 말하자면……

너는 너희 국가들이 탄화불소(프레온가스-옮긴이)로 대기를 오염시키는 짓을 그만두기로 동의하는 데만도 얼마나 많은 시간이 걸렸는지 아느냐?

예…… 하지만……

하지만이 아니다. 너는 그것이 왜 그렇게 오래 걸렸다고 생각하느냐? 아니 놔둬라, 내가 말해주마. 그것이 그렇게 오래 걸린 건, 오염을 중단하면 많은 대기업들이 엄청난 돈을 손해봐야 했기 때문이다. 그것이 그렇게 오래 걸린 건, 그렇게 하면 많은 사람들이 자신들의 편리함을 손해봐야 했기 때문이다.

그것이 그렇게 오래 걸린 건, 그토록 오랫동안 많은 사람들과 많은 나라들이 자신들의 이익을 현 상태로, 지금 유지되고 있는 그대로 지키기 위해서 그 증거를 부정하려 애썼기 때문이다. 아니, 부정할 **필요가** 있었기 때문이다.

그나마 더 많은 사람들이 주의를 기울이기 시작한 것은 피부암의 발생 비율이 심상찮을 정도로 높아지고, 기온이 상승하여 빙하와 눈이 녹기 시작하고, 해수 온도가 올라가고, 호수와 강이 범람하기 시작하고서였다.

고상한 마음들이 오래전부터 너희 앞에 놓아둔 진실을 너희가 그나마 보기 시작한 것은 **너희 자신의 이익**을 위해서도 그렇게 하지 않을 수 없게 되고서였다.

자기 이익이 뭐가 잘못입니까? 전 당신이 1권에서 자기 이익이 출발점이라고 하신 걸로 아는데요.

그렇다, 나는 그렇게 말했다. 그리고 그건 사실이다. 하지만 다른 행성의 문화와 사회들은 "자기 이익"을 너희 세상보다 훨씬 넓게 규정한다. 깨달은 존재들은 한 사람을 다치게 하는 것이 다수를 다치게 하는 것이고, 소수를 이롭게 하는 것이 다수를 이롭게 할 수밖에 없음을, 아니 결국에는 아무도 더 이롭게 하지 않음을 잘 알고 있다.

너희 행성에서는 그것이 정반대다. 한 사람을 다치게 하는 것쯤이야 다수에 의해 무시되고, 소수를 이롭게 하는 것쯤이야 다수에 의해 부정된다.

이것은 자기 이익에 대한 너희의 규정이 너무 협소하기 때문이다. 고작 자기 개인, 그리고 그걸 넘어서면 자기 가족, 그것도 자기 분부대로 따르는 가족들에게나 간신히 이를 정도로.

그렇다, 나는 1권에서, 어떤 관계에서나 자신에게 가장 이로운 일을 하라고 말했다. 하지만 나는, 무엇이 자신에게 최고로 이로운지 알 때, 자신과 남이 '하나'이니, 너희는 그것이 남들에게도 최고로 이로운 것임을 알게 되리라고도 말했다.

자신과 모든 남이 '하나'다. 이것은 아직 너희가 이르지 못한 앎의 수준이다.

네가 진보된 기술에 대해 물으니, 내가 말해주마. 너희는 진보된 사고방식 없이는 어떤 진보된 기술도 이로운 방식으로 가질 수 없다.

**사고방식의 진보 없는 기술의 진보는 진보가 아니라 서거(逝**

去)를 가져온다.

너희는 너희 행성에서 이미 이것을 체험했다. 그리고 이제 얼마 안 있어 너희는 그것을 다시 체험하려 하고 있다.

무슨 말씀입니까? 뭘 말씀하시는 겁니까?

내 말은 예전에 너희 행성에서, 지금 너희가 서서히 올라서고 있는 높이까지―실제로는 그 높이를 넘어서―이른 적이 있다는 이야기다. 너희는 지금 존재하는 것보다 더 진보된 문명을 지구에 건설했다. 그리고 그것은 자멸했다.

그것은 자멸했을 뿐 아니라 다른 것들까지 거의 다 파멸시켰다.

이렇게 된 건 그 문명이, 자신이 발달시킨 그 기술들을 어떻게 다뤄야 할지 몰랐기 때문이다. 기술의 진화가 영성의 진화를 훨씬 앞선 탓에, 그 문명은 기술을 자신의 신으로 삼기에 이르렀고, 사람들은 기술과, 기술이 만들고 가져다줄 수 있는 모든 것을 숭배했다. 그래서 그들은 고삐 풀린 기술이 가져다준 모든 것을 가졌지만, 그것은 그야말로 고삐 풀린 재난이었다.

그들은 말 그대로 자기들 세상을 끝장냈다.

이런 일들이 여기, 이 지구에서 일어났다는 겁니까?

그렇다.

잃어버린 도시 아틀란티스를 말씀하시는 겁니까?

그것을 그렇게 부르는 사람들도 있다.

그리고 레무리아도요? 무 대륙도요?

그 또한 너희 신화의 일부다.

그렇다면 그게 사실이었군요! 우리가 예전에 이런 수준에 달했다는 게!

아, 내 친구여, 그 수준을 넘어서. 그 수준을 훨씬 넘어서.

그리고 우리는 자멸했군요!

왜 그렇게 놀라느냐? 너희는 지금도 똑같이 하고 있다.

그건 저도 압니다. 어떻게 해야 우리가 중단할 수 있을까요?

이 주제에 바쳐진 책들은 많다. 대다수 사람들이 그것들을 무시하고 있지만.

그중 하나라도 제목을 말해주십시오. 우린 무시하지 않을 겁니다. 제가 약속할게요.

《우리 문명의 마지막 시간들The Last Hours of Ancient Sunlight》

을 읽어라.

톰 하트먼이 쓴 거군요. 그래요! 전 그 책을 좋아해요.

잘됐구나. 이 사자(使者)는 영감을 받았다. 세상이 이 책을 주목하게 하라.

그럴게요. 그렇게 할게요.

그 책에는 앞의 네 질문에 대한 대답으로 내가 여기서 말하려는 모든 것이 들어 있다. 내가 네게 그 책을 다시 쓰게 할 필요는 없을 것이다.
그 책은 너희 고향인 지구를 위태롭게 하는 여러 측면들과 너희가 멸망을 중단시킬 수 있는 방안들을 요약하고 있다.

인류가 이 행성에서 저질러온 일들이 그만큼 문제가 많다는 거겠죠. 사실 당신은 이 대화를 진행하는 동안 줄곧 우리 종을 "원시적"이라고 묘사하셨죠. 당신이 처음 그런 언급을 하고 난 이후로, 전 비원시적인 문명에서 사는 건 어떤 건지 무척 궁금했습니다. 당신이 말씀하셨죠? 우주에는 그런 사회나 문화들이 많다고요.

그렇다.

얼마나 많습니까?

아주 많다.

몇십 개요? 몇백 개요?

몇만 개.

몇만 개요? 몇만 개나 되는 진보된 문명들이 있다고요?

그렇다. 하지만 너희보다 더 원시적인 문화들도 있다.

한 사회를 "원시적"이라거나 "진보적"이라고 구분하는 다른 어떤 표지가 있습니까?

그 사회가 자신이 지닌 가장 높은 이해를 얼마나 실제로 행하는가의 정도.

이것은 너희가 무엇을 믿는가에 **따라** 다르다. 너희는 그 사회의 이해가 얼마나 **높은가**에 따라, 그 사회를 원시적이라 부르고 진보적이라 불러야 한다고 믿는다. 하지만 그것들을 실제로 행하지 않는다면, 아무리 높은 이해라도 무슨 쓸모가 있겠는가?

답은 전혀 쓸모가 없다는 것이다. 사실 그런 식의 이해라면 위험하다.

퇴보를 진보로 칭하는 것이 원시사회의 표지다. 너희 사회는 앞으로 가지 않고 뒤로 물러났다. 너희 세상의 많은 것들이 오늘날보다 70년 전에 더 많은 자비를 증명했다.

이걸 듣기 힘들어할 사람들도 있겠군요. 당신은 자신이 판단하지 않는 신이라고 말씀하시지만, 자신들이 판단당하고 있으며, 이 책 곳곳에서 잘못된 걸로 규정되고 있다고 느낄 사람들도 있을 겁니다.

우리는 앞에서도 이 문제를 다루었다. 너희가 시애틀로 가고 싶다고 말하면서도 실제로는 샌어제이로 차를 몰고 가고 있을 때, 너희가 방향을 물어본 그 사람이, 너희는 가고 싶다고 말하는 곳에 닿지 못할 방향으로 가고 있다고 말한다면, 그 사람은 판단을 내리고 있는 것이냐?

우리를 "원시적"이라고 부르는 건 단순히 방향을 가리켜주는 것하고 다릅니다. 원시적이라는 용어 자체가 비하하는 말입니다.

호, 정말? 하지만 너희는 "원시"미술에 정말 탄복한다고 말한다. 그리고 그 "원시"성 덕분에 감칠맛 나는 음악들도 많이 있다. 물론 그런 여자들이 있는 건 말할 것도 없고.

당신은 사태를 뒤집으려고 말장난을 하고 계십니다.

전혀 그렇지 않다. 나는 단지 네게 "원시적"이란 용어가 반드시 비하어는 아니란 걸 보여주고 있을 뿐이다. 그걸 그렇게 만드는 건 너희 판단이다. "원시적"이란 그냥 서술어일 뿐이다. 그것은 그냥 말 그대로, 어떤 것이 발달의 초기 단계에 있음을 뜻하고 있다. 그것은 그 이상 아무것도 말하지 않는다. 그것은 "옳고 그름"에 대해 아무것도 말하지 않는다. 그런 의미를 보태는 건 너희다.

나는 여기서 "너희를 잘못된 걸로 규정하지" 않았다. 나는 그냥 너희 문화를 원시적이라고 서술했을 뿐이다. 너희가 원시적인 것에 대해 판단을 내리고 있을 때, 오직 그때만 그것은 잘못된 것으로 "들릴" 것이다.

나로서는 전혀 그런 판단을 내리지 않고 있다.

평가는 판단이 아니다. 그건 그냥 있는 그대로에 대한 관찰이다.

나는 내가 너희를 사랑하고 있음을 너희에게 알려주고 싶다. 나는 너희에 대해 아무런 판단도 내리지 않는다. 너희를 바라볼 때, 나는 오직 아름다움과 경이만을 본다.

원시미술을 볼 때 그렇듯이요.

맞다. 나는 너희의 멜로디를 듣고 오직 흥분만을 느낀다.

원시음악을 들을 때처럼요.

너는 이제 이해해가고 있다. 나는 너희 종에게서, 너희가 "원시적 관능성"을 가진 남자나 여자에게서 느끼는 것과 같은 에너지를 느낀다. 그리고 너희처럼 나도 흥분한다.

너희와 나에게 진실인 것은 **이것**이다. 너희는 나를 정떨어지게 하지 않는다. 너희는 나를 어지럽히지 않는다. 너희는 나를 실망시키지도 않는다.

너희는 나를 **흥분시킨다!**

나는 새로운 가능성들에 흥분하고, 이제 다가올 새로운 체험에 흥분한다. 나는 너희 속에서 새로운 모험들로 깨어나고, 새로운 수준의 장대함으로 옮겨가는 자극으로 깨어난다.

천만에, 너희는 나를 실망시키지 않는다. 너희는 나를 **짜릿하게 한다!** 나는 너희의 경이로움에 짜릿해진다. 너희는 자신들이 인간 발달의 정점에 있다고 여기지만, 내가 말하노니 너희는 이제 **시작일 뿐이다.** 너희는 자신의 장려함을 이제서야 체험하기 **시작했다!**

너희의 가장 장대한 관념들은 아직 체험되지 않았고, 너희의 가장 장대한 전망들은 아직 실현되지 않았다.

하지만 기다려라! 보라! 주목하라! 너희가 만개할 날들이 가까이 왔으니. 줄기는 튼튼하게 자랐고, 꽃잎은 금방이라도 펼쳐질 듯하다. 그리하여 너희에게 말하노니, 그 꽃의 아름다움과 향기는 땅을 가득 채울 것이고, 너희는 이제 신들의 정원에서 너희의 자리를 차지할 것이라.

# 17

바로 이게 제가 듣고 싶었던 겁니다. 이게 제가 여기 와서 체험하려던 거라구요! 비하가 아니라 **격려**요!

너희가 그렇다고 생각하지 않는 한, 너희는 결코 비하당하지 않는다. 신은 결코 너희를 판단하거나 "잘못된 것으로 규정하지" 않는다.

많은 사람들이 "옳고 그른 건 없다"고 말하고, 우리를 절대 심판하지 않으리라 선언하는 신이라는 이 사고방식을 "접수하지" 못하고 있습니다.

자, 네 마음을 정해라! 너는 처음엔 내가 너희를 판단한다고 말하더니, 이번에는 내가 그렇지 않다고 낭패스러워한다.

압니다, 알아요. 그건 몹시 헷갈리는 겁니다. 우린 정말 무척……
복잡합니다. 우리는 당신의 판단을 원하지 않으면서도, 또 한편에서
는 그걸 원합니다. 우리는 당신의 처벌을 원하지 않으면서도, 또 한편
에서는 그게 없으면 길을 잃을 것처럼 느낍니다. 그리고 당신이 앞서
두 권의 책에서 말씀하셨듯이, "나는 결코 너희를 벌하지 않을 것"이
라고 말씀하시면, 우린 그걸 믿지 못합니다. 그리고 그 말에 거의 화까
지 내는 사람들도 있습니다. 당신이 우리를 판단하지 않고 벌하지 않
는다면, 무엇이 우리더러 올바른 인생길을 걸어가게 해주겠냐면서요.
하늘에 "정의"가 없다면, 누가 땅에서 벌어지는 온갖 불의를 없애겠냐
는 거죠.

왜 너희는 소위 "불의"를 하늘이 고쳐주리라 기대하느냐? 비
는 하늘에서 내리지 않느냐?

그렇죠.

자, 너희에게 말하노니, 비는 의로운 자와 불의한 자를 가리
지 않고 누구의 머리 위에나 똑같이 내린다.

하지만 "복수는 나의 것이다라고 주께서 말씀하셨다"는요?

나는 그런 말을 한 적이 없다. 너희 중 하나가 그것을 꾸며냈

고, 나머지 너희는 그것을 믿었다.

"정의"란 너희가 특정한 방식으로 행동하고 **나서** 체험하는 것이 아니라, 특정한 방식으로 행동했기 **때문에** 체험하는 것이다. 정의는 **행동**이지, 행동에 **대한** 처벌이 아니다.

그러고 보니 우리 사회의 문제는 먼저 "정의를 행하지" 않고, "부당함"이 벌어지고 나서야 "정의"를 구한다는 거군요.

바로 맞혔다! 네가 정통으로 알아맞혔다!

정의는 행동이지, **반응**이 아니다.

그러니 "사후"에 이런저런 하늘의 정의를 강요함으로써, 어쨌든 "끝에 가서는 모든 걸 바로잡아주길" 내게 기대하지 마라. 너희에게 말하노니, "**사후**after-life"란 건 **없다. 단지** 삶life만이 있을 뿐이다. 죽음은 존재하지 않는다. 그리고 너희가 개인과 사회로서 삶을 체험하고 창조하는 방식 자체가 너희가 생각하는 바 그대로를 증명해준다.

그리고 당신은 이 점에서 인류를 별로 진화하지 못했다고 보시는 거고요. 그렇죠? 그럼 진화 전체를 미식축구장에 놓는다면 우리는 어디쯤에 있는 겁니까?

12야드 선에(미식축구에서 자기편 골 영역에서 상대편 골 영역까지의 거리는 100야드 – 옮긴이).

농담이시겠죠?

아니다.

우리가 진화의 12야드 선에 있다고요?

봐라, 너희는 이번 세기에만 6야드에서 12야드까지 나아갔다.

터치다운으로 득점할 기회가 조금이라도 있습니까?

물론이다. 너희가 다시 공을 놓치지 않는다면.

다시라뇨?

내가 말했듯이, 너희 문명이 이런 벼랑 끝에 선 것이 이번이 처음은 아니다. 나는 이 이야기를 되풀이하고 싶다. 왜냐하면 **이것을 새겨듣는 건 너희에게 사활을 건 문제이기 때문이다.**

한때 너희가 너희 행성에서 발달시킨 기술은 그것을 책임 있게 사용할 수 있는 능력을 훨씬 뛰어넘은 것이었다. 너희는 인류사에서 다시 한번 같은 지점으로 다가가고 있다.

**이것을 이해하는 건 생사를 다툴 만큼 중요한 문제다.**

지금의 너희 기술은, 그것을 지혜롭게 사용할 수 있는 너희 능력을 능가하는 지점으로 육박하고 있다. 너희 사회는 바야흐로 기술의 산물이 되려 하고 있다. 기술이 사회의 산물이 되지 않고.

한 사회가 자기 기술의 산물이 될 때, 그 사회는 자멸한다.

왜 그렇습니까? 설명해주시겠습니까?

그러지. 핵심 문제는 기술과 우주철학cosmology, 모든 생명의 우주철학 사이에 균형을 잡는 것이다.

"모든 생명의 우주철학"이란 뭘 말씀하시는 겁니까?

간단하게 표현하면, 그건 만사가 작동하는 방식, 다시 말해 체계 혹은 '과정'이다.

알다시피 "나를 화나게 하는 방법"이 있다.

저도 그런 게 있었으면 했습니다.

그리고 역설은, 일단 너희가 그 방식을 헤아리고 나면, 일단 너희가 우주의 작동 방식을 점점 더 많이 이해하기 시작하고 나면, 너희는 파멸을 불러올 위험을 더 많이 감수하게 된다는 것이다. 이 때문에 무지가 오히려 축복이 될 수도 있는 것이다.

우주는 그 자체가 기술이다. 그것은 최고의 기술이다. 그것은 완벽하게 작동한다. 완전히 혼자 힘으로. 하지만 너희가 거기에 끼어들어 우주 원칙들과 법칙들에 쓸데없이 간섭하기 시작하면, 너희는 그 법칙들을 어길 위험을 감수하게 된다. 그리고 그건 40야드 벌칙(미식축구에서는 반칙 정도에 따라 5, 10, 15야드 벌칙을 주므로, 40야드 후퇴 벌칙은 엄청난 것이다 – 옮긴이)이다.

홈팀으로서는 절망적인 후퇴로군요.

그렇다.

그래서, 우리는 이제 우리 리그에서 퇴출되는 겁니까?

너희는 거기에 가까워지고 있다. 오직 너희만이 너희 리그에서 퇴출될지 아닐지를 결정할 수 있다. 너희는 행동으로 그것을 결정할 것이다. 예를 들어 너희는 이제 스스로를 완전히 궤멸시켜버릴 수도 있을 만큼 원자 에너지에 대해 많이 알고 있다.

그래요, 하지만 우리가 그렇게 할 것 같지는 않은데요. 우리는 그보다는 괜찮은 사람들입니다. 우리는 자제할 겁니다.

정말로? 너희는 대량 파괴 무기들을 양산하는 짓을 아직도 포기하지 않고 있다. 그리고 얼마 안 가 그것들은 세상을 그 무기들에 대한 담보로 잡거나, 시험 삼아 세상을 파괴하려는 누군가의 손에 들어갈 것이다.
너희는 애들에게 성냥을 주고 있으면서도 애들이 그곳을 몽땅 다 태우는 일만은 없기를 바라고 있다. 그리고 너희 자신들조차 그 성냥을 사용하는 법을 아직 배우지 못했다.

이 모든 것에 대한 해결책은 명백하다. **아이들에게서 성냥을 빼앗고, 그 다음엔 너희 자신의 성냥도 던져버려라.**

하지만 원시사회가 자진해서 무장해제하길 기대하는 건 무리죠. 그나마 우리가 유일하게 오래 붙들고 있는 해결책인 핵폐기도 그래서 불가능한 것 같고요.

핵실험을 중지하는 것에서조차 합의를 못하는 걸 보면, 우리도 참 유별나게 자신을 통제하지 못하는 종족인 것 같군요.

설령 너희가 핵 광기로 자살하지 않는다 해도, 너희는 환경 자살로 세상을 파멸시킬 것이다. 너희는 너희 고향인 지구의 생태계를 해체시키고 있으면서도, 줄기차게 자신들은 그렇게 하지 않노라고 말한다.

이 정도로도 충분치 않은지, 너희는 생명 자체의 생화학에 어설프게 손을 대, 무성생식을 시키고 유전공학 작업을 벌이고 있다. 하지만 너희는 이것이 너희 종에게 은혜가 될 만큼 충분한 주의를 기울이면서 그렇게 하지 않고 있다. 오히려 너희는 그것을 사상 최대의 재난으로 만들 위험성을 키워가고 있다. 조심하지 않으면 너희는 핵 위협과 환경 위협을 애들 장난처럼 보이게 만들 것이다.

본래 너희 몸이 하기로 되어 있는 기능을 대신하는 약들을 발달시킨 탓에, 너희는 너희 종 전체를 나가떨어지게 할 독성에도 견딜 수 있을 만큼 저항력이 강한 바이러스를 창조하고 말았다.

당신 말씀을 들으니 좀 겁이 나는군요. 그러면 전멸입니까? 게임이
끝나는 겁니까?

아니다. 하지만 이번이 네 번의 공격 중 마지막 기회(미식축구
에서는 네 번의 공격 기회에 10야드 이상 전진해야 하며 그러지 못하면 상대
팀에 공격권이 넘어간다 – 옮긴이)다. 이제는 결정적인 패스를 해야 할
차례니, 쿼터백은 수비수의 견제를 받지 않는 위치에서 공 받
을 준비가 되어 있는 사람을 찾고 있다.
너는 견제당하지 않고 있느냐? 너는 이걸 받아낼 수 있느
냐?
나는 쿼터백이고, 지난번에 내가 너를 쳐다봤을 때, 너는 나
와 같은 색 유니폼을 입고 있었다. 우리는 아직도 같은 편이냐?

전 딱 한 팀밖에 없는 줄 알았는데요. 다른 팀은 누굽니까?

우리가 '하나'임을 무시하는 모든 생각과, 우리를 분리시키는
모든 관념, 그리고 우리가 합쳐져 있지 않다고 선언하는 모든
행동이 상대 팀이다. "상대 팀"은 실재가 아니지만, 그럼에도 너
희 현실의 일부다. 너희가 그것을 그렇게 만든 것이다.
너희가 조심하지 않는다면, 너희에게 봉사하려고 만들어진
기술이 너희를 죽일 것이다.

지금 이 순간 제 귀에는 사람들이, "하지만 혼자 힘으로야 도리가
없잖아?"라고 말하는 게 들립니다.

그들은 "혼자 힘으로야 도리가 없잖아?"라는 태도를 내버리는 것으로 시작할 수 있다.

나는 이미 너희에게 말했다. 이 주제를 다룬 몇백 권의 책들이 있다고. **그 책들을 무시하길 그만둬라.** 그 책들을 읽어라. 그 책들의 내용을 행동에 옮겨라. 다른 사람들이 그 책들에 눈뜨게 하라. 혁명을 시작하라. 그것을 진화 혁명an evolution revolution으로 만들어라.

그건 오래전부터 되어오던 일 아닙니까?

그렇기도 하고 아니기도 하다. 진화 과정은 물론 언제나 계속되어왔다. 하지만 그 과정은 지금 새로운 전기를 맞이하고 있다. 새로운 전환점이 나타난 것이다. 이제 너희는 자신들이 진화하고 있음을 **알아차리게** 되었다. 진화하고 있다는 사실만이 아니라 **어떻게** 진화하는지도. 이제 너희는 **진화가 일어나는 과정**을 알고, 그 과정을 통해 **너희 현실이 창조된다**는 걸 안다.

예전의 너희는 너희 종의 진화에서 업저버에 불과했지만, 이제 너희는 의식적인 참여자다.

과거 어느 때보다 더 많은 사람들이 마음의 힘과, 만물과 자신의 상호 관계, 그리고 영적 존재로서 자신들의 참된 정체성을 깨달아가고 있다.

과거 어느 때보다 더 많은 사람들이 그런 공간에서부터 살면서, 특별한 결과와 바람직한 결말, 의도된 체험을 일으키고 낳는 원리들을 연습하고 있다.

이것은 진실로 진화 혁명이다. 왜냐하면 점점 더 많은 사람들이 자기 체험의 질을 의식하면서 창조하고, '참된 자신'을 즉각 표현하고, '되려 하는 자신'을 재빨리 드러내는 일을 의식하면서 해가고 있기 때문이다.

지금을 그토록 결정적인 시기로 만드는 것이 이 때문이고, 지금이 중차대한 순간인 까닭이 여기에 있다. 너희의 지금 기록된 역사에서 처음으로(물론 인간 체험으로는 처음이 아니지만), 너희는 기술과 그것이 너희 세상 전체를 파멸시키게 만드는 사용법에 대한 이해, 둘 다를 가지고 있다. 너희는 실제로 너희 자신을 멸종시킬 수 있다.

이런 이야기들은 바버라 막스 허버드가《의식 있는 진화Conscious Evolution》에서 했던 지적들과 똑같군요.

그렇다. 그리고 그 지적들은 사실이다.

그 책은 우리가 어떻게 해야 예전 문명들의 끔찍한 결과들을 피하면서 진실로 땅 위에 천국을 세울 수 있을지에 관해 경이로운 전망들을 제시해줍니다. 독자를 단숨에 휘어잡는 책이죠. 그러고 보니 당신이 영감을 준 게 틀림없군요!

바버라라면 내가 거기에 관계했다고 말할지도 모르지······

당신은 앞에서 몇백 명의 저자들, 많은 사자들에게 영감을 주었노라고 말씀하셨댔죠? 우리가 알아둬야 할 다른 책들이 있습니까?

여기서 일일이 거론하기에는 너무 많다. 왜 네가 직접 찾아보지 않느냐? 그런 다음에는 특별히 네 마음을 끄는 책들의 목록을 따로 만들어 그것을 다른 사람들과 함께하라.

나는 태초 이래로 저자와 시인과 극작가들을 통해 이야기해왔다. 나는 지나온 세월 내내 노래 가사와 그림과 조각 형상과 인간 가슴의 모든 박동 속에 내 진실을 놓았다. 그리고 나는 앞으로 다가올 세월에도 그리할 것이다.

사람들은 누구나 자신이 가장 잘 이해할 수 있는 방식으로, 가장 익숙한 길을 따라 지혜로 오기 마련이고, 신의 사자들은 누구나 지극히 단순한 순간들에서 진리를 끌어내어, 지극히 단순한 방식으로 그것을 남들과 함께하기 마련이다.

네가 그런 사자다. 이제 나가서 네 사람들에게 자신들의 가장 고귀한 진리 속에서 함께 살라고 말하라. 자신들의 지혜를 함께 나누고, 자신들의 사랑을 더불어 체험하게 하라. 그들이 평화롭고 조화롭게 있을 수 있도록.

그러고 나면 너희 사회 역시 우리가 이야기해왔던 그런 사회들처럼 승격한 사회가 될 것이다.

그러니까 우리 사회와 우주의 다른 곳에 있는 고도로 진화된 문명 간의 주요한 차이점은 우리가 지닌, 이런 분리 관념이군요.

그렇다. 진보한 문명의 '첫 번째 지도 원리'는 합일이다. '하나임'과 모든 생명의 신성 불가침에 대한 인정. 그래서 승격한 사회들에서는, 어떤 상황에서도 자기 종들의 다른 개체가 원하지 않는데 그 생명을 고의로 빼앗는 일이 없다.

어떤 상황에서도요?

어떤 상황에서도.

설사 공격을 당하더라도요?

그런 사회나 그런 종 내부에서는 그런 상황이 벌어지지 않을 것이다.

그 종 내부는 아니겠지만, 외부에서 오는 공격이라면요?

다른 종이 고도로 진화된 종을 공격한다면, 공격하는 쪽은 당연히 덜 진화된 종일 것이다. 사실 공격하는 쪽은 언제나 원시 존재이기 마련이다. 진화된 존재라면 절대 다른 누군가를 공격하지 않을 터이니.

그렇군요.

공격당하는 한 종이 상대방을 죽이게 되는 경우는 그 공격받는 존재가 참된 자신을 잊었을 때 말고는 없다.

그 존재가 자기 육신, 즉 자신의 물질 **형상**을 자신으로 여긴다면, 그는 자신을 공격하는 자를 죽일 것이다. 그는 "자신의 생명이 끝날" 것을 두려워하기 때문이다.

반대로 그 존재가, 자신은 자기 몸이 아님을 충분히 잘 이해하고 있다면, 그는 절대로 상대방의 육신 존재를 끝내지 않을 것이다. 그로서는 그래야 할 이유가 전혀 없을 것이니, 그는 그냥 자신의 육신을 내려놓고 비육신의 자기 체험으로 옮겨갈 것이다.

오비완 케노비처럼!

그래, 맞다. 소위 "공상과학소설"의 작가들이 너희에게 대진리를 보여주는 일은 자주 있다.

그런데 여기서 잠시만요. 이건 1권에서 말씀하신 내용과 정면으로 모순되는 것 같은데요.

그게 뭐냐?

1권에서는 누군가가 자신을 남용할 때, 남용이 계속되도록 놔두는 게 결코 좋은 게 아니라고 하셨습니다. 또 1권에서는 사랑으로 행동할 때, 자신이 사랑하는 사람 중에 **자신**을 포함시키라고도 하셨고요. 그리고 자신에게 가해지는 공격을 멈추기 위해 필요한 일이면 뭐든 하라는 식의 말씀도 하셨습니다. 게다가 공격에 대한 대응으로 **전쟁**을 해도 괜찮다고까지요. 직접 인용하면 이렇습니다. "…… 독재자들이 제멋대로 활개치게 내버려둘 수는 없지만, 독재자임을 그만두게 하려면 거꾸로 그들에게 독재를 행사해야 한다."

또 그 책에서는 "신처럼 되는 것이 순교자가 되는 걸 뜻하지는 않는다. 희생자가 되는 걸 뜻하지 않는 건 더 말할 나위도 없고"라고 하셨습니다.

그런데 지금 당신은 고도로 **진화된** 존재들은 절대 다른 존재의 육신 삶을 끝내지 **않을** 것이라고 말씀하십니다. 이런 진술들이 어떻게 서로 병존할 수 있습니까?

1권의 그 부분을 다시 읽어라. 꼼꼼하게.

거기서의 내 대답들은 네가 설정한 문맥 안에서, 네 질문의 문맥 속에서 주어졌으니, 오로지 그 안에서만 고려되어야 한다.

1권 221쪽에서 네가 이야기하는 부분을 읽어봐라. 거기서 너는 깨달음의 차원에서 움직이고 있지 않는 자신의 현 상태를 인정한다. 너는 다른 사람들의 말과 행동에 쉽게 상처받는다고 말한다. 이런 상황을 전제로 해서 너는 상처받고 고통 주는 이런 체험들에 어떻게 대응하는 게 최선인지 물었다.

내 대답은 오직 이런 문맥 안에서만 받아들여져야 한다.

나는 무엇보다 먼저 다른 사람들의 말과 행동에 네가 상처받지 **않을** 날이 올 것이라고 말했다. 오비완 케노비처럼 너도, 누가 널 "죽이려" 해도 아무 고통도 체험하지 않게 될 것이라고.

내가 지금 서술하는 사회 구성원들이 도달한 깨달음의 수준이 이런 것이다. 이런 사회에서 사는 존재들은 '자신들이 누구'

고 누구가 아닌지 아주 잘 안다. 그들 중 한 명을 "고통받거나 상처받게" 하기는 대단히 어렵다. 적어도 그들의 육신을 위태롭게 만드는 것으로는 절대 그렇게 할 수 없다. 너희가 그들의 육신을 굳이 해치겠다고 마음먹는다면, 그들은 그냥 몸에서 빠져나와 그것을 너희가 갖도록 남겨놓을 것이다.

내가 1권에서 네 말에 대해 두 번째로 지적했던 점은, 네가 '자신이 누군지' 잊어버렸기 때문에 남들의 말과 행동에 그런 식으로 반응한다는 것이다. 하지만 나는 거기서 그래도 상관없다고 말했다. 그런 게 성장 과정의 일부고 진화 과정의 일부라고.

그러고 나서 나는, 그 전체 성장 과정 동안 "너희는 지금 수준에서 움직일 수밖에 없다. 지금의 이해 수준, 지금의 의지 수준, 지금의 기억 수준에서"라는 대단히 중요한 이야기를 했다.

**내가 거기서 이야기한 다른 모든 것도 이런 문맥에서 받아들여져야 한다.**

심지어 나는 223~4쪽에서, "이 논의의 목적에 맞추어 너희가 아직도 영혼의 일을 지향하고 있다고 가정하자. 너희는 아직도 '참된 자신'을 깨달으려("실현시키려") 애쓰는 중이다"고까지 말했다.

1권에서 내가 한 답변들은 '참된 자신'을 기억하지 못하는 존재들의 사회라는 문맥에서 보면 당연한 것이다. 하지만 여기서는 네가 그런 질문들을 한 게 아니다. 너는 여기서 내게 **우주의 고도로 진화된 사회들**에 대해 설명해달라고 부탁했다.

그러니 지금의 주제만이 아니라 우리가 여기서 다루게 될 다른 모든 화제와 관련해서도, 다른 문화에 대한 이런 설명들을 너희 문화에 대한 비판으로 보지 않는 게 너희에게도 이로울 것이다.

여기에는 어떤 판단도 없으며, 너희가 더 진화된 존재처럼 행하지 않는다고—그렇게 반응하지 않는다고—비난하거나 하는 일도 없을 것이다.

따라서 내가 여기서 이야기한 것은, 우주의 고도로 진화된 존재들이 화가 나서 다른 지각 있는 존재를 "죽이는" 일은 절대 없다는 것이다. 첫째, 그들은 분노를 체험하지 않을 것이고, 둘째, 그들은 다른 존재의 허락 없이 그 존재의 육신 체험을 끝내지 않을 것이며, 셋째, 네 특별한 관심에 특별히 답해준다면, 그들은 자기 사회나 자기 종들 아닌 것들에게 "공격당한다"고 느끼지도 않을 것이다. "공격당한다"고 느끼려면 누군가가 자신에게서 **뭔가를**, 생명이든, 가족이든, 자유든, 재산이든, 아니면 소유물이든, 하여튼 자신의 뭔가를 빼앗고 있다고 느껴야 한다. 하지만 고도로 진화된 존재로서는 이런 체험을 하는 일이 없을 것이다. 고도로 진화된 존재는 힘으로 빼앗을 태세가 되어 있을 만큼 너희에게 그토록 절실히 필요한 것이라면 뭐든지, 설령 그것이 그 진화된 존재의 육신 삶을 희생하는 것이라 해도, 그것을 그냥 **너희에게 줄 것이다.** 왜냐하면 진화된 존재는 자신이 **모든 걸 처음부터 다시 창조할** 수 있음을 알기 때문이다. 그러니 이것을 모르는 덜 진화된 존재에게 그녀가 그 모든 걸 내어주는 건 지극히 당연한 일이 아니겠느냐.

따라서 고도로 진화된 존재들은 순교자가 아니다. 어떤 "독재자"의 희생자가 아닌 건 말할 것도 없고.

그들은 이런 상태를 넘어서 있다. 고도로 진화된 존재는 자신이 모든 걸 처음부터 다시 창조할 수 있다는 걸 잘 알 뿐 아니라, **그럴 필요가 없다는** 것도 잘 안다. 그는 행복해지거나 생존하는 데 그중 어떤 것도 필요하지 않다는 걸 안다. 그는, 자기 외부의 어떤 것도 자신에게 필요하지 않으며, 본래의 "자신"은 물질적인 것과 아무 관계도 없다는 걸 이해한다.

하지만 덜 진화된 존재와 종들이 이 점을 언제나 잘 아는 건 아니다.

마지막으로 고도로 진화된 존재는 자신과 자신을 공격하는 자가 '하나'임을 이해한다. 그녀는 그 공격자를 그녀 자신 중의 상처받은 부분으로 본다. 그 상황에서 그녀의 역할은 모든 상처를 치유하는 것이다. '하나 속의 전체'가 자신을 다시 참 모습으로 알 수 있도록.

그녀에게는 자신이 지닌 전부를 내주는 것이 네게 아스피린을 주는 것과 같을 것이다.


우와. 굉장한 사고방식이군요. 굉장한 이해예요! 그런데 당신이 말한 것 중에서 물어볼 게 있는데요, 당신은 고도로 진화된 존재들이—


이제부터 "고진재"라고 줄여서 말하자. 그 명칭은 반복해서 쓰기에는 너무 길다.


좋습니다. 당신은 "고진재들"이 다른 존재의 허락 없이는 그 존재의 육신 체험을 끝내지 않을 거라고 하셨습니다.

그렇다.

하지만 무슨 이유로 한 존재가 다른 존재에게 자신의 물질 삶을 끝내도 좋다고 허락합니까?

이유는 여러 가지가 있을 수 있다. 예를 들어 자신을 양식으로 제공할 수도 있다. 아니면 전쟁을 멈추게 하는 따위의 다른 어떤 필요에 봉사하기 위해서일 수도 있고.

우리 문화들에서도 먹거나 가죽을 얻으려 할 때, 그 영혼에게 허락을 구하지 않고서는 어떤 동물도 죽이지 않는 사람들이 있는데, 그 사람들도 이런 거군요.

그렇다. 이것이 너희 원주민인 인디언들의 방식이다. 그들은 이런 식의 교류를 갖지 않고서는 꽃 한 송이, 약초 한 뿌리, 풀 한 포기도 꺾으려 하지 않았다. 사실 너희 토착 문화들 모두가 그러했다. 웃기는 건 **너희가** 그런 부족과 문화들을 "원시적"이라 부른다는 것이다.

오 맙소사, 괜찮은지 물어보지 않고서는 무 하나도 뽑을 수 없다는 말씀입니까?

너는 무슨 일이든 하고 싶은 대로 할 수 있다. 네가 물은 건 "고진재들"이 어떻게 하느냐는 것이었다.

그럼 아메리카 원주민들은 고도로 진화된 존재들입니까?

여느 종족, 여느 종들이 그렇듯이 일부는 그렇고, 일부는 그렇지 않다. 그것은 개개인의 문제다. 하지만 하나의 문화로서 그들은 대단히 높은 수준에 도달했다. 그들 체험의 상당 부분을 알려주는 그 '문화 신화'들은 대단히 승격된 것이었다. 하지만 너희는 그들에게 그 문화 신화들을 너희 것과 섞도록 강요했다.

잠깐만요! 무슨 **말씀**을 하시는 겁니까? 그 황인종들은 야만인이었어요! 우리가 그들을 몇만 명씩 죽이고 나머지를 소위 보호 지역이라는 담 없는 감옥 속에 집어넣어야 했던 이유가 거기 있다고요! 그래요, 우린 지금도 그들의 성지(聖地)를 뺏어서 거기다 골프장을 세웁니다. 우린 **그래야** 합니다. 그렇지 않으면 그들은 자신들의 성지를 **신성시**할 테고, 자신들의 문화를 **기억해낼** 것이며, 자신들의 예배를 **거행할지** 모르니까요. 우린 그렇게 하도록 놔둘 수 없습니다.

상상이 간다.

아뇨, 진짜라구요. 우리가 그들의 문화를 접수해서 없애지 않았더라면, 그들은 우리 문화에 충격을 가했을 거라구요! 그러면 우리가 얼마나 상처받았겠습니까?

우리는 대지와 하늘을 존경했을 테고, 강을 오염시키길 거부했겠죠. 그랬더라면 우리 산업이 설 자리가 어디겠습니까!

아마 사람들이 **부끄러움도 모르고** 지금도 여전히 벌거벗고 돌아다니고, 강에서 목욕하고, 땅에 의지해 살고 있겠죠. 고층 빌딩과 콘도미니엄과 방갈로들 속에서 북적대고 살면서 아스팔트 밀림 속으로 출근하는 대신에 말입니다.

맙소사, 십중팔구 지금도 여전히 텔레비전 대신에 모닥불 주위에 둘러앉아 태곳적 지혜의 가르침을 귀담아듣고 있겠죠. 우린 전혀 **발전하지 못했을** 거라구요.

그나마 다행히도, 너희는 자신에게 뭐가 좋은지 알고 있구나.

고도로 진화된 문명과 고도로 진화된 존재들에 대해 더 이야기해 주십시오. 그들이 어떤 이유로도 서로를 죽이지 않는다는 사실 말고 다른 어떤 점이 그들을 우리와 구별해줍니까?

그들은 공유한다.

**우리도** 공유해요!

아니다, 그들은 **모든 걸 모두와** 공유한다. 어떤 한 존재도 없이 지내지 않는다. 그들은 자신들 세상과 환경의 천연자원 모두를 똑같이 나누어서 모두에게 똑같이 분배한다.

어떤 국가, 어떤 집단, 어떤 문화도 자원이 발견된 그 자리를 어쩌다 보니 차지하고 있었다는 이유만으로 그것을 "자기 것"이라 여기지 않는다.

종들의 집단이 "고향"이라 부르는 행성(혹은 행성들)은 모두에게, 그 체계 속의 모든 종에게 속하는 것으로 이해된다. 사실 행성이나 행성 집단 자체가 하나의 "체계"로 이해된다. 그것은 그 체계 **자체에** 해를 입히지 않고서도, 그중 하나를 배제하거나 학살하거나 근절할 수 있는 작은 부분이나 요소들의 묶음으로서가 아니라, 유기 체계a Whole system로 간주된다.

우리 표현으로 하면 **생태계**군요.

음, 그보다 더 큰 것이다. 그것은 그 행성의 천연자원과 행성 거주자 간의 관계를 뜻하는 그냥 생태학이 아니다. 그것은 **거주자들이** 자신과, 자신들 상호 간과, 환경에 대해 갖는 관계이기도 하다.
그것은 **생명 있는 모든 종의 상호 관계다.**

"종체계speciesystem"요!

맞다! 나는 그 말이 마음에 든다. 잘 맞는 단어다! 우리가 지금 이야기하는 것은 생태계보다 더 크기 때문이다. 그건 정말로 **종체계다.** 너희 버크민스터 풀러가 **인지권**noosphere(인간 활동이 의식적 무의식적으로 바꿀 수 있는 생활권 - 옮긴이)이라 불렀던 것.

전 종체계 쪽이 더 마음에 듭니다. 더 이해하기 쉽거든요. 전 인지권이란 게 대관절 뭘 말하는지 항상 아리송했거든요.

"버키"도 네 말을 마음에 들어한다. 그는 집착하지 않는다. 그는 사태를 더 단순하고 쉽게 만드는 것이면 뭐든지 항상 마음에 들어했다.

당신은 지금 버크민스터 풀러와 이야기하고 있습니까? 이 대화를 교령회(交靈會) 모임으로 바꾸신 겁니까?

나로서는 자신을 버크민스터 풀러와 동일시했던 그 본체 essence가 네 새 단어에 기뻐한다는 걸 알려줄 이유가 있었다고만 해두자.

우와, 굉장하군요. 제 말은 정말 끝내준다는 겁니다. 그걸 그냥 알 수 있다니 말입니다.

그렇다, 그건 "끝내준다".

그러니까 고도로 진화된 문화들에서는 이 **종체계**가 중요한 거군요.

그렇다. 하지만 그렇다고 개별 존재들이 중요하지 않다는 건 아니다. 정반대다. 개별 존재들이 중요하다는 건, 어떤 결정을 내릴 때 종체계에 미치는 영향을 맨 먼저 고려한다는 데서 이미 드러난다.

그 문화들은 모든 생명, **모든 존재**를 최상의 수준에서 부양해주는 게 **종체계**임을 이해한다. 따라서 종체계를 해롭게 할 어떤 일도 하지 않는 것은 **개별 존재들 하나하나가 중요하다는 사실을 말해주는** 것이다.

지위나 영향력이나 돈 있는 개별 존재들만이 아니라, 권세나 수완을 가진 개별 존재들, 혹은 더 큰 자기 인식을 가졌다고 추정되는 개별 존재들만이 아니라, 그 체계 안의 **모든 존재**, 모든 종이.

어떻게 이렇게 할 수 있습니까? 이것이 어떻게 가능합니까? 우리 행성에서는 일부 종들의 필요와 요구에 다른 종들의 필요와 요구가 종속되지 **않을 수** 없는데 말입니다. 그러지 않았다면 우리는 지금 우리가 아는 대로의 삶을 체험할 수 없었을 겁니다.

너희는 위태롭게도 "지금 너희가 아는 대로의 삶을" 체험하지 **못할** 때를 향해 가고 있다. 너희가 대다수 종들의 필요를 오직 한 종의 바람에 종속시키길 고집해왔다는 바로 그 사실 **때문에.**

인간종요.

그렇다. 그것도 그 종의 구성원 모두가 아니라 오직 소수만의 바람에. 그것도 최대 다수가 (그랬더라면 그나마 조금은 사리에 맞는다고 할 수도 있었겠지만) 아니라 극소수의 바람에.

최고 부자와 최고 권력자들 말이군요.

너희는 그들을 그렇게 불러왔다.

여기서 또 시작하시겠군요. 부자와 출세가들을 비난하는 또 한번의 장광설을요.

천만에. 너희 문명은 장광설을 들을 자격이 없다. 그건 어린애들을 방 안 가득 모아놓고 장광설을 늘어놓을 수 없는 것과 같은 이치다. 인간 존재들은 자신들이 하는 일이 더 이상 자신들에게 가장 이롭지 않다는 걸 깨달을 때까지, 지금 하는 일을—자신에게도, 서로에게도—계속해나갈 것이다. 아무리 많은 장광설로도 이런 상황을 바꿀 순 없다.

장광설로 상황을 바꿀 수 있었다면, 너희 종교는 이미 오래전에 훨씬 더 유능해졌을 것이다.

우와! 팡! 펙! 오늘은 모두를 상대로 항복을 받아내시는군요.

나는 전혀 그런 식으로 하고 있지 않다. 이런 간단한 관찰들이 너희를 뜨끔하게 하느냐? 그렇다면 왜 그런지 살펴봐라. 이 정도야 너희도 나도 다 알고 있다. 진리는 불편한 경우가 많지만, 그럼에도 이 책은 진리를 가져오기 위해서 왔다. 내가 영감을 준

다른 책들과 영화들과 텔레비전 프로그램들이 그러하듯이.

그렇다고 사람들더러 텔레비전을 보라고 부추기고 싶지는 않은데요.

좋든 나쁘든 이제 텔레비전은 너희 사회의 모닥불이다. 너희가 가고 싶지 않다고 말하는 쪽으로 너희를 데려가는 건 **매체**가 아니다. 그렇게 하는 건 너희가 거기에 실은 메시지다. 매체를 거부하지 마라. 언젠가 다른 메시지를 보내기 위해 너 자신이 그것을 사용할 수도 있으니……

괜찮으시면 다시 돌아갔으면 하는데요…… 제가 여기서 했던 본래의 질문으로 되돌아가도 될까요? 전 아직도 어떻게 해서 **종체계**가 그체계 안의 모든 종의 필요를 똑같이 다루면서도 잘 굴러갈 수 있는지 알고 싶거든요.

필요들은 완전히 똑같이 다뤄지지만, 그렇다고 필요 자체가 완전히 똑같은 건 아니다. 그것은 비율의 문제고, 균형의 문제다.

우리가 여기서 **종체계**라 부르기로 했던 것 안에서 살아가는 모든 생명체에게는, 그 체계를 창조하고 지탱하는 물질 형상들로 살아남으려 할 때, 반드시 충족되어야 하는 필요들이 있다. 고도로 진화된 존재들은 이 점을 깊이 이해하고 있다. 또한 그들은, 그 체계 자체에 요구하는 이 필요들이 모두 똑같지는 않다는 점도 이해한다.

너희 **종체계**를 예로 들어보자.

그러죠……

　너희가 "나무"와 "사람"이라 부르는 두 생물종을 예로 들어 보면……

듣고 있습니다.

　나무에게 사람과 똑같은 일상 "건사"가 필요하지 않는다는 건 명백하다. 따라서 그 둘의 필요도 같지 않다. 하지만 그 둘은 서로 연결되어 있다. 다시 말해 서로가 서로에게 의존하고 있다. 너희는 나무의 필요에도 인간의 필요와 똑같은 주의를 기울여야 하지만, 나무의 필요 자체는 인간의 그것만큼 크지 않다. 그렇다고 너희가 살아 있는 다른 종의 필요를 무시한다면, 그건 되레 자신을 위험에 빠뜨리는 꼴이 되고 말 것이다.

　앞서 내가 대단히 중요하다고 언급했던 책《우리 문명의 마지막 시간들》에서는 다음과 같은 식으로 이런 상황을 분명하게 설명한다. 나무는 공기 중에서 이산화탄소를 취해서, 이 대기 가스의 탄소 부분을 **탄수화물을 만드는 데**, 다시 말해 **자라는 데** 이용한다.

　(뿌리와 줄기, 잎, 나아가 나무가 맺는 열매와 과일들까지 포함해서, 식물은 거의 대부분이 탄수화물로 이루어져 있다.)

　그 사이에 나무는 이 가스의 산소 부분을 방출한다. 그것은 나무의 "분비물"이다.

　반면에 인간 존재가 살아가기 위해서는 산소가 필요하다. 너희 대기 속에 충분히 있는 이산화탄소를 충분하지 **않은** 산소로 바꾸는 나무가 없다면, 너희는 종으로서 생존할 수 없다.

그 대신 너희는 **나무가** 생존하는 데 필요한 이산화탄소를 방출한다(호흡으로 내놓는다).

너는 그 균형을 볼 수 있겠느냐?

물론이죠. 정말 정교하군요.

고맙다. 그렇다면 이제 그 균형을 무너뜨리는 짓을 그만둬라.

하지만 우리는 나무 한 그루를 자를 때마다 나무 두 그루씩을 새로 심었습니다.

그렇겠지, 그리고 그 나무들이 너희가 베어내는 그 고목들만큼 많은 산소를 배출할 정도의 강도와 덩치로 자라는 데는 겨우 300년밖에 안 걸릴 테고.

너희 행성의 대기를 균형 잡는 능력에서, 아마존 열대우림이라 부르는 산소 제조 공장을 재건하는 데는 기껏해야 2000~3000년이면 충분할 테고. 그러니 걱정할 것 없다. 너희가 해마다 몇천 에이커씩을 개간하더라도 걱정할 것 없다.

왜죠? 우리는 왜 그렇게 하는 거죠?

땅을 개간해야 도살해서 먹을 양을 기를 수 있고, 양을 키우면 열대우림 국가들의 토착민들에게 더 많은 수입을 보장해줄 수 있다는 게 너희 주장이다. 따라서 너희는 이 모든 게 토지를 **생산적으로** 만들어준다고 선언한다.

하지만 고도로 진화된 문명들에서는 **종체계**를 침해하는 걸 **파괴적인** 것으로 보지, **생산적이라고** 보지 않는다. 그래서 고진재들은 종체계의 전체 필요들을 균형 잡을 방법을 발견했다. 그들이 그 체계 중 작은 일부분의 바람에만 봉사하지 않고 이렇게 하는 쪽을 선택한 건, **그 체계 자체가 무너지면 체계 안의 어떤 종도 살아남을 수 없다**는 걸 깨닫고 있기 때문이다.

젠장, 그건 너무나 명백한 사실 같군요. 고통스러울 만큼 명백한 사실 말입니다.

앞으로 지구는 그 사실의 "명백함" 때문에 훨씬 더 고통스러워질 수 있다. 이른바 지구의 지배종이 깨어 일어나지 않는다면.

그 말씀을 접수할게요. 대폭 접수할게요. 그래서 저도 그 점에서 뭔가 했으면 합니다. 하지만 저 자신이 너무 무력한 것 같습니다. 저 자신이 무척 무력하게 느껴질 때가 종종 있습니다. 변화시키기 위해서 제가 뭘 할 수 있습니까?

네가 해야 할do 일은 아무것도 없다. 하지만 네가 될be 수 있는 건 대단히 많다.

더 자세히 말씀해주십시오.

　인간 존재들은 오랫동안 "행위" 차원에서 문제를 해결하려고 애써왔지만, 그다지 성공하지 못했다. 참된 변화는 언제나 "행위" 차원이 아니라 "존재" 차원에서 이루어지기 때문이다.

　아, 물론 너희는 몇몇 발견들을 했고, 기술을 발달시켰으며, 그리하여 어떤 면에서는 너희 삶을 더 편하게 만들었다. 하지만 너희가 삶을 **더 낫게** 만들었는지는 확실하지 않다. 게다가 더 큰 원리 문제들에서 너희의 진보는 무척 느리다. 너희가 현재 직면해 있는 원리 문제들 중 상당수가 너희 행성에서 과거 몇 세기 동안 계속해서 직면해오던, 여전히 그 문제들이다. 지구는 지배종의 착취 대상으로 존재한다는 너희의 관념이 좋은 예다.

　너희가 지금 되어 있는 **상태**를 바꿀 때까지, 그것을 둘러싸고 너희가 취하는 **행동**을 바꾸지 않으리란 건 명약관화하다.

　너희가 조금이라도 다르게 행동하고자 한다면, 너희는 먼저 환경 안의 모든 것과의 관계에서 자신이 누군지에 관한 관념부터 바꿔야 한다.

　그러니 그것은 의식의 문제다. 그리고 **너희가 의식을 바꿀 수 있으려면, 너희는 먼저 의식을 끌어올려야 한다.**

우리는 어떻게 해야 그렇게 할 수 있습니까?

　이 모든 것에 대해 침묵하길 그만둬라. 큰 소리로 말하고, 소란을 피우고, 문제를 제기하라. 그렇게 하면 너희의 집단의식까지도 일부 끌어올릴 수 있을 것이니.

딱 한 가지 문제만 예를 들어보자. 왜 삼(대마)을 길러서 그걸 종이 만드는 데 쓰지 않느냐? 종이컵과 종이팩, 종이타월은 말할 것도 없고, 일간신문을 너희 세상에 공급하는 데만도 얼마나 많은 나무들이 필요한지 알고나 있느냐?

삼은 값싸게 키울 수 있고, 손쉽게 수확할 수 있으며, 종이 만드는 데만이 아니라, 가장 질긴 밧줄과 가장 오래가는 옷감, 나아가서는 너희 행성이 제공할 수 있는 가장 효과적인 몇몇 치료약들을 만드는 데까지도 이용할 수 있다. 사실 마리화나(대마)는 너무나 값싸게 키울 수 있고, 너무나 손쉽게 수확할 수 있으며, 너무나 많은 놀라운 용도들을 가지고 있어서, 거기에 반대하는 어마어마한 로비가 이루어지고 있다.

세상이 거의 어디서나 자랄 수 있는 이 수수한 식물로 얼굴을 돌리게 놔뒀다가는 **너무 많은 사람들이 너무 많은 것을 잃고 말 것**이기 때문이다.

이것은 인간사에서 탐욕이 어떻게 상식을 바꿔치기하는가를 보여주는 한 예에 불과하다.

그러니 이 책을 네가 아는 모든 사람에게 주어라. 그들이 이런 사실을 접수할 뿐 아니라, 이 책이 말해야 했던 다른 모든 것도 접수할 수 있도록. 그리고 나서도 여전히 더 많은 것들이 있지만……

그냥 책장을 넘겨라……


그래요, 하지만 전 우울해지기 시작하고 있습니다. 2권을 읽고 난 뒤에 많은 사람들이 그런 느낌을 가졌다고 하듯이요. 우리가 세상을 어떤 식으로 파괴하고 있는지, 아니 사실상 그걸 폭파하고 있는지 앞으로도 더 이야기하실 작정이십니까? 왜냐하면 제가 이걸 감당할 수 있을지 자신이 없어서……

너는 고무되는 건 감당할 수 있느냐? 흥분되는 건 감당할 수 있느냐? 다른 문명들이 어떻게 하고 있는지 배우고 탐구하는 게 너희를 얼마나 고무하고 흥분시킬지 생각해봐라!

그 가능성들을 생각해봐라! 그 기회들을 생각해봐라! 모퉁이만 돌아서면 펼쳐질 황금빛 내일을 생각해봐라!

우리가 깨어난다면요.

너희는 **깨어날** 것이다! 너희는 깨어나고 **있다!** 패러다임이 변하고, 세상이 바뀌고 **있다.** 그것은 바로 너희 눈앞에서 벌어지고 있다.

**이 책이 그 일부고, 너희** 또한 그 일부다. 잊지 마라, 너희는 방을 치유하려고 그 방에 있는 것이고, 공간을 정화하려고 그 공간에 있는 것이다. 너희가 여기 있을 다른 이유는 없다.

포기하지 마라! 절대 포기하지 마라! 가장 장대한 모험이 이제 막 시작되었으니!

좋습니다. 전 고도로 진화된 존재들의 사례와 지혜로 고무되는 쪽을 택하겠습니다. 그 때문에 낙담하지 않고요.

잘했다. 바로 이런 게 현명한 선택이란 거다. 너희가 한 종으로서 가고 싶다고 말하는 곳을 전제로 한다면 말이다. 너희는 그 존재들을 관찰함으로써 많은 것을 기억해낼 수 있다.

고진재들은 서로 간의 연결성을 깊이 느끼면서 조화롭게 살고 있다. 그들의 행동을 좌우하는 건, 너희라면 '사회의 기본 지도 원리'라고 불렀을, 그들의 받침 생각이다. 너희의 행동 또한 너희의 받침 생각, 즉 **너희** 사회의 기본 지도 원리에 좌우된다.

고진재 사회의 기본 지도 원리는 무엇입니까?

그들의 첫 번째 지도 원리는 '우리 모두는 하나'라는 것이다.

모든 결정과 모든 선택, 너희라면 "도덕"과 "윤리"라고 불렀을 모든 것이 이 원리에 근거하고 있다.

두 번째 지도 원리는 '하나' 안의 모든 것은 서로 연결되어 있다는 것이다.

이 원리 하에서 한 종의 어떤 구성원도 단순히 뭔가를 "그가 먼저 가졌다"거나, 그것이 그의 "것"이라거나, 그것이 "모자란다"고 해서, 남이 그것을 못 갖게 할 수 없고, 그렇게 하지도 않는다. 그 **종체계** 안에서 살아가는 모든 존재의 상호 의존성을 인정하고 존중하는 것이다. 그 체계 속에서 살아가는 모든 유기체 종의 상대적인 필요는 언제나 균형이 유지된다kept in balance. 그들이 그것을 언제나 **염두에** 두기kept in mind 때문이다.

이 두 번째 지도 원리는 개인 소유 따위는 없다는 뜻입니까?

너희가 이해하는 방식으로는 없다.

고진재는 자신이 보살피는 모든 좋은 것에 대해 **개인 책임**을 진다는 의미에서 "개인 소유"를 경험한다. 너희라면 "점유권의 존중"이라고 불렀을 것에 대해 고진재가 느끼는 감정을 너희 언어에서 가장 비슷하게 나타낼 수 있는 말은 **관리권**이다. 고진재는 **관리자**지, **소유자**가 아니다.

"소유한다"는 말과 그 말 뒤에 깔린 너희식 개념은 고진재 문화의 일부가 아니다. 뭔가가 "개인에게 속한다"는 의미에서 "소유" 같은 건 없다. 고진재들은 소유하지 않고 보살핀다. 다시 말해 그들은 만물을 유지하고, 받아들이고, 사랑하고, **돌보지만**, 그것들을 **소유하지는** 않는다.

인간들은 소유하지만, 고진재들은 보살핀다. 이것이 너희 언어로 그 차이를 묘사할 수 있는 방식이다.

너희 역사의 초기에, 인간들은 **자신이 손댄 것이면 무엇이든** 자기가 가질 권리가 있다고 느꼈다. 여기에는 아내와 자식들과 토지와 그 토지에서 나오는 부들도 들어갔다. "동산(動産)"과 그 동산이 그들에게 가져다줄 수 있는 다른 모든 "동산" 역시 그들의 것이었다.

인간 사회는 이런 믿음의 상당 부분을 지금도 여전히 진리로 삼고 있다.

인간들은 이 "소유"라는 개념에 사로잡히게 되었고, 멀리서 이를 지켜본 고진재들은 이것을 너희의 "소유 강박관념"이라 불렀다.

이제 진화해감에 따라, 너희는 사실 어떤 것도—너희 배우자와 자식들은 말할 것도 없고—진짜로 소유할 수는 없음을 점점 더 많이 이해해가고 있다. 하지만 너희 중 다수는 지금도 여전히 자신이 땅을 소유할 수 있고, 땅 위와 땅 아래, 그리고 땅 위의 하늘까지 소유할 수 있다는 관념에 매달려 있다. (그렇다, 너희는 "**공중권**"까지 이야기하고 있다!)

반면에 우주의 고진재들은 자신들이 발 딛고 있는 물질 행성이란 건 어떤 단일 존재에 의해 소유될 수 있는 것이 아님을 깊이 이해하고 있다. 물론 그들 사회의 메커니즘에 따라 보살펴야 할 땅 조각들이 개별 고진재들에게 주어질 수는 있다. 그리고 그녀가 그 땅을 훌륭히 관리한다면, 사회는 그녀가 자기 자식들에게, 또 그들은 그 자식들에게 그 땅의 관리권을 넘겨주도록 허용한다(부탁한다). 하지만 그나 그의 자식이 그 땅의 관리자로서 서투르다는 것이 드러날 때는 언제라도, 그 땅은 더 이상 그들의 보살핌을 받지 않는다.

우와! 이런 게 이 지구에서의 지도 원리라면, 세상 산업의 절반이 자산(資産)을 포기해야겠군요!

그리고 세상의 생태계는 하룻밤 만에 극적으로 개선될 테고.

보다시피, 고도로 진화된 문화에서는, 너희가 말하는 식의 "기업"이 이윤을 창출한답시고 토지를 약탈하도록 놔두는 일 같은 건 절대 없다. 사실 그 기업의 소유자나 그 기업의 노동자인 바로 그 사람들의 삶의 질이 회복될 수 없을 정도로 피해를 입고 있음이 확실한데, 그런 속에서 무슨 이윤을 찾을 수 있겠는가?

글쎄요, 그런 피해는 몇 년이고 느껴지지 않을 수 있지만, 이윤은 지금 이 자리에서 실현되니까요. 그래서 그걸 단기 이윤/장기 손실이라고 하는 걸 겁니다. 하지만 장기 손실을 체험할 때쯤엔 자기가 그 자리에 없을 거라면, 누가 장기 손실에 신경을 쓰겠습니까?

고도로 진화된 존재라면 신경을 쓴다. 게다가 그들은 훨씬 더 오래 산다.

얼마나 오래요?

몇 배나 오래. 몇몇 고진재 사회의 존재들은 영원히, 다시 말해 그들이 육신 형상으로 남아 있기를 택하는 한 계속 산다. 따라서 고진재 사회에서는 개별 존재들이 자신들의 행위가 가져온 장기적인 결과들을 체험할 때까지도 살아 있는 것이 보통이다.

어떻게 해서 그들은 그렇게 오래 살아남을 수 있습니까?

물론 너희가 그러하듯이, 그들 역시 살아 있지 않은 경우는 없다. 하지만 나는 네 말뜻을 안다. 너는 "몸을 가지고" 살아 있느냐는 뜻으로 물은 것이다.

그렇습니다. 어떻게 해서 그들은 그렇게 오랫동안 몸을 가지고 살아남을 수 있습니까? 이게 어떻게 가능하죠?

첫째로, 그들은 공기와 물과 땅을 오염시키지 않기 **때문이다.** 예를 들면, 그들은 흙 속에다 화학물질들을 집어넣지 않는다. 그런 화학물질들은 식물과 동물들에게 흡수되고, 그 다음엔 그 식물과 동물들을 섭취하는 너희 몸속으로 들어가기 마련이다.

사실 고진재라면 고기를 섭취하려 하지 않을 것이고, 더군다나 땅과, **동물**이 먹는 식물들을 화학물질로 채움으로써, 다시 그 동물 **자체**를 화학물질로 가득 채운 **다음,** 그것을 섭취하는 일 같은 건 결코 하지 않을 것이다. 고진재는 정확하게 그런 행위를 자살행위로 평가한다.

따라서 고진재들은, 인간들이 하듯이 자신들의 환경과 대기와 자기 육신을 오염시키지 않는다. 너희 육신은 너희가 지금 허용하는 것보다 무한히 더 오래 "버티게" 되어 있는 장대한 창조물이다.

그리고 고진재들이 보여주는 심리 행동들도 삶을 연장해주는 데 기여한다.

예를 들면요?

고진재는 걱정하는 일이 없다. 그들은 "걱정"이나 "스트레스" 같은 인간의 개념을 이해하지도 못할 것이다. 또 고진재라면

"미워하거나" "분노하거나" "질투하거나" 두려워하지도 않을 것
이다. 따라서 고진재들은 자기 몸을 갉아먹고 망치는 체내 생
화학 반응을 일으키지 않는다. 고진재라면 이것을 "자기 갉아
먹기"라고 불렀을 것이고, 고진재라면 자신을 소모하자마자 다
른 육신 존재를 섭취했을 것이다.

고진재들은 어떻게 이렇게 하죠? 인간들도 그런 식으로 감정을 조
절할 수 있습니까?

첫째로 고진재들은 만사가 완벽함을 이해한다. 우주에는 저
절로 굴러가는 과정이 있어서, 자신들이 해야 할 일이라곤 거기
에 개입하지 않는 것뿐임을. 그 과정을 이해하는 고진재로서는
절대 걱정하는 일이 없다.

그리고 네 두 번째 질문에 대해 답한다면, 그렇다, 인간들도
이런 조절력을 가질 수 있다. 비록 일부 사람들은 자신들이 그
런 힘을 가졌다는 걸 믿지 않고, 다른 사람들은 그냥 그 힘을
행사하지 않지만. 반면에 노력하는 소수의 사람들은 훨씬 더
오래 산다. 화학물질들과 대기오염이 그들을 죽이지 않아왔고,
여타 방식으로 그들이 자진해서 자신을 독살하지 않아왔다고
가정하면.

잠시만요. 우리가 "자진해서 자신을 독살한다"고요?

너희 중 일부는 그렇다.

어떻게요?

앞에서 말했듯이 너희는 독을 먹는다. 또 너희 중 일부는 독을 마시고, 너희 중 일부는 독을 피우기까지 한다.

고도로 진화된 존재들에게는 그런 행동들이 이해할 수 없는 것으로 비친다. 그들로서는, 왜 도움이 안 된다는 걸 너희 스스로도 아는 물질들을 일부러 자기 몸속에 집어넣는지 상상이 가지 않는다.

음, 우리는 어떤 걸 먹거나 마시거나 피우면 **즐겁다는** 걸 알거든요.

**몸속의 삶이** 즐겁다는 걸 아는 고진재로서는, 그런 삶을 한정짓거나 끝내거나 고통스럽게 만들 수 있음을 **미리 알면서** 그렇게 한다는 건 상상도 할 수 없다.

우리 중에는 시뻘건 고기를 양껏 먹거나, 술을 마시거나, 엽초를 피우는 게 우리 삶을 한정짓거나 끝내거나, 삶을 고통스럽게 **만들 거라**고 믿지 않는 사람들도 있죠.

그렇다면 그들의 관찰 기술이 무척 무딘 것이다. 그들은 예리해질 필요가 있다. 고진재라면 너희더러 그냥 주위를 둘러보라고 제안했을 것이다.

그래요, 그랬겠죠…… 우주의 고도로 진화된 사회들에서 사는 게 어떤 건지 말씀해주실 또 다른 게 있습니까?

수치스러워하지 않는다.

수치스러워하지 않는다고요?

죄의식 같은 것도 없다.

땅의 서투른 "관리인"임이 밝혀진 존재라면 어떻습니까? 당신은 좀 전에 그들은 그 땅을 그에게서 빼앗는다고 말했어요! 이건 그를 심판 해서 죄를 찾아냈다는 뜻 아닙니까?

아니다. 그건 그를 관찰하여 할 수 없다는 걸 찾아냈다는 뜻 이다.

고도로 진화된 문화들에서는 할 수 없다고 밝혀진 일을 하라고 요구받는 일이 없다.

그래도 그들이 그 일을 하고 **싶어하면요?**

그들은 그렇게 하고 "싶어하지" 않을 것이다.

왜요?

이미 드러난 자신의 무능력이 그들이 그런 것을 바라지 않도록 만들 것이다. 이것은, 어떤 일을 할 능력이 없을 때 다른 사람들이 해를 입을 수도 있다는 그들의 이해에서 나오는 자연스러운 결과다. 그들은 결코 이렇게 하려 하지 않을 것이다. 남을 해롭게 하는 것은 자신을 해롭게 하는 것이고, 또 **그들은 이것을 알기** 때문이다.

그렇다면 그건 여전히 체험을 끌어가는 "자기 지속성self preservation"이 있다는 얘기군요. 지구에서처럼요!

당연히! 단 하나 다른 것은 **"자기"에 대한 그들의 규정**이다. 인간은 자기를 너무 협소하게 규정한다. 너희는 **나** 자신과 **내** 가족과 **내** 공동체라고 말한다. 고진재는 자기를 전혀 다르게 규정한다. 그녀는 자신과 가족과 공동체라고 말한다.

오직 하나뿐인 것처럼.

오직 하나뿐**이다.** 바로 그게 핵심이다.

이해가 갑니다.

따라서 고도로 진화된 문화에서는 예를 들면, 육아에서 **자신이 무능하다는 것을** 자기 눈으로도 몇 번이나 직접 확인한 존재가 자식 기르기를 고집하는 일이 절대 없다.
이 때문에 고도로 진화된 문화들에서는 아이가 아이를 기르지 않는다. 그들은 노인들에게 자식을 길러달라고 맡긴다. 이것은 새로 태어난 아이를 생명 준 사람들에게서 떼어내고, 그들의 품안에서 빼앗아서, 생판 낯선 사람에게 길러달라고 넘겨준다는 의미가 아니다. 전혀 그렇지 않다.

이 문화들에서는 노인들이 젊은이들과 긴밀한 관계를 가지면서 살아간다. 노인들은 혼자 힘으로 살아가도록 버려지거나, 무시되거나, 마지막 운명을 다하게끔 방치되지 않는다. 그들은 사랑과 보살핌과 활기로 가득한 공동체의 일부로서 존경받고, 존중되고, 가까이 모셔진다.

갓난아이가 세상에 도착할 때, 노인들은 바로 그 자리에, 그 공동체와 그 가족의 심장부 깊은 곳에 함께 있다. 그리고 그들이 아이를 기르는 건, 너희 사회가 이런 일은 부모더러 하게 하는 게 합당하다고 느끼는 것만큼이나 유기체로서 타당한 일이다.

차이는, 그들 역시 자기 "부모들"—그들의 언어에서 가장 가까운 용어는 "생명 주는 이"일 것이다—이 누군지는 언제나 알고 있지만, 이 아이들에게는, 그 자신도 **아직 삶의 근본에 대해서 배우고 있는** 존재들에게서 삶의 근본에 대해 배우라는 요구를 하지 않는다는 데 있다.

고진재 사회에서는 노인들이 주생활과 식생활, 아이들 보살피기만이 아니라, 배움의 과정도 조직하고 감독한다. 아이들은 지혜와 사랑, 크나큰 인내와 깊은 이해가 충만한 환경 속에서 길러진다.

그들에게 생명을 준 젊은 사람들은 대개 어딘가 다른 곳으로 가서 도전 과제들을 만나고, 젊은 삶이 주는 그들 나름의 기쁨들을 체험한다. 혹은 그들이 선택하는 만큼 많은 시간을 자기 자식들과 함께 보내거나, 때로는 연장자 거주지에서 아이들과 함께 살 수도 있다. "가정"환경 속에서 아이들 바로 옆에 있으면서, 아이들에게 자신들을 그 환경의 일부로 체험시키는 식으로.

그 모두가 대단히 통일되고 일관된 체험이다. 하지만 양육을 하고 그 책임을 지는 것은 노인들이다. 그리고 종 전체의 미래에 대한 책임이 노인들에게 지워지는 만큼, 그것은 일종의 명예다. 고진재 사회들은 이 일이 젊은 사람들에게 요구할 수 있는 수준 이상임을 인정한다.

여기에 대해서는 전에도 언급한 적이 있다. 너희 행성에서 자식들을 기르는 방법과 그것을 바꿀 수 있는 방법에 관해 이야기할 때.

맞아요. 그리고 이번에는 그것이 어떤 식으로 운영될 수 있는지 더 자세히 설명해주셔서 고맙습니다. 그런데 되돌아가서요, 고진재는 무슨 짓을 해도 죄의식이나 수치심을 느끼지 않는 겁니까?

그렇다. 죄의식이나 수치심 따위는 본래 자기 외부에서 오는 것이기 때문이다. 그런 후에 내면화될 수 있다는 건 의문의 여지가 없지만, 어쨌든 그것은 처음에는 외부에서 온다. 예외 없이 **항상.** 어떤 신성한 존재도(그리고 모든 존재가 신성하다), 자기 외부의 누군가가 자기나 자기가 하는 어떤 일을 "수치스럽거나" "죄 많은" 것으로 낙인찍기 전까지는, 절대 그걸 그런 식으로 여기지 않는다.

너희 문화라고 아기가 자신의 "배변 습관"을 부끄러워하는 가? 당연히 아니다. 너희가 아기더러 그래야 한다고 말하기 전까지는. 아이가 자신의 성기를 가지고 즐긴다고 해서 "죄의식"을 느끼는가? 당연히 아니다. 너희가 아이더러 죄의식을 느끼라고 말하기 전까지는.

**한 문화의 진화 정도는 그것이 어떤 존재나 어떤 행동에 "수치스럽다"거나 "죄 많다"는 딱지를 얼마나 많이 붙이는가로 알 수 있다.**

어떤 행동도 수치스럽게 여기지 **않는다고요?** 무슨 짓을 하든 아무 죄의식도 **없고요?**

내가 이미 말했듯이 옳고 그른 건 존재하지 않는다.

아직 그걸 이해하지 못하는 사람들도 있습니다.

여기서 말하는 걸 이해하려면 이 대화를 전체 **한 덩어리로** 읽어야 한다. 어떤 진술이든 문맥에서 따로 떼놓은 상태에서는 이해가 안 될 수 있다. 나는 1권과 2권에서 위에서 말한 지혜를 자세히 설명했다. 네가 여기서 나더러 설명해달라고 부탁한 건 우주의 고도로 진화된 문화들이다. 이미 이 지혜를 이해하고 있는 문화들 말이다.

알겠습니다. 이 문화들이 우리 문화와 다른 점이 이런 것들 말고도 또 있습니까?

많은 점에서 다르다. 그들은 경쟁하지 않는다.

그들은 한 사람이 지는 건 모두가 지는 것임을 안다. 따라서 그들은 한쪽은 "지고" 다른 쪽은 "이기는" 걸 **여흥**이라고 보는 터무니없는 사고방식을 아이들에게(그리고 어른으로까지 이어지면서) 가르치는 게임이나 스포츠 같은 걸 만들어내지 않는다.

게다가 앞에서 말했듯이 그들은 모든 것을 공유한다. 남에게 필요할 때, 단지 그것이 귀하다고 해서 자신이 지닌 것을 내놓지 않거나 쌓아둔다는 것 역시 그들로서는 꿈도 꾸지 못할 일이다. 오히려 그들은 **바로 이런 이유 때문에 공유한다.**

너희 사회에서는 귀한 것을 조금이라도 나누려 **하면**, 귀하다는 이유로 그것의 값이 올라간다. 이런 식으로 해서 너희는 "소유한" 것을 나누는 것이 어쨌든 너희를 **부유하게 만들어주도록** 보장한다.

고도로 진화된 존재들 또한 귀한 것을 함께 나누는 것으로 부유해진다. 고진재와 인간의 유일한 차이점은 고진재들이 "부유함"을 규정하는 방식이다. 고진재는 "이윤을 올릴" 필요 없이 모든 것을 공짜로 나눠주는 것에서 "부유하다"고 느낀다. 사실 이런 느낌 자체가 이윤이다.

너희 문화에도 너희 행동거지를 규정하는 여러 지도 원리들이 있는데, 내가 이전에 말했듯이 그중 가장 기본되는 하나가 '적자생존'이다.

이것을 너희의 '두 번째 지도 원리'라고 할 수 있을 것이다. 그것은 너희 사회가 창조해낸 모든 것, 경제와 정치, 종교, 교육, 그리고 사회 구조의 기초가 된다.

하지만 고도로 진화된 존재에게는 그 원리 자체가 모순어법이다. 그것은 자가당착에 빠져 있다. '우리 모두가 하나'임을 첫 번째 지도 원리로 삼는 고진재로서는 "모두"가 "적응할" 때까지는 "하나"도 "적응할" 수 없다. 따라서 모두가 적응할 때까지는 "적자"도 "적응할" 수 **없으니,** "적자"생존은 불가능하거나 **유일하게** 가능한 일이다(따라서 모순이다).

내 말을 따라오고 있느냐?

그럼요. 우린 그걸 공산주의라 부르죠.

너희 행성에서는 한 존재가 다른 존재를 희생시키면서 진보하는 것을 용납하지 않는 모든 체제를, 손쓸 수 없는 망나니 체제라고 몰아붙이면서 그것을 거부해왔다.

어떤 통치 체제나 경제 체제가 "모두"에게 **속하는** 자원을 가지고, "모두"가 창출한 이익을 "모두"에게 균등하게 분배할 것을 요구할 때, 너희는 그런 식의 통치 체제가 자연 질서에 어긋난다고 말해왔다. 하지만 고도로 진화된 문화에서는 균등한 **공유가 자연 질서다.**

그 사람이나 집단이 그것을 받을 만한 일을 전혀 하지 않았더라도요? 공동선(共同善)에 전혀 기여하지 않았더라도요? 그들이 나쁜 사람들이라도요?

**삶 자체**가 공동선이다. 너희는 살아 있는 것 자체로 공동선에 기여하고 있다. 영혼이 물질 형상으로 있기는 대단히 어렵다. 그런 형상을 받아들이기로 동의하는 자체가 어떤 의미에서는 위대한 희생이다. 설사 전체가 자신을 체험으로 알고, 지금껏 '자신'에 대해 지녔던 가장 위대한 전망의 가장 숭고한 해석으로 자신을 새롭게 재창조하기 위해서는, 그렇게 하는 것이 필요하고, 나아가 즐겁기까지 하다 해도.

우리가 왜 여기에 왔는지 이해하는 것이 중요하다.

우리요?

그 '집합체'를 구성하는 영혼들.

제가 졌습니다.

내가 이미 설명했듯이 오직 '한 영혼', '한 존재', '한 본체'만이 있다. 사람들은 이것을 "신"이라 부르기도 한다. 이 단일 본체는 우주 속의 만물, 달리 말하면 존재 전체로 자신을 "개별화한다". 여기에는 지각 있는 모든 존재, 즉 너희가 영혼이라 부르기로 한 것도 들어간다.

그러니까 "신"은 "존재하는" 모든 영혼입니까?

지금 존재하고 있고, 이제껏 존재했으며, 앞으로 존재할 모든 영혼.

그렇다면 신은 "집합체"입니까?

　나는 그 용어를 선택했다. 그것이 너희 언어로 그 상황을 가장 가깝게 묘사할 수 있는 말이기 때문이다.

경외하는 단일 존재가 아니라 집합체라고요?

　꼭 이것 아니면 저것이어야 할 필요는 없다. "칸 밖에서" 생각하라!

**양쪽** 다가 신인가요? 개별 부분들의 집합체인 경외하는 단일 존재요?

　훌륭하다! 아주 훌륭하다!

그럼 그 집합체는 왜 지구로 왔습니까?

　1권에서 이미 자세히 설명했듯이, 자신을 물질성으로 체험하고, 자신의 체험으로 자신을 알고, 신이 되기 위해서.

당신은 당신이 되게 하려고 우리를 창조하셨습니까?

사실 우리는 그랬다. 너희는 바로 그 때문에 창조되었다.

어떤 집합체가 인간을 창조했다고요?

번역이 바뀌기 전에 너희 성경은, "우리, **우리의 형상**대로, **우리와 닮은꼴**로 인간을 창조하자"로 되어 있었다.

삶이란 신이 자신을 창조하고, 그런 다음 그 창조물을 체험하는 과정이다. 이 창조 과정은 영원히 계속된다. 그것은 항 "시" 일어나고 있다. 상대성과 물질성은 신이 일하는 도구들이다. '신'이란 건 순수 에너지(너희가 영spirit이라 부르는 것)다. 이 본체가 사실 '성령'이다.

에너지가 물질이 되는 과정이 영을 물질성으로 육화(肉化)한다. 그 에너지는 말 그대로 자신의 속도를 떨어뜨리는 것으로, 자신의 파동—너희라면 진동이라고 불렀을—을 바꾸는 것으로, 이렇게 한다.

전부인 것은 일부분씩 나누어 이렇게 한다. 다시 말해 전체의 부분 부분이 이렇게 하는 것이다. 이렇게 개별화된 영이 너희가 혼soul이라 부르는 것이다.

사실 존재하는 건 자신을 다시 모양 짓고 다시 만드는 오직 '한 영혼'뿐이다. 이것을 재형성Reformation이라 부를 수도 있다. 너희 모두는 형성 중인 신Gods In Formation이다. (신의 **정보** God's information!)

바로 **이것이** 너희의 기여다. 그 자체로 충분한 기여다.

이것을 단순하게 표현하면, 물질 형상을 취하는 것만으로도

**너희는 이미 할 바를 다 했다.** 나는 더 이상 아무것도 원하지 않고, 아무것도 필요하지 않다. 너희는 공동선에 기여**했다.** 너희는 공통된 그것이, 그 '한 공동 요소'가 좋은 것을 체험할 수 있게 해주었다. 너희도, 신이 하늘과 땅과 땅 위를 걸어다니는 짐승들과 공중의 새들과 바다의 물고기들을 창조하시니, **그것이 대단히 좋았노라**고 적지 않았느냐?

 "좋음" 역시 그 대립물 없이는 체험으로 존재하지 않고 존재할 수 없기에, 너희는 좋음의 역운동, 즉 반대 방향인 나쁨도 창조해냈다. 또 너희는 삶의 대립물로서 소위 죽음이라 부르는 것도 창조해냈다.

 하지만 죽음은 궁극의 현실에서는 존재하지 않는다. 그것은 너희가 삶을 더 가치 있게 만들기 위해 이용하는 단순한 조작물, 발명품, 가상 체험에 지나지 않는다. 그래서 "나쁨evil"의 철자를 거꾸로 적으면 "산다live"가 되는 것이다! 언어면에서 너희는 참으로 현명하여, 존재하는지조차 모르는 감춰진 지혜들을 그 속에 접어넣었다.

 이 우주철학 전체를 이해할 때, 너희는 위대한 진리를 이해하게 되리니, 그러고 나면 너희는 더 이상 물질생활의 자원과 필요물을 함께 나누는 대가로 다른 존재에게 뭔가를 달라고 요구하지 않을 것이다.


 그 자체로는 아름다운 거지만, 그래도 여전히 그걸 공산주의라고 부를 사람들이 있을 겁니다.

그들이 정히 그렇게 하고 싶다면, 그렇게 하게 하라. 하지만 너희에게 말하노니, 너희 **존재들의 공동체**community of beings 가 **함께 있음**being in community에 대해 알 때까지, 너희는 절대 성스러운 교류를 체험할 수 없고, '내'가 누군지 알지 못할 것이다.

우주의 고도로 진화된 문화들은 내가 여기서 설명한 것들 전부를 깊이 이해한다. 그런 문화들에서 공유하지 않기란 불가능하다. 또한 어떤 필수품이 귀해질수록 점점 더 터무니없는 "값"을 "매기겠다는" 발상 역시 가능하지 않을 것이다. 오직 지극히 원시적인 사회들만이 이렇게 할 수 있고, 오직 대단히 원시적인 존재들만이 공동 필요물의 부족을 더 많은 이윤을 올릴 기회로 볼 수 있다. 하지만 고진재 체계는 "수요와 공급"에 끌려가지 않는다.

이것이 너희가 삶의 질과 공동선에 기여한다고 주장하는 체계의 일부다. 하지만 고도로 진화된 존재의 시각에서 본다면, 좋은 것을 **공동으로** 체험하지 못하게 하는 너희 체계야말로 공동선을 **훼손시키고** 있다.

고도로 진화된 문화의 또 하나 두드러지고 매력적인 특색은 그 문화들 안에는 "네 것"과 "내 것"을 뜻하는 어떤 말이나 소리도 없고, 그런 의미를 전달할 수 있는 어떤 방법도 없다는 것이다. 그들의 언어에는 개인 소유격이 존재하지 않는다. 그래서 지구 언어로 말해야 할 경우라면, 그들은 약정 조항들을 이용해서 설명할 수밖에 없다. 그 약정을 적용하면, "내 차"는 "내가 지금 가지고 있는 차"가 되고, "내 배우자"나 "내 아이들"은 그

"배우자"나 "내가 지금 데리고 있는 아이들"이 된다.

너희라면 "소유권"이나 "재산"으로 불렀을 것을 묘사하는데, 너희 언어에서 가장 가까운 언어가 "지금 데리고 있는now with"이나 "마주하고 있는in the presence of"이란 표현들이다.

너희가 "마주하고 있는" 것은 선물이 된다. 이런 게 삶의 진짜 "선물present"이다.

따라서 고도로 진화된 문화들의 언어로는 "내 삶"이란 의미도 말할 수 없다. 오직 "내가 마주하고 있는 삶"이라는 의미로만 전달할 수 있다.

이것은 너희가 "신을 마주하고 있"음을 이야기할 때와 어느 정도 비슷하다.

너희가 신을 마주할 때(너희가 서로를 마주할 때, 너희는 신을 마주하고 있다), 너희는 신의 것, 말하자면 존재하는 것의 일부를 신이 갖지 못하게 막겠다는 생각 같은 건 절대 하지 않을 것이다. 너희는 신의 것을 신의 모든 **부분**과 당연히 함께 나눌 것이고, 똑같이 나눌 것이다.

이것이 모든 고도로 진화된 문화의 사회, 정치, 경제, 종교 구조 전체를 뒷받침해주는 영적 이해다. 이것은 삶 전체의 우주철학이다. 지구에서의 너희 체험이 일으키는 모든 불협화음은 오로지 이 우주철학을 관찰하고, 그것을 이해하고, 그 속에서 살지 못하는 데서 기인한다.

# 19

다른 행성에 사는 존재들은 어떻게 생겼습니까? 신체 면에서요?

　네 맘대로 골라잡아라. 너희 행성에 여러 종의 생명체가 있듯이, 그곳에도 다양한 여러 존재들이 있다.

　아니, 사실 그 이상이다.

우리하고 흡사해 보이는 존재들도 있습니까?

　물론이다. 아주 사소한 차이를 빼면 너희하고 똑같아 보이는 존재들도 있다.

그들은 어떻게 삽니까? 뭘 먹습니까? 옷은 어떻게 입고요? 대화는 어떤 식으로 합니까? 전 여기서 E.T.에 관한 모든 걸 알고 싶습니다. 어서 말씀해주십시오.

네 호기심을 이해는 한다. 하지만 이 책들은 호기심을 만족시키려고 너희에게 주는 것이 아니다. 우리 대화의 목적은 너희 세상에 메시지를 전하는 것이다.

그냥 두어 가지만 물을게요. 게다가 그것들은 단순한 호기심 이상입니다. 우린 여기서 뭔가 배울 수 있을 겁니다. 아니 더 정확하게는 기억해낼 수 있을 겁니다.

사실 그게 좀 더 정확하다. 너희가 배워야 할 것은 없다. 너희는 '참된 자신'을 기억하기만 하면 된다.

그 점에 대해서는 당신이 1권에서 멋지게 밝혀주셨죠. 그런데 다른 행성의 이 존재들은 자신이 누군지 기억합니까?

너희도 예상하겠지만, 다른 행성의 존재들이라 해도 그들이 처해 있는 진화 단계는 각기 다르다. 하지만 네가 여기서 의미하는, 고도로 진화된 문화들 속의 존재들이라면, 그렇다, 그들은 기억해냈다.

그들은 어떻게 삽니까? 일과 여행과 의사 전달에서는요?

너희 문화에서 말하는 식의 여행은 고도로 진화된 사회에는 존재하지 않는다. 기술이 발달한 그들로서는 화석연료를 사용해서 바퀴 달린 동체 속에 장착된 엔진을 돌리거나 할 필요가 없다.

새로운 물질 기술들이 제공하는 것들과 더불어, 마음과 물질성 자체에 대한 이해 역시 발전했다.

진화 차원에서 이 두 유형의 진보가 복합된 결과, 고진재들은 자신들의 몸을 마음대로 해체하고 다시 합칠 수 있게 되었다. 덕분에 가장 고도로 진화된 문화들에서는 대부분의 존재들이 그들이 선택하는 **곳마다**, 그들이 선택할 때마다 "있을" 수 있다.


우주를 가로지르는 광년들을 포함해서요?


그렇다. 대체로 그렇다. 은하를 가로지르는 그런 "먼 거리" 여행은 돌멩이가 물을 스치면서 튀는 것과 비슷한 방식으로 이루어진다. 우주라는 모체를 **관통하는** 방식이 아니라 그 **위에서** "톡톡 뛰어다니는" 식으로. 그것의 물리학을 설명할 때 너희 언어에서 찾을 수 있는 최상의 비유가 이것이다.

그리고 너희 사회에서 말하는 식의 "일"이라면, 대다수 고진재 문화들에는 그런 개념이 존재하지 않는다. 그들이 행하는 과제와 활동들은 오로지 각각의 존재가 무엇을 하고 싶어하고, 무엇을 자신의 가장 고귀한 표현으로 보는가에 좌우된다.

누구나 그렇게 할 수 있다면 정말 굉장하겠죠. 하지만 천한 일은 어떻게 처리합니까?

"천한 일"이란 개념은 존재하지 않는다. 사실 고도로 진화된 존재들의 세계에서는 너희 사회라면 "천하다"고 규정했을 일을 되레 가장 영예롭게 여긴다. 사회가 존재하고 제 기능을 하기 위해서 "반드시" 되어야 하는 일상 과제들을 수행하는 고진재들은, 전체에 대한 그들의 봉사로 가장 높은 보수를 받고, 최고의 호칭으로 불리는 "일꾼들"이다. 내가 여기서 "일꾼들"에 인용부호를 단 것은, 고진재들에게는 이것이 전혀 "일"이 아닌, 자기 성취의 최고 형태로 여겨지기 때문이다.

인간이 소위 일이라는 자기 표현을 둘러싸고 창조해낸 발상과 체험들은 고진재 문화의 일부가 아니다. 고도로 진화된 존재들은 "고역(苦役)"과 "초과 근무", "압박감" 따위의, 스스로 만들어낸 체험들을 선택하지 않는다. 무엇보다 그들은 "앞서거나", "최고가 되거나" "성공하려" 하지 않는다.

고진재에게는 너희가 규정하는 식의 "성공"이라는 개념 자체가 낯설다. 그것의 대립물인 **실패**가 존재하지 않는다는 바로 그 이유로 인해.

그럼 고진재들은 업적이나 성취를 어떻게 체험합니까?

대부분의 인간 사회와 활동들에서—심지어는(그리고 특히) 너희 학교들에서—그러하듯이, "경쟁"과 "이기고 짐"을 둘러싸고 정교한 가치 체계를 짜냄으로써가 아니라, 한 사회에서 참된 가치가 무엇인지 깊이 이해하고 그것을 진실로 인정함으로써.

그들은 "가치를 가져오는 일을 하는 것"을 성취로 규정한다. "가치 있든 아니든, '명성'과 '출세'를 가져오는 일을 하는 것"이 아니라.

그럼 고진재들도 "가치관"을 **가졌군요!**

아, 물론이다. 하지만 대다수 인간들의 그것과는 아주 다르다. 고진재들은 전체를 이롭게 하는 것을 높이 평가한다.

우리도 그래요!

그렇다, 하지만 너희는 "이로움"을 전혀 다르게 규정한다. 너희는 아이에게 삶의 최고 진리를 기억하도록 이끌거나, 사회의 영적 생활에 보탬이 되는 데서보다, 방망이를 가진 남자에게 작은 흰 공을 던지거나, 은막의 대형 화면 위에서 누군가의 옷을 벗기는 데서 더 큰 이로움을 본다. 그래서 너희는 선생과 성직자들보다 야구선수와 연예인들을 더 많이 존경하고, 그들에게 더 많이 지불한다. 너희가 하나의 사회로서 가고 싶다고 말하는 곳을 전제로 할 때, 너희는 이 면에서 모든 걸 거꾸로 하고 있다.

너희는 그다지 예리한 관찰력을 발달시키지 못했다. 고진재들은 언제나 "있는 그대로what's so"를 보고, "도움이 되는 것 what works"을 한다. 인간들은 그렇지 못할 때가 대단히 많다.

고진재들은 교사나 성직자들이 "도덕적으로 옳아서" 그들을 존경하는 것이 아니다. 그들 사회가 가기로 선택한 곳을 전제할 때, 그것이 "도움 되는 일"이기 때문에 그렇게 한다.

하지만 가치관이 있다면, 거기도 틀림없이 "가진 자"와 "못 가진 자" 가 있을 텐데요. 그렇다면 고진재 사회에서 부유하고 유명한 쪽은 교사들이고, 가난한 쪽은 야구선수들이겠군요.

고진재 사회에는 "못 가진 자"가 **없다.** 너희가 다수의 사람들 더러 빠지게 만든 식의 그런 열악한 상황 속에 사는 이는 아무 도 없다. 그리고 아무도 굶주려 죽지 않는다. 시간당 400명의 어린이들과 날마다 30,000명의 사람들이 굶주림으로 죽어가 는 너희 행성과 달리. 인간의 노동 문화에서나 존재할 수 있는 "소리 없는 절망"으로 얼룩진 삶 같은 것도 없다.

아니다, 고진재 사회에는 "빈민"이나 "영세민" 따위는 없다.

그들은 어떻게 해서 그런 상황을 피할 수 있었습니까? **어떻게요?**

두 가지 기본 원리를 적용하는 것으로—
우리는 모두 '하나'다.
충분히 있다.
고진재들은 넉넉함을 깨닫고 있으며, 넉넉함을 창조하는 의식을 지니고 있다. 만물의 상호 연관성을 의식하는 고진재들은 자기 행성의 천연자원을 낭비하거나 부수지 않는다. 이것은 만인을 넉넉한 상태가 되게 하니, 따라서 "충분히 있는" 것이다.

불충분함, "넉넉지 못함"에 대한 인간 의식은 모든 불안과 모든 긴장, 모든 경쟁, 모든 질투, 모든 분노, 모든 갈등, 그리고 궁극에는 너희 행성에서 벌어지는 모든 살인의 뿌리 원인이다.

여기에다 만물의 통일성보다는 분리성을 믿으려는 아집을 보탠 것, 이것이 너희 삶을 비참하게 만들고 너희 역사를 비극으로 만든 원인의 90퍼센트를 차지하고, 만인에게 더 나은 상황을 가져다주려 했던 너희 노력들이 무위(無爲)로 끝나고 만 원인의 90퍼센트를 차지한다.

너희가 의식의 이 두 요소를 바꾼다면, 만사가 변할 것이다.


어떻게요? 전 그렇게 하고 싶지만, **방법**을 모릅니다. 제게 도구를 주십시오. 그냥 진부한 의견이 아니라요.


좋다. 당연히 그래야지. 자, 여기 도구가 있다.

"인 듯이 행동하라."

너희가 모두 하나인 듯이 행동하라. 내일부터 그냥 그런 식으로 행동하기 시작하라. 그냥 모두를 힘들어하는 "자신"으로 보고, 공정한 기회를 원하는 "자신"으로 봐라. 그냥 모두를 다른 체험을 하고 있는 "자신"으로 봐라.

그렇게 해봐라. 그냥 내일부터 주위를 둘러보고 그렇게 해봐라. 모두를 새로운 눈으로 봐라.

그런 다음에는 "충분히 있는" 듯이 행동하기 시작하라. 네게 "충분한" 돈과 "충분한" 사랑과 "충분한" 시간이 있다면, 너는 어떤 식으로 다르게 행동하겠느냐? 더 마음을 열고, 더 자유롭게, 더 균등하게 다른 사람들과 함께하겠느냐?

이건 재미있군요. 왜냐하면 우리가 천연자원을 대하는 방식이 바로 그런 거거든요. 생태론자들은 그런 태도를 비판하고요. 제 말은 우리가 "충분히 있는" 듯이 행동한다는 겁니다.

진짜로 재미있는 건, 너희가 **자신을 이롭게 한다고** 여기는 것들에 대해서는 **부족한** 듯이 행동한다는 것이다. 그래서 너희는 그것을 자신이 얼마나 지닐 수 있는지 세심한 주의를 기울여 살핀다. 흔히 그런 것들을 사재기까지 하면서. 하지만 너희는 너희 환경과 천연자원과 생태계에 대해서는 일관되지 못하고 왔다갔다 한다. 따라서 여기서 가능한 유일한 가정은, 너희는 환경과 천연자원과 생태계가 너희를 이롭게 한다고 여기지 않는다는 것이다.

아니면 우리가 **충분히 있는** "듯이 행동하거나"요.

아니, 너희는 그렇지 않다. 만일 그랬다면, 너희는 이 자원들을 좀 더 균등하게 함께했을 것이다. 하지만 지금 이 순간에도 세계 인구의 5분의 1이 전 세계 자원의 5분의 4를 쓰고 있다. 그리고 현재로서는 그런 등식을 바꿀 기미도 전혀 보이지 않는다.

특혜받은 소수가 그 모든 걸 아무 생각 없이 탕진하는 것만 막을 수 있어도, 그것은 모두에게 충분히 있게 된다. 모든 사람이 자원을 현명하게 쓴다면, 소수의 사람들이 그것을 현명하지 못하게 쓸 때보다 전체로는 덜 쓰게 될 것이다.

자원을 **사용하라**, 하지만 **낭비하지는** 마라. 생태론자들이 말하는 게 이것이다.


음, 전 다시 우울합니다. 당신은 계속해서 절 우울하게 만드시는군요.


너는 이상한 사람이다. 너도 그걸 알고 있느냐? 너는 길을 잃은데다가 네가 가고 싶다고 말하는 곳에 닿을 수 있는 방법까지 잊은 채 외롭게 길을 달려가고 있다. 그런데 누군가가 따라와서 **네게 방향을 가리켜준다.** 이제 너는, 알았다!라면서 뛸 듯이 기뻐해야 한다. 그렇지 않은가? 하지만 아니다, 너는 우울해한다.

놀랍게도.


제가 우울해하는 건 과연 **우리가 이 방향으로 갈지 자신이 없기** 때문입니다. 전 우리가 그걸 원하는지조차 모르겠어요. 제 눈에는 우리가 벽을 향해 곧장 뛰어들고 있는 게 보입니다. 그래서 그게 절 우울하게 하고요.


너는 관찰력을 쓰지 않고 있다. 내 눈에는 이 책을 읽으면서 환호하는 몇십만의 사람들이 보이고, 여기에 적힌 단순한 진리들을 인정하는 몇백만의 사람들이 보인다. 그리고 내 눈에는 너희 행성에서 맹렬한 속도로 커져가는 새로운 변화 세력이 보인다. 사고 체계 전체가 폐기되고, 통치 방식들이 버려지고, 경제정책들이 수정되고, 영적 진리들이 재검토되고 있다.

너희는 **깨어나는** 종이다.

이 책에 적힌 지적과 관찰들이 반드시 낙담의 근거가 될 필요는 없다. 너희가 **그것들을 진리로 인정하는** 것이 **변화의 엔진을 몰아가는 연료**가 될 수 있다면, 이것 자체가 엄청나게 고무적인 일일 수 있다.

너는 그런 변화를 불러올 대리인이다. 너는 인간들이 삶을 창조하고 체험하는 방식을 **다르게 만들** 수 있는 한 사람이다.

어떻게요? 제가 뭘 할 수 있습니까?

다름difference이 **되라.** 변화가 **되라.** "우리 모두는 하나"라는 의식과 "충분히 있다"는 의식을 스스로 **구현하라.**

너 자신을 바꿔라, 세상이 바뀔 것이니.

너는 자신에게 이 책과 《신과 나눈 이야기》의 모든 소재를 주었다. 고도로 진화된 존재로서 사는 것이 어떤 것인지 자신이 다시 한번 기억해낼 수 있도록.

우리는 예전에도 이런 식으로 산 적이 있군요, 그렇죠? 당신은 전에도 우리가 예전에 이런 식으로 산 적이 있다고 언급하셨습니다.

그렇다. 너희라면 고대 시기와 고대 문명들이라고 불렀을 상황에서. 너희 종은 내가 여기서 묘사해온 것들 대부분을 예전에 체험했다.

이젠 제 일부가 훨씬 더 우울해지려고 하는군요. 당신 말씀은 우리가 거기에 갔다가 완전히 잃어버렸다는 것 아닙니까? 우리가 하고 있는, 이 모든 "원 따라 돌기"의 목적은 뭡니까?

진화! 진화는 직선이 아니다.

너희는 지금 너희 고대 문명들이 겪은 최악의 체험들을 피하면서, 최상의 체험들을 재창조할 수 있는 기회를 맞고 있다. 그러니 이번에는 개인적 에고와 진보된 기술이 너희 사회를 파괴하게 놔두지 마라. 너희라면 그것을 다르게 해낼 수 있다. 너희 자신이 **차이를 만들** 수 있다.

이것은 너희에게 대단히 흥분되는 사실일 수 있다. 그것이 그렇게 되게끔 너희가 허락한다면.

됐습니다. 접수할게요. 나 자신더러 그런 식으로 생각하게끔 허락했더니, 정말 흥분되는군요. 차이를 만들어내겠습니다! 더 이야기해주십시오. 전 가능한 한 많이 기억해내고 싶습니다. 우리의 진보된 고대 문명들에서는 그것이 어떤 모습이었고, 지금 고도로 진화된 존재들에게는 어떤 모습인지요. 그들은 어떻게 삽니까?

그들은 너희 세계라면 공동체라고 불렀을, 그런 형태로 모여서 산다. 하지만 대개의 경우 그들은 소위 "도시"나 "국가" 같은 변형판들은 포기했다.

왜요?

"도시들"이 너무 커져서 모여 사는 목적을 더 이상 감당하지 못하고, 오히려 그 목적을 손상시켰기 때문이다. 그래서 그들은 집단화된 공동체 대신에 "군집한 개인들"을 만들어냈다.

그건 우리 행성에서도 그래요! 우리 소도시와 마을들, 나아가 확 트인 농촌 지역들까지도 대도시들에서보다는 더 많은 "공동체" 의식이 있죠.

그렇다. 그 점에서 너희 세상과 우리가 지금 논의하는 다른 행성들은 딱 한 가지만 다르다.

그게 뭔데요?

다른 행성의 거주자들은 "무엇이 도움 되는지" 더 치밀하게 관찰하는 법을 배웠다.

반면에 우리는 도시들을 점점 더 키워가고 있고요. 그것들이 우리의 생활 방식 자체를 파괴하는 걸 보면서도요.

그렇다.

심지어 우리는 자기 서열에 **자부심까지** 느끼죠. 한 거대도시가 우리의 대도시 서열 12위에서 10위로 올라서자, 모두들 그것을 축하할 일로 생각했거든요. 실제로 상업회의소는 그걸 **선전했구요.**

**퇴보를 진보로 보는 것이 원시사회의 표지다.**

전에도 그런 말씀을 하셨죠. 그게 다시 절 우울하게 만드는군요!

**점점 더 많은 사람들이 더 이상 이렇게 하지 않는다. 점점 더 많은 사람들이 "의도된" 소공동체들을 다시 만들어가고 있다.**

그러니까 당신은 우리가 대도시들을 포기하고, 소도시나 마을로 돌아가야 한다고 생각하시는 겁니까?

**나는 거기에 대해서 이런저런 선호를 갖지 않는다. 나는 그 냥 관찰하고 있을 뿐이다.**

항상 그러셨듯이요. 그럼 우리가 계속해서 점점 더 큰 대도시들로 이주하는 것과 관련해서 당신의 관찰은 어떤 겁니까? 그렇게 하는 것이 우리에게 좋지 않다는 것을 알면서도요.

**너희 중 다수가 이것이 너희에게 좋지 않다는 것을 보지 못**

하기 때문이다. 너희는 대도시에서 함께 집단을 이루는 것이 문제를 해결해주리라 믿는다. 실제로는 문제를 만들어낼 뿐인데도.

물론 대도시들에는, 작은 읍이나 마을 정도에는 있지 않고 있을 수도 없는, 서비스와 직업과 여흥들이 있다. 하지만 사실상 유해한 것들인 이런 것들을 가치 있는 걸로 규정한다는 점에서 너희는 잘못하고 있다.

보라구요! 당신은 이 문제에서 관점을 **갖고** 계시잖아요! 당신은 방금 본색을 드러내셨다구요! 당신은 우리가 "잘못하고" 있다고 하셨어요.

만일 너희가 시애틀로 가고 싶다고 말하면서도—

또 시작하시는군요?—

음, 너는 계속해서 관찰을 "판단"으로, 사실에 대한 진술을 "선호"로 부르길 고집하는구나. 나는 네가 교류와 인식에서 더 큰 정확성을 추구하고 있음을 알기에, 매번 너를 여기로 불러낼 것이다.

너희가 시애틀로 가고 싶다고 말하면서도 샌어제이를 향해 가고 있을 때, 네가 방향을 물어본 제삼자가 너더러 "잘못하고 있다"고 말하는 게 그른 것이냐? 그 사람은 "선호"를 표현하고 있는 것이냐?

아마 아니겠죠.

아마 아닐 **거라고?**

좋습니다. 아닙니다.

그럼 그는 뭘 하고 **있는** 거냐?

그는 그냥 "있는 그대로" 말하고 있을 뿐이죠. 우리가 가고 싶다고 말하는 곳을 전제로 하면요.

**훌륭하다. 너는 이해했다.**

하지만 당신은 예전에도 이런 지적을 하셨습니다. 그것도 되풀이해서요. 그런데도 왜 저는 자꾸 당신을 선호를 가진 신, 판단하는 신으로 여기는 발상으로 되돌아가는 걸까요?

너희 신화가 떠받쳐온 신이 그러하기 때문이다. 너희는 할 수만 있다면 언제라도 나를 그 범주 속에 던져 넣을 것이다. 게다가 내가 선호를 **가졌다면,** 너희로서는 만사가 더 수월해졌을 것이다. 그랬더라면 너희 스스로 만사를 이해하여 너희 **나름의** 결론에 이를 필요가 없었을 테고, 그냥 **내가** 말한 대로 해야 했을 테니 말이다.

물론 내가 몇천 년 동안 뭔가를 말해왔다는 사실을 믿지 않는 너희로서는 내가 뭘 말하는지 알 길이 없다. 따라서 너희로서는 내가 실제로 교류하던 시절에 내가 말하곤 **했던** 것을 가르친다고 주장하는 사람들에게 의지하는 것 말고는 선택의 여지가 없다. 하지만 이조차도 문제인 것이, 너희의 머리카락 수만큼 많은 다양한 스승과 가르침들이 있기 때문이다. 결국 너희는 출발했던 곳으로 되돌아가서 너희 나름의 결론에 이르지 않을 수 없다.

이 미로와, 그것이 인류에게 빚어낸 비참의 악순환에서 벗어날 방안이 있습니까? 대관절 우리가 그걸 "바로잡을" 수 있기나 할까요?

"벗어날 방안"은 **있고**, 너희는 그것을 "바로잡을" 것이다. 너희는 그냥 **관찰 기술을 키우기만** 하면 된다. 너희는 무엇이 너희에게 쓸모 있는지 더 잘 볼 줄 알아야 한다. 이런 게 "진화"다. 사실 너희는 "그것을 바로잡지 않을 수" 없다. 너희는 실패할 수 없다. 그것은 그런가 아닌가의 문제가 아니라, 시기의 문제다.

하지만 우리는 이 행성에서의 시간을 다 써가고 있는 것 아닙니까?

아, **그것이** 너희의 매개변수라면, 너희가 이 행성에서, 다시 말해 **이 특정한 행성이 아직 너희를 부양하는** 동안에 그것을 "바로잡고자" 한다면, **그런** 맥락 안에서라면, 너희는 서두르는 게 나을 것이다.

어떻게 해야 우리는 더 빨리 갈 수 있습니까? 우릴 도와주십시오.

나는 너희를 돕고 있다. 너는 이 대화가 무엇이라고 생각하느냐?

좋습니다, 그렇다면 우리를 좀 더 도와주십시오. 당신은 좀 전에 다른 행성의 고도로 진화된 문화들에서는 "국가"라는 개념도 버린다고 말씀하셨습니다. 그들은 왜 그렇게 하는 겁니까?

왜냐하면 그들은 소위 "민족주의" 같은 개념이 '우리 모두가 하나'라는 자신들의 첫 번째 지도 원리에 어긋난다는 걸 알기 때문이다.

반면에 민족주의는 우리의 두 번째 지도 원리인 '적자생존'을 지탱해주고 있죠.

맞다.
너희는 생존과 안전을 이유로 자신들을 여러 국가들로 나누었지만, 그 결과는 정반대다.
고도로 진화된 존재들은 국가별로 묶이길 거부한다. 그들은 그냥 한 국가만을 믿는다. 너희는 그들이 "신의 가호로 한 국가를" 이루었다고 말할 수도 있을 것이다.

현명하군요. 그런데 그들도 "만인을 위한 자유와 정의"를 가지고 있습니까?

너희는 그러하냐?

항복.

핵심은, 모든 종족과 모든 종이 진화하기 마련이고, 진화—
무엇이 자신에게 도움 되는지를 관찰하고 그것에 행동을 맞추
는 목적이 되는—는 한쪽 방향으로 나아가면서 다른 쪽 방향
에서는 멀어지기 마련이라는 데 있다. 그것은 합일을 향해 움직
여가면서 분리에서 멀어진다.

이건 놀랄 일이 아니다. 왜냐하면 합일은 궁극의 진리고, "진
화"는 "진리를 향해 가는 운동"의 또 다른 말에 지나지 않기 때
문이다.

게다가 제게는 "무엇이 너희에게 도움 되는지 관찰하고 그것에 행
동을 맞춘다"는 게 왠지 우리의 지도 원리 중 하나인 "적자생존"과 비
슷하게 들리는데요.

그건 사실이다, 그렇지 않느냐?

그러기에 이제 "적자생존"(즉 종의 진화)이 이루어지지 못했
고, 실제로는 전체 종들이 사실상 사멸해왔음을—사실상 **자멸
해왔음을**—"관찰할" 때가 왔다. "과정"을 "원리"로 규정함으로
써.

아이고. 당신이 이겼어요.

"진화"는 **과정**이고, 진화 추이를 이끌어가는 것이 그 과정을 **지도하는** "원리"다.

네 말이 맞다. 진화는 "적자생존"**이다.** 바로 이것이 **과정**이다. 하지만 "과정"을 "원리"와 혼동하지 마라.

"진화"와 "적자생존"을 동의어로 보면서, "적자생존"을 지도 원리로 주장하는 건 "진화의 지도 원리는 **진화**"라고 말하는 것과 다름없다.

하지만 이런 이야기는 지도 원리가 **자신의 진화 추이를 지배할** 수 있음을 알지 못하는 종이 하는 진술이다. 이런 이야기는 자신이 자신의 진화에 대해 업저버의 위치에 속해 있다고 여기는 종이 하는 진술이다. 왜냐하면 사람들은 대체로 "진화"가 특정 **원리**들에 따라 어딘가로 **향해 가는** 과정이 아니라, 그냥 "진행되는" 과정이라고 생각하기 때문이다.

따라서 그런 종들은 "우리는 **진화**의 원리에 따라…… 음, **진화한다**"고 선언하는 셈이다. 하지만 그들은 과정과 원리를 혼동하기 때문에, 그 원리가 **뭔지는** 절대 말하지 않는다.

반면에 진화가 과정이고, 그러면서도 **자신들이 지배할 수 있는** 과정임을 확실히 알게 된 종들은 "과정"과 "원리"를 혼동하지 않는다. 그들은 그 과정을 지도하고 끌어가는 데 사용할 원리를 의식하면서 선택한다.

이것이 **의식 있는 진화**라고 불리는 것으로, 너희 종은 이제 막 여기에 도달했다.

와, 이건 믿기 힘들 만큼 놀라운 통찰력이군요. **그래서 당신이 바버라 막스 허버드에게 그런 책을 주셨군요!** 제가 말했듯이 그녀는 실제로 그걸 《의식 있는 진화》라고 불렀거든요.

물론 그녀는 그렇게 했다. 내가 그녀더러 그렇게 하라고 말했다.

전 그 책이 마음에 듭니다. 그럼…… E.T.에 대한 우리의 "대화"로 되돌아갔으면 하는데요. 이 고도로 진화된 존재들은 어떤 식으로 자신들을 조직합니까? 국가별로가 아니라면요. 그들은 어떤 식으로 자신들을 통치합니까?

그들은 "진화"를 진화의 첫 번째 지도 원리로 사용하지 않고, 순전히 관찰에만 근거해서 원리를 **만들어냈다.** 그들은 그냥 자신들 모두가 '하나'임을 관찰하고 나서, 이 첫 번째 지도 원리를 **훼손하는** 것이 아니라, 오히려 **뒷받침하는** 정치, 사회 경제, 그리고 영적 메커니즘을 고안해냈다.

그건 어떤 "모습"입니까? 예를 들면 정부는요?

너희 중 오직 하나만이 있을 때 너희는 어떤 식으로 자신을 다스리느냐?

예? 뭐라고요?

너희 중 오직 하나만이 있을 때 너희는 어떤 식으로 너희 행동을 다스리느냐? 누가 너희 행동을 다스리느냐? 너 자신 말고 누가?

아무도요. 완전히 나 혼자라면, 예를 들어 제가 무인도에 있다면, "자신 말고"는 아무도 내 행동을 다스리거나 통제할 수 없죠. 저는 제가 하고 싶은 대로 먹고 입고 행동할 겁니다. 십중팔구 옷 같은 건 전혀 안 입겠죠. 배고플 때마다 먹을 거고요. 맛나고 몸에 좋다고 느끼는 거면 뭐든 먹겠죠. 그리고 하고 싶다고 느끼면 무슨 짓이든 "할" 거고요. 그중 일부는 살아가기 위해서 필요하다고 여기는 게 뭔지에 따라 정해질 테고요.

음, 여느 때처럼 너는 자기 안에 모든 지혜를 가지고 있다. 전에도 네게 말했지만, 너는 아무것도 배울 필요가 없다. 단지 기억해내면 된다.

그럼 이게 진보된 문명의 모습이란 말입니까? 벌거벗고 뛰어다니고, 나무 열매를 줍고, 카누를 조각한다고요? 흡사 야만인들처럼!

너는 누가 더 행복하리라고 생각하느냐? 누가 더 신에게 가깝다고 생각하느냐?

우리는 전에도 이 문제를 다룬 적이 있습니다.

그렇다. 다룬 적이 있다. 단순성을 야만으로, 복잡성을 고도의 진보로 여기는 것이 원시문화의 표지다.

재미있는 건, 고도로 진보된 사람들은 그것을 정반대로 본다는 것이다.

하지만 모든 문화의 운동은—사실 진화의 과정 자체가—점점 더 복잡해지는 쪽으로 나아가기 마련 아닙니까?

어떤 의미에서는 그렇다. 하지만 여기에,

**최고의 복잡성은 최고의 단순성**이라는, 최고의 '신성한 이분법'이 있다.

체계가 "복잡할수록", 그 디자인은 단순하기 마련이다. 사실 그것은 그 '단순함'으로 인해 지극히 우아하다.

선각자는 이 점을 이해한다. 바로 이것이 고도로 진화된 존재들이 지극히 단순하게 사는 이유이고, 고도로 진화된 모든 체제가 지극히 단순한 이유다. 고도로 진화된 통치 체제, 고도로 진화된 교육 체계, 고도로 진화된 경제나 종교 체계, 그 모두가 우아할 만큼 지극히 단순하다.

예를 들면 고도로 진화된 통치 체제에는 자치를 빼고는 사실상 **아무런 통치도** 들어 있지 **않다.**

오직 한 존재만이 참여하고 있는 듯이요. 오직 한 존재만이 관련된 듯이요.

그것이 존재하는 전부다.

고도로 진화된 문화들이 이해하는 것이기도 하구요.

맞다.

전 이제 이 모든 것을 함께 모으기 시작하고 있습니다.

잘됐구나. 우리에게는 시간이 별로 없다.

떠나셔야 합니까?

이 책이 너무 길어지고 있다.

# 20

잠깐만요! 기다려요! 지금 떠나실 순 없어요! 전 E.T.에 대해 물어볼 게 더 있어요! 그들은 언젠가 "우리를 구하러" 지구에 나타날 건가요? 우리 행성의 양극을 통제하고, 대기를 맑게 하고, 태양 에너지를 이용하고, 기후를 조절하고, 온갖 질병들을 고칠 새로운 기술을 우리에게 전수해줌으로써, 우리더러 우리의 광기에서 벗어날 수 있게 해줄까요? 우물 안 개구리 격인 우리가 더 나은 삶을 꾸려갈 수 있도록요?

그런 일이 일어나길 너희가 원하지 않을 수도 있다. "고진재들"도 이것을 안다. 그들도 그런 식의 개입은, 너희를 **자신들**에게 종속시켜서—너희가 지금 종속되어 있다고 주장하는 신들이 아니라—**자신들**을 너희의 신으로 만들게 될 뿐이라는 것을 안다.

진실은, 너희는 **아무에게도** 종속되어 있지 않다는 것이다. 고도로 진화된 문화들에서 온 존재들이 너희에게 이해시키려 해온 것이 이것이다. 따라서 그들이 어떤 기술들을 너희와 함께 하려 한다면, 그들은 어쨌든 다른 사람의 힘과 잠재력이 아니라 너희 **자신의** 것을 너희가 확인할 수 있게 하는, 그런 방식으로 그것들을 전수해줄 것이다.

마찬가지로, 고진재들이 너희와 몇 가지 가르침들을 함께하려 할 때도, 그들은 어쨌든 너희가 더 큰 진리와 너희 **자신의** 힘과 잠재력을 이해할 수 있는 그런 방식으로 그것들을 전수해줄 **것이다. 너희 스승들을 신으로 만드는 방식이 아니라.**

너무 늦었습니다. 우리는 이미 그렇게 해버렸습니다.

**그래, 나도 눈치챘다.**

그 문제는 우리를 우리의 위대한 스승인 예수라는 사람에게로 데려가는군요. 그를 신으로 만들지 **않았던** 사람들도 그의 가르침이 위대하다는 건 인정했습니다.

**그 가르침들은 크게 왜곡되어왔다.**

예수도 이 "고진재", 즉 고도로 진화된 존재였습니까?

너는 그가 고도로 진화되었다고 생각하느냐?

그럼요. 그리고 같은 차원에서 석가모니와 크리슈나, 모세, 바바지, 사이바바, 파라마한사 요가난다도요.

맞다. 그리고 네가 언급하지 않은 다른 사람들도 많다.

저, 2권에서 당신은 예수를 비롯한 이 스승들이 "외계"에서 왔을 수 있다는 "암시"를 주셨습니다. 이곳을 방문해서, 우리에게 고도로 진화된 존재들의 가르침과 지혜들을 나눠줬을 수 있다고 말입니다. 자, 이제 나머지 신발도 벗을 때가 왔습니다. 예수는 "우주인"이었습니까?

너희 모두가 "우주인"이다.

그게 무슨 말입니까?

너희는 지금 고향이라 부르는 이 행성의 원주민이 아니다.

우리가 원주민이 아니라고요?

그렇다. 너희를 만들어낸 "유전 재질"은 너희 행성에 계획적으로 심어졌다. 그것은 그냥 우연히 "나타나지" 않았다. 너희 생명을 형성한 요소들은 어떤 운 좋은 **생물학적 발전** 과정을 거쳐서 결합된 것이 아니라, 관련 계획이 있었다. 여기에는 훨씬 더 큰 뭔가가 진행되고 있다. 너는 너희가 아는 대로의 생명이 너희 행성에 나타나도록 만드는 데 필요했던 몇십조 가지의 생화학 반응들 모두가 어쩌다 우연히 일어났다고 생각하느냐? 너는 이런 결과가 단지 **뜻밖에** 행복한 결과를 낳은 마구잡이 사건들의 우연한 사슬이라고 보느냐?

아뇨, 물론 아니죠. 저도 계획이, **신의 계획**이 있었다는 걸 인정합니다.

잘했다. 왜냐하면 네 말이 맞기 때문이다. 그 모두가 내 발상이고, 내 계획이며, 내 과정이다.

그렇다면, 당신이 "우주인"이란 말씀입니까?

너희가 내게 말을 건다고 상상할 때, 으레 바라보는 방향이 어느 쪽이냐?

위쪽요. 전 올려다봤습니다.

왜 내려다보지 않았느냐?

모르겠습니다. 다들 올려다보죠. "하늘"을 향해서요.

내가 거기서 올 거라고?

그럴 겁니다. 맞아요.

그것이 나를 우주인으로 만드느냐?

전 모르겠는데, 그런가요?

그리고 내가 우주인이라면, 그게 나를 신보다 못한 것으로 만드느냐?

당신이 지닌 권능이라고 우리가 흔히 이야기하는 것을 전제로 하면, 아뇨, 안 그럴 겁니다.

그리고 내가 신이라면, 그것이 나를 우주인보다 못한 것으로 만드느냐?

제 생각엔 그건 전적으로 우리의 정의에 달렸다고 봅니다.

내가 전혀 "인간"이 아니라 힘이라면, 우주 "에너지"라면, '우주'라면, 다시 말해 사실 '존재 전체'라면 어떠냐? 내가 '집합체'라면?

음, 그건 사실 당신이 말씀해오신 당신 모습입니다. 당신은 이 대화에서 그렇게 말씀하셨습니다.

그렇다, 나는 그렇게 말했다. 그럼 너는 그것을 믿느냐?

예, 그렇다고 생각합니다. 적어도 제가 신을 존재 전체로 여긴다는 점에서는요.

좋다. 그런데 너는 소위 "우주인" 같은 게 있다고 생각하느냐?

외계에서 온 존재들 말입니까?

그래.

예, 전 그렇게 생각합니다. 전 항상 그렇게 믿어온 것 같거든요. 게다가 지금 이 자리에서 당신 역시 그렇다고 **말씀**하시니, 전 그렇다고 확신합니다.

그러면 이 "외계에서 온 존재들"은 "존재 전체"의 일부냐?

음, 물론 그렇죠.

그리고 내가 존재 전체라면, 그건 나를 우주인으로 만들지 않느냐?

그렇긴 하죠…… 하지만 그런 규정이라면, 당신은 **나이기도** 합니다.

맞았다.

그래요, 하지만 당신은 제 질문에서 한참 멀리 가고 말았습니다. 전 당신에게 예수가 우주인인지 물었습니다. 그리고 제가 무슨 말을 하는지는 당신도 아실 거고요. 그러니까, 그는 외계에서 온 존재입니까? 아니면 여기 지구에서 태어났습니까?

네 물음은 또다시 "이것 아니면 저것"을 전제로 한다. **칸에서 벗어나서** 생각하라. "이것 아니면 저것"을 거부하고, "이것이면 서 또한 저것"을 고려하라.

말하자면 예수는 지구에서 태어났지만 "우주인의 혈통"을 가졌다는 뜻입니까?

예수의 아버지가 누구였느냐?

요셉요.

그렇다. 하지만 **그를 임신시킨** 것은 누구라고 얘기되느냐?

그것이 무염시태(無染始胎)라고 믿는 사람들도 있죠. 그들은 대천 사가 성처녀 마리아를 찾아왔다고 말합니다. 예수는 "성령에 의해 수 태되어, 성처녀 마리아에게서 태어났다"고요.

너는 그것을 믿느냐?

거기에 대해 뭘 믿어야 할지 모르겠는데요.

자, 대천사가 마리아를 찾아왔다면, 너는 그 천사가 어디서 왔다고 생각하느냐?

천국에서요.

"천국에서"라고 말했느냐?

예, **천국**에서요. 다른 영역에서요. 신한테서요.

알겠다. 그리고 우리는 좀 전에 신이 우주인이라는 데 동의하지 않았느냐?

정확하게 말하면, 그렇지 않죠. 우리는 신이 **전체**고, 우주인 역시 "전체"의 **일부**이기 때문에, 신이 우주인이라는 데 동의한 거죠. 우리가 신이라는 것과 같은 의미에서요. 신은 전체입니다. 신은 집합체입니다.

그렇다. 그러기에 마리아를 찾아온 이 대천사는 다른 영역에서 왔다. 천계(天界)에서.

그렇습니다.

천국은 너희 내면에 있으니, 그것은 너희 자신 깊숙한 곳에 있는 영역이다.

전 그렇게 말하지 않았습니다.

음, 그렇다면 우주의 내면 공간 속에 있는 영역이라고 하자.

아뇨, 전 그렇게 말하지도 않을 겁니다. 전 그게 무슨 뜻인지 모르거든요.

그렇다면 어디서 왔느냐? **외계**에서?

(한참 동안 중단)
당신은 지금 말장난을 하고 계십니다.

나로서는 최선을 다하고 있다. 나는 말이 지닌 끔찍한 한계에도 불구하고 그것을 **쓰고 있다.** 사실 너희 언어의 한정된 어휘로는 묘사할 수 없거나, 너희의 한정된 현재 인식 수준으로는 이해할 수 없는 것들의 사고방식과 개념에 최대한 가깝게 다가서기 위해서.
나는 새로운 방식으로 너희 언어를 사용함으로써 너희에게 새로운 인식을 열어주려 하고 있다.

좋습니다. 그러니까 당신 말씀은 예수가 다른 어떤 영역에서 온 고도로 진화된 존재를 아버지로 하니까, 그는 인간이면서 또한 고진재란 겁니까?

너희 행성을 걸어다닌, 고도로 진화된 존재들은 많이 있었다. 그들은 오늘날에도 많이 있다.

"우리 중에 외계인"이 있다는 말씀입니까?

신문과 라디오 좌담, 텔레비전에서 했던 너희의 작업이 너희에게 꽤 효과가 컸다는 걸 알겠구나.

무슨 뜻입니까?

너희는 온갖 걸 가지고 다 센세이션을 일으키려 한다. 나는 고도로 진화된 존재를 "외계인"이라고 하지 않았다. 나는 예수를 "외계인"이라고 하지 않았다.

신과 관련해서 "외계인" 같은 건 없다. 지구에는 어떤 "외계인"도 없다.

우리 모두는 '하나'다. 우리 모두가 '하나'라면, 우리 중의 어떤 개체도 '하나' 자신에게 외부인이 아니다.

우리 중 어떤 개체들은, 다시 말해 일부 개별 존재들은 다른 개체들보다 더 많이 기억한다. 기억해내는 이 과정(신과 재결합하는 과정, 혹은 다시 한번 전체인 집합체와 '하나'되는 과정)이 너희가 진화라 부르는 그 과정이다. 너희 모두가 진화하는 존재다. 너희 중 일부는 고도로 진화되었다. 다시 말해 그들은 **더 많이 재구성한다.** 그들은 '자신이 참으로 누군지' 안다. 예수도 그것을 알았고 그것을 선언했다.

좋습니다. 그렇다면 예수의 일을 놓고 어디 한번 말장난을 해보기로 하죠.

전혀 그렇지 않다. 내가 다 털어놓고 이야기해주마. 너희가 예수라고 부르는 그 인간의 영은 이 지구의 것이 아니었다. 그 영은 그냥 인간의 몸을 가득 채워서, 자신을 아이로서 배우게 했고, 그런 다음 어른이 되어서는 스스로 깨닫게 했다. 그가 이런 일을 한 유일한 존재는 아니다. **모든 영**All spirits은 "이 지구 출신이 아니다". **모든 영혼**All souls이 다른 영역에서 와서 몸으로 들어갔다. 그렇다고 모든 영혼이 특정한 한 "생애" 안에 혼자 힘으로 깨닫는 건 아니다. 예수는 그렇게 했다. 그는 고도로 진화된 존재였다(너희 중 일부가 신이라 불러온 존재). 게다가 그는 목적을 가지고, 임무를 띠고, 너희에게 왔다.

우리 영혼을 구하기 위해서요.

어떤 의미에서는 그렇다. 하지만 끝없는 천벌에서 구하기 위해서는 아니다. 너희가 상상하는 식의 그런 천벌 같은 건 없다. 그의 임무는 '참된 자신'을 모르고 체험하지 못하는 상태로부터 너희를 구하는 것이었고, 지금도 그러하다. 그는 너희가 무엇이 될 수 있는지 보여주는 것으로 그것을 증명하고자 했다. 너희가 받아들이기만 한다면, 사실 너희 자체를 보여주는 것으로.

그는 본보기를 보이는 것으로 앞장서고자 했다. 그가 "나는 길이요 생명이니, 나를 따르라"고 말한 이유가 이것이다. 그는 너희 모두가 자기 "지지자"가 되라는 의미에서 "나를 따르라"고 하지 않았다. 그가 그렇게 말한 건, 너희 모두가 **그를 본보기 삼아 신과 '하나'되라는** 의미에서다. 그는 "나와 아버지는 하나다. 그리고 너희는 내 형제다"고 말했다. 그라도 그 점을 이보다 더 잘 알아듣게 표현하지는 못했을 것이다.

그렇다면 예수는 신에게서 온 것이 아니라 외계에서 왔군요.

네 오류는 그 둘을 분리하는 데 있다. 너는 계속해서 그 둘을 구별하려 하고 있다. 네가 인간과 신을 분리하고 구별하기를 고집하듯이. 네게 말하노니, 그 둘 사이에는 **어떤 구별도 없다.**

흐음. 좋습니다. 이 책을 끝내기 전에 다른 세상의 존재들에 대해 마지막으로 몇 가지 더 말씀해주시겠습니까? 그들은 뭘 입습니까? 의사 전달은 어떤 식으로 합니까? 그리고 제발, 아직도 이런 걸 쓸데없는 호기심이라는 식으로 말하지 마십시오. 전 우리가 여기서 배울 게 있다는 걸 이미 증명했다고 생각하니까요.

좋다. 그렇다면 짧게 말하마.

고도로 진화된 문화들에 사는 존재들은 옷을 입을 필요를 느끼지 않는다. 그들의 힘으로 통제할 수 없는 요소나 상황으로부터 자신들을 보호하기 위해 일종의 가리개가 필요하거나, 어떤 "신분"이나 영예를 나타내기 위해 장식물을 사용할 때를 제외하고는.

　　"수치"나 "수줍음" 따위의 개념들을 이해하지 못하는 고진재로서는, 그럴 필요가 없을 때도 너희가 왜 몸 전체를 가리는지 이해하지 못할 것이고, "더 멋있게" 보이려고 가린다는 발상으로는 도저히 연결시키지 못할 것이다. 고진재에게는 알몸 자체보다 더 아름다운 건 없다. 따라서 고진재는 몸을 어쨌든 더 기쁘게 하거나 매력적으로 만들려고 그 위에 뭔가를 걸친다는 발상을 전혀 이해하지 못한다.

　　마찬가지로 고진재들로서는 너희가 "건물"이나 "집"이라 부르는…… 상자 속에서 산다는—인생의 많은 시간을 낭비하면서—발상 역시 이해하지 못할 것이다. 고진재들은 자연환경 속에서 산다. 자신의 환경을 창조하고 조절하고 보살피는 고도로 진화된 문명들에서는 극히 드문 일이긴 하지만, 특별히 환경이 우호적이 아닐 때 상자 속에 머무는 경우를 빼고는.

　　또한 고진재들은 자신들이 환경과 '하나'고, 자신들이 환경과 공간 이상을 함께하고 있으며, 나아가 상호 의존 관계까지도 함께한다는 걸 이해한다. 따라서 고진재들은 너희가 자신을 부양해주는 것을 왜 해치고 파괴하는지 도저히 이해하지 못한다. 그들이 내릴 수 있는 유일한 결론은, 환경이 자신을 부양한다는 사실을 이해하지 못하는 너희는 관찰 기술이 대단히 한정된 존재라는 것이다.

의사 전달communication과 관련해서 고진재는 너희라면 감정이라 불렀을 측면을 의사 전달의 으뜸 차원으로 사용한다. 고진재들은 자기 감정은 물론이고 남의 감정까지 안다. 누구도 감정을 **숨기려고** 시도하지 않는다. 그런 것을 자기 배신으로 보는 고진재들로서는, 감정을 숨기고 나서는 아무도 자신이 어떻게 느끼는지 알아주지 않는다고 불평하는 상황을 이해하지 못한다.

감정은 영혼의 언어다. 고도로 진화된 존재들은 이것을 이해한다. 고진재들의 사회에서는 서로를 진실되게 아는 것이 의사 교류의 목적이다. 따라서 고진재들은 너희 인간들이 "거짓말"이라 부르는 개념을 이해하지도, 이해할 수도 없다.

진실 아닌 것을 전달함으로써 바라던 것을 손에 넣는 데 성공하는 건, 고진재에게 껍데기뿐인 승리여서, 그것을 전혀 승리로 만들어주지 않는다. 고진재에게는 그것이 패배를 질질 끄는 것에 지나지 않을 것이다.

고진재들은 진실을 "말하지" 않는다. 고진재들 자체가 진실이다. 그들의 전 존재가 "있는 그대로"와 "도움 되는 것" 출신이다. 고진재들은 오래전, 아직 목소리로 의사를 전달하던 유사 이전의 시기에, 진실 아닌 것은 소용이 없다는 걸 배웠다. 너희는 너희 역사에서 아직 이것을 배우지 못했다.

너희 행성에서는 사회의 많은 것이 보안에 근거하고 있다. 너희 중 다수는 사는 데 도움이 되는 쪽이 너희가 서로**에게** 말하는 것이 아니라, 너희가 서로**에게서** 지키는 것이라고 믿는다. 이렇게 해서 보안은 너희의 사회 규범, 윤리 규범이 되었다. 그것은 진실로 너희의 '보안 규범'이다.

이것이 너희 모두에게 적용되는 것은 아니다. 예를 들면 너희의 고대 문화들과 너희 원주민들은 그런 규범에 따라 살지 않았다. 그리고 지금 사회의 많은 개인들도 이런 행동 방식을 받아들이길 거부했다.

그럼에도 너희 정부는 이 규범에 따라 운영되고, 너희 사업체들은 그것을 받아들였으며, 너희 관계의 다수가 그것을 반영한다. 워낙 많은 사람들이 크고 작은 거짓말들을 인정하다보니, 그들은 심지어 거짓말에 대해서까지 거짓말을 하기도 한다. 따라서 너희는, 벌거벗은 임금님 이야기처럼 모두가 알지만 아무도 거기에 대해 말하지 않는다는 식의, '보안 규범'에 관한 비밀 규칙을 발달시켰다. 너희는 그렇지 않은 체까지 한다. 이 점에서 너희는 자신에게 거짓말을 하고 있다.

당신은 예전에도 이 점을 지적하셨습니다.

나는 너희가 진실로 하고 싶다고 말하는 대로 상황을 바꾸려고 한다면, 지금 이 대화에서 반드시 "접수해야" 할 핵심 논점들, 요점들을 몇 번이고 되풀이하고자 한다.

따라서 나는 다시 한번 말할 것이다. 인간 문화와 고도로 진화된 문화의 차이는, 고도로 진화된 존재들은,

1. 충분히 관찰하고
2. 진실되게 교류한다는 데 있다.

그들은 "도움 되는 것"을 보고 "있는 그대로"를 말한다. 이것은 너희 행성의 삶을 헤아릴 수 없을 만큼 개선해줄, 또 하나의 작지만 심오한 변화다.

그런데 이것은 도덕 문제가 아니다. 고진재 사회에는 어떤 "도덕적 의무"도 없다. 이것 역시 거짓말이 그러하듯, 그들을 어리둥절하게 만들 개념의 하나다. 그것은 그냥 기능의 문제, 무엇이 이로운가의 문제다.

고진재들에게는 도덕이 전혀 없습니까?

너희가 이해하는 식의 도덕 같은 건 없다. 어떤 집단이 고안한 일련의 가치들에 순응해서 개인들이 살아야 한다는 식의 발상은 "도움 되는 것"에 대한 그들의 이해를 무너뜨릴 것이다. 자신에게 적절한 행동 방식과 적절하지 않은 행동 방식을 심판하는 궁극의 유일한 주체는 개개인이라는 그들의 이해를.

고진재 사회에서는 언제나 무엇이 **도움 되는가**, 무엇이 제 기능을 하고, 모두를 이롭게 하는가를 중심으로 논의된다. 인간들이 말하는 "옳고 그른" 것을 중심으로 하지 않고.

하지만 그게 그거 아닙니까? 우리는 우리에게 도움 되는 것을 "옳은 것"이라 말하고, 우리에게 소용없는 걸 "그른 것"이라고 말할 뿐이지 않습니까?

너희는 그런 꼬리표에다, 고진재들에게는 똑같이 낯선 개념들인 죄의식과 수치심을 덧붙였다. 또 너희는 그것들이 "소용없어"서가 아니라 그냥 그것들이 "부적절하다"고 여겨서—때로는 너희가 보기에가 아니라 "신이 보시기에"—엄청나게 많은 것들에 "그르다"는 딱지를 붙였다. 이렇게 해서 너희는 "무엇이 도움되고" 무엇이 그렇지 않은지를 놓고 "실제 있는 그대로"와는 전혀 관계없는 작의적인 규정들을 만들어냈다.

예를 들면 인간 사회는 자기 감정을 솔직히 드러내는 것을 "그르다"고 간주하는 경우가 많다. 이것은 고진재라면 결코 도달할 수 없는 결론이다. 왜냐하면 어떤 공동체 속에 있든, 어떤 무리 속에 있든, 감정의 엄밀한 자각이야말로 **삶**을 윤택하게 만들어주기 때문이다. 그러니 앞에서 말했듯이, 고진재라면 절대 감정을 숨기지 않을 것이다. 그리고 그들은 그렇게 하는 것이 "사회 차원에서도 옳음"을 안다.

사실 고진재로서는 어떤 경우에도 감정을 숨길 수 없다. 고진재는 다른 존재들에게서 그들의 감정이 뚜렷이 실려 있는 "진동"—사실상의 **파장**—을 읽는다. 너희가 방 안에 들어섰을 때 이따금 "공기를 느낄" 수 있듯이, 고진재는 다른 고진재가 무엇을 생각하고 체험하는지 느낄 수 있다.

너희라면 "말"이라 불렀을 사실상의 소리 내기는 있다 해도 아주 드물게만 사용된다. 고도로 진화된 모든 지각 있는 존재들 사이에서는 이런 식의 "텔레파시 교류"가 이루어진다. 사실 한 종의 진화 정도나 같은 종 안에서 구성원들 간 관계의 진화 정도는 그 존재들이 감정이나 바람, 혹은 정보를 전달하는 데 "말"을 얼마나 사용해야 하는가로 증명된다고 할 수도 있다.

그리고 네가 묻기 전에 대답하건대, 그렇다, 인간 존재도 이런 능력을 발달시킬 수 있고, 몇몇 사람들은 이미 발달**시켰다**. 사실 몇천 년 전에는 그것이 정상이었다. 그 후 너희는 사실상 "소리"인 원초적 말하기를 이용해서 교류하는 수준으로 퇴보하고 말았다. 하지만 너희 중에 많은 이들이 더 명확하고 더 정확하고 더 우아한 교류 형태로 되돌아가고 있다. 이것은 특히나 사랑하는 사람들 사이에서 그러해서, **좋아하면 통하기**Caring creates communication 마련이라는 주요 진리를 역설해준다.

사실 사랑이 깊다면 말은 불필요하다. 그리고 이 공리의 역도 참이어서, 너희가 서로에게 더 많은 말을 **써야** 할수록, 서로를 아껴주는 데 들이는 시간은 아마 틀림없이 더 적을 것이다. 좋아하면 통하기 마련이기에.

궁극의 차원에서 모든 참된 교류는 진실에 관한 것이고, 참된 진실은 오직 사랑뿐이다. 이 때문에 사랑이 있는 곳에는 통함이 있는 것이다. 서로 잘 통하지 않는 건 사랑이 충분히 존재하지 않는다는 표시다.

정말 아름답게 표현하시는군요. 아니 아름답게 **교류하신다고** 해야겠군요.

고맙다. 이제 고도로 진화된 사회에서의 생활 방식을 요약하면 다음과 같다.

그들은, 너희라면 의도된 소(小)공동체라고 불렀을 형태로 무리를 이루어 산다. 이 무리들은 도시나 도, 국가 따위로 조직

규모를 키우지 않지만, 상호 평등의 기초 위에서 다른 무리들과 상호작용한다.

너희가 이해하는 식의 정부나 법률 따위는 없다. 대신 대개 연장자들로 구성된 평의회 혹은 원로회의conclaves가 있고, 너희 언어로 번역하면 "상호 합의"라고 할 수 있는 것들이 있다. 그리고 이 상호 합의 사항들은 자각과 정직, 책임이라는 '삼각률(三角律)'로 모아진다.

고도로 진화된 존재들은 이미 오래전에 이런 것들을 더불어 살아가는 방식으로 삼기로 결정했다. 그들은 다른 어떤 존재나 집단이 제시한 도덕 체계나 영적 계시에 의해서가 아니라, **있는 그대로**와 **도움 되는 것**을 그냥 관찰함으로써 이런 선택을 내렸다.

정말로 전쟁이나 갈등 같은 건 전혀 없습니까?

없다. 그건 자신이 가진 모든 것을 함께 나누는 고진재로서는 힘으로 빼앗으려는 존재에게도 자신의 모든 걸 서슴없이 내주리란 이유에서 주로 그러하다. 삼라만상은 어쨌든 모두의 것이고, 그가 진심으로 그렇게 하고자 한다면 언제라도 자신이 "내준" 것보다 더 많이 창조할 수 있음을 그가 알기 때문이다.

고진재 사회에는 "소유"나 "상실"의 개념이 없다. 그들은 자신이 물질 존재가 아니라 물질로 있는 존재임을 이해한다. 또한 그들은 모든 존재가 같은 근원에서 나왔고, 따라서 '우리 모두는 하나'임을 이해한다.

당신이 전에도 말씀하셨다는 건 알지만…… 누군가가 고진재에게 생명을 내놓으라고 위협하는데, 그래도 다툼이 없을까요?

아무런 논란도 일어나지 않을 것이다. 그는 그냥 자기 몸을 내려놓을 것이다. 그 자리에서 너희를 위해 말 그대로 몸을 떠날 것이다. 그러고 나면 그는 다 자란 존재로서 다시 한번 물질성 속으로 들어오거나, 다른 연인들이 새로 임신한 자식으로 돌아가 또 다른 몸을 창조하는 쪽을 선택한다.

물질성 속으로 다시 들어올 때 고진재들이 가장 좋아하는 방식은 후자다. 고도로 진화된 사회들에서 새로 창조된 아이들은 누구보다 존중되고, 이들에게는 유례없는 성장 기회가 주어지기 때문이다.

고진재들은 너희 문화가 "죽음"이라 부르는 것을 조금도 두려워하지 않는다. 고진재들은 자신들이 영원히 산다는 것과, 그건 자신이 어떤 형상을 취하는가의 문제에 지나지 않는다는 걸 안다. 몸과 환경을 보살피는 법을 배운 고진재들은 보통 한 신체로 무한히 오래 살 수 있다. 하지만 물질 법칙과 관련된 어떤 이유로 고진재의 몸이 더 이상 제 기능을 하지 못하면, 고진재는 그냥 기꺼이 몸에서 떠나는 것으로 그것의 물질 요소를 '전부의 전부'에로 되돌려 "재활용"할 수 있게 한다. (너희가 "흙에서 나서 흙으로 돌아간다"고 이해하는 것이 이것이다.)

좀 뒤로 돌아가서요, "법률" 같은 건 없다고 말씀하신 걸로 알고 있습니다. 하지만 누군가가 "삼각률"에 따라 행동하지 않는다면요? 그때는 어떻게 하죠? 즉결형인가요?

아니다. 즉결형이 아니다. "재판"이나 "처벌" 같은 건 없다. 그냥 "있는 그대로"와 "도움 되는 것"을 간단히 살펴볼 뿐이다.

"있는 그대로"—그 존재가 저지른 일—가 지금으로서는 "도움 되는 것"과 불일치한다는 사실과, 집단에 도움이 되지 않는 것은 어차피 그 개인에게도 도움이 되지 않는다는 사실이 조심스럽게 설명된다. 왜냐하면 개인이 집단**이고**, 집단이 개인**이기** 때문이다. 모든 고진재는 이 점을 아주 쉽게, 대체로 너희라면 **젊은이**라고 불렀을 이른 시기에 "접수한다". 따라서 성숙한 고진재가 "도움 되지" **않는** "있는 그대로"를 일으키는 방식으로 행동하는 경우는 극히 드물다.

하지만 누군가가 그렇게 하면요?

그에게는 그냥 자신의 잘못을 고칠 기회가 주어진다. 그는 우선 삼각률을 써서 자신이 생각했거나 말했거나 행한 일과 관련된 모든 결과를 자각하고, 그런 다음에는 그런 결과들을 자아낸 데 있어 자신의 역할을 평가하고 명시할 수 있다. 마지막으로 그에게는 개선 방안이나 수정 방안, 혹은 치유 방안을 써서 그런 결과들을 책임질 기회가 주어진다.

만일 그가 그렇게 하기를 거부하면요?

고도로 진화된 존재라면 그렇게 하기를 절대 거부하지 않을 것이다. 그것은 생각할 수도 없는 일이고, 그렇게 되면 그는 고도로 진화된 존재가 아닐 것이다. 네가 지금 이야기하는 것은 전혀 다른 차원의 지각 있는 존재다.

고진재는 이 모든 것을 어디서 배웁니까? 학교에서요?

고진재 사회에는 "학교 제도"가 없다. 단지 아이들에게 "있는 그대로"와 "도움 되는 것"을 일깨워주는 교육과정이 있을 뿐이다. 아이들은 자신을 낳은 사람이 아니라 노인들에 의해 길러진다. 그렇다고 그 과정 동안에 아이들이 굳이 자기 "부모"와 떨어져 있어야 하는 건 아니다. "부모"는 원할 때마다 얼마든지 함께 있을 수 있고, 선택하는 시간만큼 아이들과 함께 보낼 수 있다.

너희라면 "학교"라고 불렀을 것(사실 "학습 시간"이라고 번역하는 것이 가장 좋을 것이다)에서, 아이들은 자신들이 배워야 한다고 듣는 게 아니라, **자신들이** 습득하고 싶어하는 기술들을 골라 자기 나름의 "교육과정"을 설정한다. 따라서 동기부여를 최고 수준으로 유지할 수 있어서, 삶의 기술들을 쉽고 빠르고 즐겁게 습득한다.

삼각률(사실 이것들은 명문화된 "규율들"로 있는 게 아니지만, 너희 언어에서 찾아낼 수 있는 최상의 용어가 이것이다)은 어린 고진재들에게 "주입되지" 않고, "아이들"에게 모범이 되는 "어른들"의 행실을 통해서 거의 삼투 방식으로 습득된다.

어른들이 정작 자기 아이들에게 가르치고 싶어하는 것과는

**반대되는** 행실의 본보기가 되는 너희 사회와 달리, 고진재 문화의 어른들은, 아이들이란 다른 사람들에게서 본 대로 행동하기 마련임을 이해한다.

고진재라면 자기 아이들이 하지 말았으면 하는 행동들을 되레 적나라하게 보여주는 사진 장치 앞에 아이들을 여러 시간 동안 앉혀놓지 않을 것이다. 고진재로서는 그런 식의 결정을 도저히 이해하지 못할 것이다. 설사 한 고진재가 이렇게 했다 해도, 그런 다음 그 사진들이 자기 자식들의 갑작스러운 탈선 행동과 관계가 있음을 부정하는 것 또한 그들로서는 똑같이 이해할 수 없는 일일 것이다.

나는 고진재 사회와 인간 사회의 차이는 사실 아주 단순한 한 가지 요소, 즉 진실된 관찰이라 할 수 있는 것으로 모아진다는 사실을 다시 한번 강조하려 한다.

고진재들은 자신들이 보는 모든 것을 인정한다. 반면에 다수의 인간들은 자신들이 보는 것을 부정한다.

그들은 텔레비전이 자기 아이들을 망치고 있음을 보면서도 그것을 무시한다. 그들은 폭력과 "실패"가 "오락거리"로 사용되는 것을 보면서도, 그 모순을 부정한다. 그들은 담배가 몸을 해치는 걸 관찰하면서도, 그렇지 않은 체한다. 그들은 술에 취해 자식을 학대하는 아버지와 온 가족이 그것을 부정하는 모습을 보고서도, 아무도 거기에 대해 말하지 못하게 한다.

그들은 몇천 년 넘게 자신들의 종교가 대중의 행동 방식을 바꾸는 데 완전히 실패했음을 관찰하면서도, 이 또한 부정한다. 그들은 정부들이 도와주기보다는 억압한다는 사실을 두 눈으로 보면서도, 그것을 무시한다.

그들은 질병을 예방하는 데 재원의 10분의 1을, 질병을 관리하는 데 재원의 10분의 9를 소모하는 건강관리 제도―실제로는 질병관리 제도인―를 보면서도, 건강하게 행동하고 먹고 살수 있게 사람들을 교육시키는 문제에서 어떤 그럴듯한 진전도 이루지 못하는 게 **이윤 동기** 때문임을 부정한다.

그들은 화학약품이 든 사료를 억지로 먹여 길러진 뒤 도살당한 짐승 고기를 먹는 것이 건강에 좋지 않다는 걸 보면서도, 자신들이 보는 것을 부정한다.

그들은 그 이상을 하죠. 그들은 감히 그 주제를 논의했던 토크쇼 진행자를 고소하려고 합니다. 당신도 알다시피, 예리한 통찰력으로 먹을거리를 둘러싼 이 모든 논점을 파헤친 멋진 책이 있습니다. 존 라빈스가 쓴 《육식, 건강을 망치고 세상을 망친다Diet for a New America》란 책이죠.

사람들은 그런 책을 읽고서도, 그것이 조금이나마 의미 있음을 부정하고, 부정하고 또 부정할 것이다. 바로 이것이 핵심이다. 너희 종족들 다수가 부정 속에 살고 있다. 그들은 주변 사람들 모두가 관찰한, 눈이 시릴 만큼 명백한 사실들을 부정할 뿐 아니라, 자기 눈으로 관찰한 것들까지도 부정한다. 나아가 그들은 자신의 감정을 부정하고, 결국에는 자신의 진실까지 부정한다.

반면에 고도로 진화된 존재들―너희 중 일부는 이렇게 되어

가고 있다―은 **아무것도** 부정하지 않는다. 그들은 "있는 그대로"를 관찰하고, "도움 되는 것"을 확실히 안다. 이런 단순한 도구들을 사용할 때, 삶은 단순해지고, "과정"은 칭송된다.

그래요, 그런데 "과정"은 어떤 식으로 작용합니까?

그 물음에 대답하자면, 예전에 이 대화에서 했던 지적을, 사실 되풀이해서 하지 않을 수 없다.

**만사가, 너희가 자신을 누구로 생각하는지와 너희가 무엇을 하려 하는가에 달려 있다.**

평화와 기쁨과 사랑으로 사는 것이 너희의 목표라면, 폭력은 **작용하지 않는다.** 이것은 이미 입증된 사실이다.

건강하게 오래 장수하는 것이 너희의 목표라면, 죽은 고기를 먹고, 세상이 다 아는 발암물질들을 피우고, 신경마비와 뇌손상을 불러오는 용액을 마시는 일 같은 건 **작용하지 않는다.** 이것은 이미 입증된 사실이다.

폭력과 분노에서 벗어난 자식들을 기르는 것이 너희의 목표라면, 그들을 몇 년씩 폭력과 분노의 생생한 묘사 앞에 직접 앉혀놓는 일 같은 건 **작용하지 않는다.** 이것은 **이미 입증된 사실**이다.

만일 너희의 목표가 지구를 돌보고 그녀의 자원을 현명하게 절약하는 것이라면, 자원들이 무한한 것처럼 행동하는 일 같은 건 **작용하지 않는다.** 이것은 **이미 입증된 사실**이다.

만일 너희의 목표가 자애로운 신과의 관계를 찾아내고 일궈

감으로써 종교가 인간사를 달라지게 하는 것이라면, 벌하고 끔찍하게 보복하는 신을 가르치는 건 **작용하지 않는다.** 이 역시 **이미 입증된 사실이다.**

오직 동기motive만이 전부고, 목표가 결과를 결정한다. 삶은 너희의 의도에서 비롯되고, 너희의 참된 의도는 행동으로 드러나며, 너희의 행동을 결정하는 건 너희의 참된 의도다. 삶의 모든 것이(그리고 삶 **자체가**) 그러하듯, 이것도 순환이다.

고진재들은 그 순환을 보지만, 인간들은 보지 못한다.

고진재들은 있는 그대로에 대처하지만, 인간들은 그것을 무시한다.

고진재들은 **항상** 진실을 말하지만, 인간들은 남에게만이 아니라 자신에게까지 너무 자주 거짓을 말한다.

고진재들은 하나를 말하면 말한 대로 행하지만, 인간들은 말하는 것과 행하는 것이 다르다.

너희도 가슴속 깊은 곳에서는 뭔가 잘못됐다는 걸 **안다.** "시애틀로 가려고" 했는데, "샌어제이"에 와 있는 게 아닌가! 이제 너희는 자기 행동의 모순을 보면서 그걸 던져버릴 준비가 되어 있다. 너희는 있는 **그대로와 도움 되는** 것, 양쪽 다를 분명하게 보면서, 둘 사이의 괴리를 더 이상 부추기지 않으려 하고 있다.

너희는 실현의 시간을 눈앞에 둔, 깨어나는 종이다.

여기서 들은 이야기들 때문에 너희가 낙담할 필요는 없다. 새로운 체험, 더 큰 현실을 위한 토대는 이미 놓여졌고, 이 모든 것이 그냥 그것을 위한 준비에 지나지 않기 때문이다. 너희는 이제 문을 지나 걸어갈 준비가 되었다.

이 대화는 무엇보다 그 문을 열어젖히기 위한 것이었다. 우선 그것을 가리키기 위해서. **보이는가? 저기 있다!** 진리의 빛이 그 길을 영원히 비춰줄 것이기에. 여기서 너희가 받은 것이 바로 그 진리의 빛이다.

이제 이 진리를 집어들고 그것에 따라 살아라. 이제 이 진리를 부여잡고 남들과 함께하라. 이제 이 진리를 받아들이고 그것을 한없이 더 귀히 여겨라.

이 세 권의 책―《신과 나눈 이야기》3부작―에서 나는 너희에게 **있는 그대로**를 되풀이해서 말해주었다.

더 멀리 나갈 필요는 없다. 더 많은 질문을 하거나, 더 많은 대답을 듣거나, 더 많은 호기심을 만족시키거나, 더 많은 예를 제시하거나, 더 많은 관찰을 내놓을 필요는 없다. 너희가 바라는 삶을 창조하는 데 필요한 전부가 여기에, 그토록 많은 것이 제시된 이 3부작 속에, 이미 들어 있다.

그렇다, 너는 더 많은 질문을 가지고 있다. 그렇다, 너는 더 많은 "하지만 만일 ~하면"을 가지고 있다. 그렇다, 너는 우리가 즐겼던 이 탐구를 아직 "그만두지" 않았다. 그건 너희가 **어떤 탐구도 그만둘 수 없기** 때문이다.

그렇다면 이 책이 한없이 계속될 수 있다는 건 분명하다. 하지만 이 책은 그렇게 하지 않을 것이다. 신과 나누는 네 대화는 그러하겠지만, 이 책은 그렇지 않을 것이다. 네가 물을 수 있는 다른 모든 질문에 대한 대답 또한 여기서, 이제 완전해진 이 3부작에서 찾을 수 있을 것이기에. 이제 우리가 할 수 있는 건 되풀이하고, 다시 부언하고, 같은 지혜로 몇 번이고 다시 되돌아가는 것뿐이다. 그 점에서는 이 3부작조차 연습이다. 여기에 새로운 건 아무것도 없다. 다만 다시 찾아간 태고의 지혜들이 있을 뿐.

거기로 다시 찾아가는 건 좋은 일이다. 그것에 다시 한번 익숙해지는 건 좋은 일이다. 이것이 내가 그토록 자주 말했던 기억해내는 과정이다. 너희는 아무것도 배울 게 없다. 단지 기억해내기만 하면 된다……

그러니 이 3부작을 자주 찾아가라. 그 내용들을 몇 번이고 다시 찾아봐라.

여기서 답해지지 않았다고 느끼는 질문이 떠오를 때, 그 책들을 다시 한번 읽어봐라. 그러면 그 질문이 이미 답해졌음을 발견할 것이다. 하지만 정말로 답해지지 않았다고 느낀다면, 너 **자신의** 답변을 찾아라. 너 **자신과** 이야기를 나누고, 너 **자신의 진실**을 창조하라.

그 속에서 너는 '자신이 진실로 누군지' 체험하리니.

가시게 하고 싶지 않아요!

나는 아무 데도 가지 않는다. 나는 언제나 너와 함께 있다. **모든 면에서.**

제발, 끝내기 전에 딱 두어 가지만 더 질문할게요. 마지막 마무리 질문들요.

너는 언제라도 자신의 **내면으로 들어갈 수** 있다는 걸 모르겠느냐? '영원한 지혜의 자리'로 되돌아가, 거기서 네 답변들을 찾을 수 있다는 걸?

그래요, 저도 그걸 압니다. 그리고 그게 이런 식인 것에 제 가슴 밑바닥에서부터 감사하고 있습니다. 삶이 이런 식으로 창조되고, 제가 그 자산을 항상 가지고 있다는 것에요. 하지만 이 대화는 제게 큰 도움이 되어왔습니다.

이건 저한테 굉장한 선물이었습니다. 그러니 그냥 두어 가지만 마지막으로 질문하면 안 될까요?

물론 된다.

인간 세상이 위기에 처해 있다는 게 진짜입니까? 인간들이 자멸—사실상의 소멸—을 걸고 불장난을 하고 있는 게 사실입니까?

그렇다. 그것을 대단히 현실적인 가능성으로 생각하지 않는다면, 너희는 그것을 피할 수 없을 것이다. 저항할 때, 그것은 지속되기 때문이다. 너희가 끌어안을 때만, 그것은 사라질 수 있다.

그리고 내가 시간과 사건에 대해 이야기했던 것을 잊지 마라. 너희가 상상할 수 있었던, 아니 실제로 상상했던 모든 사건이 바로 지금, 그 '영원한 순간'에 벌어지고 있다. 이것은 '성스러운 찰나'고, 너희의 자각을 앞서가는 순간이며, 빛이 너희에게 닿기도 전에 벌어지는 일이다. 이것은 너희가 그것을 알기도 전에, 너희가 창조하여, 너희에게 보낸 현재 순간present moment이다. 너희는 이것을 "선물present"이라 부른다. 사실 그것은 "선물"이다. 그것은 신이 너희에게 준 가장 큰 선물이다.

너희는 지금껏 상상했던 모든 체험 중에서 너희가 지금 체험하려는 것을 선택할 능력을 가지고 있다.

전에도 그런 말씀을 하셨는데, 저는 이제서야 그것을 이해하기 시작하고 있습니다. 물론 제 한정된 인식 안에서요. 이 가운데 어떤 것도 실제로는 "진짜"가 아니죠, 그렇죠?

그렇다. 너희는 환상을 살고 있다. 이것은 대 마술쇼다. 그리고 너희는 그 속임수를 모르는 체한다. **너희 자신이 마술사인** 데도 말이다.

이걸 기억하는 게 중요하다. 그렇지 않으면 너희는 모든 걸 아주 진짜처럼 만들고 말 것이다.

하지만 제가 보고 느끼고 냄새 맡고 건드리는 것들 모두가 흡사 진짜처럼 보이는데요. 그게 "진짜"가 아니라면, 그럼 뭐가 진짜입니까?

사실 너희는 자신이 쳐다보는 걸 "보는" 게 아니란 사실을 염두에 둬라.

너희 뇌는 지성의 원천이 아니다. 그것은 그냥 자료 처리기다. 그것은 감각이라 불리는 수신 장치를 통해서 자료를 받아들이고, **그 주제와 관련된 예전 자료들에 따라** 형성 중인 이 에너지를 해석한다. 뇌는 **실제 있는 것**이 아니라 자신이 **지각한 것**을 너희에게 말해준다. 이 지각에 근거해서 너희는 **자신이 어**떤 것의 **진실을 안다고 생각한다.** 실제로는 그것의 반밖에 모르

면서도. 자신이 아는 진실을 만들어내는 건 사실 너희 자신이
다.

당신과 나눈 이 대화도 다 포함해서요.

그건 가장 확실한 예다.

전 그 말씀이 "그는 신에게 말하는 게 아냐, 그는 그 모든 걸 꾸며
내고 있어"라고 말하는 사람들에게 기름을 붓는 격이 되지 않을까 두
렵습니다.

그 사람들에게 온유하게 말하라. "칸 밖에서" 생각해보라
고. 그들은 "이것 아니면 저것"으로 생각하고 있다. 그들도 "이
것이면서 또한 저것"으로 생각해볼 수 있다.
현재 통용되는 가치와 개념과 이해 안에서 생각하는 한, 너
희는 신을 알 수 없다. 너희가 신을 알고 싶다면, 이 주제에 관
해 알아야 할 모든 걸 알고 있다고 주장하기보다는, 자신이 현
재 지닌 자료가 **한정된** 것임을 인정해야 한다.
나는, 참된 명확성은 기꺼이 주목하고자 할 때만 올 수 있다
고 선언했던 베르너 에르하르트의 다음 말에 주의를 기울이라
고 권하고 싶다.
**"내가 모르는 뭔가가 있다. 알게 되면 모든 걸 바꿀 수 있는
뭔가가."**
너희는 "신에게 말하면서" 또한 "그 모든 걸 꾸며낼" 수 있다.

그것은 그냥 가능하다.

　사실 여기에 가장 장대한 진리, 너희는 **만사**를 꾸며내고 있다는 진리가 있다.

　삶은 모든 것이 창조되는 과정이다. 신은 너희가 삶이라 부르는 순수 생짜 에너지다. 이런 깨달음은 우리에게 새로운 진리를 가져다준다.

　신은 '과정'이다.


저는 당신이, 신은 '집합체', 신은 '전체'라고 말씀하신 걸로 아는데요.


　그렇다, 그렇게 말했다. 신은 그러하다. 동시에 신은 전체가 창조되고, 전체가 자신을 체험하는 '과정'이기도 하다.

　나는 네게 이걸 계시한 적이 있다.


그래요, 맞아요. 당신은 제가 《당신 자신을 재창조하려면Re-creating Yourself》이란 소책자를 쓰고 있을 때 그런 지혜를 주셨더랬습니다.


　맞다. 그리고 이제 나는 훨씬 더 많은 청중이 받아들일 수 있도록 여기서 다시 한번 말하려 한다.

　**신은 '과정'이다.**

　신은 사람이나 장소나 사물이 아니다. 신은 너희가 항상 생각해왔지만, 이해하지 못했던 바로 그것이다.

다시 한번?

　　너희는 언제나 신이 지고의 존재Supreme Being라고 생각해 왔다.

그렇습니다.

　　그 점에서 너희는 옳았다. 나는 바로 그것, '존재'다. "존재"는 과정이지, 사물이 아님을 알아둬라.

　　나는 **지고의** '존재'다. 다시 말해 지고의, 쉼표, 되고 있음 being이다.

　　나는 과정의 **결과**가 아니라 '과정' **자체**다. 나는 창조주고, 나는 **나를 창조한** '과정' 자체다.

　　너희가 하늘과 땅에서 보는 모든 것이 **창조되고 있는** 나다. 창조 과정은 결코 끝나지 않는다. 그것은 절대 완결되지 않는다. 나는 결코 "되지" 않았다. 달리 말하면 천지만물은 끊임없이 변하고 있다. 어떤 것도 가만히 있지 않는다. 움직이지 않는 건 아무것도 없다. 그야말로 **아무것도**. 모든 것이 움직이고 있는 에너지energy, in motion다. 지상의 속기로 너희가 "감정E-motion"이라 부르는 게 이것이다!

　**너희는 신의 가장 고귀한 감정이다!**

　　너희가 뭔가를 바라볼 때, 너희는 시공간 속의 "그 자리에" 가만히 "있는 뭔가"를 보고 있는 게 아니다. 천만에! 너희는 **사건을 목격하고 있다**. 모든 게, 그야말로 그 **모든 게** 움직이고 변하고 진화하고 있기 때문이다.

"나는 동사인 것 같다"고 말한 사람은 버크민스터 풀러였다. **그는 옳았다.**

신은 **사건**이다. 너희는 그 사건을 **삶**이라 불러왔다. 삶은 과정이다. 그리고 그 과정은 관찰할 수 있고, 알 수 있고, 예견할 수 있다. 더 많이 관찰할수록, 너희는 더 많이 알고, 그만큼 더 많이 예견할 수 있다.

저로서는 이걸 받아들이기가 힘들군요. 전 항상 신을 불변이라 여겼거든요. 유일한 상수(常數), 부동의 동인요. 저는 이 불가해한 절대진리 안에서 제 안식처를 발견했습니다.

하지만 그게 진리**다!** 유일한 불변의 진리는, 신은 언제나 변한다는 것이다. 바로 이게 **진리다.** 너희가 **무슨 짓을 해도 이걸 바꿀 순 없다.** 결코 변하지 않는 한 가지는, 삼라만상이 언제나 변하고 있다는 것이다.

**삶은 변화다.** 신은 **삶**이다.

따라서, 신은 변화다.

하지만 저는 결코 변하지 않는 한 가지가 우리에 대한 신의 사랑이라고 믿고 싶은데요.

너희에 대한 내 사랑도 **항상** 변한다. 너희 자체가 항상 변하고 있고, 나는 **있는 그대로의 너희를** 사랑하기 때문이다. 내가 있는 그대로의 너희를 사랑하려면, '자신'에 관한 너희의 관념이 바뀌는 데 따라 무엇이 "사랑스러운가"에 관한 내 관념도 바뀌어야 한다.

그 말씀은 제가 살인자가 되기로 작정하더라도, 당신은 제게서 사랑스러움을 찾아내시리란 뜻입니까?

우리는 이 모든 걸 전에도 이야기했다.

압니다. 하지만 전 **이해할** 수가 없어요!

그들의 세상형을 전제로 하면 부적절한 일을 하는 사람은 아무도 없다. 나는 너희를 언제나 사랑한다, 모든 **면에서.** 너희는 어떤 "면에서도" 내가 너희를 사랑하지 않게 만드는 상태가 될 수 없다.

하지만 당신은 우리를 벌하실 거죠, 그렇죠? 당신은 사랑을 가지고 우리를 벌하시겠죠. 끝없는 고통 속으로 우리를 보내실 거구요. 당신 가슴속의 사랑을 담아서, 당신이 그래야 했다는 걸 슬퍼하면서.

아니다. 나는 결코 **아무것도** 슬퍼하지 않는다. 내가 "해야 하는" 건 아무것도 **없기** 때문이다. 대관절 누가 나더러 "그래야 하도록" 만들 수 있단 말이냐?
나는 결코 너희를 벌하지 않을 것이다. 비록 너희가 이번 생이든 다른 생애든 간에, 더 이상 그러고 싶지 않을 때까지 자신을 벌하려 할 수는 있지만. 나는 다치거나 해 입은 적이 없고, 내—실상 **너희 모두인**—부분을 너희가 다치게 하거나 해 입힐 수도 없으니, 나는 너희를 벌하지 않을 것이다.

너희 중 하나가 다치거나 해 입었다고 **느끼길** 선택한다 해도, 영원의 영역으로 되돌아왔을 때, 너희는 자신이 아무런 해도 입지 않았음을 알 것이고, 그 순간 너희는 자신에게 해를 입혔다고 생각했던 사람들을 용서할 것이다. 왜냐하면 너희는 더 큰 계획을 이해하게 될 것이기에.

더 큰 계획이란 게 뭡니까?

너는 내가 1권에서 네게 말해준 《작은 영혼과 태양》의 우화를 기억하느냐?

예.

그 우화에는 다음과 같은 후반부가 있다.

나는 작은 영혼에게 말했다. "너는, 원한다면 신의 어떤 부분이라도 될 수 있다. 너는 스스로를 체험하는 '절대 신성'이다. 이제 너는 신성의 어떤 측면을 자신으로 체험하려느냐?"

"제가 선택할 수 있다는 말씀입니까?" 작은 영혼은 내게 되물었다.

"그렇다. 너는 신성의 어떤 측면이라도 너에게서, 너로서, 너로 하여 체험하길 선택할 수 있다."

"좋습니다. 그럼 전 용서를 선택하겠습니다. 저는 완전한 용서라는, 그런 신의 측면으로 나 자신을 체험하고 싶습니다."

그런데 이건, 너도 상상할 수 있겠지만, 약간의 문제를 일으켰다. 아무도 **용서받을 이가 없었던** 것이다. 내가 창조한 것은 오직 완벽과 사랑뿐이었다.

"용서받을 이가 아무도 없다고요?" 작은 영혼은 다소 믿지 못하겠다는 얼굴이었다.

"아무도 없다." 나는 되풀이해서 말했다. "네 주위를 둘러봐라. 너보다 덜 완벽한 영혼, 너보다 덜 멋진 영혼을 찾을 수 있느냐?"

이 말에 고개를 돌려 주위를 둘러보던 작은 영혼은 하늘의 모든 영혼이 자신을 둘러싸고 있는 걸 보고 놀랐다. 하늘 왕국 도처에서 몰려온 영혼들이 거기에 있었다. 그들은 작은 영혼이 신과 놀라운 대화를 나누고 있다는 이야기를 들었던 것이다.

"나보다 덜 완벽한 건 하나도 찾을 수 없어요! 그럼 전 누굴 용서해야 하죠?"

작은 영혼이 이렇게 외치는 순간, 다른 영혼 하나가 무리에서 앞으로 걸어나와 말했다.

"날 용서해주면 돼."

"뭘 용서한단 말이야?"

작은 영혼의 반문에 그 상냥한 영혼은 이렇게 대답했다.

"내가 네 다음번 물질생으로 들어가서 네가 용서해줄 일을 할게."

"하지만 뭘로? 이토록 완벽한 빛의 존재인 네가 어떻게 내가 용서해줄 일을 저지를 수 있겠어?"

"아, 우린 틀림없이 뭔가 방법을 생각해낼 수 있을 거야." 그 상냥한 영혼은 웃으며 대답했다.

"하지만 너는 왜 그렇게 하려는 거니?" 작은 영혼으로서는 그토록 완벽한 존재가 사실상 "나쁜" 일을 저지를 정도로 자신의 진동을 떨어뜨리고 싶어하는 이유를 도무지 짐작할 수 없었다.

"간단해. 난 널 사랑하기 때문에 그렇게 하려는 거야. 너는 자신을 용서로 체험하고 싶은 거잖아. 게다가 너도 날 위해 같은 일을 했으니까."

상냥한 영혼의 설명에 작은 영혼은 놀랐다.

"내가 그랬다고?"

"물론이지. 기억 안 나니? 우리는, 너와 나는, 그 모두였어. 우리는 그것의 위와 아래였고, 오른편과 왼편이었어. 우리는 그것의 여기와 저기였고, 지금과 그때였어. 우리는 그것의 크고 작음이었고, 남자 여자였으며, 좋고 나쁨이었어. **우리 모두는 그 모두였어.**

게다가 우리는 서로 간의 **합의**로 그렇게 한 거야. 서로가 자신을 신의 가장 장대한 부분으로 체험할 수 있게 말이야. 왜냐하면 우리는……

자기 아닌 것이 없다면, 자기인 것도 없다는 걸 이해하고 있었거든.

"차가움" 없이 너는 "따뜻함"일 수 없어. "슬픔" 없이 너는 "행복"일 수 없고, 이른바 "악" 없이는 소위 "선"이란 체험도 존재할 수 없지.

만일 네가 뭔가가 되기를 선택한다면, 그것을 가능하게 만들기 위해서는 **그것에 대립하는 뭔가나 누군가가 네 우주 어딘가에 나타나야 해.**"

그런 다음 상냥한 영혼은 그런 사람들은 신의 특별한 천사들이고, 그런 상황들은 신의 선물임을 설명했다.

"이번엔 내가 너한테 딱 한 가지만 부탁할게."

"뭐든지! **뭐든지** 말해봐." 자신이 신의 모든 신성한 측면을 체험할 수 있다는 걸 안 작은 영혼은 흥분해서 소리쳤다. 그는 이제 계획을 이해했던 것이다.

"내가 너를 때리고 괴롭히는 그 순간에, 내가 상상할 수 있는 가장 못된 짓을 네게 저지르는 그 순간에, 그런 순간에……'내가 진짜로 누군지' 기억해줘."

"그럼, 절대 잊지 않아! 나는 지금 네게서 보는 완벽 그대로 너를 볼 거야. 그리고 '네가 누군지' 기억하겠어. 언제나."

이건…… 이건 놀라운 이야기군요. 믿기 힘든 우화예요.

그러니 작은 영혼의 약속은 내가 너희에게 한 약속이다. 바로 **이런 게** 변하지 않는 것이다. 그런데 작은 영혼인 너는 다른 사람들에게 이 약속을 지켜왔느냐?

아니요. 지키지 못했다고 말해야 하는 게 슬프군요.

슬퍼하지 마라. 진실을 알았음에 행복해하고, 새로운 진리에 따라 살겠다는 네 결심에 기뻐하라.

신은 진행 중인 일이고, 너희 역시 그러하기 때문이다. 그리고 절대 잊지 마라.

**신이 너희를 보는 대로 너희가 너희를 본다면, 너희는 크게 웃을 것이다.**

그러니 이제 가서 서로를 참된 자신으로 여겨라.

관찰하고, **관찰하고**, 또 **관찰하라.**

나는 너희에게 말했다. 너희와 고도로 진화된 존재 간의 주요한 차이는, 고도로 진화된 존재들은 더 많이 관찰하는 데 있다고.

너희가 지금의 진화 속도를 높이고 싶다면, **더 많이 관찰하고자 하라.**


이것 자체가 멋진 관찰이군요.


그리고 이제 나는 너희에게 너희 역시 사건임을 관찰하게 만들려 한다. 너희는 인간human, 쉼표comma, **되고 있음**being이다. 너희는 과정이다. 그리고 너희라는 존재는 모든 특정 "순간들"에 생겨난 너희 과정의 산물이다.

너희는 창조자이자 창조물이다. 우리가 함께하는 이 마지막 얼마 안 되는 순간들에, 나는 이것들을 되풀이해서 말하고 있다. 내가 그것들을 되풀이하는 건, 너희가 **그것들을 귀담아듣고** 이해하도록 만들기 위해서다.

이제 너희와 나인 이 과정은 영원하다. 그것은 언제나 일어나고 있었고, 지금 일어나고 있으며, 앞으로도 언제나 일어나고 있을 것이다. 그것을 일어나게 하려고 너희가 "도와줄" 필요는 없다. 그것은 "자동으로" 일어난다. 그리고 그것은 혼자 내버려둘 때, 완벽하게 일어난다.

베르너 에르하르트가 너희 문화 속에 끼워 넣은 또 다른 말로, **삶은 결국 삶의 과정 자체로 자신을 용해한다**는 말이 있다.

몇몇 영적 운동 세력들은 이것을 "놔두어라, 신이 알아서 하도록"으로 이해한다. 이것은 훌륭한 이해다.

너희가 그냥 **내버려둔다면**, 너희는 그 "길"에서 너희 자신을 얻게 될 것이다. "길"이란 과정, **삶 자체**라 불리는 과정이다. 이것이, 모든 선각자가 "나는 생명이요, 길이다"고 말한 이유다. 그들은 내가 여기서 말했던 것을 완벽하게 이해했다. 그들은 생명(삶 – 옮긴이)**이고**, 그들은 길**이다**. 진행 중인 사건, 과정이다.

지혜가 너희에게 요구하는 것은 오직 그 과정을 믿으라는 것뿐이다. 다시 말해 **신을 믿으라**는 것뿐이다. 혹은 원한다면 **너희 자신을 믿어라**. 너희가 신이니.

잊지 마라, 우리 모두가 '하나'다.


**삶**인 그 "과정"이, 내가 좋아하지 않는 것들을 계속 가져다주는 마당에, 제가 어떻게 "그 과정을 믿을" 수 있겠습니까?

**삶이 가져다주는 것들을 좋아해라!**
그것들을 네게 가져다주는 이가 너 자신임을 알고 이해해라.

**완벽을 보라.**

너희가 완벽이라 부르는 것에서만이 아니라, **모든 것에서** 완벽을 봐라. 나는 이 3부작에서 만사가 왜 그런 식으로 벌어지는지, 그리고 어떤 방식으로 그렇게 되는지 너희에게 자세히 설명했다. 그걸 이 시점에서 다시 읽을 필요는 없을 것이다—철저히 이해할 때까지 되도록 자주 그것을 재음미하는 게 너희에게 이로우리란 사실은 별도로 하고.

제발 이번 한번만 마무리 통찰력을 주십시오. 제발요. 어떻게 제가 전혀 완벽으로 체험하지 않는 것에서 "완벽을 볼" 수 있습니까?

**네게 어떤 걸 체험하게 할 수 있는 사람은 아무도 없다.**

너희가 공동으로 살아가는 외부 환경과 삶의 사건들이라면 다른 존재들도 공동 창조할 수 있고, 사실 공동 창조하고 있다. 하지만 자기 외에 다른 누구도 할 수 없는 한 가지는, **너희가 체험하려 하지 않는 어떤 것**—그것이 어떤 것이든—**을 너희더러 체험하게 하는 것**이다.

이 점에서 너희는 지고의 존재다. 그리고 누구도, **어느 누구도** 너희에게 "어째야 한다"고 말할 수 없다.

세상은 너희에게 환경을 제시할 수 있지만, 그 환경의 의미를 결정하는 건 오직 자신뿐이다.

내가 오래전에 네게 주었던 진리를 기억하라.

아무것도 중요하지 않다.

그래요, 하지만 제가 그 당시에 그걸 충분히 이해했는지 자신할 수가 없군요. 그건 1980년 유체이탈 체험으로 다가왔었죠. 지금도 생생히 기억이 납니다.

그럼 너는 그 당시의 일을 어떻게 기억하고 있느냐?

처음에는 혼란스러웠습니다. 어떻게 "아무것도 중요하지 않을" 수 있지? 아무것도 중요하지 않다면, 세상이 있을 곳이 어디야? 내가 있을 곳이 어디야?라면서요.

그 훌륭한 물음에 너는 어떤 답을 찾아냈느냐?

저는 모든 것이 본래부터—그 자체로, 저절로—중요한 게 아니라, 내가 사건들에 의미를 보태고, 그렇게 해서 그것들을 중요하게 만든다는 걸 "깨달았습니다". 또 저는 대단히 높은 형이상학적 차원에서도 이 점을 적용해봤습니다. 그건 제게 창조 과정 자체에 대해 굉장한 통찰력을 안겨주었고요.

어떤 통찰력이냐?

저는 모든 게 에너지라는 걸 "깨달았습니다". 내가 그것들을 어떻게 생각하는가에 따라 그 에너지는 "물질", 다시 말해 물질 "소재"와 "사건"으로 바뀐다는 걸요. 그러고 나니까 "아무것도 중요하지 않다 nothing matters"는 건 우리가 그렇게 하기로 선택하는 걸 빼면 아무것도 **물질로** 바뀌지 않는다nothing turns into matters라는 것임을 알겠더군요. 그 후 10년 넘게 이 깨달음을 잊어버리고 있었는데, 당신이 앞에서 말씀하시는 걸 듣고 다시 기억이 났습니다.

내가 이 대화를 통해 네게 준 모든 것이 네가 예전에 알고 있던 것들이다. 나는 예전에도 그것을, 그 모두를 너희에게 준 적이 있다. 내가 너희에게 보낸 다른 사람들이나, 내가 너희에게 데려다준 그들의 가르침을 통해. **이 책들에 있는 어떤 것도 새롭지 않으니,** 너희가 배워야 할 건 아무것도 없다. 너희는 그냥 기억해내기만 하면 된다.

"아무것도 중요하지 않다"는 지혜에 대한 네 이해는 풍부하고 깊어서 네게 큰 도움이 되고 있다.

죄송하지만, 저로서는 선명한 모순 하나를 지적하지 않고서는 이 대화를 끝내지 못할 것 같은데요.

그게 뭐냐—?

당신은 소위 "악"이 존재하는 건 우리가 "선"을 체험할 수 있는 맥락을 갖기 위해서라는 가르침을 몇 번이나 강조하셨습니다. '나 아닌 것'이 존재하지 않고서는 '나'인 걸 체험할 수도 없다고요. 달리 말해 "차가움"이 없으면 "따스함"도 없고, "아래"가 없으면 "위"도 없고라는 식으로요.

그건 맞다.

심지어 당신은, 어떻게 해야 제가 "문제"를 축복으로 볼 수 있고, 가해자를 천사로 볼 수 있는지 설명하실 때도 이 가르침을 사용하셨습니다.

그것도 맞았다.

그렇다면 어째서 고도로 진화된 존재들의 삶에는 사실상 "악"이라 할 만한 게 전혀 들어 있지 않은 겁니까? 당신이 묘사한 그들의 모습은 그야말로 낙원이었다구요!

오, 좋다. 아주 좋다. 너도 속으로는 이 문제를 생각하고 있었구나.

사실, 이 문제는 낸시가 잡아냈습니다. 제가 읽어주는 원고를 듣고 있던 낸시가 그러더군요. "내 생각엔, 그 대화가 끝나기 전에 당신이 물어봐야 할 게 있어. 고진재들은 자신들의 삶에서 부정적인 요소를 모두 제거한 것 같은데, 그렇다면 어떻게 그들이 '참된 자신'을 체험할 수 있는지 말이야"라고요. 아주 좋은 질문이란 생각이 들더군요. 아니, 사실 그 질문을 듣는 순간 전 얼어붙고 말았습니다. 그래서 당신이 이제 더 이상의 물음은 필요하지 않다고 하셨던 걸 알면서도, 이건 꼭 질문해야겠다고 마음먹었던 겁니다.

좋다. 낸시를 위해서 하나만 더. 공교롭게도 그건 이 책에서 가장 좋은 질문 중 하나니까.

(어흠.)

사실…… 우리가 고진재들 이야기를 할 때 네가 이것을 못 잡아냈다는 게 이상한 일이지. 네가 그 점을 생각하지 못했다는 게.

아뇨, 생각했습니다.

생각했다고?

우리 모두는 하납니다, 그렇죠? 그러니까 낸시라는 내 일부가 그걸 생각해낸 거죠!

오, **탁월한** 대답이군! 그리고 물론 **맞다.**

그렇다면 당신 대답은요?

나는 애초의 내 진술로 돌아가겠다.
**너희 아닌 것이 없고서는 너희인 것도 없다.**
다시 말해, 차가움이 없다면 너희는 소위 따뜻함이란 체험도 알 수 없다. 위가 없는 상태에서 "아래"라는 발상은 공허하고 의미 없는 개념이다.

이것이 우주의 진리다. 사실 이것은 우주가 왜 **지금** 같은 식인지, 왜 차가움과 따뜻함, 위와 아래, 그리고 그렇다, "선"과 "악"을 함께 가지고 있는지 설명해준다.

하지만 **너희는 그 모든 걸 꾸며내고 있음을** 알아라. 무엇이 "차갑고" 무엇이 "따뜻한지", 무엇이 "위"고 무엇이 "아래"인지 **결정하는** 건 너희다. (공간 밖으로 나가봐라, 그러면 너희의 규정들이 사라지는 걸 보리니!) 무엇이 "선하고" 무엇이 "악한지" 너희가 **결정하고 있다.** 그리고 이 모든 것에 대한 너희의 관념은 해(年)마다 바뀐다. 아니, 때로는 계절마다 바뀌기도 한다. 너희는 여름날 섭씨 5도를 "춥다"고 말한다. 하지만 한겨울이라면, "야, 정말 따뜻한 날씨야!"라고 말할 것이다.

우주는 너희에게 그냥 **체험 영역—객관 현상들의 범위**라고 할 수 있는 것—을 제공할 뿐이다. **그것에 어떤 딱지를 붙일지는** 너희가 결정한다.

우주란 그런 물질 현상 체계 전체다. 그리고 우주는 거대하다. 광활하고, 헤아릴 수 없을 만큼 광대하여, 사실 **끝이 없다.**

그런데 너희가 선택하는 현실을 체험하게 해주는 맥락 영역을 제공하기 위해서, 비교되는 상황이 굳이 **너희 바로 옆에** 존재해야 하는 건 아니다. 바로 여기에 위대한 비밀이 있다.

비교물 사이의 거리는 상관이 없다. 맥락 영역은 모든 비교 요소가 존재하는 우주 전체 차원에서 제공되는 것이기에, 어떤 체험이든 가능한 것이다. 바로 이것이 우주의 **목적**이고, 바로 이것이 우주의 역할이다.

하지만 제가 직접 "추위"를 체험한 적이 한번도 없다면, 아주 멀리 떨어진 다른 곳에서 날씨가 "추운" 걸 그냥 보기만 했다면, "추운" 게 뭔지 어떻게 알 수 있습니까?

너희는 "추위"를 체험했다. 너희는 그 **모든 것**을 체험했다. 이번 생에서가 아니면 지난 생에서라도. 아니면 그 지난 생애나 여러 다른 생애들 중 하나에서. 너희는 "추위"를 체험했다. "큰 것"과 "작은 것", "위"와 "아래", "여기"와 "저기", 존재하는 대립 요소들 모두를. 그리고 이것들은 너희 기억 속에 새겨졌다.

**너희가 원하지 않는다면, 그것들을 다시 체험할 필요는 없 다.** 상대성의 보편 법칙을 일깨우려면, 너희는 그것들을 그냥 기억해내기만 하면 된다. 그것들이 존재함을 알기만 하면 된다.

너희 **모두,** 너희 모두가 그 **모두를** 체험했다. 인간들만이 아 니라 우주에 있는 모든 존재가.

너희 모두가 그 모두를 체험했을 뿐 아니라, 너희는 그 모두 다. 너희는 '그 모든 것'이다.

너희는 너희가 체험하고 있는 그것이다. 사실 너희는 그 체험 을 **일으키고** 있다.

잘 이해가 안 되는 것 같은데요.

역학적인 의미로 설명해주마. 내가 지금 너희에게 이해시키 고 싶은 것은, 지금 너희는 자신인 그 모두를 그냥 기억해내면 서, 이번 생의 이 순간에, 이 행성에서, 이런 물질 형상을 하고서, 체험하고 싶은 부분을 그중에서 선택하는 일을 하고 있을 뿐이란 사실이다.

맙소사, 당신은 그걸 그렇게 단순하게 만드셨군요!

그건 **단순하다.** 자신을 신의 몸체, 즉 전체인 '집합체'에서 떼어낸 너희는 이제 다시 한번 자신을 그 몸체의 구성 부분으로 만들어가고 있다. "다시 구성하는re-membering" 과정이란 게 이것이다.

다시 구성하는 동안, 너희는 '자신이 누군지'를 다시 한번 자신에게 샅샅이 체험시킨다. 이것은 순환이다. 너희는 몇 번이고 다시 이렇게 하면서 이것을 "진화"라 부른다. 너희는 자신이 "진화한다evolve"고 말한다. 사실 너희는 다시 돈다RE-volve! 지구가 태양 둘레를 돌고, 은하가 은하 중심의 둘레를 돌 듯이.

**모든 것이 회전한다**revolve.

회전revolution(혁명이라는 뜻도 있음 – 옮긴이)은 모든 생명의 기본 운동이다. 생명 에너지는 **회전한다.** 생명 에너지가 **하는** 일이 바로 이것이다. 사실 너희는 **회전운동** 속에 있다.

당신은 어떻게 **그러실** 수 있습니까? 당신은 어떻게 계속해서 모든 걸 그토록 명료하게 해주는 표현들을 찾아내실 수 있습니까?

그걸 명료하게 만드는 건 너다. 네 "수신기"를 깨끗하게 하는 것으로 네가 이렇게 했다. 너는 진부함을 몰아내고 알려는 새로운 열의 속으로 들어섰다. 이 새로운 열의가 너와 너희 종 전체를 위해 모든 걸 바꿔줄 것이다. 이 새로운 열의 속에서 네가 진짜 혁명가가 되었기 때문이다. 덕분에 이제 막 너희 행성에서 가장 위대한 영적 혁명revolution이 시작되고 있다.

서두르는 편이 낫겠군요. 우리에게는 새로운 영성(靈性)이 필요합니다. 지금 **당장**요. 우리는 지금도 도처에서 믿기 힘든 비참을 만들어 내고 있습니다.

그건, 모든 존재가 비교되는 체험을 이미 모두 겪었다 해도, **그것을 알지 못하는** 이들이 있기 때문이다. 그들은 잊어버렸고, 아직 완전한 기억 속으로 들어서지 못했다.

고도로 진화된 존재들은 그렇지 않다. 그들은, 자신들의 문명이 얼마나 "긍정적"인지 알자고, 굳이 자신들의 바로 코앞에, 그들 세상에 "부정성"을 가질 필요가 없다. 그들은 '자신들이 누군지' "긍정적으로 자각하자고", 굳이 부정성을 창조할 필요가 없다. **고진재들은 그냥 다른 곳에 있는 자기 아닌 것**을 그 맥락 영역 안에서 관찰함으로써 그것을 인식한다.

사실 고도로 진화된 존재들이 비교 영역을 찾으려 할 때, 쳐다보는 것 중의 하나가 너희 행성이다.

그렇게 하면서 그들은 지금 너희가 체험하고 있는 것을 자신들이 체험했을 때 어떠했는지 기억해낸다. 이렇게 해서 그들은 자신들의 현재 체험을 알고 이해할 수 있는 탄탄한 준거틀을 형성하는 것이다.

이제 왜 고진재들이 그들 사회에 "악"이나 "부정성"이 필요하지 않은지 이해하겠느냐?

예. 하지만, 그렇다면 왜 우리 사회에는 그런 게 필요합니까?

너희도 필요하지 **않다.** 내가 이 대화 전체를 통해서 줄곧 말해왔던 게 이것이다.

너희 역시 자신인 것을 체험하려면, '자신 아닌 것'이 존재하는 맥락 영역 안에서 살아야 한다. 이것은 우주법칙이니, 너희 역시 이걸 피할 순 없다. 그런데 너희는 지금 이 순간 그런 영역 안에서 살고 있다. 너희가 따로 하나를 창조할 필요는 없다. 너희가 지금 살고 있는 그 맥락 영역은 **우주**라 불리는 것이다.

**너희는 자신의 배경 속에 더 작은 맥락 영역을 따로 창조할 필요가 없다.**

이것은 너희가 너희 행성에서의 삶을 지금 당장 바꿀 수 있다는 뜻이고, **너희 아닌 모든 걸 제거할 수 있다는** 뜻이다. '자신'을 알고 체험하는 너희 능력을 조금도 위태롭게 하지 않고.

우와! 이건 이 책에서 가장 위대한 계시예요! 그걸 끝낼 수 있다니! 그러니까 저는, 굳이 **대립물**을 불러들여서 제가 지금껏 '자신'에 대해 가졌던 가장 위대한 전망의 다음번 가장 숭고한 해석을 창조하고 체험할 필요가 **없군요!**

맞다. 그것이 내가 맨 처음부터 너희에게 해오던 이야기다.

하지만 당신은 그걸 이런 식으로는 설명하지 않았어요!

지금까지의 너는 그것을 이해하려 하지 않았다.

'자신'과 '자신의 선택'을 체험하자고, 굳이 너희가 대립물을 창조할 필요는 **없다.** 너희는 그냥 다른 곳에서 이미 창조된 것을 관찰하기만 하면 된다. 그냥 그것이 존재한다는 걸 기억해내기만 하면 된다. 내가 앞에서 너희에게 저주나 원죄가 아니라, 매튜 폭스의 표현대로 **원축복**이었노라고 설명했던, "선악과(善惡果)의 지식"이 바로 이것이다.

그리고 그것이 존재함을 기억하기 위해서, 너희가 예전에 그 모든 걸, 존재하는 전부를, 물질 형상으로 체험했음을 기억하기 위해서…… 너희가 해야 할 일은 위를 쳐다보는 것뿐이다.

"내면을 보라"는 말씀이시군요.

아니다. **말 그대로 위를 쳐다보란** 것이다. 별을 쳐다보고, 하늘을 쳐다봐라. **맥락 영역을 관찰하라.**

나는 앞에서 고도로 진화된 존재가 되기 위해서 너희가 할 일은 **관찰 기술**을 키우는 것뿐이라고 말했다. "있는 그대로"를 보고, 그런 다음 "도움 되는 것"을 하라.

그러니까, 우주의 다른 곳을 쳐다보면, 다른 곳들의 상황을 알 수 있을 거란 말씀이군요. 그리고 그런 비교 요소들을 사용하면 지금 이 자리에 있는 '자신'을 이해할 수 있고요.

그렇다. "기억해내기"라는 게 이런 것이다.

음, 정확하게 말하면, 그건 "관찰하기"란 겁니다.

너는 자신이 뭘 관찰하고 있다고 생각하느냐?

다른 행성과 다른 태양계와 다른 은하의 생명체들요. 우리가 가진 기술을 최대한 긁어모았을 때, 전 이런 것들을 관찰할 수 있을 거라고 생각하는데요. 그들의 진보된 기술을 전제로 하면 고진재들이 지금 관찰할 수 있는 것들도 이런 것인 것 같고요. 당신은 당신 입으로 그들이 바로 이곳, 지구의 **우리**를 관찰하고 있다고 말씀하셨습니다. 그러니까 우리가 관찰하게 될 것도 그런 것 아닙니까?

그런 다음에 너희가 **실제로** 관찰하게 될 것은 무엇이겠느냐?

뭘 물으시는지 이해가 안 되는데요.

그렇다면 내가 답해주마.
**너희는 자신의 과거를 관찰하고 있다.**

예???

너희가 위를 쳐다볼 때, 너희는 별들을 본다. 그것들의 몇백 광년 전, 몇만 광년 전, 몇백만 광년 전의 모습으로. 너희가 지금 보고 있는 건 실제로는 **거기에 있지 않다.** 너희가 보고 있는 건 과거에 거기에 있었던 것이다. 너희는 과거를 보고 있다. 그리고 그것은 **너희가 함께했던** 과거다.

예? 뭐라고 하셨죠?

　너희는 거기에 **있었다.** 그것들을 **체험하면서,** 그것들을 **하면서.**

제가 거기에 있었다고요?

　내가 너는 많은 생애를 살았다고 하지 않았느냐?

그랬죠, 그런데…… 그런데 제가 그 멀리 있는 이런 별들 중 하나를 찾아간다면요? 제가 실제로 거기에 갈 능력이 있다면 말입니다. 지구에서는 몇백 광년이 지나서야 "볼" 수 있는 바로 그 순간에, 제가 "지금 당장" 거기에 있다면요? 그때 전 뭘 보게 되죠? 두 명의 "나"인가요? 당신 말씀은 그렇게 되면 내가 동시에 두 곳에 존재하는 나 자신을 보게 되리란 건가요?

　당연히! 그리고 너는 내가 줄곧 이야기해오던 것, 즉 시간은 존재하지 않고, 너는 전혀 "과거"를 보는 게 아님을 발견할 것이다! 그 모든 것이 **'지금'** 일어나고 있다.

　또 너는 지구 시간으로 네 미래가 될 삶을 "지금 이 순간" 살고 있다. "네가" 별개의 본인identity들과 "시간 속의 순간들"을 체험할 수 있는 것은 너 "자신들" 간의 거리 때문이다.

**따라서 너희가 재구성하는 "과거"와 너희가 보게 될 미래란 건 결국 존재하는 "지금"에 불과하다.**

와. 이건 믿을 수가 없어요.

그렇다, 그리고 그건 또 다른 차원, 다시 말해 **우리 중에 오직 하나만이 있다**는 차원에서도 사실이다. 따라서 별들을 쳐다볼 때 너희는, 너희라면 '우리 과거'라고 불렀을 것을 보고 있다.

전 이걸 감당할 수가 없어요!

참아라. 한 가지 더 말할 게 있다.

너는 **언제나,** 너희식 용어로는 "과거"라 규정했을 것을 보고 있다. 심지어 네가 네 눈앞에 있는 것을 볼 때도.

제가요?

현재를 보는 건 불가능하다. "일어난" 현재는 에너지가 흩어지면서 만들어내는 빛의 분사로 바뀌어, 눈이라는 너희의 수용기관에 이른다. **그것이 이렇게 하는 데는 시간이 걸린다.**

빛이 네게 도달하는 그 사이에도 삶은 **계속해서 앞으로 나간다.** 지난번 사건에서 온 빛이 네게 도달하는 동안 그 다음 사건

**이 일어나고 있다.**

그 에너지의 분사가 감각기관인 네 눈에 도달하면, 네 뇌에 이런저런 신호를 보내고, 뇌는 그 자료를 해석하여 네가 보고 있는 게 뭔지 네게 말해준다. 하지만 그건 지금 눈앞에 있는 게 아니다. 그것은 네가 지금 보고 있다고 생각하는 것이다. 다시 말해 너희는 자신이 이미 본 것에 대해 생각하면서, 그게 뭔지 자신에게 말해주고, 그것을 뭐라 칭할지 결정하고 있다. 반면에 "지금" 일어나는 일은 너희의 처리 과정보다 먼저 일어나서 너희가 처리해주길 기다리고 있다.

이것을 단순하게 표현하면, **나는 언제나 너희보다 한 걸음 앞서 있다.**

맙소사, 이건 믿을 수가 **없습니다.**

이제 귀담아**들어라.** 너희가 자신과 어떤 사건의 물질 위치 사이에 **거리**를 더 많이 둘수록, 그 **사건은 더 많이 "과거" 속으로 물러난다.** 자신을 2~3광년 뒤에 놓아봐라, 그러면 너희가 보는 것은 사실 아주 아주 오래전에 일어난 일이다.

하지만 그것은 "오래전에" 일어나지 **않았다.** 단지 물리적 **거리**가 "시간"이라는 환상을 만들어냈고, "그때 거기에" 있으면서 또한 "지금 여기에" 있는 너희 자신을 체험케 해준 것이다!

어느 날엔가 너희는 소위 시간과 공간이 **같은 것**임을 알게 되리라.

그러면 너희는 만사가 **바로 지금 바로 여기서 일어나고 있음**

을 볼 것이다.

이건…… 이건…… 너무 **난폭하군요**. 제 말은, 이 모든 걸 어떻게 생각해야 할지 모르겠다는 겁니다.

내가 말한 것을 이해할 때, 너희는 **자신이 보는 어떤 것도 진짜가 아님**을 이해하게 되리라. 너희는 예전에 일어난 일의 상image을 보고 있다. 게다가 그 상조차, 그 에너지 분사조차, 일어난 그대로가 아닌 너희의 해석이다. 그 상에 대한 너희의 개인적 해석을 너희는 상 그리기image-ination라 부른다.

너희는 상상imagination을 사용해서 **무엇이든** 창조할 수 있다. 왜냐하면—여기에 가장 위대한 비밀이 있다—너희의 상 그리기는 **두 측면 모두에서 작용하기** 때문이다.

어떻게요?

너희는 에너지를 **해석할** 뿐 아니라 에너지를 **창조한다**. 상상은 3중의 존재인 너희의 3분의 1을 차지하는 마음의 기능이다. 너희가 마음속으로 뭔가의 상을 그리면 그것은 물질 형상을 취하기 시작한다. 그 상을 더 오래 그릴수록(그리고 더 많은 사람들이 그 상을 그릴수록), 그 형상은 더 물질이 되어간다. 너희가 그것에 부여했던 에너지가 점점 커져 말 그대로 **빛으로 폭발할 때까지**. 그 상이 너희가 현실이라 부르는 것으로 번쩍이며 드러날 때까지.

그러고 나면 너희는 그 상을 "보고", 다시 한번 그것이 무엇인지 결정한다. 이렇게 해서 그 순환은 계속된다. 이것이 내가 '과정'이라 불렀던 것이다.

이것이 '너희인 것'이다. 너희가 이 '과정'이다.

이것이 '신인 것'이다. 신이 이 '과정'이다.

이것이, 내가 너희는 **창조자이자 창조물**이라고 했을 때의 의미다.

이제 나는 그 모두를 묶어서 너희에게 가져다주었다. 우리가 이 대화를 끝맺어가고 있는 지금, 나는 너희에게 우주의 역학, 모든 삶의 비밀을 설명했다.

전…… 완전히 나가떨어졌습니다. 완전히…… 얼이 빠졌어요. 그런데 이것들을 제 일상생활에 적용할 방법을 찾고 싶은데요.

너희는 그것을 일상생활 속에 적용하고 **있다.** 너희가 그것을 적용하지 않을 **도리는** 없다. 너희는 지금 이 순간에도 **그렇게 하고 있다.** 다만 문제는 너희가 그것을 **의식하면서** 적용할 것인가, 아니면 **의식 없이** 적용할 것인가, 다시 말해 너희가 그 과정의 결과가 될 것인가, 아니면 그것의 원인이 될 것인가뿐이다. 그러니 모든 것에서 원인이 되라.

아이들은 이것을 완벽하게 이해하고 있다. 어린애한테 "왜 그랬니?" 하고 물어봐라. 그러면 어린애는 "그냥요"라고 대답할 것이다.

그것이 무슨 일이든, **뭔가를 하는 이유는 이것 하나뿐이다.**

이건 정말 놀랍군요. 이건 이 놀라운 대화를 놀라운 결말로 몰아가는 놀라운 돌진이군요.

너희의 새로운 이해를 의식하면서 적용할 수 있는 가장 중요한 방법은, 너희 체험의 결과가 아니라 그것의 **원인**이 되는 것이다. 그리고 **너희가 굳이 자신의 개인 영역이나 개인 체험 속에 대립물을 창조해서, '참된 자신과 되고자 선택하는 자신'을 알고 체험할 필요는 없다는 것도 알아둬라.**

이 앎으로 무장할 때, 너희는 자신의 삶을 바꿀 수 있다. 이 앎으로 무장할 때, 너희는 너희 세상을 바꿀 수 있다.

그리고 이것이 내가 여기 와서 너희 모두와 함께 나누려 했던 진리다.

우와! 야호! 알았어요! 전 이해했어요!

잘했다. 그런데 대화 전체를 꿰뚫고 흐르는 세 가지 기본 지혜가 있음을 알아둬라.

1. 우리 모두는 '하나'다.
2. 충분히 있다.
3. 우리가 해야 할 일은 아무것도 없다.

"우리 모두가 하나"이기로 마음먹는다면, 너희는 지금 방식대로 서로를 대우하길 그만둘 것이고,

"충분히 있다"고 마음먹는다면, 너희는 모든 걸 모두와 나눌 것이다.

만일 너희가 "우리가 해야 할 일은 아무것도 없다"고 마음먹는다면, 너희는 문제를 해결하기 위해 "행함"을 사용하길 그만두고, 그런 "문제들"에 대한 너희 체험이 사라지게 함으로써, 그런 상황들 자체가 증발해버리는 존재 상태로 옮겨갈 것이고, 또 그런 존재 상태에서 나올 것이다.

이것이 아마도 너희가 지금의 진화 단계에서 이해해야 할 가장 중요한 진리일 것이다. 그리고 이것은 이 대화를 끝내기에 좋은 지점이다. 다음의 것을 항상 기억하면서 그것을 너희의 만트라(眞言)로 만들어라.

**나는 아무것도 가질 필요가 없고, 아무것도 할 필요가 없으며, 아무것도 될 필요가 없다. 지금 이 순간 내가 되고 있는 것을 빼고는.**

이것은 "가짐"과 "행함"이 너희 삶에서 배제되리란 뜻이 아니다. 그것은 자신을 가짐과 행함으로 체험하는 것이 너희의 되어 있음**에서** 나오리란 뜻이다. 그 되어 있음에 이르는 것이 아니라.

너희가 "행복"**에서** 나올 때, 너희는 행복**하기** 때문에 그렇게 한다. 자신을 행복하게 만들어주리라 여기면서 그렇게 하던 구식 패러다임과는 반대로.

너희가 "지혜"**에서** 나올 때, 너희는 지혜**롭기** 때문에 그렇게 한다. 지혜에 이르려고 애쓰기 때문이 아니라.

너희가 "사랑"**에서** 나올 때, 너희는 사랑**이기** 때문에 그렇게 한다. 사랑을 갖고 싶기 때문이 아니라.

너희가 "되기"를 추구하지 않고, "되어 있음"**에서** 나올 때 모든 게 변하고, 모든 게 뒤집힌다. 너희는 "되어 있음"에 이르게 "할" 수 없다. 너희가 행복해"지려고" 애쓰든, 현명해지려고 애쓰든, 사랑이 되려고 애쓰든, 혹은 신이 되려고 애쓰든, 행함으로는 "거기에 이를" 수 없다. 하지만 일단 "거기에 이르고" 나면, 너희가 멋진 일들을 할 수 **있으리란** 건 사실이다.

여기에 '신성한 이분법'이 있다. "거기에 이르는" 길은 "거기에 있는" 것이다. 그냥 자신이 **이르고자** 하는 곳에 **있어라!** 그건 이토록 간단하다. **너희가 해야 할 일은 아무것도 없다.** 행복해지길 바라느냐? **행복하라.** 현명해지길 바라느냐? **현명하라.** 사랑이길 바라느냐? **사랑이어라.**

어쨌든 바로 이런 게 '너희'다.

너희는 내가 사랑하는 이들**이다.**


아! 전 그냥 숨이 멎을 것 같습니다. 당신은 참으로 경이로운 방식으로 표현하시는군요.


진리에는 설득력이 있다. 진리에는 가슴이 놀라 깨어나게 만드는 유려함이 있다.

이 《신과 나눈 이야기》가 해왔던 일이 바로 이것이다. 이 이야기들은 인류의 가슴을 건드렸고, 다시 깨어나게 했다.

이제 그것들은 너희를 결정적인 질문으로, 모든 인류가 자신에게 물어봐야 할 다음의 질문으로 데려간다. 이제 너희는 문화사를 새로이 창조할 수 있고, 창조하겠느냐? 이제 너희는 다른 모든 신화의 근거가 되는 '첫 번째 문화 신화'를 새로이 고안할 수 있고, 고안하겠느냐?

인간은 날 때부터 선한가, 아니면 날 때부터 악한가?

여기가 너희가 도달한 교차로다. 인간의 미래는 너희가 어느 길로 가느냐에 달렸다.

자신이 날 때부터 선하다고 믿는다면, 너희와 너희 사회는 삶을 긍정하고 삶을 건설하는 결정과 법률들을 만들겠지만, 자신이 날 때부터 악하다고 믿는다면, 너희와 너희 사회는 삶을 부정하고 삶을 파괴하는 결정과 법률들을 만들 것이다.

삶을 긍정하는 법률이란, 너희가 원하는 것이 되고 그것을 하고 그것을 갖게 해주는 법률인 반면, 삶을 부정하는 법률이란, 너희가 원하는 것이 되고 그것을 하고 그것을 갖는 걸 막는 법률이다.

**원죄**를 믿고 인간의 타고난 천성이 **악하다고** 믿는 사람들은, 신은 인간이 원하는 대로 하지 **못하게** 하는 법을 창조하셨으니, 인간의 법률들(그 무수한 법률들)도 같은 것을 추구하라고 부추긴다.

**원축복**을 믿고 인간의 타고난 천성이 **선하다고** 믿는 사람들은, 신은 인간이 원하는 대로 할 수 있게 **해주는** 자연법을 창조하셨으니, 인간의 법률들도 같은 것을 추구하라고 부추긴다.

인간종을 바라보는 네 관점은 무엇이냐? 자신을 바라보는 네 관점은 무엇이냐? 완전히 제멋대로 하도록 놔뒀을 때, 너는 자신을 믿을 수 있다고 보느냐? 무슨 일에서든? 다른 사람들에 대해서는? 너는 그들을 어떤 식으로 보느냐? 그들이 이런저런 식으로 자신을 드러낼 때까지 너는 그들을 어떤 식으로 가정하고 있느냐?

이제, 대답하라. 네 가정들이 너희 사회를 더 **무너뜨릴지**
break down, 아니면 **극복할지**break through를.

저는 저 자신을 믿을 만하다고 봅니다. 전에는 한번도 그러지 않았
지만, 이제는 그렇게 봅니다. 전 믿을 만해**졌습니다**. 나란 사람을 보는
관념이 바뀌었거든요. 또 저는 이제 신이 뭘 원하고 뭘 원하지 않는지
잘 압니다. 저는 당신을 잘 압니다.

제가 이렇게 변한 데는 이 《신과 나눈 이야기》가 엄청나게 큰 역할
을 했습니다. 그리고 이제 저는 나 자신에게서 보는 것을 사회에서도
봅니다. 무너지고 있는 모습이 아니라 극복하고 있는 모습을요. 저는
인간 문화가 마침내 자신의 신성한 유산에 눈뜨고, 신성한 목적을 자
각하고, 신성한 자신을 점점 더 많이 의식해가는 모습을 봅니다.

네가 보는 것이 그러하다면, 너는 그것을 창조할 것이다. 너
는 한때 길을 잃었지만 이제 발견되었고, 너는 한때 눈이 멀었
지만 이제 보게 되었다. 이것은 놀라운 은총이 되어**왔다**.

너는 가슴속에서 이따금 나와 떨어져 있었지만, 이제 우리는
다시 온전해졌고, 영원히 그렇게 있을 수 있다. 네가 함께 묶은
것을 떼어낼 수 있는 사람은 너 말고는 아무도 없기 때문이다.

잊지 마라, 너희는 결코 떨어져 있지 않으니, 너희는 언제나
일부다. 너희는 결코 **신에게서** 떨어져 있지 않으니, 너희는 언
제나 **신의** 일부다.

이것이 너희 존재의 진리다. 우리는 온전하다Whole. 그리고

이제 너희는 그 온전한 진리를 안다.

이 진리는 굶주린 영혼을 위한 양식이니, 그것을 집어서 먹어라. 온 세상이 이 기쁨에 목말라해왔으니, 그것을 집어서 먹어라. 나를 다시 구성하면서(기억하면서 – 옮긴이) 이렇게 하라.

진리는 사랑인 신의 몸이요, 기쁨은 사랑인 신의 피니.

진리.

기쁨.

사랑.

이 셋은 서로 뒤바뀔 수 있으며, 하나는 언제나 다른 것들을 가져다준다. 그것들이 어떤 순서로 놓여 있는가는 하등 중요하지 않다. 전부가 내게로 이른다. 전부가 나다.

그러니 이제 나는 이 대화를 시작했을 때와 똑같은 말로 이 대화를 끝맺으려 한다. 삶 자체가 그러하듯 그것은 완전한 원으로 돌아온다. 너희는 여기서 진리를 받았고, 기쁨을 받았고, 사랑을 받았다. 너희는 여기서 삶의 가장 큰 수수께끼들에 대한 답들을 받았다. 이제 딱 하나의 물음만이 남아 있다. 맨 처음 우리가 이 3부작을 시작하면서 던졌던 그 물음만이.

'문제는 내가 누구한테 말하는가가 아니라, 누가 내 말을 귀담아듣는가'라는 물음만이.


고맙습니다. 우리 **모두**에게 말해주셔서 고맙습니다. 우리는 당신 말을 들었고, 이제 귀담아들을 것입니다. 당신을 사랑합니다. 이 대화가 끝나는 지금, 저는 진리와 기쁨, 사랑으로 **충만합니다**. 저는 당신으로 충만합니다. 저는 제가 신과 '하나'되었음을 느낍니다.

‘하나됨’의 그 자리가 바로 천국이다.

너희는 지금 거기에 있다.

너희와 내가 ‘하나’ 아니었던 적이 없으니, 너희가 거기 있지 않았던 적은 없다.

이것이 내가 너희에게 알려주려던 것이다. 이것이 내가 이 대화에서 너희더러 집어들게 만들려던 것이다.

그리고 여기에 내 메시지가 있다. 내가 세상에 남기고자 하는 메시지가.

하늘에 있는 내 자녀들이여, 너희의 이름이 거룩히 빛나며, 너희의 나라가 임하고, 너희의 뜻이 하늘에서와 같이 땅에서도 이루어질지어다.

너희는 오늘 너희가 일용할 양식을 받았고, 너희가 너희에게 죄 지은 자를 용서해준 것 같이, 너희의 업과 너희의 죄를 용서받았다.

너희 자신을 유혹으로 이끌지 않게 하고, 너희가 창조해낸 악에서 자신을 구할지어다.

나라와 권세와 영광이 너희에게 영원히 있을지니.

아멘,

또 아멘.

이제 가서 너희 세상을 바꿔라. 이제 가서 가장 고귀한 자신이 되라. 이제 너희는 이해해야 할 모든 걸 이해하고 있다. 이제 너희는 알아야 할 모든 걸 알고 있다. 너희는 이제 오로지 되어 있기만 하면 된다.

예전에도 너희는 결코 이보다 못하지 않았다. 다만 너희가 이것을 몰랐을 뿐이고, 그것을 기억하지 못했을 뿐이다.

이제 너희는 기억한다. 이 기억을 항상 지니고 다니고자 하라. 그것을 너희가 만나는 모든 사람과 함께 나누고자 하라. 너희는 지금껏 상상할 수 있었던 그 어떤 운명보다 더 장대한 운명을 타고났으니.

너희는 그 방을 치유하기 위해 그 방으로 왔고, 그 공간을 정화하기 위해 그 공간으로 왔다.

이것 말고 너희가 여기 있을 다른 이유는 없다.

그리고 알아둬라, 나는 너희를 사랑한다. 내 사랑은 언제나 너희 것이다. 지금도, 그리고 앞으로도 영원히.

나는 언제나 너희와 함께 있을 것이다.

**모든 면에서.**


신이시여, 안녕히 가십시오. 이야기를 나눠주셔서 감사합니다. 정말 **감사합니다.**


그리고 내 멋진 창조물이여, 너도 고맙다. 너는 신에게 다시 목소리를 주었고, 네 가슴속 자리를 내주었다. 우리 둘 다가 진실로 원해왔던 것은 오직 이것뿐이다.

우리는 이제 다시 함께 있다. 이것은 아주 좋은 일이다.

# 후기

    이제 막 여러분은, 내가 정말로 우리 시대의 가장 중요한 영성 저작 중 하나로 믿고 있는 책을 다 읽었다. 이 합본 판은 2005년 4월 현재 시점에서, 이 책이 우리 행성에 이미 미친 영향과 앞으로 수십 년간 계속해서 더 크게 미칠 영향 때문에 중요하다. 사실 나는 나의 현생이 끝난 후에도 이 책이 전하는 메시지는 계속 살아 있을 것이라고 믿는다. 이 책은 이미 700만 명이 넘는 사람들의 삶에 영향을 미쳤다. 그리고 그 수는 7,000만으로, 다시 억으로 계속 늘어날 것이다.

    자화자찬의 건방진 이야기라고? 나는 여러분이 그렇게 생각하지 않기를 바란다. 왜냐하면 그건 이 책이 전하는 메시지가 절대 나 개인이나 상대적 소수만이 아니라 세상 전체를 위한 메시지라는, 내가 확신하는 진실에 대한 진술에 지나지 않기 때문이다.

    나는 이 메시지를 세상에 내놓는 데 내가 작은 역할(그건 정말 작은 역할이었다)을 할 수 있었다는 사실을 참으로 황송하고 감사하게 여긴다. 내가 한 일이라곤 질문(사람들 누구나가 하는 그런 질문들)을 하고, 그런 다음 대답을 받아 쓴 것뿐이지만 말이다. 사실 나는 내면에 어떤 어지러움도 없이 완전히 투명하고 순수하게 그것들을 받아적지 못했다. 그래서 나는 특별히 다른 사람들에게 감사나 인정을 받을 자격이 없다. 오히려 그런 중요한 과제를 그토록 불완전하게 처리한 것에 대해 모두에게 용서를 구해야 할 것이다.

가능한 한 최선을 다했지만, 그럼에도 나는 부주의하게 내 감정이나 생각들이 이어지는 대화에 침투하게 만듦으로써 그 지혜를 훼손하고, 그 명확성을 손상했으며, 심지어는 여기 함께 나누도록 주어진 메시지들의 본질까지는 아니라도 그 뉘앙스를 바꾸기까지 했으리란 걸 알고 있다. 하지만 솔직히 이런 일은 아주 드물었다고 확신한다. 그럼에도 그런 일이 일어났다는 사실 자체가 나를 무척 슬프게 한다. 송구하지만 여러분의 용서를 구한다. 또 설사 내가 칭찬받을 만한 점이 조금이나마 있다 해도, 그건 이 대화가 진행된 그 놀라운 상황을 전제로 한다면 나 아닌 누구라도 그렇게 할 수 있었으리란 점을 다시 한번 확인해두고자 한다.

나는 이제 여러분이 이 합본 판에서 찾아낸 진리, 즉 가장 위대한 진리는 여기에서 찾아지는 것이 아니라 여러분의 가슴과 영혼, 여러분의 마음 안에 있다는 진리를 숙고할 수 있도록 그만 물러나고자 한다. 여러분 안에 진리가 거하고 있음을 생각하고 느끼고 알라. 왜냐하면 여러분은 지금도, 또 앞으로도 언제나 가장 고귀한 근원이자 유일한 권위이며, 앞으로도 영원히 계속될 가장 위대하고 가장 밀접한 신과

의 연결이기 때문이다. 그러니 신성과 하나됨을 찾고자 한다면, 여러
분이 갈구하는 사랑을 느끼고자 한다면, 그리고 모든 이해를 넘어서
는 평화를 알고자 한다면, 여러분 외부에서 찾지 말고 내면으로, 내면
으로, 항상 내면으로 가라.

신은 여러분 안에 있고, 언제나 여러분과 함께 있으며, 결코 여러분
에게서 떠나지 않을 것이다. 여러분이 과거에 무슨 짓을 했든, 지금 무
슨 짓을 하고 있든, 앞으로 어떤 짓을 하든. 여러분은 어떤 상황에서
도 신을 밀어내거나 떼어낼 수 없으며, 신더러 여러분에게서 떨어지라
고 요구할 수 없다. 너무 화가 나거나 너무 실망스러워서, 또는 지나치
게 심판과 정의의 잣대를 들이대어서 여러분을 저버리는 신을 여러분
이 보게 될 일은 절대 없을 것이다. 고문은 말할 것도 없고 끝없는 고
립을 신이 여러분에게 선고하는 일은 절대 없을 것이다. 여러분은 영
원토록 신의 한없는 포옹 속에 있을 것이다. 신의 사랑은 이처럼 무한
하다.

부디, 여러분이 이 메시지에서 받아가는 영구한 뭔가가 있다면, 그
리 되게 하라. 이 저작이 낳은 어떤 가치가 있다면, 마침내 세상의 마
음이 신에 대한 생각을 바꾸도록, 부디 그리 되도록 내버려둬라.

나는 리포터들과 텔레비전 및 라디오 인터뷰 담당자들, 그리고 내

강연에 참석한 청중들에게서 편지나 전화, 이메일 등을 통해 "만일 신이 세상에 딱 한 가지 메시지만을 전할 수 있다면, 그게 무엇일 거라고 생각하십니까?"라는 질문을 여러 번 받았는데, 내 대답은 언제나 똑같았다. "당신은 나를 완전히 오해했습니다."

이제 여러분이 여기서 읽은 것을 숙고하도록, 물러나기 전에 간단히 끝맺는 말을 하고자 한다.

첫째는, "이런 책을 좀 더 일찍 만나기만 했더라도! 나는 당신이 이 메시지를 청소년들과 어린이들에게 전달할 수 있는 방법을 찾았으면 정말로 좋겠어요"라고 말했던 사람들이 많았다는 것이다.

나는 그 방법을 찾았다. 십대들에게 맞는 책으로는《청소년을 위한 신과 나눈 이야기》가 있고, 더 어린 아이들에게 맞는 것으로는《작은 영혼과 태양》과《작은 영혼과 세상》이라는 두 권의 그림책이 있다.

"이 책을 살 수 있는 여건이 안 되는 사람들도 이 메시지를 만날 수 있었으면 좋겠어요. 사람들이 인터넷에서 무료로 내려받을 수 있는 전자책이 없다는 게 너무 유감이에요"라고 말하는 사람들도 있었다.

이 합본 판의 메시지들에 근거해 만들어진 무료 전자책《거룩한 체험The Holy Experience》을 www.nealedonaldwalsch.com에서 내려받을 수 있다.

이 웹사이트에서 여러분은 비영리 재단인 '신과 나눈 이야기 재단'과 자매 단체인 '인류 팀Humanity's Team'이 하고 있는 활동 소식도 만날 수 있을 것이다.

'신과 나눈 이야기 재단'은 여기서 찾은 내용을 더 깊이 탐구하고, 이 메시지들을 자신의 일상 삶에 적용하는 법을 배우는 데 관심을 가진 사람들을 위한 교육 자료와 프로그램, 묵상 모임을 조직하는 일을 하고 있다. 또 재단은 이 책의 내용을 가르치고 싶어하는 사람들을 위한 특별 훈련 프로그램도 제공한다. 이 '인생 교육 프로그램The Life Education Program'을 통해 배출된 교사들은 지금 전 세계 곳곳에서 활동하고 있다.

'인류 팀'은 현재 10,000명이 넘는 회원을 가진 국제 운동 단체다. 이것은 진정한 풀뿌리 운동이다. 이는 "폭력적이고 분노하고 복수하는 신을 믿는 억압에서 마침내 인류를 해방시키고자 하는 영혼의 시민권 운동"이다. 이 단체의 임무는 새로운 형태의 영성이 이 지상에서 생겨날 여지를 만들어내는 것이다. 그건 그들이 하고 있는 방식 때문에 다른 사람들을 잘못되게 하는 일 없이 신성을 체험하고자 하는 인간 욕구의 한 표현이다.

다시 한번 말하지만, www.nealedonaldwalsch.com에 접속하면 이 모든 것과 연결될 수 있다.

이제 마지막 초대다. 《신과 나눈 이야기》를 읽은 독자 반응 중에서 내가 무엇보다 많이 들었던 이야기는 "내가 뭘 할 수 있죠? 모든 사람이 생명을 주고, 영혼을 새롭게 하는 이 메시지를 접하는 걸 난 보고 싶어요! 난 우리 세상을 바꿀 수 있는 변화의 일부가 되고 싶어요. 내가 뭘 할 수 있죠?"라는 질문이었다.

여러분이 할 수 있는 많은 일들이 있다. 여러분은 우리 행성에서 영적 조력자가 될 수 있다. 여러분은 여러분이 세상에서 보고 싶어하는 변화의 일부가 될 수 있다. 위 주소의 웹사이트로 들어가서 소책자인 《변화의 일부 : 영적 조력자로서 당신의 역할PART OF THE CHANGE: Your Role as a Spiritual Helper》을 구입하라. 이 책은 여러분의 일상 경험에 지금 당장 변화를 가져올 수 있고 여러분이 만나는 모든 사람에게 영적 샤워기가 될 수 있는 10단계에 대해 설명하는, 간결하면서도 핵심을 찌르는 안내서다. 또는 그저 요청만 해도, 이메일로 무료 전자

책을 보내줄 것이다.

무엇보다 이 《신과 나눈 이야기》 3부작의 특별판을 찾아줘서 고맙다. 만일 여기서 발견한 메시지들이 도움이 되리라 생각되는 누군가를 안다면, 부디 여러분의 책을 그 사람에게 주길 바란다. 여러분은 언제라도 다시 이 책을 구할 수 있는데다가, 그렇게 함으로써 여러분은 그 사람의 인생에 엄청난 도움을 줄 수 있다.

지금도, 앞으로도 항상 여러분에게 축복이 있기를! 여러분 삶에 신이 드러나기를!


닐 도날드 월쉬

# 찾아보기

## ㅈ